শঙ্কুসমগ্র

সত্যজিৎ রায়

শঙ্কুসমগ্র

আনন্দ

প্রথম সংস্করণ জানুয়ারি ২০০২
একবিংশ মুদ্রণ ফেব্রুয়ারি ২০২৬
প্রথম ই-বুক সংস্করণ ২০২০

অলংকরণ সত্যজিৎ রায়, সমীর সরকার

ISBN 9788177562323 (print)
ISBN 9789390286492 (e-book)

প্রকাশক: আনন্দ পাবলিশার্স প্রাইভেট লিমিটেড
হেড অফিস: ৯, প্রফুল্ল সরকার স্ট্রিট, কলকাতা ৭০০০০১
রেজিস্টার্ড অফিস: ৪৫, বেনিয়াটোলা লেন, কলকাতা ৭০০ ০০৯

CIN: U22121WB1957PTC023534

মুদ্রক: নবমুদ্রণ প্রাইভেট লিমিটেড
সিপি ৪ সেক্টর ৫, সল্টলেক সিটি, কলকাতা ৭০০ ০৯১

SHANKU SAMAGRA
[Science Fiction]
by
Satyajit Ray

Published by Ananda Publishers Private Limited
45, Beniatola Lane, Calcutta 700009

প্রকাশকের নিবেদন

সত্যজিৎ রায়ের প্রথম শঙ্কুকাহিনী ব্যোমযাত্রীর ডায়রি প্রকাশিত হয়েছিল ১৩৬৮-তে সন্দেশ পত্রিকার আশ্বিন, কার্তিক, অগ্রহায়ণ সংখ্যায়—যা কালের দিক থেকে ফেলুদা কাহিনীরও আগে।

ফেলুদার গোয়েন্দা কাহিনীর পাশাপাশি সত্যজিৎ রায় প্রোফেসর শঙ্কুকে নিয়ে লিখেছেন একের পর এক কাহিনী। সবকটি কাহিনীই রচিত ডায়রি আকারে। ফেলুদার কাহিনীগুলোকে এর আগে পাঁচটি খণ্ডে প্রকাশ করা হয়েছে। এ ছাড়া সত্যজিৎ রায়ের ফেলুদা ও শঙ্কু কাহিনী ছাড়া বাকি সমস্ত গল্প নিয়ে প্রকাশিত হয়েছে গল্প ১০১। এবারে প্রোফেসর শঙ্কুকে নিয়ে লেখা সমস্ত কাহিনীকে একটি খণ্ডে গ্রথিত করে প্রকাশিত হল শঙ্কুসমগ্র।

এই সংকলনে সংযোজিত হল সত্যজিৎ রায়ের আঁকা বেশ কিছু ছবি—যা এর আগে গ্রন্থবদ্ধ হয়নি।

আমাদের প্রকাশিত এই লেখকের অন্যান্য গ্রন্থ

অপুর পাঁচালি (প্রবন্ধ)
আরো একডজন
আরো বারো
আরো সত্যজিৎ
একডজন গপ্পো
একেই বলে শুটিং (প্রবন্ধ)
একের পিঠে দুই
এবারো বারো
কলকাতায় ফেলুদা
কৈলাসে কেলেঙ্কারি
গল্প ১০১
গ্যাংটকে গণ্ডগোল
গোরস্থানে সাবধান
ছিন্নমস্তার অভিশাপ
জবর বারো
জয় বাবা ফেলুনাথ
টিনটোরেটোর যীশু
ডবল ফেলুদা
তারিণীখুড়োর কীর্তিকলাপ
তোড়ায় বাঁধা ঘোড়ার ডিম
দার্জিলিং জমজমাট
নয়ন রহস্য
পাহাড়ে ফেলুদা
পিকুর ডায়রি ও অন্যান্য
(বড়দের গল্প)
পুনশ্চ প্রোফেসর শঙ্কু
প্রতিকৃতি
প্রবন্ধ সংগ্রহ
প্রোফেসর শঙ্কু
প্রোঃ শঙ্কুর কাণ্ডকারখানা
ফটিকচাঁদ
ফেলুদা একাদশ
ফেলুদা এন্ড কোং
ফেলুদা ওয়ান ফেলুদা টু
ফেলুদার পান্‌চ
ফেলুদা প্লাস ফেলুদা
ফেলুদার সপ্তকাণ্ড
ফেলুদা সমগ্র (দু'খণ্ড একত্রে)
বাক্স রহস্য
বাঃ! ১২
বাদশাহী আংটি
বিষয় চলচ্চিত্র (প্রবন্ধ)
বোম্বাইয়ের বোম্বেটে (ফিল্ম
এডিশন)
ব্রেজিলের কালো বাঘ
মহাসংকটে শঙ্কু
মোল্লা নাসিরুদ্দিনের গল্প
যখন ছোট ছিলাম
যত কাণ্ড কাঠমাণ্ডুতে
রবার্টসনের রুবি
রয়েল বেঙ্গল রহস্য
শঙ্কু একাই ১০০
সাবাস প্রোফেসর শঙ্কু
সিনেমায় ডবল ফেলুদা
(ফিল্ম এডিশন)
সেলাম প্রোঃ শঙ্কু
সুজন হরবোলা
সেরা সত্যজিৎ
সেরা সন্দেশ (সম্পাদিত)
সোনার কেল্লা
স্বয়ং প্রোফেসর শঙ্কু
হত্যাপুরী
কমিকস
অম্বর সেন অন্তর্ধান রহস্য
ইজিপ্সীয় আতঙ্ক • স্বপ্নদ্বীপ
ইন্দ্রজাল রহস্য
একশৃঙ্গ অভিযান
এবার কাণ্ড কেদারনাথে
কৈলাস চৌধুরীর পাথর
গোঁসাইপুর সরগরম
গোলকধাম রহস্য
গোলাপী মুক্তা রহস্য
গ্যাংটকে গণ্ডগোল
ঘুরঘুটিয়ার ঘটনা
জাহাঙ্গীরের স্বর্ণমুদ্রা
ডক্টর শেরিং-এর স্মরণশক্তি
ডন ক্রিস্টোবাল্ডির ভবিষ্যদ্বাণী
দার্জিলিং জমজমাট
নয়ন রহস্য
নেপোলিয়নের চিঠি
প্রোফেসর রন্ডির
টাইম মেশিন
প্রোফেসর শঙ্কু ও ইউ এফও
প্রোফেসর শঙ্কু ও কোচাবাম্বার গুহা
প্রোফেসর শঙ্কু ও গোরিলা
প্রোফেসর শঙ্কু-চী-চিং •
আশ্চর্য পুতুল
প্রোফেসর শঙ্কু-হাড় • রোবু
ফেলুদার গোয়েন্দাগিরি
বাদুর বিভীষিকা (অলৌকিক)
বোসপুকুরে খুনখারাপি
ভূস্বর্গ ভয়ংকর
মরুরহস্য • শঙ্কু ও
আদিম মানুষ
মহাকাশের দূত
মানরো দ্বীপ • আশ্চর্জন্তু
রক্তমৎস্য রহস্য • ম্যাকাও
রবার্টসনের রুবি
রয়েল বেঙ্গল রহস্য
লন্ডনে ফেলুদা
শঙ্কুর কঙ্গো অভিযান
শঙ্কুর সুবর্ণ সুযোগ
শেয়াল-দেবতা রহস্য
হত্যাপুরী
হিপনোজেন

সূচি

শঙ্কুসমগ্র

প্রোফেসর শঙ্কু

প্রোফেসর শঙ্কু কে ? তিনি এখন কোথায় ? এটুকু জানা গেছে যে তিনি একজন বৈজ্ঞানিক ।

কেউ কেউ বলে যে তিনি নাকি একটা ভীষণ পরীক্ষা করতে গিয়ে প্রাণ হারান । আবার এও শোনা যায় যে তিনি কোনও অজ্ঞাত অঞ্চলে গা ঢাকা দিয়ে নিজের কাজ করে যাচ্ছেন, সময় হলেই আত্মপ্রকাশ করবেন ।

প্রোফেসর শঙ্কুর প্রত্যেকটি ডায়রিতে কিছু না কিছু আশ্চর্য অভিজ্ঞতার বিবরণ আছে । কাহিনীগুলি সত্য কি মিথ্যা, সম্ভব কি অসম্ভব, সে বিচার পাঠকেরা করবেন ।

ব্যোমযাত্রীর ডায়রি

প্রোফেসর ত্রিলোকেশ্বর শঙ্কুর ডায়রিটা আমি পাই তারক চাটুজ্যের কাছ থেকে।

একদিন দুপুরের দিকে আপিসে বসে পুজো সংখ্যার জন্য একটা লেখার প্রুফ দেখছি, এমন সময় তারকবাবু এসে একটা লাল খাতা আমার সামনে ফেলে দিয়ে বললেন, 'পড়ে দেখো। গোল্ড মাইন।'

তারকবাবু এর আগেও কয়েকবার গল্পটল্প এনেছিলেন। খুব যে ভাল তা নয় ; তবে বাবাকে চিনতেন, আর ছেঁড়া জামাটামা দেখে মনে হত, ভদ্রলোক বেশ গরিব ; তাই প্রতিবারই লেখাগুলোর জন্য পাঁচ-দশ টাকা করে দিয়েছি।

এবারে গল্পের বদলে ডায়রিটা দেখে একটু আশ্চর্য হলাম।

প্রোফেসর শঙ্কু বছর পনেরো নিরুদ্দেশ। কেউ কেউ বলেন তিনি নাকি কী একটা ভীষণ এক্সপেরিমেন্ট করতে গিয়ে প্রাণ হারান। আবার এও শুনেছি যে তিনি নাকি জীবিত ; ভারতবর্ষের কোনও অখ্যাত অজ্ঞাত অঞ্চলে গা ঢাকা দিয়ে চুপচাপ নিজের কাজ করে যাচ্ছেন, সময় হলে আত্মপ্রকাশ করবেন। এ-সব সত্যিমিথ্যে জানি না, তবে এটা জানতাম যে তিনি বৈজ্ঞানিক ছিলেন। তাঁর যে ডায়রি থাকতে পারে সেটা অস্বাভাবিক নয়, কিন্তু সে ডায়রি তারকবাবুর কাছে এল কী করে ?

জিজ্ঞেস করতে তারকবাবু একটু হেসে হাত বাড়িয়ে আমার মশলার কৌটোটা থেকে লবঙ্গ আর ছোট এলাচ বেছে নিয়ে বললেন, 'সুন্দরবনের সে ব্যাপারটা মনে আছে তো ?'

এই রে আবার বাঘের গল্প। তারকবাবু তাঁর সব ঘটনার মধ্যে বাঘ জিনিসটাকে যেভাবে টেনে আনেন সেটা আমার মোটেই ভাল লাগে না। তাই একটু বিরক্ত হয়েই বললাম, 'কোন ব্যাপারটার কথা বলছেন ?'

'উল্কাপাত ! ব্যাপার তো একটাই।'

ঠিক ঠিক। মনে পড়েছে। এটা সত্যি ঘটনা। কাগজে বেরিয়েছিল। বছরখানেক আগে একটা উল্কাখণ্ড সুন্দরবনের মাথারিয়া অঞ্চলে এসে পড়েছিল। বেশ বড় পাথর। কলকাতার জাদুঘরে যেটা আছে তার প্রায় দ্বিগুণ। মনে আছে, কাগজে ছবি দেখে হঠাৎ একটা কালো মড়ার খুলি বলে মনে হয়েছিল।

বললাম, 'তার সঙ্গে এই খাতাটার কী সম্পর্ক ?'

তারকবাবু বললেন, 'বলছি। ব্যস্ত হয়ো না। আমি গেসলাম ওই মওকায় যদি কিছু বাঘছাল জোটে। ভাল দর পাওয়া যায়, জান তো ? আর ভাবলুম অত জন্তুজানোয়ার মোলো, তার মধ্যে কি গুটি চারেক বাঘও পড়ে থাকবে না ? কিন্তু সে গুড়ে বালি। লেট হয়ে গেল। হরিণটরিণ কিচ্ছু নেই।'

'তা হলে ?'

'ছিল কিছু গোসাপের ছাল। তাই নিয়ে এলুম। আর এই খাতাটা।'

একটু অবাক হয়ে বললাম, 'খাতাটা কি ওইখানে... ?'

'গর্তের ঠিক মধ্যিখানে। পাথরটা পড়ায় একটা গর্ত হয়েছিল জান তো ? তোমাদের

চারখানা হেদো তার মধ্যে ঢুকে যায়। এটা ছিল তার ঠিক মধ্যিখানে।'

'বলেন কী!'

'বোধহয় পাথরটা যেখানে পড়েছিল তার খুব কাছেই। লাল-লাল কী একটা মাটির ভেতর থেকে উঁকি মারছে দেখে টেনে তুললাম। তারপর খুলতেই শঙ্কুর নাম দেখে পকেটস্থ করলাম।'

'উল্কার গর্তের মধ্যে খাতা? তার মানে কি... ?'

'পড়ে দেখো। সব জানতে পারবে। তোমরা তো বানিয়ে গল্পটল্প লেখো, আমিও লিখি। এ তার চেয়ে ঢের মজাদার। এ আমি হাতছাড়া করতাম না, বুঝলে! নেহাত বড় টানাটানি যাচ্ছে তাই—'

টাকা বেশি ছিল না কাছে। তা ছাড়া ঘটনাটা পুরোপুরি বিশ্বাস হচ্ছিল না, তাই কুড়িটা টাকা দিলাম ভদ্রলোককে। দেখলাম তাতেই খুশি হয়ে আমায় আশীর্বাদ করে চলে গেলেন।

তার পর পুজোর গোলমালে খাতাটার কথা ভুলেই গিয়েছিলাম। এই সেদিন আলমারি খুলে চলন্তিকাটা টেনে বার করতে গিয়ে ওটা বেরিয়ে পড়ল।

খাতাটা হাতে নিয়ে খুলে কেমন যেন খটকা লাগল।

যতদূর মনে পড়ে প্রথমবার দেখেছিলাম কালির রং ছিল সবুজ। আর আজ দেখছি লাল? এ কেমন হল?

খাতাটা পকেটে নিয়ে নিলাম। মানুষের তো ভুলও হয়। নিশ্চয়ই অন্য কোনও লেখার সবুজ কালির সঙ্গে গোলমাল করে ফেলেছি।

বাড়িতে এসে আবার খাতাটা খুলতেই বুকটা ধড়াস করে উঠল।

এবার দেখি কালির রং নীল।

তারপর এক আশ্চর্য অদ্ভুত ব্যাপার। দেখতে দেখতে চোখের সামনে নীলটা হয়ে গেল হলদে।

এবারে তো আর কোনও ভুল নেই; কালির রং সত্যি বদলাচ্ছে।

হাতের কাঁপুনিতে খাতাটা মাটিতে পড়ে গেল। আমার ভুলো কুকুরটা যা পায় তাতেই দাঁত বসায়। খাতাও বাদ গেল না। কিন্তু আশ্চর্য! যে দাঁত এই দু' দিন আগেই আমার নতুন তালতলার চটিটা ছিঁড়েছে, ওই খাতার কাগজ তার কামড়ে কিচ্ছু হল না।

হাত দিয়ে টেনে দেখলাম এ কাগজ ছেঁড়া মানুষের সাধ্যি নয়।

টানলে রবারের মতো বেড়ে যাচ্ছে, আর ছাড়লে যে-কে-সেই।

কী খেয়াল হল, একটা দেশলাই জ্বেলে কাগজটায় ধরালাম। পুড়ল না। খাতাটা পাঁচ ঘণ্টা উনুনের মধ্যে ফেলে রেখে দিলাম। কালির রং যেমন বদলাচ্ছিল, বদলাল, কিন্তু আর কিচ্ছু হল না।

সেই দিনই রাত্রে ঘুমটুম ভুলে গিয়ে তিনটে অবধি জেগে খাতাটা পড়া শেষ করলাম। যা পড়লাম তা তোমাদের হাতে তুলে দিচ্ছি। এ সব সত্যি কি মিথ্যে, সম্ভব কি অসম্ভব, তা তোমরা বুঝে নিও।

১লা জানুয়ারি

আজ দিনের শুরুতেই একটা বিশ্রী কাণ্ড ঘটে গেল।

রোজকার মতো আজও নদীর ধারে মর্নিং ওয়াক সেরে ফেলেছি। শোবার ঘরে ঢুকতেই একটা বিদঘুটে চেহারার লোকের সামনে পড়তে হল। চমকে গিয়ে চিৎকার করেই বুঝতে পারলাম যে ওটা আসলে আয়না, এবং লোকটা আর কেউ নয়—আমারই ছায়া। এ ক'বছরে আমারই চেহারা ওই রকম হয়েছে। আমার আয়নার প্রয়োজন হয় না বলে ওটার ওপর ক্যালেন্ডারটা টাঙিয়ে রেখেছিলাম ; আজ সকালেই বোধহয় প্রহ্লাদটা বছর শেষ হয়ে গেছে বলে সর্দারি করে ওটাকে নামিয়ে রেখেছে। ওকে নিয়ে আর পারা গেল না। সাতাশ বছর ধরে আমার সঙ্গে থেকে আমার কাজ করেও ওর বুদ্ধি হল না। আশ্চর্য !

চিৎকার শুনে প্রহ্লাদ ঘরে এসে পড়েছিল। ওকে একটু শিক্ষা দেওয়া দরকার মনে করে আমার **Snuff-gun** বা নস্যাস্ত্রটা ওর ওপর পরীক্ষা করা গেল। দেখলাম, এ নস্যির যা তেজ, তাক করে গোঁফের কাছাকাছি মারতে পারলেই যথেষ্ট কাজ হয় ! এখন রাত এগারোটা। ওর হাঁচি এখনও থামেনি। আমার হিসেব যদি ঠিক হয় তো তেত্রিশ ঘণ্টার আগে ও হাঁচি থামবে না।

২রা জানুয়ারি

রকেটটা নিয়ে যে চিন্তাটা ছিল, ক্রমেই সেটা দূর হচ্ছে। যাবার দিন যত এগিয়ে আসছে, ততই মনে জোর পাচ্ছি, উৎসাহ পাচ্ছি।

এখন মনে হচ্ছে যে প্রথমবারের কেলেঙ্কারিটার জন্য একমাত্র প্রহ্লাদই দায়ী। ঘড়িটায় দম

দিতে গিয়ে সে যে ভুল করে কাঁটাটাই ঘুরিয়ে ফেলেছে তা আর জানব কী করে। এক সেকেন্ড এ দিক ও দিক হলেই এ সব কাজ পণ্ড হয়ে যায়। আর কাঁটা ঘোরানোর ফলে আমার হয়ে গেল প্রায় সাড়ে তিনঘণ্টা লেট। রকেট যে খানিকটা উঠেই গোঁৎ খেয়ে পড়ে যাবে তাতে আর আশ্চর্য কী ?

রকেট পড়ায় অবিনাশবাবুর মুলোর ক্ষেত নষ্ট হওয়ার দরুন ভদ্রলোক পাঁচশো টাকা ক্ষতিপূরণ চাইছেন। একেই বলে দিনে ডাকাতি। এ দিকে এত বড় একটা প্রচেষ্টা যে ব্যর্থ হতে চলেছিল তার জন্য কোনও আক্ষেপ বা সহানুভূতি নেই।

এই সব লোককে জব্দ করার জন্য একটা নতুন কোনও অস্ত্রের কথা ভাবা দরকার।

৫ই জানুয়ারি

প্রহ্লাদটা বোকা হলেও ওকে সঙ্গে নিলে হয়তো সুবিধে হবে। আমি মোটেই বিশ্বাস করি না যে এই ধরনের অভিযানে কেবলমাত্র বুদ্ধিমান লোকেরই প্রয়োজন। অনেক সময় যাদের বুদ্ধি কম হয় তাদের সাহস বেশি হয়, কারণ ভয় পাবার কারণটা ভেবে বের করতেও তাদের সময় লাগে।

প্রহ্লাদ যে সাহসী সে বিষয়ে কোনও সন্দেহ নেই। সে বার যখন কড়িকাঠ থেকে একটা টিকটিকি আমার বাইকর্নিক অ্যাসিডের শিশিটার উপর পড়ে সেটাকে উলটে ফেলে দিল, তখন আমি সামনে দাঁড়িয়ে থেকেও কিছু করতে পারছিলাম না। স্পষ্ট দেখছি অ্যাসিডটা গড়িয়ে গড়িয়ে প্যারাডক্সাইট পাউডারের স্তূপটার দিকে চলেছে, কিন্তু দুটোর কনট্যাক্ট হলে যে কী সাংঘাতিক ব্যাপার হবে তাই ভেবেই আমার হাত পা অবশ হয়ে আসছে।

এমন সময় প্রহ্লাদ ঢুকে কাণ্ডকারখানা দেখে এক গাল হেসে হাতের গামছাটা দিয়ে অ্যাসিডটা মুছে ফেলল। আর পাঁচ সেকেন্ড দেরি হলেই আমি, আমার ল্যাবরেটরি, বিধুশেখর, প্রহ্লাদ, টিকটিকি এ সব কিছুই থাকত না।

তাই ভাবছি হয়তো ওকে নেওয়াই ভাল। ওজনেও কুলিয়ে যাবে। প্রহ্লাদ হল দু' মন সাত সের, আমি এক মন এগারো সের, বিধুশেখর সাড়ে পাঁচ মন, আর জিনিসপত্তর সাজসরঞ্জাম মিলিয়ে মন পাঁচেক। আমার রকেটে কুড়ি মন পর্যন্ত জিনিস নির্ভয়ে নেওয়া চলতে পারে।

৬ই জানুয়ারি

আমার রকেটের পোশাকটার আস্তিনে কতগুলো উচ্চিংড়ে ঢুকেছিল, আজ সকালে সেগুলো ঝেড়েঝুড়ে বার করছি, এমন সময় অবিনাশবাবু এসে হাজির। বললেন, 'কী মশাই, আপনি তো চাঁদপুর না মঙ্গলপুর কোথায় চললেন। আমার টাকাটার কী হল ?'

এই হল অবিনাশবাবুর রসিকতার নমুনা। বিজ্ঞানের কথা উঠলেই ঠাট্টা আর ভাঁড়ামো। রকেটটা যখন প্রথম তৈরি করছি তখন একদিন এসে বললেন, 'আপনার ওই হাউইটা এই কালীপুজোর দিনে ছাড়ুন না। ছেলেরা বেশ আমোদ পাবে !'

এক-এক সময় মনে হয় যে পৃথিবীটা যে গোল, এবং সেটা যে ঘুরতে ঘুরতে সূর্যকে প্রদক্ষিণ করছে সেটাও বোধহয় অবিনাশবাবু বিশ্বাস করেন না।

যাই হোক ; আজ আমি তাঁর ঠাট্টায় কান না দিয়ে বরং উলটে তাঁকে খুব খাতির টাতির করে বসতে বললাম। তারপর প্রহ্লাদকে বললাম চা আনতে। আমি জানতাম যে

অবিনাশবাবু চায়ে চিনির বদলে স্যাকারিন খান। আমি স্যাকারিনের বদলে ঠিক সেই রকমই দেখতে একটি বড়ি তাঁর চায়ে ফেলে দিলাম। এই বড়িই হল আমার নতুন অস্ত্র। মহাভারতের জৃম্ভণাস্ত্র থেকেই আইডিয়াটা এসেছিল, কিন্তু এটায় যে শুধু হাই উঠবে তা নয়। হাই-এর পর গভীর ঘুম হবে, এবং সেই ঘুমের মধ্যে সব অসম্ভব ভয়ঙ্কর রকমের স্বপ্ন দেখতে হবে।

আমি নিজে কাল চার ভাগের এক ভাগ বড়ি ডালিমের রসে ডাইলিউট করে খেয়ে দেখেছি। সকালে উঠে দেখি স্বপ্ন দেখে ভয়ের চোটে দাড়ির বাঁ দিকটা একেবারে পেকে গেছে।

৮ই জানুয়ারি

নিউটনকে সঙ্গে নেব। ক' দিন ধরেই আমার ল্যাবরেটরির আশেপাশে ঘোরাঘুরি করছে এবং করুণস্বরে ম্যাও ম্যাও করছে। বোধহয় বুঝতে পারছিল যে আমার যাবার সময় হয়ে আসছে।

কাল ওকে Fish Pillটা খাওয়ালাম। মহা খুশি।

আজ মাছের মুড়ো আর বড়ি পাশাপাশি রেখে পরীক্ষা করে দেখলাম। ও বড়িটাই খেল। আর কোনও চিন্তা নেই! এবার চটপট ওর জন্য একটা পোশাক আর হেলমেট তৈরি করে ফেলতে হবে।

১০ই জানুয়ারি

দু' দিন থেকে দেখছি বিধুশেখর মাঝে মাঝে একটা গাঁ গাঁ শব্দ করছে। এটা খুবই আশ্চর্য, কারণ বিধুশেখরের তো শব্দ করার কথা নয়। কলকব্জার মানুষ কাজ করতে বললে চুপচাপ কাজ করবে ; এক নড়াচড়ার যা ঠং ঠং শব্দ। ও তো আমারই হাতের তৈরি, তাই আমি জানি ওর কতখানি ক্ষমতা। আমি জানি ওর নিজস্ব বুদ্ধি বা চিন্তাশক্তি বলে কিছু থাকতেই পারে না। কিন্তু বেশ কিছুদিন থেকেই মাঝে মাঝে এর ব্যতিক্রম লক্ষ করছি।

এক দিনের ঘটনা খুব বেশি করে মনে পড়ে।

আমি তখন সবে রকেটের পরিকল্পনাটা করছি। জিনিসটা যে কোনও সাধারণ ধাতু দিয়ে তৈরি হতে পারে না, সেটা প্রথমেই বুঝেছিলাম। অনেক এক্সপেরিমেন্ট করার পর, ব্যাঙের ছাতা, সাপের খোলস আর কচ্ছপের ডিমের খোলা মিশিয়ে একটা কমপাউন্ড তৈরি করেছি, এবং বেশ বুঝতে পারছি যে এবার হয় ট্যানট্রাম বোরোপ্যাক্সিনেট, না-হয় একুইয়স্ ভেলোসিলিকা মেশালেই ঠিক জিনিসটা পেয়ে যাব।

প্রথমে ট্যানট্রামটাই দেখা যাক ভেবে এক চামচ ঢালতে যাব এমন সময়ে ঘরে একটা প্রচণ্ড ঘটাং ঘটাং শব্দ আরম্ভ হল। চমকে গিয়ে পিছন ফিরে দেখি বিধুশেখরের লোহার মাথাটা ভীষণভাবে এপাশ-ওপাশ হচ্ছে এবং তাতেই আওয়াজ হচ্ছে। খুব জোর দিয়ে বারণ করতে গেলে মানুষে যেভাবে মাথা নাড়ে ঠিক সেই রকম।

কী হয়েছে দেখতে যাব মনে করে ট্যানট্রামটা যেই হাত থেকে নামিয়েছি অমনি মাথা নাড়া থেমে গেল।

কাছে গিয়ে দেখি কোনও গোলমাল নেই। কলকব্জা তেলটেল সবই ঠিক আছে। টেবিলে ফিরে এসে আবার যেই ট্যানট্রামটা হাতে নিয়েছি অমনি আবার ঘটাং ঘটাং।

এ তো ভারী বিপদ ! বিধুশেখর কি সত্যিই বারণ করছে নাকি ?

এবার ভেলোসিলিকাটা হাতে নিলাম। নিতেই আবার সেই শব্দ। কিন্তু এবার মাথা নড়ছে উপর নীচে ঠিক যেমন করে মানুষে হ্যাঁ বলে।

শেষ পর্যন্ত ভেলোসিলিকা মিশিয়েই ধাতুটা তৈরি হল।

পরে ট্যানট্রামটা দিয়েও পরীক্ষা করে দেখেছিলাম। না করলেই ভাল ছিল। সেই চোখ-ধাঁধানো সবুজ আলো আর বিস্ফোরণের বিকট শব্দ কোনওদিন ভুলব না।

১১ই জানুয়ারি

আজ বিধুশেখরের কলকব্জা খুলে ওকে খুব ভাল করে পরীক্ষা করেও ওর আওয়াজ করার কোনও কারণ খুঁজে পেলাম না। তবে এও ভেবে দেখলাম যে এতে আশ্চর্য হবার কিছু নেই। আমি আগেও অনেকবার দেখেছি যে আমার বৈজ্ঞানিক বিদ্যেবুদ্ধি দিয়ে আমি যে জিনিস তৈরি করি, সেগুলো অনেক সময়েই আমার হিসেবের বেশি কাজ করে। তাতে এক এক সময় মনে হয়েছে যে হয়তো বা কোনও অদৃশ্য শক্তি আমার অজ্ঞাতে আমার উপর খোদকারি করছে। কিন্তু সত্যিই কি তাই? বরঞ্চ আমার মনে হয় যে আমার ক্ষমতার দৌড় যে ঠিক কতখানি তা হয়তো আমি নিজেই বুঝতে পারি না। খুব বড় বড় বৈজ্ঞানিকদের শুনেছি এ রকম হয়।

আর একটা কথা আমার প্রায়ই মনে হয়। সেটা হচ্ছে, বাইরের কোনও জগতের প্রতি আমার যেন একটা টান আছে, এই টানটা লিখে বোঝানো শক্ত। মাধ্যাকর্ষণের ঠিক উলটো কোনও শক্তি যদি কল্পনা করা যায়, তা হলে এটার একটা আন্দাজ পাওয়া যাবে। মনে হয় যেন পৃথিবীর প্রভাব ছাড়িয়ে যদি কিছুদুর উপরে উঠতে পারি, তা হলেই এই টানটা আপনা থেকেই আমাকে অন্য কোনও গ্রহে টহে নিয়ে গিয়ে ফেলবে।

এ টানটা যে চিরকাল ছিল তা নয়। একটা বিশেষ দিন থেকে এটা আমি অনুভব করে আসছি। সেই দিনটার কথা আজও বেশ মনে আছে।

বারো বছর আগে। আশ্বিন মাস। আমি আমার বাগানে একটা আরামকেদারায় শুয়ে শরৎকালের মৃদু মৃদু বাতাস উপভোগ করছি। আশ্বিন-কার্তিক মাসটা আমি রোজ রাত্রে খাবার পরে তিন ঘণ্টা এই ভাবে শুয়ে থাকি, কারণ এই দুটো মাসে উল্কাপাত হয় সবচেয়ে বেশি। এক ঘণ্টায় অন্তত আট-দশটা উল্কা রোজই দেখা যায়। আমার দেখতে ভারী ভাল লাগে।

সে দিন কতক্ষণ শুয়ে ছিলাম খেয়াল নেই হঠাৎ একটা উল্কা দেখলাম যেন একটু অন্য রকম। সেটা ক্রমশ বড় হচ্ছে, এবং মনে হল যেন আমার দিকেই আসছে। আমি একদৃষ্টে চেয়ে রইলাম। উল্কাটা ক্রমে ক্রমে কাছে এসে আবার বাগানের পশ্চিম দিকের গোলঞ্চ গাছটার পাশে থেমে একটা প্রকাণ্ড জোনাকির মতো জ্বলতে লাগল। সে এক আশ্চর্য দৃশ্য!

আমি উল্কাটাকে ভাল করে দেখব বলে চেয়ার ছেড়ে উঠে যেতেই আমার ঘুমটা ভেঙে গেল।

এটাকে স্বপ্ন বলেই বিশ্বাস করতাম, কিন্তু দুটো কারণে খটকা রয়ে গেল। এক হল ওই আকর্ষণ, যেটার বশে আমি তার পরদিন থেকেই রকেটের বিষয় ভাবতে শুরু করি।

আরেক হল এই গোলঞ্চ গাছ। সেই দিন থেকেই গাছটাতে গোলঞ্চর বদলে একটা নতুন রকমের ফুল হচ্ছে। এ রকম ফুল কেউ কোথাও দেখেছে কি না জানি না। আঙুলের মতো পাঁচটা করে ঝোলা ঝোলা পাপড়ি। দিনেরবেলা কুচকুচে কালো কিন্তু রাত হলেই ফসফরাসের মতো জ্বলতে থাকে। আর যখন হাওয়ায় দোলে তখন ঠিক মনে হয় যেন হাতছানি দিয়ে ডাকছে।

১২ই জানুয়ারি

কাল ভোর পাঁচটায় মঙ্গলযাত্রা।

আজ প্রহ্লাদকে ল্যাবরেটরিতে ডেকে এনে ওর পোশাক আর হেলমেটটা পরিয়ে

দেখলাম। ও তো হেসেই অস্থির। সত্যি কথা বলতে কী আমারও ওর চেহারা ও হাবভাব দেখে হাসি পাচ্ছিল। এমন সময় একটা ঠং ঠং ঘং ঘং শব্দ শুনে দেখি বিধুশেখর তার লোহার চেয়ারটায় বসে দুলছে আর গলা দিয়ে একটা নতুন রকম শব্দ করছে। এই শব্দের মানে একটাই হতে পারে। বিধুশেখরও প্রহ্লাদকে দেখে হাসছিল।

নিউটন হেলমেটটা পরানোর সময় একটু আপত্তি করেছিল। এখন দেখছি বেশ চুপচাপ আছে, আর মাঝে মাঝে জিভ বার করে হেলমেটের কাচটা চেটে চেটে দেখছে।

২১শে জানুয়ারি

আমরা সাত দিন হল পৃথিবী ছেড়েছি। এ বার যাত্রায় কোনও বাধা পড়েনি। ঘড়ির কাঁটায় কাঁটায় রওনা হয়েছি।

যাত্রী এবং মালপত্র নিয়ে ওজন হল পনেরো মন বত্রিশ সের তিন ছটাক। পাঁচ বছরের মতো রসদ আছে সঙ্গে। নিউটনের এক-একটা Fish Pill-এ সাত দিনের খাওয়া হয়ে যায়। আমার আর প্রহ্লাদের জন্য বটফলের রস থেকে যে বড়িটা তৈরি করেছিলাম—বটিকা-ইন্ডিকা—কেবল মাত্র সেইটাই নিয়েছি। বটিকা-ইন্ডিকার একটা হোমিওপ্যাথিক বড়ি খেলেই পুরো চব্বিশ ঘণ্টার জন্য খিদে তেষ্টা মিটে যায়। এক মন বড়ি সঙ্গে আছে।

নিউটনের এত ছোট জায়গায় বেশিক্ষণ বন্ধ থেকে অভ্যাস নেই তাই বোধ হয় প্রথম ক'দিন একটু ছটফট করেছিল। কাল থেকে দেখছি আমার টেবিলের উপর বসে ঘণ্টার পর ঘণ্টা বাইরের দৃশ্য দেখছে। কুচকুচে কালো আকাশ, তার মধ্যে অগণিত জ্বলন্ত গ্রহনক্ষত্র। নিউটন দেখে আর মাঝে মাঝে আস্তে লেজের ডগাটা নাড়ে। ওর কাছে বোধ হয় ওগুলোকে অসংখ্য বেড়ালের চোখের মতো মনে হয়।

বিধুশেখরের কোনও কাজকর্ম নেই, চুপচাপ বসে থাকে। ওর মন বা অনুভূতি বলে যদি কিছু থেকেও থাকে সেটা ওর গোল গোল বলের মতো নিষ্পলক কাচের চোখ দেখে বোঝবার কোনও উপায় নেই।

প্রহ্লাদের দেখছি বাইরের দৃশ্য সম্পর্কে কোনও কৌতূহলই নেই, ও বসে বসে কেবলমাত্র রামায়ণ পড়ে। ভাগ্যে বাংলাটা শিখেছিল আমার কাছে।

২৫শে জানুয়ারি

বিধুশেখরকে বাংলা শেখাচ্ছি। বেশ সময় লাগবে বলে মনে হচ্ছে, তবে চেষ্টা আছে। প্রহ্লাদ যে ওর উচ্চারণের ছিরি দেখে হাসে, সেটা ও মোটেই পছন্দ করে না। দু-একবার দেখেছি ও মুখ দিয়ে গঁ গঁ আওয়াজ করছে আর পা দুটো ঠং ঠং করে মাটিতে ঠুকছে। ওর লোহার হাতের একটা বাড়ি খেলে যে কী দশা হবে সেটা কি প্রহ্লাদ বোঝে না ?

আজ বিধুশেখরকে পরীক্ষা করবার জন্য জিজ্ঞেস করলাম, 'কেমন লাগছে ?'

ও প্রশ্নটা শুনে দু-তিন সেকেন্ড চুপ করে থেকে হঠাৎ দুলতে আরম্ভ করল, কিছুক্ষণ সামনে পিছনে দুলে তারপর হাত দুটোকে পরস্পরের কাছে এনে ঠং ঠং করে তালির মতো বাজাল। দু-পায়ে খানিকটা সোজা হয়ে উঠে ঘাড়টাকে চিত করে বলল, 'গাগোঃ'।

ও যে আসলে বলতে চাচ্ছিল, 'ভাল' সে বিষয়ে আমার কোনও সন্দেহ নেই।

আজ মঙ্গলগ্রহটাকে একটা বাতাবিলেবুর মতো দেখাচ্ছে। আমার হিসেব অনুযায়ী আরেক মাস পরে ওখানে পৌঁছব। এই ক' মাস নির্বিঘ্নে কেটেছে। প্রহ্লাদ রামায়ণ শেষ করে মহাভারত ধরেছে।

আজ সকালে দূরবিন দিয়ে গ্রহটাকে দেখছি এমন সময় খেয়াল হল বিধুশেখর কী জানি বিড়বিড় করছে। প্রথমে মন দিইনি, তারপর লক্ষ করলাম যে বেশ লম্বা একটা কথা বারবার বলছে। প্রতিবার একই কথা। আমি সেটা খাতায় নোট করে নিলাম, এই রকম দাঁড়াল।

'ঘঙো ঘাংঙ কুঁক্ক ঘঙা আগাঁকেকেই ককুং খঙা।'

লেখাটা পড়ে এবং ওর কথা শুনতে শুনতে হঠাৎ বুঝতে পারলাম ও কী বলছে। কিছুদিন আগে দ্বিজু রায়ের একটা গান গুনগুন করে গাইছিলাম, এটা তারই প্রথম লাইন—'ধনধান্য পুষ্প ভরা আমাদের এই বসুন্ধরা'।

বিধুশেখরের উচ্চারণের প্রশংসা করতে না পারলেও ওর স্মরণশক্তি দেখে অবাক হয়ে গেলাম।

জানালা দিয়ে এখন মঙ্গলগ্রহ ছাড়া আর কিছুই দেখা যায় না। আস্তে আস্তে গ্রহের গায়ের রেখাগুলি স্পষ্ট হয়ে আসছে। কাল এই সময়ে ল্যান্ড করব। অবিনাশবাবুর ঠাট্টার কথা মনে পড়লে হাসি পায়।

আমাদের যে সমস্ত জিনিস সঙ্গে নিয়ে নামতে হবে সেগুলো গুছিয়ে রেখেছি—ক্যামেরা, দূরবিন, অস্ত্রশস্ত্র, ফার্স্ট-এড বক্স, এ সবই নিতে হবে।

মঙ্গলগ্রহে যে প্রাণী আছে, সে বিষয়ে আমার সন্দেহ নেই। তবে তারা যে কী রকম—ছোট কি বড়, হিংস্র না অহিংস—তা জানি না। একেবারে মানুষের মতো কিছু হবে সেটাও অসম্ভব বলে মনে হয়। যদি বিদ্‌ঘুটে কোনও প্রাণী হয় তা হলে প্রথমটা ভয়ের কারণ হতে পারে। কিন্তু এটা মনে রাখা দরকার যে আমরা যেমন তাদের কখনও দেখিনি, তারাও কখনও মানুষ দেখেনি।

প্রহ্লাদকে দেখলাম তার ভয়-ভাবনা নেই। সে দিব্যি নিশ্চিন্ত আছে। তার বিশ্বাস গ্রহের নাম যখন মঙ্গল তখন সেখানে কোনও অনিষ্ট হতেই পারে না। আমিও ওর সরল বিশ্বাসে—

তখন ডায়রি লিখতে লিখতে এক কাণ্ড হয়ে গেল। বিধুশেখরকে ক' দিন থেকেই একটু চুপচাপ দেখছিলাম, কেন তা ঠিক বুঝতে পারছিলাম না। এখনও প্রশ্ন করলে ঠিক উত্তর দিতে পারে না। কেবল কোনও একটা কথা বললে সেটা শুনে নকল করার চেষ্টা করে।

আজ চুপচাপ বসে থাকতে থাকতে হঠাৎ কী যে হল এক লাফে যন্ত্রপাতির বোর্ডটার কাছে উঠে গিয়ে যে হ্যান্ডেলটা টানলে রকেটটা উলটো দিকে যায় সেইটা ধরে প্রচণ্ড টান। আমরা তো ঝাঁকুনির চোটে সব কেবিনের মেঝেয় গড়াগড়ি।

কোনওমতে উঠে গিয়ে বিধুশেখরের কাঁধের বোতামটা টিপতেই ও বিকল হয়ে হাত-পা মুড়ে পড়ে গেল। তারপর হ্যান্ডেল ঘুরিয়ে মোড় ফিরিয়ে আবার মঙ্গলের দিকে যাত্রা।

বিধুশেখরের এরকম পাগলামির কারণ কী? ওকে আপাতত অকেজো করেই রেখে দেব। ল্যান্ড করবার পর আবার বোতাম টিপে চালু করব। আমার বিশ্বাস ওর 'মনের' উপর চাপ পড়ছিল বেশি, বড্ড বেশি কথা বলা হয়েছে ওর সঙ্গে, তাই বোধহয় ওর 'মাথাটা' বিগড়ে গিয়েছিল।

আর পাঁচ ঘণ্টা আছে আমাদের ল্যান্ড করতে। গ্রহের গায়ে যে নীল জায়গাগুলো প্রথমে জল বলে মনে হয়েছিল, সেটা এখন অন্য কিছু বলে মনে হচ্ছে। সরু সরু লাল সুতোগুলো

যে কী এখনও বুঝতে পারছি না।

আমরা দু' ঘণ্টা হল মঙ্গলগ্রহে নেমেছি। একটা হলদে রঙের নরম 'পাথরের' ঢিপির উপরে বসে আমি ডায়রি লিখছি। এখানে গাছপালা মাটি পাথর সবই কেমন জানি নরম রবারের মতো।

সামনেই হাত বিশেক দূরে একটা লাল নদী বয়ে যাচ্ছে। সেটাকে প্রথমে নদী বলে বুঝিনি কারণ 'জল'টা দেখলে ঠিক মনে হয় যেন স্বচ্ছ পেয়ারার জেলি। এখানে সব নদীই বোধহয় লাল। এবং সেগুলোকেই আকাশ থেকে লাল সুতোর মতো দেখায়। যেটাকে রকেট থেকে জল বলে মনে হয়েছিল সেটা আসলে ঘাস আর গাছপালা—সবই সবুজের বদলে নীল। আকাশের রং কিন্তু সবুজ, তাই সব কী রকম উলটো মনে হয়।

এখন পর্যন্ত কোনও প্রাণী চোখে পড়েনি। আমার হিসেব তা হলে ভুল হল নাকি? কোনও সাড়াশব্দও পাচ্ছি না? কেমন যেন একটা থমথমে ভাব। এক নদীর জলের কুলকুল শব্দ ছাড়া আর কোনও শব্দই নেই; আশ্চর্য নিস্তব্ধ।

ঠাণ্ডা নেই; বরঞ্চ গরমের দিকে। কিন্তু মাঝে মাঝে এক একটা হাওয়া আসে, সেটা ক্ষণস্থায়ী হলেও একেবারে হাড় পর্যন্ত কাঁপিয়ে দেয়। দূরে হয়তো বরফের পাহাড় টাহাড় জাতীয় কিছু আছে।

নদীর জলটা প্রথমে পরীক্ষা করতে সাহস পাচ্ছিলাম না। তারপর নিউটনকে খেতে দেখে ভরসা পেলাম। আঁজলা করে তুলে চেখে দেখি অমৃত! মনে পড়ল একবার গারো পাহাড়ে একটা ঝরনার জল খেয়ে আশ্চর্য ভাল লেগেছিল। কিন্তু এর কাছে সে জল কিছুই

না। এক ঢোঁক খেয়েই শরীর ও মনের সমস্ত ক্লান্তি দূর হয়ে গেল।

বিধুশেখরকে নিয়ে আজ এক ফ্যাসাদ। ওর যে কী হয়েছে জানি না। রকেট ল্যান্ড করার পর বোতাম টিপে ওকে চালু করে দিলাম, কিন্তু নড়েও না চড়েও না। জিজ্ঞেস করলাম, 'কী হয়েছে, তুমি নামবে না?'

ও মাথা নেড়ে না বলল।

বললাম, 'কেন, কী হয়েছে?'

এবার বিধুশেখর হাত দুটো মাথার উপর তুলে গম্ভীর ভয়-পাওয়া গলায় বলল, 'বিভং'।

বিধুশেখরের ভাষা বুঝতে আমার কোনও অসুবিধা হয় না। তাই বুঝলাম ও বলছে, 'বিপদ'। জিজ্ঞেস করলাম, 'কী বিপদ বিধুশেখর? কীসের ভয়?'

বিধুশেখর আবার গম্ভীর গলায় বলল, 'বিভং ভীবং বিভং'।

বিপদ! ভীষণ বিপদ।

অগত্যা বিধুশেখরকে রকেটে রেখেই আমরা তিনটি প্রাণী মঙ্গলগ্রহের মাটিতে পদার্পণ করলাম।

প্রথম পরিচয়ের অবাক ভাবটা দু'ঘণ্টার মধ্যে অনেকটা কেটে গেছে। নতুন জগতের যে একটা গন্ধ থাকতে পারে সেটা ভাবতে পারিনি। রকেট থেকে নেমেই সেটা টের পেলাম। এটা গাছপালা জলমাটির গন্ধ নয়—কারণ আলাদা করে প্রত্যেকটা জিনিস শুঁকে দেখেছি। এটা মঙ্গলগ্রহেরই গন্ধ, আবহাওয়ার সঙ্গে মিশে রয়েছে। হয়তো পৃথিবীরও একটা গন্ধ রয়েছে যেটা আমরা টের পাই না, কিন্তু অন্য কোনও গ্রহের লোক সেখানে গেলেই পাবে।

প্রহ্লাদ পাথর কুড়িয়ে বেড়াচ্ছে। ওকে বলেছি কোনও প্রাণীটানি দেখলে আমায় খবর দিতে।

একদিকের আকাশে দেখছি সবুজ রঙে লালের ছোপ পড়েছে। এখন তা হলে বোধহয় ভোর, শিগগিরই সূর্য উঠবে।

মঙ্গল গ্রহের বিভীষিকা মন থেকে দূর হতে কত দিন লাগবে জানি না। কী করে যে প্রাণ নিয়ে বাঁচলাম সেটা ভাবতে এখনও অবাক লাগে। মঙ্গল যে কত অমঙ্গল হতে পারে, সেটা হাড়ে হাড়ে টের পেয়েছি।

ঘটনাটা ঘটল প্রথম দিনেই!

সূর্য ওঠার সঙ্গে সঙ্গে আমি টিলার উপর থেকে উঠে জায়গাটা দিনের আলোয় একটু ভাল করে ঘুরে দেখব ভাবছি। এমন সময় একটা আঁশটে গন্ধ আর একটা অদ্ভুত শব্দ শুনতে পেলাম। ঠিক মনে হল যেন একটা বেশ বড় রকমের ঝিঁঝি 'তিন্তিড়ি তিন্তিড়ি' বলে ডাকছে। আওয়াজটা কোন দিক থেকে আসছে সেটা বুঝবার চেষ্টা করছি এমন সময় একটা বিকট চিৎকারে আমার রক্ত জল হয়ে গেল।

তারপর দেখলাম প্রহ্লাদকে, তার চোখ ঠিকরে বেরিয়ে আসছে, ডান হাতের মুঠোয় নিউটনকে ধরে ঊর্ধ্বশ্বাসে এক-এক লাফে বিশ-পঁচিশ হাত করে রকেটের দিকে চলেছে।

তার পিছু নিয়েছে যে জিনিসটা সেটা মানুষও নয়, জন্তুও নয়, মাছও নয় কিন্তু তিনের সঙ্গেই কিছু কিছু মিল আছে। লম্বায় তিন হাতের বেশি নয়, পা আছে, কিন্তু হাতের বদলে মাছের মতো ডানা, বিরাট মাথায় মুখজোড়া দন্তহীন হাঁ, ঠিক মাঝখানে প্রকাণ্ড একটা সবুজ চোখ, আর সর্বাঙ্গে মাছের মতো আঁশ সকালের রোদে চিকচিক করছে।

জন্তুটা ভাল ছুটতে পারে না, পদে পদে হোঁচট খাচ্ছে। তাই হয়তো প্রহ্লাদের নাগাল

পাবে না।

আমার যেটা সবচেয়ে সাংঘাতিক অস্ত্র সেটা হাতে নিয়ে আমি জন্তুটার পিছনে রকেটের দিকে ছুটলাম, প্রহ্লাদের যদি অনিষ্ট হয় তা হলেই অস্ত্রটা ব্যবহার করব, নয়তো প্রাণীহত্যা করব না।

আমি যখন জন্তুটার থেকে বিশ কি পঁচিশ গজ দূরে, তখনই প্রহ্লাদ রকেটে উঠে পড়েছে। কিন্তু এবারে আরেক কাণ্ড। বিধুশেখর এক লাফে রকেট থেকে নেমে জন্তুটাকে রুখে দাঁড়াল।

ব্যাপার দেখে আমিও থমকে দাঁড়ালাম। এমন সময় একটা দমকা হাওয়ার সঙ্গে আবার সেই আঁশটে গন্ধটা পেয়ে ঘুরেই দেখি ঠিক ওইটার মতো আরও অন্তত দু'-তিনশো জন্তু দূর থেকে দুলতে দুলতে রকেটের দিকে এগিয়ে আসছে। তাদের মুখ দিয়ে সেই বিকট ঝিঁঝির শব্দ—'তিন্তিড়ি! তিন্তিড়ি! তিন্তিড়ি! তিন্তিড়ি! তিন্তিড়ি—'

বিধুশেখরের লোহার হাতের এক বাড়িতেই জন্তুটা 'চী' শব্দ করে ডানা ঝাপটাতে ঝাপটাতে মাটিতে পড়ে গেল। পাছে ও রোখের মাথায় একাই ওই মঙ্গলীয় সৈন্যকে আক্রমণ করে, তাই দৌড়ে গিয়ে বিধুশেখরকে জাপটে ধরলাম। কিন্তু ওর গোঁ সাংঘাতিক, আমায় সুদ্ধ হিঁচড়ে টেনে নিয়ে জন্তুগুলোর দিকে এগিয়ে চলল। আমি কোনওমতে কাঁধের কাছে হাতটা পৌঁছিয়ে বোতামটা টিপে দিলাম, বিধুশেখর অচল হয়ে হুমড়ি খেয়ে পড়ে গেল।

এ দিকে মঙ্গলীয় সৈন্য এখন একশো গজের মধ্যে। তাদের আঁশটে গন্ধে আমার মাথা ঘুরছে। ভৌতিক তিন্তিড়ি চিৎকারে কান ভোঁ ভোঁ করছে।

এখন এই পাঁচ-মনি যন্ত্রের মানুষটাকে রকেটে ওঠাই কী করে?

প্রহ্লাদকে ডেকে উত্তর পেলাম না।

কী বুদ্ধি হল, হাত দিয়ে বিধুশেখরের কোমরের কবজাটা খুলতে লাগলাম। বুঝতে পারছি মঙ্গলীয় সৈন্যের ঢেউ দুলতে দুলতে ক্রমশই এগিয়ে আসছে। আড়চোখে চেয়ে দেখি এখন প্রায় হাজার জন্তু, রোদ পড়ে তাদের আঁশের চকচকানিতে প্রায় চোখ ঝলসে যায়!

কোনওমতে বিধুশেখরকে দু' ভাগে ভাগ করে ফেলে তার মাথার অংশটা টানতে টানতে রকেটের দরজার সামনে এনে ফেললাম। এবার পায়ের দিকটা। সৈন্য এখন পঞ্চাশ গজের মধ্যে। আমার হাত পা অবশ হয়ে আসছে। অস্ত্রের কথা ভুলে গিয়েছি।

পা ধরে টানতে টানতে বিধুশেখরের তলার অংশটা যখন রকেটের দরজায় এনে ফেললাম, তখন দেখি প্রহ্লাদের জ্ঞান হয়েছে। সে এরই মধ্যে ওপরের দিকটা ক্যাবিনের ভিতর তুলে দিয়েছে।

বাকি অংশটা ভিতরে তুলে ক্যাবিনের দরজা বন্ধ করার ঠিক আগের মুহূর্তে আমার পায়ে একটা ঠাণ্ডা স্যাঁতসেতে ঝাপটা অনুভব করলাম।

তারপর আর কিছুই মনে ছিল না।

যখন জ্ঞান হল দেখি রকেট উড়ে চলেছে। আমার ডান পায়ে একটা চিনচিনে যন্ত্রণা ও ক্যাবিনের মধ্যে একটা মেছো গন্ধ এখনও রয়ে গেছে।

কিন্তু রকেটটা উড়ল কী করে? চালাল কে? প্রহ্লাদ তো যন্ত্রপাতির কিছুই জানে না। আর বিধুশেখর তো এখনও দু'খান হয়ে পড়ে আছে। তবে কি আপনিই উড়ল নাকি? কিন্তু তাই যদি হয় তবে কোথায় চলেছে এই রকেট? কোথায় যাচ্ছি আমরা? সৌরজগতের অগণিত গ্রহনক্ষত্রের মধ্যে কোনটিতে গিয়ে আমাদের পাড়ি শেষ হবে? শেষ কি হবে, না অনির্দিষ্ট কাল আমাদের আকাশপথে অজানা উদ্দেশে ঘুরে বেড়াতে হবে?

কিন্তু রসদ ? সে তো অফুরন্ত নয়। আর তিন বছর পরে আমরা খাব কী ?

রকেটের যন্ত্রপাতি নাড়াচাড়া করে দেখেছি তার কোনওটাই কাজ করছে না। এই অবস্থায় রকেটের চলবারই কথা নয়। কিন্তু তাও আমরা চলেছি। কী করে চলেছি জানি না, কিছুই জানি না।

মনে অসংখ্য প্রশ্ন গিজগিজ করছে। কিন্তু কোনওটারই উত্তর দেবার শক্তি আমার নেই।

আজ থেকে আমি অজ্ঞান অসহায়।

ভবিষ্যৎ অজ্ঞেয়, অন্ধকার।

এখনও আমরা একই ভাবে উড়ে চলেছি।

কিছু দেখবার নেই, তাই জানালাটা বন্ধ করে রেখেছি।

প্রহ্লাদ এখন অনেকটা সামলে নিয়েছে। দাঁতকপাটি লাগাটাও কমেছে। নিউটনের অরুচিটাও কমেছে। মঙ্গলীয়ের গায়ে দাঁত বসানোর ফলেই বোধহয় ওটা হয়েছিল। কাণ্ডই বটে! প্রহ্লাদের কথাবার্তা এখনও অসংলগ্ন, কিন্তু যেটুকু বলেছে তার থেকে বুঝেছি যে নদীর ধারে পাথর কুড়োতে কুড়োতে সে হঠাৎ একটা আঁশটে গন্ধ পায়। তাতে সে মুখ তুলে দেখে কিছু দূরেই একটা না-মানুষ না-জন্তু না-মাছ নদীর ধারে দাঁড়িয়ে আছে। আর নিউটন লেজ

খাড়া করে চোখ বড় বড় করে গুটি গুটি সেটার দিকে এগোচ্ছে। প্রহ্লাদ কিছু করার আগেই নিউটন নাকি এক লাফে জন্তুটার কাছে গিয়ে তার হাঁটুতে এক কামড় দেয়। তাতে সেটা ঝিঁঝির মতো এক বিকট চিৎকার করে পালিয়ে যায়। কিন্তু তার পরমুহূর্তেই নাকি ঠিক ওই রকম আরেকটা জন্তু কোথা থেকে এসে প্রহ্লাদকে তাড়া করে। তার পরের ঘটনা অবিশ্যি আমার নিজের চোখেই দেখা।

বিধুশেখর আশ্চর্য সাহসের পরিচয় দিয়েছিল। তাই খুশি হয়ে এ-ক'দিন আমি ওকে বিশ্রাম দিয়েছি। আজ সকালে প্রহ্লাদ ও আমি ওকে জোড়া দিয়ে ওর কাঁধের বোতাম টিপে দিতেই ও স্পষ্ট উচ্চারণে বলল, 'থ্যাঙ্ক ইউ'।

তারপর থেকেই ও আমার সঙ্গে বেশ পরিষ্কার ভাবে প্রায় মানুষের মতো কথা বলছে। কিন্তু কেন জানি না ও চলতি ভাষা না বলে শুদ্ধ ভাষা ব্যবহার করছে। বোধ হয় এত দিন প্রহ্লাদের মুখে রামায়ণ মহাভারত শোনার ফল।

আর সময়ের হিসেব নেই। সন-তারিখ সব গুলিয়ে গেছে। রসদ আর কয়েক দিনের মতো আছে। শরীর মন অবসন্ন। প্রহ্লাদ আর নিউটন নির্জীবের মতো পড়ে আছে। কেবল বিধুশেখরের কোনও গ্লানি নেই। ও বিড়বিড় করে সেই কবে প্রহ্লাদের মুখে শোনা ঘটোৎকচবধের অংশটা আবৃত্তি করে যাচ্ছে।

আজও সেই ঝিমধরা ভাবটা নিয়ে বসেছিলাম এমন সময় বিধুশেখর হঠাৎ তার আবৃত্তি থামিয়ে বলে উঠল, 'বাহবা, বাহবা, বাহবা'।

আমি বললাম, 'কী হল বিধুশেখর, এত ফুর্তি কীসের ?'

বিধুশেখর বলল, 'গবাক্ষ উদ্ঘাটন করহ'।

এর আগে বিধুশেখরের কথা না শুনে ঠকেছি। তাই হাত বাড়িয়ে জানালাটা খুলে দিলাম। খুলতেই চোখঝলসানো দৃশ্য আমায় কিছুক্ষণের জন্য অন্ধ করে দিল। যখন দৃষ্টি ফিরে পেলাম, দেখি আমরা এক অদ্ভুত অবিশ্বাস্য জগতের মধ্য দিয়ে উড়ে চলেছি। যত দূর চোখ যায় আকাশময় কেবল বুদ্‌বুদ্ ফুটছে আর ফাটছে, ফুটছে আর ফাটছে। এই নেই এই আছে, এই আছে এই নেই।

অগুনতি সোনার বল আপনা থেকেই বড় হতে হতে হঠাৎ ফেটে সোনার ফোয়ারা ছড়িয়ে মিলিয়ে যাচ্ছে।

আমি যে অবাক হব তাতে আর আশ্চর্য কী। কিন্তু প্রহ্লাদ যে প্রহ্লাদ, সেও এই দৃশ্য দেখে মুগ্ধ না হয়ে পারেনি। আর নিউটন ? সে ক্রমাগত ঝাঁপিয়ে ঝাঁপিয়ে পড়ে জানালার কাচটা খামচাচ্ছে, পারলে যেন কাচ ভেদ করে বাইরে চলে যায়।

সে দিন থেকে আর জানালা বন্ধ করিনি। কারণ কখন যে কোন বিচিত্র জগতের মধ্যে এসে পড়ি তার ঠিক নেই। খিদেতেষ্টা ভুলে গেছি। ক্ষণে ক্ষণে দৃশ্য পরিবর্তন হচ্ছে। এখন দেখছি সারা আকাশময় সাপের মতো কিলবিলে সব আলো এদিক ওদিক ছুটে বেড়াচ্ছে। এক একটা জানালার খুব কাছে এসে পড়ে, আর কেবিনের ভেতরটা আলো হয়ে ওঠে। এ যেন সৌরজগতের কোনও বাদশাহের উৎসবে আতসবাজির খেলা।

আজকের অভিজ্ঞতা এক বিধুশেখর ছাড়া আমাদের সকলের ঘাম ছুটিয়ে দিয়েছিল।

আকাশভর্তি বিশাল বিশাল গোলাকৃতি এবড়োখেবড়ো পাথরের চাঁই। তাদের গায়ের সব গহ্বরের ভিতর থেকে অগ্ন্যুদ্‌গার হচ্ছে। আমরা সেই পাথরের ফাঁক দিয়ে ফাঁক দিয়ে কলিশন

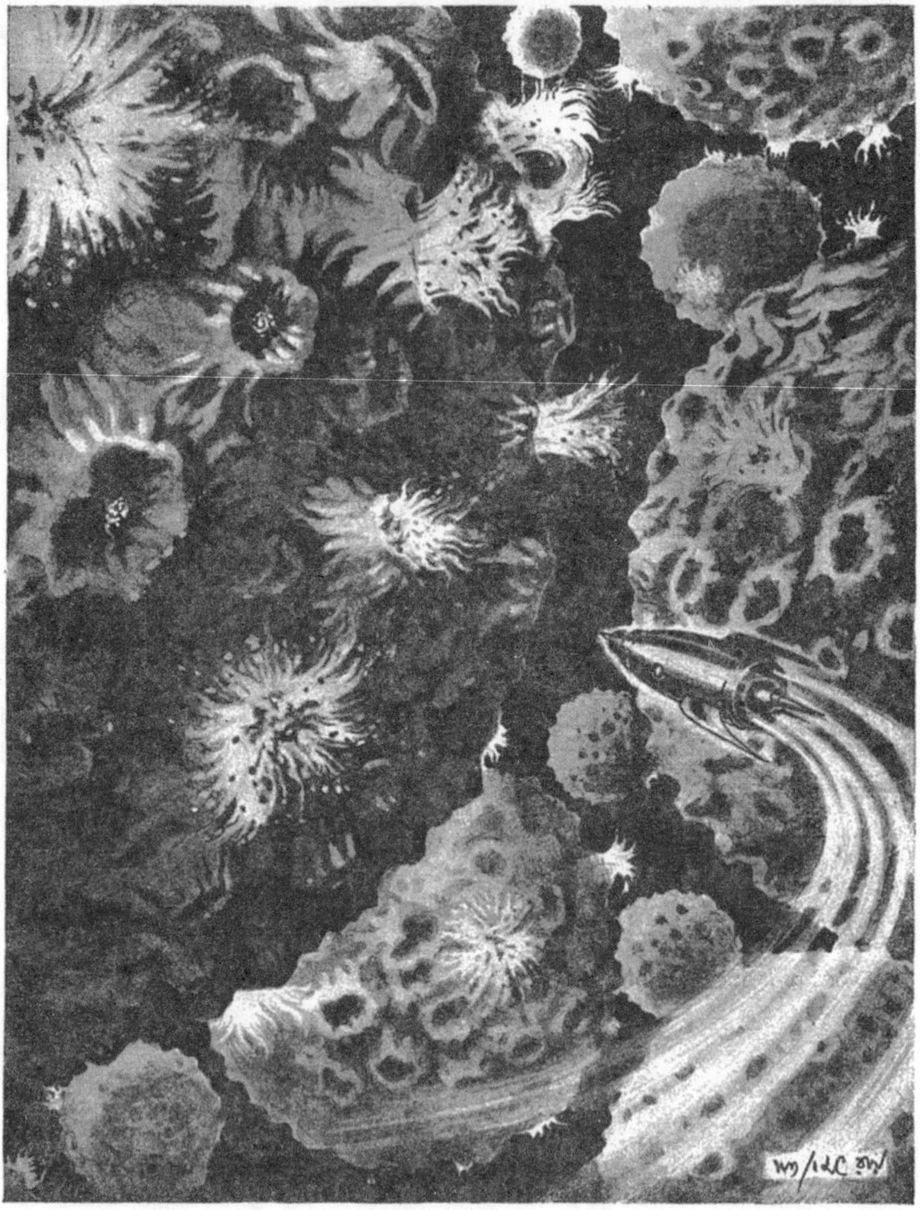

বাঁচিয়ে বিদ্যুৎবেগে ছুটে চলেছি। প্রহ্লাদ ক্রমাগত ইষ্টনাম জপ করছে। নিউটন টেবিলের তলায় ঢুকে থরথর করে কাঁপছে। কতবার মনে হয়েছে এই বুঝি গেলাম, এই বুঝি গেলাম। কিন্তু রকেট ঠিক শেষ মুহূর্তে ম্যাজিকের মতো মোড় ঘুরে নিজের পথ বেছে নিয়ে বেরিয়ে গেছে।

আমরা ভয়ে মরছি, কিন্তু বিধুশেখরের ভ্রূক্ষেপ নেই। সে তার চেয়ারে বসে দুলছে ও

মধ্যে মধ্যে 'টাফা' বলছে।

এই একটা নতুন কথা কদিনই ওর মুখে শুনছি। বোধ হয় বাইরের দৃশ্য দেখে তারিফ করে 'তোফা' কথাটা বলতে গিয়ে টাফা বলছে। আজ নিউটনকে বড়ি খাওয়াচ্ছি এমন সময় বিধুশেখর হঠাৎ এক লাফে জানালার কাছে গিয়ে 'টাফা' বলে চিৎকার করে উঠল। আমি জানালার দিকে তাকিয়ে দেখি—আকাশে আর কিছু নেই, কেবল একটা ঝলমলে সাদা গ্রহ নির্মল নিষ্কলঙ্ক একটি চাঁদের মতো আমাদের দিকে চেয়ে আছে।

রকেটটা নিঃসন্দেহে ওই গ্রহটার দিকেই এগিয়ে চলেছে। বিধুশেখরের কথা যদি সত্যি হয় তা হলে ওটার নাম টাফা।

আজ জানালা দিয়ে অপূর্ব দৃশ্য। টাফার সর্বাঙ্গে যেন অসংখ্য জোনাকি জ্বলছে আর নিবছে। সেই আলোয় আমাদের কেবিনও আলো হয়ে গেছে। আমার সেই স্বপ্নের জোনাকির কথা মনে পড়েছে। মন আজ সকলেরই খুশি।

শেষ পর্যন্ত হয়তো আমাদের অভিযান ব্যর্থ হবে না।

টাফার দূরত্ব দেখে আন্দাজে মনে হচ্ছে কালই হয়তো আমরা ওখানে পৌঁছে যাব। গ্রহটা ঠিক কী রকম দেখতে সেটা ওই জোনাকিগুলোর জন্য বোঝবার উপায় নেই।

আজ বিধুশেখর যে সব কথাগুলো বলছিল সেগুলো বিশ্বাস করা কঠিন। আমি ক'দিন থেকেই ওর অতিরিক্ত ফুর্তি দেখে বুঝেছি যে ওর 'মাথা'টা হয়তো আবার গোলমাল করছে।

ও বলল টাফায় নাকি সৌরজগতের প্রথম সভ্য লোকেরা বাস করে। পৃথিবীর সভ্যতার চেয়ে ওদের সভ্যতা নাকি বেশ কয়েক কোটি বছরের পুরনো! ওদের প্রত্যেকটি লোকই নাকি বৈজ্ঞানিক এবং এত বুদ্ধিমান লোক একসঙ্গে হওয়াতে নাকি ওদের অনেক দিন থেকেই অসুবিধে হচ্ছে। তাই কয়েক বছর থেকেই নাকি ওরা অন্যান্য সব গ্রহ থেকে একটি কমবুদ্ধি লোক বেছে নিয়ে টাফায় আনিয়ে বসবাস করাচ্ছে।

আমি বললাম, 'তা হলে ওদের প্রহ্লাদকে পেয়ে খুব সুবিধে হবে বলো।' তাই শুনে বিধুশেখর ঠং ঠং করে হাততালি দিয়ে এমন বিশ্রীরকম অট্টহাসি আরম্ভ করল যে আমি বাধ্য হয়ে তার কাঁধের বোতামটা টিপে দিলাম।

কাল টাফায় পৌঁছেছি। রকেট থেকে নেমে দেখি বহু লোক আমায় অভ্যর্থনা করতে এসেছে। লোক বলছি, কিন্তু এরা আসলে মোটেই মানুষের মতো নয়। অতিকায় পিঁপড়ে জাতীয় একটা কিছু কল্পনা করতে পারলে এদের চেহারার কিছুটা আন্দাজ পাওয়া যাবে। বিরাট মাথা, আর চোখ, কিন্তু সেই অনুপাতে হাত-পা সরু—যেন কোনও কাজেই লাগে না। এদের সম্বন্ধে বিধুশেখর যা বলেছিল তা যে একদম ভুল সে বিষয়ে কোনও সন্দেহই নেই। আমার বিশ্বাস ব্যাপারটা আসলে ঠিক তার উলটো। অর্থাৎ এরা মানুষের অবস্থা থেকে এখনও অনেক পিছিয়ে আছে, এবং সে অবস্থায় পৌঁছতে ঢের সময় লাগবে।

টাফার অবস্থা যে পৃথিবীর তুলনায় কত আদিম তা এতেই বেশ বোঝা যায় যে এদের ঘরবাড়ি বলে কিছু নেই—এমনকী গাছপালাও নেই। এরা গর্ত দিয়ে মাটির ভিতর ঢুকে যায় এবং সেখানেই বাস করে। অবিশ্যি আমাকে এরা ঠিক আমার দেশের বাড়ির মতো একটা বাড়ি দিয়েছে। কেবল ল্যাবরেটরিটাই নেই, আর সবই যেমন ছিল ঠিক তেমনি।

প্রহ্লাদ ও নিউটন দিব্যি আছে। নতুন গ্রহে এসে নতুন পরিবেশে যে বাস করছে সে বোধটাই যেন নেই।

বিধুশেখরকেই কেবল দেখতে পাচ্ছি না, ও কাল থেকেই উধাও। টাফা সম্পর্কে এতগুলো মিথ্যে কথা বলে হয়তো আর মুখ দেখানোর সাহস নেই।

আজ থেকে ডায়রি লেখা বন্ধ করব—কারণ এখানে উল্লেখযোগ্য ঘটনা ঘটার কোনও সম্ভাবনা দেখছি না। খাতাটা পৃথিবীতে ফেরত পাঠানোর কোনও উপায় নেই এটা খুব আক্ষেপের বিষয়। এত মূল্যবান তথ্য রয়েছে এতে! এখানকার মূর্খরা তো মর্ম কিছুই বুঝবে না—আর এ দিকে আমাকেও ফিরে যেতে দেবে না।

ফিরে যাওয়ার খুব যে একটা প্রয়োজন বোধ করছি তাও নয়—কারণ এরা সত্যি আমায় খুবই যত্নে রেখেছে। বোধ হয় ভাবছে যে আমার কাছ থেকে অনেক কিছু আদায় করে নেবে।

এরা বাংলাটা জানল কী করে জানি না—তবে তাতে একটা সুবিধে হয়েছে যে ধমক টমক দিলে বোঝে। সে দিন একটা পিঁপড়েকে ডেকে বললাম, 'কই হে, তোমাদের বৈজ্ঞানিক-টৈজ্ঞানিকরা সব কোথায়? তাদের সঙ্গে একটু কথাটথা বলতে দাও। তোমরা যে ভয়ানক পিছিয়ে আছ।'

তাতে লোকটা বলল, 'ও সব বিজ্ঞানটিজ্ঞান দিয়ে আর কী হবে? যেমন আছেন থাকুন না। আমরা মাঝে মাঝে আপনার কাছে আসব। আপনার সহজ সরল কথাবার্তা শুনতে আমাদের ভারী ভাল লাগে।'

আহা! যত সব ন্যাকামো।

আমি রেগে গিয়ে আমার নস্যির বন্দুকটা নিয়ে লোকটার ঠিক নাকের ফুটোয় তাক করে মারলাম।

কিন্তু তাতে ওর কিছু হল না।

হবে কী করে? এরা যে এখনও হাঁচতেই শেখেনি!

[অনেকে হয়তো জানতে চাইবে প্রোফেসর শঙ্কুর ডায়রিটা কোথায় এবং এমন আশ্চর্য জিনিসটাকে দেখবার কোনও উপায় আছে কি না। আমার নিজের ইচ্ছে ছিল যে, ডায়রিটা ছাপানোর পর ওর কাগজ ও কালিটা কোনও বৈজ্ঞানিককে দিয়ে পরীক্ষা করিয়ে তারপর ওটাকে জাদুঘরে দিয়ে দেব। সেখানে থাকলে অবিশ্যি সকলের পক্ষেই দেখা সম্ভব। কিন্তু তা হবার জো নেই। না থাকার কারণটা আশ্চর্য। লেখাটা কপি করে প্রেসে দেবার পর সেই দিনই বাড়ি এসে শোবার ঘরের তাক থেকে ডায়রিটা নামাতে গিয়ে দেখি জায়গাটা ফাঁকা। তারপর একটা অদ্ভুত ব্যাপার দেখলাম। ডায়রির পাতার কিছু গুঁড়ো আর লাল মলাটটার ছোট্ট একটা অংশ তাকের উপর আছে। এবং তার উপর ক্ষিপ্রপদে ঘোরাফেরা করছে প্রায় শ-খানেক বুভুক্ষু ডেঁয়োপিঁপড়ে। এরা পুরো খাতাটাকে খেয়ে শেষ করেছে, এবং ওই সামান্য বাকি অংশটুকু আমার চোখের সামনেই উদরসাৎ করে ফেলল। আমি কেবল হাঁ করে চেয়ে রইলাম।

যে জিনিসটাকে অক্ষয় অবিনশ্বর বলে মনে হয়েছিল, সেটা হঠাৎ পিঁপড়ের খাদ্যে পরিণত হল কী করে সেটা আমি এখনও ভেবে ঠাহর করতে পারিনি। তোমরা এর মানে কিছু বুঝতে পারছ কি?]

সন্দেশ। আশ্বিন, কার্তিক, অগ্রহায়ণ ১৩৬৮

প্রোফেসর শঙ্কু ও ঈজিপ্সীয় আতঙ্ক

পোর্ট সেইডের ইম্পিরিয়াল হোটেলের ৫ নং ঘরে বসে আমার ডায়রি লিখছি ! এখন রাত সাড়ে এগারোটা । এখানে বোধ হয় অনেক রাত অবধি লোকজন জেগে থাকে, রাস্তায় চলাফেরা করে, হইহল্লা করে । আমার পূর্বদিকের খোলা জানালাটা দিয়ে শহরের গুঞ্জন ভেসে আসছে । দশটা অবধি একটা ভ্যাপসা গরম ছিল । তার পর থেকে একটা ঝিরঝিরে হাওয়া বইতে শুরু করেছে সুয়েজ ক্যানালের দিক থেকে ।

আমার ঈজিপ্টে আসা কতদূর সার্থক হবে জানি না, তবে আজ সারাদিনে যে সব ঘটনা ঘটেছে তাতে কিছুটা আশাপ্রদ বলেই মনে হচ্ছে । অনেকদিন থেকেই এদিকটায় একটা পাড়ি দেবার ইচ্ছে ছিল । আমার তো মনে হয় যে কোনও দেশের যে কোনও বৈজ্ঞানিকেরই ঈজিপ্টটা ঘুরে যাওয়া উচিত । আজ থেকে পাঁচ হাজার বছর আগেও এরা বিজ্ঞানে যে আশ্চর্য কৃতিত্ব দেখিয়েছিল, তা ভাবলে সত্যিই অবাক লাগে । এ নিয়ে অনেক কিছু গবেষণা করার আছে । এদের কেমিস্ট্রি, এদের গণিতবিজ্ঞান, এদের চিকিৎসাশাস্ত্র, সব কিছুই সেই প্রাচীন যুগে এক অবিশ্বাস্য পরিণতি লাভ করেছিল ।

সবচেয়ে অবাক লাগে এদের mummy-র ব্যাপারটা । মৃতদেহকে এমন এক আশ্চর্য রাসায়নিক উপায়ে ব্যান্ডেজবদ্ধ অবস্থায় কাঠের কফিনে শুইয়ে রেখে দিত, যে পাঁচ হাজার বছর পরেও সেই ব্যান্ডেজ খুলে দেখা গেছে যে মৃতদেহ পচা তো দূরে থাকুক, তার কোনও রকম বিকারই ঘটেনি । এর রহস্য আজ অবধি কোনও বৈজ্ঞানিক উদ্ঘাটন করতে পারেননি ।

ইংল্যান্ডের প্রত্নতাত্ত্বিক ডক্টর জেমস্ সামারটন যে বর্তমান ঈজিপ্টের বুবাসটিস অঞ্চলে এক্সক্যাভেশন চালাচ্ছেন সে খবর গিরিডিতে থাকতেই পড়েছিলাম । এই প্রত্নতাত্ত্বিক দলটির সঙ্গে আলাপ করে নেওয়ার উদ্দেশ্য প্রথম থেকেই ছিল । সামারটনের লেখা ঈজিপ্ট সম্বন্ধে বইগুলো সবই পড়ে নিয়েছিলাম । তিন বছর সাহারায় এক্সক্যাভেশনের ফলে চতুর্থ ডাইন্যাস্টির রাজা খেরোটেপের সেই আশ্চর্য সমাধিকক্ষ সামারটনই আবিষ্কার করেছিলেন । এই সামারটনের সঙ্গে ঈজিপ্টে পদার্পণ করার কয়েক ঘণ্টার মধ্যেই যে এমন আশ্চর্যভাবে আলাপ হবে তা কে জানত ?

সকালে হোটেলে এসে আমার ঘরের ব্যবস্থা করেই গিয়েছিলাম ম্যানেজারের কাছে, সামারটনের খোঁজ নিতে ।

ভদ্রলোক আমার প্রশ্ন শুনে খবরের কাগজ থেকে দৃষ্টি তুলে আমার দিকে চেয়ে বললেন, 'আপনিও কি একই ধান্দায় এসেছেন নাকি ?'

বলার ভঙ্গিটা আমার ভাল লাগল না । বললাম, 'কেন বলুন তো ?'

ম্যানেজার বললেন, 'তাই যদি হয়, তা হলে আপনাকে সাবধান করে দেওয়াটা আমার কর্তব্য বলে মনে করি । নইলে সামারটনের যা দশা হয়েছে, আপনারও ওই জাতীয় একটা কিছু হবে আর কী ।'

'কী হয়েছে সামারটনের ?'

'উপযুক্ত শাস্তি হয়েছে—আবার কী হবে ? মাটি খুঁড়ে প্রাচীন সমাধিমন্দিরে অনধিকার প্রবেশের ফলভোগ করছেন তিনি। অবশ্য বেশি দিন কষ্ট পেতে হবে না বোধ হয়। স্ক্যারাব পোকার কামড় খেয়ে কম মানুষই বাঁচে।'

স্ক্যারাব বিট্‌ল-এর কথা বইয়ে পড়েছি। গুবরে জাতীয় পোকা ; পুরাকালে ঈজিপ্সীয়রা দেবতা বলে মান্য করত।

আরও কিছু প্রশ্ন করে জানতে পারলাম গতকাল বুবাসটিস-এ এক্সক্যাভেশনের কাজ করতে করতে সামারটন হঠাৎ নাকি চিৎকার করে পড়ে যান। তাঁর সাঙ্গোপাঙ্গরা ছুটে এসে দেখে সামারটন তাঁর ডান পায়ের গুলিটা আঁকড়ে ধরে যন্ত্রণায় মুখ বিকৃত করে পড়ে আছেন আর বলছেন, 'দ্যাট বিট্‌ল ! দ্যাট বিট্‌ল্ !'

পোকাটিকে নাকি খুঁজে পাওয়া যায়নি।

সামারটনকে তৎক্ষণাৎ পোর্ট সেইডের হাসপাতালে পাঠিয়ে দেওয়া হয়। তাঁর অবস্থা নাকি বেশ সঙ্গিন।

খবরটা পেয়ে আর বিলম্ব না করে হাসপাতালের উদ্দেশে বেরিয়ে পড়লাম। সঙ্গে নিলাম আমার তৈরি ওষুধ—মিরাকিউরল। দেশে কত যে করাইত-কেউটের ছোবল খাওয়া ও কাঁকড়াবিছের কামড় খাওয়া লোক এই ওষুধের এক ডোজ খেয়েই চাঙ্গা হয়ে উঠেছে তার ইয়ত্তা নেই !

হাসপাতালে গিয়ে দেখি সাহেবের সত্যিই সংকটাপন্ন অবস্থা। কিন্তু আশ্চর্য মনের জোর ভদ্রলোকের। এই অবস্থাতেও শান্তভাবে খাটে শুয়ে আছেন। কেবল মাঝে মাঝে আচমকা ভ্রূকুঞ্চন ও মুখ বিকৃতিতে তাঁর অসহ্য যন্ত্রণা প্রকাশ পাচ্ছে।

আমি নিজের পরিচয় দিয়ে তাঁর একজন অনুরাগী পাঠক হিসাবে তাঁর দর্শন পাবার জন্য ঘরে ঢুকেছিলাম কিন্তু অবাক হয়ে গেলাম যে ভদ্রলোক আমার নামে চিনতে পেরেছেন। শুধু তাই নয়—এই যন্ত্রণাক্লিষ্ট অবস্থায় ক্ষীণ কণ্ঠে তিনি আমাকে জানালেন যে আমার লেখা বিজ্ঞানবিষয়ক অনেক বইই তাঁর পড়া—এবং ভূতপ্রেতের বৈজ্ঞানিক ভিত্তি সম্পর্কে আমার যে মৌলিক গবেষণামূলক একটি বই আছে—সেটা নাকি তাঁর একটি অতি প্রিয় বই।

আমার উপর এই আস্থার দরুনই বোধহয় আমার ওষুধটা খেতে তাঁর কোনও আপত্তি হল না।

আমি যখন হোটেলে ফিরেছি তখন বেলা সাড়ে এগারোটা। বিকেল তিনটের কিছু আগে খবর এল সামারটন অনেকটা সুস্থ বোধ করছেন। জ্বর নেই, শরীরের নীল ভাবটা কেটে গেছে, যন্ত্রণাও অনেক কম। আগামীকাল সকালের মধ্যে যে তিনি সম্পূর্ণ সুস্থ হয়ে উঠবেন এ বিষয় আমার মনে কোনও সন্দেহ ছিল না। কাল সকালে সামারটনের সঙ্গে দেখা করে কয়েকদিনের জন্য তাঁর সঙ্গ নেওয়ার প্রস্তাবটা করতে হবে।

৮ই সেপ্টেম্বর রাত ১২টা

আজ ভোরে উঠেই হাসপাতালে গিয়েছিলাম। সামারটন একেবারে সুস্থ। গুবরের কামড়ের দাগটা পর্যন্ত আশ্চর্যভাবে একদিনেই মিলিয়ে গেছে। আমার ওষুধের গুণ দেখে আমি নিজেই অবাক। কী সব অদ্ভুত জিনিসের সংমিশ্রণে ওই ওষুধ তৈরি হয়েছে সেটা আর সামারটনকে বললাম না। বিশেষত গলদা চিংড়ির গোঁফের কথাটা বললে হয়তো তিনি আমাকে পাগলই ঠাউরে বসতেন। যাই হোক—আমার প্রতি সামারটনের কৃতজ্ঞতার শেষ নেই। এক্সক্যাভেশনে সঙ্গ নেবার কথাটা আর আমাকে বলতে হল না—উনি নিজেই

বললেন। আমি অবশ্য তৎক্ষণাৎ রাজি হয়ে গেলাম।

ইনিও দেখলাম মামির ব্যাপারে বিশেষ অনুসন্ধিৎসু। শুধু তাই নয়—এই যে সব ভূগর্ভস্থ প্রাচীন সমাধিমন্দিরে প্রবেশ করে তার জিনিসপত্র ঘাঁটাঘাঁটি করা, এর ফলে যে কোনও প্রাচীন অভিশাপ সামারটন বা তাঁর দলভুক্ত কাউকে স্পর্শ করে তার অনিষ্ট হতে পারে, এ বিশ্বাসও যে সামারটনের আছে। যে গুব্‌রে পোকাটি তাঁকে কামড়েছে, তাঁর ধারণা সেটি হল সেই স্ক্যারাব গুব্‌রে—যাকে নাকি ঈজিপ্সীয়রা পুজো করত। সামারটন যে মন্দিরে কাজ করছেন তার দেওয়ালে নাকি এই গুবরের খোদাই করা প্রতিমূর্তি রয়েছে। ঈজিপ্সীয়রা যে জন্তু জানোয়ার মাছ পাখির অনেক কিছুকেই দেবতার অবতার বলে পুজো করত সে তথ্য আমার জানা ছিল। আমি সামারটনকে বললাম, 'কোন একটা জায়গায় নাকি এক্সক্যাভেশনের ফলে একটা বেড়ালের সমাধি মন্দির পাওয়া গেছে ?'

সামারটন বললেন, 'আরে, সে তো এই বুবাসটিসেই—আমি এখন যেখানে কাজ করছি সেখানে। অবিশ্যি এটা অনেকদিনের আবিষ্কার। শতখানেক বেড়ালের সমাধি রয়েছে সেই ঘরটায়। ঠিক মানুষকে যে ভাবে mummify করে কফিনে বন্ধ করে রাখা হত বেড়ালকেও ঠিক সেইভাবেই রাখা হয়েছে। বেড়াল ছিল নেফ্‌দেৎ দেবীর অবতার।'

আমি স্থির করলাম সময় ও সুযোগ পেলে এই বিচিত্র সমাধিকক্ষ দেখে আসব। বেড়াল আমার অতি প্রিয় জিনিস। বাড়িতে আমার পোষা নিউটনকে রেখে এসেছি। তার কথা মনে হলে মনটা খারাপ হয়ে যায়।

সামারটনের সঙ্গে দেখা করে যখন হোটেলে ফিরছি তখন বেলা বেড়ে গিয়ে বেশ গনগনে রোদ উঠেছে। হোটেলের সামনে একটা স্থানীয় লোক আমায় দেখে আমার দিকে এগিয়ে এল। লোকটা লম্বায় ছ'ফুটের ওপর, গায়ের রং পোড়া তামাটে, চুল ছোট করে ছাঁটা ও পাকানো, চোখ দুটো কোটরে বসা, চাহনি তীক্ষ্ণ ও নির্মম।

লোকটা এগিয়ে এসে তার ডান হাতটা অত্যন্ত উদ্ধতভাবে আমার কাঁধের উপর রাখল। তারপর আমার দিকে নিষ্পলক দৃষ্টি রেখে ভাঙা ইংরেজিতে বলল, 'আপনাকে তো ভারতীয় বলে মনে হচ্ছে, তবে আপনি এই শ্বেতাঙ্গ বর্বরদের দলে ভিড়ছেন কেন ? আমাদের দেশের সব পবিত্র প্রাচীন জিনিস নিয়ে আপনাদের এত কী মাথা ব্যথা ?'

আমি পালটা বিরক্তির ভাব দেখিয়ে বললাম, 'কেন, তাতে কী হয় ? প্রাচীন জিনিস নিয়ে মাথা ঘামালেই কি তার প্রতি অশ্রদ্ধা প্রকাশ করা হয় ? আপনি জানেন আমি প্রাচীন ঈজিপ্সীয় সভ্যতার প্রতি কতখানি শ্রদ্ধা নিয়ে এদেশে এসেছি ?'

লোকটার চোখদুটো যেন জ্বল জ্বল করে উঠল। তার ডান হাতটা তখনও আমার কাঁধে। সেই হাত দিয়ে একটা চাপ দিয়ে সে বলল, 'শ্রদ্ধা এক জিনিস, আর শাবল লাগিয়ে মাটি খুঁড়ে পবিত্র সমাধিকক্ষে প্রবেশ করে মৃতব্যক্তির আত্মার অবমাননা করা আর এক জিনিস। সামারটন সাহেব কোথায় কাজ করছেন তা জানেন ?'

'জানি। বুবাসটিসে চতুর্থ ডাইনাস্টির রাজা থেফ্রেসের আমলের একটি সমাধিকক্ষে।'

'সেইখানে আমার পূর্বপুরুষদের সমাধি আছে সেটা আপনি জানেন ?'

আমি তো হো হো করে হেসে উঠে বললাম, 'আপনি দেখছি আপনার চৌদ্দশ' পুরুষ অবধি খবর রাখেন।'

লোকটা যেন আরও খেপে উঠল। তার ডান হাত দিয়ে আমার কাঁধে একটু ঝাঁকুনি দিয়ে বলল, 'রাখি কি না রাখি তা ওইসব মন্দিরে আরেকটু ঘোরাঘুরি করে দেখুন না, তা হলেই টের পাবেন।'

এই বলে লোকটা আমায় ছেড়ে হনহনিয়ে রাস্তার দিকে চলে গিয়ে ভিড়ের সঙ্গে মিশে গেল। আমিও হাঁফ ছেড়ে আমার ঘরে চলে গেলাম।

সামারটন কালকেই ফিরে যাবেন তাঁর কাজের জায়গায় এবং আমি যাব তাঁর সঙ্গে। জিনিসপত্তর এইবেলা গোছগাছ করে রাখা ভাল। মনে মনে একটা উত্তেজনা অনুভব করছিলাম। সেবার নীলগিরি অঞ্চলে প্রাগৈতিহাসিক জানোয়ারের উদ্দেশ্যে পাড়ি দেবার সময়ও ঠিক এইরকম হয়েছিল। বেড়ালের সমাধি! ভাবলেও হাসি পায়!...

কাল সামারটনকে এই উদ্ধতস্বভাব আধপাগলা ঢ্যাঙা লোকটার কথা বলতে হবে। আমার মনে হয় ব্যাপারটা আর কিছু নয়—আসলে এইসব পুরনো মন্দিরে অনেক সময়েই মূল্যবান পাথরবসানো সব গয়নাগাঁটি পাওয়া যায়। এইসব স্থানীয় লোকেরা তা ভালভাবেই জানে এবং এরা হয়তো মনে করে যে হুমকি দিয়ে, অভিশাপের ভয় দেখিয়ে, নিরীহ প্রত্নতাত্ত্বিকদের কাছ থেকে এই সব পাথরবসানো জিনিসের কয়েকটা আদায় করে নিতে পারবে। তবে লোকটা যদি বেশি জ্বালাতন করে আমি স্থির করেছি ওকে হাঁচিয়ে মারব। আমার snuff gun বা নস্যাস্ত্রটা সঙ্গে এনেছি। নাকে তাগ করে মারলে দু' দিন ধরে অনর্গল হাঁচি চলবে। তারপর দেখব বাবাজি আর বিরক্ত করতে আসে কি না।

১০ই সেপ্টেম্বর

আমরা কাল সকালে বুবাসটিসে এসে পৌঁছেছি। সামারটনের সঙ্গে কাল দুপুরে সদ্যখনিত চার-হাজার বছরের পুরনো সমাধিকক্ষে নেমেছিলাম। এ যে কী অদ্ভুত অনুভূতি তা লিখে বোঝানো দুষ্কর। একটা সঙ্কীর্ণ সিঁড়ি দিয়ে নেমে সঙ্কীর্ণতর সুড়ঙ্গের মধ্যে দিয়ে ঘরটায় প্রবেশ করতে হয়। সামারটনের অনুমান এটা কোনও উচ্চপদস্থ রাজকর্মচারীর সমাধিকক্ষ। বেশ বড় একটি হলঘরের মাঝখানে কারুকার্য করা কাঠের কফিন। ঘরের চারপাশে আরও ছোট ছোট সারবাঁধা সব ঘর—তার প্রত্যেকটির মধ্যেই একটি করে কফিন। এতে নাকি এই গণ্যমান্য ব্যক্তির পরিষদবর্গের মৃতদেহ রয়েছে। ঈজিপ্সীয়রা বিশ্বাস করত মৃতব্যক্তির আত্মা নাকি মৃতদেহের আশেপাশেই ঘোরাফেরা করে এবং জীবিত ব্যক্তির দৈনন্দিন জীবনযাত্রায় যা কিছু প্রয়োজন হয়, এই সব মৃত আত্মারও নাকি সেই সবের প্রয়োজন হয়। তাই কফিনের পাশে দেখলাম খাবার পাত্রে খাদ্যদ্রব্য, মদের পিপেতে মদ, পোশাকআশাক, প্রসাধনের জিনিস, খেলাধূলার সরঞ্জাম, সবই রাখা হয়েছে।

সামারটন একটা কফিনের ডালা খুলে তার ভিতরের মামিটা আমায় দেখিয়ে দিলেন। হাত দুটো বুকের ওপর জড়ো করা। মাথা থেকে পা পর্যন্ত ব্যান্ডেজে আবৃত। ডালা খুলতেই একটা উগ্র গন্ধ নাকে প্রবেশ করল। আমি অবাক বিস্ময়ে মৃতদেহটি দেখতে লাগলাম। কত বইয়ে পড়েছি এই মামির কথা!

মামির বুকের উপর সেই চার হাজার বছরের পুরনো প্যাপাইরাস কাগজে ঈজিপ্সীয় হাইরোগ্লিফিক ভাষায় কী যেন লেখা রয়েছে। এ ভাষা আমার জানা নেই। সামারটন অবশ্যই জানেন। কিন্তু আধুনিক ভাষার মতো এ তো আর গড়গড় করে পড়া যায় না। এ ভাষা বুঝতে সময় লাগে। সামারটন বললেন, 'ওই প্যাপাইরাসে মৃতব্যক্তির পরিচয় রয়েছে। শুধু যে নামধাম তা নয়। কবে কী ভাবে মৃত্যু হয়েছে তাও লেখা রয়েছে।'

সারাদিন সমাধিকক্ষে ঘোরাঘুরির পর সন্ধ্যার দিকে তাঁবুতে ফেরার পথে সামারটন আমাকে জিজ্ঞেস করলেন, 'তুমি তো মনে কর ভূত প্রেত বা অলৌকিক সব কিছুরই একটা বৈজ্ঞানিক ভিত্তি আছে তাই না? অন্তত তোমার বই পড়ে তো তাই মনে হয়।'

আমি বললাম, 'সেটা ঠিকই। তবে আমি এটাও মানি যে বিজ্ঞান যেমন অনেক দিকে এগোতে পেরেছে তেমনি আবার অনেক কিছুরই হদিস এখনও পর্যন্ত পায়নি। এই যেমন স্বপ্ন কেন দেখে মানুষ এই নিয়ে তো বৈজ্ঞানিকদের মধ্যে মতভেদ রয়েছে। তবে আমি বিশ্বাস করি যে পঁচিশ কি পঞ্চাশ কি অন্তত একশো বছরের মধ্যে জগতের সব রহস্যেরই কারণ বৈজ্ঞানিকরা জেনে ফেলবেন।'

সামারটন একটু ভেবে বললেন, 'এই যে সব প্রাচীন সমাধিকক্ষে আমরা প্রবেশ করছি, এখানকার অনেকের মতে তাতে নাকি আমাদের প্রতি মৃতব্যক্তির আত্মা অসন্তুষ্ট হচ্ছে। এমনকী তারা নাকি আমাদের উদ্দেশে অভিশাপ বর্ষণ করছে। হয়তো একদিন আমাদের এই পাপের ফল ভোগ করতে হবে।'

কথাটা শুনে আমি হেসে ফেললাম, কারণ সে দিনের সেই পাগলটার কথা আমার মনে পড়ে গেল।

সামারটনকে লোকটার কথা বলতে তিনিও হেসে ফেললেন। বললেন, 'আরে, ও তো প্রথম দিন থেকেই আমার পেছনে লেগেছে। আমাকেও হুমকি দিয়েছিল এসে। ও আর কিচ্ছু না—কিছু বকশিস পেলেই ও আর জ্বালাতন করবে না।'

আমি বললাম, 'তা দিয়ে দিলেই তো পারেন। আপদ বিদেয় হয়।'

সামারটন মাথা নেড়ে বললেন, 'এই সব ছ্যাঁচড়া লোকগুলোর পেছনে অর্থব্যয় করার ইচ্ছে নেই আমার। এতে ওদের লোভ আরও বেড়ে যায়। ভবিষ্যতে যাঁরা এই সব কাজে এখানে আসবেন তাঁদের কথাও তো ভাবতে হবে আমাদের। তার চেয়ে সম্পূর্ণ অগ্রাহ্য করাই ভাল। কিছুদিন বিরক্ত করে লাভের আশা নেই দেখে আপনিই সরে পড়বে।'

তাঁবুতে ফিরে শরবত খেয়ে ঠাণ্ডা হয়ে একটা ক্যানভাসের ডেকচেয়ার নিয়ে বাইরে বসলাম। পশ্চিমদিকে চেয়ে দেখি অস্তগামী সূর্যের সামনে গিজার পিরামিডটা গাঢ় ধূসর চেহারা নিয়ে দাঁড়িয়ে আছে। এই পিরামিড যে প্রাচীন যুগে কী ভাবে তৈরি করা সম্ভব হয়েছিল তা আজও ঠিক বোঝা যায়নি।

তাঁবুর উত্তর দিকে এক লাইন খেজুর গাছ। তার একটার মাথায় দেখলাম গোটা তিনেক শকুনি থুম হয়ে বসে আছে। শকুনিকেও নাকি পুরাকালে এরা দেবতার অবতার বলে মনে করত। আশ্চর্য জাত ছিল এই প্রাচীন ঈজিপ্সীয়রা!

১২ই সেপ্টেম্বর

আজ সামারটন একটা প্রস্তাব করে আমাকে একেবারে হকচকিয়ে দিলেন এবং প্রস্তাবটা শুনে আমি বুঝতে পারলাম যে মৃত্যুর কবল থেকে তাঁকে রক্ষা করার জন্য তিনি আমার প্রতি কী গভীরভাবে কৃতজ্ঞ।

সারাদিন বুবাসটিসের বেড়ালের সমাধিকক্ষ দেখে সন্ধ্যার দিকে যখন তাঁবুতে ফিরছি তখন পাইপের ধোঁয়া ছাড়তে ছাড়তে সামারটন হঠাৎ বললেন, 'শ্যাঙ্কু, তুমি আমার জন্যে যা করেছ তার প্রতিদানে আমি কী করতে পারি সেই চিন্তাটা ক'দিন থেকে আমাকে ভাবিয়ে তুলেছিল। আজ একটা উপায় আমার মাথায় এসেছে, এখন সেটা তোমার মনঃপূত হয় কি না জানা দরকার।'

এই পর্যন্ত বলে সামারটন একটু দম নেবার জন্য থামলেন। গুবরের কামড় যে ভেতরে ভেতরে তাঁকে বেশ দুর্বল করে দিয়েছে সেটা বুঝতে পারা যায়। কিছুটা পথ চলার পর সামারটন বললেন, 'তোমার তো মামি নিয়ে গবেষণা করার ইচ্ছে আছে। ধরো যদি আমার

আবিষ্কৃত মামিগুলোর মধ্যে একটা তোমাকে দেওয়া যায়—তুমি কি খুশি হবে, না অখুশি হবে ?'

আমি প্রস্তাবটা শুনে এমন অবাক হয়ে গেলাম যে প্রথমে আমার মুখ দিয়ে কথাই সরল না। আমার এক্সপেরিমেন্টের জন্য একটা নিজস্ব মামি নিয়ে দেশে ফিরতে পারব এ আমার স্বপ্নের অতীত। কোনওমতে ঢোক গিলে বললাম, 'একটা মামি নিয়ে যেতে পারলে, আমার এ অভিযান সম্পূর্ণ সার্থক হবে বলেই আমি মনে করি এবং এ ঘটনা যদি ঘটে তা হলে আমি তোমার প্রতি চিরকৃতজ্ঞ থাকব।'

সামারটন মুচকি হেসে বললেন, 'তুমি কী চাও ? বেড়াল, না মানুষ ?'

আমার গবেষণার জন্য অবিশ্যি বেড়াল আর মানুষে কোনও তফাত হত না কিন্তু আমার প্রিয় নিরীহ নিউটনের কথা ভেবে কেন জানি বেড়ালের মামি সঙ্গে নিতে মন চাইল না। নিউটন সব সময়েই আমার ল্যাবরেটরির আশেপাশে ঘুরঘুর করে। হঠাৎ একদিন চার হাজার বছরের পুরনো বেড়ালের মৃতদেহ সেখানে দেখলে তার যে কী মনোভাব হতে পারে সেটা অনুমান করা কঠিন। আমি তাই বললাম, 'মানুষই প্রেফার করব।'

সামারটন বললেন, 'বেশ তো—কিন্তু নেবে যখন একটা ভাল জিনিসই নাও। বুবাসটিসেই বেড়ালের কবরস্থানের কাছেই আরেকটা সমাধিকক্ষ আমি আবিষ্কার করেছি যাতে প্রায় ত্রিশ জন মানুষের মামি রয়েছে। এরা যে কী ধরনের লোক ছিল সেটা এখনও বুঝতে পারা যায়নি। আমার মনে হয় এদের মৃত্যুর ব্যাপারে কোনও রহস্য জড়িত আছে। এদের কফিনে প্যাপাইরাস কাগজে যে হাইরোগ্লিফিক লেখা আছে তার মধ্যেও একটা যেন বিশেষত্ব আছে—আমি এখনও পড়ে উঠতে পারিনি। তোমাকে এই ত্রিশটির মধ্যে একটি কফিন দিয়ে দেব। কিন্তু তার ভেতর থেকে লেখাটা আমি বার করে নেব। তারপর দেশে ফিরে গিয়ে পাঠোদ্ধার করে তোমাকে পাঠিয়ে দেব। তার মধ্যে তুমি যা গবেষণা চালাবার তা চালিয়ে যেয়ো—এবং তোমার ফাইন্ডিংস আমাকে জানিয়ে দিও। মামির রাসায়নিক রহস্য তুমি যদি উদ্ঘাটন করতে পার তা হলে হয়তো একদিন নোবেল প্রাইজও পেয়ে যেতে পার।'

আমার আর ঈজিপ্টে থাকার কোনও প্রয়োজন নেই। সামারটনের দেওয়া কফিনটি প্যাকিং কেসে ভরে ফেলে জাহাজে নিয়ে দেশে ফিরতে পারলেই আমার মনস্কামনা পূর্ণ হবে! তারপর গবেষণার জন্য তো অফুরন্ত সময় পড়ে আছে। সত্যি, সামারটনের বদান্যতার কোনও তুলনা নেই। আসলে বৈজ্ঞানিকেরা ভিন্ন দেশবাসী হলেও তারা কেমন যেন পরস্পরের প্রতি একটা আত্মীয়তা অনুভব করে। সামারটনের সঙ্গে আমার তিনদিনের আলাপ কিন্তু মনে হচ্ছে যেন তিনি আমার বহুকালের পরিচিত।

১৫ই সেপ্টেম্বর

আজ সকালে পোর্ট সেইডে ফিরেছি। এসেই এক বিদঘুটে ঘটনা। আমার হোটেলের কাছেই একটা বড় দোকান থেকে একটা চামড়ার পোর্টফোলিও কিনে রাস্তায় বেরোতেই সেই পাগলাটে লম্বা লোকটির সঙ্গে একেবারে চোখাচুখি। শুধু তাই নয়—সে এগিয়ে এসে আমার শার্টের কলারটা একেবারে চেপে ধরেছে। আমি তো রীতিমতো ভ্যাবাচাকা। সত্যি বলতে কী গত কয়দিনের আনন্দ উত্তেজনায় আমি লোকটার কথা ভুলেই গিয়েছিলাম। আর এ ধরনের কোনও বিপদের আশঙ্কা করিনি বলেই বোধ হয় আমার সঙ্গে কোনও অস্ত্রশস্ত্রও ছিল না।

লোকটা রক্তবর্ণ চোখ করে আমার মুখের ওপর ঝুঁকে পড়ে সেই ভাঙা ইংরেজিতে বলল,

'তোমাকে সাবধান করে দিয়েছিলাম, তুমি আমার কথা শুনলে না। সেই আমারই পূর্বপুরুষের মৃতদেহ নিয়ে চলেছ তুমি নিজের দেশে। এর জন্যে কী শাস্তি তোমাকে ভোগ করতে হবে তা তুমি ধারণাও করতে পারো না। এর প্রতিশোধ আমি নিজে নেব। আমি নিজে স্বহস্তে এই অপরাধের শোধ তুলব।'

এই বলে লোকটা আমার কলারটাকে খামচিয়ে চাপ দিয়ে প্রায় আমার শ্বাসরোধ করার উপক্রম করছিল এমন সময় রাস্তারই একটা পুলিশ দৌড়ে এগিয়ে এসে গায়ের জোরে লোকটাকে ছাড়িয়ে দিল। পথচারী কয়েকজন লোকও আমার বিপদ দেখে এগিয়ে এসেছিল। তারা আমার প্রতি সহানুভূতি প্রকাশ করে বলল 'ও লোকটা ওই রকমই পাগল। অনেকবার হাজত গেছে—আবার ছাড়া পেলেই উৎপাত করে।'

পুলিশটাও বলল, যে আমাকে আর চিন্তা করতে হবে না। লোকটিকে উত্তমমধ্যম দিয়ে তাকে শায়েস্তা করার বন্দোবস্ত করা হবে।

আমার নিজেরও তেমন উদ্বেগের কোনও কারণ ছিল না। চার দিন বাদেই ভারতগামী জাহাজে আমার প্যাসেজ বুক করা হয়ে গেছে। সঙ্গে যাবে সামারটনের দেওয়া খ্রিস্টপূর্ব চার হাজার বছরের পুরনো ঈজিপ্সীয়ের মৃতদেহ। দেশে গিয়ে তার ব্যান্ডেজ খুলে চলবে তার উপর গবেষণা। মামির রাসায়নিক রহস্য আমাকে উদ্ঘাটন করতেই হবে।

১৭ই সেপ্টেম্বর

লোহিত সাগরের উপর দিয়ে আমার জাহাজ চলেছে। সমুদ্র রীতিমতো রুক্ষ—কিন্তু তাতে আমার শরীরে কোনও কষ্ট নেই—কেবল কলমটা সোজা চলে না বলে লিখতে যা একটু অসুবিধে। জাহাজের মালঘরে প্যাকিং কেসে বন্ধ কফিন! আমার মন পড়ে রয়েছে সেখানেই। সামারটন বন্দরে এসেছিলেন আমাকে গুডবাই করতে। তাঁকে মনে করিয়ে দিলাম, কফিনের লেখাটা পড়া হলেই সেটা যেন আমাকে জানিয়ে দেন! তাঁকে এও বললাম যে অবসর পেলে তিনি যেন আমার অতিথি হয়ে গিরিডিতে এসে আমার সঙ্গে কিছুটা সময় কাটিয়ে যান।

জাহাজ যখন ছাড়ছিল তখন ডাঙার দিকে চেয়ে ভিড়ের মধ্যে একটা উঁচু মাথা দেখতে পেলাম। দুরবিনটা চোখে লাগিয়ে দেখি সেই পাগলটা আমার দিকে একদৃষ্টে চেয়ে আছে। তার চোখে ও ঠোঁটের কোণে ক্রূর হিংস্র হাসি আমি কোনও দিনও ভুলব না। পুলিশবাবাজি বোধ হয় শায়েস্তা করতে পারেনি লোকটাকে।

লোহিত সাগরের উত্তেজনা বেড়েই চলেছে। এবার লেখা বন্ধ করতে হয়।

২৭শে সেপ্টেম্বর

আজ সকালে গিরিডি পৌঁছেছি। বুবাসটিসের মরুভূমিতে রোদে পুড়ে আমার রংটা যে বেশ কয়েক পোঁচ কালো হয়েছে সেটা আমার চাকর প্রহ্লাদের অবাক দৃষ্টিতে প্রথম খেয়াল করলাম। আমার ঘরের আয়না অবশ্য সে অনুমানের সত্যতা প্রমাণ করল।

নিউটন এগিয়ে এসে আমার পাৎলুনে তার গা ঘষতে আরম্ভ করল। আর মুখে সেই চিরপরিচিত স্নেহসিক্ত মিউ মিউ শব্দ। ভাগ্যিস বেড়ালের মৃতদেহ আনিনি সঙ্গে করে। নিউটন কোনওমতেই বরদাস্ত করতে পারত না ওটা।

কফিনটা ল্যাবরেটরির অনেকখানি জায়গা দখল করে বসেছে। আমার আর তর সইছিল

না তাই দুপুরের মধ্যেই কফিনটা প্যাকিং কেস থেকে বার করিয়ে নিয়েছি।

আজই প্রথম কফিনটাকে ভাল করে লক্ষ করলাম। তার চারপাশে এবং ঢাকনার উপরটা সুন্দর কারুকার্য করা হয়েছে। ঈজিপ্সীয়রা কাঠ খোদাইয়ের কাজে যে কতদূর দক্ষতা অর্জন করেছিল তা এই কাজ থেকেই বোঝা যায়।

কফিনের ডালাটা খুলতে আর একটা বাক্স বেরোল। সেটা আকারে একটা শোয়ানো মানুষের মতো। অর্থাৎ ভিতরে যে মৃতদেহটি রয়েছে এটা তারই একটা সহজ প্রতিকৃতি। এর চোখ নাক মুখ সবই রয়েছে আর সর্বাঙ্গে রয়েছে রঙিন তুলির নকশা।

এই দ্বিতীয় বাক্সের ঢাকনাটা খুলতেই সেই চেনা গন্ধটা পেলাম আর ব্যান্ডেজমোড়া মৃতদেহটি দেখতে পেলাম। অন্য সব মামির যেমন দেখেছি, এরও তেমনি হাত দুটো বুকের উপর জড়ো করা। আপাদমস্তক ব্যান্ডেজমোড়া তাই লোকটার চেহারা কেমন তার কোনও আন্দাজ পেলাম না। তবে লোকটি যে লম্বা সে বিষয়ে কোনও সন্দেহ নেই। আমার চেয়ে প্রায় এক হাত বেশি। অর্থাৎ ছ ফুটের বেশ উপরে।

ব্যান্ডেজ খোলার কাজটা আগামীকালের জন্য রেখে দিলাম। আজ বড় ক্লান্ত ; তা ছাড়া আমার গবেষণার সরঞ্জামও সব পরিষ্কার করে রাখতে হবে। উশ্রীর বালি কিছুটা এসে জমেছে তাদের মধ্যে।

অবিনাশবাবুকে কাল খবর দিয়ে ডেকে এনে এই বাক্সের ডালা খুলে দেখিয়ে দেব ; আমার বৈজ্ঞানিক গবেষণা নিয়ে তুচ্ছতাচ্ছিল্য করা তাঁর একটা বাতিক। এটা দেখলে পর কিছুদিনের জন্য বোধ হয় মুখটা বন্ধ হবে। এই কিছুক্ষণ আগে দরজা ধাক্কার শব্দ শুনে আমি তো অবিনাশবাবু মনে করে প্রহ্লাদকে দেখতে পাঠিয়েছিলাম। সে ফিরে এসে বলল কেউ নেই। তা হলে বোধ হয় ঝড়ের শব্দ হচ্ছিল। ক' দিন থেকেই নাকি এখানে ঝড় বৃষ্টি চলেছে।

২৯শে সেপ্টেম্বর

কাল যা ঘটনা ঘটে গেছে তারপর আর ডায়রি লেখার সামর্থ্য ছিল না। তাই আজ সকালে ঠাণ্ডা মাথায় কালকের ঘটনাটা লেখার চেষ্টা করছি। পরশুর ডায়রিতে সন্ধ্যাবেলা দরজায় ধাক্কার কথা লিখেছি, তখন ভেবেছিলাম বুঝি ঝড়ে এই রকম শব্দ হচ্ছে। রাত এগারোটা নাগাদ ঝড়টা থেমে যায়। আমার ঘুমও এসে যায় তার কিছুক্ষণ পরেই। ক'টার সময় ঠিক খেয়াল নেই, আবার সেই ধাক্কার শব্দে ঘুমটা ভেঙে যায়।

প্রহ্লাদ আমার ঘরের বাইরের বারান্দায় শোয়। ওর আর সবই ভাল কেবল দোষের মধ্যে ঘুমটা অতিরিক্ত গাঢ়। এই ধাক্কার শব্দে ওর ঘুমের কোনও ব্যাঘাত ঘটেনি। অগত্যা আমি নিজেই আমার টর্চটা হাতে করে চললাম দেখতে কে এল এত রাত্রে।

নীচে গিয়ে সদর দরজা খুলে কিন্তু কাউকেই দেখতে পেলাম না। টর্চের আলো ফেলে চারিদিকটা দেখলাম। কেউ কোথাও নেই। হঠাৎ আমার হাতটা নীচে নামায় আলোটা দরজার চৌকাঠের ঠিক সামনে সিঁড়ির উপর পড়াতে দেখি সেখানে ভিজে পায়ের ছাপ। আর সেই পায়ের আয়তন দেখেই মনের ভেতরটা খচ খচ করে উঠল। গিরিডি শহরে এত বড় পায়ের ছাপ কার হতে পারে ?

যারই হোক না কেন তিনি উধাও হয়েছেন। এবং একবার এসে যখন ফিরে গেছেন, তখন আশা করা যায় যে এত রাত্রে হয়তো তাঁর আর পুনরাগমন ঘটবে না।

আমি দরজা বন্ধ করে ফিরে গেলাম আমার শোবার ঘরে। যাবার পরে কী জানি খেয়াল হল, ল্যাবরেটরির ভিতরটা একবার উঁকি দিয়ে দেখে নিলাম। কোনও পরিবর্তন বা

অস্বাভাবিক কিছু লক্ষ করলাম না। কফিন যেখানে ছিল সেখানেই আছে, ডালাও বন্ধই আছে।

ল্যাবরেটরির থেকে বেরিয়ে দেখি নিউটন বারান্দার এক কোণে দাঁড়িয়ে আছে, তার লোমগুলো খাড়া আর সর্বাঙ্গে কেমন যেন তটস্থ ভাব। হয়তো দরজা ধাক্কার শব্দতেই নিউটনের ঘুম ভেঙে গেছে, এবং এত রাত্রে আমার বাড়িতে এ ধরনের ঘটনা নিতান্ত অস্বাভাবিক বলেই সে নিজেও অসোয়াস্তি বোধ করছে।

আমি নিউটনকে কোলে তুলে আমার শোবার ঘরে নিয়ে এলাম। তারপর ঘরের দরজাটা বন্ধ করে দিয়ে নিউটনকে খাটের পাশেই মেঝেতে কার্পেটে শুইয়ে দিয়ে নিজেও বিছানায় শুয়ে পড়লাম।

পরদিন—অর্থাৎ গতকাল—সকাল সকাল উঠে কফি খেয়ে ল্যাবরেটরিতে গিয়ে হাজির হলাম। ঘণ্টা দু'-এক ধরে আমার কাচের সরঞ্জামগুলো পরিষ্কার করলাম। টেস্টটিউব, রিটর্ট, জার, বোতল, ফ্লাস্ক—এ সবগুলোতেই ধুলো পড়েছিল।

তারপর প্রহ্লাদকে বললাম, আমি যতক্ষণ ল্যাবরেটরিতে আছি ততক্ষণ যেন কাউকে বাড়িতে ঢুকতে দেওয়া না হয় এবং সে নিজেও যেন ওয়ার্নিং না দিয়ে না ঢোকে।

তারপরে কফিনের পাশে সরঞ্জাম সমেত একটা টেবিল ও আমার নিজের বসার জন্য একটা চেয়ার এনে আমার কাজ শুরু করে দিলাম। মৃতদেহকে অবিকৃত অবস্থায় রাখার জন্য ঈজিপ্সীয়রা যে সব মশলা ব্যবহার করত তার মধ্যে ন্যাট্রন, কস্টিক সোডা, বিটুমেন, বলসাম ও মধুর কথা জানা যায়। কিন্তু এ ছাড়াও এমন কোনও জিনিস ঈজিপ্সীয়রা ব্যবহার করত যার কোনও হদিস পরীক্ষা করেও পাওয়া যায়নি। আমাকে অজ্ঞাত উপাদানগুলি গবেষণা করে বার করতে হবে।

বাক্সের ডালা ও কফিনের ডালা খুলে আমি আর একবার ব্যান্ডেজ পরিবৃত মামিটার দিকে চেয়ে দেখলাম। মৃতদেহের কোনও বিকার না ঘটলেও, চার হাজার বছরে ব্যান্ডেজগুলো কিছুটা ক্ষয়প্রাপ্ত হয়েছে। খুব সাবধানে চিমটে দিয়ে খুলতে হবে সেগুলোকে।

হাতে দস্তানা ও মুখে মাস্ক পরে আমার কাজ শুরু করে দিলাম।

মাথার ওপর থেকে ব্যান্ডেজটা খুলতে শুরু করে প্রথম কপাল এবং তারপরে মুখের বাকি অংশটা বেরোতে আরম্ভ করল। কপালটা বেশি চওড়া নয়। চোখদুটো কোটরে ঢোকা। নাক বেশ উঁচু। ডানদিকের গালে ওটা কী ? তিনটে গভীর ও লম্বা দাগ। কোনও তীক্ষ্ণ জিনিস দিয়ে চেরা হয়েছে যেন গালের চামড়াকে। তলোয়ার যুদ্ধে এ দাগ সম্ভব কি ? কিন্তু তা হলে তিনটে হবে কেন ? আর দাগগুলো সমান্তরালভাবেই বা যাবে কেন ?

ঠোঁটের কাছটা পর্যন্ত যখন বেরিয়েছে তখনই যেন মুখটা কেমন চেনা চেনা বলে মনে হল। এই চোয়াল, এই চোখ, এই নাক—কোথায় দেখেছি এ চেহারা ? মনে পড়েছে। পোর্ট সেইডের সেই পাগলের সঙ্গে এ চেহারার আশ্চর্য সাদৃশ্য।

কিন্তু সেটা তো তেমন অস্বাভাবিক কিছু নয়। আমাদের বাঙালিদের পরস্পরের মধ্যে যেমন চেহারার পার্থক্য দেখা যায়—ঈজিপ্সীয়দের মধ্যে পার্থক্য তার চেয়ে অনেক কম। প্রাচীন ঈজিপ্সীয় মূর্তিগুলোর মধ্যে যেমন চেহারা দেখা যায় পোর্ট সেইডের রাস্তাঘাটে আজকের দিনেও সেরকম চেহারা অনেক চোখে পড়ে। সুতরাং এতে অবাক হবার কিছুই নেই। ঈজিপ্সীয়দের মধ্যে ধরে নেওয়া যায় এটা একটা খুব টিপিক্যাল চেহারা।

মনে মনে ভাবলাম সেই পাগল বলেছিল—আমার পূর্বপুরুষের মৃতদেহ নিয়ে চলেছ তুমি ! বোধ হয় তার কথায় আমলটা তখন একটু বেশিই দিয়েছিলাম, তাই এখন আদল দেখে মনে একটা অমূলক আশঙ্কা জাগছে।

পোর্ট সেইডের স্মৃতি অগ্রাহ্য করে আমি ব্যান্ডেজ খোলার কাজে এগিয়ে চললাম। গলার কাছ থেকে ব্যান্ডেজটা সত্যিই পচা বলে মনে হতে লাগল। চিমটের প্রতি টানে সেটা টুকরো টুকরো হয়ে যেতে লাগল। কিন্তু এ ব্যাপারে অধৈর্য হলে মুশকিল—তাই অত্যন্ত ধীর ও শান্তভাবে চালাতে লাগলাম হাত।

সময় যে কীভাবে কেটে যাচ্ছে সে বোধ কাজের সময়ে সম্পূর্ণ হারিয়ে ফেলেছিলাম। পাঁজরের নীচটায় যখন পৌঁছেছি তখন খেয়াল হল যে সন্ধ্যা হয়ে এসেছে, বাতিটা জ্বালানো দরকার। চেয়ার ছেড়ে উঠতে যাব—এমন সময় জানালার দিকে চোখ পড়তেই সর্বাঙ্গে যেন একটা শিহরন খেলে গেল।

জানালার কাচে মুখ লাগিয়ে ঘরের ভিতর একদৃষ্টে চেয়ে রয়েছে পোর্ট সেইডের সেই পাগল! তার চোখে মুখে আগের চেয়েও শতগুণ হিংস্র ও উন্মত্ত ভাব। সে একবার আমার দিকে ও একবার কফিনের দিকে চাইছে।

ঘরে আলো জ্বালালে হয়তো আতঙ্কের ভাবটা একটু কমবে এই মনে করে দেয়ালে সুইচের দিকে হাত বাড়িয়েছি, এমন সময় একটা প্রচণ্ড ধাক্কায় জানালার ছিটকিনিটা ভেঙে উপড়ে ফেলে লোকটা এক লাফে একেবারে আমার ল্যাবরেটরির মধ্যে এসে পড়ল! তারপর তার পৈশাচিক দৃষ্টি আমার দিকে নিবদ্ধ করে হাতদুটোকে বাড়িয়ে আমার দিকে অগ্রসর হতে লাগল।

তার পরের ঘটনাটি ঠিক পরিষ্কারভাবে বর্ণনা করার সাধ্য আমার নেই। কারণ সমস্ত জিনিসটা ঘটে গেল একটা বৈদ্যুতিক মুহূর্তের মধ্যে! লোকটাও আমার উপর ঝাঁপিয়ে পড়তে যাবে, আর ঠিক সেই মুহূর্তে একটা প্রচণ্ড ফ্যাঁস শব্দ করে নিউটন কোত্থেকে জানি এসে সোজা লাফিয়ে পড়ল লোকটার মুখের উপর।

তারপর একেবারে রক্তাক্ত ব্যাপার। পাগলের ডান গালে একটা বীভৎস আঁচড় দিয়ে নিউটন তাকে একেবারে ধরাশায়ী করে ফেলল। নিউটনের আক্রোশ আমার কাছে সম্পূর্ণ অপরিচিত।

সবচেয়ে আশ্চর্য ব্যাপার হল এই যে, লোকটা সেই যে রক্তাক্ত গাল নিয়ে মাটিতে পড়ল—সেই অবস্থা থেকে সে আর উঠতে পারল না। শক্ থেকে হৃৎপিণ্ডের ক্রিয়া বন্ধ—এ ছাড়া তার এভাবে মৃত্যুর আমি কোনও কারণ খুঁজে পেলাম না।

লোকটা শেষনিশ্বাস ত্যাগ করার সঙ্গে সঙ্গে নিউটন লেজ গুটিয়ে সুবোধ বালকটির মতো ল্যাবরেটরি থেকে বেরিয়ে চলে গেল, আর আমি একটা অসহ্য দুর্গন্ধ পেয়ে কফিনের দিকে চেয়ে দেখি চার হাজার বছরের পুরনো মৃতদেহে বিকারের লক্ষণ দেখা গেছে। এই পাগলটির মৃত্যুর সঙ্গে সঙ্গে ঈজিপ্সীয়ান জাদুর মেয়াদ ফুরিয়ে গেছে!

আমি আর দ্বিধা না করে কফিনের ডালাটা বন্ধ করে, ছত্রিশ রকম সুগন্ধ ফুলের নির্যাস মিশিয়ে আমার নিজের তৈরি এসেন্সের খানিকটা ল্যাবরেটরির চারিদিকে স্প্রে করে দিলাম।

মামির রহস্য রহস্যই রয়ে গেল এযাত্রা। প্রাচীন ঈজিপ্সীয় বৈজ্ঞানিক এই একটি ব্যাপারে এখনও ভারতের সেরা বৈজ্ঞানিকের এক ধাপ উপরে রয়ে গেলেন।

স্থানীয় পুলিশে খবর পাঠাতে অল্পক্ষণের মধ্যেই তারা এসে পড়ল। এখানকার ইনস্পেক্টর যতীন সমাদ্দার আমাকে খুবই সমীহ করেন। তিনি চোখ কপালে তুলে বললেন, 'ওই কাঠের বাক্সের মৃতদেহটির জন্য তো আর আপনি দায়ী নন। কিন্তু ওই যে মাটিতে যিনি পড়ে আছেন, তাঁর মৃত্যুর তদন্তের ব্যাপারে আপনাকে একটু ঝক্কি পোয়াতে হবে।'

আমি বললাম, 'সে হোক। আপাতত আপনি এই প্রাচীন এবং নবীন লাশদুটোকেই এখান থেকে সরাবার বন্দোবস্ত করুন তো!'

৭ই অক্টোবর

আজ সামারটনের চিঠি পেয়েছি। লিখেছে, 'প্রিয় প্রোফেসর শঙ্কু, আশা করি নোবেল প্রাইজ পাবার পথে বেশ খানিকটা অগ্রসর হয়েছ। তোমার কফিনের প্যাপাইরাসটার পাঠোদ্ধার করেছি। তাতে মৃত ব্যক্তির পরিচয় দিয়ে বলা হচ্ছে—'ইনি জীবদ্দশায় বেড়ালমুখি নেফ্‌দৎ দেবীর অবমাননা করেছিলেন বলে প্রাণদণ্ডে দণ্ডিত হন। কিন্তু সেই দণ্ড ভোগ করার আগেই একটি বেড়ালের আঁচড় খেয়ে রহস্যজনকভাবে তাঁর মৃত্যু হয়। অর্থাৎ দেবী তাঁর অবতারের রূপ ধরে তাঁর অপমানের প্রতিশোধ নিজেই নিয়েছিলেন। আশ্চর্য নয় কি? এর বৈজ্ঞানিক ভিত্তি কী হতে পারে সেটাও একবার ভেবে দেখতে পার। তোমার কাজ কেমন চলছে জানিও। আমি ইংলন্ডে ফিরে প্রাণপণে বিটল-মাহাত্ম্য প্রচার করেছি। ইতি ভবদীয় জেম্‌স্ সামারটন।'

সামারটনের চিঠিটা পড়ে ভাঁজ করে খামের ভিতর রাখতে যাব এমন সময় আমার পাৎলুনে নিউটনের গা ঘষা অনুভব করলাম। আমি সস্নেহে তাকে কোলে তুলে জিজ্ঞেস করলাম, 'কী হে মার্জার তুমিও কি নেফ্‌দেৎ দেবীর অবতার নাকি?'

নিউটন বলল, 'ম্যাও!'

সন্দেশ। বৈশাখ ১৩৭০

প্রোফেসর শঙ্কু ও হাড়

(বিখ্যাত বৈজ্ঞানিক প্রোফেসর ত্রিলোকেশ্বর শঙ্কু বেশ কয়েক বছর যাবৎ নিখোঁজ। তাঁর একটি ডায়রি কিছুদিন আগে আকস্মিকভাবে আমাদের হাতে আসে। 'ব্যোমযাত্রীর ডায়রি' নাম দিয়ে আমরা সন্দেশে ছাপিয়েছি। ইতিমধ্যে আমি অনেক অনুসন্ধান করে অবশেষে গিরিডিতে গিয়ে তাঁর বাড়ির সন্ধান পাই, এবং তাঁর কাগজপত্র, গবেষণার সরঞ্জাম সব কিছুরই হদিস পাই। কাগজপত্রের মধ্যে আরও একুশখানা ডায়রি পাওয়া গেছে। তার কয়েকটি পড়েছি, অন্যগুলো পড়ছি। প্রত্যেকটিতেই কিছু না কিছু আশ্চর্য অভিজ্ঞতার বিবরণ আছে। তার মধ্যে একটি নীচে দেওয়া হল। ভবিষ্যতে আরও দেওয়ার ইচ্ছে আছে।)

৭ই মে, শুক্রবার

নীলগিরির পাদদেশে একটি গুহার মধ্যে বসে পেট্রোম্যাক্সের আলোতে আমার ডায়রি লিখছি। গুহার বাইরে অনেক দূর পর্যন্ত এবড়োখেবড়ো পাথরের ঢিবি। গাছপালা বিশেষ কিছু চোখে পড়ে না—তবে গুহার সামনেই রয়েছে একটি প্রাচীন অশ্বত্থ।

আমাদের কাছেই, গুহার প্রায় অর্ধেকটা জায়গা জুড়ে পড়ে আছে হাড়ের স্তূপ—গত সতেরো দিনের অক্লান্ত অনুসন্ধান ও পরিশ্রমের ফল। প্রাগৈতিহাসিক জানোয়ার সম্বন্ধে আমি যতদূর পড়াশুনা করেছি, তাতে মনে হয় এ জানোয়ার সম্পূর্ণ অপরিচিত। এর আয়তন

বিশাল। পায়ের পাতা সাড়ে তিন ফুট। পাঁজরের মধ্যে দু'জন মানুষ অনায়াসে বাস করতে পারে। সামনের পা-দুটো কিন্তু ছোট—কতকটা যেন টিরানোসরাসের মতো। লেজ আছে—বেশ লম্বা ও মোটা। সবচেয়ে মজা হল—দুটো ছোট ছোট ডানারও লক্ষণ দেখা যাচ্ছে—যদিও এত বড় শরীরে অতটুকু ডানায় ওড়ার কোনও প্রশ্নই উঠতে পারে না।

হাড়গুলো সরিয়ে এনে একত্র করা ছিল রীতিমতো শ্রমসাধ্য ব্যাপার। স্থানীয় টোডারা অনেক সাহায্য করেছে। না হলে একা প্রহ্লাদের সাহায্যে আমি আর কতটুকুই বা করতে পারতাম ? অথচ বিরাট তোড়জোড় করে ঢাক পিটিয়ে একটা প্রত্নতাত্ত্বিক অভিযানের ইচ্ছে আমার ছিল না। আমি বরাবরই নিরিবিলি কাজ করতে ভালবাসি। তা ছাড়া এ ব্যাপারে তো কিছুটা অনিশ্চয়তার মধ্যেই আমাদের অগ্রসর হতে হয়েছিল। নীলগিরির এদিকটায় প্রাগৈতিহাসিক জানোয়ারের হাড় থাকতে পারে এমন একটা ইঙ্গিত অবিশ্যি আগেই পেয়েছিলাম—কিন্তু এ সব ব্যাপারে তো নিশ্চয়তা বলে কিছুই নেই! অনেক বড় বড় প্রত্নতাত্ত্বিক অভিযানও ব্যর্থ হয়েছে বলে শুনেছি।

এখানে বলা দরকার আমার হাড় সম্পর্কে অনুসন্ধিৎসার উৎসটা কী ; কবে, কীভাবে এ নেশা আমাকে পেয়ে বসল। আমি আসলে বৈজ্ঞানিক—পদার্থ বিজ্ঞান নিয়ে আমার কারবার। সেখানে প্রত্নতত্ত্ব নিয়ে হঠাৎ এত মেতে উঠলাম কেন ?

এ সব প্রশ্নের জবাব দিতে গেলে আমার জীবনে তিন বছর আগেকার ঘটনায় ফিরে যেতে হয়—যে ঘটনা আমার নানান বিচিত্র অভিজ্ঞতার মধ্যে একটা বিশিষ্ট স্থান অধিকার করে আছে।

গ্রীষ্মকাল, বৈশাখ মাস। আমি বিকেলে আমার বৈঠকখানায় বসে কফি খাচ্ছি, এমন সময় অবিনাশবাবু এসে হাজির। আমার গবেষণা নিয়ে অবিনাশবাবুর ঠাট্টাগুলো আমার মোটেই ধাতে সয় না কিন্তু আজ তাঁর মুখ বন্ধ করার মতো অস্ত্র আমার হাতে ছিল।

আমি আমার নতুন গাছের একটি ফল তাঁর দিকে এগিয়ে দিলাম।

অবিনাশবাবু সেটা হাতে নিয়ে নাড়াচাড়া করে বললেন, 'ও বাবা—এমন ফল তো দেখিনি! গন্ধ আমের মতো—আবার ঠিক আমও নয়। আকারে গোল—কতকটা কমলার মতো অথচ একেবারে মসৃণ—দানাটানা কিচ্ছু নেই।'

আমি বললুম, 'ছুরি দিচ্ছি, কেটে খেয়ে দেখুন।'

অবিনাশবাবু এক কামড় খেয়েই একেবারে থ! বললেন, 'আহাহা—এ যে অতি উপাদেয় ফল মশাই! এ কি দিশি না বিলিতি ? পেলেন কোথায় ? এর নাম কী ?'

অবিনাশবাবুকে বাগানে নিয়ে গিয়ে আমার 'আমলা' বা Mangorange গাছ দেখিয়ে দিলাম। এ গাছ আমার গত এক বছরের সাধনার ফল। বললাম, 'এবারে দুটোর বেশি ফল মিক্স করে দেখছি। স্বাদ, গন্ধ, পুষ্টি—সব দিক দিয়েই আশ্চর্য নতুন সব ফল আবিষ্কার করার সম্ভাবনা রয়েছে।'

বৈঠকখানায় ফিরে এসে সোফায় বসতেই অবিনাশবাবু বললেন, 'এই দেখুন ফলের ঝামেলায় আসল কথাটাই বলা হয়নি—যেটা বলার জন্য আসা। শ্মশানটা পেরিয়ে একটা শিমুলগাছ আছে দেখেছেন তো ? সেইটেয় এক সাধু এসে আস্তানা গেড়েছেন।'

'সেইটেয় মানে ? সেই গাছটায় ?'

'হ্যাঁ, গাছের ডাল ধরে ঝুলে যোগসাধনা করেন ইনি। পা দিয়ে গাছের ডাল আঁকড়ে মাথা নিচু করে ঝুলে থাকেন, হাত দুটোও ঝুলে থাকে। এইটেই নাকি এঁর অভ্যাস।'

'যত সব বুজরুকি!'

সাধু-সন্ন্যাসীদের সম্পর্কে আমার ভক্তির একটা নির্দিষ্ট সীমা আছে। এদের মধ্যে

বুজরুকের সংখ্যাই যে বেশি তার প্রমাণ আমি বহুবার পেয়েছি।

অবিনাশবাবু কিন্তু আমার কথা শুনে রীতিমতো উত্তেজিত হয়ে পড়লেন। আমার টেবিলটা চাপড়ে কফির পেয়ালাটাকে প্রায় ফেলে দিয়ে বললেন, 'আজ্ঞে না মশাই—বুজরুকি না। সাধুটির সঞ্জীবনীমন্ত্র জানা আছে।

'কী রকম ?'

'কী রকম আবার ? জন্তুজানোয়ারের কঙ্কাল এনে দিলে মন্ত্রের জোরে সেগুলোকে রক্ত-মাংস দিয়ে আবার জ্যান্ত করে ফেলেন ! প্রথম দিন একটা শেয়ালকে জ্যান্ত করেন। আমার চাকর বাঞ্ছারাম নিজের চোখে ব্যাপারটা দেখে এসে আমার কাছে রিপোর্ট করে। শুনেটুনে আমিও প্রথমটা তাকে একটু ধমকধামক দিয়ে বিকেলের দিকে আর কৌতূহল দমন করতে না পেরে নিজেই গেসলুম। গিয়ে কী দেখলুম জানেন ? ননী ঘোষের একটা বাছুর বুঝি মাসখানেক আগে রেললাইনের ওদিকটায় চরতে গেসল। সেইখানেই সাপের কামড়টামড় খেয়ে ওটা বুঝি মরে পড়েছিল। শকুনিতে তার মাংস খেয়ে হাড়টুকু রেখে গেসল। এক রাখাল ছোকরা সেই হাড় দেখতে পায়। সাধুবাবার কীর্তির কথা শুনে দেখি হাড়গুলো এনে গাছের তলায় রেখেছে। আর সাধুবাবা সেই ঝোলা অবস্থাতেই দেখি হাড়ের স্তূপের দিকে চেয়ে হাত নাড়ছে আর চোখ পাকাচ্ছে। তারপর দেখি বাঁ হাতটা তুলে সটান পশ্চিম দিকে পয়েন্ট করে ডান হাতটা নীচের দিকে বন বন করে ঘোরাতে ঘোরাতে মুখ দিয়ে কী জানি বিড়বিড় করছে। বললে বিশ্বাস করবেন না মশাই—চোখের সামনে দেখলুম সে হাড়ের উপর কোত্থেকে মাংস চামড়া লোম খুর সব লেগে গিয়ে বাছুরটা যেন ঘুম ভেঙে তড়াক করে উঠে হাম্বা হাম্বা বলে দে ছুট ! বড় বড় ম্যাজিশিয়ান শুনেছি একসঙ্গে অনেকগুলো লোককে হিপনোটাইজ করতে পারে। কিন্তু এখানে তাই বা হয় কী করে ? এই তো আসবার সময়ও দেখে এলাম সেই বাছুরকে—দিব্যি চলে ফিরে বেড়াচ্ছে। তাই ভাবলুম, আপনার তো এ সব ব্যাপারে বিশ্বেসটিশ্বেস নেই—আপনাকে যদি একবার দেখিয়ে আনতে পারি, বেশ রগড় হয় ! যাবেন নাকি একবার শ্মশানের দিকটায় ?'

অবিনাশবাবু মিথ্যে বলছেন কি না সেটা ওঁর সঙ্গে না গিয়ে বোঝার কোনও উপায় নেই। ভেবে দেখলাম, মিথ্যে হলে বড় জোর ঘণ্টাখানেক সময় নষ্ট হবে। যাই না ঘুরে আসি !

উশ্রীর ধারে শ্মশান পেরিয়ে যখন শিমুলগাছটার কাছে পৌঁছলাম তখন সূর্য ডুবতে আর মিনিট পনেরো বাকি।

সাধুবাবার চেহারা যে ঠিক এমনটি হবে তা আমি অনুমান করিনি। গায়ের রং মিশকালো, লম্বায় প্রায় ছ'ফুট, চুল দাড়ি কাঁচা এবং ঘন, বয়স বোঝার কোনও উপায় নেই। শিমুলগাছের ডালে পা দিয়ে যেভাবে ঝুলে আছেন সাধুবাবা, সাধারণ মানুষের পক্ষে সেভাবে বেশিক্ষণ থাকলে মাথায় রক্ত উঠে মৃত্যু অনিবার্য। অথচ এই লোকটির চেহারায় অসোয়াস্তির কোনও লক্ষণ নেই। বরং ঠোঁটের কোণে একটু মৃদু হাসির ভাব রয়েছে বলেই মনে হল।

সাধুটিকে ঘিরে জনা পঞ্চাশেক লোকের ভিড়। বোধহয় হাড়ের খেলার তোড়জোড় চলেছে।

অবিনাশবাবু ভিড় ঠেলে আমাকে সঙ্গে করে এগিয়ে গেলেন। এবারে দেখতে পেলাম, সাধুটির মাথার ঠিক নীচেই বেড়ালের সাইজের কোনও জানোয়ারের হাড় স্তূপ করে রাখা হয়েছে। সাধু তাঁর দু'হাত একত্র করে দশটি আঙুল সেই হাড়ের দিকে তাগ করে রেখেছেন। হঠাৎ এক বিরাট হুংকার দিয়ে সাধুবাবা দুলতে আরম্ভ করলেন—তাঁর দৃষ্টি হাড়ের স্তূপের উপর নিবদ্ধ। অবিনাশবাবু আমার কোটের আস্তিনটা চেপে ধরলেন।

এখানে বলে রাখি—হিপনোটিজম নিয়ে বিস্তর গবেষণা আমি এককালে করেছি, এবং এ

কথা আমি জোরের সঙ্গে বলতে পারি যে এমন কোনও জাদুকর পৃথিবীতে নেই যে আমায় হিপনোটাইজ করতে পারে। ওয়ালি, ম্যাক্সিম দি গ্রেট, ফ্যাবুলিনো, জন শ্যামরক ইত্যাদি পৃথিবীর সেরা সব জাদুকর নানান কৌশল করেও আমাকে হিপনোটাইজ করতে পারেনি। বরং উলটে একবার তো সেই চেষ্টায় রাশিয়ান জাদুকর জেবুলস্কি নিজেই ভিরমি গেলেন। যাই হোক, আসল কথা হল—সাধুবাবা যদি সম্মোহনের আশ্রয় নেন, তা হলে আমার কাছে এঁর বুজরুকি ধরা পড়তে বাধ্য।

মিনিটখানেক দোলার পর সাধুবাবা স্থির হলেন। তারপর লক্ষ করলাম সাধুবাবার সমস্ত শরীরে একটা কম্পন আরম্ভ হয়েছে, কিন্তু সে কম্পন এতই মৃদু যে সাধারণ লোকের দৃষ্টিতে তা ধরাই পড়বে না।

এবার হাড়গুলোর দিকে চাইতে একটা আশ্চর্য জিনিস লক্ষ করলাম। হাড়গুলির মধ্যেও যেন একটা অতি অল্প, কিন্তু অতি দ্রুত স্পন্দনের লক্ষণ এবং সেই স্পন্দনের ফলে হাড়ে হাড় লেগে একটা অতি মিহি খট খট শব্দ,—শীতকালে দাঁতে দাঁত লেগে যেমন শব্দ হয় কতকটা সেই রকম।

আমি অবিনাশবাবুর কানের কাছে মুখ নিয়ে গিয়ে ফিস ফিস করে বললাম, 'লোকটা মন্তর-টন্তর আওড়ায় না।'

অবিনাশবাবু ঠোঁটে তর্জনী ঠেকিয়ে বললেন, 'সবুর করুন—মেওয়া ফলবে এক্ষুনি।'

এক্ষুনি না হলেও, বেশিক্ষণ অপেক্ষা করতে হল না! নদীর ওপারের জঙ্গল থেকে সবেমাত্র শেয়াল ডেকে উঠেছে, এমন সময় দেখি সাধুবাবা তাঁর বাঁ হাতটা উঁচিয়ে অস্তগামী সূর্যের দিকে নির্দেশ করছেন। আর ডান হাত বাঁই বাঁই করে ইলেকট্রিক পাখার মতো ঘোরাতে আরম্ভ করেছেন। তারপর আরম্ভ হল মুখ দিয়ে এক অদ্ভুত শব্দ। এটাই যদি সঞ্জীবনীমন্ত্র হয় তা হলে অবিশ্যি তা অনুধাবন করা মানুষের অসাধ্য। গ্রামোফোনের স্পিড অসম্ভব বাড়িয়ে দিলে সুর যেমন চড়ে যায়, আর কথা যেমন দ্রুত হয়ে যায় এ যেন সেই রকম ব্যাপার। এত তীক্ষ্ণ উঁচু স্বর আর এমন দ্রুত বিড়বিড়োনি যে মানুষের পক্ষে সম্ভব তা জানতাম না।

আবার চোখ গেল হাড়গুলোর দিকে।

আমি বৈজ্ঞানিক। এর পর চোখের সামনে যা ঘটল তার কোনও বৈজ্ঞানিক ভিত্তি আছে কি না জানি না। হয়তো আছে। হয়তো আমাদের বিজ্ঞান এখনও এ সবের কূলকিনারা করতে পারেনি। আজ থেকে পঞ্চাশ বছর পরে হয়তো পারবে। কিন্তু যা দেখলাম তা এতই জলজ্যান্ত পরিষ্কার যে সেটা অবিশ্বাস করার কোনও প্রশ্নই ওঠে না।

যা ছিল আলগা কতগুলো হাড়, তা এক নিমেষে প্রথমে জায়গায় জায়গায় জোড়া লেগে গেল—অর্থাৎ মাথার জায়গায় মাথা, পাঁজরের জায়গায় পাঁজর, পায়ের জায়গায় পা, ইত্যাদি, এবং তার উপর দেখতে দেখতে এল মাংস রক্ত স্নায়ু ধমনী চামড়া লোম নখ চোখ এবং সবশেষে—প্রাণ আর প্রাণ আসার সঙ্গে সঙ্গেই হাড়ের জায়গায় একটি ফুটফুটে সাদা খরগোশ মিটমিট করে এদিক ওদিক চেয়ে কান দুটোকে বার কয়েক নাড়া দিয়ে এক লাফে লোকজনের পায়ের ফাঁক দিয়ে দৌড়ে অদৃশ্য হয়ে গেল !...

গভীর চিন্তা ও বিস্ময় নিয়ে বাড়ি ফিরলাম। অবিনাশবাবুর কাছে এই প্রথম আমায় নতি স্বীকার করতে হল। আমাকে বাড়ি অবধি পৌঁছে দিয়ে বিদায় নেবার আগে ভদ্রলোক বেশ শ্লেষের সঙ্গেই বললেন, 'পুঁথিগত বিদ্যার দৌড় তো দেখলাম মশাই। বিশ বছর ধরে অ্যাসিড ম্যাসিড ঘেঁটে হাতটাত পুড়িয়ে তো বিস্তর নাজেহাল হলেন। এইসব ছেলেখেলা বন্ধ করে আমার সঙ্গে আলুর চাষে নেমে পড়ুন।'

পরের দিন দেখলাম আমার নিজের কাজে মন বসছে না। মন চলে যাচ্ছে বার বার ওই শ্মশানঘাটে শিমুলগাছের দিকে। দু'দিন কোনও রকমে নিজেকে সামলে রেখে তৃতীয় দিনের দিন চলে গেলাম আবার সাধুদর্শনে। তার পরের দিনও আবার গেলাম। প্রথম দিনে কুকুর ও দ্বিতীয় দিনে একটি চন্দনাকে কঙ্কাল অবস্থা থেকে পুনর্জীবন পেতে দেখলাম। কুকুরটা নাকি পাগল হয়ে মরেছিল—জ্যান্ত হবার সঙ্গে সঙ্গেই মোতি ধোপার পায়ে এক কামড় বসিয়ে দিল। আর চন্দনাটা সটান শিমুলগাছের মগডালে উঠে 'রাধাকিষণ' 'রাধাকিষণ' বলে ডাকতে আরম্ভ করল।

আমি অত্যন্ত বিমর্ষ অবস্থায় বাড়ি ফিরলাম।

আমার যথাসাধ্য চেষ্টা করেও মন্ত্রটার কোনও কূলকিনারা করতে পারলাম না ; অথচ ওদিকে দন্তস্ফুট করে বিশ্লেষণ করলে হয়তো রহস্যের কিছুটা সমাধান হতে পারত।

পরের দিন বিকেলের দিকে ভাবতে ভাবতে আমার মাথায় এক ফন্দি এল যেটার চমৎকারিত্ব আমি নিজেই তারিফ না করে পারলাম না।

আমার তো রেকর্ডিং যন্ত্র রয়েছে, এই দিয়ে কোনওরকমে লুকিয়ে মন্ত্রটাকে রেকর্ড করে রাখা যায় না ? আলবত যায়, এবং সেটা করতে হবে এক্ষুনি। শুভস্য শীঘ্রম্। সাধুবাবা কোনদিন অন্তর্ধান হবেন তার কি ঠিক আছে ?

পরদিন অমাবস্যা। আমার রেকর্ডিং যন্ত্রের মাইক্রোফোনটি আকারে একটি দেশলাইয়ের বাক্সের মতো। তার সঙ্গে একটা লম্বা তার জুড়ে মাঝরাত্রে গেলাম শ্মশানঘাটে শিমুলগাছের কাছে।

গিয়ে দেখি সাধুবাবার খ্যাতি এমনই ছড়িয়েছে যে এত রাত্রেও জনা ত্রিশেক লোক গাছটার নীচে অর্থাৎ সাধুবাবার নীচে জটলা করে রয়েছে। এতে এক দিক দিয়ে আমার কাজের সুবিধেই হল। আমিও ভিড়ের মধ্যে মিশে গিয়ে গাছের গুঁড়িটাকে ভক্তিভরে প্রদক্ষিণ করার ভাব করে এক ফাঁকে টুক করে গুঁড়ির একটা ফাটলের ভিতর মাইক্রোফোনটাকে ঢুকিয়ে দিলাম। তারপর তারের অন্য মুখটা গাছ থেকে প্রায় বিশ গজ দূরে একটা কেয়াঝোপের পিছনে লুকিয়ে রেখে দিলাম।

পরদিন হনুমান মিশ্রর একটা ছাগল জ্যান্ত করার সময় আমার যন্ত্রে সাধুবাবার মন্ত্রটি রেকর্ড হয়ে গেল।

যন্ত্রটি হাতে নিয়ে সন্ধের দিকে যখন চোরের মতো বাড়ি ফিরলাম তখন টিপটিপ করে বৃষ্টি শুরু হয়েছে। প্রহ্লাদকে গরম কফি বানানোর আদেশ দিয়ে আমি আমার ল্যাবরেটরিতে ঢুকলাম। দু'-এক ঝলক বিদ্যুতের চমক ও কিছু মেঘগর্জনের পর বৃষ্টির বেগ বেড়ে উঠল। আমি জানালাগুলো বন্ধ করে দিয়ে রেকর্ডারটা টেবিলের উপর রেখে তারটা দেওয়ালের প্লাগে লাগিয়ে দিলাম। আমার মতলব ছিল, প্রথমে সাধারণ স্পিডে মন্ত্রটা বার কয়েক শুনে তারপর অর্ধেক স্পিডে সেটাকে চালাব। তা হলেই মন্ত্রটা পরিষ্কারভাবে ধরা পড়বে। বিজ্ঞানের কাছে এইখানেই ত্রিকালজ্ঞ সাধুবাবাকে পরাজয় স্বীকার করতে হবে।

সদ্য আনা গরম কফিতে একটা চুমুক দিয়ে রেকর্ডারের সুইচটা টিপে দিতেই বাদামি রঙের ম্যাগনেটিক টেপ ঘুরতে আরম্ভ করল। 'বলো হরি হরিবোল'। মনে পড়ল সাধুবাবার মন্ত্রোচ্চারণের কিছু আগেই একটি মড়া এসে পৌঁছেছিল শ্মশানঘাটে। এ তারই শব্দ।

তারপর এল শেয়ালের ডাক। তারপর এই সেই তক্ককের ডাক। এইবার শুনব সেই মন্ত্র।

এই তো সেই তীক্ষ্ণ স্বর, সেই বিদ্যুদ্বেগে বিড়বিড়োনি—ঠিক কানে যেমনটি শুনেছি—অবিকল সেই রকম।

কিন্তু এ কী ? যন্ত্র হঠাৎ থেমে গেল কেন !

আর এই বিকট অট্টহাসি কার ? এ তো আমার রেকর্ড করা কোনও হাসির শব্দ নয়। এ যে আমার ঘরের পাশেই...

আমার চোখ চলে গেল পুবের জানালার দিকে। জানালার বাইরে আমার বাগান এবং বাগানে গোলঞ্চগাছ।

বিদ্যুতের এক ঝলক আলোয় দেখলাম সেই গোলঞ্চগাছের ডাল থেকে ঝুলে আছে শ্মশানের সেই সাধুবাবা—তাঁর হিংস্র দৃষ্টি আমার রেকর্ডার যন্ত্রের উপর নিবদ্ধ।

ব্যাপারটা আমার কাছে এতই অস্বাভাবিক মনে হল যে আমি ভয় না পেয়ে সোজা জানালার কাছে গিয়ে সেটাকে এক ঠেলায় খুলে দিলাম।

কিন্তু কোথায় সে সাধুবাবা ? গাছ রয়েছে, গাছের পাতা বৃষ্টির জলে চিক চিক করছে কিন্তু সাধুবাবা উধাও, অদৃশ্য।

ভুল দেখলাম নাকি ?

কিন্তু চোখ, কান দুইই একসঙ্গে এমন ভুল করতে পারে! হাসিও যে শুনলাম সাধুবাবার—গলার স্বর তো চেনা হয়ে গেছে এই তিন দিনে।

যাকগে—ভেলকিই হোক আর সত্যিই হোক, চলেই যখন গেছে তখন আর ভেবে লাভ কী ? তার চেয়ে বরং যন্ত্রটা চালানোর চেষ্টা করা যাক।

আশ্চর্য—এবার সুইচ টিপতেই দেখি যন্ত্র চলছে। কিন্তু শ্মশানের সেই শব্দ কোথায় গেল ?

মন্ত্রের বদলে এই বিকট হাসি রেকর্ড হয়ে গেল কী করে ?

বাধ্য হয়েই মনে মনে স্বীকার করতে হল যে কোনও অলৌকিক শক্তির বলে সাধুবাবাজি আমার গোপন অভিসন্ধির কথা টের পেয়ে প্রচেষ্টা ভণ্ডুল করে দিয়েছেন।

সঞ্জীবনীমন্ত্রটি আয়ত্ত করার আর কোনও উপায় নেই।

পরদিন অবিনাশবাবু এসে বললেন, 'শিমুলগাছে টু-লেট টাঙানো রয়েছে দেখে এলুম। সাধুবাবা পগার পার।'

যেমন আকস্মিকভাবে এসেছিলেন, তেমনই আকস্মিকভাবে চলে গেছেন সাধুবাবা। রেখে গেছেন শুধু তাঁর বিকট হাসি আর পুনর্জীবনপ্রাপ্ত কিছু পাখি আর জানোয়ার।

আরেকটি জিনিসকে সাধুবাবার দান বলেই বলব—সেটা হল হাড় সম্পর্কে আমার অনুসন্ধিৎসা। হাড়ের নেশা এর পর থেকেই আমাকে পেয়ে বসে। আমার বাড়ির যে ঘরটা খালি পড়ে ছিল কয়েকমাসের মধ্যেই নানান পশুপক্ষীর কঙ্কাল দিয়ে সেটা ভরাট হয়ে যায়। হাড় সম্বন্ধে যা কিছু পড়ার তা পড়ে ফেলি। পৃথিবীতে যত প্রাণী আছে তার সবের মধ্যেই যে একটা অস্থিগত সাদৃশ্য আছে তা জেনে একটা অদ্ভুত মনোভাব হয় আমার। যাবতীয় প্রাণীর কঙ্কালের প্রতি একটা বিচিত্র আকর্ষণ আমি অনুভব করতে থাকি। এক রকম চশমাও আমি আবিষ্কার করি যার মধ্য দিয়ে দেখলে জীবন্ত প্রাণীর রক্তমাংস না দেখে কেবল তার কঙ্কালটাই দেখতে পাওয়া যায়।

এই হাড় থেকেই জাগে প্রত্নতত্ত্ব ও প্রাগৈতিহাসিক জানোয়ার সম্পর্কে কৌতূহল। অবিশ্যি এই দুই-এর মাঝখানে রয়েছেন শ্রীযুক্ত শ্রীরঙ্গম দেশিকাচার শেষাদ্রি আয়াঙ্গার বা সংক্ষেপে মিস্টার আয়াঙ্গার। ব্যাঙ্গালোরবাসী অমায়িক যুবক-ব্রাহ্মণ। আমার সঙ্গে আলাপ উশ্রীর ধারে। বেশ লাগল ভদ্রলোকটিকে। গণিতজ্ঞ পণ্ডিত লোক—তাই কথা বলে বেশ আরাম পাওয়া যায়।

তাঁর বাড়িতেই একদিন বিকেলে চা খেতে গিয়ে বৈঠকখানায় দেখলাম এক অতিকায় গোড়ালি অর্থাৎ কোনও অতিকায় জানোয়ারের গোড়ালির হাড় ।

হাড়টা হাতে নিয়ে নাড়াচাড়া করছি দেখে ভদ্রলোক বললেন, 'নীলগিরিতে এক বন্ধুর চা-বাগানে ছুটিতে গিয়েছিলাম। কাছাকাছি পাহাড়ে রাস্তায় ঘুরতে ঘুরতে একদিন ওই হাড়টা পাই। হাতি না গণ্ডার ? বলুন তো কীসের হাড় ?'

মুখে বললুম, 'ঠিক বুঝতে পারছি না।' মনে মনে বললুম তুমি গণিতজ্ঞ হতে পারো কিন্তু অস্থিবিদ নও! এ হাড় হাতিরও নয়, গণ্ডারেরও নয়! এ হাড় যে জানোয়ারের, সে জানোয়ারের অস্তিত্ব অন্তত কোটি বছর আগে পৃথিবী থেকে মুছে গেছে।

আমি নিজে বুঝেছিলাম—হাড়টা ব্রন্টোসরাসের এবং তখনই মনে মনে স্থির করেছিলুম—নীলগিরিতে একটা পাড়ি দিতেই হবে।

সেইদিন থেকে তোড়জোড় শুরু করে আজ তিন সপ্তাহ হল আমরা এখানে এসে পৌঁছেছি। আশ্চর্য সৌভাগ্যক্রমে, আমরা আসার চার দিন পরেই প্রাগৈতিহাসিক জানোয়ারের হাড়ের সন্ধান পেয়েছি এই গুহার মধ্যে। টুকরো ইতস্তত ছড়ানো হাড় এক জায়গায় স্তূপ করে রাখতে বিস্তর বেগ পেতে হয়েছে। সত্যি বলতে কী, স্থানীয় টোডাদের সাহায্য ও সহানুভূতি না পেলে এ কাজে অগ্রসর হওয়া সম্ভব হত না।

আগেই বলেছি, এ জানোয়ার আমার অপরিচিত। শুধু আমার কেন, প্রাণিবিদ্যার জগতে এ জানোয়ারের পরিচয় কেউ জানে বলে আমার মনে হয় না। আমি স্থির করেছি আর দু'-এক দিনের মধ্যেই ব্যাঙ্গালোরে আমার আবিষ্কারের কথা জানিয়ে দেব। আমার একার পক্ষে এ হাড় স্থানান্তরিত করা অসম্ভব।

মাসখানেকের মধ্যেই কলকাতা কি মাদ্রাজের জাদুঘরে একটি নাম না-জানা প্রাগৈতিহাসিক কঙ্কালের স্থান হলে মন্দ হয় না।...

ব্যাঙ্গালোর স্টেশনের ওয়েটিং রুম-এ বসে আমার ডায়রি লিখছি। গতকালের ঘটনাটার একটা যথার্থ বর্ণনা দেওয়া বৈজ্ঞানিকের চেয়ে সাহিত্যিকের পক্ষেই বোধহয় সহজ বেশি। আমি যথাসাধ্য চেষ্টা করব। অনেক আশ্চর্য অভিজ্ঞতা, অনেক বিপদ, অনেক বিভীষিকা আমার জীবনে দাগ রেখে গেছে, কিন্তু কালকের ঘটনার যেন কোনও তুলনা নেই।

কাল বিকেল অবধি আমার কাজ ছিল হাড়গুলোকে যথাসম্ভব পরিষ্কার করা। এই আদ্যিকালের ধুলো ঝাড়া কি আর এক নিমেষের কাজ—এক-একটি অংশ পরিষ্কার করছি এবং সেইগুলো আমার টোডা অ্যাসিসট্যান্টদের সাহায্যে যথাস্থানে বসাচ্ছি। জন্তুর চেহারাটা যেন ক্রমশই স্পষ্ট হয়ে আসছে।

সন্ধ্যা হবার মুখটাতে টোডারা বিদায় নিয়ে চলে গেল। প্রহ্লাদকে পাঠিয়ে দিলাম সবজির সন্ধানে।

আমি একা গুহার ভিতরে রয়েছি। এই বার পেট্রোম্যাক্সটা জ্বালাবার সময় হয়েছে। গুহার বাইরের অশ্বত্থগাছে পাখির কলরব থেমে গিয়ে চারিদিকে কেমন যেন একটা থমথমে ভাব।

দেশলাইটা জ্বালাতে হঠাৎ যেন একটা খচমচ শব্দ শুনতে পেলাম। গিরগিটি বা গোসাপ জাতীয় কিছু হবে আর কী। কিন্তু টর্চের আলোতে কিছুই চোখে পড়ল না।

পেট্রোম্যাক্সটা জ্বালিয়ে একটা চ্যাটালো পাথরের উপর রাখতেই গুহার ভিতরটা বেশ আলো হয়ে উঠল।

সেই আলোয় হাড়গুলোর দিকে চোখ পড়তেই মনে হল সেগুলো যেন অল্প অল্প কাঁপছে।

এটা অনুভব করতেই তিন বছর আগেকার শিমুলগাছের সেই স্মৃতি আমার বুকের ভিতরটা কাঁপিয়ে দিল এবং আমার চোখ চলে গেল গুহার মুখের দিকে।

বাইরে অশ্বত্থগাছের ডাল ধরে ঝুলে আছে সেই সাধুবাবা।

তাঁর বাঁ হাত পশ্চিম দিকে তোলা ডান হাত বন বন করে ঘুরছে, দৃষ্টি বিস্ফারিত, পেট্রোম্যাক্সের আলোতে জ্বলজ্বল চোখ করে চেয়ে আছে আমারই দিকে।

তারপরই আরম্ভ হল তীক্ষ্ণ ক্ষীণ স্বরে অতি দ্রুত লয়ে সেই অদ্ভুত অর্থহীন মন্ত্র উচ্চারণ।

কোনও অদৃশ্য শক্তি যেন জোর করেই আমার দৃষ্টি সাধুর দিক থেকে ঘুরিয়ে দিল ওই

প্রাগৈতিহাসিক জানোয়ারের হাড়ের স্তূপের দিকে।

হাড় এখন আর হাড় নেই। তার জায়গায় এক অদৃষ্টপূর্ব অতিকায় আদিম প্রাণী সাধুবাবার অলৌকিক শক্তির বলে পুনর্জীবনপ্রাপ্ত হচ্ছে।

আমি এই বিপদেও আমার হাতিয়ারের কথা ভুলে গিয়ে যে পাথরে বসেছিলাম, সেই পাথরেই পাথরের মতো বসে রইলাম। অন্তিমকালে ইষ্টনাম জপ করার চিন্তাও আমার মাথায় আসেনি। এ কথাই কেবল মনে হয়েছিল যে এমন দৃশ্য দেখে মরার সৌভাগ্য আর বোধহয় কারও হয়নি।

প্রাণের স্পন্দন আসার আগের মুহূর্ত পর্যন্ত আমি জানোয়ারটির আকৃতি পুঙ্খানুপুঙ্খভাবে দেখে নিলাম। এত পরিশ্রম করে অতীতের যে জানোয়ারের কঙ্কালের আবিষ্কর্তা এই আমি, সেই কঙ্কাল, পুনরুজ্জীবিত হয়ে কি শেষটায় আমাকেই ভক্ষণ করবে?

গুহার বাইরে অশ্বত্থগাছটার দিকে একটা দ্রুত দৃষ্টি দিয়ে বুঝলাম সাধুবাবার চোখেমুখে এক পৈশাচিক উল্লাসের ভাব। আমি এককালে আমার বৈজ্ঞানিক বুদ্ধি দিয়ে তাঁর মন্ত্র অপহরণের চেষ্টা করেছিলাম এবং অনেকদূর সফলও হয়েছিলাম। সাধুবাবা আজ সেই অপমানের প্রতিশোধ নিতে উদ্যত।

এক বিশাল গর্জন গুহার এ প্রান্ত থেকে ও প্রান্ত প্রতিধ্বনিত হয়ে আমার রক্ত জল করে দিল। বুঝলাম জানোয়ারের দেহে প্রাণ এসেছে।

ক্রমশ সেই পর্বতপ্রমাণ দেহ তার পিছনের দু' পায়ে ভর করে উঠে দাঁড়াল। একজোড়া জ্বলন্ত সবুজ চোখ কিছুক্ষণ আমার পেট্রোম্যাক্সের দিকে চেয়ে রইল।

তারপর দেখি জন্তুটা এগোতে শুরু করেছে। তার উত্তপ্ত নিশ্বাস আমি আমার দেহে অনুভব করছি। একটা মৃদু অথচ গুরুগম্ভীর গর্জন ও লেজের দু-একটা আছড়ানিতে অনুমান করলাম জানোয়ার কোনও কারণে বিচলিত—হয়তো বিক্ষুব্ধ।

তারপর দেখলাম জানোয়ারের দৃষ্টি গিয়ে পড়ল গুহার বাইরে অশ্বত্থগাছটার উপর এবং পরমুহূর্তেই সে বিদ্যুদ্বেগে ছুটে গুহা থেকে বেরিয়ে গেল।

এর পরের দৃশ্য আমার জীবনের শেষদিন অবধি মনে থাকবে।

জানোয়ারটা সোজা গিয়ে অশ্বত্থগাছের একটা ডাল ধরে পাতা সমেত সেটাকে মুখে পুরে দিল।

আর সাধুবাবা? তাঁর যে অন্তিম অবস্থা উপস্থিত সেটা কি তিনি অনুমান করতে পেরেছিলেন? আর তাঁর মৃত্যুর ঠিক আগে যে তিনি তাঁর শেষ ভেলকি দেখিয়ে যাবেন, সেটা কি আমি জানতাম? জানোয়ারটা যখন ডাল ধরে নাড়া দিচ্ছে তখনই লক্ষ করছিলাম যে সাধুবাবার প্রায় ডালচ্যুত হবার উপক্রম। কিন্তু সেই অবস্থাতেই দেখলাম তিনি তাঁর বাঁ হাতটি পূর্বদিকে তুলে ডান হাত বন্‌বন্‌ করে ঘুরিয়ে আরেকটা কী যেন মন্ত্র উচ্চারণ করছেন।

মন্ত্র শেষ হবার সঙ্গে সঙ্গেই সাধুবাবা গাছ থেকে মাটিতে পড়লেন এবং পরমুহূর্তেই সেই অতিকায় আদিম জানোয়ার মুখে একগুচ্ছ অশ্বত্থপাতা নিয়ে চতুর্দিক কাঁপিয়ে এক বিরাট আর্তনাদ করে কাত হয়ে পড়ল সাধুবাবার উপরেই!

তারপর দেখলাম এতদিন যা দেখেছি তার বিপরীত জাদু। একটি আস্ত রক্তমাংসের জানোয়ার চোখের সামনে আবার অস্থির স্তূপে রূপান্তরিত হল। আর সেই বিরাট কঙ্কালের পাঁজরের ফাঁক দিয়ে দেখলাম এক নরকঙ্কাল। সাধুবাবার মৃতদেহ জানোয়ারের সঙ্গে সঙ্গেই কঙ্কালে পরিণত হয়েছে।

আপনা থেকেই আমার হৃদয়ের অন্তঃস্থল থেকে এক গভীর দীর্ঘশ্বাস উত্থিত হল। রাখে কেষ্ট মারে কে? এই জানোয়ার উদ্ভিদ্‌জীবী এবং পুনর্জীবনলাভের পরমুহূর্তে সে অত্যন্ত

ক্ষুধার্ত ছিল বলেই সামনে আর কিছু না পেয়ে অশ্বত্থের পাতায় ক্ষুধা নিবারণের চেষ্টা করছে। মাংসাশী হলে জানোয়ার প্রথমে আমাকেই খেত এবং তার পরেই সাধুবাবা উলটো মন্ত্র উচ্চারণ করে জানোয়ারকে আবার অস্থিতে পরিণত করে তাঁর প্রতিহিংসাকে চরিতার্থ করে অন্য কোনও গাছে গিয়ে আশ্রয় নিতেন।

একেই কি বলে হাড়ে হাড়ে অভিজ্ঞতা—

প্রহ্লাদ চা এনেছে। ট্রেনও বুঝি এসে গেল। এখানেই আমার লেখা শেষ করি।

সন্দেশ। পৌষ ১৩৭০

প্রোফেসর শঙ্কু ও ম্যাকাও

৭ই জুন

বেশ কিছুদিন থেকেই আমার মন মেজাজ ভাল যাচ্ছিল না। আজ সকালে একটা আশ্চর্য ঘটনার ফলে আবার বেশ উৎফুল্ল বোধ করছি।

আগে মেজাজ খারাপ হবার কারণটা বলি। প্রোফেসর গজানন তরফদার বলে এক বৈজ্ঞানিক কিছুদিন আগে আমার সঙ্গে দেখা করতে এসেছিলেন। ভদ্রলোক যাবেন হাজারিবাগ। আমার নাম শুনে, আমার বইটই পড়ে এসেছিলেন আমার সঙ্গে আলাপ করতে এবং আমার ল্যাবরেটরিটা দেখতে। এর আগে অন্য কোনও বৈজ্ঞানিক যে আসেননি তা নয়। প্রায় সব দেশের বৈজ্ঞানিকেরাই ভারতবর্ষে এলে একবার আমার ল্যাবরেটরিটা ঘুরে দেখে যান। এক নরউইজীয় প্রাণীতত্ত্ববিদ তো প্রায় এক মাস কাটিয়ে গিয়েছিলেন আমার এখানে। কিন্তু এ লোকটি যেন একটু অন্যরকম। এঁর হাবভাব যেন কেমন কেমন। বড্ড বেশি খুঁটিনাটি প্রশ্ন এবং চাহনিতে এমন একটা চঞ্চল ও তীব্র ভাব, যেন দৃষ্টি দিয়েই আমার গবেষণার সব কিছু রহস্য আয়ত্ত করে ফেলবেন। মৌলিক গবেষণা নিয়ে বৈজ্ঞানিকদের মধ্যে একটু রেষারেষি থাকতে বাধ্য। আমি যে সব তথ্য বছরের পর বছর চিন্তা করে, অঙ্ক কষে, মাথার ঘাম পায়ে ফেলে আবিষ্কার করেছি, তা কেউ এক প্রশ্নের জবাবেই সব জেনে ফেলবে এটা আশা করাটাই তো অন্যায়! অথচ ভদ্রলোকের যেন সে রকমই একটা মতলব। আমার চেহারা দেখে আমাকে বোধহয় নিরীহ গোবেচারা বলেই মনে হয়। নইলে সরাসরি এ সব প্রশ্ন করার সাহস হয় কী করে? আর প্রশ্ন করলেও তার জবাব পাব্যর আশা করে কী করে?

আমি আবার সে সময়টা একটা আশ্চর্য ওষুধ নিয়ে গবেষণা করছিলাম। সে ওষুধটা খেলে যে কোনও প্রাণী অদৃশ্য হয়ে যাবে। ওষুধে পুরো কাজ তখনও দিচ্ছিল না। যে গিনিপিগটার উপর পরীক্ষা করছিলাম, সেটা ওষুধ খাবার পর ঠিক সতেরো সেকেন্ডের জন্য একটা স্বচ্ছ ঝাপসা চেহারা নিচ্ছিল, সম্পূর্ণ অদৃশ্য হচ্ছিল না। কোনও উপাদানে একটু গণ্ডগোল ছিল এবং সেই কারণেই আমার মনটা উদ্বিগ্ন ছিল। আর সেই সময়ে এলেন তরফদার মশাই।

তাঁর প্রশ্নবাণের ঠেলা সামলাতে সেদিন আমার রীতিমতো বেগ পেতে হয়েছিল। আর সে কী বেয়াড়া রকমের কৌতূহল ! আর ওষুধপত্রের বোতল হাতে নিয়ে ছিপি খুলে শুঁকে না দেখা অবধি যেন তাঁর শান্তি নেই। তবে একটা জিনিস টের পেয়ে বেশ মজা লাগছিল। আমার নিজের তৈরি ওষুধের প্রায় একটিও প্রোফেসর তরফদার চিনে উঠতে পারছিলেন না। অর্থাৎ সেগুলো কী কী জিনিস মিশিয়ে যে তৈরি হয়েছিল, তা তিনি মোটেই আন্দাজ করতে পারছিলেন না।

আমি অবিশ্যি আমার খাতাপত্রগুলো তাঁকে ঘাঁটতে দিইনি। অর্থাৎ তার মধ্যেই অদৃশ্য হবার ওষুধের ফরমুলা এবং সেই সম্বন্ধে আমার গবেষণার যাবতীয় নোট ছিল। সেই খাতাটা আমি সব সময়ে চোখে চোখে রাখছিলাম। কথা বলতে বলতে হঠাৎ একটা রেজিস্টারি চিঠি এসে পড়াতে এবং আমার চাকর প্রহ্লাদ বাড়িতে না থাকাতে, আমাকে দু' মিনিটের জন্য উঠে বাইরে যেতে হয়েছিল। ফিরে এসে দেখি তরফদার খাতাটা খুলে আমার লেখা গোগ্রাসে গিলছেন, তাঁর হাবভাবে একটা অস্বাভাবিক উত্তেজনা।

আমি তাঁর হাত থেকে খাতাটা ছিনিয়ে নেবার অভদ্রতাটা করতে পারলাম না। কিন্তু তার পরিবর্তে বাধ্য হয়েই একটা মিথ্যের আশ্রয় আমাকে নিতে হল। বললাম, 'দেখুন, আমি এই মাত্র একটা চিঠি পেয়েছি, তাতে একটা বড় দুঃসংবাদ রয়েছে। আপনি যদি কিছু মনে না করেন—আজ আর আপনার সঙ্গে কথা বলতে পারছি না।'

এর পরে আরও দু'দিন এসেছিলেন প্রোফেসর তরফদার কিন্তু আমার ল্যাবরেটরিতে তাঁর প্রবেশ করা হয়নি। কারণ তিনি এসেছেন জেনেই আমি ল্যাবরেটরিতে তালা লাগিয়ে তাঁকে বৈঠকখানায় বসিয়েছি। ফলে দু'বারই ভদ্রলোক চা খেয়ে পাঁচমিনিট উশখুশ করে আজেবাজে বকে বিদায় গ্রহণ করেছেন।

তারপর কবে যে তিনি হাজারিবাগ ফিরে গেছেন জানি না। এই ক'দিন আগে বুধবার তাঁর কাছ থেকে একখানা চিঠি পেয়েছি। এ চিঠির মর্ম আমার মোটেই ভাল লাগেনি। তরফদার আমার গবেষণা সম্পর্কে একটা চাপা বিদ্রূপের সুরে লিখছেন যে তিনি আমার কাজে মোটেই ইম্প্রেস্ড্ হননি এবং তিনি নিজেই একটি অদৃশ্য হবার আশ্চর্য উপায় আবিষ্কার করতে চলেছেন, আমার আবিষ্কারের চেয়ে তার মূল্য নাকি অনেক বেশি। অল্পদিনের মধ্যেই নাকি তিনি এই আবিষ্কারের কথা প্রচার করে আমাকে টেক্কা দেবেন।

আমি চিঠিটা পড়ে প্রথমে হেসে উড়িয়ে দিচ্ছিলাম। তারপর হঠাৎ একটা খটকা লাগল। যে দু' মিনিট তরফদার আমার খাতা খুলে দেখার সুযোগ পেয়েছিলেন, তার মধ্যে তিনি কি আমার ফরমুলা সব কণ্ঠস্থ করে ফেলেছেন নাকি ? এবং সেটার ভিত্তিতেই কি তিনি নিজে কাজ করে খোদার উপর খোদকারি করতে চলেছেন ? না, অসম্ভব। তরফদারের এমন ক্ষমতা আছে বলে আমার আদৌ বিশ্বাস হয় না বরং তাঁকে আমার মোটামুটি সাধারণ স্তরের বৈজ্ঞানিক বলেই মনে হয়েছিল। তবুও চিঠিটা পড়ে আমার মেজাজটা কেমন জানি তেতো হয়ে গিয়েছিল।

এমন সময়ে ঘটল এক আশ্চর্য ঘটনা এবং সেটা ঘটেছে আজই সকালে।

ভোর সাড়ে ছ'টায় উশ্রীর ধারে বেড়িয়ে এসে অভ্যাসমতো আমার বাগানের ফুলগাছগুলো দেখতে গিয়েছি এমন সময়ে পুব দিকের দেয়ালের ধারে গোলঞ্চগাছটার দিকে চাইতেই দেখি গাছটার একটা ডালে চোখ-ঝলসানো রঙের খেলা।

কাছে গিয়ে দেখি এক অতিকায় আশ্চর্য সুন্দর ম্যাকাও (Macaw বা Macao) পাখি গাছটার একটা ডালে বসে আমার দিকে চেয়ে আছে। ম্যাকাও কাকাতুয়া জাতীয় পাখি, কিন্তু আয়তনে কাকাতুয়ার চেয়ে প্রায় চারগুণ বড়। এর আদি বাসস্থান দক্ষিণ আমেরিকা। এত

রঙের বাহার পৃথিবীতে আর কোনও পাখির আছে বলে মনে হয় না। দেখলে মনে হয় প্রকৃতি যেন রামধনুর সাতটি রং নিয়ে খেলা করতে করতে খেয়ালবশে পাখিটির গায়ে তুলির আঁচড় কেটেছেন। এ পাখি ঘরে রাখলে ঘর আলো হয়ে যাবে।

কিন্তু আমার বাগানে ও এল কী করে ?

আর গাছ থেকে উড়ে এসে আমার কাঁধে বসবে কেন এ পাখি ?

যাই হোক ইনি আমার পোষা না হলেও, আমার কাছে থাকতে এঁর কোনও আপত্তি হবে বলে মনে হয় না।

আমি ম্যাকাওটিকে কাঁধে নিয়ে বাড়ির ভিতর চলে এলাম। তারপর আমার ল্যাবরেটরিতেই সেটাকে রাখবার ব্যবস্থা করলাম। ল্যাবরেটরিতেই আমার অধিকাংশ সময় কাটে। পাখিটাকে চোখে চোখে রাখার সুবিধা হবে। একবার মনে হয়েছিল যে আমার ওষুধপত্রের উৎকট গন্ধে হয়তো এর আপত্তি হবে—কিন্তু সে টুঁ শব্দটি করল না।

আমার বেড়াল নিউটন দু'-একবার ফ্যাঁস ফোঁস করেছিল কিন্তু পাখির দিক থেকে কোনও রকম বিরক্তি বা শত্রুতার লক্ষণ না দেখে সে চুপ করে গেল। কিছুদিন পরে হয়তো দেখব পরস্পরের মধ্যে বেশ বন্ধুত্বই হয়েছে।

সকালে দুটো ক্রিম ক্র্যাকার বিস্কুট খেয়েছে পাখিটা। তারপর তার উপযুক্ত খাদ্যের ব্যবস্থা করেছি। প্রহ্লাদ প্রথমে যেন হকচকিয়ে গিয়েছিল তারপর সেও পাখিটাকে মেনে নিয়েছে। আমার বিশ্বাস কয়েক দিনের ভিতর প্রহ্লাদও পাখিটাকে আমার মতন ভালবেসে ফেলবে। আজ ল্যাবরেটরিতে কাজ করতে করতে অনেকবার পাখিটার দিকে চোখ পড়ে গেছে। প্রতিবারই দেখেছি সে একদৃষ্টে আমার দিকে চেয়ে আছে। কার পাখি, কোত্থেকে এল কে জানে!

১৯শে জুন

আজ এক অদ্ভুত ঘটনা।

গিনিপিগের খাঁচা থেকে টেবিলে এনে ওষুধের বোতলটি হাত থেকে নামিয়ে রাখছি এমন সময় হেঁড়ে কর্কশ গলায় প্রশ্ন এল—'কী করচ ?'

আমি চমকে এদিক ওদিক চেয়ে ম্যাকাওটার দিকে চাইতে সেটার ঠোঁটটা নড়ে উঠল।

'কী কর্‌রচ ? কী কর্‌রচ ?'

আমি তো অবাক। এ যে কথা বলে।

শুধু কথা নয়। এমন স্পষ্ট কথা আমি পাখির মুখে কখনই শুনিনি।

আমি কিছুক্ষণ ফ্যালফ্যাল করে ম্যাকাওটার দিকে তাকিয়ে রইলাম।

তারপর পাখিটার মুখ থেকে একটা শব্দ বেরোল যেটা খ্যাঁক্ খ্যাঁক্ হাসি ছাড়া আর কিছুই হতে পারে না।

আমার হাতের বোতলটা হাতেই রয়ে গেল।

তারপর দেখি ম্যাকাওটার ঠোঁট আবার নড়ছে—'ওটা কী ? ওটা কী ? ওটা কী ?'

এবার আমার হাসির পালা। ম্যাকাওটা জানতে চায় বোতলে কী আছে!

আমার হাসি শুনে ম্যাকাও মশাই যেন একটু গম্ভীর হয়ে গেলেন। তারপর গলার স্বরটিকে আরেকটু কর্কশ করে কথা এল—'হাসির কী ? হাসির কী ? হাসির কী ?'

না, এঁকে সিরিয়াসলি না নিলে বোধহয় ইনি অসন্তুষ্ট হবেন। আমি গলাটা খাঁকরে নিয়ে বললাম—'এতে একটা ওষুধ আছে। সেটা যে খাবে সে অদৃশ্য হয়ে যাবে।'

'বটে ? বটে ?'

'হ্যাঁ। এখন খেলে ঘণ্টা পাঁচেকের জন্য অদৃশ্য। অনুপানে তফাত করলে সময় বাড়ানো কমানো যেতে পারে।'

ম্যাকাওটা কিছুক্ষণ চুপ করে একটা শব্দ করল, সেটা ঠিক মানুষের গম্ভীর গলায় 'হুঁ' বলার মতো শোনাল।

তারপর আবার প্রশ্ন এল—'কী ওষুধ ? কী ওষুধ ?'

আমি কোনওমতে হাসি চেপে বললাম...'এখনও নাম দিইনি। কী কী মিশিয়ে তৈরি সেটা

বলতে পারি। এক্সট্রাক্ট অফ গরগনাসস, প্যারানইয়াম পোটেনটেট, সোডিয়াম বাইকারবোনেট, বাবুইয়ের ডিম, গাঁদালের রস আর টিনচার আয়োডিন।'

ম্যাকাও এবার চুপ। দেখলাম সে একদৃষ্টে ল্যাবরেটরির মেঝের দিকে চেয়ে আছে। আমি এবার বললাম, 'তুমি এমন আশ্চর্য কথা বলতে শিখলে কী করে ?'

ম্যাকাও নির্বাক।

আমি আবার বললাম, 'কী করে শিখলে ?'

একবার মনে হল ম্যাকাওর ঠোঁটটা নড়ে উঠল। কিন্তু কথা বেরোল না। পড়ে পাওয়া এই বিচিত্র পাখি যে আবার কথা বলতে পারবে এ তো ভাবাই যায়নি। এটা একেবারে ফাউ।

২২শে জুন

আজ এই আধঘণ্টা আগে, রাতের খাওয়া শেষ করে ল্যাবরেটরির দিকে যাচ্ছি ঘরটায় তালা দেব বলে এমন সময়ে দরজার মুখটাতে আসতেই একটা বিড়বিড় করে কথা বলার শব্দ পেলাম। এটা ম্যাকাওটারই কথা কিন্তু আস্তে আস্তে চাপা গলায় কথা বলছে সে। আমি পা টিপে টিপে দরজার কাছে গিয়ে কান পাততেই কথাটা স্পষ্ট হয়ে এল।

'এক্সট্রাক্ট অফ গরগনাসস, প্যারানইয়াম পোটেনটেট, সোডিয়াম বাইকার্বনেট, বাবুইয়ের ডিম, গাঁদালের রস, টিনচার আয়োডিন'—, আমি দাঁড়িয়ে দাঁড়িয়ে দশবার এই নামের আবৃত্তি শুনে তারপর গলা খাঁকরিয়ে ল্যাবরেটরিতে ঢুকে বললাম, 'গুড নাইট !'

ম্যাকাও তার আবৃত্তি থামিয়ে কয়েক সেকেন্ড আমার দিকে চেয়ে থেকে বলল, 'বুয়েনা নোচে'। অর্থাৎ গুড নাইটের স্প্যানিশ অনুবাদ।

এর আদি বাসস্থান যে সত্যিই দক্ষিণ আমেরিকা সে বিষয়ে আর কোনও সন্দেহ রইল না। ল্যাবরেটরিতে যখন তালা লাগাচ্ছি তখন শুনতে পেলাম আবার আবৃত্তি শুরু হয়েছে।

আমি এই অত্যাশ্চর্য পাখির বাকশক্তি আর স্মরণশক্তির কথা ভাবতে ভাবতে ওপরে চলে এলাম।

২৪শে জুন

আজ বড় দুঃখের দিন।

আমার প্রিয় ম্যাকাও পাখিটি উধাও হয়েছেন। উধাও মানে অদৃশ্য নয়। অর্থাৎ আমি তার উপর কোনও বৈজ্ঞানিক পরীক্ষা করিনি। সে সত্যি সত্যিই কোথায় যেন চলে গেছে। এটা তার হঠাৎ আবির্ভাবের মতোই রহস্যজনক।

সকালে ল্যাবরেটরির দরজা খুলে দেখি উত্তর দিকের জানালার পাশে রাখা লোহার দাঁড়টা খালি। পাখিটার উপর আমার এতই বিশ্বাস ছিল যে তাকে চেন দিয়ে বেঁধেও রাখিনি।

আমার স্পষ্ট মনে আছে যে জানালাটায় আমি নিজের হাতে ছিটকিনি লাগিয়েছিলাম। এখন দেখি জানালাটা খোলা। গরাদের ফাঁক দিয়ে কসরত করে বেরিয়ে যাওয়া পাখিটার পক্ষে অসম্ভব নয়। কিন্তু ছিটকিনি খুলল কে ? তা হলে কি ম্যাকাও-বাবাজি তাঁর বিরাট ঠোঁট দিয়ে নিজেই এ কর্ম করেছেন ? কিন্তু এত পোষা পাখি, খাদ্য বা যত্নেরও তো কোনও অভাব ছিল না—সে পাখি পালাবে কেন ?

আমার মনটা খারাপ হয়ে গেল ! একটা টকটকে লাল পালক পড়েছিল জানালাটার কাছে

মেঝেতে। আমি সেটাকে যত্ন করে তুলে রেখে দিলাম। তার পরে ল্যাবরেটরি বন্ধ করে দোতলায় এসে চুপ করে শোবার ঘরের জানালার ধারে আমার বেতের চেয়ারটায় বসে রইলাম।

বিকেলে আমার প্রতিবেশী অবিনাশবাবু এসেছিলেন। চা খেতে খেতে এমন বকবক শুরু করলেন যে একবার ইচ্ছে হল আর এক পেয়ালা চা অফার করে তার সঙ্গে একটু নতুন ওষুধ মিশিয়ে দিয়ে তাঁকে একটু শিক্ষা দিই। কিন্তু সেটার আর প্রয়োজন হল না।

ভদ্রলোক যেন আমার মেজাজের কথা অনুমান করে নিজেই বিদায় নিয়ে চলে গেলেন।

শুধু পাখির রহস্যের সমাধান হল না বলে নয় পাখিটার উপর সত্যিই মায়া পড়েছিল—তাই আমার মনের এই অবস্থা।

কাল থেকে আবার ওষুধটা নিয়ে পড়তে হবে। আমি জানি একমাত্র কাজই আমার এই বন্ধু-বিচ্ছেদের দুঃখ ভুলতে সাহায্য করবে।

২১শে জুলাই

আজকের ঘটনা যেমনই রোমাঞ্চকর তেমনই অবিশ্বাস্য। ক'জন বৈজ্ঞানিকের জীবনে এমন সব চিত্তাকর্ষক ঘটনা ঘটেছে জানতে ইচ্ছা করে।

ক'দিন থেকেই বৃষ্টি হবার ফলে একটু ঠাণ্ডা পড়েছিল। উশ্রীর ধারে সকালটায় বেশ আরাম বোধ করেছিলাম, তাই বোধ হয় বেড়ানোর মাত্রাটা আজ একটু বেশি হয়ে গিয়েছিল। বাড়ি যখন ফিরছি তখন প্রায় সাতটা বাজে। প্রহ্লাদের তখনও বাজার থেকে ফেরার কথা নয়। তাই বাড়ির কাছাকাছি এসে সদর দরজাটা খোলা দেখে মনে কেমন জানি খটকা লাগল।

তাড়াতাড়ি এগিয়ে গিয়েই বুঝতে পারলাম যে তালাটা স্বাভাবিক ভাবে খোলা হয়নি। কোনও বৈজ্ঞানিক উপায়ে উত্তাপের সাহায্যে গলিয়ে সেটাকে খোলা হয়েছে।

আমার বুকের ভেতরটা ধড়াস করে উঠল।

দৌড়ে বাড়ির ভিতর গিয়ে প্রথমেই চোখে পড়ল নিউটনকে। সে বৈঠকখানার এক কোণে শজারুর মতো লোম খাড়া করে দাঁড়িয়ে আছে।

নিউটনের এমন সন্ত্রস্ত ভাব আমি আর কোনওদিন দেখেছি বলে মনে পড়ে না।

আবার একটা শব্দ শুনলাম আমার ল্যাবরেটরির দিক থেকে। কে যেন আমার জিনিসপত্র নিয়ে ঘাঁটাঘাঁটি করছে।

আমি ঊর্ধ্বশ্বাসে ছুটে গিয়ে ল্যাবরেটরিতে ঢুকেই এক আশ্চর্য দৃশ্য দেখতে পেলাম। আমার ফ্লাস্ক, রিটর্ট, টেস্ট টিউব ইত্যাদি গবেষণার যাবতীয় সরঞ্জাম সব চারদিকে ছড়ানো, আলমারি খোলা, বইপত্তর সব ধুলোয় লুটোপুটি, ওষুধের বোতল খোলা অবস্থায় টেবিলে পড়ে তার থেকে ওষুধ বেরিয়ে টেবিলের গা বেয়ে চুঁইয়ে টপটপ করে মেঝেতে পড়ছে।

পরমুহূর্তেই আর একটা দৃশ্য চোখে পড়ল। আমার এক গোছা নোটস-এর খাতা শূন্যে এদিক ওদিক ঘোরাফেরা করতে করতে হঠাৎ জানালার দিকে উড়ে গেল!

জানালার শিকগুলোকে দেখি গলিয়ে খুলে ফেলা হয়েছে। আমি কয়েক সেকেন্ড হতভম্ব থেকে তারপর সংবিৎ ফিরে পেয়ে একলাফে আমার জিনিসপত্র ডিঙিয়ে জানালার কাছে গিয়ে আমার খাতাগুলির উপর ঝাঁপিয়ে পড়লাম।

তারপর এক বিচিত্র যুদ্ধ। কোনও এক অদৃশ্য ডাকাতের সঙ্গে চলল আমার ধস্তাধস্তি! লোকটা তেমন জোয়ান নয়। সে অদৃশ্য হওয়াতে তার সঙ্গে যুঝতে আমার বেশ বেগ পেতে

হল। কিন্তু আমিও ছাড়বার পাত্র নই। ওই খাতাগুলিই আমার প্রাণ। ওতে রয়েছে আমার চল্লিশ বছরের বৈজ্ঞানিক জীবনের সমস্ত ফলাফল। মরিয়া হয়ে শরীরের সমস্ত বল প্রয়োগ করে বেপরোয়া কিল ঘুঁসি লাথি মেরে খাতাগুলো উদ্ধার করবার পরমুহূর্তেই লোকটা জানালা টপকিয়ে বাইরের বাগানে গিয়ে পড়ল। আমি কোনওমতে জানালার কাছে গিয়ে মুখ বাড়িয়ে দেখি বাগানের ঘাসের উপর দিয়ে একটা পায়ের ছাপ পাঁচিলের দিকে এগিয়ে চলেছে।

তারপর কানে এল এক পরিচিত পাখির কর্কশ কণ্ঠস্বর ও ডানার ঝটপটানি।

পূর্বদিকের পাঁচিল বেয়ে উঠে তখন লোকটা পালাবার চেষ্টা করছে। কারণ পাঁচিলের গায়ের ফাটল থেকে যে অশ্বত্থের চারা বেরিয়েছিল সেটা চোখের সামনে ছিন্নবিচ্ছিন্ন হয়ে গেল।

আর সেই সময়ে শুনলাম এক মানুষের গলার আর্তনাদ।

এ গলা আমার চেনা গলা।

এ গলা প্রোফেসর গজানন তরফদারের।

অদৃশ্য ম্যাকাও অদৃশ্য প্রোফেসরকে আক্রমণ করেছে।

পাঁচিলের গা বেয়ে রক্তের ধারা নেমে আসছে বাগানের ঘাসের দিকে।

তারপর শব্দ হল—ধুপ।

প্রোফেসর তরফদার পাঁচিল টপকিয়ে ওপাশের জমিতে পড়েছেন।

তারপর সব শেষে পলায়মান পায়ের শব্দ।

আমি জানালার পাশের চেয়ারটায় ক্লান্তভাবে বসে পড়লাম।

বুকে হাত দিয়ে বুঝলাম হৃৎস্পন্দন রীতিমতো বেড়ে গেছে।

এই বারে একটা ঠং শব্দ শুনে মাথা তুলে দেখি ম্যাকাও-এর দাঁড়টা ঈষৎ কম্পমান।

বাবাজি ফিরে এসেছেন!

'বুয়েনা দিয়া! বুয়েনা দিয়া!'

আমি ইংরাজিতে উত্তর দিলাম, 'গুড মর্নিং! ব্যাপার কী?'

'ফিরেচি! ফিরেচি!'

'সে তো দেখতেই পাচ্ছি, থুড়ি, শুনতে পাচ্ছি!'

'চোর, চোর! জোচ্চোর, জোচ্চোর, জোচ্চোর!'

'কে?'

'তর্‌রফদার্‌র্!'

'তাকে তুমি চিনলে কী ভাবে?'

ম্যাকাও যা বলল তাতে এক আশ্চর্য কাহিনী প্রকাশ পেল।

তরফদার গিয়েছিলেন ব্রেজিলে বছরখানেক আগে। সেখানে এক সার্কাস থেকে এই পাখিটি তিনি নিয়ে আসেন, তাও চুরি করে। সতেরোটি বিদেশি ভাষা জানা, অলৌকিক স্মৃতিশক্তিসম্পন্ন এই ম্যাকাওটিকে নিয়ে সেই সার্কাসে খেলা দেখাত এক বাজিকর। কাজেই তার বুদ্ধি ও বাক্‌শক্তির ব্যাপারে তরফদারের কোনও কৃতিত্ব নেই।

যদিও ম্যাকাও বাংলা শিখেছে তরফদারের কাছেই।

তরফদার পাখিটিকে আমার গোলঞ্চগাছের ডালে রেখে যান যাতে সে আমার সঙ্গে থেকে, আমার ফরমুলা সংগ্রহ করে, তারপর তাঁর কাছে গিয়ে তাঁকে সেই ফরমুলা বলে দেয়।

অদৃশ্য হবার ওষুধের উপাদানগুলি ম্যাকাওটির কাছ থেকে জেনে নিয়ে তারপর তাই দিয়ে দশ ঘণ্টা অদৃশ্য থাকবার মতো একটা মিক্সচার তৈরি করে সেটা পান করে তরফদার নিজেকে অদৃশ্য করে ফেলেন।

সেই সময় ম্যাকাওটি তরফদারের হাবভাব লক্ষ করে বুঝতে পারে যে এবার তিনি তাঁর পোষা পাখিটিকে হত্যা করবার ফন্দি করেছেন। কারণ তাঁর হয়তো ভয় হয়েছে যে পাখিটি ভবিষ্যতে অন্য কোনও বৈজ্ঞানিকের কাছে ফরমুলাটি ফাঁস করে দিতে পারে। অদৃশ্য তরফদারের আলমারি খুলে যখন তার ভেতর থেকে বন্দুক এবং টোটা বেরিয়ে আসে সেই সময় ম্যাকাওটি আত্মরক্ষার আর কোনও উপায় না দেখে ঠোঁটের এক কামড়ে ওষুধের বোতলটি খুলে ফেলে ঢক ঢক করে খানিকটা ওযুধ গিলে ফেলে অদৃশ্য হয়ে যায়।

তরফদার এদিক ওদিক গুলি চালিয়ে ঘরের দেয়াল ক্ষতবিক্ষত করা ছাড়া আর কিছুই করতে পারেননি। তারপর সেই অদৃশ্য অবস্থাতেই গাড়ি চালিয়ে তরফদার হাজারিবাগ থেকে গিরিডি চলে আসেন। গাড়ির পিছনের সিটেই যে ম্যাকাওটি বসেছিল তিনি টেরই পাননি।

গিরিডি পৌঁছে গাড়িটাকে একটু দূরে রেখে দিয়ে শেষ রাত্তির থেকে আমার বাড়ির কাছেই একটা ঝোপের আড়ালে ওত পেতে বসে থাকা এবং আমি ও প্রহ্লাদ বাড়ি থেকে বেরিয়ে গেলে ডাকাতির তোড়জোড় !

আমি জিজ্ঞেস করলাম—'ডাকাতির সময়ে তুমি কোথায় ছিলে ?'

'বাইরে, বাইরে। তোমার গাছে।'

'তারপর ?'

'ও বেরোলেই ধরলাম। চোর চোর, জোচ্চোর জোচ্চোর।'

'আর আমি ?'

'ভাল, ভাল। এখানেই থাকব।'

'বেশ তো, থাকো না। আর কোনও বৈজ্ঞানিকের সঙ্গে দোস্তি নেই তো ? আমার ফরমুলা অন্যের কাছে পৌঁছবে না তো ?'

ম্যাকাও আবার সেইভাবে অট্টহাস্য করল।

জিজ্ঞেস করলাম—'ওযুধ কটায় খেয়েছ ?'

'রাত দশটা।'

'বটে এখন তো আটটা বাজে। দশ ঘণ্টা তো হয়ে এল।'

'তা তো বটেই ! হ্যাঃ, হ্যাঃ, হ্যাঃ, হ্যাঃ !'

সেই হাসির সঙ্গে সঙ্গেই দেখলাম আমার ঘরটা আস্তে আস্তে আলো হয়ে উঠল। সূর্যের আলো নয়, ম্যাকাওর বহুবিচিত্র পালকের চোখ ঝলসানো রং-এর আলোয় আমার ল্যাবরেটরির চেহারা ফিরে গেল।

আমি আমার খাতাগুলো ঝাড়তে ঝাড়তে চেয়ার থেকে উঠে পড়ে ম্যাকাওটার মাথায় হাত বুলিয়ে বললুম 'থ্যাঙ্ক ইউ !'

ম্যাকাও বলল, 'গ্রাসিয়া, গ্রাসিয়া !'

সন্দেশ। শারদীয়া ১৩৭১

প্রোফেসর শঙ্কু ও আশ্চর্য পুতুল

আজ আমার জীবনে একটা স্মরণীয় দিন! সুইডিস অ্যাকাডেমি অফ সায়ান্স আজ আমাকে ডক্টর উপাধি দান করে আমার গত পাঁচ বছরের পরিশ্রম সার্থক করল। এক ফলের বীজের সঙ্গে আর এক ফলের বীজ মিশিয়ে এমন আশ্চর্য সুন্দর, সুগন্ধ, সুস্বাদু ও পুষ্টিকর নতুন ফল যে তৈরি হতে পারে, এটা আমার এই রিসার্চের আগে কেউ জানত না। গতবছর সুইডেনের বৈজ্ঞানিক স্‌ভেন্ডসেন আমার গিরিডির ল্যাবরেটরিতে এসে আমার ফলের নমুনা দেখে এবং চেখে একেবারে থ। দেশে ফিরে গিয়ে কাগজে লেখালেখির ফলে আমার এই আবিষ্কারের কথা বিদেশে ছড়িয়ে পড়ে! আমার আজকের এই সম্মানের জন্য স্‌ভেন্ডসেন অনেকখানি দায়ী! তাই এখন ডায়রি লিখতে বসে তাঁর প্রতি মন কৃতজ্ঞতায় ভরে উঠছে!

সুইডেনে আগে আসিনি। এসে ভালই লাগছে। সুন্দর পরিষ্কার পরিচ্ছন্ন দেশ। এটা মে মাস—তাই চব্বিশ ঘণ্টাই সূর্য দেখছি। কিন্তু সে সূর্য কেমন ঘোলাটে, নিস্তেজ। সবসময়ই মনে হয় সন্ধ্যা হয়ে আছে। শীতকালে যখন রাত ফুরোতে চায় না তখন না জানি লোকের মনের অবস্থা কেমন হয়। শুনেছি ছ মাস রাত্রের পর প্রথম সূর্যের আলো দেখে এখানের লোক নাকি আনন্দে আত্মহারা হয়ে আত্মহত্যা করে। আমরা যারা বিষুবরেখার কাছাকাছি থাকি, তারা বোধ হয় ভালই আছি। বেশি উত্তরে ঠাণ্ডা দেশে যারা থাকে তাদের হিংসে করার কোনও কারণ নেই।

এখানের কাজ সেরে নরওয়েতে যাওয়ার ইচ্ছা ছিল। এর অবিশ্যি একটা কারণ আছে! বছর চারেক আগে যখন ইংলন্ডে যাই তখন বিখ্যাত প্রাণীতত্ত্ববিদ প্রোফেসর আর্চিবল্ড অ্যাক্রয়েডের সঙ্গে বেশ ঘনিষ্ঠ আলাপ হয়। সাসেক্সে তাঁর কটেজে একটা উইক এন্ডও কাটিয়ে এসেছিলাম। অ্যাক্রয়েডও তখন নরওয়ে যাব যাব করছেন, কারণ সেখানে নাকি 'লেমিং' বলে ইঁদুর জাতীয় এক অদ্ভুত জানোয়ার বাস করে—সেইটে তিনি স্টাডি করবেন। লেমিং এক আশ্চর্য প্রাণী। বছরের কোনও একটা সময় এরা কাতারে কাতারে জঙ্গল থেকে বেরিয়ে সমুদ্রের দিকে যাত্রা করে। পথে শেয়াল, নেকড়ে, ঈগল পাখি ইত্যাদির আক্রমণ অগ্রাহ্য করে খেতের ফসল নিঃশেষ করে, সব শেষে সমুদ্রে পৌঁছে সেই সমুদ্রের জলেই ঝাঁপিয়ে পড়ে আত্মহত্যা করে!

দুঃখের বিষয় অ্যাক্রয়েডের স্টাডি বোধ হয় অসমাপ্ত থেকে গিয়েছিল, কারণ গিরিডি থাকতেই কাগজে পড়েছিলাম, নরওয়ে ভ্রমণের সময় তাঁর মৃত্যু হয়। অ্যাক্রয়েডের পক্ষে যেটা সম্ভব হয়নি, আমার দ্বারা সেটা হয় কি না দেখব বলেই নরওয়ে যাওয়ার কথা ভাবছিলাম।

রাত্রে ডিনারের পর হোটেলে ফেরার কিছু পরে আমার ঘরের দরজায় টোকা পড়ল, তখনও আমার মাথায় লেমিং-এর চিন্তাই ঘুরছিল। দরজা খুলে দেখি একটি মাঝবয়সি লম্বা ভদ্রলোক, মাথায় সোনালি চুল, চোখে সোনার চশমা, আর সেই চশমার পুরু কাচের পিছনে এক জোড়া তীক্ষ্ণ নীল চোখ। ভদ্রলোক ঠোঁট ফাঁক করে অল্প হেসে যখন তাঁর পরিচয় দিলেন তখন লক্ষ করলাম তাঁর একটা দাঁত সোনা দিয়ে বাঁধানো। তাঁর কথায় জানলাম তাঁর

বাস নরওয়ের সুলিটেল্‌মা শহরে। নাম গ্রেগর লিন্ডকুইস্ট। লোকটি নাকি শিল্পী, বিখ্যাত লোকদের প্রতিকৃতি তৈরি করেন ঠিক পুতুলের মতো করে। অর্থাৎ গায়ের রং, চুল, নখ, পোশাকটোশাক সব আসল মানুষের মতোই, কেবল সাইজ ছ ইঞ্চির বেশি নয়।

একথা সেকথার পর একটু বিনয়ী, কিন্তু কিন্তু ভাব করে বললেন 'আপনি যদি আমার ওখানে দিনকতক আতিথ্য গ্রহণ করেন তা হলে আমি অত্যন্ত আনন্দিত হব, সেই অবসরে আপনার একটি পুতুল-প্রতিকৃতি গড়ে নিতে পারব।' লিন্ডকুইস্ট আরও বললেন যে তাঁর কালেকশনে নাকি কোনও বিখ্যাত ভারতীয়ের পুতুল-মূর্তি নেই, এবং আমি এই প্রস্তাবে রাজি হলে নাকি তিনি নিজেকে ধন্য মনে করবেন।

কথায় কথায় আমার লেমিং সম্পর্কে জানবার আগ্রহটাও প্রকাশ পেয়ে গেল। তাতে ভদ্রলোক বললেন, লেমিং-এর সন্ধানে বনবাদাড়ে ঘোরার আগে তিনি তাঁর বাড়িতেই নাকি একটি লেমিং সংগ্রহ করে আমাকে দেখাতে পারবেন। এর পরে আর আমার কিছু বলার রইল না।

আগামী বৃহস্পতিবার ভদ্রলোকের সঙ্গেই নরওয়ে যাত্রা করব স্থির করেছি।

১৭ই মে

দু' দিন হল সুলিটেল্‌মা শহরে এসেছি। নরওয়ের উত্তরপ্রান্তে কিয়োলেন উপত্যকায় এ শহরটি ভারী মনোরম। আশেপাশে তামার খনি রয়েছে, আর শহরের পশ্চিমদিকে প্রহরীর মতো দাঁড়িয়ে রয়েছে সুলিটেল্‌মা পর্বতশৃঙ্গ। ৬০০০ ফিটের মতো হাইট, কাজেই আমাদের হিমালয়ের এক একটি শৃঙ্গের কাছে একে সামান্য টিলা বলে মনে হবে। কিন্তু নরওয়েতে এই শৃঙ্গ উচ্চতায় দ্বিতীয় স্থান অধিকার করে।

লিন্ডকুইস্ট আমাকে পরম যত্নে রেখেছেন। এঁর বাড়ির আশেপাশে আর কোনও বাড়িটাড়ি চোখে পড়ে না। এমনিই নরওয়ে দেশটায় লোকসংখ্যা কম, তার মধ্যেও লিন্ডকুইস্ট যেন একটি জনবিরল পরিবেশ বেছেই নিয়েছে। আমার এতে কোনও আপত্তি নেই। আমাদের গিরিডির বাড়িটাও নিরিবিলি জায়গা বেছেই তৈরি করেছিলাম আমি।

লেমিং এখনও দেখা হয়নি। দু'-এক দিন সময় চেয়ে নিয়েছে লিন্ডকুইস্ট। এতেও আপত্তি নেই—কারণ আমি হাতে কিছুটা সময় নিয়েই দেশ ছেড়েছি। আপাতত বিশ্রামের প্রয়োজন। ট্রাউট মাছ খাচ্ছি আর খুব ভাল cheese খাচ্ছি। সব মিলিয়ে বেশ আরামে আছি।

তবে লিন্ডকুইস্টের একটা বাতিক মাঝে মাঝে কেমন যেন অসোয়াস্তির সৃষ্টি করে। সে আমার দিকে প্রায়ই একদৃষ্টে চেয়ে থাকে। কথা বলার সময় চাওয়াটা অস্বাভাবিক নয়। কিন্তু যখন দু'জনে চুপচাপ বসে থাকি, তখনও মাঝে মাঝে অনুভব করি যে সে স্থির দৃষ্টিতে আমার মুখের দিকে চেয়ে আছে। আজ সকালে এর কারণটা জিজ্ঞেস না করে পারলাম না। লিন্ডকুইস্ট বিন্দুমাত্র অপ্রস্তুত না হয়ে বলল, কোনও লোকের পোর্ট্রেট করার আগে কিছুদিন যদি ভাল করে তাকে দেখা যায়, তা হলে মূর্তি গড়ার সময় শিল্পীর কাজ সহজ হয়ে যায় এবং যার পোর্ট্রেট হচ্ছে তাকেও আর একটানা বেশিক্ষণ পাথরের মতো দাঁড়িয়ে বা বসে থাকতে হয় না।

আমার আরেকটা প্রশ্ন আরও চেপে রাখতে পারলাম না। বললাম, 'আপনার পুতুলগুলি কবে দেখাবেন ? বড় কৌতূহল হচ্ছে কিন্তু।'

লিন্ডকুইস্ট বলল, 'পুতুলগুলোয় ধুলো পড়েছে। আমার চাকর হান্‌স সেগুলো পরিষ্কার

করলে পর কাল সন্ধ্যা নাগাদ সেগুলো দেখাতে পারব বলে আশা করছি।'

'আর লেমিং ?'

'আগে পুতুল—তারপর লেমিং। কেমন ?'

অগত্যা রাজি হয়ে গেলাম।

১৮ মে রাত ১২টা

দু' ঘণ্টা হল ঘরে ফিরেছি, কিন্তু এখনও পর্যন্ত উত্তেজনা কাটিয়ে উঠতে পারিনি। তাই আজকের ঘটনা পরিষ্কার করে লিখতে রীতিমতো অসুবিধে হচ্ছে।

আজ সন্ধ্যা সাতটায় (সন্ধ্যা বলছি ঘড়ির টাইম অনুযায়ী কারণ এখানে সত্যিকারের রাতদিনের কোনও তফাত বোঝা যায় না) লিন্ডকুইস্ট তার বৈঠকখানায় একটা গোপন দরজা খুলে একটা ঘোরানো সিঁড়ি দিয়ে আমাকে মাটির নীচে একটা ঘরে নিয়ে গিয়ে তার পুতুলগুলো দেখাল। আমি এ রকম আশ্চর্য জিনিস আর কখনও দেখিনি।

টেবিলের উপর রাখা কাচের আবরণে ঢাকা যে জিনিসগুলি দেখলাম সেগুলিকে পুতুল বলতে বেশ দ্বিধা বোধ করছি। আসল মানুষের সঙ্গে এদের তফাত কেবল এই যে এগুলো নিষ্প্রাণ। এবং এদের কোনওটাই ছ ইঞ্চির বেশি লম্বা নয়। মোটামুটি বলা যেতে পারে যে আসল মানুষের যা আয়তন, এগুলি তার দশভাগের এক ভাগ।

সব সুদ্ধ ছ'টি পুতুল রয়েছে। সবই নামকরা লোকের, যদিও এদের সকলের চেহারার সঙ্গে আমার আগে পরিচয় ছিল না। যাদের দেখে চিনলাম, তাদের মধ্যে রয়েছে—ফরাসি ভূপর্যটক আঁরি ক্লেমো, আর নিগ্রো চ্যাম্পিয়ন বক্সার বব স্লিম্যান।

আর ছ' নম্বর কাচের খাঁচায় যে পুতুলটি কালো চশমা পরে ডান হাত কোটের পকেটের ভিতর ঢুকিয়ে দাঁড়িয়ে আছেন, তিনি হলেন পরলোকগত ব্রিটিশ প্রাণীতত্ত্ববিদ ও আমার বন্ধু আর্চিবল্ড অ্যাক্রয়েড—ছ' বছর আগে লেমিং-এর সন্ধানে ঘুরতে ঘুরতে নরওয়েতেই যাঁর মৃত্যু হয়।

অ্যাক্রয়েডের পুতুল দেখেই বুঝতে পারলাম পোর্ট্রেট হিসেবে এগুলো কী আশ্চর্যরকম নিখুঁত। শুধু যে মোটামুটি তাঁর চেহারা মিলেছে তা নয়—এগুলো এমন পদার্থ দিয়ে তৈরি যাতে নাকি মাথার চুল, গায়ের চামড়া, চোখের তারা, সবই একেবারে জীবন্ত বলে মনে হয়।

এই শেষ পুতুলটি দেখে তো নিশ্বাস বন্ধ হবার জোগাড়। অ্যাক্রয়েডের সামনে আমাকে এমনভাবে দাঁড়িয়ে থাকতে দেখে লিন্ডকুইস্ট জিজ্ঞাসা করল, 'কী হল ? একে চেনো নাকি ?'

বললাম, 'বিলক্ষণ। ইংলন্ডে আলাপ হয়েছিল—প্রায় বন্ধুত্বই। লেমিং-এর খবর ওঁর কাছেই পাই। নরওয়েতেই তো ওঁর মৃত্যু হয় বলে শুনেছিলাম।'

'তা হয়। তবে আমার ভাগ্যটা খুবই ভাল। মৃত্যুর কয়েকদিন আগেই আমার এখানে এসেছিলেন, আর তখনই এই পুতুলটি তৈরি করে ফেলি। যাদের পুতুল দেখছ তাদের সকলেই আমার বাড়িতে থেকে আমাকে সিটিং দিয়ে গেছে।'

গুপ্ত ঘরটা থেকে ঘোরানো সিঁড়ি দিয়ে উপরে ওঠার সময় লিন্ডকুইস্ট বলল, 'পরশু থেকে তোমার পোর্ট্রেটের কাজ শুরু করব।'

আমি ঘরে বসে বসে ডায়রি লিখছি, আর অ্যাক্রয়েডের সেই হাসি হাসি মুখটা আমার মনে পড়ছে। কোনও মানুষের পক্ষে যে এমন পুতুল তৈরি করা সম্ভব হতে পারে এটা আমি কল্পনাও করতে পারিনি। লিন্ডকুইস্ট লোকটা কি শুধুই শিল্পী—না বৈজ্ঞানিকও বটে ? কী উপাদান দিয়ে ও পুতুলগুলি গড়ে, যাতে চোখ, নখ, চামড়া, চুল এত আশ্চর্য রকম স্বাভাবিক

বলে মনে হয়। আশা করি আমার মূর্তিটি ও আমার সামনেই গড়বে, যাতে মালমশলা নিজের চোখে দেখার সুযোগ হবে।

কাল সকালে বরং ওকে এ বিষয় দু-একটা প্রশ্ন করে দেখব, দেখি না কী বলে।

আপাতত লেমিং-এর প্রশ্নটা স্থগিত রেখে পুতুল নিয়েই পড়া যাক।

১৯শে মে

কাল রাত্রে একটি ঝোড়ো হাওয়ার সঙ্গে একটা তীব্র উগ্র গন্ধ নাকে আসতে ঘুমটা ভেঙে গিয়েছিল। গন্ধটা অনেকক্ষণ ছিল। কিছু পরিচিত এবং কিছু অপরিচিত জিনিস মেশানো একটা নতুন গন্ধ। চেনার মধ্যে কপার সালফেট ও ফেরাস অক্সাইড। এ ছাড়া কেমন যেন একটা মিষ্টি মিষ্টি গন্ধ সেটা কেমিক্যালও হতে পারে বা অন্য কিছুও হতে পারে। মোটকথা এই বাড়িতে কিংবা বাড়ির আশেপাশে কোথাও কেমিক্যাল নিয়ে কারবার চলেছে। লিন্ডকুইস্ট যে বৈজ্ঞানিকও সে সন্দেহটা আরও দৃঢ় হল।

সকালে বুড়ো চাকর হান্‌স এসে বলল, 'বাবু একটু বেরিয়েছেন ; আপনাকে অপেক্ষা না করে ব্রেকফাস্ট খেয়ে নিতে বলেছেন !'

খাওয়াদাওয়া সেরে বাড়ির ভিতরে এবং আশপাশটায় একটু পায়চারি করে দেখলাম। এখানে সেখানে ঝোপঝাড়ের পিছনে ফ্লাস্ক, টেস্টটিউবের টুকরো এবং একটা মরচেধরা বুনসেন বার্নার দেখে আমার মনে আর কোনও সন্দেহ রইল না। পুতুলগুলোর পিছনে একটা বৈজ্ঞানিক কারসাজি রয়েছে। আমার চোখে ধুলো দেওয়া অত সহজ নয়।

একটা খটকা কেবল মনে খোঁচা দিচ্ছে। যে বৈজ্ঞানিক, সে আর একজন বৈজ্ঞানিকের কাছে নিজেকে শিল্পী বলে পরিচয় দেবে কেন ?

সাড়ে ন'টা নাগাদ যখন ঘরে ফিরছি তখনও লিন্ডকুইস্টের দেখা নেই। হান্‌স-কে জিজ্ঞেস করাতে সে তার ফেরার টাইম কিছু বলতে পারল না। একা ঘরে বসে থাকতে থাকতে মাথায় একটা বদ্‌বুদ্ধি এল। দিনের বেলা পুতুলগুলোকে আর একবার দেখে আসতে পারলে কেমন হয় ?

গুপ্ত ঘরের দরজাটা খোলার একটা সংকেত আছে। দরজার হাতলটা কিছুক্ষণ এদিক ওদিক ঘুরিয়ে তারপর সেটাকে একটা টান দিলেই সেটা খুলে যায়। গতকাল লিন্ডকুইস্ট হাতলটা নিয়ে কবার ডানদিকে কবার বামদিকে ঘুরিয়ে তারপর টানটা দিয়েছিল সেটা আমি মনে মনে মুখস্থ করে রেখেছিলাম। সাধারণ লোকের পক্ষে অবিশ্যি এ কাজটা সম্ভব হত না।

হান্‌স-কে ডেকে বললাম, 'আমার একটা জরুরি টেলিগ্রাম পাঠানো দরকার। তুমি যদি কাজটা করে দিতে পার—আমার ঠাণ্ডা দেশে এসে একটু হাঁপ ধরেছে—এতটা পথ হাঁটতে ভরসা পাচ্ছি না।'

হান্‌স অবিশ্যি তৎক্ষণাৎ রাজি হয়ে গেল, এবং আমিও আমার বাড়ির চাকর প্রহ্লাদের নামে একটা আজগুবি টেলিগ্রাম লিখে হান্‌সকে টাকা দিয়ে পাঠিয়ে দিলাম।

হান্‌স রওনা হবার পর আরও পাঁচ মিনিট অপেক্ষা করে আমি বাড়ির গেটের বাইরে রাস্তায় গিয়ে দাঁড়ালাম। এদিক ওদিক চাইলে বহুদূর অবধি দেখা যায়। লিন্ডকুইস্টের কোনও চিহ্ন দেখলাম না—বুঝলাম সে ফিরলেও মিনিট পনেরোর আগে নয়।

ভেতরে ফিরে এসে গুপ্ত দরজায় গিয়ে মুখস্থমাফিক হাতলটা এদিক ওদিক ঘোরানো শুরু করলাম। যথাসময়ে একটা খচ্ শব্দে দরজাটা খুলে গেল। পকেটে টর্চ ছিল। সেটা জ্বেলে

ঘোরানো সিঁড়ি দিয়ে নেমে গেলাম।

গুপ্ত ঘরে পৌঁছে একটা করে কাচের খাঁচাগুলোর উপর আলো ফেলে দেখতে শুরু করলাম। কালকের চেয়ে কোনও বিশেষ তফাত চোখে পড়ল না। এক নম্বরে সেই ইটালিয় গায়ক—নাম বোধ হয় মারিয়ো বাতিস্তা, দুই-এ মুষ্টিযোদ্ধা বব স্লিম্যান, তিন-এ ফরাসি পর্যটক আঁরি ক্লেমো, চার-এ জাপানি সাঁতারু হাকিমোতো, পাঁচে সেই জার্মান কবি, নাম মনে নেই, আর ছ'য়ে আমার বন্ধু অ্যাক্রয়েড।

আমি টর্চটা নিয়ে অ্যাক্রয়েডের খাঁচার দিকে এগিয়ে গেলাম। খাঁচাগুলি বেশ। এরকম জিনিস এর আগে দেখিনি কখনও। একরকম কাচের আবরণ থাকে—মন্দিরের চুড়োর মতো, যাতে অনেক সময় ভাল ঘড়ি কিংবা মূর্তি ঢাকা দেওয়া থাকে। এ কতকটা সেই রকম কিন্তু তফাত এই যে এতে আবার একটা দরজা আছে। এবং তাতে কবজা এবং চাবি লাগানোর বন্দোবস্ত আছে। অবিশ্যি ইচ্ছা করলে পুরো ঢাকনাটাই হাত দিয়ে তুলে ফেলা যায়।

আমি কাচের সঙ্গে প্রায় মুখ লাগিয়ে দিয়ে অ্যাক্রয়েডের পুতুলটা দেখতে লাগলাম। দেখতে দেখতে মনে হল গতকালের ভঙ্গির সঙ্গে যেন সামান্য একটু তফাত। কালকে যেন ডান হাতটা পকেটের মধ্যে আর একটু বেশি ঢোকানো মনে হয়েছিল। তাই কি ?—না আমার চোখের ভুল ? এমনও তো হতে পারে যে পুতুলগুলির অঙ্গপ্রত্যঙ্গ নাড়ানোর ব্যবস্থা করা আছে। লিন্ডকুইস্ট হয়তো মাঝে মাঝে দরজা খুলে তাদের দাঁড়াবার ভঙ্গিটা একটু বদল করে দেয়। কিংবা হয়তো পুতুলগুলোকে ঝাড়পোঁছ করার সময় হাত পা একটু নড়ে যায়। একবার খুলে পরীক্ষা করে দেখলে কেমন হয় ?

কিন্তু অ্যাক্রয়েডের পুতুলটায় হাত দিতে কেমন জানি সংকোচ বোধ হল, তাই জাপানি সাঁতারুর পুতুলের ঢাকনাটা খুলে সেটা আস্তে হাতে তুলে নিলাম। নিয়েই বুঝলাম যে হাত পা নাড়ানোর কোনও উপায় লিন্ডকুইস্ট রাখেনি। পুতুলগুলো একেবারেই অসাড় এবং অনড়।

কাচের ঢাকনা চাপা দিয়ে ঘোরানো সিঁড়ি দিয়ে উঠে গুপ্ত দরজা বন্ধ করে নিজের ঘরে ফিরে এলাম।

লিন্ডকুইস্ট ফিরল সাড়ে বারোটার সময়। দুপুরে খাবার টেবিলে তাকে বললাম, 'আজ একটু পড়াশুনো করবার ইচ্ছে হচ্ছে। তোমাদের এখানেও শুনেছি বেশ ভাল একটা পাবলিক লাইব্রেরি আছে। একবার যাওয়া যায় কি ?'

লিন্ডকুইস্ট বলল, 'স্বচ্ছন্দে। আমি রাস্তা বাতলে দেব। আজই যাও—কারণ কাল থেকে তো তোমায় সিটিং দিতে হবে।'

আমি বিশ্রাম না করেই বেরিয়ে পড়লাম। মনের মধ্যে কেমন জানি একটা অস্পষ্ট সন্দেহ উঁকি মারছিল, সেই কারণেই কিছু পুরনো খবরের কাগজ ঘাঁটার দরকার হয়ে পড়েছিল।

সাড়ে তিন ঘণ্টা লাইব্রেরিতে বসে 'লন্ডন টাইম্‌স' কাগজের ফাইল ঘেঁটে মনে গভীর সন্দেহ, উত্তেজনা ও উদ্বেগ নিয়ে বাড়ি ফিরলাম। দু বছর আগের ১১ই সেপ্টেম্বরের টাইম্‌স কাগজে আর্চিবল্ড অ্যাক্রয়েডের মৃত্যুসংবাদ পড়ে জানতে পারলাম যে অ্যাক্রয়েড কীভাবে কোথায় মারা গিয়েছিলেন তা জানা যায়নি। নরওয়ে ভ্রমণকালে তিনি নিখোঁজ হয়ে যান। তাঁকে শেষ দেখা গিয়েছিল ফিয়োর্ড পরিভ্রমণের উদ্দেশ্যে একটি নৌকোয় চাপতে। সেই নৌকোটির কোনও খোঁজ পাওয়া যায়নি—কাজেই ধরে নেওয়া হয়েছিল যে নৌকোডুবির ফলেই অ্যাক্রয়েডের মৃত্যু ঘটে।

বব স্লিম্যান, হাকিমোতো ও আঁরি ক্লেমোর মৃত্যুসংবাদও পড়লাম। এঁরা সকলেই ইউরোপে নিখোঁজ হয়েছেন, এবং সকলকেই অনেক অনুসন্ধানের পর মৃত বলেই ধরে নেওয়া

হয়েছিল।

বাড়ি ফিরে এসে বাকিটা দিন যথাসাধ্য স্বাভাবিকভাবেই কাটিয়ে দিতে চেষ্টা করলাম। লেমিং সম্পর্কে কৌতূহলটা মন থেকে প্রায় মুছে গেছে।

রাত্রে খেতে বসে লিন্ডকুইস্ট বলল, 'শঙ্কু তুমি মদ খাও না ? আমাদের দেশের একটা ভাল ওয়াইন একটু চেখে দেখবে নাকি ? আমার অবশ্য এই বিশেষ মদটা রোচে না তবে লোকে খুব ভাল বলে। একটু দেখো না খেয়ে।'

পাছে লিন্ডকুইস্টের মনে আমার সন্দেহ সম্পর্কে কোনও সন্দেহ জাগে তাই আপত্তি করলাম না।

লিন্ডকুইস্ট খানিকটা মদ গ্লাসে ঢেলে দিল। গেলাসটা ঠোঁটের কাছে আনতেই কেমন জানি একটা সন্দেহজনক গন্ধ পেলাম। তাও সামান্য খানিকটা চুমুক দিয়ে সেটাকে ন্যাপকিনে ফেলে দিয়ে বললাম, 'এ ব্যাপারে তোমার ও আমার রুচি একই রকম। তার চেয়ে বরং তুমি যেটা পান করছ সেটাই কিছুটা আমাকে দাও না।'

লিন্ডকুইস্ট মদের মধ্যে ঘুমের ওষুধ দিচ্ছিল, এ বিষয়ে আমার কোনও সন্দেহ নেই। তবে অভিসন্ধিটা আমার কাছে ক্রমশ স্পষ্ট হয়ে আসছে।

আজ রাতটা যে করে হোক জেগে থেকে ও কী করে সেটা দেখতে হবে।

২০শে মে

কাল রাত্রে না ঘুমোনোর ফলে যে অদ্ভুত অভিজ্ঞতা হল সেটা আজ সকালেই লিখে ফেলেছি—

লিন্ডকুইস্টের এই কাঠের বাড়িতে দরজার চৌকাঠ বলে কিছু নেই। ফলে হয় কী পাশের ঘরে আলো জ্বালালে দরজা বন্ধ থাকলেও তার তলার ফাঁক দিয়ে সে আলো দেখা যায়। লিন্ডকুইস্টের বৈঠকখানায় কুকু ক্লক-এর কোকিল তখন সবে বারোটার ডাক ডেকেছে। আমি আমার সেই ঘুম-তাড়ানি ট্যাবলেটটা না খেয়েও তখন দিব্যি জেগে বসে আছি—কারণ মনে কেমন জানি দৃঢ় বিশ্বাস হয়েছে যে রাত্রে একটা কিছু ঘটবে। এমন সময় আমার বন্ধ দরজার তলা দিয়ে আলো দেখলাম। কে জানি বৈঠকখানায় আলো জ্বেলেছে।

কিছুক্ষণ সব চুপচাপ ! তারপরেই একটা পরিচিত 'খুচ্' শব্দ শুনতে পেলাম।

এবার বৈঠকখানার বাতিটা নিবে গেল।

আমি মিনিটখানেক চুপ করে থেকে মোজা পায়ে আস্তে আস্তে আমার দরজার দিকে এগিয়ে সেটা ইঞ্চিখানেক ফাঁক করে চোখ লাগিয়ে ওদিকে দেখে নিলাম ! তারপর দরজা খুলে এগিয়ে গেলাম। গুপ্ত দরজার দিকে গিয়ে দেখি দরজা খোলা।

বিপদের আশঙ্কা সত্ত্বেও তখন একটা অদম্য বৈজ্ঞানিক কৌতূহল আমাকে পেয়ে বসেছে। আমি দরজা খুলে ভিতরে ঢুকে সিঁড়ি দিয়ে নামতে শুরু করলাম। সাড়ে তিন পাক নামলে পরে পুতুলের ঘরে পৌঁছানো যায়। তিন পাকের শুরুতেই একটা অদ্ভুত শব্দ আমার কানে এল।

আমার কান—শুধু কান কেন আমার সব ইন্দ্রিয়ই—সাধারণ মানুষের চেয়ে অনেক বেশি সজাগ ; তবুও এ শব্দটা এতই নতুন, এটা চিনতে আমার বেশ কিছুটা সময় লাগল। অবশেষে হঠাৎ চিনতে পেরে বিস্ময়ে এবং আতঙ্কে আমার রক্ত হিম হয়ে গেল।

এ হল মানুষের চিৎকার ! কিন্তু গলার স্বরটা সাধারণ মানুষের চেয়ে অনেক, অনেক গুণে তীক্ষ্ণ ও মিহি। চিৎকারের ভাষাটা জাপানি।

আমার বুঝতে বাকি রইল না যে ওই জাপানি পুতুল সাঁতারু হাকিমোতোই কোনও বিপন্ন অবস্থায় পড়ে এ ভাবে আর্তনাদ করছে।

আমি স্তম্ভিত হয়ে চিৎকারটা শুনছি, এমন সময় হঠাৎ সেটা থেমে গেল। তারপর টং করে কাচের শব্দ। এ শব্দেরও কারণ অনুমান করা কঠিন নয়। কাচের খাঁচার দরজা বন্ধ হওয়ার শব্দ এটা।

আমার কৌতূহল এখন সব ভয়কে ছাপিয়ে উঠেছে। আমি সিঁড়ির বাকি ধাপ কটা নেমে গিয়ে দেয়ালের পাশ দিয়ে গলাটা বাড়িয়ে দিলাম।

লিন্ডকুইস্ট একটা চাবি দিয়ে সেই ফরাসি পর্যটকের খাঁচাটা খুলেছে। তারপর হাত ঢুকিয়ে মুঠো করে পুতুলটাকে বাইরে বের করে এনে তার গায়ে বাঁ হাত দিয়ে কী যেন একটা ঠেকাতেই পুতুলটা হাত পা ছুড়তে আরম্ভ করল—এবং তারপর শুরু হল ক্ষীণ মিহি সুরে আর্তনাদ। লিন্ডকুইস্টের ব্যবহারে কোনও বিচলিত হবার লক্ষণ দেখলাম না। সে আর্তনাদ অগ্রাহ্য করে একটা ছোট্ট ড্রপার দিয়ে পুতুলের হাঁ করা মুখে কী যেন পুরে দিচ্ছে।

আস্তে আস্তে পুতুলের হাত পা ছোড়া থেমে গেল। তারপর লিন্ডকুইস্ট আগের সেই প্রথম জিনিসটা পুতুলের গায়ে ঠেকাতেই সেটার হাত পা অসাড় হয়ে আগের অবস্থায় চলে এল। লিন্ডকুইস্ট সেটাকে খাঁচার মধ্যে পুরে দাঁড় করিয়ে দরজা বন্ধ করে চাবি দিয়ে দিল। আমি আমার জায়গায় বিহ্বল অথচ তন্ময় হয়ে দাঁড়িয়ে রইলাম। তার পিছনেই দশ হাতের মধ্যেই যে আমি দাঁড়িয়ে রয়েছি সেটা লিন্ডকুইস্টের খেয়ালই হল না।

এরপরে অ্যাক্রয়েডের পালা।

উন্মাদ বৈজ্ঞানিকের হাতের মুঠোয় অ্যাক্রয়েডের শোচনীয় অবস্থা দেখে আমার ক্রোধ ও উত্তেজনা সংবরণ করা কঠিন হচ্ছিল। এমন সময় হঠাৎ দেখলাম অ্যাক্রয়েডের ছট্‌ফটানি থেমে গেল। এত দূর থেকেও মনে হল তার মাথাটা যেন আমারই দিকে ঘোরানো তারপর পরিষ্কার মার্জিত ইংরেজি উচ্চারণে অতি কষ্টে মিহি চিৎকার এল—'শঙ্কু, তুমি কী করছ এখানে—পালাও পালাও!'

পুতুলের মুখে আমার নাম শোনামাত্র লিন্ডকুইস্ট বিদ্যুদ্বেগে সিঁড়ির দিকে দৃষ্টি ঘোরাতেই আমিও ঘুরে তিন চার সিঁড়ি একসঙ্গে উঠে বৈঠকখানা পেরিয়ে ঊর্ধ্বশ্বাসে আমার ঘরে ঢুকে দরজা বন্ধ করে দিলাম।

কিন্তু আশ্চর্য—লিন্ডকুইস্ট আর আমার ঘরের দিকে এল না।

এখন সকাল ৯টা। ব্রেকফাস্টের জন্য আমার ডাক পড়েনি। এটাও বুঝতে পেরেছি যে—আর ডাক পড়বে না। আমার ঘরের দরজা বাইরে থেকে বন্ধ করে দেওয়া হয়েছে।

২৩শে মে

কালকের ঘটনার পর চব্বিশ ঘণ্টা কেটে গেল। এখনও লিন্ডকুইস্টের দেখা নেই। আমার ঘরে কিছু ফল রাখা ছিল, আর আমার সঙ্গে কিছু বিস্কুট ছিল—এ ছাড়া কাল থেকে কিছুই খাওয়া হয়নি। খিদের সঙ্গে সঙ্গে শরীরে একটা অবসাদও এসে পড়ছে। কাল রাত্রে সব বিদ্‌ঘুটে স্বপ্ন দেখেছি। তার মধ্যে একটাতে দেখলাম ইঁদুরের মতো দেখতে একটা অতিকায় জানোয়ার আমার জানালা দিয়ে ঘরে ঢুকতে চেষ্টা করছে। তারপর একটা বিস্ফোরণের শব্দ আর একটা বিকট চিৎকারে ঘুম ভেঙে গেল। আমি কিছুক্ষণ অবশ হয়ে পড়ে রইলাম। তখন থেকেই ঘরে একটা গন্ধ পাচ্ছি; এখন বুঝতে পারছি সেটা আসছে আমার ফায়ার প্লেসের ভিতর থেকে। চিমনি দিয়ে গন্ধটা ঘরে ঢুকছে।

শুধু গন্ধ নয়। গন্ধের সঙ্গে বাষ্পের মতো কী যেন ঢুকে ঘরটাকে ধোঁয়ায় আচ্ছন্ন করে দিচ্ছে। আমার মাথাটাও কেমন যেন ঝিম ঝিম করছে। লিখতেও বেশ অসুবিধে হচ্ছে। আর বোধ হয় কলম—

৭ই জুন

আমি সুস্থ আছি বলব না তবে বেঁচে যে আছি এটাই বা কী কম আশ্চর্যের কথা? স্ক্যান্ডিনেভিয়ান এয়ারওয়েজের ভারতগামী প্লেনে বসে ডায়রি লিখছি। ডিনারে ট্রাউট মাছ দিয়েছিল—খাইনি, লিন্ডকুইস্টের বাড়িতে খাওয়া কোনও কিছুই আর কোনওদিন খেতে পারব কি না জানি না। সুলিটেল্‌মার পুরো ঘটনাটা মন থেকে চিরকালের জন্য মুছে ফেলার কোনও বৈজ্ঞানিক উপায় আছে কি না সেটা গিরিডিতে গিয়ে ভেবে দেখতে হবে। যাই হোক আপাতত ঘটনাটা আমার এই ডায়রিতে লিখে রাখি কারণ এ ধরনের পৈশাচিক কাণ্ডকারখানার একটা বিবরণ দেওয়া থাকলে আর কিছু না হোক, ভবিষ্যতে একটা ওয়ার্নিং-এর কাজ করতে পারে।

আমার ২৩শে মে-র বিবরণে ধোঁয়া আর গন্ধের কথা বলেছিলাম। গন্ধটা কখন যে আমাকে অজ্ঞান করে দিয়েছিল সেটা আমি টেরই পাইনি। জ্ঞান যখন হল তখন মনে হল আমি একটা বিশাল ঘরের মধ্যে শুয়ে আছি। ঘরের ছাতটা এতই উঁচুতে যে আমি যেন ভাল করে দেখতেই পাচ্ছি না। প্রথমে মনে হল আমি হয়তো কোনও গির্জার ভিতরে রয়েছি। কিন্তু তারপর ভাল করে দেখতে ছাতের কড়ি-বরগাগুলো চোখে পড়ল, আর সেগুলো যেন কেমন চেনা মনে হল।

যে জিনিসটার উপর শুয়ে আছি সেটা পিঠের তলায় কেমন নরম নরম মনে হচ্ছিল। তবে সেটা বিছানা নয়, কারণ সেটা স্থির থাকছিল না।

তন্দ্রার ভাবটা কেটে গেলে আমার মাথাটা একটু ডান দিকে ঘোরাতেই একটা তীব্র আলোয় আমার চোখটা প্রায় ঝলসে গেল। সেই আলোটাও যেন অস্থির, মাঝে মাঝে আমার চোখে পড়ছে, মাঝে মাঝে সরে যাচ্ছে। একবার আলোটা সরে গিয়ে আমার চোখটা কিছুক্ষণ রেস্ট পাওয়াতে সব ব্যাপারটা বুঝতে পারলাম!

আলোটা আসছিল দুটো বিরাট গোল কাচ থেকে রিফ্লেক্টেড হয়ে। কাচের পিছনে জ্বল জ্বল করছে দুটো মসৃণ নীল চক্র—তার মাঝখানে আবার অপেক্ষাকৃত ছোট দুটি কালো চক্র। এই কালো বিন্দু সমেত নীল চক্র দুটিও স্থির নয়—এদিক ওদিক নড়ছে, আর মাঝে মাঝে আমার দিকে চাইছে। হ্যাঁ—চাইছেই বটে—কারণ ও দুটো আসলে চোখ। লিন্ডকুইস্টের চোখ। কাচ দুটো লিন্ডকুইস্টের সোনার চশমা। আমি শুয়ে আছি লিন্ডকুইস্টের দস্তানা পরা হাতের উপর। আর আমি আয়তনে হয়ে গেছি অন্য পুতুলগুলোরই মতো। অর্থাৎ, যা ছিলাম তার দশ ভাগের এক ভাগ। কিন্তু সাইজে ছোট হয়ে গেলেও, আমার জ্ঞান, বুদ্ধি, অনুভূতি কমেনি। কেবল বাঁ হাতের কাঁধের কাছটায় একটা যন্ত্রণা। বুঝলাম সেখানে একটা ইঞ্জেকশন দেওয়া হয়েছে।

লিন্ডকুইস্ট এবার আমার উপর ঝুঁকে পড়ল। তার গরম নিশ্বাস আমার শরীরের উপর অনুভব করলাম। এইবার তার ঠোঁটটা ফাঁক হতেই সোনার দাঁতটা ঝলমল করে উঠল। সঙ্গে সঙ্গে মদের গন্ধ, আরও উত্তপ্ত হাওয়া, লিন্ডকুইস্টের কথা—

'আমার 'হবি'-টা কেমন বলো তো, শঙ্কু? বেশ নতুন ধরনের—নয় কি? লোকে ডাকটিকিট জমায়, দেশলাইয়ের লেবেল জমায়, পুরনো টাকা জমায়, অটোগ্রাফের খাতায়

লোকের সই জমায়—আর আমি বাছাই করে দেশ বিদেশের বিখ্যাত লোকদের ধরে ধরে তাদের পুতুল করে কাচের ঢাকনা ঢেকে রেখে দিই। আমার এই অদ্ভুত শখ, এই আশ্চর্য বৈজ্ঞানিক বুদ্ধির জন্য কি কেউ উপাধি দেবে? কেউ না!...তুমি বলবে, একজন বৈজ্ঞানিক তো আমার সংগ্রহে রয়েছে, তা হলে আর তোমাকে রাখা কেন। আসলে কী জান। বৈজ্ঞানিক বলে তোমাকে রাখছি না ; রাখছি ভারতীয় বলে। বিখ্যাত ভারতীয় আর চট করে ঘরের কাছে কোথায় পাব বলো? নরওয়েতে আর কজনই বা আসবে? আর আমার এই আস্তানায় তো সকলে সব সময়ে আসতেই চায় না—যেমন তুমি এলে?'

লিন্ডকুইস্ট দম নেবার জন্য একটু থামল। তারপর জিব দিয়ে ঠোঁট চেটে বলল, 'আমার সবচেয়ে বড় গুণ কী জান? আমি খুন করি না। এরা আসলে জ্যান্ত রয়েছে। দিনের বেলায় ইলেকট্রিক শক্ দিয়ে এদের অসাড় করে রেখে দিই। রাত বারোটায় আবার শক্ দিয়ে জাগিয়ে ড্রপার দিয়ে খাইয়ে দিই। প্রয়োজন হলে তখন এদের সঙ্গে কথাবার্তাও বলি। তবু আফশোষ এই যে এরা এত নির্ভাবনায় থেকেও কেউই খুশি থাকতে পারছে না। জ্ঞান হলেই সব কটাই 'আমাকে বাঁচাও, আমাকে উদ্ধার করো' ইত্যাদি বলে চেঁচাতে থাকে! যেখানে খাওয়া পরার কোনও চিন্তা করতে হচ্ছে না, জীবনধারণের কোনও সমস্যার প্রশ্নই যেখানে উঠছে না, সেখানে পালাবার এত ইচ্ছের কারণটাই আমি বুঝতে পারছি না। তোমায় দেখে মনে হয় তুমি বেশ সহজেই পোষ মানবে—তাই নয় শঙ্কু?'

লিন্ডকুইস্ট তার কথা শেষ করে আমাকে তার হাত থেকে নামিয়ে টেবিলের উপর শোয়াল। তারপর আমার কোমরে এবং বুকের ওপর এক জোড়া স্ট্র্যাপ আটকে বন্দি করে ফেলল।

আমি আপত্তি বা গায়ের জোর দেখানোর কোনও চেষ্টাই করলাম না—কারণ আমি জানতাম যে তাতে কোনও ফলই হবে না। এখন যেটা দরকার সেটা হচ্ছে মাথাটাকে ঠাণ্ডা রাখা, এবং আমার এই খুদে অবস্থায় কেবল বুদ্ধি খাটিয়ে কী ভাবে লিন্ডকুইস্টকে সায়েস্তা করা যায় সেইটে ভেবে স্থির করা।

লিন্ডকুইস্ট বলেছে যে খুদে মানুষকে অসাড় পুতুলে পরিণত করতে হলে ইলেকট্রিকের শক্ দিতে হয়। আমাকে কিন্তু ইলেকট্রিক শক্ দিয়ে লিণ্ডকুইস্ট বিশেষ সুবিধে করতে পারবে না, কারণ আমার গেঞ্জির নীচে আমার সেই কার্বোথিনের পাতলা জামাটা রয়েছে। সেবার গিরিডিতে ঝড়ের মধ্যে আমার বাগানে গাছের চারাগুলো বাঁচাতে গিয়ে কাছাকাছি একটা তালগাছে বাজ পড়ায় আমি অজ্ঞান হয়ে গিয়েছিলাম। তারপরেই এই জামাটা আবিষ্কার করি এবং ২৪ ঘণ্টা পরে থাকি।

লিন্ডকুইস্ট আমাকে শোয়ানো অবস্থায় রেখে ঘরের অন্যদিকে চলে গিয়েছিল। এবারে দেখলাম ঘরের আলোটা হঠাৎ নিভে গেল। তারপর একটা কাঠের টেবিল টানার শব্দ পেলাম। তারপর কাচের ঠুংঠাং আওয়াজ! তারপর একটা সুইচ জ্বালানোর সঙ্গে সঙ্গেই আবার গায়ের উপর একটা তীব্র আলো এসে পড়ল। তারপর দেখলাম লিন্ডকুইস্টের চশমার ঝলসানি। লিন্ডকুইস্ট আমার দিকে এগিয়ে আসছে।

এবার তার দৈত্যের মতো হাতটা নেমে এল আমার দিকে, তাতে একটা ইলেকট্রিকের তার লক্ষ করলাম। লিন্ডকুইস্টের ঠোঁটের কোণে একটা বিশ্রী হাসি।

এবার তার ঠোঁটদুটো ফাঁক হয়ে আবার সোনার দাঁতটা দেখা গেল আর চাপা কর্কশ স্বরে কথা এল, 'এসো বাছাধন, আমার সাত নম্বরের পুতুল! এসো—'

ইলেকট্রিকের তার সমেত লিন্ডকুইস্টের ডান হাতটা আমার সমস্ত শরীরটাকে আচ্ছাদন করে ফেলল। আমার স্নায়ুর ভিতর একটা সামান্য শিহরনে বুঝতে পারলাম যে লিন্ডকুইস্ট

তারটা আমার গায়ে ঠেকিয়েছে। প্রায় পাঁচ সেকেন্ড সে তারটাকে এইভাবে ঠেকিয়ে রেখে তারপর সেটাকে সরিয়ে নিল।

আমি মটকা মেরে মড়ার মতো পড়ে রইলাম।

ঘরের বাতি জ্বলে উঠল। লিন্ডকুইস্ট আমার স্ট্র্যাপগুলো আলগা করে দিয়ে আমাকে হাতে তুলে নিল। আমি হাতপাগুলোকে টান করে রইলাম—যেন পুতুল হয়ে গেছি।

লিন্ডকুইস্ট আমাকে একটা নতুন টেবিলের উপর নতুন কাচের খাঁচার মধ্যে রেখে খাঁচার দরজায় চাবি দিয়ে গেল। ঘরের বাতি নিভে গেল। তারপর ঘোরানো সিঁড়ি দিয়ে ভারী পায়ে উঠে যাওয়ার শব্দ পেলাম। গুপ্ত দরজা বন্ধ হওয়ার শব্দ।

এবার আমি হাত পা আলগা করলাম।

ঘরে দুর্ভেদ্য অন্ধকার—কিছু দেখা যায় না। আমি হেঁটে একটু এগিয়ে যেতেই কাচের দেয়ালের সামনে পড়লাম। হাত দিয়ে ঠেলে দেখি সেটা রীতিমতো ভারী ; এক চুলও নড়ানো সম্ভব নয়। কাচের গায়ে ঠেস দিয়ে বসে ভাবতে আরম্ভ করলাম। নরউইজিয় বুনো শেয়ালের ডাক শোনা যাচ্ছে মাঝে মাঝে। কাচের ঢাকনা আর টেবিলের মাঝখানে সামান্য যে ফাঁক রয়েছে সেইখান দিয়েই এই শব্দ আসছে, এবং এই চুল পরিমাণ ফাঁক দিয়েই যে হাওয়া ঢুকছে সেটাই আমার নিশ্বাস প্রশ্বাসের পক্ষে যথেষ্ট।

ওপরে বৈঠকখানা থেকে কুকু ক্লকের শব্দ শুনলাম—কুক্কু ! কুক্কু ! কুক্কু !

তিনটে বাজল। রাত না দিন তা বোঝার কোনও উপায় নেই। আধো আধো ঘুমের আমেজ অনুভব করলাম। পা দুটোকে সামনে ছড়িয়ে দিয়ে গাটাকে এলিয়ে নিলাম। নিজের অবস্থার কথা ভাবতে হাসি পেল। আমি ত্রিলোকেশ্বর শঙ্কু—সুইডিস অ্যাকাডেমি অফ সায়েন্স কর্তৃক সম্মানিত বিশ্ববিখ্যাত বাঙালি বৈজ্ঞানিক—আজ একজন নরউইজিয় পাগলের হাতে পুতুল অবস্থায় বন্দি। গিরিডির কথা মনে পড়ছে—উশ্রী নদী, খান্ডুলি পাহাড়, আমার বাড়ি, আমার বেড়াল নিউটন, চাকর প্রহ্লাদ, আমার ল্যাবরেটরি। আমার বাগানের উত্তর দিকে সেই গোলঞ্চ গাছ, আমার কত অসমাপ্ত কাজ, কত গবেষণা, কত—

টুং টুং টুং !

ওটা কীসের শব্দ ? একটা দীর্ঘশ্বাস বুকের ভিতর থেকে উঠে আসতে গিয়ে থেমে গেল। আমি পা দুটোকে টেনে নিয়ে সোজা হয়ে বসলাম।

টুং টুং—টুং টুং টুং—টুং টুং !

আমি উঠে দাঁড়ালাম। আমার পাশের খাঁচা থেকে শব্দটা আসছে। অ্যাক্রয়েডের খাঁচা।

টুং টুং—টুং টুং টুং—টুং টুং !

এ কী ! এ যে মর্স কোড—টেলিগ্রাফের টরেটক্কার ভাষা ! আর এ ভাষা যে আমিও জানি !

আমিও কাচের গায়ে হাত ঠুকে জানালাম—'আবার বলো।'

আবার টুং টুং শব্দ হল। আমি মনে মনে তার মানে করতে লাগলাম। অ্যাক্রয়েড বলল, 'আমারও কার্বোথিনের পোশাক। আমি পুতুল সেজে আছি। তুমি যেদিন এলে—দেখে আনন্দ হল, ভয় হল, প্রকাশ করিনি।'

আমিও টুং টুং করলাম—'দ্বিতীয় দিন ? যখন একা ছিলাম ?'

'একা এসেছিলে ? দেখিনি। বোধ হয় ঘুমিয়েছিলাম। দাঁড়িয়ে ঘুমোনো অভ্যাস করেছি। সেদিন রাত্রে আর থাকতে পারলাম না—চেঁচাতে বাধ্য হলাম।'

'কদিন আছ এখানে ?'

'দু বছর। আমার মৃত্যুর সময় থেকেই। অনেক দেখেছি দু বছরে অনেক জেনেছি, অনেক ভেবেছি। এবার বোধ হয় পালাবার সুযোগ এসেছে।'

'মানুষ হয়ে ? না, পুতুল ?'

'মানুষ ! ওষুধ আছে। কাল রাত্রে খাবার সময় প্রস্তুত থেকো। আজ ক্লান্ত। হাত অবশ। ঘুমোব। গুড নাইট।'

আমি ধীরে ধীরে কাচে টোকা মেরে গুড নাইট জানিয়ে দিলাম। অ্যাক্রয়েড বেঁচে আছে—আমারই মতো। কার্বোথিনের ফরমুলা আমিই ওকে দিয়েছিলাম। কিন্তু পালানোর কী উপায় ও আবিষ্কার করেছে ? জানি না। আবার মানুষ হয়ে গিরিডিতে ফিরতে পারব ? অক্ষত দেহে ? জানি না। কপালে কী আছে কিছুই জানি না।

ভাবতে ভাবতে আমারও কখন ঘুম এসে গিয়েছিল। ঘুম ভাঙার পরেও বাকি সময়টা অন্ধকারেই কাচে ঠেস দিয়ে বসে কাটিয়েছি। কুকু ক্লকটা অনেকবার বেজেছে। প্রথমে সময়ের খেয়াল রেখেছিলাম, তারপর আর রাখিনি। অবশেষে এক সময় রাত বারোটা যে বাজল সেটা গুপ্ত দরজা খোলার শব্দ থেকেই বুঝলাম। শব্দ পাওয়ার সঙ্গে সঙ্গেই আমি সোজা হয়ে পুতুলের ভঙ্গি নিয়ে দাঁড়ালাম।

লিন্ডকুইস্ট ঘোরানো সিঁড়ি দিয়ে নেমে এল। একটা গুনগুন শব্দ শুনে বুঝলাম সে গান গাইছে। তারপর খুট শব্দ করে ঘরের বাতিটা জ্বলে উঠল। আমি মাথা না ঘুরিয়ে আড় চোখে যতদূর দেখা যায় তাই দেখার চেষ্টা করলাম।

লিন্ডকুইস্ট কিন্তু আমাদের টেবিলের দিকে এল না। সে ঘরের পিছনের দিকে আরেকটা দরজা খুলে পাশের ঘরে চলে গেল এবং সেখানেও একটা বাতি জ্বলে উঠল। আমি আবার আরেকটু সাহস করে অ্যাক্রয়েডের দিকে চাইলাম।

অ্যাক্রয়েড আমায় দেখে একটু হাসল ! তারপর ডান পকেটে ঢোকানো হাতটা আস্তে আস্তে বার করল। তারপর হাতটা আমার দিকে তুলে ধরল। দেখি তার হাতে একটা ছোট্ট আধ ইঞ্চি লম্বা ইঞ্জেকশন দেওয়ার সিরিঞ্জ।

অ্যাক্রয়েডের এর পরের কাজ আরও বিস্ময়কর। সে সিরিঞ্জটা পকেটে পুরে তার খাঁচার দরজার দিকে এগিয়ে গিয়ে চাবির গর্তের মধ্যে হাত ঢুকিয়ে একটু নাড়াচাড়া করতে দরজাটা খুলে গেল। অ্যাক্রয়েড দরজা খুলে বেরিয়ে এল। আমার তো দম বন্ধ হবার জোগাড়। লিন্ডকুইস্ট যদি ফিরে আসে ? অ্যাক্রয়েড যেন সে বিষয়ে কোনও চিন্তা না করেই টেবিলের পাশ দিয়ে হেঁটে খাঁচার পিছন দিকটায় এসে এদিকে সেদিক দেখে টেবিল থেকে শূন্যে ঝাঁপিয়ে পড়ল। লোকটা আত্মহত্যা করছে নাকি ? না তা নয়। একটা ইলেকট্রিকের তার টেবিলের পিছন দিয়ে গিয়ে মাটিতে ঠেকেছে—অ্যাক্রয়েড টেবিলের থেকে অব্যর্থ লক্ষ্য করেই ঝাঁপটা দিয়েছে এবং তারটা ধরে সে মেঝের দিকে নামছে। অ্যাক্রয়েড যে বেশ সুস্থ সবল লোক ছিল সেটা আমি জানতাম—কিন্তু এই দুরূহ জিমনাস্টিকের কাজটাও যে তার আয়ত্তে থাকতে পারে সেটা আমার জানা ছিল না !

তার বেয়ে মাটিতে নেমে অ্যাক্রয়েড খোলা দরজা দিয়ে একবার উঁকি মেরে অন্য ঘরটায় চলে গেল। ঘরটা থেকে যে একটা অদ্ভুত আওয়াজ আসছে সেটা আমি এতক্ষণ খেয়াল করিনি—এবার শুনতে পেলাম ! এটা তো মানুষের গলার শব্দ নয় ! তবে এটা কী ? আমার পক্ষে এ শব্দ চেনা অসম্ভব।

শব্দটা বন্ধ হবার পর লিন্ডকুইস্টের পায়ের আওয়াজ পেলাম। সে বাতি নিভিয়ে আমাদের ঘরটায় ফিরে এল। দরজাটার সামনেই এক নম্বর খাঁচা। লিন্ডকুইস্ট চাবি বার করে খাঁচার দরজা খুলে ইতালীয় গায়ক বাতিস্তাকে নিয়ে ব্যস্ত হয়ে পড়ল। আমি কাঠের

মতো দাঁড়িয়ে আড়চোখে একবার লিন্ডকুইস্টের দিকে, একবার পাশের ঘরের দরজাটার দিকে চাইতে লাগলাম।

যথারীতি বাতিস্তার চিৎকার হল। অ্যাক্রয়েড পাশের ঘরে কী করছে না করছে ভেবে ঠাহর করতে চেষ্টা করছি এমন সময় হঠাৎ পাশের ঘরের দরজাটা খুলে গেল, এবং সঙ্গে সঙ্গে তার ছফুট লম্বা দেহ নিয়ে ঝড়ের মতো প্রবেশ করে আমার বন্ধু অ্যাক্রয়েড লম্ফ দিয়ে এগিয়ে এসে লিন্ডকুইস্টের উপর ঝাঁপিয়ে পড়ল। আমি খাঁচার মধ্যে বন্দি, তার উপর দৈর্ঘ্যে মাত্র ছ' ইঞ্চি—অ্যাক্রয়েডকে যে সাহায্য করব তার কোনও উপায় নেই!

কিন্তু কয়েক মুহূর্তের মধ্যেই বুঝলাম যে অ্যাক্রয়েডের সাহায্যের কোনও প্রয়োজন নেই। লিন্ডকুইস্টের সাধের এক নম্বরের পুতুল হাতে থাকাতে প্রথমত সেইটিকে পাশে সরিয়ে রাখতে রাখতেই অ্যাক্রয়েড তাকে জাপটে ধরে ফেলল।

লিন্ডকুইস্ট কিছু করতে পারার আগেই দেখি অ্যাক্রয়েড একটা সিরিঞ্জ নিয়ে নরউইজিয়ের বাঁ হাতের কোটের আস্তিনের উপর দিয়েছে প্রচণ্ড খোঁচা।

তারপর? তারপরের দৃশ্য আরও ভয়াবহ, আরও অবিস্মরণীয়। কয়েক মুহূর্ত আগেই অ্যাক্রয়েডকে দেখেছিলাম তারই সমান একটি জোয়ান লোককে জাপটে ধরতে—আর এখন দেখলাম অ্যাক্রয়েডের বাঁ হাতের মুঠোয় লিন্ডকুইস্টের ছ ইঞ্চি লম্বা একটি পুতুলের সংস্করণ!

অ্যাক্রয়েড অবজ্ঞাভরে পুতুলটিকে টেবিলের উপর ফেলে দিয়ে তার গায়ে বৈদ্যুতিক তারটা ঠেকিয়ে সেটাকে অসাড় করে দিল।

তারপর আমার খাঁচার দিকে এসে কাচের ঢাকনা তুলে ফেলে তার পকেট থেকে সেই ছোট্ট আধ ইঞ্চি সিরিঞ্জটা বার করে আমায় দিয়ে বলল, 'এত ছোট জিনিসটা তুমিই ভাল করে হ্যান্ডল করতে পারবে। এটা নিয়ে ফেলো।'

আমি আর দ্বিরুক্তি না করে ইঞ্জেকশনটা নিয়ে নিজের আয়তনে ফিরে এলাম। কিন্তু এই ওষুধ অ্যাক্রয়েড পেল কী করে?

প্রশ্ন করতে অ্যাক্রয়েড আমার কাঁধে হাত দিয়ে আমাকে পাশের ঘরে নিয়ে গেল। সুইচ টিপতেই ঘরে আলো জ্বলে উঠল।

ঘরের মাঝখানে প্রায় ছাত অবধি উঁচু একটা বিরাট কাচের খাঁচা। পাশের ঘরের পুতুলের খাঁচার মতোই দেখতে কিন্তু ভিতরে বিখ্যাত মানুষের বদলে রয়েছে একটি অতিকায় ইঁদুর জাতীয় জানোয়ার।

আমি পরম বিস্ময়ে অসাড় জন্তুটির দিক থেকে অ্যাক্রয়েডের দিকে চাইতেই সে বলল—'বোধ হয় অনুমান করতে পারছ জানোয়ারটা কী? এটা লেমিংএর একটা অতিকায় সংস্করণ; আসল লেমিং-এর চেয়ে দশগুণে ছোট। কিছুদিন থেকেই লিন্ডকুইস্ট এই নিয়ে এক্সপেরিমেন্ট করছে—বড় জিনিসের ছোট সংস্করণের মতো ছোট জিনিসের বড় সংস্করণ জমিয়ে রাখার শখ হয়েছিল বোধ হয়। সফল যে হয়েছে সেটা কালকেই জানতে পেরেছিলাম হান্স-এর সঙ্গে লিন্ডকুইস্টের কথাবার্তা থেকে। এবং ওই ওষুধই যে আমাদের আসল চেহারায় ফিরিয়ে আনতে পারবে, এটা তখনই আন্দাজ করেছিলাম।'

আমি অন্যান্য পুতুলগুলো দেখিয়ে বললাম—'এদের কী হবে?'

অ্যাক্রয়েড মাথা নেড়ে বলল, 'এদের তো আর কার্বোথিনের জামা ছিল না, তাই এরা মানুষ অবস্থায় আর বাঁচতে পারবে না। এদের মৃত বলেই ধরে নেওয়া যেতে পারে। চলো, যাওয়া যাক।'

আমরা ঘোরানো সিঁড়ির দিকে রওনা দিলাম। অ্যাক্রয়েডকে গম্ভীর দেখে কেমন জানি

সন্দেহ লাগল। জিজ্ঞেস করলাম—'তুমি দেশে ফিরে যাবে ?'

অ্যাক্‌রয়েড দীর্ঘশ্বাস ফেলে বলল, 'আমার স্মৃতিসভা হয়ে গেছে তা জান ? আমার স্ত্রী বিধবার পোশাক পরেছে। আমার নামে আমার টাকা থেকে একটা স্কলারশিপ পর্যন্ত দেওয়া হচ্ছে। এই অবস্থায় দেশে ফিরে যাওয়া একটু বেখাপ্পা হবে না কি ?'

'তা হলে তুমি কী করবে ?'

'একটা কাজ অসমাপ্ত রয়ে গেছে। লেমিংদের সঙ্গে এখনও ভাল পরিচয় হয়নি। আর কয়েকদিন পরেই ওদের সমুদ্রযাত্রা শুরু হবে। আমিও সেই দলে ভিড়ে পড়ব ভাবছি। একটা সামান্য প্রাণী যদি নির্ভয়ে সমুদ্রের জলে ঝাঁপিয়ে পড়তে পারে তো আমি পারব না কেন ?'

১২ই জুন

গিরিডিতে ফেরার চার ঘণ্টা পর এ ডায়রি লিখছি। একটা কথা লেখা দরকার—কারণ সেটা এর আগের ঘটনার সঙ্গে যুক্ত। ফিরে আসার পর থেকেই লক্ষ করছিলাম আমার চাকর প্রহ্লাদ আমার দিকে বারবার কেমন যেন সন্দিগ্ধ দৃষ্টিতে চেয়ে দেখছে। এখন তার কারণটা বুঝতে পেরেছি। আমার যে জুতোটা গিরিডিতে রেখে গিয়েছিলাম সেটা পরতে গিয়ে দেখি পায়ে ছোট হচ্ছে। তারপর কালো কোটটা পরতে গিয়ে দেখি আস্তিনটা সামান্য ছোট। তখন আমার হাইটটা মাপতেই ব্যাপারটা পরিষ্কার হল।

লিন্ডকুইস্টের ওষুধ আমাকে ঠিক আগের আয়তনে ফিরিয়ে না এনে আমাকে আগের চেয়ে দু' ইঞ্চি লম্বা করে দিয়েছে।

সন্দেশ। ফাল্গুন ১৩৭১

প্রোফেসর শঙ্কু ও গোলক-রহস্য

৭ই এপ্রিল

অবিনাশবাবু আজ সকালে এসেছিলেন। আমাকে বৈঠকখানায় খবরের কাগজ হাতে বসে থাকতে দেখে বললেন, 'ব্যাপার কী ? শরীর খারাপ নাকি ? সকালবেলা এইভাবে হাত পা গুটিয়ে বসে থাকতে দেখেছি বলে তো মনে পড়ে না !'

আমি বললুম, 'এর আগে কখনও এইভাবে বসে থাকিনি তাই দেখেননি।'

'কিন্তু কারণটা কী ?'

'একটা নতুন যন্ত্র নিয়ে প্রায় দেড় বছর একটানা কাজ করে কাল সকালে সেটার কাজ শেষ হয়েছে। অর্থাৎ এক্সপেরিমেন্ট সফল হয়েছে। তাই ঠিক করেছি সাত দিন বিশ্রাম নেব।'

অবিনাশবাবু একটা বিরক্তিসূচক শব্দ করে মাথা নেড়ে বললেন, 'আপনাকে পই পই করে

বলছি এবার রিটায়ার করুন। আরে মশাই, বিজ্ঞানেরও তো একটা শেষ আছে—নাকি মানুষ অনাদি অনন্তকাল ধরে একটার পর একটা নতুন গবেষণা চালিয়েই যাবে ?'

আমি একটু হেসে বললাম, 'আমার তো তাই বিশ্বাস। মানুষের জিজ্ঞাসার শেষ নেই।'

'মানুষের না থাকলেও, আপনার জিজ্ঞাসার অন্তত সাময়িক বিরতি আছে দেখে খুশি হলুম। চলুন, বেড়িয়ে আসি।'

কাজের সময় অবিনাশবাবু এসে পড়লে রীতিমতো ব্যাঘাত হয়। অযথা আজেবাজে প্রশ্ন করেন, টিটকিরি দেন, আর আমার সূক্ষ্ম গভীর তাৎপর্যপূর্ণ কাজগুলো পণ্ড করার নানান ছেলেমানুষি চেষ্টা করেন। এতে যে উনি কী আনন্দ পান তা জানি না। তবে ভদ্রলোক আমার প্রায় পঁচিশ বছরের প্রতিবেশী, তাই সবই সহ্য করি।

আজ যখন হাত খালি, তখন কিন্তু অবিনাশবাবুর সঙ্গটা খারাপ নাও লাগতে পারে। হাজার হোক, রসিক লোক। আর আমাকে ঠাট্টা করলেও আমার অমঙ্গল কামনা করেন এমন কখনই মনে হয়নি। তাই অবিনাশবাবুর প্রস্তাবে রাজি হয়ে তাঁর সঙ্গে বেরিয়ে পড়লাম।

গিরিডিতে বেড়াবার কথা বললে উশ্রীর ধারটাই মনে হয়, কিন্তু অবিনাশবাবু দেখি চলেছেন উলটো দিকে অর্থাৎ তাঁর বাড়ির দিকে। ব্যাপার কী ? কী মতলব ভদ্রলোকের ?

কিছুদূর যাবার পরে অবিনাশবাবু নিজেই কারণটা বললেন—'আজ একটা খেলনা পেয়েছি। সেটা আপনাকে দেখাব।'

'খেলনা ?'

'চলুন না। দেখলে আপনারও লোভ লাগবে—কিন্তু আপনাকে দেব না সেটি।'

মনে মনে বললাম—'খেলনার বয়স আপনার হয়তো থাকতে পারে—কিন্তু আমার কি আর আছে ?'

অবিনাশবাবু তাঁর বাড়িতে পৌঁছে সোজা নিয়ে গেলেন তাঁর বৈঠকখানায়। সেখানে একটা কাচের আলমারির সামনে নিয়ে গিয়ে তার দরজাটা খুলে অঙ্গুলি নির্দেশ করে বললেন, 'দেখুন।'

আলমারির উপরের তাকে দেখি অনেক রকম গ্রাম্য খেলনা সাজানো রয়েছে—কেষ্টনগরের মাটির পুতুল, পোড়ামাটি ও চিনেমাটির জন্তু জানোয়ার, শোলার গাছ ও পাখি, কাশীর বাঘ ও আরও কত কী। আর এসবের মাঝখানে রয়েছে একটি মসৃণ বল। অবিনাশবাবুর আঙুল সেই বলের দিকেই পয়েন্ট করেছে।

'কেমন লাগছে আমার বলটা ?'

বলের মতোই মসৃণ গোল জিনিসটা—তবে সেটা যে কীসের তৈরি তা বোঝা মুশকিল আর তার রংটা বর্ণনা করা বেশ কঠিন। কিছুটা মেটে, কিছুটা সবুজ, কিছুটা আবার হলদে আর লাল মেশানো একটা পাঁচমিশালি রং বলা যেতে পারে। বেশ মজা লাগল দেখতে বলটাকে।

আমার ইন্টারেস্ট দেখে অবিনাশবাবুর যেন বেশ খুশি খুশি ভাব হয়েছে বলে মনে হল।

জিজ্ঞেস করলাম, 'এ কোথায় তৈরি ? কোত্থেকে পেলেন ?'

অবিনাশবাবু বললেন, 'প্রথমটির উত্তর জানা নেই। দ্বিতীয়টি খুব সহজ। কাল উশ্রীর ধারে বেড়াতে গিয়ে দেখি বালির ওপর একটা জলঢোঁড়া সাপ মরে পড়ে আছে। সাপটাকে দেখছিলুম, হাতখানেক দূরেই যে বলটা পড়ে আছে সেটা প্রথমে লক্ষ করিনি। যখন করলুম, তখন এত ভাল লাগল যে তুলে নিয়ে এলুম। একবার হাতে নিয়ে দেখবেন ? ওজন আছে বেশ।'

অবিনাশবাবু খুব সাবধানে তাক থেকে বলটা নামিয়ে আমার হাতে দিলেন। সত্যিই বেশ ভারী। আর রীতিমতো ঠাণ্ডা। সাইজে একটা টেনিস বলের দ্বিগুণ। কিন্তু হাতে নিয়েও বুঝতে পারলাম না সেটা কীসের তৈরি। মাটির ভাগ হয়তো কিছুটা আছে—কিন্তু তার সঙ্গে বোধ হয় আরও কিছু মেশানো আছে।

কিছুক্ষণ নেড়েচেড়ে বলটা ফেরত দিয়ে বললুম, 'বেশ ইন্টারেস্টিং জিনিস।'

অবিনাশবাবু আলমারির ভেতর বলটা রাখতে রাখতে বললেন, 'হুঁ হুঁ! তা হলে স্বীকার করুন যে আপনি ছাড়া অন্য লোকের কাছেও আশ্চর্য জিনিস থাকতে পারে! যাকগে, এবার চলুন সত্যিই একটু বেড়িয়ে আসা যাক। বেশ মেঘলা মেঘলা দিনটা করছে।'

ঘণ্টা দু-এক পরে বাড়িতে ফিরে এসে আর একবার আমার নতুন যন্ত্রটাকে দেখে এলাম। এ যন্ত্র সম্বন্ধে বাইরে জানাজানি হলে আবার নতুন করে যে সম্মান পাব সে বিষয়ে কোনও সন্দেহ নেই।

যন্ত্রটার নাম দিয়েছি—মাইক্রোসোনোগ্রাফ। প্রকৃতির সব সূক্ষ্মাতিসূক্ষ্ম শব্দ, যা মানুষের কানে আজ অবধি কখনও শোনা যায়নি এমনকী যার অনেক শব্দের অস্তিত্বই মানুষে জানত না—সেই সব শব্দ এই যন্ত্রের সাহায্যে পরিষ্কার শোনা যায়।

কাল পিঁপড়ের ডাক শুনেছি এই যন্ত্রে। সে এক আশ্চর্য অভিজ্ঞতা। কতকটা ঝিঁঝির ডাকের মতন, তবে ওরকম একটানা একঘেয়ে নয়। অদ্ভুত বিচিত্র সুরের ওঠানামা, স্বরের তারতম্য—সব কিছুই আছে ওই পিঁপড়ের ডাকে। আমার তো মনে হয় এই যন্ত্রের সাহায্যে ভবিষ্যতে আমি পিঁপড়ের ভাষাও বুঝতে পারব। আর শুধু পিঁপড়ে কেন? এতে প্রকৃতির এমন কোনও সূক্ষ্ম শব্দ নেই যা শোনা যায় না। একটা knob আছে, সেইটে ঘুরিয়ে এর ওয়েভলেংথ পরিবর্তন করা যায়। এবং এই ঘোরানোর ফলেই বিভিন্ন স্তরের, বিভিন্ন দূরত্বে অবস্থিত আওয়াজগুলো ধরা পড়তে থাকে!

আমি বাড়ি ফিরে এসে একটা বিশেষ ওয়েভলেংথে knob-টা সেট করে, আমার বারান্দার টবের গোলাপগাছের একটা ফুল ছিঁড়তেই অতি তীক্ষ্ণ বেহালার স্বরের মতো একটা আর্তনাদ আমার যন্ত্রটায় ধরা পড়ল। এটা যে ওই গাছেরই যন্ত্রণার শব্দ সেটা ভাবতেও অবাক লাগে।

অবিনাশবাবু আমাকে তাঁর বল দেখিয়ে তাক লাগিয়ে দেবার চেষ্টায় ছিলেন। আমার যন্ত্রটার বাহাদুরির দু-একটা নমুনা দেখলে না জানি তাঁর মনের অবস্থা কী হবে!

১২ই এপ্রিল

আজ সকালে আমার মাইক্রোসোনোগ্রাফটা দেখানোর জন্য অবিনাশবাবুর কাছে আমার চাকর প্রহ্লাদকে পাঠাব ভাবছিলাম—এমন সময় দেখি ভদ্রলোক নিজেই এসে হাজির।

তাঁর চোখমুখের ভাব এবং নিশ্বাসপ্রশ্বাসের রকম দেখে মনে হল তিনি বেশ উত্তেজিত। আমি তখন যন্ত্রটা আমার বাগানের ঘাসের ওয়েভলেংথের সঙ্গে মিলিয়ে আমার মালির ঘাস কাটার সঙ্গে সঙ্গে ঘাসের সমবেত চিৎকার শুনছি। অবিনাশবাবু আমার ল্যাবরেটরিতে ঢুকে হাতের লাঠিটা দড়াম করে টেবিলের উপর ফেলে দিয়ে টিনের চেয়ারটায় ধপ্ করে বসে পড়লেন। তারপর একটা বড় নিশ্বাস টেনে নিয়ে বললেন, 'আজেবাজে কাজে সময় নষ্ট করছেন—আর এদিকে আমার বাড়িতে যে তাজ্জব কাণ্ড চলেছে!'

অবিনাশবাবুর তাচ্ছিল্যের সুরটা মোটেই ভাল লাগল না। গলার স্বরটা যথাসম্ভব গম্ভীর করে বললাম, 'কী কাণ্ড?'

'শুনবেন কী কাণ্ড ? আমার সেই বল—মনে আছে ?'

'আছে।'

'কেবল ঘণ্টায় ঘণ্টায় রং বদলাচ্ছে।'

'কী রকম ?'

'এত ধীরে বদলাচ্ছে, যে বেশ কিছুক্ষণ তাকিয়ে থাকলেও চোখে ধরা পড়ে না। কিন্তু আপনি যদি এখন দেখে আবার দু ঘণ্টা বাদে গিয়ে দেখেন, তা হলে চেঞ্জটা স্পষ্ট বুঝতে পারবেন। আমি তো নাওয়াখাওয়া ভুলে গিয়ে ক'দিন থেকে এই করছি।'

'এখন কী রকম দেখলেন ?'

'এখন তো সকাল। সকালের চেহারা সেদিনের সকালের চেহারার মতোই। এখন যদি দেখেন তো সেদিনের মতোই দেখবেন। কিন্তু ঘণ্টাখানেক পরে গেলে দেখবেন একেবারে অন্যরকম। সব চেয়ে আশ্চর্য ব্যাপার শুরু হয় সন্ধে থেকে। কী রকম একটা সাদা সাদা ছোপ পড়তে থাকে। পরে মাঝরাত্তিরে যদি দেখেন তো দেখবেন একেবারে ধপধপে সাদা। যেন একটা জায়ান্ট সাইজ ন্যাফথ্যালিনের বল !'

'ভারী আশ্চর্য তো।'

'ভাবছি খবরের কাগজে একটা খবর পাঠিয়ে দিই। তবু এই গোলক রহস্যের জোরে যদি কিছুটা খ্যাতি হয়। জীবনে তো কিছুই হল না। চাইকী, জাদুঘরের জন্য গভর্নমেন্টকে বেচে যদি দুপয়সা করে নেওয়া যায়, তাই বা মন্দ কী ?'

অবিনাশবাবুর কথা শুনে বুঝলাম তিনি আকাশকুসুম দেখছেন। মুখে বললাম, 'এসব করার আগে একবার জিনিসটা নিয়ে একটু পরীক্ষা করে দেখলে হত না ? হয়তো দেখবেন চোখের ধাঁধা কিংবা আপনার দেখার ভুল।'

অবিনাশবাবু এবার যেন রীতিমতো রেগে উঠলেন। তড়াক করে চেয়ার থেকে লাফিয়ে উঠে লাঠিটা বগলদাবা করে নিয়ে বললেন, 'ভুল তো ভুল। আপনি থাকুন আপনার হাতুড়ে কারবার নিয়ে। আমি দেখি আমার বলের দৌলত কতখানি।'

এর প্রত্যুত্তরে আমাকে কিছু বলার সুযোগ না দিয়েই ভদ্রলোক হন্‌হনিয়ে আমার ঘর থেকে বেরিয়ে গেলেন।

বিকেলের দিকে অনুভব করলাম যে বলটা সম্পর্কে আমারও মনের কোণে কেমন যেন একটা কৌতূহল উঁকি দিচ্ছে।

আমার যন্ত্রটা তখন একটু গণ্ডগোল করছে—বোধ হয় ভিতরে কোনও কনট্যাক্টের গোলমাল হয়ে থাকবে। সেটাকে পরে শোধরাব স্থির করে অবিনাশবাবুর বাড়ির উদ্দেশে বেরিয়ে পড়লাম।

গিয়ে দেখি ভদ্রলোক তাঁর বৈঠকখানার টেবিলের উপর ঝুঁকে পড়ে অত্যন্ত মনোযোগ সহকারে একটা চিঠি লিখছেন। আমাকে দেখিয়ে বললেন—'দেখুন তো মশাই ভাষাটা কেমন হয়েছে। এটা আনন্দবাজারকে লিখেছি।—'সবিনয় নিবেদন, আমি সম্প্রতি একটি আশ্চর্য গোলক সংগ্রহ করিয়াছি যাহার তুল্য বস্তু পৃথিবীতে আছে বলিয়া আমার জানা নাই। গোলকটির একাধিক বিস্ময়কর গুণ আছে। যথা, ইহা কোন পদার্থের সংমিশ্রণে নির্মিত তাহা নির্ধারণ করা অসম্ভব (স্থানীয় বৈজ্ঞানিক প্রোফেসর ত্রিলোকেশ্বরবাবু মহাশয়ও এ ব্যাপারে আমার সহিত একমত)। গোলকটির দ্বিতীয় গুণ—ইহার বর্ণ আপনা হইতেই প্রহরে প্রহরে পরিবর্তিত হয়। তৃতীয়ত'—কেমন হচ্ছে ?'

'বেশ তো। তৃতীয় গুণটি কী ?'

'ওইটেই এখন লিখছি। সেটা হল—মাঝে মাঝে বলটাকে ধরলে কেমন ভিজে ভিজে

মনে হয়। এখন দেখলেই বুঝতে পারবেন।'

অবিনাশবাবু চিঠি লেখা বন্ধ করে আমাকে তাঁর আলমারির কাছে নিয়ে গেলেন। এবারে দেখলাম ভদ্রলোককে চাবি দিয়ে আলমারিটা খুলতে হল। খুলে বললেন, 'হাত দিয়ে দেখুন, ভিজে টের পাবেন। আর ওই দেখুন কেমন সাদার ছোপ ধরতে আরম্ভ হয়েছে।'

আমি ডান হাতটা বাড়িয়ে বলটা ছুঁতেই আমার শরীরে একটা শিহরন খেলে গেল। আসলে আর কিছুই না—দেখলাম যে বলটা শুধু ভিজে নয় একেবারে বরফের মতো ঠাণ্ডা।

অবিনাশবাবু বললেন, 'সেদিনের চেয়ে তফাত দেখলেন তো ? এবার বলি কী, কিছুক্ষণ আরও থেকে অন্তত আরও কিছুটা পরিবর্তন দেখে যান। আমি ভেতরে বলে দিচ্ছি—আপনার রাত্রের খাওয়াটা এখানেই সারুন, কেমন ?'

গোলকের রূপান্তর দেখে সত্যিই আমার বৈজ্ঞানিক কৌতূহল অনেকখানি বেড়ে গিয়েছিল। তাই অবিনাশবাবু অনুরোধ না করলে আমি নিজেই হয়তো আরও কিছুক্ষণ থেকে যাওয়ার প্রস্তাব করতাম।

পাঁচ ঘণ্টা ধরে বলের রং-পরিবর্তন স্টাডি করে এই কিছুক্ষণ হল বাড়ি ফিরেছি। অবিনাশবাবুর বাড়ি থেকে যখন বেরিয়েছি তখন রাত সাড়ে এগারোটা। বলের চেহারা তখন সত্যিই একটা অতিকায় ন্যাফথালিনের গোলার মতো। আমার ইচ্ছে ছিল বলটাকে অন্তত একবার একদিনের জন্য আমার কাছে এনে সেটাকে নিয়ে একটু গবেষণা করি—কিন্তু অবিনাশবাবু নাছোড়বান্দা। আমার উপর টেক্কা দেওয়ার সুযোগ কি সহজে ছাড়েন তিনি ! তাঁর বিশ্বাস—গিরিডিতে আমিও থাকি, তিনিও থাকেন ; অথচ আমারই কেবল জগৎজোড়া নামডাক হবে, আর তিনি অখ্যাত থেকে যাবেন—এটা ভারী অন্যায়।

কাল একবার দুপুরের দিকে বলের চেহারাটা দেখে আসতে হবে।

১৩ই এপ্রিল

আজ অবিনাশবাবু একটি গামছায় মুড়ে বলটাকে আমার কাছে দিয়ে গেছেন। আপাতত সেটা আমারই ল্যাবরেটরিতে একটা টেবিলের উপর কাচের ছাউনির তলায় সযত্নে রাখা হয়েছে। সারাদিন ধরে প্রাণ ভরে এর রং পরিবর্তন লক্ষ করছি।

অবিশ্যি অবিনাশবাবু এলেন নাটকীয় ভাবেই ! তিনি যখন গামছার পুঁটলি হাতে আমার বৈঠকখানায় ঢুকলেন, তখন তাঁর মধ্যে গতকালের উৎফুল্লতার লেশমাত্র ছিল না বরং যে ভাবটা ছিল সেটা তার বিপরীত। যেন তিনি একটা অন্যায় করে ফেলেছেন এবং তার জন্য তাঁকে একটা বিশেষরকম মানসিক ক্লেশ ও অশান্তি ভোগ করতে হচ্ছে।

আমি তখন সবে কফি খাওয়া শেষ করছি। অবিনাশবাবু ঘরে ঢুকে টেবিলের উপর বলসমেত গামছাটি রেখে ধুতির খুঁটে কপালের ঘাম মুছে বলছেন, 'না মশাই, আমাদের এসব জিনিস হ্যান্ডল করা পোষায় না। এ রইল আপনার কাছে। কলকাতা থেকে সাংবাদিক এলে আপনার কাছেই পাঠিয়ে দেব।'

আমি বেশ একটু অবাক হয়ে বললাম, 'কী হল ? এক রাতের মধ্যে এমন কী হল যে এত সাধের বলের উপর একেবারে বিতৃষ্ণা এসে গেল ?'

'আর বলবেন না মশাই ! এ বল অতি সাংঘাতিক বল—একেবারে শয়তান বল। জানেন, আলমারিটার মাথার উপর একটা টিকটিকি ছিল—সকালে দেখি মরে আছে। শুধু তাই নয়—আলমারির ভেতর থেকে ডজন খানেক মরা আরশোলা বেরিয়েছে।'

আমি না হেসে পারলাম না। বললাম, 'বিনি পয়সায় এমন একটা ইন্‌সেক্‌টিসাইড পেয়ে

গেলেন, আর আপনি তাই নিয়ে আফশোষ করছেন ?'

'আরে মশাই, শুধু ইন্‌সেক্ট হলে তো কথাই ছিল না ! আমার নিজেরই যে কেমন জানি গা গুলোনো ভাব হচ্ছে ।'

'দিন রাত জেগে বলটার রং বদলানো লক্ষ করছিলেন না ?'

'তা করেছি ।'

'তার মানেই ঘুমের অভাব হয়েছে—তাই নয় কি ?'

'তা হয়েছে ।'

'তবে ? গা গুলোনোর কারণ তো পরিষ্কার ।'

'কী জানি মশাই । হতে পারে । কিন্তু তাও বলছি—এ বল আপনার কাছেই থাক । কেমন জানি উৎসাহ চলে গেছে—বুঝছেন না ?'

আমি মনে মনে যা বুঝলাম তা হল এই—অবিনাশবাবু তো বিজ্ঞান মানেন না—তিনি যেটা মানেন সেটা হল কুসংস্কার । বলটার কাছাকাছি কটা পোকামাকড় মরতে দেখেই তাঁর ধারণা হয়েছে যে বলটার মধ্যে বুঝি কোনও শয়তানি শক্তি লুকানো আছে ।

তবে অবিশ্যি আশ্চর্য হবার কোনও কারণ নেই । আমার দিক থেকে দেখলে ঘটনাটা লাভজনকও বটে । তাই আমি দ্বিরুক্তি না করে বলটা রেখেই দিলাম ।

এখন রাত সাড়ে বারোটা । সকাল আটটা থেকে কাচের ঢাকনার বাইরে থেকে বলটার রং-পরিবর্তন স্টাডি করছি । সকালে মেটে, সবুজ, লাল, আর হলদে রঙের খেলা । দুপুরের

দিকে লাল আর হলদেটে কমে আসে, সবুজটা আরেকটু গাঢ় হয়। বিকেলের দিকে সবুজটা ক্রমশ লাল আর কমলার দিকে যেতে থাকে। তারপর যত সন্ধ্যা হয়—সেটা হয়ে আসে টকটকে লাল—যেন বলটা একটা পাকা আপেল।

সন্ধ্যা সাতটা থেকেই লক্ষ করছি বলের সমস্ত রং চলে গিয়ে কেমন যেন একটা ছাই ছাই রুক্ষ ভাব নেয়। দশটা নাগাদ সেই ছাই রঙের উপর সাদার ছোপ পড়তে থাকে।

এখন বলটা একেবারে ধপধপে ঝকঝকে সাদা। তারপর তার উপর আমার দেড়শো পাওয়ার ইলেকট্রিক লাইট পড়েছে যেন তা থেকে জ্যোতি বিচ্ছুরিত হচ্ছে। কাচের ছাউনির ভেতরে একটা আবছা কুয়াশার মতো কী যেন জমা হচ্ছে বরফ থেকে বাষ্প বেরিয়ে যে রকম হয় কতকটা সেইরকম।

কালকের দিনটাও এর রং-পরিবর্তন স্টাডি করে, পরশু বলটাকে আমার টেবিলের উপর ফেলে এর একটা কেমিক্যাল অ্যানালিসিস করার ইচ্ছে।

১৪ই এপ্রিল

কাল সারারাত নিউটনটা কেঁদেছে। বলটা আনার পর থেকেই লক্ষ করছি তার মেজাজটা যেন কেমন খিটখিটে হয়ে গেছে! কাল সারাদিনে অনেকবার দেখেছি সে একদৃষ্টে বিরক্তভাবে কাচের ঢাকনাটার দিকে চেয়ে আছে। কী কারণ কে জানে।

ঘুমের অভাবেই বোধ হয়—আমার মাথাটাও কেমন জানি একটু ধরেছিল। তাই ল্যাবরেটরিতে যাবার আগে আমার তৈরি সেই বড়ির একটা খেয়ে নিলাম। দুশো সাতাত্তর রকমের ব্যারাম সারে আমার তৈরি এই 'অ্যানাইহিলিন' ট্যাবলেটের গুণে।

আমার ল্যাবরেটরিতে গিয়ে প্রথমে একটা জিনিস লক্ষ করলাম। কতগুলি কাচের বৈয়ামের মধ্যে আমার ছোট ছোট পোকামাকড়ের একটা সংগ্রহ ছিল—ইচ্ছে ছিল মাইক্রোসোনোগ্রাফে তাদের ভাষা শুনে রেকর্ড করব। এখন দেখি প্রত্যেক বৈয়ামের প্রত্যেকটি পোকা মৃত অবস্থায় পড়ে আছে।

এটা অবিশ্যি আমার ভুলেই হয়েছে। বলের এই মারাত্মক ক্ষমতার কথা জেনেও সেগুলোকে সরিয়ে রাখতে ভুলে গিয়েছিলাম। কী আর করি! মরা পোকাগুলোকে ফেলে দিয়ে খালি বৈয়ামগুলো যথাস্থানে রেখে দিলাম।

এবার বলটার দিকে চেয়ে দেখি—গত কদিন সকালে যে রকম রং দেখেছি আজও ঠিক সেইরকম। রং বদলানোর নিয়মের কোনও পরিবর্তন নেই দেখে আশ্বস্ত হলাম। এ জিনিসটা বেনিয়মে বা খামখেয়ালি ভাবে হলে গবেষণার খুব মুশকিল হত।

কাচের ঢাকনার গায়ে বাষ্প জমে কাচের সর্বাঙ্গ বিন্দু বিন্দু জলে ভরে গিয়েছিল। আমি তাই ঢাকনাটা তুলে সেটা পরিষ্কার করতে গেছি। এমন সময় ল্যাবরেটরির দরজার দিক থেকে একটা শব্দ পেয়ে ঘুরে দেখি, নিউটন দরজার চৌকাঠের উপর পিঠ উঁচিয়ে লেজ ফুলিয়ে দাঁড়িয়ে আছে—তার দৃষ্টি বলের দিকে।

নিউটন যে একটা লম্ফ দেওয়ার জোগাড় করছে সেটা আমি দেখেই বুঝেছিলাম, এবং আমি সেটার জন্য প্রস্তুতও ছিলাম। লাফটা দিতেই আমি বিদ্যুদ্বেগে বলটার সামনে গিয়ে থপ্ করে দুহাতে বেড়ালটাকে ধরে নিলাম। তারপর তাকে ল্যাবরেটরির বাইরে বার করে দিয়ে দরজাটা বন্ধ করে দিলাম।

বাকি যেটুকু সময় ল্যাবরেটরিতে ছিলাম, দরজায় নিউটনের আঁচড়ের শব্দ পেয়েছি। সামান্য একটা মাটির বলের উপর বেড়ালের এ আক্রোশ ভারী রহস্যজনক।

আজ সারাদিন আমার মাইক্রোসোনোগ্রাফ চালিয়ে নানান সূক্ষ্ম প্রাকৃতিক শব্দের চার্ট করেছি, আর সে সমস্ত শব্দই আমার টেপরেকর্ডারে রেকর্ড করেছি! এই শব্দ সংগ্রহ শেষ হলে পর, শব্দের মানে করার পর্ব শুরু হবে। অবিনাশবাবু বলছিলেন বিজ্ঞানের নাকি একটা সীমা আছে। হায়রে! কত যে জানবার বিষয় এখনও পড়ে আছে জগতে, অবিনাশবাবু তার কী বুঝবেন?

এখন রাত একটা। এবারে ঘুমোতে যাব। কিছুক্ষণ থেকেই যন্ত্রটার কথা ছেড়ে বার বার বলটার কথা মনে হচ্ছে।

ওই যে রং পরিবর্তনের ব্যাপারটা—ওটার মধ্যে কীসের জানি একটা ইঙ্গিত রয়েছে। কীসের সঙ্গে যেন ওর একটা সাদৃশ্য আছে। সে সাদৃশ্যটা যেন আমার ধরতে পারা উচিত, কিন্তু আমি পারছি না। সাদা অবস্থায় বলটা যদি বরফে আচ্ছাদিত হয়ে যায়, তা হলে অন্য অবস্থাগুলো কী ? সবুজ, লাল, হলদে, কমলা—এগুলো তা হলে কীসের রং ? এই রং পরিবর্তনের কারণ কী ? আমিই যদি না বুঝলাম তা হলে বুঝবে কে ?

হয়তো কাল থেকে গবেষণার কাজ শুরু করলে ওর রহস্য ধরা পড়বে। হয়তো ব্যাপারটা আসলে অত্যন্ত সহজ। ক্রমাগত জটিল জিনিস নিয়ে মাথা ঘামালে, অনেক সময় সহজ সমস্যার সামনে পড়ে মানুষের কেমন জানি সব গণ্ডগোল হয়ে যায়। আমার মতো বৈজ্ঞানিকের পক্ষেও এটা অসম্ভব নয়।

যাকগে। আজ আর ভাবব না। কাল দেখা যাবে।

১৫ই এপ্রিল

আমার জীবনে যত বিচিত্র, বীভৎস, অবিশ্বাস্য সব ঘটনা ঘটেছে, অন্য কোনও বৈজ্ঞানিকের জীবনে তেমন ঘটেছে কি ? জানি না। এক এক সময় মনে হয় আমি সাহিত্যিক হলে এসব ঘটনা আরও সুন্দর করে গুছিয়ে লিখতে পারতাম। কিন্তু তার পরেই আবার মনে হয় যে অত গুছিয়ে লেখার দরকার কী ?

আমি তো আর বানানো কাল্পনিক ঘটনা লিখছি না—আমি লিখছি ডায়রি। সোজা কথায় সরলভাবে আমার জীবনে যা ঘটেছে তাই লিখছি। সেখানে অত ভাষার ব্যবহারের প্রয়োজন আছে কি ?

যাই হোক এবার যথাসম্ভব পরিষ্কার করে ঠাণ্ডা মাথায় এই কিছুক্ষণ আগেকার ঘটনাটি লেখার চেষ্টা করা যাক।

কাল রাত্রে ডায়রি লেখা শেষ করে বিছানায় শুয়ে তারপর কিছুতেই ঘুম আসছিল না। আমি কাল লিখেছিলাম, যে এই রং বদলানোর মধ্যে বিশেষ যেন একটা ইঙ্গিত ছিল যেটা আমি ঠিক বুঝে উঠতে পারছিলাম না। বিছানায় কিছুক্ষণ শুয়ে ওটা নিয়ে ভাবতে ভাবতে হঠাৎ যেন অজ্ঞানতার অন্ধকারে একটা আলো দেখতে পেলাম। পরপর রঙের পরিবর্তনগুলো আর একবার ঝালিয়ে নিলাম মনের মধ্যে। মাঝরাত্তিরে বলটা সাদা তারপর সকালের দিকে ক্রমে সাদাটা চলে গিয়ে হলদে লাল সবুজ ইত্যাদি বেশ একটা জমকালো রঙের খেলা শুরু হয়। দুপুর যত এগিয়ে আসে তত সবুজটা গাঢ় হতে থাকে, হলদে লাল ইত্যাদি উজ্জ্বল রংগুলো কমে গিয়ে বলটা ক্রমশ একটা গম্ভীর অথচ স্নিগ্ধ চেহারা নেয়। তারপর বিকেলের দিকে সবুজ জায়গাগুলো আস্তে আস্তে লাল আর খয়েরি মেশানো একটা অবস্থায় পৌঁছে শেষ পর্যন্ত সন্ধের দিকে একটা ছাই ছাই ভাব এবং রাত বাড়লে পর সাদার ছোপ ধরা শুরু।

কীসের সঙ্গে মিল এই পরিবর্তনের ?

আমার এখনও স্পষ্ট মনে আছে—বৈঠকখানার দেয়ালের ঘড়িতে দুটো বাজার শব্দের সঙ্গে সঙ্গে এ প্রশ্নের উত্তরটা হঠাৎ বিদ্যুতের ঝলকের মতো আমার মাথায় এসে গেল।

আমাদের পৃথিবীর ঋতু পরিবর্তনের সঙ্গে এই বলের রং পরিবর্তনের আশ্চর্য মিল !

তফাত কেবল এই যে, পৃথিবীতে যে পরিবর্তন ঘটতে এক বছর লাগছে—এই বলের

সেটা ঘটতে লাগছে এক দিন, অর্থাৎ ২৪ ঘণ্টা। রাত বারোটায় এই বলের চরম শীতের অবস্থা যখন এর সবটাই বরফের আবরণে ঢাকা। তারপর সেটা কমে গিয়ে সূর্যোদয়ের সময় থেকে লাল হলদে সবুজের খেলায় এর বসন্তকাল। সূর্য যতই মাথার উপরে উঠতে থাকে এই বল ততই গ্রীষ্মের দিকে এগোয় আর রঙের বাহারও কমে আসে। গ্রীষ্মের পর বিকেলের দিকে বর্ষা এলে বলটায় হাত দিলে ভিজে ভিজে ঠেকে। সূর্যাস্তের সময় থেকে এর শরৎ ; সন্ধ্যা বাড়লে প্রথম সাদার ছোপে হেমন্তকাল এবং সেই সাদা বেড়ে গিয়ে মাঝরাতে রাত বারোটাতে আবার চরম শীতের অবস্থা।

এই বলটি কি তা হলে আমাদের পৃথিবীরই একটা খুদে সংস্করণ ? নাকি, এটা একটা স্বতন্ত্র গ্রহ—সেখানে ঋতু পরিবর্তন আছে, প্রাণ আছে, প্রাণী আছে ?

আমি জানি এই বিশ্বব্রহ্মাণ্ডে অসম্ভব বলে প্রায় কিছুই নেই—কিন্তু এই ক্ষুদ্রাদপিক্ষুদ্র গ্রহের কথা যে আমি পর্যন্ত স্বপ্নেও ভাবতে পারিনি।

আমার চিন্তাধারা হয়তো অবিচ্ছিন্ন ভাবেই চলত—কিন্তু একটা অদ্ভুত শব্দের ফলে তার গতি ব্যাহত হল।

শব্দটা আসছে একতলা থেকে। সম্ভবত আমার ল্যাবরেটরি থেকেই।

নিউটন আজ আমার ঘরেই শুয়েছিল—সেও দেখি শব্দটা শুনেই কান খাড়া করে সোজা হয়ে উঠে বসেছে। ওর হাবভাব দেখে আমি ওকে কোলে তুলে নিলাম। তারপর ওকে নিয়ে একতলায় রওনা দিলাম ল্যাবরেটরির উদ্দেশে।

সিঁড়ি দিয়ে নামতে নামতেই শব্দটা আমার কানে অনেকটা স্পষ্ট হয়ে উঠল।

'শঙ্কু ! শঙ্কু ! শঙ্কু !'

আমার নামটা ধরে কে যেন বারবার চিৎকার করে যাচ্ছে। উচ্চারণ স্পষ্ট হলেও, স্বর কিন্তু একেবারেই মানুষের স্বর নয় ; কিংবা মানুষ হলেও আমাদের অভিজ্ঞতার মধ্যে পড়ে এমন কোনও মানুষের মতো নয়।

ল্যাবরেটরির দরজা খুলে ঢুকতেই শব্দটা যেন চারগুণ বেড়ে গেল। আর নিউটনের সে কী প্রচণ্ড আস্ফালন। কোনওরকমে তাকে বগলদাবা করে এগিয়ে গেলাম আমার টেবিলের দিকে। শব্দটা আসছে আমার যন্ত্রটা থেকে—বলের দিক থেকে নয়।

আমি এসে দাঁড়াতেই চিৎকারটা থেমে গেল।

তারপর প্রায় আধমিনিট সব চুপচাপ। আমার বগলের তলায় বুঝতে পারলাম নিউটন থরথর করে কাঁপছে।

হঠাৎ আবার তীক্ষ্ণস্বরে সেই চিৎকার শুরু হল।

'টেরাটম্ ! টেরাটম্ ! টেরাটম্ গ্রহ থেকে বলছি ! কলির শঙ্কু ! কলির শঙ্কু ! তুমি আমাদের কথা শুনতে পাচ্ছ ?'

আমি কী বলব ? আমার নিজের কানকে বিশ্বাস করাই যে কঠিন হয়ে পড়েছিল।

আবার প্রশ্ন এল—'শঙ্কু, আমাদের কথা শুনতে পাচ্ছ ? তোমার মাইক্রোসোনোগ্রাফ যে ওয়েভলেংথে রয়েছে সেই ওয়েভলেংথেই আমরা কথা বলছি। শুনতে পাচ্ছ তো 'হ্যাঁ' বলো—আরও কথা আছে।'

আমি মন্ত্রমুগ্ধের মতো বললাম, 'পাচ্ছি শুনতে। কী বলবে বলো।'

উত্তর এল, 'আমরা তোমার ঘরে বন্দি। বুঝতে পারছি, তুমি না জেনে এ কাজ করেছ। কিন্তু করে অন্যায় করেছ। আমরা সৌরজগতের ক্ষুদ্রতম গ্রহ। কিন্তু তাতে তাচ্ছিল্য করার কোনও কারণ নেই ; পৃথিবীর চেয়ে পাঁচ-লক্ষগুণ বড় গ্রহও সৌরজগতের বাইরে রয়েছে। আমাদের শক্তি আমাদের আয়তনে নয়। আমাদের শক্তি আমাদের বিজ্ঞানে, আমাদের

বুদ্ধিতে। তোমাদের পৃথিবীর যা সম্পদ, সে অনুপাতে আমাদের টেরাটম্ গ্রহের সম্পদ লক্ষ গুণ বেশি। আমরা কক্ষচ্যুত হয়ে পৃথিবীতে এসে পড়েছি। জলের মধ্যে পড়েছিলাম, তাই আমাদের কোনও ক্ষতি হয়নি, কারণ আমরা মাটির নীচে বাস করি। কিন্তু তোমার এই কাচের আচ্ছাদন আমাদের পক্ষে অত্যন্ত ক্ষতিকর, কারণ অক্সিজেন আমাদের পক্ষে অত্যন্ত প্রয়োজনীয়। মানুষের যেমন এ জিনিসটা দরকার, তেমনি আমাদেরও। এমনিতে মানুষের সঙ্গে আমাদের তফাত সামান্যই, তবে আমাদের বুদ্ধি অনেকগুণে বেশি, আর আয়তন আমাদের এতই ছোট যে তোমাদের সাধারণ মাইক্রোস্কোপে আমাদের দেখা যাবে না।' কয়েক মুহূর্তের জন্য কথা থামল। আমি যে এরমধ্যে কখন চেয়ারে বসে পড়েছি তা নিজেই ঠাহর পাইনি। তারপর আবার কথা শুরু হল।

'তোমার কাছে আমাদের অনুরোধ কাচের আচ্ছাদন খুলে ফেলো। আমাদের আয়ু এমনিতেই কমে এসেছে। একটা আস্ত গ্রহের সমস্ত অধিবাসীদের হত্যা করার অপরাধের ভার কি তুমি সারা জীবন বইতে পারবে? তাই অনুরোধ করছি—আমাদের মুক্তি দাও। তুমি বৈজ্ঞানিক। আমাদের সম্বন্ধে তোমার মনে কোনওরকম সহানুভূতির ভাব নেই?'

একটা প্রশ্ন মনের মধ্যে খোঁচা দিচ্ছিল। এবারে সেটা না জিজ্ঞেস করে পারলাম না।

'তোমাদের মধ্যে কি এমন কোনও ক্ষমতা আছে যাতে তোমরা তোমাদের চেয়ে আয়তনে অনেক বড় প্রাণীকেও হত্যা করতে পার?'

কিছুক্ষণ কোনও উত্তর নেই। আমি বললাম, 'আমার প্রশ্নের জবাব দাও। গত ক'দিনের মধ্যে তোমাদের কাছাকাছি কতগুলি প্রাণীর যে মৃত্যু হয়েছে—তার জন্য কি তোমরা দায়ী?'

এবারে আমার প্রশ্নের উত্তরে একটা পালটা প্রশ্ন এল—'ভাইরাস কাকে বলে জান?'

'নিশ্চয়ই।'

'কাকে বলে?'

আমার ভারী অপমান বোধ হচ্ছিল, তাও উত্তর দিলাম—'রোগবহনকারী বিষাক্ত বীজকে বলে ভাইরাস।'

'ঠিক। এই ভাইরাসের আয়তন কী?'

'মাইক্রোস্কোপে দেখতে হয়!'

'ঠিক। কিন্তু এই বীজ থেকে একটা গোটা শহরের লোক নিশ্চিহ্ন হয়ে যেতে পারে সেটা জান?'

'শুধু শহর কেন? একটা সম্পূর্ণ দেশের লোকসংখ্যা লোপ পেয়ে যেতে পারে। মহামারীর কথা কে না জানে?'

'ঠিক। এখনও কি বুঝতে পারছ না আমাদের ক্ষমতা কোথায়?'

'তোমরা কি ভাইরাস ছড়িয়ে দাও?'

'ছড়িয়ে দেব কেন?'

'তা হলে?'

কোনও উত্তর নেই। আমি অনুভব করলাম আমার ভেতরের জামাটা ঘামে ভিজে উঠেছে। একটা সাংঘাতিক সন্দেহ মনের মধ্যে জেগে উঠেছে।

এই গ্রহের অধিবাসীরা কি তা হলে এক একটি মূর্তিমান ভাইরাস?

তাই যদি হয়, তা হলে এদের মুক্তি দিলে তো এরা সমস্ত পৃথিবীকে—'তিন মাসের মধ্যে।'

আমি চমকে উঠলাম। আমার কোন প্রশ্নের জবাব এরা দিচ্ছে? আমি তো কোনও প্রশ্ন করিনি এদের!

এবারে একটা ক্ষীণ হাসির শব্দ পেলাম...সে হাসি এক অপার্থিব বিদ্রূপে ভরা। তারপর কথা এল...

'আমরা মানুষের মনের কথা বুঝতে পারি। তুমি ভাবছ সমস্ত পৃথিবীকে রোগাচ্ছন্ন করার শক্তি আছে কি না আমাদের। আমি উত্তরে বলেছি...আছে। শুধু তাই নয়...সমস্ত পৃথিবীকে তিন মাসের মধ্যে আমরা জনশূন্য করে দিতে পারি। সংক্রামক রোগের জন্য তো আর হাঙ্গামা করতে হয় না। আমাদের একজনের চেষ্টাতেই সমস্ত গিরিডি শহরটা ফাঁকা করে দিতে পারি। আর সকলে মিলে যদি একজোটে লাগি তা হলে... ।'

গলার স্বরটা যেন কেমন ক্ষীণ হয়ে আসছে। সেটা কি যন্ত্রের দোষ ?

আবার উত্তর এল...'না,. তোমার যন্ত্র ঠিক আছে। আমরাই দুর্বল হয়ে পড়েছি। কাচের ঢাকনা না খুললে আমরা আর বাঁচব না। আমাদের মৃত্যুর জন্য দায়ী হবে তুমি—প্রোফেসর ত্রিলোকেশ্বর শঙ্কু ; এই খুনের জন্য অবিশ্যি তোমাকে আসামির কাঠগড়ায় দাঁড়াতে হবে না। কিন্তু বিবেক বলে কি তোমার কিছুই নেই। একজন বৈজ্ঞানিকের কি এতটা নিষ্ঠুরতা সম্ভব ? ভেবে দেখো শঙ্কু, ভেবে দেখো।'

'তোমাদের যদি মুক্তি দিই, তা হলে পৃথিবীতে মানুষের উপর থেকে তোমাদের আক্রোশ যাবে কি ? তোমাদের বিশ্বাস করব কী করে ?'

এ প্রশ্নের জবাব এল না। কয়েক মুহূর্ত নিস্তব্ধতার পর আমার যন্ত্রের ভিতর থেকে আসতে আরম্ভ করল এক বীভৎস আর্তনাদের কোরাস। কত কণ্ঠ সে কোরাসে মিলেছে জানি না। কিন্তু সেটা যে আর্তনাদ, এবং তাতে যে তীব্র যন্ত্রণার ইঙ্গিত রয়েছে তাতে কোনও ভুল নেই !

'শঙ্কু ! শঙ্কু !'

সমস্ত আর্তনাদ ছাপিয়ে আবার সেই কথা।

'শঙ্কু ! শঙ্কু ! শঙ্কু !'

'কী বলছ ?'

'কাচের ঢাকনা খুলে দাও, খুলে দাও ! আমরা মরতে চলেছি। আমাদের প্রাণ তোমার হাতে। হত্যার দায়ে পড়ো না। সারাটা জীবন বিবেকের জ্বালা...'

কণ্ঠস্বর ক্ষীণ হতে ক্ষীণতর হয়ে এল।

আমি যেমন চেয়ারে বসেছিলাম, তেমনই বসে রইলাম একটা প্রচণ্ড দ্বন্দ্ব মনের মধ্যে গভীর উদ্বেগের সৃষ্টি করছিল। কিন্তু তা সত্ত্বেও আমাদের কর্তব্য কী সেটা বুঝতে পারছিলাম। কাচের ঢাকনা খোলা চলে না। টেরাটম্ গ্রহের প্রাণীদের বাঁচাতে গিয়ে সমস্ত পৃথিবীর লোকের জীবন বিপন্ন করা চলে না।

আমার মাইক্রোসোনোগ্রাফে শব্দ কমে আসছে। কথা থেমে গেছে—এখন কেবল তীব্র, তীক্ষ্ণ আর্তনাদ !

সে আর্তনাদ ক্রমশ হাহাকারে পরিণত হল।

তারপর সে হাহাকারও মিলিয়ে গিয়ে রইল এক গভীর নিস্তব্ধতা।

আমি আরও মিনিটখানেক অপেক্ষা করে আমার যন্ত্রের সুইচটা বন্ধ করে দিলাম।

তারপর আস্তে আস্তে বলটার কাছে হেঁটে গিয়ে কাচের ঢাকনাটা তুলে ফেললাম।

ঘড়িতে ভোর পাঁচটার ঘণ্টা বাজছে।

কিন্তু টেরাটমে বসন্তের রং ধরেনি। তার বদলে একটা যেন মেটে রুক্ষতা।

আমি বলটাকে তুলে নিয়ে নিউটনের দিকে চাইলাম। সে-ও দেখি একদৃষ্টে বলটার দিকে

চেয়ে আছে। কিন্তু আগের সেই আক্রোশের কোনও ইঙ্গিত পেলাম না আর দৃষ্টিতে। আমি বললাম, 'তুই খেলবি বলটাকে নিয়ে ? নে খেল।'

বলটা মাটিতে রাখতে নিউটন এগিয়ে এল। তারপর তার ডান হাত দিয়ে মৃদু একটা আঘাত করতেই সৌরজগতের ক্ষুদ্রতম গ্রহ ফেটে চৌচির হয়ে মেঝেতে ছড়িয়ে পড়ল !

সন্দেশ। বৈশাখ ১৩৭২

প্রোফেসর শঙ্কু ও চী-চিং

১৮ই অক্টোবর

আজ সকালে সবে ঘুম থেকে উঠে মুখটুখ ধুয়ে ল্যাবরেটরিতে যাব, এমন সময় আমার চাকর প্রহ্লাদ এসে বলল, 'বৈঠকখানায় একটি বাবু দেখা করতে এয়েছেন।'

আমি বললাম, 'নাম জিজ্ঞেস করেছিস ?'

প্রহ্লাদ বলল, 'আজ্ঞে না। ইংরিজি বললেন। দেখে নেপালি বলে মনে হয়।'

গিয়ে দেখি খয়েরি রঙের ঝোলা কোট পরা এক ভদ্রলোক—সম্ভবত চিন দেশীয়। আর তাই যদি হয় তবে চিনা ভিজিটর আমার বাড়িতে এই প্রথম।

আমায় ঘরে ঢুকতে দেখেই ভদ্রলোক তাঁর সরু বাঁশের ছড়িটা পাশে রেখে সোফা ছেড়ে উঠে দাঁড়িয়ে কোমর অবধি ঝুঁকে আমায় অভিবাদন জানালেন। আমি নমস্কার করে তাঁকে বসতে বললাম এবং তাঁর আসার কারণটা জিজ্ঞেস করলাম।

ভদ্রলোক আমার প্রশ্ন শুনে একেবারে ছেলেমানুষের মতো খিলখিল করে হেসে এপাশ ওপাশ মাথা নাড়তে নাড়তে বললেন, 'হে হে হে হে—ইউ ফলগেত, ইউ ফলগেত। ব্যাদ্ মেমলি, ব্যাদ্ মেমলি।'

ব্যাড মেমরি ? ফরগেট ? তবে কি ভদ্রলোকের সঙ্গে আমার আগে কোথাও আলাপ হয়েছিল ? আমি কি ভুলে গেছি ? আমার স্মরণশক্তি তো এত ক্ষীণ নয়।

আমার অপ্রস্তুত ভাবটা বেশ কিছুক্ষণ উপভোগ করে চিনা ভদ্রলোক হঠাৎ তাঁর ঝোলা কোটের পকেট থেকে একটা লাল রঙের কাঠের বল বার করে সেটাকে ডান হাতের দুটো আঙুলের ফাঁকে রেখে আমার নাকের সামনে তিন চার পাক ঘোরাতেই সেটা সাদা হয়ে গেল। তারপর আবার একপাক ঘোরাতেই কালো—আর আমারও তৎক্ষণাৎ চার বছর আগের এক সন্ধ্যার ঘটনা পরিষ্কার ভাবে মনে পড়ে গেল।

এ যে সেই হংকং শহরের জাদুকর চী-চিং !

চিনতে না-পারার কারণ অবিশ্যি ছিল। প্রথমত চিনেদের পরস্পরের চেহারার প্রভেদ সামান্যই। তার উপর পরিবেশ আলাদা।—কোথায় হংকং, আর কোথায় গিরিডি ! আর ভদ্রলোকের আজকের পোশাকের সঙ্গে সেদিনের কোনও মিল নেই। সেদিন স্টেজে চী-চিং পরেছিলেন একটা সবুজ, লাল আর কালো নকশা করা ঝলমলে সিল্কের আলখাল্লা। আর তাঁর মাথায় ছিল ডোরাকাটা চোঙা-টুপি।

যাই হোক এই এক কাঠের বলের খেলা দেখে আমার মনে সেদিনের সমস্ত ঘটনা বায়োস্কোপের ছবির মতো চোখের সামনে ভেসে উঠল।

আমি তখন যাচ্ছিলাম জাপানের কোবে শহরে পদার্থবিজ্ঞানীদের একটা সম্মেলনে যোগ দিতে। পথে হংকং-এ দুদিন থেকেছিলাম আমারই এক আমেরিকান বন্ধু প্রোফেসর বেঞ্জামিন হজকিন্‌স্‌-এর বাড়িতে।

হজকিন্‌স্‌ বৈজ্ঞানিক এবং ষাটের উপর বয়স হলেও ভারী আমুদে লোক। যেদিন পৌঁছোলাম, সেদিন সন্ধ্যায় তিনি আমায় ধরে নিয়ে গেলেন চী-চিং-এর ম্যাজিক দেখাতে।

ম্যাজিক আমার ভাল লাগে তার একটা কারণ হচ্ছে, ম্যাজিকের কারসাজি ধরে ফেলার মধ্যে আমি একটা ছেলেমানুষি আনন্দ পাই। তা ছাড়া কোনও নতুন ধরনের ম্যাজিক দেখলে জাদুকরের বুদ্ধির তারিফ করতেও ভাল লাগে। উঁচুদরের জাদুকর মাত্রেরই বিজ্ঞানের সাহায্য নিতে হয়। পদার্থবিজ্ঞান, রসায়ন, শরীরতত্ত্ব, মনস্তত্ত্ব—এ সবই তাদের ঘাঁটতে হয়।

চী-চিং এর নাকি বেশ নামডাক আছে, তাই তিনি কী ধরনের জাদু দেখান সেটা জানার একটা আগ্রহ ছিল। হজকিন্‌স-এর অনুরোধ তাই এড়াতে পারলাম না।

হাতসাফাইয়ের কাজ, আলোছায়ার কারসাজি, যান্ত্রিক ম্যাজিক, রাসায়নিক ভেলকি এসবই চী-চিং ভালই দেখালেন। কিন্তু তারপর যখন হিপ্‌নোটিজম্‌ বা সম্মোহনের জাদু দেখাতে আরম্ভ করলেন, তখনই ব্যাপারটা কেমন যেন আপত্তিকর বলে মনে হতে লাগল। সবচেয়ে খারাপ লাগল যখন কতকগুলি নিরীহ গোবেচারা দর্শক বাছাই করে তাদের স্টেজের উপরে ডেকে নিয়ে গিয়ে চী-চিং নানান ভাবে তাদের অপদস্থ করতে শুরু করলেন। একটি লোক তো প্রায় পাঁচ মিনিট ধরে আপেল মনে করে উলের বল চিবোলেন। আর একজন তাঁর পোষা কুকুর মনে করে বেশ করে একটা চেয়ারের হাতলে হাত বুলোতে লাগলেন। মোহ কাটবার পর দর্শকদের অট্টরোলে এইসব লোকেদের মুখের অবস্থা সত্যিই শোচনীয় হয়েছিল।

আমি হজকিন্‌সকে বললাম, 'আমার ভাল লাগছে না। লোকগুলো কি এইভাবে অপদস্থ হবার জন্য পয়সা দিয়ে ম্যাজিক দেখতে এসেছে?'

হজকিন্‌স বললেন, 'কী উপায় বলো? এদের ডাক দিলে এরা যদি স্টেজে যেতে আপত্তি না করে, তা হলে জাদুকরের উপর দোষারোপ করা যায় কী করে?'

আমি সবে একটা উপায়ের কথা ভাবছি, এমন সময় খেয়াল হল দর্শকরা সবাই যেন আমারই দিকে ঘুরে দেখছে। ব্যাপার কী?

স্টেজে চোখ পড়তে দেখি চী-চিং হাসি মুখে আমার দিকে আঙুল দেখাচ্ছেন। চোখাচুখি হতে চী-চিং বললেন, 'আপনার যদি কোনও আপত্তি না থাকে, একবার স্টেজে আসবেন কি!'

বুঝলাম আমার চেহারা দেখে চী-চিং আমাকেও একজন নিরীহ গোবেচারা বলেই ধরে নিয়েছে। চী-চিংকে শিক্ষা দেবার একটা সুযোগ আপনা থেকেই এসে গেল দেখে আমি খুশি হয়েই স্টেজে উঠে গেলাম।

চী-চিং প্রায় আধ ঘণ্টা ধরে আমাকে হিপ্‌নোটাইজ করার নানারকম চেষ্টা করলেন। চোখের সামনে আলোর লকেট দোলানো, চোখের পাতার উপর আঙুল বুলোনো, স্টেজে অন্ধকার করে কেবল নিজের চোখের উপর আলো ফেলে আমার চোখের দিকে একদৃষ্টে চাওয়া, ফিসফিস করে গানের সুরে একঘেয়ে ও আবোলতাবোল বকে যাওয়া...এর কোনওটাই চী-চিং বাদ দিলেন না। কিন্তু এত করেও তিনি আমার উপর বিন্দুমাত্র প্রভাব বিস্তার করতে পারলেন না। আমি যেই সজাগ সেই সজাগই রয়ে গেলাম।

অবশেষে বেগতিক দেখে ঘর্মাক্ত অবস্থায় স্টেজের সামনে এগিয়ে গিয়ে দর্শকদের উদ্দেশ করে চাপা বিদ্রূপের সুরে চী-চিং বললেন, 'ভুলটা আমারই। যাকে হিপ্‌নোটাইজ করা হবে, তার মস্তিষ্ক বলে বস্তু থাকা চাই! এ ভদ্রলোকের যে সেটি একেবারেই নেই, তা আমার জানা ছিল না।'

দর্শকদের কাছে সেদিনকার মতো হয়তো চী-চিং-এর মান রক্ষা হয়েছিল, কিন্তু তাঁর নিজের মনের অবস্থা কী হয়েছিল সেটা জানতে পারিনি, যদিও সেটা অনুমান করা কঠিন নয়।

পরের দিন হংকং ছেড়ে জাপানে চলে যাই।

ফিরতি পথে যখন আবার হংকং-এ নামি, তখন শুনি চী-চিং ম্যাজিক দেখাতে চলে গেছেন অস্ট্রেলিয়া।

তারপর এই চার বছর পরে আমার এই গিরিডির ঘরে তাঁর সঙ্গে আমার সাক্ষাৎ!

কিন্তু তাঁর আসার উদ্দেশ্যটা কী?

আমি প্রশ্ন করবার আগে চী-চিংই কথা বললেন।

'ইউ প্রোফেসল সোঁকু?'

উত্তরে জানালাম আমিই সেই ব্যক্তি।

'ইউ সায়ান্তিস্ত?'

'তাই তো মনে হয়।'

'সায়ান্স ইজ ম্যাজিক।'

'তা একরকম ম্যাজিকই বটে।'

'অ্যান্ড ম্যাজিক ইজ সায়ান্স! এঁ? হে হে হে।'

চী-চিং বার বার হাসছেন। আমি ক্রমাগত গম্ভীর থাকলে অভদ্রতা হয়, তাই এবার আমি তাঁর হাসিতে যোগ দিলাম।

'ইউ ওয়াল্‌ক্ হিয়াল?' অর্থাৎ, এটা কি তোমার কাজের জায়গা?

আমি বললাম, 'হ্যাঁ।'

তারপর চী-চিংকে নিয়ে গেলাম আমার ল্যাবরেটরি দেখাতে।

আমার আবিষ্কৃত যন্ত্রপাতি, আমার তৈরি ওষুধপত্র, আমার কাজের সরঞ্জাম, চার্ট ইত্যাদি দেখতে দেখতে চী-চিং বারবার বলতে লাগলেন, 'ওয়াঙ্গাফুল! ওয়াঙ্গাফুল।'

পাশাপাশি তিনটে বড় বড় বোতলে তরল পদার্থ দেখে চী-চিং বললেন, 'ওয়াতাল?' আমি হেসে বললাম, 'না জল নয়। এগুলো সব মারাত্মক অ্যাসিড।'

'অ্যাসিদ? ভেলি নাইস, ভেলি নাইস!'

অ্যাসিড কেন 'নাইস' হবে সেটা আমার বোধগম্য হল না!

দেখা শেষ হলে একটা চেয়ারে বসে পকেট থেকে একটা বেগুনি রুমাল বার করে ঘাম মুছে চী-চিং বললেন, 'ইউ আল্ গ্লেত্!'

চী-চিং-এর কথার প্রতিবাদ করে আর অযথা বিনয় প্রকাশ করলাম না, কারণ আমি যে 'গ্রেট' সেটা অনেক দেশের অনেক গণ্যমান্য ব্যক্তি এর অনেক আগেই স্বীকার করেছেন।

'ইয়েস। ইউ আল্ গ্লেত্। বাত আই অ্যাম গ্লেতাল্!'

লোকটা বলে কী? কোথাকার কোন এক পেশাদার ম্যাজিশিয়ান, অর্ধেক সময় লোকের চোখে ধুলো দিয়ে পয়সা নিচ্ছে...আর সে বলে কিনা আমার চেয়ে 'গ্রেটার'। কী এমন মহৎ কীর্তি তার রয়েছে যেটা পৃথিবীর আর পাঁচটা পেশাদার জাদুকরের নেই?

প্রশ্নটা মনে এলেও মুখে প্রকাশ করলাম না।

প্রহ্লাদ কিছুক্ষণ আগেই কফি দিয়ে গিয়েছিল। চী-চিং দেখি কফির পেয়ালা হাতে নিয়ে কড়িকাঠের দিকে চেয়ে আছেন।

আমিও তাঁর দৃষ্টি অনুসরণ করে উপর দিকে চাইতেই চী-চিং বলে উঠলেন, 'লিজাদ'। লিজার্ড...অর্থাৎ সরীসৃপ!

যেটাকে লক্ষ্য করে কথাটা বলা হল, সেটা হল আমার ল্যাবরেটরির বহুকালের বাসিন্দা টিকটিকি।

জানোয়ারটির বাংলা নাম চী-চিংকে বলতে তিনি আবার খিলখিল করে হেসে উঠলেন।

'তিকিতিকি ! হা হা ! ভেলি নাইস ! তিকিতিকি !'

দুই চুমুকে কফিটা শেষ করেই চী-চিং উঠে পড়লেন। তিনি নাকি কলকাতায় ম্যাজিক দেখাবেন সেই রাত্রেই—সুতরাং তাঁর তাড়াতাড়ি ফিরে যাওয়া দরকার। গিরিডি এসেছেন নাকি একমাত্র আমার সঙ্গেই দেখা করতে।

চী-চিং চলে যাওয়ার পর অনেক ভেবেও তাঁর আসার কোনও কারণ খুঁজে পেলাম না।

১৯ শে অক্টোবর

আজ দুপুরে আমার ল্যাবরেটরিতে কাজ করছি, এমন সময় আমার বেড়াল নিউটন এসে তড়াক করে আমার কাজের টেবিলের উপর উঠে বসল। এ কাজটা নিউটন কখনও করে না। টেবিলের উপরটা আমার গবেষণার নানান যন্ত্রপাতি ওষুধপত্রে ডাঁই হয়ে থাকে। সে আমার বাড়িতে প্রথম আসার কয়েকদিনের মধ্যেই একবার টেবিলে ওঠাতে আমার কাছে ধমক খেয়েছিল। তারপর থেকে আর দ্বিতীয়বার ধমকের প্রয়োজন হয়নি। আজ তাকে এভাবে নিষেধ অগ্রাহ্য করতে দেখে আমি বেশ থতমত খেয়ে গিয়েছিলাম।

তারপর সামলে নিয়ে কড়া করে কিছু বলতে গিয়ে দেখি সেও চেয়ে আছে কড়িকাঠের দিকে।

উপরে চেয়ে দেখি কালকের মতো আজও টিকটিকিটা সেইখানেই দাঁড়িয়ে আছে। নিউটন এ টিকটিকি ঢের দেখেছে এবং কোনওদিন কোনও চাঞ্চল্য প্রকাশ করেনি। আজ সে পিঠ উঁচিয়ে লোম খাড়া করে এমন তীক্ষ্ণ দৃষ্টি দিয়ে ওটাকে চেয়ে দেখছে কেন ?

নিউটনকে ধরে নামিয়ে দেব মনে করে তার পিঠে হাত দিতেই সে এমন ফ্যাঁশ করে উঠল যে আমি রীতিমতো ভড়কে গেলাম।

টিকটিকির মধ্যে এমন কিছু কি সে দেখেছে যেটা মানুষের চোখে ধরা পড়ছে না ?

দেরাজ খুলে বাইনোকুলারটা বার করে সেটা দিয়ে টিকটিকিটাকে দেখলাম।

সামান্য একটু পরিবর্তন দেখা যাচ্ছে কি ? মনে হল পিঠের উপর লাল চাকা চাকা দাগটা যেন ছিল না। আর চোখের মধ্যে যে হলদের আভা—সেটাও কি আগে লক্ষ করেছি কোনওদিন ? বোধ হয় না। তবে এটা ঠিক এর আগে কোনওদিন বাইনোকুলার দিয়ে এত কাছ থেকে টিকটিকিটাকে দেখার প্রয়োজন হয়নি।

জানোয়ারটাকে নড়তে দেখে চোখ থেকে যন্ত্রটাকে সরিয়ে নিলাম।

টিকটিকিটা সিলিং বেয়ে দেয়ালে এসে নামল। তারপর দেয়াল বেয়ে নেমে এসে সুড়ুৎ করে আমার শিশিবোতলের আলমারিটার পিছনে ঢুকে গেল।

তাকে আর দেখতে না পেয়েই বোধ হয় নিউটনের উত্তেজনাটা চলে গেল। সে নিজেই টেবিল থেকে নেমে একটা গব্‌ব্ গব্‌ব্ আওয়াজ করতে করতে দরজা দিয়ে বাইরের বারান্দায় চলে গেল। আমিও টিকটিকির চিন্তা মন থেকে দূর করে আমার গবেষণার কাজ নিয়ে পড়লাম।

আপাতত আমার কাজ হচ্ছে একটি পদার্থ আবিষ্কার করা যেটার ছোট্ট একটা বড়ি পকেটে রাখলেই মানুষ শীতকালে গরম এবং গ্রীষ্মকালে ঠাণ্ডা অনুভব করবে। অর্থাৎ 'এয়ার-কন্ডিশনিং পিল'।

আমার চাকর প্রহ্লাদ প্রায় ত্রিশ বছর ধরে আমার কাজ করছে। সে আমার ল্যাবরেটরির জিনিসপত্র কখনও ঘাঁটাঘাঁটি করে না। বাইরের লোকজন কদাচিৎ আমার বাড়িতে এলেও আমার ল্যাবরেটরিতে কখনই আসে না—এক বৈজ্ঞানিক না হলে, অথবা আমি নিজে না নিয়ে

এলে।

আমি যখন ল্যাবরেটরিতে থাকি না, তখন দরজা তালা দিয়ে বন্ধ থাকে। জানালাগুলোও ভিতর দিক থেকে ছিট্‌কিনি লাগানো থাকে।

কাল রাত্রেও দেখে গেছি যে আমার সেই ভীষণ তেজি অ্যাসিডের তিনটি বোতলই প্রায় কানায় কানায় ভর্তি।

আজ সকালে ল্যাবরেটরিতে ঢুকে টেবিলের দিকে চোখ পড়তেই দেখি বাঁদিকের—অর্থাৎ কার্বোডায়াবলিক অ্যাসিডের বোতলটা প্রায় অর্ধেক খালি।

রাতারাতি যে অ্যাসিড বাষ্প হয়ে উবে যাবে তার কোনও সম্ভাবনা নেই। বোতলের গায়ে ফুটোফাটাও নেই যে চুঁইয়ে টেবিলে পড়ে শুকিয়ে যাবে। অ্যাসিড তবে গেল কোথায়? তিনটি অ্যাসিডের প্রত্যেকটিই এত তেজিয়ান যে সেগুলো নিয়ে কেউ অসতর্কভাবে ঘাঁটাঘাঁটি করলে তার মৃত্যু অনিবার্য।

আমি বিস্তর মাথা ঘামিয়ে এই রহস্যের কোনও কূলকিনারা পেলাম না। অথচ অ্যাসিডের অভাবে আমার এক্সপেরিমেন্ট চালানো অসম্ভব।

এই অবস্থায় কী করা যায় সেটা ভাবছি এমন সময় একটা মৃদু খচমচ শব্দ পেয়ে পিছন ফিরে দেখি আমার শিশিবোতলের আলমারির মাথায় উপর দিয়ে একটা প্রাণী উঁকি দিচ্ছে।

প্রাণীটি আমারই ল্যাবরেটরির সেই প্রায় পোষা টিকটিকি, কিন্তু এখন আর তাকে টিকটিকি বলা চলে না কারণ তার চেহারায় কিছু পরিবর্তন ঘটেছে। চোখের মণিতে এখন আর কালো অংশ বলে কিছুই নেই, সবটাই হলদে এবং সেটা মোটেই স্নিগ্ধ হলদে নয়। বরঞ্চ তাতে কেমন যেন একটা আগুনের ভাঁটার আভাস আছে।

নাকেও একটা প্রভেদ লক্ষ করলাম। ফুটোগুলো আগের চেয়ে অনেক বড়।

গায়ের রং আগে ছিল হালকা সবুজ ও হলদে মেশানো। এখন দেখছি সর্বাঙ্গ লাল চাকাচাকায় ভর্তি।

আলমারির পিছনে টিকটিকির অস্তিত্ব সম্বন্ধে যদি আমি না জানতাম, তা হলে মনে করতাম এ এক নতুন জাতের সরীসৃপ।

টিকটিকিটা কিছুক্ষণ একদৃষ্টে আমারই দিকে তাকিয়ে নাক দিয়ে ফোঁস করে নিশ্বাস ফেলল। ফোঁস বলছি এইজন্যে যে নিশ্বাসের শব্দটা আমি শুনতে পেয়েছিলাম।

আর একটা কথা বলা হয়নি—টিকটিকিটা লম্বায় আগের চেয়ে কিছু বেশি বলে মনে হল।

আমি তাকিয়ে থাকতেই সেটা আমার দিক থেকে দৃষ্টি ঘুরিয়ে নিয়ে টেবিলের দিকে চাইল।

তারপর আলমারির মাথার কোণটাতে এগিয়ে কিছুক্ষণ ওত পাতার ভঙ্গিতে চুপ করে থেকে হঠাৎ এক প্রচণ্ড লাফে একেবারে সোজা টেবিলের উপর এসে পড়ল। আমার কাচের যন্ত্রপাতি সব ঝন্‌ঝন্‌ করে উঠল।

আলমারি থেকে টেবিলের দূরত্ব প্রায় দশ হাত ; তাই আমার কাছে এই বিরাট লংজাম্প এতই অপ্রত্যাশিত যে আমি কিছুক্ষণের জন্য একেবারে থ মেরে গেলাম।

টেবিলে এসে পড়াতে টিকটিকিটাকে এখন বেশ কাছ থেকেই দেখতে পেলাম। লেজটায়—এক লম্বায় বেড়ে যাওয়া ছাড়া, আর কোনও পরিবর্তন হয়নি। পা মাথা চোখ নাক গায়ের রং সবই বদলে গেছে। মাথার উপরটায় দুটো চোখের মাঝখানে লক্ষ করলাম একটা ছোট্ট শিঙের মতো কী যেন গজিয়েছে। আর পায়ের নখগুলো যেন অস্বাভাবিক রকম বড় ও তীক্ষ্ণ।

টিকটিকিটা আমার অ্যাসিডের বোতলগুলোর দিকে চেয়ে রয়েছে।

তারপর দেখলাম মুখটা হাঁ করে সে একটি লকলকে জিভ বার করল। জিভের ডগাটা সাপের জিভের মতো বিভক্ত।

এর পরের দৃশ্য এতই অবিশ্বাস্য যে আমার হাঁ করে দাঁড়িয়ে দেখা ছাড়া আর কোনও উপায়ই রইল না।

টিকটিকিটা তরতর করে এগিয়ে গিয়ে কার্বোডায়াবলিক অ্যাসিডের বোতলটার গা বেয়ে উঠে পিছনের পা দুটো দিয়ে বোতলের কানাটা আঁকড়ে ধরে সমস্ত শরীরটা বোতলের মধ্যে গলিয়ে দিয়ে ওই সাংঘাতিক অ্যাসিডের বাকিটুকু চক্‌চক্ করে চুমুক দিয়ে খেয়ে ফেলল।

খাওয়ার সময় লক্ষ করলাম বোতলের বাইরে দোলায়মান লেজটার চেহারা বদলে গিয়ে বাকি শরীরের সঙ্গে মানানসই হয়ে গেল এবং হওয়ার সঙ্গে সঙ্গেই আমার মুখ দিয়ে আপনা থেকেই বেরিয়ে পড়ল—'ড্র্যাগন্!'

চিনের ড্র্যাগন্!

আমার ঘরের প্রায় পোষা টিকটিকি আজ ড্র্যাগনের রূপ ধারণ করেছে, আর এই ড্র্যাগনের প্রিয় পানীয় হল আমার এই মারাত্মক অ্যাসিড!

বৈজ্ঞানিক বলেই বোধ হয় চোখের সামনে এমন একটা আশ্চর্য...প্রায় অলৌকিক ঘটনা ঘটতে দেখে, এর পরে আরও কী ঘটতে পারে সেটা জানার একটা প্রচণ্ড কৌতূহল অনুভব করেছিলাম। যা ঘটল তা এই...

টিকটিকিটা অ্যাসিড খেয়ে ড্র্যাগনের রূপ ধরে বোতলের বাইরে আসার সঙ্গে সঙ্গেই আয়তনে প্রায় আরও দ্বিগুণ হয়ে গেল। লক্ষ করলাম তার নিশ্বাসের সঙ্গে সঙ্গে নাকের ফুটো দিয়ে ধোঁয়া বের হচ্ছে।

টিকটিকিটা এবার চলল দ্বিতীয় বোতলের দিকে। এতে আছে নাইট্রোঅ্যানাইহিলিন অ্যাসিড।

বোতলের পিঠটায় সামনের দু-পা দিয়ে ভর করে উঠে এক কামড়ে ছিপিটা খুলে ফেলে কয়েক সেকেন্ডের মধ্যেই টিকটিকিটা আমার সমস্ত নাইট্রোঅ্যানাইহিলিন শেষ করে ফেলল। খাওয়ার সঙ্গে সঙ্গেই তার সাইজ হয়ে দাঁড়াল প্রায় তিন হাত।

দ্বিতীয় বোতল শেষ করে তৃতীয়টির দিকে এগোনোর সময় আমার মন বলে উঠল—আর না। এবারে এটাকে সায়েস্তা করার উপায় বার করতে হবে। হলই বা অ্যাসিডখোর; আমার মতো বৈজ্ঞানিকের হাতে কি একে ঘায়েল করার কোনও কল নেই?

আর এক মুহূর্ত সময় নষ্ট না করে আমি ঘরের কোনায় রাখা লোহার সিন্দুকটা থেকে আমার ব্রহ্মাস্ত্র, অর্থাৎ ইলেকট্রিক পিস্তলটা বার করলাম। তাগ করে মারলে একটি ৪০০ ভোল্টের বৈদ্যুতিক শক্ যে কোনও প্রাণীকে নিঃসন্দেহে ধরাশায়ী করবে। পিস্তলটি আবিষ্কার করার পর আজ পর্যন্ত এটার ব্যবহার করার কোনও প্রয়োজন হয়নি। আজ আমি এর শক্তি পরীক্ষা করব এই ড্র্যাগনের উপর।

ড্র্যাগন তখন সবে আমার ফোরোসোটানিক অ্যাসিডের বোতলের ছিপিটি খুলেছে। আমি অতি সন্তর্পণে এগিয়ে গিয়ে পিস্তলটি উঁচিয়ে তার কাঁধের উপর তাগ করে ঘোড়া টিপতেই একটা বিদ্যুতের শিখা তিরের মতো গিয়ে লক্ষ্যস্থলে লাগল।

কিন্তু অবাক বিস্ময়ে এবং গভীর আতঙ্কে দেখলাম, যে শকে একটি আস্ত হাতি ভস্ম হয়ে যাবার কথা, সে শক্ এই সাড়ে তিন হাত (ড্র্যাগনটি আয়তনে ক্রমেই বেড়ে চলেছে) প্রাণীর কোনওই অনিষ্ট করতে পারল না! সামান্য একটু শিউরে উঠে ড্র্যাগন বোতল ছেড়ে প্রায় দশ সেকেন্ড তার হলুদ জ্বলজ্বলে চোখ দিয়ে একদৃষ্টে আমার দিকে চেয়ে রইল।

আমি অনুভব করলাম আমার হাত পা অবশ হয়ে আসছে।

তারপর ড্র্যাগনের নাক দিয়ে পড়ল নিশ্বাস, আর নিশ্বাসের সঙ্গে বেরোল রক্তবর্ণ ধোঁয়া। সেই তীব্র ঝাঁঝালো বিষাক্ত ধোঁয়ায় আমার দৃষ্টি ও চেতনা লোপ পেতে শুরু করল।

অজ্ঞান হবার আগের মুহূর্ত অবধি আমি দেখতে পেলাম ড্র্যাগন তার পায়ের আঘাতে ও লেজের আছড়ানিতে আমার টেবিলের সমস্ত যন্ত্রপাতি লণ্ডভণ্ড চূর্ণবিচূর্ণ করছে।

* * *

প্রহ্লাদের গলার আওয়াজে জ্ঞান হল।

'বাবু, বাবু!'

ধড়মড়িয়ে উঠে দেখি ল্যাবরেটরির চেয়ারে বসে আছি।

প্রহ্লাদ জিভ কেটে বলল, 'অ্যাই দ্যাখ—আপনি ঘুমিয়ে পড়লে, আমি বুইতে পাইনি!'

'কী হয়েছে?'

'সেই ন্যাপালি বাবু। তেনার লাঠিটা ফ্যালে গেলেন যে!'

'লাঠি?'

দরজার দিকে চোখ পড়তে দেখি হাসি মুখে চী-চিং দাঁড়িয়ে আছেন—তাঁর হাতে সেই সরু বাঁশের লাঠি।

'দিস্ তাইম, আই ফলগেত মাই স্তিক্। হে হে! ভেলি সলি!'

আমার মুখ দিয়ে কেবল বেরোল—'বাট দি ড্র্যাগন?'

'দাগন? ইউ সি দাগন?'

'আমার সমস্ত যন্ত্রপাতি...'

বলতেও লজ্জা করল—কারণ আমার টেবিলের জিনিসপত্র যেমন ছিল তেমনই আছে। কিন্তু অ্যাসিড?

তিনটি বোতলই যে খালি।

আমি বিস্ফারিত নেত্রে খালি বোতলগুলোর দিকে চেয়ে আছি, এমন সময় শুনলাম চী-চিং-এর খিলখিল হাসি।

'হি হি হি! এ লিত্ল্ ম্যাজিক—বাত গ্রেত ম্যাজিক!...ওই তোমার ড্র্যাগন।'

চী-চিং কড়িকাঠের দিকে আঙুল দেখালেন।

উপরে চেয়ে দেখি আমার চিরপরিচিত টিকটিকি তার জায়গাতেই রয়েছে।

'অ্যান্দ ইয়োল অ্যাসিদ!'

এবার টেবিলের দিকে চাইতেই চোখের নিমেষে তিনটি খালি বোতল স্বচ্ছ তরল পদার্থে কানা অবধি ভরে উঠল!

চী-চিং এবার বাঙালি কায়দায় দুটো হাতের তেলো একত্র করলেন।

'নোমোস্কাল, প্রোফেসাল সোঁকু।'

চী-চিং চলে গেলেন।

প্রহ্লাদ শুনলাম বলছে, 'ভাবলাম বেশ সরেস লাঠিখান—কাজে দেবে। ও মা—বাবু এই গেলেন আর এই এলেন। পাঁচ মিনিটও হয়নি।'

* * *

পুনশ্চ। ১৮ই অক্টোবর। ড্রাগনের ঘটনাটা ডায়রিতে লিখতে গিয়ে দেখি সেটা আগেই লেখা হয়ে গেছে—আমারই হাতের লেখায়। এটাও কি তা হলে চী-চিং-এর দুর্ধর্ষ ম্যাজিকের একটা নমুনা?

সন্দেশ। শারদীয়া ১৩৭২

প্রোফেসর শঙ্কু ও খোকা

৭ই সেপ্টেম্বর

আজ এক মজার ব্যাপার হল। আমি কাল সকালে আমার ল্যাবরেটরিতে কাজ করছি, এমন সময় চাকর প্রহ্লাদ এসে খবর দিল যে একটি লোক আমার সঙ্গে দেখা করতে এসেছে। কে লোক জিজ্ঞেস করতে প্রহ্লাদ মাথা চুলকে বলল 'আজ্ঞে, সে তো নাম বলেনি বাবু। তবে আপনার কাছে সচরাচর য্যামন লোক আসে ঠিক তেমনটি নয়।'

আমি বললাম, 'দেখা না করলেই নয়? বড় ব্যস্ত আছি যে।'

প্রহ্লাদ বলল, 'আজ্ঞে, বলতেছেন বিশেষ জরুরি দরকার। না দেখা করি যাইতে চায়েন না।'

কী আর করি, কাজ বন্ধ করেই যেতে হল।

গিয়ে দেখি একটি অতি গোবেচারা সাধারণ গোছের ভদ্রলোক, বছর ত্রিশেক বয়স, পরনে ময়লা খাটো ধুতি, হাত্‌কাটা সার্টের চারটে বোতামের দুটো নেই, মুখে তিনদিনের দাড়ি, হাত দুটো নমস্কারের ভঙ্গিতে জড়ো করে দরজার ঠিক বাইরে দাঁড়িয়ে আছেন। কী ব্যাপার জিজ্ঞেস করাতে ভদ্রলোক ঢোক গিলে বললেন, 'আজ্ঞে, আপনি যদি দয়া করে একবার আমাদের বাড়িতে আসতে পারেন তো বড় ভাল হয়।'

আমি বললাম, 'কেন বলুন তো? আমি তো এখন বিশেষ ব্যস্ত।'

ভদ্রলোক যেন আরও খানিকটা কাঁচুমাচু হয়ে বললেন, 'আপনি ছাড়া আর কার কাছে যাব বলুন। আমি থাকি ঝাঝায়। আমার ছেলেটার ব্যারাম—কী যে ব্যারাম তা বুঝতেও পারছি না। আপনি হলেন এ মুল্লুকের সবচেয়ে বড় ডাক্তার, তাই আপনার কাছেই—'

আমি অনেক কষ্টে হাসি চেপে ভদ্রলোককে বাধা দিয়ে বললাম, 'আপনার একটু ভুল হয়েছে। আমি ডাক্তার নই, বৈজ্ঞানিক।'

ভদ্রলোক একেবারে যেন চুপসে গেলেন।

'ভুল হয়েছে? বৈজ্ঞানিক! ও, তা হলে বোধ হয় ভুলই হয়েছে। কিন্তু তা হলে কোথায় যাব বলুন তো?'

'কেন, আপনাদের ওদিকে তো আরও অন্য ডাক্তার রয়েছেন।'

'তা আছে। তবে তারাও কিছু করতে পারল না আমার খোকার জন্য।'

'কী হয়েছে আপনার ছেলের? কত বয়স?'

'আজ্ঞে, ছেলের আমার চার পুরেছে গত জষ্ঠি মাসে। খোকা বলে ডাকি, ভাল নাম

অমূল্য। হয়েছে কী—এই সেদিন—এই গত বুধবার সকালে—আমার উঠোনের এক কোণে শেওলা ধরে ভারী পেছল হয়ে আছে—সেখানে খেলা করতে গিয়ে পা পিছলে পড়ে মাথার এই বাঁ দিকটায় একটা চোট লাগল। খুব কান্নাকাটি করল খানিকটা। পরে দেখলাম মাথার ওইখানটা ফুলেওছে বেশ। ফোলা অবিশ্যি দুদিনেই কমে গেল, কিন্তু সে থেকে কী যে আবোলতাবোল বকছে তা বুঝতেই পারছি না। অমন কথা সে এর আগে কক্ষনও বলেনি বাবু! তবে কেমন যেন মনে হয়—বুঝতে পারি না—তবু মনে হয়—সে কথার যেন মানে আছে। তবে আমরা তো মুখ্যুসুখ্যু মানুষ—পোস্টাপিসের কেরানি—আমরা তার মানে বুঝি না।'

'ডাক্তার বোঝেনি তার মানে?'

'আজ্ঞে না। আর সে ডাক্তার তো তেমন নয়, তাই ভাবলাম যে আপনার কাছে...।'

আমি বললাম, 'কেন, ঝাঝার ডাক্তার গুহ মজুমদারকে তো আমি চিনি। তিনি তো ভাল চিকিৎসক।'

তাতে ভদ্রলোক খুব কাতরভাবে বললেন, 'আমার কি তেমন সামর্থ্য আছে বাবু যে আমি বড় ডাক্তারকে ডাকব! আমায় সবাই বললে যে গিরিডির শঙ্কু ডাক্তারের কাছে যাও—তিনি দয়ালু লোক বিনি পয়সায় তোমার ছেলেকে ভাল করে দেবেন। তাই এলুম আর কী।'

লোকটিকে দেখে মায়া হচ্ছিল, তাই আমার ব্যাগ থেকে কুড়িটা টাকা বার করে দিয়ে বললাম, 'আপনি গুহ মজুমদারকে দেখান। তিনি নিশ্চয়ই আপনার ছেলেকে ভাল করে দেবেন।'

ভদ্রলোক কৃতজ্ঞভাবে টাকাটা পকেটে পুরে হাত জোড় করে মাথা হেঁট করে বললেন, 'আসি তা হলে। আপনাকে অযথা বিরক্ত করলুম—মাফ করবেন।'

ভদ্রলোক চলে যাবার পর নিশ্চিন্ত মনে হাঁফ ছেড়ে ল্যাবরেটরিতে ফিরে এলাম। এরা আমাকে ডাক্তার বলে ভুল করল কী করে, সেটা ভেবে যেমন হাসি পাচ্ছে, তেমন অবাকও লাগছে।

১০ই সেপ্টেম্বর

সূর্যোদয়ের আগে ঘুম থেকে ওঠা আমার চিরকালের অভ্যাস। উঠে হাত মুখ ধুয়ে একটু উশ্রীর ধারে বেড়াতে যাই। আজ প্রাতর্ভ্রমণ সেরে ফিরে এসে দেখি ঝাঝার ডাক্তার প্রতুল গুহ মজুমদার ও সেদিনের সেই ভদ্রলোকটি আমার বৈঠকখানায় বসে আছেন। আমি তো অবাক। প্রতুলবাবু এমনিতে বেশ হাসিখুশি, কিন্তু আজ দেখলাম তিনি রীতিমতো গম্ভীর ও চিন্তিত। আমাকে দেখেই সোফা ছেড়ে উঠে নমস্কার করে বললেন, 'আপনি তো মশাই বেশ আমার ঘাড়ে চাপিয়ে দিলেন, এ চিকিৎসা তো আমার দ্বারা সম্ভব নয় প্রোফেসর শঙ্কু!'

আমি প্রহ্লাদকে ডেকে কফি আনতে বলে সোফায় বসে প্রতুলবাবুকে বললাম, 'কী অসুখ হয়েছে বলুন তো ছেলেটির। কষ্টটা কী?'

'কোনও কষ্ট আছে বলে মনে হয় না।'

'তবে? মাথায় চোট লেগে ব্রেনে কিছু হয়েছে কি? ভুল বকছে?'

'বকছে, তবে ভুল-ঠিক বলা শক্ত। এখন পর্যন্ত এমন কিছু বলতে শুনিনি যেটাকে জোর দিয়ে ভুল বলা চলে। আবার এমন কিছু বলতে শুনেছি যেগুলো একেবারে অবিশ্বাস্য রকম ঠিক।'

'কিন্তু আমিই বা এ ব্যাপারে কী করতে পারি বলুন।'

প্রতুলবাবু ও অন্য ভদ্রলোকটি পরস্পরের দিকে চাইলেন। তারপর প্রতুলবাবু বললেন, 'আপনি একবার আমাদের সঙ্গে চলুন! আমার গাড়ি আছে—একবার দেখে আসুন অন্তত। আমার মনে হয়—আর কিছু না হোক আপনার খুব আশ্চর্য ও ইন্টারেস্টিং লাগবে। সত্যি বলতে কী, কেউ যদি এর একটা কিনারা করতে পারে, তবে সেটা আপনিই পারবেন।'

খুব একটা জরুরি কারণ না থাকলে প্রতুলবাবু আমাকে এমন অনুরোধ করতেন না সেটা জানি। কাজেই শেষ পর্যন্ত তাঁদের সঙ্গ নিতেই হল। ফিয়াট গাড়িতে করে গিরিডি থেকে ঝাঝা পৌঁছোতে আমাদের লাগল দু'ঘণ্টা।

পথে আসতে আসতেই জেনেছিলাম অন্য ভদ্রলোকটির নাম দয়ারাম বোস। সাত বছর হল ঝাঝার পোস্টাপিসে চাকরি করছেন। বাড়িতে স্ত্রী আছেন, আর ওই একটি মাত্র ছেলে অমূল্য ওরফে খোকা। বাড়িটাও দেখলাম ভদ্রলোকের চেহারার সঙ্গে মানানসই। খোলার ছাতওয়ালা একতলা বাড়ি, দুটি মাত্র ঘর, আর একটা আট হাত বাই দশ হাত উঠোন—যে উঠোনে খোকা পিছলে পড়েছিল। পুব দিকে ঘরের একটা ছোট্ট খাটের উপর বালিশে মাথা দিয়ে 'খোকা' শুয়ে আছে। রোগা শরীর, মাথাটা আর চোখ দুটো বড়, চুলগুলো ছোট ছোট করে ছাঁটা।

আমাকে ঘরে ঢুকতে দেখেই খোকা বলল, 'স্বাগতম্।'

আমি একটু হেসে বললাম, 'তুমি সংস্কৃতে অভ্যর্থনা জানাতে শিখলে কী করে?'

আমার প্রশ্নের কোনও উত্তর না দিয়ে খোকা কিছুক্ষণ আমার দিকে চেয়ে থেকে বলল, 'সিক্স অ্যান্ড সেভেন পয়েন্ট টু ফাইভ?'

পরিষ্কার ইংরিজি উচ্চারণ—কিন্তু এ প্রশ্নের মানে কী?

আমি দয়ারামবাবুর দিকে চেয়ে বললাম, 'এসব কথা ও কোত্থেকে শিখল?'

দয়ারামের বদলে প্রতুলবাবু ফিসফিস করে বললেন, 'যা বুঝছি ও যে সমস্ত কথা কদিন থেকে বলছে, তা ওকে কেউ শেখায়নি। ও নিজে থেকেই বলছে। সেইখানেই তো গণ্ডগোল। অথচ খাচ্ছেদাচ্ছে ঠিকই। ঘুমটা বোধ হয় একটু কমেছে। আমরা যখন বেরিয়েছি পাঁচটায় তখনই ও উঠে গিয়ে কথা শুরু করেছে।'

আমি বললাম, 'সকালে কী বলছিল?'

এ প্রশ্নের উত্তর খোকা নিজেই দিল। সে বলল, 'করভাস্ স্প্লেন্ডেন্, পাসের ডোমেস্টিকাস্।'

আমার পিছনেই একটা চেয়ার ছিল; আমি সেটায় ধপ্ করে বসে পড়লাম। এ যে আমাদের অতি পরিচিত সব পাখির ল্যাটিন নামগুলো বলছে। ভোরে ঘুম থেকে উঠে যে সব পাখিকে প্রথম ডাকতে শুনি সেগুলোরই ল্যাটিন নাম হল এই দুটো। করভাস্ স্প্লেন্ডেন হল কাক আর পাসের ডোমেস্টিকাস্ হল চড়াই।

এবারে আমি খোকাকে জিজ্ঞেস করলাম, 'তোমাকে এসব নামগুলো কে শেখালে বলতে পার?'

কোনও উত্তর নেই। সে একদৃষ্টে একটা দেয়ালের টিকটিকির দিকে চেয়ে রয়েছে। এবার বললাম, 'একটুক্ষণ আগে আমাকে দেখে যে কথাটা বললে সেটা কী?'

'সিক্স, অ্যান্ড সেভেন পয়েন্ট টু ফাইভ।'

'তা তো বুঝলাম, কিন্তু সেটার—'

কথা শেষ করলাম না, কারণ আমার হঠাৎ খেয়াল হল আমার চশমার দুটো লেন্সের পাওয়ার হল মাইনাস সিক্স ও মাইনাস সেভেন পয়েন্ট টু ফাইভ!

এমন আশ্চর্য অভিজ্ঞতা আর আমার জীবনে কখনও হয়েছে বলে মনে পড়ে না।

এবার বিছানার দিকে একটু এগিয়ে গিয়ে খোকার উপর একটু ঝুঁকে পড়ে প্রতুলবাবুকে জিজ্ঞেস করলাম, 'ব্যথাটা মাথার ঠিক কোনখানটায় লেগেছিল বলুন তো ?'

প্রতুলডাক্তারের মুখ খোলার আগেই খোকাই জবাব দিল, 'অস্ টেম্পোরালে।'

নাঃ, একেবারে অবিশ্বাস্য অভাবনীয় ব্যাপার। মাথার হাড়ের ডাক্তারি নামও জেনে ফেলেছে এই সাড়ে চার বছরের ছেলে।

আমি ঠিক করলাম খোকাকে আমার বাড়িতে এনে কয়েকদিন রাখব, তাকে পর্যবেক্ষণ করব, পরীক্ষা করব। মানুষের ব্রেন সম্বন্ধে অনেক কিছু স্টাডি করা হয়তো এ থেকে সম্ভব হবে। বৈজ্ঞানিক হিসাবে আমার হয়তো অনেক উপকারও হবে।

দয়ারাম ও প্রতুলবাবু দুজনেই আমার কথায় রাজি হয়ে গেলেন। খোকার মা কেবল বললেন, 'আপনি ওকে নিয়ে যেতে চান তো নিয়ে যান, কিন্তু দয়া করে ঠিক যেমনটি ছিল তেমনটি করে আমাদের আবার ফেরত দিয়ে যাবেন। চার বছরের ছেলের চার বছরের বুদ্ধিই ভাল। ও যা কথা বলছে আজকাল, সে তো আর আমাদের সঙ্গে নয়, সে ওর নিজের সঙ্গে। আমরা ওর কথা বুঝিই না ! ছেলে যেন আর আমাদের ছেলেই নেই। এতে মনে বড় কষ্ট পাই, ডাক্তারবাবু। আমার ওই একমাত্র ছেলে, তাই আমাদের কথাটাও একটু ভেবে দেখবেন !'

এ রোগের ওষুধ আমারও জানা নেই তবে আমার মতো বৈজ্ঞানিকের পক্ষে মাথা খাটিয়ে চেষ্টা করলে এর একটা চিকিৎসা বার করা সম্ভব নয়—সেটাই বা ভাবি কী করে ? তবে মুশকিল হয়েছে কী, খোকার যে জিনিসটা হয়েছে সেটাকে ব্যারাম বলা চলে কি না সেখানেই সন্দেহ। তবু বুঝতে পারি ছেলে বেশি বদলে গেলে বাপমায়ের কখনও ভাল লাগে না—বিশেষ করে রাতারাতি বদলালে তো কথাই নেই।

ঝাঝা ছাড়লাম প্রায় দুপুর সাড়ে এগারোটায়। প্রতুলবাবুই পৌঁছে দিলেন। পথে সাতাশ মাইলের মাথায় গাড়িটা হঠাৎ একটু বিগড়ে থেমে গিয়েছিল, তাতে খোকা শুধু একবার বলে, 'স্পার্কিং প্লাগ'। বনেট খুলে দেখা যায় স্পার্কিং প্লাগেই গণ্ডগোলটা হচ্ছে, এবং সেটা ঠিক করাতেই গাড়িটা চলে। এ ছাড়া আর কোনও ঘটনা ঘটেনি, বা খোকাও কোনও কথা বলেনি।

কাল থেকেই খোকা আমার এখানে আছে। আমার দোতলার দক্ষিণ দিকের ঘরটায় ওকে রেখেছি ! দিব্যি নিশ্চিন্তে আছে। বাড়ির কথা বা মাবাবার কথা একবারও উচ্চারণ করেনি। আমার বেড়ালের নাম নিউটন শুনে খোকা খালি বলল 'গ্র্যাভিটি'। বুঝলাম স্যার আইজ্যাক নিউটন যে মাধ্যাকর্ষণ শক্তি আবিষ্কার করেছিলেন সেটাও খোকা কী করে জানি জেনে ফেলেছে।

বেশিরভাগ সময় খোকা চুপচাপ খাটেই শুয়ে থাকে, আর কী জানি ভাবে। আমার চাকর প্রহ্লাদ তো ওকে পেয়ে ভারী খুশি। আমি যেটুকু সময় ঘরে থাকি না, সে সময়টুকু প্রহ্লাদ ওর কাছে থাকে। তবে খোকার সঙ্গে কোনও কথাবার্তা চলে না এইটেতেই তার দুঃখ। আমার কাছে তাই নিয়ে আপশোস করাতে আমি বললাম, 'কিছুদিন এখানে থাকতে আশা করছি ক্রমশ স্বাভাবিক অবস্থায় ফিরে আসবে।' কথাটা বলেই অবিশ্যি মনে হল যে সেটা সত্যি হবে কি না আমার জানা নেই।

খোকার মাথাটা যাতে একটু ঠাণ্ডা হয় তার জন্য দুটো নাগাদ ওকে একটা ঘুম পাড়ানো বড়ি দুধে গুলে খেতে দিয়েছিলাম ! খোকা গেলাসটা হাতে নিয়েই বলল, 'সম্নোলিন।' অথচ দুধটা দেখে বা শুঁকে ওষুধের অস্তিত্বটা টের পাবার কোনও উপায় নেই। এদিকে আমি তো মিথ্যে কথা বলতে পারি না। ধরা যখন পড়েই গিয়েছি, তখন সেটা স্বীকার করেই বললাম,

'তোমার ঘুমোলে ভাল হবে। ওটা খেয়ে নাও।'

খোকা শান্ত স্বরে বলল, 'না, ওষুধ দিও না। ভুল কোরো না।'

আমি বললাম, 'তুমি কী করে জানলে আমি ভুল করেছি? তোমার কী হয়েছে তুমি জান?'

খোকা চুপ করে জানালার বাইরে চেয়ে রইল। আমি আবার বললাম, 'তোমার কি কোনও অসুখ করেছে? সে অসুখের নাম তুমি জান?'

খোকা কোনও কথা বলল না। এ প্রশ্নের উত্তর কোনওদিন তার কাছে পাওয়া যাবে কি না জানি না। দেখি বইপত্তর ঘেঁটে যদি কোনও কূলকিনারা করতে পারি।

আজ সকাল থেকে খোকার কথা ও জ্ঞানের পরিধি অসম্ভব বেড়ে গেছে।

কাল সারাদিন নানান ডাক্তারি ও বৈজ্ঞানিক বই ঘেঁটেও খোকার এই অদ্ভুত 'ব্যারাম' সম্পর্কে কিছুই জানতে পারিনি। দুপুরবেলা আমার দোতলার স্টাডিতে বসে জুলিয়াস রেডেলের লেখা মস্তিষ্কের ব্যারামের উপর বিরাট মোটা বইটা একমনে পড়ছি, এমন সময় হঠাৎ খোকার গলা কানে এল—'ওতে পাবে না।'

আমি অবাক হয়ে মুখ তুলে দেখি সে কখন জানি তার ঘর থেকে উঠে চলে এসেছে। এর আগে এখানে এসে অবধি সে তার নিজের ঘরের বাইরে কোথাও যায়নি, বা যাবার ইচ্ছাও প্রকাশ করেনি।

আমি বইটা বন্ধ করে দিলাম। খোকার কথার মধ্যে এমন একটা স্থির বিশ্বাসের সুর, যে সেটা অগ্রাহ্য করার কোনও উপায় নেই। একজন ষাট বছর বয়সের বুদ্ধিমান বুড়ো যদি আমায় এসে গম্ভীর ভাবে বলত রেডেলের বইয়ে কোনও একটা জিনিস নেই, আমি হয়তো তার কথা পুরোপুরি বিশ্বাস নাও করতে পারতাম। কিন্তু সাড়ে চার বছরের খোকার কথায় আমার হাতের বইটা যেন আপনা থেকেই বন্ধ হয়ে গেল।

খোকা কিছুক্ষণ ঘরে পায়চারি করে জানালার কাছে গিয়ে দাঁড়াল। তারপর হঠাৎ আমার দিকে ঘুরে বলল, 'টির‍্যানিয়াম্ ফসফেট।'

আশ্চর্য! একতলায় আমার ল্যাবরেটরিতে রাখা আমার তৈরি নতুন অ্যাসিডের নাম খোকা জানল কী করে। আমি বললাম, 'ভারী কড়া অ্যাসিড!'

খোকার মুখে যেন এই প্রথম একটু হাসির আভাস দেখলাম। সে বলল, 'ল্যাবরেটরি দেখব।'

এই সেরেছে। ওকে ল্যাবরেটরিতে নিয়ে যাবার মোটেই ইচ্ছে নেই আমার। এ অবস্থায় ওকে ওই সব কড়া কড়া অ্যাসিড, গ্যাস ইত্যাদির মধ্যে নিয়ে গেলে যে কখন কী করে বসবে তার কি ঠিক আছে? আমি তাই একটু ইতস্তত করে বললাম, 'ওখানে গিয়ে কী হবে?—ধুলো, তা ছাড়া গন্ধও ভাল নয়। নানারকম আজেবাজে ওষুধপত্র।'

খোকা কিছু না বলে আবার পায়চারি শুরু করল। আমার টেবিলের উপর একটা গ্লোব ছিল, সেটা সে কিছুক্ষণ ঘুরিয়ে ঘুরিয়ে দেখল। গ্লোবটায় সাউথ আমেরিকার একটা জায়গায় খানিকটা রং চটে গিয়েছিল, ফলে কিছু জায়গার নাম চিরকালের মতো সেটা থেকে নিশ্চিহ্ন হয়ে গিয়েছিল। খোকা কিছুক্ষণ সেই ছোট্ট রং ওঠা জায়গাটার দিকে চেয়ে থেকে, তারপর আমার টেবিলের উপর থেকে ফাউন্টেন পেন তুলে খুদে খুদে অক্ষরে সেই জায়গাটায় কী জানি লিখল। শেষ হলে পর গ্লোবটার উপর ঝুঁকে পড়ে ম্যাগনিফাইং গ্লাস দিয়ে দেখলাম লিখেছে Serinha, Jacobina, Campo, Formosa। এই ক'টি নামই গ্লোবটা থেকে বাদ পড়ে গিয়েছিল।

তারপর থেকে নিয়ে আজ সারাদিন খোকা যে কত কী বলেছে তার ঠিকঠিকানা নেই।

আইনস্টাইনের ইকুয়েশন, আমার নিজের পোলার রিপলেয়ন থিয়োরি, চাঁদে কোন উপত্যকা সব চেয়ে বড়, কোন পাহাড় সব চেয়ে উঁচু, বুধগ্রহের আবহাওয়ায় কেন এত কার্বনডায়ক্সাইড, এমনকী আমার ঘরের বাতাসে কী কী জীবাণু ঘুরে বেড়াচ্ছে—এ সবই খোকা আউড়ে গেছে। এর ফাঁকে একটা আস্ত মাদ্রাজি গান গেয়েছে ও হ্যামলেট থেকে 'টু বি অর নট টু বি' আবৃত্তি করেছে। বিকেল চারটে নাগাদ আমি আমার ঘরে বসে কাজ করছিলাম, প্রহ্লাদ খোকার কাছে বসে থাকতে থাকতে কখন ঘুমিয়ে পড়েছে, আর সেই ফাঁকে খোকা তরতর করে সিঁড়ি দিয়ে নেমে একতলায় চলে গেছে। কিছুক্ষণ পরে প্রহ্লাদ ঘুম থেকে উঠে ওকে দেখতে না পেয়ে আমার কাছে এসেছে। তারপর আমরা দুজনে নীচে গিয়ে দেখি সে আমার ল্যাবরেটরির তালা দেওয়া দরজাটা ফাঁক করে ভিতরে উঁকি দিয়ে দেখছে।

আমি অবিশ্যি তাকে ধমকটমক কিছুই দিলাম না, কেবল ওর হাতটা ধরে বললাম, 'চলো, আমরা পাশের বৈঠকখানায় গিয়ে বসি।' সে অমনি বাধ্য ছেলের মতো আমার সঙ্গে বৈঠকখানায় সোফায় গিয়ে বসল, আর ঠিক সেই সময়ই এসে পড়লেন আমার পড়শি অবিনাশবাবু।

তাঁর আবির্ভাবটা আমার কাছে খুব ভাল লাগল না, কারণ অবিনাশবাবু ভারী গপ্পে মানুষ ; খোকাকে দেখে এবং তার কীর্তিকলাপ শুনে যদি আর পাঁচজনের কাছে গল্প করেন তা হলে আর রক্ষে নেই। আমার বাড়িতে দেখতে দেখতে মেলা বসে যাবে, আর সেই মেলার প্রধান ও একমাত্র আকর্ষণ হবে খোকা।

বলা বাহুল্য, খোকাকে চেয়ারে বসে থাকতে দেখে অবিনাশবাবুর চোখ কপালে উঠে গেল। বললেন, 'ইনি আবার কোত্থেকে আমদানি হলেন ? গিরিডি শহরে তো এনাকে দেখেছি বলে মনে পড়ছে না !'

আমি তাড়াতাড়ি বললাম, 'ও আমার কাছে এসে কিছুদিন রয়েছে। এক জ্ঞাতির ছেলে।'

অবিনাশবাবু বাচ্চাদের আদর করার মতো করে তাঁর ডান হাতের তর্জনী দিয়ে খোকার গালে একটা টোকা মেরে বললেন, 'কী নাম তোমার খোকা, অ্যাঁ ?'

খোকা কিছুক্ষণ গম্ভীরভাবে অবিনাশবাবুর মুখের দিকে চেয়ে বলল, 'এক্টোমরফিক সেরিব্রেটনিক।'

অবিনাশবাবু চমকে উঠে দুচোখ বড় বড় করে বললেন, 'ও বাবা এ কোন দিশি নাম, ও অধ্যাপকমশাই !'

আমি একটু হেসে বললাম, 'ওটা ওর নাম নয় অবিনাশবাবু, ও যেটা বলল সেটা হচ্ছে আপনার বিশেষ আকৃতি ও প্রকৃতির বৈজ্ঞানিক বর্ণনা। ওর নাম আসলে, অমূল্যকুমার বসু, ডাকনাম খোকা।'

'বৈজ্ঞানিক নাম ?' অবিনাশবাবু দেখলাম বেশ অবাক হয়েছেন। 'আপনি আজকাল কচি খোকাদের ধরে ধরে ওই সব শেখাচ্ছেন নাকি ?'

এ কথার উত্তরে হয়তো আমি চুপ করেই থাকতাম, কিন্তু আমার বদলে খোকাই মন্তব্য করে বসল।

'উনি আমায় কিছুই শেখাননি।'

এই বলেই খোকা চুপ করে গেল।

এরপরেই অবিনাশবাবু কেমন যেন গম্ভীর হয়ে মিনিট পাঁচেকের মধ্যেই চা কফি কিচ্ছু না খেয়ে উঠে পড়লেন। যে রকম ভাব নিয়ে গেলেন, তাতে আমার ভয় হচ্ছে উনি খোকার খবরটা না রটিয়ে ছাড়বেন না। তেমন উৎপাত আরম্ভ হলে বাড়িতে পুলিশ রাখবার বন্দোবস্ত করব। এখানকার ইন্‌সপেক্টর সমাদ্দারের সঙ্গে আমার যথেষ্ট খাতির আছে।

১৫ই সেপ্টেম্বর

খোকার বিচিত্র কাহিনীর যে এইভাবে পরিসমাপ্তি ঘটবে তা ভাবতেই পারিনি। গত দু'দিন এক মুহূর্ত ডায়রি লেখার ফুরসত পাইনি। কী ঝক্কি যে গেছে আমার উপর দিয়ে সেটা একমাত্র আমিই জানি। কারণটা অবিশ্যি যা ভয় পেয়েছিলাম তাই-ই। সেদিন অবিনাশবাবু আমার বাড়ি থেকে বেরিয়ে নিজের বাড়িতে ফেরার আগে পাড়ায় পাড়ায় ঘুরে খোকার কীর্তির বর্ণনা দেন। সেদিন সন্ধ্যা থেকে লোকজন উঁকিঝুকি দিতে শুরু করে। খোকাকে আমি তার দোতলার ঘরেই রেখেছিলাম, এবং সে ঘুমোচ্ছে এই বলে লোক তাড়ানোর মতলব করেছিলাম। কিন্তু সারাক্ষণই ঘুমোচ্ছে এ কথাটা তো লোকে বিশ্বাস করবে না। রাত আটটা নাগাদ যখন আমার নীচের বৈঠকখানায় রীতিমতো ভিড় জমে গেছে, আর লোকেরা শাসাচ্ছে যে খোকাকে না দেখে সেখান থেকে তারা নড়বে না, তখন বাধ্য হয়েই খোকাকে নিয়ে আসতে হল। আর অমনি সকলে তার উপর হুমড়ি খেয়ে পড়ে আর কী। আমি যথাসম্ভব দৃঢ়ভাবে বললাম, 'দেখুন—মাত্র সাড়ে চার বছরের ছেলে—আপনারা যদি এভাবে ভিড় করেন তা হলে তো আলোবাতাস বন্ধ হয়ে এমনিতেই তার শরীর খারাপ হয়ে যাবে।'

তখন তারা বলল, 'তা হলে ওকে বাইরে আপনার বাগানে নিয়ে আসুন না।'

শেষ পর্যন্ত তাই হল। খোকাও বাগানে আসেনি কখনও—এসেই তার মুখে কথা ফুটল। সে ঘাস থেকে আরম্ভ করে যত ফুল ফল গাছ পাতা ঝোপ ঝাড় বাগানে রয়েছে, তার প্রত্যেকটির ল্যাটিন নাম আউড়ে যেতে লাগল। যাঁরা এসেছিলেন, তাঁদের মধ্যে আবার এখানকার মিশনারি ইস্কুলের হেডমাস্টার ফাদার গলওয়ে ছিলেন। তিনি আবার বটানিস্ট। খোকার জ্ঞানের বহর দেখে তিনি একেবারে স্তম্ভিত হয়ে আমার বেতের চেয়ারে বসে পড়লেন।

এই তো গেল পরশুর কথা। কাল আমার বাড়িতে কত লোক এসেছিল সেটা খোকা নিজেই রাত্রে বিছানায় শোবার সময় বলল। তার কথায় জানলাম, লোকের হিসেব হচ্ছে—সবসুদ্ধ তিনশ' ছাপান্ন জন, তার মধ্যে তিন জন সাহেব, সাতজন উড়িয়া, পাঁচজন আসামি, একজন জাপানি, ছাপান্নজন বিহারি, দুজন মাদ্রাজি আর বাকি সব বাঙালি।

গতকাল সকালে কলকাতা থেকে তিনজন খবরের কাগজের রিপোর্টার এসে হাজির। তারা খোকার সঙ্গে কথা না বলে ছাড়বে না। খোকা কথা বলল ঠিকই, কিন্তু তাদের কোনও প্রশ্নের জবাব সে দিল না। কেবল তিনজনকে আলাদা করে, তাদের কাগজে কত ছাপার কালি খরচ হয়, ক' লাইন খবর তাতে থাকে আর কত সংখ্যা কাগজ ছাপা হয়—এই সমস্ত হিসেব তাদের দিয়ে দিল।

একজন রিপোর্টারের সঙ্গে একটি ফটোগ্রাফার এসেছিল, সে এক সময় ফ্ল্যাশ ক্যামেরা দিয়ে খোকার একটি ছবি তোলার জন্য ক্যামেরা উঁচিয়ে দাঁড়াল। খোকা বলল, 'ফ্ল্যাশ না। চোখে লাগে।'

ফটোগ্রাফার একটু হেসে খোকা খোকা গলা করে বলল, 'একটা ছবি খোকাবাবু। দেখো না কেমন সুন্দর ছবি হবে তোমার।'

এই বলে তুলতে গিয়ে দেখে কিছুতেই আর ফ্ল্যাশ জ্বলে না—অথচ বাল্‌বটা ঠিকই পুড়ে যাচ্ছে। এই করে সাতখানা বাল্‌ব পুড়ল—কিন্তু ফ্ল্যাশ আর জ্বলল না।

বিকেলে এক ভদ্রলোক এলেন যিনি সমীরণ চৌধুরী বলে নিজের পরিচয় দিলেন। কলকাতা থেকে আসছেন। বললাম, 'কী প্রয়োজন আপনার?'

ভদ্রলোক বললেন, তিনি নাকি একজন ইম্প্রেসারিও। অর্থাৎ বড় বড় নাচিয়ে বাজিয়ে

গাইয়ে ম্যাজিশিয়ান ইত্যাদির শো-এর বন্দোবস্ত করে দেন। তাঁর ইচ্ছে খোকাকে তিনি কলকাতার নিউ এম্পায়ার স্টেজে উপস্থিত করবেন। খোকা সেখানে প্রশ্নের জবাব দিয়ে, মন থেকে অঙ্ক কষে, ল্যাটিন আউড়ে, গান গেয়ে লোককে অবাক করে দেবে! এ থেকে খোকার খ্যাতিও হবে, রোজগারও হবে। তেমন বুঝলে বিলেতে নিয়ে যাবার বন্দোবস্তও করা যেতে পারে।

আমি বললাম, 'খোকার মা বাবার অনুমতি ছাড়া আমি এ ব্যাপারে মত দিতে পারি না! ওর বাবার ঠিকানা আমি দিয়ে দিচ্ছি আপনি তাঁর সঙ্গে গিয়ে কথা বলুন।'

সন্ধ্যার দিকে পাঁচ ছশো লোকের সামনে বসে নানারকম আশ্চর্য কথা বলার পর খোকা হঠাৎ চাপা গলায় বলল, 'মির ইস্ট মুয়েডা।'

আমার ভাষা অনেকগুলোই জানা আছে—জার্মানটা রীতিমতো সড়গড়। বুঝলাম খোকা জার্মানে বলছে—'আমি ক্লান্ত।'

আমি তৎক্ষণাৎ সমবেত লোকদের বললাম যে খোকা এখন ভেতরে যাবে, সে বিশ্রাম করতে চায়। লোকেরা হয়তো এ কথায় একটু গোলমাল করতে পারত, কিন্তু পুলিশ থাকায় ব্যাপারটা বেশ সহজেই ম্যানেজড় হয়ে গেল।

খোকাকে আমার ঘরেই শোওয়ালাম।

প্রায় যখন বারোটা বাজে, তখন দেখে মনে হল সে ঘুমিয়ে পড়েছে। আমি হাতের বইটা রেখে বাতিটা নিভিয়ে দিলাম। আমার মনটা ভাল ছিল না। আমি নিজে নির্জনতা ভালবাসি। গত দু-দিন ভিড়ের ঠেলায় আমারও ক্লান্ত লাগছিল, যদিও ক্লান্তি জিনিসটা আমার সহজে আসে না। চার দিন চার রাত্রি না ঘুমিয়ে কাজ করার অভিজ্ঞতাও আমার হয়েছে, এবং কোনওবারই কাবু হইনি! আসলে কাল খোকার ক্লান্তির আভাস পেয়েই আরও চিন্তিত হয়ে পড়েছি। কী উপায় হবে এই আশ্চর্য খোকার? তার মা বাবার কাছে যদি তাকে ফেরত দিয়ে আসি, তা হলেই বা সে রেহাই পাবে কী করে? সেখানেও তো উৎপাত শুরু হবে। এর একটা ব্যবস্থা করব বলে তো আমি নিজেই ওকে সঙ্গে করে নিয়ে এসেছিলাম। আর এমনও নয় যে অন্য কোনও একটা বড় ডাক্তারের পরামর্শ নিলেই একটা উপায় হয়। ব্রেনে কী কী জাতীয় গোলমাল হতে পারে না পারে সেই নিয়ে আগেই আমার অনেক পড়াশুনা ছিল। তা ছাড়া গত কদিনে আমি একমাত্র এই বিষয়টা নিয়েই এগারোখানা বই পড়ে ফেলেছি। কোনওখানেই খোকার যেটা হয়েছে সে জাতীয় ঘটনার কোনও উল্লেখ পাইনি। পৃথিবীর ইতিহাসে খোকার এ ঘটনা একেবারে অনন্য ও অভূতপূর্ব এ বিষয়ে আমার আর কোনও সন্দেহ নেই!

এইসব ভাবতে ভাবতে আমিও কখন ঘুমিয়ে পড়েছি সে খেয়াল নেই! ঘুমটা ভাঙল আচমকা একটা বাজ পড়ার শব্দে। উঠে দেখি ঘন ঘন বিদ্যুৎ চমকাচ্ছে, আর তার সঙ্গে সঙ্গে মেঘের গর্জন। এক ঝলক বিদ্যুতের আলোয় পাশের বিছানার দিকে চেয়ে দেখি—খোকা নেই!

আমি ধড়মড়িয়ে বিছানা থেকে উঠে পড়লাম। কী জানি কী মনে হল—আমার বালিশটা তুলে দেখি, তার তলা থেকে আমার চাবির গোছাটাও উধাও। আর এক মুহূর্ত অপেক্ষা না করে সিঁড়ি দিয়ে সোজা নেমে এসে ল্যাবরেটরির দিকে গিয়ে দেখি—দরজা হাঁ করে খোলা, আর ভিতরে বাতি জ্বলছে।

ঘরের ভিতরে ঢুকে যা দৃশ্য দেখলাম তাতে আমার রক্ত জল হয়ে এল।

খোকা আমার কাজের টেবিলের সামনে টুলের উপর বসে আছে। তার সামনে টেবিলের উপর সার করে সাজানো আমার বিষাক্ত, মারাত্মক অ্যাসিডের সব বোতল। বুনসেন

বার্নারটাও জ্বলছে, আর তার পাশেই ফ্লাস্কে কী যেন একটা তরল পদার্থ সবেমাত্র গরম করা হয়েছে। খোকার হাতে এখন টির্যানিয়াম ফস্‌ফেটের বোতল।

সেটা কাত করে তার থেকে কয়েক ফোঁটা অ্যাসিড সে ফ্লাস্কটার মধ্যে ঢেলে দিতেই তার থেকে ভক ভক করে হলদে রঙের ধোঁয়া বেরোল, সঙ্গে সঙ্গে ঘর ভরে গেল একটা তীব্র ঝাঁঝালো গন্ধে, যাতে আমার প্রায় চোখে জল এসে গেল।

এবার, আমি ঘরে ঢুকেছি বুঝতে পেরে খোকা আমার দিকে ফিরে চাইল।

'অ্যানাইহিলিন কোথায় ?' খোকা গর্জন করে উঠল।

অ্যানাইহিলিন ? খোকা আমার অ্যানাইহিলিন চাইছে ? তার মতো সাংঘাতিক অ্যাসিড তো আর নেই। ও অ্যাসিড দিয়ে খোকা করবে কী ? ওটা তো আমার আলমারির উপরের তাকে বন্ধ থাকে। কিন্তু যেসব জিনিস খোকা এতক্ষণ ঘাঁটাঘাঁটি করেছে তাতেও প্রায় খানত্রিশেক হাতিকে অনায়াসে ঘায়েল করা চলে !

আবার আদেশ এল—'অ্যানাইহিলিন দাও। দরকার ! এক্ষুনি।'

আমি নিজেকে যথাসাধ্য সংযত করে খোকার দিকে আস্তে আস্তে এগিয়ে গিয়ে বললাম, 'খোকা, তুমি যে সব জিনিস্ নিয়ে ঘাঁটাঘাঁটি করছ, সেগুলো ভাল না। হাতে লাগলে হাত পুড়ে যাবে, ব্যথা পাবে। তুমি আমার সঙ্গে ওপরে ফিরে চলো, এসো।'

এই বলে হাতটা বাড়িয়ে ওর দিকে একটু এগিয়ে গেছি, এমন সময় খোকা হঠাৎ টির্যানিয়াম ফস্‌ফেটের বোতলটা হাতে নিয়ে এমনভাবে সেটাকে তুলে ধরল, যে আর এক পা যদি এগোই আমি তা হলেই যেন সে সেটা আমার দিকে ছুড়ে মারবে। আর তা হলেই—মৃত্যু না হলেও—আমি যে চিরকালের মতো পুড়ে পঙ্গু হয়ে যাব সে বিষয় কোনও সন্দেহ নেই।

খোকা অ্যাসিডের বোতলটা আমার দিকে তাগ করে দাঁতে দাঁত চেপে আবার বলল, 'অ্যানাইহিলিন দাও—ভাল চাও তো দাও।'

এ অবস্থা থেকে আর বেরোবার কোনও উপায় নেই দেখে—এবং এত অ্যাসিড হ্যান্ডল করেও খোকা জখম হয়নি দেখে একটা ভরসা পেয়ে আমি আলমারিটা খুলে একেবারে ওপরের তাকের পিছন থেকে অ্যানাইহিলিনের বোতলটা বার করে খোকার সামনে রেখে মনে মনে ইষ্টনাম জপ করতে লাগলাম।

অবাক হয়ে দেখলাম যে অ্যাসিডের বোতলটা খুলে তার থেকে অত্যন্ত সাবধানে ঠিক তিন ফোঁটা অ্যাসিড খোকা তার সামনের ফ্লাস্কটায় ঢালল। তারপর আমি কিছু করতে পারবার আগেই অবাক হয়ে দেখলাম যে খোকা তার নিজের তৈরি সবুজ রঙের মিক্‌সচার ঢক ঢক করে চার ঢোকে গিলে ফেলল। আর পর মুহূর্তেই তার শরীরটা টেবিলের উপর কাত হয়ে এলিয়ে পড়ল।

আমি দৌড়ে এগিয়ে গিয়ে খোকাকে কোলে তুলে নিয়ে একেবারে সোজা দোতলায় তার খাটে নিয়ে গিয়ে ফেললাম। তার নাড়ি আর বুক পরীক্ষা করে দেখলাম—কোনও গোলমাল নেই, ঠিক চলছে। নিশ্বাস প্রশ্বাসও ঠিক চলছে, মুখের ভাবে কোনও পরিবর্তন নেই, বরং বেশ শান্ত বলেই মনে হচ্ছে। অজ্ঞান যে হয়েছে, তাও মনে হল না। ভাবটা ঘুমের—গভীর ঘুমের।

বাইরে তখন মুষলধারে বৃষ্টি নেমেছে। আমিও চুপ করে খোকার খাটের পাশে বসে রইলাম। ঘণ্টাখানেক বাদে বৃষ্টি থেমে মেঘ কেটে যেতে দেখলাম ভোর হয়ে গেছে। কাক চড়ুই ডাকতে শুরু করেছে।

ঠিক ছটা বেজে পাঁচ মিনিটের সময় খোকা একটু এপাশ ওপাশ করে চোখ মেলে চাইল।

তার চাহনিতে কেমন যেন একটা নতুন ভাব। একটুক্ষণ এদিক ওদিক দেখে একটু কাঁদো কাঁদো ভাব করে খোকা বলল, 'মা কোথায় ? মা'র কাছে যাব।'

* * *

আধ ঘণ্টা হল খোকাকে ঝাঝায় তার বাড়িতে পৌঁছে দিয়ে এসেছি। ঝাঝা যাবার পথে গাড়িতেই খোকার সঙ্গে বেশ ভাব হয়ে গিয়েছিল। যখন চলে আসছি, তখন সে তার দরজার সামনে দাঁড়িয়ে আমার দিকে হাত নাড়িয়ে বলল, 'আমায় লজঞ্চুস এনে দেবে দাদু,

লজঞ্চুস ?'

আমি বললাম, 'নিশ্চয়ই দেব। কালই আবার গিরিডি থেকে এসে তোমায় লজঞ্চুস দিয়ে যাব।'

মনে মনে বললাম, খোকাবাবু, একদিন আগে হলেও তুমি আর লজঞ্চুস চাইতে না—তুমি চাইতে দাঁতভাঙা ল্যাটিন নাম-ওয়ালা কোনও এক বিচিত্র, বিজাতীয় বস্তু।

সন্দেশ। আষাঢ় ১৩৭৪

প্রোফেসর শঙ্কু ও ভূত

১০ই এপ্রিল

ভূতপ্রেত প্ল্যানচেট টেলিপ্যাথি ক্লেয়ারভয়েন্স—এ সবই যে একদিন না একদিন বিজ্ঞানের আওতায় এসে পড়বে, এ বিশ্বাস আমার অনেকদিন থেকেই আছে। বহুকাল ধরে বহু বিশ্বস্ত লোকের ব্যক্তিগত ভৌতিক অভিজ্ঞতার কাহিনী সেই সব লোকের মুখ থেকেই শুনে এসেছি। ভূত জিনিসটাকে তাই কোনওদিন হেসে উড়িয়ে দিতে পারিনি।

আমার নিজের কখনও এ ধরনের অভিজ্ঞতা হয়নি। চিনে জাদুকরের কারসাজিতে সম্মোহিত বা হিপনোটাইজ্‌ড্ হয়েছি, অদৃশ্য প্রতিদ্বন্দ্বীর সঙ্গে লড়াই করেছি, গেছোবাবার মন্ত্রবলে জানোয়ারের কঙ্কালে রক্ত মাংস প্রাণ ফিরে আসতে দেখেছি। কিন্তু যে মানুষ মরে ভূত হয়ে গেছে, সেই ভূতের সামনে কখনও পড়তে হয়নি আমাকে।

এই অভিজ্ঞতার অভাবের জন্যই বোধ হয় কিছুদিন থেকে ভূত দেখার ইচ্ছাটা প্রবল হয়ে উঠেছিল, আর কেবলই ভাবছিলাম ভূতকে হাজির করার বৈজ্ঞানিক উপায় কী থাকতে পারে।

এখানে অবিশ্যি কেবল রাসায়নিক প্রক্রিয়া বা যন্ত্রপাতিতে কাজ হতে পারে না। তার সঙ্গে চাই কন্‌সেনট্রেশন। রীতিমতো ধ্যানস্থ হওয়া চাই—কারণ যে কোনও ভূত হলে তো চলবে না। বিশেষ বিশেষ মৃত ব্যক্তির ভূতকে ইচ্ছামতো আমার ঘরে এনে হাজির করে, তাদের সঙ্গে বাক্যালাপ করে, তারপর তাদের আবার পরলোকে ফেরত পাঠিয়ে দিতে হবে। সবচেয়ে বড় কৃতিত্ব হবে যদি তাদের একেবারে সশরীরে এনে ফেলা যায়, যার ফলে তাদের আমরা স্পর্শ করতে পারি। তাদের সঙ্গে হ্যান্ড-শেক করতে পারি। তবেই না বিজ্ঞানের কৃতিত্ব!

গত তিন মাস পরিশ্রম, গবেষণা ও কারিগরির পর আমার নিও-স্পেকট্রোস্কোপ যন্ত্রটা তৈরি হয়েছে। এখানে 'স্পেক্‌ট্রো' কথাটা 'স্পেকট্রাম' থেকে আসছে না, আসছে 'স্পেক্টার' অর্থাৎ ভূত থেকে। 'নিও'—কারণ এমন যন্ত্র এর আগে আর কখনও তৈরি হয়নি।

যন্ত্রের বিশদ বিবরণ আমার খাতায় রয়েছে, তাই এ ডায়রিতে সেটা আর দিলাম না। মোটামুটি বলে রাখি—আমার মাথার মাপে একটি ধাতুর হেলমেট তৈরি করা হয়েছে। তার দুদিক থেকে দুটো বৈদ্যুতিক তার বেরিয়ে একটা কাচের পাত্রে আমার তৈরি একটা তরল

সলিউশনের মধ্যে চোবানো দুটো তামার পাতের সঙ্গে যোগ করা হয়। হঠাৎ দেখলে অ্যাসিড ব্যাটারির কথা মনে হতে পারে।

সলিউশনটা অবশ্য নানারকম বিশেষ মালমশলা মিশিয়ে তৈরি। তার মধ্যে প্রধান হল শ্মশান-সংলগ্ন চিতার ধোঁয়ায় পরিপুষ্ট কিছু গাছের শিকড়ের রস।

এই সলিউশন গ্যাসের আগুনে গরম করলে তা থেকে একটা সবুজ রঙের ধোঁয়া বের হবে, খুব আশ্চর্যভাবে পাত্রের ওপরেই প্রায় এক মানুষ জায়গা নিয়ে কুণ্ডলী পাকাতে থাকে। ভূতের আবির্ভাব হওয়ার কথা সেই কুণ্ডলীর মধ্যেই।

আজ সকালে যন্ত্রটাকে প্রথম টেস্ট করলাম। ষোলো আনা সফল হয়েছি বলব না, এবং এই আংশিক সাফল্যের প্রধান কারণ হল আমার কনসেনট্রেশনে গলদ। ল্যাবরেটরিতে ঢোকার সময় দেখলাম বারান্দার কোণে আমার বেড়াল নিউটন এক থাবায় একটা আরশোলা মারল। ফলে হল কী—হেলমেট পরে বসে ভূতের কথা ভাবতে গিয়ে কেবলই সেই আরশোলার নিষ্প্রাণ দেহটার কথা মনে হতে লাগল।

সেই কারণেই বোধ হয় মিনিট পাঁচেক পরে স্পষ্ট দেখতে পেলাম ধোঁয়ার কুণ্ডলীর মধ্যে বিরাট এক আরশোলা তার শুঁড়গুলো যেন আমার দিকে নির্দেশ করে নাড়াচাড়া করছে।

প্রায় এক মিনিট ছিল এই আরশোলার ভূত। তারপর অদৃশ্য হয়ে গেল। বুঝলাম আজ আর অন্য ভূত নামানোর চেষ্টা বৃথা।

কাল সকালে আরেকবার চেষ্টা করে দেখব। আজ সমস্ত দিনটা মনের ব্যায়াম অভ্যেস করতে হবে, যাতে কাল কনসেনট্রেশনে কোনও ত্রুটি না হয়।

১১ই এপ্রিল

অভাবনীয়।

আজ প্রায় সাড়ে তিন মিনিট ধরে আমার পরলোকগত বন্ধু ব্রিটিশ বৈজ্ঞানিক আর্চিবল্ড অ্যাক্রয়েডের সঙ্গে আলাপ হল। নরওয়েতে রহস্যজনকভাবে অ্যাক্রয়েডের মৃত্যু হয়। মৃত্যুর কারণ পরে আমি জেনেছিলাম—এবং সেটা এর আগেই আমি ডায়রিতে লিখেছি। আজ সেই অ্যাক্রয়েড অতি আশ্চর্যভাবে আমার সবুজ ধোঁয়ার কুণ্ডলীতে আবির্ভূত হলেন।

আশ্চর্য বলছি এই জন্যে যে, অ্যাক্রয়েডের বিষয় প্রায় পাঁচ মিনিট ধ্যান করার পর যে জিনিসটা প্রথম দেখা গেল ধোঁয়ার মধ্যে সেটা হল একটি নরকঙ্কাল—যার ডান হাতটা আমার দিকে প্রসারিত।

তারপর হঠাৎ দেখি সে কঙ্কালের চোখে সোনার চশমা। এ যে অ্যাক্রয়েডেরই বাইফোকাল চশমা, সেটা আমি দেখেই চিনলাম।

চশমার পর দেখা গেল দাঁতের ফাঁকে একটা বাঁকানো পাইপ—অ্যাক্রয়েডের সাধের ব্র্যায়ার।

তারপর পাঁজরের ঠিক নীচেটায় একটা চেনওয়ালা ঘড়ি। এও আমার চেনা।

বুঝতে পারলাম অ্যাক্রয়েডের চেহারার যে বিশেষত্বগুলি আমার মনে দাগ কেটেছিল, সেগুলো আগে দেখা যাচ্ছে।

ঘড়ি, পাইপ ও চশমাসমেত কঙ্কাল হঠাৎ বলে উঠল—

'হ্যালো, শঙ্কু!'

এ যে স্পষ্ট অ্যাক্রয়েডের গলা!—আর কণ্ঠস্বরের সঙ্গে সঙ্গেই স্যুটপরিহিত সৌম্যমূর্তি অ্যাক্রয়েডের সম্পূর্ণ অবয়ব ধোঁয়ার মধ্যে প্রতীয়মান হল। তাঁর ঠোঁটের কোণে সেই

ছেলেমানুষি হাসি, মাথার কাঁচাপাকা চুলের একগোছা কপালের ওপর এসে পড়েছে। গায়ে ম্যাকিনটশ, গলায় মাফলার, হাতে দস্তানা।

আমি প্রায় হাত বাড়িয়ে অ্যাক্রয়েডের হাতে হাত মেলাতে গিয়ে শেষ মুহূর্তে অপ্রস্তুত হয়ে নিজেকে সামলে নিলাম। করমর্দন সম্ভব ছিল না কারণ যা দেখেছিলাম তা অ্যাক্রয়েডের জড়রূপ নয়, শূন্যে ভাসমান প্রতিবিম্ব মাত্র। কিন্তু আশ্চর্য এই যে প্রেতচ্ছায়ার কণ্ঠস্বর অতি স্পষ্ট। আমি কিছু বলার আগেই অ্যাক্রয়েড তাঁর গম্ভীর অথচ মসৃণ গলায় বললেন,—

'তোমার কাজের দিকে আমার দৃষ্টি রয়েছে। যা করছ, তা সবই খেয়াল করি। তুমি তোমার দেশের মুখ উজ্জ্বল করছ।'

উত্তেজনায় আমার গলা প্রায় শুকিয়ে এসেছিল। তবু কোনওরকমে বললাম, 'আমার নিও-স্পেকট্রোস্কোপ সম্বন্ধে তোমার কী মত?'

সবুজ ধোঁয়ার কুণ্ডলীর ভেতর থেকে মৃদু হেসে অ্যাক্রয়েড বললেন 'আমার দেখা যখন তুমি পেয়েছ, তখন আর মতামতের প্রয়োজন কী? তুমি নিজেই জানো তুমি কৃতকার্য হয়েছ। যারা লোকান্তরিত, তারা মতামতের উর্ধ্বে। মানসিক প্রতিক্রিয়ার কোনও প্রয়োজন আমাদের জগতে নেই। চিন্তা ভাবনা সুখ দুঃখ ভাল মন্দ সবই এখানে অবান্তর।'

আমি অবাক হয়ে অ্যাক্রয়েডের কথা শুনছি, আর এরপর কী জিজ্ঞেস করব ভাবছি, এমন সময় একটা অদ্ভুত হাসির সঙ্গে সঙ্গেই বুদ্‌বুদের মতো অ্যাক্রয়েড অদৃশ্য হয়ে গেলেন। আর তারপরেই ধোঁয়ার কুণ্ডলীটা আমার দিকে এগিয়ে এল—আর আমি বুঝতে পারলাম যে আমার চেতনা লোপ পেয়ে আসছে।

যখন জ্ঞান হল, তখন দেখি আমার চাকর প্রহ্লাদ আমার কপালে জলের ছিটা দিচ্ছে।

'এই গরমে লোহার টুপি মাথায় পরে বসে আছ বাবু—বুড়ো বয়সে এত কি সয়?'

হেলমেটটা খুলে ফেললাম! বেশ ক্লান্ত লাগছে। বুঝলাম অতিরিক্ত কন্‌সেন্‌ট্রেশনের ফল। কিন্তু অ্যাক্রয়েডের প্রেতাত্মা যে আজ আমার ল্যাবরেটরিতে আবির্ভূত হয়ে আমার সঙ্গে কথা বলে গেছে, তাতে কোনও ভুল নেই। আমার গবেষণা, আমার পরিশ্রম অনেকাংশে সার্থক হয়েছে। আশ্চর্য আবিষ্কার আমার এই নিও-স্পেকট্রোস্কোপ!

মনে মনে ভাবলাম—সামান্য শারীরিক গ্লানিতে নিরুৎসাহ হলে চলবে না। কাল আবার বসব এই যন্ত্র নিয়ে। ইচ্ছা হচ্ছে বিগত যুগের কিছু ঐতিহাসিক চরিত্রের প্রেতাত্মার সঙ্গে চাক্ষুষ পরিচয় করে তাদের সঙ্গে কথা বলব।

১২ই এপ্রিল

অন্ধকূপ হত্যার আসল ব্যাপারটা জানবার জন্য আজ ভেবেছিলাম সিরাজদ্দৌলাকে একবার আনব—কিন্তু সব প্ল্যান মাটি করে দিলেন আমার প্রতিবেশী অবিনাশ চাটুজ্যে।

বৈঠকখানায় বসে সবেমাত্র কফি শেষ করে ন্যাপকিনে মুখ মুছছি, এমন সময় ভদ্রলোক হাজির।

অবিনাশবাবুর মতো অবৈজ্ঞানিক ব্যক্তি জগতে আর দ্বিতীয় আছে কি না সন্দেহ। ভদ্রলোকের জন্ম হওয়া উচিত ছিল প্রস্তরযুগে। বিংশ শতাব্দীতে তিনি একেবারেই বেমানান। আমার সাফল্যে ঔদাসীন্য ও ব্যর্থতায় টিটকিরি—এ দুটো জিনিস ছাড়া ওঁর কাছে কখনও কিছু পেয়েছি বলে মনে পড়ে না।

ঘরে ঢুকেই আমার সামনের সোফায় ধপ করে বসে পড়ে বললেন, 'উশ্রীর ধারে

ঘোরাফেরা হচ্ছিল কী মতলবে ?'

উশ্রীর ধারে ? আমি মাঝে মাঝে অবিশ্যি প্রাতর্ভ্রমণে যাই ওদিকটা, কিন্তু গত বিশ পঁচিশ দিনের মধ্যে যাইনি। সত্যি বলতে কী, বাড়ি থেকেই বেরোইনি। তাই বললাম—

'কবেকার কথা বলছেন ?'

'আজকে মশাই, আজকে। এই ঘণ্টাখানেক হবে ! ডাকলুম—সাড়াই দিলেন না।'

'সেকী—আমি তো বাড়ি থেকে বেরোইনি।'

অবিনাশবাবু এবার হো হো করে হেসে উঠলেন।

'এ আবার কী ভিমরতি ধরল আপনার ! অস্বীকার করছেন কেন ? ওরকম করলে যে লোকে আরও বেশি সন্দেহ করবে। আপনার পাঁচ ফুট দু ইঞ্চি হাইট, ওই টাক—ওই দাড়ি—গিরিডি শহরে এ আর কার আছে বলুন !'

আমি যুগপৎ রাগ আর বিস্ময়ে কিছু বলতে পারলাম না ! লোকটা কী ? আমি মিথ্যেবাদী ? আমি—ত্রিলোকেশ্বর শঙ্কু ? আমার কিছু মূল্যবান ফরমুলা আমি কোনও কোনও অতিরিক্ত অনুসন্ধিৎসু বৈজ্ঞানিকের কাছে গোপন করেছি বটে কিন্তু উশ্রীর ধারে যাবার মতো সামান্য ঘটনা আমি অবিনাশবাবুর মতো নগণ্য লোকের কাছে গোপন করতে যাব কেন ?

অবিনাশবাবু বললেন, 'শুধু আমি নয়। রামলোচন বাঁড়ুজ্যেও আপনাকে দেখেছেন, তবে সেটা উশ্রীর ধারে নয়—জজসাহেবের বাড়ির পেছনের আমবাগানে। আর সেটা আমার দেখার পরে। এইমাত্র শুনে আসছি। আপনি তাকেও জিজ্ঞেস করে দেখতে পারেন।'

আমি চুপ করে রইলাম। ভদ্রলোক শুধু নিজে মিথ্যে কথা বলছেন না, অন্য আরেকজন প্রবীণ ব্যক্তিকেও মিথ্যেবাদী বানাচ্ছেন। এর কী কারণ হতে পারে তা আমি বুঝতে পারলাম না।

আমার চাকর প্রহ্লাদ অবিনাশবাবুর জন্য কফি নিয়ে এল। ভদ্রলোক ফস করে জিজ্ঞেস করে বসলেন, 'হ্যাঁ হে পেল্লাদ—বলি, তোমার বাবু আজ সারা সকাল বাড়িতেই ছিলেন, না বেরিয়েছিলেন।'

প্রহ্লাদ বলল, 'কাল অত রাত অবধি লাবুটেরিতে খুট্‌খাট্ কইল্লেন, আর আজ অমনি সক্কালে বেইরে যাইবেন ? বাবু বাড়িতেই ছিলেন।'

এখানে একটা কথা বলা দরকার—আমি কাল সকালের পর আদৌ আমার ল্যাবরেটরিতে যাইনি। বিনা কারণে আমি কখনও ল্যাবরেটরিতে যাই না। আমার সারাদিনের কাজ ছিল কন্‌সেন্‌ট্রেশন অভ্যাস করা—এবং সে কাজটা আমি করি আমার শোবার ঘরেই। রাত্রে নটার মধ্যে খেয়ে ঘুমিয়ে পড়েছিলাম—উঠেছি যথারীতি ভোর পাঁচটায়। অথচ প্রহ্লাদ বলে কিনা আমি ল্যাবরেটরিতে কাজ করেছি ?

আমি প্রহ্লাদকে বললাম, 'আমি যখন কাজ করছিলাম, তখন তুমি আমাকে কফি দিয়েছিলে কি ?'

'হাঁ বাবু—দিয়েছিলাম যে ! তুমি অন্ধকার ঘরে খুটুর খুটুর করছিলে—আমি—'

আমি প্রহ্লাদকে বাধা দিয়ে বললাম, 'অন্ধকার ঘর ? তা হলে তুমি আমায় চিনলে কী করে ?'

প্রহ্লাদ একগাল হেসে বলল, 'তা আর চিনব না বাবু ! চাঁদের আলো ছিল যে। মাথা হেঁট করে বসেছিলে। মাথায় আলো পড়ে চকচক...'

'ঠিক আছে, ঠিক আছে।'

অবিনাশবাবু একটা বিড়ি ধরিয়ে বললেন, 'সেই যে কী এক বায়স্কোপ দেখেছিলাম—একই মানুষ দু' ভাগে ভাগ হয়ে গিয়ে—একই সময় এখানে ওখানে—আপনারও কি সেই দশা হল

নাকি ? তা কিছুই আশ্চর্য নয়। পই পই করে বলিছি ও সব গবেষণা ফবেষণার মধ্যে যাবেন না—ওতে ব্রেন অ্যাফেক্ট করে। গরিবের কথা বাসি হলে তবে ফলে কিনা!'

আরও আধঘণ্টা ছিলেন অবিনাশবাবু। বুঝতে পারছিলাম একটা ম্যাগাজিনের পাতা ওলটানোর ফাঁকে ফাঁকে ভদ্রলোক আমার দিকে আড় চোখে লক্ষ রাখছিলেন। আমি আর কোনও কথা বলতে পারিনি, কারণ আমার মাথার মধ্যে সব কেমন জানি গণ্ডগোল হয়ে যাচ্ছিল।

বিকেলে হাঁটতে হাঁটতে রামলোচনবাবুর বাড়ির দিকে গেলাম। ভদ্রলোক তাঁর গেটের বাইরে বাঁধানো রকটাতে বসে সুরেনডাক্তারের সঙ্গে গল্প করছিলেন। আমায় দেখে বললেন, 'আপনি একটা হিয়ারিং এড ব্যবহার করুন। এত ডাকলুম সকালে, সাড়াই দিলেন না। কী খুঁজছিলেন মিত্তিরের আমবাগানে ? কোনও আগাছাটাগাছা বুঝি ?'

আমি একটু বোকার মতো হেসে আমতা আমতা করে আমার অন্যমনস্কতার একটা কাল্পনিক কারণ দিলাম। তারপর বিদায় নিয়ে হাঁটতে হাঁটতে উশ্রীর ধারে গিয়ে বসলাম। সত্যিই কি আমার মতিভ্রম হয়েছে—মস্তিষ্কের বিকার ঘটেছে ? এরকম ভুল তো এর আগে কখনও হয়নি। সাতাশ বছর হল গিরিডিতে আছি। নানারকম কঠিন, জটিল গবেষণায় তার অনেকটা সময় কেটেছে—কিন্তু তার ফলে কখনও আমার স্বাভাবিক আচরণের কোনও ব্যতিক্রম ঘটেছে—এরকম কথা তো কাউকে কোনওদিন বলতে শুনিনি। হঠাৎ আজ এ কী হল ?

রাত্রে খাবার পর একবার ল্যাবরেটরিতে না গিয়ে পারলাম না।

নিও-স্পেক্‌ট্রোস্কোপটাকে যেমন রেখে গিয়েছিলাম, তেমনই আছে। জিনিসপত্র বইখাতা, অন্যান্য যন্ত্রপাতি কোনওটা এতটুকু এদিক ওদিক হয়নি!

এই ল্যাবরেটরিতে কি এসেছিলাম কাল রাত্রে ? আর এসেছি অথচ টের পাইনি ? অসম্ভব!

ঘরের বাতি নিভিয়ে দিলাম। দক্ষিণের জানালা দিয়ে চাঁদের আলো টেবিলের ওপর এসে পড়ল। মনে গভীর উদ্বেগ নিয়ে আমি জানালার দিকে এগিয়ে গেলাম।

জানালা দিয়ে আমার বাগান দেখা যাচ্ছে। এই বাগানে রোজ বিকালে রঙিন ছাতার তলায় আমার প্রিয় ডেকচেয়ারে আমি বসে থাকি।

ছাতা এখনও রয়েছে। তার তলায় চেয়ারও। সে চেয়ার খালি থাকার কথা—কিন্তু দেখলাম তাতে কে জানি বসে রয়েছে।

আমার বাড়িতে আমি, প্রহ্লাদ ও আমার বেড়াল নিউটন ছাড়া আর কেউ থাকে না। মাথা খারাপ না হলে প্রহ্লাদ কখনও ও চেয়ারে বসবে না।

যে বসে আছে সে বৃদ্ধ। তার মাথায় টাক, কানের দু পাশে সামান্য পাকা চুল, গোঁফ ও দাড়ি অপরিচ্ছন্ন ভাবে ছাঁটা। যদিও সে আমার দিকে পাশ করে বসে আছে এবং আমার দিকে ফিরে চাইছে না তাও বেশ বুঝতে পারলাম যে তার চেহারার সঙ্গে আমার চেহারার আশ্চর্য মিল।

এরকম অভিজ্ঞতা আর কারুর কখনও হয়েছে কি না জানি না। যমজ ভাইয়ের মধ্যে নিজের প্রতিরূপ দেখতে মানুষ অভ্যস্ত, কিন্তু আমার—যমজ কেন—কোনও ভাইই নেই! খুড়তুতো ভাই একটি আছেন—তিনি থাকেন বেরিলিতে—এবং তিনি লম্বায় ছ ফুট দু ইঞ্চি। এ লোক তবে কে ?

হঠাৎ মনে হল—শহরের কোনও ছেলেছোকরা আমার ছদ্মবেশ নিয়ে আমার সঙ্গে মস্‌করা করছে না তো ?

তাই হবে। তা ছাড়া আর কিছুই নয়। বারগাণ্ডায় এক শখের থিয়েটারপার্টি আছে। তাদের দলের কেউ নিশ্চয় এই প্র্যাকটিক্যাল জোকের জন্য দায়ী।

অপরাধীকে হাতেনাতে ধরব বলে পা টিপে টিপে ল্যাবরেটরি থেকে বেরিয়ে এসে বারান্দা পেরিয়ে বৈঠকখানার দরজা দিয়ে সোজা বাগানের দিকে এগিয়ে গেলাম।

কিন্তু ব্যর্থ অভিযান। গিয়ে দেখি চেয়ার খালি। ক্যানভাসে হাত দিয়ে দেখি সেটা তখনও গরম রয়েছে। অর্থাৎ অল্পক্ষণ আগেই কেউ যে সে চেয়ারটায় বসেছিল তাতে কোনও সন্দেহ নেই। কিন্তু চারিদিকে চেয়ে দেখি কেউ কোথাও নেই। জ্যোৎস্নার আলোতে আমার বাগানে গা ঢাকা দিয়ে থাকার কোনও উপায় নেই, কারণ একটি মাত্র গোলঞ্চ গাছের গুঁড়ির পিছনে ছাড়া লুকোবার কোনও জায়গা নেই।

তা হলে কি আমার দেখবার ভুল ? কিন্তু অবিনাশবাবু, রামলোচনবাবু—এঁরা তবে কাকে দেখলেন !

শোবার ঘরে ফিরে এসে অনুভব করলাম আমার উদ্বেগ আরও দ্বিগুণ হয়ে গেছে। আজ রাত্রে ঘুমের ওষুধ না খেলে ঘুম হবে না।

·

১৪ই এপ্রিল

ডবল শঙ্কুর রহস্যের যে ভাবে সমাধান হল, তার তুলনীয় কোনও ঘটনা আমার জীবনে আর কখনও ঘটেনি।

গত দুদিন 'আমাকে' দেখতে পাওয়ার ভয়ে আমি ঘর থেকে বেরোইনি। যদি ভুল করে বা নিজের অজ্ঞাতসারে কখনও বেরিয়ে পড়ি, তাই প্রহ্লাদকে বলেছিলাম আমার শোবার ঘরের দরজা বাইরে থেকে বন্ধ করে তার গায়ের সঙ্গে একটা ভারী টেবিল লাগিয়ে দিতে। সকাল বিকালের কফি, আর দুপুর ও রাত্রের খাবার প্রহ্লাদ নিজেই টেবিল সরিয়ে দরজা খুলে ঘরে এনে দিয়েছে, খাওয়ার সময় দাঁড়িয়ে থেকেছে আর খাওয়া হলে পর দরজা বন্ধ করে বাইরে থেকে টেবিল ঠেলে দিয়ে গেছে।

তা সত্ত্বেও প্রহ্লাদ দুদিনই খবর এনেছে যে লোকে নাকি আমায় শহরের এখানে সেখানে দেখতে পেয়েছে। উশ্রীর আশেপাশেই বেশি। আর যাঁরা 'আমায়' দেখেছেন তাঁদের সকলেরই ধারণা আমার মাথা খারাপ হয়ে গেছে, তাই আমি তাঁদের ডাকে সাড়া দিচ্ছি না। সুরেনডাক্তার নাকি কাল বিকালে স্বতঃপ্রবৃত্ত হয়েই আমায় পরীক্ষা করতে এসেছিলেন। প্রহ্লাদ বলে দিয়েছিল বাবু ঘুমোচ্ছেন, দেখা হবে না।

আজ আর ঘরে বন্দি থাকতে না পেরে প্রহ্লাদকে ডেকে টেবিল সরিয়ে একেবারে সটান ল্যাবরেটরিতে গিয়ে হাজির হলাম।

আমার চেয়ার, আমার টেবিল, আমার নতুন যন্ত্র, বৈদ্যুতিক তার, সলিউশনের পাত্র, খাতাপত্র, সব যেমন ছিল তেমনই আছে।

খালি চেয়ারটা দেখে লোভ হল। গিয়ে বসলাম। তারপর হাত বাড়িয়ে হেলমেটটা নিয়ে মাথায় পরলাম। বোতলের মধ্যে সলিউশন ছিল, তার খানিকটা বিকারে ঢাললাম। তারপর বার্নার জ্বালিয়ে বিকারটা আগুনের শিখার ওপর রাখলাম।

সলিউশন থেকে সবুজ ধোঁয়া উঠতে আরম্ভ করল।

হেলমেটটা মাথায় পরে বৈদ্যুতিক তারদুটো বিকারে চোবানো তামার পাতের সঙ্গে যোগ করে দিলাম। তারপর ধোঁয়ার কুণ্ডলীর মাঝখানে দৃষ্টি রেখে অষ্টাদশ শতাব্দীর বাংলার হতভাগ্য নবাব সিরাজদ্দৌলার ধ্যান করতে করতে একেবারে তন্ময় হয়ে গেলাম।

ক্রমে কুণ্ডলীতে একটা নরকঙ্কালের আভাস দেখা গেল। সে কঙ্কাল স্পষ্ট হওয়ামাত্র বুঝতে পারলাম তার একটা বিশেষত্ব এই যে তার অস্তিত্ব কেবল মাথার খুলি থেকে পাঁজর অবধি। পাঁজরের নীচে কিছু নেই।

আশ্চর্য। এরকম হল কেন?

কিছুক্ষণ পরে দেখা গেল কঙ্কালের মাথার জরির কাজ করা পাগড়ি। তারপর তার দুই কানের লতিতে দুটো জ্বলজ্বলে হিরা।

হঠাৎ মনে পড়ে গেল ছেলেবেলায় ইতিহাসের বইয়েতে সিরাজদ্দৌলার যত ছবি দেখেছি, তার সবই হল আবক্ষ প্রতিকৃতি। আমার মনে এতকাল তার এই ছবিটাই ছিল—তাই ভূত হয়েও সে এইভাবেই দেখা দিচ্ছে।

চোখের কোটরে সবেমাত্র একটা মণির আভাস পেতে শুরু করেছি, এমন সময় একটা অদ্ভুত অট্টহাস্যে আমার ধ্যান ভঙ্গ হল আর তার পরমুহূর্তেই ধোঁয়ার ভিতর থেকে সিরাজদ্দৌলার আবক্ষ কঙ্কাল অন্তর্হিত হল।

তারপর সবুজ ধোঁয়ার আবরণ ভেদ করে আমার টেবিলের দিকে এগিয়ে এল—একি আয়নায় আমারই প্রতিবিম্ব, না অন্য কোনও মানুষ? মানুষে মানুষে এমন হুবহু সাদৃশ্য সম্ভব তা আমি জানতাম না।

কিন্তু আগন্তুকের কণ্ঠস্বরে প্রতিবিম্বের ধারণা অচিরেই মন থেকে দূর হল। আমার চোখের দিকে অস্বাভাবিক তীক্ষ্ণ ও উজ্জ্বল দৃষ্টি নিক্ষেপ করে আগন্তুক বললেন, 'ত্রিলোকেশ্বর, তোমার প্রতি আমি কৃতজ্ঞ। তুমি আমার অনেক দিনের বাসনা চরিতার্থ করেছ।'

আমি কোনওমতে ঢোক গিলে বললাম, 'আপনি কে?'

আগন্তুক বললেন, 'বলছি। ধৈর্য ধরো। উশ্রীর ধারেই ছিল আমার সাধনার স্থান। গোলকবাবার শিষ্যত্ব গ্রহণ করে ষোলো বছর বয়সে গৃহত্যাগ করে এখানে চলে আসি। একবার ধ্যানস্থ অবস্থায় প্রচণ্ড শিলাবৃষ্টিতে ব্রহ্মতালুতে শিলার আঘাতে আমার মৃত্যু হয়।'

'মৃত্যু!'

'মৃত্যু। তারপর অনেকবার ইচ্ছা হয়েছে এখানে ফিরে আসি। কিন্তু আমার একার পক্ষে সম্ভব ছিল না সশরীরে অবতীর্ণ হওয়া। তোমার বিজ্ঞান ও আমার তন্ত্রের সংযোগে আজ সেটা সম্ভব হয়েছে। তুমি প্রথম দিন ধ্যানস্থ হবার কয়েক মুহূর্তের মধ্যেই আমি এসেছি। কিন্তু তখনই তোমাকে দেখা দিইনি, কারণ আমার অন্য কাজ ছিল। অকস্মাৎ মৃত্যুর ফলে আমার যোগসাধনার কিছু সরঞ্জামের কোনও ব্যবস্থা করে যেতে পারিনি। অথচ অনুপযুক্ত লোকের হাতে পড়লে অনিষ্টের সম্ভাবনা। তাই এ কদিন অনুসন্ধানের পর সেগুলি পুনরুদ্ধার করে আজ সকালে উশ্রীর জলে নিক্ষেপ করেছি। আর ভয় নেই।...'

'কিন্তু আপনি কে সেটা জানলে...'

'বলছি। আগে কাজের কথা। তুমি সব ম্লেচ্ছের ধ্যান করছ, তাদের প্রেতাত্মা জড়রূপ ধারণ করতে অক্ষম, কারণ, প্রথমতঃ আমার সাধনা তাদের অনায়ত্ত; দ্বিতীয়তঃ—তোমার সঙ্গে তাদের রক্তের সম্বন্ধ নেই।'

'রক্তের সম্বন্ধ? আপনার সঙ্গে কি আমার...'

'হ্যাঁ। আছে। আমি হলাম তোমার অতিবৃদ্ধ প্রপিতামহ ঈশ্বর বটুকেশ্বর শঙ্কু। জন্ম ১০৫৬ সন, মৃত্যু ১১৩২ সন। এসো, তোমার করমর্দন করি।'

আমার অবিকল অবয়বধারী পূর্বপুরুষ তাঁর ডানহাত আমার দিকে বাড়িয়ে দিলেন। আমি সেটা ধরতেই একটা শিহরনের সঙ্গে অনুভব করলাম তার তীব্র, অস্বাভাবিক শৈত্য।

বটুকেশ্বর হেসে উঠলেন, 'ঠাণ্ডা লাগছে, না? তবে চলি।'

তারপর আমার হাত ছেড়ে দিয়ে একটা ছোট্ট লাফে বটুকেশ্বর ধোঁয়ার কুণ্ডলীর মধ্যে প্রবেশ করলেন। কয়েক মুহূর্তের মধ্যেই তাঁর দেহ কঙ্কালে পরিণত হল। সে কঙ্কাল অদৃশ্য হবার আগে মাথা হেঁট করে দেখিয়ে দিল—ব্রহ্মতালুর জায়গায় একটা ফুটো।

*　　*

জড়ভূতের সাক্ষাৎ পাওয়াতে অশরীরী ভূত সম্পর্কে আর বিশেষ কৌতূহল রইল না—তাই বটুকেশ্বর অন্তর্ধান হবার কিছু পরেই নিও-স্পেকট্রোস্কোপটা আলমারিতে তুলে রেখে দিলাম। সত্যি বলতে কী, ধ্যানের ব্যাপারে মানসিক পরিশ্রমটাও যেন একটু বেশি হয়ে পড়ছিল।

আমি বৈঠকখানায় বসে নিউটনকে নিয়ে একটু তামাসা করছি, এমন সময় অবিনাশবাবু এসে হাজির।

তাঁকে দেখেই বুঝলাম তিনি বেশ উদ্বিগ্ন!

সোফায় বসে মিনিটখানেক কথা না বলে মেঝের দিকে ভ্রূকুটি করে চেয়ে রইলেন। তারপর বললেন, 'আমার ভাইপো শিবুকে চেনেন তো?'

আমি বললাম, 'হ্যাঁ।'

অবিনাশবাবু বললেন, 'সে ছোকরার ছবি তোলার বাতিক আছে। তা ক'দিন থেকেই তো আপনাকে এখানে সেখানে দেখা যাচ্ছে, অথচ আপনি বলছেন বাড়ি থেকে বেরোননি, তাই—মানে, আপনাকে একটু জব্দ করার মতলবেই আর কী—শিবু সেদিন করেছে কী, ক্যামেরা নিয়ে উশ্রীর ধারে গিয়ে ঘাপটি মেরে বসে আছে। তারপর যেই আপনাকে দেখেছে অমনি খচ্‌ করে আপনার একটা স্ন্যাপ নিয়ে নিয়েছে।'

'বাঃ। এনেছেন সে ছবি।'

'আনব কী মশাই? শুধু বালি আর জল আর পাথর! অথচ ওই পাথরের ধারেই ছিলেন আপনি। কিন্তু ছবিতে নেই—ভ্যানিস!'

আমি একটু হেসে বললাম, 'আসলে কী জানেন অবিনাশবাবু? ওটা আমি ছিলাম না। ছিলেন আমার...পূর্বপুরুষের ভূত। আসুন, একটু কফি খান। প্রহ্লাদ!'

শারদীয়া আশ্চর্য। ১৯৬৬

প্রোফেসর শঙ্কু ও রোবু

১৬ই এপ্রিল

আজ জার্মানি থেকে আমার চিঠির উত্তরে বিখ্যাত বৈজ্ঞানিক প্রোফেসর পমারের চিঠি পেয়েছি। পমার লিখছেন—

প্রিয় প্রোফেসর শঙ্কু,

তোমার তৈরি রোবো (Robot) বা যান্ত্রিক মানুষ সম্বন্ধে তুমি যা লিখেছ, তাতে আমার যত না আনন্দ হয়েছে, তার চেয়েও বেশি হয়েছে বিস্ময়। তুমি লিখেছ আমার রোবো সম্পর্কে গবেষণামূলক লেখা তুমি পড়েছ, আর তা থেকে তুমি অনেক জ্ঞান লাভ করেছ। কিন্তু তোমার রোবো যদি সত্যিই তোমার বর্ণনার মতো হয়ে থাকে, তা হলে বলতেই হবে যে আমার কীর্তিকে তুমি অনেক দূর ছাড়িয়ে গেছ।

আমার বয়স হয়েছে, তাই আমার পক্ষে ভারতবর্ষে পাড়ি দেওয়া সম্ভব নয়, কিন্তু তুমি যদি একটিবার তোমার তৈরি মানুষটিকে নিয়ে আমার এদিকে আসতে পার, তা হলে আমি শুধু খুশিই হব না, আমার উপকারও হবে। এই হাইডেলবার্গেই আমারই পরিচিত আরেকটি বৈজ্ঞানিক আছেন—ডক্টর বোর্গেল্ট। তিনিও রোবো নিয়ে কিছু কাজ করেছেন। হয়তো তাঁর সঙ্গেও তোমার আলাপ করিয়ে দিতে পারব।

তোমার উত্তরের অপেক্ষায় রইলাম। যদি আসতে রাজি থাক, তা হলে একদিকের ভাড়াটার আমি নিশ্চয়ই ব্যবস্থা করে দিতে পারব। আমার এখানেই তোমার থাকার ব্যবস্থা হবে, বলাই বাহুল্য।

ইতি
রুডল্‌ফ পমার

পমারের চিঠির উত্তর আজই দিয়ে দিয়েছি। বলেছি আগামী মাসের মাঝামাঝি আসব। ভাড়ার ব্যাপারে আর আপত্তি করলাম না, কারণ জার্মানি যাতায়াতের খরচা কম নয়, অথচ ওদেশটা দেখার লোভও আছে যথেষ্ট।

আমার রোবু সঙ্গে যাবে অবশ্যই, তবে ও এখনও বাংলা আর ইংরিজি ছাড়া কিছু বলতে পারে না। এই একমাসে জার্মানটা শিখিয়ে নিলে ও সরাসরি পমারের সঙ্গে কথা বলতে পারবে ; আমাকে আর দোভাষীর কাজ করতে হবে না।

রোবুকে তৈরি করতে আমার সময় লেগেছে দেড় বছর। আমার চাকর প্রহ্লাদ সব সময় আমার পাশে থেকে জিনিসপত্র এগিয়েটেগিয়ে দিয়ে সাহায্য করেছে, কিন্তু আসল কাজটা সমস্ত আমি নিজেই করেছি। আর যেটা সবচেয়ে আশ্চর্য ব্যাপার, সেটা হচ্ছে রোবুকে তৈরি করার খরচ। সবসুদ্ধ মিলিয়ে খরচ পড়েছে মাত্র তিনশো তেত্রিশ টাকা সাড়ে সাত আনা। এই সামান্য টাকায় যে জিনিসটা তৈরি হল সেটা ভবিষ্যতে হবে আমার ল্যাবরেটরির সমস্ত কাজে আমার সহকারী, যাকে বলে রাইট হ্যান্ড ম্যান। সাধারণ যোগ বিয়োগ গুণ ভাগের অঙ্ক কষতে রোবুর লাগে এক সেকেন্ডের কম সময়। এমন কোনও কঠিন অঙ্ক নেই যেটা করতে

ওর দশ সেকেন্ডের বেশি লাগবে। এ থেকে বোঝা যাবে আমি জলের দরে কী এক আশ্চর্য জিনিস পেয়ে গেছি। 'পেয়ে গেছি' বলছি এই জন্যে যে, কোনও বৈজ্ঞানিক আবিষ্কারকেই আমি সম্পূর্ণ মানুষের সৃষ্টি বলে মনে করতে পারি না। সম্ভাবনাটা আগে থেকেই থাকে, হয়তো চিরকালই ছিল; মানুষ কেবল হয় বুদ্ধির জোরে না হয় ভাগ্যবলে সেই সম্ভাবনাগুলোর হদিস পেয়ে সেগুলোকে কাজে লাগিয়ে নেয়।

রোবুর চেহারাটা যে খুব সুশ্রী হয়েছে তা বলতে পারি না। বিশেষ করে দুটো চোখ দুরকম হয়ে যাওয়াতে ট্যারা বলে মনে হয়। সেটাকে ব্যালান্স করার জন্য আমি রোবুর মুখে একটা হাসি দিয়ে দিয়েছি। যতই কঠিন অঙ্ক করুক না সে—হাসিটা ওর মুখে সব সময় লেগে থাকে। মুখের জায়গায় একটা ফুটো দিয়ে দিয়েছি, কথাবার্তা সব ওই ফুটো দিয়ে বেরোয়। ঠোঁট নাড়ার ব্যাপারটা করতে গেলে অযথা সময় আর খরচ বেড়ে যেত তাই ওদিকে আর যাইনি।

মানুষের যেখানে ব্রেন থাকে, সেখানে রোবুর আছে একগাদা ইলেক্‌ট্রিক তার, ব্যাটারি, ভ্যাল্‌ভ ইত্যাদি। কাজেই ব্রেন যা কাজ করে, তার অনেকগুলোই রোবু পারে না। যেমন সুখ দুঃখ অনুভব করা, বা কারুর ওপর রাগ করা বা হিংসে করা—এসব রোবু জানেই না। ও কেবল কাজ করে আর প্রশ্নের উত্তর দেয়। অঙ্ক সব রকমই পারে, তবে শেখানো কাজের বাইরে কাজ করে না, আর শেখানো প্রশ্নের জবাব ছাড়া কোনও প্রশ্নের উত্তর দিতে পারে না। পঞ্চাশ হাজার ইংরিজি আর বাংলা প্রশ্নের উত্তর ওকে শিখিয়েছি—একদিনও ভুল করেনি। এবার হাজার দশেক জার্মান প্রশ্নের উত্তর শিখিয়ে দিলেই আমি জার্মানি যাবার জন্য তৈরি হয়ে যাব।

এত অভাব থেকে রোবু যা করে তা পৃথিবীর আর কোনও যান্ত্রিক মানুষ করেছে বলে মনে হয় না। এমন একটা জিনিস সৃষ্টি করে গিরিডি শহরের মধ্যে সেটাকে বন্দি করে রাখার কি কোনও মানে হয়? বাংলাদেশে সামান্য রসদে বাঙালি বৈজ্ঞানিক কী করতে পারে, সেটা কি বাইরের জগতের জানা উচিত নয়? এতে নিজের প্রচারের চেয়ে দেশের প্রচার বেশি। অন্তত আমার উদ্দেশ্য সেটাই।

১৮ই এপ্রিল

অ্যাদ্দিনে অবিনাশবাবু আমার বৈজ্ঞানিক প্রতিভা স্বীকার করলেন। আমার এই প্রতিবেশীটি ভাল মানুষ হলেও, আমার কাজ নিয়ে তাঁর ঠাট্টার ব্যাপারটা মাঝে মাঝে বরদাস্ত করা মুশকিল হয়।

উনি প্রায়ই আমার সঙ্গে আড্ডা মারতে আসেন—কিন্তু গত তিনমাসের মধ্যে যতবারই এসেছেন, ততবারই আমি প্রহ্লাদকে দিয়ে বলে পাঠিয়েছি যে আমি ব্যস্ত, দেখা হবে না।

আজ রোবুকে জার্মান শিখিয়ে আমার ল্যাবরেটরির চেয়ারে বসে একটা বিজ্ঞান পত্রিকার পাতা উলটোচ্ছি, এমন সময় উনি এসে হাজির। আমার নিজেরও ইচ্ছে ছিল উনি একবার রোবুকে দেখেন, তাই ভদ্রলোককে বৈঠকখানায় না বসিয়ে একেবারে ল্যাবরেটরিতে ডেকে পাঠালাম।

ভদ্রলোক ঘরে ঢুকেই নাক সিঁটকিয়ে বললেন, 'আপনি কি হিং-এর কারবার ধরেছেন নাকি?' পরমুহূর্তেই রোবুর দিকে চোখ পড়তে নিজের চোখ গোল গোল করে বললেন, 'ওরে বাস্—ওটা কী? ওকি রেডিও, না কলের গান, না কী মশাই?'

অবিনাশবাবু এখনও গ্রামোফোনকে বলেন কলের গান, সিনেমাকে বলেন বায়স্কোপ,

এরোপ্লেনকে বলেন উড়োজাহাজ।

আমি ওঁর প্রশ্নের উত্তরে বললাম, 'ওকেই জিজ্ঞেস করুন না ওটা কী। ওর নাম রোবু।'

'রোবুস্কোপ?'

'রোবুস্কোপ কেন হতে যাবে? বলছি না ওর নাম রোবু! আপনি ওর নাম ধরে জিজ্ঞেস করুন ওটা কী জিনিস, ও ঠিক জবাব দেবে।'

অবিনাশবাবু 'কী জানি বাবা এ আপনার কী খেলা' বলে যন্ত্রটার সামনে দাঁড়িয়ে বললেন, 'তুমি কী হে রোবু?'

রোবুর মুখের গর্ত থেকে পরিষ্কার উত্তর এল, 'আমি যান্ত্রিক মানুষ। প্রোফেসর শঙ্কুর সহকারী।'

ভদ্রলোকের প্রায় ভিরমি লাগার জোগাড় আর কী। রোবু কী কী করতে পারে শুনে, আর তার কিছু কিছু নমুনা দেখে অবিনাশবাবু একেবারে ফ্যাকাশে মুখ করে আমার হাত দুটো ধরে কয়েকবার ঝাঁকুনি দিয়ে বিদায় নিয়ে চলে গেলেন। বুঝলাম এবার তিনি সত্যিই ইম্‌প্রেস্‌ড।

আজ একটা পুরনো জার্মান বিজ্ঞানপত্রিকায় প্রোফেসর বোর্গেল্টের লেখা রোবো সম্বন্ধে একটা প্রবন্ধ হঠাৎ চোখে পড়ে গেল। উনি বেশ দেমাকি মেজাজেই লিখেছেন যে, যান্ত্রিক মানুষ তৈরির ব্যাপারে জার্মানরা যা কৃতিত্ব দেখিয়েছে, তেমন আর কোনও দেশে কেউ দেখায়নি। তিনি আরও লিখেছেন যে, যান্ত্রিক মানুষকে দিয়ে চাকরবাকরের মতো কাজ করানো সম্ভব হলেও, তাকে দিয়ে কাজের কাজ বা বুদ্ধির কাজ কোনওদিনই করানো যাবে না।

প্রোফেসর বোর্গেল্টের একটা ছবিও প্রবন্ধটার সঙ্গে রয়েছে। প্রশস্ত ললাট, ভুরু দুটো অস্বাভাবিক রকম ঘন, চোখ দুটো কোটরে ঢোকা, আর থুতনির মাঝখানে একটা দু ইঞ্চি আন্দাজ লম্বা আর সেই রকমই চওড়া প্রায় চারকোনা কালো দাড়ির চাবড়া।

ভদ্রলোকের লেখা পড়ে আর তাঁর চেহারা দেখে তাঁর সঙ্গে দেখা করার আগ্রহটা আরও বেড়ে গেল।

২৩শে মে

আজ সকালে হাইডেলবার্গ পৌঁছেছি। ছবির মতো সুন্দর শহর, ইউরোপের প্রাচীনতম বিশ্ববিদ্যালয়ের অবস্থিতির জন্য প্রসিদ্ধ। নেকার নদী শহরের মধ্যে দিয়ে বয়ে গেছে, পেছনে প্রহরীর মতো দাঁড়িয়ে আছে সবুজ বনে ঢাকা পাহাড়। এই পাহাড়ের উপর রয়েছে হাইডেলবার্গের ঐতিহাসিক কেল্লা।

শহর থেকে পাঁচ মাইল বাইরে মনোরম প্রাকৃতিক পরিবেশে প্রোফেসর পমারের বাসস্থান। সত্তর বছরের বৃদ্ধ বৈজ্ঞানিক আমাকে যে কী খাতির করলেন তা বলে বোঝানো যায় না। বললেন, 'ভারতবর্ষের প্রতি জার্মানির একটা স্বাভাবিক টান আছে জান বোধ হয়। আমি তোমাদের দেশের প্রাচীন সাহিত্য দর্শন ইত্যাদির অনেক বই পড়েছি। ম্যাক্স মুলার এসব বইয়ের চমৎকার অনুবাদ করেছেন। তাঁর কাছে আমরা বিশেষভাবে ঋণী। তুমি একজন ভারতীয় বৈজ্ঞানিক হয়ে আজ যে কাজ করেছ, তাতে আমাদের দেশেরও গৌরব বাড়ল।'

রোবুকে তার সাইজ অনুযায়ী একটা প্যাকিংকেসে খড়, তুলো, করাতের গুঁড়ো ইত্যাদির মধ্যে খুব সাবধানে শুইয়ে নিয়ে এসেছিলাম। পমারের তাকে দেখার জন্য খুবই কৌতূহল হচ্ছে জেনে আমি দুপুরের মধ্যেই তাকে বাক্স থেকে বার করে ঝেড়ে পুঁছে পমারের

ল্যাবরেটরিতে দাঁড় করালাম। পমার এ জিনিসটি নিয়ে এত গবেষণা এত লেখালেখি করলেও নিজে কোনওদিন রোবো তৈরি করেননি।

রোবুর চেহারা দেখে তাঁর চোখ কপালে উঠে গেল। বললেন, 'এ যে তুমি দেখছি আঠা, পেরেক, আর স্টিকিং প্লাস্টার দিয়েই সব জোড়ার কাজ সেরেছ! তুমি বলছ এই রোবো কথা বলে, কাজ করে?'

পমারের গলায় অবিশ্বাসের সুর অতি স্পষ্ট।

আমি একটু হেসে বললাম, 'আপনি ওকে পরীক্ষা করে দেখতে পারেন। ওকে প্রশ্ন করুন না।'

পমার রোবুর দিকে ফিরে বললেন, 'Welche arbeit machst du? (তুমি কী কাজ কর?)'

রোবু স্পষ্ট গলায় স্পষ্ট উচ্চারণে উত্তর দিল, 'Ich helfe meinem herrn bei seiner arbeit, und lose mathematische probleme (আমি আমার মনিবের কাজে সাহায্য করি, আর অঙ্কের সমস্যার সমাধান করি)।'

পমার রোবুর দিকে অবাক দৃষ্টিতে চেয়ে কিছুক্ষণ মাথা নাড়লেন। তারপর একটা দীর্ঘনিশ্বাস ফেলে বললেন, 'শঙ্কু, তুমি যা করেছ, বিজ্ঞানের ইতিহাসে তার কোনও তুলনা নেই। বোর্গেল্টের ঈর্ষা হবে।'

এর আগে বোর্গেল্ট সম্বন্ধে আমাদের মধ্যে কোনও কথা হয়নি। হঠাৎ পমারের মুখে তাঁর নাম শুনে একটু চমকেই গেলাম। বোর্গেল্টও কি নিজে কোনও রোবো তৈরি করেছেন নাকি?

আমি কিছু জিজ্ঞেস করার আগেই পমার বললেন, 'বোর্গেল্ট হাইডেলবার্গেই আছে—আমারই মতো নির্জন পরিবেশে, তবে নদীর ওপারে। আমার সঙ্গে আগে যথেষ্ট আলাপ ছিল—বন্ধুত্বই বলতে পারো। একই স্কুলে পড়েছি বার্লিনে—তবে ওর চেয়ে আমি তিন বছরের সিনিয়র ছিলাম। তারপর আমি হাইডেলবার্গে এসে ডিগ্রী পড়ি। ও বার্লিনেই থেকে যায়। বছর দশেক হল ও এখানে এসে ওদের পৈতৃক বাড়িতে রয়েছে।'

'উনি কি নিজে রোবো তৈরি করেছেন?'

'অনেকদিন থেকেই লেগে আছে—কিন্তু বোধ হয় সফল হয়নি। মাঝে তো শুনেছিলাম ওর মাথাটা একটু বিগড়েই গেছে। গত ছ'মাস ও বাড়ি থেকে বেরোয়নি। আমি টেলিফোনে কথা বলার চেষ্টা করেছি কয়েকবার, প্রতিবারই ওর চাকর বলেছে বোর্গেল্ট অসুস্থ। ইদানীং আর ফোনটোন করিনি।'

'আমি এসেছি সেটা কি উনি জানেন?'

'তা তো বলতে পারি না। তুমি আসছ সেকথা এখানকার কয়েকজন বৈজ্ঞানিককে আমি বলেছি—তাদের সঙ্গে তোমার দেখাই হবে। খবরের কাগজের লোকও কেউ কেউ জেনে থাকতে পারে। বোর্গেল্টকে আর আলাদা করে জানাবার প্রয়োজন দেখিনি।'

আমি চুপ করে রইলাম। দেয়ালে একটা কুকু ক্লকে কুক কুক করে চারটে বাজল। খোলা জানালার বাইরে বাগান দেখা যাচ্ছে; তারও পিছনে পাহাড়। দু-একটা পাখির ডাক ছাড়া আর কোনও শব্দ নেই।

পমার বললেন, 'রাশিয়ার স্ট্রেগোনাফ, আমেরিকার প্রোফেসর স্টাইনওয়ে, ইংলন্ডের ডাঃ ম্যানিংস—এঁরা সকলেই রোবো তৈরি করেছেন। জার্মানিতেও তিন-চারটে রোবো তৈরি হয়েছে—আর সেগুলো সবই আমি দেখেছি। কিন্তু তাদের কোনওটাই এত সহজে তৈরি হয়নি, আর এমন স্পষ্ট কথাও বলতে পারে না।'

আমি বললাম, 'ও কিন্তু অঙ্কও করতে পারে। ওকে যে কোনও অঙ্ক দিয়ে আপনি পরীক্ষা

করে দেখতে পারেন।'

পমার অবাক হয়ে বললেন, 'বলো কী ! ও আউয়েরবাখের ইকুয়েশন জানে ?'

'জিজ্ঞেস করে দেখুন।'

রোবুকে পরীক্ষা করে পমার বললেন, 'এ একেবারে তাজ্জব কাণ্ড। সাবাস তোমার প্রতিভা।' তারপর একমুহূর্ত চুপ করে থেকে বললেন, 'তোমার রোবু কি মানুষের মতো অনুভব করতে পারে ?'

আমি বললাম, 'না—ও জিনিসটা ও পারে না।'

পমার বললেন, 'আর কিছু না হোক, তোমার ব্রেনের সঙ্গে ওর যদি একটা সংযোগ থাকত তা হলে খুব ভাল হত। অন্তত তোমার সুখ দুঃখ যদি ও বুঝতে পারত তা হলে ওকে দিয়ে তোমার অনেক উপকার হতে পারত। ও সত্যিই তা হলে তোমার একজন নির্ভরযোগ্য সাথী হতে পারত।'

পমার যেন একটু অন্যমনস্ক হয়ে পড়লেন। তারপর বললেন, 'আমি ওই ব্যাপারটা নিয়ে অনেক ভেবেছি—একটা যান্ত্রিক মানুষকে কী করে একটা রক্ত-মাংসের মানুষের মনের কথা বোঝানো যায়। এ নিয়ে অনেক দূর আমি এগিয়েও ছিলাম, কিন্তু তারপর বুড়ো হয়ে পড়লাম। ব্রেনটা ঠিকই ছিল, কিন্তু হৃদরোগ ধরে কাবু করে দিল। আর, যে রোবোর উপর এইসব পরীক্ষা চালাব, সেটা তৈরি করারও আমার সামর্থ্য রইল না।'

আমি বললাম, 'আমি রোবুর কাজে দিব্যি খুশি আছি। ও যতটুকু করে তাই আমার পক্ষে যথেষ্ট।'

পমার কিছু বললেন না। তিনি দেখি একদৃষ্টে রোবুর দিকে চেয়ে আছেন। রোবুর মুখে সেই হাসি। ঘরের জানালা দিয়ে পড়ন্ত রোদ ঢুকে রোবুর বাঁ চোখটার উপর পড়েছে। রোদের ঝলসানিতে ইলেক্‌ট্রিকের বাল্‌বের চোখও মনে হয় হাসছে।

২৪শে মে

এখন রাত বারোটা। আমি পমারের বাড়ির দোতলার ঘরে বসে আমার ডায়রি লিখছি। গতকাল মাঝরাত্তির থেকে আরম্ভ করে আজ সারাদিনের মধ্যে অনেকগুলো ঘটনা ঘটেছে, যেগুলো সব গুছিয়ে লেখার চেষ্টা করছি। কতদূর পারব তা জানি না, কারণ আমার মন ভাল নেই। জীবনে আজ প্রথম আমার মনে সন্দেহ জেগেছে যে আমি নিজেকে যত বড় বৈজ্ঞানিক বলে মনে করেছিলাম, সত্যিই আমি তত বড় কি না। তাই যদি হতাম, তা হলে এভাবে অপদস্থ হলাম কেন ?

কাল রাত্রের ঘটনাটাই আগে বলি। এটা তেমন কিছু না, তবু লিখে রাখা ভাল।

রাত্রে পমার আর আমি ডিনার শেষ করে উঠেছি ন'টায়। তারপর দুজনে বৈঠকখানায় বসে কফি খেতে খেতে অনেক গল্প করেছি। তখনও পমারকে মাঝে মাঝে অন্যমনস্ক হয়ে পড়তে দেখেছি। কী ভাবছিলেন কে জানে। হয়তো রোবুকে দেখা অবধি ওঁর নিজের অক্ষমতার কথাটা বার বার মনে পড়ে যাচ্ছে। সত্যিই, উনি যে রকম বুড়ো হয়ে গেছেন, তাতে ওঁর পক্ষে আর রোবো নিয়ে নতুন করে কোনও গবেষণা করা সম্ভব বলে মনে হয় না।

আমি শুতে গেছি দশটার কিছু পরে। যাবার আগে রোবুকে দেখে গেছি। পমারের ল্যাবরেটরিতে ও দিব্যি আরামে আছে বলেই মনে হল। জার্মানির আবহাওয়া, এখানকার শীত ও প্রাকৃতিক সৌন্দর্য—এসবের প্রতি ওর কোনও ভ্রূক্ষেপই নেই। ও যেন শুধু অপেক্ষা

করে আছে আমার আদেশের জন্য। ঘুমোতে যাবার আগে আমরা দুই বৈজ্ঞানিক জার্মান ভাষায় ওর কাছে বিদায় নিলাম। রোবুও পরিষ্কার গলায় বলল, 'গুটে নাখ্‌ট্‌, হের্‌ প্রোফেসর শঙ্কু—গুটে নাখ্‌ট হের্‌ প্রোফেসর পমার।'

বিছানার পাশের বাতি জ্বালিয়ে কিছুক্ষণ একটা ম্যাগাজিন উলটে পালটে ঢং ঢং করে নীচের সিঁড়ির গ্রান্ডফাদার ঘড়িতে এগারোটা বাজা শুনে বাতি নিভিয়ে শুয়ে পড়েছি।

মাঝরাত্তিরে যখন ঘুম ভেঙেছে তখন কটা বেজেছে জানি না। ঘুমটা ভেঙেছে একটা আওয়াজ শুনেই—আর সে আওয়াজটা আসছে আমার ঘরের ঠিক নীচে পমারের ল্যাবরেটরি থেকে। খট খট খট ঠং ঠং—খট খট। একবার মনে হচ্ছে কাঠের মেঝের উপর মানুষের পায়ের আওয়াজ, আরেকবার মনে হচ্ছে যন্ত্রপাতি ঘাঁটাঘাঁটির শব্দ।

তবে আওয়াজটা পাঁচ মিনিটের বেশি আর শুনতে পেলাম না। তাও বেশ কিছুক্ষণ কান খাড়া করে শুয়ে রইলাম—যদি আরও কোনও শব্দ হয়। কিন্তু তারপরে ঘড়িতে তিনটে বাজার শব্দ ছাড়া আর কিছু শুনিনি।

সকালে ব্রেকফাস্টের সময় পমারকে আর এ বিষয়ে কিছু বললাম না। কারণ আমার ঘুমের কোনওরকম ব্যাঘাত হয়েছে শুনে উনি হয়তো ভারী ব্যস্ত হয়ে পড়বেন।

ব্রেকফাস্টের পর একটু বেড়াতে যাব বলে ঠিক করেছিলাম, কিন্তু টেবিল ছেড়ে ওঠার আগেই পমারের চাকর কুর্ট এসে একটা ভিজিটিং কার্ড তার মনিবের হাতে দিল। নাম পড়ে পমার অবাক হয়ে বললেন, 'সে কী, বোর্গেল্ট এসেছে দেখছি!'

আমিও খবরটা জেনে রীতিমতো অবাক হলাম।

বৈঠকখানায় গিয়ে দেখি, গিরিডিতে থাকতে জার্মান পত্রিকার ছবিতে যে মুখ দেখেছিলাম, এ সে-ই মুখ, কেবল চুলে আরও অনেক বেশি পাক ধরেছে। আমরা ঢুকতেই বোর্গেল্ট সোফা থেকে উঠে দাঁড়িয়ে আমাদের অভিবাদন জানালেন। এত বয়স সত্ত্বেও তাঁর চটপটে মিলিটারি ভাব দেখে আশ্চর্য লাগল। এঁরও তো প্রায় সত্তরের কাছাকাছি বয়স—কিন্তু কী জোয়ান স্বাস্থ্য!

পমার বললেন, 'কই, বোর্গেল্ট, তোমাকে দেখে তো লম্বা অসুখ থেকে উঠেছ বলে মোটেই বোধ হচ্ছে না—বরং মনে হচ্ছে চেঞ্জে গিয়ে শরীর সারিয়ে এসেছ।'

বোর্গেল্ট ভারী গলায় হো হো করে হেসে বললেন, 'অসুখ বললে লোকে উৎপাতটা কম করে; ব্যস্ত আছি বললে অনেক সময়েই কাজ হয় না—বরং লোকের তাতে কৌতূহলটা বেড়েই যায়, আর তখন তারা টেলিফোন করে বার বার জানতে চায় ব্যস্ততার কারণ কী। বুঝতেই পারছ সে কারণটা সব সময় বলা যায় না।'

'তা অবিশ্যি যায় না।'

পমার বোর্গেল্টকে পানীয় অফার করতে ভদ্রলোক মাথা নেড়ে বললেন, 'ও জিনিসটা একদম ছেড়ে দিয়েছি, আর আমার সময়ও খুব বেশি নেই। আমি আজকের খবরের কাগজে রোবো সহ প্রোফেসর শঙ্কুর এখানে আসার কথা পড়লাম। ও ব্যাপারে আমার কীরকম কৌতূহল সে তো জানোই। তাই খবর না দিয়েই একেবারে সটান চলে এলাম। আশা করি কিছু মনে করনি।'

'না, না।'

আমি বললাম, 'আপনি বোধ হয় তা হলে আমার যন্ত্রটা একবার দেখতে চান।'

'সেই জন্যেই তো আসা। আপনি কীভাবে অসম্ভবকে সম্ভব করলেন সেটা জানার স্বভাবতই একটা আগ্রহ হচ্ছে।'

বোর্গেল্টকে ল্যাবরেটরিতে নিয়ে এলাম।

রোবুকে দেখেই বোর্গেল্টের প্রথম কথা হল, 'আপনি বোধ হয় চেহারাটার দিকে বিশেষ দৃষ্টি দেননি। আমার মনে হয় এ জিনিসটাকে যান্ত্রিক মানুষ না বলে কেবল যন্ত্র বলাই ভাল—তাই নয় কি ?'

এটা অবিশ্যি আমি অস্বীকার করতে পারলাম না। বললাম, 'আমি কাজের উপরই জোরটা দিয়েছি বেশি—সেটা ঠিক। অ্যাপোলোর মতো নিখুঁত সুদর্শন মানুষ ওকে নিশ্চয়ই বলা চলে না।'

'আপনার রোবো ভাল অঙ্ক কষতে পারে শুনেছি!'

'টেস্ট করবেন ?'

বোর্গেল্ট রোবুর দিকে ফিরে বললেন, 'দুইয়ে দুইয়ে কত হয় ?'

উত্তরটা রোবুর মুখ থেকে এত জোরে এল যে পমারের ল্যাবরেটরির কাচের জিনিসপত্র সব ঝনঝন করে উঠল। এত জোরে রোবু কখনও কথা বলে না। স্পষ্ট বুঝলাম—আর বুঝে একটু অবাক হলাম যে, বোর্গেল্টের প্রশ্নে রোবু বিরক্ত হয়েছে।

বোর্গেল্টের নিজের হাবভাবও এই দাবড়ানির চোটে একটু আড়ষ্ট বলে মনে হল। তিনি একের পর এক কঠিন অঙ্কের প্রশ্ন রোবুকে করতে লাগলেন, আর রোবুও যথারীতি পাঁচ থেকে সাত সেকেন্ডের মধ্যে প্রত্যেক প্রশ্নের জবাব দিয়ে গেল। গর্বে আমার বুকটা ফুলে উঠল। বোর্গেল্টের দিকে চেয়ে দেখি এই চল্লিশ ডিগ্রি শীতের মধ্যেও তাঁর কপালে বিন্দু বিন্দু ঘাম দেখা দিয়েছে।

প্রায় পাঁচ মিনিট প্রশ্ন করার পর বোর্গেল্ট আমার দিকে ফিরে বললেন, 'অঙ্ক ছাড়া আর কী জানে ও ?'

আমি বললাম, 'আপনার বিষয়ে ওর অনেক তথ্য জানা আছে—জিজ্ঞেস করে দেখতে পারেন।'

আসবার আগে একটা জার্মান বিজ্ঞানকোষ থেকে বোর্গেল্ট-এর জীবন সংক্রান্ত অনেক খবর রোবুর মধ্যে 'পুরে' দিয়েছিলাম। আমি আন্দাজ করেছিলাম যে, বোর্গেল্ট রোবুকে প্রশ্ন করতে পারেন।

বোর্গেল্ট আমার কথা শুনে যেন বেশ একটু অবাক হলেন। তারপর বললেন, 'এত জ্ঞান আপনার যন্ত্রের ? বেশ, বলো তো হের্ রোবু...আমার নামটি কী।'

রোবুর মুখ দিয়ে কথা বেরোল না। এক সেকেন্ড, দু সেকেন্ড, দশ সেকেন্ড, এক মিনিট—কোনও উত্তর নেই, কোনও শব্দ নেই, কোনও কিচ্ছু নেই। রোবু যেন ঘরের আর সব টেবিল চেয়ার আলমারি যন্ত্রপাতির মতোই নিষ্প্রাণ, নির্জীব।

এবারে আমার ঘাম ছোটার পালা। আমি এগিয়ে রোবুর মাথার উপরের বোতামটা নিয়ে টেপাটেপি করলাম, এটা নাড়লাম, ওটা নাড়লাম—এমনকী রোবুর সমস্ত শরীরটাকে নিয়ে বারবার ঝাঁকুনি দিলাম—ভিতরের কলকবজা সব ঝনঝন করে উঠল— কিন্তু কোনও ফল হল না।

রোবু আজ আমার এবং ভারতীয় বিজ্ঞানের সমস্ত মানসম্মান এই দুই বিখ্যাত বিদেশি বৈজ্ঞানিকের সামনে মাটিতে মিশিয়ে দিল।

বোর্গেল্ট মুখ দিয়ে হুঁঃ করে একটা শব্দ করে বললেন, 'ওটায় যে একটা বড় রকম ডিফেক্ট রয়ে গেছে তাতে কোনও সন্দেহ নেই। যাই হোক—অঙ্কটা ও ভালই জানে। যদি অসুবিধা না হয়, কাল বিকেলে ওটাকে নিয়ে একবার আমার বাড়িতে গেলে আমি সারিয়ে দিতে পারব বলে মনে হয়। আর আমারও কিছু দেখাবার আছে। তোমাদের দুজনেরই নেমন্তন্ন রইল।'

বোর্গেল্ট বিদায় নিয়ে চলে গেলেন।

পমার আমার মনের অবস্থা বুঝতে পেরেছিলেন, আর আমিও বুঝতে পারছিলাম তিনি নিজেও খুব বিব্রত বোধ করছেন। বললেন, 'আমার কাছে ব্যাপারটা ভারী আশ্চর্য লাগছে। এসো তো দেখা যাক ও এখন আবার ঠিকমতো কথা বলছে কি না।'

ল্যাবরেটরিতে ফিরে গিয়ে রোবুকে প্রশ্ন করতে সে আবার যথারীতি জবাব দিতে শুরু করল। হাঁটা চলাও ঠিকই করল। বুঝতে পারলাম যে ঠিক ওই একটা প্রশ্নের মুহূর্তে ওর মধ্যে কোনও একটা সাময়িক গণ্ডগোল হয়েছিল যার জন্য বেচারা জবাবটা দিতে পারেনি। এ ব্যাপারে দায়ী করতে হলে আমাকেই করতে হয়। ওর আর কী দোষ?

সন্ধ্যার দিকে বোর্গেল্টের কাছ থেকে টেলিফোন এল। ভদ্রলোক আগামীকালের নেমন্তন্নের কথা মনে করিয়ে দিলেন। রোবুকে নিয়ে আসার কথাটাও আবার বলে বললেন, 'আমি ছাড়া আর কেউ থাকবে না, কাজেই আপনার যন্ত্র যদি গণ্ডগোল করে, বাইরের কারুর কাছে অপদস্থ হবার কোনও ভয় নেই আপনার।'

মন থেকে অসোয়াস্তি যাচ্ছিল না। কাজেই রাত্রে পাছে ঘুম না হয় সেই জন্য আমার তৈরি ঘুমের ওষুধ সম্‌নোলিনের একটা বড়ি খেয়ে নিয়েছি।

একটা কথা মনে পড়ে একটু খটকা লাগল। কাল মাঝরাত্রিতে খুট খুট আওয়াজ কেন হচ্ছিল? পমার নিজেই কি ল্যাবরেটরিতে কাজ করছিলেন নাকি? রোবুর ভিতরের কলকবজা তিনি কিছু বিগড়ে দেননি তো?

পমার আর বোর্গেল্টের মধ্যে কোনও ষড়যন্ত্র চলছে না তো?

২৭শে মে

কাল দেশে ফিরব। হাইডেলবার্গের বিভীষিকা কোনওদিন মন থেকে মুছবে বলে মনে হয় না।

তবে একটা নতুন জ্ঞান লাভ করেছি এখানে এসে। এটা বুঝেছি যে, বৈজ্ঞানিকেরা সম্মানের যোগ্য হলেও, তাঁরা সকলেই বিশ্বাসের যোগ্য নন। কিন্তু যখন ঘটনাটা ঘটল, তখন এসব কথা কিছুই মনে হয়নি। তখন কেবল মনে হয়েছিল—আমার এত কাজ বাকি, কিন্তু আমি কিছুই করে যেতে পারলাম না। কীভাবে যে প্রাণটা—

ঘটনাটা খুলেই বলি।

বোর্গেল্ট আমাদের দুজনকে নেমন্তন্ন করে গিয়েছিলেন। রোবুকে সঙ্গে নিয়ে চলাফেরা করা সহজ নয়, কিন্তু ভদ্রলোক যখন বলেইছেন তখন ওকে নিয়ে যাওয়াই স্থির করলাম। বিকেল চারটে নাগাদ রোবুকে বাক্সে পুরে একটা ঘোড়ারগাড়ির একদিকের সিটে তাকে কাত করে শুইয়ে দড়ি দিয়ে বেঁধে, তার উলটো দিকের সিটে আমরা দুজন বসে বোর্গেল্টের বাড়ির উদ্দেশে রওনা দিলাম। মাইল তিনেকের পথ, যেতে পঁয়তাল্লিশ মিনিটের মতো লাগবে।

পথে যেতে যেতে রাস্তার দুধারে বসন্তকালীন চেরিফুলের শোভা দেখতে দেখতে পমারের কাছে বোর্গেল্টের পূর্বপুরুষদের কথা শুনলাম। তাঁদের মধ্যে একজন—নাম জুলিয়াস বোর্গেল্ট—ব্যারন ফ্র্যাঙ্কেনস্টাইনের মতো মরা মানুষকে জ্যান্ত করতে গিয়ে নিজেই রহস্যময়ভাবে প্রাণ হারান। এ ছাড়া দু-একজন উন্মাদ পুরুষদের কথা শোনা যায় যাঁরা নাকি বেশির ভাগ জীবনই পাগলাগারদে কাটিয়েছিলেন।

বনের ভিতর দিয়ে পাহাড়ে রাস্তা উঠে গেছে। এখানে ঠাণ্ডাটা যেন আরও বেশি, তা ছাড়া রোদও পড়ে আসছে। আমি মাফলারটা বেশ ভাল করে জড়িয়ে নিলাম।

কিছুক্ষণ চলার পর একটা মোড় ঘুরতেই সামনে একটা কারুকার্য করা বিরাট গেট দেখা

গেল। পমার বললেন, 'এসে গেছি।' গেটের উপর নকশা করে লেখা রয়েছে 'ভিলা মারিয়ান'।

একজন প্রহরী এসে গেটটা খুলে দিল। আমাদের গাড়ি তার ভিতর দিয়ে ঢুকে খট খট করতে করতে একেবারে বাড়ির দরজার সামনে উপস্থিত হল। বাড়ির চেয়ে প্রাসাদ বা কেল্লা বললেই বোধ হয় ভাল।

বোর্গেল্ট সামনেই অপেক্ষা করছিলেন। আমাদের নামার সঙ্গে সঙ্গে এগিয়ে এসে তাঁর ঠাণ্ডা হাত দিয়ে আমাদের করমর্দন করে বললেন, 'তোমরা আসাতে আমি ভারী খুশি হয়েছি।'

তারপর দুজন ষণ্ডামার্কা চাকর বেরিয়ে এসে রোবুর বাক্সটা তুলে বাড়ির ভিতরে নিয়ে গেল। আমরা ভিতরে বৈঠকখানায় গিয়ে বসলাম, আর তার পাশেই লাইব্রেরিতে বোর্গেল্টের আদেশ মতো রোবুকে বাক্স থেকে বার করে দাঁড় করানো হল।

সমস্ত বাড়িটা, বিশেষ করে এই বৈঠকখানা এবং তার প্রত্যেকটি জিনিস—ছবি, আয়না, ঘড়ি, ঝাড়লণ্ঠন—সব কিছুতেই যেমন প্রাচীনত্ব তেমনই আভিজাত্যের ছাপ। একটা কেমন গন্ধ রয়েছে ঘরটার মধ্যে, যেটা কিছুটা পুরনো কাঠের, আর কিছুটা যেন মনে হয় কোনও ওষুধের বা কেমিক্যালের। বোর্গেল্টেরও নিজের একটা ল্যাবরেটরি নিশ্চয়ই আছে, আর সেটা হয়তো এই বৈঠকখানারই কাছাকাছি কোথাও হবে। বাতি জ্বালানো সত্ত্বেও ঘরের আবছা অন্ধকার ভাবটা কাটল না। কাটবেই বা কী করে, এমন কোনও জিনিস ঘরে নেই যার রং

বলা যেতে পারে হালকা। সবই হয় ব্রাউন না হয় কালচে—আর সবই পুরনো। সব মিলিয়ে একটা গম্ভীর গা ছম ছম করা ভাব।

আমি মদ খাই না বলে বোর্গেল্ট আমার জন্য গেলাসে করে আপেলের রস আনিয়ে দিলেন। যে চাকরটি ট্রেতে করে পানীয় নিয়ে এল, দেখলে মনে হয় তার অন্তত নব্বুই বছর বয়স হবে। আমি হয়তো তার দিকে একটু বেশি মাত্রায় অবাক হয়ে দেখছিলাম, আর বোর্গেল্ট বোধ হয় আমার কৌতূহল মেটাবার জন্যই বললেন, 'রুডি আমার জন্মের আগে থেকেই এ বাড়িতে আছে। ওরা তিনপুরুষ ধরে আমাদের বাড়ির চাকর।'

এখানে বলে রাখি, বোর্গেল্টের মতো এমন গম্ভীর অথচ এত মোলায়েম গলার স্বর আমি আর কখনও শুনিনি।

আমরা তিনজনে হাতে গেলাস তুলে পরস্পরের স্বাস্থ্য কামনা করছি, এমন সময় বাইরে কোথা থেকে যেন টেলিফোন বেজে উঠল। তারপর বুড়ো চাকর রুডি এসে খবর দিল পমারের ফোন। পমার উঠে ফোন ধরতে চলে গেলেন।

বোর্গেল্টের হাতের গেলাসেও আপেলের রস। সেটাকে ঘোরাতে ঘোরাতে আমার দিকে একদৃষ্টে চেয়ে বোর্গেল্ট বললেন, 'প্রফেসর শঙ্কু—তুমি জান বোধ হয়, আজ ত্রিশ বছর ধরে বৈজ্ঞানিকেরা যান্ত্রিক মানুষ নিয়ে গবেষণা করছেন।'

আমি বললাম, 'জানি।'

'এ নিয়ে কিছু কাজ আমিও করেছি তা জান বোধ হয়।'

'জানি। আমি তোমার কিছু লেখাও পড়েছি।'

'আমি শেষ লেখা লিখেছি দশ বছর আগে। আমার আসল গবেষণা শুরু হয়েছে সেই লেখার পর। এই গবেষণার বিষয় একটি তথ্যও আমি কোথাও প্রকাশ করিনি।'

আমি চুপ করে রইলাম। বোর্গেল্টও চুপ করে একদৃষ্টে তাঁর কোটরাগত নীল চোখ দিয়ে আমার দিকে চেয়ে রইলেন। কোথায় যেন একটা দুম দুম করে শব্দ হচ্ছে। বাড়িরই মধ্যে, কিন্তু কাছাকাছি নয়। পমার এত দেরি করছেন কেন? উনি কার সঙ্গে টেলিফোনে কথা বলছেন?

বোর্গেল্ট বললেন, 'পমারের ফোনটা বোধ হয় জরুরি।'

আমি চমকে উঠলাম। আমি তো কিছু বলিনি ওঁকে। উনি আমার মনের কথা বুঝলেন কী করে?

এবার বোর্গেল্ট একটা প্রশ্ন করে বসলেন যেটা আমার কাছে সম্পূর্ণ অপ্রত্যাশিত।

'তোমার রোবোটা আমাকে বিক্রি করবে?'

আমি অবাক হয়ে বললাম, 'সে কী কথা! কেন বলো তো?'

বোর্গেল্ট গম্ভীর গলায় বললেন, 'আমার ওটা দরকার। কারণ শুধু একটাই। আমার রোবো অঙ্ক কষতে জানে না, অথচ ওটার আমার বিশেষ প্রয়োজন।'

'তোমার রোবো কি এখানে আছে?'

বোর্গেল্ট মাথা নেড়ে হ্যাঁ বললেন।

থেকে থেকে গুম গুম গুম গুম শব্দ, আর পমারের ফিরতে দেরি—এই দুটো ব্যাপারেই কেমন যেন অসোয়াস্তি লাগছিল। কিন্তু তা সত্ত্বেও বোর্গেল্টের রোবো এই বাড়িতেই আছে জেনে, আর তাকে হয়তো দেখতে পাব এই মনে করে, একটা উত্তেজনার শিহরন অনুভব করলাম।

বোর্গেল্ট বললেন, 'আমার রোবোর মতো রোবো আজ পর্যন্ত কেউ তৈরি করতে পারেনি। আমি—গটফ্রীড বোর্গেল্ট—যা সৃষ্টি করেছি তার কোনও তুলনা নেই। কিন্তু

আমার রোবোর একটি গুণের অভাব। সে তোমারটার মতো অত সহজে অঙ্ক কষতে পারে না। অথচ তার এই অভাব পূরণ করা দরকার। তোমার রোবোটা পেলে সে কাজটা সম্ভব হবে।'

আমার ভারী বিরক্ত লাগল। এমন জিনিস কি কেউ কখনও পয়সার জন্য হাতছাড়া করে? আমার এত সাধের নিজের হাতের তৈরি প্রথম রোবো—এটা আমি হাইডেলবার্গের আধপাগলা বৈজ্ঞানিককে বিক্রি করে দেব? কীসের জন্য? আমার এমন কী টাকার দরকার পড়েছে। আর ওই অঙ্কের ব্যাপারটাতেই তো আমার সবচেয়ে বড় কৃতিত্ব। বোর্গেল্ট যেমন রোবোই তৈরি করে থাকুন না কেন, উনি নিজে যাই বলুন, আমি জানি আমার চেয়ে আশ্চর্য কোনও যান্ত্রিক মানুষ তিনি কখনওই তৈরি করেননি।

আমি মাথা নেড়ে বললাম, 'মাপ করো, বোর্গেল্ট। ও জিনিসটা আমি বেচতে পারব না। সত্যি বলতে কী, তুমি যখন এত বড় বৈজ্ঞানিক—তখন আরেকটু পরিশ্রম করলে আমি যে জিনিসটা করেছি সেটা তুমি করতে পারবে না কেন?'

'তার কারণ—' বোর্গেল্ট সোফা ছেড়ে উঠে দাঁড়িয়েছেন—'সবাই সব জিনিস পারে না। এটাই পৃথিবীর নিয়ম। চেষ্টা করলে যে পারি তা আমিও জানি, কারণ আমার অসাধ্য কিছু নেই। কিন্তু সময় কম। আমার টাকা পয়সাও যা ছিল সবই গেছে। আমার বাড়ি দেনার দায়ে বাঁধা পড়ে আছে। সব কিছু গেছে আমার ওই একটি রোবো তৈরি করতে। কোটি কোটি মার্ক খরচ করেছি আমি ওটার পিছনে। কিন্তু ওই একটা গুণের অভাবে ওটা নিখুঁত হয়নি। ওটা আমার চাই। ওটা পেলে আমি আমার রোবো থেকেই আমার সমস্ত টাকা আবার ফিরে পাব। লোকে বলবে, হ্যাঁ—বোর্গেল্ট যা করেছে তার বেশি কিছু করা মানুষের সাধ্য নয়। আমার সিন্দুকে কিছু সোনার গেল্ড রাখা আছে—চারশো বছরের পুরনো। সে গেল্ড আমি তোমাকে দেব; তুমি রোবোটা বিক্রি করে দাও।'

সোনার লোভ দেখাচ্ছেন আমাকে! লোভ জিনিসটা যে কতকাল আগে জয় করেছি তা তো আর বোর্গেল্ট জানেন না! এবার আমিও আমার গলার স্বর যথাসম্ভব গম্ভীর করে বললাম, 'তোমার কথাবার্তার সুর আমার ভাল লাগছে না, বোর্গেল্ট। সোনা কেন—হিরের খনি দিলেও আমার রোবুকে বিক্রি করব না।'

'তা হলে আর তুমি কোনও রাস্তা রাখলে না আমার জন্য।'

এই বলে বোর্গেল্ট প্রথমেই যে কাজটা করলেন সেটা হল সোজা গিয়ে সিঁড়ির দিকের দরজাটা বন্ধ করে দেওয়া। তারপর উলটো দিকে যে দরজাটা ছিল—বোধ হয় খাবার ঘরে যাবার—সেটাও তিনি বন্ধ করে দিলেন। কাচের জানলাগুলো এমনিতেই বন্ধ। খোলা রইল শুধু লাইব্রেরির দরজা। রোবু রয়েছে ওই লাইব্রেরিঘরে, আর এই প্রথম আমার মনে হল যে, আমি হয়তো আর রোবুকে দেখতে পাব না। হয়তো সে আর কয়েকদিনের মধ্যেই অন্য মালিকের হয়ে কাজ করবে, তার হয়ে কঠিন কঠিন অঙ্কের সমাধান করবে। আর পমার? আমার মনে বিন্দুমাত্র সন্দেহ নেই যে, পমারের সঙ্গে বোর্গেল্ট ষড় করে আমার সর্বনাশ করতে চলেছে।

দুম দুম দুম দুম—আবার সেই শব্দ শুনতে পেলাম। মনে হয় মাটির নীচ থেকে আসছে সে শব্দটা। কীসের শব্দ? বোর্গেল্টের রোবো?

আর ভাববার সময় নেই। বোর্গেল্ট আমার সামনে এসে দাঁড়িয়েছেন। আবার সেই নিষ্পলক দৃষ্টি। এমন নিষ্ঠুর চাহনি আমি আর কারও চোখে দেখিনি।

এবার যখন বোর্গেল্ট কথা বললেন তখন দেখলাম তাঁর গলায় আর সে মোলায়েম ভাবটা নেই। তার বদলে একটা আশ্চর্য ইস্পাতসুলভ কাঠিন্য।

'প্রাণ সৃষ্টি করার চেয়ে প্রাণ ধ্বংস করা কত বেশি সহজ সেটা তুমি জান না শঙ্কু ?' গলার স্বর বন্ধ ঘরে গম গম করে প্রতিধ্বনিত হয়ে উঠল। 'একটি মাত্র ইলেকট্রিক শক্। কত ভোল্টের জান ? তোমার রোবু জানতে পারে।...আর সে শক্ দেওয়ার পন্থাটিও ভারী সহজ...'

আমার গায়ে সেই শক্-রোধ করা কার্বোথিনের গেঞ্জিটা পরা আছে। শকে আমার কিচ্ছু হবে না। কিন্তু গায়ের জোরে এই জার্মানের সঙ্গে পারব কী করে ?

আমি চিৎকার করে উঠলাম—'পমার ! পমার !'

বোর্গেল্ট তাঁর ডান হাতটাকে সামনে বাড়িয়ে পাঁচটা আঙুল সামনের দিকে সোজা করে আমার দিকে এগিয়ে আসছেন। তাঁর চোখে হিংস্র উল্লাসের দৃষ্টি।

আমি পেছোতে গিয়ে সোফায় বাধা পেলাম। পেছোনোর কোনও উপায় নেই।

বোর্গেল্টের হাতের আঙুল আমার কপাল থেকে ছ' ইঞ্চি দূরে। গিরিডির কথা—

ঠং ঠং ঠং ঠং—

একটা শব্দ শুনে আমার দৃষ্টি ডান দিকে ফিরল। বোর্গেল্টও যেন চমকে গিয়ে ঘাড় ফেরালেন। তারপর এক আশ্চর্য, অবিশ্বাস্য ব্যাপার ঘটল। ল্যাবরেটরির দরজা দিয়ে আমাদের ঘরের মধ্যে এসে উপস্থিত হল আমারই হাতের তৈরি যান্ত্রিক রোবু। তার চোখ এখনও ট্যারা, তার মুখে এখনও আমারই দেওয়া হাসি।

চোখের নিমেষে একটা ইস্পাতের ঝড়ের মতো এগিয়ে এসে তার হাতদুটোকে বাড়িয়ে দিয়ে সে জাপটে ধরল বোর্গেল্টকে।

আর তারপর যেটা ঘটল সেরকম বিচিত্র বীভৎস জিনিস আমি আর কখনও দেখিনি।

রোবুর হাতের চাপে বোর্গেল্টের মাথাটা যেন প্যাঁচের মতো একেবারে পিঠের দিকে ঘুরে গেল। তারপর রোবুরই টানে সেই মাথাটা শরীর থেকে একেবারে আলগা হয়ে গিয়ে মাটিতে ছিটকে পড়ল, আর শরীরের ভিতর থেকে গলার ফাঁক দিয়ে বেরিয়ে পড়ল একরাশ বৈদ্যুতিক তার !

আমি আর দাঁড়িয়ে থাকতে না পেরে প্রায় অবশ অচেতন অবস্থায় ধপ করে সোফায় বসে পড়লাম। চোখ, মন, মস্তিষ্ক সব যেন ধাঁধিয়ে গিয়েছিল।

প্রায় বেহুঁশ অবস্থায় বুঝতে পারলাম সিঁড়ির দিকের দরজায় ধাক্কা পড়ছে।

'শঙ্কু, দরজা খোলো—দরজা খোলো !'

পমারের গলা।

হঠাৎ যেন আমার শক্তি আর জ্ঞান ফিরে পেলাম। সোফা ছেড়ে উঠে দৌড়ে গিয়ে দরজা খুলে দেখি তিনজন লোক—পমার, বোর্গেল্টের বুড়ো চাকর রুডি, আর—হ্যাঁ, কোনও সন্দেহ নেই—ইনি হলেন আসল বৈজ্ঞানিক গটফ্রীড বোর্গেল্ট।

এর পরের ঘটনা আর বেশি নেই। আমার মনের কয়েকটা প্রশ্নের মধ্যে একটা পমারের কথায় মুহূর্তেই পরিষ্কার হয়ে গেল।

'সেদিন মাঝরাত্তিরে আমি ল্যাবরেটরিতে ঢুকে তোমার রোবুর মাথার ভিতর আমারই আবিষ্কৃত একটা যন্ত্র ঢুকিয়ে দিয়ে এসেছিলাম। তার ফলে তোমার সঙ্গে ওর মনের একটা টেলিপ্যাথিক যোগ হয়ে গিয়েছিল। তোমার বিপদ বুঝে তাই আর ও চুপ করে থাকতে পারেনি।'

বোর্গেল্ট বললেন, 'এসব যান্ত্রিক মানুষ যন্ত্রের মতো হওয়াই ভাল। আমার রোবোকে আমি এত বেশি আমার মতো করে ফেলেছিলাম বলেই ও আমাকে সহ্য করতে পারল না।

ঠিক ওরই মতো আরেকজন কেউ থাকে সেটা ও চাইল না। ভেবেছিলাম আমার মৃত্যুর পর ও আমার কাজ চালিয়ে যাবে, কিন্তু ব্রেন জিনিসটার মতিগতি কি আর মানুষ স্থির করতে পারে ? যেই ওর বাঁধন খুলে দিলাম, অমনি ও আমাকে বন্দি করে ফেলল। আমাকে মারেনি, তার কারণ ও জানত যে বিগড়ে গেলে আমি ছাড়া ওর গতি নেই।'

পমার বললেন, 'রুডি সবই জানত—কিন্তু ভয়ে কিছু করতে পারছিল না। আজকে ফোনের ধাপ্পাটা রুডিরই কারসাজি। ও চেয়েছিল আমাকে বাইরে এনে বোর্গেল্টের বন্দি হওয়ার কথাটা বলে, আর তারপর দুজনে মিলে তাকে উদ্ধার করার চেষ্টা করে। সেই ফাঁকে যে তোমার জীবন এইভাবে বিপন্ন হবে তা আমি ভাবতে পারিনি।'

একটা জিনিস হঠাৎ বুঝতে পেরে আমার মনটা খুশিতে ভরে উঠল। বললাম, 'রোবু

সেদিন বোর্গেল্টের নাম কেন বলেনি বুঝতে পারছেন তো ? যে আসলে বোর্গেল্ট নয়, তার নাম বোর্গেল্ট ও কী করে বলবে ? আমরা বুঝিনি, কিন্তু ও ঠিক বুঝেছিল। যন্ত্রই যন্ত্রকে চেনে ভাল !'

সন্দেশ। মাঘ, ফাল্গুন ১৩৭৪

প্রোফেসর শঙ্কু ও রক্তমৎস্য রহস্য

১৩ই জানুয়ারি

গত ক'দিনে উল্লেখযোগ্য ঘটনা ঘটেনি, তাই আর ডায়রি লিখিনি। আজ একটা স্মরণীয় দিন, কারণ আজ আমার লিঙ্গুয়াগ্রাফ যন্ত্রটা তৈরি করা শেষ হয়েছে। এ যন্ত্রে যে কোনও ভাষার কথা রেকর্ড হয়ে গিয়ে তিন মিনিটের মধ্যে তার বাংলা অনুবাদ ছাপা হয়ে বেরিয়ে আসে। জানোয়ারের ভাষার কোনও মানে আছে কি না সেটা জানার একটা বিশেষ আগ্রহ ছিল। আজ আমার বেড়াল নিউটনের তিন রকম ম্যাও রেকর্ড করে তার তিন রকম মানে পেলাম। একটা বলছে 'দুধ চাই', একটায় 'মাছ চাই' আর একটায় 'ইঁদুর চাই'। বেড়ালরা কি তা হলে খিদে না পেলে ডাকে না ? আরও দু রকম ম্যাও রেকর্ড না করে সেটা বোঝবার কোনও উপায় নেই।

মাছ বলতে মনে পড়ল—আজ খবরের কাগজে (মাত্র একটা বাংলা কাগজে) একটা খবর বেরিয়েছে, সেটার সত্যি মিথ্যে জানি না, কিন্তু সেটা যদি বানানোও হয়, তা হলে যে বানিয়েছে তার কল্পনাশক্তির প্রশংসা করতে হয়। খবরটা এখানে তুলে দিচ্ছি—

> 'গোপালপুর, ১০ জানুয়ারি। গোপালপুরের সমুদ্রতটে একটি আশ্চর্য ঘটনা স্থানীয় সংবাদদাতার একটি আশ্চর্য বিবরণে প্রকাশ পাইয়াছে। উক্ত বিবরণে বলা হইয়াছে যে, গতকল্য সকালে নুলিয়া শ্রেণীর কতিপয় ধীবর জাল ফেলিয়া সমুদ্র হইতে মাছ ধরিয়া সেই জাল ডাঙায় ফেলিবামাত্র উহা হইতে বিশ পঁচিশটি রক্তাভ মৎস লাফাইতে লাফাইতে পুনরায় সমুদ্রের জলে ঝাঁপাইয়া পড়িয়া জলমধ্যে অদৃশ্য হইয়া যায়। নুলিয়াদের কেহই নাকি এই মৎস্যের জাত নির্ণয় করিতে পারে নাই, এবং জালবদ্ধ মৎস্যের এ হেন ব্যবহার নাকি তাহাদের অভিজ্ঞতায় এই প্রথম।'

আমার প্রতিবেশী অবিনাশবাবু খবরটা পড়ে বললেন, 'এ তো সবে শুরু। এবার দেখবেন জল থেকে মাছ ড্যাঙায় ছিপ ফেলে মানুষ ধরে ধরে ফ্রাই করে খাচ্ছে। জলচর স্থলচর আর ব্যোমচর—এই তিন শ্রেণীর জীবের উপরেই মানুষ যে অত্যাচার এতদিন চালিয়ে এসেছে। একদিন না একদিন যে তার ফলভোগ করতে হবে তাতে আর আশ্চর্য কী ? আমি তো মশাই অনেকদিন থেকেই নিরামিষ ধরার কথা ভাবছি।'

এই শেষের কথাটা অবিশ্যি ডাহা মিথ্যে, কারণ, আর কিছু না হোক—অন্তত ইলিশমাছ

ভাজার গন্ধ পেলে যে অবিনাশবাবু আর নিউটনের মধ্যে কোনও তফাত থাকে না সেটা আমি নিজের চোখে বহুবার দেখেছি। তা অবিনাশবাবু একটুআধটু বাড়িয়ে বলেই থাকেন, তাই আমি আর কিছু বললাম না।

আজ ঠাণ্ডাটা বেশ ভাল ভাবেই পড়েছে। এটাও একটা ঘটনা। আমার ল্যাবরেটরির থার্মোমিটার সকালে দেখি ৪২ ডিগ্রি (ফাঃ)। গিরিডিতে বহুকাল এ রকম ঠাণ্ডা পড়েনি। আমার 'এয়ার কণ্ডিশনিং পিল'-টা কাজ দিচ্ছে ভাল। সার্টের বুকপকেটে একটা বড়ি রেখে দিই, আর তার ফলে গরমজামার কোনও প্রয়োজন হয় না।

১৬ই জানুয়ারি

আজকের স্টেট্সম্যানের প্রথম পাতায় একটা খবরের বাংলা করে দিচ্ছি।

'ওয়ালটেয়ার, ১৪ই জানুয়ারি। স্থানীয় একটা খবরে প্রকাশ যে, গতকাল সকালে একটি নরউইজীয় যুবক সমুদ্রে স্নানরত অবস্থায় একটি মাছের দ্বারা আক্রান্ত হয়ে প্রাণত্যাগ করে। লার্স কর্ণস্টাট নামক ২৮ বছর বয়সের এই যুবক তারই এক মাদ্রাজি বন্ধু পরমেশ্বরের সঙ্গে জলে নেমেছিল। কোনও এক সময়ে ভারতীয় যুবক তার বন্ধুর গলায় এক আর্তনাদ শুনে তার দিকে ফিরে দেখে একটি বিঘতপ্রমাণ লাল রঙের মাছ কর্ণস্টাটের গলায় কামড়ে ধরে ঝুলে আছে। পরমেশ্বর তার বন্ধুটির কাছে পৌঁছানোর আগেই মাছটি জলে লাফিয়ে পড়ে অদৃশ্য হয়ে যায়, আর তার পরমুহূর্তেই কর্ণস্টাটও অজ্ঞান হয়ে পড়ে। শুকনো বালির উপর কর্ণস্টাটকে এনে ফেলার সঙ্গে সঙ্গেই তার মৃত্যু হয়। এই ঘটনা সম্পর্কে পুলিশ তদন্ত করছে। আপাতত ওয়ালটেয়ারের সমুদ্রে স্নান নিষিদ্ধ বলে ঘোষণা করা হয়েছে।'

প্রথমে গোপালপুর, তারপর ওয়ালটেয়ার। দুটো মাছ একই জাতের বলে মনে হয়। হয় দুটো খবরকেই মিথ্যা বলে উড়িয়ে দিতে হয়, না হয় দুটোকেই বিশ্বাস করতে হয়।

আজ সারাদিন ধরে মাছ সম্বন্ধে পড়াশুনা করেছি। যতই পড়ছি ততই ঘটনাদুটির অস্বাভাবিকত্ব বুঝতে পারছি। সকালে খবরটা পড়ে বৈঠকখানায় বসে বসে ভাবছি এই সুযোগে গোপালপুরটা একবার ঘুরে এলে মন্দ হত না, এমন সময় অবিনাশবাবু লাফাতে লাফাতে হাঁপাতে হাঁপাতে এসে উত্তেজিত ভাবে তাঁর হাতের কাগজটা আমার নাকের সামনে

নাড়তে নাড়তে বললেন, 'পড়েছেন মশাই, পড়েছেন ? কী রকম বলেছিলাম ? অলরেডি শুরু হয়ে গিয়েছে মানুষের বিরুদ্ধে অভিযান !'

আমি বললাম, 'তা হলে বলব অভিযানটা আমার বিরুদ্ধে নয়—আপনার বিরুদ্ধে। কারণ, আমি পারতে মাছ মাংস খাই না, আর আপনার দুবেলা পাঁচটুকরো করে মাছ না হলে চলে না।'

অবিনাশবাবু ধপ করে সোফায় বসে পড়ে কাগজটা পাশে ফেলে দিয়ে বললেন, 'যা বলেছেন মশাই—মাছ ছাড়া মানুষে কী করে বাঁচে জানি না।'

আমি এ কথায় কোনও মন্তব্য না করে বললাম, 'সমুদ্র দেখেছেন ?'

অবিনাশবাবু তাঁর কম্ফর্টারটা আরও ভাল করে গলায় জড়িয়ে নিয়ে বললেন, 'দুর ! সমুদ্র না হাতি ! পুরীটা পর্যন্ত যাব যাব করে যাওয়া হল না। আসলে কী জানেন—সমুদ্রের মাছটা আবার আমার ঠিক রোচে না, আর ওসব জায়গায় শুনিচি খালি ওই খেতে হয়।'

আমার গোপালপুর যাবার প্ল্যান শুনে ভদ্রলোক একটুক্ষণ চুপ করে থেকে বললেন, 'ঝুলে পড়ব নাকি আপনার সঙ্গে ? ষাটের উপর বয়স হল—সমুদ্র দেখলুম না, মরুভূমি দেখলুম না, খাণ্ডালি পাহাড় ছাড়া পাহাড় দেখলুম না—শেষটায় মরবার সময় আপশোস করতে হবে নাকি ?'

আমি নিজে গোপালপুর যাওয়া মোটামুটি স্থির করে ফেলেছি। এই অদ্ভুত মাছের সন্ধান না পেলেও, নিরিবিলিতে আমার লেখার কাজকর্মগুলো খানিকটা এগিয়ে যাবে, আর চেঞ্জও হবে ভালই।

২১শে জানুয়ারি

দুদিন হল গোপালপুর এসে পৌঁছেছি। শেষপর্যন্ত অবিনাশবাবু আমার সঙ্গ নিলেন। তবে আমি হোটেলে, আর উনি একজন স্থানীয় বাঙালির বাড়িতে পেইংগেস্ট হয়ে আছেন। পিটপিটে লোক বলেই এই ব্যবস্থা। বললেন, 'ওসব বিলিতি হোটেলে কখন যে কী বলে কীসের মাংস খাইয়ে দেয় ! তার চেয়ে পয়সা দিয়ে হিঁদুর বাড়িতে থাকা ভাল।'

আমার চাকর প্রহ্লাদকে রেখে এসেছি ; তবে নিউটনকে সঙ্গে এনেছি। ও এসেই সমুদ্রতটের কাঁকড়াদের নিয়ে ভারী ব্যস্ত হয়ে পড়েছে।

এখনও পর্যন্ত রক্তমাছের কোনও হদিস পাইনি। এখানে ভদ্রলোকদের মধ্যে কেউই ও মাছ দেখেনি। যে নুলিয়াদের জালে মাছগুলো ধরা পড়েছিল, তাদের সঙ্গে কথা বলেছি। তারা তো বলে এরকম ঘটনা তাদের চোদ্দোপুরুষের জীবনে কখনও ঘটেনি। জালটা টানার সময় সেটা জলে থাকতেই তারা মাছের আশ্চর্য লাল রং দেখে বুঝেছিল একটা কোনও নতুন জাতের মাছ ধরা পড়েছে। ডাঙায় তুলে জালটা খোলার সঙ্গে সঙ্গেই নাকি অন্য সব মাছের ভিড়ের মধ্যে লাল মাছগুলো সব একসঙ্গে লাফিয়ে উঠে লাফাতে লাফাতে সমুদ্রের জলে গিয়ে পড়ে। লাফটা নাকি অনেকটা ব্যাঙের মতো, আর সেটা লেজের উপর ভর করে একেবারে সোজা হয়ে দাঁড়িয়ে। এটাও অনেক নুলিয়া লক্ষ করেছিল যে মাছের লেজটা নাকি দুভাগ হয়ে দুটো পায়ের মতো হয়ে গেছে।

অন্তত একজনও ক্যামেরাওয়ালা লোক যদি ওই ঘটনার সময় কাছাকাছি থাকত ! আমি নিজে ক্যামেরা এনেছি, আর আরও কিছু কাজে লাগার মতো যন্ত্রপাতি এনেছি। সে সব ব্যবহার করার সুযোগ আসবে কি না জানি না। আমার মেয়াদ হল সাতদিন ; যা হবার এরই মধ্যেই হতে হবে।

কাল হোটেলে এক জাপানি ভদ্রলোক এসেছেন। ডাইনিংরুমে আলাপ হল। নাম

হামাকুরা। ভাঙা ভাঙা ইংরিজি বলেন—বেশ কষ্ট করে তার মানে বুঝতে হয়। ভাগ্যিস আমার লিঙ্গুয়াগ্রাফটা সঙ্গে এনেছিলাম। এতে দুটো কাজ হয়েছে—ভদ্রলোকের সঙ্গে স্বচ্ছন্দে কথা বলা সম্ভব হচ্ছে, আর উনিও আমার বৈজ্ঞানিক প্রতিভা সম্পর্কে বেশ ভাল ভাবেই জেনে ফেলেছেন। উনি নিজে যে কী কাজ করেন সেটা এখনও ঠিক বুঝতে পারিনি। আমি এ বিষয়ে প্রশ্ন করলে উনি ঘুরিয়ে পালটা প্রশ্ন করেন। এত লুকোবার কী আছে জানি না। কাল বিকেলবেলা উনিও আমারই মতো সমুদ্রের ধারে পায়চারি করতে বেরিয়েছিলেন। প্রায়ই দেখছিলাম উনি হাঁটা থামিয়ে একদৃষ্টে সমুদ্রের দিকে চেয়ে আছেন। জাপানে শুনেছি মুক্তার ব্যবসা আছে, আর জাপানি মুক্তার খ্যাতি আছে। উনি কি সেই ধান্দাতেই এলেন নাকি?

২৩শে জানুয়ারি

পরশু রাত থেকেই নানারকম ঘটনা ঘটতে শুরু করেছে।

জাপানি ভদ্রলোকটি যে আমারই সমগোত্রীয়—অর্থাৎ উনিও যে বৈজ্ঞানিক—আর তাঁর গোপালপুর আসার উদ্দেশ্যটা কী—এসব খবর কী করে জানলাম সেটা আগে বলি।

গতকাল রোজকার মতো ভোরবেলা উঠে সমুদ্রের ধারে গিয়ে নুলিয়াদের জালটানা দেখছিলাম, এমন সময় জালে একটা নতুন ধরনের সামুদ্রিক জীব উঠল। বইয়ে ছবি দেখলেও এর নামটা আমার ঠিক মনে ছিল না। ওটার স্থানীয় নাম কিছু আছে কি না সেটা নুলিয়াদের জিজ্ঞেস করতে যাব, এমন সময় পিছন থেকে হামাকুরার গলা পেলাম—

'রায়ন ফিশ।' সত্যিই তো—লায়ন ফিশ!

আমি বেশ একটু অবাক হয়েই বললাম, 'তোমার এসব ব্যাপারে ইন্টারেস্ট আছে বুঝি?'

ভদ্রলোক একটু হেসে বললেন, ওটাই হল ওঁর পেশা, সামুদ্রিক প্রাণীতত্ত্ব নিয়ে পঁচিশ বছর ধরে গবেষণা করছেন তিনি।

এটা শুনে আমি তাঁকে আবার নতুন করে তাঁর গোপালপুরে আসার কারণটা জিজ্ঞেস করলাম। হামাকুরা বললেন তিনি আসছেন সিঙ্গাপুর থেকে। ওখানে সমুদ্রের উপকূলে গবেষণার কাজ করছিলেন; হঠাৎ একদিন কাগজে গোপালপুরের 'জামুপিনি ফিশের' কথা পড়ে সেটা দেখার আশায় এখানে চলে আসেন।

'জামুপিনি' যে 'জাম্পিং', সেটা বুঝতে অসুবিধা হল না। জাপানিরা যুক্তাক্ষরকে ভেঙে কীভাবে দুটো আলাদা অক্ষরের মতো উচ্চারণ করে সেটা এ কদিনে জেনে গেছি। হসন্ত ব্যাপারটাও এদের ভাষায় নেই; আর নেই 'ল'-এর ব্যবহার। সিঙ্গাপুর আর গোপালপুর তাই হামাকুরার উচ্চারণে হল সিনুগাপুরো আর গোপারপুরো। আর আমি হয়ে গেছি পোরোফেসোরো শোনোকু।

যাই হোক, আমিও হামাকুরাকে বললাম যে, আমারও গোপালপুর আসার উদ্দেশ্য ওই একই, কিন্তু যেরকম ভাবগতিক দেখছি তাতে আসাটা খুব লাভবান হবে বলে মনে হচ্ছে না। হামাকুরা আমার কথাটা শুনে কী যেন বলতে গিয়েও বলল না। বোধ হয় ভাষার অভাবেই তার কথাটা আটকে গেল।

সন্ধ্যার দিকটা রোজই আমরা বারান্দায় বসে থাকি। বারান্দা থেকে এক ধাপ নামলেই বালি, আর বালির উপর দিয়ে একশো গজ হেঁটে গেলেই সমুদ্র। কাল বিকেলে আমি আর হামাকুরা পাশাপাশি ডেকচেয়ারে বসে আছি, আর অবিনাশবাবু একটা করাত মাছের দাঁত কিনে এনে আমাদের দেখাচ্ছেন আর বলছেন যে, এইটে বাড়িতে রাখলে আর চোর আসবে না, এমন সময় একটা অদ্ভুত ব্যাপার হল।

সন্ধ্যার আবছা আলোতে স্পষ্ট দেখতে পেলাম, সমুদ্রের মাঝখান থেকে কী যেন একটা

লম্বা জিনিস বেরিয়ে উঠল, আর তার পরমুহূর্তেই তার মাথার উপর একটা সবুজ আলো জ্বলে উঠল।

হামাকুরা জাপানি ভাষায় কী জানি বলে লাফিয়ে উঠে তার ঘরে চলে গেল। তারপর সে ঘর থেকে খট খট খুট খুট পিঁ পিঁ ইত্যাদি নানারকম শব্দ বেরোতে লাগল। সবুজ আলোটা দেখি ক্রমাগত জ্বলছে—নিভছে। তারপর একসময় সেটা আর নিভল না—জ্বলেই রইল।

এদিকে অবিনাশবাবু উত্তেজিত হয়ে পড়েছেন। বললেন, 'এ যেন বায়স্কোপ দেখছি মশাই। কী হচ্ছে বলুন তো ? ও জিনিসটা কী ?'

এবার হামাকুরা ঘর থেকে বেরিয়ে এল। তাকে দেখে মনে হল সে ভারী নিশ্চিন্ত বোধ করছে, এবং খুশিও বটে। সবুজ আলোটার দিকে আঙুল দেখিয়ে সে বলল, 'মাই শিপ—তু গো দাউন—আনুদা ওয়াতা।'

বুঝলাম সেটা সাবমেরিন জাতীয় একটা কিছু—'আন্ডার ওয়াটার' অর্থাৎ সমুদ্রের তলায় চলে।

আমি বললাম, 'ওতে কে আছে ?'

হামাকুরা বলল, 'তানাকা। মাই ফুরেনোদো।'

'ইয়োর ফ্রেন্ড ?'

হামাকুরা ঘন ঘন মাথা নেড়ে বলল, 'হুঁঃ, হুঁঃ।'

'উই তু—সানিতিস। গো দাউন তু সুতাদি রাইফ আনুদা ওয়াতা।'

অর্থাৎ—আমরা দুজন সায়ান্টিষ্ট—আমরা 'গো ডাউন টু স্টাডি লাইফ আন্ডার ওয়াটার।' বুঝলাম তানাকা হল হামাকুরার সহকর্মী ; ওরা দুজনে একসঙ্গে সমুদ্রগর্ভে নেমে সামুদ্রিক জীবজগৎ সম্পর্কে গবেষণা করছে।

এবার বেশ স্পষ্ট বুঝতে পারলাম যে জাহাজটা আমাদের দিকে এগিয়ে এসেছে, আর আলোটা ক্রমেই উজ্জ্বল হয়ে উঠছে।

হামাকুরা বারান্দা থেকে বালিতে নেমে জলের দিকে হাঁটতে শুরু করল। আমরা দুজন তার পিছু নিলাম। জাহাজটা সম্পর্কে ভারী কৌতূহল হচ্ছিল। হামাকুরা যে এতদিন এইটেরই অপেক্ষা করছিল সেটা বুঝতে পারলাম। অবিনাশবাবু বালির উপর দিয়ে হাঁটতে হাঁটতে আমার কানে ফিসফিস করে বললেন, 'আপনার সঙ্গে আত্মরক্ষার জন্য অস্ত্রশস্ত্র আছে আশা করি। আমার কিন্তু এদের ভাবগতিক ভাল লাগছে না মশাই। হয় এরা গুপ্তচর, নয় স্মাগলার—এ আমি বলে দিলাম।'

জলের উপর দিয়ে যেভাবে সাবমেরিনটা তীরে চলে এল তাতে বুঝলাম যে, সেটা অ্যামফিবিয়ান, অর্থাৎ জলেও চলে ডাঙাতেও চলে। পুরীর সমুদ্রতীর হলে এতক্ষণে হাজার লোক এই জাহাজ দেখতে জমে যেত, কিন্তু গোপালপুরে এই জাহাজ আসার কথা জানলাম কেবলমাত্র আমি, অবিনাশবাবু আর হামাকুরা।

আয়তনে জাহাজটা আমাদের হোটেলের একটা কামরার চেয়ে বেশি বড় নয়। আকৃতিতে মাছের সঙ্গে একটা সাদৃশ্য আছে, যদিও মুখটা চ্যাপটা। তলায় তিনটে চাকা, দুপাশে দুটো ডানা, আর লেজের দিকে একটা হাল লক্ষ করলাম। কাঁধের উপর যে ডান্ডাটা রয়েছে, সেটা জলের ভিতর পেরিস্কোপের কাজ করে। এই ডান্ডাটারই মাথার কাছে সবুজ আলোটা রয়েছে।

জল পেরিয়ে তীরে পৌঁছোতেই জাহাজটা থামল, আর তার দুপাশ থেকে দুটো কাঁটার মতো জিনিস বেরিয়ে বালির ভেতর বেশ খানিকটা ঢুকে জাহাজটাকে শক্ত করে ডাঙার সঙ্গে আটকে দিল। বুঝলাম ঢেউ এলেও সেটা আর স্থানচ্যুত হবে না।

তারপর দেখলাম জাহাজের এক পাশের একটা দরজা খুলে গিয়ে তার ভিতর থেকে একজন চশমাপরা বেঁটেখাটো গোলগাল হাসিখুশি জাপানি ভদ্রলোক বেরিয়ে এসে হামাকুরার

সঙ্গে হ্যান্ডশেক করে, আমাদের দিকে ফিরে বার বার নতজানু হয়ে অভিবাদন জানাতে লাগল। তারই ফাঁকে অবিশ্যি হামাকুরা তাঁর সহকর্মীর সঙ্গে আমাদের পরিচয় করিয়ে দিলেন।

অবিনাশবাবু এবার ফিসফিস করে বললেন, 'অতিভক্তি তো চোরের লক্ষণ বলে জানতাম। ইনি এত বার বার হেঁট হচ্ছেন কেন বলুন তো ?'

আমিও ফিসফিস করে বললাম, 'জাপানে চোর ছ্যাঁচড় সাধু সন্ন্যাসী সবাই ওভাবে হেঁট হয়। ওতে সন্দেহ করার কিছু নেই।'

সমুদ্রতীর থেকে হোটেলে ফিরে আসার পর সমস্ত ব্যাপারটা পরিষ্কারভাবে জানলাম।

তানাকাও ছিল সিঙ্গাপুরে হামাকুরার সঙ্গে। সে গোপালপুর পর্যন্ত সমস্ত পথটা সমুদ্রের তলা দিয়েই এসেছে। আর হামাকুরা এসেছে আকাশপথে আর স্থলপথে। গোপালপুরকে ঘাঁটি করে ওরা দুজন সমুদ্রের তলায় অভিযান চালাবে রক্তমৎস্যের সন্ধানে।

আমি জিজ্ঞেস করলাম, মিস্টার তানাকা যে এতখানি পথ জলের তলা দিয়ে এলেন—তিনি কি সেই আশ্চর্য লালমাছ একটাও দেখতে পাননি ?

তানাকা হামাকুরার চেয়েও কম ইংরেজি জানেন। আমি লিঙ্গুয়াগ্রাফের সাহায্যে বুঝতে পারলাম যে রক্তমাছের কোনও চিহ্ন তিনি দেখেননি। কিন্তু অন্য জলচর প্রাণীর হাবভাবে একটা অদ্ভুত চাঞ্চল্য লক্ষ করেছেন। রেঙ্গুনের উপকূল দিয়ে আসার সময় অনেক মাছকে মরে পড়ে থাকতে দেখেছেন। তার মধ্যে কিছু হাঙর আর কিছু শুশুকও ছিল। এসবের কারণ তানাকা কিছুই অনুমান করতে পারেননি। কিন্তু তাঁর একটা ধারণা হয়েছে যে, রক্তমাছ না হলেও, অন্য কোনও জলচর প্রাণীর দৌরাত্ম্য এসব মৃত্যুর কারণ হতে পারে।

তানাকাকে ক্লান্ত মনে হওয়াতে তখন আর তাকে প্রশ্ন করে বিরক্ত করলাম না।

আমার ঘরে এসে অবিনাশবাবু বললেন, 'সমুদ্রের তলায় এভাবে দিব্যি চলে ফিরে বেড়াচ্ছে, এ তো ভারী অদ্ভুত ব্যাপার। কালে কালে কীই না হল !'

ভদ্রলোক এখনও জানেন না যে, সাবমেরিন বলে একটা জিনিস বহুদিন হল আবিষ্কার হয়েছে। আর লোকে সেই তখন থেকেই জলের তলায় চলাফেরা করছে। তবে, খুব বেশি গভীরে নামা আগে সম্ভব ছিল না। সেটা বোধ হয় এই জাপানি আবিষ্কৃত জাহাজে সম্ভব হচ্ছে।

অবিনাশবাবু বললেন, 'জানেন, এ জায়গাটা চট করে একঘেয়ে হয়ে যাবার একটা সম্ভাবনা ছিল, কিন্তু এখন দেখছি বেশ জমে উঠেছে। বেশ একটা রোমাঞ্চ অনুভব করছি। এত কাছ থেকে দু দুটো জাপানিকে একসঙ্গে দেখব, এ কোনওদিন ভাবতে পারিনি ! তবে ওইসব মাছফাছের ব্যাপারে আমার বিশ্বাস হয় না মশাই। হুঁ—লাল মাছ ! লাল মাছটা আবার নতুন জিনিস হল নাকি ? গিরিডিতে আমাদের মিত্তিরদের বাড়িতেই তো এক গামলা ভর্তি লাল নীল কতরকম মাছ রয়েছে। আর লাফিয়ে লাফিয়ে চলাটাই আর কী এমন আশ্চর্য বলুন। কই মাছ কানে হাঁটতে কি দেখেননি আপনারা ? সেও তো একরকম লাফানোই হল।'

অবিনাশবাবু চলে যাবার পর খাওয়াদাওয়া সেরে ঘণ্টা দুয়েক একটা প্রবন্ধ লেখার কাজ খানিকটা এগিয়ে রেখে, ঘর থেকে বেরিয়ে আবার বারান্দায় গিয়ে দাঁড়ালাম। এখানে রাত ন'টা থেকে ইলেক্‌ট্রিসিটির গোলমালে হোটেলের বাতিগুলো নিভে গিয়েছিল—তাই বেয়ারা এসে ঘরে মোমবাতি দিয়ে গিয়েছিল। বাইরে এসে দেখি সব থমথমে অন্ধকার। বারান্দার অন্যপ্রান্তে হামাকুরা আর তানাকার পাশাপাশি ঘর। সে দুটো অন্ধকার—বোধ হয় দুজনেই ঘুমিয়ে পড়েছে। বহু দূরে কোথা থেকে জানি ঢোলের শব্দ আসছে। বোধ হয় নুলিয়াদের কোনও পরবটরব আছে। এ ছাড়া শব্দের মধ্যে কেবল সমুদ্রের ঢেউয়ের দীর্ঘশ্বাস।

আমি বারান্দা থেকে বালিতে নামলাম। এখনও চাঁদ ওঠেনি।

একটা মৃদু শব্দ পেয়ে পিছনে ফিরে দেখি নিউটন ঘর থেকে বেরিয়ে বারান্দায় এসে

দাঁড়িয়েছে। তার দৃষ্টি সমুদ্রের দিকে, তার পিঠের লোমগুলো খাড়া হয়ে উঠেছে, আর লেজটা ফুলে উঁচিয়ে উঠেছে।

আমারও চোখ সমুদ্রের দিকে গেল। সমুদ্রের ঢেউয়ে ফস্‌ফরাস্ থাকার দরুন সেটা অন্ধকারেও বেশ পরিষ্কার দেখা যায়। কিন্তু এই ফস্‌ফরাসের নীলচে আলো ছাড়াও আরেকটা আলো এখন চোখে পড়ল। সেটা জ্বলন্ত কয়লার মতো লাল, আর এই লাল আভা চলে গেছে তীরের লাইন ধরে, এপাশ থেকে ওপাশ যতদূর চোখ যায়। এই আভা স্থির নয় ; তার মধ্যে যেন একটা চাঞ্চল্য আছে, চলা ফেরা আছে, এগিয়ে আসা পিছিয়ে যাওয়া আছে।

নিউটন ওই লালের দিকে চেয়ে গরগর করতে আরম্ভ করল। আমি ওকে চট করে কোলে তুলে নিয়ে ঘরে রেখে, আমার সুপার-টর্চ লাগানো বাইনোকুলারটা নিয়ে ঘরের দরজা বন্ধ করে দিয়ে আবার বারান্দায় এলাম।

টর্চটা জ্বেলে লালের দিকে তাগ করে বাইনোকুলার চোখে লাগাতেই একটা চোখ ধাঁধানো অবাক করা দৃশ্য দেখতে পেলাম। কাতারে কাতারে সোজা হয়ে দাঁড়ানো মাছের মতো দেখতে কোনও প্রাণী—তাদের প্রত্যেকটির গা থেকে লাল আলো বিচ্ছুরিত হচ্ছে—আর তারা যেন কৌতূহলী দৃষ্টিতে ডাঙার দিকে চেয়ে আছে।

কিন্তু এ দৃশ্য মিনিটখানেকের বেশি দেখার সৌভাগ্য হল না। আমার আলোর জন্যেই, বা অন্য কোনও কারণে কি না জানি না, সমস্ত মাছ হঠাৎ একসঙ্গে সমুদ্রের জলে ফিরে গেল—আর সেই সঙ্গে এই বিস্তীর্ণ অগ্নিরেখা অদৃশ্য হয়ে বাকি রইল শুধু ঢেউয়ের ফেনায় ফস্‌ফরাসের স্নিগ্ধ আভা।

আমি আরও কিছুক্ষণ অবাক হয়ে সমুদ্রের দিকে চেয়ে থেকে, তারপর আস্তে আস্তে চিন্তিতভাবে আমার ঘরে ফিরে এলাম। এ কী অদ্ভুত অজানা রহস্যময় প্রাণীর আবির্ভাব হল ? এতদিন এরা কোথায় ছিল ? এরই একটার ছোবলে ওয়ালটেয়ারে একজন মানুষের মৃত্যু হয়েছে। এরা কি তা হলে মানুষের শত্রু ? সমুদ্রের তলায় যে মরা মাছ তানাকা দেখেছে, তাদের মৃত্যুর জন্যেও কি এরাই দায়ী ?

রাত হয়েছিল অনেক। ঘরে এসে বিছানায় শুয়ে পড়লাম। ভাল ঘুম হল না। তার একটা কারণ নিউটনের ঘন ঘন গরগরানি।

* * * * *

আজ সকালে কাল রাত্রের ঘটনাটা আমার জাপানি বন্ধুদের কাছে বললাম। তানাকা শুনে বলল, 'তা হলে বোধ হয় আমাদের খুব বেশি ঘুরতে হবে না। ওরা নিশ্চয়ই কাছাকাছির মধ্যে আছে।'

আমি একটু ইতস্তত করে শেষপর্যন্ত আমার মনের কথাটা বলেই ফেললাম—

'তোমাদের ওই জাহাজে কি দুজনের বেশি লোক যেতে পারে না ?'

হামাকুরা বলল, 'আমরা ছ'জন পর্যন্ত ওই জাহাজে নেমেছি। তবে বেশিদিন একটানা ঘুরতে হলে চারজনের বেশি লোক একসঙ্গে না নেওয়াই ভাল।'

আমি বললাম, 'তোমাদের আপত্তি না থাকলে আমি আর আমার বেড়াল তোমাদের সঙ্গে আসতে চাই। আমাদের খোরাকির ব্যবস্থা আমি নিজেই করব, সে বিষয় তোমাদের ভাবতে হবে না।'

হামাকুরা শুধু রাজিই হল না, খুশিও হল। তানাকা আবার রসিক লোক ; সে বলল, 'তোমার ওই যন্ত্রটা সঙ্গে থাকলে হয়তো মাছের ভাষাও বুঝে ফেলা যেতে পারে।'

ঠিক হল যে পরদিন—অর্থাৎ আগামী কাল সকালে—আমরা রওনা হব। ওদের সঙ্গে খাবারদাবার আছে সাতদিনের মতো। সেই সময়টুকু আমরা একটানা সমুদ্রগর্ভে ঘুরতে পারব।

ভাগ্যিস গোপালপুরে এসেছিলাম, আর ভাগ্যিস হামাকুরাও ঠিক এখানেই এসেছিল ! সময় পেলে এ রকম একটা জাহাজ আমার পক্ষে তৈরি করে নেওয়া অসম্ভব ছিল না ; কিন্তু আপাতত এই জাপানিদের সাবমেরিনের জন্য ভগবানকে ধন্যবাদ না দিয়ে পারলাম না ।

আমাদের হোটেলের ম্যানেজার একজন সুইস্ মহিলা। তাকে বলে দিলাম আমাদের ঘরগুলো যেন অন্য কাউকে দিয়ে দেওয়া না হয়। এই ভদ্রমহিলাটির মতো এমন কৌতূহলমুক্ত মানুষ আমি আর দেখিনি। আমাদের এত উত্তেজনা, এত জল্পনাকল্পনা, এমনকী রক্তমৎস্যের গতরাত্রের আবির্ভাবের বর্ণনাও যেন তাঁকে বিন্দুমাত্র বিচলিত করল না, বা তাঁর কৌতূহল উদ্রেক করল না। তিনি কেবল বললেন—'যে কদিন থেকেছ তার ভাড়াটা চুকিয়ে দিলে, যে কদিন থাকবে না তার ভাড়াটা আমি ধরব না। তোমাদের যদি দুর্ভাগ্যক্রমে সলিল সমাধি হয়, তাই ভাড়াটা আমি আগে থেকে দিয়ে দিতে বলছি।' আশ্চর্য হিসেবি মহিলা!'

দুপুরের দিকে অবিনাশবাবু এসে আমাকে গোছগাছ করতে দেখে বললেন, 'কী মশাই—ফেরার তাল করছেন নাকি ? সবে তো খেলা জমেছে !'

আমি অবিনাশবাবু সম্পর্কে একটু কিন্তু কিন্তু বোধ করছিলাম ; তবে এটাও বুঝেছিলাম যে, এখন অবিনাশবাবুর কথা ভাবলে চলবে না। তিনি এর মধ্যেই দু-একজন স্থানীয় বাঙালি ভদ্রলোকের সঙ্গে বেশ ভাব জমিয়ে নিয়েছেন ; কাজেই তাঁকে যে একেবারে অকূলপাথারে ফেলে দিয়ে যাচ্ছি তাও নয়।

আমার গোছগাছের কারণ বলাতে অবিনাশবাবু এক মুহূর্তের জন্য থ' মেরে গিয়ে তারপর একেবারে হাত পা ছুড়ে চেঁচিয়ে উঠলেন, 'তলে তলে আপনি এই মতলব ফাঁদছিলেন ? আপনি তো আচ্ছা সেলফিশ লোক মশাই ! শুধু আপনারই হবে কেন এই প্রিভিলেজ ? আপনি বৈজ্ঞানিক হতে পারেন—কিন্তু আপনি মাছ সম্বন্ধে কী জানেন ? আমি তো তবু মাছ-খোর—ভালবেসে মাছ খাই। আর আপনি তো প্র্যাক্‌টিক্যালি মাছ খানই না !'

আমি কোনওমতে তাঁকে থামিয়েটামিয়ে বললাম, 'আপনাকে যদি সঙ্গে নিই তা হলে খুশি হবেন ?'

'আলবৎ হব ! এমন সুযোগ ছাড়ে কে ? আমার বউ নেই ছেলে নেই পুলে নেই—আমার বন্ধনটা কীসের ? এতে তবু একটা কিছু করা হবে—লোককে অন্তত বলতে পারব যে, 'ফরেনে' গেছি—তা সে মাছের দেশ না মানুষের দেশ সেটা বলার কী দরকার ?'

হামাকুরাকে অবিনাশবাবুর কথা বলাতে সে একগাল হেসে বলল, 'উই জাপান তু—ইউ বেনেগারি তু—পারুফেকোতু !'

অর্থাৎ—আমরা জাপানি দুজন, তোমরা বাঙালি দুজন—পার্ফেক্ট !

কাল সকালে আমাদের সমুদ্রগর্ভে অভিযান শুরু। কী আছে কপালে ঈশ্বর জানেন। তবে এটা জানি যে এ সুযোগ ছাড়া ভুল হত। আর যাই হোক না কেন—একটা নতুন জগৎ যে দেখা হবে সে বিষয় তো কোনও সন্দেহ নেই।

২৪শে জানুয়ারি

ঠিক বারো ঘণ্টা আগে আমরা সমুদ্রগর্ভে প্রবেশ করেছি।

এখানে ডায়রি লেখার সুযোগ সুবিধে হবে কি না জানতাম না। এসে দেখছি দিব্যি আরামে আছি। ব্যবস্থা এত চমৎকার, আর অল্প জায়গার মধ্যে ক্যাবিনটা এত গুছিয়ে প্ল্যান করা হয়েছে যে, কোনও সময়েই ঠাসাঠাসি ভাবটা আসে না।

নিশ্বাসের কোনও কষ্ট নেই। খাওয়াদাওয়ার ব্যবস্থাটা জাপানি, আর সেটা আমার ধাতে

আসবে না বলে আমি আমার 'বটিকা ইণ্ডিকা'র একটা বড়ি দিয়ে খাওয়া সেরেছি। আমার আবিষ্কৃত এই বড়ির একটাতেই পুরো দিনের খাওয়া হয়ে যায়। জাপানিরা কাঁচা মাছ খেতে ভালবাসে, এরাও তাই খাচ্ছে বলে নিউটনের ভারী সুবিধে হয়েছে। অবিনাশবাবু আজ শাকসবজি খেলেন, আর এক পেয়ালা জাপানি চা খেলেন। বুঝলাম এতে ওঁর মন আর পেট কোনওটাই ভরল না। কাল বলেছেন আমার বড়ি একটা খেয়ে নেবেন, যদিও আমি জানি এ বড়িতে ওঁর একেবারেই বিশ্বাস নেই।

আমার নিজের কথা বলতে পারি যে, এখানে এসে অবধি খাওয়ার কথাটা প্রায় মনেই আসছে না—কারণ, সমস্ত মন পড়ে রয়েছে ক্যাবিনের ওই তিনকোনা জানালাটার দিকে।

জাহাজ থেকে একটা তীব্র আলো জানালার বাইরে প্রায় পঁচিশ গজ দূর পর্যন্ত আলো করে দিয়েছে, আর সেই আলোতে এক বিচিত্র, ক্ষণে ক্ষণে পরিবর্তনশীল জগৎ আমাকে একেবারে স্তব্ধ করে রেখেছে। এইমাত্র দশ মিনিট হল আমাদের জাহাজ থেমেছে। হামাকুরা আর তানাকা ডুবুরির পোশাক পরে জাহাজ থেকে বেরিয়ে কিছু সামুদ্রিক উদ্ভিদের নমুনা সংগ্রহ করতে গেছে। এই যাবার সুযোগটা নিয়ে আমি ডায়রি লিখে ফেলছি। অবিনাশবাবু বললেন, 'আপনাকে ওই পোশাক পরিয়ে দিলে আপনি বাইরে বেরোতে পারেন ?' আমি বললাম, 'কেন পারব না ? ওতে তো বাহাদুরির কিছু নেই। জলের তলায় যাতে সহজে চলাফেরা করা যায় তার জন্যেই তো ওই পোশাক তৈরি। আপনাকে পরিয়ে দিলে আপনিও পারবেন।'

অবিনাশবাবু দুহাত দিয়ে তাঁর নিজের দুকান ম'লে বললেন, 'রক্ষে করুন মশাই—বাড়াবাড়িরও একটা সীমা আছে। আমি এর মধ্যেই বেশ আছি। সাধ করে হাবুডুবু খাওয়ার মতো ভীমরতি আমার ধরেনি।'

সকাল থেকে নিয়ে আমরা প্রায় পঁচিশ মাইল পথ ঘুরেছি সমুদ্রের তলায়। উপকূল থেকে খুব বেশি দূরে সরে ভিতরের দিকে যাইনি, কারণ মাছগুলো যখন জালে ধরা পড়েছিল, আর পরশু রাত্রেও যখন তাদের ডাঙায় উঠতে দেখেছি, তখন তারা যে কাছাকাছির মধ্যেই আছে এটা আন্দাজ করা যেতে পারে।

খুব বেশি গভীরেও যাইনি আমরা, কারণ তিন সাড়ে তিন হাজার ফুটের নীচে সূর্যের আলো পৌঁছায় না বলে মাছও সেখানে প্রায় থাকে না বললেই চলে। অন্তত রঙিন মাছ তো নয়ই, কারণ সূর্যের আলোই মাছের রঙের কারণ।

এই বারো ঘণ্টার মধ্যেই যে কত বিচিত্র ধরনের মাছ ও সামুদ্রিক উদ্ভিদ দেখেছি তার আর হিসেব নেই। দশ ফুট নীচে নামার পর থেকেই জেলি ফিশ জাতীয় মাছ দেখতে পেয়েছি। ওগুলোও যে মাছ সেকথা অবিনাশবাবু বিশ্বাসই করবেন না। খালি বলেন, 'ল্যাজ নেই, আঁশ নেই, মাথা নেই, কানকো নেই—মাছ বললেই হল ?'

প্ল্যাঙ্কটন জাতীয় উদ্ভিদ দেখে অবিনাশবাবু বললেন, 'ওগুলোও কি মাছ বলে চালাতে চান নাকি?'

আমি ওঁকে বুঝিয়ে দিলাম যে ওগুলো সামুদ্রিক গাছপালা। অনেক মাছ আছে যারা এইসব গাছপালা খেয়েই জীবনধারণ করে।

অবিনাশবাবু চোখ কপালে তুলে বললেন, 'মাছের মধ্যেও তা হলে ভেজিটেরিয়ান আছে ! ভারী আশ্চর্য তো !'

তানাকা উদ্ভিদ সংগ্রহ করে ফিরে এসেছে, আর আমাদের জাহাজ আবার চলতে শুরু করেছে। কাতারে কাতারে মাছের দল আমাদের জানালার পাশ দিয়ে চলে যাচ্ছে। একটা বিরাট চ্যাপটা মাছ এগিয়ে এল, আর ভারী কৌতূহলী দৃষ্টি দিয়ে আমাদের কেবিনের ভিতরটা দেখতে লাগল। জাহাজ চলেছে আর মাছও সঙ্গে সঙ্গে চলেছে—তার দৃষ্টি আমাদের

দিকে। নিউটন জানালার সামনের টেবিলের উপর উঠে কাচের উপর থাবা দিয়ে ঠিক মাছটার মুখের উপর ঘষতে লাগল। প্রায় পাঁচ মিনিট এইভাবে চলার পর মাছটা হঠাৎ বেঁকে পাশ কাটিয়ে অদৃশ্য হয়ে গেল।

তানাকা দিনেরবেলা মাঝে মাঝে সার্চলাইট নিভিয়ে দিচ্ছেন স্বাভাবিক আলো কতখানি আছে দেখবার জন্য। বিকেলের পর থেকে আলো আর নেভানো হয়নি।

ঘণ্টাখানেক আগেই হামাকুরা বলেছে, 'যদি হাজার ফুট গভীরতার মধ্যে রক্তমাছ দেখা না যায়, তা হলে আমরা উপকূল থেকে আরও দূরে গিয়ে আরও গভীরে নামব। এমনও হতে পারে যে, এ মাছ হয়তো একেবারে অন্ধকার সামুদ্রিক জগতের মাছ।'

আমি তাতে বললাম, 'কিন্তু এরা যে সূর্যের আলোতে বেরোতে পারে, সেটার তো প্রমাণ পাওয়া গেছে।'

হামাকুরা গম্ভীরভাবে বলল, 'জানি। আর সেখানেই তো এর জাত বুঝতে এত অসুবিধে হচ্ছে। সহজে এর সন্ধান পাওয়া যাবে বলে মনে হয় না।'

তানাকা তার ক্যামেরা দিয়ে ক্রমাগত সামুদ্রিক জীবের ছবি তুলে যাচ্ছে। কিছুক্ষণ আগে দুটো হাঙর একেবারে জানালার কাছে এসে পড়েছিল। তাদের হাঁয়ের মধ্যে দিয়ে ধারালো দাঁতের পাটি দেখে সত্যিই ভয় করে।

অবিনাশবাবুকে বললাম, 'ওই যে হাঙরের পিঠে তিনকোনা ডানার মতো জিনিসটা দেখছেন, ওটিও মানুষের খাদ্য। ইচ্ছে করলে চিনে রেস্টোরেন্টে গিয়ে Shark's Fin Soup খেয়ে দেখতে পারেন আপনি।'

অবিনাশবাবু বললেন, 'সে তো বুঝলুম। সেরকম তো ষাঁড়ের ল্যাজের Soupও হয় বলে শুনেছি। কিন্তু ভেবে দেখুন—যে প্রথম এইসব জিনিস খেয়ে তাকে খাদ্য বলে সার্টিফিকেট দিল—তার কত বাহাদুরি! কচ্ছপ জিনিসটাকে দেখলে কি আর তাকে খাওয়া যায় বলে মনে হয়?'—আমাদের জানালার বাইরে দিয়ে তখন একজোড়া কচ্ছপ সাঁতার কেটে চলেছে—'ওই দেখুন না—পা দেখুন, মাথা দেখুন, খোলস দেখুন—যাকে বলে কিম্ভূত। অথচ কী সুস্বাদু!'

এখন বাজে রাত সাড়ে আটটা। অবিনাশবাবু এরমধ্যেই বার দুই হাই তুলেছেন। তানাকা একটা থার্মোমিটারে জলের তাপ দেখছে। হামাকুরা খাতা খুলে কী যেন লিখছে। ক্যাবিনের রেডিওতে ক্ষীণ স্বরে একটা মাদ্রাজি গান ভেসে আসছে। রক্তমৎস্যের কোনও সন্ধান আজকের মধ্যে পাওয়া যাবে বলে মনে হয় না।

২৫শে জানুয়ারি, সকাল ৮টা

কাল রাত্রের একটা চাঞ্চল্যকর ঘটনা এইবেলা লিখে রাখি।

হামাকুরা আর তানাকা পালা করে জাহাজটা চালায়, কারণ একজনের পক্ষে ব্যাপারটা ক্লান্তিকর হয়ে পড়ে। আমি যে সময়ের কথা বলছি তখন ঘড়িতে বেজেছে রাত সাড়ে এগারোটা। সাতশো ফুট গভীরে সমুদ্রের জমির চার হাত উপর দিয়ে চলেছে আমাদের জাহাজ। হামাকুরার হাতে কন্ট্রোল, তানাকা চোখ বুজে তার বাঙ্কে শুয়ে বিশ্রাম নিচ্ছে। অবিনাশবাবু ঘুমিয়ে পড়েছেন, আর তাঁর নাক এত জোরে ডাকছে যে এক একবার মনে হচ্ছে তাঁকে সঙ্গে না নিলেই বোধ হয় ভাল ছিল। আমার দৃষ্টি জানালার বাইরে। একটা 'ইলেক্‌ট্রিক ঈল' মাছ কিছুক্ষণ হল আমাদের সঙ্গ নিয়েছে। এমন সময় সার্চলাইটের আলোতে দেখলাম সমুদ্রের মাটিতে কী যেন একটা জিনিস চকচক করে উঠল।

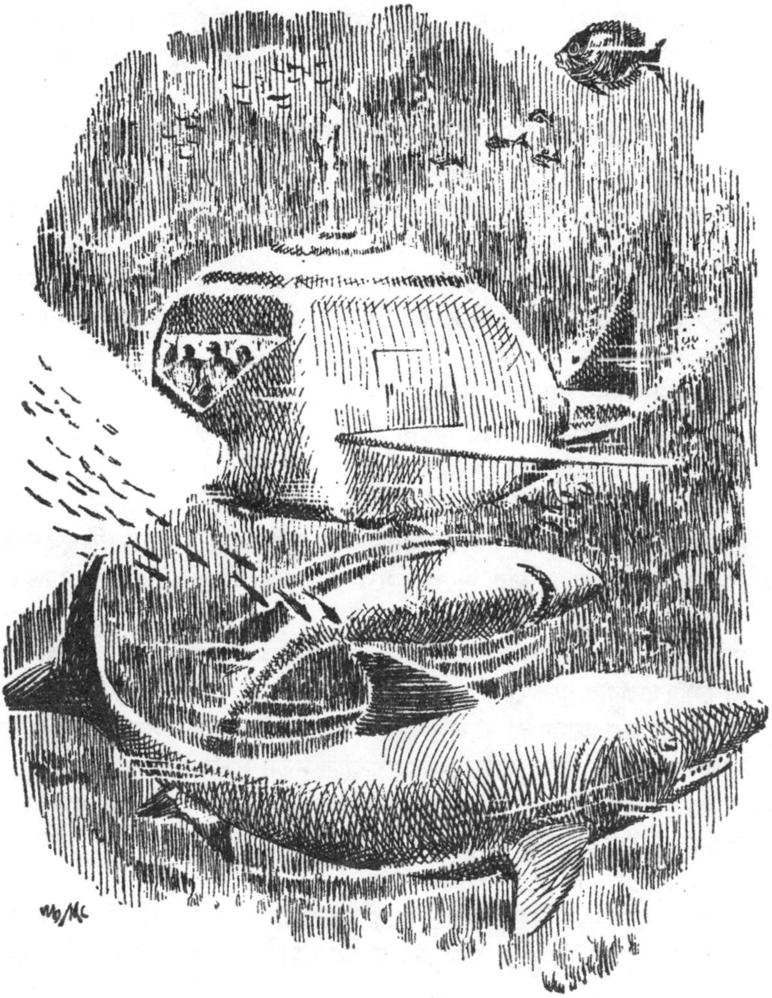

হামাকুরার দিকে চেয়ে দেখি সেও চকচকে জিনিসটার দিকে দেখছে। তারপর দেখলাম সে স্টিয়ারিং ঘুরিয়ে জাহাজটাকে সেই দিকে নিয়ে যাচ্ছে। এবার জানালার দিকে এগিয়ে যেতেই বুঝলাম সেটা একটা হাতচারেক লম্বা কারুকার্য করা পিতলের কামান। সেটা যে এককালে কোনও জাহাজে ছিল, আর সেই জাহাজের সঙ্গে যে সেটা জলের তলায় ডুবেছে, সেটাও আন্দাজ করতে অসুবিধে হল না।

তা হলে কি সেই জাহাজের ভগ্নাবশেষও কাছাকাছির মধ্যেই কোথাও রয়েছে?

মনে মনে বেশ একটা চাপা উত্তেজনা অনুভব করলাম। কামানের চেহারা দেখে সেটা যে অন্তত তিন-চারশো বছরের পুরনো সেটা বোঝা যায়। মোগল জাহাজ, না ওলন্দাজ জাহাজ, না বৃটিশ জাহাজ?

হামাকুরা আবার জাহাজের স্টিয়ারিং ঘোরাল। সার্চলাইটের আলোও সঙ্গে সঙ্গে ঘুরে গেল, আর ঘুরতেই, কোনও এক অতিকায় সামুদ্রিক জীবের কঙ্কালের মতো চোখে পড়ল

জাহাজটা। এখান দিয়ে একটা মাস্তুল, ওখানে হালের অংশ, পাঁজরের মতো কিছু খেয়ে যাওয়া ইস্পাতের কাঠামো, এখানে ওখানে মাটিতে ছড়ানো নানান আকারের ধাতুর জিনিসপত্র। প্রাচীন জাহাজডুবির প্রমাণ সর্বত্র ছড়ানো। দুর্ঘটনার কারণ ঝড় না যুদ্ধ তা জানি না, বা জানার কোনও উপায় নেই।

এরমধ্যে তানাকাও বিছানা ছেড়ে উঠে এসে জানালার সামনে দাঁড়িয়ে রুদ্ধশ্বাসে বাইরের দৃশ্য দেখছে।

আমি অবিনাশবাবুকে ঘুম থেকে তুললাম। দৃশ্য দেখে তাঁর চোখ একেবারে ছানাবড়া হয়ে গেল।

হামাকুরা জাহাজটাকে নোঙর ফেলে মাটিতে দাঁড় করাল। অবিনাশবাবু বললেন, 'এ যে আরব্যোপন্যাসের কোনও দৃশ্য দেখছি মশাই! একবার নিজেকে মনে হচ্ছে সিন্ধবাদ, একবার মনে হচ্ছে আলিবাবা!'

আলিবাবার নাম উচ্চারণের সঙ্গে সঙ্গে আমার একটা কথা মনে হল। জাহাজের সঙ্গে কি কিছু ধনরত্নও সমুদ্রের তলায় তলিয়ে যায়নি? বাণিজ্যপোত হলে স্বর্ণমুদ্রা তাতে থাকবেই, আর সে তো জাহাজের সঙ্গে সঙ্গেই ডুববে, আর সে জিনিস তো নোনা ধরে নষ্ট হয়ে যাবার নয়।

জাপানিদের হাবভাবেও একটা গভীর উত্তেজনা লক্ষ করলাম। দুজনে কিছুক্ষণ কী জানি কথাবার্তা বলল। তারপর আমার দিকে ফিরে হামাকুরা বলল, 'উই গো আউত। ইউ কাম?'

কথা শুনে বুঝলাম, আমি যা সন্দেহ করছি, ওরাও তাই করছে। সত্যিই কোনও ধনরত্ন আছে কি না সেটা একবার ঘুরে দেখতে চায় ওরা।

অবিনাশবাবু এতক্ষণ আমাদের মধ্যে কী কথাবার্তা হচ্ছিল সেটা ঠিক বুঝতে পারেননি। হঠাৎ সেটা আঁচ করে চোখের পলকে তিনি একেবারে নতুন মানুষ হয়ে গেলেন।

'রত্ন? মোহর? সোনা? রুপো? এসব কী বলছেন মশাই? এও কি সম্ভব? অ্যাদ্দিন পড়ে আছে জলের তলায়—নষ্ট হয়নি? ইচ্ছে করলে আমরা নিতে পারি? নিলে আমাদের হয়ে যাবে? উঃ! বলেন কী মশাই, বলেন কী!'

আমি অবিনাশবাবুকে খানিকটা শান্ত করে বললাম, 'অত উত্তেজিত হবেন না। এ ব্যাপারে গ্যারেন্টি কিছু নেই! এটা আমাদের অনুমান মাত্র। আছে কি না আছে সেটা এঁরা দুজন গিয়ে দেখবেন।'

'শুধু এঁরা দুজন কেন? আমরা যাব না?'

আমি তো অবাক। কী বলছেন অবিনাশবাবু!

আমি বললাম, 'আপনি যেতে পারবেন? ওই জলের মধ্যে? হাঙরের মধ্যে? ডুবুরির পোশাক পরে?'

'আলবৎ পারব!' অবিনাশবাবু চিৎকার করে লাফিয়ে উঠলেন। ধনরত্নের লোভ তাঁর মতো সাধারণ, ভিতু মানুষের মনে এতটা সাহস আনতে পারে এ আমার ধারণা ছিল না।

কী আর করি? নিউটনকে ফেলে যাওয়া আমার পক্ষে সম্ভব নয়। তা ছাড়া, সত্যি বলতে কী, ধনরত্ন আছে কি না সঠিক জানা তো নেই, আর ও বিষয় আমার তেমন লোভও নেই। হামাকুরাকে বললাম, 'আমার বন্ধু যাবে তোমাদের সঙ্গে। আমি ক্যাবিনেই থাকব।'

দশ মিনিটের মধ্যে ডুবুরির পোশাক পরে তিনজন ক্যাবিন থেকে বেরিয়ে গেল। কয়েক সেকেন্ডের মধ্যেই জানালা দিয়ে তাদের ভগ্নস্তূপের দিকে অগ্রসর হতে দেখলাম। তিনজনেরই আপাদমস্তক ঢাকা একই পোশাক হওয়াতে তাদের আলাদা করে চেনা মুশকিল,

তবে তাদের মধ্যে যিনি হাত পা একটু বেশি ছুড়ছেন, তিনিই যে অবিনাশবাবু সেটা সহজেই আন্দাজ করা যায়।

আরও মিনিট পাঁচেক পরে দেখলাম তিনজনেই মাটিতে নেমে ভগ্নস্তূপের মধ্যে মাটির দিকে দৃষ্টি রেখে এদিক ওদিক ঘুরে বেড়াচ্ছে। অবিনাশবাবুকে যেন একবার নিচু হয়ে মাটিতে হাতড়াতেও দেখলাম।

তারপর যে ব্যাপারটা হল তার জন্য আমি মোটেই প্রস্তুত ছিলাম না। হঠাৎ অনুভব করলাম যে জলের মধ্যে একটা প্রচণ্ড বিস্ফোরণ জাতীয় কিছু হওয়ার দরুন আমাদের জাহাজটা সাংঘাতিকভাবে দুলে উঠল, আর সেই সঙ্গে তিন ডুবুরির দেহ ছিটকে গিয়ে জলের মধ্যে ওলটপালট খেতে খেতে আমাদের জাহাজের দিকে চলে এল। চারিদিকে মাছের ঝাঁকের মধ্যে একটা চাঞ্চল্য আর দিশেহারা ভাব দেখেও বুঝলাম যে অত্যন্ত অস্বাভাবিক একটা কিছু ঘটেছে।

দুই জাপানি, ও বিশেষ করে অবিনাশবাবুর জন্য অত্যন্ত উদ্বিগ্ন বোধ করছিলাম। কিন্তু তারপর যখন দেখলাম তিনজনেই আবার মোটামুটি সামলে নিয়ে জাহাজের দিকে অগ্রসর হচ্ছে, তখন অনেকটা নিশ্চিন্ত হলাম।

হামাকুরা আর তানাকা অবিনাশবাবুকে ধরাধরি করে ক্যাবিনে ঢুকল। তারপর তারা পোশাক ছাড়লে পর অবিনাশবাবুর ফ্যাকাশে মুখ দেখেই তাঁর শরীর ও মনের অবস্থাটা বেশ বুঝতে পারলাম। ভদ্রলোক বিছানায় বসে পড়ে হাঁপাতে হাঁপাতে বললেন, 'কুষ্ঠীতে ছিল বটে—যে একষট্টিতে একটা ফাঁড়া আছে, কিন্তু সেটা যে এমন ফাঁড়া তা জানতুম না।'

আমার কাছে আমারই তৈরি স্নায়ুকে সতেজ করার একটা ওষুধ ছিল। সেটা খেয়ে পাঁচমিনিটের মধ্যেই অবিনাশবাবু অনেকটা সুস্থ বোধ করলেন, আর তারপর জাহাজও আবার চলতে আরম্ভ করল। বলা বাহুল্য, এই অল্প সময়ের মধ্যে ধনরত্নের সন্ধান কেউই পায়নি। তবে সেটা নিয়ে এখন আর কারুর বিশেষ আক্ষেপ বা চিন্তা নেই। সকলেই ভাবছে ওই আশ্চর্য বিস্ফোরণের কথা। আমি বললাম, 'কোনও তিমি জাতীয় মাছ কাছাকাছি চললে কি এমন আলোড়ন সম্ভব?'

তানাকা হেসে বলল, 'তিমি যদি পাগলা হয়ে গিয়ে জলের মধ্যে ডিগবাজিও খায়, তা হলেও তার ঠিক আশেপাশের জলে ছাড়া কোথাও এমন আলোড়ন হতে পারে না। এটা যে কোনও একটা বিস্ফোরণ থেকেই হয়েছে তাতে কোনও সন্দেহ নেই।'

অবিনাশবাবু বললেন, 'ভূমিকম্পের মতো জলকম্পও হয় নাকি মশাই? আমার তো যেন সেইরকমই মনে হল।'

আসলে, কাছাকাছির মধ্যে হলে কারণটা হয়তো বোঝা যেত। বিস্ফোরণটা হয়েছে বেশ দূরেই। অথচ তা সত্ত্বেও কী সাংঘাতিক দাপট! কাছে হলে, অত্যন্ত মজবুত ভাবে তৈরি বলে জাহাজটা যদি বা রক্ষে পেত, মানুষ তিনজনের যে কী দশা হতে পারত সেটা ভাবতেও ভয় করে।

জাহাজ ছাড়বার আধ ঘণ্টার মধ্যেই সমুদ্রের জলে বিস্ফোরণের নানা রকম চিহ্ন দেখতে শুরু করলাম। অসংখ্য ছোট মরা মাছ ছাড়াও সাতটা মরা হাঙর আমাদের আলোয় দেখতে পেলাম। একটা অক্টোপাসকে যন্ত্রণায় ছটফট করতে করতে চোখের সামনে মরতে দেখলাম। এছাড়া জলের উপর দিক থেকে দেখি অজস্র জেলি ফিশ, স্টার ফিশ, ঈল ও অন্যান্য মাছের মৃতদেহ ধীরে ধীরে নীচে নেমে আসছে। আমাদের আলোর গণ্ডির মধ্যে পৌঁছোলেই তাদের দেখা যাচ্ছে।

আমি হামাকুরাকে বললাম, 'বোধ হয় জলের তাপ বেড়েছে, অথবা জলের সঙ্গে এমন একটা কিছু মিশেছে যা মাছ আর উদ্ভিদের পক্ষে মারাত্মক।'

তানাকা তার যন্ত্র দিয়ে জলের তাপ মেপে বলল, '৪৭ ডিগ্রি সেন্টিগ্রেড—অর্থাৎ যাতে এসব প্রাণী বাঁচে তার চেয়ে প্রায় দ্বিগুণ।'

কী আশ্চর্য! এমন হল কী করে? একমাত্র কারণ বোধ হয় এই যে জলের তলায় একটা আগ্নেয়গিরি ছিল যেটার মুখ এতদিন বন্ধ ছিল। আজ সেটা ইরাপ্ট করেছে—আর তার ফলেই এত কাণ্ড। এছাড়া তো আর কোনও কারণ খুঁজে পাচ্ছি না।

২৬শে জানুয়ারি, রাত ১২টা

আমাদের ডুবুরি জাহাজের রেডিও সন্ধ্যা থেকে চালানো রয়েছে। দিল্লি, টোকিও, লণ্ডন আর মস্কোর খবর ধরা হয়েছে। ফিলিপিনের ম্যানিলা উপকূলে, আফ্রিকার কেপ টাউনের সমুদ্রতীরে, ভারতবর্ষের কোচিন সমুদ্রতটে, রিও ডি জ্যানিরোর সমুদ্রতটে, আর ক্যালিফর্নিয়ার বিখ্যাত ম্যালিবু বিচে রক্তমৎস্য দেখা গেছে। সবসুদ্ধ একশো ত্রিশ জন লোক এই রাক্ষুসে মাছের ছোবলে মারা গেছে বলে প্রকাশ। সারা বিশ্বে গভীর চাঞ্চল্য ও বৈজ্ঞানিকদের মনে চরম বিস্ময় দেখা দিয়েছে। বহু সমুদ্রতত্ত্ববিদ্ এই নিয়ে গবেষণা শুরু করে দিয়েছে। কোথায় কখন রক্তখাকী রক্তমৎস্যের আবির্ভাব হবে, সেই ভয়ে সমুদ্রে স্নান করা প্রায় বন্ধ হয়ে গেছে। এমনকী জলপথে ভ্রমণ অনেক কমে গেছে—যদিও নৌকা বা জাহাজের গা বেয়ে মাছ উঠে মানুষকে আক্রমণ করেছে এমন কোনও খবর এখনও পাওয়া যায়নি।

কোত্থেকে কী ভাবে এই অদ্ভুত প্রাণীর উদ্ভব হল তা এখনও কেউ বলতে পারেনি। পৃথিবীতে এভাবে অকস্মাৎ নতুন কোনও প্রাণীর আবির্ভাব গত কয়েক হাজার বছরের মধ্যে হয়েছে বলে জানা নেই।

আমরা এরমধ্যে বিকেল পাঁচটা নাগাত একবার জলের উপরে উঠেছিলাম। গোপালপুর থেকে প্রায় ১০০ মাইল দক্ষিণে চলে এসেছি আমরা। সমুদ্রতট থেকে জলের দিকে বিশ গজ দূরে আমাদের ডুবুরি জাহাজ রাখা হয়েছিল! ডাঙায় কোনও বসতির চিহ্ন চোখে পড়ল না। সামনে বালি, পিছনে ঝাউবন, আর আরও পিছনে পাহাড় ছাড়া আর কিছুই চোখে পড়ে না।

নিউটন সমেত আমরা চারজনই ডাঙায় গিয়ে কিছুক্ষণ পায়চারি করলাম। বিস্ফোরণ নিয়ে আমরা সকলেই ভাবছি, এমনকী অবিনাশবাবুও তাঁর মতামত দিতে কসুর করছেন না। একবার বললেন, 'বাইরে থেকে তাগ করে কেউ জলে বোমাটোমা ফেলেনি তো?'

অবিনাশবাবু খুব যে বোকার মতো বলেছেন তা নয়। কিন্তু জলের মধ্যে বোমা কেন? কার শত্রু সমুদ্রের জলে বাস করছে? জলের মাছ আর উদ্ভিদের উপর কার এত আক্রোশ হবে!

আধ ঘণ্টা খোলা হাওয়ায় পায়চারি করে আমরা জাহাজে ফিরে এলাম।

সূর্যের আলো জলের নীচে যে পর্যন্ত পৌঁছোয়, তারমধ্যে রক্তমাছের সন্ধান পাওয়া যায়নি বলে এবার আমরা ঠিক করেছি উপকূল থেকে বেশ কিছুটা দূরে গিয়ে আরও অনেক গভীর জলে নেমে অনুসন্ধান করব। অনেকেই জানেন সমুদ্রের গভীরতম অংশ কতখানি গভীর হতে পারে। প্রশান্ত মহাসাগরের এক একটা জায়গা ছ' মাইলেরও বেশি গভীর। অর্থাৎ গোটা মাউন্ট এভারেস্টটা তার মধ্যে ডুবে গিয়েও তার উপর প্রায় দু হাজার ফিট জল থাকবে।

আমরা অন্তত দশহাজার ফুট—অর্থাৎ ২ মাইল নীচে নামব বলে স্থির করেছি। এর চেয়ে বেশি গভীরে জলের যা চাপ হবে, তাতে আমাদের জাহাজকে টিকিয়ে রাখা মুশকিল হতে পারে।

এখন আমরা চলেছি পাঁচ হাজার ফুট নীচ দিয়ে। এখানে চিররাত্রি। দুপুরের সূর্য যদি ঠিক মাথার উপরেও থাকে, তা হলে তার সামান্যতম আলোও এখানে পৌঁছাবে না।

এখানে উদ্ভিদ বলে কিছু নেই, কারণ সূর্যের আলো ছাড়া উদ্ভিদ জন্মাতে পারে না। কাজেই প্রবাল, প্ল্যাঙ্কটন ইত্যাদির যে শোভা এতদিন আমাদের ঘিরে ছিল, এখন আর তা দেখা যায় না। এখানে আমাদের ঘিরে আছে স্তরের পর স্তর জলমগ্ন পাথরের পাহাড়। এইসব পাহাড়ের পাশ দিয়ে পাশ দিয়ে আমরা চলেছি। নীচে জমিতে বালি আর পাথরের কুচি। তার উপরে স্থির হয়ে বসে আছে, না হয় চলে ফিরে বেড়াচ্ছে—শামুক ও কাঁকড়া জাতীয় প্রাণী। পাহাড়ের গায়ে গায়ে 'ক্ল্যাম' জাতীয় শামুক আটকে রয়েছে ঘুঁটের মতো। এক জাতীয় ভয়াবহ কাঁকড়া দেখলাম, তারা লম্বা লম্বা রণ-পার মতো পা ফেলে মাটি দিয়ে হেঁটে চলেছে।

এইসব প্রাণীর কোনওটাই উদ্ভিদজীবী নয়। এরা হয় পরস্পরকে খায়, না হয় অন্য সামুদ্রিক প্রাণী যখন মরে নীচে এসে পড়ে, তখন সেগুলোকে খায়। যারা এ জিনিসটা করে তাদের সামুদ্রিক শকুনি বললে খুব ভুল হবে না।

তানাকা এখন জাহাজ চালাচ্ছে। দুই জাপানিকেই এর আগে পর্যন্ত হাসিখুশি দেখেছি; এখন দুজনেই গম্ভীর। সার্চলাইট সব সময়ই জ্বালানো আছে। একবার নেভানো হয়েছিল। মনে হল যেন অন্ধকূপের মধ্যে রয়েছি। তবে, আলো নেভালে একটা জিনিস হয়। অন্ধকারে চলাফেরা করতে হবে বলেই বোধ হয়, এখানকার কোনও কোনও মাছের গা থেকে

আলো বেরোয়—আর তার এক একটার রং ভারী সুন্দর। এ আলো একেবারে 'নিয়ন' আলোর মতো। একটা মাছের নামই নিয়ন মাছ। জাহাজের আলো নেভাতে এরকম দু-একটা মাছকে জলের মধ্যে আলোর রেখা টেনে চলে বেড়াতে দেখা গেল। এমনিতে, এই গভীর জলের যে সমস্ত প্রাণী, তাদের গায়ের রঙের কোনও বাহার নেই। বেশির ভাগই হয় সাদা, না হয় কালো।

অবিনাশবাবু মন্তব্য করলেন, 'সমস্ত জগৎটার উপর একটা মৃত্যুর ছায়া পড়েছে বলে মনে হয়—তাই না ?'

কথাটা ঠিকই। শহর সভ্যতা পথ ঘাট মানুষ বাড়ি গাড়ি—এসব থেকে যেন লক্ষ মাইল দূরে আর লক্ষ বছর আগেকার কোনও আদিম বিভীষিকাময় জগতে চলে এসেছি আমরা। অথচ আশ্চর্য এই যে, এ জগৎ আসলে আমাদের সমসাময়িক, আর এখানেও জন্ম আছে মৃত্যু আছে খাওয়া আছে ঘুম আছে সংগ্রাম আছে সমস্যা আছে। তবে তা সবই একেবারে আদিম স্তরে—যেমন সত্যিই হয়তো লক্ষ বছর আগে ছিল।

তানাকা কী জানি একটা দেখে চীৎকার করে উঠল।

লেখা থামাই।

২৯শে জানুয়ারি, ভোর সাড়ে চারটা

এগারো হাজার ফুট থেকে আমরা আবার উপরে উঠতে আরম্ভ করেছি; আমাদের অভিযান শেষ হয়েছে। আমরা সকলেই এখনও একটা মুহ্যমান অবস্থায় রয়েছি। এটা কাটতে, এবং মনের বিস্ময়টা যেতে বোধ হয় বেশ কিছুটা সময় লাগবে। আমার 'নার্ভাইটা' বড়ি খুব কাজ দিয়েছে। আমি যে এখন বসে লিখতে পারছি, সেও এই বড়ির গুণেই।

এর আগের দিনের লেখার শেষ লাইনে বলেছিলাম, তানাকা জানালা দিয়ে কী জানি একটা দেখে চিৎকার করে উঠেছিল। আমরা সবাই সে চিৎকার শুনে জানালার উপর প্রায় হুমড়ি দিয়ে পড়লাম।

তানাকা জাপানি ভাষায় কী জানি একটা বলাতে হামাকুরা জাহাজের সার্চলাইটটা নিভিয়ে দিল, আর নেভাতেই একটা আশ্চর্য দৃশ্য আমাদের চোখে পড়ল।

আগেই বলেছি আমাদের চারিদিক ঘিরে রয়েছে সমুদ্রগর্ভের সব পাহাড়। এইরকম দুটো পাহাড়ের ফাঁক দিয়ে বেশ খানিকটা দূরে (সমুদ্রের তলায় দূরত্ব আন্দাজ করা ভারী কঠিন) দেখতে পেলাম একটা অগ্নিকুণ্ডের মতো আলো। সে আলো আগুনের লেলিহান শিখার মতোই অস্থির, আর তার রংটা হল আমার দেখা লাল মাছের রঙের মতোই জ্বলন্ত উজ্জ্বল।

তানাকা জাহাজের স্টিয়ারিংটা ঘোরাতেই বুঝতে পারলাম সেই অগ্নিকুণ্ডের দিকেই চালিত হচ্ছি। সার্চলাইট আর জ্বালার দরকার নেই। ওই আলোই আমাদের পথ দেখাবে। তা ছাড়া আমাদের অস্তিত্বটা যত কম জাহির করা যায় ততই বোধ হয় ভাল।

অবিনাশবাবু আমার হাতের আস্তিনটা ধরে চাপা গলায় বললেন, 'মিলটনের প্যারাডাইজ লস্ট মনে আছে ? তাতে যে নরকের বর্ণনা আছে—এ যে কতকটা সেইরকম মশাই।'

আমি আমার বাইনোকুলারটা বার করে হামাকুরার দিকে এগিয়ে দিয়ে বললাম, 'দেখবে ?' ও মাথা নেড়ে বলল, 'ইউ রুক।'

বাইনোকুলারে চোখ লাগাতেই অগ্নিকুণ্ড কাছে এসে পড়ল। দেখলাম—সেটা আগুন নয়, সেটা মাছের মেলা। হাজার হাজার রক্তমাছ সেখানে চক্রাকারে ঘুরছে, পাক খাচ্ছে, উপরে উঠছে, নীচে নামছে। তাদের গায়ের রং লাল বললে ভুল হবে, আসলে তাদের গা থেকে

একটা লাল আভা বিচ্ছুরিত হচ্ছে, যার ফলে তাদের দূর থেকে একটা অগ্নিকুণ্ড বলে মনে হচ্ছে।

প্রথমে এ দৃশ্যের অনেকখানি পাহাড়ে ঢেকে ছিল। জাহাজ যতই এগোতে লাগল, ততই বেশি করে দেখা যেতে লাগল এই রক্তমাংসের জগৎ।

ঠিক দশ মিনিট চলার পর আমরা পাহাড়ের পাশ কাটিয়ে একেবারে খোলা জায়গায় এসে পড়লাম। মাছের ভিড় এখনও আমাদের থেকে অন্তত বিশ-পঁচিশ গজ দূরে, কিন্তু আর এগোনোর প্রয়োজন নেই, কারণ আমাদের দৃষ্টিপথে আর কোনও বাধা নেই। তা ছাড়া এটাও মনে হচ্ছিল, যে এই বিচিত্র অলৌকিক দৃশ্য যেন একটু দূর থেকে দেখাই ভাল।

মাছের সংখ্যা গুনে শেষ করার ক্ষমতা নেই—আর তার কোনও প্রয়োজনও নেই। এক মাছ আরেক মাছে কোনও তফাত নেই—সুতরাং তাদের যে কোনও একটার বর্ণনা দিলেই চলবে।

মাছ বলতে আমরা সাধারণত যে জিনিসটা বুঝি, এটা ঠিক সেরকম নয়। এর কাঁধের দুদিকে ডানার জায়গায় যে দুটো জিনিস আছে, তার সঙ্গে মানুষের হাতের মিল আছে, আর এরা সেগুলো দিয়ে হাতের কাজই করছে। লেজটা দুভাগ হয়ে গেছে ঠিকই, কিন্তু ভাগ হয়ে সেটা আর ঠিক লেজ নেই, হয়ে গেছে দুটো পায়ের মতো। সবচেয়ে আশ্চর্য এই যে, এদের চোখ মাছের মতো চেয়ে থাকে না, এ চোখে মানুষের মতো পাতা পড়ে।

এদের চাঞ্চল্যেরও একটা কারণ আন্দাজ করা যায়, সেটা পরে বলছি। তার আগে বলা দরকার যে এরা পরস্পরের সঙ্গে যে ব্যবহার করছে, তাতে একটা স্পষ্ট ধারণা হয় যে এরা কথা বলছে, অথবা অন্তত‌পক্ষে এদের মধ্যে একটা ভাবের আদান প্রদান চলেছে।

হাত নেড়ে মাথা নেড়ে এরা যে ব্যাপারটা চালিয়েছে, সেটা কোনওরকম জলচর প্রাণী কখনও করে বলে আমার জানা নেই। তানাকা আর হামাকুরাকে বলাতে তারাও আমার সঙ্গে এ ব্যাপারে এক মত হল।

এদের সমস্ত উত্তেজনা যে ব্যাপারটাকে ঘিরে হচ্ছে সেটা একটা আশ্চর্য লাল গোলাকার বস্তু। গোলকটা সাইজে আমাদের জাহাজের প্রায় অর্ধেক। সেটা যে কীসের তৈরি তা বোঝা ভারী মুশকিল, যদিও সেটা যে ধাতু সে বিষয় কোনও সন্দেহ নেই। গোলকটা সমুদ্রের মাটিতে তিনটে স্বচ্ছ তেরচা খুঁটির উপর দাঁড়িয়ে রয়েছে।

আরেকটা জিনিস লক্ষ করার মতো, এই রক্তমাছ ছাড়া আর কোনওরকম জ্যান্ত প্রাণীর চিহ্নমাত্র নেই। যেটা রয়েছে সেটা হল মাছের ভিড়ের কিছু দূরে পর্বতপ্রমাণ একটা কঙ্কাল। বুঝতে অসুবিধা হল না যে সেটা একটা তিমি মাছের। এই বিশাল মাছের এই দশা হল কী করে ?এই প্রশ্নের একটা উত্তরই মাথায় আসে : এই বিঘতপ্রমাণ মাছের দলই এই তিমিকে ভক্ষণ করেছে।

রক্তমাছের পিছনে যে পাহাড়, তার চেহারাতেও একটা বিস্ময়কর বিশেষত্ব রয়েছে। অন্যান্য পাহাড়ের গায়ের মতো এর গা এবড়োখেবড়ো নয়। তাকে নিপুণ কারিগরির সাহায্যে একই সঙ্গে সুন্দর ও বাসযোগ্য করে তোলা হয়েছে। তার গায়ে থাকে থাকে সারি সারি অসংখ্য সুড়ঙ্গ কাটা হয়েছে—যেগুলো পাহাড়ের ভিতর চলে গেছে। এই সুড়ঙ্গের ভিতরটা অন্ধকার নয়। এর প্রত্যেকটার ভিতরে আলোর ব্যবস্থা আছে। এই আলো লাল। অর্থাৎ এ রাজ্যের সবই লাল।

এই সব দেখতে দেখতে আমার মাথার ভিতরটা কেমন জানি করতে লাগল। চোখটা ধাঁধিয়ে গিয়েছিল অবশ্যই, কিন্তু মাথার এ ভাবটা সে কারণে নয়। একটা আশ্চর্য ধারণা হঠাৎ আমার মনে উদিত হবার ফলেই এই অবস্থা।

এরা যদি পৃথিবীর প্রাণী না হয় ? যদি এরা অন্য কোনও গ্রহ থেকে পৃথিবীতে এসে থাকে ? হয়তো তাদের নিজেদের গ্রহে আর জায়গায় কুলোচ্ছে না তাই পৃথিবীতে এসেছে বসবাস করতে ?

হামাকুরাকে কথাটা বলতে সে বলে উঠল, 'ওয়ানুদাফুরু ! ওয়ানুদাফুরু !'

আমার নিজেরও ধারণাটাকে ওয়ান্ডারফুল বলেই মনে হয়েছিল। শুধু তাই নয়—এটা সম্ভবও বটে। এ প্রাণী পৃথিবীতে সৃষ্টি হতে পারে না। হলে সেটা এতদিন মানুষের অজানা থাকত না। কারণ—বিশেষত—এরা যে শুধু জলের তলাতেই থাকে তা তো না, এরা উভয়চর। ডাঙায় উঠে এরা মানুষ মারতে পারে, ডাঙা থেকে হেঁটে এরা জলে নামতে পারে।

হামাকুরা হঠাৎ বলল, 'ওরা মুখ দিয়ে কোনও শব্দ করছে কি না, এবং সে শব্দের কোনও মানে আছে কি না সেটা জানা দরকার। শুশুক মাছ শিস দেয় সেটা বোধ হয় তুমি জান। সেই শিস রেকর্ড করে জানা গেছে যে সেটা একরকম ভাষা। ওরা পরস্পরের সঙ্গে কথা বলে, মনের ভাব প্রকাশ করে। এরাও হয়তো তাই করছে।'

এই বলে হামাকুরা ক্যাবিনের দেয়ালের একটা ছোট দরজা খুলে তার ভিতর থেকে একটা হেডফোন জাতীয় জিনিস বার করে কানে পরল। তারপর টেবিলের উপর অনেকগুলো বোতামের মধ্যে দু-একটা একটু এদিক ওদিক ঘোরাতেই তার চোখে মুখে বিস্ময় ও উল্লাসের ভাব ফুটে উঠল। তারপর হেডফোনটা খুলে আমাকে দিয়ে বলল, 'শোনো'।

সেটা কানে লাগাতেই নানারকম অদ্ভুত তীক্ষ্ণ শব্দ শুনতে পেলাম। তার মধ্যে একটা বিশেষ শব্দ যেন বারবার উচ্চারিত হচ্ছে—ক্লী ক্লী ক্লী ক্লী ক্লী ক্লী ...এটা কি শুধুই শব্দ—না এর কোনও মানে আছে ?

অবিনাশবাবু দেখি এর ফাঁকে আমার লিঙ্গুয়াগ্রাফ যন্ত্রটা বার করে আমার দিকে এগিয়ে ধরে বসে আছেন। এরকম বুদ্ধি নিয়ে তো উনি অনায়াসে আমার অ্যাসিস্ট্যান্ট হয়ে যেতে পারেন !

কিন্তু কোনও ফল হল না। কোনও শব্দেরই কোনও মানে আমার যন্ত্রে লেখা হল না। অথচ যন্ত্র খারাপ হয়নি, কারণ জাপানি ভাষায় অনুবাদ গড়গড় করে হয়ে যাচ্ছে। কী হল তা হলে ?

হামাকুরা বলল, 'এর মানে একমাত্র এই হতে পারে, যে ওরা যে কথা বলছে তার কোনও প্রতিশব্দ আমাদের ভাষায় নেই। অর্থাৎ ওদের ভাষা আর ওদের ভাব—দুটোই মানুষের চেয়ে আলাদা। এতে আরও বেশি মনে হয় যে ওরা অন্য কোনও গ্রহের প্রাণী।'

যন্ত্রটা রেখে দিলাম। কী বলছে সেটা জানার চেয়ে কী করছে সেটা দেখাই ভাল।

রক্তমৎস্যের দৃষ্টিশক্তি বোধ হয় তেমন জোরালো নয়, কারণ আমাদের জাহাজটা তারা এখনও দেখতে পায়নি।

তাই কী ? নাকি, ওদের মধ্যে কোনও একটা কারণে এমন উত্তেজনার সৃষ্টি হয়েছে যে ওদের আশেপাশে কী আছে না আছে সেদিকে ওরা ভ্রূক্ষেপই করছে না ? বিনা কারণে এমন চাঞ্চল্য কোনও প্রাণী প্রকাশ করতে পারে সেটা বিশ্বাস করা কঠিন।

এটা ভাবতে ভাবতেই হঠাৎ মাছের হাবভাবে একটা পরিবর্তন লক্ষ করলাম। তারা হঠাৎ দুই দলে ভাগ হয়ে গেল ; তারপর দুই দল গোলকটার দুদিকে গিয়ে সেটাকে যেন বারবার ধাক্কা মেরে সরাতে চেষ্টা করতে লাগল। তারপর দেখি তারা গোলকটাকে চারপাশ থেকে ঘিরে একই সঙ্গে সেটার দিকে চার্জ করে গিয়ে তাতে ঠেলা মারছে।

এ জিনিসটা তারা প্রায় পাঁচ মিনিট ধরে করল। তারপরেই এক মর্মান্তিক ব্যাপার ঘটতে

দেখলাম। দল থেকে একটি একটি করে মাছ ছটফট করতে করতে যেন নির্জীব হয়ে মাটিতে পড়ে যেতে লাগল। হঠাৎ যেন কীসে তাদের প্রাণশক্তি হরণ করে নিচ্ছে। সেটা কি ক্লান্তি, বা কোনও ব্যারাম বা অন্য কিছু ?

একটু চিন্তা করতেই বিদ্যুতের একটা ঝলকের মতো সমস্ত জিনিসটা আমার কাছে পরিষ্কার হয়ে গেল।

অন্য কোনও গ্রহ থেকে এই উভয়চর প্রাণীরা এসেছে পৃথিবীতে বসবাস করতে। জলের ভাগ এখানে বেশি, তাই জলেই নেমেছে—কিংবা হয়তো জলেই থাকবে বলে এসেছে। তারপর, হয় জলের তাপ, বা জলে কোনও গ্যাস বা ওই জাতীয় কিছুর অভাব বা অতিরিক্ততা এদের জীবনধারণের পথে বাধার সৃষ্টি করেছে। তাই এদের কেউ কেউ জল থেকে ডাঙায় উঠে দেখতে গেছে সেখানে বসবাস করা যায় কি না। ডাঙায় উঠে দেখেছে মানুষকে। হয়তো ধারণা হয়েছে মানুষ তাদের শত্রু, তাই আত্মরক্ষার জন্য তাদের কয়েকজনকে কামড়িয়ে বা হুল ফুটিয়ে মেরেছে। তারপর তারা জলে ফিরে এসে ক্রমে বুঝতে পেরেছে যে পৃথিবীতে থাকলে তারা বেশিদিন বাঁচতে পারবে না। খুব সম্ভবত ওই লাল গোলকে করেই তারা এসেছিল, আবার ওতে করেই তারা ফিরে যেতে চায়। দুর্ভাগ্যবশত গোলকটা সমুদ্রের মাটিতে এমন ভাবে আটকে গেছে যে সেটাকে ওপরে তোলা সম্ভব হচ্ছে না। এই মুহূর্তে সে গোলকটাকে আলগা করতে না পারলে হয়তো তাদের সকলেরই সলিলসমাধি হবে।

হামাকুরাকে বললাম, 'ওই গোলকটাকে যে করে হোক মাটি থেকে আলগা করে দিতে হবে। এদের সাধ্যি আছে বলে মনে হয় না।'

হামাকুরা তানাকাকে জাপানি ভাষায় তাড়াতাড়ি কী জানি বলে বলল, 'আমাদের জাহাজটাকে দিয়ে ওটাকে ধাক্কা মারা ছাড়া কোনও উপায় নেই।'

'তবে সেটাই করা হোক।'

চোখের সামনে একের পর এক মাছ মরে পাক খেতে খেতে মাটিতে পড়ছে—এ দৃশ্য আমি আর দেখতে পারছিলাম না।

তানাকা জাহাজটাকে চালু করে খুব আস্তে এবং সাবধানে গোলকটার দিকে এগিয়ে নিয়ে যেতে লাগল। যখন হাতদশেকের মধ্যে এসে পড়েছি তখন আরেক বিদ্‌ঘুটে ব্যাপার শুরু হল। মাছগুলো হঠাৎ তাদের ভিড়ের মধ্যে জাহাজটাকে ঢুকতে দেখে বোধ হয় ভাবল কোনও শত্রু তাদের সর্বনাশ করতে এসেছে। তারা দলে দলে আমাদের দিকে মুখ ঘুরিয়ে আমাদের ক্যাবিনের তিনকোনা জানালার কাচে এসে ধাক্কা মারতে আরম্ভ করল। সে এক দৃশ্য ! সমস্ত ক্যাবিনের ভিতরটা লাল আভায় ধক ধক করছে। মাছের পর মাছ এসে মরিয়া হয়ে জানালায় ঠোক্কর মারছে—তাদের দৃষ্টিতে একটা হিংস্র অথচ ভয়ার্ত ভাব।

নিউটনের যা দশা হল তা লিখে বোঝানো মুশকিল। মুখ দিয়ে ক্রমাগত ফ্যাঁস ফ্যাঁস শব্দ, আর সামনের পায়ের দুই থাবা দিয়ে অনবরত কাচের উপর আঁচড়। অবিনাশবাবুর দিকে চেয়ে দেখি উনি চোখ বুজে বিড়বিড় করে ইষ্টনাম জপ করছেন—তাঁর মুখ ফ্যাকাশে হয়ে তার উপর মাছের লাল আলো পড়ে এক অদ্ভুত গোলাপি ভাব।

একটা মৃদু ধাক্কা অনুভব করে বুঝলাম আমাদের জাহাজ গোলকের গায়ে ঠেকেছে। তার কয়েক সেকেন্ড পর তানাকা জাহাজটাকে পিছিয়ে আনতে আরম্ভ করল। খানিকটা পিছোতেই দেখলাম গোলকটা মাটি থেকে আলগা হয়ে ভাসমান অবস্থায় জলের মধ্যে দুলছে।

এবার এক অভাবনীয় দৃশ্য। গোলকের তলার দিকে যে একটা দরজা ছিল সেটা আগে বুঝতে পারিনি। যত জ্যান্ত মাছ বাকি ছিল, সব দেখি এবার একসঙ্গে আমাদের জাহাজ ছেড়ে

বিদ্যুদ্বেগে গোলকের তলায় গিয়ে হুড়মুড় করে দরজা দিয়ে ভিতরে ঢুকে অদৃশ্য হয়ে গেল।

তারপর যেটা হল, তার জন্য আমাদের প্রস্তুত থাকা উচিত ছিল, কিন্তু আমরা ছিলাম না। একটা প্রচণ্ড বিস্ফোরণের সঙ্গে সঙ্গে দেখলাম গোলকটা তিরবেগে উপর দিকে উঠছে। সেই বিস্ফোরণের ফলে জলের চাপ এসে আমাদের জাহাজে মারল ধাক্কা, আর সেই ধাক্কার চোটে জাহাজ ফুটবলের মতো ছিটকে গিয়ে লাগল পিছনে পাহাড়ে।

তারপর আমার আর কিছু মনে নেই।

যখন জ্ঞান হল তখন বুঝলাম নিউটন আমার কান চাটছে। ক্যাবিনের মেঝে থেকে উঠে অনুভব করলাম কাঁধে একটা যন্ত্রণা। হামাকুরা দেখি তানাকার মাথায় একটা ব্যান্ডেজ বাঁধছে। অবিনাশবাবু ছিটকে গিয়ে একটা বিছানার উপর পড়েছিলেন ; তাই বোধ হয় ওঁর তেমন চোট লাগেনি। ওঁকে দেখে মনে হল উনি বেশ নিশ্চিন্ত ভাবেই ঘুমোচ্ছেন। কাঁধে একটা মৃদু চাপ দিতেই ধড়মড় করে উঠে বসে চোখ বড় বড় করে বললেন, 'এক্স-রেতে কী বলছে ?' বুঝলাম উনি স্বপ্ন দেখছিলেন যে ওঁর হাড়গোড় সব ভেঙে গেছে।

জাহাজ উপর দিকে উঠছে। কারিগরীর আশ্চর্য বাহাদুরি এই জাপানিদের। এত বড় একটা ধাক্কায় জাহাজটা কিছুমাত্র জখম হয়নি। বাইরে যদি বা কিছু হয়ে থাকে, সেটা নিশ্চয় মারাত্মক নয়। আর ভেতরে শুধু একটা প্ল্যাস্টিকের গেলাস উলটে গিয়ে খানিকটা জল আমার বিছানায় পড়েছে—ব্যস।

হামাকুরা বলল, 'প্রথমবার যে ধাক্কা খেয়েছিলাম, সেটা বোধ হয় অন্য আরেকটা গোলকের বিস্ফোরণ।'

আমি বললাম, 'সে বিষয়ে কোনও সন্দেহ নেই। আমার মনে হয় এরা সবাই একই সঙ্গে, যেখান থেকে এসেছিল সেখানে আবার ফিরে যাচ্ছে।'

কোন গ্রহ থেকে এরা এসেছিল সেটা কোনওদিন জানা যাবে কি ? বোধ হয় না। তবে এই ভিন্নগ্রহবাসী রক্তমৎস্য যে বিজ্ঞানে কতদূর অগ্রসর হয়েছে সেটা ভাবতে অবাক লাগে। তানাকা এ মাছের অনেক ছবি তুলেছে। আমি যখন অজ্ঞান হয়ে পড়েছিলাম, সে সময় জাহাজ ছাড়ার আগে হামাকুরা বাইরে বেরিয়ে দুটো মরা মাছের নমুনা নিয়ে এসেছে। মোটকথা, আমাদের অভিযান মোটেই ব্যর্থ হয়নি।

অবিনাশবাবুর দিকে চেয়ে দেখি তিনি অন্যমনস্কভাবে জানালার বাইরে তাকিয়ে গুন গুন করে গান গাইছেন। আমি বললাম, 'সমুদ্রগর্ভে এই অভিযানটা আপনার কাছে বেশ উপভোগ্য হয়েছে বলে মনে হচ্ছে।'

অবিনাশবাবু বললেন, 'মাছ জিনিসটা যেরকম উপাদেয়, মাছের জগৎটা যে উপভোগ্য হবে তাতে আর আশ্চর্য কী।'

'আমার তো মনে হচ্ছে আমার জ্ঞানের ভাণ্ডার আরও অনেক ভরে উঠল।'

'আপনি ভাবছেন জ্ঞান, আর আমি ভাবছি পকেট।'

'কী রকম ?' আমি অবাক হয়ে অবিনাশবাবুর দিকে চাইতেই ভদ্রলোক তাঁর পাঞ্জাবির পকেটে হাত ঢুকিয়ে একটা চাপবাঁধা ডেলা বার করে আমার দিকে এগিয়ে দিলেন। সেটা হাতে নিয়ে ভাল করে আলোতে দেখেই আমার চোখ কপালে উঠল।

সেই ডেলার মধ্যে রয়েছে অন্তত দশখানা আরবি ভাষায় ছাপ মারা মোগল আমলের সোনার মোহর !

সন্দেশ। বৈশাখ-জ্যৈষ্ঠ ১৩৭৫

প্রোফেসর শঙ্কু ও কোচাবাম্বার গুহা

৭ই আগস্ট

আজ আমার পুরনো বন্ধু হনলুলুর প্রোফেসর ডাম্‌বার্টনের একটা চিঠি পেয়েছি।
তিনি লিখছেন—

প্রিয় শ্যাঙ্ক্‌স,

খামের উপর ডাকটিকিট দেখেই বুঝতে পারবে যে বোলিভিয়া থেকে লিখছি। প্রাকৃতিক দুর্যোগ থেকেও যে সভ্য সমাজের উপকার হতে পারে তার আশ্চর্য প্রমাণ এখানে এসে পেয়েছি। সেটার কথা তোমাকে জানানোর জন্যেই এই চিঠি।

গত জুন মাসে বোলিভিয়ায় যে ভূমিকম্প হয়েছিল তার খবর তোমার গিরিডিতেও নিশ্চয়ই পৌঁছেছে। এই ভূমিকম্পের ফলে এখানকার দ্বিতীয় বৃহত্তম শহর কোচাবাম্বা থেকে প্রায় একশো মাইল দূরে একটা বিশাল পাহাড়ের বৃহত্তম একটা অংশ চিরে দুভাগ হয়ে একটা

যাতায়াতের পথ তৈরি হয়ে যায়। এই পাহাড়ের পিছন দিকটায় এর আগে কোনও মানুষের পা পড়েনি (বোলিভিয়ার অনেক অংশই ভূতাত্ত্বিকদের কাছে এখনও অজানা তা তুমি জানো)। যাই হোক, এই পাহাড়ের কাছাকাছি একটা গ্রামের কিছু ছেলে লুকোচুরি খেলতে খেলতে এই নতুন পথ দিয়ে অনেকখানি এগিয়ে যায়। তাদের মধ্যে একজন পাহাড়ের গায়ে একটি গুহার মধ্যে লুকোনোর জন্য ঢোকে, এবং ঢুকেই তার ভিতরের দেয়ালে আঁকা রঙিন ছবি দেখতে পায়।

আমি গত শনিবার পেরুতে একটা কনফারেন্সে যাবার পথে বোলিভিয়ায় আসি ভূমিকম্পের কীর্তি চাক্ষুষ দেখার জন্য। আসার পরদিনই স্থানীয় ভূতাত্ত্বিক প্রোফেসর কর্ডোবার কাছে গুহার খবরটা শুনি, এবং সেইদিনই গিয়ে ছবিগুলো দেখে আসি। আমার মনে হয় তোমারও একবার এখানে আসা দরকার। ছবিগুলো দেখবার মতো। কর্ডোবার সঙ্গে আমার মতভেদ হচ্ছে। তোমার সমর্থন পেলে (নিশ্চয়ই পাব!) মনে কিছুটা জোর পাব। চলে এসো। পেরুতে বলে দিয়েছি—তোমার নামে কনফারেন্সের একটা আমন্ত্রণ যাচ্ছে। তারাই তোমার যাতায়াতের খরচ দেবে।

আশা করি ভাল আছ। ইতি—

হিউগো ডাম্‌বার্টন

আমার যাওয়ার লোভ হচ্ছে দুটো কারণে। প্রথমত, দক্ষিণ আমেরিকার এ অঞ্চলটা আমার দেখা হয়নি। দ্বিতীয়ত, স্পেনের বিখ্যাত আলতামিরা গুহার ছবি দেখার পর থেকেই আদিম মানুষ সম্পর্কে আমার মনে নানারকম প্রশ্ন জেগেছে। পঞ্চাশ হাজার বছর আগের মানুষ—যাদের সঙ্গে বাঁদরের তফাত খুব সামান্যই—তাদের হাত দিয়ে এমন ছবি বেরোয় কী করে তা এখনও বুঝে উঠতে পারিনি। এক একটা ছবি দেখে মনে হয়, আজকের দিনের আর্টিস্টও এত ভাল আঁকতে পারে না ; অথচ এরা নাকি ভাল করে সোজা হয়ে হাঁটতেও পারত না !

নেহাতই যদি বোলিভিয়া যাওয়া হয়, তা হলে সঙ্গে আমার নতুন তৈরি 'অ্যানিস্থিয়াম' পিস্তলটা নেব, কারণ যে জায়গায় এর আগে মানুষের পা পড়েনি সেখানে নানারকম অজানা বিপদ লুকিয়ে থাকতে পারে। অ্যানিস্থিয়াম পিস্তলের ঘোড়া টিপলে তার থেকে একটা তরল গ্যাস তিরের মতো বেরিয়ে শত্রুর গায়ে লেগে তাকে বেশ কয়েক ঘন্টার জন্য অজ্ঞান করে দিতে পারে।

এখন অপেক্ষা শুধু পেরুর নেমন্তন্নের জন্য।

১৮ই আগস্ট

বোলিভিয়ার কোচাবাম্বা শহর থেকে একশো ত্রিশ মাইল দূরে ভূমিকম্পের ফলে আবিষ্কৃত গুহার বাইরে বসে আমার ডায়রি লিখছি। হাত দশেক দূরে মাটিতে প্রায় সমতল পাথরের উপর চিত হয়ে শুয়ে আছে ডাম্‌বার্টন, তার হাতদুটো ভাঁজ করে মাথার নীচে রাখা, তার সাদা কাপড়ের টুপিটা সূর্যের তাপ থেকে রক্ষা পাবার জন্য মুখের উপর ফেলা।

এখন বিকেল চারটে। দিনের আলো ম্লান হয়ে আসছে। আর মিনিট কুড়ির মধ্যে সূর্য নেমে যাবে পাহাড়ের পিছনে। এ জায়গাটাকে ঘিরে একটা অস্বাভাবিক, আদিম নিস্তব্ধতা। মানুষের পা যে এর আগে এদিকে পড়েনি, সেটা আশ্চর্যভাবে অনুভব করা যায়। মানুষ বলতে যে আমি সভ্য মানুষ বলছি সেটা বলাই বাহুল্য, কারণ আদিম মানুষ যে এককালে

এখানে ছিল তার প্রমাণ আমাদের পাশের গুহাতেই রয়েছে। বোলিভিয়ার ভূমিকম্পের দৌলতে ক্রমে পৃথিবীর লোকে এই আশ্চর্য গুহার কথা জানতে পারবে। আলতামিরার গুহা আমি নিজে দেখেছি ; ফ্রান্সের লাস্‌কো গুহার ছবি বইয়ে দেখেছি। কিন্তু বোলিভিয়ার এ গুহার সঙ্গে ও দুটোর কোনও তুলনাই হয় না।

প্রথমত, ছবি সংখ্যায় অনেক বেশি। গুহার ভিতরে ঢুকলেই এক মেঝেতে ছাড়া আর সর্বত্র ছবি চোখে পড়ে। গুহার মুখ থেকে প্রায় একশো গজ ভিতরে পর্যন্ত ছবি রয়েছে। তারপর থেকে গুহাটা হঠাৎ সরু হয়ে গিয়েছে—হামাগুড়ি দিয়ে এগোতে হয়। সেইভাবে বেশ খানিকটা পথ এগিয়েও আমরা আর কোনও ছবি দেখতে পাইনি। মনে হয় ছবির শেষ ওই একশো গজেই। কিন্তু গুহাটা যেহেতু চওড়ায় বেশ অনেকখানি, এই একশো গজের মধ্যেই ছবির সংখ্যা হবে আলতামিরার প্রায় দশগুণ।

এ ছবিতে আঁকার গুণ ছাড়াও আরও অনেক অবাক করা ব্যাপার আছে। আদিম মানুষ গুহার দেয়ালে সাধারণত শিকারের ছবিই আঁকত। জন্তুজানোয়ার যা আঁকত তা সবই তাদের শিকারের জিনিস। তা ছাড়া, মানুষ বল্লম দিয়ে জানোয়ার মারছে, এমন ছবিও দেখা যায়। এখানেও শিকারের ছবি আছে, কিন্তু সে ছাড়াও এমন ছবি আছে যার সঙ্গে শিকারের কোনও সম্পর্ক থাকতে পারে না ; যেমন, গাছপালা ফুল পাখি পাহাড় চাঁদ ইত্যাদি। বোঝাই যায় এসব জিনিস ভাল লেগেছে বলে আঁকা হয়েছে। আর কোনও কারণ নেই। ছবির ফাঁকে ফাঁকে এক ধরনের হিজিবিজি নকশা বা অক্ষরের মতো জিনিস লক্ষ করলাম যার কোনও মানে করা যায় না। সব মিলিয়ে এটা বোঝা যায় যে, এরা বেশ একটা বিশেষ ধরনের আদিম মানুষ ছিল।

আরও আশ্চর্যের ব্যাপার হল এইসব ছবির রং। এই রঙের এত বাহার আর এত জৌলুস যা নাকি অন্য কোনও প্রাগৈতিহাসিক গুহার ছবিতে নেই। বোধ হয় এরা কোনও বিশেষ ধরনের পাকা রং ব্যবহার করত। মোটকথা ছবিগুলোকে হঠাৎ দেখলে দশ-বারো বছরের বেশি পুরনো নয় বলেই মনে হয়। অথচ স্বভাবতই ছবির জানোয়ারগুলো ফ্রান্স বা স্পেনের মতোই সবই প্রাগৈতিহাসিক। আদিম বাইসন, বিরাট বাঁকানো দাঁতওয়ালা বাঘ—এই সব কিছুরই অজস্র অদ্ভুত ছবি এই গুহাতে আছে। এছাড়া আরেকরকম জানোয়ারের ছবি লক্ষ করলাম যেটা আমাদের দুজনের কাছেই একেবারে নতুন বলে মনে হল। এর গলাটা লম্বা, নাকের উপর গণ্ডারের মতো শিং, আর সারা পিঠময় শজারুর মতো কাঁটা। একটা মোটা ল্যাজও আছে, বোধ হয় কুমিরের ল্যাজের মতো। সব মিলিয়ে ভারী উদ্ভট চেহারা।

আমি আজ সারাদিন আমার 'ক্যামের‍্যাপিড' দিয়ে গুহার ছবির ছবি তুলেছি। এই ক্যামেরা আমারই তৈরি। এতে রঙিন ছবি তোলা যায়, আর তোলার পনেরো সেকেন্ডের মধ্যে প্রিন্ট হয়ে বেরিয়ে আসে। হোটেলে ফিরে গিয়ে ছবিগুলো নিয়ে বসব।

গুহার বাইরে এসে চারিদিকে চাইলে বেশ বোঝা যায় কেন এদিকটায় মানুষ এতদিন আসতে পারেনি। এ জায়গাটার তিনদিক ঘিরে খাড়াই স্লেটপাথরের পাহাড়। এই পাহাড়ের গা অস্বাভাবিক রকম মসৃণ, ঝোপঝাড় গাছপালা নেই বললেই চলে। অন্য দিকে—অর্থাৎ উত্তর দিকে—দুর্ভেদ্য জঙ্গল। আমরা যেখানে বসে আছি সেখান থেকে জঙ্গলের দূরত্ব প্রায় আধমাইল তো হবেই। জঙ্গলের পিছনে দূরে অ্যান্ডিজ পর্বতশ্রেণী দেখা যায়, তার মাথায় বরফ। গুহার আশেপাশে গাছপালা বিশেষ নেই, তবে বড় বড় পাথরের চাঁই চারিদিকে ছড়িয়ে পড়ে আছে, তার এক একটা পঞ্চাশ-ষাট ফুট উঁচু। পোকামাকড়ের অভাব নেই এখানে, তবে পাখি জিনিসটা এখনও চোখে পড়েনি ; হয়তো জঙ্গলের ভিতরে আছে। একটু আগে একটা ফুট চারেক লম্বা আরমাডিলো বা পিঁপড়েখোর জানোয়ার ডাম্বার্টনের খুব কাছ

দিয়ে হেঁটে গিয়ে একটা পাথরের ঢিপির পিছনে অদৃশ্য হয়ে গেল।

সব কিছু মিলিয়ে এখানকার পরিবেশটা একেবারে আদিম, আর তাই গুহার ছবিগুলোর বাহার এত অবাক করে দেয়।

একটা কথা বলে রাখা ভাল—এখানকার বৈজ্ঞানিক প্রোফেসর পোরফিরিও কর্ডোবা আমাদের এই গুহা অভিযানের ব্যাপারটা খুব ভাল চোখে দেখছেন না। তার একটা কারণ হয়তো এই যে, তাঁর সঙ্গে আমাদের গভীর মতভেদ হচ্ছে। কর্ডোবা বললেন—

'তোমরা এই গুহাটাকে প্রাগৈতিহাসিক বলছ কী করে জানি না। আমার মনে হয় এর বয়স খুব বেশি হলে হাজার বছর। পঞ্চাশ হাজার বছরের পুরনো গুহার ছবির রং এত উজ্জ্বল হবে কী করে?'

কর্ডোবার কথা বলার ঢং বেশ রুক্ষ—অনেকটা তার চেহারার মতোই। এত ঘন ভুরু কোনও লোকের আমি দেখিনি।

আমি বললাম, 'দেয়ালে যে সব প্রাগৈতিহাসিক জন্তুর ছবি রয়েছে, সেগুলো কী করে এল?'

কর্ডোবা হেসে বললেন, 'মানুষের কল্পনায় আজকের দিনেও হাতির গায়ে লোম গজাতে পারে। ওতে কিস্যু প্রমাণ হয় না। আমাদের দেশের ইন্‌কা সভ্যতার কথা শুনেছ তো? ইন্‌কাদের আঁকা ছবির কোনও জানোয়ারের সঙ্গে আসল জানোয়ারের হুবহু মিল নেই। তা হলে কি সে সব জানোয়ারকে প্রাগৈতিহাসিক বলতে হবে? ইন্‌কা সভ্যতার বয়স হাজার বছরের বেশি নয় মোটেই।'

আমি কিছু না বললেও, ডাম্‌বার্টন একথার উত্তর দিতে কসুর করল না। সে বলল, 'প্রোফেসর কর্ডোবা, আলতামিরার গুহা যখন প্রথম আবিষ্কার হয়, তখনও সেটাকে অনেক বৈজ্ঞানিকেরা প্রাগৈতিহাসিক বলে মানতে চাননি। পরে কিন্তু তাঁদের ভারী অপ্রস্তুত হতে হয়েছিল!'

এর উত্তরে কর্ডোবা কিছু বলেননি। কিন্তু তিনি যে আমাদের এই অভিযানে মোটেই সন্তুষ্ট নন সেকথা আঁচ করতে অসুবিধা হয়নি।

যাই হোক, আমরা কর্ডোবাকে অগ্রাহ্য করেই কাজ চালিয়ে যাব। আজকের কাজ এখানেই শেষ। এবার শহরে ফেরা উচিত।

১৮ই আগস্ট, রাত বারোটা

গুহা থেকে শহরের হোটেলে ফিরেছি রাত সাড়ে নটায়। ডিনার খেয়ে ঘরে এসে গত দুঘণ্টা ধরে আমার আজকের তোলা ছবিগুলো খুব মন দিয়ে দেখেছি। প্রাকৃতিক জিনিসের ছবির চেয়েও যেগুলো সম্পর্কে বেশি কৌতূহল হচ্ছে সে হল ওই হিজিবিজিগুলো নিয়ে। অনেকগুলো হিজিবিজির ছবি পাশাপাশি রেখে তাদের মধ্যে কিছু কিছু মিল লক্ষ করেছি। এমনকী এ সন্দেহও মনে জাগে যে, হয়তো এগুলো আসলে অক্ষর বা সংখ্যা। তাই যদি হয়, তা হলে তো এদের শিক্ষিত অসভ্য বলতে হয়! অবিশ্যি এটা অনুমান মাত্র; আসলে হয়তো এগুলো এইসব আদিম মানুষের কুসংস্কার সংক্রান্ত কোনও সাংকেতিক চিহ্ন।

এ নিয়ে কাল ডাম্‌বার্টনের সঙ্গে আলোচনা করা দরকার।

১৯শে আগস্ট, রাত এগারোটা

হোটেলের ঘরে বসে ডায়রি লিখছি। আজ বোধ হয় এদের পরবটরব আছে, কারণ কোত্থেকে যেন গানবাজনা আর হইহল্লার শব্দ ভেসে আসছে। মিনিট পাঁচেক আগে একটা মৃদু ভূমিকম্প হয়ে গেল। একটা বড় ভূমিকম্পের পর কিছুদিন ধরে মাঝে মাঝে অল্প ঝাঁকুনির ব্যাপারটা অস্বাভাবিক নয়।

আজকের রোমাঞ্চকর ঘটনার পর বেশ ক্লান্ত বোধ করছি ; কিন্তু তাও এইবেলা ব্যাপারটা লিখে ফেলা ভাল। আগেই বলে রাখি—রহস্য আরও দশগুণ বেড়ে গেছে। আর তার সঙ্গে একটা আতঙ্কের কারণ দেখা দিয়েছে, যেটা ডাম্বার্টনের মতো জাঁদরেল আমেরিকানকেও বেশ ভাবিয়ে তুলেছে।

আগেই বলেছি, কোচাবাম্বা থেকে গুহাটা প্রায় একশো ত্রিশ মাইল দূরে। রাস্তা ভাল থাকলে এ পথ তিন ঘণ্টায় অতিক্রম করা সম্ভব হত। কিন্তু ভূমিকম্পের ফলে রাস্তা অনেক জায়গায় বেশ খারাপ হয়ে আছে, ফলে চার ঘণ্টার কমে জিপে যাওয়া যায় না। ফাটলের মুখে এসে জিপ থেকে নেমে বাকি পথটা (দশ মিনিটের মতো) পাথর ডিঙিয়ে হেঁটে যেতে হয়।

এই কারণে আমরা ঠিক করেছিলাম যে ভোর ছ'টার মধ্যে আমাদের অভিযানে বেরিয়ে পড়ব।

হোটেল থেকে যখন জিপ রওনা দিল, তখন ঠিক সোয়া ছটা। সূর্য তখনও পাহাড়ের পিছনে। আজ সঙ্গে আমরা একটি স্থানীয় স্প্যানিশ লোককে নিয়েছিলাম—নাম পেদ্রো। উদ্দেশ্য ছিল আমরা যখন গুহার ভিতরে ঢুকব, তখন সে বাইরে থেকে পাহারা দেবে। কারণ কিছু জিনিসপত্র খাবারদাবার ইত্যাদি বাইরে রাখলে আমাদের চলাফেরা আরও সহজ হতে পারবে। আমরা কিছু না বলাতেও দেখলাম পেদ্রো তার সঙ্গে একটি বন্দুক নিয়ে এগোচ্ছে। কেন জিজ্ঞেস করাতে সে বললে, 'সিনিওর, এখানকার জঙ্গল থেকে কখন যে কী বেরোয় তা বলা যায় না। তাই এটা আমার আত্মরক্ষার জন্যই এনেছি।'

ত্রিশ মাইল গাড়ি যাবার পর হঠাৎ খেয়াল হল যে, আমাদের পিছন পিছন আরেকটা গাড়ি আসছে, এবং সেটা যেন আমাদের গাড়িটার নাগাল পাবার জন্য বেশ জোরেই এগিয়ে আসছে। মিনিট পাঁচেকের মধ্যেই গাড়িটা (সেটাও একটা জিপ) আমাদের পাশে এসে পড়ল। গাড়ির মধ্যে থেকে দেখি প্রোফেসর কর্ডোবা হাত বাড়িয়ে আমাদের থামতে বলছেন।

অগত্যা থামলাম, এবং দুজনেই গাড়ি থেকে রাস্তায় নামলাম। অন্য জিপটা থেকে কর্ডোবা নেমে আমাদের দিকে এগিয়ে এল। তার মধ্যে একটা স্পষ্ট উত্তেজনার ভাব লক্ষ করলাম।

কর্ডোবা আমাদের দুজনকে গম্ভীরভাবে নমস্কার জানিয়ে বলল, 'আমার ড্রাইভার তোমার ড্রাইভারকে জানে। তার কাছ থেকেই জানলাম তোমরা ভোরে ভোরে বেরিয়ে পড়বে। আমি এসেছি তোমাদের সাবধান করে দিতে।'

আমরা দুজনেই অবাক। বললাম, 'কী ব্যাপারে সাবধান হতে বলছ ?'

কর্ডোবা বলল, 'গুহার উত্তর দিকের জঙ্গলটা খুব নিরাপদ নয়।'

ডাম্বার্টন বলল, 'কী করে জানলে ?'

কর্ডোবা বলল, 'আমি প্রথম যেদিন গুহাটা দেখতে যাই, সেদিন জঙ্গলটাতেও ঢুকেছিলাম। আমার ধারণা হয়েছিল যে, ছবিগুলো খুব অল্প কদিন আগে আঁকা, এবং

জঙ্গলের মধ্যেই বোধ হয় ছবির রঙের উপাদানগুলো পাওয়া যাবে। হয়তো কোনও বিশেষ গাছের রস থেকে বা কোনওরকম পাথর জলে ঘষে রংগুলো তৈরি হয়েছে।'

'তার কোনও হদিস পেয়েছিলে কি?'

'না। কারণ, বেশি ভিতরে ঢোকার সাহস হয়নি। জঙ্গলের মাটিতে কিছু পায়ের ছাপ দেখে ভয়ে বেরিয়ে এসেছিলাম।'

'কী রকম পায়ের ছাপ?'

'অতিকায় জানোয়ারের। কোনও জানা জন্তুর পায়ের ছাপ ওরকম হয় না।'

ডাম্বার্টন হেসে বলল, 'ঠিক আছে। আমাদের সতর্ক করে দেবার জন্য তোমাকে ধন্যবাদ। কিন্তু আমাদের সঙ্গে অস্ত্রধারী লোক আছে। তা ছাড়া গুহায় আমাদের যেতেই হবে। এমন সুযোগ আমরা ছাড়তে পারব না। কী বলো শ্যাঙ্কস্?'

আমি মাথা নেড়ে ডাম্বার্টনের কথায় সায় দিয়ে বললাম, 'সাধারণ অস্ত্র ছাড়াও অন্য অস্ত্র আছে আমাদের কাছে। একটা আস্ত ম্যামথকে তা কয়েক সেকেন্ডের মধ্যেই শায়েস্তা করতে পারবে।'

কর্ডোবা বলল, 'বেশ। আমার কর্তব্য আমি করে গেলাম, কারণ দেশটা আমারই, তোমরা এখানে অতিথি। তোমাদের কোনও অনিষ্ট হলে আমার উপরে তার খানিকটা দায়িত্ব এসে পড়তে পারে তো! তবে তোমরা নেহাতই যখন আমার নিষেধ মানবে না, তখন আর আমি কী করতে পারি বলো? আমি আসি। তোমরা বরং এগোও!'

কর্ডোবা তাঁর জিপে উঠে উলটোমুখো শহরের দিকে চলে গেলেন, আর আমরাও আবার রওনা দিলাম গুহার দিকে।

কিছুদূর যাবার পর সামনের সিট থেকে পেদ্রো হঠাৎ আমাদের দিকে মুখ ঘুরিয়ে বলল, 'ভূমিকম্পের দিন প্রোফেসর কর্ডোবার কী হয়েছিল আপনারা শুনেছেন কি?'

বললাম, 'কই, না তো। কী হয়েছিল?'

পেদ্রো বলল, 'সেদিন ছিল রবিবার। প্রোফেসর সকালে উঠে গির্জায় যাচ্ছিলেন। গির্জার গেট দিয়ে ঢুকবার সময় ভূমিকম্পটা শুরু হয়। প্রোফেসরের চোখের সামনে সান্তা মারিয়া গির্জা ধূলিসাৎ হয়ে যায়, আর প্রায় ৩০০ লোক পাথর চাপা পড়ে মারা যায়। আর দশ সেকেন্ড পরে হলে প্রোফেসরেরও ওই দশা হত।'

আমরা বললাম, 'সে তো ওর খুব ভাগ্য ভাল বলতে হবে।'

পেদ্রো বলল, 'তা ঠিক, কিন্তু ওই ঘটনার পর থেকে প্রোফেসরের মাথা মাঝে মাঝে বিগড়ে যায়। আজ যে জন্তুর কথা বলছিলেন, মনে হয় সেটা একেবারে মনগড়া। ও জঙ্গলে যা জন্তু আছে, তা বোলিভিয়ার সব জঙ্গলেই আছে।'

আমি আর ডাম্বার্টন পরস্পরের মুখ চাওয়াচাওয়ি করলাম। দুজনেরই মনে এক ধারণা: কর্ডোবা চান না যে আমরা গুহায় গিয়ে কাজ করি। অর্থাৎ, খুব সম্ভবত তিনি চাইছেন যে গুহায় যদি কোনও আশ্চর্য তথ্য আবিষ্কার করার থাকে, তা হলে সেটা উনিই করেন; আমরা বাইরের লোক এসে তাঁর এলাকায় মাতব্বরি করে যেন বৈজ্ঞানিক জগতের বাহবাটা না নিই। বৈজ্ঞানিকদের পরস্পরের মধ্যে এই রেশারেশির ভাবটা যে অস্বাভাবিক না সেটা আমি জানি। তবু বলব যে সুদূর বোলিভিয়ায় এসে এ জিনিসটার সামনে পড়তে হবে সেটা আশা করিনি।

* * *

পেদ্রোকে বাইরে দাঁড় করিয়ে রেখে যখন আমরা গুহার ভিতরে ঢুকলাম তখন প্রায় সাড়ে দশটা। আজ সূর্য কিছুটা ম্লান, কারণ আকাশ পাতলা মেঘে ঢাকা। গতকাল গুহার ভিতরে অনেকদূর পর্যন্ত বাইরের সূর্যের প্রতিফলিত আলোতেই পরিষ্কার দেখা যাচ্ছিল ; আজ পঞ্চাশ পা এগোতে না এগোতেই হাতের টর্চ জ্বালতে হল।

পথ যেখানে সরু হয়ে এসেছে, সেখান থেকে যথারীতি হামাগুড়ি দিতে শুরু করলাম। আজ আরও কিছু বেশি দূর যাব। এখানে ছবি নেই, তাই আশেপাশে দেখবারও কিছু নেই। আমরা মাটির দিকে চোখ রেখে এগোতে লাগলাম। পাথর আশ্চর্যরকম মসৃণ, আর আলগা পাথর নেই বললেই চলে। বেশ বোঝা যায় যে এখানে আদিম মানুষেরা অনেক দিন ধরে বসবাস করেছিল, আর তাদের যাতায়াতের ফলেই পাথরের এই মসৃণতা।

গতকাল যে পর্যন্ত এসেছিলাম, তার থেকে শ'খানেক হাত এগিয়ে দেখলাম সুড়ঙ্গ আবার চওড়া হতে আরম্ভ করেছে। কিন্তু এখনও পর্যন্ত আর কোনও ছবির চিহ্ন নেই। ডাম্বার্টন বলল, 'জানো শ্যাঙ্কস্—এক একবার মনে হচ্ছে যে আর এগিয়ে লাভ নেই। কিন্তু গুহার এই যে অস্বাভাবিক পরিষ্কার ভাব, এতেই যেন মনে হয় ভিতরে আরও দেখবার জিনিস আছে।'

ডাম্বার্টন আমার মনের কথাটাই যেন প্রকাশ করল। সত্যি, কী আশ্চর্য ঝকঝকে তকতকে এই গুহার ভিতরটা। দেয়ালের দিকে চাইলে মনে হয় যেন এখানে নিয়মিত ডাস্টার দিয়ে পরিষ্কার করা হয়।

সুড়ঙ্গ চওড়া হয়ে যাওয়াতে আমরা সোজা হয়ে হাঁটছিলাম, এমন সময় আমার কানে একটা শব্দ এল। ডাম্বার্টনের কাঁধে হাত দিয়ে ওকে থামতে বললাম।

'শুনতে পাচ্ছ ?'

খুট খুট খুট খুট খুট খুট...আমার কানে শব্দটা স্পষ্ট—কিন্তু ডাম্বার্টনের শ্রবণশক্তি বোধ হয় আমার মতো তীক্ষ্ণ নয়। সে আরও কিছু এগিয়ে গেল। তারপর থেমে ফিসফিস করে বলল, 'পেয়েছি।'

দুজনে পাশাপাশি দাঁড়িয়ে কিছুক্ষণ শব্দটা শুনলাম। মাঝে মাঝে থামছে, তবে বেশিক্ষণের জন্য নয়।

মানুষ ? না অন্য কিছু ? বললাম, 'এগিয়ে চলো।'

ডাম্বার্টন বলল, 'তোমার পিস্তল সঙ্গে আছে ?'

'আছে।'

'ওটা কাজ করে তো ?'

হেসে বললাম, 'তোমার ওপর তো আর পরীক্ষা করে দেখতে পারি না, তবে এটুকু বলতে পারি যে, আমার তৈরি কোনও জিনিস আজ পর্যন্ত 'ফেল' করেনি।'

'তবে চলো।'

আরও কিছুদূর এগিয়ে একটা মোড় ঘুরেই দুজনে একসঙ্গে থমকে দাঁড়িয়ে পড়লাম।

আমরা একটা রীতিমতো বড় হল ঘরের মধ্যে এসে পড়েছি। এদিকে ওদিকে টর্চের আলো ফেলে বুঝতে পারলাম সেটা একটা গোল ঘর, যার ডায়ামিটার হবে কম পক্ষে একশো ফুট, আর যেটা উঁচুতে অন্তত কুড়ি ফুট।

হলঘরের দেওয়াল ও ছাত ছবি ও নকশাতে গিজগিজ করছে। ছবির চেয়ে নকশাই বেশি, আর তাদের চেহারা দেখে বুঝতে কোনওই অসুবিধে হল না যে সেগুলো অঙ্ক বা ফরমুলা জাতীয় কিছু।

ডাম্বার্টন চাপা গলায় বলল, 'শিল্পের জগৎ থেকে ক্রমে যে বিজ্ঞানের জগতে এসে পড়েছি বলে মনে হচ্ছে! এ কাদের কীর্তি ? এসবের মানে কী ? কবেকার করা এসব

নকশা ?'

খুট খুট শব্দটা থেমে গেছে।

আমি হাত থেকে টর্চটা নামিয়ে রেখে কাঁধের থলি থেকে ক্যামেরা বার করলাম। ফ্ল্যাশলাইট আছে—কোনও চিন্তা নেই। বেশ বুঝতে পারলাম উত্তেজনায় আমার হাত কাঁপছে।

ক্যামেরা বার করে সবেমাত্র দুটো ছবি তুলেছি, এমন সময় একটা ক্ষীণ অথচ তীব্র চিৎকার আমাদের কানে এল।

আওয়াজটা নিঃসন্দেহে আসছে গুহার বাইরে থেকে। পেদ্রোর চিৎকার।

আর এক মুহূর্তও অপেক্ষা না করে আমরা দুজনেই উলটোদিকে রওনা দিলাম। হেঁটে, দৌড়ে, হামাগুড়ি দিয়ে বাইরে পৌঁছোতে লাগল প্রায় কুড়ি মিনিট।

বেরিয়ে এসে দেখি পেদ্রো তার জায়গায় নেই, যদিও আমাদের জিনিসপত্রগুলো ঠিকই রয়েছে। কোথায় গেল লোকটা ? ডাইনে একটা পাথরের ঢিপি। ডাম্বার্টন দৌড়ে তার পিছন দিকটায় গিয়েই একটা চিৎকার দিল—

'কাম হিয়ার, শ্যাঙ্কস্ !'

গিয়ে দেখি পেদ্রো চিত হয়ে চোখ কপালে তুলে পড়ে আছে, তার গলায় একটা গভীর ক্ষত থেকে রক্ত চুঁইয়ে পড়ছে, আর তার বন্দুকটা পড়ে আছে তার থেকে চার-পাঁচ হাতে দূরে, মাটিতে। পেদ্রোর নিষ্পলক চোখে আতঙ্কের ভাব আমি কোনও দিন ভুলব না। ডাম্বার্টন তার নাড়ি ধরে বলল, 'হি ইজ ডেড।'

এটা বলবারও দরকার ছিল না। দেখেই বোঝা যাচ্ছিল যে পেদ্রোর দেহে প্রাণ নেই।

পেদ্রোর দিক থেকে এবার দৃষ্টি গেল আরও প্রায় বিশ হাত উত্তর দিকে। মাটিতে খানিকটা জায়গা জুড়ে আরেকটা লালের ছোপ। এগিয়ে গিয়ে বুঝলাম সেটাও হয়তো রক্ত, কিন্তু মানুষের নয়। রক্তের কাছাকাছি যে জিনিসটা পড়ে আছে সেটাকে দেখলে হঠাৎ একটা হাতল-ছাড়া তলোয়ার মনে হয়। হাতে তুলে নিয়ে দেখি সেটা ধাতুর তৈরি কোনও জিনিস নয়।

ডাম্বার্টনের হাতে দেওয়াতে সে নেড়ে চেড়ে বলল, 'এ থেকে যা অনুমান করছি সেটা যদি সত্যি হয় তা হলে আর আমাদের এখানে থাকা উচিত নয় !'

আমি বুঝলাম যে আমাদের দুজনেরই অনুমান এক, কিন্তু তাও সেটা সত্যি হতে পারে বলে বিশ্বাস করছিলাম না। বললাম, 'দেওয়ালে আঁকা সেই নাম-না-জানা জানোয়ারের কথা ভাবছ কি ?'

'এগ্‌জ্যাক্টলি। পেদ্রো জখম হয়েও গুলি চালিয়েছিল। তার ফলে জানোয়ারটাও জখম হয়, এবং তার পিঠ থেকে এই কাঁটাটি খসে পড়ে।'

ডাম্বার্টনের বয়স পঞ্চাশের উপর হলেও সে রীতিমতো জোয়ান। সে একাই পেদ্রোর মৃতদেহ কাঁধে করে তুলে নিল। আমি বাকি জিনিসপত্র নিলাম।

আকাশে মেঘ করে একটা থমথমে ভাব।

কর্ডোবা তা হলে হয়তো মিথ্যে বলেনি। উত্তরের এই জঙ্গলের মধ্যে আরও কত অজানা বিভীষিকা লুকিয়ে রয়েছে কে জানে ?

পেদ্রোর মৃতদেহ তার বাড়িতে পৌঁছে দিয়ে, তার বৃদ্ধ বাবাকে সান্ত্বনা ও কিছু টাকাকড়ি দিয়ে হোটেলে যখন ফিরছি তখন টিপটিপ করে বৃষ্টি পড়তে শুরু করেছে। ঘড়িতে তখন

বেজেছে সাতটা।

হোটেলে ঢুকে দেখি সামনেই একটা সোফায় বসে রয়েছেন প্রোফেসর কর্ডোবা। আমাদের দেখেই ভদ্রলোক বেশ ব্যস্তভাবে উঠে এগিয়ে এলেন।

'যাক, তোমরা তা হলে ফিরেছ!'

ডাম্‌বার্টন বলল, 'ফিরেছি, তবে সকলে না।'

'তার মানে?'

কর্ডোবাকে ঘটনাটা বললাম।

সব শুনেটুনে কর্ডোবার চোখে মুখে একটা অদ্ভুত ভাব জেগে উঠল যার মধ্যে আক্ষেপের চেয়ে উল্লাসের মাত্রা অনেক বেশি। চাপা উত্তেজনার সঙ্গে সে বলল, 'আমার কথা বোধ হয় তোমরা বিশ্বাস করনি। কিন্তু এখন বুঝতে পারছ তো ? আমি জানি ও জঙ্গলে সব অদ্ভুত জানোয়ার রয়েছে, যা পৃথিবীর অন্য কোথাও নেই। আর আমি জানি গুহার ছবি সম্পর্কে তোমাদের ধারণা ভুল। ওখানে ইন্‌কা জাতীয় কোনও সভ্য লোক বাস করত, আর সেও খুব বেশি দিন আগে নয়। ছবির জানোয়ারগুলো দেখেই তো তোমরা গুহার বয়স অনুমান করছিলে ? কিন্তু এখন বুঝতেই পারছ, ওর মধ্যে অন্তত এক ধরনের জানোয়ার এখনও আছে, লোপ পেয়ে যায়নি। কাজেই আমার অনুমান ঠিক। তোমাদের ভালর জন্যই বলছি, এ গুহায় তোমরা আর বৃথা সময় নষ্ট কোরো না।'

কর্ডোবা কথাগুলো বলে হন হন করে হোটেল থেকে বেরিয়ে চলে গেল।

ডামবার্টন বলল, 'ভয় করছে, ও নিজে একা বাহাদুরি নেবার জন্য ফস্‌ করে না খবরের কাগজে কিছু বারটার করে বসে। এখনও কিছুই পরিষ্কারভাবে জানা যায়নি, অথচ ও আমাদের টেক্কা দেবার জন্য ব্যস্ত হয়ে উঠেছে।'

আমি বললাম, 'তাও তো জানে না যে গুহার ভিতরে আমরা খুট্‌ খুট্‌ শব্দ শুনেছি। তা হলে তো ও বলে বসত যে এখনও গুহার মধ্যে লোক বাস করছে—ছবিগুলো পঞ্চাশ হাজার নয়, পাঁচ বছর আগে আঁকা।'

আমরা রীতিমতো ক্লান্ত বোধ করছিলাম—তাই আর সময় নষ্ট না করে যে যার ঘরে চলে গেলাম। বৃষ্টিটা বেশ জোরেই নেমেছে, তার সঙ্গে মাঝে মাঝে মেঘের গর্জন আর বিদ্যুতের চমক। গরম জলে স্নান করে, পর পর দু কাপ কফি (এখানকার কফি ভারী চমৎকার) খেয়ে ক্রমে শরীর ও মনের জোর ফিরে এল। ডিনারও ঘরেই আনিয়ে খেলাম। তারপর বসলাম আমার তোলা ছবিগুলো নিয়ে। উদ্দেশ্য হিজিবিজিগুলোর রহস্য উদ্‌ঘাটন করা। অপরিচিত অক্ষরের মানে বার করতে আমার জুড়ি কমই আছে। হারাপ্পা আর মহেঞ্জোদারোর লেখার মানে পৃথিবীতে আমিই প্রথম বার করি।

দেড় ঘণ্টা ধরে হিজিবিজিগুলো পরস্পরের সঙ্গে মিলিয়ে একটা জিনিস আবিষ্কার করলাম, যেটা তৎক্ষণাৎ ডামবার্টনকে ফোন করে জানালাম। চিহ্নগুলো সবই বৈজ্ঞানিক ফরমুলা, আর তার সঙ্গে আমাদের আধুনিক যুগের অনেক ফরমুলার মিল আছে।

ডামবার্টন পাঁচ মিনিটের মধ্যে আমার ঘরে এসে আমার কথা শুনে ধপ করে খাটের উপর বসে পড়ে বলল, 'দিস ইজ টু মাচ ! সব গোলমাল হয়ে যাচ্ছে শ্যাঙ্কস্‌। এ ফরমুলা পঞ্চাশ হাজার বছর আগের বনমানুষে বার করেছে, এটা কিছুতেই বিশ্বাস করতে পারছি না।'

আমি বললাম, 'তা হলে ?'

'তা হলে আর কী ! তা হলে ইতিহাস আবার নতুন করে লিখতে হয় ! আদিম মানুষ সম্বন্ধে আজ অবধি যা কিছু জানা গেছে, তার কোনওটাই এই অঙ্কের ব্যাপারের সঙ্গে খাপ খাওয়ানো যায় না।'

পেদ্রোর মৃতদেহের কাছেই যে কাঁটার মতো জিনিসটা পাওয়া গিয়েছিল সেটা আমার ঘরে নিয়ে এসেছিলাম। ডামবার্টন অন্যমনস্কভাবে সেটা হাতে তুলে নিয়েছিল। হঠাৎ ও সেটা নাকের সামনে ধরে তার গন্ধ শুঁকতে লাগল।

'শ্যাঙ্কস্‌ !'

ডামবার্টনের চোখ জ্বলজ্বল করছে।

'শুঁকে দেখো।'

আমি কাঁটাটা হাতে নিয়ে নাকে লাগাতেই একটা চেনা চেনা গন্ধ পেলাম। বললাম, 'প্লাস্টিক।'

ঠিক! কোনও সন্দেহ নেই। খুব চতুর কারিগরি—কিন্তু এটা মানুষের হাতেই তৈরি। এটার সঙ্গে কোনও জানোয়ারের কোনও সম্পর্ক নেই।

'কিন্তু এর মানে কী?'

প্রশ্নটা করা মাত্রই এর অনেকগুলো উত্তর একঝলকে আমার মনের মধ্যে খেলে গেল। বললাম, 'ব্যাপার গুরুতর। প্রথম—পেদ্রো কোনও জানোয়ারের ভয়ে মরেনি। তাকে মানুষ মেরেছে। খুন করেছে। তার মানে একটাই হতে পারে—যে খুন করেছে সে চাইছে না যে আমরা গুহার কাছে যাই। আততায়ী যে কে, সেটা বোধ হয় স্পষ্টই বোঝা যাচ্ছে।'

'হুঁ!'

ডাম্‌বার্টন খাট থেকে উঠে পায়চারি শুরু করল। তারপর বলল, 'আমাদের এখানে টিকতে দেবে মনে হয় না।'

'কিন্তু এইভাবে হার মানব?' আমার বৈজ্ঞানিক মনে বিদ্রোহের ভাব জেগে উঠেছিল।

ডাম্‌বার্টন বলল, 'একটা কাজ করা যায়।'

'কী?'

'কর্ডোবাকে বলি, ক্রেডিট নেবার ব্যাপারে আমাদের কোনও লোভ নেই। আসলে যেটা দরকার, সেটা হল এই আশ্চর্য গুহার তথ্যগুলো পৃথিবীর লোককে নির্ভুলভাবে জানানো। সুতরাং কর্ডোবা আমাদের সঙ্গে আসুক। আমরা একসঙ্গে অভিযান চালাই। তার অনুমান যদি ভুল হয়, তবু তার নামটা আমাদের সঙ্গেই জড়ানো থাকবে। লোকের চোখে আমরা হব একটা 'টিম'। কী মনে হয় ?'

'কিন্তু খুনিকে এইভাবে দলে টানবে ?'

'খুনের প্রমাণ তো নেই। অথচ এটা না করলে সে আমাদের কাজে নানান্ বাধার সৃষ্টি করবে। আমাদের কাজ শেষ হোক। তারপর ওর মুখোশ খুলে দেওয়া যাবে। এখন কিছু বলব না। এমনকী, আমরা যে বুঝতে পেরেছি কাঁটাটা প্লাস্টিকের, সেটাও বলব না। ওকে বুঝতে দেব আমরা ওর বন্ধু।'

'বেশ তাই ভাল।'

কর্ডোবাকে ফোন করে পাওয়া গেল না। এমনকী, তার বাড়ির লোকেও জানে না সে কোথায় গেছে। ঠিক করলাম কাল সকালে ওর সঙ্গে যোগাযোগ করব। আমাদের এসব কাজ যাতে ব্যর্থ না হয় তার জন্য যা কিছু করার দরকার করতে হবে।

ভয় হচ্ছে আকাশের অবস্থা দেখে। কালও যদি এমন থাকে তা হলে আর বেরোনো হবে না। তবে ছবি রয়েছে প্রায় আড়াইশো। সেগুলো ভাল করে দেখেই সারাদিন কাটিয়ে দেওয়া যাবে।

২০শে আগস্ট

যা ভয় পেয়েছিলাম তাই হল। আজ সারাদিন হোটেলের ঘরে বসেই কাটাতে হল। এখন রাত সাড়ে দশটা। এতক্ষণে বৃষ্টি একটু ধরেছে।

তবে ঘরে বসেও ঘটনার কোনও অভাব ঘটেনি। প্রথমত, আজও সারাদিন কর্ডোবার কোনও খোঁজ পাওয়া যায়নি। সকাল থেকে সন্ধ্যা অবধি অনেকবার টেলিফোন করা হয়েছে। ওর বাড়ির লোক দেখলাম বেশ চিন্তিত। পাগলামোর বশে বেরিয়ে গিয়ে ভূমিকম্পের ফলে রাস্তায় যে সব ফাটল হয়েছে, তার একটায় হয়তো পড়েটড়ে গেছে—এই তাদের আশঙ্কা।

এদিকে ডাম্বার্টনের মাথায় আরেকটা আশ্চর্য ধারণা জন্মেছে। দুপুরবেলা হন্তদন্ত হয়ে আমার ঘরে এসে বলল, 'সর্বনাশ !'

আমি বললাম, 'আবার কী হল ?'

ডাম্বার্টন সোফাতে বসে বলল, 'এটা তোমার মাথায় ঢুকেছে কি যে, দেয়ালের ওই সব সাংকেতিক ফরমুলাগুলো সব আসলে কর্ডোবার লেখা ? ধরো যদি ছবির পাশে ওই হিজিবিজিগুলো লিখে সে প্রমাণ করতে চায় যে গুহাবাসী লোকেরা বিজ্ঞানে অনেকদূর অগ্রসর হয়েছিল ? এমন একটা জিনিস যদি সে প্রমাণ করতে পারে, তা হলে তার খ্যাতিটা কেমন হবে তা বুঝতে পারছ ?'

'সাবাস বলেছ !'

সত্যিই, ডাম্বার্টনের চিন্তাশক্তির তারিফ না করে পারলাম না। ডাম্বার্টন বলে চলল, 'কী শয়তানি বুদ্ধি লোকটার ভাবতে পার ? আমি এখানে এসে পৌঁছোবার প্রায় দশদিন আগে গুহাটা আবিষ্কার হয়েছিল। কর্ডোবা অনেক সময় পেয়েছে গুহাকে নিজের মতো করে সাজানোর জন্য। এইসব পাথরের যন্ত্রপাতি ও-ই তৈরি করিয়েছে—যেমন প্লাস্টিকের কাঁটাটা

করিয়েছে।'

আমি বললাম, 'ফরমুলাগুলোর পিছনে বোধ হয় মিথ্যাই সময় নষ্ট করলাম। কিন্তু—' আমার মনে হঠাৎ একটা খটকা লাগল—'গুহার ভিতরে খুট খুট শব্দটা কোত্থেকে আসছিল ?'

'সেটাও যে কর্ডোবা নয় তা কী করে জানলে ? ও যদি পেদ্রোকে খুন করে থাকে, তা হলে ও সেদিন গুহার আশেপাশেই ছিল। হয়তো গুহার আরেকটা মুখ আবিষ্কার করেছে। সেটা দিয়ে ঢুকে আমাদের ভয়টয় দেখানোর জন্য শব্দটা করছিল।'

'কিন্তু এই সব করে ও অন্তত আমাকে হটাতে পারবে না।'

ডাম্‌বার্টন বলল, 'আমাকেও না। কাল যদি বৃষ্টি থামে তা হলে আমরা আবার যাব।'

'আলবৎ ! আমার অ্যানিস্থিয়াম বন্দুকের কথা তো আর ও জানে না।'

ডাম্‌বার্টন চলে গেলে পর বসে বসে ভাবতে লাগলাম। কর্ডোবা যদি সত্যিই এতসব কাণ্ড করে থাকে, তা হলে বলতে হয় ওর মতো কূটবুদ্ধি শয়তান বৈজ্ঞানিক আর নেই। সত্যি বলতে কী, ওকে বৈজ্ঞানিক বলতে আর আমার ইচ্ছে করছে না।

কাল যদি গুহার আরও ভিতরে গিয়ে আর নতুন কিছু পাওয়া না যায়, তা হলে আর এখানে থেকে লাভ নেই। আমি দেশে ফিরে যাব। গিরিডিতে অনেক কাজ পড়ে রয়েছে। আর আমার বেড়াল নিউটনের জন্যেও মন কেমন করছে।

২২শে আগস্ট

মানুষের মনের ভাণ্ডারে যে কত কোটি কোটি স্মৃতি জমে থাকে, তার হিসাব কেউ কোনওদিন করতে পারেনি। আর কীভাবে ব্রেনের ঠিক কোনখানে সেগুলো জমা থাকে, তাও কেউ জানে না। শুধু এইটুকুই আমরা জানি যে, যেমনি বহুকালের পুরনো কথাও হঠাৎ হঠাৎ কারণে অকারণে আমাদের মনে পড়ে যায়, তেমনি আবার কোনও কোনও ঘটনা একেবারে চিরকালের মতো মন থেকে মুছে যায়। কিন্তু এক একটা ঘটনা থাকে যেগুলো কোনওদিনও ভোলা যায় না। একটু চুপ করে বসে থাকলেই দশ বছর পরেও এসব ঘটনা চোখের সামনে ভেসে ওঠে। তার উপর সে ঘটনা যদি কালকের মতো সাংঘাতিক হয়, তা হলে সেটা মনে পড়ার সঙ্গে সঙ্গে সমস্ত শরীরে একটা শিহরন অনুভব করা যায়। আমি যে এখনও বেঁচে আছি সেটাই আশ্চর্য, আর কোন অদৃশ্য শক্তি যে আমাকে বার বার এভাবে নিশ্চিত মৃত্যুর হাত থেকে বাঁচায় তাও জানি না।

কাল ডায়রি লেখা হয়নি, তাই সকাল থেকেই শুরু করি।

বৃষ্টি পরশু মাঝরাত থেকেই থেমে গিয়েছিল। আমাদের জিপ তৈরি ছিল ঠিক সময়ে। আমি আর ডাম্‌বার্টন ভোর ছটায় হোটেল থেকে বেরোই। আমাদের জিপের ড্রাইভারের নাম মিগুয়েল, সেও জাতে স্প্যানিশ। গাড়ি রওনা হবার কিছু পরেই মিগুয়েল বলল, কর্ডোবার নাকি এখনও পর্যন্ত কোনও খোঁজ পাওয়া যায়নি। শুধু এইটুকু জানা গেছে যে সে হেঁটে বেরোয়নি, জিপ নিয়ে বেরিয়েছে। আমরা প্রমাদ গুনলাম। তা হলে কি আবার সে গুহার দিকেই গেছে নাকি ? গতকালই গেছে ? এই বৃষ্টির মধ্যে ?

সাড়ে তিন ঘণ্টা পর আমাদের প্রশ্নের উত্তর পাওয়া গেল। কর্ডোবার জিপ পাহাড়ের ফাটলের সামনে গুহার রাস্তার মুখটাতেই দাঁড়িয়ে আছে। দেখেই বোঝা যাচ্ছে যে জিপটার উপর দিয়ে প্রচুর ঝড়ঝাপটা গেছে। ড্রাইভার বোধ হয় কর্ডোবার সঙ্গেই গেছে, কারণ গাড়ি খালি পড়ে আছে।

আমরা আর অপেক্ষা না করে রওনা দিলাম। মিগুয়েল বলল, 'সিনিওর, আপনারা

যাবেন, এটা আমার একদম ভাল লাগছে না। আমি যেতাম আপনাদের সঙ্গে, কিন্তু সেদিন পেদ্রোর যা হল, তারপরে মনে বড় ভয় ঢুকেছে। আমার বাড়িতে বউ ছেলে রয়েছে।'

আমরা দুজনেই বললাম, 'তোমার কোনও প্রয়োজন নেই ; কোনও ভয়ও নেই। যদি বিপদের আশঙ্কা দেখ, তা হলে আমাদের জন্য অপেক্ষা না করে চলে যেও। তবে বিপদ কিছু হবে বলে মনে হয় না। আর দুষ্টু লোককে শায়েস্তা করার অস্ত্র আমাদের কাছে আছে।'

গুহার মুখে পৌঁছে চারদিকে জনমানবের কোনও চিহ্ন দেখতে পেলাম না। অন্যদিনের মতোই সব নিঝুম, নিস্তব্ধ। জমিটা পাথুরে, আর জঙ্গলের দিকে ঢালু হয়ে গেছে বলে রাত্রের বৃষ্টির জল দাঁড়ায়নি এখানে। বৃষ্টি যে হয়েছে সেটা প্রায় বোঝাই যায় না।

কর্ডোবা কি তা হলে গুহার ভিতরেই রয়েছে, না জঙ্গলের দিকে গেছে ?

ডাম্বার্টন বলল, 'বাইরে অপেক্ষা করে কি কিছু লাভ আছে ?'

আমি 'না' বলে গুহার দিকে কয়েক পা এগোতেই, গুহার মুখের ডান পাশে বাইরের পাথরের গায়ে একটা ফাটলের ভিতর একটা সাদা জিনিস দেখতে পেলাম। এগিয়ে হাত ঢুকিয়ে দেখি সেটা একটা ভাঁজ করা চিঠি—কর্ডোবার লেখা। ভাঁজ খুলে দুজনে একসঙ্গে সেটা পড়লাম। তাতে লেখা আছে—

প্রিয় প্রোফেসর ডাম্বার্টন ও প্রোফেসর শঙ্কু,

তোমরা আবার এখানে আসবে তা জানি। এ চিঠি তোমাদের হাতে পড়ামাত্রই বুঝবে আমার কোনও বিপদ হয়েছে, আমি গুহায় আটকা পড়েছি। সুতরাং তোমরা ঢোকার আগে কাজটা ঠিক করছ কি না সেটা একটু ভেবে নিও। আমি মরলেও, গুহার রহস্য ভেদ করেই মরব, কিন্তু লোকের কাছে সে রহস্যর সন্ধান দিতে পারব না। তোমরা যদি বেঁচে থাক, তা হলে এই গুহার কথা তোমরা প্রকাশ করতে পারবে। আমার একান্ত অনুরোধ যে তোমাদের সঙ্গে যেন আমার নামটাও জড়িয়ে থাকে।

পেদ্রোর মৃত্যুর জন্য আমিই দায়ী সেটা হয়তো বুঝতে পেরেছ। কাঁটাটা আমারই ল্যাবরেটরিতে তৈরি। তবে জঙ্গলে পায়ের দাগ আমি সত্যিই দেখেছিলাম, সুতরাং ও ব্যাপারে তোমরা নিশ্চিন্ত হলে সাংঘাতিক ভুল করবে।

জানি, ঈশ্বর তোমাদের রক্ষা করবেন। তোমরা তো আর আমার মতো পাপী নও। ইতি—

পোরফিরিও কর্ডোবা

এই একটি চিঠিতে আমাদের মনের ভাব একেবারে বদলে গেল, আর নতুন করে একটা অজানা আশঙ্কায় মনটা ভরে গেল। কিন্তু কাজ বন্ধ করলে চলবে না। বললাম, 'চলো হিউগো, ভিতরে যাই। যা থাকে কপালে।'

কিছুদূর গিয়েই বুঝতে পারলাম এখানে কর্ডোবা এসেছিল, কারণ মাটিতে পড়ে আছে একটা আধখাওয়া কালো রঙের সিগারেট, যেমন সিগারেট একমাত্র কর্ডোবাকেই খেতে দেখেছি। কিন্তু এ ছাড়া মানুষের আর কোনও চিহ্ন চোখে পড়ল না। পাথরের উপর যখন পায়ের ছাপ পড়ে না, তখন আর কী চিহ্নই বা থাকবে ?

সেই বিরাট হলঘরের ভিতর এসে, এবারে আর না থেমে সোজা বিপরীত দিকের সুড়ঙ্গ ধরে চলতে লাগলাম। সুড়ঙ্গ হলেও, এখানে রাস্তা বেশ চওড়া, মাথা হেঁট করে হাঁটতে হয় না।

একটা আওয়াজ কানে আসছে। একটা মৃদু গর্জনের মতো শব্দ। ডাম্বার্টনও শুনল

সেটা। গর্জনের মধ্যে বাড়া কমার ব্যাপারও লক্ষ করলাম। আসল আওয়াজটা কত জোরে, বা সেটা কতদূর থেকে আসছে, তা বোঝার কোনও উপায় নেই। ডাম্‌বার্টন বলল, 'গুহার ভিতর জানোয়ার টানোয়ার নেই তো?' সত্যিই আওয়াজটা ভারী অদ্ভুত—একবার উঠছে, একবার পড়ছে—অনেকটা গোঙানির মতো।

সামনে সুড়ঙ্গটা ডানদিকে বেঁকে গেছে। মোড়টা পেরোতেই দেখলাম আরেকটা বড় ঘরে এসে পড়েছি। টর্চের আলো এদিক ওদিক ফেলে বুঝলাম এ এক বিচিত্র ঘর, চারিদিকে অদ্ভুত অজানা যন্ত্রপাতি দিয়ে ঠাসা, আর দেওয়ালে ছবির বদলে কেবল অঙ্ক আর জ্যামিতিক নকশা আঁকা। যন্ত্রপাতিগুলোর কোনওটাই কাচ বা লোহা বা ইস্পাত বা আমাদের চেনা কোনও ধাতু দিয়ে তৈরি নয়। এছাড়া রয়েছে সরু সরু লম্বা লম্বা তারের মতো জিনিস, যেগুলো দেওয়ালের গা বেয়ে উঠে এদিক ওদিক গেছে। সেগুলোও যে কীসের তৈরি সেটাও দেখে বোঝা গেল না।

মেঝেতে কিছু আছে কি না দেখবার জন্য টর্চের আলোটা নীচের দিকে নামাতেই একটা দৃশ্য দেখে আমার রক্ত জল হয়ে গেল।

দেওয়ালের কাছেই, তাঁর ডান হাত দিয়ে একটা তার আঁকড়ে ধরে মাটিতে মুখ থুবড়ে পড়ে আছেন প্রোফেসর কর্ডোবা। কর্ডোবার পিঠে মাথা রেখে চিত হয়ে মুখ হাঁ করে পড়ে আছে তাঁর জিপের ড্রাইভার, আর ড্রাইভারের পায়ের কাছে ডান হাতে একটি বন্দুক আঁকড়ে ধরে পড়ে আছে আরেকটি অচেনা লোক। তিনজনের কারুরই দেহে যে প্রাণ নেই সে কথা আর বলে দিতে হয় না!

আমার মুখ দিয়ে আপনা থেকেই বেরিয়ে এল—'ইলেক্‌ট্রিক্ শক্!' তারপর বললাম, 'ওদের ছুঁয়ো না, ডাম্‌বার্টন।'

ডাম্‌বার্টন চাপা গলায় বলল, 'সেটা বলাই বাহুল্য, তবে তাও ধন্যবাদ। আর ধন্যবাদ কর্ডোবাকে, কারণ ওর দশা না দেখলে আমরাও হয়তো ওই তারে হাত দিয়ে ফেলতে পারতাম। কর্ডোবাকে বাঁচাতে গিয়েই অন্য দুজনেও পঞ্চত্বপ্রাপ্ত হয়েছে। কী সাংঘাতিক ব্যাপার বলো তো!'

আমি বললাম, 'এ থেকে একটা জিনিস প্রমাণ হচ্ছে—ফরমুলাগুলো কর্ডোবার লেখা নয়।'

সেই মৃদু গর্জনটা এখন আর মৃদু নয়। সেটা আসছে আমাদের বেশ কাছ থেকেই। আমি টর্চ হাতে এগিয়ে গেলাম, আমার পিছনে ডাম্‌বার্টন। গর্জনটা বেড়ে চলেছে।

যন্ত্রপাতি ইত্যাদি বাঁচিয়ে অতি সাবধানে মিনিটখানেক হাঁটার পর সামনে আরেকটা দরজা দেখতে পেলাম। এবং বুঝলাম যে সে দরজার পিছনে আরেকটি ঘর, এবং সে ঘরে একটি আলো রয়েছে। ডাম্‌বার্টনকে বললাম, 'তোমার টর্চটা নেভাও তো।'

দুজনের আলো নেভাতেই একটা মৃদু লাল কম্পমান আলোয় গুহার ভিতরটা ভরে গেল। বুঝলাম ঘরটায় আগুন জ্বলছে, এবং গর্জনটাও ওই ঘর থেকেই আসছে। ডাম্‌বার্টনের গলা পেলাম—

'তোমার বন্দুকটা তৈরি রাখো।'

বন্দুকটা বাগিয়ে ধরে অতি সন্তর্পণে আমরা দুজনে ঘরের মধ্যে গিয়ে ঢুকলাম। প্রকাণ্ড ঘর। তার এক কোণে একটা চুল্লিতে আগুন জ্বলছে, তার সামনে কিছু জন্তুর হাড় পড়ে আছে। ঘরের মাঝখানে একটা পাথরের বেদি বা খাট, তাতে চিত হয়ে শুয়ে আছে একটি প্রাণী, ঘুমন্ত। গর্জনটা আসছে তার নাক থেকে।

আমরা নিঃশব্দে এক পা এক পা করে খাটের দিকে এগিয়ে গেলাম।

প্রাণীটিকে মানুষ বলতে বাধে। তার কপাল ঢালু, মাথার চুল নেমে এসেছে প্রায় ভুরু অবধি। তার ঠোঁট দুটো পুরু, থুতনি চাপা, কান দুটো চ্যাপটা আর ঘাড় নেই বললেই চলে। তার সর্বাঙ্গ ছাই রঙের লোমে ঢাকা। আর মুখের যেখানে লোম নেই, সেখানের চামড়া অবিশ্বাস্য রকম কুঁচকোনো। তার বাঁ হাতটা বুকের উপর আর অন্যটা খাটের উপর লম্বা করে রাখা। হাত এত লম্বা যে আঙুলের ডগা গিয়ে পৌঁছেছে হাঁটু অবধি।

ডাম্‌বার্টন অস্ফুটস্বরে বলল, 'কেভম্যান! এখনও বাঁদরের অবস্থা থেকে পুরোপুরি মানুষে পৌঁছোয়নি।'

গলার স্বর যথাসম্ভব নিচু করে আমি জবাব দিলাম, 'কেভম্যান শুধু চেহারাতেই, কারণ আমার বিশ্বাস গুহার মধ্যে যা কিছু দেখছি সবই এরই কীর্তি।'

ডাম্‌বার্টন হঠাৎ কাঁধে হাত দিয়ে বলল, 'শ্যাঙ্কস্—ওটা কী লেখা আছে পড়তে পারছ?'

ডাম্‌বার্টন দেয়ালের একটা অংশে আঙুল দেখাল। বড় বড় অক্ষরে কী যেন লেখা রয়েছে। অক্ষরগুলো ফরমুলা থেকেই চিনে নিয়েছিলাম, সুতরাং লেখার মানে বার করতে সময় লাগল না। বললাম, 'আশ্চর্য!'

'কী?'

'লিখছে—'আর সবাই মরে গেছে। আমি আছি। আমি থাকব। আমি একা। আমি অনেক জানি। আরও জানব। জানার শেষ নেই। পাথর আমার বন্ধু। পাথর শত্রু!'

ডাম্‌বার্টন বলল, 'তা হলে বুঝতে পারছ—এই সেই প্রাগৈতিহাসিক মানুষেরই একজন—কোনও আশ্চর্য উপায়ে অফুরন্ত আয়ু পেয়ে গেছে।'

'হুঁ—আর হাজার হাজার বছর ধরে জ্ঞান সঞ্চয় করে চলেছে। কেবল চেহারাটা রয়ে গেছে সেই গুহাবাসী মানুষেরই মতন। ...কিন্তু শেষের দুটো কথার কী মানে বুঝলে?'

'পাথর যে এর বন্ধু সে তো দেখতেই পাচ্ছি। এর ঘরবাড়ি আসবাবপত্র যন্ত্রপাতি সবই পাথরের তৈরি। কিন্তু শত্রু বলতে কী বুঝছে জানি না।'

আমারই মতো ডাম্‌বার্টনও বিস্ময়ে প্রায় হতবাক হয়ে গিয়েছিল। বলল, 'গুহায় থাকে, তাই দিনরাত্রের তফাত সব সময়ে বুঝতে পারে না। হয়তো রাত্রে জেগে থাকে, তাই দিনে ঘুমোচ্ছে।'

ছবি তোলার সাহস হচ্ছিল না—যদি ক্যামেরার শব্দে ঘুম ভেঙে যায়! আমাদের মতো মানুষকে হঠাৎ চোখের সামনে দেখলে কী করবে ও? কিন্তু লোভটা সামলানোও ভারী কঠিন হয়ে পড়ছিল। তাই ডাম্‌বার্টনের হাতে বন্দুকটা দিয়ে কাঁধের থলি থেকে ক্যামেরাটা বার করব বলে হাত ঢুকিয়েছি, এমন সময় নাক ডাকানোর শব্দ ছাপিয়ে গুরুগম্ভীর ঘড়ঘড়ানির শব্দ পেলাম। ডাম্‌বার্টন খপ করে আমার হাতটা ধরে বলল, 'আর্থকুয়েক!'

পরমুহূর্তেই একটা ভীষণ ঝাঁকুনিতে গুহার ভেতরটা থরথর করে কেঁপে উঠল।

কয়েক মুহূর্তের জন্য কী যে করব কিছু বুঝতে পারলাম না।

গুড়গুড় গুম গুম শব্দটা বেড়ে চলেছে, আর তার সঙ্গে ঝাঁকুনিও।

'বন্দুক!' ডাম্‌বার্টন চাপা গলায় চেঁচিয়ে উঠল।

আদিম মানুষটার ঘুম ভেঙে সে খাটের উপর উঠে বসেছে।

আমি ডাম্‌বার্টনের হাত থেকে বন্দুকটা নিয়েও কিছু করতে পারলাম না। কেবল তন্ময় হয়ে সামনের দিকে চেয়ে রইলাম।

লোকটা এখন উঠে দাঁড়িয়ে তার লোমশ ভুরুর তলায় কোটরে ঢোকা চোখদুটো দিয়ে একদৃষ্টে আমাদের দিকে চেয়ে দেখছে। সোজা হয়ে দাঁড়ানোর ফলে বুঝতে পারলাম সে লম্বায় পাঁচ ফুটের বেশি নয়। তার কাঁধটা গোরিলার মতো চওড়া, আর পিঠটা বয়সের দরুন

বোধ হয় বেঁকে গেছে। তার চাহনি দেখে বুঝলাম সে আমাদের মতো প্রাণী এর আগে কখনও দেখেনি।

ভূমিকম্পের ঘন ঘন ঝাঁকুনির ফলে লোকটা যেন ভয় পেয়েছে। একটা কাতর অথচ কর্কশ আওয়াজ করে সে হাত বাড়িয়ে আমাদের দিকে এগিয়ে আসতে লাগল।

একটা প্রচণ্ড শব্দ পেয়ে বুঝলাম গুহার দেয়ালে কোথায় যেন ফাটল ধরল। আমরা আর অপেক্ষা না করে ঊর্ধ্বশ্বাসে ঘর থেকে বেরিয়ে এলাম। পরমুহূর্তেই আদিম মানুষের ঘরের ছাতটা ধ্বসে পড়ে গেল।

কর্ডোবা আর তার সহচরদের মৃতদেহ পাশ কাটিয়ে দৌড়োতে দৌড়োতে ডাম্‌বার্টন বলল, 'শেষ কথাটার মানে বুঝলে তো ? পাথর চাপা পড়েই ওকে মরতে হল !'

ঝাঁকুনি থামছে না। কীভাবে আমরা বাইরে পৌঁছোব জানি না। এখনও হামাগুড়ি দেওয়া বাকি আছে। বড় হলঘরটার কাছাকাছি এসে দেখি সামনে দিনের আলো দেখা যাচ্ছে। কীরকম হল ? পথ তো একটাই। ভুল পথে এসে পড়ার কোনও সম্ভাবনাই নেই।

এগিয়ে গিয়ে দেখি ভূমিকম্পে ঘরের দেয়ালে বিরাট ফাটল হয়ে বেরোবার একটা নতুন পথ তৈরি হয়ে গিয়েছে।

পাথর ভাঙার ফলে কিছু আশ্চর্য ছবি ও নকশা যে চিরকালের মতো ধ্বংস হয়ে গেল, সেটা আর ভাববার সময় ছিল না। গুহার নতুন মুখ দিয়ে দুজনে দৌড়ে ভাঙা পাথর ডিঙিয়ে বাইরে বেরোলাম।

বাইরে এসে কয়েক সেকেন্ডের জন্য দিক্‌ভ্রম হয়েছিল, তারপর অ্যান্ডিজের চুড়োয় সাদা বরফ দেখে আবার হদিস পেয়ে গেলাম। আমাদের বাঁ দিক ধরে চলতে হবে—তা হলেই গুহার আসল মুখ ও আমাদের বেরোনোর রাস্তায় পৌঁছোতে পারব।

মাঝে প্রায় আধ মিনিটের জন্য ঝাঁকুনি থেমেছিল ; আবার গুম গুম শব্দের সঙ্গে প্রচণ্ডতর ঝাঁকুনি শুরু হল।

কিন্তু ভূমিকম্পের শব্দ ছাড়াও যেন আরেকটা শব্দ পাচ্ছি। সেটা আসছে আমাদের ডানদিকের ওই ভয়ংকর জঙ্গল থেকে। শব্দটা শুনে মনে হয় যেন অসংখ্য দামামা একসঙ্গে বাজছে, আর তার সঙ্গে যেন অজস্র অজানা প্রাণী একসঙ্গে আতঙ্কে চিৎকার করছে।

জঙ্গলের দিকে চেয়ে থেমে পড়েছিলাম, কিন্তু ডাম্‌বার্টন আমার আস্তিন ধরে টান দিয়ে বলল, 'থেমো না ! এগিয়ে চলো !'

পথ খানিকটা সমতল হয়ে এসেছে বলে আমরা আমাদের দৌড়ের মাত্রাটা বাড়িয়ে দিলাম। কিন্তু ডানদিক থেকে দৃষ্টি সরাতে পারছিলাম না। কারণ সেই ধুপধুপানি আর তার সঙ্গে সেই ভয়াবহ আর্তনাদের শব্দ ক্রমশ বাড়ছিল, এগিয়ে আসছিল।

হঠাৎ দেখতে পেলাম জানোয়ারগুলোকে। জঙ্গল থেকে পাগলের মতো ছুটে বেরিয়ে আসছে। হাজার হাজার জানোয়ার। প্রথম সারিতে ম্যামথ—অতিকায়, লোমশ, প্রাগৈতিহাসিক হাতি। চিৎকার করতে করতে হুড়মুড় করে এগিয়ে আসছে জঙ্গলের বাইরে খোলা জায়গায়—অর্থাৎ আমাদেরই দিকে।

এই অদ্ভুত ভয়াবহ দৃশ্য দেখে আমাদের দুজনেরই যেন আর পা সরল না। অথচ জানোয়ারগুলো এসে পড়েছে তিন-চারশো গজের মধ্যে।

হঠাৎ ডাম্‌বার্টন শুকনো গলায় চিৎকার করে বলে উঠল, 'ওটা কী ?'

আমিও দেখলাম—ম্যামথের ঠিক পিছনেই এক কিম্ভূত জানোয়ার—তার গলা লম্বা, নাকের উপর শিং আর পিঠের উপর কাঁটার ঝাড়। গুহার দেয়ালের ছবির জানোয়ার !—ল্যাজের উপর ভর দিয়ে ক্যাঙারুর মতো লাফিয়ে লাফিয়ে এগিয়ে আসছে প্রাণের ভয়ে !

আমার হাত পা ঠাণ্ডা হয়ে এল। হাতে আমার অ্যানিস্থিয়াম বন্দুক। কিন্তু এই উন্মত্ত পশুসেনার সামনে এ বন্দুক আর কী ?

ডাম্‌বার্টনের পা কাঁপছিল। 'দিস ইজ দি এন্ড'—বলে সে ধপ করে মাটিতে বসে পড়ল।

আমি এক হ্যাঁচকা টানে ডাম্‌বার্টনকে মাটি থেকে উঠিয়ে বললাম, 'পাগলের মতো কোরো না—এখনও সময় আছে পালানোর।'

মুখে বললেও, চোখের সামনে দেখতে পাচ্ছি ম্যামথের সার একশো গজের মধ্যে এসে পড়েছে।

ভূমিকম্পের তেজ কিছুটা কমেছিল, এখন আবার প্রচণ্ড কাঁপানি শুরু হল, আর তার সঙ্গে

বাড়ল জন্তুদের চিৎকার। পিছনে বাইসনের দল দেখা দিয়েছে। সব মিলিয়ে সে যে কী ভয়ংকর শব্দ তা আমি লিখে বোঝাতে পারব না।

কিছুদূর দৌড়ে আর এগোতে পারলাম না। এ অবস্থায় বাঁচবার আশা পাগলামো ছাড়া আর কিছু না। তার চেয়ে বরং হাতির পায়ের তলায় পিষে যাবার আগে সেগুলোকে কাছ থেকে ভাল করে দেখে নিই। এমন সুযোগও এর আগে কোনও সভ্য মানুষের কখনও হয়নি!

ডাম্‌বার্টন আর আমি দুজনেই থেমে এগিয়ে আসা জানোয়ারের দলের দিকে মুখ করে দাঁড়ালাম। আর কতক্ষণ? খুব বেশি তো বিশ সেকেন্ড!

আবার নতুন করে প্রচণ্ড ঝাঁকুনি শুরু হল—আর তার সঙ্গে সঙ্গে জানোয়ারদের মধ্যে একটা অদ্ভুত চাঞ্চল্য—যেন তারা হঠাৎ বুঝতে পারছে না কোনদিকে যাবে—দিশেহারা হয়ে এদিক ওদিক করছে—পরস্পরের সঙ্গে ধাক্কা খাচ্ছে।

এরপর যে দৃশ্য দেখলাম, তেমন দৃশ্য আমি আর কখনও দেখিনি—ভবিষ্যতেও দেখব কি না জানি না। সামনের সারির ম্যামথগুলোর পায়ের তলার জমিটা জঙ্গলের সঙ্গে সমান্তরাল একটা লাইনে প্রায় মাইলখানেক জায়গা জুড়ে চিরে দুভাগ হয়ে গেল। তার ফলে যে বিরাট ফাটলের সৃষ্টি হল তাতে কমপক্ষে একশো হাতি, বাইসন আর সেই নাম-না-জানা জন্তু হাত পা ছুড়ে বিকট চিৎকার করতে করতে ভূগর্ভে তলিয়ে গেল। আর অন্য জানোয়ারগুলো এবার ছুটতে শুরু করল উলটো দিকে—অর্থাৎ আবার সেই জঙ্গলের দিকে।

আর আমরা? এই প্রলয়ঙ্কর ভূমিকম্পই শেষকালে আমাদের নিশ্চিত মৃত্যুর হাত থেকে রক্ষা করল।

* * * *

গুহার মুখটাতে এসে দেখলাম তার ভিতরে যাবার আর কোনও উপায় নেই। ছাত ধ্বসে মুখ বন্ধ হয়ে গেছে। ভিতরে যা কিছু ছিল তা বোধ হয় চিরকালের জন্য নিশ্চিহ্ন হয়ে গেল। শুধু রয়ে গেল আমার তোলা ছবিগুলো।

ফাটলের বাইরে এসে দেখি মিগুয়েল পালায়নি, তবে ভয়ে প্রায় আধমরা হয়ে গেছে। আমাদের দেখে আনন্দে জড়িয়ে ধরে কাঁদে আর কী!

কোচাবাম্বা ফেরার পথে ডাম্‌বার্টনকে বললাম, 'বুঝতে পারছ—আমরাও ঠিক বলিনি, কর্ডোবাও ঠিক বলেনি। গুহাটা আদিমই বটে—সেখানে আমাদের অনুমান ঠিক। কিন্তু তার কিছু ছবি যে সম্প্রতি আঁকা—সেটাও ঠিক। কাজেই সেখানে কর্ডোবা ভুল করেনি!'

ডাম্‌বার্টন মাথা নেড়ে সায় দিয়ে বলল, 'পঞ্চাশ হাজার বছরের বুড়ো কেভম্যানের কথা লোকে বিশ্বাস করবে বলে মনে হয়?'

আমি হেসে বললাম, 'যারা আমাদের পুরাণের সহস্রায়ু মুনিঋষিদের কথা বিশ্বাস করে, তারা অন্তত নিশ্চয়ই করবে!'

সন্দেশ। ফাল্গুন, চৈত্র ১৩৭৫, বৈশাখ ১৩৭৬

প্রোফেসর শঙ্কু ও গোরিলা

১২ই অক্টোবর

আজ সকালে উশ্রীর ধার থেকে বেড়িয়ে ফিরছি, এমন সময় পথে আমার প্রতিবেশী অবিনাশবাবুর সঙ্গে দেখা। ভদ্রলোকের হাতে বাজারের থলি। বললেন, 'আপনাকে সবাই একঘরে করবে, জানেন তো। আপনি যে একটি আস্ত শকুনির বাচ্চা ধরে এনে আপনার ল্যাবরেটরিতে রেখেছেন, সে কথা সকলেই জেনে ফেলেছে।' আমি বললাম, 'তা করে তো করবে। আমি তো তা বলে আমার গবেষণা বন্ধ করতে পারি না।'

অবিনাশবাবু মাথা নেড়ে বললেন, 'তা আর কী করে করবেন ; কিন্তু তাই বলে আর জিনিস পেলেন না ? একেবারে শকুনি !'

শকুনির বাচ্চা যে কেন এনেছি তা এরা কেউ জানে না, কারণ আমি কাউকে বলিনি। শকুনির যে আশ্চর্য ঘ্রাণশক্তি আছে সেইটে নিয়ে আমি পরীক্ষা করছি। শকুনির দৃষ্টিশক্তিও অবিশ্যি অসাধারণ ; কিন্তু টেলিস্কোপ মাইক্রোস্কোপের সাহায্যে মানুষও তার দৃষ্টিশক্তি অনেকটা বাড়িয়ে নিতে পারে। ঘ্রাণশক্তি বাড়ানোর কোনও উপায় কিন্তু আজ পর্যন্ত আবিষ্কার হয়নি। সেটা সম্ভব কি না জানার জন্যই আমি শকুনি নিয়ে পরীক্ষা করছি। অবিশ্যি বৈজ্ঞানিকেরা গিনিপিগ জাতীয় প্রাণী নিয়ে যেসব নৃশংস পরীক্ষা করে, সেগুলো আমি মোটেই সমর্থন করি না। আমি নিজে বিজ্ঞানের দোহাই দিয়ে কখনও কোনও প্রাণীহত্যা করিনি। শকুনিটাকেও কাজ হলে ছেড়ে দেব। ওটাকে আমারই অনুরোধে ধরে এনে দিয়েছিল একটি স্থানীয় মুণ্ডা জাতীয় আদিবাসী।

অবিনাশবাবুর কাছ থেকে বিদায় নিয়ে বাড়িমুখো হব, এমন সময় ভদ্রলোক একটা অবান্তর প্রশ্ন করে বসলেন—'ভাল কথা—গোরিলা জিনিসটা তো আমরা কলকাতার জু গার্ডেনে দেখিছি, তাই না ?'

বুঝলাম ভদ্রলোকের জন্তুজানোয়ার সম্বন্ধে জ্ঞান খুবই কম। মুখে বললাম, 'মনে তো হয় না ; কারণ বাঁদর শ্রেণীর ও জন্তুটি ভারতবর্ষের কোনও চিড়িয়াখানায় কোনওদিন ছিল বলে আমার জানা নেই।'

খামখা তর্ক করতে অবিনাশবাবুর জুড়ি আর নেই। বললেন, 'বললেই হল। পষ্ট মনে আছে একটা জাল দিয়ে ঘেরা খোলা জায়গায় বসিয়ে রেখেছে, আমাদের দিকে ফিরে ফিরে মুখভঙ্গি করছে, আর একটা সিগারেট ছুড়ে দিতে দু আঙুলের ফাঁকে ধরে মানুষের মতো—'

আমি বাধা না দিয়ে পারলাম না।

—'ওটা গোরিলা নয় অবিনাশবাবু, ওটা শিম্পাঞ্জি। বাসস্থান আফ্রিকাই বটে, তবে জাত আলাদা।'

ভদ্রলোক চুপসে গেলেন।

—'ঠিক কথা। শিম্পাঞ্জিই বটে। ষাটের উপর বয়স হল তো, তাই মেমারিটা মাঝে মাঝে ফেল করে।'

এবার আমি একটা পালটা প্রশ্ন না করে পারলাম না।

'আপনার হঠাৎ গিরিডিতে বসে গোরিলার কথা মনে হল কেন?'

ভদ্রলোক তাঁর প্রায় তিনদিনের দাড়িওয়ালা গালে হাত বুলোতে বুলোতে বললেন, 'এই যে কাল কাগজে বেরিয়েছে না—আফ্রিকার কোথায় নাকি এক বৈজ্ঞানিক গোরিলা নিয়ে কী গবেষণা করছেন, আর তাঁর কী জানি বিপদ হয়েছে—তাই আর কী।'

আমি যখন কোনও জরুরি গবেষণার কাজে ব্যস্ত থাকি, তখন আমার খবরের কাগজটাগজ আর পড়া হয় না। তাতে আমার কোনও আক্ষেপ নেই, কারণ আমি জানি যে আমার ল্যাবরেটরিতে যেসব খবর তৈরি হয়, এবং বহুকাল ধরেই হচ্ছে, তার সঙ্গে পৃথিবীর অন্য কোনও খবরের কোনও তুলনাই হয় না। তবুও গোরিলার এই খবরটা সম্পর্কে আমার একটা কৌতূহল হল। জিজ্ঞেস করলাম, 'বৈজ্ঞানিকের নামটা মনে পড়ছে?'

ভদ্রলোক মাথা নেড়ে বললেন, 'দূর! আপনার নামই মাঝে মাঝে ভুলে যাই, তার আবার...আপনাকে বরং কাগজটা পাঠিয়ে দেব, আপনি নিজেই পড়ে দেখবেন।'

বাড়ি ফেরার ঘণ্টাখানেকের মধ্যেই অবিনাশবাবুর চাকর বলরাম এসে কাগজটা দিয়ে গেল।

খবরটা পড়ে ভারী আশ্চর্য হয়ে গেলাম। বৈজ্ঞানিকটি আমার পরিচিত ইংলন্ডবাসী প্রোফেসর জেমস ম্যাসিংহ্যাম। কেমব্রিজে যেবার বক্তৃতা দিতে যাই, সেবার আলাপ হয়েছিল। প্রাণীতত্ত্ববিদ। একটু ছিটগ্রস্ত হলেও, বিশেষ গুণী লোক বলে মনে হয়েছিল।

খবরটা এসেছে আফ্রিকার কঙ্গো প্রদেশের কালেহে শহর থেকে। সেটা এখানে তুলে দিচ্ছি—

অরণ্যে নিখোঁজ

ইংলন্ডের বিখ্যাত প্রাণীতত্ত্ববিদ অধ্যাপক জেমস ম্যাসিংহ্যাম গত সাতদিন যাবৎ কঙ্গোর কোনও অরণ্যে নিখোঁজ হয়েছেন বলে জানা গেল। ইনি গত দুমাস কাল যাবৎ উক্ত অঞ্চলে গোরিলা সম্পর্কে গবেষণা করছিলেন, এবং সে সম্পর্কে প্রচুর নতুন তথ্য আবিষ্কার করেছিলেন বলে জানা যায়। স্থানীয় পুলিশের সাহায্যে অন্তর্হিত অধ্যাপকের অনুসন্ধান চলেছে, তবে তাঁকে জীবিত অবস্থায় পাওয়া যাবে কি না সে বিষয় অনেকেই সন্দেহ প্রকাশ করেন।

খবরটা পড়ার আধ ঘণ্টার মধ্যেই আমি কেমব্রিজে আমার বন্ধু প্রাণীতত্ত্ববিদ ও পর্যটক প্রোফেসর জুলিয়ান গ্রেগরিকে একটা টেলিগ্রাম করে দিয়েছি। গ্রেগরিই ম্যাসিংহ্যামের সঙ্গে আমার আলাপ করিয়ে দেয়। তার কাছ থেকে সঠিক খবরটা পাওয়া যাবে বলে আশা করছি।

১৫ই অক্টোবর

আজ শকুনির বাচ্চাটাকে ছেড়ে দিলাম। ঘ্রাণশক্তির রহস্য উদঘাটন হয়েছে বলে মনে হয়। তবে মানুষের পক্ষে এ শক্তি আয়ত্ত করা ভারী কঠিন। কোনও কৃত্রিম উপায়ে এটা সম্ভব বলে মনে হয় না। আমি নিজে আমার গবেষণার ফলাফলের উপর ভিত্তি করে একটা ওষুধ তৈরি করছি, এবং সেই ওষুধ দিয়ে একটা ইন্‌জেকশন নিয়েছি। তার ফল এখনও কিছু

পাইনি। ভাবতে আশ্চর্য লাগে যে এত শিক্ষাদীক্ষা সত্ত্বেও অনেক ব্যাপারে মানুষ জীবজন্তুর চেয়ে অনেক পিছিয়ে আছে।

গ্রেগরির কাছ থেকে এখনও উত্তর পেলাম না। সে কি তা হলে ইংলন্ডে নেই? গোরিলা সংক্রান্ত ঘটনাটা সম্পর্কে এখনও কৌতূহল বোধ করছি। অবিনাশবাবু আজ বললেন যে কঙ্গো থেকে আরেকটা খবরে বলা হয়েছে যে পুলিশ হাল ছেড়ে দিয়েছে এবং ম্যাসিংহ্যাম মৃত বলেই ধরে নেওয়া হয়েছে।

১৬ই অক্টোবর

এইমাত্র গ্রেগরির টেলিগ্রাম পেলাম। বেশ ঘোরালো ব্যাপার বলে মনে হচ্ছে। ও লিখছে—'অ্যাম প্রোসিডিং টু কালেহে স্যাটারডে স্টপ ক্যান ইউ কাম টু স্টপ বিলিভ ম্যাসিংহ্যাম ইজ অ্যালাইভ বাট ইন্ ট্রাবল স্টপ কেব্‌ল ডিসিশন ইমিডিয়েটলি।'

অর্থাৎ, শনিবার কালেহে রওনা হচ্ছি: তুমিও আসতে পার কি? আমার বিশ্বাস ম্যাসিংহ্যাম এখনও জীবিত, তবে সম্ভবত সংকটাপন্ন। কী ঠিক কর চটপট তার করে জানাও।'

আফ্রিকার এক ঈজিপ্ট ছাড়া আর কোনও দেশে এখনও যাওয়া হয়নি আমার। তা ছাড়া বছর খানেক থেকেই লক্ষ করছি যে জীবজন্তু সম্বন্ধে অনুসন্ধিৎসা আমার ক্রমেই বেড়ে চলেছে। ইদানীং পাখির উপরেই জোরটা দিচ্ছিলাম। আমার বাবুইপাখির বাসা নিয়ে গবেষণামূলক প্রবন্ধ 'নেচার' পত্রিকায় ছাপা হয়ে বিশেষ প্রশংসা পেয়েছে। শকুনির উপর কাজটাও শেষ হয়েছে ধরা যায়, এবং সেটা নিয়ে জানাজানি হলে যথারীতি বৈজ্ঞানিক মহলের প্রশংসা পাবই। এই ফাঁকে দিন পনেরোর জন্য কঙ্গোটা ঘুরে এলে মন্দ কী? জীবজন্তুর দিক থেকে বিচার করলে আফ্রিকার মতো দেশ আর নেই; আর মানুষের পূর্বপুরুষ যে বাঁদর, সেই বাঁদরের সেরা হল গোরিলা, আর সেই গোরিলার বাসস্থান হল আফ্রিকা। আমার পক্ষে এই আমন্ত্রণ প্রত্যাখ্যান করা ভারী কঠিন। গ্রেগরিকে টেলিগ্রাম করে দেব—সী ইউ ইন কালেহে। ম্যাসিংহ্যামের যা-ই বিপদ হোক না কেন, তাকে উদ্ধার করা আমাদের কর্তব্য।

১৭ই অক্টোবর

আফ্রিকা সফরে যে আমার আবার একজন সঙ্গী জুটে যাবে সে কথা ভাবিনি। অবিশ্যি সেবার সেই রাক্ষুসে মাছের সন্ধানে সমুদ্রগর্ভে পাড়ি দেবার বেলাও ঠিক এই ব্যাপারই ঘটেছিল। সেবার যিনি সঙ্গ নিয়েছিলেন, এবারও তিনিই নিচ্ছেন; অর্থাৎ, আমার প্রতিবেশী অবৈজ্ঞানিকের রাজা শ্রীঅবিনাশচন্দ্র মজুমদার।

আজ সকালে আমার এখানে এসে আমাকে গোছগাছ করতে দেখেই ভদ্রলোক ব্যাপারটা আঁচ করে নিয়েছিলেন। বললেন, 'যদ্দিন কূপমণ্ডূক হয়ে ছিলুম, বেশ ছিল। কিন্তু একবার ভ্রমণ এবং তার সঙ্গে সঙ্গে অ্যাডভেঞ্চারের গন্ধ পেয়েছি, আর কি মশাই চুপচাপ বসে থাকা যায়? আফ্রিকার কথা ছেলেবেলায় সেই কত পড়িচি—সেই জন্তুজানোয়ার, সেই কালো বেঁটে বেঁটে বুনো মানুষ...আপনি যাচ্ছেন সেই দেশে, আর আপনার সঙ্গ নেব না আমি? খবরটা তো প্রথম আমিই দিই আপনাকে। আর খরচের কথাই যদি বলেন তো সমুদ্রের তলা থেকে পাওয়া কিছু মোহর এখনও আছে আমার কাছে। আমার খরচ আমি নিজেই বেয়ার করব।'

আমি ভদ্রলোককে কত বোঝালাম যে সমুদ্রের তলার চেয়েও আফ্রিকার জঙ্গল অনেক বেশি বিপদসঙ্কুল জায়গা, সেখানে সর্বদা প্রাণটি হাতে নিয়ে চলাফেরা করতে হয়। অবিনাশবাবু তাচ্ছিল্যের সুরে বললেন, 'আমার কুষ্ঠীতে আছে আমার আয়ু সেভেনটি এইট। বাঘ সিংহ আমার ধারেকাছেও আসবে না।'

অগত্যা রাজি হতে হল। পরশু রওনা। অবিনাশবাবুকে বলে দিয়েছি যে ধুতি পাঞ্জাবি পরে আফ্রিকার বনে চলাফেরা চলবে না ; যেখান থেকে হোক তাঁকে এই দুদিনের মধ্যে কোট জোগাড় করে নিতে হবে।

২৩শে অক্টোবর

মধ্য আফ্রিকার বেলজিয়ান কঙ্গো প্রদেশের কালেহে শহর। সময় সন্ধ্যা সাড়ে ছটা। মিরান্ডা হোটেলে আমার ঘরের ব্যালকনিতে বসে ডায়রি লিখছি। দুদিন আগেই এখানে এসে পৌঁছেছি, কিন্তু এর মধ্যে আর লেখার ফুরসত পাইনি।

প্রথমেই বলে রাখি, আফ্রিকা অসাধারণ সুন্দর দেশ। বইয়ে পড়ে এদেশের সৌন্দর্য সম্বন্ধে কোনও ধারণাই করা যায় না। আমি যেখানে বসে লিখছি, সেখান থেকে পুব দিকে কিভু হ্রদ দেখা যাচ্ছে, আর উত্তর দিকে রুয়েনজোরি পর্বতশৃঙ্গ। জঙ্গলের যেটুকু আভাস পেয়েছি, তার তো কোনও তুলনাই নেই।

অবিশ্যি এইসব উপভোগ করার মতো মনের অবস্থা কতদিন থাকবে জানি না। গ্রেগরির সঙ্গে কথাবার্তায় যা বুঝেছি, ভাবনার কারণ আছে অনেক। যা জানলাম তা মোটামুটি এই—

ম্যাসিংহ্যাম গোরিলা সম্পর্কে গবেষণা করছিলেন বেশ অনেকদিন থেকেই। আগে একটা ধারণা প্রচলিত ছিল যে গোরিলা নাকি ভারী হিংস্র জানোয়ার, মানুষ দেখলেই আক্রমণ করে। সম্ভবত গোরিলার ভয়ংকর চেহারা থেকেই এ বিশ্বাসের উৎপত্তি। যে সব বৈজ্ঞানিকের উদ্যম ও সাহসের ফলে এ ধারণা ভুল বলে প্রমাণিত হয়, তাদের মধ্যে ম্যাসিংহাম একজন। অসীম সাহসের সঙ্গে গোরিলার ডেরার একেবারে কাছাকাছি গিয়ে দিনের পর দিন তাদের হাবভাব লক্ষ করে ম্যাসিংহ্যাম এই সিদ্ধান্তে এসে পৌঁছেছিলেন যে বিনা কারণে গোরিলা কখনও কোনও মানুষকে আক্রমণ করে না। বড়জোর নিজের বুকে চাপড় মেরে দুমদাম শব্দ করে এবং মুখ দিয়ে নানারকম আওয়াজ করে মানুষকে তাড়িয়ে দেবার চেষ্টা করে।

এই তথ্য আবিষ্কার করার পর থেকে ম্যাসিংহ্যামের গোরিলা সম্পর্কে প্রায় নেশা ধরে যায়, এবং প্রতিবছরই দু-তিনবার করে আফ্রিকায় এসে গোরিলা নিয়ে নতুন নতুন গবেষণা করতে থাকে। একটি বাচ্চা গোরিলাকে সে ধরতে পেরেছিল এমন গুজবও শোনা যায়।

এবারেও সে এসেছিল সেই একই কারণে। কিন্তু অন্যান্যবার তার সঙ্গে বন্দুকধারী শিকারি থাকে, এবার ছিল মাত্র চারজন নিরস্ত্র কুলি। জঙ্গলের ভিতর ক্যাম্প করে কাজ করছিল ম্যাসিংহ্যাম, এবং রোজই কুলিদের নিষেধ অগ্রাহ্য করে যখন তখন একা একা বেরিয়ে পড়ছিল। মাসদেড়েক ওইভাবে চলার পর একদিন সে নাকি বেরিয়ে আর ফেরেনি। তারপর থেকে দশ দিন ধরে পুলিশের সার্চ পার্টি তন্ন তন্ন করে খুঁজেও ম্যাসিংহ্যামের কোনও সন্ধান পায়নি।

যে ব্যাপারে গ্রেগরির সবচেয়ে বেশি চিন্তা হচ্ছিল সেটা হচ্ছে এই যে আফ্রিকায় আসার কিছুদিন আগে থেকেই ম্যাসিংহ্যামের মধ্যে একটা আশ্চর্য পরিবর্তন তার বন্ধুরা লক্ষ করেছিল। তফাতটা শুধু তার স্বভাবে নয়, চেহারাতেও যেন বোঝা যাচ্ছিল। চুলগুলো

আগের চেয়ে অনেক বেশি রুক্ষ, চোখদুটো সর্বদাই যেন লাল, আর চাহনিতে একটা ত্রস্ত অথচ বিরক্ত ভাব। অনেকের ধারণা হয়েছিল যে ম্যাসিংহ্যাম বোধ হয় কোনও আফ্রিকান উদ্ভিজ্জ ড্রাগ জাতীয় জিনিস খাওয়া অভ্যাস করেছে, যার ফলে তার একটা বিশ্রী রকম নেশা হয়। আফ্রিকায় অনেক বুনো লোকরা এইসব শিকড় বাকল খেয়ে নেশা করে।

কথাটা শুনে আমি বললাম, 'এসব ড্রাগ খেয়ে তো অনেক মানুষ আত্মহত্যাও করে বলে শুনেছি।'

গ্রেগরি বলল, 'সে তো করেই। কিন্তু ম্যাসিংহ্যাম আত্মহত্যা করেছে বলে আমার বিশ্বাস হয় না। কারণ তার সঙ্গে এবার অনেক জিনিসপত্র ছিল—সেগুলোও পাওয়া যাচ্ছে না।'

'জিনিসপত্র মানে ? বইখাতা ইত্যাদি ?'

'না। তার চেয়েও অনেক বেশি। সে এবার সঙ্গে করে একটি পোর্টেব্‌ল গবেষণাগার নিয়ে ঘোরাফেরা করছিল। আত্মহত্যা করলে সেসব জিনিসগুলো গেল কোথায় ? না, শঙ্কু—আমার বিশ্বাস সে বেঁচে আছে, এবং জঙ্গলের মধ্যে কোথাও লুকিয়ে তার পরীক্ষা চালিয়ে যাচ্ছে, আর সে পরীক্ষা এমন জাতের যেটা সে কারুর কাছে প্রকাশ করতে চায় না।'

আমি বললাম, 'এত ঢাকাঢাকির কী প্রয়োজন থাকতে পারে সেটা আন্দাজ করতে পারছ ?'

গ্রেগরি কিছুক্ষণ চুপ থাকার পর একটা দীর্ঘনিশ্বাস ফেলে বলল, 'ইদানীং ম্যাসিংহ্যামের একটা অদ্ভুত ধারণা হয়েছিল যে পৃথিবীর যত প্রাণীতত্ত্ববিদ আছে—ইন্‌ক্লুডিং মি—তারা সবাই নাকি তার মৌলিক গবেষণার ফল আত্মসাৎ করে নিজেদের বলে চালাচ্ছে।'

'ইন্‌ক্লুডিং ইউ ?' আমি রীতিমতো অবাক হয়ে গেলাম কথাটা শুনে।

গ্রেগরি বললে, 'হ্যাঁ, তাই। যদিও তার গবেষণা ও আমার গবেষণার বিষয় ও রাস্তা সম্পূর্ণ আলাদা।'

'তা হলে বলতে হয় ওর সত্যিই মাথা খারাপ হয়ে গিয়েছে।'

গ্রেগরি আক্ষেপের ভঙ্গিতে মাথা নেড়ে বলল, 'কিন্তু কী ব্রিলিয়েন্ট লোক ছিল বলো তো ! আর কী আশ্চর্য সাহস ! ওর যদি সত্যিই কোনও অনিষ্ট হয়ে থাকে তা হলে বিজ্ঞানের সমূহ ক্ষতি হবে।'

আমি এবার জিজ্ঞেস করলাম, 'এসে অবধি গোরিলা চোখে পড়েছে একটাও ?'

গ্রেগরি বলল, 'একটিও না।'

'বলো কী ?'

'নট এ সিঙ্গল ওয়ান। অথচ যেখানে ওদের থাকার কথা সেসব জায়গায় এর মধ্যে আমি দুবার ঘুরে এসেছি। আমি তো ব্যাপারটা কিছুই কূলকিনারা করতে পারছি না। দেখ তুমি যদি পার।'

আগামীকাল গ্রেগরির সঙ্গে আমরাও সাফারিতে বেরোব। ওর আশাও ক্ষীণ হয়ে এসেছিল : আমি এসে পড়াতে তবু খানিকটা উদ্যমের সঞ্চার হয়েছে !

অবিনাশবাবু বেশ ভালই আছেন। নিজেই ঘুরেটুরে বেড়াচ্ছেন। পরনে ভাগনের টুইলের শার্ট, গিরিডির অবসরপ্রাপ্ত ব্যারিস্টার সুরেন ঘোষালের খাকি হাফপ্যান্ট, আর মাথায় একটা জীর্ণ খাকি সোলাটুপি—সেটা যে কার কাছ থেকে ধার করে আনা সেটা জানা হয়নি। আজ সকালে দেখি ভদ্রলোক কোত্থেকে একছড়া কলা কিনে এনেছেন। ভারতবর্ষের বাইরেও যে কলা পাওয়া যায় সে ধারণা ওঁর ছিল না। বললেন, 'গোরিলাও তো বাঁদরের জাত, সামনে পড়লে একটা কলা দিয়ে দেখা যাবে খায় কি না।'

২৫শে অক্টোবর সকাল সাড়ে ছ'টা

কাল সারাদিন ঘোরাঘুরির পর হোটেলে ফিরে আর ডায়রি লিখতে পারিনি, তাই আজ সকালেই কাজটা সেরে রাখছি।

রহস্য অদ্ভুত ভাবে ঘনিয়ে উঠেছে। ম্যাসিংহ্যাম যে বেঁচে আছে সে প্রমাণ আমরা পেয়েছি। এমনকী এও মনে হতে পারে যে সে সুস্থই আছে—অন্তত শরীরের দিক দিয়ে।

সকালে আমাদের বেরোতে বেরোতে প্রায় সাড়ে আটটা হয়ে গেল। দল বেশি বড় না। আমি, গ্রেগরি, অবিনাশবাবু, এখানকার একজন শিক্ষিত নিগ্রো শিকারি যুবক যোসেফ কাবালা, ও পাঁচজন বান্টু জাতীয় কুলি। কুলিদের সঙ্গে চলেছে আমাদের খাদ্য ও পানীয়, জঙ্গল পরিষ্কার করার জন্য কাটারি জাতীয় জিনিস, ও বিশ্রামের জন্য ফোল্ডিং চেয়ার, তেরপল, মাটিতে খাটানোর বড় ছাতা ইত্যাদি। কাবালার সঙ্গে বন্দুক ও টোটা রয়েছে, আর আমার কোটের পকেটে রয়েছে আমারই তৈরি অব্যর্থ ব্রহ্মাস্ত্র—অ্যানাইহিলিন পিস্তল। অবিনাশবাবু আবার তাঁর হাতে তাঁর পৈত্রিক সম্পত্তি একটি কাঁঠালকাঠের লাঠি নিয়েছেন—ভাবখানা যেন তার একটা ঘায়ে তিনি একটি মস্ত গোরিলাকে ধরাশায়ী করতে পারেন। ভদ্রলোকের ষাটের উপর বয়স আর প্যাকাটে চেহারা হলে কী হবে—এমনিতে বেশ শক্ত আছেন। উনি বলেন এককালে নাকি মুগুর ভাঁজতেন—তবে সেটা ওঁর অন্য অনেক কথার মতোই আমার বিশ্বাস হয় না।

পাহাড়ের গোড়া অবধি জিপে গিয়ে সেখান থেকে পায়ে হেঁটে জঙ্গলের ভিতর ঢুকলাম আমরা। এই জঙ্গল পাহাড়ের গা বেয়ে ক্রমশ উপর দিকে উঠেছে। আফ্রিকার দু'জাতের গোরিলার মধ্যে একটা—অর্থাৎ যাকে বলে মাউন্টেন গোরিলা—এই জঙ্গলেই পাওয়া যায়। অন্য জাতটা থাকে সমতলভূমিতে। ম্যাসিংহ্যাম পাহাড়ের জঙ্গলেই তাঁর গবেষণা চালাচ্ছিলেন। আমাদের আজকের গন্তব্যস্থল হচ্ছে ম্যাসিংহ্যাম যেখানে ক্যাম্প ফেলেছিলেন সেই জায়গা। গ্রেগরি এর আগেও একবার গেছে সেখানে, কিন্তু কিছুই পায়নি। নেহাৎ আমার অনুরোধেই সে দ্বিতীয়বার সেখানে চলেছে।

ডেভিড লিভিংস্টোন তাঁর লেখায় এইসব জঙ্গলের বর্ণনা দিয়ে গেছেন। তিনি বলেছেন, এসব জঙ্গল এত গভীর এবং গাছের পাতা এত ঘন যে ঠিক মাথার উপর সূর্য থাকলেও, পাতা ভেদ করে দু-একটা 'পেনসিল অফ লাইট' ছাড়া আর কিছুই মাটিতে পৌঁছাতে পারে না। কথাটা যে কতদূর সত্যি তা এবার বুঝতে পারলাম।

আমাদের ভারতীয়দের ধারণা যে বট-অশ্বত্থ গাছই বুঝি পৃথিবীর সবচেয়ে জাঁদরেল গাছ। এখানের কয়েকটা গাছ দেখলে তাদের সে গর্ব খর্ব হয়ে যায়। বাওবাব বলে এক রকম গাছ আছে যার গুঁড়ি মাঝে মাঝে এত চওড়া হয় যে, দশ জন লোক পরস্পরের হাত ধরে গাছটাকে ঘিরে ধরলেও তার বেড় পাওয়া যায় না। অবিশ্যি যে জঙ্গলের মধ্যে দিয়ে আমরা চলেছি তাতে বাওবাব গাছ নেই। এ জঙ্গলের গাছের মাহাত্ম্য হচ্ছে দৈর্ঘ্যে, প্রস্থে নয়। এক একটা সিডার ও আবলুশ গাছ প্রায় দুশো ফুট উঁচু। অবিশ্যি যতই উপরে উঠছি ততই বেশি করে পাইন বা ফার জাতীয় পাহাড়ি গাছ চোখে পড়ছে। এছাড়া লতাপাতা, অর্কিড ও ফার্নের তো কথাই নেই।

জন্তু জানোয়ার এখনও বিশেষ চোখে পড়েনি। বাঁদরের মধ্যে দুটি বেবুন চোখে পড়েছে, আর অন্য জানোয়ারের মধ্যে একটি উড়ন্ত কাঠবেড়ালি। আশ্চর্য জিনিস এটি। ভারতীয় কাঠবেড়ালির প্রায় দ্বিগুণ সাইজ, গায়ের রং বাদামি, আর শরীরের দুদিকে পায়ের সঙ্গে লাগানো দুটি ডানা। পা দুটো ফাঁক করে গাছের ডাল থেকে লাফ দিয়ে দিব্যি চলে যায়

এগাছ থেকে ওগাছে। ফ্লাইং স্কুইরল দেখে অবিনাশবাবু বললেন, 'ষাট বছর বয়সে জঙ্গলে ঘুরে যা এডুকেশন হচ্ছে, ইস্কুলে কলেজে মানেবই মুখস্থ করে তার সিকি অংশও হয়নি। এখানকার বাঘ ভাল্লুকও কি ওড়ে নাকি মশাই?'

প্রায় সাড়ে তিন মাইল হাঁটার পর প্রথম গোরিলার চিহ্ন চোখে পড়ল। পুরুষ গোরিলারা গাছের ডাল ভেঙে গাছেরই উপর একরকম মাচা তৈরি করে। স্ত্রী গোরিলা বাচ্চা নিয়ে সেই মাচার উপর রাত কাটায়, আর পুরুষটা নীচে মাটিতে থেকে পাহারা দেয়। এটা আমার জানা ছিল, এবং এইরকম একটা মাচা হঠাৎ আমার চোখে পড়ল।

গ্রেগরি বলল, 'এই মাচাটা আমরা এর আগের দিনও দেখেছি। তবে গোরিলারা এক মাচায় এক রাতের বেশি থাকে না। কাজেই এ মাচাটা যখন বেশ কিছু দিনের পুরনো, তখন কাছাকাছির মধ্যে গোরিলা থাকবে এমন কোনও কথা নেই।'

একটা গন্ধ মিনিটখানেক থেকে আমার নাকে আসছিল, গ্রেগরিকে সেটার কথা বলতে সে যেন কেমন অবাক হয়ে গেল। সে বলল, 'কোনও বিশেষ গন্ধর কথা বলছ কি ? আমি তো এক গাছপালার গন্ধ আর ভিজে মাটির গন্ধ ছাড়া কিচ্ছু পাচ্ছি না।'

আমি মাচার দিকে এগিয়ে গেলাম। গন্ধ দ্বিগুণ তীব্র হয়ে উঠল। এ গন্ধের সঙ্গে কি গোরিলার কোনও সম্পর্ক আছে ? আমার ইনজেকশন কি তা হলে এতদিনে কাজ করতে শুরু করল ? গন্ধটা যে বুনো সে বিষয়ে কোনও সন্দেহ নেই, আর এমন গন্ধ এর আগে আমি কক্ষনও পাইনি।

গ্রেগরিকে এ বিষয় আর কিছু না বলে এগিয়ে চললাম। মিনিট দশেকের মধ্যে গন্ধটা মিলিয়ে এল। কিন্তু পাঁচ মিনিটের মধ্যেই আবার সেটা আসতে শুরু করল। অবিনাশবাবুকে বাংলায় বললাম, 'আশেপাশের গাছের দিকে একটু চোখ রাখবেন তো—ওইরকম মাচা আরও দেখা যায় কি না।'

কিছুদূর যাবার পরেই আবার আমারই চোখে পড়ল আরেকটা গোরিলার মাচা। এবার আর আমার মনে কোনও সন্দেহ রইল না যে আমার ইনজেকশনের ফলে আমি প্রায় আধ মাইল দূর থেকে গোরিলার মাচার অস্তিত্ব বুঝতে পারছি।

দুপুর আড়াইটে নাগাদ আমরা ম্যাসিংহ্যামের ক্যাম্পের জায়গায় পৌঁছোলাম। মস্ত মস্ত ফার আর বাদামগাছে ঘেরা একটা পরিষ্কার, খোলা, প্রায়-সমতল জায়গা। জমিতে দুজায়গায় আগুন জ্বালানোর চিহ্ন, আর এখানে সেখানে তাঁবুর খুঁটির গর্ত রয়েছে। উত্তর দিকটা পাহাড়ের খাড়াই, আর দক্ষিণে ঢাল নেমে সমতলভূমির দিকে চলে গেছে। সকলেই বেশ ক্লান্তি অনুভব করছিলাম, তাই কাবালা কুলিদের বলল মাটিতে বসবার বন্দোবস্ত করে দিতে। দুপুরের খাওয়াটাও এখানেই সেরে নিতে হবে।

পাঁচ মিনিটের মধ্যে বিশ্রামের বন্দোবস্ত হয়ে গেল। একটা ক্যাম্পচেয়ারে বসে স্যান্ডউইচে কামড় দিতে গিয়ে লক্ষ করলাম অবিনাশবাবু আমাদের সঙ্গে না বসে একটু দূরে পায়চারি করছেন। কারণটা বোঝা আমার পক্ষে কঠিন হল না। পাছে গ্রেগরি তাঁকে কোনও প্রশ্ন করে বসে, এবং ইংরিজিতে তার উত্তর দিতে হয়, সেই আশঙ্কাতেই তিনি দূরে দূরে রয়েছেন। অবিনাশবাবুর ইংরিজি বলার ক্ষমতা ইয়েস নো ভেরি গুডের বেশি এগোয় না ; অথচ সব প্রশ্নের উত্তর তো আর এই তিনটি কথায় দেওয়া চলে না।

স্যান্ডউইচ খাওয়া সেরে চোখে বাইনোকুলার লাগিয়ে দূরের গাছপালা দেখছি, এমন সময় অবিনাশবাবুর গলা পেলাম—

'ও মশাই—এটা কী একবার দেখে যান তো।'

ভদ্রলোক দেখি একটা পাইনগাছের গুঁড়ির দিকে ঝুঁকে পড়ে কী যেন দেখছেন। গ্রেগরি

আর আমি এগিয়ে গেলাম। গিয়ে দেখি গাছের গুঁড়িতে ছুরি দিয়ে খোদাই করা এক লাইন ইংরিজি লেখা। সেটা অনুবাদ করলে এই দাঁড়ায়—

'তোমরা মূর্খ। যদি বাঁচতে চাও তো ফিরে যাও।'

খোদাইয়ের নমুনা দেখে মনে হল সেটা টাটকা। আমরা লেখাটা পড়ে পরস্পরের মুখ চাওয়াচাওয়ি করলাম। এটা যে একটা আশ্চর্য আবিষ্কার সে বিষয়ে কোনও সন্দেহ নেই। কথা বললেন প্রথম অবিনাশবাবু, এবং তাঁর স্বরে রীতিমতো বিরক্তির ভাব—

'আমাদের সবাইকে মূর্খ বলছে! লোকটার ভারী আস্পর্ধা তো!'

গ্রেগরি বলল, 'এ লেখা কিন্তু এর আগের দিন ছিল না। আমরা পরশুই এখানে এসেছিলাম। অর্থাৎ এটা লেখা হয়েছে গতকাল। তার মানে ম্যাসিংহ্যাম কাল আবার এখানে এসেছিল।'

এটা যে ম্যাসিংহ্যামেরই লেখা, এবং এটা যে তার অনুসন্ধানকারীদের উদ্দেশ করেই লেখা হয়েছে, সে বিষয়ে আমার মনেও কোনও সন্দেহ ছিল না।

গ্রেগরি এবার অবিনাশবাবুর দিকে ফিরে বলল, 'এ মোস্ট ইউজফুল ডিসকাভারি। কন্‌গ্র্যাচুলেশন্‌স!'

অবিনাশবাবু বললেন, 'ভেরি গুড।'

আমি মনে মনে বললাম, ভেরি গুড তো বটেই। এই লেখা থেকেই অকাট্য প্রমাণ পাওয়া গেল যে ম্যাসিংহ্যাম মরেনি। সে দস্তুরমতো বেঁচে আছে, দিব্যি তার কাজ চালিয়ে যাচ্ছে, এবং সে কাজে বাধা পড়ে সেটা সে মোটেই চাইছে না। কিন্তু সে কাজটা যে কী, এবং কোথায় সে আত্মগোপন করে রয়েছে, সেটা এখনও রহস্য।

আমরা হোটেলে ফিরলাম প্রায় রাত সাড়ে দশটায়। ফেরার পথেই স্থির করেছিলাম যে আমাদেরও জঙ্গলের ভিতর তাঁবু ফেলে কাজ চালাতে হবে।

ম্যাসিংহ্যাম শাসিয়েছে যে তার অনুসন্ধান যে করবে তার মৃত্যু অনিবার্য। সে জানে না সে একথাটা লিখে কতবড় ভুল করেছে। ত্রিলোকেশ্বর শঙ্কুকে এমন হুমকিতে যে হটানো যায় না, সে কথা তো আর ম্যাসিংহ্যাম জানে না। ভাবনা ছিল এক অবিনাশবাবুকে নিয়ে, কিন্তু তিনিও দেখছি বারবার বলছেন, 'লোকটার দম্ভটা একটু থেঁতলে দেওয়া দরকার।'

২৫শে অক্টোবর দুপুর দেড়টা

আমরা কিছুক্ষণ হল জঙ্গলে এসে ক্যাম্প ফেলেছি। ম্যাসিংহ্যাম যেখানে ক্যাম্প ফেলেছিল, সেখানেই। একটু বিশ্রাম করে দুপুরের খাওয়া সেরে আবার বেরোব। আজ মেঘলা করে রয়েছে বলে জঙ্গলের ভিতরে আরও অন্ধকার। এখানে আমাদের দেশের মতোই এপ্রিল থেকে অক্টোবর পর্যন্ত বৃষ্টি হয়। তবে এখন বৃষ্টি না হওয়াই ভাল; হলে আমাদের কাজের অনেক ব্যাঘাত হবে।

আজ জঙ্গলের মধ্যে দিয়ে আসতে আসতে একটা ভারী আশ্চর্য জিনিস লক্ষ করেছি; সেটা এই ফাঁকে ডায়রিতে লিখে রাখি। কাল কয়েকটা বেবুন আর লেমুর ছাড়া বানরজাতীয় আর কিছুই চোখে পড়েনি, আর আজ সকাল থেকে এই চার ঘণ্টার মধ্যে সাত রকমের বাঁদর দেখেছি। আর আশ্চর্য এই যে তাদের সকলেরই হাবভাব যেন ঠিক একই রকম; মনে হয় তারা সবাই যেন গভীর বন থেকে রীতিমতো ভয় পেয়ে বাইরের দিকে চলে আসছে। সে এক দৃশ্য! আমাদের মাথার উপরের গাছের পাতা আর লতাগুলো যেন একমুহূর্ত স্থির থাকতে পারছে না। সাঁই সাঁই সাঁই শব্দে লেমুর ম্যানড্রিল বেবুন শিম্পাঞ্জি সব পালিয়ে চলেছে মুখ

দিয়ে নানারকম ভয়ের শব্দ করতে করতে। আমাদের দিকে তাদের ভ্রূক্ষেপও নেই। এমন কেন ঘটছে তা এখনও ঠাহর করতে পারিনি। গ্রেগরি এর আগে তিনবার আফ্রিকার জঙ্গলে এসেছে, কিন্তু এমন দৃশ্য সে কখনও দেখেনি। এই যে বসে বসে ডায়রি লিখছি, এখনও তাদের চিৎকার চেঁচামেচি শুনতে পাচ্ছি। এই ঘটনাও কি ম্যাসিংহ্যামের সঙ্গে জড়িত ?

নিজেকে ভারী ব্যর্থ বলে মনে হয়েছে। এখনও পর্যন্ত একেবারে বোকা বনে আছি। অন্তত এটুকু যদি জানা যেত যে ম্যাসিংহ্যাম ঠিক কী কাজটা করছে, তা হলেও মনে হয় অনেক রহস্যের কারণ বেরিয়ে পড়ত।

২৬শে অক্টোবর ভোর পাঁচটা

ভোরের আলো এখনও ভাল করে ফোটেনি। তাঁবুতে বসে পেনলাইটের আলোতে আমার ডায়রি লিখছি। যে অদ্ভুত ভয়াবহ ঘটনাটা ঘটে গেল, সেটা এইবেলা লিখে না রাখলে পরে আর কখন সময় পাব জানি না। সত্যি কথা বলতে কী, পাইনগাছের গুঁড়িতে লেখা হুমকিটা আর অগ্রাহ্য করতে পারছি না। প্রাণ নিয়ে দেশে ফিরতে পারব কি না সে বিষয়ও সন্দেহ উপস্থিত হয়েছে।

কাল দুপুরে লাঞ্চের পর আমরা আবার উত্তর-পূর্বদিকের রাস্তা ধরে চলতে আরম্ভ করলাম। মাইলখানেক যাবার পর লক্ষ করলাম বাঁদরের গোলমালটা কমে এসেছে। গ্রেগরি বলল, 'মনে হচ্ছে গোরিলা ছাড়া যত বাঁদর ছিল সব বন ছেড়ে বাইরের দিকে পালিয়েছে।'

জিজ্ঞেস করলাম, 'কারণ কিছু বুঝলে ?'

গ্রেগরি ভ্রূকুটি করে বলল, 'ভয় পেয়েছে এটুকু বুঝলাম, তার বেশি নয়।'

আমি প্রায় ঠাট্টার সুরেই বললাম, 'আমাদের দেশে যদি কোথাও একটা কাক মরে, তা হলে সে তল্লাটে যত কাক আছে সব কটা একজোটে ভীষণ চিৎকার চেঁচামেচি শুরু করে। এটাও কি সেই ধরনের ব্যাপার নাকি ?'

গ্রেগরি চুপ করে রইল। কিছুক্ষণ থেকেই ওর মধ্যে একটা অবসন্ন ভাব লক্ষ করছি, যেটা বোধ হয় শারীরিক নয়, মানসিক। গ্রেগরির বয়স পঞ্চাশের উপর হলেও রীতিমতো স্বাস্থ্যবান লোক—ইয়ং বয়সে বিজ্ঞানের সঙ্গে খেলাধুলোও করেছে। জিজ্ঞেস করলাম, 'তোমার কী হয়েছে বলো তো ?'

গ্রেগরি মাটির দিকে দৃষ্টি রেখে হাঁটতে হাঁটতে বলল, 'আমার মনে একটা সন্দেহ জাগছে যেটা এখন প্রকাশ করলে তুমি হাসবে, কিন্তু সেটা যদি সত্যি হয়, একমাত্র তা হলেই এইসব অদ্ভুত ঘটনাগুলোর একটা কারণ পাওয়া যায়। অথচ তাই যদি হয়, তা হলে তো...উঃ !—'

গ্রেগরি শিউরে উঠে চুপ করে গেল। আমিও তাকে আর প্রশ্ন করে বিরক্ত করলাম না। আমার নিজের সন্দেহটাও ডায়রিতে প্রকাশ করার সময় আসেনি। মনে হয় গ্রেগরি ও আমি একই পথে চিন্তা করে চলেছি—কারণ বিজ্ঞানের কী অসীম ক্ষমতা সেটা আমরা দুজনেই জানি।

কিছুক্ষণ থেকেই অনুভব করছিলাম যে আমরা নীচের দিকে চলেছি। এবার দেখলাম আমাদের সামনে একটা নালা পড়েছে। একটা ওকাপি জল খাচ্ছিল, আমাদের দেখেই পালিয়ে গেল। নালার জল গভীর নয়, কাজেই সেটা হেঁটে পার হতে আমাদের কোনও কষ্ট হল না।

নালা পেরিয়ে দশ পা যেতে না যেতেই একটা পরিচিত তীব্র গন্ধ এসে আমার নাকে প্রবেশ করল। আমি জানি সে গন্ধ আমি ছাড়া আর কেউ পায়নি। কাউকে কিছু না বলে

হেঁটে চললাম।

এবার যেটা চোখে পড়ল সেটা গাছের উপরে মাচা নয়—ভিজে মাটিতে গোরিলার পায়ের ছাপ। একটা নয়; দেখে মনে হয় সম্ভবত পঞ্চাশটা ছোটবড় গোরিলা বেশ খানিকটা জায়গা জুড়ে সেখানে ঘোরাফেরা করেছে। কিন্তু কেন?

কাবালা দেখি তার বন্দুক উঁচিয়ে তৈরি; বুঝলাম সে রীতিমতো ঘাবড়ে গেছে। সে চাপা স্বরে বলল, 'একসঙ্গে এত গোরিলার পায়ের ছাপ আমি এর আগে কখনও দেখিনি। ব্যাপারটা মোটেই ভাল লাগছে না। যখন থেকে বাঁদরদের পালাতে দেখেছি, তখন থেকেই খটকা লাগতে শুরু করেছে।'

আমাদের বান্টু কুলিদের মধ্যে একটা চাঞ্চল্য লক্ষ করছিলাম, কাবালাকে জিজ্ঞেস করতে সে বলল, 'ওরা আর এগোতে চাইছে না।'

আমি বললাম, 'কেন? ওদের কি ধারণা সামনে গোরিলার দল রয়েছে?'

কাবালা বলল, 'হ্যাঁ।'

আমার নাকের গন্ধ কিন্তু বলছিল যে তারা কাছাকাছির মধ্যে নেই—কিন্তু সে কথা তো আর ওদের বললে বিশ্বাস করবে না!

এর মধ্যে গ্রেগরি হঠাৎ বলে উঠল, 'শঙ্কু, একবার ওপরের দিকে চেয়ে দেখো।'

মাথা তুলে এক আশ্চর্য জিনিস দেখলাম। চারিদিকের গাছের ডাল ভাঙা। গুঁড়িগুলো রয়েছে, কিন্তু ডালপালাগুলো সব কারা যেন ভেঙে সাফ করে নিয়ে গেছে।

গ্রেগরির দিকে চেয়ে দেখি তার মুখ ফ্যাকাশে হয়ে গেছে। চাপা গলায় সে বলল, 'লেট্স গো ব্যাক, শঙ্কু!'

'কোথায়?'

'আপাতত ক্যাম্পে ফিরে যাই চলো। আমাকে একটু চুপচাপ বসে ভাবতে হবে।'

'তোমার কি মনে হয় ডালগুলো গোরিলারা ভেঙেছে?'

'তা ছাড়া আর কী। সম্প্রতি এমন ঝড় এখানে হয়নি যাতে ওইভাবে গাছের ডাল ভাঙবে। আর ওগুলোকে যে কাটা হয়নি সে তো দেখেই বুঝতে পারছ।'

সত্যি বলতে কী, আমারও ওই একই সন্দেহ হয়েছিল। যে গোরিলার পায়ের ছাপ মাটিতে দেখছি, তারাই গাছের ডালগুলো ভেঙেছে।

গ্রেগরির কথামতো ক্যাম্পে ফিরে আসতে সন্ধ্যা হয়ে গেল। গরম কোকো খেয়ে ক্লান্তি দূর করে গ্রেগরির ক্যাম্পের বাইরে বসে তাকে জিজ্ঞেস করলাম, 'তুমি কী ভাবছ বলো তো?'

গ্রেগরি তার শান্ত অথচ ভীত চোখদুটো আমার দিকে ফিরিয়ে বলল, 'আমার মনে হয় না আমরা ম্যাসিংহ্যামের সঙ্গে যুঝতে পারব। আমার দৃঢ় বিশ্বাস সে তার বৈজ্ঞানিক বুদ্ধি এক নৃশংস কাজে ব্যবহার করতে চলেছে।'

আমি দৃঢ়স্বরে বললাম, 'তা হলে আমাদের কর্তব্য তাকে বাধা দেওয়া।'

গ্রেগরি বলল, 'জানি! কিন্তু সে কাজটা করতে যে সামর্থ্যের প্রয়োজন সেটা আমাদের নেই! সুতরাং আমাদের পরাজয় অনিবার্য।'

আমি বুঝতে পারলাম যে, এ অবস্থায় গ্রেগরির মনে উৎসাহ বা আশার সঞ্চার করা প্রায় অসম্ভব। মুখে বললাম, 'ঠিক আছে। এখন তো বিশ্রাম করা যাক—কাল সকালে দুজনের বুদ্ধি একজোট করলে একটা কোনও রাস্তা বেরোবে না, এটা আমি বিশ্বাস করি না।'

সন্ধ্যা থাকতে সকলেই টিনের খাবারে ডিনার সেরে বিছানায় শুয়ে পড়লাম। তিনটি ক্যাম্পের একটিতে আমি আর অবিনাশবাবু একটিতে গ্রেগরি ও একটিতে কাবালা। বান্টু

কুলিগুলো বাইরে শোয়—তারা এখন আগুন জ্বালিয়ে জটলা করছে। একজন আবার গান শুরু করল। সেই একঘেয়ে গান শুনতে শুনতেই আমি ঘুমিয়ে পড়লাম।

মাঝরাত্রে কোনও এক সময়ে ঘুমটা ভাঙল অবিনাশবাবুর ঠেলাতে, আর ভাঙতেই কানের খুব কাছে তাঁর ফিসফিসে ভয়ার্ত কণ্ঠস্বর শুনতে পেলাম—

'ও মশাই !—শিম্পাঞ্জি ! শিম্পাঞ্জি !'

'শিম্পাঞ্জি ?' আমি সটান উঠে পড়লাম। 'কোথায় দেখলেন ? কখন ?'

'এই তো, দশ মিনিটও হয়নি। এতক্ষণ গলাটা শুকিয়ে ছিল তাই কথা বলতে পারিনি।'

'কী হল ঠিক করে বলুন তো।'

'আরে মশাই, এরকম মাটিতে বিছানা পেতে তাঁবুর ভেতর শুয়ে তো অভ্যেস নেই—তাই ভাল ঘুম হচ্ছিল না এমনিতেই। কিছুক্ষণ আগে ভাবলুম বাইরে গিয়ে একটু ঠাণ্ডা বাতাস লাগিয়ে আসি। কনুইয়ে ভর করে কাঁধদুটোকে একটু তুলেছি, এমন সময় দেখি তাঁবুর দরজা ফাঁক করে ভিতরে উঁকি মারছে।'

কী যে উঁকি মেরেছে সেটা আমার বুঝতে বাকি নেই, কারণ তাঁবুর ভেতরটা আমার সেই পরিচিত গন্ধে ভরপুর হয়ে আছে। অনেক দিনের পুরনো ঝুলে ভরা গন্ধের সঙ্গে বারুদের গন্ধ মেশালে যেমন হয়, কতকটা সেই রকম গন্ধ।

অবিনাশবাবু বলে চলেছেন—

'কলকাতার চিড়িয়াখানায় যেরকম দেখেছি ঠিক সেরকম নয়। সাইজে অনেক বড়, বিরাট চওড়া কাঁধ, আর অর্ধেক মুখ জুড়ে দুই নাকের ফুটো, আর হাত দুটো—'

আমি অবিনাশবাবুর কথা শেষ হবার আগেই ক্যাম্পের বাইরে চলে এসেছি, হাতে আমার পিস্তল। আকাশের মেঘ কেটে গিয়ে চারিদিকে চাঁদের আলো থই থই করছে, সাদা তাঁবুগুলো সেই আলোয় ঝলমঝল করছে। জঙ্গল নিঝুম নিস্তব্ধ। বান্টু কুলিগুলো আগুনের ধারে পড়ে ঘুমোচ্ছে। অন্য তাঁবু দুটিতেও মনে হল দুজনেই ঘুমোচ্ছে। তবু গ্রেগরিকে খবর দেওয়া দরকার মনে করে তার তাঁবুর দিকে এগিয়ে গেলাম।

তাঁবুর দরজার বাইরে দাঁড়িয়ে দুবার তার নাম ধরে ডেকেও সাড়া না পেয়ে ভারী আশ্চর্য লাগল—কারণ আমি জানি গ্রেগরির ঘুম খুব পাতলা। তবে সে উঠছে না কেন ?

দরজা ফাঁক করে ভেতরে ঢুকেই চমকে উঠলাম।

গ্রেগরির বিছানা খালি পড়ে আছে। বালিশ চাদর সবই রয়েছে, এবং সেগুলো ব্যবহার করা হয়েছে, কিন্তু এখন আর সেখানে কেউ নেই।

বালিশে হাত দিয়ে দেখলাম গরম ; অর্থাৎ অল্পক্ষণ আগেও সে ছিল।

অবিনাশবাবু ধরা গলায় বললেন,—'লোকটা গেল কোথায় ?'

আমি বললাম, 'গোরিলার কবলে।'

একটি গোরিলা এসে প্রথমে আমাদের ক্যাম্পে উঁকি মেরেছে। তারপর গ্রেগরির ক্যাম্পে ঢুকে তাকে কোলপাঁজা করে তুলে নিয়ে গেছে—কোথায়, তা এখনও জানি না।

কাবালার গলা শুনতে পাচ্ছি। ওকে ব্যাপারটা বলি। ওর উপর এখন অনেকখানি ভরসা রাখতে হবে।

২৬শে অক্টোবর

একটা ভয় ছিল যে কাবালা বেগতিক দেখে আমাদের পরিত্যাগ করবে। কিন্তু তা তো হয়ইনি, বরং সে দ্বিগুণ উৎসাহে কাজে লেগেছে।

আজ সকাল সাতটায় আমরা ক্যাম্প ছেড়ে বেরিয়েছি। দিনের আলো পরিষ্কার হলেই দেখেছিলাম তাঁবুর বাইরে গোরিলার পায়ের ছাপ। সেই ছাপ ধরে প্রায় দু মাইল পথ এসেছি আমরা। আশ্চর্য এই যে ছাপটা আমাদের পাহাড়ের জঙ্গল ছেড়ে সমতল ভূমির জঙ্গলের দিকে নিয়ে চলেছে। নিয়মমতো এদিকে মাউন্টেন গোরিলা থাকার কথাই নয়, এবং এদিকটায় ম্যাসিংহ্যামকে খোঁজাই হয়নি। একটা নালা পেরিয়ে উলটো দিকে এসে ছাপটা আর খুঁজে পাইনি। তার একটা কারণ হতে পারে এই যে এদিকের জমিটা আরও অনেক বেশি শুকনো আর পাথুরে। সামনে একটা টিলার মতো রয়েছে, সেটার নীচে আমরা বিশ্রামের জন্য বসেছি। আজ আমরা প্রথম থেকেই ঠিক করেছি যে আর পিছনে ফিরব না, যেখানে সন্ধে হবে সেখানেই ক্যাম্প ফেলব। কুলিগুলো এখনও রয়েছে। গ্রেগরির অন্তর্ধানের ফলে তারা খুঁতখুঁত করতে আরম্ভ করেছিল, কিন্তু বেশি করে বকশিস দেওয়াতে তারা রয়ে গেছে।

অবিনাশবাবুর গলা পাচ্ছি। আমাকেই ডাকছেন। দেখি কী হল।

২৭শে অক্টোবর

এমন বিভীষিকাময়, অথচ এমন রোমাঞ্চকর ঘটনার বিবরণ লিখতে যে ভাষার দরকার হয় সেটা আমার জানা নেই। কাল বিকেল থেকে পর পর যা ঘটেছে তা সহজ ভাবে লিখে যাব, তাতে কতটা বোঝাতে পারব জানি না।

কাল ডায়রি লিখতে লিখতে অবিনাশবাবুর ডাক শুনে উঠে গিয়ে দেখি তিনি টিলার উপর দাঁড়িয়ে আছেন, তাঁর দৃষ্টি উলটো দিকে। কী জানি একটা দেখতে পেয়ে ভদ্রলোক তারস্বরে আমার নাম ধরে ডাকছেন। আমায় দেখেই বললেন, 'শিগগির উঠে আসুন।'

কাবালা নালায় গিয়েছিল হাত মুখ ধুতে—এখনও ফেরেনি। আমি একাই গিয়ে টিলার উপরে উঠলাম। তাঁর পাশে গিয়ে দাঁড়াতেই অবিনাশবাবু কাঁপা গলায় বললেন, 'কুষ্ঠী বোধ হয় মিলল না।' তারপর তাঁর কম্পমান ডান হাতটা তুলে দক্ষিণের সমতলভূমির জঙ্গলের দিকে নির্দেশ করলেন। যা দেখলাম তাতে আমারও আতঙ্ক হওয়া উচিত, কিন্তু দৃশ্যটা এতই অদ্ভুত ও অভূতপূর্ব যে ভয় না পেয়ে সম্মোহিতের মতো চেয়ে রইলাম।

আন্দাজ প্রায় একশো গজ দূর থেকে একটা গোরিলার দল আমাদের দিকে এগিয়ে আসছে। তারা সংখ্যায় কত হবে জানি না, তবে শ'খানেকের কম নয়। গাছ থাকার জন্য তাদের সবাইকে একসঙ্গে দেখা যাচ্ছে না, আর প্রতি মুহূর্তেই মনে হচ্ছে তারা যেন সংখ্যায় আরও বেড়ে যাচ্ছে। কাবালাও এরমধ্যে আমার পাশে এসে দাঁড়িয়েছে; সে শুধু বলল, 'কুলিগুলো পালিয়েছে।' আমাদের দুজনের কাছেই অস্ত্র রয়েছে, কিন্তু সে অস্ত্র এই গোরিলাবাহিনীর সামনে কিছুই না।

এত বিপদেও চোখের সামনে মৃত্যুকে এগিয়ে আসতে দেখেও, পালাবার কথা চিন্তা করতে পারলাম না। অবিনাশবাবু মাটিতে হাঁটু গেড়ে বসে পড়েছেন, আর অস্ফুটস্বরে কেবল বলছেন, 'মা, মা মাগো!' কাবালা ফিসফিস করে বলল, 'তুমি যা করবে, আমিও তাই।' আমি কথা না বলে হাত নেড়ে বুঝিয়ে দিলাম—যা থাকে কপালে—দাঁড়িয়ে থাকব।

গোরিলাগুলো পঞ্চাশ গজের মধ্যে এসে পড়েছে। তাদের গায়ের গন্ধে আমার নাক প্রায় বন্ধ হয়ে আসছে। কোনওদিকে ভ্রূক্ষেপ না করে এগিয়ে আসছে তারা। এবার লক্ষ করলাম, কোনও কোনও গোরিলা আবার সঙ্গে শিকার নিয়ে চলেছে ; কোনওটার কাঁধে হরিণ, কোনওটার কাঁধে বুনো শুয়োর, আবার দুটোর হাতে দেখলাম ভেড়া। এসব জিনিস কিন্তু গোরিলার খাদ্য নয় ; এরা নিরামিষাশী—ফলমূল খেয়ে থাকে।

কাবালা হঠাৎ সামনের গোরিলাটার দিকে আঙুল দেখিয়ে বলল, 'ওটার মাথায় কী বলো তো ?'

ওই গোরিলাটাই বোধ হয় দলপতি—এবং গোরিলা যে এত বড় হয় সেটা আমার ধারণাই ছিল না। দেখলাম তার মাথায় কী যেন একটা জিনিস রোদের আলোয় চকচক করছে।

ক্রমে গোরিলাগুলো দশ গজের মধ্যে এসে পড়ল। ঠিক মনে হয় একটা কালো লোমশ অরণ্য আমাদের দিকে এগিয়ে আসছে। কিন্তু একটা জিনিস লক্ষ করে ভারী অদ্ভুত লাগল। সেটা হল তাদের চোখের ভাব। কেমন যেন একটা থমকানো মুহ্যমান ভাব। যন্ত্রচালিতের মতো দৃষ্টিহীন ভাবে যেন এগিয়ে আসছে তারা। একটা গোরিলা একটা পাথরের সঙ্গে ঠোক্কর খেল ; কিন্তু তাতে কোনও ভ্রূক্ষেপ নেই। সামলে নিয়ে আবার এগিয়ে আসতে লাগল।

অবিনাশবাবু বোধ হয় অজ্ঞান। কাবালাও হাঁটু গেড়ে বসে পড়েছে।...

আমরা মরিনি। আমাদের পাশ দিয়ে গা ঘেঁষে গোরিলার দল চলে গেছে। যখন আমাদের সঙ্গে ধাক্কা লাগার উপক্রম হয়েছে, তখন পাশে সরে গেছি। অবিনাশবাবুকে কাবালা কোলে তুলে নিয়েছিল। কারও কোনও অনিষ্ট হয়নি, কেউ জখম হয়নি। এমনকী একথাও মনে হয়েছে যে গোরিলাগুলো যেন আমাদের দেখতেই পায়নি। চোখ থেকেও যেন তারা দৃষ্টিহীন, এবং দৃষ্টিহীন ভাবেই তারা গন্তব্য স্থানের দিকে এগিয়ে গেছে।

গোরিলার পায়ের আর নিশ্বাসের শব্দ মিলিয়ে যাবার কিছুক্ষণ পর অবিনাশবাবু জ্ঞান ফিরে পেলেন। আমিও টিলার উপর বসে পড়েছিলাম। এমন একটা অভিজ্ঞতার পর আর পায়ের উপর দাঁড়িয়ে থাকা যায় না। অবিনাশবাবুই প্রথম মুখ খুললেন। বললেন, 'আমার কুষ্ঠীর জোরটা দেখলেন ?'

কথাটা অস্বীকার করার উপায় নেই। কিন্তু অবিনাশবাবুর কথায় কান দেবার সময় নেই আমার। আজ প্রথম আমি অন্ধকারের মধ্যে আলো দেখতে পেয়েছি। এখন আমাদের রাস্তা একটাই—গোরিলা যে পথে গেছে সেই পথে যাওয়া। তবে আজ আর নয় ; আজ বেলা হয়ে গেছে। কাল ভোরে রওনা হব। অনেক পায়ের ছাপ পড়েছে মাটিতে। অনায়াসে

সেই ছাপ অনুসরণ করে চলতে পারব। আমার বিশ্বাস ওই পায়ের ছাপই আমাদের ম্যাসিংহ্যামের সন্ধান দেবে। আমি জানি আমাদের অভিযান চূড়ান্ত অবস্থায় এসে পৌঁছেছে। জয়-পরাজয় মরণ-বাঁচন সবই কালকের মধ্যেই নির্ধারিত হয়ে যাবে।

২৭শে অক্টোবর, রাত ২টা

এর মধ্যেই যে আবার ডায়রি লিখতে হবে তা ভাবিনি। কিন্তু এসব ঘটনা টাটকা লিখে ফেলাই ভাল। এই প্রথম আমার অ্যানাইহিলিন পিস্তল ব্যবহার করতে হল। এ ছাড়া কোনও উপায় ছিল না। ঘটনাটা বলি।

গোরিলাদের দল চলে যাবার এক ঘণ্টার মধ্যেই আমরা নিজেরাই টিলার পাশে ক্যাম্প ফেলে রাত্রিযাপনের আয়োজন করে নিয়েছিলাম। এমন চাঞ্চল্যকর ঘটনার পর রাত্রে ঘুম হবে না মনে করে আমরা তিনজনেই একটা করে আমার তৈরি সম্‌নোলিন বড়ি খেয়ে নিয়েছিলাম। রিস্টওয়াচে সাড়ে পাঁচটার সময় অ্যালার্ম দিয়ে আমরা আটটার মধ্যেই সকলে যে যার বিছানায় শুয়ে পড়েছিলাম।

আমার ঘুমটা ভেঙে গেল একটা বাজের শব্দে। উঠে বুঝতে পারলাম বাইরে বেশ ঝোড়ো হাওয়া বইছে, আর তার ফলে তাঁবুর কাপড়টা কেঁপে কেঁপে উঠছে। মাঝে মাঝে বিদ্যুৎ চমকাচ্ছে, আর তাঁবুর দরজার ফাঁক দিয়ে বাইরেটা দিনের মতো আলো হয়ে উঠেছে। অথচ এরমধ্যে অবিনাশবাবু দিব্যি নাক ডাকিয়ে ঘুমোচ্ছেন। ভাবলাম একবার উঠে গিয়ে দেখি কাবালার তাঁবুটা ঠিক আছে কি না।

দরজা ফাঁক করে বাইরে আসতেই ঝড়ের তেজটা বেশ বুঝতে পারলাম। আকাশে চাঁদের বদলে কালো মেঘ প্রচণ্ড বেগে ছুটে চলেছে।

কাবালার তাঁবুর দিকে চাইতেই একঝলক বিদ্যুতের আলোতে সাদা তাঁবুর সামনে একটি অতিকায় কালো জন্তুকে দেখতে পেলাম। সেটা কাবালার তাঁবুর দিক থেকে আমাদের তাঁবুর দিকে এগিয়ে আসছে। আমার হাতে টর্চ ছিল, সেটা জন্তুটার দিকে ফেলতেই তার চোখদুটো জ্বলজ্বল করে উঠল। গোরিলা—কিন্তু ঠিক সাধারণ গোরিলা নয়। সচরাচর একটা বড় সাইজের গোরিলা ছ'ফুটের বেশি লম্বা হয় না। এটার হাইট অন্তত আট ফুটের কম না। মানুষের মতো দুপায়ে হেঁটে সেই আট ফুট লম্বা ও পাঁচ ফুট চওড়া দানবটা এগিয়ে আসছে আমারই তাঁবুর দিকে।

মনে মনে বললাম—এটাই তো স্বাভাবিক। গ্রেগরিকে ধরে নিয়ে গেছে, এবার তো আমাকেই নেবার পালা! আমিও যে ম্যাসিংহ্যামের অনুসন্ধান করছি, আর আমিও যে বৈজ্ঞানিক—সুতরাং আমার উপর তো তার আক্রোশ হবেই!

অবিশ্যি এত কথা ভাববার আগেই আমি তাঁবুতে ফিরে এসে আমার ব্রহ্মাস্ত্রটি বার করে নিয়েছিলাম। সেটা হাতে করে বাইরে বেরোতেই একেবারে গোরিলার মুখোমুখি হয়ে গেলাম। কিছু বুঝতে পারার আগেই জানোয়ারটা একটা লাফ দিয়ে তার বিশাল লোমশ হাতদুটো দিয়ে আমাকে জাপটে ধরল। আমি সেই মুহূর্তেই আমার সাড়ে তিন ইঞ্চি লম্বা পিস্তলটা তার বুকের উপর ধরে বোতামটা টিপে দিলাম। একটা তীক্ষ্ণ শিসের মতো শব্দ হল, আর পাঁচ সেকেন্ডের মধ্যে অতিকায় গোরিলাটা একেবারে নিশ্চিহ্ন হয়ে গেল।

এদিকে বৃষ্টি শুরু হয়ে গেছে। তাঁবুতে ফিরে আসব, এমন সময় বিদ্যুতের আলোতে দেখি, যেখানে গোরিলাটা ছিল সেখানে মাটিতে একটা চকচকে ধাতুর জিনিস পড়ে আছে। জিনিসটা হাতে নিয়ে তাঁবুতে ঢুকে ল্যাম্পের আলোয় দেখে বুঝলাম সেটা একটা বৈদ্যুতিক

যন্ত্র। এরকম যন্ত্র এর আগে আমি আর কখনও দেখিনি। সকালে এটাকে পরীক্ষা করে দেখব ব্যাপারটা কী। এখন বেজেছে রাত দেড়টা। আপাতত আরেকটু ঘুমিয়ে নেওয়া যাক।

২৯শে অক্টোবর

ম্যাসিংহ্যাম অনুসন্ধান পর্বের শেষে আমার মনের বর্তমান অবস্থার বর্ণনা দেওয়া ভারী কঠিন। আনন্দ, দুঃখ, আতঙ্ক, অবিশ্বাস—সব মিলিয়ে মনটা কেমন যেন জট পাকিয়ে গেছে। সবচেয়ে আশ্চর্য লাগছে এই ভেবে যে ম্যাসিংহামের মতো পণ্ডিত ব্যক্তিরও এই দশা হতে পারে। মানুষের মস্তিষ্কের ব্যাপারটা চিরকালই বোধ হয় জটিল রহস্য থেকে যাবে।...

গোরিলা-সংহারের পর সাড়ে তিন ঘণ্টা মাত্র ঘুমিয়েছিলাম। ঘুম ভাঙতে একটু অবাক হয়ে দেখি অবিনাশবাবু আমার আগেই উঠে বসে আছেন। বললেন, 'ওটা কী রেখেছেন মাথার পাশে—কোঁ কোঁ শব্দ করছে?'

সত্যিই তো!—গোরিলার জায়গায় যে ধাতুর জিনিসটা পেয়েছিলাম, সেটা আমার বালিশের পাশেই রাখা ছিল। ঠিক এরকমই একটা জিনিস সেদিন গোরিলাবাহিনীর দলপতির মাথায় লাগানো দেখেছিলাম। এখন দেখি সেই যন্ত্রটার ভিতর থেকে একটা মিহি সাইরেনের মতো শব্দ বেরোচ্ছে। আমি সেটা হাতে তুলে নিলাম। শব্দ থামল না।

জিনিসটা দেখতে একটা ছোট্ট বাটির মতো—মনে হয় ইস্পাত জাতীয় কোনও ধাতুর তৈরি। 'বাটির' দুদিকে দুই কানায় দুটো বাঁকানো পাতের মতো জিনিস রয়েছে। সেটা ফাঁক করে মাথার উপর নামিয়ে দিলে মাথার দুপাশে আটকে যায়। ফলে বাটিটা মাথার উপর উপুড় হয়ে বসে যায়—একেবারে ঠিক ব্রহ্মতালুতে। বাটির ভিতরে দেখলাম ছোট ছোট আশ্চর্য জটিল সব বৈজ্ঞানিক যন্ত্রপাতি রয়েছে।

অবিনাশবাবু বললেন, 'ওটা পেলেন কোথায়? কাল রাত্তিরেও তো দেখিনি। এর আগে ওরকম জিনিস কোথায় দেখেচি বলুন তো—কেমন যেন চেনা চেনা মনে হচ্ছে!'

পরীক্ষার প্রথম ধাপ হিসেবে পাতদুটোকে দুহাতে ধরে ফাঁক করে বাটিটাকে উপর দিকে রেখে যন্ত্রটা ঠিক গোরিলার মতো করে মাথায় পরে ফেললাম, আর পরামাত্র আমার শরীরের মাথা থেকে পা পর্যন্ত একটা শিহরন খেলে গেল।

তারপর আর কিছু মনে নেই।

যখন জ্ঞান ফিরে পেলাম তার আগেই আসল যা ঘটনা সব ঘটে গেছে। মিরান্ডা হোটেলের বারান্দায় বসে আমি অবিনাশবাবুর মুখে সে সমস্ত ঘটনা শুনি, আর শুনে অবধি মনে হচ্ছে—ভাগ্যিস অবিনাশবাবু সঙ্গে ছিলেন!

আমার কী হয়েছিল জিজ্ঞেস করাতে অবিনাশবাবু বলতে শুরু করলেন—

আরে মশাই, আপনি বলছেন আপনি অজ্ঞান হয়েছিলেন, কিন্তু অজ্ঞান তো কই কিছু বুঝলুম না। যন্ত্রটা মাথায় পরলেন, তারপর তিড়িং করে একটা লাফ দিয়েই বেশ যেন একটা ফুর্তির সঙ্গে তাঁবু থেকে বেরিয়ে চলে গেলেন। আমি ভাবলুম আপনি কিছু পরীক্ষা টরীক্ষা করতে গেছেন, এক্ষুনি ফিরবেন। ওমা—দশ মিনিট গেল, বিশ মিনিট গেল—কোনও পাত্তাই নেই আপনার। তখন কেমন যেন একটা সন্দেহ হল। আমিও বাইরে বেরোলুম,

এদিক ওদিক দেখলুম, টিলায় উঠলুম—কিন্তু কোথাও আপনার কোনও চিহ্ন দেখতে পেলুম না। অন্য তাঁবুটার কাছে গিয়ে দেখি ওই যে কাফ্রি ছোকরাটা—ক্যাবলা না কী নাম—সে তাঁবুর পাশে দাঁড়িয়ে মাটির দিকে চেয়ে কী জানি দেখছে। আমায় দেখেই বললে, 'গোরিলা এসেছিল রাত্রে। প্রোফেসর ঠিক আছেন তো?'

আমি বললুম, 'প্রোফেসর উইথ সাইনিং হেডক্যাপ গো আউট হাফ-অ্যান-আওয়ার।'

শুনে সে ভারী ব্যস্ত হয়ে বললে, 'আমাদের এক্ষুনি বেরোতে হবে। মাটিতে নিশ্চয়ই প্রোফেসরের পায়ের ছাপ পড়েছে। সেই ছাপ আমাদের ফলো করতে হবে।'

ভাবলুম জিজ্ঞেস করি সে কীসের আশঙ্কা করছে, কিন্তু ইংরিজি মাথায় এল না, তাই চুপ করে গেলুম।

দশ মিনিটের মধ্যেই বেরিয়ে পড়লুম। তাঁবুর বাইরে থেকেই পায়ের ছাপ শুরু হয়েছে—সেই ধরে এগিয়ে চললুম। কিন্তু আশ্চর্য কী জানেন? সেই ছাপ কোথায় গিয়ে মিশেছে জানেন? সেদিনের পাঁচশো গোরিলার পায়ের ছাপের সঙ্গে। সেগুলো যেদিকে গেছে, আপনিও সেদিকেই গেছেন। দেখে কী মনের অবস্থা হয় বলুন তো? তবে আপনার ছাপটা টাটকা বলে সেটা আরও স্পষ্ট, তাই পথ হারাইনি কোথাও।

দুপুর নাগাদ হাঁটতে হাঁটতে এমন একটা জায়গায় গিয়ে পৌঁছোলুম যেখানে জঙ্গলটা ঘন হয়ে গিয়ে প্রায় অন্ধকার হয়ে গেছে। প্রকাণ্ড বড় বড় গাছ—একটারও নাম জানি না, আর একটা আশ্চর্য ব্যাপার—একটি শব্দ নেই। পাখি জানোয়ার ব্যাঙ ঝিঁঝি কাক চড়ুই তক্ষক কিচ্ছু না। এমন থমথমে বন এক স্বপ্নেই দেখিচি। ঠিক মনে হয় যেন মড়ক লেগে সব কিছু মরেটরে ভূত হয়ে গেছে।

তবে তারমধ্যেও দেখলুম আপনার পায়ের ছাপ ঠিকই রয়েছে; আর দেখলে মনে হয়—অন্তত ক্যাবলা তাই বললে—যে আপনি যেন যাকে বলে দৃপ্ত পদক্ষেপেই এগিয়ে চলেছেন।

আরও দশ মিনিট চলার পরেই কী সব যেন শব্দ কানে আসতে লাগল—দুমদাম ধুপধাপ খচখচ—নানারকম শব্দ। ক্যাবলা দেখি তার বন্দুকটাকে বাগিয়ে ধরেছে। আমার কিছুই ধরার নেই—এমনকী লাঠিখানাও ছাই তাঁবুতে ফেলে এসেছি—তাই ক্যাবলার কাঁধখানাই খাবলে ধরলুম।

কিছুটা পথ চলার পর এক অদ্ভুত দৃশ্য দেখতে পেলুম, আর সেই সঙ্গে শব্দের কারণও বুঝতে পারলুম। আমার তো এমনিতে মৃত্যুভয় নেই, কারণ জানি সেভেনটি এইটের আগে মরব না, কিন্তু তাও যা দেখলুম তাতে গলা শুকিয়ে রক্ত জল হয়ে গেল।

দেখি কী—বনের মধ্যিখানে একটা খোলা জায়গা। আগে খোলা ছিল না—আশেপাশের সব গাছফাছ কেটে জায়গাটাকে পরিষ্কার করা হয়েছে। সেই খোলা জায়গার মধ্যিখানে রয়েছে কাঠের পাঁচিল দিয়ে ঘেরা কাঠের তৈরি একটা বেশ বড় রকমের বাড়ি। পাঁচিলের মধ্যিখানে আমরা যেদিক দিয়ে আসছি সেদিকে রয়েছে একটা ফটক। আর সেই ফটক আগলে দাঁড়িয়ে রয়েছে এক প্রহরী। কিন্তু সে প্রহরী মানুষ নয়, সে এক সাক্ষাৎ দানবতুল্য গোরিলা। আমাদেরই দিকে মুখ করে দাঁড়িয়ে রয়েছে সেটা, অথচ দেখে মনে হয় সেটা যেন আমাদের দেখতেই পাচ্ছে না।

ফটকের ফাঁক দিয়ে ভেতরের কম্পাউন্ডটা দেখা যাচ্ছিল; সেখানে দেখি কী অন্তত পক্ষে শ'দুয়েক গোরিলা। তাদের কেউ টহল ফিরছে, কেউ মোট বইছে, কেউ কাঠ কাটছে, আর আরও কত কী যে করছে যা বাইরে থেকে ভাল বোঝাও যায় না।

আপনার পায়ের ছাপ বলছে যে আপনি সটান ওই ফটক দিয়ে ভেতরে ঢুকে গেছেন।

কোথায় গেছেন, বেঁচে আছেন কি মরে গেছেন, তা মা গঙ্গাই জানেন। আমি তো কিংকর্তব্যবিমূঢ়, কিন্তু ক্যাবলা দেখলুম আদপেই ঘাবড়ায়নি। বললে, 'ভেতরে যাওয়া দরকার, কিন্তু বুঝতেই পারছ—ফটক দিয়ে প্রবেশ নিষিদ্ধ, আর বন্দুকটা থেকেও না থাকার সামিল।'

আমি বললুম, 'দেন হোয়াট ইউ ডুইং ?'

ক্যাবলা উত্তর দিলে না। সে মাথা তুলে এদিক ওদিক গাছের দিকে চেয়ে দেখতে লাগল। তারপর একটা প্রায় মনুমেন্টের মতো গাছের উপরের দিকে আঙুল দেখিয়ে বললে, ওই যে দেখছ ঝুলন্ত লতাটা গাছের ডালের সঙ্গে পাকিয়ে রয়েছে, মনে হচ্ছে ওইটের প্যাঁচ খুলে ঝুলে পড়লে ওই কাঠের বাড়ির চালে পৌঁছানো যাবে।

আমি বললুম, 'হু গো ?'

ক্যাবলা বললে, 'আমি তো যাবই, কিন্তু তুমি বাইরে একা থেকে কী করবে ? আর তোমার বন্ধু তো ভিতরে। আমার মতে দুজনেরই যাওয়া উচিত।'

বললুম, 'বাট গোরিলা ?'

ক্যাবলা বললে, 'আমার ধারণা গোরিলারা ম্যাসিংহামের আদেশ ছাড়া কিছু করবে না। ম্যাসিংহাম কিছু জানতে না পারলেই হল। চলো—সময় বেশি নেই—আর গ্রেগরি শঙ্কু দুজনেই বিপন্ন।'

বলব কী মশাই—ছেলেবেলায় টার্জানের বই দেখে কত আমোদ হয়েছে, কিন্তু সেই আফ্রিকার জঙ্গলে এসে কোনওদিন যে আবার আমাকেই টার্জানের ভূমিকা নিতে হবে সে তো আর কস্মিনকালেও ভাবতে পারিনি !

ক্যাবলা দেখলুম চোখের নিমেষে ওই রামঢ্যাঙা গাছটা বেয়ে তরতরিয়ে প্রায় ত্রিশ-চল্লিশ হাত উপরে উঠে গেল। তারপর লতাটার নাগাল পেয়ে সেটার প্যাঁচ খুলতে শুরু করল। খোলা হলে পর সেটা ছেড়ে দিতেই সেটা মাটিতে পৌঁছে গেল। ক্যাবলা প্রথমে সেই লতা বেয়ে মাটিতে নেমে চোখের একটা আন্দাজ করে নিলে। তারপর লতার মুখটা হাতে ধরে গুঁড়ি বেয়ে গাছের আরেকটা ডালে গিয়ে উঠলে। সেখান থেকে সে আমায় ইশারা করে বুঝিয়ে দিলে যে সে লতাটা ধরে ঝুলে পড়ে দোল খেয়ে কাঠের বাড়ির ছাতে গিয়ে নামছে ; নেমেই সে লতাটাকে আবার ছেড়ে দিয়ে আমার দিকে ফেরত পাঠিয়ে দেবে। আমি যেন ঠিক সেই ভাবেই দোল খেয়ে চলে যাই ; একবার সেখেনে পৌঁছোলে সে নিজেই আমাকে ধরে নামিয়ে নেবে।

আমি ইষ্টনাম জপ করতে শুরু করলুম। আপত্তির সব কারণগুলো বলতে হলে অনেক ইংরেজি বলতে হয়, আবার যদি শুধু 'নো' বলি তো ভাববে কাওয়ার্ড—তাতে বাঙালির বদনাম হয়। তাই চোখ বুজে অগ্রপশ্চাৎ না ভেবে বলে দিলুম—ইয়েস, ভেরি গুড।

তিন মিনিটের মধ্যে টার্জানের খেল দেখিয়ে ক্যাবলা কাঠের বাড়ির ছাদে পৌঁছে গেল। তারপর লতাটাকে ছেড়ে দিতেই সেটা আবার সাঁই করে দুলে ফিরে এল, আর আমিও সেটাকে খপ করে ধরে নিয়ে গাছে চড়তে শুরু করলুম। কীভাবে চড়িচি সে আর বলে কাজ নেই ; হাঁটুর আর কনুইয়ের অবস্থা তো আপনি নিজের চোখেই দেখতে পাচ্ছেন।

ডালের উপর পৌঁছে লতাটাকে নিজের কোমরের চারপাশটায় বেশ করে পেঁচিয়ে নিলুম। তারপর দুগগা বলে চোখ কান বুজে ডাল থেকে দিলুম ঝাঁপ। একটা যেন প্রচণ্ড ঝোড়ো হাওয়া, আর তার সঙ্গে কানের মধ্যে সনসন, পেটের মধ্যে গুড়গুড়, আর হাত পা যেন ঝিমঝিম—কিন্তু পরক্ষণেই দেখলুম আমি একেবারে ক্যাবলার খপ্পরে। সে আমাকে জাপটে ধরে আমার কোমর থেকে লতার প্যাঁচ খুলে দিলে, আর আমিও হাঁপ ছাড়লুম। ঠাকুরমার

দেওয়া অবিনাশ নামটা যে কত সার্থক সেটাও তখনই বুঝলুম।

এবার ক্যাবলা ইশারা করে ছাদের মধ্যিখানে একটা উঁচু মতো চৌখুপির দিকে দেখালে। বুঝলুম সেটা একটা স্কাইলাইট—যেমন আমাদের গিরিডিতে রাইটসাহেবের বাংলোর উপরে রয়েচে। এবার দুজনে হামাগুড়ি দিয়ে সেই স্কাইলাইটের কাছে গিয়ে তার দুটো জানালার মধ্যে দিয়ে মাথা গলিয়ে দিলুম। যা দেখলুম সে এক আশ্চর্য ব্যাপার।

যে ঘরটা দেখা গেল সেটা মাঝের ঘর—আর মনে হল বেশ বড়। যে অংশটা দেখলুম তাতে একটা বেশ বড় কাঠের টেবিল রাখা রয়েচে। সেই টেবিলের উপর আপনি আর গ্রেগরি সাহেব চিত হয়ে শুয়ে আছেন—দুজনেরই মাথায় আটকানো সেই চকচকে বাটি। আপনাদের দুজনেরই চোখ খোলা, আর সেই চোখ স্কাইলাইটের দিকেই চাওয়া—কিন্তু সে চোখে কোনও দৃষ্টি নেই, একেবারে কাচের চোখের মতো চোখ।

টেবিলের পাশে একটি সাহেব পায়চারি করছেন আর কথা বলছেন। উপর থেকে সাহেবের মাথার টাক আর তার পিছন দিকের লম্বা চুলটাই দেখতে পাচ্ছিলুম, কিন্তু গোরিলাদের দাপাদাপির জন্য তার একটি কথাও শুনতে পাচ্ছিলুম না।

ক্যাবলা বললে, 'চলো, নীচে নেমে বাড়ির ভেতরে ঢোকার একটা রাস্তা করা যাক।'

ছোকরা ভারী তৎপর—যেমন কথা তেমনি কাজ। ছাতের পাশ দিয়ে একটা কাঠের খুঁটি ধরে ঠিক বাঁদরের মতো নিঃশব্দে নীচে নেমে গেল। তারপর দেখি হাতছানি দিয়ে ডাকছে আমায়—আমাকেও নাকি ওই ভাবেই নামতে হবে! ভাবুন তো এই বয়সে এসব ডানপিটেমো কি চলে! ছোকরা বোধ হয় আমার কিন্তু কিন্তু ভাব বুঝতে পারলে। সে ইশারায় বোঝালে—তুমি লাফ মারো, আমি তোমায় ধরব। চোখ বুজে মারলুম লাফ। বললে বিশ্বাস করবেন না—ক্যাবলা আমায় ঠিক ফুটবলের মতো লুফে নিলে। কী শক্তি ভাবুন তো!

বাড়ির যেদিকটায় নামলুম সেটা হল পেছন দিক। একটা খোলা জানালা ছিল মাটি থেকে হাতচারেক উঁচুতে। সেটা বেয়ে সাবধানে ভেতরে ঢুকলুম। এ ঘরটা ছোট, বোধ হয় ভাঁড়ারঘর। কাঠের তাক রয়েছে, তাতে টিনের কৌটোতে খাবারটাবার রয়েছে। সামনে ক্যাবলা, আমি ঠিক তার পিছনে পা টিপে টিপে একটা দরজা দিয়ে আরেকটা ঘরে ঢুকলুম। আসতেই তার পাশের ঘর থেকে সাহেবের গলা পেলুম। মনে হল সাহেবের বেশ উল্লাস হয়েছে। ভেজানো দরজার চেরা ফাঁকে চোখ লাগিয়ে বুঝলুম এটাই সেই মাঝের বড় ঘর যাতে আপনারা দুজনে বন্দি হয়ে রয়েছেন। ম্যাসিংহ্যামসাহেব কথা বলে চলেছেন, আর মাঝে মাঝে অট্টহাসি করে উঠছেন। তার কথা শুনে মোটমাট যা বুঝলুম তা হচ্ছে এই—

ম্যাসিংহ্যামের তৈরি ওই বৈদ্যুতিক বাটির গুণ হল এই যে, মানুষ বা মানুষের পূর্বপুরুষ বাঁদর জাতীয় যে কোনও প্রাণী ওই বাটিটি মাথায় পরলেই তাকে ম্যাসিংহ্যামের বশ্যতা স্বীকার করতে হবে। প্রথমে একটি গোরিলাকে ম্যাসিংহ্যাম এইভাবে বশ করে। তারপর সেই গোরিলার সাহায্যে অন্য গোরিলাদের দলে টানে। এই গোরিলাগুলো হয়ে পড়ে তার বিশ্বস্ত চাকর। শুধু চাকর নয়—তার সৈন্য এবং তার বডিগার্ডও বটে। গ্রেগরি সাহেব তাঁর কাজের ব্যাঘাত করছিলেন বলে তিনি গোরিলার সাহায্যে তাঁকে পাকড়াও করেন, এবং মাথায় বাটি পরিয়ে তাকে বশ করেন। আর আপনি তো নিজে থেকেই বশ হয়ে তাঁর কাছে গেছেন। ম্যাসিংহ্যাম আপনাদের মতো দুজন সেরা বৈজ্ঞানিককে হাত করে গোরিলাবাহিনীর সাহায্যে বৈজ্ঞানিক জগতের একেবারে একচ্ছত্র অধিপতি হয়ে বসবেন ভাবছিলেন। আপনারা তিনজনে কাজ চালিয়ে যাবেন, এবং যদি বাইরের লোক কেউ নাক গলাতে আসে, তা হলে গোরিলা লেলিয়ে দিয়ে তার দফারফা করা হবে।

ম্যাসিংহ্যামের প্রলাপ শুনে আমরা একেবারে হকচকিয়ে গেলুম। ক্যাবলা রাগে ফুলতে

ফুলতে বললে, 'আড়ি পেতে কোনও লাভ নেই। চলো ঘরের ভিতর ঢুকি।'

আমি কিন্তু আরেকটা জিনিস লক্ষ করেছিলুম যেটা ক্যাবলার চোখে পড়েনি। আমাদের ডানদিকে একটা দরজা রয়েছে, তার মধ্যে দিয়ে আরেকটা ঘর দেখা যাচ্ছে। আমি দরজাটার দিকে গিয়ে সেটা ফাঁক করতেই ভিতরের সব যন্ত্রপাতি চোখে পড়ল। বুঝতে পারছিলুম, আমার সাহস ক্রমেই বেড়ে চলেছে। দরজাটার মুখে দাঁড়িয়ে ক্যাবলাকে হাতছানি দিয়ে ডাকলুম। তারপর দরজাটা আরও খানিকটা ফাঁক করলুম। বুঝলুম সেটাই যাকে বলে কন্ট্রোলরুম! দেয়ালের গায়ে কাঠের তক্তার উপর নানারকম বোতাম হ্যান্ডেল সুইচ ইত্যাদি রয়েছে, আর প্রত্যেকটার উপর ইংরিজিতে লেখা রয়েছে কোনটা কী কাজ করে। বুঝলুম এখান থেকেই বোতাম টিপে, মানুষ গোরিলা ইত্যাদি যে কেউ ম্যাসিংহ্যামের বশ, তাদের সবাইকেই চালানো যায়। সেদিন যে বাটির ভিতর থেকে শব্দ বেরোচ্ছিল, তাও সে এখান থেকে বোতাম টেপার জন্যই।

ক্যাবলা দেখি এগিয়ে এসে দরজাটা আরও খানিকটা ফাঁক করলে। তারপর আমার দিকে ফিরে ফিসফিস করে বললে—ভেতরে এসো।

ঢুকতে যাব—কিন্তু বাধা পড়ল। ক্যাবলা পিছিয়ে বাইরে চলে এল। একটু গলা বাড়াতেই দেখি দরজার ঠিক পাশেই একটা বিশাল কালো লোমশ পিঠ দেখা যাচ্ছে। বুঝলুম কন্ট্রোলরুম পাহারা দেবার জন্যেও একটি গোরিলা প্রহরী রাখা হয়েছে।

এবারে বোর্ডের একটি লেখা চোখে পড়ল—'মাস্টার কন্ট্রোল'। লেখার নীচে দুটি সুইচ। একটিতে লেখা 'অন', আর একটিতে 'অফ'। অন সুইচে এখন বাতি জ্বলে রয়েছে। বুঝলুম অন্যটি যদি টেপা যায়, তা হলে সব বৈদ্যুতিক কাজ বন্ধ হয়ে যাবে—গোরিলাগুলো আবার স্বাধীন হয়ে যাবে, আর আপনারাও দুজনে জ্ঞান ফিরে পাবেন। কিন্তু সুইচ টিপব কী করে? ওই কালদানবের দৃষ্টি এড়ানো যে অসম্ভব। আর শুধু তাই নয়—গোরিলাগুলো স্বাধীন ও স্বাভাবিক অবস্থা ফিরে পেলে আবার কী করে বসে তাও তো বলা যায় না। তারা যদি এসে আমাদের আক্রমণ করে তখন কী হবে?

হঠাৎ খেয়াল হল যে পাশের বড় ঘর থেকে আর ম্যাসিংহ্যামের গলার আওয়াজ শুনতে পাচ্ছি না। ব্যাপার কী?

আবার সেই ঘরের দরজার দিকে এগিয়ে গেলুম। এবার উঁকি মেরে দেখি ম্যাসিংহ্যাম আমাদের দিকে পিঠ করে টেবিলের সামনে একটা চেয়ারে বসে আছে। একটা ধুপধুপ করে শব্দ হল। দেখি একটা গোরিলা একটা প্লেটে করে মাংসজাতীয় কী একটা খাবার এনে ম্যাসিংহ্যামের সামনে রাখলে। স্পষ্ট শুনলুম সাহেব বললে 'থ্যাঙ্ক ইউ'। গোরিলাটা যেদিক দিয়ে এসেছিল আবার সেই দিকেই চলে গেল।

সবে ভাবছি এ অবস্থায় কী করা উচিত, এমন সময় ক্যাবলা চক্ষের নিমেষে এক অদ্ভুত কাণ্ড করে বসল! বিদ্যুদ্বেগে দরজাটা খুলে এক লাফে ম্যাসিংহ্যামের পিছনে পৌঁছে ধাঁ করে পকেট থেকে একটা সবুজ রুমাল বার করে সাহেবের মুখটা বেঁধে দিয়ে তার চিৎকারের পথটা বন্ধ করে দিলে। তারপর তাকে জাপটে ধরে চেয়ার থেকে কোলপাঁজা করে তুলে একেবারে আমাদের ঘরে নিয়ে এল।

এবার সাহেবের মুখ দেখলুম। ঘন পাকা ভুরুর নীচে নীল চোখে উন্মাদের দৃষ্টি। অসহায় অবস্থায় পড়ে সেই চোখ দিয়ে যেন আগুন ছুটছে। বুদ্ধি থাকতে পারে সাহেবের, কিন্তু গায়ের জোরে ক্যাবলার কাছে সে একেবারে নেংটিইঁদুর।

এবার ক্যাবলা সাহেবকে কন্ট্রোলরুমের সামনে নিয়ে এসে ফিসফিস করে বললে, 'সুইচ টেপো'। বলেই কন্ট্রোলরুমের দরজা পা দিয়ে ঠেলে খুলে দিলে। কালদানব দাঁড়িয়ে

আছে—এমন বীভৎস, ভয়াবহ জানোয়ার জীবনে দেখিনি মশাই। আমাদের পুরাণের অসুর বোধ হয় ওই জাতীয়ই একটা কিছু ছিল। অবাক হয়ে দেখলুম—গোরিলাটা ম্যাসিংহ্যামকে ওইরকম বন্দি অবস্থায় দেখেও আর কিচ্ছু না করে কেবল একটা কুর্নিশ করলে।

ক্যাবলা আবার বললে, 'সুইচ টেপো।'

ম্যাসিংহ্যাম ক্যাবলার দিকে চেয়ে ঘাড় নেড়ে প্রশ্ন বোঝালে—'কোন সুইচ ?'

ক্যাবলা চাপা গম্ভীর স্বরে বললে—'দ্য সুইচ টু সেন্ড দেম ব্যাক।'

ম্যাসিংহ্যামের অবস্থা তখন এমন শোচনীয় যে নৃশংস উন্মাদ হওয়া সত্ত্বেও তখন তার জন্যে একটু মায়া হচ্ছিল।

ক্যাবলা সাহেবের ডান হাতটা একটু আলগা করে দিয়ে তাকে সুইচবোর্ডের দিকে এগিয়ে নিয়ে গেল। সাহেব কাঁপতে কাঁপতে একটা হলদে রঙের বোতাম তার ডান হাতের তর্জনী দিয়ে টিপে দিলে, আর দিয়েই, কেমন জানি অসহায় ভাবে ক্যাবলার বুকের উপর চিত হয়ে পড়লে। সঙ্গে সঙ্গেই প্রথমে ম্যাজিকের মতো বাইরের দুপদাপ শব্দ সব একসঙ্গে থেমে গিয়ে একটা অস্বাভাবিক থমথমে ভাবের সৃষ্টি হল। পাশে চেয়ে দেখি অতিকায় দানবের চোখের দৃষ্টি একেবারে বদলে গেছে। সে এদিক ওদিক চাইছে—নাক দিয়ে ফোঁস ফোঁস করে নিশ্বাস ফেলছে।

এদিকে ক্যাবলা কিন্তু তখনও ম্যাসিংহ্যামকে জাপটে ধরে আছে, আর ম্যাসিংহ্যামের দৃষ্টি রয়েছে গোরিলার দিকে। ক্যাবলা আমায় ফিসফিস করে বললে, 'কাঁধ থেকে আমার বন্দুকটাও নাও—নিয়ে পিছিয়ে গিয়ে গোরিলাটার দিকে তাগ করে থাকো—ইফ হি ডাজ এনিথিং, প্রেস দ্য ট্রিগার !'

সার্কাসের খেলাই যখন দেখালুম, তখন শিকারির খেলা দেখাতে আর কী ? গম্ভীরভাবে ক্যাবলার হাত থেকে বন্দুকটা খুলে নিয়ে দশ হাত পিছিয়ে বাইরের ঘরে গিয়ে দাঁড়ালুম। তারপর বন্দুকটা উঁচিয়ে গোরিলাটার দিকে তাগ করলুম।

জন্তুটা প্রথমে কন্ট্রোলরুম থেকে বেরিয়ে এল। তারপর এদিকে ওদিকে চেয়ে মুখ দিয়ে একটা ঘরঘর শব্দ করে দাঁত খিঁচিয়ে দুহাত দিয়ে তার নিজের বুকের উপর দুমদুম করে কয়েকটা কিল মারল। তারপর—আশ্চর্য ব্যাপার—কাউকে কিছু না বলে চার পায়ে ভর করে নিঃশব্দে দরজা দিয়ে বেরিয়ে বাইরে চলে গেল।

এবার বড় ঘরে গেলুম। আপনারা দুজনে তখনও যেন কিছুই হয়নি এমনি ভাব করে টেবিলের উপর শুয়ে আছেন। একটা প্রচণ্ড দাপাদাপির শব্দ পেয়ে বাঁ দিকে ঘুরে জানালা দিয়ে দেখি বাইরে এক অদ্ভুত কাণ্ড চলেছে। কতগুলো গোরিলা জানি না—অন্তত শ পাঁচেক তো হবেই—সবকটা একসঙ্গে নিজেদের বুকে কিল মারছে। দুমদুম ধুপধুপ দুমদুম—হাজার দুরমুশের শব্দে কান পাতা যায় না।

তারপর ক্রমে শব্দ থেমে এল, আর দেখলুম কী—সব কটা গোরিলা একসঙ্গে পুবমুখো হয়ে কম্পাউন্ডের গেটের দিকে চলতে শুরু করল। আপনার ও গ্রেগরিসাহেবের মাথা থেকে যন্ত্রদুটো যখন খুলছি, ততক্ষণে গোরিলাদের পায়ের শব্দ প্রায় মিলিয়ে এসেছে।

তার পরের ঘটনা আর কী বলব। ম্যাসিংহ্যাম সাহেবকে যে পাগলাগারদে রাখা হয়েছে সে খবর তো জানেন। আর গোরিলাদের হাতের তৈরি তার কাঠের বাড়িটিকে যে যন্ত্রপাতি সমেত পুড়িয়ে ছারখার করে ফেলা হয়েছে তাও জানেন। এখন শুধু এইটেই বলার আছে যে, ভবিষ্যতে কোথাও কোনও হ্যাঙ্গামের কাজে যেতে হলে আমাকে বাদ দিয়ে যাওয়াটা নিরাপদ হবে কি না, সেটা ভেবে দেখবেন !

প্রোফেসর শঙ্কু ও বাগ্‌দাদের বাক্স

১৯শে নভেম্বর

গোল্ডস্টাইন এইমাত্র পোস্টআপিসে গেল কী একটা জরুরি চিঠি ডাকে দিতে। এই ফাঁকে ডায়রিটা লিখে রাখি। ও থাকলেই এত বকবক করে যে তখন ওর কথা শোনা ছাড়া আর কোনও কাজ করা যায় না। অবিশ্যি প্রোফেসর পেত্রুচিও আমার সঙ্গেই রয়েছে, আমার সামনেই বসে, কিন্তু কাল হোটেলে তার হিয়ারিং এডটা হারিয়ে যাবার ফলে সে শব্দটব্দ বিশেষ শুনতে পাচ্ছে না। ফলে লোকজনের সঙ্গে কথাবার্তা একরকম বন্ধই করে দিয়েছে। এদেশের ভাষাটা তার বেশ ভাল ভাবেই জানা আছে, এবং আপাতত সে একটি স্থানীয় খবরের কাগজ মুখের সামনে খুলে বসে আছে।

আমাদের বসার জায়গাটা হল বাগ্‌দাদ শহরের একটা রেস্টোরান্ট। দোকানের বাইরে ফুটপাথের উপর ফরাসি কায়দায় চাঁদোয়া টাঙিয়ে তার তলায় টেবিলচেয়ার পাতা, এবং তারই একটাতে আমরা বসেছি। কফি অর্ডার দেওয়া হয়েছে, এই এল বলে।

বাগ্‌দাদে আসার কারণ হল—আন্তর্জাতিক আবিষ্কারক সম্মেলন, অর্থাৎ ইন্টারন্যাশনাল ইন্‌ভেন্টরস কনফারেন্স। বৈজ্ঞানিক সম্মেলন বহুকাল থেকেই পৃথিবীর নানান জায়গায় হয়ে আসছে, কিন্তু আবিষ্কারক সম্মেলন এই প্রথম। বলা বাহুল্য এখানে যাঁরা আমন্ত্রিত হয়ে এসেছেন, তাঁদের মধ্যে আমার স্থান খুবই উঁচুতে। পৃথিবীর কোনও একজন বৈজ্ঞানিক এর আগে আর কখনও এতরকম জিনিস আবিষ্কার করেনি। যাঁরা এসেছেন, তাঁরা সকলেই তাঁদের লেটেস্ট ইনভেনশনটি সঙ্গে নিয়ে এসেছেন, এবং এই সম্মেলনের একটা প্রধান উদ্দেশ্য হল এইসব আবিষ্কারের খবর পৃথিবীতে প্রচার করা। আমি এনেছি আমার 'অম্‌নিস্কোপ' যন্ত্র। এটা বৈজ্ঞানিক মহলে বিশেষ সাড়া জাগিয়েছে। যন্ত্রটা হল একরকম চশমা যাতে টেলিস্কোপ, মাইক্রোস্কোপ ও একস্‌-রে—এই তিনটে জিনিসেরই কাজ চলে।

কন্‌ফারেন্স কাল শেষ হয়ে গেছে। বাইরে থেকে যাঁরা এসেছিলেন, তাঁদের অনেকেই আজ সকালে যে যার দেশে ফিরে গেছেন। আমরা তিনজন আপাতত আরও কিছুদিন থাকব। আমি প্রথম থেকেই ঠিক করেছিলাম হপ্তাখানেক থেকে যাব। সঙ্গে যে আরও দুজনকে পেয়ে গেলাম সেটা কপালজোরে। আমি নিজে কাউকে কিছুই বলিনি। কাল রাত্রে এখানকার বিশ্ববিদ্যালয়ে ডিনার ছিল, খাওয়া সেরে হোটেলে ফেরার পথে গোল্ডস্টাইন জিজ্ঞেস করল, 'তুমি কি কালই ফিরে যাচ্ছ নাকি ?' আমি বললাম, 'হারুণ-অল্‌-রশিদের দেশে মাত্র সাতদিন থেকে ফিরে যাবার ইচ্ছে নেই। ভাবছি দেশটাকে আরেকটু ঘুরে দেখব। এখানকার প্রাচীন সভ্যতার কিছু নমুনা চাক্ষুষ দেখে তারপর দেশে ফিরব।'

গোল্ডস্টাইন উৎফুল্ল হয়ে বলল, 'যাক, তা হলে একজন সঙ্গী পাওয়া গেল। আর শুধু হারুণ-অল্‌-রশিদের দেশ বলছ কেন ? হারুণ তো মাত্র হাজার বছর আগের কথা। তার আগের কথাও ভাবো !'

আমি বললাম, 'ঠিক কথা ! আমরা ভারতবর্ষের প্রাচীন সভ্যতা নিয়ে গর্ব করি, কিন্তু এ যে

তার চেয়েও অনেক পুরনো। সুমেরীয় সভ্যতার যেসব চিহ্ন মাটি খুঁড়ে পাওয়া গেছে, সে তো আজ থেকে প্রায় সাত হাজার বছর আগেকার ব্যাপার। ঈজিপ্টেও এতদিনের সভ্যতার কোনও চিহ্ন পাওয়া যায়নি।'

গোল্ডস্টাইন বলল, 'আবিষ্কারক সম্মেলন এদেশে হবার একটা বিশেষ তাৎপর্য আছে সেটা খেয়াল করেছ নিশ্চয়। এদেশে প্রথম লেখার আবিষ্কার হয় প্রায় পাঁচ হাজার বছর আগে, আর এই লেখা থেকেই সভ্যতার শুরু।'

প্রাচীনকালে যাকে মেসোপটেমিয়া বলা হত, তারই অন্তর্গত ছিল ইরাক। মেসোপটেমিয়া টাইগ্রিস ও ইউফ্রেটিস নদীর ধারে। এখন যেখানে বাগদাদ শহর, তারই আশেপাশে পৃথিবীর প্রথম সভ্য মানুষ দেখা দেয়। এই সভ্যতার নাম সুমেরীয় সভ্যতা। পাথরের গায়ে খোদাই করা পৃথিবীর আদিমতম লেখার অনেক নমুনা প্রত্নতাত্ত্বিকরা বাগদাদের আশেপাশেই আবিষ্কার করেছেন। শুধু তাই নয়, বৈজ্ঞানিকদের পরিশ্রমের ফলে এই সব লেখার মানে বার করাও সম্ভব হয়েছে।

এই প্রাচীন সভ্যতার ইতিহাসে অনেক উত্থান পতন লক্ষ করা যায়। আজ থেকে চার হাজার বছর আগে সুমেরীয়দের আক্রমণ করে সেমাইট জাত। যুদ্ধে সুমেরীয়দের পরাজয় হয়। এর পরের ইতিহাসে আমরা ব্যাবিলন ও অ্যাসিরিয়ার উত্থানের কথা জানতে পারি। আর তার সঙ্গে সঙ্গে পাই জাঁদরেল সব রাজাদের উল্লেখ—নেবুচাদনেজার, বেলসাজার, সেনাচেরিব, আসুরবানিপাল। এদের মধ্যে কেউ কেউ ছিলেন মহৎ ও উদারচেতা, আবার কেউ কেউ ছিলেন দুর্বৃত্ত, অত্যাচারী।

তখনকার দিনেও ব্যাবিলন শহরের সবচেয়ে বড় প্রাসাদের উচ্চতা ছিল প্রায় ১০০ ফুট। প্রাসাদে প্রাসাদে শহর এমন ছেয়ে ছিল যে দূর থেকে দেখে মনে হত যেন দেবপুরী। রাত্রেও এ শহরের শোভা কিছুমাত্র কমত না, কারণ দু হাজার বছর আগেই ব্যাবিলনিয়রা তাদের মাটি থেকে পেট্রোলিয়াম আহরণ করে তাকে কাজে লাগাতে শিখে গিয়েছিল। পেট্রোলিয়ামের আলোয় গভীর রাতেও সারা শহর ঝলমল করত।

আড়াই হাজার বছর আগে পারস্যসেনা এসে ব্যাবিলন আক্রমণ করে, এবং সেমাইটদের পরাজিত করে। এই পারস্যদের মধ্যেও আশ্চর্য পরাক্রমশালী রাজাদের নাম আমরা পাই—দারিয়ুস, সাইরাস, জেরক্সেস—কেউ মহৎ, আবার কেউ বা প্রচণ্ড ভাবে নৃশংস। এইসময়ই পারস্যদের অন্তর্গত একটা ভবঘুরে জাত বেলুচিস্তানের মধ্যে দিয়ে ভারতবর্ষে এসে পৌঁছোয়। এদেরই বলা হয় এরিয়ান বা আর্য। আসলে এরিয়ান ও ইরানীয়তে কোনও তফাত নেই।

এইসব কারণে এ দেশটার সঙ্গে আমাদের ভারতীয়দের যে একটা বিশেষ আত্মীয়তা আছে সেটা তো অস্বীকার করা যায় না। আর ভারতবর্ষে ক'টা শিক্ষিত লোক আছে যারা আরব্যোপন্যাস পড়ে মুগ্ধ হয়নি? আর হারুণ-অল্‌-রশিদের বাগদাদের যে বর্ণনা আমরা আরব্যোপন্যাসে পাই, তাতে বেশ বোঝা যায় সে সময় বাগদাদ একটা গমগমে শহর ছিল। আজকের শহরের সঙ্গে গল্পের সে শহরের বিশেষ মিল নাও থাকতে পারে, কিন্তু যাদের কল্পনাশক্তি আছে, তারা এখানে এসে সেইসব গল্পের কথা মনে করে একটা রোমাঞ্চ অনুভব না করে পারে না।

গোল্ডস্টাইন ফিরছে। সঙ্গে একটা অচেনা বৃদ্ধকে দেখতে পাচ্ছি। স্থানীয় লোক বলেই তো মনে হচ্ছে। পরনে কালো সুট, কিন্তু মাথায় লাল ফেজ টুপি। এ আবার কার আবির্ভাব হল কে জানে।

১৯শে নভেম্বর, রাত ১১টা

আমার এই পঁয়ষট্টি বছরের জীবনে কতরকম অদ্ভুত লোকের সঙ্গে যে আলাপ হয়েছে তার ইয়ত্তা নেই। এইসব লোক সারা পৃথিবীতে ছড়িয়ে আছে। যদিও এদের অনেকের সঙ্গেই একবারের বেশি দেখা হয়নি। তবুও এদের কারোর কথাই কোনওদিনও ভুলতে পারব না।

এইরকম একজন অদ্ভুত লোকের সঙ্গে আজ সকালে আলাপ হল। একেই গোল্ডস্টাইন সঙ্গে করে নিয়ে এসেছিল। ভদ্রলোক ইরাকি, নাম হাসান অল্‌ হাব্বাল। বয়স আমার চেয়েও হয়তো কিছুটা বেশি, কিন্তু চলাফেরা রীতিমতো চটপটে আর চোখের চাহনিও আশ্চর্য রকম তীক্ষ্ণ।

গোল্ডস্টাইন আলাপ করিয়ে দিতে ভদ্রলোক হাসিমুখে কুর্নিশ করে পাশের চেয়ারে বসে আমার দিকে চেয়ে বললে, 'আমার জীবনে আপনিই প্রথম ভারতীয় যার সঙ্গে আমার প্রথম আলাপ হল। এ আমার পরম সৌভাগ্য, কারণ ভারতবর্ষের সঙ্গে আমাদের যে ঘনিষ্ঠ যোগ রয়েছে, সে কথা আমি কখনও ভুলিনি।'

আমি একটা উপযুক্ত মোলায়েম উত্তর দিয়ে মনে মনে ভাবছি গোল্ডস্টাইন হঠাৎ একে আমাদের মধ্যে এনে হাজির করল কেন, এমন সময় ভদ্রলোক নিজেই এ প্রশ্নের উত্তর দিয়ে ফেলল। সে বললে, 'সারা পৃথিবীর বৈজ্ঞানিকরা আমাদের এই বাগদাদ শহরে এসেছেন জেনে আমার খুবই আনন্দ হচ্ছিল। আপনাদের ছবি কাগজে দেখেছিলাম, ইচ্ছে ছিল আলাপ করি, কিন্তু কীভাবে করব বুঝতে পারছিলাম না। হঠাৎ পোস্টআপিসে এঁকে দেখতে পেয়ে আমি নিজেই এগিয়ে গিয়ে আলাপ করি।'

ওয়েটারকে ডেকে আরেক কাপ কফির জন্যে বলে দিলাম, কারণ ভদ্রলোক যেভাবে বসেছে, তাতে তার যাবার খুব তাড়া আছে বলে মনে হল না। দুহাতের আঙুলে আংটির নমুনা দেখে মনে হচ্ছিল লোকটি বেশ অর্থবান। পোশাকেও সে ইঙ্গিত রয়েছে।

একটা সোনার কেস খুলে কালো রঙের সিগারেট প্রথমে আমাদের অফার করে, তারপর নিজে ধরিয়ে ধোঁয়া ছেড়ে ভদ্রলোক বলল, 'আপনাদের যে প্রশ্নটা করার ইচ্ছে ছিল সেটা হচ্ছে এই—আপনারা সব বিশ্ববিখ্যাত বৈজ্ঞানিক আবিষ্কারক, কিন্তু আমাদের দেশে কতরকম জিনিস যে হাজার হাজার বছর আগেই আবিষ্কার হয়ে গেছে সেটা কি আপনারা জানেন?'

উত্তরে আমি বললাম, 'তা—প্রত্নতাত্ত্বিকদের দৌলতে কিছু কিছু জানতে পেরেছি বই কী। ধরুন, আপনাদের প্রাচীন লেখা, প্রাচীন জ্যোতিষশাস্ত্র, আপনাদের চার হাজার বছর আগের পেট্রোলিয়াম বাতি, আপনাদের—'

অল্‌ হাব্বাল হঠাৎ খিলখিল করে হেসে উঠে আমার কথা থামিয়ে দিয়ে বলল, 'জানি জানি জানি—এ সবই বইয়ে লেখে সাহেবরা—প্রাচীন সভ্যতার ইতিহাসের বই! আমি জানি। আমি পড়েছি। কিন্তু এ তো কিছুই না!'

'কিছুই না?' আমি আর গোল্ডস্টাইন সমস্বরে বলে উঠলাম। পেত্রুচি দেখি হাতের কাগজ ফেলে দিয়ে সোজা হয়ে উঠে বসে অল্‌ হাব্বালের ঠোঁটের দিকে চেয়ে আছে; বোধ হয় তার ঠোঁট নড়া দেখেই কথাগুলো বুঝে ফেলতে চায়।

অল্‌ হাব্বাল একবার চারিদিকে দৃষ্টি বুলিয়ে নিয়ে বলল, 'রেস্টোরান্টে বড় ভিড়, আর রাস্তার গোলমালে গলা নামিয়ে যে কথা বলব তারও উপায় নেই। আপনাদের কফি খাওয়া হয়ে থাকলে চলুন নিরিবিলি কোথাও যাই।'

গোল্ডস্টাইন ওয়েটারকে ডেকে পয়সা দিয়ে দিল। আমরা চারজনে উঠে নদীমুখো হাঁটতে শুরু করলাম।

টাইগ্রিস নদীর পাশ দিয়ে অনেক দূর পর্যন্ত একটা চমৎকার বাঁধানো রাস্তা চলে গেছে, তার একপাশটায় পাম জাতীয় গাছের সারি। সেই গাছের ছায়া দিয়ে হাঁটতে হাঁটতে অল্ হাব্বাল তার বাকি কথাগুলি বলল।

ভদ্রলোক প্রথমেই জিজ্ঞেস করলে, 'তোমরা আরব্যোপন্যাস পড়েছ তো?'

আমি বললাম, 'সে আর কে পড়েনি বলো। এমন গল্পের সম্ভার ভারতবর্ষের বাইরে এক তোমাদের দেশেই আছে। ছেলেবুড়ো সবাই এ গল্প জানে। অন্তত কয়েকটি তো জানেই।'

অল্ হাব্বাল মৃদু হেসে বলল, 'কী মনে হয় গল্পগুলো পড়ে ?'

আমি বললাম, 'মানুষের কল্পনাশক্তি যে কত মজার ও কত রংদার কাহিনী সৃষ্টি করতে পারে, সেটা এসব গল্প পড়লে বোঝা যায়।'

অল্ হাব্বাল আবার সেই অদ্ভুত খিলখিল হাসি হেসে বলল, 'কল্পনা ?—তাই, না ? সকলেই তাই ভাবে। কল্পনা ছাড়া আর কী হবে—এমন অদ্ভুত সব ব্যাপার কি আর বাস্তবে ঘটতে পারে। অথচ তোমরা যে এখানে কন্‌ফারেন্স করলে, তোমরা সকলেই একটা করে নিজেদের আবিষ্কৃত জিনিস নিয়ে এসেছ, তার মধ্যে অনেকগুলি ভারী অদ্ভুত—একেবারে তাক লেগে যাবার মতো। কিন্তু কই—সেগুলোকে তো কেউ কল্পনা বলছে না। যেহেতু চোখে দেখছে, সেহেতু সেটা বাস্তব বলে মেনে নিচ্ছে। তাই নয় কি ?'

আমি আর গোল্ডস্টাইন পরস্পর মুখ চাওয়াচাওয়ি করলাম। নদী দিয়ে একটা বাহারের পালতোলা নৌকো যাচ্ছে—চট করে দেশের কথা মনে পড়ে গেল। অল্ হাব্বাল বলল, 'চলো—ওই বেঞ্চিটায় বসা যাক।'

ঘড়িতে দেখি সাড়ে এগারোটা।

লোকটা হয়তো ছিটগ্রস্ত। সন্দেহটা কিছুক্ষণ থেকেই আমার মনের মধ্যে উঁকি দিচ্ছে। নাহলে ওরকম অদ্ভুতভাবে হাসে কেন ?

বেঞ্চিতে বসে আরেকটা কালো সিগারেট ধরিয়ে অল্ হাব্বাল বলল, 'তোমরা যদি প্রতিজ্ঞা কর যে আমি যা দেখাব তা তোমরা কোথাও প্রচার করবে না, আর আমার দেখানো কোনও জিনিস তোমরা নিতে চাইবে না—'

আমি বাধা দিয়ে বললাম, 'কী আশ্চর্য কথা ! তোমার জিনিস আমরা চাইব কেন ?'

অল্ হাব্বাল ক্রূর হাসি হেসে বলল, 'তোমার কথা বলছি না, কিন্তু'—এবারে তার দৃষ্টি গোল্ডস্টাইনের দিকে—'পশ্চিমের অনেক জাদুঘরেই তো আমাদের দেশের অনেক ভাল জিনিসই চলে গেছে কিনা ! বেশির ভাগই তো বাইরে, তাই ভয় হয় নিজের জন্য না চাইলেও, যদি জাদুঘরের লোক লেলিয়ে দাও !'

গোল্ডস্টাইন কোনওরকমে তার অপ্রস্তুত ভাবটা কাটিয়ে নিয়ে বেশ জোরের সঙ্গেই বলল, 'না না—তা কেন করব ! কথা দিচ্ছি, তোমার জিনিসের কথা কাউকে বলব না। কিন্তু জিনিসটা কী ?'

আমি মনে মনে জানতাম, জাদুঘরের লোক লেলিয়ে না দিলেও জিনিসটা যদি তেমন লোভনীয় হয়, তা হলে গোল্ডস্টাইন হয়তো নিজেই সেটার উপর চোখ দিতে পারে। কারণ প্রথমত, ভদ্রলোক প্রচুর পয়সাওয়ালা মার্কিন ইহুদি, বিজ্ঞান তার শখের ব্যাপার ; দ্বিতীয়ত, তার আসল বাতিক হচ্ছে পুরনো জিনিস সংগ্রহ করা। বাগ্‌দাদে এসে এই কদিনের মধ্যেই আমার চোখের সামনে সে প্রায় হাজার ডলারের খুঁটিনাটি পুরনো জিনিস কিনে ফেলেছে।

অল্ হাব্বাল এবার অত্যধিক রকম গম্ভীর স্বরে বলল, 'জিনিস একটা নয়—অনেক। খ্রিস্টপূর্ব যুগের সব বৈজ্ঞানিক আবিষ্কার। এখান থেকে সত্তর মাইল দূরে যেতে হবে। গাড়ির ব্যবস্থা আমি করব। আমার নিজের গাড়ি আছে।'

এর বেশি আর অল্ হাব্বাল বলল না।

কাল সকালে সাড়ে আটটায় ওর গাড়ি নিয়ে আসার কথা আছে। ভদ্রলোককে বিদায় দেবার পর গোল্ডস্টাইন ও পেত্রুচির সঙ্গেও কথা হয়েছে। ওদের দুজনেরই ধারণা অল্ হাব্বাল একটি আস্ত পাগল, যেমন পাগল পৃথিবীর সব শহরেই কয়েকটি করে থাকে। গারদে পাঠানোর অবস্থা এখনও হয়নি, তবে ভবিষ্যতে হবে না একথা জোর দিয়ে বলা চলে না।

সব শুনে আমি বললাম, 'পরের গাড়িতে বিনি পয়সায় যদি বাগদাদের আশপাশটা ঘুরে

দেখা যায় তা হলে মন্দ কী ?'

হোটেলে ফিরে লাঞ্চ খেয়েছি প্রায় দেড়টায়। দুপুরে একটু গড়িয়ে নিয়েছি। এখানকার ক্লাইমেট খুবই ভাল ; শরীরে রীতিমতো শক্তি ও মনে প্রচুর উৎসাহ অনুভব করছি।

২০শে নভেম্বর

বাগদাদের মতো আজব শহরে আজব অভিজ্ঞতা হবে, এতে আশ্চর্য হবার কিছু নেই, কিন্তু ঠিক এতটা আশা করিনি। রূপকথা কল্পনার জগতের জিনিস। সেটা শুনে বা পড়ে যে আনন্দ পাওয়া যায় সেটা একটা বিশেষ ধরনের আনন্দ। কিন্তু হঠাৎ যদি দেখা যায়, সে রূপকথার অনেক কিছুই বাস্তব জগতে রয়েছে, তা হলে হঠাৎ কেমন জানি সব গণ্ডগোল হয়ে যায়।

এবার আজকের ঘটনায় আসা যাক।

হাসান অল্ হাব্বাল তার কথামতো ঠিক সাড়ে আটটার সময় তার একটি সবুজ সিত্রোঁয় গাড়ি নিয়ে হোটেলে এসে হাজির হল। শুধু গাড়ি নয় গাড়ির ভিতর আবার একটা বেতের বাস্কেট। তার সেই অদ্ভুত হাসি হেসে ভদ্রলোক বলল, 'তোমাদের দুপুরের লাঞ্চটা আমার সঙ্গে রয়েছে। আজ সারাদিনের জন্যে তোমরা আমার অতিথি।'

নটার মধ্যে আমরা বেরিয়ে পড়লাম। পেত্রুচি কাল সারা বিকেলে বাগদাদের দোকানে দোকানে ঘুরে একটা কানের যন্ত্র জোগাড় করেছে, তার ফলে আজ তার মুখের ভাবই বদলে গেছে। গোল্ডস্টাইন এমনিতেই আমুদে লোক—গাড়িতে ওঠার সময় বলল—'ছেলেবেলায় দলেবলে গাড়িতে করে পিকনিকে বেরোতাম—সেই কথা মনে পড়ে যাচ্ছে।'

কথাটা বলেই সে আমার দিকে চেয়ে চোখ টিপল। বুঝলাম সে অল্ হাব্বালের একটা কথাও বিশ্বাস করেনি। তার অন্য কোনও কাজ নেই বলেই সে আমাদের সঙ্গ নিয়েছে, এবং আউটিং-এর যে আনন্দ, তার বেশি সে কিছুই আশা করছে না।

টাইগ্রিস নদীর উপর একটা ব্রিজ পেরিয়ে আমরা পশ্চিমদিকে চললাম। এদিকটায় গাছপালা বিশেষ নেই—কতকটা শুকনো মরুভূমির মতো। তবে নভেম্বর মাস বলে গরম একদম নেই।

গাড়ি চালাতে চালাতে অল্ হাব্বাল বলল, 'আমরা যে জায়গায় যাচ্ছি সেখানে টাইগ্রিস ও ইউফ্রেটিস নদীর মধ্যে ব্যবধান মাত্র পঁচিশ মাইল। দুটো নদী এত কাছাকাছি হওয়াটা ব্যাবিলনের সমৃদ্ধির একটা কারণ ছিল।'

একটা প্রশ্ন কাল থেকেই আমার মাথায় ঘুরছিল, এখন আর সেটা না জিজ্ঞেস করে পারলাম না—

'তুমি কি বৈজ্ঞানিক ? মানে, প্রত্নতাত্ত্বিক, বা ওই জাতীয় একটা কিছু ?'

অল্ হাব্বাল বলল, 'বৈজ্ঞানিক বলতে যদি ডিগ্রিধারী বোঝায়, তা হলে আমি বৈজ্ঞানিক নই। আর প্রত্নতাত্ত্বিক বলতে যদি মাটি খুঁড়ে প্রাচীন সভ্যতার নমুনা আবিষ্কার করা বোঝায়, তা হলে আমি অবশ্যই একজন প্রত্নতাত্ত্বিক।'

গাড়ি সমতলভূমি ছেড়ে চড়াই উঠতে আরম্ভ করেছে। দূরে পাহাড়ের শ্রেণী দেখা যাচ্ছে। অল্ হাব্বাল বলল, 'ওই পাহাড়গুলোই ইরাকের সীমানা নির্দেশ করেছে। ওর পিছন দিকে পারশিয়া।'

চারিদিকের প্রাকৃতিক দৃশ্যও ক্রমে বদলাতে শুরু করেছে। কিছুক্ষণের মধ্যেই আমাদের গাড়ি একটা গিরিবর্ত্মে প্রবেশ করল। দুদিকে খাড়াই পাহাড়ের মধ্যে রাস্তা দিয়ে আমরা

চলেছি। বাগদাদে আসবার আগে আমি ইরাক সম্বন্ধে খানিকটা পড়াশুনো করে নিয়েছিলাম। জিজ্ঞেস করলাম, 'আমরা কি আবু গুয়াইবে এসে পড়েছি ?' অল্ হাব্বাল মাথা নেড়ে বলল, 'ঠিক বলেছ। আর দশ মাইল গেলেই আমরা গন্তব্যস্থানে পৌঁছে যাব।'

গিরিবর্ত্মের মধ্যে সূর্যের আলো প্রায় পৌঁছোয় না, তাই বেশ ঠাণ্ডা ঠাণ্ডা লাগছিল। আমি গলার মাফলারটাকে বেশ ভাল ভাবে জড়িয়ে নিলাম। পেত্রুচি এখনও পর্যন্ত একটা কথাও বলেনি। লোকটাকে চেনা ভারী মুশকিল। গোল্ডস্টাইনকে দেখে মনে হল তার ঘুমের আমেজ এসেছে।

গিরিবর্ত্ম পেরোতেই দেখি প্রাকৃতিক দৃশ্য আবার বদলে গেছে। কিছু দূরে সবুজ রং দেখে বুঝলাম এদিকটায় গাছপালার অভাব নেই। তারই মাঝে মাঝে আবার ছাই রঙের পাথরের টিলা মাথা উঁচিয়ে রয়েছে।

গাড়ি মেইন রোড থেকে বাঁ দিকে মোড় নিল। অল্ হাব্বাল গুন গুন করে ইরাকি সুর ভাঁজছে—তার সঙ্গে ভারতীয় সুরের আশ্চর্য মিল। কত বয়স হবে লোকটার ? দেখে আন্দাজ করার কোনও উপায় নেই। হাসলে পরে চোখের কোণে অসংখ্য কুঁচকোনো লাইন দেখা দেয়। তাই দেখে এক এক সময় মনে হয় বয়স নব্বইও হতে পারে। অথচ কী আশ্চর্য এনার্জি লোকটার ! ষাট মাইলের উপর গাড়ি চালিয়ে এল—এখনও ক্লান্তির কোনও লক্ষ্মণ নেই।

আরও মিনিট দশেক চলার পর গাড়িটা একটা ঝাউগাছের পাশে এসে থামল। অল্ হাব্বাল বলল, 'বাকি পথটুকু আমাদের হেঁটে যেতে হবে। বেশি না—সিকি মাইল পথ।'

অদ্ভুত নির্জন নিস্তব্ধ পরিবেশ। গাছপালা রয়েছে অনেক—উইলো, ওক, ঝাউ, খেজুর ইত্যাদি—প্রায় বনই বলা যেতে পারে, অথচ তারই ফাঁকে ফাঁকে এক একটা বিরাট পাথরের ঢিবিও রয়েছে। মাঝে মাঝে পাখির ডাক শোনা যাচ্ছে, তারমধ্যে বুলবুলের ডাকটা শুনে দেশের কথা মনে পড়ে গেল। জায়গায় জায়গায় গাছের পাতার ফাঁক দিয়ে রোদ এসে পড়েছে, আর সে রোদটা গায়ে পড়লে বেশ আরামই লাগছে।

এবার চোখে পড়ল আমাদের সামনেই একটা বেশ বড় পাথরের ঢিপি। অনেকখানি জায়গা জুড়ে রয়েছে ঢিপিটা, আর তার সবচেয়ে উঁচু জায়গাটা প্রায় একটা চারতলা বাড়ির সমান।

টিলাটার পাশ দিয়ে হাঁটতে হাঁটতে এক জায়গায় অল্ হাব্বাল হঠাৎ থেমে বলল, 'এসে গেছি।'

কোথায় এসে গেছি ? বাঁ দিকে ঝাউবন, আর ডান দিকে টিলার খাড়াই অংশ—এ ছাড়া আর কিছুই নেই। এখানে দেখবার কী থাকতে পারে ?

অল্ হাব্বালের দিকে চেয়ে দেখি তার মুখের ভাব একদম বদলে গেছে। তার চোখ দুটো জ্বলজ্বল করছে, সারা শরীরে কেমন যেন একটা উত্তেজনার ভাব, যার ফলে সে তার হাতদুটোকে স্থির রাখতে পারছে না। হঠাৎ সে তার অদ্ভুত কায়দায় খিল খিল করে হেসে আমাদের তিনজনের উপর তার দৃষ্টি বুলিয়ে নিয়ে চাপা গলায় বলে উঠল—'তোমরা না সব আবিষ্কারক—ইনভেন্টার্স ? বিংশ শতাব্দীর সব বড় বড় বৈজ্ঞানিক ? বেশ—তা হলে দেখো এবার প্রথম শতাব্দীর বৈজ্ঞানিকদের কারসাজি !—চিচিং ফাঁক !'

আমি বাংলায় চিচিং লিখলেও অল্ হাব্বাল অবিশ্যি আরবি 'সিম্ সিম্' শব্দটাই ব্যবহার করেছিল, কিন্তু এই শব্দ উচ্চারণের ফলে যে ঘটনাটা ঘটল সেটা আজকের দিনের মানুষের পক্ষে বিশ্বাস করা খুব কঠিন।

টিলার গায়ে একটা বিরাট আলগা পাথরের অংশ একটা গম্ভীর ঘরঘর গর্জনের সঙ্গে এক

পাশে সরে গিয়ে গহ্বরের ভিতরে যাবার একটা পথ করে দিল। আমরা তিনজন থ হয়ে দাঁড়িয়ে এই অবিশ্বাস্য ঘটনাটা ঘটতে দেখলাম।

অল্ হাব্বাল আমাদের এই অবাক বোকা বনে যাওয়া ভাবটা কয়েক মুহূর্ত উপভোগ করে নিয়ে, কুর্নিশ করে, তার বাঁ হাতটা থিয়েটারি ভঙ্গিতে গহ্বরের দিকে বাড়িয়ে দিয়ে বলল, 'আলিবাবার গুহায় প্রবেশ করতে আজ্ঞা হোক!'

আমরা অল্ হাব্বালের পিছন পিছন গুহায় প্রবেশ করলাম। অল্ হাব্বাল এবার বলে উঠল, 'চিচিং বন্ধ!'

সঙ্গে সঙ্গে ঘরঘর শব্দ করে পাথরের ফটক বন্ধ হয়ে গেল, আর এক দুর্ভেদ্য অন্ধকার আমাদের সকলকে ঘিরে চেপে ধরল। অল্ হাব্বালের মতলব কী? সমস্ত ব্যাপারটার মধ্যে কেমন জানি একটা ভেলকির গন্ধ পাচ্ছিলাম যেটা আমার মোটেই ভাল লাগছিল না।

এবার একটা দেশলাই জ্বালার শব্দ পেলাম, আর তার পরেই গুহার ভিতরটা একটা ম্লান হলদে আলোয় ভরে উঠল। অল্ হাব্বাল একটা ল্যাম্প জ্বালিয়েছে। ল্যাম্পের আলোতে গুহার ভিতরের চারিদিকে চেয়ে দেখে বুঝতে পারলাম, ছেলেবেলার এক কাল্পনিক ছবি আজ আমার চোখের সামনে বাস্তব হয়ে দেখা দিয়েছে। আমরা যার ভিতরে দাঁড়িয়ে আছি, সেটাকে আরব্যোপন্যাসের আলিবাবার গুহা ছাড়া আর কিছুই বলা যায় না। গুহার চারিদিকে পাথরের গা কেটে তৈরি করা তাক আর খুপরিতে রয়েছে বিচিত্র জিনিস। বাক্স প্যাঁটরা ঘটি বাটি চেয়ার ফুলদানি কলসি কুঁজো কত রয়েছে তার হিসেব নেই। এর সবই কোনও না কোনও ধাতুর তৈরি। কয়েকটা তো সোনারও হতে পারে বলে মনে হয়। আর প্রত্যেকটা জিনিসের গায়েই নানান রঙের পাথর বসানো—যা থেকে ল্যাম্পের আলো প্রতিফলিত হয়ে গুহার ভিতরটায় একটা অদ্ভুত রং-বেরঙের বর্ণচ্ছটার সৃষ্টি করেছে।

আমরা স্তব্ধ হয়ে এই অদ্ভুত দৃশ্য দেখছি, এমন সময় গোল্ডস্টাইন হঠাৎ তার ভারী গলায় চেঁচিয়ে উঠল—'আমাদের কি কচি খোকা পেয়েছ? বৈজ্ঞানিকদের সঙ্গে বুজরুকি?'

আশ্চর্য, এবারে ধমকানি সত্ত্বেও অল্ হাব্বালের মধ্যে কোনও বিরক্তির ভাব লক্ষ করলাম না। পিদিমের কম্পমান আলোয় দেখলাম সে গোল্ডস্টাইনের দিকে চেয়ে মৃদু মৃদু হাসছে, আর ধীরে ধীরে মাথা নাড়ছে। তারপর সে বলল, 'পাঁচ হাজার বছর আগের সুমেরিয়ান লেখা তোমরা কেউ পড়তে পার?'

পেত্রুচি বলে উঠল, 'আমি পারি। আমি প্রত্নতাত্ত্বিক ছিলাম। আজ থেকে বারো বছর আগে এই ইরানের মরুভূমিতেই খোঁড়ার কাজ করতে করতে হিটস্ট্রোক হয়ে আমি প্রায় মারা যাই। তারপর থেকে 'ডিগিং' ছেড়ে দিয়েছি। কিন্তু কেন জিজ্ঞেস করছ তুমি?'

অল্ হাব্বাল পিদিমটা গুহার একটা কোণের দিকে নিয়ে গেল। দেখলাম সেখানে প্রায় আমার সমান উঁচু আর হাত দুয়েক চওড়া একটা ছাইরঙের পাথর দাঁড় করানো রয়েছে। তার গায়ে খোদাই করে যেন কী সব লেখা। অল্ হাব্বাল বলল, 'দেখো তো কী লেখা আছে এতে।'

পেত্রুচি হুমড়ি খেয়ে মাটিতে হাঁটু গেড়ে বসে নিজের হাতে পিদিম নিয়ে লেখাটা পড়তে শুরু করল। প্রথমে কিছুক্ষণ সে শুধু বিড়বিড় করল তারপর প্রায় দশ মিনিট পরে সোজা হয়ে উঠে দাঁড়িয়ে বলল, 'এ পাথর কোথায় পেলে? এ তো এখানকার জিনিস নয়।'

অল্ হাব্বাল বলল, 'আগে বলো ওতে কী লেখা আছে।'

পেত্রুচি বলল, 'এতে এই গুহার বর্ণনা আছে, তার অবস্থান বলা আছে, আর তার ফটক খোলার সংকেত আছে। আর বলা আছে—এই গুহার ভিতরে জাদুকরশ্রেষ্ঠ গেমাল নিশাহিরের কবর আছে, আর তার সঙ্গে তার তৈরি একটা আশ্চর্য বাক্সও এখানেই রাখা

আছে।'

'আর কিছু বলেনি ?' অল্ হাব্বালের শান্ত কণ্ঠস্বরে এখন একটা চাপা উত্তেজনার ভাব লক্ষ করলাম।

'হ্যাঁ—আরও আছে।'

'কী ?'

'বলছে, বাক্সটা নাকি জীবন্ত ইতিহাসের কাজ করবে, এবং এই ইতিহাস যে অবিশ্বাস করবে, বা এই বাক্সের যে অনিষ্ট করবে, তার উপর নাকি জিগুরাৎ-এর দেবতার অভিশাপ বর্ষিত হবে।'

অল্ হাব্বাল গম্ভীর ভাবে মাথা নেড়ে বলল, 'হুঁ'—আর সঙ্গে সঙ্গে গোল্ডস্টাইন আবার গর্জন করে উঠল, 'ফটক খুলে দাও। বন্ধ গুহায় বেশিক্ষণ থাকা যায় না—এর বায়ু দূষিত ?'

আমার মনে হল গোল্ডস্টাইন একটু বাড়াবাড়ি করছে। অল্ হাব্বাল ওর চিৎকারে কর্ণপাত করল না। পেত্রুচি বলল, 'দেখে মনে হয় এ পাথর কিশ অঞ্চল থেকে এসেছে। কিন্তু এটা তুমি কী করে পেলে সেটা জানার কৌতূহল হচ্ছে।'

অল্ হাব্বালের উত্তর শুনে আমি অবাক হয়ে গেলাম। উদ্বেগ বা উত্তেজনার কিছুমাত্র আভাস না দিয়ে সে বলল, 'সাত বছর আগে স্যার জন হলিংওয়ার্থ কিশ অঞ্চলে যে খননের কাজ করতে এসেছিলেন, সে কথা তোমরা নিশ্চয়ই জান। আমি সে দলের সঙ্গে ছিলাম সরকারি দোভাষী হিসেবে। সেবারই এই পাথরটি খুঁড়ে পাওয়া যায়, আর স্যার জন-এর লেখার মানে করার আগেই আমি গোপনে সে-কাজটা সেরে ফেলি। আর তার পরদিনই আমি পাথরটাকে নিয়ে, যাকে বলে সরে পড়ি। এতে আমি কোনও দোষ দেখিনি। এখনও দেখি না। কারণ এ তো আমাদেরই দেশের জিনিস। এ জিনিসটা সাহেবের হাতে পড়লে কি আর বাগদাদে থাকত ? এ চলে যেত হয় ব্রিটিশ মিউজিয়ম না হয় পশ্চিমের অন্য কোনও জাদুঘরে। আমি বরং এটাকে আমাদেরই দেশে রেখে দিয়েছি, এবং এমন একটা নিরাপদ জায়গায় যেখানে এর কোনওদিন কোনও ক্ষতি হতে পারবে না।'

গোল্ডস্টাইন এতক্ষণ একটা পাথরের ঢিবির উপর বসে ছিল, এখন হঠাৎ একেবারে ধৈর্যের শেষ সীমায় পৌঁছে লাফিয়ে উঠে চিৎকার করে উঠল, 'দুর্বৃত্ত ! ভণ্ড ! জোচ্চোর ! এইসব পাথরের লেখা আর গুহার অন্য সব জিনিসপত্তরের কথা জানি না, কিন্তু ফটক খোলার কারসাজিকে তুমি ৫০০০ বছর আগের বৈজ্ঞানিক কীর্তি বলে পাচার করতে চাও ? তুমি বলতে চাও এর পেছনে কোনও আধুনিক বৈজ্ঞানিক কেরামতি নেই ? এই সব পাথরের ফাটলের মধ্যে বৈদ্যুতিক কলকবজা লুকোনো নেই ?'

অল্ হাব্বাল ডান হাতটা তুলে গোল্ডস্টাইনকে শান্ত হবার ইঙ্গিত করে বলল, 'আপনি যে ভাবে চেঁচাচ্ছেন, তাতে ভয় হয় যিনি আজ পঞ্চাশ শতাব্দী ধরে এই গুহায় কঙ্কাল অবস্থায় বিশ্রাম করছেন, তিনিও না অস্থির হয়ে ওঠেন। দোহাই মিস্টার গোল্ডস্টাইন—আপনি অতটা উত্তেজিত হবেন না !'

গোল্ডস্টাইন কেমন যেন একটু থতমত খেয়ে চাপাস্বরে বলল, 'কঙ্কাল ?'

অল্ হাব্বাল পিদিমটা আবার তুলে নিয়ে পাথরের ফলকটার পিছন দিকটায় এগিয়ে গেল। আমরাও সঙ্গে সঙ্গে গিয়ে দেখি গুহাটা এখানে একটা চতুষ্কোণ চত্বরের চেহারা নিয়েছে। তার মাঝখানে একটা প্রায় চার হাত গভীর গর্ত। সেই গর্তের ভিতরে পিদিমটা নামাতেই চিত হয়ে শোওয়া একটা কঙ্কাল আর তার পাশে ছড়ানো কিছু পোড়ামাটির হাঁড়িকুড়ি দেখতে পেলাম।

অল্ হাব্বাল কঙ্কালের দিকে তার ডান হাতটা বাড়িয়ে দিয়ে বলল, 'জাদুকরশ্রেষ্ঠ গেমাল

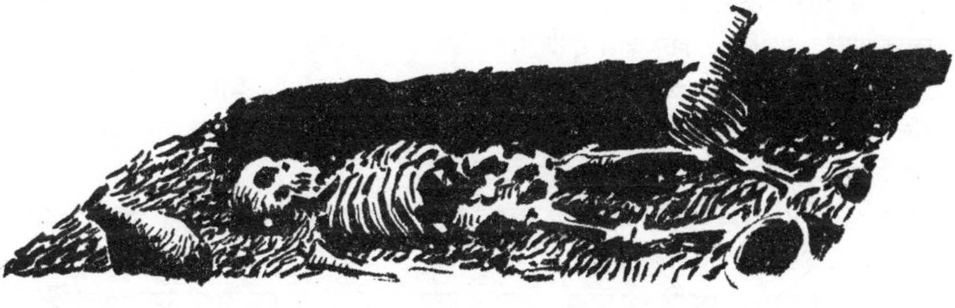

নিশাহির অল্ হারারিৎ।'

পিদিমের আলোয় দেখলাম গোল্ডস্টাইনের কপালে বিন্দু বিন্দু ঘাম। সে মুখ বিকৃত করে বলে উঠল, 'বাগদাদে এসে এসব বীভৎস তামাশা কেন বরদাস্ত করতে হবে তা আমি বুঝতে পারছি না। তুমি ফটক খুলবে কি না বলো।'

অল্ হাব্বাল শান্ত ভাবে কঙ্কালের দিক থেকে দৃষ্টি সরিয়ে গোল্ডস্টাইনের দিকে তাকাল।

গোল্ডস্টাইন অল্ হাব্বালের জন্য অপেক্ষা না করেই চিৎকার করে উঠল—

'চিচিং ফাঁক!'

কয়েক মুহূর্ত আমরা স্তব্ধ হয়ে ফটকের দিকে মুখ করে দাঁড়িয়ে রইলাম। কিন্তু চিৎকারে কোনও ফল হল না। ফটক যেমন বন্ধ তেমন বন্ধই রইল। গোল্ডস্টাইন এবার রাগে কাঁপতে কাঁপতে অল্ হাব্বালের উপর ঝাঁপিয়ে পড়ে তার টুঁটিটা টিপে ধরল।

'তুমি এক্ষুনি ফটক খুলবে কি না বলো।'

আমি আর পেত্রুচি দুজনে মিলে কোনওমতে গোল্ডস্টাইনকে নিরস্ত করলাম। অল্ হাব্বাল তার গলার স্বর গম্ভীর করে বলল, 'প্রোফেসর গোল্ডস্টাইন—আপনি বৃথা উত্তেজিত হচ্ছেন। মন্ত্রটা একটা বিশেষ সুরে উচ্চারণ না করলে ফটক খুলবে না—আর সে সুর একমাত্র আমারই জানা আছে। গুহা আবিষ্কার করার পর ক্রমাগত বিশ দিন ধরে মন্ত্রটা বার বার আবৃত্তি করে তবে আমি ঠিক সুরটা আবিষ্কার করতে পেরেছি। সুতরাং—'

গোল্ডস্টাইন অধৈর্য ভাবে বলল, 'তা হলে তুমিই বলো। আমি আর এই বন্ধ গুহায় থাকতে পারছি না।'

অল্ হাব্বাল বলল, 'কিন্তু তোমাদের এখানে নিয়ে আসার কারণটা না বলে আমি কী করে ফটক খুলি? তোমরা যদি আমার অনুরোধ রক্ষা না কর?'

'কী অনুরোধ?' আমরা তিনজনে একসঙ্গে জিজ্ঞেস করে উঠলাম।

অল্ হাব্বাল এবার প্রদীপটা নিয়ে গুহার মধ্যিখানটায় এগিয়ে গেল। প্রদীপের আলোয় একটা চৌকোনা পাথরের ঢিবি দেখতে পেলাম। তারপর আরও কাছে যেতে দেখতে পেলাম ঢিবিটার উপর একটা অদ্ভুত দেখতে বাক্স রাখা রয়েছে। বাক্সটা মনে হল তামার, কিন্তু তার উপর সোনা ও রুপোর কাজ করা রয়েছে। আর রয়েছে নানান রঙের নানান সাইজের পাথর বসানো। বাক্স বলছি, কিন্তু সেটাকে যে খোলা যায়, বা তার যে কোনও ঢাকনা বা ডালা বলে কিছু আছে, সেটা দেখে মনে হয় না।

গোল্ডস্টাইন বলল, 'এটা কী?'

পেত্রুচি বলল, 'এই বাক্সটার কথাই কি ওই পাথরে লেখা আছে?'

অল্ হাব্বাল বলল, 'তা ছাড়া আর কী? কারণ এই গুহাটা যখন প্রথম আবিষ্কার করি তখন এর ভিতরে ওই কঙ্কাল আর এই বাক্স ছাড়া আর কিছুই ছিল না।'

আমি বললাম, ‘কিন্তু লেখায় যে বলছে এর ভিতরে ইতিহাস জীবন্ত ভাবে রক্ষিত হয়েছে—সে ব্যাপারটা কী ?’

অল্‌ হাব্বালের মুখে একটা ম্লান হাসি ফুটে উঠল। বলল—

‘সেইটেই তো আসল প্রশ্ন। সেইখানেই তো মুশকিল। আমার বুদ্ধিতে এর রহস্য উদ্‌ঘাটন করা সম্ভব হচ্ছে না। আমি অনেক চেষ্টা করেছি, কিন্তু কৃতকার্য হইনি। এবারে বুঝতে পারছ তোমাদের এখানে আনার কারণটা ?’

আমরা পরস্পরের মুখ চাওয়াচাওয়ি করলাম। অবশেষে গোল্ডস্টাইন বলল, ‘তুমি চাইছ আমরা এটার রহস্য উদ্‌ঘাটন করি ?’

অল্‌ হাব্বাল বলল, ‘আমি কাউকে জোর করতে চাই না। সে ইচ্ছা আমার নেই। আমি কেবল অনুরোধ করতে পারি।’

গোল্ডস্টাইন বলল, ‘আমি এর মধ্যে নেই সেটা আমি স্পষ্টই বলে দিচ্ছি। আমার বিশ্বাস ওর মধ্যে কিচ্ছু নেই।’

গোল্ডস্টাইন বাক্সটা হাতে তুলে নিল।

অল্‌ হাব্বাল বাধা দিল না, কেবল গম্ভীর চাপা গলায় বলল, ‘ওটার অবমাননা করলে জিগুরাৎ-এর দেবতা অসন্তুষ্ট হবেন।’

গোল্ডস্টাইন একটা তাচ্ছিল্যের ভাব করে বাক্সটাকে রেখে দিল। এবার আমি সেটাকে অতি সন্তর্পণে হাতে তুলে নিয়ে নেড়েচেড়ে দেখতে লাগলাম, পেত্রুচি আমার পাশে দাঁড়িয়ে।

অল্‌ হাব্বাল প্রদীপটা নিয়ে আমাদের আরও কাছে এগিয়ে এল।

বাক্সটা ওজনে বেশ ভারী। হাতটা অল্প নাড়া দিতে ভিতর থেকে সামান্য একটা শব্দ পেলাম। বুঝলাম ভিতরে কিছু আলগা জিনিস আছে।

অবশেষে আমি বললাম, ‘গুহার ভিতরে এর রহস্য উদ্‌ঘাটন সম্ভব হবে না। তুমি কি এটা আমাদের হোটেলে নিয়ে যেতে দেবে ? শুধু আজকের দিনের জন্য ? আমি কথা দিচ্ছি এর কোনও অবমাননা আমি করব না।’

অল্‌ হাব্বাল কিছুক্ষণ একদৃষ্টে আমার দিকে চেয়ে বলল, ‘জিগুরাৎ-এর দেবতার অলৌকিক শক্তিতে তোমার বিশ্বাস আছে ?’

আমি বললাম, ‘প্রাচীন জিনিসের প্রতি আমার অসীম শ্রদ্ধা আছে, বিশেষত সে জিনিস যদি এত সুন্দর হয়।’

অল্‌ হাব্বাল একটু হেসে বলল, ‘তাতেই হবে !’

তারপর আমাদের দিক থেকে একটু দূরে সরে গিয়ে ফটকের দিকে মুখ করে তার সেই অদ্ভুত সুরেলা গলায় বলে উঠল—‘চিচিং ফাঁক।’

চোখের সামনে দেখতে দেখতে আবার সেই ঘরঘর শব্দ করে পাথরের ফটক ফাঁক হয়ে দিনের আলো এসে গুহায় প্রবেশ করল। আমরা বাইরে বেরিয়ে গিয়ে হাঁপ ছাড়লাম।

অল্‌ হাব্বালের লাঞ্চ বাস্কেট থেকে চমৎকার ফল মিষ্টি পাঁউরুটি ও চিজ খেয়ে প্রায় সন্ধ্যা সাতটার সময় সেই অদ্ভুত বাক্স নিয়ে আমরা হোটেলে ফিরলাম। গোল্ডস্টাইন এখনও গজর গজর থামায়নি। আমরা যে অল্‌ হাব্বালের কথায় কান দিয়েছি, তার সঙ্গে ভাল ব্যবহার করেছি, তার বাক্সের রহস্য উদ্‌ঘাটনের ভার নিয়েছি—এর কোনওটাই যেন সে বরদাস্ত করতে পারছে না। হোটেলের ভিতর ঢুকে সে আমাদের সামনেই অল্‌ হাব্বালকে বলল, ‘যদি বুঝতে পারি তুমি আমাদের ধাপ্পা দিয়েছ তা হলে পুলিশে রিপোর্ট করব। তুমি যে চোর, সেটা নিজেই স্বীকার করেছ—সুতরাং তোমাকে উপযুক্ত শাস্তি পাইয়ে দিতে আমাদের কোনও

অসুবিধে হবে না। একথা যেন মনে থাকে।'

অল্‌ হাব্বাল হেসে বলল, 'বিরাশি বছর বয়সে আর কী শাস্তি দেবে তোমরা ? আমার জীবনের শুধু একটি সাধই মিটতে বাকি আছে, সেটা হল ওই বাক্সের গুণ কী সেটা জানা। এটা জানতে পারলেই আমার মোক্ষ। তারপর আমি মরি কি বাঁচি, আমার শাস্তি হয় কি না হয় সে সম্বন্ধে আমার কিছুমাত্র উদ্বেগ বা কৌতূহল নেই।'

তারপর আমার দিকে ফিরে সে বলল, 'তোমাদের পক্ষে আমার খোঁজ করা মুশকিল হবে কারণ আমার টেলিফোন নেই। আমি নিজেই কাল সকালে এসে দেখা করব।'

এই বলেই আমাদের তিনজনকে কুর্নিশ করে অল্‌ হাব্বাল হোটেলের দরজা দিয়ে বেরিয়ে বাইরের অন্ধকারে অদৃশ্য হয়ে গেল।

এখন বেজেছে রাত সাড়ে দশটা। গত দুঘণ্টা ধরে আমি আর পেত্রুচি আমার ঘরে বসে বাক্সটা নিয়ে ঘাঁটাঘাঁটি করে কেবল একটা জিনিস আবিষ্কার করেছি। এটার গায়ে বসানো অনেকগুলো পাথরের মধ্যে একটা বেশ বড় কার্নেলিয়ান পাথর রয়েছে যেটা প্যাঁচ দিয়ে বসানো। অর্থাৎ, সেটাকে খোলা যায়। পাথরটাকে খুলেওছি আমরা, আর খুলে দেখেছি যে পাথরটার পিছনে একটা ছোট্ট কৌটোর মতো জিনিস রয়েছে। সেটার রং কালো। গন্ধ শুঁকে মনে হল সেটায় প্যারাফিন বা মোম জাতীয় কোনও জিনিস জ্বালানো হয়েছে, যার ফলে ওটার রং কালো হয়ে গিয়েছে। ইচ্ছে ছিল ওখানে একটা সলতে দিয়ে আগুন জ্বালিয়ে দেখা—কিন্তু এতরাত্রে প্যারাফিন জাতীয় জিনিস কোথায় পাব ? কাল সকালে প্রয়োজনীয় সরঞ্জাম জোগাড় করে আবার পরীক্ষা করে দেখা যাবে।

গোল্ডস্টাইন একবারও আমার ঘরে আসেনি। ওকে ফোন করেছিলাম। বলল ওর শরীর ভাল নেই—মাথায় এবং পেটে যন্ত্রণা হচ্ছে। জিগুরাৎ-এর দেবতার যদি সত্যিই কোনও অলৌকিক ক্ষমতা থেকে থাকে, তা হলে হয়তো সে এরমধ্যেই গোল্ডস্টাইনের উপর অভিশাপ বর্ষণ করতে শুরু করেছে, এবং তার ফলেই তার শরীর খারাপ ! কে জানে !

২১শে নভেম্বর, সকাল সাড়ে ছ'টা

আজ এই অল্প কিছুক্ষণ আগে যে আশ্চর্য ঘটনাটা ঘটে গেল সেটা এইবেলা লিখে রাখি।

আমি এমনিতেই খুব ভোরে উঠি, গিরিডিতে রোজ পাঁচটায় উঠে আমি উশ্রীর ধারে বেড়াতে যাই। আজ মনে একটা উত্তেজনার ভাব থাকার দরুনই বোধ হয় আরও সকালে ঘুম ভেঙে গিয়েছিল। মুখ ধুয়ে স্নান করে কফি খেয়ে যখন জানালাটার কাছে এসে দাঁড়িয়েছি, তখন আকাশ ফরসা হয়ে গেছে। সারা আকাশময় তুলো-পেঁজা মেঘ ; তাতে রঙের খেলা দেখতে দেখতে গতকালের আরব্যোপন্যাসের গুহার কথা ভাবছিলাম। আর ভাবছিলাম জাদুমন্ত্র 'চিচিং ফাঁক'-এর কথা। ভাবতে ভাবতে কখন যে গলা দিয়ে মন্ত্রটা নিজেই উচ্চারণ করে ফেলেছি তা জানি না। একবার নয়—বার তিনেক অন্যমনস্ক ভাবে 'চিচিং-ফাঁক' কথাটা বলার পর হঠাৎ একটা খটাং শব্দ শুনে চমকে পিছনে ফিরে দেখতে হল।

বাক্সটা আমার খাটের পাশের টেবিলের উপর রাখা ছিল। এখন সেটার দিকে চেয়ে দেখি তার এক পাশের একটা অংশ ফাঁক হয়ে দরজার মতো খুলে গিয়েছে। অবাক হয়ে এগিয়ে গিয়ে দেখি, একটা আধুলির সাইজের ল্যাপিসলাজুলি পাথর, ঠিক যেমন ভাবে দরজা খুলে যায়, সেইভাবে খুলে গিয়ে একটা ছোট্ট কবজার সঙ্গে আটকানো অবস্থায় ঝুলে আছে। আশ্চর্য—গুহা এবং বাক্স খোলার জন্য একই সংকেত, কেবল বলার সুরে সামান্য একটু

তফাত।

খুলে যাওয়া দরজাটার ফাঁক দিয়ে উঁকি মারলাম। ভিতরে এক অদ্ভুত ব্যাপার। অত্যন্ত ছোট ছোট সব যন্ত্রপাতি জাতীয় জিনিস দিয়ে ভিতরটা ভরা। তারমধ্যে ধাতুর তৈরি জিনিস তো আছেই—তাছাড়া আছে পুঁতি বা কাচের টুকরো জাতীয় জিনিস। সেগুলো যে কী, সেটা বোঝা ভারী মুশকিল, কারণ এরকম যন্ত্রপাতি এর আগে কখনও দেখিনি। আমার অমনিস্কোপ মাইক্রোস্কোপ হিসাবে ব্যবহার করেও বিশেষ লাভ হল না—আমি যে তিমিরে সেই তিমিরেই রয়ে গেলাম।

বাক্সটাকে তুলে জানালার কাছে এনে দিনের আলোতে এই প্রথম সেটাকে ভাল করে দেখলাম। যেদিকটায় কার্নেলিয়ান পাথরটা প্যাঁচ দিয়ে লাগানো ছিল, তার ঠিক উলটো দিকটায় এবার লক্ষ করলাম একটা ছোট্ট ফুটো রয়েছে। অম্‌নিস্কোপ চোখে লাগিয়ে বুঝলাম তার ভিতরেও একটা পাথর বসানো রয়েছে। হিরে কি ? তাই তো মনে হচ্ছে—তবে এটার যে কী ব্যবহার সেটা ধরতে পারলাম না।

এখন যেটা আসল দরকার সেটা হল বাক্সর ভিতরের বাতিটা জ্বালানো। পেত্রুচি বলেছে সকালে দোকানপাট খুললেই প্যারাফিন সংগ্রহ করে আনবে। তারপর বাক্সর ভিতরের প্রদীপটা জ্বালালে হয়তো এর রহস্য উদ্‌ঘাটন হতে পারে। আমি জীবনে অনেক উদ্ভট যন্ত্রপাতি ঘেঁটেছি—কিন্তু এরকম মাথা-গুলোনো জিনিস এর আগে কখনও আমার হাতে পড়েনি।

২২শে নভেম্বর, রাত আটটা

ধন্য হারুণ-অল্‌-রশিদের বাগদাদ ! ধন্য সুমেরীয় সভ্যতা ! ধন্য বিজ্ঞানের মহিমা ! ধন্য গেমাল নিশাহির অল্‌ হারারিৎ !

আমার এ উল্লাসের কারণ আর কিছুই না—আজ একটি এমন বৈজ্ঞানিক প্রতিভার পরিচয় পেয়েছি যার কাছে আমাদের কৃতিত্ব একেবারে ম্লান হয়ে নিশ্চিহ্ন হয়ে যায়। আমি তো ঠিক করেছি এখান থেকে যাবার আগে টাইগ্রিসের জলে আমার অম্‌নিস্কোপটা ফেলে দিয়ে যাব। গিরিডিতে ফিরে গিয়েও কাজে উৎসাহ কবে কীভাবে ফিরে পাব জানি না। আনন্দ, বিস্ময়, হতাশা এবং তার সঙ্গে কিছুটা রোমাঞ্চ ও আতঙ্ক মিলে মনের অবস্থা এমন হয়েছে যেমন এর আগে আর কখনও হয়নি। ...

কাল সকালে ডায়রি লিখে শেষ করার আধ ঘণ্টার মধ্যেই অল্‌ হাব্বাল টেলিফোন করেছিল। বলল, 'কী রকম বুঝছ ? রহস্য উদ্‌ঘাটন হল ?'

আমি সকালের ঘটনাটা বলতেই ও ভারী উত্তেজিত হয়ে বলল, 'আমি এক্ষুনি আসছি। সঙ্গে করে প্যারাফিন নিয়ে আসছি। পেত্রুচিকে বলে দাও ও যেন আর কষ্ট করে বাজারে না যায়।'

আমরা তিন বৈজ্ঞানিক একসঙ্গে ব্রেকফাস্ট করলাম। গোল্ডস্টাইনের চেহারা দেখে মোটেই ভাল লাগল না। ও শুধু এক-পেয়ালা কফি খেল। বলল, 'কাল রাত্রে মোটেই ঘুম হয়নি—আর যেটুকু ঘুমিয়েছি, তারমধ্যে সব বিশ্রী বিশ্রী স্বপ্ন দেখেছি।'

পেত্রুচি একটা ঠাট্টা করে জিগুরাৎ-এর দেবতার অভিশাপের কথা বলতেই গোল্ডস্টাইন রীতিমতো বিরক্ত হয়ে বলল, 'তোমাদের কুসংস্কারের নমুনা দেখে আর তোমাদের বৈজ্ঞানিক বলতে ইচ্ছে করে না। আমার শরীর খারাপের একমাত্র কারণ কাল ওই বিদঘুটে গুহায় অতক্ষণ বন্ধ অবস্থায় থাকা। এ ছাড়া আর কোনও কারণ নেই, বা থাকতেও পারে না।'

ওর অন্য কিছু করার ছিল না বলেই বোধ হয় শেষপর্যন্ত যখন অল্ হাব্বাল প্যারাফিন নিয়ে আমাদের ঘরে হাজির হল, গোল্ডস্টাইনও দেখি তার সঙ্গে সঙ্গে এসে ঘরের সোফাটায় ধুপ করে বসে পড়ল। বাইরের লোক যাতে হঠাৎ এসে না পড়ে, তাই ঘরের দরজাটা বন্ধ করে দিয়ে আমরা আমাদের কাজে লেগে পড়লাম।

প্রথমে কার্নেলিয়ান পাথরটা প্যাঁচ দিয়ে খুলে পিছন থেকে কৌটোটা বার করে তাতে প্যারাফিন ভরলাম। তারপর আমার একটা রুমাল ছিঁড়ে সেটা দিয়ে একটা সলতে পাকিয়ে প্যারাফিনে চুবিয়ে দিয়ে তার ডগাটায় আগুন ধরিয়ে দিলাম। গোল্ডস্টাইন আমাদের ঠিক সামনেই বসেছিল। সলতেটায় আগুন দিয়ে কৌটোটা ভিতরে ঢোকাতেই দেখি কোত্থেকে জানি একটা আলো এসে গোল্ডস্টাইনের গায়ে পড়ল। এটা কীরকম হল?

কয়েক সেকেন্ডের মধ্যেই আমার ভ্যাবাচ্যাকা ভাবটা কেটে গিয়ে মনে পড়ল বাক্সটার সামনের দিকে ছোট্ট পাথরটার কথা।

স্পষ্ট বুঝতে পারলাম যে পাথরটা একটা লেন্স-এর কাজ করছে; ভিতরে প্রদীপটা জ্বালানোর ফলে লেন্সের ভিতর দিয়ে আলো বেরিয়ে সেটাই গোল্ডস্টাইনের গায়ে পড়ছে।

অল্ হাব্বালের চোখ দেখি জ্বলজ্বল করছে। গোল্ডস্টাইনেরও কেমন জানি থতমত ভাব। সে চেয়ার ছেড়ে উঠে দাঁড়িয়ে একপাশে সরে গেল। অল্ হাব্বাল দৌড়ে গিয়ে সোফাটাকে একপাশে টেনে সরিয়ে দিল। তার ফলে তার পিছন দিকে যে দেয়ালটা বেরোল, আলোটা স্বভাবতই তারই উপর পড়ল। এবার বুঝলাম আলোর শেপটা একটা টর্চের আলোর মতো বৃত্তাকার।

পেত্রুচি হঠাৎ তার মাতৃভাষায় চেঁচিয়ে উঠল—'লা লানতের্না মাজিকা!'

অর্থাৎ ম্যাজিক ল্যানটার্ন। কিন্তু ছবি কই?

সকালে 'চিচিং ফাঁক' বলার ফলে যে পাথরটা দরজার মতো খুলে গিয়েছিল—এবারে সেটার দিকে দৃষ্টি দিলাম। দরজা এখনও খোলাই রয়েছে। অতি সাবধানে আমার ডান হাতের তর্জনীটা তার ভিতর ঢুকিয়ে দিয়ে কিছুক্ষণ নাড়াচাড়া করতেই একটা পেনসিলের ডগার মতো জিনিস অনুভব করলাম। সেটায় অল্প একটু চাপ দিতেই একটা অভাবনীয় জিনিস ঘটে গেল, যেটার কথা ভাবতে এখনও আমার গায়ে কাঁটা দিয়ে উঠছে।

চাপ দেওয়ার সঙ্গে সঙ্গেই বাক্সটার ভিতর একটা আলোড়ন শুরু হল—যেন নানারকম যন্ত্রপাতি ভিতরে চলতে শুরু করেছে। দেয়ালের দিকে চেয়ে দেখি সেই গোল আলোটার ভিতর যেন একটা স্পন্দন শুরু হয়েছে। তারপর আলোর উপর সব বিচিত্র নকশা প্রতিফলিত হতে শুরু করল।

পেত্রুচি দৌড়ে গিয়ে আমার ঘরের জানালাটা বন্ধ করে দিল। ঘর এখন অন্ধকার—একমাত্র বাক্স থেকে বেরোনো আলো ছাড়া আর কোনও আলো নেই।

আর দেয়ালে? স্তব্ধ বিস্ময়ে দেখলাম যে দেয়ালে সিনেমা হচ্ছে— বায়স্কোপ—চলচ্চিত্র! ছবি অস্পষ্ট—কিন্তু বুঝতে অসুবিধা হয় না। আর সে ছবি চলমান ছবি। আজকের সিনেমার সঙ্গে তার কোনওই তফাত নেই—কেবল ছবি চৌকোর বদলে গোল।

কিন্তু এসব কীসের ছবি দেখছি আমরা? কোন শহরের দৃশ্য এটা? এই লোকজন সব কারা? এত ভিড় কেন? কীসের উৎসব হচ্ছে?

পেত্রুচি চেঁচিয়ে উঠল—'শবযাত্রা! কোনও বিখ্যাত লোক মারা গেছে! ওই দেখো তার কফিন!'

সত্যিই তো। আর কফিনের পিছনে বয়ে চলেছে জনতার স্রোত। কত লোক হবে? দশ হাজার? অদ্ভুত এইসব লোকের পোশাক—অদ্ভুত তাদের চুলের বাহার! লক্ষ করলাম

যে অনেকের হাতেই একরকম কারুকার্য করা হাতপাখা রয়েছে যেটা তারা সবাই একসঙ্গে নাড়ছে। আরও দেখলাম—ভিড়ের মধ্যে অনেকগুলো চারচাকার গাড়ি। সেগুলো টেনে নিয়ে চলেছে গোরুজাতীয় এক ধরনের জানোয়ার।

পেত্রুচি আবার চেঁচিয়ে উঠল—'বুঝেছি! উর! উর দেশের কোনও রাজা মারা গেছে। এদের কোনও রাজা মরলে সঙ্গে সঙ্গে আরও ৬০-৭০ জন লোককে বিষ খেয়ে মরতে হত। আর সবাইকে একসঙ্গে কবর দেওয়া হত।'

আমি যেন আর দেখতে পারছিলাম না। আমার মাথা ঝিমঝিম করতে শুরু করেছিল। আমি টেবিলের পাশ থেকে সরে গিয়ে খাটের উপর বসে পড়লাম। চার হাজার বছর আগের এই বায়স্কোপ আমার মাথা একেবারে গণ্ডগোল করে দিয়েছিল।

ছবি কতক্ষণ চলেছিল জানি না। হঠাৎ দেখলাম আবার ঘরের বাতি জ্বলে উঠল, আর অল্ হাব্বাল ফুঁ দিয়ে বাক্সর বাতিটা নিভিয়ে দিল। তার চোখে মুখে এমন এক অদ্ভুত ভাব, সে যেন কী বলবে কী করবে সেটা ঠিক বুঝতে পারছে না। এদিকে আমরা তিন বৈজ্ঞানিক একেবারে অভিভূত—আমাদের মুখ দিয়েও কোনও কথা সরছে না।

অবশেষে অল্ হাব্বালই প্রথম কথা বলল। দুহাত জোড় করে আমাদের তিনজনের দিকে কুর্নিশ করে সে বলল, 'আমি যে তোমাদের কী ভাবে কৃতজ্ঞতা জানাব তা বুঝতে পারছি না। আমার জীবনের শেষ বাসনা তোমরা পূর্ণ করেছ। আমাদের দেশের প্রাচীন সভ্যতার একটা অত্যাশ্চর্য নমুনা যে তোমাদের দেখাতে পেরেছি, তার জন্য আমি কৃতার্থ। তবে শুধু একটা কথা—এই যন্ত্রটির কথা তোমরা প্রকাশ করবে না। করলেও তোমাদের কেউ বিশ্বাস করবে বলে মনে হয় না। ডক্টর গোল্ডস্টাইন আমাকে ভণ্ড বলেছিলেন, তোমাদের লোকে বলবে পাগল। আর প্রমাণও তো তোমরা দিতে পারবে না, কারণ বাক্সটা গত চার হাজার বছর যেখানে ছিল, ভবিষ্যতেও সেখানেই থাকবে। আমি তা হলে আসি! সেলাম আলেইকুম!'

অল্ হাব্বাল সঙ্গে করে তার বেতের লাঞ্চ বাস্কেটটা নিয়ে এসেছিল; তার মধ্যেই বাক্সটা ভরে নিয়ে সে আমার ঘর থেকে বেরিয়ে চলে গেল।

কিছুক্ষণ তিনজনেই বোকার মতো চুপ করে বসে রইলাম। তারপর পেত্রুচি গোল্ডস্টাইনের দিকে ফিরে বলল, 'তোমার এখনও মনে হয় লোকটা ভণ্ড?'

গোল্ডস্টাইনকে দেখে মনে হল সে থতমত ভাবটা কাটিয়ে উঠেছে। তার মাথায় যেন অন্য কোনও চিন্তা খেলছে—তার চোখ জ্বলজ্বল করছে। সে এতক্ষণ চেয়ারে বসেছিল, এবার উঠে দাঁড়িয়ে কিছুক্ষণ অসহিষ্ণুভাবে পায়চারি করে হঠাৎ আমার দিকে ফিরে বলল, 'এমন একটা জিনিস এই গুহার মধ্যে বন্ধ পড়ে থাকবে? এ হতেই পারে না!'

গোল্ডস্টাইনের কথা আমার মোটেই ভাল লাগল না। বললাম, 'সেরকম অনেক আশ্চর্য প্রাচীন জিনিসও তো এখনও মানুষের অগোচরে মাটির নীচে লুকিয়ে আছে। ধরে নাও, আজকের ঘটনাটা ঘটেইনি।'

'অসম্ভব!' গোল্ডস্টাইন গর্জন করে উঠল। 'লোকটা যে চোর সে বিষয়ে তো কোনও সন্দেহ নেই। পাথরটাও তো ও চুরিই করেছিল। ওই বাক্সর উপর ওর কোনও অধিকার নেই। ওটা আমার চাই। ওটা আমি আদায় করে ছাড়ব—তাতে যত টাকা লাগে লাগুক। টাকার আমার অভাব নেই।'

আমরা কোনওরকম প্রতিবাদ করার আগেই গোল্ডস্টাইন ঝড়ের মতো ঘর থেকে বেরিয়ে চলে গেল।

পেত্রুচি গম্ভীরভাবে মাথা নেড়ে বলল, 'ভুল করল...গোল্ডস্টাইন ভুল করল। ব্যাপারটা

আমার মোটেই ভাল লাগছে না।'

কিছুক্ষণ পায়চারি করে পেত্রুচিও নিজের ঘরে চলে গেল। আমি যে ভাবে খাটের উপর বসেছিলাম, সেইভাবেই আরও অনেকক্ষণ বসে রইলাম। চার হাজার বছর আগের উরের মৃত সম্রাটের শবযাত্রার দৃশ্য তখনও চোখের সামনে ভাসছে। সুদূর অতীতেও মানুষের বৈজ্ঞানিক বুদ্ধি যে কতদূর অগ্রসর হয়েছিল, সেটা আজ যেমনভাবে টের পেয়েছি, তেমন আর কোনওদিন পাইনি।

বিকেলের দিকে পেত্রুচি ফোন করে জানিয়েছে যে গোল্ডস্টাইন তখনও ফেরেনি। আধঘণ্টা আগে আমিও তার ঘরে একবার ফোন করেছিলাম—কোনও উত্তর পাইনি। রাত হয়ে গেল। এখন আর কিছু করার উপায় নেই। কাল সকাল পর্যন্ত দেখি। জিগুরাৎ-এর দেবতা ইশতারের কথা মনে করে গোল্ডস্টাইনের জন্য রীতিমতো ভয় হচ্ছে।

২৩শে নভেম্বর

বাগদাদের আশ্চর্য অভিজ্ঞতার যে এমন অদ্ভুত পরিসমাপ্তি হবে তা স্বপ্নেও ভাবিনি। অতিরিক্ত লোভের যে কী পরিণাম হতে পারে তার একটা ভাল নমুনা দেখা গেল! অবিশ্যি আমি না থাকলে আরও বেশি বিপর্যয় ঘটতে পারত সেটা ভেবেই যা সামান্য একটু সান্ত্বনা।

আজ ভোরে উঠেই টেলিফোন করে জানতে পারলাম যে গোল্ডস্টাইন রাত্রে হোটেলে ফেরেনি। খবরটা পেয়ে তৎক্ষণাৎ পেত্রুচির সঙ্গে যোগাযোগ করে স্থির করলাম যে আমাদের একটা কিছু করতে হবে। দুজনেই বুঝেছিলাম যে আমাদের আবার গুহাতেই ফিরে যেতে হবে। অল্ হাব্বাল সেখানেই গেছে, আর গোল্ডস্টাইনও নির্ঘাৎ তাকে ধাওয়া করতেই বেরিয়েছিল।

হোটেলের ম্যানেজার মিঃ ফারুকিকে বেড়াতে যাবার কথা বলতেই তিনি একটা গাড়ির বন্দোবস্ত করে দিলেন। ঠিক সাড়ে ছটার সময় আমি আর পেত্রুচি গুহা অভিমুখে যাত্রা করলাম।

৭০ মাইল পথ যেতে ঘণ্টা দেড়েক সময় লাগল। যেখানে গতবার অল্ হাব্বাল গাড়ি থামিয়েছিল, এবারও সেখানেই ড্রাইভারকে গাড়িতে অপেক্ষা করতে বলে আমরা দুজনে গুহার দিকে রওনা হলাম।

গুহায় পৌঁছে দেখি ফটক বন্ধ। আমি এটাই আশা করেছিলাম, কিন্তু পেত্রুচিকে দেখে মনে হল সে মুষড়ে পড়েছে। বলল, 'বৃথাই আসা হল। বোধ হয় ডাইনামাইট দিয়ে ভেঙে ফটক খোলা ছাড়া আর কোনও রাস্তা নেই।'

আমি বললাম, 'তার আগে আমার স্মরণশক্তিটা একবার পরীক্ষা করে দেখতে চাই।'

পেত্রুচি অবাক হয়ে বলল, 'তুমি বলতে চাও অল্ হাব্বাল-এর সুর তুমি হুবহু নকল করতে পারবে?'

উত্তরে আমি আমার হাত দুটোকে মুখের সামনে চোঙার মতো করে ধরে আমার গলাটাকে আমার স্বাভাবিক পর্দার চেয়ে বেশ কয়েক ধাপ উপরে তুলে বলে উঠলাম, 'চিচিং ফাঁক!'

কয়েক মুহূর্ত কিছু হল না। তারপর গম্ভীর মেঘের গর্জনের মতো একটা শব্দ শুরু হল। আমার পাশেই একটা গিরগিটি ভয় পেয়ে লেজ তুলে ঘাসের উপর দিয়ে সড় সড় করে পালাল। দেখলাম, গুহার ফটকটা আস্তে আস্তে খুলে গিয়ে পিছনের হাঁ করা অন্ধকার দেখা যাচ্ছে।

খোলা শেষ হলে আমরা দুজনে দুরু দুরু বুকে গুহার ভিতরে প্রবেশ করলাম।

আমাদের দুজনের সঙ্গে টর্চ ছিল। আলো জ্বালতেই প্রথম দুপাশে তাকের উপর জিনিসপত্রের গায়ে রং-বেরঙের পাথরের চমকানি ছাড়া আর কিছুই চোখে পড়ল না। তারপর মাঝখানে যে পাথরের উপর বাক্সটা রাখা ছিল, সেখানে টর্চ ফেলে দেখি জায়গাটা খালি। বাক্সের কোনও চিহ্নমাত্র নেই।

পেত্রুচি ইতিমধ্যে কোণের দিকটায় এগিয়ে গিয়েছিল ; হঠাৎ তার অস্ফুট চিৎকার শুনে আমিও সেইদিকে ধাওয়া করে গেলাম।

পেত্রুচির টর্চের আলো মাটির উপর ফেলা। সেই মাটির উপর চিত হয়ে চোখ-চাওয়া অবস্থায় পড়ে আছে গোল্ডস্টাইন!

এবার আমার টর্চের আলো ফেলতেই গুহার কোণের সমস্তটা আলোয় ভরে গেল। তার ফলে যে দৃশ্য দেখলাম তাতে রক্ত হিম হয়ে গেল।

গোল্ডস্টাইনের হাত তিনেক পিছনে পড়ে আছে অল্ হাব্বাল্ ; সেও চিত হয়ে শোওয়া, তার বুকের উপর দুহাত দিয়ে জাপটে ধরা চার হাজার বছরের পুরনো বায়স্কোপের বাক্স ; আর তার ঠিক পাশে পড়ে আছে গেমাল নিশাহিরের কঙ্কাল—যেমন ভাবে আগে দেখে গেছি, ঠিক তেমনি ভাবেই।

গোল্ডস্টাইনের নাড়ি পরীক্ষা করে হাঁপ ছাড়লাম। সে এখনও মরেনি—তবে তার অবস্থা সঙ্গীন—এক্ষুনি তাকে গুহার ভেতর থেকে বার করে নিয়ে তার চিকিৎসা করতে হবে।

আর অল্ হাব্বাল্ ? তার জীবন শেষ হয়ে গেছে। সম্ভবত কাল থেকেই সে মৃত—কারণ বাক্সটা তার হাত থেকে ছাড়াতে গিয়ে দেখলাম সেটা আলগা করার কোনও উপায় নেই—তার অসাড় হাত দুটো চিরকালের মতো বাক্সটাকে বন্দি করে ফেলেছে।

*   *   *

গোল্ডস্টাইনকে হোটেলে ফিরিয়ে এনেছি এই ঘণ্টাখানেক হল। তার জ্ঞান হয়েছে। ডাক্তার তাকে পরীক্ষা করে বলেছে তার মধ্যে শারীরিক কোনও গণ্ডগোল নেই। কিন্তু আমরা জানি যে তার মধ্যে একটা বিশেষ রকম কোনও পরিবর্তন ঘটে গেছে—কারণ তাকে কালকের ঘটনার কথা জিজ্ঞেস করতেই সে একগাল হেসে বলল—'চিচিং ফাঁক !'

তারপর থেকে এই কিছুক্ষণ আগে পর্যন্ত তাকে যত প্রশ্নই করা হয়েছে—সবক'টারই উত্তরে সে ওই এক ভাবেই হেসে বলেছে, 'চিচিং ফাঁক !'

সন্দেশ। ফাল্গুন-চৈত্র ১৩৭৬

স্বপ্নদ্বীপ

২২শে মার্চ

অনেকে বলেন যে, স্বপ্নে নাকি আমরা সাদা আর কালো ছাড়া অন্য কোনও রং দেখি না। আমার বিশ্বাস আসল ব্যাপারটা এই যে, বেশিরভাগ সময় স্বপ্নের ঘটনাটাই কেবল আমাদের মনে থাকে ; রং দেখেছি কি না দেখেছি, সেটা আমরা খেয়ালই করি না ! মোট কথা, কাল রাত্রে আমি এমন একটা ঝলমলে রঙিন স্বপ্ন দেখেছি যে সেটার কথা না লিখে পারছি না।

দেখলাম আমি একটা অদ্ভুত জায়গায় গিয়ে পড়েছি। সেখানে ঘরবাড়ি লোকজন কিছুই নেই—আছে শুধু গাছপালা আর বনজঙ্গল। এইসব গাছপালার একটিও আমার চেনা নয়। এদের রংও ভারী অস্বাভাবিক। সবুজ পাতা প্রায় নেই বললেই চলে। তার বদলে নীল লাল বেগুনি কমলা এই ধরনের রং। গাছে ফুল আর ফলও আছে—তার একটাও আমার চেনা নয়। একটা প্রকাণ্ড ফুলে অজস্র পাপড়ি আর প্রত্যেকটা পাপড়ির রং আলাদা। আর একটা ফুলের এক-একটা পাপড়ি যেন এক-একটা হাতির কান, আর হাতির কানের মতোই সেগুলো মাঝে মাঝে দুলে দুলে উঠছে। ফলও যে কত রকমের রয়েছে, তার ঠিক নেই। একটা প্রকাণ্ড গাছে সরু সরু নীল রঙের ফল বটগাছের শিকড়ের মতো মাটিতে গিয়ে নেমেছে। আর একটা তরমুজের সাইজের ফল—তার সর্বাঙ্গে গাঢ় লাল রোঁয়া, আর সেই রোঁয়ার ভিতর দুটো করে গোল গোল সাদার মাঝখানে কালো ফুটকি। ঠিক যেন মনে হয়, ফলের গায়ে একজোড়া চোখ।

স্বপ্নটা এতই জলজ্যান্ত যে, মনে হচ্ছিল এ রকম একটা জায়গা সত্যিই আছে, আর আমি যেন সত্যিই সেখানে গেছি। আর রঙের কথাটাও ভুলতে পারছি না। স্বপ্নটা দেখা অবধি বাইরে কোথাও ঘুরে আসতে ইচ্ছা করছে। বিশেষ করে এমন কোনও জায়গায়, যেখানে রঙিন গাছপালা ফুল-ফলের প্রাচুর্য। গিরিডিতে বছরের এই সময়টা রঙের বড় অভাব। যাক গে—এখন স্বপ্ন ছেড়ে বাস্তবে আসা যাক।

আমার অ্যান্টি-গ্র্যাভিটি নিয়ে গবেষণা বেশ আশাপ্রদ ভাবে এগোচ্ছে। আমার উদ্দেশ্য হচ্ছে এমন একটা ধাতু তৈরি করা, যেটা পৃথিবীর মাধ্যাকর্ষণকে অগ্রাহ্য করতে পারে। অর্থাৎ—সে-ধাতুর কোনও ওজন থাকবে না। তাকে শূন্যে ছেড়ে দিলে সে শূন্যেই থেকে যাবে। এই অ্যান্টি-গ্র্যাভিটি ধাতুর সাহায্যে একটা ছোটখাটো উড়োজাহাজ তৈরি করতে পারলে খুব সহজেই এদিক ওদিক বেড়িয়ে আসা যাবে।

আশ্চর্য এই যে সবচেয়ে ওজন বেশি যে ধাতুর—অর্থাৎ পারা বা mercury—সেটি ছাড়া এই ওজনবিহীন নতুন ধাতুটি তৈরি করা যাবে না, এটা আগে বুঝতে পারিনি। এখন বেশ বুঝতে পারছি যে, হ্যাকেনবুশের গবেষণা এই পারার অভাবেই ব্যর্থ হয়েছিল। পারা জোগাড় হয়েছে। তা ছাড়া তামার গুঁড়ো, ষাঁড়ের খুর, চক্‌মকি পাথর ইত্যাদি অন্যান্য যাবতীয় উপাদানও যথেষ্ট পরিমাণে সংগ্রহ হয়েছে। আজ থেকে দ্বিগুণ

উৎসাহে কাজে লেগে পড়তে হবে। বর্ষা নামার বেশ কিছু আগেই আমার আকাশযানটি তৈরি করে ফেলতে হবে ; কারণ মাধ্যাকর্ষণকে পরাস্ত করতে পারলেও, ঝড়ঝঞ্ঝার দাপট একটা সামান্য উড়োজাহাজ সহ্য করবে কী করে ?

২৫শে মার্চ

আমার তৈরি অ্যান্টি-গ্র্যাভিটি ধাতুর কী নাম দেওয়া যায়, তাই ভাবছি। গবেষণা যে সফল হয়েছে, সেটা বলাই বাহুল্য। পাঁচ বছর বয়সে প্রথম যখন আমার বৈজ্ঞানিক প্রতিভা প্রকাশ পায়, তখন থেকে আজ অবধি আমি কোনও গবেষণায় ব্যর্থ হইনি। এখনও মনে আছে, আমার সেই পাঁচ বছর বয়সের ঘটনাটা। খাটে বসে আমার বন্ধু ভুতোর সঙ্গে টিড্‌লি উইংক্‌স খেলছিলাম। সে-খেলা আজকাল আর কেউ খেলে কি ? সিকির সাইজের রং-বেরঙের সেলুলয়েডের চাকতির কিনারে আরেকটা বড় সাইজের চাকতি দিয়ে চাপ দিয়ে ছেড়ে দিলেই সেগুলো তিড়িং তিড়িং করে লাফিয়ে এগিয়ে যেত। সামনে একটা কৌটো রাখা থাকত। উদ্দেশ্য ছিল ছোট চাকতিগুলোকে এই ভাবে চাপ দিয়ে লাফ খাইয়ে কৌটোর মধ্যে ফেলা। সেদিন ভুতোর সঙ্গে খেলতে খেলতে হঠাৎ চাকতি লাফানোর বৈজ্ঞানিক কারণটা মাথায় এসে গেল, আর তার সঙ্গে সঙ্গেই বুঝে ফেললাম, ঠিক কোনখানটায় কতখানি জোরে চাপ দিলে চাকতি বাইরে না পড়ে ঠিক কৌটোর মধ্যে গিয়ে পড়বে। তারপর থেকে আর কি ভুতো আমার সঙ্গে পারে ? বাবা পাশে বসেছিলেন। আমার খেলা দেখে চোখ গোল গোল করে বললেন, 'তিলু, তোর হল কী ! এ যে একেবারে ভেলকি দেখিয়ে দিচ্ছিস তুই !...'

তেরো বছর বয়সে আমার মাথায় প্রথম পাকা চুল দেখা দেয়। সতেরো বছরে টাক পড়তে শুরু করে। একুশে পড়তে না পড়তে আমার মাথা-জোড়া টাক—কেবল কানের দুপাশে, ঘাড়ের কাছটায় আর ব্রহ্মতালুর জায়গায় সামান্য কয়েকগাছা পাকা চুল। অর্থাৎ আজও আমার যা চেহারা, পঁয়তাল্লিশ বছর আগেও ছিল ঠিক তাই।

ধাতুটার নাম শ্যাঙ্কোভাইট দেওয়া স্থির করলাম। আজ আমার বেড়াল নিউটনের চার থাবায় চার টুকরো শাঙ্কোভাইটের পাত বেঁধে দিয়ে তাকে মাথার উপর তুলে ছেড়ে দিতেই সে বেলুনের মতো ধীরে ধীরে মাটিতে নেমে এল। আশ্চর্য দৃশ্য এবং আশ্চর্য আনন্দ। শুধু আমার আনন্দ নয়, নিউটনেরও। মাটিতে নেমেই সে দিব্যি টেনিস বলের মতো 'হপ্‌' করতে করতে আমার পায়ের কাছে এসে আমার পাৎলুনে গা ঘষতে লাগল।

আমার আকাশযানের নাম দেব শ্যাঙ্কোপ্লেন। প্লেনে একটা প্রপেলার অবশ্যই থাকবে, এবং তাতেই শূন্যে উঠে সামনের দিকে এগোনোর কাজটা হয়ে যাবে। গন্তব্য স্থানে পৌঁছানোর একটু আগে হিসেব করে প্রপেলারটা থামিয়ে দিলেই প্লেন ধীরে ধীরে ঠিক জায়গায় গিয়ে নামবে।

ভাল কথা—গত তিনরাত পর পর আবার সেই রঙিন জায়গার স্বপ্ন দেখেছি। প্রতিবারই জায়গাটা সম্পর্কে কিছু কিছু নতুন তথ্য জানতে পেরেছি। যেমন, সেদিন দেখলাম গাছপালা ভেদ করে পিছন দিকে সমুদ্রের জল দেখা যাচ্ছে। একটা নামও স্বপ্নের মধ্যে কে যেন বার বার আমার কানের কাছে বলতে লাগল... 'ফ্লোরোনা...ফ্লোরোনা...ফ্লোরোনা...'

বার বার মনে প্রশ্ন জাগছে—এমন জায়গা কি সত্যিই আছে ? স্বপ্ন সত্যি না হওয়াই স্বাভাবিক, কিন্তু তাও বলব—থাকলে বড় ভাল হত। কিন্তু কোথায় ? কোন গ্রহে আছে এমন জায়গা ? পৃথিবীতে তো এমন অদ্ভুত গাছপালার কথা কেউ জানে না, শোনেনি।

২৬শে মার্চ

অদ্ভুত ব্যাপার ! কাল রাত্রেও সেই একই জায়গার স্বপ্ন। এবার আরও কিছু অতিরিক্ত তথ্য জানা গেল। এই সব রংচঙে গাছপালার মধ্যে একটির গুঁড়িতে একটি গর্ত—যেমন অনেক বুড়ো বট-অশ্বত্থের গায়ে থাকে। সেই গর্ত দিয়ে একটা গুরুগম্ভীর গলার স্বরে কে যেন বলে চলেছে ল্যাটিচিউড সিক্সটিন নর্থ, লঙ্গিচিউড ওয়ান থার্টি-সিক্স ইস্ট...ল্যাটিচিউড সিক্সটিন নর্থ, লঙ্গিচিউড ওয়ান-থার্টি-সিক্স ইস্ট...। দ্রাঘিমা ও অক্ষাংশের এই হিসেবে যে জায়গাটা বেরোয়, সেটা প্রশান্ত মহাসাগরের মধ্যে পড়ে। ম্যাপে দেখলাম, সেখানে নীল রং ছাড়া আর কিচ্ছুই নেই। অর্থাৎ ডাঙার কোনও চিহ্নই নেই। এটা আমি আগেই সন্দেহ করেছিলাম। ম্যাপে দেখানো কোনও জায়গায় এ সব গাছপালা থাকতেই পারে না।

পাঁচদিন পর পর একই স্বপ্ন দেখার ফলে জায়গাটাতে যাবার ইচ্ছে প্রবল হয়ে উঠেছে। একটা সম্ভবত-কাল্পনিক জায়গার প্রতি এ ধরনের আকর্ষণ মোটেই বৈজ্ঞানিকের লক্ষণ নয়, সেটা বেশ বুঝতে পারছি। কিন্তু কী আর করি ? ডায়রিতে তো মনের আসল ভাবটা প্রকাশ করতে হয় !

আজ আমার প্রতিবেশী অবিনাশবাবু এসেছিলেন। শ্যাঙ্কোভাইট নিয়ে অবিনাশবাবুকে একটু চমকে দেবার ইচ্ছে ছিল। পাশেই টেবিলের উপর থেকে একটা টুকরো নিয়ে ভদ্রলোকের নাকের সামনে শূন্যে ছেড়ে দিতে সেটা সেখানেই রয়ে গেল।

ভদ্রলোক মিনিটখানেক সেটার দিকে চেয়ে থেকে বিন্দুমাত্র অবাক না হয়ে বললেন, 'দিব্যি উড়ে রয়েছে, অথচ ডানার ভন্‌ভনানি তো শুনতে পাচ্ছি না ! কী পোকা মশাই !'

ভদ্রলোক আমার এত পরিশ্রমের এত সাধের আবিষ্কারটিকে এককথায় পোকার পর্যায়ে ফেলে দেবেন, তা ভাবতে পারিনি। অবশ্য ওঁর মতো অবৈজ্ঞানিকের পক্ষে এটাই স্বাভাবিক।

ভদ্রলোক এবার শূন্যে ভাসমান চাকতিটাকে সম্পূর্ণ অগ্রাহ্য করে বললেন, 'আজকের কাগজে খবর দেখেছেন ?'

'কী খবর ?'—আমি যখন গবেষণায় ব্যস্ত থাকি, তখন অনেকসময় খবরের কাগজ দেখার আর সুযোগ হয় না। অবিনাশবাবু পকেটে হাত দিয়ে একটা বাংলা কাগজের ছেঁড়া অংশ বার করে আমার দিকে এগিয়ে দিলেন। খবরটা পড়ে আমি রীতিমতো বিস্মিত ও বিচলিত হয়ে উঠলাম।

ইউরোপের সাতজন স্বনামধন্য মনীষী একজোটে উধাও হয়েছেন। এঁদের মধ্যে ইংল্যান্ডের পদার্থবিজ্ঞানী প্রফেসর সিড্‌নি হ্যামলিন ও জাপানের দার্শনিক হামুচি হামাদাকে আমি চিনি। অন্য পাঁচজন হচ্ছেন ইতালির গণিতবিশারদ উমবের্তো কারবোনি, জার্মানির বায়োকেমিস্ট ডক্টর আডল্‌ফ ব্রোডেন, সুইডেনের ভূতত্ত্ববিদ ওলসেন বোর্গ, ফ্রান্সের মনস্তত্ত্ববিদ আঁরি ভিল্‌মো আর রুশ ভাষাবিদ ভ্লাদিমির তুশেঙ্কো। এঁরা সকলেই ফিলিপিনের রাজধানী ম্যানিলা শহরে একটা আন্তর্জাতিক মনীষী সম্মেলনে যোগ দিতে গিয়েছিলেন। আমারও নেমন্তন্ন ছিল, কিন্তু শ্যাঙ্কোভাইটের কাজটা ফেলে যাওয়া সম্ভব হয়নি। সাতজনেই একদিনে একই সময়ে অদৃশ্য হয়েছেন। এবং সেই সঙ্গে ম্যানিলার সমুদ্রতীর থেকে একটি স্টিমলঞ্চও অদৃশ্য হয়েছে। খবরে আশঙ্কা প্রকাশ করা হয়েছে, এই সব মনীষীদের হয়তো কোনও দুর্বৃত্তের দল কোনও অজ্ঞাত কারণে 'কিডন্যাপ' করেছে।

খবরটা মোটেই ভাল নয়। অবিনাশবাবু বললেন, 'কদ্দিন বলিচি, বাড়ির বাইরে একটা পাহারার বন্দোবস্ত করুন। নিমু হালদারকে বললেই বারো মাসের জন্য একটা পুলিশ

মোতায়েন করে দেবেন ফটকের সামনে। অতি সাহস মূর্খের লক্ষণ—এ প্রবাদটা বোধ হয় জানা নেই আপনার...'

আমি অবিশ্যি আশাবাদী মানুষ ; কিংবা স্বপ্ন আর শ্যাঙ্কোভাইট মিলিয়ে আমার মনের অবস্থাটা হয়তো একটু অতিমাত্রায় হালকা ছিল, তাই বললুম, 'ও সব কিডন্যাপিং ট্যাপিং সব রং চড়ানো গল্প। আমার বিশ্বাস ভদ্রলোকেরা নিজেরাই উদ্যোগ করে সমুদ্রভ্রমণে বেরিয়েছেন—দু' একদিনের মধ্যেই ফিরে আসবেন।'

মুখে যাই বলি, মনের মধ্যে একটা খচখচানি রয়ে গেল। শ্যাঙ্কোপ্লেনের জন্য জোগাড়যন্ত্র করতে করতে বার বার হ্যামলিন ও হামাদার কথা মনে পড়ছিল।

২রা এপ্রিল

পরশু সকালে আমরা গিরিডি থেকে রওনা হয়েছি। 'আমরা' বলছি, কারণ অবিনাশবাবু আমার সঙ্গ ছাড়লেন না। আফ্রিকার অভিজ্ঞতার পর ভদ্রলোকের প্রতি একটা কৃতজ্ঞতাবোধও রয়েছে ; তাই তাঁর অনুরোধ রক্ষা না করে পারলাম না। বললেন, 'এমনিতে এরোপ্লেন চড়ার কোনও সখ নেই আমার, তবে আপনি যখন বলছেন যে আপনার এ-যন্ত্রটি ক্র্যাশ করবে না, তখন যেখানেই যেতে চান চলুন, আমি সঙ্গে আছি। তবে কোথায় যাচ্ছেন, সেটাও তো একবার জানা দরকার। তিব্বত টিব্বত নাকি ?'

আমি একটু রসিকতা করেই বললাম, 'ল্যাটিচিউড সিক্সটিন নর্থ—লঙ্গিচিউড ওয়ান থার্টি-সিক্স ইস্ট।'

অতে ভদ্রলোক বললেন, 'ও সব ল্যাটাচি-লঙাচি রাখুন মশাই—আপনার ব্যাঙাচির মধ্যে আমার অ্যাটাচির জায়গাটা হবে কি না সেইটে বলুন। আপনার মতো এক কাপড়ে বেশিদিন চালানো আমার পক্ষে অসম্ভব।'

আমার প্লেনের সাইজ লম্বায় সাড়ে আট ফুট আর চওড়ায় তিন ফুট। লেজ আছে, ডানা নেই। ওঠা-নামার জন্য দুদিকে দুটো কান্‌কোর মতো জিনিস আছে। প্রপেলার অবশ্যই আছে, আর মাটিতে নেমে দাঁড়িয়ে থাকবার জন্য ব্যবস্থা আছে। বসার আসন হবে বলে আমার বাড়িরই দুটো পুরনো কৌচের মখমলের সিট খুলে প্লেনের মধ্যে বসিয়ে দিয়েছি। প্লেনের অবস্থান উচ্চতা গতিবেগ ইত্যাদি নির্ণয় করার জন্যেও যন্ত্রপাতি অবশ্যই আছে।

খাওয়ার ব্যাপারটা সহজ করে নিয়েছি। দুটো বয়ামে দুমাসের মতো 'বটিকা ইন্ডিকা' নিয়েছি—এক বড়িতেই সারাদিনের জন্য পেট ভরে যাবে। তেষ্টা মেটানোর জন্য 'তৃষ্ণাশক' বড়ি আছে, আর আছে টি-পিল্‌স আর কফি-পিল্‌স। আমার জন্য শুধু কফি-পিল্‌স হলেই চলত, কিন্তু অবিনাশবাবুর আবার দিনে তিন বার চা না হলে চলে না। এ ছাড়া আর যে ক'টা জিনিস আছে, সেগুলো বাইরে গেলেই আমি সঙ্গে নিই—আমার অ্যানাইহিলিন পিস্তল, আমার অম্‌নিস্কোপ, আমার ছবি তোলার ক্যামেরাপিড যন্ত্র। প্রপেলার ইঞ্জিনের জন্য রসদ হিসেবে নিয়েছি দুটিন টার্বোলিন। তার মানে পঞ্চাশ হাজার মাইলের জন্য নিশ্চিন্ত। আমার তৈরি এই তেলের গন্ধ ঠিক চন্দন কাঠের মতো। অর্থাৎ আমার সঙ্গে যা কিছু নিয়েছি তা সবই আমারই গবেষণাগারে তৈরি—এভিরিথিং মেড বাই শঙ্কু—এক আমার সহযাত্রী অবিনাশ মজুমদার ছাড়া।

প্লেনের গতি এখন ২০০ মাইল পার আওয়ার, উচ্চতা ২৫০০ ফুট। এই দুদিনে আমরা প্রায় সাড়ে তিন হাজার মাইল এসেছি। যে রাস্তায় যাব ঠিক করেছিলাম, সেই রাস্তাতেই চলেছি। বঙ্গোপসাগরে পড়ে পুব-দক্ষিণে চলেছি সুমাত্রার দিকে। সুমাত্রা পৌঁছে সেখান

থেকে পুবে ঘুরে বোর্নিওর উপর দিয়ে উড়ে গিয়ে পড়ব প্রশান্ত মহাসাগরে। তারপর ডাঙা এড়িয়ে ফিলিপিন দ্বীপপুঞ্জের দক্ষিণ পাশ ঘেঁষে উত্তর-পুবে আমাদের লক্ষ্যস্থল ল্যাটিচিউড ষোলো নর্থ ও লঙ্গিচিউড একশো ছত্রিশ ইস্টের দিকে ধাওয়া করব। যদি আকাশ থেকে বুঝি সেখানে কিছু আছে, তবে সেখানে গিয়েই নামব ; না থাকলে উলটোপথে ঘুরে এসে দু-একটা মনোরম জায়গা বেছে নিয়ে দু-একদিন করে থেকে হাওয়া বদল করে আবার দেশে ফিরে আসব।

এই কিছুক্ষণ আগে আমরা নিকোবর দ্বীপপুঞ্জ পেরোলাম। নিকোবরের উপর দিয়ে যাবার সময় কিছুটা অন্যমনস্ক হয়ে আর কিছুটা কৌতূহলবশত প্লেনটাকে একটু বেশি নীচে নামিয়ে ফেলেছিলাম। নারকেল গাছের পাতাগুলো প্রায় ছোঁয়া যায় বলে মনে হচ্ছিল। এমন সময় অবিনাশবাবু হঠাৎ একটা বিকট আর্তনাদ করে উঠলেন। ফিরে দেখি, তাঁর হাতের আস্তিনের খানিকটা অংশ ছিঁড়ে গিয়ে হাওয়ায় পৎ পৎ করছে, আর মুখটা হয়ে গেছে কাগজের মতো ফ্যাকাশে। কী ব্যাপার!

অবিনাশবাবু ঘাড় কাত করে নীচের দিকে ইঙ্গিত করলেন, আর ঠিক সেই মুহূর্তেই তিনটে তির সাঁই সাঁই করে আমার প্লেনের পাশ দিয়ে চলে গেল আকাশের দিকে।

বোতাম টিপে তৎক্ষণাৎ প্লেনটাকে উপর দিকে ওঠাতে ওঠাতে দেখলাম নীচে এক পাল কালো বেঁটে লোক, তাদের হাতে তির-ধনুক, গায়ে উলকি, কানে মাকড়ি আর পরনে কিছু নেই বললেই চলে। তিনশো ফুট উপরে উঠে তবে নিকোবরের বন্য আদিবাসীদের মারাত্মক আক্রমণ থেকে রেহাই পাওয়া গেল।

এ ছাড়া আরও একটা ঘটনা ঘটেছে আরও আগে—সেটার কথাও এই ফাঁকে বলে রাখি।

কলকাতার দক্ষিণে পোর্ট ক্যানিং পেরোবার কিছু পরেই একপাল শকুনি আমাদের সঙ্গ নিল। তখন আমরা আছি প্রায় পাঁচশো ফুট হাইটে। ইচ্ছে করলেই স্পিড বা হাইট বাড়িয়ে শকুনির সঙ্গ ত্যাগ করতে পারতাম, এবং অবিনাশবাবুরও ইচ্ছে ছিল সেটাই, কিন্তু আমার কৌতূহল ছিল শকুনিগুলো কোথায় গিয়ে নামে সেটা দেখব।

সুন্দরবনের উপর দিয়ে যখন যাচ্ছি, তখন সব ক'টা শকুনি হঠাৎ একসঙ্গে নীচের দিকে গোঁৎ খেল। আমিও সঙ্গে সঙ্গে প্লেনটাকে নীচে নামাতে শুরু করলাম। পাঁচশো ফুট থেকে ক্রমে চারশো তিনশো দুশো করে নেমে শেষে এমন হাইটে পৌঁছোলাম যেখানে গাছের পাতার মধ্যে পাখির বাসায় ডিম পর্যন্ত দেখা যায়।

শকুনিগুলো চক্রাকারে ঘুরতে ঘুরতে বনের মাঝখানে একটা খোলা জায়গায় গিয়ে নামল। প্লেনের প্রপেলার বন্ধ করে ভাসতে ভাসতে নীচের দিকে প্রায় পঞ্চাশ ফুটের মধ্যে নেমে বুঝলাম কীসের লোভে শকুনিরা এখানে নেমেছে। সে এক অদ্ভুত দৃশ্য। একটি বিশাল রয়েল বেঙ্গল টাইগার পাশেই বোধ হয় কোনও গ্রাম থেকে একটা আস্ত গোরুকে ঘায়েল করে টেনে নিয়ে এসেছে নিরিবিলিতে তাকে ভক্ষণ করবে বলে।

অবিনাশবাবু আমার কোটের কলারটা পিছন দিক থেকে খামচে ধরলেন। বাঘটাও দেখলাম আকাশের দিকে মাথা উঁচিয়ে একদৃষ্টে আমাদের প্লেনটাকে দেখতে লাগল। শকুনিগুলো আশেপাশের গাছের মগডালে গিয়ে বসেছে—বাঘ যদি কিছু অবশিষ্ট রাখে, তাই দিয়েই হবে তাদের ভোজ।

আমার প্লেন এখন চল্লিশ ফুট হাইটে। সামনে একশো হাতের মধ্যে বাঘ। এবার প্লেনের শব্দ ছাপিয়ে তার গর্জন শুনতে পেলাম।

আমি আর অপেক্ষা না করে পকেট থেকে অ্যানাইহিলিন পিস্তলটা বার করে বাঘের দিকে তাগ করে ঘোড়া টিপে দিলাম। পরমুহূর্তেই দেখা গেল যেখানে বাঘ ছিল সেখানে একটা

ধোঁয়ার কুণ্ডলী, আর তার পরে তাও নেই।

এখন আমরা যেখান দিয়ে উড়ছি, তার চারদিকে—এই আড়াই হাজার ফুট থেকেও—যত দূর চোখ যায়, জল ছাড়া আর কিছুই দেখা যায় না।

চমৎকার উড়ছে আমার শ্যাঙ্কোপ্লেন। ঝাঁকানি নেই একটুও, তাই লিখতে কোনওই অসুবিধা হচ্ছে না। প্রপেলারের আওয়াজের জন্যই বোধ হয় অবিনাশবাবুর কথা একেবারে বন্ধ হয়ে গেছে। তাতে তাঁর খুব একটা আপশোস হচ্ছে বলে মনে হয় না। গিরিডিতে ভদ্রলোক এক মিনিটও চুপ করে বসে থাকতে পারেন না। এখানে বাধ্য হয়ে মৌনতা অবলম্বন করেও দেখছি তাঁর ঠোঁটের কোণে একটা হাসি লেগেই আছে। বার দুয়েক ভদ্রলোককে ঘুমিয়েও পড়তে দেখেছি, তবে কোনওবারই বেশিক্ষণের জন্য নয়।

সত্যি বলতে কী, আমার একটা কথা শুনেই বোধ হয় ভদ্রলোক ঘুমের মাত্রাটা কমিয়ে দিয়েছেন। পরশু সকালে প্লেনে ওঠার কিছুক্ষণ আগে কথাচ্ছলে ভদ্রলোককে বললাম, 'আপনি কি কখনও খেয়াল করেছেন যে একজন সাধারণ মানুষ তার জীবনের তিন ভাগের এক ভাগ ঘুমিয়েই কাটায় ?'

ভদ্রলোক আমার কোনও কথা অবিশ্বাস করলেই খিক্ খিক্ করে হেসে এদিক ওদিক মাথা নাড়াতে থাকেন। তখনও সেটাই করে বললেন, 'মশাই, এ সব ছেলে-ভুলোনো আজগুবি কথা আপনি আপনার চাকর পেল্লাদকে বলুন, আমাকে বলবেন না।' কী মুশকিল ! আমি বললাম, 'আপনি রাত্রে কখন ঘুমোন ?'

ভদ্রলোক বললেন, 'এই ধরুন দশটা কি সাড়ে দশটা।'

'আর ওঠেন ?'

'ঘড়ি ধরে ছ'টা।'

'তার মানে ক' ঘণ্টা ঘুমোনো হল ?'

'এই সেরেছে—হিসেব করতে হবে ?' বলে অবিনাশবাবু ভুরু কুঁচকে মিনিটখানেক চুপ করে থেকে বললেন, 'প্রায় আট ঘণ্টা।'

'ক'ঘণ্টায় এক দিন হয় ?'

'আবার প্রশ্ন ? দাঁড়ান—চব্বিশ তো। চব্বিশ না ?'

'চব্বিশ। তিন আষ্টে চব্বিশ। তার মানে একদিনের তিনভাগের একভাগ সময় আপনি ঘুমোন—তাই তো ?'

ভদ্রলোক এবার যেন এক পলকে হিসাবটা বুঝে নিয়ে হঠাৎ গম্ভীর হয়ে গেলেন। তারপর ধীরে ধীরে মাথা নেড়ে বললেন, 'সময়ের কী ওয়েস্ট বলুন তো ! তিনভাগের একভাগ জীবন স্রেফ ঘুমিয়ে নষ্ট করা !'

আসলে ঘুমের প্রসঙ্গ তুলে যেটা বলতে যাচ্ছিলাম, সেটা এই—আমি নিজে যেটুকু সামান্য সময় প্লেনে ঘুমিয়েছি, তার মধ্যেও আমার দ্বীপের স্বপ্ন দেখেছি—ফ্লোরোনা দ্বীপ—যেখানে মানুষ নেই, আছে কেবল বিচিত্র রকমের না-দেখা না-জানা গাছপালা আর ফুলফল।

৪ঠা এপ্রিল

কাল বিকেলে আমরা বোর্নিও ছাড়িয়ে প্রশান্ত মহাসাগরে পড়েছি। সুমাত্রার পশ্চিম উপকূলে একটা নিরিবিলি জায়গা দেখে প্লেন নামিয়ে কিছুক্ষণ বিশ্রামের ব্যবস্থা করেছিলাম। অবিনাশবাবু নামবার মিনিটখানেকের মধ্যেই হাতের কাছে একটা কলাগাছ থেকে একছড়া কলা ছিঁড়ে নিয়ে, তার মধ্যে একটার খোসা ছাড়িয়ে খেতে আরম্ভ করে দিলেন।

সুমাত্রার ঠিক মাঝখান দিয়ে বিষুবরেখা চলে গেছে। এখানকার গাছপালার সঙ্গে আমাদের দেশের আশ্চর্য মিল। কাছেই জঙ্গলের মধ্যে পেঁপে, বাঁশ, নারকেল ইত্যাদি চোখে পড়ছে। এতদূর পথ এসে দেশের সঙ্গে এত মিল পাওয়ায় ভারী অদ্ভুত লাগছিল।

অবিনাশবাবু দিব্যি নিশ্চিন্ত মনে কলা খেতে খেতে গাছপালার পাশ দিয়ে হেঁটে বেড়াচ্ছিলেন, এমন সময় হঠাৎ তাঁর মুখ দিয়ে একটা বিকট শব্দ বেরোল। চেয়ে দেখি ভদ্রলোকের হাত থেকে কলার ছড়া মাটিতে পড়ে গেছে, তিনি হাত দুটোকে পিছিয়ে নিয়ে ঘাড় গোঁজ করে চোখ বড় বড় করে একটা গাছের দিকে চেয়ে আছেন। কী দেখলেন ভদ্রলোক ?

আমি ব্যস্তভাবে তাঁর দিকে এগিয়ে গেলাম। ভদ্রলোক তাঁর সামনের গাছটার দিকে আঙুল দেখিয়ে কাঁপা গলায় বললেন, 'ওটা আবার কী মশাই ?'

যা দেখলাম তাতে আমি যেমন অবাক তেমনি খুশি। গাছের নীচের দিকের একটা ডালে বসে আছে একটা প্রাণী, সেটা জাতে বাঁদর হলেও সেরকম বাঁদর সচরাচর দেখা যায় না। এ বাঁদর সুমাত্রার অধিবাসী। সাইজে একটা বেড়ালের বাচ্চার মতো—চোখ দুটো মুখের অনুপাতে আশ্চর্য রকম বড়, হাত পা সরু সরু, আর সেগুলোকে যেভাবে ব্যবহার করে তাতে মনে হয় বাঁদরটা হয় ভারী নিস্তেজ, না হয় অত্যন্ত কুঁড়ে। আসলে কিন্তু এ-বাঁদর স্বভাবতই ওরকম ঢিমে, আর তাই এর নাম হল 'স্লো লরিস'।

অবিনাশবাবুর অবাক ভাব এখনও কাটেনি। আমি বাঁদরটার কাছে গিয়ে হাত বাড়াতেই সেটা ডাল থেকে আমার হাতের কবজির উপর চলে এল। অবিশ্যি এই সামান্য ঘটনাটা ঘটতে লাগল প্রায় দু'মিনিট। স্থির করলাম যে এই নিরীহ খুদে জানোয়ারটিকে আমার সঙ্গে নিয়ে নেব। নিউটনের একটা খেলার সাথী হবে।

অবিনাশবাবু বললেন, 'ওর নাম দিন ঢিমু।'

ঢিমু এখন আমারই পাশে চুপচাপ বসে আছে। একবার দুহাত দিয়ে প্লেনের দরজাটা ধরে অতি সন্তর্পণে মাথা উঁচিয়ে বাইরের দৃশ্য দেখবার চেষ্টা করেছিল। তারপর ঠিক সেইরকমই ধীরে মাথাটাকে নামিয়ে নিয়ে আমার কোলের উপর রেখে চুপচাপ পড়ে আছে।

৫ই এপ্রিল, সকাল আটটা

Long 136 E—Lat 16 N। দেড়শো মাইল দূর এবং দুহাজার ফুট হাইট থেকে এইমাত্র যে দৃশ্যটা দেখতে পেলাম সেটার কথা লিখে রাখি।

দিগন্ত বিস্তৃত সমুদ্রের মধ্যে একটা রামধনুর টুকরোর মতো দ্বীপ। অম্নিস্কোপ দিয়ে দেখে বুঝেছি এটাই আমার স্বপ্নে দেখা দ্বীপ। রংগুলো গাছপালার রং, তবে সেটা যে দ্বীপের সর্বত্র ছড়িয়ে আছে তা নয়। সামনের দিকে—অর্থাৎ আমাদের দিকে—রং কিছুটা কম, পিছন দিকটায় বেশি।

অম্নিস্কোপ এখন অবিনাশবাবুর হাতে। তাঁকে আমার স্বপ্নের কথাটা বলিনি। তিনি দৃশ্য দেখে আহা উহু করছেন। বললেন, 'চলুন মশাই—ওইখানেই নামা যাক। ভারী মনোরম জায়গা বলে মনে হচ্ছে।'

আমার মন বিস্ময়ে ভরে উঠেছে। স্বপ্নও তা হলে সত্যি হয়! আর আধ ঘণ্টার মধ্যেই দ্বীপে পৌঁছে যাব। ঢিমু দিব্যি আছে।

৫ই এপ্রিল, সকাল সাড়ে নটা

আমরা দশ মিনিট হল ল্যান্ড করেছি। এমন একটা অদ্ভুত জায়গাও তা হলে পৃথিবীতে থাকতে পারে। গাছপালা যে অদ্ভুত হবে, সেটা তো আগেই বুঝতে পেরেছিলাম, কিন্তু এসে দেখছি এর মাটিও অন্যরকম। মাটি বলতে আমরা যা বুঝি, এটা তা নয়। এমনকী এটা

বালিও নয়। বালির চেয়ে অন্তত চারগুণ বড় লাল আর নীল রঙের দানার সমষ্টি এই মাটি। দূর থেকে লাল ও নীল একাকার হয়ে বেগুনিতে পরিণত হয় ; হাতে তুললে তবে বোঝা যায়, দানাগুলো আসলে দুরকম রঙের। দানার ওজন অসম্ভব রকম ভারী। একমুঠো হাতে নিয়ে মিনিটখানেকের বেশি রাখা যায় না—হাত টনটন করে।

আসল দেখবার জিনিস অবিশ্যি গাছপালা। দ্বীপের এদিকের গাছের রং দেখে কিঞ্চিৎ হতাশ হয়েছি। স্বপ্নে দেখা রঙের জেল্লা এতে নেই। সব রঙের মধ্যেই যেন একটা কালোর ছোপ পড়েছে, ডালপালা কুঁচকে কুঁকড়ে গেছে, গাছ নুইয়ে পড়েছে, ফুলের পাপড়ি শুকিয়ে মাটিতে পড়ে আছে। এগুলো সব জীবন্ত কি না, সে বিষয়ে সন্দেহ হয়। তবে আমি জানি, দ্বীপের অন্য দিকটায় রঙের ছড়াছড়ি। এদিকে অবাক হতে হয় রং দেখে নয়, ফুল ফল পাতার সাইজ দেখে। একটু বিশ্রাম করে আমরা উলটোদিকটায় যাব।

শ্যাঙ্কোপ্লেনটা আমাদের হাত বিশেক দূরে দাঁড়িয়ে রয়েছে। চমৎকার কাজ দিয়েছে আমার নিজের হাতে তৈরি এই আকাশযানটি। টিমু চুপচাপ মাটিতে বসে আস্তে আস্তে হাত দিয়ে নীল লাল দানাগুলো নাড়াচাড়া করছে। হাফপ্যান্ট পরা অবিনাশবাবু সমুদ্রের জলে হাত মুখ ধুয়ে কুলকুচি করে আমার কাছে এসে বনের দিকে দেখতে দেখতে বললেন, 'যাবার সময় সঙ্গে কিছু চারা নিয়ে যাবেন। আপনার বাগানে দু'একটা এরকম গাছ গজাতে পারলে বাহার হবে।'

ভদ্রলোক ফ্লোরোনার অনন্যসাধারণ বিশেষত্বটা বোধ হয় বুঝে উঠতে পারেননি, তাই ওঁর মনে বিস্ময়ের ভাব জাগছে না। টিমুর চালচলন লক্ষ করছি আগের চেয়ে যেন একটু বেশি দ্রুত। হয়তো তার মনেও একটা উত্তেজনার সৃষ্টি হয়েছে, যদিও তার গোল গোল চোখে সেটা নতুন করে প্রকাশ পাবার কোনও উপায় নেই।

এইমাত্র একটা ক্ষীণ অথচ তীক্ষ্ণ আওয়াজ কানে এল। ঠিক যেন কেউ হাসছে। বোধ হয় কোনও পাখিটাখি হবে, যদিও এসে অবধি একটি প্রাণীও চোখে পড়েনি। মাটিতে কোনও পোকামাকড় পর্যন্ত আছে বলে মনে হয় না, জীবজন্তু তো দূরের কথা। এদিক দিয়ে জায়গাটাকে ভারী নিরাপদ বলে মনে হয়। তাই বোধ হয় মনটা কী রকম হালকা হয়ে গেছে। মাথাটাও হালকা লাগছে। আমার গিরিডির গবেষণাগারে, আমার যাবতীয় বৈজ্ঞানিক সমস্যা, অঙ্কের হিসাব আর ফরমুলা—সবই যেন অন্য জগতের অন্য আর এক যুগের জিনিস বলে মনে হচ্ছে।

এদিকটায় এসেছি। বড় অলস লাগছে। চারিদিকে রং। স্বপ্নের সব কিছুই এখানে। আরেক অদ্ভুত ঘটনা। সেই হারানো সাতজনই সবাই এখানে। কী হয়েছে তাঁদের জানি না। সবাই বসে আছেন হাত পা ছড়িয়ে। সবাই যেন খোকা। সবাই যেন বোকা। খালি হা হা করে হাসেন। আর কী লিখি। আর কিছুই নেই লেখার। আমায় ডাকছে বোধ হয়। হ্যাঁ, আমায় ডাকছে, যাই আমি।

অবিনাশবাবুর কথা

আমি শ্রীঅবিনাশচন্দ্র মজুমদার লিখিতেছি। খাতা শঙ্কুমহাশয়ের। আজ তারিখ ৫ই এপ্রিল, সময় রাত আড়াইটা। লিখিবার অভ্যাস নাই। একমাত্র চিঠিপত্র ব্যতীত বহুকাল যাবৎ আর কিছু লিখি নাই। বাল্যকালে ইস্কুলে একবার প্রবন্ধ লিখিয়া শিক্ষকের বাহবা পাইয়াছিলাম, পঞ্চাশ বৎসর পরে পুনরায় লেখনী ধারণ করিতেছি। আজিকার ঘটনা লিপিবদ্ধ করা একান্ত কর্তব্য। আমারও যদি কিছু হয়, এই খাতা যে ব্যক্তির হস্তে পড়িবে,

তিনি এক অবিস্মরণীয়, আতঙ্কজনক অলৌকিক ঘটনার বিষয় অবগত হইবেন। আমার পশ্চাতে বিশ হাত দূরে বন। বনের বৃক্ষাদি হইতে যে রঙিন আলোক নির্গত হইয়া চতুর্দিকে বিচ্ছুরিত হইতেছে, সেই আলোতেই লিখিতেছি। অন্য কোনও আলো নাই, কারণ আকাশ মেঘশূন্য হইলেও আজ অমাবস্যা।

এই দ্বীপে পঁহুছিয়া পূর্ব উপকূলে আধঘণ্টা কাল অবস্থানের পর শঙ্কু প্রস্তাব করিলেন যে, দ্বীপের অন্যত্র কী আছে বা না আছে তাহা একবার অনুসন্ধান করা উচিত। আকাশ হইতেই বুঝিয়াছিলাম যে দ্বীপটি বৃত্তাকার, এবং এই বৃত্তের ডায়ামিটার দুই মাইলের অধিক নহে। আমরা স্থির করিলাম অনুসন্ধান পদব্রজে না করিয়া আকাশযানের সাহায্যেই করা হইবে। অতএব বৃথা কালক্ষয় না করিয়া টিমুবানরকে সঙ্গে লইয়া আমরা রওয়ানা হইলাম।

ভূমি হইতে পঞ্চাশ ফুট ঊর্ধ্বে থাকিয়া দশ মাইল বেগে আমরা পশ্চিম উপকূলের উদ্দেশে উড়িয়া চলিলাম।

এক মাইল পথ এইভাবে চলিবার পর আমরা স্পষ্টই বুঝিতে পারিলাম যে যতই পশ্চিম দিকে অগ্রসর হইতেছি, নিম্নের বৃক্ষের বর্ণশোভা ততই বৃদ্ধি পাইতেছে। সতেরো মিনিটকাল এইভাবে উড়িবার পর শঙ্কুমহাশয়ের আকাশযানটি পুনরায় ভূমি স্পর্শ করিল।

যান হইতে উত্তীর্ণ হইবামাত্র একটা আশ্চর্য জিনিস আমার দৃষ্টি আকর্ষণ করিল। কাহার জানি একজোড়া সোনার চশমা মাটিতে পড়িয়া আছে, তাহার লেন্‌স্‌দ্বয় অপরাহ্ণের সূর্যালোকে ঝিক ঝিক করিতেছে। শঙ্কুমহাশয় একটা অস্ফুট শব্দ করিয়া চশমাটি হাতে তুলিয়া নাড়িয়া চাড়িয়া বলিলেন, 'হ্যামলিন।' অতঃপর আমরা হাঁটিয়া (টিমু আমার স্কন্ধে) আরও কিছু দূর অগ্রসর হইলে আরও কিছু আশ্চর্য জিনিস আমাদের দৃষ্টিগোচর হইল। প্রথমে একটা ধূসরবর্ণ ফেল্ট টুপি, তারপর একটা ওয়াকিং স্টিক, তারপর একটা সবুজ রঙের রেশমের রুমাল, তারপর বাঁকানো পাইপ, এবং সর্বশেষে এইসমস্ত কিছুর পর একটা আস্ত মানুষ।

ইনি সম্ভবত জাপানি অথবা চিনদেশীয়। পরনে গাঢ় নীল রঙের সুট। দুইটি সু-জুতার একটি হাতে লইয়া হাসি হাসি মুখে আমাদের দিকে চাহিয়া বসিয়া আছেন। লক্ষ করিলাম ভদ্রলোকের তিনটি দাঁত সোনা দিয়া বাঁধানো। শঙ্কুমহাশয় ভদ্রলোককে দেখিয়া 'হামাদা' শব্দটি উচ্চারণ করিলেন। উক্ত শব্দের অর্থ আমার বোধগম্য হইল না। জাপানি (বা চিনা) ভদ্রলোকটি কোনও কথাই কহিলেন না। কেবল সেই একই ভাবে দন্ত বিকশিত অবস্থায় বসিয়া রহিলেন।

শঙ্কু মহাশয়কে উদ্দেশ করিয়া বলিলাম, 'কী বুঝিতেছেন ?' তিনি আমার প্রশ্নে কর্ণপাত করিলেন না। তাঁহার দিকে চাহিয়া দেখি, তিনি যেন আনন্দে বিহ্বল। দুইবার লাফাইলেন। দুইবার হাততালি দিলেন। তৎপরে পুনরায় হাঁটিতে লাগিলেন।

পাঁচ মিনিটের মধ্যে আমরা আরও ছয়জন ব্যক্তির সাক্ষাৎ পাইলাম। ছয়জনই বিদেশীয়। অর্থাৎ ইউরোপবাসী। একজন তাঁহার মনিব্যাগ হইতে এক একটি করিয়া রৌপ্যমুদ্রা বাহির করিয়া ব্যাঙবাজি খেলার ভঙ্গিতে সমুদ্রের জলে নিক্ষেপ করিতেছেন, আর একজন অদম্য উৎসাহে ডিগবাজি খাইতেছেন, আর একজন জাঙিয়া পরিয়া দুই হাত নৃত্যের ভঙ্গিতে উত্তোলন করিয়া দুর্বোধ্য ভাষায় গান গাহিতেছেন, আর একজন একটি ইংরাজি ছেলেভুলানো ছড়া—যাহার প্রথম পংক্তি 'ব্যা ব্যা ব্ল্যাকশিপ'—সুর করিয়া আবৃত্তি করিতেছেন। শেষোক্ত ব্যক্তিটিকে শঙ্কুমহাশয় 'হ্যামলিন' বলিয়া সম্বোধন করিয়া তাঁহার দিকে দক্ষিণ হস্ত প্রসারিত করিয়া অগ্রসর হইবামাত্র ভদ্রলোক ব্ল্যাকশীপ ছাড়িয়া 'জ্যাকাঞ্জিল' ছড়াটি আবৃত্তি আরম্ভ করিলেন।

অবশিষ্ট দুইজনকে দেখিতে পাইলাম বৃক্ষতলে পরম নিশ্চিন্তে নিদ্রিত অবস্থায়। ইহার পর

শঙ্কুমহাশয় তাঁহার কোটের পকেট হইতে তাঁহার লাল ডায়রি খাতাটি বাহির করিয়া সমুদ্রতটে বসিয়া কী যেন লিখিতে আরম্ভ করিলেন। আমি পুনরায় তাঁহাকে জিজ্ঞাসা করিলাম, 'এই সবের অর্থ কী ? ইহারা কাহারা ? হ্যামলিন কে ? হামাদা কী ? ইহারা সকলেই ভদ্র এবং প্রবীণ হওয়া সত্ত্বেও নির্বোধ শিশুর ন্যায় আচরণ করিতেছে কেন ? সবকিছু দেখিয়া শুনিয়া আমি সবিশেষ চিন্তিত ও বিমূঢ়, কিন্তু আপনাকে এত নিশ্চিন্ত দেখিতেছি কেন ?' বলা বাহুল্য আমার কোনও প্রশ্নেরই কোনও উত্তর পাওয়া গেল না। শঙ্কুমহাশয়ও দেখিলাম, অধিক লিখিতে পারিলেন না। খাতা ও ফাউন্টেন পেন তাঁহার পার্শ্বেই পড়িয়া রহিল, তিনি নির্বাক হইয়া সমুদ্রের দিকে চাহিয়া রহিলেন।

আমার পকেট-ওয়াচে দেখি ছয়টা বাজিতে আর পাঁচ মিনিট বাকি। এতক্ষণ সময় কাটিয়া গিয়াছে তাহা ভাবিতেই পারি নাই। সূর্য পশ্চিম গগনে হেলিয়া পড়িয়াছে, অল্পক্ষণের মধ্যেই অস্তমিত হইবে। সমুদ্র প্রায় নিস্তরঙ্গ, সুতরাং জলের শব্দ নাই বলিলেই চলে। পক্ষীর কাকলিও নাই, কারণ পক্ষীই নাই। টিমু ব্যতীত অন্য কোনও পশুও নাই; মশার শব্দ, তক্ষকের ডাক, শৃগালের চিৎকার, ভেকের কলরব, ঝিঁঝির ঐক্যতান— কিছুই নাই। চারিদিকে অপার্থিব আদিম নিস্তব্ধতা।

গাছপালার দিকে দৃষ্টি গেল। পত্র-পুষ্প-ফুলে প্রতিটি গাছ টইটম্বুর, কিন্তু তাহাদের মধ্যে বিন্দুমাত্র স্পন্দনের আভাস নাই। সমস্ত প্রকৃতিই যেন রুদ্ধশ্বাসে কীসের জন্য অপেক্ষা করিয়া বসিয়া আছে। আরও একটি আশ্চর্য এই যে, ফুলফলের এত প্রাচুর্য সত্ত্বেও কোনও প্রকার গন্ধ আমার নাসিকায় প্রবেশ করিতেছে না, না দুর্গন্ধ, না সুগন্ধ।

আমি অবাক হইয়া চারিদিকের অপূর্ব বন্য শোভা লক্ষ করিতেছি, এমন সময় সহসা আলোক হ্রাস পাওয়াতে বুঝিলাম সূর্য অস্ত গেল। পরমুহূর্তেই অনুভব করিলাম সমুদ্রের দিক

হইতে একটা দমকা হাওয়া আসিয়া বনের মধ্যে একটা আলোড়নের সৃষ্টি করিল। ঢিমুবানর আমা হইতে কিয়দ্দূরে বসিয়াছিল ; এক্ষণে সে ধীর পদক্ষেপে আমার নিকট আসিয়া উপস্থিত হইল। আমি তাহাকে দুই হাতে তুলিয়া আমার স্কন্ধে স্থাপন করাতে সে তৎক্ষণাৎ আমার গলা জড়াইয়া ধরিল। ঢিমু কি ভয় পাইয়াছে ? জানি না। ঈশ্বর করুন, নিরীহ বানরের যেন কোনওরূপ অনিষ্ট না হয়।

এ কীসের শব্দ ? সহসা চারিদিক হইতে সম্মিলিত সংগীতের মতো মিহি মোলায়েম স্বর উত্থিত হইতেছে।

হু হু হু হু রি রি রি রি রি করিয়া এই স্বর ক্রমে তীব্রতর হইয়া তারসপ্তকে উঠিল। আমি দুরু দুরু বক্ষে বনের দিকে চাহিতেই এক অদ্ভুত অভাবনীয় নূতন কাণ্ডের সূচনা লক্ষ করিলাম। বনের প্রতিটি বৃক্ষ যেন সহসা চঞ্চল হইয়া উঠিয়াছে। প্রতিটি পত্র, প্রতিটি ফুল ও ফল যেন সজীব ও অস্থির হইয়া বৃক্ষ হইতে মুক্তি পাইবার জন্য ছটফট করিতেছে। সন্ধ্যা ঘনাইয়া আসিতেছে, কিন্তু বনের মধ্যে ক্রমে ক্রমে যেন আলোক বৃদ্ধি পাইতেছে।

শঙ্কুমহাশয় কি এ দৃশ্য দেখিতেছেন ?

অনুসন্ধানে বুঝিলাম তিনি স্থান পরিবর্তন করিয়াছেন অথবা করিতে চলিয়াছেন। শিশুর ন্যায় হামাগুড়ি দিয়া তিনি একটি বিশেষ বৃক্ষের দিকে অগ্রসর হইতেছেন। এই বৃক্ষটি অন্যগুলির তুলনায় অপেক্ষাকৃত নিষ্প্রভ, কারণ ইহার ফুলের রং বাদামি। এক একটি ফুল এক একটি বাঁধাকপির ন্যায় বৃহৎ। শঙ্কুমহাশয় বৃক্ষটির পাদদেশ লক্ষ্য করিয়া অগ্রসর হইতেছেন। অবাক হইয়া দেখিলাম, বৃক্ষস্থিত বৃহদাকার ফলগুলি যেন তাঁহাকেই অভিবাদন করিবার জন্য তাঁহারই দিকে নত হইতেছে।

এই দৃশ্য দেখিয়া হঠাৎ কেন জানি আমার মনে গভীর ত্রাসের সঞ্চার হইল। শঙ্কুমহাশয়

যখন বৃক্ষমূল হইতে সামান্য দূরে, তখন আমি আর স্থির থাকিতে না পারিয়া এক লম্ফে বৃক্ষের সম্মুখে উপস্থিত হইয়া সর্বাপেক্ষা নিকটবর্তী ফুলটির নিম্নগতি রোধ করিবার জন্য আমার দুই হস্ত সম্মুখে প্রসারিত করিলাম। পরমুহূর্তে ফুলটি এক আশ্চর্য কাণ্ড করিয়া বসিল, যাহার কথা ভাবিলে এখনও আমার সমস্ত দেহ হিম হইয়া আসে। ফুল যে সর্পের ন্যায় ছোবল মারিতে জানে, ইহা আমার ধারণাতীত ছিল। এক্ষণে বুঝিলাম, আমার জ্ঞান কত সীমিত। সেই প্রকাণ্ড ফুলের ছোবলে প্রথমত ঢিমু আমার স্কন্ধ হইতে ছিটকাইয়া দশ হাত দূরে পড়িল। তাহার পর আমিও ধরাশায়ী হইলাম। পতনের সময় ফুলটিকে জাপটাইয়া ধরার ফলে আমার হস্তে তাহার একটি স্তবকের একটি সামান্য ছিন্ন অংশ রহিয়া গেল।

আর শঙ্কুমহাশয় ? তিনি নিরুদ্বিগ্ন ভাবে হামাগুড়ি দিয়া বৃক্ষটির পাদদেশে পৌঁছিলেন, এবং ফুলটি নামিয়া আসিয়া তাঁহার মস্তক আচ্ছাদিত করিল। ইহার পর কয়েক মুহূর্তের মধ্যেই দেখিলাম, ফুলের স্তবকগুলি শঙ্কুমহাশয়ের মস্তকের চতুর্দিকে বেষ্টন করিতেছে।

কিছুক্ষণ এইভাবে থাকিয়া ফুলটি আবার স্বাভাবিক অবস্থায় ফিরিয়া গেল। এক্ষণে চক্ষু বিস্ফারিত করিয়া দেখিলাম, ফুলের বাদামি রং মুহূর্ত মধ্যে হলুদে পরিণত হইল। এই হলুদে কমলার ছোপ। এই হলুদ অস্বাভাবিক রকম উজ্জ্বল, এবং সমগ্র বৃক্ষটিতে আন্দোলনের সঞ্চার হওয়ার ফলে এই হলুদকে লেলিহান অগ্নিশিখার মতোই প্রতীয়মান হইল।

শঙ্কুমহাশয়কে দেখিলাম, তিনি অন্য একটি বৃক্ষের দিকে হামাগুড়ি দিতেছেন।

আমি আর দেখিতে পারিলাম না। প্রায় দশ মিনিট কাল এইভাবে বৃক্ষ হইতে বৃক্ষান্তরে গমন করিয়া অবশেষে শঙ্কুমহাশয় পুনরায় আমার পার্শ্বে উপস্থিত হইলেন, যদিও তিনি আমার নৈকট্য সম্পর্কে আদৌ সচেতন বলিয়া বোধ হইল না। অর্ধনিমিলিত নেত্রে দুই বাহু উত্তোলন করিয়া হাসি হাসি মুখে তিনি কেবল দুইটি শব্দই বার বার উচ্চারণ করিতে লাগিলেন—'টিডলি উইঙ্কস...টিডলি উইঙ্কস...টিডলি উইঙ্কস।'

প্রায় ত্রিশবার একইভাবে গদ্‌গদ কণ্ঠে উক্ত অর্থহীন শব্দটি উচ্চারণ করিয়া শঙ্কুমহাশয় ভূমিতে গাত্র এলাইয়া দিয়া হয় অচেতন না হয় নিদ্রিত হইয়া পড়িলেন।

বনে এখন উন্মাদনা। ফল-ফুলের সুতীক্ষ্ম বর্ণচ্ছটায় আমার চক্ষু দিয়া অশ্রু নির্গত হইতেছে, তাহাদের সমবেত রি রি রি রি রি সংগীতে কর্ণপটাহ বিদীর্ণ হইবার উপক্রম, তাহাদের তাণ্ডবলীলায় বক্ষে কণ্ঠরোধকারী ত্রাসের সঞ্চার। এ কি স্বপ্ন না সত্যি ? আমার স্কন্ধে ঢিমুবানর এখনও সজাগ। তাহার আচরণে কোনওরূপ পরিবর্তন নাই। দুই হাতে এখনও সে আমার গলা বেষ্টন করিয়া আছে, তাহার বিশাল চক্ষুদ্বয়ে পরিপার্শ্বের বর্ণচ্ছটা প্রতিফলিত হইতেছে।

আমি বনের পার্শ্ব হইতে সমুদ্রের দিকে অগ্রসর হইলাম। জাপানি ও বিদেশীয় যে সাতজনকে দেখিয়াছিলাম, তাহাদের পুনরায় দেখিতে পাইলাম। তাহারা সকলেই এখন নিদ্রিত—হাত-পা ছড়াইয়া অসহায়ভাবে সমুদ্রতটে শায়িত। একমাত্র আমারই চক্ষু হইতে নিদ্রা বিতাড়িত। মনে মনে বলিলাম, শঙ্কুমহাশয়ের সহিত একত্রে দেশভ্রমণের বাসনা বোধ হয় চিরকালের জন্য মিটিল।

ঢিমুকে লইয়া একটি নির্জন স্থান দেখিয়া তথায় উপবেশন করিলাম। বিমানপোতটি যেমন রাখা ছিল তেমনই রহিয়াছে। সমুদ্রের জল তাহার দুই হাতের মধ্যে আসিয়া ছলাৎ ছলাৎ করিয়া পড়িতেছে। সামান্য তরঙ্গের আভাস দেখা যায় যেন জলের মধ্যে।

একমাত্র আমাদের দ্বীপ ব্যতীত আর সর্বত্রই প্রগাঢ় অন্ধকার। সমুদ্র কোথায় গিয়া আকাশের সঙ্গে মিলিয়াছে, তাহা বুঝিবার কোনও উপায় নাই। মেঘমুক্ত আকাশে অগণিত নক্ষত্রের মধ্য দিয়া ছায়াপথ চলিয়া গিয়াছে। একটি উল্কাপাতও আমার দৃষ্টিগোচর হইল।

মুহূর্তের জন্য মনে হইল আমি এক বিভীষিকাময় স্বপ্ন দেখিতেছি; প্রকৃতপক্ষে আমি গিরিডিতেই আছি, নিদ্রাভঙ্গ হইলে দেখিতে পাইব আমার পরিচিত অভ্যস্ত দৈনন্দিন জগতে ফিরিয়া আসিয়াছি। কিন্তু পরক্ষণেই আমার সাময়িক ভ্রান্তি দূর হইল, এবং আমি পুনরায় বিষাদ ও আতঙ্কে নিমজ্জিত হইলাম। অতঃপর স্থির করিলাম, শঙ্কুমহাশয়ের খাতায় আজিকার ঘটনা লিপিবদ্ধ করিব। শঙ্কুমহাশয়কে যে অবস্থায় দেখিয়া আসিয়াছি, তাহার আর কোনওদিন লেখনী ধারণ করা সম্ভব হইবে বলিয়া মনে হয় না।

কিন্তু এ কী? সহসা একটা আন্দোলন অনুভব করিতেছি কেন? সমগ্র দ্বীপটাই যে দুলিতে আরম্ভ করিয়াছে। ভূমিকম্প নাকি? জলরেখা আমার দিকে অগ্রসর হইতেছে কেন? আমাদের আকাশযান ক্রমশ ভাসিয়া দূরে চলিয়া যাইতেছে কেন? চারিপার্শ্ব হইতে হাহাকার উত্থিত হইতেছে কেন?

এ কী—আমার হাফপ্যান্টের পশ্চাৎদেশে একটা আর্দ্র শীতলতা অনুভব করিতেছি কেন? শেষ পর্যন্ত কি আমার অদৃষ্টে সলিলসমাধি রহিয়াছে?

এখন আমার কোমর অবধি জল, আমি দণ্ডায়মান অবস্থায় লিখিতেছি। টিমু আমার স্কন্ধে কম্পমান। দূরে সমুদ্রবক্ষে একটি আলোকবিন্দু দ্রুত অগ্রসর হইতেছে আমাদের দিকে। আর লেখা অসম্ভব। হে ঈশ্বর—

প্রফেসর শঙ্কুর ডায়রি। গিরিডি, ৭ই জুলাই মঙ্গলবার সকাল সাড়ে দশটা

আমি আজ আবার লিখতে পারছি। এই তিন মাসে আমার হারানো বুদ্ধি ও জ্ঞানের অনেকটাই ফিরে পেয়েছি। আমি যে উনসত্তরটা ভাষা জানতাম, তার মধ্যে ছাপ্পান্নটা এর মধ্যেই আবার বেশ সড়গড় হয়ে গেছে। বাকি ক'টা নতুন করে শিখে নিতে আরও মাস দুয়েক লাগবে বলে মনে হয়।

কাল হ্যামলিনের একটা চিঠি পেয়েছি। নিজের ভাষাতেই লিখেছে, কিন্তু তার মধ্যে বানান ও ব্যাকরণ দুইয়েরই অনেক ভুল। ফলে মনে হয়, ওর প্রোগ্রেস আমার চেয়ে অনেক বেশি ঢিমে। বাকি কয়জনের খবর জানি না। অনুমান করা যায় তাঁরা সকলেই বেঁচে আছেন, কারণ জাহাজে সুস্থ অবস্থায় উঠেছিলাম সকলেই। এখনও ভাবতে ভয় হয় যে, আমি যদি একা গিয়ে ফ্লোরোনাতে উপস্থিত হতাম, তা হলে আমাকে উদ্ধার করার জন্য ম্যানিলা থেকে কোনও জাহাজ আসত না। ফ্লোরোনার সঙ্গে সঙ্গে আমি ও অবিনাশবাবু দুজনেই সমুদ্রগর্ভে তলিয়ে যেতাম।

হ্যামলিনের চিঠিতে জানলাম যে আমি ক'দিন থেকে যেটা অনুমান করছি সেটা ঠিকই। আমরা সবাই একই স্বপ্ন দেখে একই আকর্ষণে ফ্লোরোনায় হাজির হয়েছিলাম। খবরের কাগজে বেরিয়েছে যে আমরা আটজন ছাড়াও আরও বহু পণ্ডিত ব্যক্তি ওই একই সময় একই স্বপ্ন দেখে ফ্লোরোনায় যাবার জন্য ছটফট করেছিলেন কিন্তু তাঁদের পক্ষে প্রশান্ত মহাসাগরের মধ্যে অবস্থিত ওই বেয়াড়া জায়গাটাতে গিয়ে পৌঁছানোর কোনও উপায় ছিল না।

ফ্লোরোনা-রহস্যের ষোলো আনা সমাধান কোনওদিনই হবে বলে মনে হয় না। তবে যেটুকু জানতে পেরেছি, তা থেকে বাকিটা অনুমান করে নেওয়া কঠিন না। ফ্লোরোনায় যে এক বিচিত্র প্রাণীর খপ্পরে পড়তে হয়েছিল সেটা তো বুঝতেই পেরেছি। এই বোঝার ব্যাপারে অবিনাশবাবুর অবদান কম নয়। গত বুধবার ভদ্রলোক আমাকে দেখতে এসে আমায় একটা আশ্চর্য জিনিস উপহার দিলেন। হাতে নিয়ে রবারের টুকরো বলে মনে হল। ভদ্রলোকের দিকে চাইতেই তিনি হেসে বললেন, 'ফুলের ঘায়ে সত্যিই মূর্ছা গেসলুম মশাই। যে ফুল

আপনার মাথায় চেপেছিল—এ হল তারই পাপড়ির একটা টুকরো।'

ল্যাবরেটরিতে পরীক্ষা করে জেনেছি, এই পাপড়ির সঙ্গে পৃথিবীর কোনও ফুলের কোনও পাপড়ির কোনও মিল নেই। এই পাপড়ির অ্যানাটমি অবিশ্বাস্য রকম জটিল ; প্রায় একজন মনুষ্যের মস্তিষ্কে যে ধরনের জটিলতা থাকে, এতেও তাই।

ফ্লোরোনার পশ্চিম উপকূলে যাবার পর আমি কী করেছিলাম না-করেছিলাম, তা আমার মনে নেই, কিন্তু অবিনাশবাবুর বর্ণনা থেকে বুঝতে পারলাম এই ফুল কোনও আশ্চর্য উপায়ে আমার মস্তিষ্ক থেকে আমার বিদ্যাবুদ্ধির অনেকটা নিংড়ে বার করে নিয়েছিল। তারপর একের পর এক আরও অন্য ফুলও এই কাজটি করার ফলে শেষে আমি যে অবস্থায় পৌঁছেছিলাম, তার সঙ্গে একটা নির্বোধ শিশুর কোনও পার্থক্য নেই। হ্যামলিনদের সাতজনেরও এই একই ব্যাপার হয়েছিল।

অবিনাশবাবুর মতে আমাকে শোষণ করার পর গাছের রঙের জেল্লা নাকি আশ্চর্যভাবে বেড়ে গিয়েছিল। এ থেকে একটা জিনিসই প্রমাণ হয়—এবং সেটা এতই অস্বাভাবিক যে লিখতেও সঙ্কোচ বোধ করছি—ফ্লোরোনা দ্বীপের গাছপালার খাদ্য হচ্ছে জ্ঞান, যে জ্ঞান তারা শুষে নেয় পণ্ডিত ব্যক্তিদের মস্তিষ্ক থেকে। শুধু তাই নয়, তেমন ভাবে ক্ষুধার্ত হলে এরা উর্বরমস্তিষ্ক লোকদের স্বপ্ন দেখিয়ে আকর্ষণ করে নিজেদের কাছে নিয়ে আসতে পারে। পৃথিবীর গাছপালা পুষ্টিকর খাদ্য আহরণ করে বাতাস, মাটি ও সূর্যের আলো থেকে। এই তিনটি জিনিসের একটিও যে এদের বাঁচিয়ে রাখতে পারে না সেটা পূর্ব উপকূলের গাছগুলো দেখেই বুঝতে পারা গিয়েছিল।

সব শুনেটুনে অবিনাশবাবু বললেন, 'তা তো বুঝলাম—এরা না হয় জ্ঞান ভক্ষণ করে বেঁচে থাকে। কিন্তু তাই বলে দ্বীপটা শেষ পর্যন্ত জলের তলায় তলিয়ে গেল কেন বলুন তো ?'

আমি বললাম, 'ফ্লোরোনা আসলে একটা দ্বীপ কি না, সে-বিষয়েও আমার মনে খটকা রয়েছে। আমার তো মনে হয় দ্বীপ না হয়ে অন্য কোনও সৌরজগৎ থেকে ছিটকে আসা গ্রহ বা গ্রহের অংশও হতে পারে। এমনকী, অন্য গ্রহ থেকে আসা একটা রকেট জাতীয়ও কিছু হতে পারে।'

আমার কথাটা শেষ হওয়ামাত্র কোত্থেকে জানি একটা ক্ষীণ, বিদ্রূপাত্মক হাসির শব্দ শুনে চমকে উঠলাম।

অবিনাশবাবুর দিকে চেয়ে দেখি, তিনিও আমারই মতো হতভম্ব। টিমু ও নিউটনও দেখি খেলা থামিয়ে মেঝের উপর চুপ করে দাঁড়িয়ে আছে। কী হল ? কীসের শব্দ ? কে হাসল ?

এবার দৃষ্টি গেল আমার গবেষণার সাজসরঞ্জাম রাখা টেবিলের একটা কোণের দিকে। অবিনাশবাবুর দেওয়া পাপড়ির টুকরোটা সেখানে ছিল। কিন্তু এখন আর নেই। নীচের দিকে চাইতে দেখলাম সেটা মাটিতে পড়ে আছে। অথচ আমি কিন্তু ফেলিনি।

পাপড়িটার রঙে কি সামান্য পরিবর্তন লক্ষ করা যাচ্ছে ?

ও সব আর ভেবে দরকার নেই। হাতের কাছেই দেরাজের মধ্যে আমার অ্যানাইহিলিন পিস্তলটা ছিল ; পাপড়ির দিকে তাগ করে সেটার ঘোড়া টিপে দিলাম।

অন্তর্হিত পাপড়িটার জায়গায় কিছুক্ষণ চেয়ে থেকে অবিনাশবাবু দীর্ঘশ্বাস ফেলে বললেন, 'এবার থেকে দিনে দশ ঘণ্টা ঘুমোব।'

আমি বললাম, 'হঠাৎ এ কথা কেন ?'

ভদ্রলোক বললেন, 'রাত জেগে বই পড়ে মাথাটাকে জ্ঞানের ডিপো করে তো জীবনটাকে খোয়াতে বসেছিলেন। যা অবস্থা হয়েছিল আপনার, তাকে তো ছিবড়ে ছাড়া আর কিছুই বলা

যায় না—আবার জিজ্ঞেস করছেন, কেন ?'

ভদ্রলোককে দেবার মতো জুতসই কোনও উত্তর খুঁজে পেলাম না।

সন্দেশ। বৈশাখ-জ্যৈষ্ঠ ১৩৭৮

আশ্চর্য প্রাণী

১০ই মার্চ

গবেষণা সম্পূর্ণ ব্যর্থ। আমার জীবনে এর আগে এ রকম কখনও হয়নি। একমাত্র সান্ত্বনা যে এটা আমার একার গবেষণা নয়, এটার সঙ্গে আরও একজন জড়িত আছেন। হাম্‌বোল্টও বেশ মুষড়ে পড়েছে। তবে এত সহজে নিরুদ্যম হলে চলবে না। কাল আবার উঠে পড়ে লাগতে হবে।

১১ই মার্চ

আজও কোনও ফল পাওয়া গেল না। যদি যেত, তা হলে অবিশ্যি সারা পৃথিবীতে সাড়া পড়ে যেত। কিন্তু সে সৌভাগ্য আমাদের হবে কি না সন্দেহ। আমি অবিশ্যি আমার হতাশা বাইরে প্রকাশ করি না, কিন্তু হাম্‌বোল্ট দেখলাম আমার মতো সংযমী নয়। আজ ল্যাবরেটরি থেকে বেরিয়ে এসে হঠাৎ কথা নেই বার্তা নেই, ওর পোষা বিরাট গ্রেট ডেন কুকুরটার পাঁজরায় একটা লাথি মেরে বসল। হাম্‌বোল্টের চরিত্রের এ দিকটা আমার জানা ছিল না। তাই প্রথমটায় বেশ ঘাবড়ে গিয়েছিলাম। তবে রাগটা বেশিক্ষণ ছিল না। মিনিট দশেকের মধ্যেই তুড়ি মেরে নেপোলিয়নকে কাছে ডেকে মাথায় হাত বুলিয়ে দিল। নেপোলিয়নও দেখলাম দিব্যি লেজ নাড়ছে।

আজ প্রচণ্ড শীত। সকাল থেকে কনকনে হাওয়া বইছে। বাইরেটা বরফ পড়ে একেবারে সাদা হয়ে রয়েছে। বৈঠকখানার ফায়ারপ্লেসের সামনে বসেই আজ দিনটা কাটাতে হবে। আমি জানি হাম্‌বোল্ট আমাকে আবার সুপার-চেস খেলতে বাধ্য করবে। সুপার-চেস, অর্থাৎ দাবার বাবা। এটা হাম্‌বোল্টেরই আবিষ্কার। বোর্ডের সাইজ ডবল। ঘুঁটির সংখ্যা ষোলোর জায়গায় বত্রিশ, ঘুঁটির চালচলনও দাবার চেয়ে শতগুণে বেশি জটিল। আমার অবিশ্যি খেলাটা শিখে নিতে ঘণ্টা তিনেকের বেশি সময় লাগেনি। প্রথম দিন হাম্‌বোল্ট আমাকে হারালেও, কাল পর্যন্ত পর পর তিন দিন আমি ওকে কিস্তি মাৎ করে দিয়েছি। মনে মনে স্থির করেছি যে আজ যদি খেলতেই হয়, তা হলে ইচ্ছে করেই হারব। ওর মেজাজের যা নমুনা দেখলাম, ওকে একটু তোয়াজে রাখাই বুদ্ধিমানের কাজ হবে।

১২ই মার্চ

আজ প্রথম একটু আশার আলো দেখতে পেলাম। হয়তো বা শেষপর্যন্ত সত্যিই পৃথিবীর ইতিহাসে মানুষের হাতে প্রথম একটি প্রাণীর সৃষ্টি হবে। আজ মাইক্রোম্যাগনাস্কোপের সাহায্যে যে জিনিসটা ফ্লাস্কের মধ্যে দেখা গেল, সেরকম এর আগে কখনও দেখা যায়নি। একটা পরমাণুর আয়তনের cell জাতীয় জিনিস। হাম্‌বোল্‌ট দেখার পর আমি চোখ লাগানোর কয়েক সেকেন্ডের মধ্যেই সেটা অদৃশ্য হয়ে গেল। ভাবগতিক দেখে সেটাকে প্রাণী বলতে দ্বিধা হয় না, এবং এটার সৃষ্টি হয়েছিল যে আমাদের গবেষণার ফলেই, তাতেও কোনও সন্দেহ নেই। হাম্‌বোল্‌ট প্রচণ্ডভাবে উত্তেজিত হয়েছিল বলাই বাহুল্য। সত্যি বলতে কী, যন্ত্রটা থেকে চোখ সরিয়ে নেবার পরমুহূর্তেই ও আমার কাঁধে এমন একটা চাপড় মারে যে, কাঁধটা এখনও টনটন করছে।

কিন্তু যেটা দুশ্চিন্তার কারণ সেটা হল এই যে, প্রাণী যদি সৃষ্টিও হয়, তার অস্তিত্ব কি হবে শুধুমাত্র কয়েক সেকেন্ডের জন্য? তা হলে লাভটা কী হবে? লোককে ডেকে সে প্রাণী দেখাব কী করে? ইউরোপের অন্যান্য বৈজ্ঞানিকরা সে প্রাণীর কথা বিশ্বাস করবে কেন?

যাকগে, এখন এসব কথা না ভাবাই ভাল। আমি নিজে এটুকু জোর দিয়ে বলতে পারি যে, আজ যে ঘটনা আমাদের ল্যাবরেটরিতে ঘটেছে, তার তুলনীয় কোনও ঘটনা এর আগে পৃথিবীর কোথাও কোনও ল্যাবরেটরিতে কখনও ঘটেনি।

এই প্রাণী তৈরির ব্যাপারে আমরা যে-রাস্তাটা নিয়েছি, আমার মতে এ ছাড়া আর কোনও রাস্তা নেই। কোটি কোটি বছর আগে পৃথিবীতে যখন প্রথম প্রাণের সৃষ্টি হয়, বিজ্ঞানীরা অনুমান করতে পারেন তখন পৃথিবীর অবস্থাটা কীরকম ছিল। সেই অবস্থাটা ভারী ভয়ংকর। সারা পৃথিবীতে ডাঙা প্রায় ছিল না বললেই চলে। তার বদলে ছিল এক অগাধ সমুদ্র। পৃথিবীর উত্তাপ ছিল তখন প্রচণ্ড। এই সমুদ্রের জল টগবগ করে ফুটত। আজকাল বায়ুমণ্ডল পৃথিবীকে যেভাবে ঘিরে রয়েছে এবং তার আচ্ছাদনের মধ্যে মানুষকে অক্সিজেন, ওজোন ইত্যাদির সাহায্যে যেভাবে বাঁচিয়ে রেখেছে—তখন তা ছিল না। তার ফলে সূর্যের আলট্রাভায়োলেট রশ্মি সোজা এসে পৃথিবীকে আঘাত করত। হাইড্রোজেন নাইট্রোজেন সাল্‌ফার কার্বন ইত্যাদি গ্যাস অবশ্যই ছিল, আর এইসব গ্যাসের উপর চলত বৈদ্যুতিক প্রভাবের খেলা। প্রলয়ংকর বৈদ্যুতিক ঝড় ছিল তখন দৈনন্দিন ব্যাপার। এই অবস্থাতেই পৃথিবীতে প্রথম প্রাণের সৃষ্টি হয়।

আমরা আমাদের ল্যাবরেটরিতে যেটা করেছি সেটা আর কিছুই নয়—একটা ফ্লাস্কের মধ্যে কৃত্রিম উপায়ে এই আদিম আবহাওয়ার সৃষ্টি করেছি। আমার বিশ্বাস এই অবস্থাটা বজায় রেখে কিছু দিন পরীক্ষা চালাতে পারলে আমাদের ফ্লাস্কের মধ্যে একটি প্রাণীর জন্ম হবে, যেটা হবে মানুষের তৈরি প্রথম প্রাণী। এই প্রাণী জীবাণুর আকারে হবে এটাও আমরা অনুমান করছি, এবং জীবাণুরই মতো হবে এর হাবভাব চালচলন।

প্রোফেসর হাম্‌বোল্টের সঙ্গে এ ব্যাপারে কীভাবে জড়িত হলাম, সেটা বলি। জার্মানির ব্রেমেন শহরে একটা বৈজ্ঞানিক সম্মেলনে আমি কৃত্রিম উপায়ে প্রাণসৃষ্টি সম্পর্কে একটা প্রবন্ধ পড়ি। সভায় হাম্‌বোল্‌ট উপস্থিত ছিলেন। এই বিখ্যাত বায়োকেমিস্টের লেখা আমি আগে পড়েছি। ভদ্রলোকের সঙ্গে আলাপ ছিল না। বক্তৃতার পর নিজে এগিয়ে এসে আমার সঙ্গে আলাপ করলেন। আমারই মতো বয়স, তবে লম্বায় আমার চেয়ে প্রায় এক হাত উঁচু। মাথায় চকচকে টাক, গোঁফ দাড়ির লেশ মাত্র নেই, এমনকী ভুরু বা চোখের পাতাও নেই। হঠাৎ দেখলে মাকুন্দ বলে মনে হয়। কিন্তু হ্যান্ডশেক করার সময় হাতে সোনালি লোম লক্ষ

করলাম।

সম্মেলনের অতিথিদের জন্য বক্তৃতার পর একটা বড় হলঘরে কফি ও কেক-বিস্কুটের ব্যবস্থা ছিল। ভিড় দেখে আমি একটা কোণে চুপচাপ দাঁড়িয়ে আছি। মনটাও ভাল নেই, কারণ বক্তৃতার শেষে হাততালির বহর দেখে বুঝেছিলাম, আমার কথাগুলো শ্রোতাদের মনে ধরেনি। অর্থাৎ মানুষের হাতে প্রাণীর সৃষ্টি হতে পারে সেটা বৈজ্ঞানিকেরা মানতে চায়নি। তাই বক্তৃতার শেষে দু' একজন ভদ্রতার খাতিরে প্রশংসা করলেও এগিয়ে এসে বিশেষ কেউই কথা বলছে না। এমন সময় প্রোফেসর হাম্‌বোল্ট হাসিমুখে এলেন আমার দিকে এগিয়ে। তাঁর হাতে দু' পেয়ালা কফি দেখে বুঝলাম তার একটা আমারই জন্যে। কফি পেয়ে তাঁকে ধন্যবাদ দিলাম। জার্মান ভাষাতেই কথাবার্তা হল। হাম্‌বোল্ট তাঁর প্রথম কথাতেই আমাকে অবাক করে দিলেন—

'আমার পেপারটা আর পড়ার দরকার হল না।'

'তার মানে?' আমি জিজ্ঞেস করলাম।

'তুমি যা বললে, আমারও সেই একই কথা।'

আমি উৎফুল্ল হয়ে বললাম, 'তাতে ক্ষতি কী? এরা যখন আমার একার কথায় গা করছে না, সেখানে দুজনে বললে হয়তো কিছুটা কাজ হবে।'

হাম্‌বোল্ট মৃদু হেসে মৃদু স্বরে বললেন, 'এদের কিছু বলে বোঝাতে যাওয়াটা পণ্ডশ্রম। এসব ব্যাপারে কথায় কাজ হয় না, কাজ হয় একমাত্র কাজ দেখাতে পারলে। তুমি যা বললে, সেটা নিয়ে কিছু পরীক্ষা করেছ কি?'

আমি বলতে বাধ্য হলাম যে আমার গিরিডির ল্যাবরেটরিতে যা সরঞ্জাম আছে তাই নিয়ে এই জটিল পরীক্ষায় নামা মুশকিল।

'কোনও চিন্তা নেই,' হাম্‌বোল্ট বললেন। 'তুমি চলে এসো আমার ওখানে।'

'কোথায়?' হাম্‌বোল্ট কোথায় থাকতেন সেটা আমার জানা ছিল না।

'সুইটজারল্যান্ড। আমি থাকি সেন্ট গালেন শহরে। আমার মতো ল্যাবরেটরি ইউরোপে আর পাবে না।'

লোভ লাগল। এক কথায় রাজি হয়ে গেলাম। ৫ই মার্চ অর্থাৎ ঠিক সাত দিন আগে সেন্ট গালেনে পৌঁছেছি। সুইটজারল্যান্ডের সব শহরের মতোই এটাও ছবির মতো সুন্দর। কনস্ট্যান্স হ্রদের ধারে রোরশাক শহর থেকে ট্রেনে ন' মাইল। প্রায় আড়াই হাজার ফুট উঁচুতে। প্রথম দিন একটু ঘুরে দেখেছিলাম শহরটা, তারপর গবেষণার কাজ শুরু হয়ে যাওয়াতে আর বেরোতে পারিনি। হাম্‌বোল্টের ল্যাবরেটরি সত্যিই একটা আশ্চর্য জিনিস। এ ধরনের গবেষণা এখানে ছাড়া সম্ভব ছিল না। এখন এটা সফল হলেই হয়। আজ যে খানিকটা আশার আলো দেখা দিয়েছে, তার জন্য আমি অনেকটা দায়ী। প্রোটোভিট্রোমর্ফিজেনারাস সলিউশনে নিউট্র্যাল ইলেকট্রিক বম্‌বার্ডমেন্টের কথাটা আমিই বলেছিলাম। আমার বিশ্বাস তার ফলেই আজ কয়েক মুহূর্তের জন্য ওই পারমাণবিক প্রাণীটির আবির্ভাব হয়েছিল। কাল বম্‌বার্ডমেন্টের মাত্রাটা আর একটু বাড়িয়ে দেব। দেখা যাক কী হয়।

নাঃ—আজ আর লেখা যাবে না। এইমাত্র হাম্‌বোল্টের চাকর ম্যাক্স বলে গেল, তার মনিব সুপার-চেসের ঘুঁটি সাজিয়ে আমার জন্য অপেক্ষা করছেন।

১৪ই মার্চ

কাল ডায়েরি লিখতে পারিনি। লেখার মতো মনের অবস্থাও ছিল না। তার মানে মনমরা অবস্থা নয়—একেবারে উল্লাসের চরম শিখর। এখনও ঘটনাটা পুরোপুরি বিশ্বাস করতে পারছি না। ঘড়িতে যদিও রাত আড়াইটা, চোখে ঘুমের লেশমাত্র নেই। বার বার মন চলে যাচ্ছে হাম্‌বোল্টের ল্যাবরেটরির টেবিলের উপর রাখা ফ্লাস্কের ভিতরের আশ্চর্য প্রাণীটার দিকে। আমাদের যুগান্তকারী পরীক্ষার ফল এই প্রাণী।

কাল সন্ধ্যা ছ'টা বেজে তেত্রিশ মিনিটে এই প্রাণী জন্ম নেয়। আমার বিশ্বাস আমার অনুমান অনুযায়ী বম্বার্ডমেন্টের মাত্রাটা বাড়ানোর ফলেই এ প্রাণীর সৃষ্টি হয়েছে; যদিও এ বিষয়ে আমি হাম্‌বোল্টের কাছে কোনও বড়াই করিনি। তাই বোধ হয় তার মনটাও খুশিতে ভরে আছে। সে হয়তো ভাবছে তার কৃতিত্ব আমারই সমান। ভাবুক গিয়ে। তাতে কোনও ক্ষতি নেই। আমাদের গবেষণা সফল হয়েছে এইটেই বড় কথা।

শুধু প্রাণীর জন্মটাই যে কালকের একমাত্র আশ্চর্য ঘটনা, তা নয়। জন্মের মুহূর্তে যে সব ব্যাপারগুলো ঘটল, তা এতই অপ্রত্যাশিত ও অস্বাভাবিক যে, এখনও মনে পড়লে আমার শরীরে রক্ত চলাচল বন্ধ হয়ে যাচ্ছে। পাঁচ ঘণ্টা একটানা দুজনে ফ্লাস্কের দিকে চেয়ে বসে ছিলাম। বরফ পড়ছে, নেপোলিয়ন এসে ল্যাবরেটরির কার্পেটের উপর বসেছে, ম্যাক্স সবেমাত্র কফি দিয়ে গেছে, এমন সময় হঠাৎ একটা বাজ পড়ার মতো প্রচণ্ড শব্দে আমাদের দুজনেরই প্রায় হার্টফেল হবার অবস্থা। অথচ আকাশে এক টুকরো মেঘ নেই; জানালা দিয়ে বাইরে ঝলমলে রোদ দেখা যাচ্ছে। এই বজ্রপাতের সঙ্গে সঙ্গে আবার অনুভব করলাম একটা এক সেকেন্ডের ভূমিকম্পের ঝাঁকুনি। তার তেজ এত বেশি যে, ঘরের জানালা আর টেবিলের কাচের জিনিসপত্রগুলো সব ঝনঝন করে উঠল, আর আমরা দুজনেই হুম্‌ড়ি খেয়ে পড়লাম টেবিলের উপর। তারপর কোনও রকমে টাল সামলে নিয়ে ফ্লাস্কের দিকে চোখ পড়তেই দেখলাম একটা আশ্চর্য জিনিস।

ফ্লাস্কের অর্ধেকটা ছিল জলে ভর্তি। প্রথমে লক্ষ করলাম যে, সেই জলের উপরের স্তরে একটা যেন ঢেউ খেলছে। অত্যন্ত ছোট ছোট তরঙ্গের ফলে জলের উপরটা যেন একটা সমুদ্রের খুদে সংস্করণ।

তারপর দেখলাম ইঞ্চিখানেক নীচের দিকে জলের মধ্যে কী যেন একটা চরে বেড়াচ্ছে। সেটাকে খালি চোখে প্রায় দেখা যায় না, কিন্তু সেটা পরমাণুর চেয়ে আয়তনে অনেকখানি বড়। আর তার চলার ফলে জলের ভিতরে যে একটা মৃদু আলোড়নের সৃষ্টি হচ্ছে, সেটা স্পষ্টই বোঝা যায়।

'বাতিটা নেবাও!'

হাম্‌বোল্টের হঠাৎ-চিৎকারে আমি চমকে উঠেছিলাম। আমার হাতের কাছেই লাইটের সুইচটা ছিল। সেটা নিবিয়ে দিতেই অন্ধকারে একটা অবিশ্বাস্য দৃশ্য দেখলাম। প্রাণীটির একটা নিজস্ব নীল আলো আছে, সেই আলোটা জলের ভিতরে এঁকেবেঁকে চলে তার গতিপথ নির্দেশ করছে। আমরা দুজনেই মন্ত্রমুগ্ধের মতো ফ্লাস্কের দিকে চেয়ে রইলাম।

কতক্ষণ এইভাবে চেয়েছিলাম জানি না। হঠাৎ ঘরের বাতিটা জ্বলে উঠতে বুঝলাম হাম্‌বোল্টের আচ্ছন্ন ভাবটা কেটেছে। সে ঘরের এক পাশে সোফাটার উপর ধপ করে বসে পড়ল। তার ঘন ঘন হাত কচলানি থেকে বুঝলাম, সে এখনও উত্তেজনায় অস্থির।

আমি টেবিলের সামনেই কাঠের চেয়ারটায় বসে পড়ে বললাম, 'এমন একটা ঘটনা বৈজ্ঞানিক মহলে প্রচার করা উচিত নয় কি?'

হাম্‌বোল্ট এ কথার কোনও উত্তর না দিয়ে কেবল হাত কচলাতে লাগল। বোধ হয় আমাদের আবিষ্কারের গুরুত্বটা সাময়িকভাবে তার মাথাটা একটু বিগড়ে দিয়েছে, সে পরিষ্কারভাবে কিছু ভাবতে পারছে না। তবু আমি একটা কথা না বলে পারলাম না—

'আমাদের এই প্রাণী যাতে কিছু দিন অন্তত বেঁচে থাকে, তার জন্য যা করা দরকার সেটা আমাদের করতেই হবে।'

হাম্‌বোল্ট বার দুয়েক মাথা নেড়ে অদ্ভুতভাবে চাপা ফিসফিসে গলায় প্রায় অন্যমনস্কভাবে ইংরিজিতে বলল, 'ইয়েস...ইয়েস...ইয়েস...'

এরপর থেকে হাম্‌বোল্ট আর দাবার উল্লেখ করেনি। কাল রাত্রে খাবার সময় সে একটি কথাও বলেনি। বেশ বুঝেছিলাম যে, তার অন্যমনস্কতা এখনও কাটেনি। কী ভাবছে সে, কে জানে!

আজ সারা দিন আমরা দুজন অনেকটা সময় কাটিয়েছি ল্যাবরেটরিতে। দিনের বেলায় ল্যাবরেটরির জানালাগুলো বন্ধ করে রেখেছি, যাতে ঘরটা অন্ধকার থাকে। অন্ধকারের মধ্যে যতবারই ঘরে ঢুকেছি, ততবারই প্রথমে চোখ চলে গেছে ফ্লাস্কের ওই নীল এঁকেবেঁকে-চলা আলোটার দিকে। কী নাম দেওয়া যায় এই জীবন্ত আলোকবিন্দুর? এখনও ভেবে ঠিক করতে পারিনি।

১৫ই মার্চ

আমার মাথা ভোঁ ভোঁ করছে; নিজেকে বৈজ্ঞানিক বলতে আর ইচ্ছে করছে না। হাম্‌বোল্টের ল্যাবরেটরিতে আজকে যে ঘটনা ঘটেছে, সেটা আমাদের দুজনকেই একেবারে বেকুব বানিয়ে দিয়েছে। বিজ্ঞানের কোনও নিয়মই এখানে খাটে না। এটাকে অলৌকিক ভেলকি ছাড়া আর কিছুই বলা যায় না।

আমি কাল রাত্রে ঘুমিয়েছি প্রায় তিনটের সময়; কিন্তু তা সত্ত্বেও অভ্যাস মতো আমার ভোর পাঁচটায় ঘুম ভেঙে গিয়েছিল। হাম্‌বোল্টও ভোরেই ওঠে, কিন্তু ছ'টার আগে নয়।

আমার মন পড়ে রয়েছে ল্যাবরেটরির ফ্লাস্কের ভিতর, তাই বিছানা ছেড়ে উঠে প্রথমেই সটান চলে গেলাম ল্যাবরেটরিতে।

দরজা জানালা কাল বন্ধ ছিল। দরজার একটা ডুপ্লিকেট চাবি হাম্‌বোল্ট আমাকে দিয়ে রেখেছিল। দরজা খুলে ঘরে ঢুকে ফ্লাস্কের দিকে চাইতেই বুকটা ধড়াস করে উঠল।

সেই নীল আলোটা আর দেখা যাচ্ছে না।

আমি তৎক্ষণাৎ ধরেই নিলাম যে, প্রাণীটার মৃত্যু হয়েছে। কিন্তু তাও ব্যাপারটা একবার ভাল করে দেখার জন্য টেবিলের দিকে এগিয়ে গেলাম।

আলো জ্বালতেই প্রথমেই দেখলাম যে, ফ্লাস্কে জল প্রায় নেই বললেই চলে। তার বদলে প্রায় অর্ধেকটা অংশ ভরে রয়েছে একটা খয়েরি রঙের পদার্থে। এই পদার্থের উপরটা প্রায় সমতল; তারমধ্যে কয়েকটা ছোট ছোট জলে ভরা ডোবার মতো জায়গা, আর সেগুলোকে ঘিরে সবুজ রঙের ছোপ। অর্থাৎ যেটা ছিল সমুদ্র, সেটা এই কয়েক ঘণ্টার মধ্যে হয়ে গেছে জলাভূমি।

কিন্তু আমাদের প্রাণী?

এইবারে লক্ষ করলাম একটা ডোবার মধ্যে কিছুটা আলোড়ন। কী যেন একটা চলে ফিরে বেড়াচ্ছে সেখানে। আমি এগিয়ে গিয়ে একেবারে ফ্লাস্কের কাচের গায়ে চোখ লাগিয়ে দিলাম।

হ্যাঁ। কোনও সন্দেহ নেই। একটা প্রাণী ডোবার জলের মধ্যে সাঁতার দিয়ে ডাঙায় এসে উঠল। প্রাণীটাকে খালি-চোখেই দেখা যাচ্ছে। সাইজে একটা সাধারণ পিঁপড়ের মতো বড়।

আমার মুখ থেকে একটা কথা আপনা থেকে বেরিয়ে পড়ল—'অ্যাম্‌ফিবিয়ান!'

অর্থাৎ আমাদের সৃষ্ট জলচর প্রাণী আজ আপনা থেকেই উভচর প্রাণীতে পরিণত হয়েছে। এ প্রাণী জলেও থাকতে পারে, ডাঙাতেও থাকতে পারে। পৃথিবীতে যখন প্রথম প্রাণীর সৃষ্টি হয়, অনুমান করা হয় সে প্রাণী জলচর ছিল। তারপর প্রাকৃতিক অবস্থার পরিবর্তনে পৃথিবী থেকে জল কমে যায়; তার জায়গায় দেখা দেয় জলাভূমি। তার ফলে জলচর প্রাণীও ক্রমে নতুন পরিবেশে প্রাণধারণ করার উপযুক্ত একটা নতুন চেহারা নেয়। এই চেহারাটাই তার অ্যাম্‌ফিবিয়ান বা উভচর চেহারা। এ জিনিসটা অবশ্য রাতারাতি হয়নি। এটা ঘটতে লেগেছিল কোটি কোটি বছর। কিন্তু আমাদের ফ্লাস্কের মধ্যে ঠিক এই ঘটনাই ঘটে গেল দু' দিনের মধ্যে।

টেবিলের সামনে দাঁড়িয়ে এইসব কথা ভাবছি, এমন সময় হঠাৎ লক্ষ করলাম যে, প্রাণীটা এক জায়গায় স্থির হয়ে দাঁড়িয়েছে। আমি তৎক্ষণাৎ মাইক্রোম্যাগ্‌নাস্কোপ দিয়ে সেটাকে একবার ভাল করে দেখে নিলাম। কোনও সন্দেহ নেই। ঠিক এই জাতীয় অ্যাম্‌ফিবিয়ানেরই ফসিল আমি দেখেছি বার্লিন মিউজিয়মে। ৬০০ কোটি বছর আগে এই

উভচর প্রাণী পৃথিবীতে বাস করত। মাছ আর সরীসৃপের মাঝামাঝি অবস্থা। রংটা লক্ষ করলাম সবুজ আর খয়েরি মেশানো। চেহারাটা যেন মাছ আর গিরগিটির মাঝামাঝি।

আরও একটা আশ্চর্য জিনিস লক্ষ করলাম। ডোবার ধারে ধারে যেটাকে সবুজ রং বলে মনে হচ্ছিল, সেটা আসলে অতি সূক্ষ্ম আকারের সব গাছপালা।

হাম্‌বোল্ট বোধ হয় অনেক রাত পর্যন্ত লেখালেখির কাজ করেছে, তাই তার ঘুম ভাঙতে হয়ে গেল সাড়ে সাতটা। বলা বাহুল্য, ফ্লাস্কের ভিতরে ভেলকি দেখে আমারই মতো হতবাক অবস্থা তারও।

ব্রেকফাস্ট খেতে খেতে হাম্‌বোল্ট প্রথম মুখ খুলল—'আমাদের ফ্লাস্কের ভিতরে কি পৃথিবীর প্রাণীর ক্রমবিবর্তনের একটা মিনিয়েচার সংস্করণ ঘটতে চলেছে।'

আমিও মনে মনে এটাই সন্দেহ করেছিলাম। বললাম, 'সেটা শুধু আজকের এই একটা ঘটনাতে প্রমাণ হবে না। এখন থেকে শুরু করে পর পর কী ঘটে, তার উপর সব কিছু নির্ভর করছে।'

'হুঁ।'

হাম্‌বোল্ট কিছুক্ষণ চুপ। তার ঠোঁটের কোণে সেই অদ্ভুত হাসি, যেটা প্রথম প্রাণীর উদ্ভবের সময় থেকেই মাঝে মাঝে লক্ষ করছি। অবশেষে একটা সসেজের টুক্‌রো মুখে পুরে চিবোতে চিবোতে বলল, 'তার মানে এর পরে উদ্ভিদজীবী সরীসৃপ। তারপর স্তন্যপায়ী মাংসাশী জানোয়ার, তারপর...তারপর...'

হাম্‌বোল্ট থামল। তারপর কাঁটাচামচ নামিয়ে রেখে হাত দুটো কচলাতে কচলাতে বলল, 'আজ থেকে সতেরো বছর আগে, ওসাকায় একটা আন্তর্জাতিক বিজ্ঞানীবৈঠকে কৃত্রিম উপায়ে প্রাণ সৃষ্টি করার বিষয়ে একটা প্রবন্ধ পড়ে ছিলাম। সে প্রবন্ধ শুনে সভার লোক আমায় ঠাট্টা করেছিল, পাগল বলে গালমন্দ করেছিল। আজ ইচ্ছে করছে, তারা এসে দেখুক আমি কী করেছি...'

আমি চুপ করে রইলাম। বুঝলাম, হাম্‌বোল্ট প্রাণসৃষ্টির কৃতিত্বটা অম্লানবদনে নিজে একাই নিয়ে নিচ্ছে। অথচ আমি জানি যে, যদি শেষ মুহূর্তে আমার মাথা না খেলত—বম্‌বার্ডমেন্টের মাত্রা যদি না বাড়ানো হত—তা হলে পরীক্ষা সফল হত না। গবেষণার গোড়াতে হাম্‌বোল্টের কথাতেই কাজ চলছিল, কিন্তু তাতে কোনও ফল হয়নি। সেটা হাম্‌বোল্টও জানে, কিন্তু তাও...

যাকগে। এ সবে কিছু এসে যায় না। বৈজ্ঞানিকদের মধ্যে ছোট মনের পরিচয় আমি আগেও পেয়েছি। তারাও তো মানুষ, কাজেই তাদের অনেকের মধ্যেই ঈর্ষাও আছে, লোভও আছে। এ নিয়ে আর কোনও মন্তব্য বা চিন্তা না করাই ভাল।

ক'দিন একটানা বাড়ির ভেতর থাকতে হয়েছে, তাই আজ দিনটা ভাল দেখে ভাবলাম, একটু বেড়িয়ে আসি। দু-একটা চিঠি লেখা দরকার, অথচ ডাকটিকিট নেই, তাই সোজা পোস্টাপিসের দিকে রওনা দিলাম।

রাস্তায় বরফ পড়ে আছে, শীতটাও চনমনে, কিন্তু আমার কোটের পকেটে একটা এয়ার কন্ডিশনিং পিল থাকার জন্য অতিরিক্ত গরমজামার কোনও প্রয়োজন হয়নি। বেশ বুঝতে পারছিলাম যে, ওভারকোট পরা রাস্তার লোকেরা আমার দিকে উদ্বিগ্নভাবে বার বার ফিরে ফিরে দেখছে।

পোস্টাপিসে টিকিট কেনার সময় মনে হল যে, এইখান থেকে ইচ্ছে করলে লন্ডনে টেলিফোন করা যায়। সোজা ডায়াল করলেই যখন নম্বর পাওয়া যায়, তখন আমার বন্ধু প্রফেসর সামারভিলকে একটা খবর দিলে কেমন হয়? সামারভিল বায়োকেমিস্ট; কৃত্রিম

উপায়ে প্রাণী তৈরির ব্যাপারে এককালে তার সঙ্গে আমার চিঠি লেখালেখি হয়েছিল।

সামারভিলকে টেলিফোনে পেতে লাগল ঠিক এক মিনিট।

কোনওরকমে সংক্ষেপে তাকে ব্যাপারটা বললাম। সামারভিল যেন নিজের কানকে বিশ্বাস করতে পারছে না। একে কৃত্রিম প্রাণী, তার উপরে দু' দিনের মধ্যে জলচর থেকে উভচর। শেষটায় সামারভিল বলল, 'তুমি কোত্থেকে ফোন করছ ? ইন্ডিয়া নয় নিশ্চয়ই ?'

বললাম, 'না না, তার চেয়ে অনেক কাছে। আমি আছি সেন্ট গালেনে।'

'কেন ? সেন্ট গালেনে কেন ?' সামারভিল অবাক।

বললাম, 'প্রোফেসর হাম্‌বোল্টের ল্যাবরেটরিতে কাজ করছি আমি।'

তিন সেকেন্ড কোনও কথা নেই। তার পর শোনা গেল—

'হাম্‌বোল্ট ? কর্নেলিয়াস হাম্‌বোল্ট ? কিন্তু সে যে—' লাইন কেটে গেল।

মিনিটখানেক চেষ্টা করেও কোনও ফল হল না। সামারভিলের বাকি কথাটা আর শোনা হল না। তবে এটা বুঝেছিলাম যে আমার সহকর্মীর নাম শুনে সে বেশ বিচলিত হয়ে পড়েছে!

কী আর করি ? বাড়ি ফিরে এলাম। হাম্‌বোল্ট যে একটু গোলমেলে লোক, সে তো আমি নিজেও বুঝেছি। কিন্তু এটাও তো মনে রাখতে হবে যে তার মতো এমন ল্যাবরেটরিতে এমন একটা এক্সপেরিমেন্টের সুযোগ হাম্‌বোল্টই আমাকে দিয়েছে।

আজ সারাদিন ল্যাবরেটরিতে অনেকটা সময় কাটিয়েছি আমি আর হাম্‌বোল্ট। মাইক্রোফোটোগ্রাফিক ক্যামেরা দিয়ে প্রাণীটার কয়েকটা ছবিও তুলেছি। এটা বেশ বুঝেছি যে, প্রাণীটিকে বাঁচিয়ে রাখার জন্য আমাদের কিছুই করতে হবে না। তার জন্য অনুকূল প্রাকৃতিক পরিবেশ আপনা থেকেই ফ্লাস্কের ভিতর তৈরি হয়ে রয়েছে। সেই পরিবেশ বদল না হওয়া পর্যন্ত এ প্রাণী ঠিকই থাকবে।

১৬ই মার্চ

যা ভেবেছিলাম তাই। আজ সরীসৃপ। আমার প্রাণীর তৃতীয় অবস্থা। আয়তনে আগের প্রাণীর চেয়ে প্রায় দশগুণ বড়। মাইক্রোম্যাগ্‌নাস্কোপের প্রয়োজন হবে না। এমনি চোখে দেখেই বেশ বোঝা যাচ্ছে এর আকৃতি ও প্রকৃতি। এর চেহারা আমাদের কাছে অতি পরিচিত। পৃথিবীর অনেক জাদুঘরেই এই কঙ্কাল রয়েছে। সরীসৃপ শ্রেণীর মধ্যে আয়তনে যেটি সবচেয়ে বড় ছিল—এ হল সেই ব্রন্টোসরাস। সেই ষাট ফুট লম্বা দানবসদৃশ প্রাগৈতিহাসিক জানোয়ারের একটি দু' ইঞ্চি সংস্করণ দিব্যি আমাদের ফ্লাস্কের ভিতরের জমিতে হাঁটছে, শুচ্ছে, বসছে, আর দরকার হলে খুদে খুদে গাছের খুদে খুদে ডাল পাতা চিবিয়ে চিবিয়ে খাচ্ছে।

খুব আপশোস হল একটা কথা ভেবে—কাল রাতটা কেন ফ্লাস্কের সামনে বসে রইলাম না ? থাকলে নিশ্চয়ই পরিবর্তনটা চোখের সামনে দেখতে পেতাম। আজ স্থির করলাম যে যতক্ষণ না ফ্লাস্কের ভিতরে একটা কিছু ঘটে ততক্ষণ ল্যাবরেটরি ছেড়ে কোথাও যাব না। এখন রাত সোয়া বারোটা। আমি ল্যাবরেটরিতে বসেই আমার ডায়রি লিখছি। হাম্‌বোল্টও সামনে বসে আছে। কেবল মাঝে একবার টেলিফোন আসাতে উঠে চলে গিয়েছিল। কে ফোন করেছিল জানি না। যেই করুক, হাম্‌বোল্ট তার সঙ্গে বেশ উত্তেজিত ও উৎফুল্লভাবে কথা বলছিল। এটা মাঝে মাঝে তার উদাত্ত গলার স্বর থেকেই বুঝতে পারছিলাম, যদিও দুটো ঘরের মধ্যে ব্যবধানের ফলে কথা বুঝতে পারছিলাম না।

ব্রন্টোসরাসটা এখন বিশ্রাম করছে। ফ্লাস্কের ভিতরটা কেমন জানি ধোঁয়াটে হয়ে আসছে। হয়তো কিছু একটা ঘটবে। লেখা বন্ধ করি।

১৬ই মার্চ, রাত একটা বেজে ছত্রিশ মিনিট

দু' মিনিট আগে সেই আশ্চর্য ঘটনাটা ঘটে গেল। যে ধোঁয়াটে ভাবটার কথা লিখেছিলাম সেটা আর কিছুই না—ফ্লাস্কের ভিতরে উপর দিকটায় মেঘ জমছিল। মিনিট পাঁচেক এইভাবে মেঘ জমার পর অবাক হয়ে দেখলাম একটা মিহি বাষ্পের মতো জিনিস মেঘ থেকে নীচে জমির দিকে নামছে। বুঝলাম সেটা বৃষ্টি। আমাদের ফ্লাস্কের ভিতরের ভূখণ্ডটির উপর বৃষ্টি হচ্ছে।

শুধু বৃষ্টি নয়। পর পর কয়েকটা বিদ্যুতের চমকও লক্ষ করলাম—আর সেই সঙ্গে মৃদু মেঘের গর্জন। যদিও সে গর্জন কান ফাটা কোনও শব্দ নয়, কিন্তু ফ্লাস্কটা ও টেবিলের অন্যান্য কাচের যন্ত্রপাতি সেই গর্জনের সঙ্গে সঙ্গে ঝনঝন করে উঠছিল।

বৃষ্টির মধ্যে আমাদের প্রাণীর কী অবস্থা হচ্ছে, সেটা দেখার কোনও উপায় ছিল না, কারণ বাষ্পের জন্য ফ্লাস্কের ভিতরের সূক্ষ্ম ডিটেল সব ঢাকা পড়ে গিয়েছিল।

আমরা দুজনেই তন্ময় হয়ে দেখতে দেখতে একটা সময় এল যখন বুঝতে পারলাম বৃষ্টিটা থেমে গেছে। মেঘ কেটে গেল, বাষ্প সরে গিয়ে ফ্লাস্কের ভিতরটা আবার পরিষ্কার হয়ে গেল। দেখলাম জমির রং একেবারে বদলে গেছে। আগের অবস্থায় যা ছিল তামাটে, এখন সেটা হয়েছে ধবধবে সাদা।

আমরা দুজনে একসঙ্গে চেঁচিয়ে উঠলাম—'বরফ!'

বরফটা সমতল নয়। তার মধ্যে উঁচু নিচু আছে, এবড়োখেবড়ো আছে, এক এক জায়গায় বরফের চাঁই মাটি থেকে মাথা উঁচিয়ে রয়েছে পাহাড়ের মতো।

আমি বললাম, 'আমরা কি ফ্লাস্কের মধ্যে আইস-এজের একটা দৃশ্য দেখতে পাচ্ছি!'

হাম্‌বোল্ট বলল, 'তা হবেও বা। কিংবা যে কোনও সময়ের মেরুদেশের দৃশ্যও হতে পারে।'

আইস-এজ বা তুষারপর্বের সময় হচ্ছে আজ থেকে সাত-আট লক্ষ বছর আগে। বরফ তখন মেরুদেশ থেকে নীচের দিকে সরতে সরতে প্রায় সারা পৃথিবীকে ঢেকে ফেলেছিল।

হাম্‌বোল্ট হঠাৎ চেঁচিয়ে উঠল—'ওই যে! ওই যে আমাদের প্রাণী!'

একটা বরফের গুহা থেকে বেরিয়ে এসেছে একটা লোমশ জানোয়ার। এক ইঞ্চির বেশি লম্বা নয় সেটা। জানোয়ারটা চুপ করে এক জায়গায় দাঁড়িয়ে আছে। হাম্‌বোল্ট মাইক্রোম্যাগ্‌নাস্কোপটা চোখে লাগাল। তারপর চেঁচিয়ে উঠল—

'বুঝেছি! স্পষ্ট দেখতে পাচ্ছি! পাগুলো বেঁটে বেঁটে, মাথার সামনের দিকে দুটো শিং, ঘাড়ে-গর্দানে চেহারা। এ হল লোমশ গণ্ডার! আমাদের স্তন্যপায়ী জানোয়ার!'

এবার আমি চোখে লাগালাম যন্ত্রটা। হাম্‌বোল্ট ঠিকই বলেছে। গণ্ডারের আদিম সংস্করণ—যাকে বলে Woolly Rhinoceros। বরফের দেশেই বাস করত এ জানোয়ার।

বুঝতে পারলাম, আমাদের ফ্লাস্কের ভিতরে এভোলিউশন বা ক্রমবিবর্তনের ধারা ঠিকই বজায় আছে। আজকের বিবর্তনের ঘটনাটা যে আমরা চোখের সামনে ঘটতে দেখছি, এটাই সবচেয়ে আনন্দের কথা। আমাদের যোলো ঘণ্টা এক নাগাড়ে ল্যাবরেটরিতে বসে থাকা সার্থক হয়েছে।

কাল সকালে সামারভিলকে আরেকটা ফোন করে তাকে একবার আসতে বলব। এমন

একটা অলৌকিক ঘটনা কেবলমাত্র দুটি বৈজ্ঞানিকের সামনে ঘটে চলবে, এটা অন্যায়, এটা হতে দেওয়া চলে না।

১৭ই মার্চ

আজ সাংঘাতিক গণ্ডগোল। আজ আমাকে হত্যা করতে চেষ্টা করা হয়েছিল। ভাগ্যক্রমে এ যাত্রা বেঁচে গেছি, কিন্তু কী ধরনের বিপদসংকুল পরিবেশে আমাকে কাজ করতে হচ্ছে সেটা বেশ বুঝতে পারছি। কী হল সেটা গুছিয়ে লেখার চেষ্টা করছি।

সামারভিলকে আর একবার টেলিফোন করার কথা কালকেই মনে হয়েছিল। হাম্‌বোল্ট সম্পর্কে ও কী বলতে চেয়েছিল সেটা জানার জন্যও একটা কৌতূহল হচ্ছিল। সকালে ব্রেকফাস্ট খেয়ে বেরোতে যাব, এমন সময় হাম্‌বোল্ট জিজ্ঞেস করল, 'কোথায় যাচ্ছ ?'

বললাম, 'গিরিডিতে আমি রোজ সকালে হাঁটতে বেরোই, তাই এখানে এসেও মাঝে মাঝে সেটার প্রয়োজন বোধ করি।'

হাম্‌বোল্ট শুকনো গলায় বলল, 'সেদিন পোস্টাপিস থেকে কাকে টেলিফোন করেছিলে ?'

আমি তো অবাক। লোকটা জানল কী করে ? সারা শহরে কি গুপ্তচর বসিয়ে রেখেছে নাকি হাম্‌বোল্ট ?

আমার প্রশ্নটা বোধ হয় আঁচ করেই হাম্‌বোল্ট বলল, 'এ শহরের প্রত্যেকটি লোককে আমি চিনি, প্রত্যেকেই আমাকে সমীহ করে। আমার বাড়িতে একজন ভারতীয় বৈজ্ঞানিক অতিথি এসে রয়েছে, সে খবরও সকলে জানে। তাদের যে কোনও একজনের কাছ থেকে খবরটা আমার কানে আসাটা কি খুব অস্বাভাবিক ?'

আমি বললাম, 'অস্বাভাবিক নয় মোটেই। কিন্তু তোমার এভাবে আমাকে জেরা করাটা আমার অস্বাভাবিক মনে হচ্ছে। তবু—যখন জিজ্ঞেস করছ, তখন বলছি—আমার এক বন্ধুকে ফোন করেছিলাম।'

'কোথায় ?'

'লন্ডনে।'

'সে কি বৈজ্ঞানিক ?'

'হ্যাঁ।'

'কী বলেছিলে তাকে ?'

আমার ভারী বিরক্ত লাগল। লোকটা ভেবেছে কী ? হতে পারে আমি তার অতিথি ; হতে পারে সে আমাকে তার ল্যাবরেটরিতে তার সঙ্গে একজোটে কাজ করার সুযোগ দিয়েছে ; কিন্তু তাই বলে কি সে আমায় কিনে রেখেছে ? আমার নিজের কোনওই স্বাধীনতা নেই ? বললাম, 'দুজন বন্ধুর মধ্যে কী কথা হচ্ছিল, সেটা জানার জন্য তোমার এত কৌতূহল কেন বুঝতে পারছি না।'

হাম্‌বোল্ট চাপা অথচ কর্কশ গলায় বলল, 'কৌতূহল হচ্ছে এই কারণেই যে আমার ল্যাবরেটরিতে যেটা ঘটছে, সেটা সম্বন্ধে কোনও মিথ্যে খবর বাইরে প্রচার হয় সেটা আমি চাই না।'

'মিথ্যে খবর বলতে তুমি কী বোঝ ?'

হাম্‌বোল্ট এতক্ষণ চেয়ারে বসেছিল। এবার সে চেয়ার ছেড়ে উঠে আমার দিকে এগিয়ে এসে, আমার মুখের সামনে মুখ এনে সাপের মতো ফিসফিসে গলায় বলল, 'পৃথিবীর ইতিহাসে মানুষের হাতে প্রথম প্রাণ সৃষ্টির সমস্ত কৃতিত্ব হল কর্নেলিয়াস হাম্‌বোল্টের। এ

কথাটা যেন মনে থাকে।'

বুঝতে পারলাম, সামারভিলকে ফোনটা আর করা হবে না। মুখে কিছু বললাম না, যদিও লোকটাকে চিনতে আর বাকি ছিল না। কিন্তু একবার যখন বেরোব বলেছি, তখন বেরোলাম। গেট থেকে বেরিয়ে এসে বাঁ দিকের রাস্তায় শহরের দিকে না গিয়ে ডান দিকের রাস্তাটা ধরে পাহাড়ের উপর দিকটায় চললাম। এ রাস্তাটা দিয়ে প্রথম দিনই বেড়িয়ে এসেছিলাম। কিছু দূর গেলেই একটা সুন্দর নিরিবিলি বার্চের বন পড়ে। সেখানে একটা বেঞ্চিতে বসলে দু'হাজার ফুট নীচে কন্‌স্ট্যান্‌স লেক দেখা যায়।

বার্চ বনে পৌঁছে বেঞ্চিটা খুঁজে বার করে বসতে যাব, এমন সময় কানের পাশ দিয়ে তীক্ষ্ণ শিসের মতো শব্দ করে কী যেন একটা জিনিস তিরবেগে বেরিয়ে গিয়ে আমার তিন হাত দূরে একটা বার্চ গাছের গুঁড়িতে গিয়ে বিঁধে গেল।

সেই মুহূর্তেই পিছন ফিরে দেখতে পেলাম একটা ব্রাউন কোট পরা লোক প্রায় একশো গজ দূরে এক দৌড়ে একটা ঝোপের পিছনে অদৃশ্য হয়ে গেল।

আমি প্রায় কোনও অবস্থাতেই নার্ভাস হই না। এখনও হলাম না। বেঞ্চি ছেড়ে গাছটার দিকে গিয়ে তার গায়ে টাটকা নিখুঁত গর্তটা পরীক্ষা করে দেখলাম। যদিও কোনও বন্দুকের আওয়াজ আমি পাইনি, এটা বেশ বুঝতে পারলাম যে, গর্তটা হয়েছে গুলি লাগার ফলেই। অস্ত্রটিও যে মোক্ষম—সেটা বুঝতে বাকি রইল না, কারণ গুলি গুঁড়ির একদিক দিয়ে ঢুকে বেমালুম অন্য দিক দিয়ে বেরিয়ে চলে গেছে।

আমি আর অপেক্ষা না করে ধীর পদক্ষেপে বাড়ির দিকে রওনা হলাম।

হাম্‌বোল্টের বাড়ির গেট দিয়ে ঢুকেই দেখতে পেলাম চাকর ম্যাক্সকে। তার গায়ে একটা ব্রাউন চামড়ার জ্যাকেট। ম্যাক্স আমাকে দেখে যেন কিছুই হয়নি এমন ভাব করে গেট দিয়ে বেরিয়ে শহরের দিকে চলে গেল।

বাড়িতে ঢুকে বৈঠকখানার দিকে যেতেই দেখলাম হাম্‌বোল্ট দুজন অচেনা ভদ্রলোকের সঙ্গে বসে কথা বলছেন। আমাকে দেখে নির্বিকারভাবে তিনি ডাক দিলেন—'কাম ইন, প্রোফেসর শঙ্কু।'

আমি নির্বিকারভাবেই বৈঠকখানায় গিয়ে ঢুকলাম। আগন্তুক দুটি উঠে দাঁড়ালেন। একজন ছোকরা, অন্যটি মাঝবয়সি। তাদের হাতে খাতা-পেনসিল দেখে আন্দাজ করলাম তারা খবরের কাগজের রিপোর্টার। হাম্‌বোল্টের সঙ্গে সাক্ষাৎকারের মাঝখানে আমি এসে পড়েছি। হাম্‌বোল্ট আমার পরিচয় দিলেন, এবং যেভাবে দিলেন, তাতে বুঝলাম যে লোকটার ধৃষ্টতা একেবারে চরমে পৌঁছে গেছে।

'ইনিই হচ্ছেন আমার ভারতীয় অ্যাসিস্ট্যান্ট, যার কথা আপনাদের বলছিলাম।'

আমি করমর্দন করে একটা ভদ্রতাসূচক মৃদু হাসি হেসে 'এক্সকিউজ মি' বলে ঘর থেকে বেরিয়ে সোজা ল্যাবরেটরিতে চলে গেলাম।

টেবিলের কাছে পৌঁছে ফ্লাস্কের দিকে চোখ পড়তেই চমকে উঠলাম।

বরফ আর নেই। তার জায়গায় এখন রয়েছে একটা সবুজ বন, আর সেই বনে ঘোরাফেরা করছে আর একটি নতুন প্রাণী, যার নাম বানর। যাকে বলা হয় প্রাইমেট। যিনি হলেন মানুষের পূর্বপুরুষ।

কথাটা মনে হতেই বুকের ভিতরটা কী রকম যেন করে উঠল।

এর পরেই কি তা হলে মানুষের দেখা পাব ফ্লাস্কের মধ্যে? ক্রমবিবর্তনের নিয়ম যেভাবে মেনে চলেছে আমাদের প্রাণী, তাতে তো মনে হয় বানরের পরে মানুষের আবির্ভাব অবশ্যম্ভাবী। হাম্‌বোল্ট কি দেখেছে ফ্লাস্কের এই বানরকে?

তারপরেই মনে হল, আজকে বার্চ বনে আমাকে লক্ষ্য করে মারা নিঃশব্দ বন্দুকের কথা। হাম্‌বোল্ট চাইছে না আমি বেঁচে থাকি। ম্যাক্সের কাছে অস্ত্র আছে। প্রভুভক্ত ম্যাক্স একবার ব্যর্থ হয়েছে বলে দ্বিতীয়বারও হবে এমন কোনও কথা নেই।

শয়তানির বিরুদ্ধে শয়তানি প্রয়োগ করা ছাড়া হাম্‌বোল্ট আমার জন্য আর কোনও রাস্তা রাখছে না।

আমি দোতলায় আমার ঘরে চলে গেলাম। আমার অম্‌নিস্কোপটা বার করে চোখে লাগিয়ে জানালার ধারে চেয়ারটায় গিয়ে বসলাম। আমার এই চশমাটাকে ইচ্ছামতো মাইক্রোস্কোপ, টেলিস্কোপ অথবা এক্সরেস্কোপ হিসাবে ব্যবহার করা যায়।

আমার জানালা থেকে বাড়ির সামনের গেটটা দেখা যায়।

পৌনে দশটার সময় ম্যাক্স বাড়ি ফিরল। তার হাতে বাজার থেকে কিনে আনা জিনিসপত্র।

পাঁচ মিনিট পরে আমি কলিং বেল টিপলাম। এক মিনিটের মধ্যে ম্যাক্স ঘরে এসে হাজির।

'আমাকে এক কাপ কফি এনে দিতে পারবে ?' বললাম ম্যাক্সকে।

'যে আজ্ঞে' বলে ম্যাক্স ঘাড়টাকে সামান্য নুইয়ে কফি আনতে চলে গেল। আমার চোখে এক্স-রে চশমা। সে চশমা ম্যাক্সের চামড়ার কোট ভেদ করে আমাকে দেখিয়ে দিল তার ভেস্ট পকেটে রাখা লোহার পিস্তলটা।

কিছুক্ষণের মধ্যে ম্যাক্স কফি সমেত হাজির। ট্রে-টা টেবিলে নামিয়ে রাখার পর আমি তাকে বললাম, 'ম্যাক্স, আলমারির চাবিটা খুঁজে পাচ্ছি না ; তোমার কোর্টের বাঁ পকেটে যে চাবির গোছাটা আছে, তার মধ্যে কোনওটা ওতে লাগবে কি ?'

ম্যাক্সের মুখ হাঁ হয়ে গেল, এবং সেই হাঁ অবস্থাতেই সে একদৃষ্টে আমার দিকে চেয়ে রইল। হেসে বললাম, 'আমি ইন্ডিয়ার লোক, জান তো ? আমাদের অনেকের মধ্যেই নানারকম অস্বাভাবিক ক্ষমতা থাকে। তুমি অবাক হচ্ছ কেন ?'

ম্যাক্স তোতলাতে শুরু করল। 'আপনি আ-মার প-পকেটে কী আছে...'

'আরও জানি। শুধু তোমার বাঁ পকেটে কেন—ডান পকেটে খুচরো পয়সাগুলোকে দেখতে পাচ্ছি, আর ভেতরের ভেস্ট পকেটে পিস্তলটা—যেটা দিয়ে তুমি আমায় খুন করতে গিয়েছিলে। ভারী অন্যায় করেছিলে তুমি। দেখলে তো আমাকে মারা অত সহজ নয়। এখন কত দেবতার কত অভিশাপ পড়বে তোমার উপর, সেটা ভেবে দেখেছ ?'

ম্যাক্স দেখি ঠক ঠক করে কাঁপতে শুরু করেছে। এই শীতের মধ্যেও তার কপালে ঘাম ছুটছে। মনে মনে আমার হাসি পেলেও বাইরে একটা কঠোর গাম্ভীর্য অবলম্বন করে বসে রইলাম।

ম্যাক্স হঠাৎ ধপ করে হাঁটু গেড়ে কাঠের মেঝের উপর বসে পড়ল। তারপর তার কম্পমান ডান হাত জ্যাকেটের ভিতর থেকে পিস্তলটা বার করে আমার দিকে এগিয়ে দিয়ে কাঁদো কাঁদো সুরে বলল, 'দোহাই আপনার—এর জন্যে আমাকে দায়ী করবেন না। আমি শুধু মনিবের হুকুম পালন করেছি। না করলে নিস্তার পাব না, তাই করেছি। আমার অপরাধ নেবেন না—দোহাই আপনার ! আমার মনিবকে আপনি চেনেন না। উনি বড় সাংঘাতিক লোক। আমি এ চাকরি থেকে রেহাই পেলে বাঁচি...'

আমি পিস্তলটা ম্যাক্সের হাত থেকে নিয়ে নেড়েচেড়ে দেখলাম। সেটা যে হাম্‌বোল্টেরই তৈরি, সেটা বুঝতে পারলাম। বললাম, 'এর গুলি নেই তোমার কাছে ?'

'আজ্ঞে না। একটি মাত্র ছিল, সেটা আজ সকালে খরচ করে ফেলেছি। গুলি তো

আমার মনিব নিজেই তৈরি করেন।’

বললাম, ‘তোমার মনিব আবার তোমার কাছে পিস্তল ফেরত চাইবেন না তো?’

‘মনে হয় না। ওটা আমার কাছেই থাকে। আমি শুধু ওঁর চাকর নই। ওঁর দেহরক্ষীর কাজও আমাকে করতে হয়।’

ম্যাক্স চলে গেল। আমিও হাঁপ ছেড়ে চোখ থেকে অম্‌নিস্কোপটা খুলে পকেটে রেখে কফিতে চুমুক দিলাম। মনে মনে স্থির করলাম, এখন আর ঘর থেকে বেরোব না। হাম্‌বোল্টের মুখ দেখতেও ইচ্ছে করছিল না। সেও এখন আর আমার ঘরে আসবে না বলেই আমার বিশ্বাস। দেখা হবে সেই একেবারে লাঞ্চের সময়।

১৯শে মার্চ

গত দুদিনের ঘটনা এত বিচিত্র, এত বিস্ময়কর ও এত আতঙ্কজনক যে সবটুকু গুছিয়ে লেখা আমার মতো অ-সাহিত্যিকের পক্ষে একটা দুরূহ কাজ। ভাগ্যে সামারভিল এসে পড়েছে। একজন সহৃদয় সমঝদার বন্ধুকে কাছে পেয়ে তবু মনে একটু বল পাচ্ছি। ভাবছি, ফেরার পথে সাসেক্সে ওর কান্ট্রি হাউসে কিছুদিন কাটিয়ে যাব। ওরও তাই ইচ্ছে। সত্যি বলতে কী, বিষাক্ত গ্যাসের ফলে শরীরটাও একটু কাবু হয়েছে। সরাসরি দেশে না ফেরাই ভাল।

পরশু—অর্থাৎ ১৭ই—লাঞ্চের সময় হাম্‌বোল্টের সঙ্গে দেখা হল। খেতে বসে লক্ষ করলাম, লোকটার মেজাজটা বেশ খোশ বলে মনে হচ্ছে। তার ফলে খাওয়ার পরিমাণ আর তৃপ্তিটাও যেন বেশ বেড়ে গেছে। তার কথা শুনে বুঝলাম যে, সে ‘ডী ভেল্ট’ সংবাদপত্রের প্রতিনিধিদের শুধু তার সফল পরীক্ষার কথাই বলেনি, তাদের ল্যাবরেটরিতে নিয়ে গিয়ে প্রাণীর—অর্থাৎ মানুষের পূর্বপুরুষের—চেহারাটাও দেখিয়ে নিয়ে এসেছে। কাগজে নাকি খুব ফলাও করে হাম্‌বোল্টের কৃতিত্বের কথা লেখা হবে।

আমার পকেটে হাম্‌বোল্টের তৈরি মারণাস্ত্র; চাকর ম্যাক্স মনিবপক্ষ ছেড়ে আমার দিকে চলে এসেছে। কাজেই আমারও খাওয়ার কোনও কমতি হল না।

অন্য সব পদ শেষ করে যখন আপেলের কাস্টার্ড খাচ্ছি, তখন হাম্‌বোল্ট হঠাৎ বলল, ‘তুমি কবে দেশে ফেরার কথা ভাবছ?’

বুঝলাম, আমার সান্নিধ্য আর হাম্‌বোল্টের পছন্দ হচ্ছে না। বললাম, ‘প্রাণীটার চরম পরিণতি সম্পর্কে একটা স্বাভাবিক কৌতূহল আছে বুঝতেই পারছ। সেটা দেখেই ফিরে যাব।’

‘আই সি...’

এর পরে আর হাম্‌বোল্ট কোনও কথা বলেনি।

বিকেলে বার্চ বনে আর একটু বেড়িয়ে এসে সন্ধ্যা ছ’টা নাগাদ আবার ল্যাবরেটরিতে হাজির হলাম। গিয়ে দেখি, হাম্‌বোল্ট কাঠের চেয়ারটায় চুপটি করে বসে একদৃষ্টে ফ্লাস্কের দিকে চেয়ে আছে। কিছুক্ষণ থেকেই আকাশে মেঘ জমছিল। এবারে দেখলাম, জানালা দিয়ে মাঝে মাঝে বিদ্যুতের ঝিলিক দেখা যাচ্ছে।

ফ্লাস্কের ভিতরে এখনও আদিম বনে আদিম বানর ঘুরে বেড়াচ্ছে। পরিবর্তন কোন সময় হবে, বা আদৌ হবে কি না, সেটা জানার কোনও উপায় নেই। ঘরের কোণে একটা গোল টেবিলের উপর থেকে একটা ফরাসি পত্রিকা তুলে নিয়ে সোফায় বসে পাতা উলটোতে লাগলাম।

বৈঠকখানার ঘড়িতে ঢং ঢং করে সাতটা বাজার আওয়াজ পেলাম। বাইরে অন্ধকার। ফোঁটা ফোঁটা বৃষ্টি পড়ার শব্দ শুরু হয়েছে। নেপোলিয়নটা একবার গম্ভীর গলায় ডেকে উঠল।

বসে থাকতে থাকতে বোধ হয় সামান্য তন্দ্রা এসে গিয়েছিল। হঠাৎ একটা বিশ্রী শব্দে একেবারে সজাগ হয়ে উঠলাম।

হাম্‌বোল্ট চেয়ার ছেড়ে উঠে দাঁড়িয়ে ফ্লাস্কের দিকে ঝুঁকে পড়েছে—তার চোখ বিস্ফারিত, ঠোঁট দুটো ফাঁক। আওয়াজটা তারই মুখ দিয়ে বেরিয়েছে সেটাও বুঝতে পারলাম।

আমি সোফা ছেড়ে উঠে ফ্লাস্কটার দিয়ে এগিয়ে গেলাম।

গিয়ে দেখি তার ভিতরে এখন সম্পূর্ণ নতুন দৃশ্য, নতুন পরিবেশ। বন নেই, মাটি নেই, গাছপালা নেই, কিচ্ছু নেই। তার বদলে আছে একটা মসৃণ সমতল মেঝে, তার উপরে দাঁড়িয়ে আছে একটি এক ইঞ্চি লম্বা প্রাণী।

এই প্রাণীর উদ্ভব হয়েছে বানর থেকে। অর্থাৎ এই প্রাণী হল মানুষ। কী রকম চেহারা ফ্লাস্কের এই মানুষটির ?

হাম্‌বোল্টের কম্পমান হাত থেকে মাইক্রোম্যাগ্‌নাস্কোপটা প্রায় পড়ে যাচ্ছিল। আমি সেটাকে নিয়ে চোখে লাগাতেই প্রাণীর চেহারাটা আমার কাছে স্পষ্ট হল।

মানুষটি বয়সে বৃদ্ধ। পরনে কোট-প্যান্ট, মাথায় চুল নেই বললেই চলে, তবে দাড়ি-গোঁফ আছে, আর চোখে এক জোড়া সোনার চশমা। প্রশস্ত ললাট, চোখে তীক্ষ্ণ বুদ্ধির সঙ্গে মেশানো একটা শান্ত সংযত ভাব।

এ লোকটাকে আমি আগে অনেকবার দেখেছি। আয়নায়। ইনি হলেন স্বয়ং ত্রিলোকেশ্বর শঙ্কুর একটি অতি-সংক্ষিপ্ত সংস্করণ।

অর্থাৎ—আমার তৈরি মানুষ দেখতে ঠিক আমারই মতন।

দেখা শেষ করে মাইক্রোম্যাগ্‌নাস্কোপটা টেবিলের উপর রেখে দেওয়া মাত্র খেয়াল হল যে, হাম্‌বোল্ট আর আমার পাশে নেই। সে হঠাৎ কোথায় যেতে পারে ভাবতে না ভাবতেই দুম দুম করে দুটো প্রচণ্ড শব্দে ল্যাবরেটরির দুটো দরজা বাইরে থেকে বন্ধ হয়ে গেল। আর তারপরেই জানালা দুটো। বুঝলাম যে আমি বন্দি হয়ে গেলাম।

হামবোল্টের কী মতলব জানি না। পরীক্ষার সাফল্যের জন্য যে আমিই দায়ী তার এমন জলজ্যান্ত প্রমাণ পেয়ে নিশ্চয়ই সে একেবারে উদ্‌ভ্রান্ত হয়ে পড়েছে। হয়তো আমাকে হত্যা করার রাস্তা খুঁজছে সে। অস্ত্র সংগ্রহ করে হত্যার জন্য প্রস্তুত হয়ে তবে সে দরজা খুলবে।

কী হবে যখন জানা নেই, তখন ভেবে কোনও লাভ নেই। তার চেয়ে বরং আমার কয়েদখানার পরিবেশটা একবার ভাল করে দেখে নিই।

একদিকে টেবিলের উপর বৈজ্ঞানিক যন্ত্রপাতি, তারমধ্যে ফ্লাস্ক, তারমধ্যে খুদে-আমি। তার ডান পাশের দেয়ালে দুটো বন্ধ দরজার মাঝখানে একটা বইয়ের আলমারি, তার পরের দেয়ালে দুটো বন্ধ জানালার মাঝখানে একটা রাইটিং ডেস্ক। অন্য দেয়ালটার সামনে সোফা, আর তার পাশে ঘরের কোণে একটা নিচু গোল টেবিল। পালাবার কোনও পথ নেই।

মনে পড়ল আমার সর্বনাশী ব্রহ্মাস্ত্র অ্যানাইহিলিন পিস্তলটা গিরিডিতে রেখে এসেছি। আমার সঙ্গে হাম্‌বোল্টের পিস্তলটা রয়েছে, কিন্তু সেটাও গুলির অভাবে অকেজো। কী আর করি ? কাঠের চেয়ারটার উপর বসে ফ্লাস্কের ভিতরে আশ্চর্য প্রাণীটার দিকে মন দিলাম।

খুদে শঙ্কু কিছুক্ষণ আমার দিকে চেয়ে রইল। তারপর দেখলাম হাত দুটোকে পিছনে করে পায়চারি আরম্ভ করল। মনে পড়ল আমিও চিন্তিত হলে ঠিক এইভাবেই পায়চারি করি। দৃশ্যটা আমাকে আবার এমন অবাক করে তুলল যে আমি আমার বিপদের কথা প্রায় ভুলেই

গেলাম।

কতক্ষণ এইভাবে তন্ময় হয়ে ফ্লাস্কের দিকে চেয়ে ছিলাম জানি না। হঠাৎ খেয়াল হল যে আমার দৃষ্টি কেমন জানি ঝাপসা হয়ে আসছে। তারপর বুঝতে পারলাম যে সেটার কারণ আর কিছুই না—কোথা থেকে জানি ঘরের মধ্যে একটা বাষ্প জাতীয় কিছু ঢুকছে। একটা তীব্র বিশ্রী গন্ধ নাকে এসে প্রবেশ করছে।

চারিদিকে আর একবার ভাল করে দেখে অবশেষে বুঝতে পারলাম, কোথা দিয়ে এই গ্যাসটা আসছে। ল্যাবরেটরির দূষিত বায়ু বাইরে যাবার জন্য একটা চিমনি রয়েছে টেবিলটার পিছন দিকে। সেটা চলে গেছে বাড়ির ছাত অবধি। সেই চিমনির মুখটা দিয়েই এই দুর্গন্ধ গ্যাস ঘরে এসে ঢুকছে।

আমি নাকে রুমাল চাপা দিলাম। গ্যাস ক্রমে বাড়ছে। সবুজ ধোঁয়ায় ঘর ক্রমে ছেয়ে যাচ্ছে। আমার চোখে অসহ্য জ্বালা। নিশ্বাসের কষ্ট হচ্ছে। তার মধ্যেই বুঝতে পারছি এটা সেই সাংঘাতিক কার্বোডিমন গ্যাস—যাতে মানুষ পাঁচ মিনিটের মধ্যে খাবি খেয়ে দম আটকিয়ে মরে যায়।

আমি আর চেয়ারে বসে থাকতে পারছিলাম না। উঠে দাঁড়ালাম। রুমালে কোনও কাজ দিচ্ছে না। ঘরের যন্ত্রপাতি টেবিল চেয়ার, এমনকী আমার সামনে ফ্লাস্কটা পর্যন্ত অদৃশ্য হয়ে আসছে। একটা অন্ধকার পরদা নেমে আসছে আমার সামনে। আমি দাঁড়িয়েও থাকতে পারছি না। আমার সামনে টেবিল। আমি টেবিলের ওপরেই হুমড়ি খেয়ে পড়লাম। আমার বেড়ালের কথা মনে হচ্ছে...প্রহ্লাদ...গিরিডি...আমার বাগান...গোলঞ্চ গাছ...অবিনাশবাবু....

কী যেন একটা ঝলসে উঠল আমার চোখের সামনে। এক বিঘতের মধ্যে। সেই ঝলসানিতে স্পষ্ট দেখলাম ফ্লাস্কটা। তাতে আর খুদে-শঙ্কু নেই। তার জায়গায় পর পর তিনবার বৈদ্যুতিক স্পার্ক খেলে গেল। বুঝলাম আমি আমার দৃষ্টি ফিরে পাচ্ছি, শরীরে বল পাচ্ছি, সোজা হয়ে দাঁড়াতে পারছি। ঘরের ভিতর থেকে গ্যাস দূরীভূত হচ্ছে, দুর্গন্ধ চলে যাচ্ছে, ধোঁয়াটে ভাবটা ক্রমশ কমে আসছে। আমার অবাক দৃষ্টি এখনও ফ্লাস্কের ভিতর। পরিবেশ বদলে গেছে। সিমেন্টের বদলে এখন একটা স্বচ্ছ কাচ কিংবা প্লাস্টিকের মাঝে যেখানে স্পার্ক হচ্ছিল, সেখানে এখন নতুন প্রাণীর উদ্ভব হয়েছে।

এমন প্রাণী আমি জীবনে কখনও দেখিনি। লম্বায় দু'ইঞ্চির বেশি নয়, তার মধ্যে মাথাটাই এক ইঞ্চি। শরীরে রামধনু রঙের পোশাকটা পা থেকে গলা অবধি গায়ের সঙ্গে সাঁটা। নাক কান ঠোঁট বলতে কিছুই নেই। চোখ দুটো জ্বলন্ত অথচ স্নিগ্ধ আগুনের ভাঁটা। মাথা জোড়া মসৃণ সোনালি টাক। হাত দুটো কনুইয়ের কাছে এসে শেষ হয়ে গেছে। তাতে আঙুল আছে কি না বোঝা যাচ্ছে না।

আমি আরও এগিয়ে গিয়ে ভাল করে প্রাণীটাকে দেখব, এমন সময় ঘরের একটা দরজা খুলে গেল।

হাম্‌বোল্ট, আর তার পিছনে তার গ্রেট ডেন হাউন্ড নেপোলিয়ন।

হাম্‌বোল্ট আমাকে দেখেই একেবারে হতভম্ব হয়ে গেল। বোঝাই গেল, সে আমাকে জ্যান্ত দেখতে পাবে সেটা আশাই করেনি।

'গ্যাস ? গ্যাস কী হল ?' সে বোকার মতো বলে উঠল।

আমি বললাম, 'আপনা থেকেই উবে গেছে।'

'সুঃ নেপোলিয়ন !'

হাম্‌বোল্ট এটা বলার সঙ্গে সঙ্গে ওর ওই বিশাল কুকুরটা একটা হিংস্র গর্জন করে দাঁত

খিঁচিয়ে একটা লম্ফ দিল আমাকে লক্ষ্য করে।

কিন্তু আমার কাছ পর্যন্ত পৌঁছাল না। শূন্যে থাকা অবস্থাতেই একটা তীব্র রশ্মি এসে তার গায়ে লেগে তাকে তৎক্ষণাৎ ধরাশায়ী করে দিল। রশ্মিটা এসেছে ফ্লাস্কের ভিতর থেকে।

এবার হাম্‌বোল্ট 'নেপোলিয়ান!' বলে একটা চিৎকার দিয়ে ঘরের ভিতর ঢুকে কুকুরটার দিকে একবার দেখে টেবিলের উপর থেকে একটা মারাত্মক অ্যাসিডের বোতল তুলে নিয়ে সেটা আমার দিকে উঁচিয়ে তুলতেই তারও তার কুকুরের দশাই হল। ফ্লাস্কের ভিতর সদ্যোজাত অদ্ভুত প্রাণীটা ওই বিরাট জার্মান বৈজ্ঞানিককেও তার আশ্চর্য রশ্মির সাহায্যে নিমেষে ঘায়েল করল।

হাম্‌বোল্ট এখন তার পোষা কুকুরের উপর মুখ থুবড়ে পড়ে আছে। পরীক্ষা করে দেখলাম, দুজনের একজনও মরেনি, কেবল সম্পূর্ণভাবে অচেতন।

এই ঘটনার ঘণ্টাখানেকের মধ্যেই সামারভিল এসে হাজির। সব শুনেটুনে সে বলল, 'হাম্‌বোল্ট প্রায় বছর দশেক উন্মাদ অবস্থায় গারদে কাটিয়েছিল, তারপর ভাল হয়ে ছাড়া পায়, কিন্তু সেই সময় থেকেই বৈজ্ঞানিক মহলে তার সমাদর কমে যায়। গত কয়েক বছর ধরে যেখানে সেখানে বৈজ্ঞানিক সম্মেলনে সে আমন্ত্রিত না হয়েও গিয়ে হাজির হয়েছে। পাছে আবার পাগলামিগুলো দেখা দেয়, তাই ওকে আর কেউ ঘাঁটায় না। তুমি ব্যাপারটা জানতে না শুনে আমার আশ্চর্য লাগছে। সেদিনই তোমাকে টেলিফোনে সাবধান করে দিতাম, কিন্তু লাইনটা কেটে গেল। তাই ভাবলাম, নিজেই চলে আসি।'

দোতলায় আমার ঘরে বসে কফি খেতে খেতে এই সব কথা হচ্ছিল। হাম্‌বোল্ট ও তার কুকুরকে তাদের উপযুক্ত দুটি আলাদা হাসপাতালে পাঠানো হয়েছে। তাদের শক্‌ লেগেছে মস্তিষ্কে। কতদিনে সারবে বলা যায় না।

সামারভিল এসেই ফ্লাস্কের আশ্চর্য প্রাণীটাকে দেখেছিল। দুজনেই বুঝেছিলাম যে, এটাই হল মানুষের পরের অবস্থা ; যদিও কত হাজার বা কত লক্ষ বছর পরে মানুষ এ চেহারা নেবে সেটা জানার উপায় নেই।

কফি খাওয়া শেষ করে আমরা দুজনেই স্থির করলাম যে খুদে-সুপারম্যান বা অতি-মানুষটি কী অবস্থায় আছে একবার দেখে আসা যাক। ল্যাবরেটরির দরজা খুলে ভেতরে ঢুকেই আবার একটা অপ্রত্যাশিত অবাক দৃশ্য আমাদের চোখে পড়ল।

সমস্ত ফ্লাস্কের ভিতরটা এখন একটা লালচে আভায় ভরে আছে। সূর্যাস্তের পর মাঝে মাঝে আকাশটা যে রকম একটা বিষণ্ণ আলোয় ভরে যায়, এ যেন সেই আলো। স্বচ্ছ প্লাস্টিকের মেঝের বদলে এখন দেখতে পেলাম বালি, আর সেই বালির উপর একটা চ্যাপটা আঙুরের মতো জিনিস নির্জীবভাবে পড়ে রয়েছে। কাছে গিয়ে দেখলাম, তার মধ্যে একটা মৃদু স্পন্দনের আভাস লক্ষ করা যাচ্ছে।

এটাও কি প্রাণী ? এটাও কি মানুষের আরও পরের একটা অবস্থা ? যে অবস্থায় মানুষের উত্তরপুরুষ একটা মাংসপিণ্ডের মতো মাটিতে পড়ে থাকবে, তার হাত থাকবে না পা থাকবে না, চলবার, কাজ করবার, চিন্তা করবার শক্তি থাকবে না, কেবল দুটি প্রকাণ্ড চোখ দিয়ে সে পৃথিবীর শেষ অবস্থাটা ক্লান্তভাবে চেয়ে চেয়ে দেখবে ?

সামারভিল বলল, 'এ দৃশ্য দেখতে পাচ্ছি না শঙ্কু। একটা কিছু করো।'

কিন্তু কিছু করতে আর হল না। আমরা দেখতে দেখতেই চোখের সামনে একটা ক্ষীণ বাঁশির মতো শব্দের সঙ্গে সেই আলো, সেই বালি আর সেই মাংসপিণ্ড, সব কিছু মিলিয়ে গিয়ে ক্রমবিবর্তনের শেষ পর্ব শেষ হয়ে পড়ে রইল শুধু একটি কাচের ফ্লাস্ক আর তার সামনে দাঁড়ানো দুটি হতভম্ব বৈজ্ঞানিক !

সন্দেশ। শারদীয়া ১৩৭৮

মরুরহস্য

১০ই জানুয়ারি

নতুন বছরের প্রথম মাসেই একটা দুঃসংবাদ। ডিমেট্রিয়াস উধাও ! প্রোফেসর হেক্টর ডিমেট্রিয়াস, বিখ্যাত জীবতত্ত্ববিদ। ভূমধ্যসাগরে অবস্থিত ক্রীট দ্বীপের রাজধানী ইরাক্লিয়ন শহরের অধিবাসী ছিলেন ডিমেট্রিয়াস। আমার সঙ্গে চাক্ষুষ পরিচয় ছিল না, তবে পত্রালাপ হয়েছে বছর তিনেক আগে। ভদ্রলোক প্রাচীন চিকিৎসাশাস্ত্র নিয়ে গবেষণা করছেন জানতে পেরে আমি আমাদের আয়ুর্বেদ শাস্ত্রের কিছু খবর দিয়ে তাঁকে চিঠি লিখি। তিনি পাওয়ামাত্র ধন্যবাদ জানিয়ে উত্তর দেন। মুক্তোর মতো ইংরিজি হাতের লেখা, ভাষার উপরেও আশ্চর্য দখল। পরে আমার বন্ধু প্রোফেসর সামারভিলের কাছে জানতে পারি, ডিমেট্রিয়াস নাকি কেমব্রিজ বিশ্ববিদ্যালয়ের ছাত্র ছিলেন। কাল সামারভিলের চিঠিতেই ভদ্রলোকের নিরুদ্দেশের খবরটা পাই। চিঠি থেকে যা জানা গেল তা মোটামুটি এই—

গত ৪ঠা জানুয়ারি সকাল আটটার সময় প্রোফেসর ডিমেট্রিয়াস একটা সুটকেস হাতে নিয়ে তাঁর বাড়ি থেকে বেরিয়ে চলে যান। তাঁর চাকর তাঁকে বেরোতে দেখেছিল, কিন্তু মনিব কোথায় যাচ্ছেন, সে খবর তার জানা ছিল না। সন্ধ্যা পর্যন্ত ভদ্রলোক বাড়ি না ফেরায় চাকর পুলিশে খবর দেয়। তদন্তে জানা যায় প্রোফেসর ডিমেট্রিয়াস নাকি একটা ট্যাক্সি করে ইরাক্লিয়ন বিমানবন্দরে যান। সেখান থেকে সকাল সাড়ে দশটার সময় তিনি একটি প্লেন ধরেন। সে প্লেন যায় কায়রোতে। কায়রোতে খবর করে জানা যায়, তিনি নাকি আলহাম্‌ব্রা হোটেলে উঠেছিলেন, এবং মাত্র একরাত সেখানে থাকেন। তারপর থেকে তাঁর আর কোনও খোঁজ পাওয়া যায়নি।

চিঠিটা সামারভিল লিখেছেন ইরাক্লিয়ন থেকে। ডিমেট্রিয়াসের বন্ধু ছিল সামারভিল। এথেন্‌সে একটা বক্তৃতা দিতে এসেছিল। এমনিতেই মতলব ছিল বক্তৃতার পর একবার ক্রীটে ঘুরে যাবে। এথেন্‌সে থাকতে থাকতেই সংবাদপত্রে ডিমেট্রিয়াসের অন্তর্ধানের খবর পেয়ে অন্য কাজ ফেলে সোজা ইরাক্লিয়নে চলে যায়। এখন ও নিজেই তদন্ত চালাবে বলে স্থির করেছে। ওকে সাহায্য করবার জন্য আমায় ডাকছে। গ্রীসে গেছি এর আগে দু'বার, কিন্তু ক্রীটটা যাওয়া হয়নি। মনটা উড়ু উড়ু করছে, হাতে বিশেষ কাজও নেই, তাই ভাবছি ঘুরে আসি।

১৪ই জানুয়ারি

আজ সকালে ইরাক্লিয়ন এসে পৌঁছেছি। শহর থেকে তিন মাইল দূরে সাইলোরিটি পাহাড়ের ঠিক পায়ের কাছে ডিমেট্রিয়াসের বাড়ি। চমৎকার প্রাকৃতিক দৃশ্য ; কিন্তু সেটা উপভোগ করার সময় এটা নয়। সামারভিল বেশ চিন্তিত, এবং তার চিন্তার কারণও আছে যথেষ্ট। প্রথমত, কায়রোতে অনুসন্ধান করেও আর কোনও খবর আসেনি। দ্বিতীয়ত, ডিমেট্রিয়াসের এভাবে না বলে ক'য়ে চলে যাবার কোনও কারণ খুঁজে পাওয়া যায়নি। তাঁর ল্যাবরেটরিতে জিনিসপত্র ঘাঁটাঘাঁটি করেও ইদানীং তিনি কী বিষয়ে গবেষণা করছিলেন তার কোনও ইঙ্গিত পাওয়া যায়নি। তাঁর একটা সবুজ রঙের খাতা পাওয়া গেছে যেটা মনে হয় তিনি সম্প্রতি ব্যবহার করেছিলেন। তাতে লেখা আছে বিস্তর, কিন্তু সে লেখার জন্য এমন এক উদ্ভট ভাষা ও উদ্ভট অক্ষর ব্যবহার করা হয়েছে, যার কূলকিনারা করা সম্ভব হয়নি। আমি নিজেও সে খাতাটা দেখেছি এবং তার লেখা পড়ার চেষ্টা করেছি। একেকটা অক্ষর হঠাৎ দেখে ইংরিজি বলে মনে হয়েছে। কিন্তু সব মিলিয়ে মাথামুণ্ডু কিছুই বুঝতে পারিনি। ভাষাটা সাংকেতিক হতে পারে কি না জিজ্ঞেস করাতে সামারভিল বলল, 'কিছুই আশ্চর্য নয়। ওর ভাষা সম্পর্কে একটা বিশেষ কৌতূহল ছিল। "লিনিয়ার এ"-র ব্যাপারটা তুমি জান কি ?'

আমি জানতাম খ্রিস্টপূর্ব দু'হাজার শতাব্দীতে ক্রীট দেশে যে ভাষা পাথরে খোদাই করে লেখা হত, তার নাম আজকের প্রত্নতাত্ত্বিকরা দিয়েছেন লিনিয়ার-এ। সামারভিল বলল এই ভাষা নিয়ে ডিমেট্রিয়াস নাকি বেশ কিছুদিন থেকে চর্চা করছেন। হয়তো এই খাতায় প্রাচীন শিলালিপি থেকে পাওয়া কোনও মূল্যবান তথ্যের বর্ণনা রয়েছে। ডিমেট্রিয়াসের চাকর মিখাইলি বলছিল যে তার মনিব নাকি সম্প্রতি প্রায়ই ইরাক্লিয়ন ছেড়ে ক্রীটের অন্যান্য প্রাচীন শহরে চলে যেতেন, এবং সেখানে পাঁচ-সাত দিন করে থেকে পাথরের টুকরো ইত্যাদি সংগ্রহ করে বাড়ি ফিরতেন। এইসব পাথরের টুকরো অনেকগুলিই অবশ্য বৈঠকখানায় ও ল্যাবরেটরিতে আমরা দেখেছি।

মিখাইলির আর একটা কথাতেও সামারভিল বেশ উদ্বিগ্ন হয়ে পড়েছে। যে দিন ডিমেট্রিয়াস চলে যায়, তার আগের দিনই নাকি সন্ধ্যাবেলা মিখাইলি একটা বন্দুকের আওয়াজ শুনতে পায়। সেটা আসে পিছনের পাহাড়ের দিক থেকে। ডিমেট্রিয়াস তখন বাড়ি ছিলেন না, কিন্তু ফিরে আসেন তার ঠিক দশ মিনিট পরেই। ডিমেট্রিয়াসের নিজের একটা বন্দুক ছিল, যদিও সেটা বহুকাল ব্যবহার হয়নি। সে বন্দুক নাকি এখন আর পাওয়া যাচ্ছে না।

মিখাইলির একটা ছেলে আছে, বছরদশেক বয়স। ভারী চালাকচতুর। তার কথা বিশ্বাসযোগ্য কি না জানি না, কিন্তু সে বলে যে যেদিন সন্ধ্যায় বন্দুকের আওয়াজ শোনা যায়, সেদিন নাকি সে দুপুরবেলা জঙ্গলের দিক থেকে বাঘের গর্জন শুনেছিল। আমি জানি ক্রীট দ্বীপে কস্মিন কালেও বাঘ থাকা সম্ভব নয়, সুতরাং এ ছোকরা গর্জন শুনে চিনল কী করে ? জিজ্ঞেস করাতে ছেলেটি একগাল হেসে বলল যে ইরাক্লিয়নে সার্কাস এসেছিল, সেই সার্কাসে সে নাকি বাঘের গর্জন শুনেছে। কথাটা মিথ্যে বলে মনে করার কোনও কারণ নেই। মোট কথা সব মিলিয়ে বেশ গোলমেলে ব্যাপার।

আমরা ঠিক করেছি দুপুরের খাওয়া সেরে একবার পাহাড়ের দিকটা ঘুরে আসব। ঘরের জানালা দিয়ে দেখতে পাচ্ছি ওদিকটায় ঘন ঝাউবন। যদি কিছু ঘটে থাকে তো ওই বনের মধ্যেই ঘটেছে।

১৫ই জানুয়ারি

ইরাক্লিয়ন এয়ারপোর্টের রেস্টুর‍্যান্টে বসে ডায়রি লিখছি। কায়রোর প্লেন ছাড়তে নাকি ঘণ্টাখানেক লেট হবে, তাই এই ফাঁকে কালকের অদ্ভুত ঘটনাটা লিখে রাখি।

কাল লাঞ্চ সেরে প্রায় দুটো নাগাদ আমি আর সামারভিল পাহাড়ের গায়ে ঝাউবনের ভিতরটা একটু এক্সপ্লোর করতে বেরোলাম। বাড়ির পিছনে একটা পাতিলেবুর বাগান, সেটা পেরিয়েই পাহাড়ের চড়াই শুরু হয়।

ঝাউবনের ভিতর দিয়ে মিনিটদশেক হাঁটার পর, চোখে কিছু না দেখতে পেলেও, নাকে যেন একটা চেনা গন্ধ পাচ্ছি বলে মনে হল। সামারভিলের সর্দি হয়েছে, এত দূর থেকে সে গন্ধ পাবে না জানি, কিন্তু বেশ বুঝতে পারছিলাম যে একশো গজের মধ্যে নিশ্চয়ই একটা মরা জানোয়ার টানোয়ার কিছু পড়ে আছে। আমি গন্ধের দিকে এগোতে লাগলাম, সামারভিল আমার পিছনে। ক্রমে সামারভিলের নাকেও গন্ধটা প্রবেশ করল। সে ফিস ফিস করে আমায় জিজ্ঞেস করল, 'তুমি কি সশস্ত্র ?' আমি কোটের বুকপকেট থেকে আমার অ্যানাইহিলিন পিস্তলটা বার করে তাকে দেখিয়ে দিলাম। মৃত জানোয়ারের আশেপাশে কোনও জ্যান্ত জানোয়ার লুকিয়ে থাকতে পারে, এটাই বোধ হয় আশঙ্কা করছিল সামারভিল।

আমরা অতি সন্তর্পণে চারিদিকে চোখ রেখে এগোতে লাগলাম।

সামারভিলের দৃষ্টিই প্রথম গেল শকুনিগুলোর দিকে। ঝাউবনের মাঝখানে একটা অপেক্ষাকৃত খোলা জায়গায় আট-দশটা শকুনি মিলে একটা কালো মরা জানোয়ারের মাংস খাচ্ছে। ব্যাপারটা ঘটছে অন্তত ত্রিশ হাত দূরে—কাজেই জানোয়ারটা যে কী সেটা এখনও বুঝতে পারছি না। আরও কয়েক পা এগোতেই আমার চোখ হঠাৎ চলে গেল মাটির দিকে। আমাদের পায়ের ঠিক সামনে সাদা বুনো ফুলের একটা ঝোপের পাশেই পড়ে আছে এক চাবড়া কুচকুচে কালো লোম।

'ভাল্লুক ?'

প্রশ্নটা আপনা থেকেই আমার মুখ দিয়ে বেরিয়ে গেল।

'মোস্ট আনলাইক্‌লি', সামারভিল মন্তব্য করল। আমিও জানি, এ তল্লাটে ভাল্লুক থাকার কোনও সম্ভাবনা নেই।

সামারভিল ইতিমধ্যে এক গোছা কালো লোম হাতে তুলে নিয়েছে। লক্ষ করলাম লোমগুলো প্রায় এক বিঘত লম্বা এবং অস্বাভাবিক রকম রুক্ষ।

আরও দশ পা এগোতেই জানোয়ারের মাথার দিকটা চোখে পড়ল। যদিও মাথার খানিকটা অংশ শকুনিরা খুবলে খেয়ে নিয়েছে, তবু সেটা যে ব্যাঘ্র শ্রেণীর কোনও জানোয়ার, সেটা বুঝতে অসুবিধা হল না।

আমাদের পায়ের শব্দ পেয়ে একটা শকুনি ডানা ঝটপটিয়ে লাফিয়ে এক পাশে সরে যাওয়াতে জানোয়ারের শরীরের আরও খানিকটা অংশ দেখা গেল। পাঁজরার হাড়, ও তারই আশেপাশে লেগে থাকা মাংস আর ঘন কালো লোমে ঢাকা চামড়া। শকুনিগুলো দিব্যি ভোজ মেরে চলেছে। ক্রীট দ্বীপে প্যান্‌থার বা ওই জাতীয় কোনও জানোয়ারের মাংস কি এরা কোনওদিন খেয়েছে ? মনে তো হয় না। প্যান্‌থার কথাটা যদিও ব্যবহার করছি, কিন্তু আমি জানি যে কস্মিন কালেও কোনও প্যান্‌থারের লোম এত বড় বা এত রুক্ষ হয় না।

সামারভিলও অগত্যা বলল, 'ব্যাঘ্র শ্রেণীর একটি আনকোরা নতুন জানোয়ার—এ ছাড়া আর কিছু বলা যায় না একে।'

'কিন্তু এটাকেই কি বন্দুক দিয়ে মারা হয়েছিল ?'

'তাই তো মনে হয় ; তবে ডিমেট্রিয়াস মেরেছিলেন কি না সেটাই প্রশ্ন।'

বাড়ি ফিরে এসে মিখাইলিকে জন্তুটার কথা বলতে সে অবাক হয়ে গেল। 'কালো জন্তু ? বাঘের মতো দেখতে ? এক কালো বেড়াল আর কালো কুকুর ছাড়া আর কোনও কালো জন্তু এদিকটায় কখনও দেখেছি বলে তো মনে পড়ে না।'

সন্ধ্যাবেলা ডিমেট্রিয়াসের শোবার ঘরের রাইটিং ডেস্ক থেকে একটা মূল্যবান জিনিস পাওয়া গেল। সেটা হল একটা ডায়রি। চামড়ায় বাঁধানো ঝকঝকে নতুন ডায়রি, তাতে জানুয়ারি মাসের ২রা এবং ৩রা তারিখের পাতায় ডিমেট্রিয়াসের হাতে গ্রীক ভাষায় লেখা দুটো মন্তব্য রয়েছে। আমরা দুজনে মিলে সে দুটোর মানে করতে বিশেষ বেগ পেতে হল না। সামান্য হলেও, সে লেখা যেমন রহস্যময় তেমনই কৌতূহলোদ্দীপক। ২রা জানুয়ারির লেখাটা বাংলা করলে এই দাঁড়ায়—

'আমার জীবনে সব সময়ই দেখেছি যে আনন্দের কারণ এবং উদ্বেগের কারণ একই সঙ্গে পাশাপাশি ঘোরাফেরা করে। তাই সাফল্যেও শান্তি নেই। অগ্রপশ্চাৎ বিবেচনা না করে আর বৈজ্ঞানিক পরীক্ষায় হাত দেব না। যাই হোক, আমার এই ভুলের মাশুল আমাকেই দিতে হবে। বাবার বন্দুকটা বার করতে হবে। সেই ছেলেবেলায় এয়ারগান ছুড়েছি, ভাল টিপ ছিল। এখনও আছে কি ?'

'বাবার বন্দুক' সম্বন্ধে সামারভিলকে জিজ্ঞেস করতে ও বলল ডিমেট্রিয়াসের বাবা নাকি বিখ্যাত শিকারি ও পর্যটক ছিলেন, এবং আফ্রিকার জঙ্গলে নাকি বিস্তর ঘোরাফেরা করেছেন। এখন বুঝতে পারছি, বৈঠকখানার মেঝেতে পাতা সিংহের ছালটা কোত্থেকে এসেছে। ৩রা জানুয়ারির পাতায় লেখা—

'ক্নোসস্ শহরের সেই মেলায় আজ থেকে দশ বছর আগে এক বেদে বুড়ি আমার ভবিষ্যৎ বলেছিল। তার মতে আমার পঁয়ষট্টি বছরের জন্মতিথিতে নাকি একটা মস্ত বড় ফাঁড়া আছে, সেটা নাকি কাটানো মুশকিল হবে। পঁয়ষট্টি হতে আর মাত্র ১৬ দিন বাকি। অর্থাৎ ১৯শে জানুয়ারি। বুড়ির অন্য ভবিষ্যদ্বাণীগুলো সবই ফলেছে, তাই এটাও ফলবে বলে মেনে নিতে পারি। হয়তো আমি যে পরীক্ষাটা করতে যাচ্ছি তাতেই আমার মৃত্যু

হবে। হয় হোক। যদি মরার আগে পরীক্ষায় সফল হতে পারি তা হলে মরতে কোনও আপশোস নেই। কিন্তু এই জনবহুল ক্ষুদ্রায়তন ক্রীট দ্বীপ আমার পরীক্ষার পক্ষে মোটেই উপযুক্ত জায়গা নয়। আমার চাই বিশাল উন্মুক্ত প্রান্তর। আমার চাই—সাহারা।'

'সাহারা' কথাটার তলায় দুবার মোটা করে লাইন টানা আছে। কায়রো যাবার কারণটা এ থেকে পরিষ্কার হচ্ছে ; কিন্তু পরীক্ষাটা যে কী এবং তার জন্য মরুভূমির কেন প্রয়োজন, সে বিষয়ে কোনও ইঙ্গিত পাওয়া যাচ্ছে না। দেখি কায়রোয় গিয়ে যদি কিছুটা আলোর সন্ধান পাওয়া যায়।

১৫ই জানুয়ারি বিকেল ৫টা

কায়রো। আমরা দুজনে আল্‌হাম্‌ব্রা হোটেলেই উঠেছি। হোটেলের খাতায় নাম লেখার সময় ডিমেট্রিয়াসের নামটাও চোখে পড়ল। ৪ঠা জানুয়ারি সে যে সত্যিই এই হোটেলে এসে উঠেছিল, তার চাক্ষুষ প্রমাণ পাওয়া গেল। নামটা দেখেই সামারভিল একটা পাকা গোয়েন্দার মতো কাজ করে ফেলল ; ডিমেট্রিয়াস যে ঘরে ছিলেন—অর্থাৎ ৩১৩ নম্বর ঘর—সেই ঘরটাই আমাদের থাকার জন্য চেয়ে বসল। সৌভাগ্যক্রমে ঘরটা খালিই ছিল, কাজেই পেতে অসুবিধা হল না। সে ঘরে ডিমেট্রিয়াসের কোনও চিহ্ন পাওয়া যাবে এটা আশা করা বৃথা, কারণ গত এগারো দিনে অনেকেই সে ঘরে থেকে গেছে এবং অনেকবারই সে ঘর ঝাড়পোঁছ হয়েছে। কিন্তু তাও দেখলাম যে শেষ পর্যন্ত লাভই হল। এ ঘরের যে রুমবয়—অর্থাৎ যে ছোকরাটি কিছুক্ষণ আগে আমাদের বিছানাপত্র গোছগাছ করে দিয়ে গেল—তার সঙ্গে কথা বলে কিছু তথ্য সংগ্রহ হয়েছে। সামারভিলই প্রথম প্রশ্ন করল ছেলেটিকে।

'কদ্দিন কাজ করছ এ হোটেলে ?'

'চার বছর।'

'এ ঘরে যারা এসে দু'একদিন থেকে চলে যায়, তাদের কথা মনে থাকে তোমার ?'

'যারা যাবার সময় ভাল বকশিশ দেয়, তাদের কথা মনে থাকে বই কী।'

বুঝলাম ছোকরা বেশ রসিক। সামারভিল বলল, 'দিনদশেক আগে একজন গ্রিক ভদ্রলোক এ ঘরে এসে এক রাত ছিলেন। বৈজ্ঞানিক। সঙ্গে একটা কালো সুটকেস। পাঁচ ফুটের বেশি হাইট নয় ভদ্রলোকের। বছর পঁয়ষট্টি বয়স, মাথায় টাক, যেটুকু চুল আছে কাঁচা, ঘন কালো ভুরু, টিকোলো নাক—মনে পড়ছে ?'

ডিমেট্রিয়াসকে যদিও দেখিনি, ইরাক্লিয়নে তার বাড়ির বৈঠকখানায় ম্যান্‌টলপিসে তার একটা বাঁধানো ফোটো দেখে তার চেহারাটার সঙ্গে আমার পরিচয় হয়েছিল।

রুমবয় হেসে বলল, 'পঁচাত্তর পিয়াস্ত্র্ বকশিশ দিয়ে গেলেন, থাকবে না মনে ?'

পঁচাত্তর পিয়াস্ত্র্ মানে পনেরো টাকা। রুমবয়ের খুশি হবারই কথা।

'ভদ্রলোক তো মাত্র এক রাত ছিলেন, তাই না ?' সামারভিল জিজ্ঞেস করল।

'হ্যাঁ ; আর তার মধ্যেও বেশির ভাগ সময় তাঁর দরজার বাইরে "ডু নট ডিস্টার্ব" নোটিশ টাঙানো থাকত।'

'এখান থেকে উনি কোথায় যাবেন, সেটা কিছু বলেছিলেন কি ?'

'আমাকে উটের কথা জিজ্ঞেস করেছিলেন। বললেন উটের পিঠে চড়ে মরুভূমিতে যাবেন, উট কোথায় ভাড়া পাওয়া যায়। আমি বললাম এল্ গিজা থেকে ক্যারাভ্যানের রাস্তা আছে—হাজার মাইল চলে গেছে মরুভূমির মধ্য দিয়ে। এল্ গিজায় গেলে উট ভাড়া পাওয়া

যাবে।’

রুমবয়ের কাছ থেকে এর বেশি কিছু জানা যায়নি। তবে গিজার খবরটা জরুরি। নাইল নদীর পূর্ব দিকে কায়রো শহর, আর ব্রিজ পেরিয়ে পশ্চিমে হল গিজা—বিখ্যাত পিরামিড ও স্ফিঙ্কসের জায়গা। গিজা আমার আগেই দেখা ছিল, যদিও ক্যারাভ্যানের রাস্তা ধরে উটের পিঠে চড়ে মরু অভিযানের অভিজ্ঞতা আমার নেই। আজকের দিনটা কায়রো শহরে ডিমেট্রিয়াস সম্বন্ধে আরেকটু খোঁজখবর করে কাল সকালে গিজায় যাব স্থির করলাম।

১৬ই জানুয়ারি, দুপুর সাড়ে বারোটা

প্রায় পাঁচশো উটের একটা ক্যারাভ্যানের সঙ্গে আমরা চলেছি মরুপথ দিয়ে বাহারিয়া ওয়েসিসের রাস্তায়। যাত্রীদের সকলেই ব্যবসাদার—শহরে তৈরি পশমের জামাকাপড় ও অন্যান্য জিনিস নিয়ে এরা বাণিজ্য করতে চলেছে গভীর মরুদেশের গ্রামাঞ্চলে। এই সব জিনিসের বদলে ওরা নিয়ে আসবে প্রধানত খেজুর। এই বাণিজ্য চলে আসছে একেবারে আদ্যিকাল থেকে।

দশ মিনিট হল আমরা একটা মরূদ্যান বা ওয়েসিসের ধারে থেমেছি বিশ্রামের জন্য। এ অঞ্চলটা একটা উপত্যকা। দিগন্ত বিস্তৃত বালির ফাঁকে ফাঁকে চুনা পাথরের টিলা মাথা উঁচিয়ে রয়েছে। আমাদের কাছেই একটা জলাশয়, আর সেটাকে ঘিরে কয়েকটা খেজুরগাছ আর বেদুইনদের তাঁবু। এ ছাড়া রয়েছে মিশরের প্রাচীন সভ্যতার কিছু নমুনা। জলাশয়ের ওপারে যেটা দেখা যাচ্ছে সেটা বোধ হয় একটা মন্দিরের ভগ্নস্তূপ। আমার পাশেই রয়েছে একটা মাথাভাঙা থাম, সেটার ছায়ায় বসে আমি ডায়রি লিখছি।

আমরা হোটেল থেকে ব্রেকফাস্ট খেয়ে বেরিয়েছি সকাল সাড়ে সাতটায়। গিজা পৌঁছোতে লাগল আধ ঘণ্টা। যেখানে উট ভাড়া করলাম, তার কাছেই রাস্তার ধারে এক সারি দোকান, তার মধ্যে এক বৃদ্ধ খেজুরবিক্রেতার কাছে ডিমেট্রিয়াসের খবর পাওয়া গেল। আমি আরবি ভাষা জানি, তাই একে ওকে ডিমেট্রিয়াসের বর্ণনা দিয়ে তাকে দেখেছে কি না জিজ্ঞেস করছিলাম। তাদের মধ্যে একজন ওই বুড়ো ফলওয়ালাকে দেখিয়ে বলল, ‘ওকে জিজ্ঞেস করে দেখুন, ও জানতে পারে।’ খেজুরওয়ালাকে প্রশ্ন করতেই সে হাত নেড়ে চোখ রাঙিয়ে অকথ্য ভাষায় ডিমেট্রিয়াসকে উদ্দেশ করে গাল পাড়তে লাগল। কী ব্যাপার জিজ্ঞেস করাতে শেষটায় বলল, ডিমেট্রিয়াস তার কাছ থেকে খেজুর কিনে যে পয়সা দিয়েছিল, তারমধ্যে নাকি দুটো গ্রিক লেপ্‌টা ছিল। বুড়ো চোখে ভাল দেখে না, তাই বুঝতে পারেনি। পরে জানতে পেরে খোঁজ করে দেখে সাহেব উধাও। শেষপর্যন্ত তার বাক্যস্রোত বন্ধ করার জন্য সামারভিল তাকে স্থানীয় পয়সা দিয়ে তার ক্ষতি পূরণ করল। বুঝতে পারছি গিজায় এসে ভুল করিনি। ডিমেট্রিয়াস এখান থেকেই উট নিয়ে মরুভূমির উদ্দেশে যাত্রা করেছে। কিন্তু সে কি যাত্রীদলের সঙ্গেই গেছে, না মাঝপথে মোড় ঘুরে নিজের খেয়াল মতো রাস্তা নিয়েছে?

আমি সঙ্গে করে আমার খিদে মেটানো বড়ি—বটিকা ইন্ডিকা—নিয়েছি পনেরো দিনের মতো। আশা করি তার মধ্যেই আমাদের কাজ শেষ হয়ে যাবে, এবং আশা করি ডিমেট্রিয়াসকে আমরা জীবিত অবস্থাতেই পাব। বেদেবুড়ির কথাটা জেনে অবধি মনটা খচ খচ করছে। এ ধরনের ভবিষ্যদ্বাণী অনেক সময় ফলে যায় সেটা আমিও দেখেছি। যদিও বৈজ্ঞানিক বুদ্ধি দিয়ে এর কারণ এখনও স্থির করতে পারিনি। ১৯শে জানুয়ারি ডিমেট্রিয়াসের জন্মতিথি। আর ওই একই দিন ওর ফাঁড়া। আজ হল ১৬ই...

১৭ই জানুয়ারি, সন্ধ্যা সাড়ে ছ'টা

আমার থারমোমিটার বলছে কনকনে শীত—অর্থাৎ একত্রিশ ডিগ্রি ফারেনহাইট—কিন্তু এয়ার কন্ডিশনিং পিল ব্যবহার করার জন্য আমরা দুজনেই সাধারণ সুতোর পোশাকে চালিয়ে নিতে পারছি।

কতখানি পথ এসেছি এই ছত্রিশ ঘণ্টায় জানি না। আন্দাজে মনে হয় শ'খানেক মাইল হবে। আজকের মতো আমাদের যাত্রা শেষ হয়েছে। রাতটা বিশ্রাম করে কাল সকালে আবার রওনা দেব। মরুযাত্রীর দল ধুনি জ্বালিয়ে তাঁবু ফেলে বসেছে। উটগুলো ঘাড় উঁচু করে গম্ভীরভাবে জাবর কাটছে, আর মাঝে মাঝে হ্রেষাধ্বনির মতো বিকট শব্দ করছে। শেয়ালের ডাকও শোনা যাচ্ছে মাঝে মাঝে। একবার মনে হল, একটা হায়নার হাসি শুনলাম। পথে আসার সময় ঝোপঝাড়ের ভেতর থেকে খরগোশ আর একরকম ধাড়ি ইঁদুর মাঝে মাঝে বেরোতে দেখা যায়। সাপ এখনও চোখে পড়েনি। দিনের আকাশে বাজ আর চিল উড়তে দেখেছি। এ ছাড়া আর কোনও পাখি নজরে পড়েনি।

আমাদের তাঁবু আমরা সঙ্গেই এনেছি। আপাতত তার ভিতরে বসে আমরা দুজনে আমারই তৈরি লুমিনিম্যাক্স আলোর সাহায্যে কাজ করছি। ন্যাপথালিনের বলের মতো দেখতে এই আলোয় দেশলাই সংযোগ করলেই প্রায় দুশো ওয়াট পাওয়ারের আলো বেরোয়। একটা বলে এক রাতের কাজ চলে। সঙ্গে স্টক্ আছে যথেষ্ট।

আজ বিকেল চারটে নাগাদ পথে যে ঘটনাটা ঘটল, এবার সেটার কথা বলি।

আজ সারা দুপুরই আবহাওয়াটা বেশ গুমোট ছিল— যদিও গরম নয় মোটেই। গুমোট ভাব দেখে, এবং পশ্চিমের আকাশে খানিকটা মেঘ জমেছে দেখে, আমি তো ভাবছিলাম হয়তো বা বৃষ্টি হবে, কারণ এখানে বছরে যে তিন-চার দিন বৃষ্টি হয়, সেটা শীতকালে হয়। কিন্তু শেষপর্যন্ত বৃষ্টি হল না। তার বদলে যে দিকে মেঘ জমেছিল, সে দিক থেকে একটা হাওয়া দিতে শুরু করল, আর সেই হাওয়ার সঙ্গে সঙ্গে কানে একটা শব্দ ভেসে এল। শব্দটা এই মরুভূমির পরিবেশে যেমন অদ্ভুত তেমনই অপ্রত্যাশিত। দুম্—ধুপ্... দুম্—ধুপ্...দুম্—ধুপ্...। যেন কোথাও একটা অতিকায় দামামায় তালে তালে ঘা পড়ছে! শব্দটা এতই গম্ভীর যে তেমন আওয়াজ বার করতে হলে দামামার আয়তন হওয়া উচিত অন্তত একখানা পিরামিডের সমান।

কিছুক্ষণ চলার পরেই বুঝলাম যে শব্দটা শুধু আমার কানেই পৌঁছায়নি ; যাত্রীদের অনেকেই সেটা শুনেছে, এবং তার ফলে তাদের মধ্যে বেশ একটা চাঞ্চল্যের সৃষ্টি হয়েছে। শুধু মানুষ নয়— উটের মধ্যেও যেন একটা সন্ত্রস্ত ভাব লক্ষ করলাম। গোটা দশেক উট তো যাত্রীসমেত ল্যাগব্যাগ করে বালির উপর বসেই পড়ল। এদিকে বাতাস বয়ে চলেছে, আর তার সঙ্গে শব্দও হয়ে চলেছে— দুম্—ধুপ...দুম্—ধুপ্...দুম্—ধুপ্...। হিসেব করে দেখলাম যে, প্রথম দুটো আঘাতের মাঝখানে তিন সেকেন্ডের তফাত, আর তারপর পাঁচ সেকেন্ডের একটা ফাঁক। এই ভাবেই, এই ছন্দেই, ক্রমাগত হয়ে চলেছে শব্দটা।

আমরা দুজনেই উটের পিঠ থেকে নেমে পড়লাম। সামারভিলকে বললাম, 'কী বুঝছ ?' সামারভিল কিছুক্ষণ কান পেতে শুনে বলল, 'আওয়াজটা মনে হয় মাটির তলা থেকে আসছে।' আমারও সেই রকমই মনে হচ্ছিল। শব্দটায় তেজ আছে, গাম্ভীর্য আছে, কিন্তু স্পষ্টতার অভাব। সেটা যে কত দূর থেকে আসছে তাও বোঝার কোনও উপায় নেই। এদিকে যাত্রীদের মধ্যে বেজায় শোরগোল পড়ে গেছে। একটি বুড়ো পশমওয়ালা— তার গায়ের রং তামাটে আর মুখে অসংখ্য বলিরেখা— আমার কাছে এসে দানব দৈত্যের কথা

বলতে লাগল ; একেবারে খাস আরব্যোপন্যাসের কাহিনী। শুধু তাই নয়, সেই সঙ্গে সে আমাদেরই দুজনকে অপয়া প্রতিপন্ন করার চেষ্টায় একটা বিশ্রী প্রপাগান্ডা শুরু করে দিল। প্রায় সাত-আটশো লোক, হঠাৎ যদি তাদের মাথায় ঢোকে যে, আমরা দুজন তাদের যাত্রাপথে অমঙ্গলের সূচনা করছি, তা হলে আর রক্ষা নেই।

এদিকে আমি বুঝতে পারছিলাম যে হাওয়াটা কমে আসছে, এবং সেই সঙ্গে শব্দটাও ক্ষীণ হয়ে আসছে। তৎক্ষণাৎ স্থির করলাম যে এই সুবর্ণ সুযোগটা হাতছাড়া করা চলবে না। শব্দের দিকে মুখ করে দাঁড়িয়ে হাতদুটো সামনে বাড়িয়ে, নানা অঙ্গভঙ্গি করে তারস্বরে একটার পর একটা সংস্কৃত উদ্ভট শ্লোক আওড়াতে শুরু করলাম। পাঁচ নম্বর শ্লোকের মাঝামাঝি এসে হাওয়া বন্ধ হয়ে গেল। আর সেই সঙ্গে শব্দটাও। বলা বাহুল্য, এরপর যাত্রীদের মধ্যে কেউ আর আমাদের পিছনে লাগতে আসেনি।

কিন্তু এটা স্বীকার না করে উপায় নেই যে শব্দটা আমাদের দুজনকেও ভারী অবাক করে দিয়েছে। অবিশ্যি এটার সঙ্গে ডিমেট্রিয়াসের কোনও সম্পর্ক থাকতে পারে এমন ভাবার কোনও কারণ নেই। সামারভিলের ধারণা ওটা বেদুইন বা ওই জাতীয় কোনও স্থানীয় আদিবাসীর ঢাক বা ড্রামের শব্দ— মরুভূমির খামখেয়ালি আবহাওয়ায় ম্যাগ্‌নিফাইড হয়ে একটা অস্বাভাবিক গুরুগম্ভীর চেহারা নিয়েছিল। হবেও বা। ওটা নিয়ে আর ভেবে লাভ নেই, কারণ ও-শব্দ আর শোনা যাবে বলে মনে হয় না।

১৮ই জানুয়ারি, সকাল সাড়ে দশটা

আমাদের দুজনকে বাধ্য হয়ে দলচ্যুত হতে হয়েছে। অর্থাৎ ক্যারাভ্যান চলে গেছে দক্ষিণ-পশ্চিমে বাঙ্গারিয়া ওয়েসিসের বাঁধা রাস্তায়, আর আমরা চলে এসেছি পথ ছেড়ে উত্তর দিকে। কেন এমন হল, সেটা বলি।

আজ ভোর ছ'টা থেকে সাড়ে আটটা পর্যন্ত একটানা চলার পর হঠাৎ লক্ষ করলাম রাস্তার ডান দিকে প্রায় দুশো গজ দূরে একটা বালির টিপির উপর একপাল শকুনি। দেখেই কেন যেন বুকের ভিতরটা ছ্যাঁত করে উঠল। পিছন ফিরে সামারভিলের দিকে চেয়ে দেখি, তারও দৃষ্টি ওই শকুনিরই দিকে। ক্যারাভ্যান চলেছে সেটার পাশ কাটিয়ে, অথচ একটা অদম্য কৌতূহল হচ্ছে এগিয়ে গিয়ে দেখি, শকুনিগুলো কীসের মাংস খেতে এত ব্যস্ত। আমার সঙ্গে যে উটওয়ালাটা ছিল, তাকে মতলবটা জানালাম। বললাম, দল ছেড়ে শকুনিগুলোর দিকে যাব, তারপর আবার ফিরে এসে দলে যোগ দেব ; তাতে তোমার আপত্তি আছে কি ?

লোকটা এককথায় রাজি হয়ে গেল। বুঝলাম, আমার গতকালের অভিনয়ে কাজ দিয়েছে, এরা আমাকে একজন অলৌকিক শক্তিসম্পন্ন সিদ্ধপুরুষ বলে ঠাউরে নিয়েছে। সামারভিল ও আমি উট ও উটওয়ালা সমেত দল ছেড়ে ডানদিকে ঘুরলাম।

মিনিটপাঁচেক পরে টিবির কাছে পৌঁছে আমাদের কৌতূহল মিটল। শকুনিরা যেটাকে ছিঁড়ে খাচ্ছে, সেটা হল উটের মস্ত দেহ।

কিন্তু শুধু কি তাই ? তার পাশেই যে আর একটা লাশ পড়ে আছে, সেটা তো জানোয়ারের নয়, সেটা মানুষের। আমাদের সঙ্গে যে লোকদুটো রয়েছে, এও তাদেরই মতো একজন উটওয়ালা। বোঝাই যাচ্ছে যে, উট সমেত এই উটওয়ালা আর একটি ক্যারাভ্যান থেকে ছিটকে বেরিয়ে এসে এখানে মৃত্যুমুখে পতিত হয়েছে। আপনা থেকেই মরেছে কি ? নাকি কেউ তাদের হত্যা করেছে ?

শকুনির দল থেকে দশ হাত দূরে বালির উপর ওটা কী পড়ে আছে ?

উট থেকে নেমে হেঁটে একটু এগিয়ে যেতেই প্রশ্নের উত্তর পেলাম। দুপুরের রোদে যেটা চকচক করছিল, সেটা একটা বন্দুকের নল ; বাঁটের দিকটা বালির নীচে। বন্দুকটা হাতে তুলে নিয়ে দেখি, সেটা একটা জার্মান মাউজার রাইফ্‌ল। এই রাইফ্‌লের গুলিতেই যে এ দুটি প্রাণীর জীবনাবসান হয়েছে তাতে কোনও সন্দেহ নেই, এবং মন বলছে যে আততায়ী হলেন স্বয়ং প্রোফেসর হেক্টর ডিমেট্রিয়াস, যিনি এই একই মাউজার বন্দুক দিয়ে ক্রিট দ্বীপের সাইলোরিটি পাহাড়ের গায়ে ঝাউবনের ভিতর সেই নাম-না-জানা ব্যাঘ্রজাতীয় লোমশ প্রাণীটিকে হত্যা করেছিলেন।

আরও বোঝা যাচ্ছে যে এই মৃত উটওয়ালার এই মৃত উটের পিঠে চড়েই ডিমেট্রিয়াস তাঁর অভিযানে বেরিয়েছিলেন। এইপর্যন্ত এসে তাঁর বাহকের প্রয়োজন ফুরিয়ে যায়— তাই তাকে মেরে ফেলেন। এরপর ডিমেট্রিয়াস যেখানেই গিয়ে থাকুন, তাঁকে পায়ে হেঁটেই যেতে হয়েছে।

আমাদের উটওয়ালা দুটির দিকে চেয়ে মায়া হল। তাদের মুখ ফ্যাকাশে হয়ে গেছে। তার কারণ যে শুধু এই হত্যার দৃশ্য, তা নয় ; কিছুক্ষণ থেকেই মাঝে মাঝে একেকটা দমকা পশ্চিমা বাতাসের সঙ্গে আবার শুনতে পাচ্ছি সেই দামামার শব্দ—দুম—ধুপ...দুম—ধুপ...দুম...—ধুপ...।

বুঝতে পারলাম যে, ওই আওয়াজ লক্ষ্য করেই আমাদের এগোতে হবে, এবং সম্ভব হলে উটের পিঠেই যেতে হবে। মন এখন বলছে ওই শব্দের সঙ্গে ডিমেট্রিয়াসের একটা সম্পর্ক রয়েছে।

সামারভিলকে বলতে সে বলল, ‘আমিও সেই কথাই ভাবছিলাম। কিন্তু এবার আর তুমি ভেলকি দেখাতে চেষ্টা কোরো না ; যেভাবে ঘন ঘন বাতাস বইছে, তাতে ওই শব্দ সহজে

থামবে বলে মনে হয় না। উটওয়ালারা এমনি বললে বোধ হয় যেতে রাজি হবে না। দেখো, যদি টাকার লোভ দেখালে কিছু হয়।'

টাকায় কাজ হল, তবে অল্পে নয়, এবং বেশ কিছুটা আগাম দিতে হল। গত তিন ঘণ্টা ওই শব্দ লক্ষ্য করে আমরা পশ্চিম দিকে এগিয়েছি। একটা আশ্চর্য দৃশ্য দেখে উট থামিয়ে নামতে হয়েছে। চারিদিকে ধু ধু করছে মরুভূমি, আর তার মাঝখানে স্বর্গের দিকে মাথা উঁচিয়ে দাঁড়িয়ে আছে একটা পিরামিড সদৃশ বালির ঢিপি। হাইটে গিজার পিরামিডের চেয়ে বেশি বই কম নয়।

আমরা ঢিপিটার থেকে বেশ কিছুটা দূরেই ক্যাম্প ফেলেছি। আরও কাছে গেলে হয়তো ওটার আয়তনের আরও সঠিক আন্দাজ পাব। মরুভূমিতে আন্দাজ করা ভারী কঠিন। শুধু এইটুকু বলতে পারি যে ওই বালির নীচে যদি প্রাচীন ঈজিপ্সীয় সভ্যতার কোনও অতিকায় নিদর্শন লুকিয়ে থাকে, তা হলে আমরাই হব তার প্রথম আবিষ্কর্তা। বালি না-সরা পর্যন্ত কিছুই বোঝা যাচ্ছে না। উটওয়ালা দুটোকে জিজ্ঞেস করে দেখেছি। তাদের মুখে কথাই সরছে না। বোধ হয় অবিরাম দামামাধ্বনিতে তাদের বাক্যরোধ হয়েছে। এখান থেকে সব সময়ই সেই গুরুগম্ভীর শব্দটা শোনা যাচ্ছে, বাতাসের উপর আর নির্ভর করছে না সেটা! বলা যায় সে শব্দটা যেন এখানকার প্রাকৃতিক পরিবেশের একটা অঙ্গ। এক ঘণ্টা হল আমরা এখানে এসেছি, তার মধ্যে একবারও শব্দটা থামেনি বা তার ছন্দপতন ঘটেনি। শুনলে মনে হয় যেন শব্দটা চিরকালই ছিল, এবং চিরকালই থাকবে।

বালির পাহাড়টা সম্পর্কে সামারভিলেরও ধারণা যে, ওটা আসলে একটা প্রাচীন স্তম্ভ বা মন্দির জাতীয় কিছু। আমরা ঠিক করেছি যে, কিছুক্ষণ বিশ্রাম করে তারপর পাহাড়টার কাছে গিয়ে ওটার চারিদিকে ঘুরে ভাল করে অনুসন্ধান করব। শব্দটা সম্বন্ধে কিন্তু ওরও আমারই মতো হতভম্ব অবস্থা। তবে একটা কথা ও ঠিকই বলেছিল— শব্দটা মাটির নীচ থেকেই আসছে। আমরা বালিতে কান পেতে সেটা স্পষ্ট বুঝতে পেরেছি। এইভাবে ক্রমাগত রাবুণে দুরমুশের শব্দে আমাদের কাজের ব্যাঘাত হতে পারে। দেখা যাক, কী হয়, কপালে কী আছে!

পশ্চিমে আবার মেঘ করেছে। অল্প অল্প বাতাসও বইছে, আর তার সঙ্গে বালি।

১৮ই জানুয়ারি, বিকেল চারটে

প্রচণ্ড বালির ঝড়ে আমাদের তাঁবু প্রায় উড়িয়ে নিয়ে গিয়েছিল। তারই মধ্যে আবার ভূমিকম্প।

কিন্তু এই কাঁপুনির মধ্যেও একটা বিশেষত্ব লক্ষ করলাম। দোলাটা সাধারণ ভূমিকম্পের মতো এ পাশ থেকে ও পাশ নয়। প্রথম ধাক্কাতেই মনে হল, পায়ের তলা থেকে ভূখণ্ডের খানিকটা অংশ যেন আচমকা স্থান পরিবর্তন করল, আর তার ফলে আমরা সব কিছু সমেত বেশ খানিকটা নীচের দিকে চলে গেলাম। একজন লোক চেয়ারে বসে থাকা অবস্থায় তার তলা থেকে যদি সেটা হঠাৎ টেনে নেওয়া যায়, তা হলে যা হয়, এটাও ঠিক তাই। প্রচণ্ড ভূমিকম্পের সময় মাঝে মাঝে একটা ঘড় ঘড় করে শব্দ হয় সেটা আমি জানি; আমার নিজের অভিজ্ঞতা আছে এ ব্যাপারে। কিন্তু আজকের কাঁপুনির সময় যে শব্দটা হল তেমন শব্দ আর কখনও হয়েছে কি না জানি না। মনে হল সমস্ত পৃথিবীটা যেন জ্যান্ত হয়ে যন্ত্রণায় গোঙাচ্ছে। আমি যে আমি, আমারও কপালে ঘাম ছুটে গিয়েছিল। মুরাদ ও সুলেমান— আমাদের দুই উটওয়ালা— দুজনেই আতঙ্কে সংজ্ঞা হারিয়েছিল। ওষুধ দেওয়ার ফলে

দু'জনেরই অবশ্য জ্ঞান হয়েছে, কিন্তু এরা আর কোনও দিন কথা বলতে পারবে বলে মনে হয় না। উটদুটোও দেখছি একেবারে থুম মেরে গেছে। তারা আর জাবর কাটছে না, কেবল একদৃষ্টে ওই রহস্যময় পাহাড়টার দিকে চেয়ে আছে। ভূমিকম্পের চোটে পাহাড়টাও মনে হচ্ছে এক পাশে সামান্য কাত হয়ে গেছে। অবিশ্যি সেটা আমার দেখার ভুল হতে পারে। হিসেবপত্র সব কেমন জানি গুলিয়ে যাচ্ছে। একমাত্র যে জিনিসটা অপরিবর্তিত রয়েছে, সেটা হল ওই দুম দুম দামামাধ্বনি।

কিছুক্ষণ অপেক্ষা করে যদি মনে হয় আর দুর্যোগের সম্ভাবনা নেই তা হলে আমরা দুজনে একবার বেরোব। পাহাড়টার আর একটু কাছে না গেলে কিছুই বোঝা যাচ্ছে না।

বিকেল সোয়া পাঁচটা

সেই অদ্ভুত মরু-পর্বতের পাদদেশে বসে আবার ডায়রি লিখছি।

তাঁবু থেকে এটাকে যত উঁচু মনে করেছিলাম, কাছে এসে তার চেয়েও অনেক বেশি উঁচু মনে হচ্ছে। এখানে দামামার শব্দে কান পাতা যায় না। সামারভিল ও আমি পরস্পরের সঙ্গে হাত মুখ নেড়ে কথা বলার কাজ সারছি। তবে আশ্চর্য এই যে এহেন কর্ণপটহবিদারক শব্দও দেখছি ক্রমে অভ্যাস হয়ে আসছে। এখন আর আগের মতো অসহ্য মনে হচ্ছে না, বা চিন্তার ব্যাঘাত হচ্ছে না।

প্রথমে পাহাড়টা কী রকম দেখতে সেটা বোঝানোর চেষ্টা করি। এর পূর্ব পাশটা খাড়া উঠে গেছে উপর দিকে একেবারে চুড়ো পর্যন্ত। দূর থেকে দেখলে এটাকে একটা সমবাহু ত্রিভুজের মতো মনে হবে। চুড়ো থেকে পশ্চিম দিকে বালি নেমে এসেছে ঢালু হয়ে একেবারে জমি পর্যন্ত, যার ফলে উত্তর আর দক্ষিণে দুটো ত্রিভুজ দেয়ালের সৃষ্টি হয়েছে। একটু পাশ থেকে ছবি আঁকলে এইরকম দাঁড়াবে—

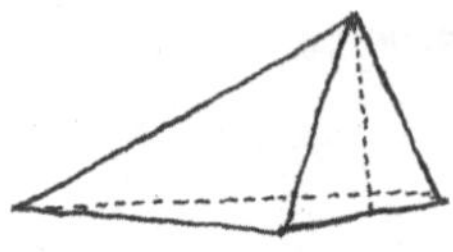

অর্থাৎ, এটাকে ঠিক পিরামিড বলা চলে না ; এর চেহারায় একটা বিশেষত্ব আছে।

তাঁবু থেকে পাহাড়ে আসার পথে দুটো আশ্চর্য জিনিস আবিষ্কার হয়েছে। সামারভিল কিছু দূরে বসে তারই একটার নমুনা নিয়ে পরীক্ষা করছে। বালির উপর দিয়ে হাঁটতে হাঁটতে প্রথম যেটা চোখে পড়ল, সেটা খয়েরি রঙের দড়ির মতন একটা জিনিস। বালি থেকে যেভাবে জিনিসটা বেরিয়েছিল, তাতে প্রথমে মনে হয়েছিল সেটা বুঝি শুকিয়ে যাওয়া উদ্ভিদ জাতীয় একটা কিছু। কিন্তু কাছে এসে হাত দিয়ে পরখ করে বুঝলাম, তা নয়। দড়ি বললেও অবিশ্যি ঠিক বলা হয় না, কারণ তার একেকটার বেড় একটা মোটা বাঁশের সমান। দুজনে অনেক টানাটানি করেও জিনিসটাকে স্থানচ্যুত করা গেল না। শেষকালে সামারভিল ছুরি দিয়ে খানিকটা অংশ কেটে সঙ্গে নিয়ে নিল পরীক্ষা করার জন্য।

যে জিনিসটা আমাদের আরও বেশি অবাক করল, সেটা সম্ভবত কোনও ধাতুর তৈরি। জিনিসটার রং হালকা লাল ; দেখে মনে হয়, একটা বিরাট চাকার একটা পাশের খানিকটা

অংশ। এই সামান্য অংশ থেকেও চাকার আয়তনের একটা আন্দাজ পাওয়া যায়। হিসেবে বলছে, তার পরিধি অন্তত দুশো ফুট। অর্থাৎ তার মধ্যে দিব্যি একটা আস্ত টেনিস কোর্ট ঢুকে যায়। এটাকেও অবিশ্যি হাত দিয়ে টানাটানি করে কোনও ফল হল না। এই মরুভূমির পরিবেশে এই অতিকায় ধাতবচক্র এতই অস্বাভাবিক, এবং প্রাচীন মিশরের সঙ্গে এর সম্পর্ক এতই ক্ষীণ যে এটা আমাদের নতুন করে ভাবিয়ে তুলেছে। তা হলে কি ডিমেট্রিয়াস সাহারার গর্ভে একটি গবেষণাগার বা কারখানা জাতীয় কিছু স্থাপন করেছে— যার সঙ্গে এই দড়ি ও এই চাকা যুক্ত ? এবং যার যন্ত্রপাতি-কলকবজার শব্দ বাইরে থেকে দামামার শব্দের মতো শোনাচ্ছে ? কিন্তু তাই যদি হয়, তা হলে এই ভূগর্ভস্থিত কারখানায় ঢোকার দরজা কোথায় ? ডিমেট্রিয়াসই বা সেখানে গেল কী করে ? আর এমন কী ভয়ঙ্কর গোপন গবেষণায় সে লিপ্ত থাকতে পারে, যার জন্য সাহারার মতো জনমানবশূন্য প্রান্তরের প্রয়োজন হয় ?

পাহাড়ের পূর্ব পাশ, অর্থাৎ যে পাশটা খাড়াই উঠে গেছে, সে পাশ থেকে মাঝে মাঝে বালি খসে আকাশে ছড়িয়ে পড়ছে। দেখে সন্দেহ হয় যে ভিতরটা ফাঁপা— এবং তার মধ্যে দিয়ে বায়ু চলাচলের একটা রাস্তা রয়েছে। একবার ও দিকটায় গিয়ে হাত দিয়ে বালি খুঁড়ে দেখলে কেমন হয় ?

সামারভিল তার জায়গা ছেড়ে উঠেছে। ও পুব দিকটাতেই যাচ্ছে। ওর সঙ্গে যাওয়া দরকার। একজনের যদি কিছু হয়, তা হলে অন্যজনকে ভারী অসহায় হয়ে পড়তে হবে।

গত পাঁচ ঘণ্টার মধ্যে অনেক আশ্চর্য ব্যাপার ঘটেছে।

প্রথমেই বলি, আমি আর সামারভিল পাহাড়ের পুব দিকটায় গিয়ে প্রায় আধঘণ্টা ধরে হাত দিয়ে বালি সরিয়ে একটা গহ্বর বা সুড়ঙ্গের সন্ধান পেয়েছি। তার ভিতরে দুর্ভেদ্য অন্ধকার। তীব্র টর্চের আলো ফেলে দূরবীণ দিয়ে দেখেও কূলকিনারা করা যায়নি। গহ্বরের মধ্য থেকে ক্ষণে ক্ষণে প্রচণ্ড দমকা বাতাস বেরিয়ে এসে আমাদের কাজে রীতিমতো ব্যাঘাতের সৃষ্টি করছিল। তবু আমরা হাল ছাড়িনি। শেষটায় সন্ধ্যা হয়ে যাওয়াতে বাধ্য হয়ে তাঁবুতে ফিরে আসতে হয়েছে। কাল যদি দেখি, বালি কিছুটা কমেছে, তা হলে গহ্বরে ঢোকার চেষ্টা করব। আমার দৃঢ় বিশ্বাস রহস্যের উত্তর এই গহ্বরের ভিতরেই রয়েছে।

ক্যাম্পে ফিরে এসে কফির ব্যবস্থা করলাম। আমার বড়িতে খিদে তেষ্টা দুইই মেটে, কিন্তু সারা দিন কাজের পর কফি খাওয়ার আনন্দটা মেটে না। সামারভিল সঙ্গে কিছু ব্রেজিলিয়ান কফি এনেছে, সেটাই খাওয়া হচ্ছে। কফি সেবনের পর যে বিচিত্র ঘটনাটা ঘটল, সেটার কথা বলি।

সামারভিল ডিমেট্রিয়াসের সবুজ খাতা খুলে বসেছিল। তার অদ্ভুত অক্ষরে অদ্ভুত লেখার কোনও সূত্র এখনও পর্যন্ত পাওয়া যায়নি। আজও আধ ঘণ্টা ধরে খাতার পাতা উলটে কোনও সুবিধা করতে না পেরে চোখ থেকে চশমা খুলে খোলা খাতার উপর রেখে সামারভিল মাথায় হাত দিয়ে বসে ছিল। আমিও চিন্তিতভাবে পাশে বসে সে দিনের সেই অদ্ভুত প্যানথার জাতীয় জানোয়ার থেকে শুরু করে আজ পর্যন্ত একটার পর একটা যত বিদঘুটে অভিজ্ঞতা হয়েছে তার কথা ভাবছিলাম, এমন সময় আমার চোখ পড়ল ডিমেট্রিয়াসের খোলা খাতার উপর। সামারভিলের চশমাটা তার উপর কাত করে রাখা রয়েছে। লক্ষ করলাম চশমার কাচে ডিমেট্রিয়াসের হাতের লেখা আয়নার মতো প্রতিফলিত হয়েছে। কয়েক মুহূর্ত চেয়ে থেকেই বুঝলাম, সে লেখা আমি চিনতে পারছি, সে ভাষা আমার চেনা ভাষা। আর সে ভাষা গ্রিকও নয়, অন্য কিছুই নয়— একেবারে সহজ সরল ইংরিজি। এক মুহূর্তে সমস্ত ব্যাপারটা জলের মতো পরিষ্কার হয়ে গেল।

ব্যাপারটা আর কিছুই না—অন্য লোকে যাতে সহজে পড়তে না পারে, তাই ডিমেট্রিয়াস ইংরিজি লিখেছে উলটো করে— অর্থাৎ, ডান দিক থেকে বাঁ দিকে। একে বলে mirror writing। এর ফলে চেনা ভাষা হয়ে যায় দুর্বোধ্য সাংকেতিক ভাষা। অথচ আয়নার সামনে ধরলে সে ভাষা পড়তে আর কোনই অসুবিধা হয় না। মনে পড়ল ইতালির বিখ্যাত শিল্পী লিওনার্দো দা ভিঞ্চি তাঁর নোটবুকে এই mirror writing ব্যবহার করতেন।

গত এক ঘণ্টা ধরে সামারভিলের দাড়ি কামাবার আয়না সামনে রেখে আমরা ডিমেট্রিয়াসের লেখার বেশির ভাগটাই পড়ে ফেলেছি। লেখা থেকে যা জানা গেল মোটামুটি এই—

ক্রীট দ্বীপের ক্নোসাস্ শহরে পাঁচ হাজার বছরের একটা পুরনো মন্দিরের ভগ্নস্তূপ থেকে ডিমেট্রিয়াস একটা পাথরে খোদাই করা লেখা পায়। সেটার মানে উদ্ধার করে সে জানতে পারে যে, লেখাটা একটা অলৌকিক শক্তিসম্পন্ন ওষুধের ফরমুলা। সে ওষুধ খেলে নাকি মানুষের শরীরে দেবতার শক্তি সঞ্চারিত হয়। ডিমেট্রিয়াস সেই ওষুধ তৈরি করার সংকল্প করেছিল, এবং লেখা পড়ে মনে হয় সফলও হয়েছিল। শুধু তাই নয়, ১লা জানুয়ারি সে নাকি ফিলিক্স্ নামে একজন কাউকে সে ওষুধ খাইয়ে পরীক্ষাও করেছিল। এই ফিলিক্স্ ব্যক্তিটি যে কে, সেটা কোথাও বলা নেই ; তবে সামারভিল ও আমি দুজনেই জানি 'ফিলিক্স'

মানুষের নাম হলেও, কথাটার আসল মানে হচ্ছে বেড়াল, অথবা বেড়াল শ্রেণীর কোনও প্রাণী। যেমন বাঘের ল্যাটিন নাম হল ফিলিস টাইগ্রিস। তা হলে কি...না ; আর লেখা সম্ভব নয়। বাইরে ঝড় আর তার সঙ্গে বৃষ্টি।...

২২শে জানুয়ারি...

ঘণ্টা দুয়েক হল কায়রোতে পৌঁছেছি। হাত কাঁপছে, তবুও টাটকা থাকতে থাকতে গত দু' দিনের বিভীষিকাময় ঘটনার কথা লিখে রাখতে চাই। একটা পুরো দিন নষ্ট হয়েছে ক্যারাভ্যানের অপেক্ষায় বসে থেকে। আমাদের উট এবং দুজন উটওয়ালাই নিখোঁজ, সম্ভবত মৃত। কাজেই আমাদের দুজনকে ক্ষতবিক্ষত অবসন্ন শরীরে বালির উপর দিয়ে প্রায় সাড়ে তিন ঘণ্টা হেঁটে তবে ক্যারাভ্যানের রাস্তায় আসতে হয়েছিল। আমার ওষুধের গুণে ঘা শুকিয়ে এসেছে, এমনকী সামারভিলের কনুইয়ের ভাঙা হাড়ও জোড়া লেগে গেছে ; কিন্তু মনের অবস্থা মোটেই স্বাভাবিক নয়, হতেও পারে না। কী ভাগ্যি ওষুধের শিশি, ডায়রি, কলম, মানিব্যাগ, ডুপ্লিকেট চশমা আর অ্যানাইহিলিন পিস্তলটা আমার পকেটে ছিল। বাকি সব কিছুই—এমন কী ডিমেট্রিয়াসের খাতা পর্যন্ত— কোথায় যে তলিয়ে গেছে, তার কোনও পাত্তাই নেই।

১৮ই জানুয়ারি রাত এগারোটার পর তাঁবুতে বসে ডায়রি লিখতে লিখতে হঠাৎ ঝড়বৃষ্টির সূত্রপাত হল সে কথা আগেই লিখেছি। এখানে বছরে মাত্র তিন-চার দিন বৃষ্টি হয় বলেই কি না জানি না, এমন চোখধাঁধানো মুষলধারা ও তার সঙ্গে ঝড়ের এমন দাপট আমি কখনও দেখিনি। তাঁবুর এক পাশের ক্যানভাস হাওয়ায় ফেঁপে উঠে ঝাপটা মেরে প্রথমেই আমার আলোটাকে দিল অকেজো করে। এদিকে বাইরে দুর্যোগের ফলে উট দুটো বিকট চিৎকার আরম্ভ করেছে ; আর মুরাদ ও সুলেমান বালি কামড়ে পড়ে তারস্বরে আল্লার নাম জপছে।

পৌনে বারোটা নাগাদ (আমার ঘড়ির কাঁটায় রেডিয়াম থাকায় কেবল সময়টাই দেখতে পাচ্ছিলাম) ঝড়ের শব্দ কমে এল। আমাদের তাঁবু আর দাঁড়িয়ে নেই। সেটা এখন আমাদের দুজনের গায়ে আষ্টেপৃষ্টে জড়ানো, এবং আমরা প্রাণপণে সেটাকে আঁকড়ে ধরে আছি যাতে বৃষ্টি থামলে যেন আবার সেটাকে ছাউনি হিসাবে ব্যবহার করতে পারি।

ঠিক বারোটার সময়ে একটা প্রচণ্ড বিদ্যুতের চমক হল, আর সেই সঙ্গে আরম্ভ হল প্রলয়ংকর ভূমিকম্প। প্রথম ধাক্কাতেই দেখলাম আমি আর মাটিতে নেই ; এক ঝটকায় কীসে যেন আমাকে ব্যাট দিয়ে মারা ক্রিকেট বলের মতো শূন্যে তুলে ফেলেছে। এই শূন্যপথে অন্তত পাঁচ সেকেন্ড ধরে প্রচণ্ড বেগে উড়ে গিয়ে আমি সজোরে হুমড়ি খেয়ে পড়লাম বরফের মতো ঠাণ্ডা ভিজে বালির ওপর। আমার মাথার উপর আর তাঁবুর আচ্ছাদন নেই, আমার পাশে সামারভিলও নেই। দুর্ভেদ্য অন্ধকার রাতে সাহারার একটা অংশে আমি একা বালিতে উপুড় হয়ে পড়ে বৃষ্টিবাণে বিদ্ধ হচ্ছি। সামারভিল কোথায়, সে বেঁচে আছে কি না,— উট এবং উটওয়ালাগুলোই বা কোথায়, তারাই বা বেঁচে আছে কি না, কিচ্ছু জানার উপায় নেই।

হঠাৎ আর একটা ঝটকায় আমি আরও কিছু দূর গড়িয়ে গেলাম। তারপর ভূমি স্থির হল। ক্রমে বৃষ্টি থেমে গেল। তারপর সব চুপ, সব শব্দ বন্ধ।

কোনও শব্দই নেই ? সেই দামামাধ্বনি ?

না, তাও নেই। আশ্চর্য ! সেই কর্ণভেদী দুম দুম শব্দ বন্ধ হয়ে গেছে।

তার বদলে একটা অস্বাভাবিক শ্বাসরোধকারী নিস্তব্ধতা আমার বুকের উপর চেপে

বসেছে। কিন্তু ওই ভূগভোত্থিত গুরুগম্ভীর শব্দ হঠাৎ বন্ধ হবার কারণ কী ?

মাথাটা একটু উঁচু করে চারিদিকে দৃষ্টি ঘুরিয়ে দেখলাম। অন্ধকার চলে গেছে। কিন্তু এত আলো হয় কী করে ? সব কিছুই এত স্পষ্ট ভাবে দেখা যাচ্ছে কী করে ?

হঠাৎ খেয়াল হল— আকাশ পরিষ্কার। একটা মাত্র হালকা টুকরো মেঘ চাঁদের উপর থেকে সরে যাচ্ছে। পূর্ণিমার চাঁদ।

মেঘ সরে গেল। এখন পূর্ণ জ্যোৎস্না। এমন আশ্চর্য উজ্জ্বল চাঁদের আলো কখনও দেখিনি।

ওটা কে— ওই বাঁ দিকে, বিশ হাত দূরে ? সামারভিল না ?

হ্যাঁ, সামারভিল। সামারভিল দাঁড়িয়ে আছে। আমি হাঁক দিলাম— 'আর্থার ! আর্থার !'

কোনও উত্তর নেই। সে কি কালা হয়ে গেছে ? না পাগল ? কীসের দিকে একদৃষ্টে চেয়ে আছে সে ?

আমার দৃষ্টি সেই দিকে গেল। পাহাড়ের দিকে।

পাহাড়ের উপর থেকে বালি সরে গেছে। কিন্তু তার তলা থেকে যেটা বেরিয়েছে, সেটা কী ? আর পাহাড়ের ঢালু অংশটা যেখানে গিয়ে শেষ হয়েছে, তার দু' দিকে ঘন জঙ্গলটা কীসের ?

আমি সামারভিলের দিকে এগিয়ে গেলাম। দৃষ্টি পাহাড়ের দিক থেকে সরাতে পারছি না। অবাক বিস্ময়ে আমার দম বন্ধ হয়ে আসছে, কারণ আমি ক্রমে বুঝতে পারছি যে আকাশের দিকে মাথা উঁচিয়ে রয়েছে যে বিশাল জিনিসটা, সেটা আসলে আমার চেনা। আর পুব দিকের খাড়াই অংশের গায়ে যে দুটো বিরাট গহ্বর, যাকে আমরা কারখানায় যাবার সুড়ঙ্গ বলে মনে করেছিলাম— সেটাও আমার চেনা। গহ্বর দুটো আসলে নাকের ফুটো, আর পাহাড়টা একটা শুয়ে থাকা মানুষের নাক, আর নাকের ঢালু অংশটা যেখানে গিয়ে শেষ হয়েছে, তার দু পাশে জঙ্গলটা হচ্ছে ভুরু, আর তার নীচের প্রশস্ত ঢিপিটা হচ্ছে বন্ধ হওয়া চোখ !

'ডিমেট্রিয়াস !'

সামারভিলের ফিসফিসে কণ্ঠস্বর সাহারার এই অপার্থিব জ্যোৎস্নাপ্লাবিত দিগন্তবিস্তৃত

নিস্তব্ধতার মধ্যে যেন প্রতিধ্বনিত হতে লাগল—

'ডিমেট্রিয়াস !...ডিমেট্রিয়াস !...'

হ্যাঁ, ডিমেট্রিয়াস। ওই নাক আমি ছবিতে দেখেছি। ওই ভুরুও দেখেছি। ওই চোখ দেখেছি খোলা অবস্থায়। এখন বন্ধ, কারণ ডিমেট্রিয়াসের মৃত্যু হয়েছে। তার মুখেরই খানিকটা অংশ বেরিয়ে আছে বালির উপর, আর তার বুকের একটা অংশ। খয়েরি রঙের দড়িটা আসলে ওর গায়ের একটা লোম। আর সেই যে জিনিসটা, যেটাকে একটা বৃত্তের অংশ বলে মনে হয়েছিল, সেটা আসলে হাতের একটা নখ।

'ভূমিকম্পের কারণ বুঝতে পারছ ?' সামারভিল জিজ্ঞেস করল।

বললাম, 'পারছি। ডিমেট্রিয়াস মৃত্যুশয্যায় বালির নীচে ছটফট করছিল।'

'আর দামামাধ্বনি ?'

'ডিমেট্রিয়াসের হার্টবিট।—ডিমেট্রিয়াস তার ওষুধ প্রথমে তার বেড়াল ফিলিক্সের উপর পরীক্ষা করে। তার ফলেই অতিকায় বেড়ালের সৃষ্টি হতে চলেছিল, ডিমেট্রিয়াস বেগতিক বুঝে তার বাড়া বন্ধ করার জন্য বন্দুকের সাহায্য নিয়েছিল।'

'কিন্তু তার নিজের বাড়াটা মাঝপথে বন্ধ হয় সেটা সে চায়নি। সে খাঁটি বৈজ্ঞানিকের মতোই জানতে চেয়েছিল, তার ওষুধের দৌড় কতদুর।'

'ঠিক বলেছ। তার নিজের বিশ্বাস ছিল সে অতিকায় মানুষে পরিণত হবে, তাই তার পরীক্ষার জন্য দিগন্তহীন মরুভূমির প্রয়োজন হয়েছিল।'

'কতটা লম্বা হবে ডিমেট্রিয়াসের দেহটা, সেটা আন্দাজ করে দেখেছ ?'

আমি বললাম, 'নাকের পূর্ব দিকের অংশটা যদি আন্দাজ একশো ফুট উঁচু হয় তা হলে পুরো শরীরটা অন্তত তার ষাটগুণ হওয়া উচিত।'

'অর্থাৎ ছ'হাজার ফুট।'

'অর্থাৎ এক মাইলেরও বেশি।'

সামারভিল একটা দীর্ঘশ্বাস ফেলল।

'তা হলে বেদেবুড়ির কথা সত্যি হল !'

আমি বললাম, 'অক্ষরে অক্ষরে। আজ উনিশে জানুয়ারি। দামামাধ্বনি বন্ধ হল ঠিক রাত বারোটায় !'

* * *

দিনের আলোর জন্য অপেক্ষা করতে হল।

সূর্য ওঠার সঙ্গে সঙ্গে এক ভয়াবহ দৃশ্য দেখতে পেলাম। আকাশ কালো করে নীচে নেমে আসছে পঙ্গপালের মতো হাজার হাজার শকুনি। দেখে মনে হয়, পৃথিবীতে যত শকুনি আছে সব একজোটে ওই ছ' হাজার ফুট লম্বা মানব-দানবের শবদেহ ভক্ষণ করতে আসছে।

দৃশ্যটা দেখে ভাল লাগল না। অন্তত আমাদের চোখের সামনে এ ঘটনা ঘটতে দেওয়া যায় না।

আমার অ্যানাইহিলিন পিস্তলটা পকেট থেকে বার করে আকাশের দিকে তাক করে তিন সেকেন্ড ঘোড়াটা টিপে রাখতেই দেখতে দেখতে শকুনির দল নিশ্চিহ্ন হয়ে বৃষ্টিধোয়া সাহারার আকাশের নীল নির্মল রূপটা আবার ফিরে এল।

কর্ভাস

১৫ই আগস্ট

পাখি সম্পর্কে কৌতূহলটা আমার অনেক দিনের। ছেলেবেলায় আমাদের বাড়িতে একটা পোষা ময়না ছিল, সেটাকে আমি একশোর উপর বাংলা শব্দ পরিষ্কারভাবে উচ্চারণ করতে শিখিয়েছিলাম। আমার ধারণা ছিল, পাখি কথা বললেও কথার মানে বোঝে না। একবার এই ময়নাটাই এমন এক কাণ্ড করে বসল যে, আমার সে ধারণা প্রায় পালটে গেল। দুপুরবেলা সবেমাত্র আমি ইস্কুল থেকে ফিরছি, মা রেকাবিতে মোহনভোগ এনে দিয়েছেন, এমন সময় ময়নাটা হঠাৎ 'ভূমিকম্প, ভূমিকম্প' বলে চেঁচিয়ে উঠল। আমরা কোনও কম্পন টের পাইনি, কিন্তু পরের দিন কাগজে বেরোল সিজ্‌মোগ্রাফ যন্ত্রে সত্যিই নাকি একটা মৃদু কম্পন ধরা পড়েছে।

সেই থেকে পাখিদের বুদ্ধির দৌড় সম্পর্কে মনে একটা অনুসন্ধিৎসা রয়ে গেছে, কিন্তু অন্যান্য পাঁচ রকম বৈজ্ঞানিক গবেষণার মধ্যে ওটা নিয়ে আর চর্চা করা হয়নি। আর একটা কারণ অবিশ্যি আমার বেড়াল নিউটন। নিউটন পাখি পছন্দ করে না, আর নিউটনকে অখুশি করে আমার কিছু করতে মন চায় না। সম্প্রতি, বয়সের জন্যই বোধ হয়, নিউটন দেখছি পাখি সম্বন্ধে অনেকটা উদাসীন হয়ে পড়েছে। সেই কারণেই আমার ল্যাবরেটরিতে আবার কাক, চড়ুই, শালিক ঢুকতে আরম্ভ করেছে। আমি সকালে তাদের খেতে দিই। সেই খাদ্যের প্রত্যাশায় তারা সূর্য ওঠার আগে থেকেই আমার জানালার বাইরে জটলা করে।

প্রত্যেক প্রাণীরই কিছু কিছু নির্দিষ্ট সহজাত ক্ষমতা থাকে। আমার ধারণা, অন্য প্রাণীর তুলনায় পাখির ক্ষমতা আরও বেশি, আরও বিস্ময়কর। একটা বাবুইয়ের বাসা হাতে নিয়ে নেড়েচেড়ে দেখলে স্তম্ভিত হতে হয়। একজন মানুষকে কিছু খড়কুটো দিয়ে যদি ও রকম একটা বাসা তৈরি করতে বলা হয়, আমার বিশ্বাস সে কাজটা সে আদৌ করতে পারবে না, কিংবা যদি বা পারে তো মাসখানেকের অক্লান্ত পরিশ্রম লেগে যাবে।

অস্ট্রেলিয়াতে ম্যালি-ফাউল বলে এক রকম পাখি আছে, যারা মাটিতে বাসা করে। বালি, মাটি আর উদ্ভিজ্জ দিয়ে তৈরি একটা ঢিপি, আর তার ভিতরে ঢোকার জন্য একটা গর্ত। ডিম পাড়ে বাসার ভিতরে, কিন্তু সে ডিমে তা দেয় না। অথচ উত্তাপ না হলে তো ডিম ফুটে বাচ্চা বেরোবে না। উপায় কী? উপায় হল এই যে ম্যালি-ফাউল কোনও এক আশ্চর্য অজ্ঞাত কৌশলে বাসার ভিতরের তাপমাত্রা আটাত্তর ডিগ্রি ফারেনহাইটের এক ডিগ্রিও এদিক ওদিক হতে দেয় না, তা বাইরের আবহাওয়া ঠাণ্ডা বা গরম যাই হোক না কেন।

আরও রহস্য। গ্রিব নামক পাখি তাদের নিজেদের পালক ছিঁড়ে ছিঁড়ে খায় এবং শাবকদের খাওয়ায়, কেন তা কেউ জানে না। আবার এই একই গ্রিব পাখি জলে ভাসমান অবস্থায় কোনও শত্রুর আগমনের ইঙ্গিত পেলে, নিজের দেহ ও পালক থেকে কোনও এক অজ্ঞাত উপায়ে বায়ু বার করে দিয়ে শরীরের স্পেসিফিক গ্র্যাভিটি বাড়িয়ে গলা অবধি জলে ডুবে ভাসতে থাকে।

এ ছাড়া যাযাবর পাখির দিকনির্ণয় ক্ষমতা, ঈগল-বাজের শিকার ক্ষমতা, শকুনের ঘ্রাণশক্তি, অসংখ্য পাখির আশ্চর্য সংগীতপ্রতিভা— এ সব তো আছেই। এই কারণেই কিছু দিন থেকে পাখির পিছনে কিছুটা চিন্তা ও সময় দিতে ইচ্ছা করছে। তার সহজাত বুদ্ধির বাইরে তাকে কত দূর পর্যন্ত নতুন জিনিস শেখানো যায় ? মানুষের জ্ঞান, মানুষের বুদ্ধি তার মধ্যে সঞ্চার করা যায় কি ? এমন যন্ত্র কি তৈরি করা সম্ভব, যার সাহায্যে এ কাজটা হতে পারে ?

২০শে সেপ্টেম্বর

আমার পাখিপড়ানো যন্ত্র নিয়ে কাজ চলেছে। আমি সহজ পথে বিশ্বাসী। আমার যন্ত্রও তাই হবে জলের মতো সহজ। দুটি অংশে হবে এই যন্ত্র। একটি হবে খাঁচার মতো। পাখি থাকবে সেই খাঁচার মধ্যে। খাঁচার সঙ্গে বৈদ্যুতিক যোগ থাকবে দ্বিতীয় অংশের। এই অংশটি থেকে জ্ঞান ও বুদ্ধি চালিত হবে পাখির মস্তিষ্কে।

এই এক মাস আমার ল্যাবরেটরির জানালা দিয়ে খাদ্যের লোভে যে সব পাখি এসে ঢুকেছে, সেগুলোকে আমি খুব মনোযোগ দিয়ে স্টাডি করেছি। কাক, চড়ুই, শালিক ছাড়া পায়রা, ঘুঘু, টিয়া, বুলবুলি ইত্যাদিও মাঝে মাঝে আসে। সব পাখির মধ্যে একটি বিশেষ পাখি বিশেষভাবে আমার দৃষ্টি আকর্ষণ করেছে। সেটা একটা কাক। দাঁড়কাক নয়, সাধারণ কাক। কাকটা আমার চেনা হয়ে গেছে। ডান চোখের নীচে একটা সাদা ফুটকি আছে, সেটা থেকে তো চেনা যায়ই, তা ছাড়া হাবভাবও অন্য কাকের চেয়ে বেশ একটু অন্য রকম। ঠোঁটে পেনসিল নিয়ে টেবিলের উপর আঁচড় কাটতে আর কোনও পাখিকে দেখিনি। কালকে তো একটা ব্যাপারে রীতিমতো হকচকিয়ে গেছি। আমি আমার যন্ত্র তৈরির কাজ করছি, এমন সময় একটা খচ খচ শব্দ পেয়ে ঘাড় ফিরিয়ে দেখি, কাকটা একটা আধখোলা দেশলাইয়ের বাক্স থেকে ঠোঁট দিয়ে একটা কাঠি বার করে তার মাথাটা বাক্সের পাশটায় ঘষছে। আমি বাধ্য হয়ে হুস হুস শব্দ করে কাকটাকে নিরস্ত করলাম। কাকটা তখন উড়ে গিয়ে জানালায় বসে গলা দিয়ে দ্রুত কয়েকটা শব্দ করল, যেটার সঙ্গে কাকের স্বাভাবিক কা কা শব্দের কোনও সাদৃশ্য নেই। হঠাৎ শুনে মনে হবে, যেন কাকটা বুঝি হাসছে।

যে রকম চালাক পাখি, আমার পরীক্ষার জন্য একে ব্যবহার করতে পারলেই সবচেয়ে ভাল হবে। দেখা যাক কত দূর কী হয়।

২৭শে সেপ্টেম্বর

আমার 'অরনিথন' যন্ত্র আজ তৈরি শেষ হল। কাকটা সকালেই আমার ঘরে ঢুকে পাঁউরুটি খেয়ে এ জানালা ও জানালা লাফিয়ে বেড়াচ্ছিল, যন্ত্রটা টেবিলের উপর রেখে যেই তার দরজা খুলে দিলাম, অমনি কাক দিব্যি লাফাতে লাফাতে এসে তার ভিতরে ঢুকে পড়ল। এ থেকে এটাই অনুমান করা যায় যে, কাকটার শেখার আগ্রহ প্রবল। প্রথমে কিছুটা ভাষা জ্ঞান হওয়া দরকার, না হলে আমার কথা বুঝতে পারবে না ; তাই সহজ বাংলা দিয়ে শুরু করেছি। আমাকে বোতাম টেপা ছাড়া আর কোনও কাজই করতে হচ্ছে না। শেখাবার বিষয় সমস্তই আগে থেকে রেকর্ড করা। বিভিন্ন চ্যানেলে বিভিন্ন বিষয়, প্রত্যেকটার আলাদা নম্বর দেওয়া। একটা আশ্চর্য জিনিস লক্ষ করলাম— বোতাম টিপলেই কাকটার চোখ ধীরে ধীরে বন্ধ হয়ে আসে, আর সঙ্গে সঙ্গে তার নড়াচড়াও বন্ধ হয়ে যায়। কাকের মতো ছটফটে পাখির পক্ষে এটা যে কত অস্বাভাবিক, সে তো বুঝতেই পারছি।

নভেম্বর মাসে চিলির রাজধানী সানতিয়াগো শহরে সারা বিশ্বের পক্ষিবিজ্ঞানীদের একটা কনফারেনস্ আছে। মিনেসোটাতে আমার পক্ষিবিজ্ঞানী বন্ধু রিউফাস গ্রেনফেলকে একটা চিঠি লিখে দিয়েছি। যদি আমার বায়স বন্ধুটি সত্যি করে মানুষের বুদ্ধি কিছুটা আয়ত্ত করতে পারে, তা হলে ওকে সঙ্গে নিয়ে গিয়ে সম্মেলনে ডিমন্‌সট্রেশন সহ একটা বক্তৃতা দেওয়া চলতে পারে।

৪ঠা অক্টোবর

কর্ভাস হল কাক জাতীয় পাখির ল্যাটিন নাম। আমার ছাত্রটিকে আমি ওই নামেই ডাকছি। নাম ধরে ডাকলে প্রথম দিকে আমার দিকে ফিরে ফিরে চাইত, এখন দেখছি গলা দিয়ে শব্দ করে উত্তর দেয়। এই প্রথম একটা কাককে 'কা' না বলে 'কি' বলতে শুনছি। তবে কণ্ঠস্বরের বিশেষ পরিবর্তন আমি আশা করছি না। অর্থাৎ কর্ভাসকে দিয়ে কথা বলানো চলবে না। তার বুদ্ধির পরিচয় তার কাজেই প্রকাশ পাবে বলে আমার বিশ্বাস।

কর্ভাস এখন ইংরাজি শিখছে। বাইরে গিয়ে ডিমন্‌সট্রেশন দিতে গেলে এই ভাষাটার প্রয়োজন হবে। ওর ট্রেনিং-এর সময় হল সকাল আটটা থেকে ন'টা। দিনের বেলা বাকি সময়টা ও আমার ঘরের আশপাশেই ঘোরাফেরা করে। সন্ধ্যা হলে এখনও রোজই চলে যায় আমার বাগানের উত্তর-পশ্চিম কোণের আম গাছটায়।

নিউটন দেখছি কর্ভাসকে দিব্যি মেনে নিয়েছে। আজকে যে ঘটনাটা ঘটল, তার পরে সম্পর্কটা বন্ধুত্বে পরিণত হলেও আশ্চর্য হব না। ব্যাপারটা ঘটল দুপুরে। নিউটন আমার আরাম কেদারাটার পাশে কুণ্ডলী পাকিয়ে শুয়ে আছে, কর্ভাস কোথায় যেন উধাও, আমি খাতায় নোট লিখছি, এমন সময় হঠাৎ ডানার ঝটপটানি শুনে জানালার দিকে চেয়ে দেখি কর্ভাস ঘরে ঢুকেছে, তার ঠোঁটে একটি সদ্য কাটা মাছের টুকরো। সে সেটাকে এনে থপ করে নিউটনের সামনে ফেলে দিয়ে আবার জানালায় ফিরে গিয়ে বসে বসেই ঘাড় বেঁকিয়ে এ দিক ও দিক দেখতে লাগল।

গ্রেনফেল আমার চিঠির উত্তর দিয়েছে। লিখেছে, সে পক্ষিবিজ্ঞানীদের সম্মেলনে আমাকে নেমন্তন্ন পাঠানোর বন্দোবস্ত করছে। আমি অবশ্যই যেন কাক সমেত যথাসময়ে সানতিয়াগোতে গিয়ে হাজির হই।

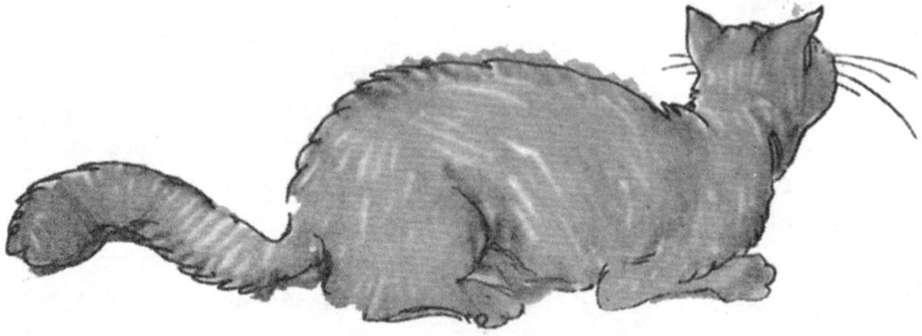

S.RAY

২০শে অক্টোবর

দু' সপ্তাহে অভাবনীয় প্রোগ্রেস। কর্ভাস ঠোঁটে পেনসিল নিয়ে ইংরিজি কথা আর সংখ্যা লিখছে। কাগজটাকে টেবিলের উপর ফেলে দিতে হয়, কর্ভাস তার উপর দাঁড়িয়ে লেখে। ওর নিজের নাম ইংরাজিতে লিখল— C-O-R-V-U-S। সহজ যোগ বিয়োগ করতে পারছে, ইংল্যান্ডের রাজধানী কী জিজ্ঞেস করলে লিখতে পারছে, আমার পদবি লিখতে পারছে। তিন দিন আগে মাস, বার, তারিখ শিখিয়ে দিয়েছিলাম, আজকে কী বার, জিজ্ঞেস করাতে পরিষ্কার অক্ষরে লিখল— F-R-I-D-A-Y।

কর্ভাসের খাওয়ার ব্যাপারেও বুদ্ধির পরিচয় পেয়েছি। আজ একটা পাত্রে রুটি-টোস্টের টুকরো আর আরেকটাতে খানিকটা পেয়ারার জেলি ওর সামনে রেখেছিলাম। ও রুটির টুকরোগুলো মুখে পোরার আগে প্রতি বারই ঠোঁট দিয়ে খানিকটা জেলি মাখিয়ে নিচ্ছিল।

২২শে অক্টোবর

কর্ভাস যে এখন সাধারণ কাকের থেকে নিজেকে আলাদা রাখতে চায়, তার স্পষ্ট প্রমাণ আজকে পেলাম। আজ দুপুরে হঠাৎ খুব বৃষ্টি হল, সঙ্গে বিদ্যুৎ ও বজ্রপাত। তিনটে নাগাত একটা কানফাটানো বাজ পড়ার শব্দ শুনে জানালার কাছে গিয়ে দেখি, আমার বাগানের বাইরের শিমুল গাছটা থেকে ধোঁয়া বেরোচ্ছে। বিকেলে বৃষ্টি থামার পর প্রচণ্ড কাকের কোলাহল। এ তল্লাটে যত কাক আছে, সব ওই মরা গাছটায় জড়ো হয়ে হল্লা করছে। আমার চাকর প্রহ্লাদকে ব্যাপারটা দেখতে পাঠালাম। সে ফিরে এসে বলল, 'বাবু, একটা কাক মরে পড়ে আছে গাছটার নীচে, তাই এত চেল্লাচেল্লি।' বুঝলাম বাজ পড়ার ফলেই কাকটার মৃত্যু হয়েছে। কিন্তু আশ্চর্য— কর্ভাস আমার ঘর থেকে বেরোবার কোনও রকম আগ্রহ দেখাল না। সে একমনে পেনসিল মুখে দিয়ে প্রাইম নাম্বার্‌স লিখে চলেছে— 2,3,4,5,7,11,13......

৭ই নভেম্বর

কর্ভাসকে এখন সদর্পে বৈজ্ঞানিক মহলে উপস্থিত করা চলে। পাখিকে শিখিয়ে পড়িয়ে খুঁটিনাটি ফরমাশ খাটানোর নানা রকম উদাহরণ পাওয়া যায়, কিন্তু কর্ভাসের মতো এমন শিক্ষিত পাখির নজির পৃথিবীর ইতিহাসে আর আছে বলে আমার জানা নেই। অরনিথন যন্ত্রের প্রয়োজন ফুরিয়ে গেছে। অঙ্ক, জ্যামিতি, ইতিহাস, ভূগোল, পদার্থবিজ্ঞান, রসায়ন ইত্যাদি সব বিষয়েই যে সব প্রশ্নের উত্তর সংখ্যার সাহায্যে বা অল্প কয়েকটি শব্দের সাহায্যে দেওয়া যায়, কর্ভাস তা শিখে নিয়েছে। সঙ্গে সঙ্গে ওর মধ্যে যে জিনিসটা প্রায় আপনার থেকে জেগে উঠেছে, সেটাকে বলা চলে মানবসুলভ বুদ্ধি বা হিউম্যান ইনটেলিজেন্‌স— যেটার সঙ্গে পাখির কোনও সম্পর্ক নেই। উদাহরণস্বরূপ একটা ঘটনার উল্লেখ করা যেতে পারে। সানতিয়াগো যাব বলে আজ সকালে আমার সুটকেস গোছাচ্ছিলুম। গোছানো শেষ হলে পর বাক্সের ঢাকনা বন্ধ করে পাশে ফিরে দেখি, কর্ভাস সুটকেসের চাবিটা ঠোঁটে নিয়ে চুপটি করে দাঁড়িয়ে আছে।

কাল গ্রেনফেলের আর একটা চিঠি পেয়েছি। ও সানতিয়াগো পৌঁছে গেছে।

পক্ষিবিজ্ঞানী সম্মেলনের কর্তৃপক্ষ আমার আসার পথ চেয়ে আছে। এর আগে এই সব সম্মেলনে কেবল পাখি নিয়ে বক্তৃতাই হয়েছে, জ্যান্ত পাখির সাহায্যে উদাহরণ সমেত কোনও বক্তৃতা কখনও হয়নি। গত দু' মাসের গবেষণার ফলে পাখির মস্তিষ্কের বিষয়ে আমি যে দুর্লভ জ্ঞান সঞ্চয় করেছি, সে সম্পর্কে একটা প্রবন্ধ লিখছি। সেটাই হবে সম্মেলনে আমার পেপার। প্রতিবাদীর মুখ বন্ধ করার জন্য সঙ্গে থাকবে কর্ভাস।

১০ই নভেম্বর

দক্ষিণ আমেরিকা যাবার পথে প্লেনে বসে এই ডায়রি লিখছি। একটিমাত্র ঘটনাই লেখার আছে। বাড়ি থেকে যখন রওনা হব, তখন কভার্স হঠাৎ দেখি তার খাঁচা থেকে বার হওয়ার জন্য ভারী ছটফটানি আরম্ভ করেছে। কী ব্যাপার বুঝতে না পেরে খাঁচার দরজা খুলে দিতেই সে সটান উড়ে গিয়ে আমার রাইটিং টেবিলে বসে ঠোঁট দিয়ে উপরের দেরাজটায় ভীষণ ব্যস্তভাবে টোকা মারতে আরম্ভ করল। দেরাজ খুলে দেখি, আমার পাসপোর্ট-টা তার মধ্যে রয়ে গেছে।

কর্ভাসের জন্য একটা নতুন ধরনের খাঁচা বানিয়ে নিয়েছি। যে আবহাওয়া কর্ভাসের পক্ষে সবচেয়ে আরামদায়ক, খাঁচার ভিতর কৃত্রিম উপায়ে সেই আবহাওয়া বজায় রাখার ব্যবস্থা করেছি। খাবার জন্য কাকের পক্ষে পুষ্টিকর ভিটামিন দিয়ে হোমিওপ্যাথিক বড়ির মতো মুখরোচক বড়ি তৈরি করে নিয়েছি।

প্লেনের যাত্রীদের মধ্যে কেউই বোধ হয় এর আগে কখনও পোষা কাক দেখেনি। কর্ভাস তাই সকলেরই কৌতূহল উদ্রেক করছে। তবে আমি আমার কাকের বিশেষত্ব সম্পর্কে কাউকে কিছু বলিনি। ব্যাপারটা গোপন রাখতে চাই অনুমান করেই বোধ হয় কর্ভাসও সাধারণ কাকের মতোই ব্যবহার করছে।

১৪ই নভেম্বর

হোটেল একসেলসিয়র, সানতিয়াগো। রাত এগারোটা। দু' দিন খুব ব্যস্ত ছিলাম, তাই ডায়রি লেখার সময় পাইনি। আগে আমার বক্তৃতার কথাটা বলে নিই, তারপর এই কিছুক্ষণ আগের চাঞ্চল্যকর ঘটনায় আসা যাবে। এক কথায় বলা যায়, কর্ভাসসহ আমার বক্তৃতাটা হয়েছে— অ্যানাদার ফেদার ইন মাই ক্যাপ। লেখাটা পড়তে লেগেছিল আধ ঘণ্টা, তারপর কর্ভাসকে নিয়ে ডিমন্‌সট্রেশন চলল এক ঘণ্টার উপর। আমি মঞ্চে উঠেই কর্ভাসকে খাঁচা থেকে বার করে টেবিলের উপর ছেড়ে দিয়েছিলাম। প্রকাণ্ড লম্বা মেহগনির টেবিল, তার পিছনে লাইন করে সম্মেলনের কর্তৃপক্ষরা বসেছেন, আমি এক পাশে দাঁড়িয়ে মাইক্রোফোনে আমার প্রবন্ধ পড়ছি। পড়া যতক্ষণ চলল, ততক্ষণ কর্ভাস এক পা-ও নড়েনি। তার এক পাশে ঘাড় কাত করার ভঙ্গি ও মাঝে মাঝে মাথা উপরনীচ করা থেকে মনে হচ্ছিল, সে গভীর মনোযোগ দিয়ে আমার কথা শুনছে এবং কথা বুঝতেও পারছে। বক্তৃতা শেষ হবার পর চারিদিক থেকে করধ্বনির সঙ্গে সঙ্গে একটা কাঠঠোকরার মতো শব্দ শুনে টেবিলের দিয়ে চেয়ে দেখি, কর্ভাস তার ঠোঁট দিয়ে হাততালির সঙ্গে তাল মিলিয়ে টেবিলের উপর ঠুকে চলেছে।

ডিমন্‌সট্রেশনের সময় অবিশ্যি কর্ভাসের কোনও বিরাম ছিল না। গত দু' মাসে সে যা কিছু শিখেছে সবই সম্মেলনের অভ্যাগতদের সামনে উপস্থিত করে তাঁদের তাক লাগিয়ে দিয়েছে। সকলেই একবাক্যে স্বীকার করেছে যে পাখির মস্তিষ্কে মানুষের জ্ঞান ও বুদ্ধি যে

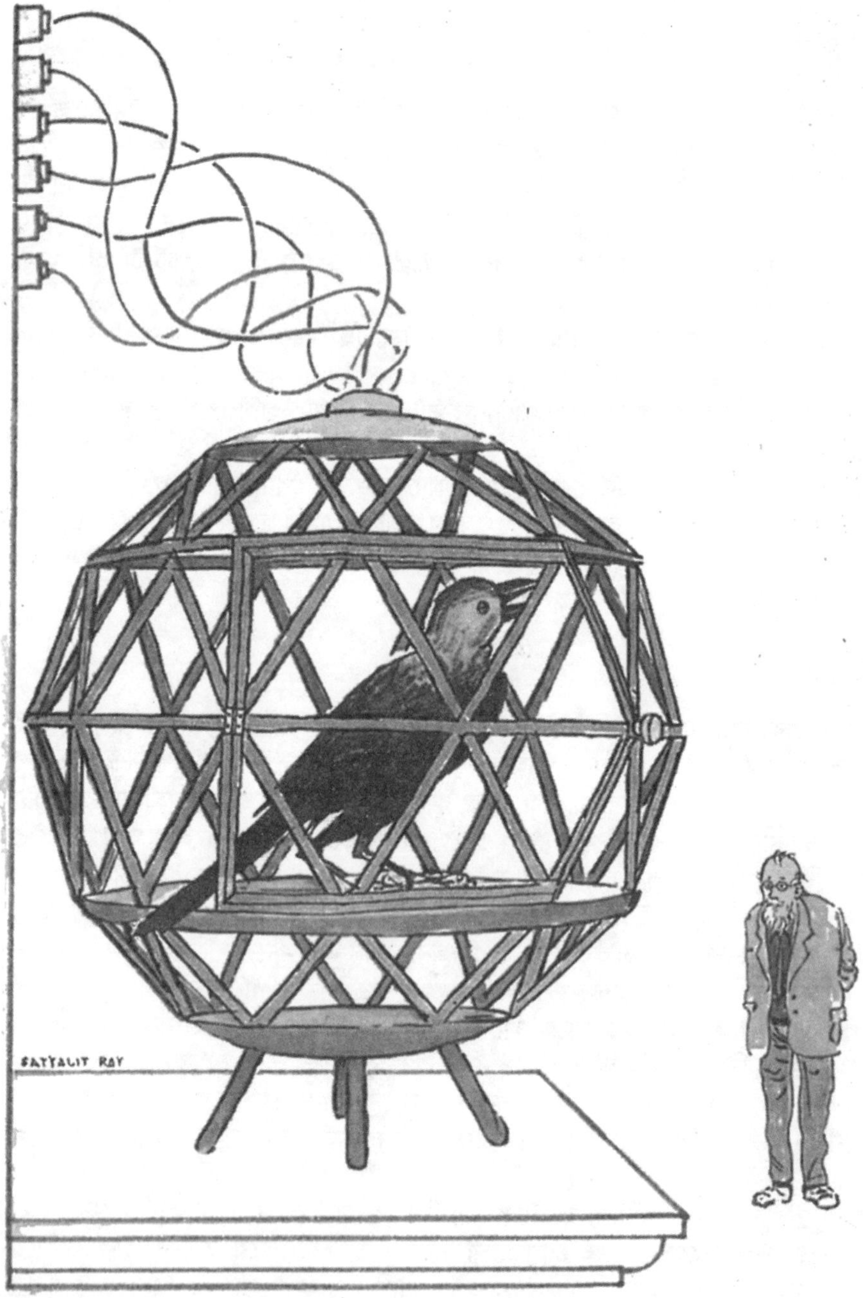
SATYAJIT RAY

এভাবে প্রবেশ করতে পারে, তা কেউ কল্পনাই করতে পারেনি। এখানকার কাগজ 'কোরিয়েরে দেল সানতিয়াগো'-র সান্ধ্য সংস্করণে এর মধ্যেই কর্ভাসের খবর বেরিয়ে গেছে। শুধু বেরিয়েছে নয়, প্রথম পাতায় প্রধান খবর হিসেবে বেরিয়েছে, আর তার সঙ্গে বেরিয়েছে পেনসিল মুখে কর্ভাসের একটা ছবি।

মিটিং-এর পর গ্রেনফেল ও সম্মেলনের চেয়ারম্যান সিনিয়র কোভারুবিয়াসের সঙ্গে সানতিয়াগো শহর দেখতে বেরিয়েছিলাম। জনবহুল মনোরম আধুনিক শহর, পুব দিকে আন্ডিজ পর্বতশ্রেণী চিলি ও আরজেনটিনার মধ্যে প্রাচীরের মতো দাঁড়িয়ে আছে। ঘণ্টাখানেক ঘোরার পর কোভারুবিয়াস বললেন, 'সম্মেলনের প্রোগ্রামে দেখে থাকবে, অতিথিদের জন্য আমরা নানা রকম আমোদপ্রমোদের আয়োজন করেছি। তারমধ্যে আজ বিকেলের ব্যাপারটায় আমি ব্যক্তিগতভাবে তোমাকে উপস্থিত থাকতে অনুরোধ করছি। একটি চিলিয়ান জাদুকর আজ তামাশা দেখাবেন তোমাদের খাতিরে। ইনি আর্গাস নামে পরিচিত। এঁর বিশেষত্ব হচ্ছে এই যে, ইনি ম্যাজিকে নানা রকম পাখি ব্যবহার করেন।'

ব্যাপারটা শুনে কৌতূহল হয়েছিল, তাই আমি আর গ্রেনফেল আজ বিকেলে এখানকার প্লাজা থিয়েটারে আর্গাসের ম্যাজিক দেখতে গিয়েছিলাম। লোকটা নানা রকম পাখি ব্যবহার করে, সেটা ঠিকই। হাঁস, কাকাতুয়া, পায়রা, মোরগ, তিন হাত লম্বা সারস, এক ঝাঁক হামিং বার্ড— এ সবই কাজে লাগায় আর্গাস এবং বোঝাই যায় যে, সব ক'টি পাখিকেই সে বেশ দক্ষতার সঙ্গে কাজ শিখিয়ে নিয়েছে। বলাবাহুল্য, এই কাজের কোনওটাই আমার কর্ভাসের কৃতিত্বের ধারেকাছেও আসে না। সত্যি বলতে কী, পাখির চেয়ে আমার অনেক বেশি ইনটারেস্টিং মনে হল জাদুকর ব্যক্তিটিকে। টিয়াপাখির মতো নাক, মাঝখানে সিঁথি করা, টান করে পিছনে আঁচড়ানো নতুন গ্রামোফোন রেকর্ডের মতো চকচকে চুল, চোখে মাইনাস পাওয়ারের চশমা, তার কাচ এত পুরু যে, মণি দুটোকে তীক্ষ্ণ বিন্দুর মতো দেখায়। লম্বায় লোকটা ছ' ফুটের উপর। চকচকে কালো কোটের আস্তিনের ভিতর থেকে দুটো শীর্ণ ফ্যাকাশে হাত বেরিয়ে আছে, সেই হাতের বিভিন্ন ভঙ্গিমাই দর্শকদের সম্মোহিত করে রাখে। জাদু খুব উঁচু দরের না হলেও, জাদুকরের চেহারা ও হাবভাব দেখেই প্রায় পয়সা উঠে আসে। আমি শো দেখে হল থেকে বেরোবার সময় গ্রেনফেলকে পরিহাসচ্ছলে বললাম, 'আমাদের যেমন আর্গাসের ম্যাজিক দেখানো হল, আর্গাসকে তেমনই কর্ভাসের খেলা দেখাতে পারলে মন্দ হত না।'

রাত ন'টায় ডিনার ও তারপরে অতি উপাদেয় চিলিয়ান কফি খেয়ে গ্রেনফেলের সঙ্গে হোটেলের বাগানে কিছুক্ষণ কাটিয়ে সবেমাত্র ঘরে এসে বাতি নিবিয়ে বিছানায় শুয়েছি, এমন সময় টেলিফোন বেজে উঠল। আমি একটু অবাক হয়ে অন্ধকারেই রিসিভারটা তুলে কানে দিলাম।

'সিনিয়ার শঙ্কু ?'

'হ্যাঁ—'

'আমি রিসেপ্‌শন থেকে বলছি। আপনাকে অসময়ে বিরক্ত করার জন্যে ক্ষমা চাইছি। একটি ভদ্রলোক বিশেষ করে আপনার সঙ্গে দেখা করতে চাইছেন।'

আমি বাধ্য হয়েই বললাম যে আমি ক্লান্ত, সুতরাং ভদ্রলোক যদি কাল সকালে আমাকে টেলিফোন করে একটা অ্যাপয়েন্টমেন্ট করতে পারেন, তা হলে ভাল হয়। নিশ্চয়ই কোনও রিপোর্টার হবে। এরমধ্যেই চারজন সাংবাদিককে ইন্টারভিউ দিতে হয়েছে এবং তারা যে সব প্রশ্ন করেছে, তাতে আমার মতো ঠাণ্ডা মেজাজের মানুষকেও রীতিমতো অসহিষ্ণু হয়ে পড়তে হয়। একজন সরাসরি জিজ্ঞেস করলেন, ভারতবর্ষে যেমন গোরুকে পুজো করা হয়, তেমনই

কাককেও হয় কি না।

রিসেপ্‌শন লোকটির সঙ্গে কথা বলে বলল, 'সিনিয়র শঙ্কু, ভদ্রলোক বলছেন তিনি পাঁচ মিনিটের বেশি সময় নেবেন না। সকালে ওঁর একটা অন্য এন্‌গেজমেন্ট রয়েছে।'

বললাম, 'যিনি এসেছেন তিনি কি সংবাদপত্রের লোক?'

'আজ্ঞে, না। ইনি হলেন বিখ্যাত চিলিয়ান জাদুকর আর্গাস।'

নামটা শুনে বাধ্য হয়েই ভদ্রলোককে উপরে আসতে বলতে হল। বিছানার পাশের টেবিল ল্যাম্পটা জ্বালিয়ে দিলাম। তিন মিনিট পরে কলিং বেল বেজে উঠল।

দরজা খুলে যাঁকে সামনে দেখলাম, তাঁকে স্টেজে ছ' ফুট বলে মনে হয়েছিল, এখন বুঝলাম তিনি সাড়ে ছ' ফুটেরও বেশি লম্বা। সত্যি বলতে কী, এত লম্বা মানুষ এর আগে আমি কখনও দেখিনি। বিলিতি কায়দায় সামনের দিকে ঝুঁকে পড়ে নমস্কার জানাবার সময়ও তিনি আমার চেয়ে প্রায় ছ' ইঞ্চি লম্বা রয়ে গেলেন। ভদ্রলোককে ঘরে আসতে বললাম। স্টেজের পোশাক ছেড়ে জাদুকর এখন সাধারণ সুট পরে এসেছেন, তবে এ সুটের রংও কালো। ঘরে ঢোকার পর লক্ষ করলাম, কোটের পকেটে 'কোরিয়েরে দেল সানতিয়াগো'-র সান্ধ্য সংস্করণ। আর্গাস চেয়ারে বসার পর তাঁর ম্যাজিকের তারিফ করে বললাম, 'যত দূর মনে পড়ছে, গ্রিক উপকথায় আর্গাস নামক একজন কীর্তিমান পুরুষের কথা পড়েছি, যার সর্বাঙ্গে ছিল সহস্র চোখ। একজন জাদুকরের পক্ষে নামটা বেশ মানানসই।'

আর্গাস মৃদু হেসে বললেন, 'সেই কীর্তিমান পুরুষটির সঙ্গে পাখির একটা সম্পর্ক রয়েছে, মনে পড়ছে নিশ্চয়ই।'

আমি বললাম, 'হ্যাঁ। গ্রিক দেবী হেরা আর্গাসের চোখগুলি তুলে ময়ূরের পুচ্ছে বসিয়ে দিয়েছিলেন। সেই থেকেই ময়ূরের লেজে চাকা চাকা দাগ। কিন্তু আমার কৌতূহল হচ্ছে আপনার চোখ সম্পর্কে। কত পাওয়ার আপনার চশমার?'

'মাইনাস কুড়ি। তবে তাতে কিছু এসে যায় না। আমার পাখিগুলোর কোনওটারই চশমার প্রয়োজন হয় না।'

নিজের রসিকতায় নিজেই অট্টহাস্য করে উঠলেন আর্গাস। কিন্তু সে হাসি ফুরোবার আগেই ভদ্রলোক হঠাৎ মুখ-হাঁ অবস্থাতেই থেকে গেলেন। তাঁর চোখ চলে গেছে আমার ঘরের তাকে রাখা প্লাস্টিকের খাঁচাটার দিকে। কর্ভাস ঘুমিয়ে পড়েছিল; এখন দেখছি জাদুকরের অট্টহাসিতেই বোধ হয় তার ঘুমটা ভেঙে গেছে। সে দিব্যি ড্যাব ড্যাব করে চেয়ে আছে আগন্তুকটির দিকে।

আর্গাস মুখ-হাঁ অবস্থাতেই চেয়ার ছেড়ে উঠে খাঁচাটার দিকে এগিয়ে গেলেন। তারপর মিনিটখানেক ধরে কর্ভাসের দিকে চেয়ে বললেন, 'আজ সন্ধ্যার কাগজে এর বিষয় পড়ে অবধি আপনার সঙ্গে দেখা করার জন্য উদ্‌গ্রীব হয়ে আছি। আপনার বক্তৃতা শোনার সৌভাগ্য আমার হয়নি। আমি পক্ষিবিজ্ঞানী নই, কিন্তু আমিও পাখিদের শিক্ষা দিয়ে থাকি।'

ভদ্রলোক চিন্তিতভাবে ফিরে এসে চেয়ারে বসলেন। তারপর বললেন, 'বেশ বুঝতে পারছি আপনি ক্লান্ত, কিন্তু তাও অনুরোধ করছি— যদি আপনার এই পাখিটিকে একবার খাঁচা থেকে বার করতে পারেন... একবার যদি ওর বুদ্ধির একটু নমুনা...'

আমি বললাম, 'শুধু আমিই ক্লান্ত নই, আমার পাখিও ক্লান্ত। আমার খাঁচার দরজা খুলে দিচ্ছি। বাকিটা নির্ভর করবে আমার পাখির মেজাজের উপর। আমি ওকে জোর করে ওর ইচ্ছার বিরুদ্ধে কিছু করাতে চাই না।'

'বেশ তো—তাই হোক...

খাঁচার দরজা খুলে দিলাম। কর্ভাস বেরিয়ে এসে ডানার তিন ঝাপটায় আমার খাটের

পাশে টেবিলটায় এসে ঠোঁটের এক অব্যর্থ ঠোকরে ল্যাম্পটা নিবিয়ে দিল।

ঘর এখন অন্ধকার। জানালা দিয়ে রাস্তার উলটো দিকে হোটেল মেট্রোপোলের জ্বলা-নেবা সবুজ নিয়নের ফিকে আলো ঘরে প্রবেশ করছে। আমি চুপ। কর্ভাস ডানা ঝটপটিয়ে ফিরে গিয়ে খাঁচায় ঢুকে ঠোঁট দিয়ে টেনে দরজা বন্ধ করে দিল।

আর্গাসের মুখের উপর সবুজ আলো নিয়নের তালে তালে জ্বলছে, নিবছে। তার সোনার চশমার পুরু কাচের ভিতর সাপের মতো চোখ সবুজ আলোয় আরও বেশি সাপের মতো মনে হচ্ছে। বেশ বুঝতে পারছি সে অবাক, হতভম্ব। বেশ বুঝতে পারছি, কর্ভাস ঘরের বাতি নিবিয়ে তার মনের যে ভাবটা প্রকাশ করল, সেটা আর্গাসের বুঝতে বাকি নেই। কর্ভাস এখন বিশ্রাম চাইছে। সে চায় না ঘরে আলো জ্বলে। সে অন্ধকার চায়, অন্ধকারে ঘুমোতে চায়।

আর আর্গাস? তার সরু গোঁফের নীচে ঠোঁটের ফাঁক দিয়ে একটা ফিসফিসে শব্দ উচ্চারিত হল—'ম্যানিফিকো!'—অর্থাৎ চমকপ্রদ, অসামান্য। সে তার হাতদুটো যেন তালির ভঙ্গিতে থুতনির সামনে এনে জড়ো করেছে। লক্ষ করলাম, তার নখগুলো অস্বাভাবিক রকম লম্বা ও চকচকে। বুঝলাম, সে নখে নেলপালিশ মেখেছে। রুপোলি পালিশ। তার ফলে মঞ্চের স্পষ্ট লাইটে আঙুলের খেলা জমে ভাল। সেই রুপোলি নখে এখন বার বার বাইরের সবুজ নিয়নের আলো প্রতিফলিত হচ্ছে।

'আই ওয়ান্ট দ্যাট ক্রো!'

ফিসফিসে শুকনো গলায় ইংরিজিতে আর্গাসের কথা এল। এতক্ষণ সে স্প্যানিশ ভাষায় কথা বলছিল আমার সঙ্গে। কথাগুলো লিখতে গিয়ে বুঝতে পারছি, তাতে একটা নগ্ন নির্লজ্জ লোভের ইঙ্গিত এসে পড়ছে, কিন্তু আসলে আর্গাসের কণ্ঠস্বরে ছিল অনুনয়।

'আই ওয়ান্ট দ্যাট ক্রো!'— আবার বলল আর্গাস।

আমি চুপ করে তার দিকে চেয়ে রইলাম। এখন কিছু বলার দরকার নেই। আরও কী বলতে চায় লোকটা, দেখা যাক।

আর্গাস এতক্ষণ জানালার দিকে চেয়ে ছিল। এবার সে আমার দিকে দৃষ্টি ফেরাল। ভারী অদ্ভুত লাগছিল এই অন্ধকার আর সবুজ আলোর খেলা। এও যেন একটা ভেলকি। লোকটা এই আছে, এই নেই।

আর্গাসের লম্বা আঙুলগুলো নড়েচড়ে উঠল। সেগুলো এখন তার নিজের দিকে ইঙ্গিত করছে।

'আমাকে দেখো প্রোফেসর। আমি আর্গাস। আমি বিশ্বের সেরা জাদুকর। দুই আমেরিকার প্রতিটি শহরের প্রতিটি জাদুপ্রিয় লোক আমাকে চেনে। ছেলে, বুড়ো, মেয়ে, পুরুষ সবাই চেনে। আগামী মাসে আমি পৃথিবী ভ্রমণে বেরোচ্ছি। রোম, মাড্রিড, প্যারিস, লন্ডন, অ্যাথেন্স, স্টকহোল্ম, টোকিও, হংকং...। আমার ক্ষমতা এবার স্বীকৃত হবে সারা বিশ্বে। কিন্তু আমার চমকপ্রদ ম্যাজিক আরও সহস্র গুণে বেশি চমকপ্রদ হবে— কীসে জান? ইফ আই গেট দ্যাট ক্রো— দ্যাট ইন্ডিয়ান ক্রো! ওই পাখি আমার চাই প্রোফেসর— ওই পাখি আমার চাই...আমার চাই...আমার চাই...'

আর্গাস তার ফিসফিসে কথার সঙ্গে সঙ্গে তার হাতটা আমার চোখের সামনে নাড়ছে, আঙুলগুলোকে সাপের ফণার মতো দোলাচ্ছে, নখগুলো সবুজ আলোয় চকচক করছে। আমি মনে মনে হাসলাম। আমার জায়গায় অন্য যে কোনও লোক হলে আর্গাসের কার্যসিদ্ধি হত। অর্থাৎ সে লোক হিপ্নোটাইজড হত, সেই সুযোগে খাঁচার পাখিও আর্গাসের হস্তগত হত। আমাকে হিপ্নোটাইজ করা যে সহজ নয় সেটা এবার আমার কথা থেকেই বোধ হয়

জাদুকর বুঝতে পারল।

'মিষ্টার আর্গাস, আপনি বৃথা বাক্য ব্যয় করছেন। আর আমাকে সম্মোহিত করার চেষ্টাও বৃথা। আপনার অনুরোধ রক্ষা করা আমার পক্ষে সম্ভব নয়। কর্ভাস শুধু আমার ছাত্রই নয়, সে আমার সন্তানের মতো, সে আমার বন্ধু, আমার অক্লান্ত পরিশ্রম ও গবেষণার—'

'প্রোফেসর!'—আর্গাসের কণ্ঠস্বর আগের চেয়ে অনেক তীব্র। কিন্তু পরক্ষণেই সে আবার গলা নামিয়ে বলে চলল, 'প্রোফেসর, তুমি কি জান যে আমি ক্রোড়পতি? শহরের পূর্ব প্রান্তে আমার একটা পঞ্চাশ কামরাবিশিষ্ট প্রাসাদ রয়েছে, সেটা কি তুমি জান? আমার বাড়িতে ছাব্বিশজন চাকর, আমার চারটে ক্যাডিলাক গাড়ি— এ সব কি তুমি জান? খরচের তোয়াক্কা আমি করি না, প্রোফেসর। ওই পাখির জন্য তোমাকে আমি আজই, এক্ষুনি দশ হাজার এস্‌কুডো দিতে রাজি আছি।'

দশ হাজার এস্‌কুডো মানে প্রায় পনেরো হাজার টাকা। আর্গাস জানে না যে, সে যেমন খরচের তোয়াক্কা করে না, আমি তেমনই টাকা জিনিসটারই তোয়াক্কা করি না। সে কথাটা তাকে বললাম। আর্গাস এবার একটা শেষ চেষ্টা করল।

'তুমি তো ভারতীয়। তুমি কি অলৌকিক যোগাযোগে বিশ্বাস কর না? ভেবে দেখো—আর্গাস—কর্ভাস! ওই কাকের নামকরণ হয়েছে আমারই জন্য, সেটা কি তুমি বুঝতে পারছ না, প্রোফেসর?'

আমি আর ধৈর্য রাখতে পারলাম না। চেয়ার ছেড়ে উঠে পড়ে বললাম, 'মিস্টার আর্গাস—তোমার গাড়ি বাড়ি খ্যাতি অর্থ নিয়ে তুমি থাকো, কর্ভাস আমার কাছেই থাকবে। ওর শিক্ষা এখনও শেষ হয়নি। ওকে নিয়ে আমার এখনও অনেক আজ বাকি। আমি আজ ক্লান্ত। তুমি পাঁচ মিনিট সময় চেয়েছিলে, আমি বিশ মিনিট দিয়েছি, আর দিতে পারছি না। আমি এখন ঘুমোব। আমার পাখিও ঘুমোবে। সুতরাং গুড নাইট।'

আমার কথাগুলো শুনে আর্গাসের মুখে হতাশার ছাপ দেখে একটা সামান্য অনুকম্পার ভাব মনে প্রবেশ করলেও আমি সেটাকে একেবারেই আমল দিলাম না। আর্গাস আবার বিলিতি কায়দায় মাথা নুইয়ে স্প্যানিশ ভাষায় 'গুড নাইট' জানিয়ে আমার ঘর থেকে বেরিয়ে চলে গেল।

দরজা বন্ধ করে খাঁচার কাছে গিয়ে দেখি কর্ভাস এখনও জেগে আছে। আমি যেতেই সে ঠোঁট ফাঁক করে একটা শব্দ উচ্চারণ করল 'কে' এবং শব্দটাতে যে একটা জিজ্ঞাসা রয়েছে, সেটা তার বলার সুরেই স্পষ্ট।

বললাম, 'এক পাগলা জাদুকর। টাকার গরমটা বড্ড বেশি। তোমাকে চাইতে এসেছিল, আমি না করে দিয়েছি। সুতরাং তুমি নিশ্চিন্তে ঘুমোতে পারো।'

১৬ই নভেম্বর

ভেবেছিলাম কালকের ঘটনা কালকেই লিখে রাখব, কিন্তু বিভীষিকার ঘোর কাটতে সারা রাত লেগে গেল।

কাল সকালটা যেভাবে শুরু হয়েছিল, তাতে বিপদের কোনও পূর্বাভাস ছিল না। সকালে সম্মেলনের বৈঠক ছিল, তার মধ্যে উল্লেখযোগ্য ঘটনা হচ্ছে জাপানি পক্ষিবিজ্ঞানী তোমাসাকা মোরিমোতোর ঘোর ক্লান্তিকর ভাষণ। সঙ্গে কর্ভাসকে নিয়ে গিয়েছিলাম। প্রায় এক ঘণ্টা বক্তৃতার পর হঠাৎ খেই হারিয়ে ফেলে মোরিমোতো আমতা আমতা করছিল, এমন সময় কর্ভাস হঠাৎ আমার চেয়ারের হাতলে সশব্দে ঠোঁটতালি আরম্ভ করে দিল। হলের লোক তাতে হো হো করে হেসে ওঠাতে আমি ভারী অপ্রস্তুতে পড়ে গিয়েছিলাম।

দুপুরে আমাদের হোটেলেই সম্মেলনের কয়েকজন ডেলিগেটের সঙ্গে লাঞ্চ ছিল। সেখানে যাবার আগে আমি আমার একাত্তর নম্বর ঘরে এসে কর্ভাসকে খাঁচায় রেখে খাবার দিয়ে বললাম, 'তুমি থাকো। আমি খেয়ে আসছি।' বাধ্য কর্ভাস কোনও আপত্তি করল না।

লাঞ্চ শেষ করে যখন ওপরে এসেছি, তখন আড়াইটে। দরজায় চাবি লাগাতেই বুঝলাম, সেটার প্রয়োজন হবে না, কারণ দরজা খোলা। মুহূর্তের মধ্যে একটা চরম বিপদের আশঙ্কা আমার রক্ত জল করে দিল। ঝড়ের মতো ঘরে ঢুকে দেখি— যা ভেবেছিলাম, তাই। খাঁচা সমেত কর্ভাস উধাও।

আবার ঝড়ের মতো ঘরের বাইরে এলাম। উত্তরদিকে দুটো ঘর পরেই বাঁ দিকে রুমবয়দের ঘর। ঊর্ধ্বশ্বাসে সে ঘরে গিয়ে দেখি, দুটো রুমবয়ই পাশাপাশি পাথরের মতো দাঁড়িয়ে আছে। তাদের চোখের চাহনি দেখেই বুঝতে পারলাম, তাদের দুজনকেই হিপ্‌নোটাইজ করা হয়েছে।

চলে গেলাম একশো সাত নম্বর ঘরে গ্রেনফেলের কাছে। তাকে সমস্ত ব্যাপারটা বলে দুজন সটান গিয়ে হাজির হলাম একতলার রিসেপ্‌শনে। রিসেপ্‌শন ক্লার্ক বলল, 'আমাদের কাছ থেকে কেউ আপনার ঘরের চাবি চাইতে আসেনি। ডুপ্লিকেট চাবি রুমবয়দের কাছে থাকে, তারা যদি দিয়ে থাকে।'

রুমবয়দের অবিশ্যি দেওয়ার দরকার হয়নি। আর্গাস তাদের জাদুবলে অকেজো করে দিয়ে নিজেই চাবি নিয়ে তার কাজ হাসিল করেছে।

শেষটায় হোটেলের দ্বাররক্ষকের কাছে গিয়ে আসল খবর পাওয়া গেল। সে বলল, আধ ঘণ্টা আগে একটা সিল্‌ভার ক্যাডিলাক গাড়িতে আর্গাস এসেছিলেন। তার দশ মিনিট পরে হাতে একটা সেলোফেনের ব্যাগ নিয়ে তিনি হোটেল থেকে বেরিয়ে গাড়িতে উঠে চলে

যান।

রুপোলি রঙের ক্যাডিলাক। কিন্তু এখান থেকে কোথায় গেছে আর্গাস ? তার বাড়িতে কি ? না অন্য কোথাও ?

অবশেষে কোভারুবিয়াসের শরণাপন্ন হতে হল। ভদ্রলোক বললেন, 'আর্গাসের বাড়ি কোথায় সেটা এক্ষুনি জেনে দিতে পারি, কিন্তু তাতে কী লাভ হবে ? সে কি আর বাড়িতে গেছে ? সে তোমার কর্ভাসকে নিয়ে নিশ্চয়ই অন্য কোথাও গা ঢাকা দিয়েছে। তবে সে যদি শহরের বাইরে বেরোতে যায়, তা হলে একটাই রাস্তা আছে। তোমাদের আমি ভাল গাড়ি, ভাল ড্রাইভার আর সঙ্গে পুলিশ দিতে পারি। সময় কিন্তু খুব কম। আধ ঘণ্টার মধ্যে বেরিয়ে পড়ো। হাইওয়ে ধরে চলে যাবে। যদি কপালে থাকে তো তার সন্ধান পাবে।'

সোয়া তিনটের মধ্যে আমরা বেরিয়ে পড়লাম। রওনা হবার আগে হোটেল থেকে ফোন করে জেনে নিয়েছিলাম যে, আর্গাস (আসল নাম দোমিনগো বার্তেলেমে সারমিয়েন্‌তো) তার বাড়িতে ফেরেনি। আমাদের সঙ্গে দুজন সশস্ত্র পুলিশ, আমরা পুলিশেরই গাড়িতেই চলেছি। দু'জন পুলিশের একজন— ছোকরা বয়স, নাম কারেরাস— দেখলাম আর্গাস সম্বন্ধে বেশ খবরটবর রাখে। বলল, সানতিয়াগো এবং আশেপাশে আর্গাসের নাকি একাধিক আস্তানা আছে। এককালে জিপসিদের সঙ্গে অনেকটা সময় কাটিয়েছে। উনিশ বছর বয়স থেকে ম্যাজিক দেখাতে আরম্ভ করেছে। পাখি নিয়ে ম্যাজিক শুরু করেছে বছরচারেক আগে, আর সেই থেকেই ওর জনপ্রিয়তা বাড়তে শুরু করেছে।

আমি জিজ্ঞেস করলাম, 'ও কি সত্যিই ক্রোড়পতি ?'

কারেরাস বলল, 'তাই তো মনে হয়। তবে লোকটা ভয়ানক কঞ্জুস, আর কাউকে বিশ্বাস করে না। তাই ওর বন্ধু বলতে এখন আর বিশেষ কেউ নেই।'

শহর থেকে বেরিয়ে হাইওয়েতে পড়ে একটা মুশকিল হল। হাইওয়ে দু' ভাগে ভাগ হয়ে একটা চলে গেছে উত্তরে লস্‌ আনডিজের দিকে, আর একটা চলে গেছে পশ্চিমে ভালপারাইজো বন্দর পর্যন্ত। দুটো হাইওয়ের মুখের কাছে একটা পেট্রোলের দোকান। দোকানের লোকটাকে জিজ্ঞেস করাতেই সে বলল, 'ক্যাডিলাক ? সিনিয়র আর্গাসের ক্যাডিলাক ? সে তো গেছে ভালপারাইজোর রাস্তায়।'

আমাদের কালো মারসেডিস তিরবেগে রওনা দিল ভালপারাইজোর উদ্দেশে। কর্ভাসের প্রাণহানি হবে না সেটা জানি, কারণ তার প্রতি আর্গাসের লোভটা খাঁটি। কিন্তু কাল রাত্রে কর্ভাসের হাবভাব দেখেই বুঝেছিলাম যে, সে জাদুকর লোকটিকে মোটেই পছন্দ করছে না। সুতরাং আর্গাসের খপ্পরে পড়ে তার যে মনের অবস্থা কী হবে, সেটা ভাবতেই খারাপ লাগছে।

পথে আরও দুটো পেট্রোল স্টেশন পড়ল, এবং দুটোরই মালিকের সঙ্গে কথা বলে আমরা নিশ্চিন্ত হলাম যে আর্গাসের সিলভার ক্যাডিলাক এই রাস্তা দিয়েই গেছে।

আমি আশাবাদী লোক। নানান সময় নানান সংকট থেকে অক্ষত অবস্থায় বেরিয়ে এসেছি। আজ পর্যন্ত আমার কোনও অভিযানই ব্যর্থ হয়নি। কিন্তু আমার পাশে বসে গ্রেনফেল ঘন ঘন মাথা নাড়ছে আর বলছে, 'ভুলে যেও না, শঙ্কু—তুমি একজন অত্যন্ত ধূর্ত লোকের সঙ্গে প্রতিদ্বন্দ্বিতায় নেমেছ। তোমার কর্ভাসকে সে যখন একবার হাতে পেয়েছে, তখন সে পাখি তুমি সহজে ফিরে পাবে না এটা জেনে রেখো।'

কারেরাস বলল, 'সিনিয়র আর্গাসের হাতে কিন্তু অস্ত্র থাকার সম্ভাবনা। এককালে তার অনেক ম্যাজিকে তাকে আসল রিভলভার ব্যবহার করতে দেখেছি।'

হাইওয়ে ক্রমে ঢালু নামছে। সানতিয়াগোর ষোলোশো ফুট থেকে এখন আমরা হাজারে

নেমে এসেছি। পিছনে দূরে পর্বতশ্রেণী ক্রমে ঝাপসা হয়ে মিলিয়ে আসছে। চল্লিশ মাইল পথ এসেছি, আরও চল্লিশ মাইল গেলে ভালপারাইজো। গ্রেনফেলের ব্যাজার মুখ আমার আশার প্রাচীরে বার বার আঘাত করে তাকে টলিয়ে দিচ্ছে। হাইওয়েতে কিছু না পেলে শহরে গিয়ে পড়তে হবে। তখন আর্গাস-এর অনুসন্ধান আরও সহস্র গুণ বেশি কঠিন হয়ে পড়বে।

রাস্তা সামনে খানিকটা চড়াই উঠে গেছে। পিছনে কী আছে দেখা যাচ্ছে না। গাড়ি এগিয়ে চলেছে দুর্বার গতিতে। চড়াই পেরোল। সামনে রাস্তা ঢালু নেমে গেছে বহু দূর। রাস্তার পাশে এখানে ওখানে দু'-একটা গাছ। বহু দূরে একটা গ্রাম। মাঠে মোষের দল। জনমানবের কোনও চিহ্ন নেই। কিন্তু সামনে ওটা কী? এখনও বেশ দূর। সিকি মাইল তো হবেই।

এখন চারশো গজের বেশি নয়। একটা গাড়ি। রোদে ঝলমল করছে। রাস্তার এক পাশে বেঁকে দাঁড়িয়ে আছে। তার পিছনে একটা গাছের গুঁড়ি।

এবার কাছে এসে পড়েছে গাড়িটা।

ক্যাডিলাক গাড়ি। সিলভার ক্যাডিলাক।

আমাদের মারসেডিস তার পাশে এসে দাঁড়াল। গাড়িটা কেন থেমে আছে, তার কারণটা এবার বুঝলাম। রাস্তার এক পাশে ছটকে গিয়ে সেটা একটা গাছের গুঁড়িতে মেরেছে ধাক্কা। গাড়ির সামনের অংশ গেছে থেঁতলে।

কারেরাস বলল, 'সিনিয়র আর্গাসের গাড়ি। এ ছাড়া আরেকটা সিলভার ক্যাডিলাক আছে সানতিয়াগোতে। ব্যাঙ্কার সিনিয়র গাল্‌দামেসের গাড়ি। কিন্তু এটার নম্বর আমার চেনা।'

গাড়ি তো রয়েছে, কিন্তু আর্গাস কোথায়?

আর আমার কর্ভাসিই বা কোথায়?

ড্রাইভারের পাশের সিটে ওটা কী?

জানালা দিয়ে মুখ ঢুকিয়ে দেখলাম, সেটা কর্ভাসের খাঁচা। দরজার চাবি আমারই তৈরি, আর সেটা রয়েছে আমারই পকেটে। আজ দুপুরে দরজায় চাবি দিইনি, শুধু ছিটকিনিটাই লাগানো। কভার্স খাঁচা থেকে নিজেই বেরিয়েছে সন্দেহ নেই; কিন্তু তার পরে?

হঠাৎ একটা চিৎকার কানে এল। দূর থেকে। মানুষের গলা।

কারেরাস ও অন্য পুলিশটি বন্দুক উঁচিয়ে তৈরি। আমাদের ড্রাইভার দেখলাম ভিতু লোক। সে মাটিতে হাঁটু গেড়ে বসে মেরিমাতার নাম জপ করতে শুরু করেছে। গ্রেনফেল ফিসফিস করে বলল, 'ম্যাজিশিয়ান জাতটা আমাকে বড্ড আনকাম্‌ফার্টেব্‌ল করে তোলে।' আমি বললাম, 'তুমি বরং আমাদের গাড়ির ভিতরে গিয়ে বোসো।'

চিৎকারটা আমাদের দিকে এগিয়ে আসছে। রাস্তার বাঁ দিক থেকে। কিছু দূরে কতকগুলো ঝোপড়া। দু'-একটা বড় বড় গাছও রয়েছে। সেই দিক থেকেই আসছে চিৎকারটা। কাল রাত্রে ফিসফিসে গলা শুনেছি, তাই চিনতে দেরি হল। এ গলা আর্গাসের। অকথ্য অশ্রাব্য স্প্যানিশে সে গাল দিয়ে চলেছে। কার উদ্দেশে? ডেভিল বা শয়তানের স্প্যানিশ প্রতিশব্দটা বারকয়েক কানে এল, আর তার সঙ্গে কর্ভাসের নামটা।

'কোথায় গেল সে শয়তান পাখি? কর্ভাস! কর্ভাস! মূর্খ পাখি! শয়তান পাখি! নরকবাস আছে তোর কপালে। নরকবাস!'—

আর্গাসের কথা আচমকা থেমে গেল— কারণ সে আমাদের দেখতে পেয়েছে। আমরাও দেখতে পাচ্ছি তাকে। তার দু' হাতে দুটো রিভলভার। একশো হাত দূরে একটা ঝোপড়ার সামনে দাঁড়িয়ে আছে সে।

কারেরাস হুঙ্কার দিয়ে উঠল, ‘সিনিয়র আর্গাস, তোমার অস্ত্র নামাও ! নইলে—’

একটা কর্ণপটহবিদারক শব্দে আমাদের মারসেডিসের দরজায় একটা রিভলভারের গুলি এসে লাগল। তারপর আরও তিনটে গুলির শব্দ। এ দিকে ও দিকে আমাদের মাথার উপর দিয়ে ছটকে বেরিয়ে গেল সেগুলি। কারেরাস দৃপ্ত কণ্ঠে চেঁচিয়ে উঠল, ‘সিনিয়র আর্গাস, আমাদের কাছে বন্দুক রয়েছে। আমরা পুলিশ। আপনি যদি রিভলভার না ফেলে দেন, তবে আমরা আপনাকে জখম করতে বাধ্য হব।’

‘জখম ?’ আর্গাস শুকনো গলায় আর্তনাদ করে উঠল। ‘তোমরা পুলিশ ? আমি যে কিছুই দেখতে পাচ্ছি না !’

আর্গাস এখন পঁচিশ হাতের মধ্যে। এইবার বুঝলাম তার দশাটা। তার চশমাটি খোওয়া যাওয়াতে সে প্রায় অন্ধের সামিল হয়ে পড়ে যত্রতত্র গুলি চালিয়েছে।

আর্গাস হাতের অস্ত্র ফেলে দিয়ে হোঁচট খেতে খেতে এগিয়ে এল। কারেরাস ও অন্য পুলিশটি তার দিকে এগিয়ে গেল। আমি জানি, এ সংকটে আর্গাসের কোনও ভেলকিই কাজ করবে না। তার অবস্থা অত্যন্ত শোচনীয়। কারেরাস এগিয়ে গিয়ে মাটি থেকে রিভলভার দুটো তুলে নিল। আর্গাস তখন বলছে, ‘সে পাখি উধাও হয়ে গেল ! দ্যাট ইন্‌ডিয়ান ক্রো ! শয়তান পাখি...কিন্তু কী অসামান্য তার বুদ্ধি !’

গ্রেনফেল কিছুক্ষণ থেকে ফিসফিস করে কী যেন বলতে চেষ্টা করছিল, এবারে তার কথাটা বুঝতে পারলাম।

‘শঙ্কু—দ্যাট বার্ড ইজ হিয়ার।’

কী রকম ? কোথায় কর্ভাস ? আমি তো দেখছি না তাকে !

গ্রেনফেল রাস্তার উলটোদিকে নেড়া অ্যাকেসিয়া গাছটার মাথার দিকে আঙুল দেখাল।

উপরে চেয়ে দেখলাম— সত্যিই তো—আমার বন্ধু, আমার শিষ্য, আমার প্রিয় কর্ভাস গাছটার সবচেয়ে উঁচু ডালে বসে নিশ্চিন্তভাবে আমাদের দিকে ঘাড় নিচু করে দেখছে।

তাকে হাতছানি দিয়ে ডাকতেই সে অক্লেশে গোঁত খাওয়া ঘুড়ির মতো গাছের মাথা থেকে নেমে এসে বসল আমাদের মারসেডিসের ছাদের উপর। তারপর অতি সন্তর্পণে— যেন জিনিসটার মূল্য সে ভালভাবেই জানে— তার ঠোঁট থেকে তার সামনেই নামিয়ে রাখল আর্গাসের মাইনাস বিশ পাওয়ারের সোনার চশমাটা।

আনন্দমেলা। পূজাবার্ষিকী ১৩৭৯

একশৃঙ্গ অভিযান

১লা জুলাই

আশ্চর্য খবর। তিব্বত পর্যটক চার্লস উইলার্ডের একটা ডায়রি পাওয়া গেছে। মাত্র এক বছর আগে এই ইংরাজ পর্যটক তিব্বত থেকে ফেরার পথে সেখানকার কোনও অঞ্চলে খাম্পা শ্রেণীর এক দস্যুদলের হাতে পড়ে। দস্যুরা তার অধিকাংশ জিনিস লুট করে নিয়ে তাকে জখম করে রেখে চলে যায়। উইলার্ড কোনও রকমে প্রায় আধমরা অবস্থায় ভারতবর্ষের আলমোড়া শহরে এসে পৌঁছায়। সেইখানেই তার মৃত্যু হয়। এসব খবর আমি খবরের কাগজেই পড়েছিলাম। আজ লন্ডন থেকে আমার বন্ধু ভূতত্ত্ববিদ জেরেমি সন্ডার্সের একটা চিঠিতে জানলাম যে উইলার্ডের মৃত্যুর পর তার সামান্য জিনিসপত্রের মধ্যে একটা ডায়রি পাওয়া যায়, এবং সেটা এখন সন্ডার্সের হাতে। তাতে নাকি এক আশ্চর্য ব্যাপারের উল্লেখ আছে। আমার তিব্বত সম্বন্ধে প্রচণ্ড কৌতূহল, আর আমি তিব্বতি ভাষা জানি জেনে সন্ডার্স আমাকে চিঠিটা লিখেছে। সেটার একটা অংশ এখানে তুলে দিচ্ছি।

> '...উইলার্ড আমার অনেক দিনের বন্ধু ছিল সেটা তুমি জান কি না জানি না। তার বিধবা স্ত্রী এডউইনার সঙ্গে পরশু দেখা করতে গিয়েছিলাম। সে বলল আলমোড়া থেকে তার মৃত স্বামীর যেসব জিনিস পাঠানো হয়েছিল তার মধ্যে একটা ডায়রি রয়েছে। সে ডায়রি আমি তার কাছ থেকে চেয়ে আনি। দুঃখের বিষয় ডায়রির অনেক লেখাই জল লেগে অস্পষ্ট হয়ে গেছে, তাই পড়া মুশকিল। কিন্তু তার শেষ পৃষ্ঠার কয়েকটা লাইন পড়তে কোনও অসুবিধা হয়নি। ১৯শে মার্চের একটা ঘটনা তাতে লেখা রয়েছে। শুধু দুটি লাইন—'আই স এ হার্ড অফ ইউনিকর্নস টু ডে। আই রাইট দিস্ ইন ফুল্ পোজেশন অফ মাই সেন্সেস।' তার পরেই একটা প্রচণ্ড ঝড়ের ইঙ্গিত পেয়ে উইলার্ড ডায়রি লেখা বন্ধ করে। তার এই অদ্ভুত উক্তি সম্বন্ধে তোমার কী মত জানতে ইচ্ছে করে'—ইত্যাদি।

উইলার্ড একপাল ইউনিকর্ন দেখেছে বলে লিখেছে। আর তার পরেই বলছে সেটা সে সম্পূর্ণ সুস্থ মস্তিষ্কে দেখেছে। এটা বলার দরকার ছিল এই জন্যেই যে ইউনিকর্ন নামক প্রাণীটিকে আবহমানকাল থেকেই সারা বিশ্বের লোকে কাল্পনিক প্রাণী বলেই জানে। একশৃঙ্গ জানোয়ার। কপাল থেকে বেরোনো লম্বা প্যাঁচানো শিং বিশিষ্ট ঘোড়া। ইউনিকর্নের চেহারা বিলাতি আঁকা ছবিতে যা দেখা যায় তা হল এই। যেমন চিনের ড্র্যাগন কাল্পনিক, তেমনি ইউনিকর্নও কাল্পনিক।

কিন্তু এই কাল্পনিক কথাটা লিখতে গিয়েও আমার মনে খটকা লাগছে। আমার সামনে টেবিলের উপর একটা বই খোলা রয়েছে, সেটা মহেঞ্জোদাড়ো সম্পর্কে। প্রত্নতাত্ত্বিকেরা এই মহেঞ্জোদাড়োর মাটি খুঁড়ে আজ থেকে চার হাজার বছর আগেকার এক আশ্চর্য ভারতীয়

সভ্যতার যে সব নমুনা পেয়েছিলেন তারমধ্যে ঘর বাড়ি রাস্তা ঘাট হাঁড়ি কলসি খেলনা ইত্যাদি ছাড়াও এক জাতের জিনিস ছিল, যেগুলো হচ্ছে মাটির আর হাতির দাঁতের তৈরি চারকোনা সিল। এই সব সিলে খোদাই করা হাতি বাঘ ষাঁড় গণ্ডার ইত্যাদি আমাদের চেনা জানোয়ার ছাড়াও একরকম জানোয়ার দেখা যায়, যার শরীরটা অনেকটা বলদের মতো, কিন্তু মাথায় রয়েছে একটিমাত্র পাকানো শিং। এটাকে প্রত্নতাত্ত্বিকেরা কাল্পনিক জানোয়ার বলেই মেনে নিয়েছে। কিন্তু এতগুলো আসল জানোয়ারের পাশে হঠাৎ একটা আজগুবি জানোয়ার কেন খোদাই করা হবে সেটা আমি বুঝতে পারি না।

এ জানোয়ার যে কাল্পনিক নয় সেটা ভাবার আরেকটা কারণ হচ্ছে যে দুহাজার বছর আগের রোমান পণ্ডিত প্লিনি তাঁর বিখ্যাত জীবতত্ত্বের বইয়েতে স্পষ্ট বলে গেছেন যে, ভারতবর্ষে একরকম গোরু আর একরকম গাধা পাওয়া যায় যাদের মাথায় মাত্র একটা শিং। গ্রিক মনীষী অ্যারিস্টটলও ভারতবর্ষে ইউনিকর্ন আছে বলে লিখে গেছেন। এ থেকে কি এমন ভাবা অন্যায় হবে যে, এককালে এদেশে এক ধরনের একশৃঙ্গ জানোয়ার ছিল যেটা এখান থেকে লোপ পেলেও, হয়তো তিব্বতের কোনও অজ্ঞাত অঞ্চলে রয়ে গেছে, আর উইলার্ড ঘটনাচক্রে সেই অঞ্চলে গিয়ে পড়ে এই জানোয়ার দেখতে পেয়েছেন? এ কথা ঠিক যে গত দুশো বছরে অনেক বিদেশি পর্যটকই তিব্বত গিয়ে তাঁদের ভ্রমণবৃত্তান্ত লিখেছেন, এবং কেউই ইউনিকর্নের কথা লেখেননি। কিন্তু তাতে কী প্রমাণ হল? তিব্বতে এখনও অনেক জায়গা আছে যেখানে মানুষের পা পড়েনি। সুতরাং সে দেশের কোথায় যে কী আছে তা কি কেউ সঠিক বলতে পারে?

সন্ডার্সকে আমার এই কথাগুলো লিখে জানাব। দেখি ও কী বলে।

১৫ই জুলাই

আমার চিঠির উত্তরে লেখা সন্ডার্সের চিঠিটা তুলে দিচ্ছি—

প্রিয় শঙ্কু,

তোমার চিঠি পেলাম। উইলার্ডের ডায়রির শেষ দিকের খানিকটা অংশ পড়তে

পেরে আরও বিস্মিত হয়েছি। ১৬ই মার্চ সে লিখছে, 'টুডে আই ফ্লু উইথ দ্য টু হান্ড্রেড ইয়ার ওল্ড লামা।' ফ্লু মানে কি এরোপ্লেনে ওড়া? মনে তো হয় না। তিব্বতে রেলগাড়িই নেই, এরোপ্লেন যাবে কী করে। কিন্তু তা হলে কি সে কোনও যন্ত্রের সাহায্য ছাড়াই আকাশে ওড়ার কথা বলছে? তাই বা বিশ্বাস করি কী করে? এসব কথা পড়ে উইলার্ডের মাথা ঠিক ছিল কি না সে বিষয়ে সন্দেহ জাগে। অথচ আলমোড়ার যে ডাক্তারটি তাকে শেষ অবস্থায় দেখেছিলেন (মেজর হর্টন) তাঁর মতে উইলার্ডের মাথায় গণ্ডগোল ছিল না। ১৩ই মার্চের ডায়রিতে থোকচুম গোম্ফা নামে একটা মঠের উল্লেখ পাওয়া যাচ্ছে। উইলার্ডের মতে—'এ ওয়ান্ডারফুল মনাস্ট্রি। নো ইউরোপিয়ান হ্যাজ এভার বিন হিয়ার বিফোর।' তুমি কি এই মঠের নাম শুনেছ কখনও?...যাই হোক, আসল কথা হচ্ছে—উইলার্ডের এই ডায়রি পড়ে আমার মনে তিব্বত যাবার একটা প্রবল বাসনা জেগেছে। আমার জার্মান বন্ধু উইলহেল্‌ম ক্রোলও এ ব্যাপারে উৎসাহী। তাকে অবিশ্যি উড়ন্ত লামার বিবরণই বেশি আকর্ষণ করেছে। জাদুবিদ্যা, উইচক্রাফ্‌ট ইত্যাদি সম্পর্কে ক্রোলের মূল্যবান গবেষণা আছে, তুমি হয়তো জান। সে পাহাড়েও চড়তে পারে খুব ভাল। বলা বাহুল্য, আমরা যদি যাই তো তোমাকে সঙ্গী হিসেবে পেলে খুবই ভাল হবে। এ মাসেই রওনা হওয়া যেতে পারে। কী স্থির কর সেটা আমাকে জানিও। শুভেচ্ছা নিও। ইতি

জেরেমি সন্ডার্স

উড়ন্ত লামা! তিব্বতি যোগী মিরারেপার আত্মজীবনী আমি পড়েছি। ইনি তান্ত্রিক জাদুবিদ্যা শিখে এবং যোগসাধনা করে নানারকম আশ্চর্য ক্ষমতার অধিকারী হয়েছিলেন । তারমধ্যে একটা ছিল উড়ে বেড়াবার ক্ষমতা। এই জাতীয় কোনও মহাযোগীর সাহায্যেই কি উইলার্ড আকাশে উড়েছিলেন?

সব মিলিয়ে ব্যাপারটা আমারও মনে প্রচণ্ড কৌতূহল উদ্রেক করেছে। তিব্বত যাইনি; কেবল দেশটা নিয়ে ঘরে বসে পড়াশুনা করেছি, আর তিব্বতি ভাষাটা শিখেছি। ভাবছি সন্ডার্সের দলে আমিও যোগ দেব। এতে ওদের সুবিধাই হবে, কারণ আমার তৈরি এমন সব ওষুধপত্র আছে যার সাহায্যে পার্বত্য অভিযানের শারীরিক গ্লানি অনেকটা কমিয়ে দেওয়া যায়।

২৭শে জুলাই

আজ আমার পড়শি ও বন্ধু অবিনাশবাবুকে তিব্বত অভিযানের কথা বলতে তিনি একেবারে হাঁ হাঁ করে উঠলেন। দু-দুবার আমার সঙ্গে ভারতবর্ষের বাইরে গিয়ে নানা বিচিত্র অভিজ্ঞতার ফলে ওঁর এই প্রৌঢ় বয়সে ভ্রমণের নেশা চাগিয়ে উঠেছে। তিব্বত জায়গাটা খুব আরামের নয়, এবং অনেক অজানা দুর্গম জায়গায় আমাদের যেতে হবে শুনে ভদ্রলোক বললেন, 'সে হোক গে। শিবের পাহাড় কৈলাসটা যদি একবার চাক্ষুষ দেখতে পারি তো আমার হিন্দুজন্ম সার্থক।' কৈলাস যে তিব্বতে সেটা জানলেও তার পাশের বিখ্যাত হ্রদটির কথা অবিনাশবাবু জানতেন না। বললেন, 'সে কী মশাই মানস সরোবর তো কাশ্মীরে বলে জানতুম!'

একশৃঙ্গ আর উড়ন্ত লামার কথাটা আর অবিনাশবাবুকে বললাম না, কারণ ও দুটো নিয়ে এখনও আমার মনে খটকা রয়ে গেল। খাম্‌পা দস্যুদের কথাটা বলাতে ভদ্রলোক বললেন,

'তাতে ভয়ের কী আছে মশাই? আপনার ওই হনলুলু পিস্তল দিয়ে ওদের সাবাড় করে দেবেন।' অ্যানাইহিলিন যে হনলুলু কী করে হল জানি না।

কাঠগোদাম থেকেই যাওয়া স্থির করেছি। আজ সন্ডার্সকে টেলিগ্রামে জানিয়ে দিয়েছি যে আমি পয়লা কাঠগোদাম পৌঁছাব। জিনিসপত্র বেশি নেওয়ার কোনও প্রশ্ন ওঠে না। অবিনাশবাবুকেও সেটা বলে দিলাম। উনি আবার পাশবালিশ ছাড়া ঘুমোতে পারেন না, তাই ওঁর জন্যে ফুঁ দিয়ে ফোলানো যায় এমন একটা লম্বাটে বালিশ তৈরি করে দেব বলেছি। শীতে পরার জন্য আমারই আবিষ্কৃত শ্যাঙ্কলন প্লাস্টিকের হালকা পোশাক নিচ্ছি, এয়ার কন্ডিশনিং পিল নিচ্ছি, বেশি উঁচুতে উঠলে যাতে নিশ্বাসের কষ্ট না হয় তার জন্য আমার তৈরি অক্সিমোর পাউডার নিচ্ছি। এ ছাড়া অম্‌নিস্কোপ ক্যামেরাপিড ইত্যাদি তো নিচ্ছিই। সব মিলিয়ে পাঁচ সেরের বেশি ওজন হবার কথা নয় । পায়ে পরার জন্য পশমের বুট আলমোড়াতেই পাওয়া যাবে।

ক'দিন হল খুব গুমোট হয়েছে। এইবার ঘোর বর্ষা শুরু হবে বলে মনে হচ্ছে। হিমালয়ের প্রাচীর পেরিয়ে একবার তিব্বতে পৌঁছাতে পারলে মনসুন আর আমাদের নাগাল পাবে না।

১০ই আগস্ট। গারবেয়াং।

এর মধ্যে ডায়রি লেখার সময় পাইনি। আমরা তেসরা কাঠগোদাম ছেড়ে মোটরে করে আলমোড়া পর্যন্ত এসে, তারপর ঘোড়া করে উত্তরপূর্বগামী পাহাড়ে রাস্তা ধরে প্রায় দেড়শো মাইল অতিক্রম করে কাল সন্ধ্যায় গারবেয়াং এসে পৌঁছেছি।

গারবেয়াং দশ হাজার ফুট উঁচুতে অবস্থিত একটা ভুটিয়া গ্রাম। আমরা এখনও ভারতবর্ষের মধ্যেই রয়েছি। আমাদের পুবদিকে খাদের নীচ দিয়ে কালী নদী বয়ে চলেছে। নদীর ওপারে নেপাল রাজ্যের ঘন ঝাউবন দেখা যাচ্ছে। এখান থেকে আরও বিশ মাইল উত্তরে গিয়ে ১৬০০০ ফুট উঁচুতে একটা গিরিবর্ত পেরিয়ে লিপুধুরা। লিপুধুরা পেরোলেই ভারতবর্ষ ছাড়িয়ে তিব্বতে প্রবেশ।

কৈলাস-মানস সরোবর তিব্বতের সীমানা থেকে মাইল চল্লিশেক। দূরত্বের দিক দিয়ে বেশি নয় মোটেই, কিন্তু দুর্গম গিরিপথ, বেয়াড়া শীত, আর তার সঙ্গে আরও পাঁচরকম বিপদআপদের কথা কল্পনা করে ভারতবর্ষের শতকরা ৯৯.৯ ভাগ লোকই আর এদিকে আসার নাম করে না। অথচ এই পথটুকু আসতেই আমরা যা দৃশ্যের নমুনা পেয়েছি, এর পরে না জানি কী আছে সেটা ভাবতে এই বয়সেও আমার রোমাঞ্চ হচ্ছে।

এবার আমাদের দলটার কথা বলি। সন্ডার্স ও ক্রোল ছাড়া আরও একজন বিদেশি আমাদের সঙ্গ নিয়েছেন। এঁর নাম সের্গেই মার্কোভিচ। জাতে রাশিয়ান, থাকেন পোল্যান্ডে। ইংরিজিটা ভালই বলেন। আমাদের মধ্যে ইনিই অপেক্ষাকৃত কমবয়সি। দোহারা লম্বা চেহারা, ঘোলাটে চোখ, মাথায় একরাশ অবিন্যস্ত তামাটে চুল, ঘন ভুরু, আর ঠোঁটের দুপাশে ঝুলে থাকা লম্বা গোঁফ। এঁর সঙ্গে আমাদের আলাপ আলমোড়াতেই। ইনিও নাকি তিব্বত যাচ্ছিলেন, তার একমাত্র কারণ ভ্রমণের নেশা, তাই আমরা যাচ্ছি শুনে আমাদের দলে ভিড়ে পড়লেন। এমনিতে হয়তো লোক খারাপ নন, কিন্তু ঠোঁট হাসলেও চোখ হাসে না দেখে মনে হয় তেমন অবস্থায় পড়লে খুনখারাপিতেও পেছ-পা হবেন না । সেই কারণেই বোধ হয় ক্রোলের একে পছন্দ না। ক্রোলের নিজের হাইট সাড়ে পাঁচ ফুটের বেশি না। টেকো মাথার দুপাশে সোনালি চুল কানের উপর এসে পড়েছে। বেশ গাঁট্টাগোঁট্টা চেহারা। তবে আদৌ হিংস্র নয়। তাকে দেখে বোঝার উপায় নেই যে সে পাঁচবার ম্যাটারহর্নের চুড়োয় উঠেছে। লোকটা

মাঝে মাঝে বেজায় অন্যমনস্ক হয়ে পড়ে, তিনবার নাম ধরে ডাকলে তবে জবাব দেয়। আর প্রায়ই দেখি ডান হাতের আঙুল নেড়ে নেড়ে কী যেন হিসেব করে। আমরা যেমন কড়ে আঙুল থেকে শুরু করে পাঁচ আঙুলের গাঁটে গাঁটে বুড়ো আঙুল ঠেকিয়ে এক থেকে কুড়ি পর্যন্ত গুনতে পারি, ইউরোপের লোকেরা দেখেছি সেটা একেবারেই পারে না। এরা একটা আঙুলে এক গোনে। গাঁটের ব্যবহারটা বোধ হয় ভারতীয়।

সন্ডার্স আমার থেকে পাঁচ বছরের ছোট। সুগঠিত সুপুরুষ চেহারা, বুদ্ধিদীপ্ত হালকা নীল চোখ, প্রশস্ত ললাট। সে এই ক'দিনে তিব্বত সম্বন্ধে খানদশেক বই পড়ে অভিযানের জন্য তৈরি হয়ে এসেছে। যোগবল বা ম্যাজিকে তার বিশ্বাস নেই। এসব বই পড়েও সে বিশ্বাস জাগেনি, এবং এই নিয়ে ক্রোলের সঙ্গে তার মাঝে মাঝে তর্কবিতর্কও হচ্ছে।

এই তিনজন ছাড়া অবিশ্যি রয়েছেন আমার প্রতিবেশী তীর্থযাত্রী শ্রীঅবিনাশচন্দ্র মজুমদার, যিনি আপাতত আমাদের থেকে বিশ হাত দূরে খাদের পাশে একটা পাথরের খণ্ডে বসে হাতে তামার পাত্রে তিব্বতি চা নিয়ে কাছেই খুঁটির সঙ্গে বাঁধা একটা ইয়াক বা চমরি গাইয়ের দিকে চেয়ে আছেন। আজ সকালেই ভদ্রলোক বলছিলেন, 'মশাই, সেই ছেলেবেলা থেকে পুজোর কাজে চামরের ব্যবহার দেখে আসছি, আর অ্যাদ্দিনে তার উৎপত্তিস্থল দেখলাম।' সাদা চমরির ল্যাজ দিয়েই চামর তৈরি হয়। এখানে যে চমরিটা রয়েছে সেটা অবিশ্যি কালো।

আমরা বাকি চারজনে বসেছি একটা ভুটিয়ার দোকানের সামনে। সেই দোকান থেকেই কেনা তিব্বতি চা ও সাম্পায় আমরা ব্রেকফাস্ট সারছি। সাম্পা হল গমের ছাতুর ডেলা। জলে বা চায়ে ভিজিয়ে খেতে হয়। এই চা কিন্তু আমাদের ভারতীয় চা নয়। এ চা চিন দেশ থেকে আসে, এর নাম ব্রিক-টি। দুধ চিনির বদলে নুন আর মাখন দিয়ে এই চা তৈরি হয়। একটা লম্বা বাঁশের চোঙার মধ্যে চা ঢেলে আরেকটা বাঁশের ডান্ডা দিয়ে মোক্ষম ঘাঁটান দিলে চায়ে-মাখনে একাকার হয়ে এই পানীয় প্রস্তুত হয়। তিব্বতিরা এই চা খায় দিনে ত্রিশ-চল্লিশ বার। চা আর সাম্পা ছাড়া আরও যেটা খায় সেটা হল ছাগল আর চমরির মাংস। এসব হয়তো আমাদেরও খেতে হবে, যদিও চাল ডাল সবজি কফি টিনের খাবার ইত্যাদি আমরা সঙ্গে নিয়েছি। সে সব যতদিন চলে চলবে, তারপর সব কিছু ফুরোলে রয়েছে আমার ক্ষুধাতৃষ্ণানাশক বড়ি বটিকা ইন্ডিকা।

অবিনাশবাবু আমায় শাসিয়ে রেখেছেন—'আমাকে মশাই আপনার ওই সাহেব বন্ধুদের সঙ্গে মিশতে বলবেন না। আপনি চৌষট্টিটা ভাষা জানতে পারেন, আমার বাংলা বই আর সম্বল নেই। সকাল সন্ধেয় গুড মর্নিং গুড ইভনিংটা বলতে পারি, এমনকী ওনাদের কেউ খাদেটাদে পড়ে গেলে গুড বাইটাও মুখ থেকে বেরিয়ে যেতে পারে—তার বেশি আর কিছু পাবেন না। আপনি বরং বলে দেবেন যে আমি একজন মৌনী সাধু, তীর্থ করতে যাচ্ছি।' সত্যিই অবিনাশবাবু খুবই কম কথা বলছেন। আমি একা থাকলেও কথা বলেন ফিসফিস করে। একটা সুবিধে এই যে ভদ্রলোকের ঘোড়া চড়তে কোনও অসুবিধা হচ্ছে না। এসব অঞ্চলে ঘোড়া ছাড়া গতি নেই। ছ'টা ঘোড়া, মাল বইবার জন্য চারটে চমরি আর আটজন ভুটিয়া কুলি আমরা সঙ্গে নিচ্ছি।

উইলার্ডের ডায়রিটা নিজের চোখে দেখে আমার ইউনিকর্ন ও উড়ন্ত লামা সম্পর্কে কৌতূহল দশগুণ বেড়ে গেছে। এখানে একদল তিব্বতি পশমের ব্যাপারি এসেছে, তাদের একজনের সঙ্গে আলাপ করে একশৃঙ্গ জানোয়ারে কথা জিজ্ঞেস করাতে সে বোধ হয় আমাকে পাগল ভেবে দাঁত বার করে হাসতে লাগল! উড়ন্ত লামার কথা জিজ্ঞেস করাতে সে বলল সব লামাই নাকি উড়তে পারে। আসলে এদের সঙ্গে কথা বলে কোনও ফল হবে না। উইলার্ডের সৌভাগ্য আমাদের হবে কি না জানি না। একটা সুখবর আছে এই যে, উইলার্ডের ১১ই মার্চের ডায়রিতে একটা জায়গার উল্লেখ পাওয়া যাচ্ছে যেটার নাম দেওয়া নেই, কিন্তু ভৌগোলিক অবস্থান দেওয়া আছে। সেটা হল ল্যাটিচিউড ৩৩.৩ নর্থ আর লঙ্গিচিউড ৮৪ ইস্ট। ম্যাপ খুলে দেখা যাচ্ছে সেটা কৈলাসের প্রায় একশো মাইল উত্তর-পশ্চিমে চাংথাং অঞ্চলে। এই চাংথাং ভয়ানক জায়গা। সেখানে গাছপালা বলতে কিছু নেই, আছে শুধু দিগন্ত বিস্তৃত বালি আর পাথরে মেশানো রুক্ষ জমির মাঝে মাঝে একেকটা হ্রদ। মানুষ বলতে এক যাযাবর শ্রেণীর লোকেরা ছাড়া কেউ থাকে না ওখানে। শীতও নাকি প্রচণ্ড। আর তার উপরে আছে বরফের ঝড়—যাকে বলে ব্লিজার্ড—যা নাকি সাতপুরু পশমের জামা ভেদ করে হাড় পর্যন্ত কাঁপিয়ে দেয়।

সবই সহ্য হবে যদি যাত্রার উদ্দেশ্য সফল হয়। অবিনাশবাবু বলছেন, 'কোনও ভাবনা নেই।

ভক্তির জোর, আর কৈলাসেশ্বরের কৃপায় আপনাদের সব মনস্কামনা পূর্ণ হবে।'

৪ঠা আগস্ট। পুরাং উপত্যকা।

১২০০০ ফুট উঁচুতে একটা খরস্রোতা পাহাড়ি নদীর ধারে আমরা ক্যাম্প ফেলেছি। হাপরের সাহায্যে ধুনি জ্বালিয়ে তার সামনে মাটিতে কম্বল বিছিয়ে বসেছি। বিকেল হয়ে আসছে; চারদিকে বরফে ঢাকা পাহাড়ে ঘেরা এই জায়গাটা থেকে রোদ সরে গিয়ে আবহাওয়া দ্রুত ঠাণ্ডা হয়ে আসছে। আশ্চর্য এই যে, এখানে সন্ধ্যা থেকে সকাল অবধি দুর্জয় শীত হলেও দুপুরের দিকে তাপমাত্রা চড়ে গিয়ে মাঝে মাঝে ৮০।৯০ ডিগ্রি ফারেনহাইট উঠে যায়।

গারবেয়াং থেকে রওনা হবার আগে, চড়াই উঠতে হবে বলে নিশ্বাসের যাতে কষ্ট না হয় তার জন্য আমি সকলকে অক্সিমোর পাউডার অফার করি। সন্ডার্স ও অবিনাশবাবু আমার ওষুধ খেলেন। ক্রোল বলল সে জার্মানির পার্বত্য অঞ্চলে মাইনিঙ্গেন শহরে থাকে, ছেলেবেলা থেকে পাহাড়ে চড়েছে, তাই তার ওষুধের দরকার হবে না। মার্কোভিচকে জিজ্ঞেস করাতে সেও বলল ওষুধ খাবে না। কেন খাবে না তার কোনও কারণ দিল না। বোধ হয় আমার তৈরি ওষুধে তার আস্থা নেই। সে যে অত্যন্ত মূর্খের মতো কাজ করেছে সেটা পরে নিজেও বুঝতে পেরেছিল। ঘোড়ায় চড়ে দিব্যি চলেছিলাম আমরা পাহাড়ে পথ ধরে। বেঁটে বেঁটে তিব্বতি ঘোড়ার পিঠে আমরা পাঁচজন, আর আমাদের পিছনে কুলি আর মালবাহী চমরির দল। ষোলো হাজার ফুটে গুরুপ-লা গিরিবর্ত্ম পেরোতেই হিমেল বাতাসের শোঁ শোঁ শব্দ ছাপিয়ে একটা অদ্ভুত আওয়াজ আমাদের কানে এল। আমাদের মধ্যে কে যেন প্রচণ্ড জোরে হাসতে শুরু করেছে।

এদিক ওদিক চেয়ে একটু হিসেব করে শুনে বুঝতে পারলাম হাসিটা আসছে সবচেয়ে সামনের ঘোড়ার পিঠ থেকে। পিঠে রয়েছেন শ্রীমান সেরগেই মার্কোভিচ। তার হাসিটা এমনই বিকট ও অস্বাভাবিক যে আমাদের দলটা আপনা থেকেই থেমে গেল।

মার্কোভিচও থেমেছে। এবার সে ঘোড়ার পিঠ থেকে নামল। তারপর তার সমস্ত দেহ কাঁপিয়ে হাসতে হাসতে অত্যন্ত বেপরোয়া ও বেসামাল ভাবে সে রাস্তার ডান দিকে এগোতে লাগল। ডাইনে খাদ, আর সে খাদ দিয়ে একবার গড়িয়ে পড়লে অন্তত দু হাজার ফুট নীচে গিয়ে সে গড়ানো থামবে, এবং অবিনাশবাবুর 'গুড বাই' বলার সুযোগ এসে যাবে।

সন্ডার্স, ক্রোল ও আমি ঘোড়া থেকে নেমে ব্যস্তভাবে মার্কোভিচের দিকে এগিয়ে গেলাম। লোকটার চোখ ঘোলাটে; তার হাসিও ঘোলাটে মনের হাসি। এবারে বুঝতে পারলাম তার কী হয়েছে। বারো হাজার ফুটের পর থেকেই আবহাওয়ায় অক্সিজেনের রীতিমতো অভাব হতে শুরু করে। কোনও কোনও লোকের বেলায় সেটা নিশ্বাসের কষ্ট ছাড়া আর কোনও গণ্ডগোলের সৃষ্টি করে না। কিন্তু এককেজনের ক্ষেত্রে সেটা রীতিমতো মস্তিষ্কের বিকার ঘটিয়ে দেয়। তার ফলে কেউ কাঁদে, কেউ হাসে, কেউ ভুল বকে, আবার কেউ বা অজ্ঞান হয়ে যায়। মার্কোভিচকে হাসিতে পেয়েছে। আমাদের কুলিরা বোধ হয় এ ধরনের ব্যারাম কখনও দেখেনি, কারণ তারা দেখছি মজা পেয়ে নিজেরাও হাসতে শুরু করে দিয়েছে। ন'টি পুরুষের অট্টহাসি এখন চারিদিকে পাহাড় থেকে প্রতিধ্বনিত হচ্ছে।

ক্রোল হঠাৎ আমার দিকে এগিয়ে এসে বলল, 'ওকে মারি একটা ঘুঁষি?'

আমি তো অবাক। বললাম, 'কেন, ঘুঁষি মারবে কেন? ওর তো অক্সিজেনের অভাবে ওই অবস্থা হয়েছে।'

'সেই জন্যেই তো বলছি। এই অবস্থায় ওকে তোমার ওষুধ খাওয়াতে পারবে না। বেহুঁশ হলে জোর করে গেলানো যেতে পারে।'

এরপরে আমি কিছু বলার আগেই ক্রোল মার্কোভিচের দিকে এগিয়ে গিয়ে একটা প্রচণ্ড ঘুঁষিতে তাকে ধরাশায়ী করে দিল। অজ্ঞান অবস্থার তার মুখ হাঁ করে তার গলায় আমার পাউডার গুঁজে দিলাম। দশ মিনিট পরে জ্ঞান হয়ে ভদ্রলোক ফ্যাল ফ্যাল করে এদিক ওদিক দেখে তার চোয়ালে হাত বুলোতে বুলোতে সুবোধ বালকের মতো তার ঘোড়ার পিঠে চেপে বসল। আমরা সকলে আবার রওনা দিলাম।

পুরাঙে এসে ক্যাম্প ফেলে আগুন জ্বেলে বসবার পর ক্রোল ও সন্ডার্সের সঙ্গে ইউনিকর্ন নিয়ে কথা হল। সন্ডার্স বলল, 'বিংশ শতাব্দীতে পৃথিবীতে হঠাৎ একটা নতুন জাতের জানোয়ার আবিষ্কার করাটা কী সাংঘাতিক ব্যাপার বলো তো! আর, একটা আধটা নয়, একেবারে দলে দলে।'

ইউনিকর্ন থেকে আলোচনাটা আরও অন্য কাল্পনিক প্রাণীতে চলে গেল। সত্যি, পুরাকালে কতরকমই না উদ্ভট জীবজন্তু সৃষ্টি করেছে মানুষের কল্পনা। অবিশ্যি কোনও কোনও পণ্ডিত বলেন যে এ সব নিছক কল্পনা নয়। প্রাগৈতিহাসিক যুগে মানুষ যে সব প্রাণীদের দেখত, তার আবছা স্মৃতি নাকি অনেক যুগ পর্যন্ত মানুষের মনে থেকে যায়। সেই স্মৃতির সঙ্গে কল্পনা জুড়ে মানুষই আবার এই সব উদ্ভট প্রাণীর সৃষ্টি করে। এইভাবে প্রাগৈতিহাসিক টেরোড্যাকটিল বা ঈপিয়র্নিস পাখির স্মৃতি থেকেই হয়তো সৃষ্টি হয়েছে গরুড় বা জটায়ু বা আরব্যোপন্যাসের সিন্ধবাদ নাবিকের গল্পের অতিকায় রক পাখি—যার ছানার খাদ্য ছিল একটা আস্ত হাতি। মিশর দেশের উপকথায় তি-বেন্নু পাখির কথা আছে, পরে ইউরোপে যার নাম হয়েছিল ফিনিক্স। এই ফিনিক্সের নাকি মৃত্যু নেই। একটা সময় আসে যখন সে নিজেই নিজেকে আগুনে

পুড়িয়ে মেরে ফেলে, আর পরমুহূর্তেই তার ভস্ম থেকে নতুন ফিনিক্স জন্ম নেয়। আর আছে ড্র্যাগন—যার অস্তিত্বে পূর্ব-পশ্চিম দুদিকের লোকই বিশ্বাস করত। তফাত এই যে পশ্চিমের ড্র্যাগন ছিল অনিষ্টকারী দানব, আর চিন বা তিব্বতের ড্র্যাগন ছিল মঙ্গলময় দেবতা।

এইসব আলোচনা করতে করতে আমি মার্কোভিচের কথাটা তুললাম। আমার মতে তাকে আমাদের অভিযানের আসল উদ্দেশ্যটা জানানো দরকার। চাংথাং অঞ্চলের ভয়াবহ চেহারাটাও তার কাছে পরিষ্কার করা দরকার। সেটা জেনেও যদি সে আমাদের সঙ্গে যেতে চায় তো চলুক, আর না হলে হয় সে নিজের রাস্তা ধরুক, না হয় দেশে ফিরে যাক।

ক্রোল বলল, 'ঠিক বলেছ। যে লোক আমাদের সঙ্গে ভালভাবে মিশতে পারে না, তাকে সঙ্গে নেওয়া কী দরকার। যা বলবার এখনই বলা হোক।'

সন্ডার্স বলল সে মার্কোভিচকে পশ্চিমের তাঁবুতে যেতে দেখেছে। আমরা তিনজনে তাঁবুর ভেতর ঢুকলাম।

মার্কোভিচ একপাশে অন্ধকারে ঘাড় গুঁজে বসে আছে। আমরা ঢুকতে সে মুখ তুলে চাইল। সন্ডার্স ভনিতা না করে সরাসরি উইলার্ডের ডায়রি আর একশৃঙ্গের কথায় চলে গেল। তার কথার মাঝখানেই মার্কোভিচ বলে উঠল, 'ইউনিকর্ন? ইউনিকর্ন তো আমি ঢের দেখেছি। আজকেও আসার সময় দেখলাম। তোমরা দেখনি বুঝি?'

আমরা পরস্পরের মুখ চাওয়াচাওয়ি করলাম। মার্কোভিচ যেমন বসে ছিল তেমনই বসে আছে। সে যে ঠাট্টা করে কথাটা বলেছে সেটা তার ভাব দেখে মোটেই মনে হয় না। তা হলে কি আমার ওষুধ পুরোপুরি কাজ দেয়নি? তার মাথা কি এখনও পরিষ্কার হয়নি?

ক্রোল গুনগুন করে একটা জার্মান সুর ভাঁজতে ভাঁজতে বাইরে চলে গেল। বুঝলাম সে হাল ছেড়ে দিয়েছে। এবার আমরা দুজনেও উঠে পড়লাম। বাইরে এলে পর ক্রোল তার পাইপ ধরিয়ে বিদ্রূপের সুরে বলল, 'এটাও কি তোমার অক্সিজেনের অভাব বলে মনে হয়?' আমি আর সন্ডার্স দুজনেই চুপ। 'আমরা নিঃসন্দেহে একটা পাগলকে সঙ্গে নিয়ে চলেছি'—বলে ক্রোল তার ক্যামেরা নিয়ে হাতপঞ্চাশেক দূরে একটা প্রকাণ্ড পাথরের গায়ে খোদাই করা তিব্বতি মহামন্ত্র 'ওঁ মণিপদ্মে হুম্'-এর ছবি তুলতে চলে গেল।

মার্কোভিচ কি সত্যিই পাগল, না সাজা-পাগল? আমার মনটা খুঁত খুঁত করছে।

আমাদের মধ্যে অবিনাশবাবুই বোধ হয় সবচেয়ে ভাল আছেন। প্রায় চল্লিশ বছর ধরে ভদ্রলোককে দেখছি, ওঁর মধ্যে যে কোনও রসবোধ আছে তা আগে কল্পনাই করতে পারিনি। আমার বৈজ্ঞানিক গবেষণা সম্পর্কে উনি চিরকালই ঠাট্টা করে এসেছেন; আমার যুগান্তকারী আবিষ্কারগুলোও ওঁর মনে কোনওদিন বিস্ময় বা শ্রদ্ধা জাগাতে পারেনি। কিন্তু ওই যে দু'বার আমার সঙ্গে বাইরে গেলেন—একবার আফ্রিকায়, আরেকবার প্রশান্ত মহাসাগরের সেই আশ্চর্য দ্বীপে—তারপর থেকেই দেখেছি ওঁর চরিত্রে একটা বিশেষ পরিবর্তন এসেছে। ভ্রমণে মনের প্রসার বাড়ে বলে ইংরাজিতে একটা কথা আছে, সেটা অবিনাশবাবুর ক্ষেত্রে চমৎকার ভাবে ফলেছে। আজ বারবার উনি আমার কানের কাছে এসে বিড়বিড় করে গেছেন—'কৈলাস ভূধর অতি মনোহর, কোটি শশী পরকাশ, গন্ধর্ব কিন্নর যক্ষ বিদ্যাধর অপ্সরাগণের বাস।' কৈলাস সম্বন্ধে পৌরাণিক ধারণাটা অবিনাশবাবু এখনও বিশ্বাস করে বসে আছেন। আসল কৈলাসের সাক্ষাৎ পেয়ে ভদ্রলোককে কিঞ্চিৎ হতাশ হতে হবে। আপাতত উনি কুলিদের রান্নার আয়োজন দেখতে ব্যস্ত। বুনো ছাগলের মাংস রান্না করছে ওরা।

দূরে, বহুদূরে, আমরা যেই রাস্তা দিয়ে যাব সেই রাস্তা দিয়ে ঘোড়ার পিঠে একদল লোক আমাদের দিকে এগিয়ে আসছে। এতক্ষণ দলটাকে কতগুলো চলমান কালো বিন্দু বলে মনে হচ্ছিল। এখন তাদের চেহারাটা ক্রমে স্পষ্ট হয়ে আসছে। এদের দেখতে পেয়ে আমাদের

লোকগুলোর মধ্যে একটা চাঞ্চল্য লক্ষ করছি। কারা এরা?

শীত বাড়ছে। আর বেশিক্ষণ বাইরে বসা চলবে না।

৪ঠা আগস্ট। সন্ধ্যা সাতটা।

একটা বিশেষ চাঞ্চল্যকর ঘটনা ঘটে গেল এই কিছুক্ষণ আগে। দূর থেকে যে দলটাকে আসতে দেখেছিলাম সেটা ছিল একটা খাম্‌পা দস্যুদল। এই বিশেষ দলটিই যে উইলার্ডকে আক্রমণ করেছিল তারও প্রমাণ পেয়েছি।

বাইশটা ঘোড়ার পিঠে বাইশজন লোক, তাদের প্রত্যেকের মোটা পশমের জামার কোমরে গোঁজা তলোয়ার, কুক্‌রি, ভোজালি, আর পিঠের সঙ্গে বাঁধা আদ্যিকালের গাদা বন্দুক। এ ছাড়া দলে আছে পাঁচটা লোমশ তিব্বতি কুকুর।

দলটা যখন প্রায় একশো গজ দূরে, তখন আমাদের দুজন লোক—রাবসাং ও টুণ্ডুপ—হন্তদন্ত হয়ে আমাদের কাছে এসে বলল, 'আপনাদের সঙ্গে যা অস্ত্রশস্ত্র আছে তা তাঁবুর ভিতর থেকে বাইরে নিয়ে আসুন।' আমি বললাম, 'কেন, ওদের দিয়ে দিতে হবে নাকি?' 'না, না। বিলাতি বন্দুককে ওরা সমীহ করে চলে। না হলে ওরা সব তছনছ করে লুট করে নিয়ে যাবে। ভারী বেপরোয়া দস্যু ওরা।'

আমাদের সঙ্গে তিনটে বন্দুক—একটা এনফিল্ড ও দুটো অস্ট্রিয়ান মান্‌লিখার। সন্ডার্স ও ক্রোল তাঁবু থেকে টোটা সমেত বন্দুক বার করে আনল। মার্কোভিচের বেরোবার নাম নেই, আমি প্রয়োজনে পকেট থেকে আমার অ্যানাইহিলিন পিস্তল বার করব, তাই হাত খালি রাখতে হবে, অথচ দুজনের হাতে তিনটে বন্দুক বেমানান, তাই অবিনাশবাবুকে ডেকে তাঁর হাতে একটা মান্‌লিখার তুলে দেওয়া হল! ভদ্রলোক একবার মাত্র হাঁ হাঁ করে থেমে গিয়ে কাঁপা হাতে বন্দুকটা নিয়ে দস্যুদলের উলটো দিকে মুখ করে কাঠ হয়ে দাঁড়িয়ে রইলেন।

২

দস্যুদল এসে পড়ল। ধুমসো লোমশ তিব্বতি কুকুরগুলো আমাদের দিকে তাকিয়ে প্রচণ্ড ঘেউ ঘেউ করছে। তাদেরও ভাবটা দস্যুদেরই মতো। আমাদের দলের লোকগুলোর অবস্থা কাহিল। যে যেখানে ছিল সব জবুথবু হয়ে বসে পড়েছে। এই সব দস্যু সাধারণত যাযাবরদের আস্তানায় গিয়ে পড়ে সর্বস্ব লুট করে নিয়ে চলে যায়। উপযুক্ত অস্ত্র ছাড়া এদের বাধা দিতে যাওয়া মানে নিশ্চিত মৃত্যু। অবিশ্যি এরা যদি তিব্বতি পুলিশের হাতে পড়ে তা হলে এদের চরম শাস্তির ব্যবস্থা আছে। গর্দান আর ডান হাতটা কেটে নিয়ে সেগুলোকে সোজা রাজধানী লাসায় পাঠিয়ে দেওয়া হয়। কিন্তু এই ধু ধু প্রান্তরে বরফে ঢাকা গিরিবর্ত্মের আনাচেকানাচে এদের খুঁজে বার করা মোটেই সহজ নয়। এও শুনেছি যে এই সব দস্যুদের নিজেদেরও নাকি নরকভোগের ভয় আছে। তাই এরা লুটপাট বা খুনখারাপি করে নিজেরাই, হয় কৈলাস প্রদক্ষিণ করে, না হয় কোনও উঁচু পাহাড়ের চুড়োয় দাঁড়িয়ে গলা ছেড়ে নিজেদের পাপের ফিরিস্তি দিয়ে প্রায়শ্চিত্ত করে নেয়।

দস্যুদের সামনে যে রয়েছে তাকেই মনে হল পালের গোদা। নাক থ্যাবড়া, কানে মাকড়ি, মাথার রুক্ষ চুল টুপির পাশ দিয়ে বেরিয়ে রয়েছে, বয়স বেশি না হলেও মুখের চামড়া কুঁচকে গেছে, কুতকুতে চোখে অত্যন্ত সন্দিগ্ধভাবে আমাদের চারজনকে নিরীক্ষণ করছে। বাকি লোকগুলো যে যেখানে ছিল সেখানেই চুপ করে ঘোড়ার লাগাম ধরে অপেক্ষা করছে; বোঝা

যাচ্ছে নেতার হুকুম না পেলে কিছু করবে না।

এবারে দস্যুনেতা ঘোড়ার পিঠ থেকে নামল। তারপর ক্রোলের দিকে এগিয়ে গিয়ে তার সামনে দাঁড়িয়ে চাপা ঘড়ঘড়ে গলায় বলল—'পেলিং?' পেলিং মানে ইউরোপীয়। ক্রোলের হয়ে আমিই 'হ্যাঁ' বলে জবাব দিয়ে দিলাম। দিয়েই খটকা লাগল। ইউরোপীয় দেখে চিনল কী করে এরা?

লোকটা এবার ধীরে ধীরে সন্ডার্সের দিকে এগিয়ে গেল। তারপর তার পায়ের কাছ থেকে একটা বেকড বিনসের খালি টিন তুলে নিয়ে সেটাকে উলটেপালটে দেখে তার গন্ধ শুঁকে আবার মাটিতে ফেলে ভারী বুটের গোড়ালির এক মোক্ষম চাপে সেটাকে থেঁতলে মাটির সঙ্গে সমান করে দিল। সন্ডার্স হাতে বন্দুক নিয়ে দাঁতে দাঁত চেপে দস্যুনেতার ঔদ্ধত্য হজম করার আপ্রাণ চেষ্টা করছে।

কোত্থেকে জানি মাঝে মাঝে একটা দাঁড়কাকের গম্ভীর কর্কশ কণ্ঠস্বর শোনা যাচ্ছে। এ ছাড়া কেবল নদীর কুল কুল শব্দ। কুকুরগুলো আর ডাকছে না। এই থমথমের মধ্যে আবার দস্যুনেতার ভারী বুটের শব্দ পাওয়া গেল। সে এবার অবিনাশবাবুর সামনে গিয়ে দাঁড়িয়েছে। ভদ্রলোক যে কেন তাকে মাথা হেঁট করে নমস্কার করলেন তা বোঝা গেল না। দস্যুনেতার বোধ হয় ব্যাপারটা ভারী কমিক বলে মনে হল, কারণ সে সশব্দে একটা বর্বর হাসি হেসে অবিনাশবাবুর হাতের বন্দুকের বাঁটে একটা খোঁচা মারল।

এবার ক্রোলের দিকে চোখ পড়াতে সভয়ে দেখলাম সে তার বন্দুকটা দস্যুনেতার দিকে উঠিয়েছে, প্রচণ্ড রাগে তার কপালের শিরাগুলি ফুলে উঠেছে। আমি চোখ দিয়ে ইশারা করে তাকে ধৈর্য হারাতে মানা করলাম। ইতিমধ্যে সন্ডার্স আমার পাশে এসে দাঁড়িয়েছে। সে ফিস ফিস করে বলল, 'দে হ্যাভ অ্যান এনফিল্ড টু।'

কথাটা শুনে অন্য দস্যুগুলোর দিকে চেয়ে দেখি তাদের মধ্যে একজন হিংস্র চেহারার লোক ঘোড়ার পিঠে সামনের দিকে এগিয়ে এসেছে। তার কাঁধে সত্যিই একটা এনফিল্ড রাইফেল। উইলার্ডের ডায়রি থেকে জেনেছি যে তার নিজের একটা এনফিল্ড ছিল। সেটা কিন্তু আলমোড়ায় ফেরেনি। এই বন্দুক, আর ইউরোপীয়দের দেখে চিনতে পারা—এই দুটো ব্যাপার থেকে বেশ বোঝা গেল যে এই দস্যুদলই উইলার্ডের মৃত্যুর জন্য দায়ী।

কিন্তু তা হলেও আমাদের হাত পা বাঁধা। এরা দলে ভারী। লড়াই লাগলে হয়তো আমাদের বন্দুক আর আমার পিস্তলের সাহায্যে এদের রীতিমতো শিক্ষা দেওয়া যেত, কিন্তু সে খবর যদি অন্য খাম্‌পাদের কাছে গিয়ে পৌঁছায় তা হলে কি তারা প্রতিশোধ না নিয়ে ছাড়বে?

লড়াইয়ের প্রয়োজন হবে কি না ভাবছি, দস্যুনেতা অসীম সাহসের সঙ্গে আমাদের পূর্বদিকের ক্যাম্পটার দিকে এগিয়ে চলেছে, এমন সময় এক অদ্ভুত কাণ্ড ঘটল। অন্য ক্যাম্পটা থেকে হঠাৎ মার্কোভিচ টলতে টলতে বেরিয়ে এল—তার ডান হাতটা সামনের দিকে তোলা, তার তর্জনী নির্দেশ করছে দস্যুদের তিব্বতি কুকুরগুলোর দিকে।

পরমুহূর্তেই তার গলায় এক অদ্ভুত উল্লসিত চিৎকার শোনা গেল —'ইউনিকর্ন!' ইউনিকর্ন!'

আমরা ভাল করে ব্যাপারটা বোঝার আগেই মার্কোভিচ দুহাত বাড়িয়ে এগিয়ে গেল একটা বিশাল লোমশ ম্যাস্টিফ কুকুরের দিকে। হয়তো তাকে আক্রমণ করা হচ্ছে মনে করেই কুকুরটা হঠাৎ রুখে দাঁড়িয়ে একটা বিশ্রী গর্জন করে মার্কোভিচের দিকে দিল একটা লাফ।

কিন্তু মার্কোভিচের নাগাল পাবার আগেই সে কুকুর ভেলকির মতো ভ্যানিস করে গেল। এর কারণ অবশ্য আমার অ্যানাইহিলিন পিস্তল। আমার ডান হাতটা অনেকক্ষণ থেকেই

পকেটে পিস্তলের উপর রাখা ছিল। মোক্ষম মুহূর্তে সে হাত পিস্তল সমেত বেরিয়ে এসে কুকুরের দিকে তাগ করে ঘোড়া টিপে দিয়েছে।

কুকুর উধাও হবার সঙ্গে সঙ্গেই মার্কোভিচ মুহ্যমান অবস্থায় মাটিতে বসে পড়ল। ক্রোল আর সন্ডার্স মিলে তাকে কোলপাঁজা করে তাঁবুর ভিতর নিয়ে গেল।

আর এদিকে এক অদ্ভুত কাণ্ড। আমার পিস্তলের মহিমা দেখে দস্যুদলের মধ্যে এক অদ্ভুত প্রতিক্রিয়া শুরু হয়েছে। তারা কেউ কেউ ঘোড়া থেকে নেমে হাঁটু গেড়ে মাটিতে বসে পড়েছে, কেউ আবার ঘোড়ার পিঠ থেকেই বার বার গড় করার ভাব করে উপুড় হয়ে পড়ছে। দস্যুনেতাও বেগতিক দেখে ইতিমধ্যে তার ঘোড়ার পিঠে উঠে পড়েছে। বাইশজন দস্যুর সম্মিলিত বেপরোয়া ভাব এক মুহূর্তে এভাবে উবে যাবে তা ভাবতে পারিনি।

এবার আমার মাথায় এক বুদ্ধি খেলে গেল। যে লোকটার কাছে এনফিল্ডটা ছিল তার কাছে গিয়ে বললাম, 'হয় তোমার বন্দুক দাও, না হয় তোমাদের পুরো দলকে নিশ্চিহ্ন করে ফেলব।' সে কাঁপতে কাঁপতে তার কাঁধ থেকে বন্দুক খুলে আমার হাতে তুলে দিল। এবার বললাম, 'এই বন্দুক যার, তার আর কী কী জিনিস তোমাদের কাছে আছে বার করো।'

এক মিনিটের মধ্যে এর ওর ঝোলা থেকে বেরিয়ে পড়ল দুটিন সসেজ, একটা গিলেট সেফটি রেজার, একটা আয়না, একটা বাইনোকুলার, একটা ছেঁড়া তিব্বতের ম্যাপ, একটা ওমেগা ঘড়ি, আর একটা চামড়ার ব্যাগ। ব্যাগ খুলে দেখি তাতে রয়েছে একটা বাইবেল, আর তিব্বত সম্বন্ধে মোরক্রফ্‌ট ও টিফেনটালেরের লেখা দুটো বিখ্যাত বই। বই দুটোতে উইলার্ডের নাম লেখা রয়েছে তার নিজের হাতে।

জিনিসগুলোকে বাজেয়াপ্ত করে সবে ভাবছি দস্যুনেতাকে কিছু সতর্কবাণী শুনিয়ে তাদের বিদায় নিতে বলব, কিন্তু তার আগেই তাদের পুরো দলটা চক্ষের নিমেষে যে পথে এসেছিল

সেই পথেই ঘোড়া ছুটিয়ে সন্ধ্যার অন্ধকারে আবছা হয়ে আসা পাহাড়ের দিকে অদৃশ্য হয়ে গেল।

আপদ বিদায় করে অবিনাশবাবুকে মান্‌লিখারের ভারমুক্ত করে পশ্চিম দিকের তাঁবুতে গেলাম মার্কোভিচের অবস্থা দেখতে। সে মাটিতে কম্বলের উপর শুয়ে আছে চোখ বুজে। মুখের উপর টর্চ ফেলতে সে ধীরে ধীরে চোখ খুলল। এইবারে তার চোখের পাতা আর মণি দেখেই বুঝতে পারলাম যে সে নেশা করেছে। আর সে নেশা সাধারণ নেশা নয়; অত্যন্ত কড়া কোনও মাদক ব্যবহার করেছে সে। হয়তো এটা তার অনেক দিনের অভ্যাস, আর তার প্রভাবেই সে যেখানে সেখানে ইউনিকর্ন দেখতে পাচ্ছে। কোকেন, হেরয়েন, মর্ফিয়া বা ওই জাতীয় কোনও মাদক খেলে বা ইঞ্জেকশন নিলে শুধু যে শরীরের ক্ষতি করে তা নয়, তা থেকে ব্রেনের বিকার ও তার ফলে চোখে ভুল দেখা কিছুই আশ্চর্য না।

মার্কোভিচের মতো নেশাখোরকে সঙ্গে নিলে আমাদের এই অভিযান ভণ্ডুল হয়ে যাবে। হয় তাকে তাড়াতে হবে, না হয় তার নেশাকে তাড়াতে হবে।

১৫ই আগস্ট সকাল ৭টা

কাল রাত্রে তাকে ডাকা সত্ত্বেও মার্কোভিচ যখন খেতে এল না, তখন নেশার ধারণাটা আমার মনে আরও বদ্ধমূল হল। আমি জানি এ জাতীয় ড্রাগ বা মাদক ব্যবহার করলে মানুষের খিদে তেষ্টা অনেক কমে যায়। কথাটা বলতে সন্ডার্স একেবারে ক্ষেপে উঠল । বলল, 'ওকে সরাসরি জেরা করতে হবে এক্ষুনি।' ক্রোল বলল, 'তুমি অত্যন্ত বেশি ভদ্র, তোমাকে দিয়ে জেরা হবে না। ব্যাপারটা আমার হাতে ছেড়ে দাও।'

খাবার পরে ক্রোল সোজা তাঁবুর ভিতর গিয়ে আধঘুমন্ত মার্কোভিচকে বিছানা থেকে হিঁচড়ে টেনে তুলে সোজা তার মুখের উপর বলল, 'তোমার কাছে কী ড্রাগ আছে বার করো। আমরা জানি তুমি নেশা করো। এ নেশা তোমার ছাড়তে হবে, নয়তো তোমাকে আমরা বরফের মধ্যে পুঁতে দিয়ে চলে যাব; কেউ টের পাবে না।'

মার্কোভিচ পুরো ব্যাপারটা বুঝতে পারল কি না জানি না, কিন্তু সে ক্রোলের ভাব দেখে যে ভয় পেয়েছে সেটা স্পষ্টই বোঝা গেল। সে কোনওরকমে ক্রোলের হাত থেকে নিজেকে ছাড়িয়ে নিয়ে ব্যাগের ভিতর হাত ঢুকিয়ে কিছুক্ষণ হাতড়ে তার থেকে একটা মাথার বুরুশ বার করে ক্রোলের হাতে দিল। আমার প্রথমে মনে হয়েছিল এটা তার পাগলামিরই আরেকটা লক্ষণ; কিন্তু ক্রোলের জার্মান বুদ্ধি এক নিমেষে বুঝে ফেলল যে মার্কোভিচ আসল জিনিসটাই বার করে দিয়েছে। বুরুশের কাঠের অংশটায় চাড় দিতে সেটা বাক্সের ডালার মতো খুলে গেল, আর তার তলা থেকে বেরিয়ে পড়ল ঠিক ট্যালকাম পাউডারের মতো দেখতে মিহি সাদা কোকেনের গুঁড়ো। আধ মিনিটের মধ্যে সে গুঁড়ো তিব্বতের হিমেল বাতাসে ছড়িয়ে পড়ল, আর বুরুশটা নিক্ষিপ্ত হল খরস্রোতা পাহাড়ি নদীর জলে।

কিন্তু শুধু কোকেন দূর করলেই তো হবে না, মার্কোভিচের নেশাটাকেও দূর করা চাই। আজ সকালে তার হাবভাবে মনে হচ্ছে আমার আশ্চর্য ওষুধ মিরাকিউরলে কাজ দিয়েছে। সে ইতিমধ্যেই চার গেলাস মাখন চা, সেরখানেক ছাগলের মাংস আর বেশ কিছুটা সাম্পা খেয়ে ফেলেছে।

৭ই আগস্ট। সাংচান ছাড়িয়ে।

এখন দুপুই আড়াইটা। আমরা মানস সরোবরের পথে একটা গুম্ফা বা তিব্বতি মঠের বাইরে বসে একটু বিশ্রাম করে নিচ্ছি। পথে আসতে আসতে আরও অনেক গুম্ফা দেখেছি। এগুলোর প্রত্যেকটাই একেকটা পাহাড়ের চুড়ো বেছে বেছে তার উপর তৈরি করা হয়েছে, এবং প্রত্যেকটা থেকেই চমৎকার দৃশ্য দেখা যায়। লামাদের সৌন্দর্যবোধ আছে এ কথা স্বীকার করতেই হয়।

আমাদের সামনে উত্তর দিকে ২৫০০০ ফুট উঁচু গুর্লা-মান্ধাতা পর্বত সদর্পে মাথা তুলে দাঁড়িয়ে আছে। এ ছাড়া চারিদিকে আরও অনেক বরফে ঢাকা পাহাড়ের চুড়ো দেখতে পাচ্ছি। আর কিছুদূর গেলেই কৈলাস-মানস সরোবরের দর্শন মিলবে, অবিনাশবাবুর যাত্রা সার্থক হবে। আপাতত মান্ধাতা দেখেই তাঁর সম্ভ্রম ও বিস্ময়ের সীমা নেই। বার বার বলছেন, 'গায়ে কাঁটা দিচ্ছে মশাই। মহাভারতের যুগে চলে এসেছি। উঃ কী ভয়ানক ব্যাপার!'

বলা বাহুল্য, এখনও পর্যন্ত একশৃঙ্গের কোনও চিহ্ন নেই। জানোয়ারের মধ্যে বুনো ছাগল ভেড়া গাধা চমরি এসব তো হামেশাই দেখছি। মাঝেমধ্যে এক আধটা খরগোশ ও মেঠো ইঁদুরও দেখা যায়। হরিণ আর ভাল্লুক আছে বলে জানি, কিন্তু দেখিনি। কাল রাত্রে ক্যাম্পের আশেপাশে নেকড়ে হানা দিচ্ছিল, তাঁবুর কাপড় ফাঁক করে টর্চ ফেলে তাদের জ্বলন্ত সবুজ চোখ দেখতে পাচ্ছিলাম।

সন্ডার্সের মনে একটা নৈরাশ্যের ভাব দেখা দিয়েছে। ওর ধারণা হয়েছে উইলার্ডও মার্কোভিচের মতো নেশা করে আজগুবি দৃশ্য দেখেছে আর আজগুবি ঘটনার বর্ণনা করেছে। উড়ন্ত লামা, ইউনিকর্ন—এরা সবই তার ড্রাগ-জনিত দৃষ্টিভ্রম। সন্ডার্স ভুলে যাচ্ছে যে আমরা আলমোড়াতে মেজর হর্টনের সঙ্গে দেখা করেছি। উইলার্ড সম্বন্ধে তার রিপোর্ট দেখেছি। তাতে ড্রাগের কোনও ইঙ্গিত ছিল না।

আমরা যে গুম্ফার সামনে বসেছি তাতে একটিমাত্র লামা বাস করেন। আমরা এই কিছুক্ষণ আগে তাঁর সঙ্গে দেখা করে এক অভিনব অভিজ্ঞতা সঞ্চয় করে এসেছি। এমনিতে হয়তো যেতাম না, কিন্তু রাবসাং যখন বলল লামাটি পঞ্চাশ বছর কারুর সঙ্গে কথা বলেননি, তখন স্বভাবতই আমাদের একটা কৌতূহল হল। আমরা রাস্তা থেকে দুশো ফুট উপরে উঠে মৌনী লামাকে দর্শন করার জন্য গুম্ফায় প্রবেশ করলাম।

পাথরের তৈরি প্রাচীন গুম্ফার ভিতরে অন্ধকার, দেয়ালে শেওলা। আসল কক্ষের ভিতর পিছন দিকে একটা লম্বা তাকে সাত-আটটা মাঝারি আকারের বৌদ্ধ দেবদেবীর মূর্তি রয়েছে, তারমধ্যে অন্তত তিনখানা যে খাঁটি সোনার তৈরি তাতে কোনও সন্দেহ নেই। প্রদীপ জ্বলছে। এক পাশে একটা পাত্রে একতাল মাখন রাখা রয়েছে, ঘিয়ের বদলে এই মাখনই ব্যবহার হয় প্রদীপের জন্য। একদিকের দেয়ালের গায়ে তাকের উপর থরে থরে সাজানো রয়েছে লাল কাপড়ে মোড়া প্রাচীন তিব্বতি পুঁথি। অবিনাশবাবু একটা বিশেষ জায়গায় আঙুল দেখিয়ে বললেন, 'ভৌতিক ব্যাপার বলে মনে হচ্ছে মশাই।' চেয়ে দেখি সেখানে একটা মড়ার খুলি রয়েছে। আমি বললাম, 'ওটা চা খাওয়ার পাত্র।' অবিনাশবাবুর চোখ কপালে উঠে গেল।

মৌনী লামা ছিলেন পাশের একটা ছোট্ট অন্ধকার ঘরে। ঘরের পুবের দেয়ালে একটা খুপরি জানালা, সেই জানালার পাশে বসে লামা জপযন্ত্র ঘোরাচ্ছেন। মাথা মুড়োনো, শীর্ণ চেহারা, বসে থেকে থেকে হাত-পাগুলো অস্বাভাবিক রকম সরু হয়ে গেছে। আমরা তাঁকে একে একে অভিবাদন জানালাম, তিনি আমাদের প্রত্যেকের হাতে একটি করে লাল সুতো দিয়ে আশীর্বাদ করলেন। তাঁর সামনে একটা নিচু কাঠের বেঞ্চিতে আমরা পাঁচজন বসলাম। লামা কথা

বলবেন না, তাই তাঁকে এমন প্রশ্ন করতে হবে যার উত্তর কথা না বলে দেওয়া যায়। আমি আর সময় নষ্ট না করে সোজা আসল প্রশ্নে চলে গেলাম।

'তিব্বতের কোথাও একশৃঙ্গ জানোয়ার আছে কি?'

লামা কয়েক মুহূর্ত হাসি হাসি মুখ করে আমার দিকে চেয়ে রইলেন। আমাদের পাঁচ জোড়া চোখের উৎসুক দৃষ্টি তাঁর দিকে নিবদ্ধ। এইবার তিনি ধীরে ধীরে মাথা নাড়লেন, উপর থেকে নীচে। একবার, দুবার, তিনবার। অর্থাৎ—আছে। আমরা চাপা উৎকণ্ঠায় আড় চোখে একবার পরস্পরের দিকে চেয়ে নিলাম। কিন্তু লামা যে আবার মাথা নাড়ছেন! এবার পাশাপাশি। অর্থাৎ—নেই।

এটা কীরকম হল? এর মানে কী হতে পারে? আগে ছিল, কিন্তু এখন নেই? ক্রোল আমাকে ফিসফিসে গলায় বলল, 'কোথায় আছে জিজ্ঞেস করো।' মার্কোভিচও দেখছি অত্যন্ত মন দিয়ে আমাদের কথাবার্তা শুনছে। এই প্রথম সে সুস্থ অবস্থায় আমাদের অভিযানের উদ্দেশ্যের কথা শুনল।

ক্রোলের প্রস্তাব অনুযায়ী প্রশ্নটা করাতে লামা তাঁর শীর্ণ বাঁ হাতটা তুলে উত্তর-পশ্চিম দিকে ইঙ্গিত করলেন। আমরা তো ওই দিকেই যাচ্ছি। কৈলাশ ছাড়িয়ে চাংথাং অঞ্চলে! আমি এবার আরেকটা প্রশ্ন না করে পারলাম না।

'আপনি যোগীপুরুষ। ভূত ভবিষ্যৎ আপনার জানা। আপনি বলুন তো আমরা এই আশ্চর্য জানোয়ার দেখতে পাব কি না।'

লামা আবার মৃদু হেসে মাথা নাড়লেন। উপর থেকে নীচে। তিনবার।

ক্রোল রীতিমতো উত্তেজিত হয়ে উঠেছে। এবার বেশ জোরেই বলল, 'আস্ক হিম অ্যাবাউট ফ্লাইং লামাজ।'

আমি লামার দিকে ফিরে বললাম, 'আমি আপনাদের মহাযোগী মিলারেপার আত্মজীবনী পড়েছি। তাতে আছে তিনি মন্ত্রবলে এক জায়গা থেকে আরেক জায়গায় উড়ে যেতে পারতেন। এখনও এমন কোনও তিব্বতি যোগী আছেন কি যিনি এই আশ্চর্য ক্ষমতার অধিকারী?'

মৌনী লামার চাহনিতে যেন একটা কাঠিন্যের ভাব ফুটে উঠল। তিনি এবার বেশ দৃঢ়ভাবেই মাথাটাকে নাড়লেন। পাশাপাশি। অর্থাৎ না, নেই। তারপর তিনি তাঁর ডানহাতের তর্জনীটা খাড়া করে সেই অবস্থায় পুরো হাতটাকে মাথার উপর তুলে কিছুক্ষণ ধরে ঘোরালেন। তারপর হাত নামিয়ে বাঁ হাত দিয়ে ডান হাতের উঁচোনো তর্জনীটাকে চাপ দিয়ে নামিয়ে দিলেন। মানেটা বুঝতে কোনও অসুবিধা হল না: মিলারেপা একজনই ছিলেন। তিনি মন্ত্রবলে উড়তে পারতেন। তিনি এখন আর নেই।

গুম্ফা থেকে বেরোনোর আগে আমরা কিছু চা আর সাম্পা মৌনী লামার জন্যে রেখে এলাম। এখানকার যাত্রী ও যাযাবরদের মধ্যে যারা মৌনী লামার কথা জানে তারা এই গুম্ফার পাশ দিয়ে গেলেই লামার জন্যে কিছু না কিছু খাবার জিনিস রেখে যায়।

বাইরে এসে সন্ডার্স আর ক্রোলের মধ্যে তর্ক লেগে গেল। সন্ডার্স লামার সংকেতে আমল দিতে রাজি নয়। বলল, 'একবার হ্যাঁ, একবার না—এ আবার কী? আমার মতে হ্যাঁ-য়ে না-য়ে কাটাকাটি হয়ে কিছুই থাকে না। অর্থাৎ আমরা বৃথা সময় নষ্ট করছি।'

ক্রোল কিন্তু লামার সংকেতের সম্পূর্ণ অন্য মানে করেছে। সে বলল, 'আমার কাছে মানেটা খুব স্পষ্ট। হ্যাঁ মানে ইউনিকর্ন আছে, আর না মানে সেটা এমন জায়গায় আছে যেখানে আমাদের যেতে সে বারণ করছে। কিন্তু বারণ করলেই তো আর আমরা বারণ মানছি না।'

মার্কোভিচ এইবার প্রথম আমাদের কথায় যোগ দিল। সে বলল, 'ইউনিকর্ন যদি সত্যিই

পাওয়া যায়, তা হলে সেটাকে নিয়ে আমরা কী করব সেটা ভেবে দেখা হয়েছে কি?'

লোকটা কী জানতে চাইছে সেটা পরিষ্কার বোঝা গেল না। ক্রোল বলল, 'সেটা আমরা এখনও ভেবে দেখিনি। আপাতত জানোয়ারটাকে খুঁজে বার করাই হচ্ছে প্রধান কাজ।'

'হুঁ' বলে মার্কোভিচ চুপ মেরে গেল। মনে হল তার মাথায় কী যেন একটা ফন্দি খেলছে। কোকেনমুক্ত হবার পর থেকেই দেখছি তার উদ্যম অনেক বেড়ে গেছে। বিশেষ করে লামাদের সম্পর্কে তার একটা বিশেষ কৌতূহল লক্ষ করছি, যার জন্য কাল থেকে নিয়ে সাতবার সে দল ছেড়ে পাহাড়ে উঠে গুম্ফা দেখতে গেছে। কোকেনখোর কি শেষটায় ধর্মজ্ঞানী হয়ে দেশে ফিরবে?

৩

৯ই আগস্ট, সকাল দশটা।

আমরা এইমাত্র চুসুং-লা গিরিবর্ত্ম পেরিয়ে রাবণ হ্রদ ও তার পিছনে কৈলাসের তুষারাবৃত ডিম্বাকৃতি শিখরের সাক্ষাৎ পেলাম। এই রাবণ হ্রদের তিব্বতি নাম রাক্ষস-তাল, আর কৈলাসকে এরা বলে কাং-রিমপোচে। হ্রদটা তেমন পবিত্র কিছু নয়, কিন্তু কৈলাস দেখামাত্র আমাদের কুলিরা সাষ্টাঙ্গ প্রণাম করল। অবিনাশবাবু প্রথমে কেমন ভ্যাবাচ্যাকা খেয়ে গিয়েছিলেন। শেষটায় খেয়াল হওয়ামাত্র একসঙ্গে শিবের আট-দশটা নাম উচ্চারণ করে হাঁটুগেড়ে বার বার মাটিতে মাথা ঠেকাতে লাগলেন। রাবণ হ্রদের পুব দিকে মানস সরোবর। কালই পৌঁছে যাব বলে মনে হয়।

১০ই আগস্ট, দুপুর আড়াইটা।

মানস সরোবরের উত্তর পশ্চিমে একটা জলকুণ্ডের ধারে বসে আমরা বিশ্রাম করছি। আমাদের বাঁ দিকের চড়াইটা পেরিয়ে খানিকটা পথ গেলেই হ্রদের দেখা পাব।

গত এক মাসে এই প্রথম আমরা সকলে স্নান করলাম। প্রচণ্ড গরম জল, তাতে সালফার বা গন্ধক রয়েছে। জলের উপর ধোঁয়া আর শেওলার আবরণ। আশ্চর্য তাজা বোধ করছি স্নানটা করে।

এখন ডায়রি লিখতাম না, কিন্তু একটা ঘটনা ঘটে গেছে যেটা লিখে রাখা দরকার।

আমি আর অবিনাশবাবু কুণ্ডের পশ্চিম দিকটায় নেমেছিলাম, আর সাহেব তিনজন নেমেছিলেন দক্ষিণ দিকে। স্নান সেরে ভিজে কাপড় শুকোনোর অপেক্ষায় বসে আছি, এমন সময় ক্রোল আমার কাছে এসে গল্প করার ভান করে হাসি হাসি মুখে চাপা গলায় বলল, 'খুব জটিল ব্যাপার।' আমি বললাম, 'কেন, কী হয়েছে?'

'মার্কোভিচ। লোকটা ভণ্ড, জোচ্চোর।'

'আবার কী করল?'

আমি জানি ক্রোল মার্কোভিচকে মোটেই পছন্দ করে না। বললাম, 'ব্যাপারটা খুলে বলো।'

ক্রোল সেইরকম হাসি হাসি ভাব করেই বলতে লাগল, 'একটা পাথরের পিছনে আমাদের গরম জামাগুলো খুলে আমরা জলে নেমেছিলাম। আমি একটা ডুব দিয়েই উঠে পড়ি। মার্কোভিচের কোট আমার কোটের পাশেই রাখা ছিল। ভিতরের পকেটটা দেখতে পাচ্ছিলাম। তাতে কী আছে দেখার লোভ সামলাতে পারলাম না। তিনটে চিঠি ছিল। ব্রিটিশ ডাকটিকিট।

প্রত্যেকটিই জন মার্কহ্যাম নামক কোনও ভদ্রলোককে লেখা।'

'মার্কহ্যাম?'

'মার্কহ্যাম—মার্কোভিচ। ব্যাপারটা বুঝতে পারছ কি?'

আমি বললাম, 'ঠিকানা কী ছিল?'

'দিল্লির ঠিকানা।'

জন মার্কহ্যাম...জন মার্কহ্যাম...নামটা চেনা চেনা মনে হচ্ছে। কোথায় শুনেছি আগে? ঠিক কথা, বছর তিনেক আগের খবরের কাগজের একটা খবর। সোনা স্মাগ্‌ল করার ব্যাপারে লোকটা ধরা পড়েছিল—জন মার্কহ্যাম। জেলও হয়েছিল। কীভাবে যেন পালায়। একটা পুলিশকে গুলি করে মেরেছিল। জন মার্কহ্যাম। লোকটা ইংরেজ। ভারতবর্ষে আছে বহুদিন। নৈনিতালে একটা হোটেল চালাত। পলাতক আসামি। এখন নাম ভাঁড়িয়ে পোল্যান্ডবাসী রাশিয়ান সেজে আমাদের সঙ্গ নিয়েছে। তিব্বত হবে তার গা ঢাকা দেবার জায়গা। কিংবা আরও অন্য কোনও কুকীর্তির মতলবে এসেছে এখানে। ভণ্ডই বটে। ডেঞ্জারাস লোক। ক্রোলের গোয়েন্দাগিরির প্রশংসা করতে হয়। প্রথমে ওর অন্যমনস্ক ভাব দেখে ও যে এতটা চতুর তা বুঝতে পারিনি। আমি ক্রোলকে মার্কহ্যামের ঘটনাটা বললাম।

ক্রোলের মুখে এখনও হাসি। সেটার প্রয়োজন এই কারণে যে মার্কোভিচ কুণ্ডের দক্ষিণ দিক থেকে আমাদের দেখতে পাচ্ছে। তার বিষয়ে কথা হচ্ছে সেটা তাকে বুঝতে দেওয়া চলে না। ক্রোল খোশগল্পের মেজাজে একবার সশব্দে হেসে পরক্ষণেই গলা নামিয়ে বলল, 'আমার ইচ্ছা ওকে ফেলে রেখে যাওয়া। ওর তুষারসমাধি হোক। ওটাই হবে ওর শাস্তি।'

প্রস্তাবটা আমার কাছে ভাল মনে হল না। বললাম, 'না। ও আমাদের সঙ্গে চলুক। ওকে কোনওরকমেই জানতে দেওয়া হবে না যে ওর আসল পরিচয় আমরা জেনে ফেলেছি। আমাদের লক্ষ্য হবে দেশে ফিরে গিয়ে ওকে পুলিশের হাতে তুলে দেওয়া।'

শেষপর্যন্ত ক্রোল আমার প্রস্তাবে রাজি হল। সন্ডার্সকে সুযোগ বুঝে সব বলতে হবে, আর সবাই মিলে মার্কোভিচের প্রতি কড়া দৃষ্টি রাখতে হবে।

১০ই আগস্ট, বিকেল সাড়ে পাঁচটা। মানস সরোবরের উপকূলে।

মেঘদূতে কালিদাসের বর্ণনায় মানস সরোবরে রাজহাঁস আর পদ্মের কথা আছে। এসে অবধি রাজহাঁসের বদলে ঝাঁকে ঝাঁকে বুনোহাঁস দেখেছি, আর পদ্ম থাকলেও এখনও চোখে পড়েনি। এ ছাড়া আজ পর্যন্ত মানস সরোবরের যত বর্ণনা শুনেছি বা পড়েছি, চোখের সামনে দেখে মনে হচ্ছে এ হ্রদ তার চেয়ে সহস্রগুণে বেশি সুন্দর। চারিদিকের বালি আর পাথরের রুক্ষতার মধ্যে এই পঁয়তাল্লিশ মাইল ব্যাসযুক্ত জলখণ্ডের অস্বাভাবিক উজ্জ্বল ও স্বচ্ছ নীল রং মনে এমনই একটা ভাবের সঞ্চার করে যার কোনও বর্ণনা দেওয়া আমার পক্ষে সম্ভব নয়। হ্রদের উত্তরে বাইশ হাজার ফুট উঁচু কৈলাস, আর দক্ষিণে প্রায় যেন জল থেকে খাড়া হয়ে ওঠা গুর্লা-মান্ধাতা। চারিদিকে পাহাড়ের গায়ে ছোটবড় সব গুম্ফা চোখে পড়ছে, তাদের সোনায় মোড়া ছাতগুলোতে রোদ পড়ে ঝিকমিক করছে।

আমরা ক্যাম্প ফেলেছি জল থেকে বিশ হাত দূরে। এখানে আরও অনেক তীর্থযাত্রী ও লামাদের দেখতে পাচ্ছি। তাদের কেউ কেউ হামাগুড়ি দিয়ে হ্রদ প্রদক্ষিণ করছে, কেউ হাতে প্রেয়ার হুইল বা জপযন্ত্র ঘোরাতে ঘোরাতে পায়ে হেঁটে প্রদক্ষিণ করছে। হিন্দু বৌদ্ধ দুই ধর্মাবলম্বী লোকের কাছেই কৈলাস-মানস সরোবরের অসীম মাহাত্ম্য। ভূগোলের দিক দিয়ে এই জায়গার বিশেষত্ব হল এই যে, একসঙ্গে চারটে বিখ্যাত নদীর উৎস রয়েছে এরই

আশেপাশে। এই নদীগুলো হল ব্রহ্মপুত্র, শতদ্রু, সিন্ধু ও কর্ণালি।

অবিনাশবাবু এখানে এসেই বালির উপর শুয়ে সাষ্টাঙ্গ প্রণাম তো করলেনই, তারপর আমাদের সঙ্গী সাহেবদেরও 'সেক্রেড, সেক্রেড—মোর সেক্রেড দ্যান কাউ' ইত্যাদি বলে গড় করিয়ে ছাড়লেন। তারপরে যেটা করলেন সেটা অবিশ্যি বুদ্ধিমানের কাজ হয়নি। হ্রদের ধারে গিয়ে গায়ের ভারী পশমের কোটটা খুলে ফেলে দুহাত জোড় করে এক লাফে ঝপাং করে জলের মধ্যে গিয়ে পড়লেন। পরমুহূর্তেই দেখি তাঁর দাঁতকপাটি লেগে গেছে। ক্রোল ব্যাপারটা বুঝতে পেরে তৎক্ষণাৎ জলে নেমে ভদ্রলোককে টেনে তুলল। তারপর তাঁকে ব্র্যান্ডি খাইয়ে তাঁর শরীর গরম করল। আসলে মানস সরোবরের মতো এমন কনকনে ঠাণ্ডা জল ভারতবর্ষের কোনও নদী বা হ্রদে নেই। অবিনাশবাবু ভুলে গেছেন যে এখানকার উচ্চতা পনেরো হাজার

ফুট।

ভদ্রলোক এখন দিব্যি চাঙ্গা। বলছেন, ওর বাঁ হাতের বুড়োআঙুলের গাঁটে নাকি ছাব্বিশ বছর ধরে একটা ব্যথা ছিল, সেটা এই এক ঝাঁপানিতেই বেমালুম সেরে গেছে। দুটো হর্লিক্সের খালি বোতলে ভদ্রলোক হ্রদের পবিত্র জল নিয়ে নিয়েছেন, সেই জলের ছিটে দিয়ে আমাদের যাবতীয় বিপদআপদ দূর করার মতলব করেছেন।

এই অঞ্চলেই গিয়ানিমাতে একটা বড় হাট বসে। আমরা সেখান থেকে কিছু খাবার জিনিস, কিছু শুকনো ফল, ঠাণ্ডায় জমে যাওয়া পাথরের মতো শক্ত চমরির দুধ, আর পশমের তৈরি কিছু কম্বল ও পোশাক কিনে নিয়েছি। ক্রোল দেখি একরাশ মানুষের হাড়গোড় কিনে এনেছে, তারমধ্যে একটা পায়ের হাড় বাঁশির মতো বাজানো যায়। এ সব নাকি তার জাদুবিদ্যার গবেষণায় কাজে লাগবে। মার্কোভিচ গিয়ানিমার বাজারে কিছুক্ষণের জন্য দলছাড়া হয়ে গিয়েছিল। দশ মিনিট হল সে ফিরেছে। থলিতে করে কী এনেছে বোঝা গেল না। সন্ডার্সের নৈরাশ্য অনেকটা কমেছে। সে বুঝেছে যে একশৃঙ্গের দেখা না পেলেও, মানস সরোবরের এই অপার্থিব সৌন্দর্য আর এই নির্মল আবহাওয়া—এও কিছু কম পাওয়া নয়।

কাল আমরা সরোবর ছেড়ে চাং-থাং-এর উদ্দেশে যাত্রা শুরু করব। আমাদের লক্ষ্য হবে ল্যাটিচিউড ৩৩.৩ নর্থ ও লঙ্গিচিউড ৮৪ ইস্ট।

অবিনাশবাবু তাঁর পকেট-গীতা খুলে কৈলাসের দিকে মুখ করে পিঠে রোদ নিয়ে বসে আছেন। এইবার বোঝা যাবে তাঁর ভক্তির দৌড় কতদূর।

১২ই আগস্ট। চাং থাং। ল্যা. ৩০ ন—লং ৮১ই।

সকাল সাড়ে আটটা। আমরা একটা ছোট লেকের ধারে ক্যাম্প ফেলেছি। কাল রাত্রে এক অদ্ভুত ঘটনা। বারোটার সময় মাইনাস পনেরো ডিগ্রি শীতে ক্রোল আমার ক্যাম্পে এসে আমার ঘুম ভাঙিয়ে বলল, সে মার্কোভিচের জিনিসপত্র ঘেঁটে অনেক কিছু পেয়েছে। আমি তো অবাক। বললাম, 'তার জিনিস ঘাঁটলে? সে টের পেল না?'

'পাবে কী করে—কাল সন্ধেবেলা যে ওর চায়ের সঙ্গে বারবিটুরেট মিশিয়ে দিয়েছিলাম। হাতসাফাই কি আর অমনি অমনি শিখেছি? ও এখনও নাক ডাকিয়ে ঘুমোচ্ছে।'

'কী জিনিস পেলে?'

'চলো না দেখবে।'

গায়ে একটা মোটা কম্বল চাপিয়ে আমাদের ক্যাম্প ছেড়ে ওদেরটায় গিয়ে ঢুকলাম। ঢুকতেই একটা তীব্র আধ-চেনা গন্ধ নাকে এল। বললাম, 'এ কীসের গন্ধ?'

ক্রোল বলল, 'এই তো—এই টিনের মধ্যে কী জানি রয়েছে।' টিনের কৌটোটা হাতে নিয়ে ঢাকনা খুলতেই বিস্ময়ে হতবাক হয়ে গেলাম।

'এ যে কস্তুরী!'—ধরা গলায় বললাম আমি।

কস্তুরীই বটে। এতে কোনও সন্দেহ নেই। তিব্বতে কস্তুরী মৃগ বা muskdeer পাওয়া যায়! সারা পৃথিবী থেকেই প্রায় লোপ পেতে বসেছে এই জানোয়ার। একটা মাঝারি কুকুরের সাইজের হরিণ, তার পেটের ভিতর পাওয়া যায় কস্তুরী নামক এই আশ্চর্য জিনিস। এটার প্রয়োজন হয় গন্ধদ্রব্য বা পারফিউম তৈরির কাজে। এক তোলা কস্তুরীর দাম হল প্রায় ত্রিশ টাকা। আসবার পথে ভারতবর্ষ ও তিব্বতের সীমানায় আসকোট শহরে এক ব্যবসাদারের কাছে জেনেছিলাম যে, তিনি একাই সরকারি লাইসেন্সে গত বছরে প্রায় চার লাখ টাকার কস্তুরী বিদেশে রপ্তানি করেছেন। আমি বললাম, 'এই কস্তুরী কি গিয়ানিমার হাটে কিনেছে

নাকি মার্কোভিচ?'

'কিনেছে?'

প্রশ্নটা করল সন্ডার্স; তার কথায় তিক্ত ব্যঙ্গের সুর। 'এই দেখো না—এগুলো কি সব ওর কেনা?'

সন্ডার্স একটা ঝোলা ফাঁক করে একরাশ কালো চমরির লোমের ভিতর থেকে পাঁচটা বৌদ্ধ দেবদেবীর মূর্তি বার করল। সেগুলোর সাইজ এক বিঘতের বেশি না, কিন্তু প্রত্যেকটি মূর্তি সোনার তৈরি। এ ছাড়া আরও মূল্যবান জিনিস ঝোলায় ছিল—একটা পাথর বসানো সোনার বজ্র, একটা সোনার পাত্র, খানত্রিশেক আলগা পাথর ইত্যাদি।

'উই হ্যাভ এ রিয়েল রবার ইন আওয়ার মিডস্ট' বলল সন্ডার্স। 'শুধু খামপারাই দস্যু নয়, ইনিও একটি জলজ্যান্ত দস্যু। আমি জোর দিয়ে বলতে পারি এ কস্তুরী সে গিয়ানিমার বাজার থেকে চুরি করে এনেছে, যেমন এই মূর্তিগুলো চুরি করেছে গুম্ফা থেকে।'

এখন বুঝতে পারলাম মার্কোভিচ কেন আমাদের দল ছেড়ে বার বার গুম্ফা দেখতে চলে যায়। লোকটার বেপরোয়া সাহসের কথা ভাবলে অবাক হতে হয়।

আজ মার্কোভিচের ভাব দেখে মনে হল যে কালকের ঘটনা কিছু টের পায়নি। তার জিনিসপত্র যেভাবে ছিল আবার ঠিক সেইভাবেই রেখে আমরা ঘুমোতে চলে যাই। যাবার আগে এটাও দেখেছিলাম যে, মার্কোভিচের সঙ্গে একটি অস্ত্রও আছে—একটা ৪৫ কোল্ট অটোম্যাটিক রিভলভার। এটার কথা মার্কোভিচ আমাদের বলেনি। সে রিভলভার অবিশ্যি তার আর কোনও কাজে লাগবে না, কারণ ক্রোল তার টোটাগুলি সযত্নে সরিয়ে ফেলেছে।

১৫ই আগস্ট। চাং থাং—ল্যা. ৩২.৫ ন, লং ৮২ ই। বিকেল সাড়ে চারটা

চাং থাং অঞ্চলের ভয়াবহ চেহারাটা ক্রমে আমাদের কাছে স্পষ্ট হয়ে আসছে। এই জায়গার উচ্চতা সাড়ে ষোলো হাজার ফুট। আমরা এখন একটা অসমতল জায়গায় এসে পড়েছি। মাঝে মাঝে ৪০০- ৫০০ ফুট উঠতে হচ্ছে, তারপর একটা গিরিবর্ত্মের মধ্যে দিয়ে গিয়ে আবার নামতে হচ্ছে।

কাল সকাল থেকে একটি গাছ, একটি তৃণও চোখে পড়েনি। যেদিকে দেখছি খালি বালি পাথর আর বরফ। তিব্বতিরা কিন্তু এ সব অঞ্চলেও পাথরের গায়ে তাদের মহামন্ত্র 'ওঁ মণিপদ্মে হুম্' খোদাই করে রেখেছে। গুম্ফার সংখ্যা ক্রমে কমে আসছে, তবে মাঝে মাঝে এক একটা স্তূপ বা চর্টেন দেখা যায়। বসতি একেবারেই নেই।

পরশু একটা যাযাবরদের আস্তানায় গিয়ে পড়েছিলাম। প্রায় শ'পাঁচেক মহিলা পুরুষ তাদের কাচ্চা বাচ্চা ছাগল ভেড়া গাধা চমরি নিয়ে অনেকখানি জায়গা জুড়ে পশমের তাঁবু খাটিয়ে বসতি গেড়েছে। লোকগুলো ভারী আমুদে, মুখে হাসি ছাড়া কথা নেই, এই ভ্রাম্যমাণ শিকড়হীন অবস্থাতেও দিব্যি আছে বলে মনে হয়। এদের দু-একজনকে একশৃঙ্গ সম্বন্ধে জিজ্ঞেস করে কোনও ফল হল না।

আমরা আরও উত্তরের দিকে যাচ্ছি শুনে এরা বেশ জোর দিয়ে বারণ করল। বলল, উত্তরে ডুংলুং-ডো আছে। সেটা পেরিয়ে যাওয়া নাকি মানুষের অসাধ্য। ডুংলুং-ডো কী জিজ্ঞেস করাতে যা বর্ণনা দিল তাতে বুঝলাম সেটা অনেকখানি জায়গা জুড়ে একটা দুর্লঙ্ঘ্য প্রাচীর। তার পিছনে কী আছে কেউ জানে না। এই প্রাচীর এরা কেউই দেখেনি, কিন্তু বহুকাল থেকেই নাকি তিব্বতিরা এর কথা জানে। আদিকালে কোনও কোনও লামা নাকি সেখানে গেছে, কিন্তু গত তিনশো বছরের মধ্যে কেউ যায়নি।

মৌনী লামার হেঁয়ালি কথাতেও যখন আমরা নিরুদ্যম হইনি, তখন যাযাবরদের বারণ আমরা মানব কেন? চার্লস উইলার্ডের ডায়রি রয়েছে আমাদের কাছে। তার কথার উপর ভরসা রেখেই আমাদের চলতে হবে।

১৮ই আগস্ট। চাং থাং—ল্যা ৩২ ন, লং ৮২.৮ ই।

একটা লেকের ধারে ক্যাম্পের ভিতর বসে ডায়রি লিখছি। আজ এক বিচিত্র অভিজ্ঞতা। একটা প্রায় সমতল উপত্যকা দিয়ে হেঁটে চলেছি, আকাশে ঘন কালো মেঘ, মনে হচ্ছে ঝড় উঠবে, এমন সময় সন্ডার্স চেঁচিয়ে উঠল—'ওগুলো কী?'

সামনে বেশ কিছু দূরে যেখানে জমিটা খানিকটা উপর দিকে উঠছে, তার ঠিক সামনে কালো কালো অনেকগুলো কী যেন দাঁড়িয়ে আছে। জানোয়ারের পাল বলেই তো মনে হচ্ছে। রাবসাংকে জিজ্ঞেস করতে সে সঠিক কিছু বলতে পারল না। ক্রোল অসহিষ্ণুভাবে বলল, 'তোমার অম্নিস্কোপে চোখ লাগাও।'

অম্নিস্কোপ দিয়ে দেখে মনে হল সেগুলো জানোয়ার, তবে কী জানোয়ার, কেন ওভাবে দাঁড়িয়ে আছে কিছুই বোঝা গেল না। 'শিং আছে কি?' ক্রোল জিজ্ঞেস করল। সে ছেলেমানুষের মতো ব্যস্ত হয়ে পড়েছে। বাধ্য হয়ে বলতে হল যে শিং আছে কি নেই তা বোঝা যাচ্ছে না।

কাছে গিয়ে ব্যাপার বুঝে স্তম্ভিত হয়ে গেলাম। একটা বুনো গাধার পাল, সংখ্যায় প্রায় চল্লিশটা হবে, সব ক'টা মরে শুকিয়ে কাঠ হয়ে খাড়া দাঁড়িয়ে আছে। রাবসাং এইবার ব্যাপারটা বুঝেছে। বলল, শীতকালে বরফের ঝড়ে সেগুলো মরেছে। তারপর গরমকালে বরফ গলে গিয়ে মৃতদেহগুলো সেই দাঁড়ানো অবস্থাতেই আবার বেরিয়ে পড়েছে।

আমাদের খাবারের স্টক কমে আসছে। যাযাবরদের কাছ থেকে ভারতীয় টাকার বিনিময়ে কিছু চা আর মাখন কিনে নিয়েছিলাম, সেটা এখনও চলবে কিছুদিন। মাংসে আমাদের সকলেরই অরুচি ধরে গেছে। শাক সবজি গম ইত্যাদি ফুরিয়ে এসেছে। এর মধ্যে আমার তৈরি ক্ষুধাতৃষ্ণানাশক বটিকা ইন্ডিকা খেতে হয়েছে সকলকেই। আর কিছুদিন পরে ওই বড়ি ছাড়া আর কিছুই খাবার থাকবে না। ক্রোল মেক্সিকো থেকে আরম্ভ করে বোর্নিও পর্যন্ত এগারোটা বিভিন্ন দেশের বিভিন্ন রকম ম্যাজিক প্রয়োগ করে গুণে বার করতে চেষ্টা করছে আমাদের কপালে একশৃঙ্গ দেখার সৌভাগ্য হবে কি না। পাঁচটা ম্যাজিক বলছে না, ছ'টা বলছে হ্যাঁ।

আমরা যেখানে ক্যাম্প ফেলেছি তার উত্তরে—অর্থাৎ আমরা যেদিকে যাব সেইদিকে—প্রায় ৩০-৪০ মাইল দূরে একটা অংশ দেখে মনে হচ্ছে সেখানে জমিটা যেন একটা সিঁড়ির ধাপের মতো উপর দিকে গেছে। অম্‌নিস্কোপ দিয়ে দেখে সেটাকে একটা টেবল মাউন্টেনের মতো মনে হচ্ছে। এটাই কি ডুংলুং-ডো? উইলার্ড তার ডায়রিতে যে জায়গার অবস্থানের কথা উল্লেখ করেছে আমরা তার খুবই কাছে এসে পড়েছি।

কিন্তু উইলার্ড যাকে 'এ ওয়ান্ডারফুল মনাস্ট্রি' বলেছে সেই থোকচুম-গুম্ফা কোথায়? আর দুশো বছরের উড়ন্ত লামাই বা কোথায়?

আর ইউনিকর্নই বা কোথায়?

৪

১৯শে আগস্ট।

এক আশ্চর্য গুম্ফায় এক লোমহর্ষক অভিজ্ঞতা। এটাই যে উইলার্ডের থোকচুম-গুম্ফা তাতে কোনও সন্দেহ নেই, কারণ গুম্ফায় পৌঁছানোর তিন মিনিট আগেই রাস্তার ধারে একটা পাথরের গায়ে সেই বিখ্যাত তিব্বতি মহামন্ত্রের নীচে তিনটে ইংরাজি অক্ষর খোদাই করা দেখলাম। সি. আর. ডাব্লু—অর্থাৎ চালর্স রক্সটন উইলার্ড। আগেই বলে রাখি আমাদের কুলির মধ্যে রাবসাং ও টুণ্ডুপ ছাড়া আর সকলেই পালিয়েছে। রাবসাং পালাবে না বলেই আমার বিশ্বাস। সে যে শুধু বিশ্বাসী তা নয়; তার মধ্যে কুসংস্কারের লেশমাত্র নেই। তিব্বতিদের মধ্যে সে একটা আশ্চর্য ব্যতিক্রম। অন্যেরা যাবার সময় আমাদের সব ক'টা ঘোড়া এবং চারটে চমরি নিয়ে গেছে। বাকি আছে দুটো মাত্র চমরি। আমাদের তাঁবু এবং আরও কিছু ভারী জিনিস এই দুটোর পিঠে চলে যাবে। বাকি জিনিস আমাদের নিজেদের বইতে হবে। আর ঘোড়া যখন নেই, তখন বাকি পথটা হেঁটেই যেতে হবে। সেই খাড়া উঠে যাওয়া উপত্যকার অংশটা ক্রমে আমাদের দিকে এগিয়ে আসছে, আর সেই কারণেই আমাদের দলের সকলের মধ্যেই একটা চাঞ্চল্যের ভাব লক্ষ করা যাচ্ছে। আমাদের সকলেরই বিশ্বাস ওটাই ডুংলুং-ডো, যদিও ডুংলুং-ডো যে কী তা এখনও কেউ জানি না। সন্ডার্সের মতে ওটা একটা কেল্লার প্রাচীর। আমার ধারণা ওটার পিছনে একটা হ্রদ আছে, যার কোনও উল্লেখ পৃথিবীর কোনও মানচিত্রে নেই।

যে গুম্ফাটার কথা লিখতে যাচ্ছি সেটার অস্তিত্ব প্রায় শেষ মুহূর্ত পর্যন্ত বোঝা যায়নি। তার কারণ সেটা একটা বেশ উঁচু গ্র্যানিটের টিলার পিছনে লুকোনো ছিল। টিলাটা পেরোতেই গুম্ফাটা দেখা গেল, আর দেখামাত্র আমাদের সকলের মুখ দিয়েই নানারকম বিস্ময়সূচক শব্দ বেরিয়ে পড়ল। সূর্য মেঘের আড়ালে থাকা সত্ত্বেও গুম্ফার জৌলুস দেখে মনে হয় তার আপাদমস্তক সোনা দিয়ে মোড়া।

কাছে গিয়ে কেমন যেন ধারণা হল যে, গুম্ফায় লোকজন বেশি নেই। একটা অস্বাভাবিক নিস্তব্ধতা সেটাকে ঘিরে রেখেছে। আমরা পাহাড়ে পথ দিয়ে উঠে গুম্ফার ভিতরে ঢুকলাম। চৌকাঠ পেরোতেই মাথার উপর প্রকাণ্ড ব্রোঞ্জের ঘণ্টা। ক্রোল তার দড়ি ধরে টান দিতেই গুরুগম্ভীর স্বরে সেটা বেজে উঠল, এবং প্রায় তিন মিনিট ধরে সেই ঘণ্টার রেশ গুম্ফার ভিতর ধ্বনিত হতে লাগল।

ভিতরে ঢুকেই বুঝতে পারলাম যে, সেখানে অনেকদিন কোনও মানুষের পা পড়েনি। কেবল মানুষ ছাড়া একটা গুম্ফায় যা থাকে তার সবই এখানে রয়েছে। সন্ডার্স দু-একবার 'হ্যালো হ্যালো' করেও কোনও উত্তর না পাওয়াতে আমরা নিজেরাই একটু ঘুরে দেখব বলে স্থির করলাম। ক্রোলের হাবভাবে বুঝলাম সে মার্কোভিচকে একা ছাড়বে না। সোনার প্রতি যার এমন লোভ, তাকে এখানে একা ছাড়া যায় না। সন্ডার্স হলঘরের বাঁ দিকের দরজার দিকে এগিয়ে গেল, আমি আর অবিনাশবাবু গেলাম ডান দিকে। গুম্ফার মেঝেতে ধুলো জমেছে, ইঁদুর বসবাসের চিহ্ন চারিদিকে ছড়ানো। আমরা দুজনে সবেমাত্র ডানদিকের ঘরে ঢুকেছি, এমন সময় একটা বিকট চিৎকারে আমাদের রক্ত জল হয়ে গেল।

সন্ডার্সের গলা। দৌড়ে গেলাম অনুসন্ধান করতে। ক্রোল, মার্কোভিচ আর আমরা দুজন প্রায় একই সঙ্গে পৌঁছোলাম বাঁ দিকের একটা মাঝারি আয়তনের ঘরে। সন্ডার্স পুবদিকের দরজার পাশে শরীরটা কুঁকড়ে ফ্যাকাশে মুখ করে দাঁড়িয়ে আছে, তার দৃষ্টি ঘরের পিছন

দিকে।

এবার বুঝতে পারলাম তার আতঙ্কের কারণ।

একটি অতিবৃদ্ধ শীর্ণকায় মুণ্ডিতমস্তক লামা ঘরের পিছন দিকটায় বসে আছেন পদ্মাসনের ভঙ্গিতে। তাঁর শরীর সামনের দিকে ঝুঁকে পড়েছে, তাঁর হাত দুটো উপুড় করে রাখা রয়েছে একটা কাঠের ডেস্কের উপর খোলা একটা জীর্ণ পুঁথির পাতায়। লামার দেহ নিস্পন্দ, তাঁর চামড়ার যেটুকু অংশ দেখা যাচ্ছে তার রং ছেয়ে নীল, আর সে চামড়ার নীচে মাংসের লেশমাত্র নেই।

লামা মৃত। কবে কীভাবে মরেছেন সেটা জানার কোনও উপায় নেই, আর কীভাবে যে তাঁর দেহ মৃত্যুজনিত বিকারের হাত থেকে রক্ষা পেয়েছে সেটাও বোঝার কোনও উপায় নেই।

সন্ডার্স এতক্ষণে খানিকটা সামলে নিয়েছে। কিছুদিন থেকেই তার স্নায়ু দুর্বল হয়েছে, তাই সে এতটা ভয় পেয়েছে। আমি জানি আমাদের অভিযান সার্থক হলে সে নিঃসন্দেহে তার স্বাস্থ্য ফিরে পাবে।

এবারে আমার দৃষ্টি গেল ঘরের অন্যান্য জিনিসের দিকে। একদিকের দেয়ালের সামনে পিতল ও তামার নানারকম পাত্র। হঠাৎ দেখলে মনে হবে বুঝি রান্নাঘরে ঢুকে পড়েছি। এগিয়ে গিয়ে দেখি পাত্রগুলোর মধ্যে নানা রঙের পাউডার, তরল ও চিটচিটে পদার্থ রয়েছে। সেগুলো চেনা খুব মুশকিল। অন্যদিকের দেয়ালে সারি সারি তাকে রাখা রয়েছে অজস্র পুঁথি, আর তার নীচে মেঝেতে রয়েছে আশ্চর্য সুন্দর কাজকরা পাথর বসানো আট জোড়া তিব্বতি পশমের বুটজুতো। এ ছাড়া ঘরের সর্বত্র ছড়ানো রয়েছে নানারকম হাড়, মাথার খুলি, জানোয়ারের লোম ইত্যাদি। ক্রোল বলে উঠল, 'এই প্রথম একটা গুম্ফায় এসে তিব্বতি ম্যাজিকের গন্ধ পাচ্ছি।'

আমার ভয়ডর বলে কিছু নেই, তাই আমি এগিয়ে গেলাম লামার মৃতদেহের দিকে। তিনি কোন বিষয়ে অধ্যয়ন করতে করতে দেহরক্ষা করেছেন সেটা জানা দরকার। আগেই লক্ষ করেছি যে, পুঁথির অক্ষরগুলো দেবনাগরী, তিব্বতি নয়।

পুঁথিটা ধরে টান দিতে সেটা মৃত লামার হাতের তলা থেকে বেরিয়ে চলে এল আমার হাতে। লামার হাত দুটো সেই একইভাবে রয়ে গেল চৌকির দু-ইঞ্চি উপরে।

পুঁথির পাতা উলটেপালটে বুঝতে পারলাম তার বিষয়টা বৈজ্ঞানিক। ক্রোল জিজ্ঞেস করাতে বললাম, সেটা চিকিৎসাশাস্ত্র সম্পর্কে, যদিও জানি আসলে তা নয়। যাই হোক, আর সময় নষ্ট না করে, সেটাকে সঙ্গে নিয়ে মৃত লামাকে সেই বসা অবস্থাতেই রেখে আমরা গুম্ফার অন্ধকার থেকে দিনের আলোয় বেরিয়ে এলাম।

এখন দুপুর দুটো। আমি গুম্ফার সামনেই একটা পাথরের উপর বসে আছি। পুঁথির অনেকখানি পড়া হয়ে গেছে। তিব্বতে যে ধর্মের বাইরেও কোনও কিছুর চর্চা হয়েছে, এই পুঁথিই তার প্রমাণ। অবিশ্যি এই বিশেষ লামাটি ছাড়া এই বিশেষ বিষয়টি নিয়ে কেউ চর্চা করেছে কি না সন্দেহ। এতে যা বলা হয়েছে তার সঙ্গে ধর্মের কোনও সম্পর্ক নেই। পুঁথির নাম উড্ডয়নসূত্রম্। নিছক রাসায়নিক উপায়ে মানুষ কীভাবে আকাশে উড়তে পারে তারই নির্দেশ দেওয়া হয়েছে এতে। এই উড্ডয়নসূত্রমের কথা আমি শুনেছি। বৌদ্ধ যুগে তক্ষশীলায় একজন মহাপণ্ডিত ছিলেন। তাঁর নাম ছিল বিদ্যুদ্ধমনী। তিনিই এই বৈজ্ঞানিক সূত্র রচনা করেন, এবং করার কিছু পরেই তিব্বত চলে যান। আর তিনি ভারতবর্ষে ফেরেননি। তাঁর বিজ্ঞান সম্বন্ধেও ভারতবর্ষে কেউ কোনওদিন কিছু জানতে পারেনি।

পুঁথি পড়ে এক আশ্চর্য পদার্থের কথা জানা যাচ্ছে, যার নাম ংমুং। এই ংমুং-এর সাহায্যে মানুষের ওজন এত কমিয়ে দেওয়া যায় যে, একটা দমকা বাতাস এলে সে মানুষ রাজহংসের দেহচ্যুত পালকের মতো শূন্যে ভেসে বেড়াতে পারে। এই ংমুং যে কীভাবে তৈরি করতে হয় সেটা পুঁথিতে লেখা আছে, কিন্তু তার জন্যে যে সব প্রয়োজনীয় উপাদানের কথা বলা হয়েছে তার একটারও নাম আমি কখনও শুনিনি। বলীক, ষলক্র, ত্রিগন্ধা, অভ্রনীল, থুমা, জড়া—এই কোনওটাই আমার জানা নয়। যাঁর হাতের তলা থেকে পুঁথিটা নিয়ে এলাম তিনি নিশ্চয়ই জানতেন, এবং এই সব উপাদানের সাহায্যে তিনি নিশ্চয়ই ংমুং তৈরি করতে সক্ষম হয়েছিলেন। নিঃসন্দেহে ইনিই সেই 'টু হান্ড্রেড ইয়ার ওল্ড লামা'—যাঁর সঙ্গে উইলার্ড ওই ংমুং-এর সাহায্যেই আকাশে উড়েছিলেন। ইনি যে গত এক বছরের মধ্যে পরলোকগমন করবেন সেটা আমাদের দুর্ভাগ্য; না হলে আমাদের পক্ষেও নিশ্চয়ই উইলার্ডের মতো আকাশে ওড়া সম্ভব হত।

সকলে রওনা হবার জন্য তৈরি। লেখা বন্ধ করি।

২০শে আগস্ট। ল্যা. ৩৩.৩ ন, ৮৪ লং ই।

উইলার্ডের ডায়রিতে এই জায়গাতেই ক্যাম্প ফেলার উল্লেখ আছে। আমরাও তাই করেছি। আমরা বলতে, যা ছিল তার চেয়ে দু জন কম, কারণ মার্কোভিচ ওরফে মার্কহ্যাম উধাও, আর সে-ই নিশ্চয়ই সঙ্গে করে টুণ্ডুপকে নিয়ে গেছে। শুধু তাই নয়, আমাদের দুটি চমরির একটিও গেছে। আমি ক'দিন থেকেই মার্কোভিচকে মাঝে মাঝে টুণ্ডুপের সঙ্গে কথা বলতে দেখেছি। তখন অতটা গা করিনি। এখন বুঝতে পারছি ভিতরে ভিতরে একটা ষড়যন্ত্র চলছিল।

ঘটনাটা ঘটে কাল বিকেলে। গুম্ফা থেকে রওনা হবার ঘণ্টা দুয়েকের মধ্যেই আমাদের একটা প্রলয়ংকর ঝড়ে পড়তে হয়েছিল। যাকে বলে ব্লাইন্ডিং স্টর্ম। সাময়িকভাবে সত্যিই আমরা একেবারে দিশেহারা হয়ে পড়েছিলাম। কে কোথায় রয়েছে, কোনদিকে যাচ্ছে, কিছুই বুঝতে পারছিলাম না। প্রায় আধঘণ্টা পরে ঝড় কমলে পর দেখি দুটি মানুষ আর একটি চমরি

কম। তারউপরে যখন দেখলাম যে একটি বন্দুকও কম, তখন বুঝতে বাকি রইল না যে ব্যাপারটা অ্যাক্সিডেন্ট নয়। মার্কোভিচ প্ল্যান করেই পালিয়েছে এবং তার ফেরার কোনও মতলব নেই। একদিক দিয়ে বলা যেতে পারে আপদ বিদেয় হল, কিন্তু সেই সঙ্গে আবার আপশোস হল যে তার শয়তানির উপযুক্ত শাস্তি হল না । ক্রোল তো চুল ছিঁড়তে বাকি রেখেছে। বলেছে এসব লোকের সঙ্গে ভালমানুষি করার ফল হচ্ছে এই। যাই হোক, যে চলে গেছে তার কথা ভেবে আর লাভ নেই। আমরা তাকে ছাড়াই ডুংলুং-ডোর উদ্দেশে পাড়ি দেব।

উত্তরে চাইলেই এখন ডুংলুং-ডোর প্রাচীর দেখতে পাচ্ছি। এখনও মাইলপাঁচেক দূর। তা সত্ত্বেও প্রাচীরের বিশালত্ব সহজেই অনুমান করা যায়। পুব-পশ্চিমে অন্তত মাইল কুড়ি-পঁচিশ লম্বা বলে মনে হয়। উত্তর-দক্ষিণের দৈর্ঘ্য বোঝার কোনও উপায় নেই। বোধ হয় ডুংলুং-ডোর দিক থেকেই একটা গন্ধ মাঝে মাঝে হাওয়ায় ভেসে আসছে, সেটাকে প্রথমে কস্তুরী বলে মনে হয়েছিল, কিন্তু এখন অন্যরকম লাগছে। সেটা কীসের গন্ধ বলা শক্ত, শুধু এটুকু বলতে পারি যে, এমন খোসবু আমাদের কারুর নাকে এর আগে কখনও প্রবেশ করেনি।

আবার ঝোড়ো বাতাস আরম্ভ হল। এবার তাঁবুতে গিয়ে ঢুকি।

২০শে আগস্ট, দুপুর দেড়টা

আকাশ মেঘাচ্ছন্ন, চারিদিক ঘোলাটে অন্ধকার, তারমধ্যে লক্ষ বাঁশির মতো শব্দ করে বরফের ঝড় বইছে। ভাগ্যিস গিয়ানিমার বাজার থেকে বিলিতি তাঁবুর বদলে তিব্বতি পশমের তাঁবু কিনে নিয়েছিলাম।

আজ সারাটা দিন এ ক্যাম্পেই থাকতে হবে বলে মনে হচ্ছে।

২০শে আগস্ট, বিকেল পাঁচটা

আমাদের তিব্বত অভিযানের একটা হাইলাইট বা বিশেষ স্মরণীয় ঘটনা এই কিছুক্ষণ আগে ঘটে-গেল।

তিনটে নাগাদ ঝড়টা একটু কমলে পর রাবসাং আমাদের চারজনকে মাখন-চা দিয়ে গেল। বাইরে ঝড়ের শব্দ কমলেও দমকা বাতাসে আমাদের তাঁবুর কাপড় বার বার কেঁপে উঠছিল। অবিনাশবাবু তাঁর চায়ে চুমুক দিয়ে 'ভেরি গুড' কথাটা সবে উচ্চারণ করেছেন এমন সময় বাইরে, যেন বহুদূর থেকে, একটা চিৎকার শোনা গেল। পুরুষকণ্ঠে পরিত্রাহি চিৎকার। কথা বোঝার উপায় নেই, শুধু আর্তনাদের সুরটা বোঝা যাচ্ছে। আমরা চারজনে চায়ের পাত্র রেখে ব্যস্তভাবে তাঁবুর বাইরে এলাম।

'হেল্‌প, হেল্‌প... সেভ মি! হেল্‌প!...'

এবার বোঝা যাচ্ছে। কণ্ঠস্বরও চেনা যাচ্ছে। অ্যাদ্দিন মার্কোভিচ ইংরিজি বলেছে রাশিয়ান উচ্চারণে, এই প্রথম তার মুখে খাঁটি ইংরেজের উচ্চারণ শুনলাম। কিন্তু লোকটা কোথায়। রাবসাংও হতভম্বের মতো এদিকে ওদিকে চাইছে, কারণ চিৎকারটা একবার মনে হচ্ছে দক্ষিণ থেকে, একবার মনে হচ্ছে উত্তর থেকে আসছে।

হঠাৎ ক্রোল চেঁচিয়ে উঠল—'ওই তো!'

সে চেয়ে আছে উত্তরে নয়, দক্ষিণে নয়—একেবারে শূন্যে, আকাশের দিকে। মাথা তুলে স্তম্ভিত হয়ে দেখি মার্কোভিচ শূন্যে ভাসতে ভাসতে আমাদের দিকে এগিয়ে আসছে। একবার সে নীচের দিকে নামে, পরক্ষণেই এক দমকা বাতাস তাকে আবার উপরে তুলে দেয়। এই

অবস্থাতেই সে ক্রমাগত হাত পা ছুড়ে চিৎকার করে আমাদের দৃষ্টি আকর্ষণ করার চেষ্টা করছে।

কীভাবে সে এই অবস্থায় পৌঁছাল সেটা ভাববার সময় নেই; কী করে তাকে নামানো যায় সেটাই সমস্যা। কারণ পাগলা হাওয়া যে শুধু থামছেই না তা নয়, ক্ষণে ক্ষণে তার বেগ ও গতিপথ বদলাচ্ছে।

'লেট হিম স্টে দেয়ার!' সন্ডার্স হঠাৎ বলে উঠল। ক্রোল সে কথায় তৎক্ষণাৎ সায় দিল। তারা বুঝেছে মার্কোভিচকে শাস্তি দেবার এটা চমৎকার পন্থা। এদিকে আমার বৈজ্ঞানিক মন বলছে মার্কোভিচ নীচে না নামলে তার ওড়ার কারণটা জানা যাবে না। রাবসাং কিন্তু ইতিমধ্যে তার তিব্বতি বুদ্ধি খাটিয়ে কাজে লেগে গেছে। পাঁচ মিনিটের মধ্যে সে খানদশেক লম্বা চমরির লোমের দড়ি পরস্পরের সঙ্গে গেরো বেঁধে তার এক মাথায় একটা পাথর বেঁধে সেটাকে মার্কোভিচের দিকে তাগ করে ছোড়ার জন্য তৈরি হল।

ক্রোল তাকে গিয়ে বাধা দিল। মার্কোভিচ এখন আমাদের মাথার উপর এসে পড়েছে। ক্রোল তার দিকে ফিরে কর্কশ গলায় চিৎকার করে বলল, 'ড্রপ দ্যাট গান ফার্স্ট'। অর্থাৎ, আগে তোমার হাত থেকে বন্দুকটা নীচে ফেলো। মার্কোভিচের হাতে বন্দুক রয়েছে সেটা এতক্ষণ দেখিনি।

মার্কোভিচ বাধ্য ছেলের মতো তার হাতের মান্‌লিখারটা ছেড়ে দিল, আর সেটা আমাদের থেকে দশ হাত দূরে মাটিতে পড়ে খানিকটা আলগা বরফ চারদিকে ছিটিয়ে দিল।

এবার রাবসাং দড়ির মাথায় বাঁধা পাথরটা মার্কোভিচের দিকে ছুড়ে দিল। অব্যর্থ লক্ষ্য। মার্কোভিচ খপ করে সেটা লুফে নিল। তারপর রাবসাং একাই অনায়াসে তাকে টেনে মাটিতে নামিয়ে আনল।

এইবার লক্ষ করলাম যে, মৃত লামার ঘরে যে বাহারের বুটজুতো দেখেছিলাম, তারই একজোড়া রয়েছে মার্কোভিচের পায়ে। এ ছাড়া তার কাঁধের ঝোলার ভিতর থেকেও গুম্ফার অনেক জিনিস বেরোল, তার অধিকাংশই সোনার। ডাকাত হাতে হাতে ধরা পড়েছে ঠিকই, কিন্তু সেই সঙ্গে এমনই একটা আশ্চর্য জিনিসের সন্ধান সে আমাদের দিয়েছে যে, তাকে শাস্তি বা ধমক দেওয়ার কথাটা আমাদের মনেই হল না।

মার্কোভিচ আমাদের ছেড়ে পালিয়েছিল ঠিকই, আর তার মতলব ছিল যাবার পথে মৃত লামার গুম্ফা থেকে বেশ কিছু মূল্যবান দ্রব্য সরিয়ে নেওয়া। মূর্তিটুর্তি ঝোলায় ভরার পর তার বুটের কথাটা মনে পড়ে। সেদিন থেকেই তার লোভ লেগেছিল ওই জিনিসটার ওপর। বুট নিয়ে বাইরে এসে সেটা পরে দু-এক পা হেঁটেই বুঝতে পারে নিজেকে বেশ হালকা লাগছে। এইভাবে টুণ্ডুপ সমেত দু-মাইল সে দিব্যি চলেছিল, এমন সময় এক উত্তরমুখী ঝড় এসে তার সমস্ত ফন্দি ভণ্ডুল করে দিয়ে তাকে আকাশে তুলে নিয়ে আবার আমাদেরই কাছে এনে হাজির করে।

ক্রোল ও সন্ডার্স স্বভাবতই এই কাহিনী শুনে একেবারে হতভম্ব। তখন আমি তাদের পুঁথি আর ংমুং-এর কথাটা বললাম। 'কিন্তু তার সঙ্গে এই বুটের সম্পর্ক কী?' প্রশ্ন করল সন্ডার্স। আমি বললাম, 'পুঁথিতে এই ংমুং-এর সঙ্গে মানুষের গুল্‌ফ বা গোড়ালির একটা সম্পর্কের কথা বলা আছে। আমার বিশ্বাস এই দুইয়ের সংযোগেই মানুষের দেহের ওজন কমে যায়। আমি জানি ওই বুটের সুকতলায় ংমুং-এর প্রলেপ লাগানো আছে।'

অন্য সময় হলে কী হত জানি না, চোখের সামনে মার্কোভিচকে উড়তে দেখে ক্রোল ও সন্ডার্স দুজনকেই আমার সিদ্ধান্ত মেনে নিতে হল। বলা বাহুল্য, এই তিব্বতি বুট আমাদের প্রত্যেকেরই একটা করে চাই। রাবসাংকে বলতে সে বলল, সে নিজেই গুম্ফা থেকে আমাদের

চারজনের জন্য চার জোড়া জুতো নিয়ে আসবে।

মার্কোভিচ এখন একেবারে সুবোধ বালকটি। তার কাছে চোরাই মাল যা ছিল সব আমরা বাজেয়াপ্ত করে নিয়েছি। সেগুলো ফেরার পথে সব যথাস্থানে রেখে দেওয়া হবে। মার্কোভিচ জানে যে, আমাদের কাছে তার মুখোশ খুলে গেছে। এরপর সে আর কোনও বাঁদরামি করবে বলে তো মনে হয় না। তবে 'অঙ্গারঃ শতধৌতেন...' ইত্যাদি।

২১শে আগস্ট।

আমরা ডুংলুং-ডোর প্রাচীরের সামনে ক্যাম্প ফেলে বসে আছি কাল বিকেল থেকে। খাড়াই উঠে গেছে প্রাচীর প্রায় দেড়শো ফুট! এটা যে কী দিয়ে তৈরি তা ভূতত্ত্ববিদ সন্ডার্স পর্যন্ত বলতে পারল না। কোনও চেনা পাথরের সঙ্গে এই গোলাপি পাথরের কোনও মিল নেই। এ পাথর আশ্চর্য রকম মসৃণ ও আশ্চর্য রকম মজবুত। ধাপে ধাপে গর্ত করে তাতে পা ফেলে ওপরে ওঠার কোনও প্রশ্ন ওঠে না। ক্রোল তিব্বতি বুট পরে দু-একবার চেষ্টা করেছে, কিন্তু হাওয়ার অভাবে বিশ-পঁচিশ ফুটের ওপরে পৌঁছাতে পারেনি। অথচ প্রাচীরের পিছনে কী আছে জানবার একটা অদম্য কৌতূহল হচ্ছে। সন্ডার্স বলছে এটা একটা দুর্গ জাতীয় কিছু। আমি এখনও বলছি হ্রদ।

অবিনাশবাবু আরও পুণ্য সঞ্চয়ের জন্য তৈরি হয়ে আছেন। প্রাচীরের পিছন থেকে কোনওরকম শব্দ না পেলেও ক্ষণে ক্ষণে পরিবর্তনশীল মনমাতানো গন্ধে চারিদিক মশগুল হয়ে আছে। আমরা তিন-তিনজন ডাকসাইটে বৈজ্ঞানিক এই গন্ধের কোনও কারণ খুঁজে না পেয়ে বোকা বনে আছি।

২২শে আগস্ট।

আশ্চর্য বুদ্ধি প্রয়োগ—অভাবনীয় তার ফল।

আমাদের সঙ্গে পুরনো খবরের কাগজ ছিল অনেক। সেইগুলোর সঙ্গে দুটো তিব্বতি ম্যাপ আর কিছু র‍্যাপিং পেপার জুড়ে, আমাদের স্টকের তার দিয়ে কাঠামো বানিয়ে, একেবারে খাঁটি দিশি উপায়ে একটা ফানুস তৈরি করে আগুন জ্বালিয়ে তাতে গ্যাস ভরলাম। তারপর সেটার সঙ্গে একটা দুশো ফুট লম্বা দড়ি বাঁধলাম। সেই দড়িতে আমার ক্যামেরা বেঁধে, পাঁচিলের দিকে তার মুখ ঘুরিয়ে পনেরো সেকেন্ড পরে আপনি ছবি উঠবে এরকম একটা ব্যবস্থা করে ফানুস ছেড়ে দিলাম। দড়ি-ক্যামেরা সমেত সাঁই সাঁই করে ফানুস উপরের দিকে উঠে গেল। প্রাচীরের মাথা ছাড়িয়ে যেতে লাগল ছ'সেকেন্ড। তারপর আর দড়ি ছুড়লাম না। বিশ সেকেন্ড পরে ফানুস সমেত ক্যামেরা নামিয়ে আনলাম।

ছবি উঠেছে। রঙিন ছবি। হ্রদের ছবি নয়। দুর্গেরও ছবি নয়। গাছপালা লতাগুল্মে ভরা এক অবিশ্বাস্য সুন্দর সবুজ জগতের ছবি। এরই নাম ডুংলুং-ডো।

আপাতত আমরা প্রাচীর থেকে প্রায় বারোশো গজ দূরে একটা পাথরের ঢিবির পাশে বসে আছি। আমাদের পাঁচজনেরই পায়ে তিব্বতি বুট। আমরা অপেক্ষা করছি ঝড়ের জন্য। আশা আছে, সেই ঝড় আমাদের উড়িয়ে নিয়ে ডুংলুং-ডোর প্রাচীরের ওপারের রাজ্যে গিয়ে ফেলবে। তারপর কী আছে কপালে জানি না।

৫

৩০শে আগস্ট।

দূরে—বহু দূরে—একটা দল আমাদের দিকে এগিয়ে আসছে। এটা যদি দস্যুদল হয় তা হলে আমাদের আর কোনও আশা নেই। ডুংলুং-ডোর আবহাওয়ায় পাঁচদিনে আমাদের যে স্বাস্থ্যোন্নোতি হয়েছিল তার জোরেই আমরা এই দশ মাইল পথ হেঁটে আসতে পেরেছি। কিন্তু এখন শক্তি কমে আসছে। আমরা যেদিকে যাচ্ছি হাওয়া বইছে তার উলটো দিকে; তাই তিব্বতি বুটগুলোও কোনও কাজে আসছে না। খাবারদাবারও ফুরিয়ে আসছে, বড়িও বেশি নেই। এ অবস্থায় পিস্তল বন্দুক সঙ্গে থাকা সত্ত্বেও, একটা বড় দস্যুদল এসে পড়লে আমাদের চরম বিপদে পড়তে হবে। এমনিতেই আমরা একজনকে হারিয়েছি। অবিশ্যি তার মৃত্যুর জন্য সে নিজেই দায়ী। তার অতিরিক্ত লোভই তাকে শেষ করেছে।

অবিনাশবাবুর ধারণা, যে দলটা এগিয়ে আসছে সেটা যাযাবরের দল। বললেন, 'আপনার যন্ত্রে কী দেখলেন জানি না মশাই। ওরা দস্যু হতেই পারে না। কৈলাস, মানস সরোবর ও ডুডুংলা দেখার ফলে আমি দিব্যদৃষ্টি পেয়েছি। আমি স্পষ্ট দেখছি ও দল আমাদের কোনও অনিষ্ট করতে পারে না।'

যাযাবরের দল হলে অনিষ্ট করার কথা নয়। বরং তাদের কাছ থেকে ঘোড়া, চমরি, খাবারদাবার ইত্যাদি সব কিছুই পাওয়া যাবে। তার ফলে আমরা যে নিরাপদে দেশে ফিরে যেতে পারব সে ভরসাও আছে আমার।

সাঁইত্রিশ ঘণ্টা ঝড়ের অপেক্ষায় বসে থেকে তেইশ তারিখ দুপুরে দেড়টা নাগাদ আকাশের অবস্থা ও তার সঙ্গে একটা শব্দ শুনে বুঝতে পারলাম আমরা যে রকম ঝড় চাই—অর্থাৎ যার গতি হবে উত্তর-পশ্চিম—সে রকম একটা ঝড় আসছে। অবিনাশবাবুর তন্দ্রা এসে গিয়েছিল, তাঁকে ঠেলে তুলে দিলাম। তারপর আমরা পাঁচজন বুটধারী ঝড়ের দিকে পিঠ করে ডুংলুং-ডোর প্রাচীরের দিকে বুক চিতিয়ে দাঁড়ালাম। তিন মিনিট পরে ঝড়টা এসে আমাদের আঘাত করল। আমার ওজন এমনিতেই সবচেয়ে কম—এক মণ তেরো সের—কাজেই সবচেয়ে আগে আমিই শূন্যে উঠে পড়লাম।

এই আশ্চর্য অভিজ্ঞতার সঠিক বর্ণনা দেওয়া আমার পক্ষে সম্ভব নয়। ঝড়ের দাপটে সাঁই সাঁই করে এগিয়ে চলেছি শূন্যপথ দিয়ে, আর ক্রমেই উপরে উঠছি। সেই সঙ্গে ডুংলুং-ডোর প্রাচীরও আমার দিকে এগিয়ে আসছে আর নীচের দিকে নেমে যাচ্ছে। সামনের দৃশ্য দ্রুত বদলে যাচ্ছে, কারণ প্রাচীর আর আমাদের দৃষ্টিপথে বাধার সৃষ্টি করছে না। প্রথমে পিছনে বহু দূরে বরফে ঢাকা পাহাড়ের চুড়ো দেখা গেল, তারপর ক্রমে ক্রমে প্রাচীর যে আশ্চর্য জগৎটাকে আমাদের দৃষ্টি থেকে আড়াল করে রেখেছিল, সেই সবুজ জগৎ আমাদের চোখের সামনে ভেসে উঠল। প্রাচীরের বাধা অতিক্রম করে আমরা সেই জগতে প্রবেশ করতে চলেছি। আমার পিছন দিকে ক্রোল, সন্ডার্স ও মার্কোভিচ ইংরিজি ও জার্মান ভাষায় ছেলেমানুষের মতো উল্লাস প্রকাশ করছে, আর অবিনাশবাবু বলছেন, 'ও মশাই—এ যে নন্দন কানন মশাই—এ যে দেখছি নন্দন কানন!'

প্রাচীর পেরোতেই ঝড়ের তেজ ম্যাজিকের মতো কমে গেল। আমরা পাঁচজন বাতাসে ভেসে ঠিক পাখির পালকের মতোই দুলতে দুলতে ঘাসে এসে নামলাম। সবুজ রং, তাই ঘাস বললাম, কিন্তু এমন ঘাস কখনও চোখে দেখিনি। সন্ডার্স চেঁচিয়ে উঠল—'জানো শঙ্কু—এখানের একটি গাছও আমার চেনা নয়, একটিও নয়! এ একেবারে আশ্চর্য নতুন প্রাকৃতিক

পরিবেশ!'

কথাটা বলেই সে পাগলের মতো ঘাস পাতা ফুলের নমুনা সংগ্রহ করতে লেগে গেল। ক্রোল তার ক্যামেরা বার করে পটাপট ছবি তুলছে। অবিনাশবাবু ঘাসের উপর গড়াগড়ি দিয়ে বললেন, 'এইখানেই থেকে যাই মশাই। আর গিরিডি গিয়ে কাজ নেই। এ অতি উর্বর জমি। চাষ হবে এখানে। চাল ডাল সবজি সব হবে।' মার্কোভিচ তার বুট খুলে লম্বা ঘাসের ভিতর দিয়ে জায়গাটা অনুসন্ধান করতে এগিয়ে গেল।

ডুংলুং-ডো আয়তনে প্রায় মানস সরোবরের মতোই বড়। বৃত্তাকার প্রাচীরের মধ্যে একটা অগভীর বাটির মতো জায়গা। দেখে মনে হয় কেউ যেন হাত দিয়ে বসিয়ে দিয়েছে। প্রাচীরের বাইরেটা নীচের দিকে খাড়া নেমে গেলেও ভিতরটা ঢালু হয়ে নেমেছে। সন্ডার্স ঠিকই বলেছে। এখানে একটা গাছও আমাদের চেনা নয়। তারও নয়, আমারও নয়, তবে প্রতিটি গাছই ডালপালা ফুলপাতা মিলিয়ে ছবির মতো সুন্দর।

আমরা চারজন বুট পরে লাফিয়ে লাফিয়ে অর্ধেক হেঁটে অর্ধেক উড়ে জায়গাটার ভিতর দিকে এগোচ্ছি এমন সময় হঠাৎ একটা শনশন শব্দ পেলাম। তারপর সামনের একটা বড় বড় পাতাওয়ালা গাছের মাথার উপর দিয়ে দূরে আকাশে প্রকাণ্ড একটা কী যেন দেখা গেল। সেটা ক্রমেই আমাদের দিকে এগিয়ে আসছে। কয়েক সেকেন্ডের মধ্যে বুঝতে পারলাম সেটা একটা পাখি। শুধু পাখি নয়—একটা অতিকায় পাখি। পাঁচশো ঈগল এক করলে যা হয় তেমন তার আয়তন।

'মাইন গট্!' বলে এক অস্ফুট চিৎকার করে ক্রোল তার মান্‌লিখারটা পাখির দিকে উঁচোতেই আমি হাত দিয়ে সেটার নলটা নীচের দিকে নামিয়ে দিলাম। শুধু যে বন্দুকে ও পাখির কোনও ক্ষতি করা সম্ভব হবে না তা নয়, আমার মন বলছে পাখি আমাদের কোনও অনিষ্ট করবে না।

ঈগলের মুখ ও সাউথ আমেরিকান ম্যাকাওয়ের মতো ঝলমলে রঙের পালকওয়ালা অতি-বিশাল পাখিটা মাথার উপর তিনবার চক্রাকারে ঘুরে সমুদ্রগামী জাহাজের ভোঁয়ের মতো শব্দ করতে করতে যেদিক দিয়ে এসেছিল সেই দিকেই চলে গেল। আমার মুখ দিয়ে আপনা থেকেই একটা কথা বেরিয়ে পড়ল—'রক্!'

'হোয়াট?' ক্রোল বন্দুক হাতে নিয়ে বোকার মতো প্রশ্ন করল।

আমি আবার বললাম—'রক্! অথবা রুখ্। সিন্ধবাদের গল্পে এইরকমই একটা পাখির কথা ছিল।'

ক্রোল বলল, 'কিন্তু আমরা তো আর অ্যারেবিয়ান নাইটস্-এর রাজ্যে নেই। এ তো একেবারে বাস্তব জগৎ। পায়ের তলায় মাটি রয়েছে, হাত দিয়ে গাছের পাতা ধরছি, নাকে ফুলের গন্ধ পাচ্ছি...'

সন্ডার্স তার বিস্ময় কাটিয়ে নিয়ে বলল, 'জঙ্গলের মধ্যে একটিও পোকামাকড় দেখছি না, সেটা খুবই আশ্চর্য লাগছে আমার।'

আমরা চারজন এগোতে এগোতে হঠাৎ একটা বাধা পেলাম। এই প্রথম উদ্ভিদ ছাড়া অন্য কিছুর সামনে পড়তে হল। প্রায় দু'মানুষের সমান উঁচু একটা নীল ও সবুজে মেশানো পাথুরে ঢিবি আমাদের সামনে পড়েছে। সেটা দুপাশে কতদূর পর্যন্ত গেছে জানি না। হয়তো ডাইনে বাঁয়ে কাছাকাছির মধ্যেই তার শেষ পাওয়া যাবে, কিন্তু ক্রোল আর ধৈর্য রাখতে পারল না। সে তার বুট সমেত একটা বিরাট লাফ দিয়ে অনায়াসে উড়ে গিয়ে ঢিবিটার মাথার উপর পড়ল। আর তারপরেই এক কাণ্ড। ঢিবিটা নড়ে উঠল। তারপর সেটা সবসুদ্ধ বাঁ দিকে চলতে আরম্ভ করল। ক্রোলও তার সঙ্গে সঙ্গে চলেছে, এমন সময় সে হঠাৎ চেঁচিয়ে উঠল—'মাইন গট!—

ইট্‌স এ ড্র্যাগন!'

ড্র্যাগনই বটে। ক্রোল ভুল বলেনি। সেই ড্র্যাগনের একটা বিশাল পিছনের পা এখন আমাদের সামনে দিয়ে চলেছে। অবিনাশবাবু 'ওরে বাবা' বলে ঘাসের উপর বসে পড়লেন। ইতিমধ্যে ক্রোলও ড্র্যাগনের পিঠ থেকে লাফিয়ে নেমে আমাদের কাছে চলে এসেছে। আমরা অবাক হয়ে এই মন্থরগতি দানবতুল্য জীবের যেটুকু অংশ দেখতে পাচ্ছি তার দিকে চেয়ে রইলাম। প্রায় তিন মিনিট সময় লাগল ড্র্যাগনটার আমাদের সামনে দিয়ে লেজটা এঁকিয়ে বেঁকিয়ে গাছপালার পিছনে অদৃশ্য হয়ে যেতে। যে ধোঁয়াটা এখন বনের বেশ খানিকটা অংশ ছেয়ে ফেলেছে সেটা ওই ড্র্যাগনের নিশ্বাসের সঙ্গে বেরিয়েছে তাতে কোনও সন্দেহ নেই।

এতক্ষণে ক্রোলের বোধ হয় আমার কথায় বিশ্বাস হয়েছে। তার অদ্ভুত নিরীহ ভ্যাবাচাকা ভাব থেকে তাই মনে হয়। সন্ডার্স বলল, 'চারিদিকের এই সম্পূর্ণ অপরিচিত প্রাকৃতিক দৃশ্য দেখে নিজেকে একেবারে অশিক্ষিত বর্বর বলে মনে হচ্ছে, শঙ্কু!'

আমি বললাম, 'আমার কিন্তু ভালই লাগছে। আমাদের এই গ্রহে যে জ্ঞানী মানুষের বিস্ময় জাগানোর মতো কিছু জিনিস এখনও রয়েছে, এটা আমার কাছে একটা বড় আবিষ্কার।'

আরও ঘণ্টাখানেক ঘুরে বেড়িয়ে বিস্ময় জাগানোর মতো কত প্রাণী যে দেখলাম তার হিসেব নেই। একটা ফিনিক্সকে আগুনে পোড়ার ঠিক আগের মুহূর্ত থেকে, তার জায়গায় নতুন ফিনিক্সকে জন্মে পাখা মেলে সূর্যের দিকে উড়ে যেতে দেখেছি। এ ছাড়া উপকথার পাখির মধ্যে গ্রিফন দেখেছি; পারস্যের সিমুর্ঘ, আরবদের আঙ্কা দেখেছি; রুশদের নোর্ক আর জাপানিদের ফেং ও কির্নে দেখেছি। সরীসৃপের মধ্যে চোখের চাহনিতে ভস্ম করা ব্যাসিলিস্ক দেখেছি। একটা আগুনে অদাহ্য স্যালিম্যান্ডারকে দেখলাম তার বিশেষত্ব জাহির করার জন্যই যেন বার বার একটা অগ্নিকুণ্ডে প্রবেশ করছে, আর অক্ষত দেহে বেরিয়ে আসছে। একটা প্রকাণ্ড চতুর্দন্ত শ্বেতহস্তী দেখেছি, সেটা ইন্দ্রের ঐরাবত ছাড়া আর কিছুই হতে পারে না। আর সেটা যে গাছের ডালপালা ছিঁড়ে খাচ্ছিল, তার পত্রপুষ্পের চোখ ঝলসানো বর্ণচ্ছটা দেখে সেটা যে স্বর্গের পারিজাত, তা অবিনাশবাবুও সহজেই অনুমান করলেন।

তবে জায়গাটা যে সবটাই বৃক্ষলতাগুল্মশোভিত নন্দন কানন, তা নয়।

উত্তরের প্রাচীর ধরে মাইলখানেক যাবার পর হঠাৎ দেখি, গাছপালা ফুলফল সব ফুরিয়ে গিয়ে ধূসর রুক্ষ এক পাথরের রাজ্যে হাজির হয়েছি। সামনে বিশাল বিশাল প্রস্তরখণ্ডের স্তূপ নিয়ে এক পাহাড়, তার গায়ে একটা গুহা, আর সে গুহার ভিতর থেকে রক্ত হিম করা বিচিত্র সব হুঙ্কার শোনা যাচ্ছে।

বুঝতে পারলাম আমরা রাক্ষসের রাজ্যের প্রবেশপথে এসে পড়েছি। রাক্ষস সব দেশেরই উপকথাতে আছে, আর তাদের বর্ণনাও মোটামুটি একই রকম। সন্ডার্স গুহায় প্রবেশ করতে মোটেই রাজি নয়। ক্রোলের দোনামনা ভাব। এটা দেখেছি যে এখানকার প্রাণীরা আমাদের গ্রাহ্যই করে না; কিন্তু তা সত্ত্বেও আমি ইতস্তত করছি, কারণ অবিনাশবাবু আমার কোটের আস্তিন ধরে চাপ মেরে বুঝিয়ে দিচ্ছেন—ঢের হয়েছে, এবার চলুন ফিরি—এমন সময় একটা তারস্বরে চিৎকার শুনে আমাদের সকলেরই মনটা সেইদিকে চলে গেল।

'ইউনিকর্নস! ইউনিকর্নস! ইউনিকর্নস!'

বাঁ দিকে একটা মস্ত ঝোপের পিছন থেকে মার্কোভিচের গলায় চিৎকারটা আসছে।

'ও কি আবার কোকেন খেল নাকি?' ক্রোল প্রশ্ন করল।

'মোটেই না' বলে আমি এগিয়ে গেলাম ঝোপটার দিকে। সেটা পেরোতেই এক অদ্ভুত দৃশ্য দেখে কয়েক মুহূর্তের জন্য আমার হৃৎস্পন্দন বন্ধ হয়ে গেল।

ছোট বড় মাঝারি নানান সাইজের একটা জানোয়ারের পাল আমাদের সামনে দিয়ে

চলেছে। তাদের গায়ের রং গোলাপি আর খয়েরি মেশানো। গোরু আর ঘোড়া—এই দুটো প্রাণীর সঙ্গেই তাদের চেহারার মিল রয়েছে, আর রয়েছে প্রত্যেকটার কপালে একটা করে প্যাঁচানো শিং। বুঝতে পারলাম যে, এদের সন্ধানেই আমাদের অভিযান। এরাই হল একশৃঙ্গ বা ইউনিকর্ন। প্লিনির ইউনিকর্ন, বিদেশের রূপকথার ইউনিকর্ন, মহেঞ্জোদাড়োর সিলে খোদাই করা ইউনিকর্ন।

জানোয়ারগুলোর সব কটাই যে হাঁটছে তা নয়। তাদের মধ্যে কয়েকটা ঘাস খাচ্ছে, কয়েকটা একই জায়গায় দাঁড়িয়ে লাফিয়ে চাঞ্চল্য প্রকাশ করছে, আবার কয়েকটা বাচ্চা ইউনিকর্ন খেলাচ্ছলে পরস্পরকে গুঁতোচ্ছে। মনে পড়ল উইলার্ডের ডায়রিতে লেখা 'আই স এ হার্ড অফ ইউনিকর্ন টুডে।' আমরাও উইলার্ডের মতো সুস্থ মস্তিষ্কেই দলটাকে দেখছি।

কিন্তু মার্কোভিচ কই?

সবে প্রশ্নটা মাথায় এসেছে এমন সময় এক অদ্ভুত দৃশ্য। জানোয়ারের মধ্যে থেকে ঊর্ধ্বশ্বাসে দৌড়ে বেরিয়ে এসেছে মার্কোভিচ—তার লক্ষ্য হল আমাদের পিছনে ঘাসের শেষে ডুংলুং-ডোর প্রাচীরের দিকে। আর সে যাচ্ছে একা নয়—তার দুহাতে জাপটে ধরা রয়েছে একটা গোলাপি রঙের ইউনিকর্নের বাচ্চা।

সন্ডার্স চেঁচিয়ে উঠল—'থামাও, শয়তানকে থামাও!'

'বুট পরো, বুট পরো!'—চিৎকার করে উঠল ক্রোল। সে ছুটেছে মার্কোভিচকে লক্ষ্য করে। আমরাও তার পিছু নিলাম।

কথাটা ঠিক সময়ে কানে গেলে হয়তো মার্কোভিচের খেয়াল হত। কিন্তু তা আর হল না। ঘাসের জমি ছাড়িয়ে প্রাচীরের মাথায় পৌঁছিয়েই সে এক মরিয়া, বেপরোয়া লাফ দিল! অবাক হয়ে দেখলাম যে লাফটা দেবার সঙ্গে সঙ্গেই তার কোল থেকে ইউনিকর্নের বাচ্চাটা উধাও হয়ে গেল, আর পরমুহূর্তেই মার্কোভিচের নিম্নগামী দেহ প্রাচীরের পিছনে অদৃশ্য হয়ে গেল।

পরে রাবসাং-এর সঙ্গে কথা হয়েছিল। সে মার্কোভিচকে প্রাচীরের উপর থেকে দেড়শো ফুট নীচে মাটিতে পড়তে দেখে তার দিকে দৌড়ে যায়। কিন্তু তার আর কিছু করবার ছিল না।

হাড়গোড় ভেঙে মার্কোভিচের তৎক্ষণাৎ মৃত্যু হয়। ইউনিকর্নের কথা জিজ্ঞেস করাতে সে অবাক হয়ে মাথা নেড়ে বলেছিল, 'সাহেব একাই পড়েছিলেন। তাঁর হাতে কিচ্ছু ছিল না!'

ডুংলুং-ডো সম্পর্কে আমি যে ধারণাটায় পৌঁছেছি সন্ডার্স ও ক্রোল তাতে সায় দিয়েছে। আমার মতো অনেক দেশের অনেক লোক অনেক কাল ধরে যদি এমন একটা জিনিস বিশ্বাস করে যেটা আসলে কাল্পনিক, তা হলে সেই বিশ্বাসের জোরেই একদিন সে কল্পনা বাস্তব রূপ নিতে পারে। এইভাবে বাস্তব রূপ পাওয়া কল্পনার জগৎ হল ডুংলুং-ডো। হয়তো এমন জগৎ পৃথিবীতে আর কোথাও নেই। ডুংলুং-ডো-র কোনও প্রাণী বা উদ্ভিদকে তার গণ্ডির বাইরে আনা মানেই তাকে আবার কল্পনার জগতে ফিরিয়ে আনা। মার্কোভিচ তাই ইউনিকর্ন আনতে পারেনি, সন্ডার্সের থলি থেকে তার সংগ্রহ করা ফুলপাতা তাই উধাও হয়ে গেছে।

মৌনী লামার একসঙ্গে হ্যাঁ-না বলার মানেও এখন স্পষ্ট। একশৃঙ্গ সত্যিই থেকেও নেই। অবিশ্যি ওড়ার ব্যাপারে উনি 'না' বলে ভুল করেছিলেন, তার কারণ উড্ডয়নসূত্রে-র কথাটা উনি বোধ হয় জানতেন না।

অবিনাশবাবু সব শুনেটুনে বললেন, 'তার মানে বলছেন দেশে ফিরে গিয়ে দেখাবার কিছু নেই—এই তো?'

আমি বললাম, 'ক্রোলের তোলা ছবি আছে। অবিশ্যি সাধারণ লোকের কাছে সেটা খুব বিশ্বাসযোগ্য হবে বলে মনে হয় না। আর আছে আমাদের তিব্বতি বুটজুতো। কিন্তু পুঁথিতে বলছে ংমুং জিনিসটা গরমে গলে গিয়ে তার গুণ চলে যায়।'

অবিনাশবাবু একটা দীর্ঘশ্বাস ফেললেন। এবার আমি আমার মোক্ষম অস্ত্রটি ছাড়লাম।

'আমরা যে প্রায় পঁচিশ বছর বয়স কমিয়ে দেশে ফিরছি সেটা বোধ হয় খেয়াল করেননি।'

'কী রকম?'

আমি আমার দাড়ি গোঁফ থেকে বালি আর বরফের কুচি ঝেড়ে ফেলে দিতেই অবিনাশবাবুর চোখ গোল হয়ে গেল।

'এ কী, এ যে কালো কুচকুচে কাঁচা!'

আমি বললাম, 'আপনার গোঁফও তাই। আয়নায় দেখুন।'

অবিনাশবাবু আয়না নিয়ে অবাক বিস্ময়ে নিজের গোঁফের দিকে চেয়ে আছেন, এমন সময় সন্ডার্স এল। সন্ডার্সেরও বয়স কমে গেছে, তার উপরের পাটির পিছন দিকের একটা দাঁত নড়ছিল, সেটা আবার শক্ত হয়ে গেছে। সে একটা গভীর নিশ্চিন্তির হাঁপ ছেড়ে বলল—

'নিম্যাড্স, নট রবারস্—থ্যাঙ্ক গড!'

বাইরে থেকে যাযাবরদের হইহল্লার শব্দ, ঘোড়ার খুরের শব্দ, কুকুরের ঘেউ ঘেউ শুনতে পাচ্ছি। মেঘ কেটে গিয়ে রোদ উঠেছে। ওঁ মণিপদ্মে হুম্‌।

সন্দেশ। অগ্রহায়ণ, পৌষ, মাঘ, ফাল্গুন, চৈত্র ১৩৮০

ডক্টর শেরিং-এর স্মরণশক্তি

২রা জানুয়ারি

আজ সকালটা বড় সুন্দর। চারিদিকে ঝলমলে রোদ, নীল আকাশে সাদা সাদা হৃষ্টপুষ্ট মেঘ, দেখে মনে হয় যেন ভুল করে শরৎ এসে পড়েছে। সদ্য-পাড়া মুরগির ডিম হাতে নিলে যেমন মনটা একটা নির্মল অবাক আনন্দে ভরে যায়, এই আকাশের দিকে চাইলেও ঠিক তেমনই হয়।

আনন্দের অবিশ্যি আরেকটা কারণ ছিল। আজ অনেক দিন পরে বিশ্রাম। আমার যন্ত্রটা আজই সকালে তৈরি হয়ে গেছে। বাগান থেকে ল্যাবরেটরিতে ফিরে এসে অনেকক্ষণ চুপ করে বসে যন্ত্রটার দিকে চেয়ে থেকে একটা গভীর প্রশান্তি অনুভব করছি। জিনিসটা বাইরে থেকে দেখতে তেমন কিছুই নয় ; মনে হবে যেন হাল ফ্যাশানের একটা টুপি বা হেলমেট। এই হেলমেটের খোলের ভিতর রয়েছে বাহাত্তর হাজার সূক্ষ্মাতিসূক্ষ্ম তারের জটিল স্নায়বিক বিস্তার। সাড়ে তিন বছরের অক্লান্ত পরিশ্রমের ফল এই যন্ত্র। এটা কী কাজ করে বোঝানোর জন্য একটা সহজ উদাহরণ দিই।

এই কিছুক্ষণ আগেই আমি চেয়ারে বসে থাকতে থাকতে আমার চাকর প্রহ্লাদ এসেছিল কফি নিয়ে। আমি তাকে জিজ্ঞেস করলাম, 'গত মাসের ৭ই সকালে বাজার থেকে কী মাছ এনেছিলে ?' প্রহ্লাদ মাথাটাথা চুলকে বলল, 'এজ্ঞে সে তো স্মরণ নাই বাবু !' আমি তখন তাকে চেয়ারে বসিয়ে দিয়ে হেলমেটটা মাথায় পরিয়ে দিয়ে একটা বোতাম টিপতেই প্রহ্লাদের শরীরটা মুহূর্তের জন্য শিউরে উঠে একেবারে স্থির হয়ে গেল। সেই সঙ্গে তার চোখ দুটো একটা নিষ্পলক দৃষ্টিহীন চেহারা নিল। এবার আমি তাকে আবার প্রশ্নটা করলাম।

'প্রহ্লাদ, গত মাসের সাত তারিখ সকালে বাজার থেকে কী মাছ এনেছিলে ?'

প্রশ্নটা করতেই প্রহ্লাদের চাহনির কোনও পরিবর্তন হল না ; কেবল তার ঠোঁট দুটো ফাঁক হয়ে জিভটা নড়ে উঠে শুধু একটি মাত্র কথা উচ্চারিত হল— 'ট্যাংরা'।

টুপি খুলে দেবার পর প্রহ্লাদ কিছুক্ষণ ফ্যাল ফ্যাল করে আমার দিকে চেয়ে থেকে হঠাৎ চেয়ার ছেড়ে উঠে একগাল হেসে বলল, 'মনে পড়েছে বাবু— ট্যাংরা !'

এইভাবে শুধু প্রহ্লাদ কেন, যে কোনও লোকেরই যে কোনও হারানো স্মৃতিকে এ যন্ত্র ফিরিয়ে আনতে পারে। একজন সাধারণ লোকের মাথায় নাকি প্রায় ১০০,০০০,০০০,০০০,০০০— অর্থাৎ এক কোটি কোটি—স্মৃতি জমা থাকে, তার কোনওটা স্পষ্ট কোনওটা আবছা। তার মধ্যে দৃশ্য, ঘটনা, নাম, চেহারা, স্বাদ, গন্ধ, গান, গল্প, অজস্র খুঁটিনাটি তথ্য—সব কিছুই থাকে। সাধারণ লোকের দু' বছর বয়সের আগের স্মৃতি খুব অল্প বয়সেই মন থেকে মুছে যায়। আমার নিজের স্মরণশক্তি অবিশ্যি সাধারণ মানুষের চেয়ে অনেক গুণ বেশি। আমার এগারো মাস বয়সের ঘটনাও কিছু মনে আছে। অবিশ্যি কয়েকটা খুব ছেলেবেলার স্মৃতি আমার মনেও ঝাপসা হয়ে এসেছিল। যেমন এক বছর তিন মাস বয়সে একবার এখানকার সে যুগের ম্যাজিস্ট্রেট ব্ল্যাকওয়েল সাহেবকে ছড়ি হাতে কুকুর

নিয়ে উশ্রীর ধারে বেড়াতে দেখেছিলাম। কুকুরটার রং ছিল সাদা, কিন্তু জাতটা মনে ছিল না। আজ যন্ত্রটা মাথায় দিয়ে দৃশ্যটা মনে করতেই তৎক্ষণাৎ কুকুরের চেহারাটা স্পষ্ট হয়ে জানিয়ে দিল সেটা ছিল বুল টেরিয়ার।

যন্ত্রটার নাম দিয়েছি রিমেমব্রেন। অর্থাৎ ব্রেন বা মস্তিষ্ককে যে যন্ত্র রিমেমবার বা স্মরণ করতে সাহায্য করে। কালই এটার সম্বন্ধে একটা প্রবন্ধ লিখে পাঠিয়েছি ইংল্যান্ডের নেচার পত্রিকায়। দেখা যাক কী হয়।

২৩শে ফেব্রুয়ারি

আমার লেখাটা নেচারে বেরিয়েছে, আর বেরোনোর পর থেকেই অজস্র চিঠি পাচ্ছি। ইউরোপ আমেরিকা রাশিয়া জাপান সব জায়গা থেকেই যন্ত্রটা দেখার আগ্রহ প্রকাশ করেছে। ৭ই মে ব্রাসেল্‌স শহরে একটা বিজ্ঞানী সম্মেলন আছে সেখানে যন্ত্রটা ডিমন্‌স্ট্রেট করার জন্য অনুরোধ এসেছে। এমন একটা যন্ত্র যে হতে পারে সেটা বৈজ্ঞানিক মহলে অনেকেই বিশ্বাস করতে চাইছে না, যদিও আমার ক্ষমতার কথা এরা অনেকেই জানে। আসলে হয়েছে কী, স্মৃতির গূঢ় রহস্যটা এখনও বিজ্ঞানের ধরাছোঁয়ার বাইরে রয়ে গেছে। আমি নিজেও শুধু এইটুকুই বুঝতে পেরেছি যে কোনও একটা তথ্য মাথার মধ্যে ঢুকলেই সেটা সেখানে স্মৃতি হিসাবে নিজের জন্য খানিকটা জায়গা করে নেয়। আমার বিশ্বাস, এক একটি স্মৃতি হল এক একটি পরমাণুসদৃশ রাসায়নিক পদার্থ, এবং প্রত্যেক স্মৃতিরই একটি করে আলাদা রাসায়নিক চেহারা ও ফরমুলা আছে। যত দিন যায়, স্মৃতি তত ঝাপসা হয়ে আসে, কারণ কোনও পদার্থই চিরকাল এক অবস্থায় থাকতে পারে না। আমার যন্ত্র মস্তিষ্কের মধ্যে বৈদ্যুতিক শক্তি চালনা করে স্মৃতি নামক পদার্থটিকে তাজা করে তুলে পুরনো কথা মনে করিয়ে দেয়।

অনেকে প্রশ্ন করবে, স্মৃতির রহস্য সম্পূর্ণ ভেদ না করেও আমি কী করে এমন যন্ত্র তৈরি করলাম। উত্তরে বলব যে, আজকের দিনে আমরা বৈদ্যুতিক শক্তি সম্বন্ধে যতটা জানি, আজ থেকে একশো বছর আগে তার সিকি ভাগও জানা ছিল না, অথচ এই অসম্পূর্ণ জ্ঞান সত্ত্বেও ঊনবিংশ শতাব্দীতে আশ্চর্য আশ্চর্য বৈদ্যুতিক যন্ত্রের আবিষ্কার হয়েছিল। ঠিক তেমনি ভাবেই তৈরি হয়েছে আমার রিমেমব্রেন যন্ত্র।

নেচারে লেখাটা বেরোবার ফলে একটা চিঠি পেয়েছি, যেটা আমার ভারী মজার লাগল। আমেরিকার ক্রোড়পতি শিল্পপতি হিরাম হোরেনস্টাইন জানিয়েছেন যে তিনি আত্মজীবনী লিখতে বসে দেখছেন যে তাঁর সাতাশ বছর বয়সের আগের ঘটনাগুলো পরিষ্কার মনে পড়ছে না। আমার যন্ত্র ব্যবহার করে এই সময়কার ঘটনাগুলো মনে করতে পারলে তিনি আমাকে উপযুক্ত পারিশ্রমিক দেবেন। শৌখিন মার্কিন মিলিয়নেয়ারদের শখ মেটানোর জন্য আমি এ যন্ত্র তৈরি করিনি— এই কথাটাই তাঁকে আমি একটু নরম ভাষায় লিখে জানিয়ে দিয়েছি।

৪ঠা মার্চ

আজ খবরের কাগজে সুইটজারল্যান্ডের একটা বিশ্রী অ্যাক্সিডেন্টের কথা পড়ে মনটা ভার হবার আধ ঘণ্টার মধ্যেই সে বিষয়ে একটা দীর্ঘ টেলিগ্রাম এসে হাজির। একেই বোধ হয় বলে টেলিপ্যাথি। খবরটা হচ্ছে এই— একটা গাড়িতে দু'জন বিখ্যাত বৈজ্ঞানিক— সুইটজারল্যান্ডের অটো লুবিন ও অস্ট্রিয়ার ডক্টর হিয়েরোনিমাস শেরিং—অস্ট্রিয়ার লান্ডেক শহর থেকে সুইটজারল্যান্ডের ওয়ালেনস্টাট শহরে আসছিলেন। এই দুই বৈজ্ঞানিক কিছু দিন

থেকে কোনও একটা গোপনীয় বিষয় নিয়ে বৈজ্ঞানিক গবেষণা চালাচ্ছিলেন। গাড়িতে সামনে ছিল ড্রাইভার, পিছনে লুবিন আর শেরিং। পাহাড়ের পথ দিয়ে যেতে যেতে গাড়ি খাদে পড়ে। নিকটবর্তী গ্রামের এক মেষপালক চূর্ণবিচূর্ণ গাড়িটিকে দেখতে পায় রাস্তা থেকে হাজার ফুট নীচে। গাড়ির কাছাকাছি ছিল লুবিনের হাড়গোড় ভাঙা মৃতদেহ। আশ্চর্যভাবে বেঁচে গিয়েছিলেন ডক্টর শেরিং। রাস্তা থেকে মাত্র ত্রিশ ফুট নীচে একটি ঝোপে আটকে যায় তাঁর দেহ। দুর্ঘটনার খবর ওয়ালেনস্টাটে পৌঁছানো মাত্র সুইস বায়োকেমিস্ট নরবার্ট বুশ সেখানে গিয়ে উপস্থিত হন। লুবিন ও শেরিং বুশের কাছেই যাচ্ছিলেন কিছু দিনের বিশ্রামের জন্য। বুশ তাঁর সুপ্রশস্ত মার্সেডিস গাড়িতে শেরিংকে অজ্ঞান অবস্থায় তাঁর বাড়িতে নিয়ে আসেন। এইটুকু খবর কাগজে বেরিয়েছে। বাকিটা জেনেছি বুশের টেলিগ্রামে। এখানে বলে রাখি যে বুশকে আমি চিনি আজ দশ বছর থেকে ; ফ্লোরেন্সে এক বিজ্ঞানী সম্মেলনে আমাদের পরিচয় হয়েছিল। বুশ লিখেছে— যদিও শেরিং-এর দেহে প্রায় কোনও জখমের চিহ্ন নেই, তার মাথায় চোট লাগার ফলে তার মন থেকে স্মৃতি জিনিসটাই নাকি বেমালুম লোপ পেয়ে গেছে। আরও একটা খবর এই যে, গাড়ির ড্রাইভার নাকি উধাও এবং সেই সঙ্গে গবেষণার সমস্ত কাগজপত্র। শেরিং-এর স্মৃতি ফিরিয়ে আনার ব্যাপারে ডাক্তার, মনস্তাত্ত্বিক, হিপ্‌নটিস্ট ইত্যাদির চেষ্টা নাকি সম্পূর্ণ ব্যর্থ হয়েছে। বুশ আমাকে পত্রপাঠ আমার যন্ত্রসমেত ওয়ালেনস্টাট চলে যেতে বলেছে। খরচপত্র সেই দেবে। টেলিগ্রামের শেষে সে বলছে— 'ডঃ শেরিং একজন অসাধারণ গুণী ব্যক্তি। তাঁকে পুনর্জীবন দান করতে পারলে বিজ্ঞানীমহল তোমার প্রতি চিরকৃতজ্ঞ থাকবে। কী স্থির কর সত্বর জানাও।'

আমার যন্ত্রের দৌড় কত দূর সেটা দেখার এবং দেখাবার এমন সুযোগ আর আসবে না। ওয়ালেনস্টাট যাবার তোড়জোড় আজ থেকেই করতে হবে। আমার যন্ত্র ষোলো আনা পোর্টেবল। এর ওজন মাত্র আট কিলো। প্লেনে অতিরিক্ত ভাড়া দেবার কোনও প্রশ্নই ওঠে না।

৮ই মার্চ

আজ সকালে জুরিখে পৌঁছে সেখান থেকে বুশের মোটরে করে মনোরম পাহাড়ি পথ দিয়ে ৬০ কিলোমিটার দূরে ছোট্ট ওয়ালেনস্টাট শহরে এসে পৌঁছোলাম পৌনে নটায়। একটু পরেই প্রাতরাশের ডাক পড়বে। আমি আমার ঘরে বসে এই ফাঁকে ডায়রি লিখে রাখছি। গাছপালা ফুলেফলে ভরা ছবির মতো সুন্দর পরিবেশের মধ্যে চোদ্দো একর জমির উপরে বায়োকেমিস্ট নরবার্ট বুশের বাড়ি। কাঠের সিঁড়ি, কাঠের মেঝে, কাঠের দেয়াল। আমি দোতলায় পশ্চিমের একটা ঘরে রয়েছি, ঘরের জানালা খুললেই পাহাড়ে ঘেরা ওয়ালেন লেক দেখা যায়। আমার যন্ত্রটা একটা প্লাস্টিকের ব্যাগে খাটের পাশেই একটা টেবিলের উপর রাখা রয়েছে। আতিথেয়তার বিন্দুমাত্র ত্রুটি হবে বলে মনে হয় না। এইমাত্র বুশের তিন বছরের ছেলে উইলি আমাকে এক প্যাকেট চকোলেট দিয়ে গেল। ছেলেটি ভারী মিষ্টি ও মিশুকে— আপন মনে ঘুরে ঘুরে সুর করে ছড়া কেটে বেড়ায়। গাড়ি থেকে নেমে সকলকে অভিবাদন করার কয়েক মিনিটের মধ্যেই সে আমার দিকে এগিয়ে এসে একটা কালো চুরুটের কেস সামনে ধরে বলল, 'সিগার খাবে?' আমি ধূমপান করি না, কিন্তু উইলিকে নিরাশ করতে ইচ্ছে করল না, তাই ধন্যবাদ দিয়ে একটা চুরুট বার করে নিলাম। খেলে অবিশ্যি এ রকম চুরুটই খেতে হয় ; অতি উৎকৃষ্ট ডাচ সিগার।

এ বাড়িতে সবসুদ্ধ রয়েছে ছ' জন লোক— বুশ, তার স্ত্রী ক্লারা, শ্রীমান উইলি, বুশের বন্ধু

স্থানীয় স্কুলের শিক্ষক অমায়িক স্বল্পভাষী হান্‌স উলরিখ, ডঃ শেরিং ও তাঁর পরিচারিকা— নাম বোধহয় মারিয়া। এ ছাড়া দু'জন পুলিশের লোক বাড়িটাকে অষ্টপ্রহর পাহারা দিচ্ছে।

শেরিং রয়েছে পুব দিকের একটা ঘরে। আমাদের দু'জনের ঘরের মধ্যে রয়েছে ল্যান্ডিং ও একতলায় যাবার সিঁড়ি। আমি অবিশ্যি এসেই শেরিংকে একবার চাক্ষুষ দেখে এসেছি। মাঝারি হাইটের মানুষ, বয়স পঁয়তাল্লিশ থেকে পঞ্চাশ, মাথার সোনালি চুলের পিছন দিকে টাক পড়ে গেছে। মুখটা চৌকো ও গোলের মাঝামাঝি। তাকে যখন দেখলাম, তখন সে জানালার ধারের একটা চেয়ারে বসে হাতে একটা কাঠের পুতুল নিয়ে নেড়েচেড়ে দেখছে। আমি ঘরে ঢুকতে সে আমার দিকে ঘাড় ফেরাল, কিন্তু চেয়ার ছেড়ে উঠল না। বুঝলাম, ঘরে লোক ঢুকলে উঠে দাঁড়ানোর সাধারণ সাহেবি কেতাটাও সে ভুলে গেছে। চোখের চাহনি দেখে কী রকম খটকা লাগল। জিজ্ঞেস করলাম, 'তুমি কি চশমা পর?'

শেরিং-এর বাঁ হাতটা আপনা থেকেই চোখের কাছে উঠে এসে আবার নেমে গেল। বুশ বলল, 'চশমাটা ভেঙে গেছে। আর একটা বানাতে দেওয়া হয়েছে।'

শেরিংকে দেখে এসে আমরা বৈঠকখানায় গিয়ে বসলাম। এ কথা সে কথার পর বুশ সলজ্জভাবে বলল, 'সত্যি বলতে কী, আমি যে তোমার যন্ত্রটা সম্বন্ধে খুব উৎসাহিত বোধ করছিলাম, তা নয়। কতকটা আমার স্ত্রীর অনুরোধেই তোমাকে আমি টেলিগ্রামটা করি।'

'তোমার স্ত্রীও কি বৈজ্ঞানিক?' আমি ক্লারার দিকে দৃষ্টি রেখে প্রশ্নটা করলাম। ক্লারাই হেসে উত্তর দিল—

'একেবারেই না। আমি আমার স্বামীর সেক্রেটারির কাজ করি। আমি চাইছিলাম তুমি আস, কারণ ভারতবর্ষ সম্পর্কে আমার গভীর শ্রদ্ধা। তোমার দেশের বিষয়ে অনেক বই পড়েছি আমি, অনেক কিছু জানি।'

বুশের যদি আমার যন্ত্র সম্বন্ধে কোনও সংশয় থেকে থাকে তো সেটা আজকের মধ্যেই কেটে যাবে বলে আমার বিশ্বাস। আজ বিকেলে শেরিং-এর স্মৃতির বন্ধ দরজা খোলার চেষ্টা হবে।

এবার ড্রাইভারের কথাটা না জিজ্ঞেস করে পারলাম না। বুশ বলল, 'পুলিশ তদন্ত করছে। দুটি জায়গার একটিতে ড্রাইভার লুকিয়ে থাকতে পারে। একটা হল দুর্ঘটনার জায়গার সাড়ে চার কিলোমিটার পশ্চিমে— নাম রেমুস, আর একটা হল সাড়ে তিন কিলোমিটার পুবে— নাম শ্লাইন্‌স। দুটো জায়গাতেই অনুসন্ধান চলছে; তা ছাড়া পাহাড়ের গায়ে বনবাদাড়েও খোঁজা হচ্ছে।'

'দুর্ঘটনার জায়গাটা এখান থেকে কত দূরে?'

'পঁচাশি কিলোমিটার। সে ড্রাইভারকে কোথাও না কোথাও আশ্রয় নিতেই হবে, কারণ, ও দিকে রাত্রে বরফ পড়ে। ভয় হয়, তার যদি কোনও শাকরেদ থেকে থাকে এবং ড্রাইভার যদি কাগজপত্রগুলো তাকে চালান করে দিয়ে থাকে।'

৮ই মার্চ, রাত সাড়ে দশটা

ফায়ারপ্লেসে গনগনে আগুন জ্বলছে। বাইরে প্রচণ্ড ঠাণ্ডা বাতাস বইছে। জানালা বন্ধ থাকা সত্ত্বেও বাতাসের শনশন শব্দ শুনতে পাচ্ছি।

বুশ আজ আমার বৈজ্ঞানিক প্রতিভার পরিচয় পেয়ে স্তম্ভিত। এখন বলা শক্ত, কে আমার বড় ভক্ত—সে, না তার স্ত্রী।

আজ সন্ধ্যা ছ'টায় আমরা আমার যন্ত্র নিয়ে শেরিং-এর ঘরে উপস্থিত হলাম। সে তখনও সেই চেয়ারে গুম হয়ে বসে আছে। আমরা ঘরে ঢুকতে আমাদের দিকে ফ্যালফ্যাল করে চাইল। বুশ তাকে অভিবাদন জানিয়ে হালকা রসিকতার সুরে বলল, 'আজ আমরা তোমাকে একটা টুপি পরাব, কেমন? তোমার কোনও কষ্ট হবে না। তুমি ওই চেয়ারে যেমনভাবে বসে আছ, সেইভাবেই বসে থাকবে।'

'টুপি? কী রকম টুপি?' শেরিং তার গম্ভীর অথচ সুরেলা গলায় একটু যেন অসোয়াস্তির সঙ্গেই প্রশ্নটা করল।

'এই যে, দেখো না।'

আমি ব্যাগ থেকে যন্ত্রটা বার করলাম। বুশ সেটা আমার হাত থেকে নিয়ে শেরিং-এর হাতে দিল। শেরিং সেটাকে সকালের খেলনাটার মতো করেই নেড়েচেড়ে দেখে আমাকে ফেরত দিয়ে দিল।

‘এতে ব্যথা লাগবে না তো ? সে দিনের ইঞ্জেকশনে কিন্তু ব্যথা লেগেছিল ।’

ব্যথা লাগবে না কথা দেওয়াতে সে যেন খানিকটা আশ্বস্ত হয়ে শরীরটাকে পিছন দিকে হেলিয়ে দিয়ে হাত দুটোকে চেয়ারের পাশে নামিয়ে দিল । তার ঘাড়ে একটা জায়গায় ক্ষতের উপরে প্লাস্টার ছাড়া শরীরের অনাবৃত অংশে আর কোথাও কোনও ক্ষতচিহ্ন দেখলাম না ।

শেরিংকে হেলমেট পরাতে কোনও অসুবিধা হল না । তারপর লাল বোতামটা টিপতেই হেলমেট-সংলগ্ন ব্যাটারিটা চালু হয়ে গেল । শেরিং একটা কাঁপুনি দিয়ে শরীরটাকে কাঠের মতো শক্ত ও অনড় করে ফায়ারপ্লেসের আগুনের দিকে নিষ্পলক দৃষ্টিতে চেয়ে রইল ।

ঘরের ভিতরে এখন অস্বাভাবিক নিস্তব্ধতা । এক শেরিং ছাড়া প্রত্যেকেরই দ্রুত নিশ্বাস প্রশ্বাসের শব্দ পাচ্ছি । ক্লারা দরজার মুখটাতে দাঁড়িয়ে আছে । নার্স খাটের পিছনে স্থির হয়ে দাঁড়িয়ে অবাক দৃষ্টিতে শেরিং-এর দিকে চেয়ে আছে । বুশ ও উলরিখ শেরিং-এর চেয়ারের দু’ পাশে দাঁড়িয়ে উৎকণ্ঠায় ঝুঁকে পড়েছে সামনের দিকে । আমি বুশকে মৃদু স্বরে বললাম, ‘তুমি প্রশ্ন করতে চাও ? না আমি করব ? তুমি করলেও কাজ হবে কিন্তু ।’

‘তুমিই শুরু করো ।’

আমি ঘরের কোণ থেকে একটা ছোট টুল নিয়ে শেরিং-এর মুখোমুখি বসলাম । তারপর প্রশ্ন করলাম—

‘তোমার নাম কী ?’

শেরিং-এর ঠোঁট নড়ল । চাপা অথচ পরিষ্কার গলায় উত্তর এল ।

‘হিয়েরোনিমাস হাইনরিখ শেরিং ।’

‘এই প্রথম !’—রুদ্ধ স্বরে বলে উঠল বুশ—‘এই প্রথম নিজের নাম বলেছে !’

আমি দ্বিতীয় প্রশ্ন করলাম ।

‘তোমার পেশা কী ?’

‘পদার্থবিজ্ঞানের অধ্যাপক ।’

‘তোমার জন্ম কোথায় ?’

‘অস্ট্রিয়া ।’

‘কোন শহরে ?’

‘ইন্‌স্‌ব্রুক ।’

আমি বুশের দিকে একটা জিজ্ঞাসু দৃষ্টি দিলাম । বুশ মাথা নাড়িয়ে বুঝিয়ে দিল—মিলছে । আমি আবার শেরিং-এর দিকে ফিরলাম ।

‘তোমার বাবার নাম কী ?’

‘কার্ল ডিট্রিখ শেরিং ।’

‘তোমার আর ভাইবোন আছে ?’

‘ছোট বোন আছে একটি । বড় ভাই মারা গেছে ।’

‘কবে মারা গেছে ?’

‘প্রথম মহাযুদ্ধে । পয়লা অক্টোবর, উনিশশো সতেরো ।’

আমি প্রশ্নের ফাঁকে ফাঁকে বিস্ময়মুগ্ধ বুশের দিকে চেয়ে তার মৃদু মৃদু মাথা নাড়া থেকে বুঝে নিচ্ছি, শেরিং-এর উত্তরগুলো সব মিলে যাচ্ছে ।

‘তুমি লান্ডেক গিয়েছিলে ?’

‘হ্যাঁ ।’

‘কী করতে ?’

‘প্রোফেসর লুবিনের সঙ্গে কাজ ছিল ।’

‘কী কাজ ?’

‘গবেষণা।’

‘কী বিষয় ?’

‘বি-এক্স থ্রি সেভন সেভন।’

বুশ ফিসফিস করে জানিয়ে দিল, এটা হচ্ছে গবেষণাটির সাংকেতিক নাম। আমি প্রশ্নে চলে গেলাম।

‘সেই গবেষণার কাজ কি শেষ হয়েছিল ?’

‘হ্যাঁ।’

‘সফল হয়েছিল ?’

‘হ্যাঁ।’

‘গবেষণার বিষয়টা কী ছিল ?’

‘আমরা একটা নতুন ধরনের আণবিক মারণাস্ত্র তৈরি করার ফরমুলা বার করেছিলাম।’

‘কাজ শেষ করে তোমরা ওয়ালেনস্টাট আসছিলে ?’

‘হ্যাঁ।’

‘তোমার সঙ্গে গবেষণার কাগজপত্র ছিল ?’

‘হ্যাঁ।’

‘ফরমুলাও ছিল ?’

‘হ্যাঁ।’

‘পথে একটা দুর্ঘটনা ঘটে ?’

‘হ্যাঁ।’

‘কী হয়েছিল ?’

বুশ আমার কাঁধে হাত রাখল। আমি জানি কেন। কিছুক্ষণ থেকেই লক্ষ করছি, শেরিং-এর মধ্যে একটা চাপা উশখুশে ভাব। একবার জিভ দিয়ে ঠোঁটটা চাটল। একবার যেন চোখের পাতা পড়ো পড়ো হল। কপালের শিরাগুলোও যেন ফুলে উঠেছে।

‘আমি...আমি...’

শেরিং-এর কথা বন্ধ হয়ে গেল। তার দ্রুত নিশ্বাস পড়ছে। আমার বিশ্বাস, গোপনীয় গবেষণার বিষয়টা প্রকাশ করে ফেলে ওর মধ্যে একটা উদ্বেগের ভাব জেগে উঠেছে।

আমি সবুজ বোতাম টিপে ব্যাটারি বন্ধ করে দিলাম। এই অবস্থায় আর প্রশ্ন করা উচিত হবে না। বাকিটা কাল হবে।

হেলমেট খুলে নিতেই শেরিং-এর মাথা পিছনে হেলে পড়ল। সে একটা দীর্ঘশ্বাস ফেলে চোখ বন্ধ করে পরমুহূর্তেই আবার চোখ খুলে এদিক ওদিক চেয়ে বলল, ‘চুরুট...একটা চুরুট...’

আমি শেরিং-এর কপালের ঘাম মুছিয়ে দিলাম। বুশ যেন অপ্রস্তুত। গলা খাকরিয়ে বলল, ‘চুরুট তো নেই। এ-বাড়িতে কেউ চুরুট খায় না। সিগারেট খাবে ?’

উলরিখ তার পকেট থেকে সিগারেট বার করে এগিয়ে দিয়েছে। শেরিং সিগারেট নিল না।

আমি বললাম, ‘তোমার কাছে কি তোমার নিজের কোনও চুরুটের বাক্স ছিল ?’

‘হ্যাঁ, ছিল !’ বলল শেরিং। সে যেন ক্লান্ত, অস্থির।

‘কালো রঙের কেস কি ?’

‘হ্যাঁ, হ্যাঁ।’

'তা হলে সেটা উইলির কাছে আছে। ক্লারা, একবার খোঁজ করে দেখবে কি?'

ক্লারা তৎক্ষণাৎ তার ছেলের খোঁজে বেরিয়ে গেল।

নার্স শেরিং-এর হাত ধরে তুলে, তাকে খাটে শুইয়ে দিল। বুশ খাটের দিকে এগিয়ে গিয়ে হেসে বলল, 'এবার তোমার মনে পড়েছে তো?'

উত্তরে শেরিং যেন অবাক হয়ে বুশের দিকে চাইল। তারপর ধীর কণ্ঠে বলল, 'কী মনে পড়েছে?'

শেরিং-এর এই পালটা প্রশ্ন আমার মোটেই ভাল লাগল না। বুশও যেন হতভম্ব। সে নিজেকে খানিকটা সামলে নিয়ে সহজভাবেই বলল, 'তুমি কিন্তু আমাদের প্রশ্নের জবাব ঠিকই দিয়েছ।'

'কী প্রশ্ন? কী প্রশ্ন করেছ আমাকে?'

এবার আমি গত কয়েক মিনিট ধরে যে প্রশ্নোত্তর চলেছে, তার একটা বিবরণ শেরিংকে দিলাম। শেরিং কিছুক্ষণ চুপ করে রইল। তারপর তার ডান হাতটা আলতো করে নিজের মাথার উপর রেখে আমার দিকে ফিরে বলল, 'আমার মাথায় কী পরিয়েছিলে?'

'কেন বলো তো?'

'যন্ত্রণা হচ্ছে। মনে হচ্ছে যেন অজস্র পিন ফুটছে।'

'তোমার মাথায় এমনিতেই চোট লেগেছিল। পাহাড়ের গা দিয়ে গড়িয়ে পড়ার সময় তুমি মাথায় চোট পাও, তার ফলে তোমার পূর্বস্মৃতি লোপ পায়।'

শেরিং বোকার মতো আমার দিকে চেয়ে বলল, 'কী সব বলছ তুমি। পাহাড় দিয়ে গড়িয়ে পড়ব কেন?'

আমরা তিনজন পরস্পরের মুখ চাওয়াচাওয়ি করলাম।

ক্লারা ফিরে এসেছে। তার হাতে আমার দেখা চুরুটের কেস। সে সেটা শেরিং-এর হাতে দিয়ে বিনীতভাবে বলল, 'আমার ছেলে কখন যেন এটা নিয়ে নিজের ঘরে রেখে দিয়েছিল। তুমি কিছু মনে কোরো না।'

বুশ আবার গলা খাকরিয়ে বলল, 'তুমি যে চুরুট খাও সে কথাটা মনে পড়েছে নিশ্চয়ই?'

চুরুটের কেস হাতে নিয়ে শেরিং-এর চোখ বুজে এল। তাকে সত্যিই ক্লান্ত মনে হচ্ছে। আমরা বুঝতে পারছিলাম, আমাদের এবার এঘর থেকে চলে যেতে হবে।

রিমেমব্রেন যন্ত্র ব্যাগে পুরে নিয়ে আমরা চারজন এসে বৈঠকখানায় বসলাম। খুশি ও খটকা মেশানো অদ্ভুত একটা অবস্থা আমার মনের। হেলমেটপরা অবস্থায় হারানো স্মৃতি ফিরে এলে হেলমেট খোলার পর সে স্মৃতি আবার হারিয়ে যাবে কেন? শেরিং-এর মাথায় কি তা হলে খুব বেশিরকম কোনও গণ্ডগোল হয়েছে?

এদের তিনজনকে কিন্তু ততটা হতাশ মনে হচ্ছে না।

উলরিখ তো যন্ত্রের প্রশংসায় পঞ্চমুখ। বলল, 'এটা যে একটা যুগান্তকারী আবিষ্কার, তাতে কোনও সন্দেহ নেই। যেখানে স্মৃতির ভাণ্ডার একেবারে খালি হয়ে গিয়েছিল, সেখানে পর পর এতগুলো প্রশ্নের ঠিক ঠিক জবাব দেওয়া কি সহজ কথা?'

বুশ বলল, 'আসলে মনের দরজা এমনভাবে বন্ধ হয়ে গিয়েছিল যে সেটা খুলেও খুলছে না। এখন একমাত্র কাজ হচ্ছে কালকের জন্য অপেক্ষা করা। কাল আবার ওকে টুপি পরাতে হবে। আমাদের দিক থেকে কাজটা হবে শুধু প্রশ্নের উত্তর আদায় করা। অ্যাক্সিডেন্টের আগে গাড়িতে কী ঘটেছিল সেটা জানা দরকার। বাকি কাজ করবে পুলিশে।'

আটটা নাগাদ বুশ একবার পুলিশে টেলিফোন করে খবর দিল। ড্রাইভার হাইন্‌ৎস

নয়মানের কোনও পাত্তা এখনও পর্যন্ত পাওয়া যায়নি। তা হলে কি বি-এক্স থ্রি সেভন সেভনের ফরমুলা সমেত নয়মানের তুষারসমাধি হল।

৯ই মার্চ

কাল রাত্রে দুটো পর্যন্ত ঘুম আসছে না দেখে শেষটায় আমারই তৈরি সম্নোলিনের বড়ি খেয়ে একটানা সাড়ে তিন ঘণ্টা গাঢ় ঘুম হল। আজ সকালে উঠেই আমার যন্ত্রটা একটু নেড়েচেড়ে তাতে কোনও গণ্ডগোল হয়েছে কি না দেখব ভেবেছিলাম, কিন্তু সে কাজটা করার আগেই দরজায় টোকা পড়ল। খুলে দেখি শেরিং-এর নার্স। ভদ্রমহিলা রীতিমতো উত্তেজিত।

'ডঃ শেরিং তোমাকে ডাকছেন। বিশেষ দরকার।'

'কেমন আছেন তিনি ?'

'খুব ভাল। রাত্রে ভাল ঘুমিয়েছিলেন। মাথার যন্ত্রণাটাও নেই। একেবারে অন্য মানুষ।'

আমি আলখাল্লা পরা অবস্থাতেই শেরিং-এর ঘরে গিয়ে হাজির হলাম। সে আমাকে দেখে একগাল হেসে ইংরিজিতে 'গুড মর্নিং' বলল। জিজ্ঞেস করলাম, 'কেমন আছ ?'

'সম্পূর্ণ সুস্থ। আমার সমস্ত স্মৃতি ফিরে এসেছে। আশ্চর্য যন্ত্র তোমার। শুধু একটা কথা। কাল তোমার প্রশ্নের উত্তরে আমি আমাদের গবেষণা সম্পর্কে যা বলেছি, সেটা তোমাদের গোপন রাখতে হবে।'

'সে আর তোমাকে বলতে হবে না। আমাদের দায়িত্বজ্ঞান সম্বন্ধে তুমি নিশ্চিন্ত থাকতে পারো।'

'আরেকটা কথা। লুবিনের কী হল জানার আগেই আমি অজ্ঞান হয়ে যাই। আমি জানতে চাই সে কোথায়। সেও কি জখম হয়ে পড়ে আছে ?'

'না। লুবিন মারা গেছে।'

'মারা গেছে !'

শেরিং-এর চোখ কপালে উঠে গেল। আমি বললাম, 'তুমি যে বেঁচেছ, সেটাও নেহাতই কপাল জোরে।'

'আর কাগজপত্র ?' শেরিং ব্যগ্রভাবে প্রশ্ন করল।

'কিছুই পাওয়া যায়নি। প্রধান দুশ্চিন্তার কারণ হচ্ছে কাগজপত্রের সঙ্গে ড্রাইভারও উধাও। এ ব্যাপারে তুমি কোনও আলোকপাত করতে পার কি ?'

শেরিং ধীরে ধীরে মাথা নেড়ে বলল, 'তা পারি বই কী।'

আমি চেয়ারটা তার খাটের কাছে এগিয়ে নিয়ে বসলাম। এ বাড়ির লোকজনের বোধ হয় এখনও ঘুম ভাঙেনি। তা হোক; সুযোগ যখন এসেছে, তখন কথা চালিয়ে যাওয়াই উচিত। বললাম, 'বলো তো দেখি, আসল ঘটনাটা কী।'

শেরিং বলল, 'আমরা লান্ডেক শহর থেকে রওনা হয়ে ফিন্স্টেরমুন্ৎসে সীমানা পেরিয়ে সুইটজারল্যান্ডে প্রবেশ করে কয়েক কিলোমিটার যেতেই এসে পড়ল শ্লাইন্স নামে একটা ছোট্ট শহর। সেখানে গাড়ি মিনিট পনেরোর জন্য থামে। আমরা একটা দোকানে বসে বিয়ার খেয়ে আবার রওনা দেবার দশ মিনিটের মধ্যেই গাড়িতে কী যেন গণ্ডগোল হওয়ায় ড্রাইভার নয়মান গাড়ি থামায়। তারপর নেমে গিয়ে সে বনেট খুলে কী যেন দেখে লুবিনকে ডাক দেয়। লুবিন নেমে নয়মানের দিকে এগিয়ে যেতেই নয়মান তাকে একটা রেঞ্জ দিয়ে

মাথায় বাড়ি মেরে অজ্ঞান করে। স্বভাবতই আমিও তখন নামি। কিন্তু নয়মান শক্তিশালী লোক। ধস্তাধস্তিতে আমি হেরে যাই, সে আমারও মাথায় রেঞ্জের বাড়ি মেরে আমায় অজ্ঞান করে। তারপর আর কিছুই মনে নেই।'

আমি বললাম, 'পরের অংশ তো সহজেই অনুমান করা যায়। নয়মান তোমাদের দুজনকে গাড়িতে তুলে গাড়ি ঠেলে খাদে ফেলে দিয়ে গবেষণার কাগজপত্র নিয়ে পালায়।'

টেলিফোন বাজার একটা আওয়াজ কিছুক্ষণ আগেই শুনেছিলাম, এখন শুনলাম কাঠের মেঝের উপর দ্রুত পা ফেলার শব্দ। বুশ দৌড়ে ঘরে ঢুকল। তার চোখ দুটো জ্বলজ্বল করছে।

'অ্যাক্সিডেন্টের জায়গায় খাদের মধ্যে কিছু কাগজ পাওয়া গেছে। লেখা প্রায় মুছে গেছে, কিন্তু সেটা কী কাগজ, তা বুঝতে কোনও অসুবিধা হয় না।'

'তা হলে ফরমুলা হারায়নি?' শেরিং চেঁচিয়ে উঠল।

শেরিং-এর মুখে এ প্রশ্ন শুনে বুশ রীতিমতো ভ্যাবাচ্যাকা। আমি তাকে সকালের ব্যাপারটা বলে দিলাম। বুশ বলল, 'তার মানে বুঝতে পারছ তো?— নয়মান হয়তো ফরমুলা নেয়নি। শুধু টাকাকড়ি বা অন্য কিছু দামি জিনিস নিয়ে পালিয়েছে।'

'সেটা কী করে বলছ তোমরা', শেরিং ব্যাকুল ভাবে বলে উঠল— 'গবেষণা সংক্রান্ত কাগজ ছাড়া অন্য অদরকারি কাগজও তো ছিল আমাদের সঙ্গে। খাদে যে কাগজ পাওয়া গেছে, তার সঙ্গে তো গবেষণার কোনও সম্পর্ক নাও থাকতে পারে।'

শেরিং ঠিকই বলেছে। কতগুলো লেখা ধুয়ে যাওয়া কাগজ থেকে এটা মোটেই প্রমাণ হয় না যে নয়মান ফরমুলা নেয়নি। যাই হোক, আমি আর বুশ স্থির করলাম যে, উলরিখকে শেরিং-এর সঙ্গে রেখে আমরা দু'জন ব্রেকফাস্ট সেরেই চলে যাব অ্যাক্সিডেন্টের জায়গায়।

আরও কিছু কাগজ পাওয়া যেতে পারে, এবং তার মধ্যে ফরমুলাটাও থাকতে পারে, এমন একটা ক্ষীণ আশা জেগেছে আমাদের মনে। রেমুস আর শ্লাইন্‌সের মধ্যবর্তী অ্যাক্সিডেন্টের জায়গাটা এখান থেকে পঁচাশি কিলোমিটার। খুব বেশি তো সোয়া ঘন্টা লাগবে পৌঁছাতে। আমার মতে ড্রাইভার খোঁজার চেয়েও বেশি জরুরি কাজ হচ্ছে কাগজ খোঁজা। লেখা ধুয়ে মুছে গেলে ক্ষতি নেই। সে লেখা পাঠোদ্ধার করার মতো রাসায়নিক কায়দা আমার জানা আছে।

এখন সকাল সাড়ে আটটা। আমরা আর মিনিট দশেকের মধ্যেই বেরিয়ে পড়ব। কেন জানি না কিছুক্ষণ থেকে আমার মনটা মাঝে মাঝে খচ খচ করে উঠছে। কোথায় যেন ব্যাপারটার মধ্যে একটা অসঙ্গতি রয়েছে। কিন্তু সেটা যে কী, সেটা বুঝতে পারছি না।

কেবল একটা বিষয়ে আমি নিশ্চিন্ত। আমার যন্ত্রে কোনও গণ্ডগোল নেই।

১০ই মার্চ, রাত ১২টা

একটা বিভীষিকাময় দুঃস্বপ্নের মধ্য দিয়ে বেরিয়ে এলাম। ঘোর এখনও পুরোপুরি কাটেনি, কাটবে সেই গিরিডিতে আমার স্বাভাবিক পরিবেশে ফিরে গিয়ে। এমন ছবির মতো সুন্দর দেশে এমন একটা সাংঘাতিক ঘটনা ঘটে যাবে তা ভাবতে পারিনি।

গতকাল সকালে আমাদের প্ল্যান অনুযায়ী আমি, বুশ আর সুইস পুলিশের হান্‌স বার্গার যখন দুর্ঘটনার জায়গায় রওনা হলাম, তখন আমার ঘড়িতে পৌনে ন'টা। রাস্তার এখানে সেখানে বরফ জমে আছে, চারিদিকে পাহাড়ের গায়ে আর চুড়োয় বরফ। গাড়ির কাচ তোলা থাকলেও গাছপালার অস্থির ভাব দেখে বুঝতে পারছিলাম বেশ জোরে হাওয়া বইছে। বুশই গাড়ি চালাচ্ছে, তার পাশে আমি, পিছনের সিটে বার্গার।

গন্তব্যস্থলে পৌঁছোতে লাগল এক ঘন্টা দশ মিনিট। রেমুসে একবার মিনিট তিনেকের জন্য থেমেছিলাম। সেখানে পুলিশের লোক ছিল, তার সঙ্গে কথা বলে জানলাম নয়মানের কোনও খবর এখনও পাওয়া যায়নি। অনুসন্ধান পুরোদমেই চলেছে, এমনকী নয়মানকে ধরিয়ে দেবার জন্য পাঁচ হাজার ফ্রাঙ্ক পুরস্কার ঘোষণা করা হয়েছে।

অ্যাক্সিডেন্টের জায়গার প্রাকৃতিক দৃশ্য আশ্চর্য সুন্দর। রাস্তার পাশ দিয়ে খাদ নেমে গেছে সাড়ে তিন হাজার ফুট। নীচের দিকে চাইলে একটা সরু নদী দেখতে পাওয়া যায়। মনে মনে বললাম, কাগজপত্র যদি ওই নদীর জলে ভেসে গিয়ে থাকে, তা হলে আর উদ্ধারের কোনও আশা নেই। রাস্তাটা এখানে এত চওড়া যে জোর করে ঠেলে না ফেললে, বা ড্রাইভারের হঠাৎ মাথা বিগড়ে না গেলে, গাড়ি খাদে পড়ার কোনও সম্ভাবনা নেই। পাহাড়ের গায়ে পুলিশের লোক দেখতে পেলাম, রাস্তার ওপরেও কিছু জিপ ও গাড়ি দাঁড়িয়ে আছে। বুঝলাম, খানাতল্লাশির কাজে কোনও ত্রুটি হচ্ছে না। আমরাও দুজনে পাহাড়ের গা দিয়ে নীচের দিকে নামতে শুরু করলাম।

পায়েহাঁটা পথ রয়েছে, ঢালও তেমন সাংঘাতিক কিছু নয়। দূর থেকে সুরেলা ঘণ্টার শব্দ পাচ্ছি ; বোধ হয় গোরু চরছে। সুইস গোরুর গলায় বড় বড় ঘণ্টা বাঁধা থাকে। তার শব্দ সুন্দর প্রাকৃতিক পরিবেশকে আরও মনোরম করে তোলে।

গাড়ি যেখানে পড়েছিল, আর লুবিনের মৃতদেহ যেখানে পাওয়া গিয়েছিল, এই দুটো জায়গা আগে দেখা দরকার। এ দিকে ও দিকে বরফের শুভ্র কার্পেট বিছানো রয়েছে, মাঝে মাঝে ঝাউ, বিচ আর অ্যাশ গাছের ডাল থেকে ঝুপ ঝুপ করে বরফ মাটিতে খসে পড়ছে।

প্রায় পঁয়তাল্লিশ মিনিট খুঁজেও এক টুকরো কাগজও পেলাম না। কিন্তু গাড়ির জায়গা

থেকে আরও প্রায় পাঁচশো ফুট নেমে গিয়ে যে জিনিসটা আবিষ্কার করলাম, সেটা একেবারেই অপ্রত্যাশিত।

আবিষ্কারটা আমারই। সবাই মাটিতে খুঁজছে কাগজের টুকরো ; আমার দৃষ্টি কিন্তু গাছের ডালপাতা ফোকর ইত্যাদিও বাদ দিচ্ছে না। একটা ঘন পাতাওয়ালা ওক গাছের নীচে এসে দৃষ্টি উপরে তুলতেই পাতার ফাঁক দিয়ে একটা ছোট্ট সাদা জিনিস চোখে পড়ল যেটা কাগজও নয়, বরফও নয়। আমার দৃষ্টি যে কোনও পুলিশের দৃষ্টির চেয়ে অন্তত দশ গুণ বেশি তীক্ষ্ণ। দেখেই বুঝলাম ওটা একটা কাপড়ের অংশ। বার্গারিকে ইশারা করে কাছে ডেকে গাছের দিকে আঙুল দেখালাম। সে সেটা দেখামাত্র আশ্চর্য ক্ষিপ্রতার সঙ্গে ডাল বেয়ে উপরে উঠে গেল। মিনিটখানেকের মধ্যে তার উত্তেজিত কণ্ঠস্বর শোনা গেল। সে চেঁচিয়ে উঠেছে তার মাতৃভাষা জার্মানে—

'ডা ইস্ট আইনে লাইখে !'

অর্থাৎ— এ যে দেখছি একটা মৃতদেহ !

পাঁচ মিনিটের মধ্যেই মৃতদেহ নীচে নেমে এল। বরফের দেশ বলেই মৃত্যুর এত দিন পরেও দেহ প্রায় অবিকৃত রয়েছে। বুঝতে অসুবিধা হল না যে এ হল ড্রাইভার হাইন্‌ৎস নয়মানের মৃতদেহ। তার কোটের পকেটে রয়েছে তার গাড়ির লাইসেন্স ও তার ব্যক্তিগত আইডেন্টিটি কার্ড। নয়মানেরও হাড়গোড় ভেঙেছে, হাতেমুখে ক্ষতচিহ্ন রয়েছে। সেও যে গাড়ি থেকে ছিটকে বেরিয়ে পাহাড়ের গা বেয়ে গড়িয়ে এসে এই ওক গাছের ডালপালার ভিতরে এত দিন মরে পড়েছিল, তাতে কোনও সন্দেহ নেই।

তা হলে কি নয়মান লুবিন ও শেরিংকে অজ্ঞান করে গাড়িতে তুলে গাড়ি ঠেলে খাদে ফেলার সময় নিজেই পা হড়কে পড়ে গিয়েছিল ? নাকি অন্য কোনও অচেনা লোক এসে তার এই দশা করেছে ? যাই হোক না কেন, নয়মানকে খোঁজার জন্য পুলিশকে আর মেহনত করতে হবে না।

এটাও বলে রাখি যে নয়মানের জামার পকেটে গবেষণা সংক্রান্ত কোনও কাগজ পাওয়া যায়নি। সে কাগজ যদি খাদের মধ্যে পাওয়া যায় তো ভাল, না হলে বি-এক্স তিনশো সাতাত্তরের মামলা এখানেই শেষ...

*　*　*

আমরা এগারোটার সময় ওয়ালেনস্টার্ট রওনা দিলাম। আমাদের দুজনেরই দেহমন অবসন্ন। সেটা কিছুটা পাহাড়ে ওঠানামার পরিশ্রমের জন্য, কিছুটা দুর্ঘটনার কথা মনে করে। সেই সঙ্গে কাল রাত্রের মতো আজও কী কারণে যেন আমার মনের ভিতরটা খচ খচ করছে। কী একটা জিনিস, বা জিনিসের অভাব লক্ষ করে মুহূর্তের জন্য আমার মনে একটা প্রতিক্রিয়ার সৃষ্টি হয়েছিল, যেটা আমার স্মৃতির অতলে তলিয়ে গেছে। সঙ্গে রিমেমব্রেন যন্ত্রটা আছে— ওটা হাতছাড়া করতে মন চায় না— একবার মনে হল যন্ত্রটা পরে বুশকে দিয়ে প্রশ্ন করিয়ে দেখি কী হয়, কিন্তু তারপরেই খেয়াল হল, কী ধরনের প্রশ্ন করলে স্মৃতিটা ফিরে আসবে, সেটাও আমার জানা নেই। অগত্যা চিন্তাটা মন থেকে মুছে ফেলে দিতে হল।

বাড়ি পৌঁছানোর কিছু আগে থেকেই মেঘ করেছিল, গাড়ি গেটের সামনে থামার প্রায় সঙ্গে সঙ্গেই ঝির ঝির করে বৃষ্টি শুরু হল।

শেরিং নয়মানের মৃতদেহ আবিষ্কারের কথা শুনে আমাদেরই মতো হতভম্ব হয়ে গেল। বলল, 'দুটি লোকের মৃত্যু, আর তার সঙ্গে সাত বছরের পরিশ্রম পণ্ড।' তারপর একটা

দীর্ঘশ্বাস ফেলে বলল, 'এক হিসেবে ভালই হয়েছে।'

আমরা একটু অবাক হয়েই শেরিং-এর দিকে চাইলাম। তার দৃষ্টিতে একটা উদাস ভাব দেখা দিয়েছে। সে বলল, 'মারণাস্ত্র নিয়ে গবেষণা করার ইচ্ছে আমার ছিল না। লুবিনই প্রথমে করে প্রস্তাবটা। আমি গোড়ায় আপত্তি করলেও, পরে নিজের অজান্তেই যেন জড়িয়ে পড়ি, কারণ লুবিন ছিল কলেজজীবন থেকে আমার ঘনিষ্ঠ বন্ধু।'

শেরিং একটু থেমে আমার দিকে ফিরে মৃদু হেসে বলল, 'এই যন্ত্রের প্রেরণা কোত্থেকে এসেছিল জান? তুমি ভারতীয়, তাই তোমাকেই বিশেষ করে বলছি। লুবিন সংস্কৃত জানত। বার্লিনের একটি সংগ্রহশালায় রাখা একটি আশ্চর্য সংস্কৃত পুঁথি লুবিন পড়েছিল কিছুকাল আগে। এই পুঁথির নাম সমরাঙ্গনসূত্রম। এতে যে কত রকম যুদ্ধাস্ত্রের বর্ণনা আছে, তার হিসেব নেই। সেই পুঁথি পড়েই লুবিনের মাথায় এই অস্ত্রের পরিকল্পনা আসে। ...যাক গে, যা হয়েছে তাতে হয়তো আখেরে মঙ্গলই হবে।'

আমি সমরাঙ্গনসূত্রমের নাম শুনেছি, কিন্তু সেটা পড়ার সৌভাগ্য হয়নি। অবিশ্যি ভারতীয়রা যে মারণাস্ত্র নিয়ে এককালে বিশেষভাবে চিন্তা করেছে, সেটা তো মহাভারত পড়লেই বোঝা যায়।

শেরিংকে আর এখানে ধরে রাখার কোনও মানে হয় না। আমরা যখন বেরিয়েছিলাম, সেই সময় সে নাকি আল্‌টডর্ফ শহরে তার এক বন্ধুকে ফোন করে বলেছে তাকে যেন এসে নিয়ে যায়। আল্‌টডর্ফ এখান থেকে পশ্চিমে পঁচাত্তর কিলোমিটার দূরে। শেরিং-এর বন্ধু বলেছে বিকেলের দিকে আসবে।

সারা দুপুর আমরা চারজন পুরুষ ও একজন মহিলা বৈঠকখানায় বসে গল্পগুজব করলাম। সাড়ে তিনটের সময় একটা হাল ফ্যাশানের লাল মোটরগাড়ি এসে আমাদের বাড়ির সামনে দাঁড়াল। তার থেকে নামলেন একটি বছর চল্লিশেকের স্বাস্থ্যবান পুরুষ, লম্বায় ছ' ফুটের ওপর, পরনে চামড়ার জার্কিন ও কর্ডের প্যান্ট। রোদেপোড়া চেহারা দেখে আন্দাজ করেছিলাম, পরে শুনলাম সত্যিই এঁর পাহাড়ে ওঠার খুব শখ, সুইটজারল্যাণ্ডের উচ্চতম তুষারশৃঙ্গ মন্টে রোজায় চড়েছেন বারপাঁচেক— যদিও পেশা হল ওকালতি। বলা বাহুল্য ইনিই শেরিং-এর বন্ধু, নাম পিটার ফ্রিক্‌। শেরিং আমাদের সকলের কাছে বিদায় নিয়ে আর একবার আমার যন্ত্রটার উচ্ছ্বসিত প্রশংসা করে আল্‌টডর্ফের দিকে রওনা দিয়ে দিল।

সে যাবার মিনিট দশেক পরে— সবেমাত্র ক্লারা সকলের জন্য লেমনটি ও কেক এনে টেবিলে রেখেছে— এমন সময় হঠাৎ ভেলকির মতো আমার মনের সেই অসোয়াস্তির কারণটা আমার কাছে পরিষ্কার হয়ে উঠল, আর হওয়ামাত্র আমি সবাইকে চমকে দিয়ে তড়াক করে সোফা ছেড়ে দাঁড়িয়ে উঠে বুশের দিকে ফিরে বললাম, 'এক্ষুনি চলো। আল্‌টডর্ফ যেতে হবে।'

'তার মানে?' উলরিখ আর বুশ একসঙ্গে বলে উঠল।

'মানে পরে হবে। আর এক মুহূর্ত সময় নেই!'

আমার এই বয়সে এই তৎপরতা দেখেই বোধহয় বুশ ও উলরিখ তৎক্ষণাৎ উঠে পড়ল।

সিঁড়ি দিয়ে একসঙ্গে তিনটে করে ধাপ উঠতে উঠতে বুশকে বললাম, 'তোমার সঙ্গে অস্ত্র আছে? আমারটা আনিনি।'

'একটা লুগার অটোম্যাটিক আছে।'

'ওটা নিয়ে নাও। আর পুলিশের লোকটি থাকলে তাকেও বলে দাও সঙ্গে আসতে। আর আল্‌টডর্ফেও জানিয়ে দাও— সে দিকেও যেন পুলিশ তৈরি থাকে।'

আমার যন্ত্রটাকে ঘর থেকে নিয়ে আমরা চারজন পুরুষ বুশের গাড়িতে উঠে ঝড়ের বেগে ছুটলাম আল্‌টডর্ফের উদ্দেশে। বুশ মোটর চালনায় সিদ্ধহস্ত— স্টিয়ারিং ধরে এক মিনিটের মধ্যে একশো কুড়ি কিলোমিটার স্পিড তুলে দিল। এ দেশে যারা গাড়ির সামনের সিটে বসে, তাদের প্লেনযাত্রীর মতো কোমরে বেল্ট বেঁধে নিতে হয়। এ গাড়িটা তো এমনভাবে তৈরি যে বেল্ট না বাঁধলে গাড়ি চলেই না। শুধু তাই না— গাড়িতে যদি আচমকা ব্রেক কষা হয়, তা হলে তৎক্ষণাৎ ড্যাশবোর্ডের দুটো খুপরি থেকে দুটো নরম তুলোর মতো জিনিস লাফিয়ে বেরিয়ে এসে চালক ও যাত্রীকে হুমড়ি খেয়ে নাকমুখ থ্যাঁতলানোর হাত থেকে বাঁচিয়ে দেয়।

আমাদের অবিশ্যি আচমকা ব্রেক কষার প্রয়োজন হয়নি। ত্রিশ কিলোমিটারের ফলক পেরোবার কয়েক সেকেন্ডের মধ্যেই আমরা শেরিং-এর লাল গাড়ি দেখতে পেলাম। তার চলার মেজাজে চালকের নিরুদ্বেগ ভাবটা স্পষ্ট। আমি বললাম, 'ওটাকে পেরিয়ে গিয়ে থামো।'

বুশ হর্ন দিতে দিতে লাল গাড়িটাকে পাশ কাটিয়ে খানিক দূর গিয়ে হাত দেখিয়ে গাড়িটাকে রাস্তার মাঝখানে ট্যারচা ভাবে দাঁড় করিয়ে দিল। ফলে শেরিং-এর গাড়ি বাধ্য হয়েই থেমে গেল।

আমরা চারজন গাড়ি থেকে নামলাম। শেরিং আর তার বন্ধুও নেমে অবাক মুখ করে আমাদের দিকে এগিয়ে এল।

'কী ব্যাপার?' শেরিং প্রশ্ন করল।

পথে আসার সময় আমাদের চারজনের মধ্যে কোনও কথা হয়নি। হয়তো আমার গম্ভীরভাব দেখেই অন্য তিনজন সাহস করে কিছু জিজ্ঞেস করতে পারেনি। কাজেই আমরা কেন যে এই অভিযানে বেরিয়েছি, সেটা একমাত্র আমিই জানি, আর তাই কথাও বলতে হবে আমাকেই।

আমি এগিয়ে গেলাম। শেরিং যতই স্বাভাবিক হতে চেষ্টা করুক না কেন, তার ঠোঁটের ফ্যাকাশে শুকনো ভাবটা সে গোপন করতে পারছে না। তার তিন হাত পিছনে দাঁড়িয়ে আছে তার বন্ধু পিটার ফ্রিক্‌।

'একটা চুরুট খেতে ইচ্ছে করল', আমি শান্তভাবে বললাম, 'কাল তোমার ডাচ চুরুট পান করে আমার নেশা হয়ে গেছে। আছে তো চুরুটের কেসটা?'

আমার এই সহজভাবে বলা সামান্য কয়েকটা কথায় যেন ডিনামাইটে অগ্নি সংযোগ হল। শেরিং-এর বন্ধুর হাতে মুহূর্তের মধ্যে চলে এল একটা রিভলভার, আর সেই মুহূর্তেই সেটা গর্জিয়ে উঠল। আমি অনুভব করলাম আমার ডান কনুই ঘেঁষে গুলিটা গিয়ে লাগল বুশের মার্সেডিস গাড়ির ছাতের একটা কোণে। কিন্তু সে রিভলভার আর এখন পিটার ফ্রিকের হাতে নেই, কারণ দ্বিতীয় আর একটা আগ্নেয়াস্ত্রের গর্জনের সঙ্গে সঙ্গে ফ্রিকের রিভলভারটা ছিটকে গিয়ে রাস্তায় পড়েছে, আর ফ্রিক্‌ তার বাঁ হাত দিয়ে ডান হাতের কবজিটা চেপে মুখ বিকৃত করে হাঁটু গেড়ে রাস্তায় বসে পড়েছে।

আর শেরিং? সে একটা অমানুষিক চিৎকারের সঙ্গে সঙ্গে উর্ধ্বশ্বাসে উলটোমুখে দৌড় লাগাতেই বুশ ও উলরিখ তিরবেগে ছুটে গিয়ে বাঘের মতো লাফিয়ে তাকে বগলদাবা করে ফেলল। আর আমি— জগদ্বিখ্যাত বৈজ্ঞানিক ত্রিলোকেশ্বর শঙ্কু— আমার অদ্বিতীয় আবিষ্কার রিমেমব্রেন যন্ত্রটি শেরিং-এর মাথায় পরিয়ে বোতাম টিপে ব্যাটারি চালু করে দিলাম।

শেরিং দুজনের হাতে বন্দি হয়ে সেইভাবেই দাঁড়িয়ে রইল, তার নিষ্পলক দৃষ্টি দেখে মনে হয়, সে দূরে তুষারাবৃত পাহাড়ের চুড়োর দিকে চেয়ে ধ্যান করছে।

এবার আমার খেলা।

আমি প্রশ্ন করলাম শেরিং-কে উদ্দেশ্‌ করে।

'ডক্টর লুবিন কীভাবে মরলেন?'

'দম আটকে।'

'তুমি মেরেছিলে তাকে?'

'হ্যাঁ।'

'কীভাবে?'

'টুঁটি টিপে।'

'তখন গাড়ি চলছিল?'

'হ্যাঁ।'

'ড্রাইভার নয়মান কীভাবে মরল?'

'নয়মানের সামনে আয়না ছিল। আয়নায় সে লুবিনের হত্যাদৃশ্য দেখে। সেই সময় তার স্টিয়ারিং ঘুরে যায়। গাড়ি খাদে পড়ে।'

'তার সঙ্গে তুমিও পড়?'

'হ্যাঁ।'

'তুমি কি ভেবেছিলে লুবিন ও নয়মানকে খুন করে তাদের খাদে ফেলে দেবে?'

'হ্যাঁ।'

'তারপর ফরমুলা নিয়ে পালাবে?'

'হ্যাঁ।'

'কী করতে তুমি ওটা দিয়ে?'

'বিক্রি করতাম।'

'কাকে ?'
'যে বেশি দাম দেবে, তাকে।'
'ফরমুলার কাগজ কি তোমার কাছে আছে ?'
'না।'
'তবে কী আছে ?'
'টেপ।'
'তাতে ফরমুলা রেকর্ড করা আছে ?'
'হ্যাঁ।'
'কোথায় আছে সে টেপ ?'
'চুরুটের কেসে।'
'ওটা কি আসলে একটা টেপ রেকর্ডার ?'
'হ্যাঁ।'

আমি শেরিং-এর মাথা থেকে হেলমেট খুলে নিলাম। পুলিশের লোকটি ভিজে রাস্তার উপর জুতোর শব্দ তুলে শেরিং-এর দিকে এগিয়ে গেল।

* * *

এখন মনে হচ্ছে কী আশ্চর্য এই মস্তিষ্ক জিনিসটা, আর কী অদ্ভুত এই স্মৃতির খেলা। কাল শেরিং চুরুট চাইল, ক্লারা তাকে কেসটা এনে দিল, কিন্তু সে চুরুট খেল না। তখনই ব্যাপারটা পুরোপুরি আঁচ করা উচিত ছিল, কিন্তু করিনি। আজ সকালেও তার ঘরে চুরুটের কোনও গন্ধ বা কোনও চিহ্ন দেখিনি। চুরুটের কেসটা নিয়মিত খাটের পাশের টেবিলে থাকা উচিত ছিল, কিন্তু তা ছিল না। আজ দুপুরে এতক্ষণ বসে গল্প করলাম, কিন্তু তাও শেরিং চুরুট খেল না।

গান মেটালের তৈরি কেসটা এখন আমার ঘরে আমার টেবিলের উপর রাখা রয়েছে। এর ঢাকনাটা খুললে বেরোয় চুরুট, আর নীচের দিকে একটা প্রায়-অদৃশ্য বোতাম টিপলে তলাটা খুলে গিয়ে বেরোয় মাইক্রোফোন সমেত একটা খুদে টেপ রেকর্ডার। টেপটা চালিয়ে দেখেছি, তাতে বি-এক্স তিনশো সাতাত্তরের সব তথ্যই রেকর্ড করা আছে শেরিং-এর নিজের গলায়। এরই উপর যদি অন্য কিছু রেকর্ড করা যায়, তা হলে শেরিং-এর এই অপদার্থ ফরমুলাটা চিরকালের জন্য নিশ্চিহ্ন হয়ে যাবে।

উইলির গলা না ? সে আবার সুর করে ছড়া কাটছে।

মাইক্রোফোনটা বার করে রেকর্ডারটা চালিয়ে দিলাম।

আনন্দমেলা। পূজাবার্ষিকী ১৩৮১

হিপ্‌নোজেন

৭ই মে

আমার এই ছেষট্টি বছরের জীবনে পৃথিবীর অনেক জায়গা থেকে অনেকবার অনেক রকম নেমন্তন্ন পেয়েছি ; কিন্তু এবারেরটা একেবারে অভিনব। নরওয়ের এক নাম-না-জানা গণ্ডগ্রাম থেকে এক এক্সপ্রেস টেলিগ্রাম ; টেলিগ্রাম মানে চিঠির বাড়া ; গুনে দেখেছি একশো তেত্রিশটা শব্দ। যিনি করেছেন তাঁর নাম আগে শুনিনি। নতুন কোনও চরিতাভিধানে তাঁর নাম খুঁজে পাইনি। এনসাইক্লোপিডিয়াতেও নেই। পঁচিশ বছরের পুরনো এক জার্মান 'হুজ হু'-তে বলছে—আলেকজান্ডার ক্রাগ নামে এক ভদ্রলোক ব্রেজিলের এক হিরের খনির মালিক ছিলেন ; তিনি নাকি ১৯১৩ খ্রিস্টাব্দে মারা যান। সুতরাং এই আলেকজান্ডার ক্রাগ নিশ্চয়ই অন্য ব্যক্তি। কিন্তু ইনি যে-ই হন না কেন, আমাকে এঁর এত জরুরি প্রয়োজন কেন সেটাই হচ্ছে প্রশ্ন। টেলিগ্রাম বলছে প্লেনের টিকিট চলে আসছে আমার নামে—প্রথম শ্রেণীর টিকিট—আমি যেন সেটা পাওয়ামাত্র নরওয়ে রওনা দিই। অস্‌লোর বিমানঘাঁটিতে গাড়ি অপেক্ষা করবে, সে গাড়ির নম্বর ও ড্রাইভারের নাম দেওয়া আছে টেলিগ্রামে। সেই গাড়িই আমাকে নিয়ে যাবে এই রহস্যময় মিঃ ক্রাগের বাসস্থানে। সাড়ে তিন ঘণ্টা লাগবে পৌঁছাতে সে কথাও বলা আছে, এবং আরও বলা আছে যে যাওয়াটা আমার পক্ষে লাভজনক হবে, কারণ সেখানে নাকি বিশ্বের শ্রেষ্ঠ—অন্যতম শ্রেষ্ঠ নয়, একেবারে শ্রেষ্ঠ—বৈজ্ঞানিকের সঙ্গে পরিচয় করিয়ে দেবেন মিস্টার ক্রাগ। কে এই অত্যাশ্চর্য খামখেয়ালি ভদ্রলোক ? আমার সঙ্গে পরিচিত হবার ইচ্ছেটা তেমন প্রবল না হলে সে অত খরচ করে তার করবে কেন ?

যাই হোক—নরওয়েতে এখন মধ্যরাত্রের সূর্যের পর্ব চলেছে। আমি যেখানে যাচ্ছি সেখানে এ সময়টা—অর্থাৎ মে মাসে—রাতের অন্ধকার বলে কিছু নেই। এ জিনিসটা আমার দেখা হয়নি এখনও। তাই ভাবছি ভদ্রলোককে সম্মতি জানিয়ে টেলিগ্রাম করে দেব। আমার তাতে কোনও খরচ নেই, কারণ ভদ্রলোক একশো টাকার প্রিপেড টেলিগ্রাম করেছেন, যদিও আমি চেষ্টা করেও ডজনখানেকের বেশি শব্দ ব্যবহার করতে পারব না।

৯ই মে

আজ একটা আর্টের বইয়ের পাতা উলটোতে উলটোতে হঠাৎ দেখলাম ষোড়শ শতাব্দীর বিখ্যাত ইটালিয়ান শিল্পী তিনতোরেত্তোর একটা ছবির তলায় খুদে খুদে অক্ষরে লেখা রয়েছে 'আলেকজান্ডার ক্রাগের ব্যক্তিগত সংগ্রহ থেকে'। যে লোক তিনতোরেত্তোর মতো শিল্পীর ছবি নিজের বাড়িতে রাখার ক্ষমতা রাখে সে যে ডাকসাইটে ধনী তাতে কোনও সন্দেহ নেই।

আমি পরশু রওনা হচ্ছি। ক্রাগকে জানিয়ে দিয়েছি। বেশ একটা চনমনে উৎসাহ

অনুভব করছি। মন বলছে আমার নরওয়ে সফর মাঠে মারা যাবে না।

১২ই মে

অস্‌লো এয়ারপোর্ট থেকে উর্দিপরা ড্রাইভার-চালিত ডেমলার গাড়িতে করে আমরা আধ ঘণ্টা হল রওনা দিয়েছি আলেকজান্ডার ক্রাগের বাসস্থানের উদ্দেশে। আমরা অর্থাৎ আমি ছাড়া আরও দুজন। এর মধ্যে একজন—ইংলন্ডের পদার্থবিজ্ঞানী জন সামারভিল—আমার পুরনো বন্ধু। অন্যজনের সঙ্গে এই প্রথম আলাপ ; ইনি হলেন গ্রিসের বায়োকেমিস্ট হেক্টর পাপাডোপুলস। তিনজনের মধ্যে এনারই বয়স সবচেয়ে কম ; দেখে মনে হয় চল্লিশের বেশি না। মাথাভরা কোঁকড়া ঘন কালো চুল, এবং তার সঙ্গে মানানসই ঘন ভুরু ও ঘন গোঁফ। আমরা তিনজন ঠিক একইভাবে আমন্ত্রিত হয়েছি ; একই টেলিগ্রাম, একই ব্যবস্থা। এটা অবিশ্যি অস্‌লোতে আসার পরে জানলাম। আমি যেই তিমিরে, এরাও সেই তিমিরে। সামারভিলও ক্রাগের নাম শোনেনি। পাপাডোপুলস বলল শুনে থাকতে পারে, খেয়াল নেই। তবে টেলিগ্রামের দৈর্ঘ্য, প্রথম শ্রেণীর টিকিট, আর এখন এই ডেমলার গাড়ি আর ড্রাইভারের পোশাকের বাহার দেখে এটা তিনজনেই বুঝেছি যে, আলেকজান্ডার ক্রাগের পয়সার অভাব নেই।

আপাতত আমরা মাঝপথে থেমেছি কফি খেতে। এখন বিকেল সাড়ে তিনটে। ঠাণ্ডা যতটা হবে আশা করেছিলাম ততটা নয়। অবিশ্যি নরওয়েতে তাপমাত্রার খামখেয়ালিপনার কথা যে কোনও ভূগোলের ছাত্রই জানে। এ দেশে উত্তরপ্রান্তে শীতের মাত্রা দক্ষিণের চেয়ে কম, কারণ আটলান্টিক থেকে এক ধরনের গরম হাওয়া নরওয়ের উত্তরাংশের উপর দিয়ে মাঝে মাঝে বয়, ফলে উচ্চতা এবং উত্তর মেরুর সান্নিধ্য সত্ত্বেও তাপমাত্রা দক্ষিণের চেয়ে বেশি বেড়ে যায়।

আমরা যেখানে বসে কফি খাচ্ছি সেটা রাস্তার ধারে একটা রেস্টোর‍্যান্ট। ভারী নির্জন, সুরম্য পরিবেশ। নরওয়েতে সমতলভূমি বলে প্রায় কিছুই নেই, সারা দেশটাকেই উপত্যকা বলা চলে, তারই মাঝে মাঝে মাথা উঁচিয়ে আছে বরফে ঢাকা পাহাড়। ড্রাইভার পিয়েট নোরভালের কাছে জানলাম ক্রাগের বাসস্থান অস্‌লো থেকে তিনশো ত্রিশ কিলোমিটার দূরে। আমাদের পৌঁছোতে লাগবে আরও ঘন্টা আড়াই।

১২ই মে, রাত সাড়ে ন'টা

রাত বলছি ঘড়ি দেখে, যদিও জানি, আকাশের দিকে চাইলে আর ও শব্দটা ব্যবহার করতে মন চাইবে না।

কী আশ্চর্য এক জায়গায় এসে হাজির হয়েছি সেটা বলা দরকার। জায়গার আগে অবিশ্যি মানুষটার কথা বলতে হয়। কারণ এই বাসস্থান—রাজপুরীও বলা চলে—এই মানুষের একার তৈরি। মধ্যযুগীয় কেল্লার ঢং-এর বাড়ি, দেখে মনে হবে বয়স সাত-আটশো বছরের কাছাকাছি, কিন্তু আসলে তৈরি এই বিংশ শতাব্দীতেই। কত খরচ লেগেছিল জিজ্ঞেস করার ইচ্ছে ছিল, কিন্তু ভদ্রলোককে যে অবস্থায় দেখলাম, তাতে আর এ সব অবান্তর প্রশ্ন করা চলে না। আলেকজান্ডার অ্যালয়সিয়াস ক্রাগ এখন মৃত্যুশয্যায়। তাঁর শেষ অবস্থা অনুমান করেই তিনি আমাদের ডেকে পাঠিয়েছেন। কেন ডেকেছেন তার তাজ্জব কারণটা এখন বলি।

ঠিক ছ'টা বেজে পাঁচ মিনিটে ক্রাগ-কেল্লার প্রকাণ্ড ফটকের ভিতর দিয়ে গাড়ি ঢুকে আরও

পাঁচ মিনিট পপলার, আসপেন ও ঝাউ গাছের ছায়ায় ঢাকা অতি সুদৃশ্য আঁকাবাঁকা পথ দিয়ে আমরা কেল্লার সদর দরজার সামনে পৌঁছোলাম। একজন উর্দিপরা মাঝবয়সি লোক আমাদেরই জন্য বোধ হয় অপেক্ষা করছিল ; সে এগিয়ে এসে আমাদের অভ্যর্থনা করে কাস্‌লের ভিতর নিয়ে গেল।

যে ঘরটাতে আমরা প্রথম ঢুকলাম সেটাকে ওয়েটিংরুম বলা চলে, কিন্তু তার চোখধাঁধানো বাহার দেখে আমাদের তিনজনেরই কিছুক্ষণের জন্য কথা বন্ধ হয়ে গেল। আসবাবপত্র, মার্বেলের মূর্তি, ঝাড়লণ্ঠন, গিল্ট করা ফ্রেমে বাঁধানো বিশাল অয়েলপেন্টিং, মেঝেতে পারস্যদেশীয় আলিসান গালিচা, দেয়ালের গায়ে ঝোলানো অস্ত্রশস্ত্র, পেডেস্টালে দাঁড় করানো লোহার বর্ম—সব মিলিয়ে আমাদের মনটাকে টেনে নিয়ে গেল সেই ব্যারনদের যুগে যারা ডাকাতি করে কোটি কোটি টাকা করে ফুর্তি করে আমোদ করে জীবন কাটাত। পাপাডোপুলস বিজ্ঞানী হলেও অন্যান্য বিষয়ে দেখলাম অনেক কিছু জানে। চারিদিকে দেখে বলল, এই একটি ঘরে যা পেন্টিং রয়েছে, তারই দাম হবে কয়েক কোটি টাকা। আমি নিজে একখানা রেমব্রান্ট ও একখানা ফ্রাগোনারের ছবি দেখে চিনেছি। সারা দুর্গের ঘরময় আরও কত কী ছড়িয়ে আছে কে জানে।

মিনিটদশেক অপেক্ষা করার পর সে লোকটি ফিরে এসে বলল ক্রাগসাহেব নাকি দর্শন দেবার জন্য প্রস্তুত। আমরা তিনজন তাকে অনুসরণ করে আরও দু' খানা বিশাল ঘর এবং অজস্র মহামূল্য জিনিসপত্র পেরিয়ে একটা অপেক্ষাকৃত ছোট, আবছা অন্ধকার ঘরে গিয়ে পৌঁছোলাম। ঘরের একটি জায়গায় একটিমাত্র ল্যাম্প জ্বলছে, এবং সেই ল্যাম্পের আলো গিয়ে পড়েছে একটা বিচিত্র কারুকার্য করা প্রকাণ্ড পালঙ্কের উপর শোওয়া এক অতি প্রাচীন ভদ্রলোকের উপর। তুলোর বালিশে পিঠ দিয়ে আধশোয়া অবস্থায় যিনি আমাদের দিকে রোগক্লিষ্ট অথচ আশ্চর্য তীক্ষ্ণ দৃষ্টিতে চেয়ে আছেন, তিনিই যে এই কেল্লার অধিপতি শ্রীআলেকজান্ডার ক্রাগ, তাতে কোনও সন্দেহ নেই। সাটিনে মোড়া লেপ দিয়ে তাঁর থুতনি অবধি ঢাকা, শীর্ণ হাত দুটো লেপের বাইরে বুকের উপর জড়ো করা। ডান হাতটা এবার বাঁ হাত থেকে আলগা হয়ে শরীর থেকে উঠে আমাদের দিকে প্রসারিত হল ; আমরা পর পর তিনজন ক্রাগের সঙ্গে করমর্দন করলাম।

খাটের পাশে তিনটে চামড়ায় মোড়া চেয়ার রাখা ছিল—ক্রাগ ঘাড় নাড়িয়ে সেদিকে ইঙ্গিত করতে আমরা তিনজন গিয়ে বসলাম। এবারে ক্রাগের ডান হাত তার পাশে ঝুলন্ত একটা রেশমের দড়িতে মৃদু টান দিতে একটা ঘণ্টার শব্দ শোনা গেল, আর তারপরেই প্রায় নিঃশব্দে একটি প্রাণী ঘরের পিছন দিকের অন্ধকার থেকে বেরিয়ে এসে ক্রাগের ঠিক পাশে এসে দাঁড়াল। প্রাণী বলছি এই কারণে যে মানুষ বললে বর্ণনা ঠিক হবে না। এরকম মানুষ আমি এর আগে কখনও দেখিনি। প্রায় সাত ফুট লম্বা দেহ, গায়ের রং কালচে নীল, চামড়া প্রায় পালিশ করা ইস্পাতের মতো মসৃণ। পোশাক হল হাঁটু অবধি গাঢ় লাল মখমলের আলখাল্লা, আর কোমরে একটা রুপালি বেল্ট বা কোমরবন্ধ। মুখের ধাঁচ এবং কেশবিহীন মস্তকের নিটোল গড়ন দেখলে মনে হবে যেন পুরাণের কোনও দেবতা মানুষের আকারে এসে হাজির হয়েছে।

আগন্তুক অবশ্যই ভৃত্যস্থানীয়। সে এসে ক্রাগের উপর ঝুঁকে পড়ে তার ডান হাত দিয়ে তার মনিবের কপালের দুই প্রান্ত টিপে ধরল। প্রায় দশ সেকেন্ড এইভাবে থাকার পর হাত সরিয়ে নিতেই ক্রাগের মধ্যে একটা আশ্চর্য পরিবর্তন লক্ষ করলাম ; তিনি যেন দেহে নতুন বল পেয়েছেন। দু' হাতে বিছানার উপর ভর করে বেশ অনেকটা উঠে বসে একটা বড় নিশ্বাস ফেলে তিনি পরিষ্কার ইংরাজিতে বললেন, 'ওডিন আমার নিজের হাতে মানুষ করা বিশ্বস্ত

পরিচারক। তার অনেক গুণের মধ্যে একটা হল মুমূর্ষু মানুষকেও সে কিছুক্ষণের জন্য চাঙ্গা করে দিতে পারে, যাতে সে মানুষ তার অতিথিদের সঙ্গে স্বাভাবিকভাবে কথা বলতে পারে।'

মিস্টার ক্রাগ চুপ করলেন। চাকরের নামটা শুনে বুঝলাম আমার অনুমান মিথ্যা নয়। ক্রাগ নিজেও তাঁর পরিচারককে দেবতা হিসেবেই কল্পনা করেন। নরওয়ের পুরাণে ওডিন হল দেবতাদের শীর্ষস্থানীয়। সেই ওডিন এখন ধীরে ধীরে পিছু হেঁটে আবার অন্ধকারে মিলিয়ে যাচ্ছে।

আমি ও সামারভিল দুজনেই নির্বাক, তটস্থ। পাপাডোপুলসের বয়সটা কম বলেই বোধ হয় সে কিছুটা ছটফটে। সে ইতিমধ্যে দুবার গলা খাকরানি দিয়েছে, এবং অনবরত হাত কচলাচ্ছে।

‘ওডিন ও থর,’ বললেন মিস্টার ক্রাগ, ‘এই দুজনেই আমার অধিকাংশ কাজ করে। থরের সঙ্গে তোমাদের যথাসময়ে পরিচয় হবে।’

থর হল নরওয়ের আরেকজন শক্তিশালী দেবতার নাম।

পাপাডোপুলস আর ধৈর্য রাখতে পারল না।

‘আপনি একজন বৈজ্ঞানিকের কথা লিখেছিলেন...’

ক্রাগের ঠোঁটের কোণে হাসি দেখা দিল। সেইসঙ্গে তাঁর চোখদুটো আবার জ্বলজ্বল করে উঠল।

‘সেই বিজ্ঞানী এখন মৃত্যুশয্যায়,’ বললেন ক্রাগ। ‘তিনিই তোমাদের আসতে আহ্বান জানিয়েছিলেন। তাঁরই নাম আলেকজান্ডার অ্যালয়সিয়াস ক্রাগ।’

পাপাডোপুলস কেমন হতাশ হল বলে মনে হল। আমিও ঠিক এই উত্তর আশা করিনি। আমরা তিনজনেই একবার পরস্পরের দিকে চেয়ে নিলাম। ক্রাগ আবার কথা শুরু করলেন।

‘কথাটা বিশ্বাস করা হয়তো তোমাদের পক্ষে সহজ হবে না, যদিও এর প্রমাণ তোমরা পাবে। আমার এই দুর্গের চল্লিশটা ঘরের মধ্যে একটা হল ল্যাবরেটরি। আমি আজ বিরানব্বুই বছর ধরে সেখানে নানারকম গবেষণা করেছি।’

এইটুকু বলে ক্রাগ থামলেন। কারণটা স্পষ্ট ; বিরানব্বুই বছর শুনে আমাদের মনে স্বাভাবিক একটা প্রশ্ন জাগবে সেটা উনি আন্দাজ করেছিলেন। সে প্রশ্ন করার আগে ক্রাগ নিজেই তার উত্তর দিলেন।

‘আমার বৈজ্ঞানিক ক্ষমতার জোরেই আমি তিন তিনবার অবধারিত মৃত্যুকে ঠেকিয়ে রেখে আমার আয়ু বাড়িয়ে নিতে পেরেছি। কিন্তু এবার আর সেটা সম্ভব হচ্ছে না।’

যখনই ভদ্রলোকের কথা থামছে তখনই আমাদের পরিবেশের আশ্চর্য নিস্তব্ধতা অনুভব করছি। এত বড় দুর্গের মধ্যে একটি শব্দও আসছে না কোথাও থেকে।

‘নেপোলিয়নের মৃত্যু ও আমার জন্ম একই দিনে। ৫ই মে, ১৮২১।’

‘দেড়শো বছর বয়স আপনার ?’

পাপাডোপুলস মাত্রা ছাড়িয়ে একটু অস্বাভাবিক রকম জোরেই প্রশ্নটা করে ফেলেছিল। ক্রাগ মৃদু হেসে বললেন, ‘তুমি এতেই আশ্চর্য হচ্ছ, তা হলে এরপরে যা ঘটতে চলেছে, তাতে তোমার প্রতিক্রিয়া কী হবে ?’

পাপাডোপুলস চুপ করে গেল। ক্রাগ বলে চললেন—

‘বিশ্ববিদ্যালয়ে বিজ্ঞানের ছাত্র ছিলাম। প্রোফেসর রাসমুসেনের প্রিয় ছাত্র। বলতেন—তুমি অধ্যাপনা করবে, গবেষণা করবে, উজ্জ্বল ভবিষ্যৎ তোমার।—কিন্তু আমার চরিত্রের আরেকটা দিক ছিল। অ্যাডভেঞ্চারের নেশা। সাতাশ বছর বয়সে বাড়ি ছেড়ে বেরিয়ে যাই। ইউরোপ ছেড়ে দক্ষিণ আমেরিকায় গিয়ে হাজির হই। মন চলে যায় জুয়ার দিকে। কপালও ছিল অবিশ্বাস্য রকম ভাল। রিও ডি জ্যানিরোতে রুলেট খেলে এক রাতে লাখ টাকার উপর হাতে আসে। সেই টাকা লাগাই হিরে প্রস্‌পেকটিং-এর কাজে। আফ্রিকায় তখনও হিরে আবিষ্কার হয়নি, কাজেই ব্রেজিলেই থেকে যাই। আমার এই যে এত সম্পত্তি দেখছ—চারিদিকে এত মহামূল্য জিনিসের সমারোহ—এর পিছনে রয়েছে হিরে। এই একটি হিরের দাম কত জান ?’

প্রশ্নটা করে ক্রাগ তাঁর ডান হাতটা আমাদের দিকে তুলে ধরলেন। দেখলাম অনামিকায় একটি বিশাল হিরেবসানো আংটি জ্বলজ্বল করছে।

‘বিশ বছর ব্রেজিলে থেকে তারপর ফিরে আসি আমার দেশে। আমি তখন ক্রোড়পতি।

তখনই মাথায় আসে একটা কাস্‌ল বানাব। আমার দামি জিনিসের নেশা চেপেছে তখন। তার জন্য উপযুক্ত বাসস্থান চাই। কাস্‌ল তৈরি হল। আমার সব কিছু নিয়ে তারমধ্যে বাস করতে শুরু করলাম। অনেকে একা থাকতে পছন্দ করে না ; আমার কিন্তু দিব্যি লাগত। কেবল আমি আর আমার বহুমূল্য সব সাধের সামগ্রী। বাড়ি থেকে আর বেরোইনি তারপর থেকে। জিনিসপত্র যা কিনেছি সবই চিঠি লিখে। পোস্টআপিসের লোক এসে সব কিছু আমার বাড়িতে পৌঁছে দিয়ে গেছে। এক সময়—তখন আমার বয়স ষাট পেরিয়েছে—হঠাৎ একদিন আমার একমাত্র সঙ্গী আমার পোষা কুকুরটা মারা গেল। সেই থেকে মনে হল—আমারও তো একদিন মরতে হবে—এত সাধের জিনিস, সব ফেলে রেখে চলে যেতে হবে। কৃত্রিম উপায়ে বিজ্ঞানের সাহায্যে আয়ু বাড়ানো যায় না ?...ল্যাবরেটরি হল। অধ্যাপক রাসমুসেনের কথা ফলল পঁয়তাল্লিশ বছর পরে। কাজের ক্ষমতা ছিল তখনও। গবেষণা শুরু করলাম। তার যে কী ফল হয়েছে সে তো দেখতেই পাচ্ছ। কিন্তু...'

ক্রাগ দম নেবার জন্য থামলেন। আমরা তিনজনেই গভীর আগ্রহের সঙ্গে তাঁর কথা শুনছিলাম। পাপাডোপুলসের হাত কচলানো থেমে গেছে। ক্রাগের নিশ্বাস আবার দ্রুত পড়তে শুরু করেছে। আবার তাঁর মধ্যে অবসন্নতার ভাব লক্ষ করছি।

'কিন্তু...আমার ওষুধ অনির্দিষ্ট কালের জন্য মানুষকে বাঁচিয়ে রাখতে পারে না। সেটা আমি জানতাম, তাই আমাকে আবার আরেকটা গবেষণায় অনেকটা সময় ও অনেকটা অর্থ ব্যয় করতে হয়।'

'মিস্টার ক্রাগ'—এবার সামারভিল মুখ খুলেছে—'আপনি কি বলতে চান দেড়শো বছর বেঁচেও আপনার বাঁচার সাধ মেটেনি ? বার্ধক্যের সঙ্গে সঙ্গে তো ক্রমে মানুষের জীবনের মোহ কেটে যায়—তাই নয় কি ?'

'আমার সে মোহ কাটেনি, জন সামারভিল !'

ক্রাগের দৃষ্টি বিস্ফারিত। তিনি সটান চেয়ে আছেন সামারভিলের দিকে। নিজের অবস্থার কথা অগ্রাহ্য করে তিনি আবার উচ্চৈঃস্বরে বলে উঠলেন—'

'আমার আসল কাজই এখনও বাকি।...আমার অন্তিম অ্যাডভেঞ্চার !'

কথাটা বলার সময় ক্রাগের মাথাটা বালিশ থেকে খানিকটা উঠে এসেছিল ; কথা শেষ হওয়ামাত্র মাথা বালিশে এলিয়ে পড়ল। পিছন থেকে দেখি প্রভুভক্ত ওডিন এগিয়ে এসে আবার খাটের পাশে দাঁড়িয়েছে—বোধ হয় আদেশের অপেক্ষায়।

ক্রাগ বেশ খানিকটা শক্তি প্রয়োগ করে নিজেকে সামলে নিয়ে এবার অনেকটা স্বাভাবিক ভাবে বললেন, 'মানুষকে অনির্দিষ্ট কাল বাঁচিয়ে রাখা যায় না। তার মৃত্যু অনিবার্য। কিন্তু—' ক্রাগ কেন জানি আমারই দিকে সটান দৃষ্টি দিয়ে বাকি কথাটা বললেন—'কিন্তু মরা মানুষকে অন্তত একবারের মতো বাঁচিয়ে তোলা যায়।'

ঘরে আবার সেই অমোঘ নিস্তব্ধতা। তারই মধ্যে অন্য কোনও ঘর থেকে তিনটে ঘড়িতে তিন রকম আশ্চর্য সুন্দর সুরে সাতটা বাজার শব্দ পেলাম। এবারে ক্রাগের কণ্ঠস্বর ক্ষীণ। বুঝলাম তাঁর শক্তি ক্রমশ কমে আসছে।

'আমি পরীক্ষা না করে বলছি না কথাটা। এ বাড়িতে এমন লোক আছে যে মৃত্যুর পরে আবার বেঁচে উঠে আমার কাজ করছে। আজ রাতটা আমার কাটবে না। ওডিনও এ অবস্থায় আর আমাকে নতুন শক্তি দিতে পারবে না। কাল সকালে ওডিন তোমাদের সাহায্য করবে। সে আমার মৃতদেহ নিয়ে যাবে একটি বিশেষ ঘরে। তোমরাও যাবে তার সঙ্গে। সেখানে সব তৈরি। সমস্ত নির্দেশ দেওয়া আছে চার্টে। বৈজ্ঞানিক ছাড়া সে চার্টের মানে বুঝবে না। তোমরা পারবে। ওডিন আমাকে একটি বিশেষ জায়গায় শুইয়ে দেবে।

তারপর বাকি কাজটা তোমাদের। মৃত্যুর বারো ঘন্টা পর তোমাদের কাজ শুরু হবে। তার তিন ঘন্টা পরে আমার দেহে নতুন প্রাণের লক্ষণ দেখতে পাবে। তারপর তোমাদের কাজ শেষ। একজনের উপর নির্ভর করা যায় না, তাই তোমাদের তিনজনকে একসঙ্গে ডেকেছি। আমি জানি তোমরা আমাকে হতাশ করবে না, আমার সঙ্গে বিশ্বাসঘাতকতা করবে না।'

ক্রাগ চোখ বন্ধ করলেন। তাঁর শেষ কথাগুলো বুঝতে বেশ অসুবিধা হচ্ছিল। এই নিস্তব্ধতার সুযোগে পাপাডোপুলস হঠাৎ আরেকটা প্রশ্ন করে বসল।

'কাজটা হয়ে গেলেই আমাদের ছুটি তো?'

ক্রাগের চোখের পাতা দুটো অল্প ফাঁক হল। তাঁর ঠোঁটের কোণ দুটো যেন ঈষৎ হাসির ভঙ্গিতে উপর দিকে উঠল। কিন্তু পরমুহূর্তেই আবার সেই বেহুঁশ অবসন্ন ভাব।

এবার ওডিনের দেহ নড়ে উঠল। তার ডান হাতটা খাটের পাশের টেবিলের উপর রাখা একটা ছোট্ট কালো বাক্সের একটা বিশেষ অংশের উপর মৃদু চাপ দিল। অমনি শোনা গেল ক্রাগের কণ্ঠস্বর—বাক্সের ভিতরে রাখা টেপ থেকে কথা বেরোচ্ছে পরিষ্কার ইংরিজি উচ্চারণে—

'তোমরা আমার নিমন্ত্রণ রক্ষা করায় আমি কৃতজ্ঞ। আমার চাকর নিল্‌স তোমাদের দুর্গ ঘুরিয়ে দেখাবে। কোনও প্রশ্ন থাকলে তাকে বলতে পারো। খাদ্য ও পানীয় যখন যা প্রয়োজন নিল্‌সকে বললে এনে দেবে। এখন বিদায়।'

নিল্‌স নামক চাকরটি ঘরের বাইরেই ছিল, টেপের কথা শেষ হতেই সে এসে আমাদের সঙ্গে করে নিয়ে গেল ক্রাগের কেল্লার অন্য ঘরগুলো দেখাতে।

'তুমি গ্রিক ভাষা জান?' পাপাডোপুলস নিল্‌সকে প্রশ্ন করল করিডর দিয়ে যেতে যেতে। নিল্‌স মাথা নেড়ে বলল, 'ওনলি ইংলিশ অ্যান্ড নরউইজিয়ান।'

'তোমার বয়স কত হল?'

আমি জানি পাপাডোপুলস কেন প্রশ্নটা করেছে: নিল্‌সকে দেখে সত্যিই কাজের পক্ষে অত্যন্ত বেশি বুড়ো বলে মনে হয়।

'তিরাশি,' বলল নিল্‌স।

'কদ্দিন কাজ করছ এখানে?'

'পঞ্চান্ন বছর।' তারপর একটু থেমে বলল, 'গত সাতই ডিসেম্বর হৃদরোগে আমার মৃত্যু হয়। মাই মাস্টার ব্রট মি ব্যাক্ টু লাইফ।'

এখানে কি সবাই ছিটগ্রস্ত, না সবাই মিথ্যে কথা বলছে? ক্রাগ কি আমরা আসার আগে তার চাকরদের শিখিয়ে রেখেছে কোন প্রশ্নের কী জবাব দিতে হবে?

'এখন দিব্যি সুস্থ মনে হয় নিজেকে?'

প্রশ্নটা পাপাডোপুলস যেন খানিকটা ঠাট্টার সুরেই করল, কিন্তু নিল্‌স উত্তরটা দিল সম্পূর্ণ স্বাভাবিকভাবে।

'এত সুস্থ বহুকাল বোধ করিনি।'

ঘণ্টাখানেক ধরে কেল্লার সমস্ত ঘর ঘুরে দেখে আমরা যে যার ঘরে ফিরে গেলাম। একটা বিশেষ তালাবন্ধ ঘর ছাড়া আমরা সব ঘরই দেখেছি। প্রত্যেকটা ঘরকেই একটা ছোটখাটো মিউজিয়ম বা আর্ট গ্যালারি বলা চলে। ওই একটি ঘর বন্ধ কেন জিজ্ঞেস করাতে নিল্‌স কোনও উত্তর দিল না। নিঃসন্দেহে ওটাই ক্রাগের ল্যাবরেটরি, কারণ অন্য ঘরগুলোর কোনওটারই সঙ্গে বৈজ্ঞানিক গবেষণার কোনও সম্পর্ক নেই।

আমার শোবার ঘরটাকে বলা চলে একেবারে আয়েশের পরাকাষ্ঠা। ঘরের যা আয়তন তাতে আমার পুরো গিরিডির বাড়িটা ঢুকে যায়। সমস্ত দুর্গটাতেই সেন্ট্রাল হিটিং; ঘরে ঘরে

থারমোমিটার রয়েছে। পঁচাত্তর ডিগ্রি ফারেনহাইটে এসে পারা দাঁড়িয়ে আছে। আমি ঘরের এক পাশে একটা মখমলের সোফায় বসে সবে পকেট থেকে ডায়রিটা বার করেছি এমন সময় দরজায় টোকা পড়ল। সামারভিল ও পাপাডোপুলসের প্রবেশ। প্রথমজন যথারীতি শান্ত, ভিতরে উত্তেজনা থাকলেও বোঝার উপায় নেই, কিন্তু গ্রিক ভদ্রলোকটি ঘরে ঢুকেই একটি বাছাই করা জোরালো গ্রিক শব্দে তার মনের ভাব প্রকাশ করলেন, যার বাংলা করলে দাঁড়ায় 'যত্তো সব— !'

সামারভিল আমার পাশে বসে পড়ে বলল, 'এই তামাশায় অংশগ্রহণ করাটা কি আমাদের মতো লোকের সাজে ? হাজার হোক আমরা তো একেবারে ফ্যালনা নই !—আমাদের একটা প্রতিষ্ঠা আছে, সমাজে বিচক্ষণ ব্যক্তি বলে একটা সুনাম আছে।'

আমি বললাম, 'দেখো জন, আমরা যখন ক্রাগের পয়সায় এখানে এসেছি, তার আতিথ্য গ্রহণ করেছি, তখন এত সহজে মাথা গরম করলে চলবে না। কাল সকালেই তার তিরোধান হবার কথা। দেখাই যাক না তারপর কী হয়। লোকটা বুজরুক কি না সে তো তখনই বোঝা যাবে। আর সে লোক যদি না-ই মরে তা হলে তো এমনিও কিছু করার নেই। যদ্দিন সে না মরছে তদ্দিন সে নিশ্চয়ই আমাদের ধরে রেখে দেবে না।'

পাপাডোপুলস তার বাঁ হাতের তেলোতে ডান হাত দিয়ে একটা ঘুঁষি মেরে বলল, 'বৈজ্ঞানিক দেখাবার লোভ দেখিয়ে আমাদের কী ভাঁওতাই দিল বলো তো। ছি ছি ছি !'

একটা ব্যাপারে আমার মনটা খচ খচ করছিল, সেটা এবার না বলে পারলাম না।

'আমিও তোমাদের সঙ্গে একমত হতাম, কিন্তু একটা কারণে হতে পারছি না।'

'কী কারণ ?' সমস্বরে প্রশ্ন করে উঠলেন দুজনেই।

'ওডিন।'

নামটা উচ্চারণ করতেই পাপাডোপুলস হাঁ হাঁ করে উঠল।

'ওডিন ? একটা জাঁদরেল লোককে মেকআপ করে মাথা মুড়িয়ে নাটুকে পোশাক পরিয়ে দাঁড় করিয়ে দিয়েছে, তাতে খটকার কী আছে ? তুমি কি ভাবছ রগ টিপে শক্তি সঞ্চার করাটা বুজরুকি নয় ? হুঁঃ ! ক্রাগের পুরো ব্যাপারটাই ধাপ্পা। বলে দেড়শো বছর বয়স ! ওর সব কথাগুলোর মধ্যে কেবল একটা সত্যি হতে পারে, সেটা হল জুয়ো খেলে পয়সা করার ব্যাপারটা। ও যে সব দামি ছবিটবি দিয়ে ঘর সাজিয়েছে, সে তো আমার মনে হচ্ছে হয় চোরাই মাল, না হয় জাল জিনিস। কোন ডাকাতের পাল্লায় পড়েছি কে জানে।'

আমি এবার আসল কথাটা বললাম।

'ওডিনের চোখে পলক পড়ছিল না।'

সামারভিল ও পাপাডোপুলস দুজনেই অবিশ্বাসের দৃষ্টিতে আমার দিকে চাইল। 'তুমি ঠিক দেখেছ ?' প্রশ্ন করল সামারভিল।

'অন্তত পাঁচ মিনিট একটানা চেয়ে ছিলাম তার দিকে। অতক্ষণ ধরে নিষ্পলক দৃষ্টি মানুষের পক্ষে সম্ভব নয়। আমার ধারণা ওডিন একটি যান্ত্রিক মানুষ। অর্থাৎ রোবট। এ রকম রোবটের অভিজ্ঞতা আমার এর আগেও একবার হয়েছে।'

সামারভিল বলল, 'তা হলেও কি প্রমাণ হয় যে ক্রাগ নিজে বৈজ্ঞানিক, এবং সে নিজেই রোবটটি তৈরি করেছে ?'

'না, তা হয় না। তার নিজের দৌড় বোঝা যাবে যদি তার আবিষ্কৃত উপায়ে মরা মানুষকে আবার—'

আমার কথা আর শেষ হল না ; ঘরের বাতি হঠাৎ ম্লান হয়ে প্রায় নিভে গিয়ে ঘর অন্ধকার হয়ে গেছে। জানালার পরদা টানা, তাই ঘরে আলো ঢুকছে না।

‘কী ব্যাপার ?’ বলল পাপাডোপুলস। ‘হঠাৎ কী করে—’

পাপাডোপুলসের প্রশ্ন ছাপিয়ে একটা গুরুগম্ভীর অশরীরী কণ্ঠস্বর ঘরটাকে কাঁপিয়ে দিল।

‘দ্য মাস্টার ইজ ডেড !’

তারপর কয়েক মুহূর্ত নৈঃশব্দ। পাপাডোপুলসের মুখ ফ্যাকাশে। সামারভিল সোফা ছেড়ে দাঁড়িয়ে উঠেছে। তারপর আবার সেই কণ্ঠস্বর।

‘দ্য মাস্টার উইল লিভ এগেন !’

কথা শেষ হবার সঙ্গে সঙ্গেই ঘরের বাতি আবার আগের অবস্থায় ফিরে এল।

‘এই ঘরের মধ্যেই কোথাও একটা স্পিকার লুকোনো রয়েছে,’ বলল পাপাডোপুলস।

‘সেটা তো বোঝাই যাচ্ছে,’ বলল সামারভিল, ‘কিন্তু খবরটা সত্যি কি না এবং ভবিষ্যদ্বাণী ফলবে কি না সেটাই হচ্ছে প্রশ্ন।’

পাপাডোপুলস চেয়ারে বসে ছিল, এবার উঠে পায়চারি করতে করতে বলল, ‘ভদ্রলোকের নাটুকেপনা সহ্যের সীমা ছাড়িয়ে যাচ্ছে।’

কথাটা ভুল বলেনি। আমারও এখানে এসে অবধি সেটা অনেকবার মনে হয়েছে। আজ যখন নিল্‌সের সঙ্গে ঘুরে ঘুরে কাস্‌লের ঘরগুলো দেখছিলাম তখনও এটা মনে হচ্ছিল। বিংশ শতাব্দীতে এ রকম একটা দুর্গের পরিকল্পনাটাই নাটুকে। ওই যে একটা ঘরের দরজায় বিশাল একটা তালা ঝুলিয়ে ঘরটা বন্ধ করে রাখা হয়েছে, ওটাই বা কি কম নাটুকে ? পাপাডোপুলস বলছিল ঘরে চোরাই মাল রাখা আছে ; কিন্তু আমার সেটা বিশ্বাস হয় না। বিশ্বের কোনও নাম করা মিউজিয়ম থেকে ক্রাগ যদি কিছু চুরি করে থাকে, তা হলে সে খবর কাগজে বেরোত, এবং সেটা আমরা জানতাম। হয় ক্রাগ অকারণে রহস্য করছে, না হয় সত্যিই গোপনীয় কিছু রাখা আছে ওই ঘরে।

ঘড়ি ধরে রাত আটটায় নিল্‌স এসে খবর দিল ডিনার রেডি। রাজভোগ্য আহার। যে লোকটা পরিবেশন করছিল তাকেও দেখে অত্যন্ত প্রাচীন বলে মনে হচ্ছিল ; কিন্তু সে কত দিন হল ক্রাগের কাজ করছে সে কথা জিজ্ঞেস করার ভরসা পেলাম না তিনজনের একজনও। মরে গিয়ে বেঁচে ওঠা লোকের হাতে পরিবেশন করা খাবার খাচ্ছি জানলে সে খাবার যতই সুস্বাদু হোক, পেটে গিয়ে হজম হত না।

সাড়ে আটটা নাগাত পরস্পরকে গুড নাইট জানিয়ে আমরা যে যার ঘরে চলে গেলাম।

ঘরে এসে পরদা সরিয়ে বাইরে সূর্যের আলো আছে কি না দেখতে গিয়ে দেখি ঘরটা আসলে কেল্লার ভিতর দিকে। বাইরেটায় আকাশের পরিবর্তে রয়েছে একটা অন্ধকার করিডর। একটা দেওয়াল দেখতে পাচ্ছি ; মনে হয়, সেটা হাত দশেকের মধ্যে। দেওয়ালের দিকে পিঠ করে দাঁড়িয়ে আছে একটা বর্ম-আঁটা যোদ্ধার মূর্তি।

আমি খাটে এসে বসলাম। কাল কপালে কী আছে কে জানে। একটা কথা বার বারই মনে হচ্ছে ; ক্রাগের একটা উক্তি—

‘আমার আসল কাজই এখনও বাকি। আমার শেষ অ্যাডভেঞ্চার...’

কী কাজের কথা বলতে চায় আলেকজান্ডার অ্যালয়সিয়াস ক্রাগ ?

সে অ্যাডভেঞ্চারে আমাদের কোনও ভূমিকা আছে কি ?

এই বন্দিদশা থেকে আমাদের মুক্তি হবে কবে ?

১৩ই মে, সকাল ৬টা

কিছুক্ষণের মধ্যেই হয়তো নীচে ডাক পড়বে, তার আগে কাল রাত্রের ঘটনাটা লিখে ফেলি।

মাঝরাত্রে—পরে ঘড়ি দেখে জানলাম আড়াইটে—দরজায় একটা টোকার শব্দ শুনে আমার ঘুম ভেঙে গেল। আমার ঘুম এমনিতেই পাতলা ; তার উপর মনে একটা অসোয়াস্তির ভাব থাকায় বোধ হয় নিদ্রার একটু ব্যাঘাত হচ্ছিল। তৎক্ষণাৎ উঠে গিয়ে দরজা খুলে দেখি আমাদের গ্রিক বন্ধু হেক্টর পাপাডোপুলস—তার দৃষ্টি উদ্ভাসিত, আর এই শীতেও তার কপালে বিন্দু বিন্দু ঘাম।

ভদ্রলোক হুড়মুড়িয়ে ঘরে ঢুকে হাঁপাতে হাঁপাতে কেবল দুটি শব্দ উচ্চারণ করলেন—'তালা খুলেছি।'

সর্বনাশ ! এই স্বনামখ্যাত বৈজ্ঞানিক মাঝরাত্তিরে আবার এ সব কী আরম্ভ করেছেন ?

'কীসের তালা ?'—গভীর উৎকণ্ঠার সঙ্গে জিজ্ঞাসা করলাম। উত্তরে আরও দুটি শব্দ—

'নিষিদ্ধ ঘর !'

তারপর পাপাডোপুলস যা বলল, তা এই—

দরজার সামনে তালা দেখে, এবং নিল্‌সকে জিজ্ঞেস করে কোনও উত্তর না পেয়ে পাপাডোপুলসের জিদ চাপে সে ঘরে সে ঢুকবেই। সেই মতলবে রাত বারোটা পর্যন্ত জেগে বসে থেকে তারপর ঘর থেকে বেরিয়ে অন্ধকার করিডর দিয়ে সে সটান চলে যায় তালা দেওয়া দরজার সামনে। তারপর সেই তালা সে খোলে। কী করে খুলল জিজ্ঞেস করাতে সে পকেট থেকে এক আশ্চর্য জিনিস বার করে আমাকে দেখায়। সেটা আর কিছুই না—স্টপার লাগানো একটা ছোট শিশিতে খানিকটা তরল পদার্থ। এর কয়েক ফোঁটা একটা বন্ধ তালার চাবির গর্তের মধ্যে দিলেই কলকবজা গলে তালা নাকি আপনা থেকেই খুলে যায়। এটা নাকি পাপাডোপুলসের নিজের আবিষ্কার। এমন একটা জিনিস সে সঙ্গে নিয়ে ঘুরছে কেন জিজ্ঞেস করাতে সে বলল, শুধু ওটা কেন, তার নানা রকম ছোটখাটো আবিষ্কারই সে সঙ্গে করে নিয়ে এসেছে 'পৃথিবীর শ্রেষ্ঠ বৈজ্ঞানিক'-কে দেখাবে বলে। আমি বললাম, 'ঘরের ভিতর কী আছে দেখলে ?' তাতে সে বলল ঘরে তার একা ঢুকতে সাহস হচ্ছে না, কারণ দরজা সামান্য ফাঁক করতেই সে একটা গন্ধ পেয়েছে যেটা সচরাচর চিড়িয়াখানায় পাওয়া যায়।

স্থির করলাম সামারভিলকে সঙ্গে নিয়ে আমরা তিনজনেই যাব। এমনিতে হয়তো আমি পাপাডোপুলসকে নিরস্ত করতাম, কিন্তু জানোয়ারের গন্ধ কথাটা শোনার পর আমারও কৌতূহল বেড়ে গেছে।

সামারভিলেরও ঘুম দেখলাম পাতলা, দরজায় দুবারের বেশি নক্ করতে হল না। অতীব সন্তর্পণে, এখান থেকে ওখান থেকে গলে আসা মধ্যরাত্রের দিনের আলোর সুযোগ.নিয়ে টর্চ না জ্বালিয়েই আমরা সেই তালা ভাঙা দরজার সামনে হাজির হলাম। দরজা ফাঁক করতেই আমিও জানোয়ারের গন্ধ পেলাম, কিন্তু সে খুবই সামান্য। পাপাডোপুলসের ঘ্রাণেন্দ্রিয় রীতিমতো তীক্ষ্ণ সেটা স্বীকার করতেই হয়। আমরা তিনজনে নিষিদ্ধ ঘরে প্রবেশ করলাম।

প্রকাণ্ড ঘর, জানালা বলতে কিছু নেই, সিলিং-এর কাছের তিনটে স্কাইলাইট দিয়ে সামান্য আলো এসে অন্ধকারের দুর্ভেদ্যতা খানিকটা দূর করেছে। যেটুকু আলো তাতেই দেখে বুঝলাম এ ঘরের জাত একেবারে আলাদা। এখানে মহামূল্য শিল্পদ্রব্য বলতে কিছু নেই ; যা আছে তা একেবারে কাজের জিনিস। একজন বৈজ্ঞানিকের স্টাডি, গবেষণাগার আর

ছোটখাটো একটা কারখানা মিশিয়ে যদি একটা বিশাল ঘর কল্পনা করা যায়, তবে এটা হল সেই ঘর। এক দিকের দেয়ালের সামনে সারি সারি বুক শেলফে অজস্র বই, তার বেশির ভাগই বিজ্ঞান সংক্রান্ত। মাঝখানে তিনটে লম্বা টেবিলে নানা রকম রাসায়নিক যন্ত্রপাতি, আর অন্য দিকের দেয়ালের সামনে দুই সার স্টিলের ক্যাবিনেটের মাঝখানে একটা প্রশস্ত মেহগ্যানির টেবিল। এই টেবিলে বসেই যে ক্রাগ লেখাপড়া করেন তাতে কোনও সন্দেহ নেই। টেবিলের পিছনে দেয়াল থেকে ঝুলছে একটা প্রকাণ্ড পৃথিবীর মানচিত্র। সেই মানচিত্রের বিশেষ বিশেষ জায়গায় একটি করে ছোট্ট রঙিন কাগজের ফ্ল্যাগ সমেত আলপিন গুঁজে দেওয়া হয়েছে। ম্যাপের উপর টর্চ ফেলে বুঝলাম পিনগুলো লাগানো হয়েছে পৃথিবীর প্রত্যেক দেশের রাজধানী-সূচক বিন্দুগুলোর উপরে।

'হিপ্‌নোজেন,' হঠাৎ বলে উঠল সামারভিল।

সে ইতিমধ্যে ক্রাগের কাগজপত্র ঘাঁটতে আরম্ভ করে দিয়েছে। একটা চামড়ায় বাঁধানো মোটা খাতার প্রথম পাতাটি খুলে সে এই শব্দটা উচ্চারণ করেছে। আমার কাছে শব্দটা নতুন।

আমি সামারভিলের দিকে এগিয়ে গেলাম। সে চেয়ারে বসে পড়েছে, খাতা তার সামনে টেবিলের উপর খোলা। খাতার প্রথম পাতায় লাল কালিতে লেখা 'হিপ্‌নোজেন সংক্রান্ত নোট্‌স'। তার তলায় লেখা 'এ. এ. ক্রাগ,' আর তার নীচে আজ থেকে চার বছর আগের একটা তারিখ। আমরা দুজনে একসঙ্গে খাতাটা দেখতে লাগলাম। কয়েক পাতা পড়তেই ক্রাগের বৈজ্ঞানিক জ্ঞান সম্বন্ধে কোনও সন্দেহ রইল না। এই সব গাণিতিক ও রাসায়নিক ফরমুলায় কোনও বুজরুকি নেই। কিন্তু কী পদার্থ এই হিপ্‌নোজেন? নামের ল্যাটিন উৎপত্তি ধরে নিলে মানে দাঁড়ায় সম্মোহন-জনক একটা কিছু ঘুমপাড়ানি ওষুধ। মনধাঁধানো কোনও প্রক্রিয়া বা ওই জাতীয় কিছু কি?

খাতার প্রথম কয়েক পাতা জুড়ে একটা প্রস্তাবনা। ক্রমবর্ধমান অবিশ্বাস আর আতঙ্কের সঙ্গে আমরা দুজনে লেখাটা পড়ে শেষ করলাম। আলেকজান্ডার অ্যালয়সিয়াস ক্রাগ এই প্রস্তাবনায় তাঁর 'আসল কাজ' বা 'শেষ অ্যাডভেঞ্চার'-এর কথা বলেছেন। সে কাজটা আর কিছুই না—সারা পৃথিবীর একচ্ছত্র অধিপতি হিসাবে নিজেকে প্রতিষ্ঠিত করা। সারা বিশ্বের লোক থাকবে তার পায়ের তলায়; জগতের যেখানে যত মিউজিয়ম, যত লাইব্রেরি, যত সংগ্রহশালা, যত আর্ট গ্যালারি আছে, তার সমস্ত অমূল্য সম্পদ এসে যাবে তার আওতার মধ্যে। এই জিনিসটা সম্ভব হবে ওই হিপ্‌নোজেনের সাহায্যে। ক্রাগের আবিষ্কার এই হিপ্‌নোজেন হল একটি বাষ্পীয় পদার্থ। এই বাষ্পীয় পদার্থ বা গ্যাস কী করে একটা শহরের উপর ছড়িয়ে দেওয়া যাবে তার দু'টি সহজ উপায় ক্রাগ বর্ণনা করেছেন; এক হল পাইপের সাহায্যে, অন্যটা প্লেন থেকে বোমা ফেলে। বোমা হবে প্লাস্টিকের তৈরি; মাটির কাছাকাছি এলে সে বোমা থেকে গ্যাস আপনিই চতুর্দিকে ছড়িয়ে পড়বে। এতে ফল কী হবে তার আন্দাজ পাওয়া যায় ক্রাগের দেওয়া একটা হিসেব থেকে; এই গ্যাসের একটি কণা বা মলিকিউল একজন মানুষের নিশ্বাসের সঙ্গে তার দেহে প্রবেশ করলে সে মানুষ চব্বিশ ঘণ্টার জন্য সম্মোহিত বা হিপ্‌নোটাইজড হয়ে যাবে। লন্ডন নিউইয়র্কের মতো একটা গোটা শহরের লোককে এক বছরের জন্য হিপ্‌নোটাইজড করতে একটা বোমাই যথেষ্ট। অথচ সুবিধে এই যে এ বোমায় শহরের কোনও ক্ষতি হবে না। কিন্তু সেই শহরের লোকের মন একবার দখল করতে পারলে তাদের উপর কর্তৃত্ব করার আর অসুবিধে কোথায়?

ক্রাগের এই সাংঘাতিক পরিকল্পনার কথা পড়ে আমাদের দুজনেরই কপালে ঘাম ছুটে গেছে, এ সব কথা সত্যি না পাগলের প্রলাপ তাই ভাবছি, এমন সময় একটা অস্ফুট চিৎকারে

আমাদের দৃষ্টি ঘুরে গেল ঘরের অন্য দিকে। দূরে একটা খোলা দরজার সামনে হাত দুটোকে পিছিয়ে কোমর বাঁকিয়ে চরম ত্রাসের ভঙ্গিতে দাঁড়িয়ে আছে হেক্টর পাপাডোপুলস।

আমরা দুজনে দৌড়ে গেলাম তার দিকে। পাপাডোপুলস পিছিয়ে যেতে আমরা দাঁড়ালাম দরজার মুখে। এখানে জানোয়ারের গন্ধ তীব্রতম। কারণ স্পষ্ট। পাশের ঘরে—এ ঘরটা অপেক্ষাকৃত ছোট—আমাদের থেকে হাতদশেক দূরে এক জোড়া জ্বলন্ত সবুজ চোখ প্রায় নিষ্পলক দৃষ্টিতে চেয়ে আছে আমাদের দিকে। এ ঘরটা আরও বেশি অন্ধকার, কারণ এতে একটিমাত্র স্কাইলাইট। আমার টর্চটা জ্বালিয়ে জোড়া চোখের দিকে ফেলতে, একটা রক্ত হিমকরা দৃশ্য আমাদের সামনে ফুটে উঠল। একটি ব্ল্যাক প্যানথার দাঁড়িয়ে রয়েছে ঘরের মাঝখানে, তার দৃষ্টি সটান আমাদের দিকে। ব্যাঘ্র শ্রেণীর এই বিশেষ জন্তুটা যে কতখানি হিংস্র হতে পারে সেটা আমার অজানা নয়। পাপাডোপুলস একটা অদ্ভুত গোঙানির শব্দ করে মাটিতে পড়ে গেল।

প্যানথারের ভাবগতিকে একটা অস্বাভাবিকত্ব লক্ষ করে আমার মনে একটু সাহস হল। আমি জানোয়ারটার দিকে এগিয়ে গেলাম। সামারভিল আমার কাঁধ ধরে বাধা দেবার চেষ্টা করেছিল, কিন্তু আমি গ্রাহ্য করলাম না।

আমি এগিয়ে গিয়ে প্যানথারটার সামনে হাঁটু গেড়ে বসলাম। কোনও হিংস্র জানোয়ার যে মানুষের দিকে এমন ফ্যালফ্যাল দৃষ্টিতে চেয়ে থাকতে পারে সেটা আমার ধারণা ছিল না।

আমি তার চোখের ঠিক সামনে ধরলাম আমার টর্চ। সে চোখের চাহনি নিরীহ বললে ভুল হবে, বরং নির্বোধ বললে হয়তো সত্যের কিছুটা কাছাকাছি যাওয়া যেতে পারে। এ জানোয়ার বোকা হয়ে গেছে। এ যেন কারুর আদেশ পালন করার জন্যই অপেক্ষা করছে, এর নিজস্ব শক্তি বা গরজ বলে আর কিছু নেই।

আরও একটা জিনিস লক্ষ করলাম ; বাঘের গলায় ফিতেয় বাঁধা একটা কার্ড। তাতে ছ' মাস আগের একটা তারিখ। বুঝলাম ওই দিনেই প্যানথারটির উপর ক্র্যাগের ওষুধ প্রয়োগ করা হয়েছিল।

সামারভিল ইতিমধ্যে তার নিজের টর্চের আলো ফেলেছে ঘরের অন্য দিকে। অবাক হয়ে দেখলাম ঘরের চারিদিকে সারি সারি কাচের বাক্স, প্রত্যেকটি বাক্সে একটি করে মারাত্মক প্রাণী, তাদের বেশির ভাগই পোকামাকড় বা সরীসৃপ জাতীয়।

আমি প্রথম বাক্সটার দিকে এগিয়ে গেলাম। কাচের উপরে তারিখ সমেত লেবেল। কাচের ভিতরে সমস্ত বাক্সটা জুড়ে কুণ্ডলী পাকিয়ে পড়ে আছে একটা কালকেউটে। সাপটা আমায় দেখে মাথা তুলল, কিন্তু ফণা তুলল না। আমি বাক্সের ঢাকনা খুলে হাতটা ভিতরে ঢুকিয়ে সাপটাকে খানিকটা বাইরে বার করলাম। সে সাপের মধ্যে মানুষের প্রতি আক্রোশের কোনও চিহ্ন নেই।

আমি সাপটাকে আবার বাক্সে পুরে ঢাকনাটা বন্ধ করে দিলাম।

ঘড়িতে দেখি প্রায় সোয়া তিনটে। আমাদের গ্রিক বন্ধুটির এখন কী অবস্থা ? বাইরে এসে দেখি সে কার্পেট থেকে উঠে একটা চেয়ারে বসেছে। বললাম, 'এবার তো ঘরে ফিরতে হয়। কাল আবার কাজ আছে, সকাল আটটায় ডাক পড়বে।'

পাপাডোপুলস আমার দিকে ভয়ার্ত চোখ তুলে বলল, 'ক্র্যাগ যদি সত্যিই বেঁচে ওঠে ?'

আমি বললাম, 'তা হলে আর কী ? তা হলে মানতেই হবে যে তার মতো বড় বৈজ্ঞানিক আর পৃথিবীতে নেই।'

'কিন্তু তার এই গ্যাস যদি সে আমাদের উপর প্রয়োগ করে ?'

'সেটার উপক্রম দেখলে বুদ্ধি খাটিয়ে তাকে নিরস্ত করতে হবে। আমাদের তিনজনের মাথা এক করলে কি আর একটা উপায় বেরোবে না ?'

'শঙ্কু—'

সামারভিল আমার পিঠে হাত দিয়েছে। তার দৃষ্টি একটা বিশেষ স্টিল ক্যাবিনেটের দিকে। তার দেরাজগুলোর একটার উপর সামারভিলের টর্চের আলো। দেরাজের গায়ে লেবেল মারা—'এইচ মাইনাস'।

'ব্যাপারটা আন্দাজ করতে পারছ কি ?' সামারভিল প্রশ্ন করল। আমি বললাম, 'বোধ হয় পারছি। হিপ্‌নোজেনের প্রভাব দূর করার ওষুধ।'

সামারভিল এগিয়ে গিয়ে দেরাজটা খুলল। আমি তার পাশে গিয়ে দাঁড়ালাম।

দেরাজের মধ্যে তুলোর বিছানার উপর অতি সাবধানে শোয়ানো অবস্থায় রাখা হয়েছে একটিমাত্র শিশি—হোমিওপ্যাথিক ওষুধের শিশির চেয়ে সামান্য একটু বড়। 'ক্রিস্ট্যাল', বলল সামারভিল। ঠিকই বলেছে। শিশির মধ্যে সাদা গুঁড়ো। শিশি বার করে ছিপি খুলতেই একঝলক উগ্র মিষ্টি গন্ধ নাকে প্রবেশ করল। তৎক্ষণাৎ ছিপিটা বন্ধ করে দিল সামারভিল।

আমি ঠিক করেছিলাম পাশের ঘরের কোনও একটা সম্মোহিত প্রাণীর উপর জিনিসটা পরীক্ষা করে দেখব, কিন্তু সেটা আর হল না। ঘরে একটি চতুর্থ প্রাণীর আবির্ভাব ঘটেছে ; এতই নিঃশব্দে যে আমরা কেউই টের পাইনি। সামারভিলের টর্চটা ডান দিকে ঘুরতেই সেটা

গিয়ে পড়ল প্রাণীটার উপর।

ওডিন। খোলা দরজার সামনে দণ্ডায়মান। যে গলায় ক্রাগের মৃত্যুসংবাদ শুনেছিলাম, সেই একই গলায় বিশাল ঘরটা গমগম করে উঠল।

'তোমরা অন্যায় করেছ। আমার মনিব অসন্তুষ্ট হবেন। এখন ঘরে ফিরে যাও।'

অন্যায় আমরা সত্যিই করেছি—যদিও তার জন্য দায়ী প্রধানত আমাদের গ্রিক বন্ধুটি।

অনন্যোপায় হয়ে আমরা তিনজনে দরজার দিকে এগিয়ে গেলাম। ওডিনের কাছাকাছি পৌঁছাতে তার ডান হাতটা সামারভিলের দিকে এগিয়ে এল। সামারভিল সুবোধ বালকের মতো তার হাতের শিশিটা ওডিনের হাতে দিয়ে দিল। ওডিন সেটি তার আলখাল্লার পাশের পকেটে ঢুকিয়ে দিয়ে দরজার দিকে ঘুরল। আমরা তিনজন তাকে অনুসরণ করে করিডর পেরিয়ে সিঁড়ি উঠে আমাদের ঘরের দিকে এগিয়ে গেলাম। একের পর এক তিনজনকে যার যার ঘরে পৌঁছে দিয়ে ওডিন যেভাবে এসেছিল আবার সেইভাবেই নিঃশব্দে করিডর দিয়ে অন্ধকারে মিলিয়ে গেল।

ঘড়িতে পৌনে চারটা দেখে আমি আবার বিছানায় শুলাম। আমি জানি এই বিভীষিকাময় অবস্থাতে আমার ঘুম হবে না, কিন্তু চোখ বন্ধ করে শুয়ে থাকলে চিন্তার সুবিধা হবে। এই ক' ঘণ্টায় যা দেখলাম, যা শুনলাম, তা নিয়ে অনেক কিছু ভাবার আছে।

১৪ই মে

ক্রাগ তার শেষ অ্যাডভেঞ্চারের কথা বলেছিল ; ঘটনা যেভাবে এগোচ্ছিল তাতে মনে হচ্ছিল আমাদের পক্ষেও এটা হবে আমাদের জীবনের শেষ অ্যাডভেঞ্চার। সেটা যে হয়নি সেটার একমাত্র কারণ...না, সেটা যথাসময়ে বলব। ঘটনাপরম্পরা রক্ষা করা উচিত। আমি সেটাই চেষ্টা করব।

সাতটায় নিল্‌স এসে ব্রেকফাস্ট দিল। আটটায় আমার ঘরের লুকোনো স্পিকারটায় আবার সেই কণ্ঠস্বর।

'মাস্টার তোমাদের জন্য অপেক্ষা করছেন। অনুগ্রহ করে তাঁর ঘরে এসো।'

সিঁড়ির মুখটাতে তিনজন একসঙ্গে হয়ে পরস্পরকে শুকনো 'গুড মর্নিং' জানিয়ে নীচে রওনা দিলাম। কারুর মুখে কথা নেই। পাপাডোপুলস রীতিমতো অস্থির ও নার্ভাস। দেখলাম ও ভাল করে দাড়িটা পর্যন্ত কামাতে পারেনি। পেট ভরে ব্রেকফাস্ট করেছে কি না সে বিষয়েও সন্দেহ। যাই হোক, তাকে আর প্রশ্ন করে বিব্রত করব না।

ক্রাগের ঘরের জানালার পর্দাগুলো সরিয়ে রোদ ঢুকতে দেওয়া হয়েছে ; এখন ঘরের আনাচেকানাচেও আর অন্ধকারের কোনও চিহ্ন নেই। খাটের উপরে রোদ এসে পড়েছে, এমনকী ক্রাগের মুখেও। সে মুখ যে মৃত ব্যক্তির মুখ সেটা আর বলে দিতে হয় না।

ওডিন খাটের পাশেই দাঁড়িয়ে ছিল, এবার সে তার মনিবের মৃতদেহ অনায়াসে দু' হাতে তুলে নিয়ে আমাদের দিকে ঘাড় ফিরিয়ে বলল, 'ফলো মি।'

আমরা আবার সার বেঁধে তাকে অনুসরণ করলাম। তিনটে দীর্ঘ করিডর পেরিয়ে দুর্গের একেবারে অপর প্রান্তে একটা খোলা দরজা দিয়ে ঢুকে দেখি সামনেই একটা সিঁড়ি পাক খেয়ে নীচের দিকে নেমে গেছে। ক্রাগের এই বিশেষ ঘরটি তা হলে ভূগর্ভে!

ত্রিশ ধাপ সিঁড়ি নেমে ওডিনের পিছন পিছন আমরা যে ঘরটাতে পৌঁছোলাম, সে রকম ঘরের কথা একমাত্র উপন্যাসেই পড়া যায়। এ ঘরে প্রাকৃতিক আলো প্রবেশের কোনও পথ নেই ; তার বদলে রয়েছে নীলাভ বৈদ্যুতিক আলো। ঘরের মাঝখানে একটা অপারেটিং

টেবিল, তারই উপরে শেডযুক্ত আলোটি ঝোলানো রয়েছে। টেবিলটাকে ঘিরে রয়েছে নানা রকম কাচের টিউব, ইলেকট্রোড, ইন্ডিকেটর, এটা ওটা চালানো ও বন্ধ করার জন্য সুইচ ও বোতাম, মৃতদেহের মাথার উপর পরিয়ে দেবার জন্য একটা তারযুক্ত হেলমেট। অপারেটিং টেবিলের পায়ের দিকে আরেকটা তেপায়া টেবিলের উপর নানা রকম ওষুধপত্র—প্রত্যেকটির জন্য একটি করে আলাদা রঙের বোতল। এ সব জিনিসের কোনওটাই আমার কাছে অপরিচিত নয়, কিন্তু সব জিনিস একসঙ্গে একটা মরা মানুষের উপর প্রয়োগ করলে কী ফল হতে পারে তা আমার জানা নেই।

ওডিন ক্রাগের মৃতদেহ অপারেটিং টেবিলের উপর শুইয়ে দিয়ে ঘর থেকে বেরিয়ে চলে গেল। আমাদের দৃষ্টি এবারে চলে গেছে টেবিলের পাশে টাঙানো একটা চার্টের উপর। তাতে পরিষ্কার এবং পুঙ্খানুপুঙ্খভাবে লেখা রয়েছে আমাদের এখন কী কী করণীয়। চার্টে শরীরটাকে তিনভাগে ভাগ করা হয়েছে ; উপরভাগ অর্থাৎ মাথা, মধ্যভাগ অর্থাৎ কাঁধ থেকে কোমর, আর নিম্নভাগ অর্থাৎ কোমর থেকে পায়ের পাতা।

'ফাইভ মিনিটস টু গো!'

একটা নতুন কণ্ঠস্বরে আমরা তিনজনেই চমকে উঠলাম।

'রিড ইন্‌স্ট্রাক্‌শন্‌স কেয়ারফুলি অ্যান্ড প্রোসিড!'

এইবারে চোখ গেল ঘরের এক কোণের দিকে। আর একটি দীর্ঘকায় দানব সেখানে দাঁড়িয়ে আছে। ওডিনেরই মতো পোশাক, যদিও আলখাল্লার রং লালের বদলে গাঢ় নীল। আরেকটা তফাত হল এই যে এর হাতে একটা অস্ত্র রয়েছে ;—একটি অতিকায় হাতুড়ি।

'থর!'—আমি আর সামারভিল প্রায় একসঙ্গে বলে উঠলাম। নরওয়ের পুরাণে দেবতাদের মধ্যে থরের স্থান ওডিনের পরেই, আর থরের বিখ্যাত হাতিয়ার হাতুড়ির কথা তো সকলেই জানে। বুঝলাম এই বিশেষ গবেষণাগারটির তদারকের ভার এই থরের উপরেই। অপারেশন সুষ্ঠুভাবে সম্পন্ন হয় কি না সে দিকেও দৃষ্টি রাখবে এই থরই।

আমরা আর সময় নষ্ট না করে আমাদের কর্তব্য স্থির করে ফেললাম। নানান দুশ্চিন্তা সত্ত্বেও এই অভাবনীয় এক্সপেরিমেন্টের ফলাফল সম্পর্কে একটা অদম্য কৌতূহল বোধ করছি। সামারভিলকে বললাম, 'আমি মাথার দিকটা দেখছি, তুমি মাঝখানটার ভার নাও, আর পাপাডোপুলস পায়ের দিক।'

কথাটা বলামাত্র পাপাডোপুলসের মধ্যে একটা আশ্চর্য পরিবর্তন লক্ষ করলাম। সে যেন মরিয়া হয়ে বলে উঠল, 'দোহাই তোমার, আমাকে ছেড়ে দাও, এ জিনিস আমার দ্বারা হবে না!'

আমরা দুজনেই অবাক। লোকটা বলে কী!

'হবে না মানে?' আমি অত্যন্ত বিরক্ত হয়ে বেশ জোরের সঙ্গে বললাম। 'তুমি নিজে বৈজ্ঞানিক হয়ে এই পরিষ্কার ভাষায় লেখা এই সামান্য নির্দেশগুলো মেনে কাজ করতে পারবে না?'

পাপাডোপুলস গভীর অপরাধের দৃষ্টিতে আমার দিকে চেয়ে বলল, 'আমি বৈজ্ঞানিক নই। বৈজ্ঞানিক আমার ভাই হেকটর—আমার যমজ ভাই। সে এখন অসুস্থ ; এথেনসে হাসপাতালে রয়েছে। ক্রাগের নেমন্তন্ন পেয়ে আমি হেকটরের পরিবর্তে চলে এসেছি শুধু লোভে পড়ে।'

'কীসের লোভ?'

'দামি জিনিসের লোভ। আমি জানতাম ক্রাগের মহামূল্য সংগ্রহের কথা। ভেবেছিলাম এই সুযোগ—'

সামারভিল তাকে বাধা দিয়ে বলে উঠল, 'তুমিই কি নিকোলা পাপাডোপুলস, যে বছর দশেক আগে হল্যান্ডের রাইক মিউজিয়ম থেকে ডি. হুচের একটা ছবি চুরি করতে গিয়ে ধরা পড়ে গিয়েছিলে ?'

আমাদের গ্রিক বন্ধুটির মাথা হেঁট হয়ে গেল।

'টু মিনিটস টু গো !' বজ্রগম্ভীর স্বরে বলে উঠল থর।

সিঁড়ির দরজার পাশেই একটা কাঠের চেয়ার ছিল, পাপাডোপুলস সেই চেয়ারে গিয়ে বসে পড়ল। সত্যি কথাটা বলে ফেলে তাকে যেন খানিকটা ভারমুক্ত বলে মনে হচ্ছে।

আমরা দুজনে কাজে লেগে গেলাম। কাজটা আমাদের কাছে খুব কঠিন নয়, তাই তিনজনের জায়গায় দুজন হলেও বিশেষ অসুবিধা হবে না। দু' মিনিটের মধ্যেই চার্টের নির্দেশ অনুযায়ী সব কিছু রেডি করে ফেললাম। ঘড়িতে যখন ন'টা, তখন থরের কণ্ঠে নির্দেশ এল—

'নাউ প্রেস দ্য সুইচ।'

আমরা প্রস্তুতই ছিলাম, টেবিলের ডান পাশে জ্বলন্ত লাল বাল্‌বের নীচে সাদা বোতামটা টিপে দিলাম। টেপার সঙ্গে সঙ্গে একটি তীক্ষ্ণ কম্পমান বাঁশির মতো শব্দ, আর তার সঙ্গে একটা গুরুগম্ভীর স্বরে সমবেত কণ্ঠে উচ্চারিত তিব্বতি মন্ত্রের মতো শব্দে ভূগর্ভস্থিত ল্যাবরেটরিটা গমগম করতে লাগল। দ্বিতীয় শব্দটা যে কোথা থেকে আসছে তা বুঝতেই পারলাম না।

আমি এতক্ষণে ভাল করে মৃতদেহটার দিকে দেখবার সুযোগ পেলাম। টেবিলের উপর রাখা শীর্ণ হাতের শিরা উপশিরা, আর রক্তের অভাবে পাংশুটে হয়ে যাওয়া মুখের অজস্র বলিরেখা দেখে লোকটার বয়স প্রায় দেড়শো ভেবে নিতে খুব কষ্ট হচ্ছে না। দেহ এখন অনড়, অসাড় হয়ে পড়ে আছে টেবিলের উপর—মাথার উপর দিকটা হেলমেটে ঢাকা, সেই হেলমেট থেকে সতেরোটা ইলেকট্রোড বেরিয়ে এদিকে ওদিকে চলে গেছে। দেহের সর্বাঙ্গ সাদা চাদরে ঢাকা, কেবল মাথা, হাতদুটো আর পায়ের পাতাটা বাইরে বেরিয়ে আছে। কপালের দু'পাশে, গলার দু'পাশে এবং হাত ও পা থেকে আরও টিউব বেরিয়ে এদিকে ওদিকে গেছে। শরীরের অনাবৃত অংশের বারোটা জায়গায় চামড়া ভেদ করে চিনে অ্যাকুপাংচারের কায়দায় পিন ফুটিয়ে দেওয়া হয়েছে।

আমরা জানি বারোটার আগে কিছু হবে না। তার পরেও কিছু হবে কি না সে বিষয়ে আমার এখনও সন্দেহ আছে, কারণ যন্ত্রপাতির মধ্যে বাইরে থেকে কিছু অভিনবত্ব চোখে পড়ে না, একমাত্র নাকের ফুটো দিয়ে টিউবের সাহায্যে কী জাতীয় তরল পদার্থ ফোঁটা ফোঁটা করে দেহের মধ্যে চালান দেওয়া হচ্ছে সেটা আমি জানি না। সত্যি বলতে কী, এমনিতে বিশ্বাস একেবারেই হত না—কিন্তু আজ ভোর রাত্তিরে হিংস্র জানোয়ারের উপর হিপ্‌নোজেনের যে প্রভাব লক্ষ করেছি, তাতে ক্রাগের বৈজ্ঞানিক বুদ্ধি সম্বন্ধে আর কোনও সন্দেহ থাকে না।

অন্যমনস্কতার জন্য এতক্ষণ খেয়াল করিনি, হঠাৎ দরজার দিকে চোখ পড়াতে দেখি পাপাডোপুলস উধাও। পালাল নাকি লোকটা ? সামারভিলও অবাক। বলল, 'হয়তো দেখবে এই ফাঁকে দেওয়াল থেকে এটা সেটা সরিয়ে বাক্সে পুরছে।' পাপাডোপুলসকে দেখে প্রথম থেকেই মনে একটা সন্দেহের ভাব জেগেছিল ; অনুমান মিথ্যে নয় জেনে এখন বরং খানিকটা নিশ্চিন্তই লাগছে।

ঘড়িতে এগারোটা পেরোতেই বুঝতে পারলাম আমার মন থেকে অন্য সমস্ত চিন্তা দূর হয়ে গিয়ে মনটা কেন্দ্রীভূত হচ্ছে ওই মৃতদেহে। একটা সবুজের আভাস লক্ষ করছি ক্রাগের সারা মুখের উপর। সামারভিল আমার কাছে এসে দাঁড়িয়েছে। তার হাতটা সে আমার হাতের

উপর রাখল। হাত ঠাণ্ডা। সামারভিলের মতো মানুষও আজ এই মুহূর্তে দুর্বল, ভয়ার্ত। আমি তার হাতের উপর পালটা চাপ দিয়ে তার মনে সাহস সঞ্চার করার চেষ্টা করলাম। থরের দিকে চেয়ে দেখলাম সে ঠিক সেইভাবেই দাঁড়িয়ে আছে। ওডিনের মতো এরও চোখে পলক নেই।

বারোটা বাজতে যখন পাঁচ মিনিট বাকি তখন লক্ষ করলাম আমারও হৃৎস্পন্দন বেশ খানিকটা বেড়ে গেছে ; তার একটা কারণ অবশ্য এই যে, থর এবার তার স্বাভাবিক জায়গা ছেড়ে চারটি বিশাল পদক্ষেপে একেবারে আমাদের দুজনের ঠিক পিছনে এসে দাঁড়িয়েছে। একটা যান্ত্রিক শব্দের সঙ্গে সঙ্গে দেখলাম হাতুড়ি সমেত তার হাতটা আস্তে আস্তে উঠে একটা জায়গায় এসে থেমে রইল। অর্থাৎ এই চরম মুহূর্তে আমাদের দিক থেকে কোনও গলদ হলেই হাতুড়ি আমাদের মাথায় এসে পড়বে।

ঠিক এক মিনিট বাকি থাকতে থরের কণ্ঠে শুরু হল এক অদ্ভুত আবৃত্তি। সে তার মনিবকে ফিরে আসতে বলছে—

'মাস্টার, কাম ব্যাক্ !...মাস্টার, কাম ব্যাক্ !... মাস্টার, কাম ব্যাক্ !'...

এ দিকে অন্য শব্দ সব থেমে আসছে। সেই কম্পমান বংশীধ্বনি, সেই তিব্বতি স্তোত্র, একটা দুরমুশ পেটার মতো শব্দ আধ ঘণ্টা আগে আরম্ভ হয়েছিল, সেটাও। এখন ক্রমে সে সব মুছে গিয়ে শুধু রয়েছে থরের কণ্ঠস্বর।

আমি আর সামারভিল সম্মোহিতের মতো চেয়ে আছি ক্রাগের মৃতদেহের দিকে। চামড়ার সবুজ ভাবটা দ্রুত মিলিয়ে আসছে আমাদের চোখের সামনে। তার বদলে লালের প্রলেপ পড়ছে ক্রাগের মুখে।

ক্রমে সে লাল বেড়ে উঠল। সেই সঙ্গে অলৌকিক ভেলকির মতো মুখের বলিরেখাগুলো একে একে দ্রুত অদৃশ্য হয়ে যেতে লাগল।

ওই যে হাতের শিরায় স্পন্দন শুরু হল ! আমার দৃষ্টি টেবিলের পিছনে দেয়ালের গায়ে ঝোলানো বৈদ্যুতিক ঘড়িটার দিকে। সেকেন্ড হ্যান্ডটা টিকটিক টিকটিক করে এগিয়ে চলেছে ১২-র দিকে। আর পাঁচ সেকেন্ড। আর চার... তিন... দুই...এক...

'মাস্টার !'

থরের উল্লাসের সঙ্গে সঙ্গে একটা বিকট পৈশাচিক চিৎকারে আমরা দুজনেই ছিটকে পিছিয়ে টাল হারিয়ে পড়লাম থরের পায়ের তলায়। সেই অবস্থাতেই দেখলাম আলেকজান্ডার অ্যালয়সিয়াস ক্রাগের দুটো শীর্ণ হাত সজোরে নিজেদের বন্ধনমুক্ত করে শূন্যে প্রসারিত হল। তার পরমুহূর্তে ক্রাগের দেহের উপরার্ধ সটান সোজা হয়ে বসল খাটের উপর।

'বিশ্বাস হল ? বিশ্বাস হল ?'

ক্রাগের আস্ফালনে অপারেটিং রুমের কাচের জিনিস ঝনঝন করে উঠল।

'আমিই যে পৃথিবীর শ্রেষ্ঠ বৈজ্ঞানিক সে কথা বিশ্বাস হল ?'

আমরা দুজনেই চুপ, এবং ক্রাগও যে 'মৌনং সম্মতি লক্ষণম্' বলে ধরে নিলেন, সেটা বেশ বুঝতে পারলাম, কারণ তাঁর মুখে ফুটে উঠল এক পৈশাচিক হাসি। কিন্তু পর মুহূর্তেই সে হাসি মিলিয়ে গেল। সে একদৃষ্টে আমাদের দুজনের দিকে দেখছে। তারপর তার দৃষ্টি চলে গেল দরজার দিকে।

'পাপাডোপুলস...তাকে দেখছি না কেন ?'

এতক্ষণে খেয়াল হয়েছে ক্রাগের।

'কোথায় পাপাডোপুলস ?' তিনি এবার প্রশ্ন করলেন। 'সে তোমাদের সাহায্য করেনি ?'

‘সে ভয় পাচ্ছিল,’ বলল সামারভিল। ‘তাকে আমরা রেহাই দিয়েছি।’

ক্রাগের মুখ থমথমে হয়ে গেল।

‘কাপুরুষের শাস্তি একটাই। সে বিজ্ঞানের অবমাননা করেছে। পালিয়ে গিয়ে মূর্খের মতো কাজ করেছে সে, কারণ এ দুর্গে প্রবেশদ্বার আছে, কিন্তু পলায়নের পথ নেই।’

এবার ক্রাগের দৃষ্টি আমাদের দিকে ঘুরল। ক্রোধ চলে গিয়ে সেখানে দেখা দিল এক অদ্ভুত কৌতুকের ভাব।

টেবিল থেকে ধীরে ধীরে নেমে সে আমাদের সামনে দাঁড়াল। তার দৃপ্ত ভঙ্গিতে বুঝলাম

সে পুনর্জীবনের সঙ্গে সঙ্গে পুনর্যৌবন ফিরে পেয়েছে। তার গলার স্বরেও আর বার্ধক্যের কোনও চিহ্ন নেই।

'থর আর ওডিনকে দিয়ে আর কোনও প্রয়োজন নেই আমার,' গুরুগম্ভীর স্বরে বললেন ক্রাগ। 'তাদের জায়গা নেবে এখন তোমরা দুজন। যান্ত্রিক মানুষের নিজস্ব বুদ্ধি সীমিত। তোমাদের বুদ্ধি আছে। তোমরা আমার আদেশ মতো কাজ করবে। যে লোক সারা বিশ্বের মানুষের উপর কর্তৃত্ব করতে চলেছে, তারই অনুচর হবে তোমরা।'

ক্রাগ কথা বলতে বলতেই এক পাশে সরে গিয়ে একটা ছোট ক্যাবিনেটের দরজা খুলে তার থেকে একটা জিনিস বার করেছেন। একটা পাতলা রবারের মুখোশ। সেটা মাথার উপর দিয়ে গলিয়ে পরে ক্রাগ তাঁর ডান হাতটা একটা সুইচের দিকে প্রসারিত করলেন। আমি জানি সুইচটা টিপলে কোনও অদৃশ্য ঝাঁঝরি বা নলের মুখ থেকে একটি সর্বনাশা গ্যাস নির্গত হবে, এবং তার ফলে আমরা চিরকালের মতো—

'মাস্টার!'

ক্রাগের হাত সুইচের কাছে এসে থেমে গেল। সিঁড়ির মুখে নিল্‌স এসে হাঁপাচ্ছে, তার চোখে বিহ্বল দৃষ্টি।

'প্রোফেসর পাপাডোপুলস পালিয়েছেন!'

'পালিয়েছে?'

ক্রাগ যেন এ কথাটা বিশ্বাস করতে পারছে না!

'ইয়েস মাস্টার। প্রোফেসর সেই বন্ধ ঘরের সামনে গিয়েছিলেন ; দরজার তালা ভাঙা, তাই হেনরিক সেখানে পাহারা দিচ্ছিল। হেনরিকের হাতে রিভলভার ছিল। প্রোফেসর তাকে দেখে পালায়। হেনরিক পিছু নেয়। প্রোফেসর দুর্গের পশ্চিম দেয়ালের বড় জানালাটা দিয়ে বাইরে কার্নিশে লাফিয়ে পড়েন। প্রোফেসর অত্যন্ত ক্ষিপ্র, অত্যন্ত—'

নিল্‌সের কথা শেষ হল না। একটা নতুন শব্দ শোনা যাচ্ছে। এই শব্দ এতই অপ্রত্যাশিত যে, ক্রাগও.হতচকিত হয়ে সুইচ থেকে হাত সরিয়ে নিয়েছে।

শব্দটা এবার আরও কাছে। নিল্‌সের মুখ কাগজের মতো সাদা। সে দরজার সামনে থেকে ছিটকে সরে এল। পরমুহূর্তে একটা প্রকাণ্ড হুঙ্কার দিয়ে সিঁড়ি থেকে এক লাফে ল্যাবরেটরিতে প্রবেশ করল একটা জানোয়ার। ঘরের নীল আলো তার ঘোর কৃষ্ণবর্ণ মসৃণ রোমশ দেহে প্রতিফলিত। তার গলায় এখনও ঝুলছে সেই তারিখ লেখা কার্ড।

একটা অদ্ভুত গোঙানির শব্দ বেরোচ্ছে ক্রাগের মুখ থেকে। সেই শব্দ অতি কষ্টে উচ্চারিত দুটো নামে পরিণত হল—

'ওডিন! থর!'

ক্রাগ চেঁচাতে গিয়েও পারলেন না। এদিকে থর নিথর, নিস্পন্দ।

সামারভিল থরের হাত থেকে বিশাল হাতুড়িটা বার করে নিল। দু' হাতে সেটাকে শক্ত করে ধরে দু' পা পিছিয়ে গিয়ে দাঁড়াল। জানোয়ার আমাদের আক্রমণ করলে ওই হাতুড়িতে আত্মরক্ষা হবে না জানি ; আর এও জানি যে, জানোয়ারের লক্ষ্য আমাদের দিকে নয়। সে এক পা এক পা করে এগিয়ে আসছে তারই দিকে যে এত দিন তাকে বোকা বানিয়ে রেখেছিল।

বিপদের চরম মুহূর্তে আমার মাথা আশ্চর্যরকম পরিষ্কার থাকে সেটা আগেও দেখেছি। ক্রাগের ডান হাত সুইচের দিকে এগোচ্ছে দেখে, এবং সে গ্যাসের সাহায্যে বাঘ সমেত আমাদের দুজনকে বিধ্বস্ত করতে চাইছে জেনে আমি বিদ্যুদ্বেগে এক হ্যাঁচকা টানে তার মাথা থেকে মুখোশটা খুলে ফেললাম। আর সেই মুহূর্তে ব্ল্যাক প্যানথারও পড়ল তার উপর

লাফিয়ে। উর্ধ্বশ্বাসে সিঁড়ির দিকে দৌড়ে যাবার সময় শুনলাম ক্রাগের অভ্রভেদী আর্তনাদ। আর তার পরমুহূর্তেই শুনলাম পরিচিত গলায় আমাদের নাম ধরে ডাক।

'শঙ্কু ! সামারভিল !'

আমরা উপরের করিডরে পৌঁছে গেছি, কিন্তু পাপাডোপুলস কোত্থেকে ডাকছে সেটা চট করে ঠাহর হল না। এই গোলকধাঁধার ভিতরে শব্দের উৎস কোন দিকে সেটা সব সময় বোঝা যায় না।

সামনে ডাইনে একটা মোড়। সেটা ঘুরতেই সেই নিষিদ্ধ দরজা পড়ল। সেটা এখন খোলা। তার সামনে পা ছড়িয়ে রক্তাক্ত দেহে মরে পড়ে আছে একটি লোক। বুঝলাম ইনিই হেনরিক, এবং ইনিই প্যানথারের প্রথম শিকার।

করিডরের মাথায় এবার দেখা গেল পাপাডোপুলসকে। সে খানিকটা এসেই থমকে থেমে ব্যস্তভাবে হাতছানি দিয়ে চিৎকার করে উঠল—'চলে এসো—রোড ক্লিয়ার !'

আমরা তিনজনে তিনটে ঘর পেরিয়ে ওয়েটিং রুমের দরজা দিয়ে কেল্লার বাইরে এসে পড়লাম। পাপাডোপুলসের হাতের রিভলভারটি আগে নিঃসন্দেহে হেনরিকের হাতে ছিল। ওই একটি রিভলভারে পলায়ন পথের সব বাধা দূর হয়ে গেল এবং ওই একই রিভলভারে ওপেলের ড্রাইভার পিয়েট নরভালকে বশে এনে তিনজনে গাড়িতে চেপে রওনা দিলাম অস্‌লো এয়ারপোর্টের উদ্দেশে। পাসপোর্ট এবং রিটার্ন টিকিট সঙ্গেই আছে, সুতরাং আর কোনও বাধা নেই।

কম্পাউন্ড পেরিয়ে, গেট পেরিয়ে বাইরের রাস্তায় পড়ে পাপাডোপুলসকে প্রশ্ন করলাম, 'ব্যাপারটা কী ? জানালা টপকে তো কার্নিশে নামলে, তারপর ?'

পাপাডোপুলস তার হাতের অস্ত্রটি মোটরচালকের দিক থেকে না নামিয়েই বলল, 'অত্যন্ত সহজ। কার্নিশে নেমে সোজা গিয়ে হাজির হলাম চিড়িয়াখানার ঘরের বাইরে। তারপর পাথরের খাঁজে হাত আর পা গুঁজে স্কাইলাইটে পৌঁছাতে আর কতক্ষণ ?'

'তারপর ?' আমি আর সামারভিল সমস্বরে প্রশ্ন করলাম।

'তারপর আর কী—সঙ্গে শিশি ছিল। ছিপি খুলে স্কাইলাইটের মধ্যে দিয়ে হাত ঢুকিয়ে এইচ. মাইনাসের গুঁড়ো ছড়িয়ে দিলাম।'

আমরা দুজনেই অবাক। বললাম, 'তোমার সঙ্গে শিশি ছিল কী রকম ? কাল তো ওডিন সেটাকে পকেটে পুরল।'

পাপাডোপুলসের ঘন কালো গোঁফের নীচে দু' পাটি সাদা দাঁত দেখা দিল।

'এথেন্‌সের রাজপথে এক বছরে অন্তত এক হাজার লোকের পকেট মেরেছি ছেলেবেলায়, আর একটা অন্ধকার করিডরে একটা রোবটের পকেট মারতে পারব না ?'

এই বলে সে তার বাঁ হাতটি আমাদের দিকে তুলে ধরল।

অবাক হয়ে দেখলাম, সেই হাতে একটা বিশাল হিরের আংটি সাতরঙের ছটা বিকীর্ণ করে আমাদের চোখ ধাঁধিয়ে দিচ্ছে।

'মরা মানুষের হাতের আংটি খুলে নেওয়ার মতো সহজ কাজ আর নেই।' বলল নিকোলা পাপাডোপুলস।

সন্দেশ। বৈশাখ, জ্যৈষ্ঠ, আষাঢ় ১৩৮৩

শঙ্কুর শনির দশা

৭ই জুন

আমাকে দেশ বিদেশে অনেকে অনেক সময় জিজ্ঞাসা করেছে আমি জ্যোতিষে বিশ্বাস করি কি না। প্রতিবারই আমি প্রশ্নটার একই উত্তর দিয়েছি—আমি এখনও এমন কোনও জ্যোতিষীর সাক্ষাৎ পাইনি যাঁর কথায় বা কাজে আমার জ্যোতিষশাস্ত্রের উপর বিশ্বাস জন্মাবে। কিন্তু আজ থেকে তিন মাস আগে অবিনাশবাবু যে জ্যোতিষীকে আমার বাড়িতে নিয়ে আসেন, আজ আমি বলতে পারি যে তাঁর গণনা অক্ষরে অক্ষরে ফলে গেছে।

অবিশ্যি এটাও বলতে বাধ্য হচ্ছি যে গণনা না ফললেই বেশি খুশি হতাম। তিনি বলেছিলেন, 'আজ থেকে তিন মাস পরে তোমার চরম সংকটের দিন আসছে। শনির দৃষ্টি পড়বে তোমার উপর। এমনই অবস্থায় পড়বে যে, মনে হবে এর চেয়ে মৃত্যুও ভাল।' এ অবস্থা থেকে মুক্তি হবে কি না জিজ্ঞেস করাতে বললেন, 'যে তোমার সবচেয়ে বড় শত্রু, তাকে সংহার করতে পারলে তবেই মুক্তি।' আমি স্বভাবতই জিজ্ঞেস করলাম এ শত্রুটি কে। তাতে তিনি ভারী রহস্যজনকভাবে একটু হেসে বললেন, 'তুমি নিজে।'

এই রহস্যের কিনারা এখনও হয়নি, কিন্তু সংকট যেটা এসেছে তার চেয়ে মৃত্যু যে ভাল তাতে কোনও সন্দেহ নেই। এই সংকটের সূত্রপাত আজই পাওয়া একটি চিঠিতে। দু' মাস আগে আমি ম্যাড্রিড থেকে একটা বিজ্ঞানী সম্মেলনে অংশগ্রহণ করার জন্য আমন্ত্রণ পাই। এই চিঠিতে সম্মেলনের উদ্যোক্তা বিশ্ববিখ্যাত প্রাণিতত্ত্ববিদ্ ডি-সান্টস লিখেছিলেন, 'আমরা সকলেই বিশেষ করে তোমাকে চাই। তুমি না এলে আমাদের সম্মেলন যথেষ্ট মর্যাদা লাভ করবে না। আশা করি তুমি আমাদের হতাশ করবে না।' এ চিঠি পাবার তিন দিন পরে আমার বন্ধু জন সামারভিল ইংল্যান্ড থেকে আমাকে লেখে ম্যাড্রিড যাবার জন্য বিশেষ অনুরোধ জানিয়ে। ডি-সান্টসকে হতাশ করার কোনও অভিপ্রায় আমার ছিল না। বছরে অন্তত একবার করে বিদেশে গিয়ে নানান দেশের নানান বয়সের বিজ্ঞানীদের সঙ্গে আলাপ-আলোচনা করে আমার নিজের চিন্তাকে সঞ্জীবিত করা—এটা আমার একটা অভ্যাসের মতো দাঁড়িয়ে গিয়েছে। এর ফলেই বয়স সত্ত্বেও আমার দেহ মন এখনও সজীব।

ম্যাড্রিডের আমন্ত্রণ গ্রহণ করে ধন্যবাদ ও কৃতজ্ঞতা জানিয়ে যে চিঠি লিখি, তারও জবাব আমি দু সপ্তাহের মধ্যে পেয়ে যাই। ১৫ই জুন, অর্থাৎ আজ থেকে আট দিন পরে, আমার রওনা হবার কথা। এই অবস্থায় বিনা মেঘে বজ্রাঘাতের মতো আজকের চিঠি। মাত্র তিন লাইনের চিঠি। তার মর্ম হচ্ছে—ম্যাড্রিড বিজ্ঞানী সম্মেলনের কর্তৃপক্ষ তাঁদের আমন্ত্রণ প্রত্যাহার করছেন। পরিষ্কার ভাষা। তাঁরা চান না যে আমি এ সম্মেলনে যোগদান করি। কারণ ? কারণ কিছু বলা নেই চিঠিতে।

এ থেকে কী বুঝতে হবে আমায় ? কী এমন ঘটতে পারে, যার ফলে এঁরা আমাকে অপাঙক্তেয় বলে মনে করছেন ?

উত্তর আমার জানা নেই। কোনও দিন জানতে পারব কি না তাও জানি না।

আজ আর লিখতে পারছি না। দেহ মন অবসন্ন। আজ এখানেই শেষ করি।

১০ই জুন

আজ সামারভিলের চিঠি পেলাম। সেটা অনুবাদ করলে এই দাঁড়ায়—

প্রিয় শঙ্কু,

তুমি দেশে ফিরেছ কি না জানি না। ইন্‌সব্রুকে গত মাসে তোমার বক্তৃতা সম্পর্কে কাগজে যা বেরিয়েছে সেটা পড়ে আমি দু' রাত ঘুমোতে পারিনি। নিঃসন্দেহে তুমি কোনও কঠিন মানসিক পীড়ায় ভুগছ, না হলে তোমার মুখ দিয়ে এ ধরনের কথা উচ্চারণ হতে পারে বলে আমি বিশ্বাস করি না। আমি খবরটা পড়ে ইন্‌সব্রুকে প্রোফেসর স্টাইনারকে ফোন করেছিলাম। তিনি বললেন বক্তৃতার পরে তোমার আর কোনও খবর জানেন না। আশঙ্কা হয় তুমি ইউরোপেই কোথাও আছ, এবং অসুস্থ হয়ে পড়েছ। তা যদি না হয়, যদি এ চিঠি তোমার হাতে পড়ে, তা হলে পত্রপাঠ আমাকে টেলিগ্রামে তোমার কুশল সংবাদ জানাবে, এবং সেই সঙ্গে চিঠিতে তোমার এই অভাবনীয় আচরণের কারণ জানাবে। ইতি তোমার

জন সামারভিল

পুনঃ—খবরটা কীভাবে টাইমস্‌-এ প্রকাশিত হয়েছে, সেটা জানাবার জন্য এই কাটিং।

প্রথমেই বলি রাখি যে আমি ইন্‌সব্রুকে গত মাসে কেন, কোনও কালেই যাইনি।

এইবার টাইমস-এর খবরের কথা বলি। তাতে লিখছে—বিশ্ববিখ্যাত ভারতীয় বৈজ্ঞানিক প্রোঃ টি. শঙ্কু গত ১১ই মে অস্ট্রিয়ার ইন্‌সব্রুক শহরে বিজ্ঞানের অগ্রগতি সম্বন্ধে একটা বক্তৃতা দেন। সভায় স্থানীয় এবং ইউরোপের অন্যান্য শহরের অনেক বিশিষ্ট বৈজ্ঞানিক উপস্থিত ছিলেন। প্রোঃ শঙ্কু এইসব বৈজ্ঞানিকদের সরাসরি কুৎসিত ভাষায় আক্রমণ করেন। ফলে শ্রোতাদের মধ্যে তুমুল চাঞ্চল্যের সৃষ্টি হয়, এবং অনেকেই বক্তাকে আক্রমণের উদ্দেশ্যে মঞ্চের দিকে অগ্রসর হন। জনৈক শ্রোতা একটি চেয়ার তুলে প্রোঃ শঙ্কুর দিকে নিক্ষেপ করেন। অতঃপর ইন্‌সব্রুক-নিবাসী পদার্থবিজ্ঞানী ডক্টর কার্ল গ্রোপিয়াস বক্তাকে আক্রমণের হাত থেকে রক্ষা করেন।

এই হল খবর। সামারভিল যেমন চেয়েছিল, আমি তার চিঠি পাওয়ামাত্র জবাব লিখে সে চিঠি নিজে ডাকে ফেলে এসেছি। কিন্তু তাতে আমি কী ফল আশা করতে পারি? সামারভিল কি আমার কথা বিশ্বাস করবে? কোনও সুস্থমস্তিষ্ক মানুষ কি বিশ্বাস করবে যে আমারই পরিবর্তে অবিকল আমারই মতো দেখতে একজন লোক ইন্‌সব্রুকে গিয়ে এই বক্তৃতা দিয়ে আমার সর্বনাশ করেছে? সামারভিলের সঙ্গে আমার তেত্রিশ বছরের বন্ধুত্ব; সে-ই যদি বিশ্বাস না করে তো কে করবে? খবরে বলেছে যে, ডক্টর গ্রোপিয়াস আমাকে—অর্থাৎ এই রহস্যজনক দ্বিতীয় শঙ্কুকে—বাঁচান। গ্রোপিয়াসকে আমি চিনি। সাত বছর আগে বাগদাদে আন্তর্জাতিক আবিষ্কারক সম্মেলনে তাঁর সঙ্গে আমার পরিচয় হয়। স্বল্পভাষী অমায়িক ব্যক্তি বলে মনে হয়েছিল। সামারভিলের সঙ্গে তাঁকেও একটা চিঠি লিখে দিয়েছি।

নিজেকে এত অসহায় আর কখনও মনে হয়নি। আশঙ্কা হচ্ছে, বাকি জীবনটা এই বিশ্রী কলঙ্কের বোঝা কাঁধে নিয়ে গিরিডি শহরে দাগি আসামির মতো কাটাতে হবে।

২১শে জুন

গ্রোপিয়াসের চিঠি—এবং অত্যন্ত জরুরি চিঠি। আজই ইন্‌সব্রুক যাবার বন্দোবস্ত করতে হবে।

টাইমস-এর বিবরণ যে অতিরঞ্জিত নয় সেটা গ্রোপিয়াসের চিঠিতে বুঝলাম। রুমানিয়ার মাইক্রো-বায়োলজিস্ট জর্জ পোপেস্কু নাকি আমার দিকে চেয়ার ছুড়ে মারেন। এনজাইম সম্পর্কে তাঁর মহামূল্য গবেষণাকে আমি নাকি অবচীন বলে উড়িয়ে দিয়েছিলাম। ফলে অত্যন্ত স্বাভাবিক কারণেই তিনি প্রচণ্ডভাবে উত্তেজিত হয়ে পড়েন। গ্রোপিয়াস মঞ্চে আমার পাশেই বসে ছিল; সে আমার হাত ধরে হ্যাঁচকা টান মেরে এক পাশে সরিয়ে আমার প্রাণ বাঁচায়। চেয়ারটা একটা মাইক্রোফোনকে বিকল করে দিয়ে টেবিলের উপর রাখা জল ভর্তি দুটো কাচের গেলাসকে চুরমার করে দেয়। গ্রোপিয়াস লিখছে—

'তোমাকে আমি হাত ধরে টেনে সটান লাইব্‌নিৎস হলের বাইরে নিয়ে আসি। তুমি তখন এত উত্তেজিত হয়ে পড়েছিলে যে, তোমাকে ধরে রাখা আমার পক্ষে প্রায় অসম্ভব হয়ে উঠেছিল। বাইরে আমার গাড়ি অপেক্ষা করছিল; কোনওরকমে তাতে তোমাকে তুলে আমি রওনা দিই। হাত ধরেই বুঝেছিলাম যে, তোমার গা জ্বরে পুড়ে যাচ্ছে। ইচ্ছা ছিল হাসপাতালে নিয়ে যাব, কিন্তু এক কিলোমিটার গিয়ে একটা চৌমাথায় ট্র্যাফিক লাইটের দরুন গাড়িটা থামার সঙ্গে সঙ্গে তুমি দরজা খুলে নেমে পালাও। তারপর অনেক খুঁজেও আর তোমার দেখা পাইনি। তোমার চিঠি পেয়ে বুঝলাম তুমি দেশে ফিরে গেছ। বিদেশি বৈজ্ঞানিক মহলে তোমার নামে যে কলঙ্ক রটেছে সেটা কীভাবে দূর হবে জানি না, তবে তুমি যদি একবার ইন্‌সব্রুকে আসতে পার, তা হলে ভাল ডাক্তারের সন্ধান দিতে পারি। তোমাকে পরীক্ষা করে যদি কোনও মস্তিষ্ক বা স্নায়ুর গণ্ডগোল ধরা পড়ে, তা হলে সে দিনকার ঘটনার একটা স্পষ্ট কারণ পাওয়া যাবে, এবং সেটা তোমার পক্ষে সুবিধাজনক হবে। অসুখ যদি

হয়েই থাকে তা হলে চিকিৎসার কোনও ত্রুটি হবে না ইন্‌সব্রুকে।'

গ্রোপিয়াস ইন্‌সব্রুকের একটা কাগজ থেকে সেদিনকার ঘটনার একটা ছবিও পাঠিয়ে দিয়েছে। হন্তদন্ত গ্রোপিয়াস 'আমার' পিঠে হাত দিয়ে 'আমাকে' এক পাশে সরিয়ে দিচ্ছেন। এই 'আমি'-র সঙ্গে আমার চেহারার কোনও পার্থক্য ছবিতে ধরতে পারলাম না। কেবল আমার চশমাটা—যেটা ছবিতে দেখছি প্রায় খুলে এসেছে—সেটার কাচ স্বচ্ছ না হয়ে ঘোলাটে বলে মনে হচ্ছে। 'আমার' ডাইনে বাঁয়ে টেবিলের পিছনে বসা ব্যক্তিদের মধ্যে আরও দুজনকে চেনা যাচ্ছে; একজন হলেন রুশ বৈজ্ঞানিক ডক্টর বোরোডিন, আর অন্যজন ইনস্‌ব্রুকেরই তরুণ প্রত্নতাত্ত্বিক প্রোফেসর ফিংকেলস্টাইন। ফিংকেলস্টাইন তার হাত দুটো আমার দিকে বাড়িয়ে রয়েছে। হয়তো সেও আমাকে আক্রমণ করতে যাচ্ছিল!

আজ সারা দিন ধরে গভীরভাবে চিন্তা করে বুঝেছি যে, আমাকে ইন্‌সব্রুক যেতেই হবে। সেই জ্যোতিষীর কথা মনে পড়ছে। সে বলেছিল, আমার এই পরম শত্রুটিকে সংহার না করলে আমার মুক্তি নেই। আমার মন বলছে, এই ব্যক্তি এখনও ইন্‌সব্রুকেই রয়েছে আত্মগোপন করে। তার সন্ধানই হবে এখন আমার একমাত্র লক্ষ্য।

সামারভিলকে লিখে দিয়েছি আমার সংকল্পের কথা। দেখা যাক কী হয়।

২৩শে জুন

আজ নতুন করে আমার মনে আতঙ্ক দেখা দিয়েছে।

আমার ডায়রি খুলে গত তিন মাসের দিনলিপি পড়ে দেখছিলাম। মে মাসের তেসরা থেকে বাইশে পর্যন্ত দেখলাম কোনও এন্‌ট্রি নেই। সেটা অস্বাভাবিক নয়, কারণ উল্লেখযোগ্য কিছু না ঘটলে আমি ডায়রি লিখি না। কিন্তু খটকা লাগছে এই কারণে যে, ওই সময়টাতেই ইন্‌সব্রুকের ঘটনাটা ঘটেছিল। এমন যদি হয় যে আমি ইন্‌সব্রুকের নেমন্তন্ন পেয়েছিলাম, ইন্‌সব্রুকে গিয়েছিলাম, ওই রকম বক্তৃতাই দিয়েছিলাম, এবং তারপর ইন্‌সব্রুক থেকে ফিরে এসেছিলাম—কিন্তু এই পুরো ঘটনাটাই আমার মন থেকে লোপ পেয়ে গেছে? কোনও সাময়িক মস্তিষ্কের ব্যারাম থেকে কি এ ধরনের বিস্মৃতি সম্ভব? এটা অবিশ্যি খুব সহজেই যাচাই করা যেত; দুঃখের বিষয় যে দুটি ব্যক্তির সঙ্গে গিরিডিতে আমার প্রতি দিনই দেখা হয়, তাদের একজনও ওই সময়টা এখানে ছিলেন না। আমার চাকর প্রহ্লাদ গত দু' মাস হল ছুটি নিয়ে দেশে গেছে। যাকে বদলি দিয়ে গেছে, সেই ছেদিলালকে জিজ্ঞেস করেছিলাম। বললাম, 'গতমাসে আমি গিরিডি ছেড়ে কোথাও গিয়েছিলাম কি না তোমার মনে আছে?' সে চোখ কপালে তুলে বলল, 'আপনার স্মরোন থাকবে না তো হামার থাকবে কেইসন বাবু?' আমারই ভুল হয়েছে; এ জিনিস কাউকে জিজ্ঞেস করা যায় না। একজনকে জিজ্ঞেস করা যেত; আমার বন্ধু অবিনাশবাবু। কিন্তু তিনি গত শুক্রবার চাইবাসা চলে গেছেন তাঁর ভাগনির বিয়েতে।

ইন্‌সব্রুকের কোনও চিঠি আমার ফাইলের মধ্যে পাইনি। আশা করি আমার আশঙ্কা অমূলক।

আমি ৬ই জুলাই ইন্‌সব্রুক রওনা হচ্ছি। কপালে কী আছে কে জানে।

৭ই জুলাই

ইন্‌সব্রুক। বিকেল চারটে। ভিয়েনা থেকে ট্রেন ধরে সকাল দশটায় পৌঁছেছি এখানে। ছবি সমেত নকল শঙ্কুর বক্তৃতা এখানকার কাগজে বেরোনোর যে কী ফল হয়েছে, সেটা শহরে পদার্পণ করেই বুঝেছি। পরপর তিনটে হোটেলে আমাকে জায়গা দেয়নি। তৃতীয় হোটেল থেকে বেরিয়ে একটা ট্যাক্সিতে উঠতে গিয়েছিলাম, ড্রাইভার মাথা নেড়ে না করে দিল। শেষটায় হাতে ব্যাগ নিয়ে প্রায় পঁয়তাল্লিশ মিনিট হেঁটে একটা গলির ভিতর ছোট্ট একটা সরাইখানা গোছের হোটেলে ঘর পেলাম। মালিকের পুরু চশমা দেখে মনে হল সে ভাল চোখে দেখে না, আমার বিশ্বাস সেই কারণেই আতিথেয়তার কোনও ত্রুটি হল না। কিন্তু এভাবে গা ঢাকা দিয়ে থেকে কাজের বেশ অসুবিধে হবে বলে মনে হচ্ছে।

আজ রাত্রে সামারভিল আসছে। তাকে গিরিডি থেকেই ইন্‌সব্রুকে যাচ্ছি বলে লিখেছিলাম, এবং এখানে এসেই টেলিফোন করেছি। তার জরুরি কাজ ছিল, তাও সে আসবে বলে কথা দিয়েছে।

গ্রোপিয়াসকে ফোন করেছিলাম। তার সঙ্গে আজ সাড়ে পাঁচটায় অ্যাপয়েন্টমেন্ট। সে থাকে এখান থেকে দশ কিলোমিটার দূরে। বলেছে গাড়ি পাঠিয়ে দেবে।

আরও একজনকে ফোন করা হয়ে গেছে এরমধ্যে : প্রোফেসর ফিংকেলস্টাইন। শুধু একজনের কাছ থেকে ঘটনার বিবরণ শুনলে চলবে না, তাই ফিংকেলস্টাইনের সঙ্গে কথা বলা দরকার। ভদ্রলোক বাড়ি ছিলেন না। চাকর ফোন ধরেছিল। আমার নম্বর দিয়ে দিয়েছি, বলেছি এলেই যেন ফোন করেন।

পাহাড়ে ঘেরা অতি সুন্দর শহর ইন্‌সব্রুক। যুদ্ধের সময় অনেক কিছুই ধ্বংস হয়ে গিয়েছিল, এখন আবার সব নতুন করে গড়েছে। অবিশ্যি শহরের সৌন্দর্য উপভোগ করার মতো মনের অবস্থা আমার নেই। আমার এখন একমাত্র লক্ষ্য হল সেই জ্যোতিষীর গণনায় নির্ভর করে আমার মুক্তির পথ খোঁজা।

৭ই জুলাই, রাত সাড়ে দশটা

গ্রোপিয়াসের সঙ্গে সাক্ষাৎকারের ঘটনাটা গুছিয়ে লিখতে চেষ্টা করছি।

পাঁচটার কিছু আগেই আমার এই অ্যাপোলো হোটেলের একটি ছোকরা এসে খবর দিল হের্ প্রোফেসর শান্‌কোর জন্য গাড়ি পাঠিয়েছেন হের ডকটর গ্রোপিয়ুস। গাড়ির চেহারা দেখে কিঞ্চিৎ বিস্মিত হলাম। এক কালে—অর্থাৎ অন্তত ত্রিশ বছর আগে—এটা হয়তো বেশ বাহারের গাড়ি ছিল, কিন্তু এখন রীতিমতো জীর্ণদশা। গ্রোপিয়াস কি দরিদ্র, না কৃপণ ?

পাঁচটার মধ্যেই গ্রুনেওয়াল্ডট্রাসে পৌঁছে গেলাম। এই রাস্তাতেই গ্রোপিয়াসের বাড়ি। একটা প্রাচীন গির্জা ও গোরস্থান পেরিয়ে গাড়িটা বাঁয়ে একটা গেটের ভিতর দিয়ে ঢুকে গেল। বাড়িটাও দেখলাম গাড়িরই মতো। গেট থেকে সদর দরজা পর্যন্ত রাস্তার দু' পাশে বাগান আগাছায় ভরে আছে, অথচ আসবার পথে অন্যান্য বাড়ির সামনের বাগানে ফুলের প্রাচুর্য দেখে চোখ জুড়িয়ে গেছে।

বাগদাদে গ্রোপিয়াসের চেহারা যা মনে ছিল, তার তুলনায় এবারে তাকে অনেক বেশি বিধ্বস্ত বলে মনে হল। সাত বছরে এত বেশি বুড়িয়ে যাওয়ার কথা নয়। হয়তো কোনও পারিবারিক দুর্ঘটনা ঘটে থাকবে। আমি এ ব্যাপারে কোনও অনুসন্ধিৎসা প্রকাশ করলাম না, কারণ তার নিজের স্বাস্থ্যের চেয়ে আমার স্বাস্থ্য সম্পর্কে সে অনেক বেশি উদ্বিগ্ন বলে মনে

হল।

বৈঠকখানায় দুজনে মুখোমুখি বসার পর গ্রোপিয়াস বেশ মিনিট দুয়েক ধরে আমাকে পর্যবেক্ষণ করল। শেষটায় আমাকে বাধ্য হয়েই হালকাভাবে জিজ্ঞেস করতে হল, 'আমিই সেই শঙ্কু কি না সেটা ঠাহর করতে চেষ্টা করছ?'

গ্রোপিয়াস আমার প্রশ্নের সরাসরি উত্তর না দিয়ে যে কথাটা বলল, তাতে আমার ভাবনা দ্বিগুণ বেড়ে গেল।

'ডক্টর ওয়েবার আসছেন। তিনি তোমাকে পরীক্ষা করে দেখবেন। সে দিন তোমাকে ওয়েবারের ক্লিনিকেই নিয়ে যাচ্ছিলাম, কিন্তু তুমি সে সুযোগ দাওনি। আশা করি এবারে তুমি আপত্তি করবে না। একমাত্র আমিই বিশ্বাস করি যে সে দিন তুমি অসুস্থ ছিলে বলেই এ সব কথা বলতে পেরেছিলে। অন্য যারা ছিল তারা আমার সঙ্গে একমত নয়। তারা এখনও পেলে তোমাকে ছিঁড়ে খাবে। কিন্তু ওয়েবারের পরীক্ষার ফলে যদি প্রমাণ হয় যে তোমার মাথায় গোলমাল হয়েছে, তা হলে হয়তো এরা তোমাকে ক্ষমা করবে। শুধু তাই নয়; চিকিৎসার সাহায্যে সুস্থ হয়ে তুমি হয়তো আবার তোমার সুনাম ফিরে পাবে।'

আমি অগত্যা বলতে বাধ্য হলাম যে গত চল্লিশ বছরে এক দিনের জন্যেও আমি অসুস্থ হইনি। দৈহিক, মানসিক, কোনও ব্যাধির সঙ্গেই আমার পরিচয় নেই।

গ্রোপিয়াস বলল, 'তা হলে কি তুমি বলতে চাও যে এত সব নামকরা বৈজ্ঞানিক—শিমানোফ্‌স্কি, রিটার, পোপেস্‌কু, আল্‌টমান, স্ট্রাইখার, এমন কী আমি নিজে—এদের সম্বন্ধে তুমি এত নীচ ধারণা পোষণ কর?'

আমি যথাসম্ভব শান্তভাবে বললাম, 'গ্রোপিয়াস, আমি বিশ্বাস করি যে আমারই মতো

দেখতে আর একজন লোক রয়েছে, যে নিজে বা অন্য কোনও লোকের প্ররোচনায় আমাকে অপদস্থ করার জন্য এই সব করছে।'

'তা হলে সে লোক এখন কোথায় ? সে দিন আমার গাড়ি থেকে নেমে সে শহর থেকে কি ভ্যানিস করে গেল ? তোমার না হয় পাসপোর্ট ছিল, টিকিট ছিল, তুমি সোজা প্লেন ধরে দেশে ফিরে গেছ, কিন্তু একজন প্রতারকের পক্ষে তো হঠাৎ শহর থেকে পালানো এত সহজ নয়।'

আমি বললাম, 'আমার বিশ্বাস সে লোক এই শহরেই আছে। এমনও হতে পারে যে সে একজন অখ্যাত বৈজ্ঞানিক, অনেক জায়গায় আমাকে দেখেছে, আমার বক্তৃতা শুনেছে। বোঝাই যাচ্ছে আমার সঙ্গে তার কিছুটা সাদৃশ্য আছে, বাকিটা সে মেকআপের সাহায্যে পুষিয়ে নিয়েছে।'

গ্রোপিয়াসের চাকর হট চকোলেট দিয়ে গেল। চাকরের সঙ্গে সঙ্গে একটা কুকুরও এসে ঘরে ঢুকেছে, বুঝলাম সেটা জাতে ডোবারমান পিন্‌শার। কুকুরটা আমাকে দেখে লেজ নাড়তে নাড়তে কাছে এসে আমার প্যান্ট শুঁকতে লাগল। কিন্তু তার পরেই দেখলাম সে আমার মুখের দিকে চেয়ে বার তিনেক গর্‌র গর্‌র শব্দ করল। গ্রোপিয়াস 'ফ্রিকা, ফ্রিকা' বলে দু' বার ধমক দিতেই সে যেন বিরক্ত হয়ে আমার কাছ থেকে সরে গিয়ে কিছু দূরে কার্পেটের উপর বসে পড়ল।

'তুমি এখানে এসেছ বলে আর কেউ জানে কি ?' গ্রোপিয়াস প্রশ্ন করল।

আমি বললাম, 'ইন্‌সব্রুকে আমার জানা বলতে আর একজনই আছেন। তাঁকে এসে ফোন করেছিলাম, কিন্তু তিনি বাড়ি ছিলেন না। তাঁর চাকরকে আমার ফোন নম্বর দিয়ে দিয়েছি।'

'কে তিনি ?'

আমি একটু হেসে বললাম, 'তিনিও প্রোফেসর শঙ্কুর বক্তৃতায় উপস্থিত ছিলেন। তোমার পাঠানো খবরের কাগজের ছবিতে তাঁকে দেখলাম।'

গ্রোপিয়াস ভ্রূ কুঞ্চিত করল।

'কার কথা বলছ তুমি ?'

'প্রোফেসর ফিংকেলস্টাইন।'

'আই সি।'

খবরটা শুনে গ্রোপিয়াসকে তেমন প্রসন্ন বলে মনে হল না। প্রায় আধমিনিট চুপ থাকার পর আমার দিকে সোজা তাকিয়ে বলল, 'ফিংকেলস্টাইনের গবেষণা সম্বন্ধে সে দিন তুমি কী বলেছিলে সেটা মনে আছে ?'

আমি বাধ্য হয়েই মাথা নেড়ে 'না' বললাম।

'যদি মনে থাকত, তা হলে আর তাকে ফোন করতে না। তুমি বলেছিলে, একটি তিন বছরের শিশুও তার চেয়ে বেশি বুদ্ধি রাখে।'

আমার বুকের ভিতরটা কেঁপে উঠল। খুব ভাল করেই জানি, এই উন্মাদ বক্তৃতার জন্য আমি দায়ী নই, কিন্তু এখানকার লোকের যদি সত্যিই ধারণা হয়ে থাকে যে এই প্রতারকই হচ্ছে আসল শঙ্কু, তা হলে আমার বিপদের শেষ নেই। গ্রোপিয়াস ছাড়া কি তা হলে আমি কারুর উপরেই ভরসা রাখতে পারব না ?

একটা গাড়ির শব্দ।

'ওই বোধ হয় ওয়েবার এল,' বলল গ্রোপিয়াস।

ডাক্তারকে আমার ভাল লাগল না। জার্মানির তুলনায় অস্ট্রিয়ার লোকেদের মধ্যে যে মোলায়েম ভাব থাকে, সেটা এর মধ্যেও আছে, তবে সেটার মাত্রাটা যেন একটু অস্বস্তিকর

রকম বেশি। মুখে লেগে থাকা সরল হাসিটাও কেন জানি কৃত্রিম বলে মনে হয়।

ওয়েবার আধ ঘণ্টা ধরে আমাকে নানারকম প্রশ্ন করে পরীক্ষা করল, আমিও সব সহ্য করলাম। যাবার সময় বলল, 'গ্রোপিয়াস তোমাকে গাড়ি পাঠিয়ে দেবে, কাল সকালে গটফিট্স্ট্রাসেতে আমার ক্লিনিকে এসো, সেখানে আমার যন্ত্রপাতি আছে। তোমাকে সুস্থ করাটা আমার কাছে একটা চ্যালেঞ্জ হয়ে রইল।'

আমি মনে মনে বললাম—তোমার চেয়ে অন্তত দশগুণ বেশি সুস্থ আমি। তুমি একমাস নখ কাটোনি, তোমার ঠোঁটে সিগারেটের কাগজ লেগে আছে, তোমার জিভের দোষে কথা জড়িয়ে যায়—তুমি করবে আমার মাথার ব্যামোর চিকিৎসা?

ওয়েবারকে গাড়িতে তুলে দিতে গ্রোপিয়াস ঘর থেকে বেরিয়ে গিয়েছিল, ওর দেরি দেখে আমি ঘরটা ঘুরে দেখছিলাম, তাকের উপর ফোটো অ্যালবাম দেখে পাতা উলটে দেখি একটা ছবিতে আমি রয়েছি। এ ছবি আমার কাছে নেই, তবে এটা তোলার কথা আমার স্পষ্ট মনে আছে। বাগদাদের হোটেল স্প্লেনডিডের সামনে তোলা। আমি, গ্রোপিয়াস আর রুশ বৈজ্ঞানিক কামেন্স্কি পাশাপাশি দাঁড়িয়ে আছি।

'তোমার সঙ্গে জিনিসপত্র কী আছে?' গ্রোপিয়াস ঘরে ফিরে এসে প্রশ্ন করল।

'কেন বলো তো?'

'আমার মনে হয়, তুমি আমার এখানে চলে এসো। তোমার নিরাপত্তার জন্যই আমি এই

প্রস্তাব করছি। আমার বড় গেস্টরুম আছে, তুমি এর আগেও সেখানে থেকে গেছ—যদিও তোমার সেটা মনে থাকার কথা নয়। মে মাসে যখন এসেছিলে, তখন তুমি আমারই আতিথেয়তা গ্রহণ করেছিলে।'

ব্যাপারটা অসম্ভব জানলেও মাথাটা কেমন যেন গুলিয়ে উঠছিল। আমি জিজ্ঞেস করলাম, 'আমাকে কি তুমিই নেমন্তন্ন করেছিলে ?'

গ্রোপিয়াস এর উত্তরে উঠে গিয়ে পাশের ঘর থেকে একটা ফাইল নিয়ে এল। তাতে অন্য চিঠির মধ্যে আমার দুখানা চিঠি রয়েছে। অবিকল আমার চিঠির কাগজ, আমার সই, আমার অলিভেটি টাইপরাইটারের হরফ। প্রথম চিঠিটায় লিখেছি যে, মে মাসে এমনিতেই আমি ইউরোপ যাচ্ছি, কাজেই ইন্‌সব্রুকে যাওয়ায় কোনও অসুবিধা নেই। দ্বিতীয় চিঠিটায় জানিয়েছি কবে পৌঁছোচ্ছি।

রহস্য ক্রমেই জটিল হয়ে উঠছে এবং সেই সঙ্গে আমার সংকটাপন্ন অবস্থাটাও ক্রমশ স্পষ্ট হয়ে উঠছে। এখানের হোটেলেই যখন আমাকে ঢুকতে দেয়নি, তখন যে লোককে আমি প্রকাশ্য বক্তৃতায় নাম ধরে অপমান করেছি, আমার প্রতি তার মনোভাব কী হবে সেটা বোঝাই যাচ্ছে।

কিন্তু গ্রোপিয়াসকে বলতে হল যে এখুনি তার বাড়িতে এসে ওঠা আমার পক্ষে সম্ভব নয়।

'আজ রাত্রে আমার বন্ধু সামারভিল লন্ডন থেকে আসছে। কাল যদি আমরা দুজনে একসঙ্গে তোমার বাড়িতে এসে উঠি ?'

'সামারভিল কে ?' একটু সন্দিগ্ধভাবে প্রশ্ন করল গ্রোপিয়াস। আমি সামারভিলের পরিচয় দিয়ে বললাম, 'সে আমার বিশিষ্ট বন্ধু ; ঘটনাটা শুনে সে বিশেষ চিন্তিত।'

তোমার কি ধারণা এখানে এসে তোমাকে দেখলে তার চিন্তা দূর হবে ?'

আমি কোনও উত্তর না দিয়ে গ্রোপিয়াসের দিকে চেয়ে রইলাম। আমি জানি ও কী বলবে, এবং ঠিক তাই বলল।

'তোমার বন্ধুও তোমার চিকিৎসার জন্য আমারই মতো ব্যস্ত হয়ে উঠবে এতে কোনও সন্দেহ নেই।'

আমি হোটেলে ফিরেছি সন্ধ্যা সাতটায়। ফিংকেলস্টাইনের কাছ থেকে কোনও ফোন আসেনি। ঘরে গিয়ে চেয়ারে বসে আজকের আশ্চর্য ঘটনাগুলো নিয়ে চিন্তা করছি, এমন সময় টেলিফোন বেজে উঠল। সামারভিল। রেলস্টেশন থেকে ফোন করছে। বললাম, 'কী হল, তুমি আসছ না ?'

'আসছি তো বটেই, একটা উৎকণ্ঠা হচ্ছিল—তাই ফোনটা করলাম।'

'কী ব্যাপার ?'

'তুমি অক্ষত আছ কি না সেটা জানা দরকার।'

'অক্ষত এবং সম্পূর্ণ সুস্থ।'

'ভেরি গুড। আমি আধ ঘণ্টার মধ্যে আসছি। অনেক খবর আছে।'

আমার সম্বন্ধে সামারভিল যে কতটা উদ্বিগ্ন সেটা এই টেলিফোনেই বুঝতে পারলাম। কিন্তু কী খবর আনছে সে ?

আমার ঘরে যদিও দুটো খাট রয়েছে, কিন্তু ঘরটা এত ছোট যে আমি সামারভিলের জন্য পাশের ঘরটা বন্দোবস্ত করব বলে ঠিক করেছিলাম। যখন বাড়ি ফিরেছি তখনও ঘরটা খালি ছিল। হোটেলের মালিককে সেটা সম্বন্ধে বলব বলে ঘর থেকে বেরিয়ে দেখি, সে ঘরে বাতি

জ্বলছে এবং আধ-খোলা দরজা দিয়ে কড়া চুরুটের গন্ধ আসছে। আর কোনও খালি ঘর আছে কি? খোঁজ নিয়ে জানলাম, নেই। অগত্যা আমার এই ছোট ঘরেই সামারভিলকে থাকতে হবে।

আধ ঘণ্টার মধ্যেই সামারভিল এসে পড়ল। ইতিমধ্যে কখন যে বৃষ্টি আরম্ভ হয়েছে, সেটা খেয়াল করিনি; সেটা বুঝলাম সামারভিলকে ভিজে বর্ষাতি খুলতে দেখে। বলল, 'আগে কফি আনাও, তারপর কথা হবে।'

কথাটা বলে সেও গ্রোপিয়াসের মতো মিনিটখানেক ধরে আমার দিকে চেয়ে রইল। এ ব্যাপারটা প্রায় আমার গা-সওয়া হয়ে যাচ্ছে, যদিও সামারভিলের প্রতিক্রিয়া হল অন্যরকম।

'তোমার চাহনিতে কোনও পরিবর্তন দেখছি না শঙ্কু। আমার বিশ্বাস তুমি সম্পূর্ণ সুস্থ।'

আমি এত দিনে নিশ্চিন্তির হাঁপ ছাড়লাম।

কফি আসার পর সামারভিলকে আজকের সারা দিনের ঘটনা বললাম। সব শুনে সে বলল, 'আমি গত ক' দিনে পুরনো জার্মান বৈজ্ঞানিক পত্রিকা ঘেঁটে গ্রোপিয়াসের কয়েকটা প্রবন্ধ আবিষ্কার করেছি। গত দশ বছরের মধ্যে সে কোনও লেখা লেখেনি, কিন্তু তার আগে লিখেছে।'

'কী সম্বন্ধে লিখেছে?'

'তার ব্যর্থতা সম্বন্ধে।'

'কী রকম? কীসের ব্যর্থতা?'

এর উত্তরে সামারভিল যা বলল তাতে যে আমি শুধু অবাকই হলাম তা নয়; এর ফলে সমস্ত ঘটনাটা একটা নতুন চেহারা নিয়ে উপস্থিত হল আমার সামনে। সে বলল—

'তোমার তৈরি অমনিস্কোপ, তোমার ধন্বন্তরি ওষুধ মিরাকিউরল, তোমার লিঙ্গুয়াগ্রাফ, তোমার এয়ারকন্ডিশনিং পিল—প্রত্যেকটি জিনিসই গ্রোপিয়াসের মাথা থেকে বেরিয়েছিল। দুঃখের বিষয় প্রতি বারই সে জেনেছে যে তার ঠিক আগেই তুমি এগুলোর পেটেন্ট নিয়ে বসে আছ। অর্থাৎ প্রতিভার দৌড়ে প্রতি বারই সে তোমার কাছে অল্পের জন্য হার মেনেছে। দশ বছর আগে তার শেষ প্রবন্ধে যে অত্যন্ত আক্ষেপ করে বলেছে যে কোনও বৈজ্ঞানিক আবিষ্কারের জন্য খ্যাতিলাভের ব্যাপারটা নেহাতই আকস্মিক। প্রাচীন পুথিপত্র ঘেঁটে ও এর নজিরও দেখিয়েছে—যেমন মাধ্যাকর্ষণের ব্যাপারে খ্যাতি হল নিউটনের, কিন্তু তারও ত্রিশ বছর আগে ইতালির বৈজ্ঞানিক ফ্রাতেল্লি নাকি এই মাধ্যাকর্ষণের কথা লিখে গেছেন।'

আমি বললাম, 'ঠিক সেইভাবে বেতার আবিষ্কারের কৃতিত্ব আমাদের জগদীশ বোসের কাছ থেকে কেড়ে নিয়েছেন মার্কনি।'

'এগজ্যাক্টলি', বলল সামারভিল। 'কাজেই গ্রোপিয়াস যদি তোমার প্রতি বিরূপভাব পোষণ করে তা হলে আশ্চর্য হয়ো না।'

'তা তো বুঝলাম, কিন্তু এতে দ্বিতীয় শঙ্কুর রহস্যের সমাধান হচ্ছে কীভাবে?'

প্রশ্নটা করাতে সামারভিল গম্ভীর হয়ে গেল। বলল, 'তোমার সঙ্গে গ্রোপিয়াসের শেষ দেখা হয়েছিল বাগদাদে সাত বছর আগে। তারপর থেকে সে আর কোনও বিজ্ঞান সম্মেলনে যায়নি। এই প্রথম গত মে মাসে ইন্‌সব্রুকে তারই উদ্যোগে আয়োজিত বিজ্ঞানী সম্মেলনে সে যোগদান করে। আর—'

আমি সামারভিলকে বাধা দিয়ে বললাম, 'কিন্তু এই সম্মেলন থেকে আমি কোনও চিঠি পাইনি।'

'সে তো পাবেই না। কিন্তু গ্রোপিয়াস নিশ্চয়ই বলেছে যে সে তোমাকে ডেকেছে। এমনকী সে তোমার সই সমেত চিঠিও নিশ্চয়ই তার ফাইলে রেখেছে।'

আমাকে বলতেই হল যে, সে চিঠি আমি নিজের চোখে দেখে এসেছি।

'তার সঙ্গে এর আগে তোমার চিঠি লেখালেখি হয়েছে ?' সামারভিল প্রশ্ন করল।

আমি বললাম, 'বাগদাদে ওর সঙ্গে আলাপ হবার পর আমি ওকে দু' বার চিঠি লিখেছি, আর পর পর পাঁচ বছর নববর্ষের সম্ভাষণ জানিয়ে কার্ড পাঠিয়েছি।'

সামারভিল গম্ভীরভাবে মাথা নাড়ল। তারপর বলল, 'তোমার সঙ্গে চেহারার মিল আছে এমন কোনও লোক নিশ্চয়ই জোগাড় করেছে গ্রোপিয়াস। যেটুকু তফাত—সেটুকু মেকআপের সাহায্যে ম্যানেজ করেছে, আর বক্তৃতার বিষয়টা তাকে আগে থেকেই শিখিয়ে নিয়েছে। টাকার লোভে এ কাজটা অনেকেই করতে রাজি হবে। এই দ্বিতীয় শঙ্কুর তো কোনও দায়-দায়িত্ব নেই ; সে ফরমাশ খেটে টাকা পেয়ে খালাস, এদিকে আসল শঙ্কুর যা সর্বনাশ হবার তা হয়েই গেল, আর গ্রোপিয়াসেরও প্রতিশোধ নেওয়া হয়ে গেল। ভাল কথা, তোমার বক্তৃতার কোনও রেকর্ডিং গ্রোপিয়াসের কাছে থাকতে পারে ?'

প্রশ্নটা শুনেই আমার মনে পড়ে গেল, বাগদাদে গ্রোপিয়াসকে একটা ছোট্ট টেপরেকর্ডার সঙ্গে নিয়ে ঘুরতে দেখেছি। আমি বললাম, 'সেটা খুবই সম্ভব। শুধু তাই না, আমার একটা ভাল রঙিন ছবিও তার কাছে আছে। আমি আজই দেখেছি।'

সামারভিল একটা আক্ষেপসূচক শব্দ করে বলল, 'মুশকিলটা কী জান ? যাকে শঙ্কু সাজিয়েছে তাকে খুঁজে পাওয়ার সম্ভাবনা খুবই কম। অথচ গ্রোপিয়াসের শয়তানি প্রমাণ করতে গেলে এই দ্বিতীয় শঙ্কুর প্রয়োজন।'

এই হোটেলে ঘরে টেলিফোন নেই। দোতলার তিনজন বাসিন্দার জন্য একটিমাত্র টেলিফোন রয়েছে প্যাসেজে। যদি এক নম্বরের জন্য ফোন আসে তা হলে একবার একবার করে রিং হতে থাকে, দুই নম্বর হলে ডাবল রিং, আর তিন হলে তিনবার। টেলিফোন দুই দুই করে বাজছে দেখে বুঝলাম আমারই ফোন।

দরজা খুলে বাইরে বেরিয়ে ফোন ধরলাম।

'হ্যালো !'

'প্রোফেসর শঙ্কু কথা বলছেন ?'

'হ্যাঁ।'

'আমার নাম ফিংকেলস্টাইন।'

আমি বৃথা বাক্যব্যয় না করে আসল প্রসঙ্গে চলে গেলাম।

'গত মে মাসে এখানে একটা বিজ্ঞানীসভায় তুমি বোধ হয় উপস্থিত ছিলে। কাগজে তোমার ছবি দেখলাম।'

'তুমি কি তোমার চশমা হারিয়েছ ?'

এই অপ্রত্যাশিত প্রশ্নের কী জবাব দিতে হবে ভাবছি, সেই ফাঁকে ফিংকেলস্টাইন আর একটা প্রশ্ন করে বসল।

'তোমার চশমার কাঁচ কি ঘোলাটে, না স্বচ্ছ ?'

আমি বললাম, 'স্বচ্ছ। এবং সে চশমা আমার কাছেই আছে, কোনও দিন হারায়নি।'

'আমার তাই বিশ্বাস। যাই হোক, বিজ্ঞান সভায় যে-শঙ্কু বক্তৃতা দিয়েছিলেন, তিনি ঘর থেকে বেরোবার সময় তাঁর চশমাটা খুলে মেঝেতে পড়ে যায়। সেটা আমি তুলে নিই। শুধু চশমা নয়, তার সঙ্গে একটি জিনিস আটকে ছিল, সেটাও আমার কাছে আছে।'

'কী জিনিস ?'

'সেটা তুমি এলে দেখাব। ওটা না পেলে কিন্তু আমারও ধারণা হত যে, যিনি বক্তৃতা দিয়েছেন তিনি আসল শঙ্কু, নকল নন।'

কথাটা শুনে আমার হৃৎকম্প শুরু হয়ে গেছে। বললাম, 'কখন তোমার সঙ্গে দেখা করা যায় ?'

ফিংকেলস্টাইন বলল, 'এখন রাত হয়ে গেছে, আর দিনটাও ভাল না। কাল সকাল সাড়ে আটটায় আমার বাড়িতে এসো। বেশি সকাল হয়ে যাচ্ছে না তো ?'

'না না। ঠিক সাড়ে আটটায় যাব। আমার সঙ্গে আমার ইংরেজ বন্ধু জন সামারভিলও থাকবে।'

'বেশ, তাকে নিয়ে এসো। তখনই কথা হবে। অনেক কিছু বলার আছে।'

ফোন রেখে দিলাম। সামারভিল পাশে দাঁড়িয়ে ছিল। দুজনে আবার ঘরে ফিরে এলাম। সামারভিল দরজাটা বন্ধ করে দিয়ে বলল, 'তিন নম্বরে যিনি আছেন তাঁকে চেনো ?'

'কেন বলো তো ? লোকটি আজ সন্ধ্যায় এসেছে।'

'ভদ্রলোকের একটু বেশি রকম কৌতূহল বলে মনে হল। চুরুটের গন্ধ পেয়ে পিছনে ফিরে দেখি দরজাটা এক ইঞ্চি ফাঁক করে দাঁড়িয়ে আছে। তোমার ফোনের কথা শোনার জন্য তার এত আগ্রহ কেন ?'

এর উত্তর আমি জানি না। লোকটা কে তাও জানি না। আশা করি কাল ফিংকেলস্টাইনের সঙ্গে কথা বলে রহস্য অনেকটা পরিষ্কার হবে।

এখন রাত এগারোটা। বৃষ্টি হয়ে চলেছে। সামারভিল শুয়ে পড়েছে।

৯ই জুলাই

কাল ডায়রি লিখতে পারিনি। লেখার মতো অবস্থা ছিল না। সেই জ্যোতিষীর গণনা শেষ পর্যন্ত ফলেছে। একটা কথা মানতেই হবে ; শয়তানিতে একজন সাধারণ মানুষের পক্ষে বৈজ্ঞানিককে টেক্কা দেওয়া অসম্ভব। যাক গে, আপাতত কালকের অসামান্য ঘটনাগুলোর বর্ণনায় মনোনিবেশ করি।

সকাল সাড়ে আটটায় ফিংকেলস্টাইনের সঙ্গে অ্যাপয়েন্টমেন্ট ছিল। টেলিফোন ডিরেক্টরিতে ফিংকেলস্টাইনের ঠিকানা দেখে সামারভিল বলল, 'হেঁটে যাওয়া যেতে পারে। বেশি দূর না—আধ ঘণ্টায় পৌঁছে যাব।' সামারভিলের চেনা শহর ইন্‌সব্রুক। তা ছাড়া আমাকে ট্যাক্সিতে তোলার বিপদের কথাও ও জানে।

আটটায় বেরিয়ে পড়লাম। প্রাচীন শহরের ভিতর দিয়ে রাস্তা। সামারভিল দেখলাম অলিগলির মধ্য দিয়ে শর্টকাটগুলোও জানে। একটা গলি পেরিয়ে খোলা জায়গায় পড়তেই দেখি, ডাইনে ছবির মতো সুন্দর সিল নদী বয়ে যাচ্ছে। আমরা নদীর ধার ধরে কিছু দূর গিয়ে বাঁয়ে একটা পার্ক ছাড়িয়ে আবার বাঁ দিকেই ঘুরে একটা নির্জন রাস্তায় পড়লাম। এটাই 'রোজেনবাউম আলে' অর্থাৎ ফিংকেলস্টাইনের বাড়ির রাস্তা। এগারো নম্বর খুঁজে পেতে কোনওই অসুবিধা হল না।

ছোট অথচ ছবির মতো সুন্দর বাড়ি। সামনেই বাগান, তাতে নানা রঙের ফুল ফুটে রয়েছে, আর তারই মধ্যে সামনের দরজার ডান পাশে একটা আপেল গাছ দাঁড়িয়ে আছে প্রহরীর মতো।

আমরা এগিয়ে গিয়ে দরজার বেল টিপলাম। একজন প্রৌঢ় চাকর এসে দরজা খুলে দিল। আমাকে দেখেই তার মুখে হাসি ফুটে ওঠাটা কেমন যেন অস্বাভাবিক লাগল।

'আসুন ভেতরে...আপনি কিছু ফেলে গেছেন বুঝি ?'

আমার বুকের ভিতরে যেন একটা হাতুড়ি পড়ল।

'প্রোফেসর ফিংকেলস্টাইন আছেন ?' সামারভিলের গলার স্বরে সংশয়।

'মনিব তো এখনও ঘরেই আছেন।'

'কোথায় ঘর ?'

'দোতলায় উঠেই ডান দিকে। ইনি তো একটু আগেই—'

তিন ধাপ করে সিঁড়ি উঠে দোতলায় পৌঁছে গেলাম। ডান দিকের ঘরের দরজা খোলা। সামারভিল তার লম্বা পা ফেলে আগে ঢুকে 'মাই গড !' বলে দাঁড়িয়ে গেল।

এটা ফিংকেলস্টাইনের স্টাডি। মেহগেনির টেবিলের সামনে অদ্ভুতভাবে মাথাটাকে পিছনে চিতিয়ে চেয়ারে বসে আছে ফিংকেলস্টাইন, তার হাত দুটো চেয়ারের দু' পাশে ঝুলে রয়েছে।

এগিয়ে গিয়ে দেখি, যা অনুমান করেছি তাই। ফিংকেলস্টাইনের মুখের দিকে চাওয়া যায় না। তাকে গলা টিপে মারা হয়েছে। কণ্ঠনালীর দু' পাশে আঙুলের দাগ এখনও টাটকা। এই দৃশ্য দেখে ফিংকেলস্টাইনের চাকর যেটা করল সেটাও মনে রাখার মতো। একটা অস্ফুট চিৎকার করে আমার দিকে একটা বিস্ফারিত দৃষ্টি দিয়ে সে টেবিলের উপর রাখা টেলিফোনটার উপর হুমড়ি খেয়ে পড়ল। তার উদ্দেশ্য স্পষ্ট ; সে পুলিশে খবর দেবে।

সামারভিল যেটা করল সেটা অবিশ্যি তার উপস্থিত বুদ্ধির পরিচায়ক। সে এক ঘুঁষিতে ভৃত্যটিকে ধরাশায়ী করল। দেখে বুঝলাম, ভৃত্য অজ্ঞান।

'তুমি ফাঁদে পড়েছ, শঙ্কু !' রুদ্ধশ্বাসে বলল সামারভিল। 'মাথা ঠাণ্ডা করে কাজ করতে হবে।'

'কিন্তু ওটা কী ?'

আমার চোখ চলে গেছে টেবিলের উপর রাখা একটা প্যাডের দিকে। তাতে একটি মাত্র কথা লেখা রয়েছে লাল পেনসিলে—'এর্স্টে'। অর্থাৎ ফার্স্ট, প্রথম। আরও যে কিছু লেখার ইচ্ছা ছিল ফিংকেলস্টাইনের সেটা কথাটার পরেই পেনসিলের দাগ থেকে বোঝা যাচ্ছে। পেনসিলটা পড়ে রয়েছে টেবিলের পাশে মেঝেতে।

যা করতে হবে খুব তাড়াতাড়ি। 'এসর্টে' লিখে কী বোঝাতে চেয়েছিল ফিংকেলস্টাইন ? প্রথম-দ্বিতীয়-তৃতীয়—এইভাবে বোঝানো যেতে পারে, এমন কী আছে ঘরের মধ্যে ? বইয়ের তাক বোঝাতে পারে কি ? মনে হয় না। আমি বুঝতে পারছি, কী জিনিসের অবস্থান বোঝাতে চেয়েছিল ফিংকেলস্টাইন। আমার চশমা।

জিনিসটা পাওয়া গেল টেবিলের প্রথম—অর্থাৎ ওপরের দেরাজটা খুলে। কাগজপত্র কলম পেনসিল ইত্যাদির মধ্যে একটা কাডবোর্ডের বাক্স রাখা রয়েছে, তার ঢাকনাতে জার্মান ভাষায় লেখা 'শঙ্কুর চশমা এবং চুল'। বাক্সটা নিয়ে আমরা দুজনে চম্পট দিলাম। ভৃত্য এখনও বেহুঁশ।

সিঁড়ি দিয়ে নামার সময় লক্ষ করলাম জুতোর ছাপ ; ওঠার সময় তাড়াতাড়িতে চোখে পড়েনি।

বাইরেও রয়েছে সেই ছাপ ; দরজা দিয়ে বেরিয়ে গেট ছাড়িয়ে রাস্তায় গিয়ে পড়েছে। আসার ছাপ, যাওয়ার ছাপ, দু' রকমই আছে। কাল রাত্রের বৃষ্টিই অবিশ্যি এর জন্য দায়ী।

আমরা ছাপটা অনুসরণ করে কিছু দূর অগ্রসর হয়ে দেখি, সেটা রাস্তা ছেড়ে ঘাসের উপর

উঠে অদৃশ্য হয়ে গেছে। তা সত্ত্বেও আমরা পা চালিয়ে এগিয়ে গেলাম। দশ মিনিট এদিকে ওদিকে খুঁজেও যখন দ্বিতীয় শঙ্কুর কোনও চিহ্ন পাওয়া গেল না, তখন বাধ্য হয়ে হোটেলে ফিরে আসতে হল। মালিক আমাকে দেখেই বলল, 'তোমার ফোন এসেছিল। ডক্টর গ্রোপিয়াস। তোমাকে অবিলম্বে টেলিফোন করতে বলেছেন।'

দোতলায় উঠে দেখি, আমাদের পাশের ঘর আবার খালি হয়ে গেছে।

খাটে বসে পকেট থেকে বাক্সটা বার করলাম। খুলে দেখি শুধু চশমা নয়, তার সঙ্গে একটা ছোট্ট খামও রয়েছে। চশমাটা ঠিক আমার চশমারই মতো, কেবল কাচটা গ্রে রঙের। খামটা খুলতে তার থেকে একটা চিরকুট বেরোল, তাতে লেখা—'লাইব্‌নিৎস হলে বিজ্ঞানসভায় ভারতীয় বৈজ্ঞানিক প্রোফেসর শঙ্কুর চোখ থেকে খুলে পড়া চশমা-সংলগ্ন নাইলনের চুল।'

নাইলনের চুল?

খামের ভিতরেই ছিল চুলটা। দেখতে ঠিক পাকা চুলেরই মতো বটে, কিন্তু সেটা যে কৃত্রিম, তাতে কোনও সন্দেহ নেই।

এই চুল থেকেই ফিংকেলস্টাইন বুঝে ফেলেছিল যে, বক্তৃতা সভার শঙ্কু আসল-শঙ্কু নয়।

কিন্তু আমার এই সংকটে ফিংকেলস্টাইনের সাহায্যলাভের আর কোনও উপায় নেই।

ঘরের দরজা বন্ধ ছিল; তাতে হঠাৎ টোকা পড়তে দুজনেই চমকে উঠলাম। এ সময় আবার কে এল?

খুলে দেখি গ্রোপিয়াস।

সামারভিলের সঙ্গে পরিচয় করিয়ে গ্রোপিয়াসকে বসতে বললাম, কিন্তু সে বসল না। দরজার মুখে দাঁড়ানো অবস্থাতেই বলল, 'আজ তোমাকে নিয়ে যাব বলেছিলাম, কিন্তু আজ

ওয়েবারের একটু অসুবিধে আছে। তা ছাড়া আমার বাড়িতে আজ একটা দুর্ঘটনা ঘটে গেছে। আমার এক চাকর ফ্রান্‌ৎস কাল রাত্তিরে থ্রম্বোসিসে মারা গেছে। আজ তার শেষকৃত্য ; আমায় উপস্থিত থাকতে হবে।'

এর উত্তরে আমাদের কিছু বলার নেই; কয়েক মুহূর্ত বিরতির পর গ্রোপিয়াসই কথা বলল। এবার সে একটা প্রশ্ন করল।

'ফিংকেলস্টাইন মারা গেছে, জান কি ?'

আমি যে ফিংকেলস্টাইনের সঙ্গে অ্যাপয়েন্টমেন্ট করেছিলাম, সেটা পাশের ঘর থেকে একজন লোক শুনেছিল সেটা মনে আছে। সে যদি গ্রোপিয়াসের অনুচর হয়ে থাকে, তা হলে আমার সাড়ে আটটায় অ্যাপয়েন্টমেন্টের কথা গ্রোপিয়াসের কানে পৌঁছেছিল নিশ্চয়ই। তবুও আমি অজ্ঞতা ও বিস্ময়ের ভান করে বললাম, 'সে কী ! কখন ?'

'আজ সকালে। অ্যাকাডেমি অফ সায়ান্স থেকে ফোন করেছিল এই কিছুক্ষণ আগে। ওর চাকর আনটন প্রথমে পুলিশে খবর দেয়, তারপর অ্যাকাডেমির প্রেসিডেন্ট গ্রোসমানকে ফোন করে।'

আমরা দুজনে চুপ। গ্রোপিয়াস এক পা এগিয়ে এল।

'আনটন একজন লোকের কথা বলেছে—গায়ের রং ময়লা, মাথায় টাক, দাড়ি আছে, চশমা আছে ; আজ সকালে ফিংকেলস্টাইনের বাড়িতে গিয়েছিল। তার নামটাও বলেছিল আনটন।'

'বর্ণনা যখন আমার সঙ্গে মিলে যাচ্ছে, তা হলে নামটাও মিলতে পারে', আমি শান্ত কণ্ঠে বললাম। 'আর সেটাতে আশ্চর্য হবার কিছু নেই, কারণ সকালে সত্যিই গিয়েছিলাম ফিংকেলস্টাইনের সঙ্গে দেখা করতে। সঙ্গে সামারভিল ছিল। গিয়ে দেখি, ফিংকেলস্টাইন

মৃত। তাকে টুঁটি টিপে নৃশংসভাবে হত্যা করা হয়েছে।’

‘প্রোফেসর শঙ্কু,’ রক্ত জল করা গলায় বলল গ্রোপিয়াস, ‘বক্তৃতায় ভাষার সাহায্যে বৈজ্ঞানিকদের আক্রমণ করা এক জিনিস, আর সরাসরি তাদের একজনকে আক্রমণ করে তাকে হত্যা করা আর এক জিনিস। তুমি নিজেই যখন বলছ তোমার মস্তিষ্কে কোনও গোলমাল নেই, তখন এই অপরাধের জন্য তোমার কী শাস্তি হবে সেটা তুমি জান নিশ্চয়ই ?’

এবার সামারভিল মুখ খুলল। তারও কণ্ঠস্বর সম্পূর্ণ স্বাভাবিক।

‘ডক্টর গ্রোপিয়াস, আপনি যখন বক্তৃতার দিন মঞ্চ থেকে শঙ্কুকে সরিয়ে নিয়ে যাচ্ছিলেন, তখন তার চোখ থেকে চশমাটি খুলে পড়ে যায়। ঘোলাটে কাচ, কতকটা সানগ্লাসের মতো। সেই চশমাটি ফিংকেলস্টাইন তুলে নেয়। চশমার ডান্ডায় একটি চুল আটকে ছিল। চুলটা নাইলনের। আজ ফিংকেলস্টাইনের চাকরের কথায় মনে হল, শঙ্কুরই মতো দেখতে আর একজন লোক আমাদের আধ ঘণ্টা আগে ফিংকেলস্টাইনের সঙ্গে দেখা করতে যায়। আমরা সিঁড়িতে তার জুতোর ছাপ দেখেছি। বাড়ির বাইরে এবং রাস্তাতেও দেখেছি। এই লোকটি যাবার কিছুক্ষণের মধ্যেই খুনটা হয়। আততায়ী দস্তানা পরেনি। তার আঙুলের স্পষ্ট ছাপ ফিংকেলস্টাইনের গলায় ছিল। এই জাল শঙ্কু যে খুনটা করেছে, সেটা আপনি আসল শঙ্কুর ঘাড়ে চাপাবেন কী করে ?’

গ্রোপিয়াস হঠাৎ হো হো করে এক অস্বাভাবিক হিংস্র তেজে হেসে উঠল।

‘কী করে চাপাব সেটা দেখতেই পাবে ! কাল শঙ্কু আমার বাড়িতে বসে আমার পেয়ালা থেকে হট চকোলেট খেয়েছে, আমার ফোটো অ্যালবামের পাতা উলটে দেখেছে—এ সবে কি আর তার আঙুলের ছাপ পড়েনি ? আজকাল কৃত্রিম আঙুলের ছাপ তৈরি করা যায়। প্রোফেসর সামারভিল ! হান্‌স গ্রোপিয়াসের আবিষ্কার এটা ! ইতিমধ্যে ইউরোপের তিনজন সেরা ক্রিমিন্যালকে আমি এর উপায় বাতলে দিয়েছি !’

এতক্ষণ লক্ষ করিনি যে, দরজার বাইরে গ্রোপিয়াসের আড়ালে আর একটি লোক দাঁড়িয়ে আছে পকেটে হাত দিয়ে। একে আমি চিনি। এই লোকই সে দিন পাশের ঘর থেকে আড়ি পেতেছিল।

‘অত্যন্ত দুঃখের বিষয় যে তোমার এই পরিণাম হতে চলেছে’, গ্রোপিয়াস আমার দিকে চেয়ে বলল। ‘এই অবস্থায় পড়ে মাথা যদি সত্যিই খারাপ হয়, তা হলে অবিশ্যি ওয়েবারের ক্লিনিক রয়েছে ; সেখানে আমারই আবিষ্কৃত পদ্ধতিতে ব্রেনসাপ্লান্টের কাজ শুরু হয়েছে। এবারে বোধ হয় আর আমাকে টেক্কা দিতে পারবে না ! গুড ডে, শঙ্কু ! গুড ডে, প্রোফেসর সামারভিল !’

গ্রোপিয়াস আর তার অনুচর সিঁড়িতে ভারী শব্দ তুলে নীচে নেমে গেল। আমি খাটে বসে পড়লাম। সামারভিল পায়চারি শুরু করেছে। দু’বার তাকে বলতে শুনলাম—কী শয়তান ! কী শয়তান !

আমি বুঝতে পারছি চারদিক থেকে জাল ঘিরে আসছে আমাকে। আঙুলের ছাপও যদি মিলে যায়, তা হলে আর বেরোবার কোনও পথ নেই। যদি না—

যদি না জাল শঙ্কুকে খুঁজে বের করে পুলিশের সামনে উপস্থিত করা যায়।

‘ফাঁদে যখন পড়েছি’, পায়চারি থামিয়ে বলল সামারভিল ‘তখন ফাঁদের শেষ দেখে যেতে হবে। মরতে হলে লড়ে মরা ভাল, এভাবে নয়।’

বুঝলাম, আমার বিপদকে নিজের ঘাড়ে নিতে বিন্দুমাত্র দ্বিধা করছে না সামারভিল।

চাবি দিয়ে সুটকেস খুলে রিভলভার বার করে সে পকেটে পুরল। বিজ্ঞানের সঙ্গে সঙ্গে শিকারেও যে তার আশ্চর্য দখল, সেটা সে ভিনিজুয়েলার জঙ্গলে অনেক বার প্রমাণ করেছে।

আমিও আমার 'অ্যানাইহিলিন গান' বা নিশ্চিহ্নাস্ত্রটা সঙ্গে নিলাম। মাত্র চার ইঞ্চি লম্বা আমার এই আশ্চর্য অস্ত্রটি আমি পারতপক্ষে ব্যবহার করি না।

ঘরের দরজা বন্ধ করে সিঁড়ি দিয়ে নেমে আমরা হোটেলের বাইরে বেরিয়ে এলাম। একটা ট্যাক্সি দেখে সেটাকে হাত তুলে থামিয়ে এগিয়ে যেতে, ড্রাইভার আমাকে দেখেই 'নাইন, নাইন' অর্থাৎ না না বলে মাথা নাড়ল। সেটাই আবার 'ইয়া ইয়া' হয়ে গেল যখন সামারভিল তার হাতে একটা একশো গ্রোশেনের নোট গুঁজে দিল।

একটুক্ষণ আগেই একটা সাইরেনের শব্দ পেয়েছি ; আমাদের ট্যাক্সিটা যখন রওনা হয়েছে তখন দেখলাম, একটা পুলিশের গাড়ি আমাদের হোটেলের দিকে যেতে যেতে আমাদের গাড়িটা দেখেই ব্রেক কষল।

সামারভিল এবার একটা দুশো গ্রোশেনের নোট ড্রাইভারের হাতে দিয়ে বলল, 'খুব জোরে চালাও—গ্রুনেওয়াল্ডস্ট্রাসে যাব।'

সকালে রোদ বেরিয়েছিল, কিন্তু এখন দেখছি পশ্চিম দিক থেকে কালো মেঘ এসে আকাশটাকে ছেয়ে ফেলেছে। তার ফলে তাপমাত্রাও নেমে গেছে অন্তত বিশ ডিগ্রি ফারেনহাইট। আমাদের মার্সেডিস ট্যাক্সি ঝড়ের মতো এগিয়ে চলল ট্র্যাফিক বাঁচিয়ে।

মিনিট দশেক চলার পর পিছনে দূর থেকে আবার সাইরেনের শব্দ পেলাম। সামারভিল ড্রাইভারের পিঠে হাত দিয়ে একটা মৃদু চাপ দিল। ফলে আমাদের গাড়ির গতি আরও বেড়ে গেল। স্পিডোমিটারের কাঁটা প্রায় একশো কিলোমিটারের কাছাকাছি পৌঁছে গেছে। চালকের অশেষ বাহাদুরি যে আমাদের অ্যাক্সিডেন্টের হাত থেকে বাঁচিয়ে সে বিশ মিনিটের

মধ্যে এনে ফেলল গ্রুনেওয়াল্ডস্ট্রাসে-তে।

সামনে একটা মিছিল, তাই বাধ্য হয়ে গাড়ির গতি কমাতে হল। দশ-বারোজন লোক একটা কফিন নিয়ে বাঁয়ে গোরস্থানের গেটের ভিতর দিয়ে ঢুকে গেল। তার মধ্যে দুজনকে চিনলাম—কাল যে চাকরটি হট চকোলেট এনে দিয়েছিল, এবং গ্রোপিয়াস নিজে।

আমাদের গাড়ি গোরস্থানের গেট ছাড়িয়ে গ্রোপিয়াসের গেটে পৌঁছানোর ঠিক আগে সামারভিল চেঁচিয়ে উঠল—

'স্টপ দ্য কার!—গাড়ি ব্যাক্ করো।'

বকশিস পাওয়া ড্রাইভার তৎক্ষণাৎ গাড়ি থামিয়ে ব্যাক্ করে গোরস্থানের গেটের সামনে এসে থামল। আমরাও নামলাম, আর সেই সঙ্গে সাইরেনের শব্দে গোরস্থানের স্তব্ধতা চিরে পুলিশের গাড়ি এসে আমাদের ট্যাক্সির পিছনে সশব্দে ব্রেক কষল।

গোরস্থানে একটা সদ্য খোঁড়া গর্তের পাশে রাখা হয়েছে কফিনটাকে। শবযাত্রীদের সকলেই আমাদের দিকে দেখছে—এমনকী গ্রোপিয়াসও।

পুলিশের গাড়ি থেকে একজন ইন্‌স্পেকটর ও আরও দুটি লোকের সঙ্গে নামল ফিংকেলস্টাইনের ভৃত্য আনটন, এবং নেমেই আমার দিকে আঙুল দেখিয়ে বলল, 'ওই সেই লোক।'

পুলিশ অফিসার আমার দিকে এগিয়ে এলেন।

গোরস্থানে পাদরি তার শেষকৃত্য শুরু করে দিয়েছে।

'প্রোফেসর শঙ্কু! আমার নাম ইন্‌স্পেক্টর ডিট্রিখ। আপনাকে আমাদের সঙ্গে একটু—'

দুম—দুম—দুম—!

সামারভিলের রিভলভার তিন বার গর্জিয়ে উঠেছে। সঙ্গে সঙ্গে তিন বার কাঠ ফাটার

শব্দ।

'ওকে পালাতে দিয়ো না!'—সামারভিল চিৎকার করে উঠল—কারণ গ্রোপিয়াস গোরস্থানের পিছন দিক লক্ষ্য করে ছুট দিয়েছে। একজন পুলিশের লোক হাতে রিভলভার নিয়ে তার দিকে তিরবেগে ধাওয়া করে গেল। ইন্‌স্পেক্টর ডিট্রিখ চেঁচিয়ে উঠলেন, 'যে পালাবে, তাকেই গুলি করা হবে।'

এদিকে আমার বিস্ফারিত দৃষ্টি চলে গেছে কফিনের দিকে। তিনটের একটা গুলি তার পাশের দেয়াল ভেদ করে ভিতরে ঢুকে গেছে। অন্য দুটো ঢাকনার কানায় লেগে সেটাকে দ্বিখণ্ডিত করে স্থানচ্যুত করেছে।

কফিনের ভিতর বিশাল দুটি নিষ্পলক পাথরের চোখ নিয়ে যিনি শুয়ে আছেন, তিনি হলেন আমারই ডুপ্লিকেট—শঙ্কু নাম্বার টু।

এবারে সমবেত সকলের রক্ত হিম করে, ডিট্রিখের হাত থেকে রিভলভার খসিয়ে দিয়ে, পুলিশের বগলদাবা গ্রোপিয়াসকে অজ্ঞান করে দিয়ে, কফিনবদ্ধ দ্বিতীয় শঙ্কু ধীরে ধীরে উঠে বসলেন। বুঝলাম, তাঁর পাঁজরা দিয়ে গুলি প্রবেশ করে তাঁর দেহের ভিতরের যন্ত্র বিকল করে দিয়েছে; কারণ ওই বসা অবস্থাতেই গ্রোপিয়াস-সৃষ্ট জাল শঙ্কু তাঁর শরীরের ভিতরে রেকর্ড করা একটি পুরনো বক্তৃতা দিতে শুরু করেছেন—

'ভদ্রমহোদয়গণ!—আজ আমি যে কথাগুলো বলতে এই সভায় উপস্থিত হয়েছি, সেগুলো আপনাদের মনঃপূত হবে বলে আমি বিশ্বাস করি না, কিন্তু—'

আমি আমার অ্যানাইহিলিন বন্দুকটি পকেট থেকে বার করলাম। আমার এই পৈশাচিক জোড়াটিকে পৃথিবীর বুক থেকে একেবারে মুছে ফেলতে পারলে তবেই আমার মুক্তি।

আনন্দমেলা। পূজাবার্ষিকী ১৩৮৩

শঙ্কুর সুবর্ণ সুযোগ

২৪শে জুন

ইংলন্ডের সল্‌সবেরি প্লেনে আজ থেকে চার হাজার বছর আগে তৈরি বিখ্যাত স্টোনহেঞ্জের ধারে বসে আমার ডায়রি লিখছি। আজ মিড-সামার ডে, অর্থাৎ কর্কটক্রান্তি। যে সময় স্টোনহেঞ্জ তৈরি হয়, তখন এ দেশে প্রস্তরযুগ শেষ হয়ে ব্রঞ্জ যুগ সবে শুরু হয়েছে। মানুষ ধাতুর ব্যবহার শিখে দেখতে দেখতে সভ্যতার দিকে এগিয়ে যাচ্ছে। মিশর, ভারত, মেসোপটেমিয়া, পারস্য ইত্যাদির তুলনায় অবিশ্যি ইউরোপে সভ্যতা এসেছে অনেক পরে। কিন্তু চার হাজার বছর আগে এই ইংলন্ডেই যারা স্টোনহেঞ্জ তৈরি করতে পেরেছে, তাদের অসভ্য বলতে দ্বিধা হয়। বহু দূর থেকে আনা বিশাল বিশাল পাথরের স্তম্ভ দাঁড় করানো মাটির উপর, প্রতি দুটো পাশাপাশি স্তম্ভের উপর আবার আড়াআড়ি ভাবে রাখা হয়েছে আরেকটা পাথর। এই পাশাপাশি তোরণগুলো আবার একটা বিরাট বৃত্ত রচনা করেছে। অ্যাদ্দিন লোকের ধারণা ছিল, এই স্টোনহেঞ্জ ছিল কেল্টদের ধর্মানুষ্ঠানের জায়গা। এই কিছুদিন হল প্রত্নতাত্ত্বিকরা বুঝেছে যে এটা আসলে ছিল একটা মানমন্দির। পৃথিবীর প্রাচীনতম মানমন্দিরের অন্যতম—কারণ পাথরগুলোর অবস্থানের সঙ্গে সূর্যের

গতিবিধির একটা পরিষ্কার সম্বন্ধ পাওয়া গেছে, যেটা বিশেষ করে আজকে, অর্থাৎ ২৪শে জুন কর্কটক্রান্তিতে, সবচেয়ে পরিষ্কার ভাবে ধরা পড়ে। ভাবতে অবাক লাগে যে আজকের দিনে আধুনিক এঞ্জিনিয়ারিং বলতে আমরা যা বুঝি, তার অভাবে সে কালে কী করে এই পাথরগুলোকে এমনভাবে হিসেব করে বসানো হয়েছিল। আমার বন্ধু ক্রোল অবিশ্যি অন্য কথা বলে। তার ধারণা প্রাচীনকালে মানুষ এমন কোনও রাসায়নিক উপায় জানত, যার ফলে সাময়িকভাবে পাথরের ওজন কমিয়ে ফেলা যেত। সেই কারণে নাকি পিরামিড বা স্টোনহেঞ্জের মতো জিনিস তৈরি করা আজকের চেয়ে সে কালে অনেক বেশি সহজ ছিল। উইলহেল্‌ম ক্রোল চিরকালই আদিম মানুষের অলৌকিক ক্ষমতায় বিশ্বাসী। প্রাচীন জাদুবিদ্যা, প্রেততত্ত্ব, উইচক্রাফ্‌ট ইত্যাদি নিয়ে তার অগাধ পড়াশুনা। সে আমার সঙ্গে তিব্বতে গিয়েছিল একশৃঙ্গ-অভিযানে। এখন সে স্টোনহেঞ্জেরই একটা পাথরে হেলান দিয়ে ঘাসের উপর বসে একটা বিশেষ রকমের বাঁশি বাজাচ্ছে, যেটা সে তিব্বতের একটা গুম্‌ফা থেকে সংগ্রহ করেছিল। এ বাঁশি মানুষের পায়ের হাড় দিয়ে তৈরি। এ থেকে যে এমন আশ্চর্য সুন্দর জার্মান লোকসংগীতের সুর বেরোতে পারে, তা কে জানত?

ক্রোল ছাড়া তিব্বত অভিযানে আমার আর এক সঙ্গীও কাছেই বসে ফ্লাস্ক থেকে ঢেলে কফি খাচ্ছে। সে হল আমার বিশিষ্ট বন্ধু ইংরেজ ভূতত্ত্ববিদ্ জেরেমি সন্ডার্স। সন্ডার্সের আমন্ত্রণেই এবার আমার লন্ডনে আসা। হ্যাম্পস্টেডে ওর বাড়িতে ক্রোল আর আমি অতিথি হয়ে আছি। আরও দিন সাতেক থাকার কথা। এবার ইংলন্ডে গ্রীষ্মকালটা ভারী উপভোগ্য মনে হচ্ছে। বৃষ্টি নেই। নীল আকাশে সাদা মেঘের ফাঁক দিয়ে সূর্যের আলো সকাল থেকে সন্ধ্যা অবধি মানুষের মন ও শরীরকে তাজা করে দিচ্ছে।

এবারে লেখা শেষ করি। ক্রোলের বাঁশি থেমেছে। তার সঙ্গে লন্ডনের এক নিলামঘরে যেতে হবে। সেখানে নাকি অ্যালকেমি সম্বন্ধে স্প্যানিশ ভাষায় ত্রয়োদশ শতাব্দীর একটা পাণ্ডুলিপি বিক্রি আছে। ক্রোলের ধারণা, সেটা সে সস্তায় হাত করতে পারবে, কারণ অ্যালকেমি সম্বন্ধে আজকাল আর লোকের তেমন উৎসাহ নেই। আণবিক যুগে কৃত্রিম উপায়ে সোনা তৈরি করা ব্যয়সাপেক্ষ হলেও আর অসম্ভব নয়।

২৪শে জুন, রাত সাড়ে দশটা

নিলামে বিচিত্র অভিজ্ঞতা। বাভারিয়ার অধিবাসী ক্রোল স্বভাবত হাসিখুশি দিলদরিয়া মানুষ, তাকে এভাবে উত্তেজিত হতে বড় একটা দেখিনি। অ্যালকেমি সম্বন্ধে যে প্রাচীন পাণ্ডুলিপিটা সে পঞ্চাশ পাউন্ডের মধ্যে পাবে বলে আশা করেছিল, তার জন্য শেষপর্যন্ত তাকে দিতে হল দেড় হাজার পাউন্ড। অর্থাৎ আমাদের হিসাবে প্রায় পঁচিশ হাজার টাকা। এতটা দাম চড়ার কারণ একটি মাত্র ব্যক্তি, যিনি ক্রোলের সঙ্গে যেন মরিয়া হয়ে পাল্লা দিয়ে সাতশো বছরের পুরনো জীর্ণ কাগজের বান্ডিলটাকে জলের দর থেকে দেখতে দেখতে আগুনের দরে চড়িয়ে দিলেন। ভদ্রলোকের পোশাক ও কথার উচ্চারণ থেকে তাঁকে আমেরিকান বলে মনে হচ্ছিল। ক্রোলের কাছে শেষপর্যন্ত হেরে যাওয়াতে তিনি যে আদৌ খুশি হননি সেটা স্পষ্টই বোঝা যাচ্ছিল। এর পরে যতক্ষণ ছিলেন নিলামে, ততক্ষণ তাঁর কপালে ভ্রূকুটি দেখেছি।

ক্রোল অবিশ্যি বাড়ি ফেরার পর থেকেই পাণ্ডুলিপিটার উপর হুমড়ি খেয়ে পড়ে আছে। কাগজের অবস্থা জীর্ণ হলেও, হাতের লেখা অত্যন্ত পরিষ্কার, কাজেই পড়তে কোনও অসুবিধা হবে না। আর ক্রোল স্প্যানিশ ভাষাটা বেশ ভালই জানে। স্পেনে ত্রয়োদশ শতাব্দীতে

অ্যালকেমি নিয়ে রীতিমতো আলোড়নের সৃষ্টি হয়েছিল সেটা আমি জানি। প্রভাবটা এসেছিল আরব দেশ থেকে, আর সেটা ইউরোপের অনেক জায়গাতেই বেশ স্থায়ী ভাবে ছড়িয়ে পড়েছিল। ধাতুর রাজা হল সোনা। সোনা শুধু দেখতেই সুন্দর নয়, সোনা অক্ষয়। পুরাণে সোনাকে বলা হয় সূর্য, আর রুপোকে চাঁদ। হাজার হাজার বছর ধরে এক শ্রেণীর লোক তামা, সিসা ইত্যাদি সাধারণ ধাতু থেকে কৃত্রিম উপায়ে সোনা তৈরি করা যায় কি না তাই নিয়ে মাথা ঘামিয়ে এসেছে। এদেরই বলা হত অ্যালকেমিস্ট, যার বাংলা হল অপরাসায়নিক। এ কাজে বৈজ্ঞানিক উপায়ের সঙ্গে নানারকম মন্ত্রতন্ত্র মেশানো হত বলেই খাঁটি বৈজ্ঞানিকরা অ্যালকেমিস্টদের কোনওদিন আমল দেয়নি। আমাদের দেশেও যে অ্যালকেমির চর্চা হয়েছে তার প্রমাণ আছে আমার সংগ্রহের একটা সংস্কৃত পুঁথিতে। এর নাম ধনদাপ্রকরণতন্ত্রসার। এতে সোনা তৈরির অনেক উপায় বাতলানো আছে। তার মধ্যে একটা এখানে তুলে দিচ্ছি—

'তাম্র সিসা কিংবা পিত্তল জারিত করিয়া ভস্ম করিয়া লইবে। তৎপরে মৃত্তিকাতে চারিহস্ত গভীর একটি গর্ত করিয়া কপিত্থবৃক্ষের অঙ্গার দ্বারা ওই গর্তের অর্ধ পূর্ণ করিয়া তদুপরে তাম্রভস্ম দিয়া বনঘুইটা দ্বারা গর্ত সমুদায় পূর্ণ করিয়া তাহাতে অগ্নিপ্রদান করিবে। সপ্তাহ পর্যন্ত জ্বাল দিয়া পরে উহা উঠাইয়া সেই পাত্রে করিয়া বিরজাঙ্গারের অগ্নিতে জ্বাল দিবে। এইরূপ করিলে তামা গলিয়া যাইবে, তৎপর তাহাতে তামার অর্ধ পারদ দিয়া তাহাতে বিরজা কাষ্ঠের রস বাসকের রস, ও সিজের রস দিবে। এইরূপ করিলে স্বর্ণ হইয়া থাকে।'—এখানে শেষ হলে তাও না হয় হত, কিন্তু তার পরেই বলা হয়েছে—'এই প্রক্রিয়ার পূর্বে দশ সহস্র ধনদা মন্ত্র জপ ও তৎপূজা এবং হোম করিতে হইবে। তাহা হইলেই কার্য সফল হইবে।'

সাধে কি আর আমি ব্যাপারটা কোনওদিন চেষ্টা করে দেখিনি। অবিশ্যি আমি না করলে কী হবে। ইতিহাসে অ্যালকেমিস্টদের উল্লেখ সর্বকালেই পাওয়া যায়। ইউরোপের অনেক রাজারা মাইনে করে অ্যালকেমিস্ট রাখতেন এবং তাদের জন্য ল্যাবরেটরি তৈরি করে দিতেন এই আশায় যে, রাজকোষে সোনা কম পড়লে এরা সে অভাব মিটিয়ে দিতে পারবে। অবিশ্যি কেউ কোনওদিন পেরেছে কি না সে খবর জানি না। মোট কথা, ক্রোল যে ব্যাপারটা বিশ্বাস করে সেটা তো স্পষ্টই বোঝা যাচ্ছে। নইলে আর একটা পাণ্ডুলিপির পিছনে এত খরচ করে? সন্ডার্স বলছে, ক্রোলের বিশ্বাস, ল্যাবরেটরিতে বসে সোনা তৈরি করে অনায়াসে খরচ পুষিয়ে নেবে। ওর এই উদ্ভট খেয়াল নিয়ে বেশি হাসাহাসি না করলে হয়তো আমরাও সে সোনার ভাগ পেতে পারি!

২৫শে জুন

আমি লন্ডনে এসে আমার গিরিডির অভ্যাস মতো ভোর পাঁচটায় উঠে প্রাতর্ভ্রমণে বেরোই। এখানে গ্রীষ্মকালে পাঁচটায় দিব্যি ফুটফুটে আলো, কিন্তু সকালে সাহেবদের ওঠার অভ্যাস নেই বলে রাস্তাঘাট ও আমার বেড়াবার প্রিয় জায়গা হ্যাম্পস্টেড হিথ থাকে জনমানবশূন্য। সমুদ্রের মতো ঢেউ খেলানো এই সবুজ মাঠে একা ঘণ্টাখানেক বেড়িয়ে ভোরের আলো-বাতাসে শরীরটাকে তাজা করে আমি যখন বাড়ি ফিরি, ততক্ষণে সন্ডার্স উঠে কফি তৈরি করে ফেলে। ক্রোলের উঠতে হয় ন'টা, কারণ তার রাত জেগে পড়া অভ্যাস।

আজ দেখে অবাক হলাম যে ক্রোল এরই মধ্যে সন্ডার্সেরও আগে নিজেই কফি বানিয়ে নিয়ে বৈঠকখানায় ব্যস্তভাবে পায়চারি করছে। আমাকে দোরগোড়ায় দেখে সে টক্ করে

হাঁটা থামিয়ে আমার দিকে একদৃষ্টে চেয়ে থেকে এক অবাক প্রশ্ন করে বলল—

'তোমার রাশি তো বৃশ্চিক—তাই নয় কি ?'

আমি মাথা নেড়ে 'হ্যাঁ' জানালাম।

'তোমার চুলের রং পাকার আগে কালো ছিল কি ?'

আবার 'হ্যাঁ।'

'তোমার রসুন খাওয়া অভ্যেস আছে ?'

'তা মাঝে মাঝে খাই বই কী।'

'ব্যস। তা হলে তোমাকে ছাড়া চলবে না। কারণ সন্ডার্স সিংহ রাশি আর আমি বৃষ। সন্ডার্সের চুলের রং কটা, আমার সোনালি। আর আমরা দুজনের কেউই রসুন খাই না।'

'কী হেঁয়ালি করছ বলো তো তুমি ?'

'হেঁয়ালি নয় শঙ্কু। মানুয়েল সাভেদ্রা তার পাণ্ডুলিপিতে লিখেছে, কৃত্রিম উপায়ে সোনা তৈরি করতে গেলে ল্যাবরেটরিতে এই তিনটি গুণসম্পন্ন ব্যক্তির অন্তত একজন থাকা চাই। কাজেই তোমাকে চাই।'

'কোথায় চাই ? কাজটা কি এই হ্যাম্পস্টেডে বসেই হচ্ছে নাকি ? সন্ডার্স-এর এই বৈঠকখানা হবে অ্যালকেমিস্টের গবেষণাগার ?' ক্রোলকে সিরিয়াসলি নেওয়া উচিত কি না সেটা আমি বুঝতে পারছিলাম না।

ক্রোল গম্ভীর ভাবে দেয়ালে টাঙানো একটা পৃথিবীর মানচিত্রের দিকে আঙুল দেখিয়ে বলল, 'ফোর ডিগ্রি ওয়েস্ট বাই থার্টি সেভেন পয়েন্ট টু ডিগ্রি নর্থ।'

আমি ম্যাপের দিকে না দেখেই বললাম, 'সে তো স্পেন বলে মনে হচ্ছে। গ্রানাডা অঞ্চল না ?'

'ঠিকই বলেছ,' বলল ক্রোল, 'তবে আসল জায়গাটার নাম ম্যাপ না দেখলে জানতে পারবে না।'

আমি ম্যাপের দিকে এগিয়ে গেলাম। হিসেব করে যেখানে আঙুল গেল, সেখানে একটি মাত্র নাম পেলাম—মন্টেফ্রিও। ক্রোল বলল, 'এই মন্টেফ্রিওই ছিল নাকি পাণ্ডুলিপির লেখক মানুয়েল সাভেদ্রার বাসস্থান।'

'তোমার কি মাথা খারাপ হয়ে গেছে ?'—আমি না বলে পারলাম না। 'সাতশো বছরের পুরনো বাড়ি এখনও সেখানে রয়েছে, এ কথা কে বলল তোমায় ? আর তা ছাড়া পাণ্ডুলিপিতে যদি সোনা তৈরির উপায় লেখাই থাকে, তা হলে সে তো যে কোনও ল্যাবরেটরিতেই পরীক্ষা করে দেখা যেতে পারে। তার জন্য স্পেনে যাবার দরকার হচ্ছে কেন ?'

ক্রোল যেন আমার কথায় বেশ বিরক্ত হল। হাতের কফি কাপটা সশব্দে টেবিলে নামিয়ে রেখে বলল, 'তুমি যে ধরনের বৈজ্ঞানিক পরীক্ষার কথা বলছ এটা সে রকম নয় শঙ্কু। তাই যদি হত, তা হলে তুমি রসুন খাও কি না আর তোমার চুলের রং কালো ছিল কি না, এ সব জিজ্ঞেস করার কোনও দরকার হত না। এখানে বিজ্ঞানের সঙ্গে দিনক্ষণ, লগ্ন, গবেষণাগারের ভৌগোলিক অবস্থান, পরীক্ষকের মনমেজাজ-স্বাস্থ্য-চেহারা সব কিছুরই সমন্বয় ঘটছে। এ জিনিস ফেলনা নয় ; একে ঠাট্টা কোরো না। আর সাতশো বছরের পুরনো বাড়ি থাকবে না কেন ? ইউরোপে মধ্যযুগের কেল্লা দেখনি ? তারা তো এখনও দিব্যি মাথা তুলে দাঁড়িয়ে আছে। সাভেদ্রা ছিল ধনী বংশের ছেলে। তার বাড়ির যা বর্ণনা পাচ্ছি, তাতে সেটাকে একটা ছোটখাটো কেল্লা বলেই মনে হয়। হলই না হয় একটু জীর্ণ অবস্থা ; তার মধ্যে একটা ঘর কি পাওয়া যাবে না, যেটাকে আমরা ল্যাবরেটরি হিসেবে ব্যবহার করতে পারি ? অবিশ্যি

সে বাড়িতে যদি এখনও লোক থেকে থাকে, তা হলে তাদের সঙ্গে হয়তো একটা বোঝাপড়া করতে হতে পারে। কিন্তু পয়সা দিলে কাজ হবে না এটা আমি বিশ্বাস করি না। অ্যালকেমি তো— ?'

'এই সাতসকালে কী নিয়ে এত বচসা হচ্ছে তোমাদের মধ্যে ?'

সন্ডার্সকে ঘরে ঢুকতে আমরা কেউই দেখিনি। ক্রোল সহজে ছাড়বার পাত্র নয়। সে সন্ডার্সকে পুরো ব্যাপারটা বলল। সব শেষে বলল, একটা কাল্পনিক জানোয়ারের সন্ধানে আমরা তিব্বত যেতে পারি, আর যেখানে সোনা তৈরি করার সম্ভাবনা রয়েছে, সেখানে মাত্র দু' ঘণ্টার প্লেন জার্নি করে ঘরের কোনায় স্পেনে যেতে এত আপত্তি ?'

সন্ডার্স দেখলাম তর্কের মধ্যে গেল না। কারণ বোধ হয় এই যে, ক্রোলের হাবভাবে একটা সাংঘাতিক গোঁ আর একটা চরম উত্তেজনার ভাব ফুটে বেরোচ্ছিল। সন্ডার্স বলল, 'স্পেনে যেতে আমার আপত্তি নেই, হয়তো শঙ্কুরও নেই, কিন্তু তোমার এই গবেষণায় এক শঙ্কু ছাড়া আর কী কী উপাদান লাগবে সেটা জানতে পারি কি ?'

'উপাদানের চেয়েও যেটা বেশি জরুরি,' বলল ক্রোল, 'সেটা হল সময়টা। সাভেদ্রা মিডসামারের সাত দিন আগে বা পরে যে কোনওদিন ঠিক দুপুর বারোটার সময় কাজ আরম্ভ করতে বলেছে—কারণ সারা বছরের মধ্যে ওই ক'টা দিন সূর্যের তেজ থাকে সবচেয়ে বেশি। মালমশলা অত্যন্ত সহজলভ্য। পারা আর সিসার কথা তো সব দেশের অ্যালকেমিতেই পাওয়া যায় ; এখানে সে দুটো আছে। এ ছাড়া লাগবে জল, গন্ধক, নুন, কিছু বিশেষ গাছের ডাল, পাতা ও শিকড়। যন্ত্রপাতির মধ্যে মাটি আর কাচের জিনিস ছাড়া আর কিছু চলবে না—এটাও অন্য অ্যালকেমির বইয়েতেও লেখে—আর এ ছাড়া চাই একটা হাপর, চুল্লি, মেঝেতে একটা চৌবাচ্চা—'

'কেন, চৌবাচ্চা কেন ?' প্রশ্ন করল সন্ডার্স।

'বৃষ্টির জল ধরে জমিয়ে রাখতে হবে তাতে। এটা অন্য কোনও অ্যালকেমির বইয়েতে পাইনি।'

'পরশপাথরের কথা বলেছে কি ?' আমি প্রশ্ন করলাম। পরশপাথরের সংস্কার সব দেশেই আছে। আমি যে সব অ্যালকেমির বিবরণ পড়েছি, তাতে পরশপাথর তৈরিই হল গবেষণার প্রথম কাজ। তারপর সেই পাথর ছুঁইয়ে অন্য ধাতুকে সোনায় পরিণত করা হয়।

ক্রোল বলল, 'না। সাভেদ্রা পরশপাথরের কোনও উল্লেখ করেনি। উপাদানগুলো রাসায়নিক প্রক্রিয়ার ফলে একটা চিটচিটে পদার্থে পরিণত হবে। সেটাকে বৃষ্টির জলের সঙ্গে মিশিয়ে পিউরিফাই করার একটা পর্ব আছে। তার ফলে যে তরল পদার্থের সৃষ্টি হয়, সেটাই ক্যাটালিস্টের কাজ করে। অর্থাৎ এই তরল পদার্থের সংস্পর্শে এসেই সাধারণ ধাতু সোনা হয়ে যায়।'

'সাভেদ্রার ক্ষেত্রে পরীক্ষা সফল হয়েছিল কি ?' সন্ডার্স একটু বাঁকাভাবে প্রশ্নটা করল।

ক্রোল একটুক্ষণ চুপ থেকে পাইপে তামাক ভরে বলল, 'পাণ্ডুলিপিটা আসলে একটা ডায়রি। অন্যের উপকারের জন্য টেক্সট্ বই হিসেবে লেখা নয় এটা। পরীক্ষা যত সফলতার দিকে গেছে, সাভেদ্রার ভাষা ততই কাব্যময় হয়ে উঠেছে। "আজ অমুক সময় আমি সোনা তৈরি করলাম"—এ ধরনের কথা কোথাও লেখা নেই ঠিকই, কিন্তু সাভেদ্রা শেষের দিকে বলেছে,' —ক্রোল পিয়ানোর ওপরে রাখা পাণ্ডুলিপিটা তুলে নিয়ে তার শেষ পাতাটা খুলে পড়ল—"আজ নিজেকে শুধু বিজ্ঞানী বা জাদুকর বলে মনে হচ্ছে না ; আজ মনে হচ্ছে আমি শিল্পীর সেরা শিল্পী—যার মধ্যে এক ঐশ্বরিক প্রতিভার বিকাশ ঘটেছে, যার হাতের মুঠোয় এসে গেছে সৃষ্ট বস্তুকে অবিনশ্বর রূপ দেবার অমোঘ ক্ষমতা...।" এ থেকে কী বুঝতে চাও

তোমরাই বুঝে নাও।'

আমি আর সন্ডার্স পরস্পরের দিকে চাইলাম। কিছুক্ষণ তিনজনেই চুপ ; বুঝতে পারছি আমার মতো সন্ডার্সের মনেও হয়তো ক্রোলের উৎসাহের কিছুটা ছোঁয়াচ লেগেছে। সন্ডার্স যেন উৎসাহটাকে জোর করে চাপা দিয়ে পরের প্রশ্নটা করল।

'অনুষ্ঠান বা মন্ত্রতন্ত্রের প্রয়োজন হয় না এতে ?'

ক্রোল পাইপে টান দিয়ে ধোঁয়া ছেড়ে বলল, 'প্রেতাত্মা নামানোর ব্যাপার একটা আছে—যে দিন কাজ শুরু করা হবে, তার আগের দিন রাত্রে।'

'কার প্রেতাত্মা ?'

'জগদ্বিখ্যাত আরবদেশীয় অ্যালকেমিস্ট জবীর ইব্ন হায়ানের। দশম শতাব্দীর এই মহান ব্যক্তিটির নাম তোমরা নিশ্চয়ই শুনেছ। আর কিছুই না—তাঁর কাছ থেকে আশীর্বাদ চেয়ে নেওয়া আর কী। তবে সে কাজটা আমি থাকতে কোনও অসুবিধা হবে না।'

ক্রোল মিউনিকে একটা প্ল্যানচেট সমিতির সভাপতি, সেটা আমি জানতাম।

'আর দরকার লাগবে ওকে।'

কথাটা বলল ক্রোল—আর তার দৃষ্টি ঘরের দরজার চৌকাঠের দিকে। চেয়ে দেখি, সেখানে সন্ডার্সের পারস্য দেশীয় মার্জার 'মুস্তাফা' দণ্ডায়মান।

'ওকে মানে ?' চেঁচিয়ে প্রশ্ন করল সন্ডার্স। সন্ডার্স বেড়াল-পাগল—কতকটা আমারই মতো। তিন বছর আগে আমার গিরিডির বাড়িতে এসে সে আমার বেড়াল নিউটনের গলায় একটা লাল সিল্কের রিবন বেঁধে দিয়ে গিয়েছিল।

ক্রোল বলল, 'বেড়াল সম্বন্ধে স্পষ্ট নির্দেশ দিয়ে গেছে সাভেদ্রা। গবেষণাগারে বেড়ালের উপস্থিতি অব্যর্থভাবে কাজে সাহায্য করে। তার অভাবে প্যাঁচা। কিন্তু আমার মনে হয়, বেড়াল যখন হাতের কাছে রয়েছেই, তখন প্যাঁচার চেয়ে...'

সন্ডার্স বা আমি কেউই সরাসরি ক্রোলকে স্পেন যাওয়া নিয়ে কথা দিলাম না—যদিও ক্রোল বার বার বলে দিল কর্কটক্রান্তির সুযোগটা না নিলে আবার এক বছর অপেক্ষা করতে হবে।

ব্রেকফাস্ট খেয়ে আমরা তিন জনে হ্যাম্পস্টেড হিথে মেলা দেখতে গেলাম। এটা প্রতি বছর এক বার করে হয় এই গ্রীষ্মের সময়। দোকানপাট, জুয়োর জায়গা, নাগরদোলা, মেরি-গো-রাউন্ড আর ছেলেমেয়ে বুড়োবুড়ির ভিড়ের মধ্যে হাঁটতে হাঁটতে যেখানে পৌঁছোলাম সেখানে একটা সুসজ্জিত ক্যারাভান জাতীয় গাড়ি দাঁড়িয়ে আছে, তার গায়ে লেখা—'কাম অ্যান্ড হ্যাভ ইওর ফরচুন টোল্ড বাই ম্যাডাম রেনাটা'।

মহিলা নিজেই পরদা দেওয়া জানলা দিয়ে মুখ বাড়িয়ে রয়েছেন, আমাদের দেখে সহাস্যে 'গুড মর্নিং' করলেন। এ জাতীয় বেদে শ্রেণীর মহিলা ফরচুন-টেলারদের এ দেশে প্রায়ই দেখা যায়—বিশেষ করে মেলায়। ক্রোল তো তৎক্ষণাৎ স্থির করে বসল যে আমাদের ভাগ্য গণনা করিয়ে নিতে হবে। তার পাল্লায় পড়ে আমরা তিনজনেই ক্যারাভ্যানে গিয়ে উঠলাম।

বিশালবপু ম্যাডাম রেনাটা ঘর সাজিয়ে দোকান সাজিয়ে বসে আছেন খদ্দেরের অপেক্ষায়। সরঞ্জাম সামান্যই। একটা গোলটেবিলের উপর কাচের ফুলদানিতে একটি মাত্র লাল গোলাপ, আর তার পাশে একটা কাচের বল—যাকে এঁরা ক্রিস্ট্যাল বলে থাকেন। এই ক্রিস্ট্যালের দিকে একদৃষ্টে তাকিয়ে থেকে এঁরা নাকি খদ্দেরদের ভবিষ্যতের ঘটনা চোখের সামনে ছবির মতো দেখতে পান।

ক্রোল আর ভনিতা না করে বলল, 'বলুন তো ম্যাডাম আমাদের তিন বন্ধুর জীবনে সামনে কোনও উল্লেখযোগ্য ঘটনা ঘটতে চলেছে কি না। আমরা তিনজনে একসঙ্গে একটা বড়

কাজে হাত দিতে যাচ্ছি।'

রেনাটা কনুই দুটোকে টেবিলের ওপর ভর করে ক্রিস্ট্যালের দিকে দৃষ্টি নিবদ্ধ করলেন। আমরা তিনজনে তাঁর সামনে টেবিলটাকে ঘিরে তিনটে চেয়ারে বসেছি। বাইরে থেকে নাগরদোলার বাজনার শব্দ শোনা যাচ্ছে, আর তার সঙ্গে বাচ্চাদের কোলাহল। ক্রোলও দেখি মাথাটা এগিয়ে দিয়েছে বলটার দিকে।

'আই সি দ্য সান রাইজিং'—প্রায় পুরুষালি কণ্ঠে ফিসফিস করে বললেন ম্যাডাম রেনাটা। ক্রোলের নিশ্বাস হঠাৎ বন্ধ হয়ে গেল। সান বলতে সে সোনাই ধরে নিয়েছে তাতে কোনও সন্দেহ নেই।

'আই সি দ্য সান রাইজিং ফর ইউ', আবার বললেন ম্যাডাম রেনাটা। 'অ্যান্ড—'

মহিলা চুপ। এবার আমারও যেন বুকটা দুরদুর করছে। এ সব ব্যাপারে বয়স্ক লোকদেরও যেন আপনা থেকেই ছেলেমানুষ হয়ে যেতে হয়।

'অ্যান্ড হোয়াট ?' অসহিষ্ণুভাবে প্রশ্ন করল ক্রোল। তার আর তর সইছে না। কিন্তু ম্যাডাম রেনাটা নির্বিকার। তাঁর হাত দুটো বলটাকে দু' পাশ থেকে ঘিরে রেখেছে—বোধ হয় বাইরের আলো বাঁচিয়ে ভবিষ্যতের ছবিটাকে আরও স্পষ্ট করার জন্য।

'অ্যান্ড—' আবার সেই খসখসে পুরুষালি কণ্ঠস্বর 'অ্যান্ড আই সি ডেথ। ইয়েস, ডেথ।'

'হুজ ডেথ ?' ক্রোলের গলা এই দুটো কথা বলতেই কেঁপে গেল। আবার দ্রুত পড়ছে তার নিশ্বাস।

'দ্য ডেথ অফ এ রেডিয়্যান্ট ম্যান।'

অর্থাৎ একজন দীপ্যমান পুরুষের মৃত্যু।

এর বেশি আর কিছু খুলে বললেন না ম্যাডাম রেনাটা। দীপ্যমান পুরুষটি কেমন দেখতে জিজ্ঞেস করতে বললেন, 'হিজ ফেস ইজ এ ব্লার।' অর্থাৎ তার মুখ ঝাপসা।

সন্ডার্স চেয়ার ছেড়ে উঠে পড়ল। ভদ্রমহিলার ঘোর কেটে গেছে। তিনি হাসিমুখে তাঁর

হাতখানা বাড়িয়ে দিয়েছেন। সন্ডার্স সেই হাতে যথোপযুক্ত পারিশ্রমিক দিয়ে দিল। আমরা তিনজনে ক্যারাভান থেকে বেরিয়ে এলাম।

২৬শে জুন

মন্টেফ্রিওতে কী পাওয়া যাবে না যাবে সে নিয়ে আর চিন্তা না করে আমরা এখান থেকেই আমাদের অ্যালকেমিক ল্যাবরেটরির জন্য যাবতীয় জিনিস কিনে নিয়েছি। পোর্টোবেলো স্ট্রিটে এখানকার চোরাবাজার। সেখানে আড়াই ঘণ্টা কাটিয়ে ঠিক পুরনো ছবিতে যেমন দেখা যায় তেমনই সব মাটির পাত্র, কাচের ফ্লাস্ক, রিটর্ট ইত্যাদিও জোগাড় করেছি। সন্ডার্সের এক বন্ধু এখানকার নাম করা ফিলম্ প্রোডিউসার। তিনি নাকি বছর তিনেক আগে অ্যালকেমি সংক্রান্ত একটা ভুতুড়ে ছবি করেছিলেন। সেই ছবিতে গবেষণাগারের দৃশ্যে ব্যবহারের জন্য নানারকম হাতা খুন্তি ঘটি বাটি কড়া ইত্যাদি তৈরি করানো হয়েছিল। সন্ডার্স তার কিছু জিনিস ভাড়া নেবার ব্যবস্থা করেছে।

সন্ডার্সের বেড়াল মুস্তাফাও অবিশ্যি আমাদের সঙ্গে যাচ্ছে। আমার ধারণা ক্রোল না বললেও সন্ডার্স তাকে সঙ্গে নিত, কারণ মুস্তাফাকে বেশি দিন ছেড়ে থাকা তার পক্ষে সম্ভব নয়।

সোনা তৈরি নিয়ে আমার বিশেষ আগ্রহ নেই, বা তৈরি হলেও সে সোনায় আমার কোনও লোভ নেই। আমার আগ্রহের প্রধান কারণ আমি স্পেনের এ অংশটা দেখিনি। সন্ডার্সের হাতে বিশেষ কোনও কাজ নেই, তাই ও এই আউটিং-এর ব্যাপারে মোটামুটি উৎসাহই বোধ করছে। আর ক্রোলের কথা কী আর বলব। উত্তেজনার ঠেলায় সে এক মুহূর্ত চুপ করে বসে থাকতে পারছে না। মাঝে মাঝে আবার দেখছি পিয়ানোর উপর নোটবই রেখে তাতে কী সব যেন হিজিবিজি জ্যামিতিক নকশা কাটছে—দেখে অনেকটা তান্ত্রিক মণ্ডলের মতো মনে হয়।

বিকেলের দিকে বাক্স গুছোচ্ছি, এমন সময় নীচ থেকে কলিংবেলের শব্দ পেলাম। তার কিছুক্ষণ পরেই নীচের দরজা খোলার শব্দের সঙ্গে সঙ্গে একটা চেনা কণ্ঠস্বর পেলাম। ইনি সেই ক্রোলের প্রতিদ্বন্দ্বী আমেরিকান ভদ্রলোক। কৌতূহল হওয়াতে আমিও নীচে গেলাম।

সন্ডার্স ততক্ষণে ভদ্রলোককে বৈঠকখানায় বসিয়েছে। ক্রোলও নিশ্চয়ই আগন্তুকের গলার আওয়াজ পেয়েছিল, কারণ মিনিটখানেকের মধ্যে সেও নেমে এল।

আগন্তুক প্রথমেই পকেট থেকে তিনটে ভিজিটিং কার্ড বার করে আমাদের তিনজনের হাতে তুলে দিল। তাতে নাম লেখা আছে—রিউফাস এইচ. ব্ল্যাকমোর।

'রিউফাস ব্ল্যাকমোর?' বলে উঠল ক্রোল। 'তুমিই কি "ব্ল্যাক আর্ট এন্ড হোয়াইট ম্যাজিক" নামে বইটা লিখেছ?'

'আজ্ঞে হ্যাঁ, আমিই সেই ব্যক্তি।'

আমি মুখটা ভাল করে দেখছিলাম। লম্বাটে গড়ন। চামড়া অস্বাভাবিক রকম ফ্যাকাশে। মাথার কালো লম্বা চুল কানের পাশ দিয়ে কাঁধ অবধি ঝুলে আছে। চোখের চাহনিতে এখন যে ঠাণ্ডা অলস ভাবটা রয়েছে সেটা স্থায়ী নয় নিশ্চয়ই, কারণ এই চোখকেই জ্বলতে দেখেছি সেদিন কলিংউডের নিলামঘরে।

ভদ্রলোক এবার তাঁর কোটের ডান পকেট থেকে বার করলেন তিনটে রুপালি বল, সাইজে পিংপং বলের মতো। তারপর চোখের সামনে সেগুলো দিয়ে পরপর অন্তত পঁচিশ রকম ম্যাজিক দেখিয়ে ফেললেন। ঝলমলে বলগুলো এই আছে, এই নেই। কোথায় যে যাচ্ছে

চোখের নিমেষে তা বোঝার কোনও উপায় নেই, এমনই হাত সাফাই মিঃ ব্ল্যাকমোরের। সব শেষে অদৃশ্য বল তিনটে যখন একটা একটা করে আমাদের তিনজনের পকেট থেকে বার করলেন, তখন আপনা থেকেই হাততালি দিয়ে উঠলাম।

'তোমার ক্ষমতার তারিফ না করে উপায় নেই', বলে ফেলল উইলহেল্‌ম ক্রোল।

'কী দেখলে আমার ক্ষমতা?' শুকনো হাসি হেসে বলল রিউফাস ব্ল্যাকমোর। 'এ তো অত্যন্ত মামুলি ম্যাজিক। আমার আসল ম্যাজিক কোনটা জান?'

এই বলে ব্ল্যাকমোর একটা বল তার ডান হাতের তর্জনী আর বুড়ো আঙুলে ধরে আমাদের সামনে তুলে ধরে বলল, 'এই বল রুপোর তৈরি আর এই রুপো আমার তৈরি। এর চেয়ে বেশি খাঁটি রুপো পৃথিবীর কোনও খনিতে পাওয়া যাবে না।'

আমরা তিনজনেই চুপ। ব্ল্যাকমোরের শান্ত চোখ এখন জ্বলজ্বল করছে।

'অ্যালকেমির অর্ধেক জাদু এখন আমার হাতের মুঠোয়' বলে চলল ব্ল্যাকমোর, 'কিন্তু সোনা তৈরির কাজে এখনও সফল হতে পারিনি আজ তিন বছর ধরে চেষ্টা করেও। আমার বিশ্বাস সাভেদ্রার ডায়রিতে তার বিবরণ আছে। সাভেদ্রা যে একটা ডায়রি লিখেছিল, সে খবর আমি আমার গুরুর কাছ থেকে পাই। সেটা কলিংউডে নিলামে চড়বে জেনে আমি সানফ্রানসিস্কো থেকে ফ্লাই করে চলে আসি। ভেবেছিলাম সস্তায় পেয়ে যাব, কিন্তু প্রোফেসর ক্রোলের মাথায় যে খুন চাপবে সেটা বুঝতে পারিনি। আমি সে দিন তাঁকে ওভারবিড করতে পারতাম, কিন্তু পরে মনে হল আমার সঙ্গে ভাল করে আলাপ হলে তিনি নিজেই হয়তো ওই একই দামে ডায়রিটা আবার আমায় বেচে দেবেন। আমার বিশ্বাস প্রোফেসর ক্রোল ডায়রিটা তাঁর সংগ্রহের জন্য কিনেছেন, যেমন আর পাঁচজন কালেকটর কিনে থাকেন। কিন্তু আমি নিজে অ্যালকেমিস্ট। আমেরিকার—সম্ভবত সারা বিশ্বের—একমাত্র খাঁটি অ্যালকেমিস্ট। আমার গুরু এখন জীবিত নেই। এখন একমাত্র আমিই ওই ডায়রিটার সদ্ব্যবহার করতে পারি। আমি টাকা নিয়ে এসেছি। ডায়রিটা আমার চাই।'

রিউফাস ব্ল্যাকমোর এবার তার কোটের পকেট থেকে একটা সুদৃশ্য চামড়ার নোটকেস বার করল। তারপর তা থেকে এক তাড়া দশ পাউন্ডের নোট বার করে সামনের টেবিলের উপরে রাখল। এবার ক্রোল মুখ খুলল।

'আপনি ও টাকা ফিরিয়ে নিন, মিস্টার ব্ল্যাকমোর। সাভেদ্রার ডায়রি হাতছাড়া করার কোনও বাসনা নেই আমার।'

'আপনি ভুল করছেন প্রোফেসর ক্রোল।'

'বোধ হয় না। আপনি জাদুকর হতে পারেন, কিন্তু আপনি যে অ্যালকেমিস্ট, তার কোনও প্রমাণ নেই। ওই বলের রুপো যে আপনারই তৈরি সেটা আমি মানতে বাধ্য নই।'

রিউফাস ব্ল্যাকমোর কয়েক মুহূর্ত চুপ। তারপর আমাদের তিনজনের দিকে নির্মম দৃষ্টি হেনে নোটের উপর তাড়াটা তুলে পকেটে পুরে এক ঝটকায় চেয়ার ছেড়ে উঠে দাঁড়াল। তারপর ক্রোলের দিকে তাকিয়ে বলল, 'শতকরা নিরানব্বুই ভাগ খাঁটি রুপো গবেষণাগারে রাসায়নিক উপায়ে তৈরি করা সম্ভব হয়েছে সেটা জান বোধ হয়। কিন্তু হান্ড্রেড পার্সেন্ট খাঁটি রুপোর কোনও হদিস পাওয়া যায় না—এক আমার তৈরি এই রুপো ছাড়া।'

এই বলে ব্ল্যাকমোর তিনটে বলের একটা ক্রোলের দিকে ছুড়ে দিল। বলটা ক্রোলের কোলে গিয়ে পড়ল।

'তোমরা তিনজনেই বৈজ্ঞানিক বলে জানি', বলে চলল ব্ল্যাকমোর। 'অন্তত আমার কথাটা সত্যি কি না বিচার করে দেখার জন্য এই রুপো তোমাদের যাচাই করে দেখতে অনুরোধ করছি। দু' দিন সময় দিচ্ছি। আমি ওয়ল্ডর্ফ হোটেলে রয়েছি; আমার ঘরের নম্বর চারশো

উনত্রিশ। যদি তোমাদের মত বদলায়, এবং তোমরা সাভেদ্রার ডায়রিটা আমাকে বিক্রি করা স্থির কর, তা হলে আমাকে ফোন করে দিয়ো। আর যদি বিক্রি না কর, তা হলে এটুকু বলে যাচ্ছি যে তোমাদের দ্বারা তৈরি হবে না।'

এই নাটকীয় বক্তৃতাটা দিয়ে আর এক মুহূর্ত অপেক্ষা না করে রিউফাস্ ব্ল্যাকমোর গটগট করে দরজার দিকে এগিয়ে গেল। দরজার মুখে সে যে কাজটা করল, সেটাকে কোনও মতেই সমর্থন করা যায় না। সন্ডার্সের বেড়াল মুস্তাফা চৌকাঠের পাশে বসে ছিল, তাকে ব্ল্যাকমোর তার পেটেন্ট লেদারের ছুঁচোলো জুতোর ডগা দিয়ে এক লাথি মেরে তিন হাত দূরে ছিটকে ফেলে দিল। সন্ডার্স 'হোয়াট দ্য হেল—' বলে উঠে দাঁড়িয়ে লোকটাকে বোধ হয় আক্রমণই করতে যাচ্ছিল, কিন্তু ক্রোল তাকে বাধা দিল। ততক্ষণে অবিশ্যি ব্ল্যাকমোর রাস্তায় বেরিয়ে গেছে। ক্রোল বলল, 'লোকটা মোটেই সুবিধের বলে মনে হচ্ছে না ; ওর পিছনে না লাগাই ভাল।'

মুস্তাফা রাগে যন্ত্রণায় গরগর করছে। সন্ডার্স তাকে কোলে নিয়ে আদর করতে ক্রমে তার রাগ পড়ল। অ্যালকেমিস্টের যদি এই নমুনা হয়, তা হলে বোধ হয় অপরসায়ন জিনিসটাকে দূরে রাখাই ভাল। কিন্তু সে আর উপায় নেই। আমরা পরশুই গ্রানাডার উদ্দেশে বেরিয়ে পড়ছি। কী আছে কপালে কে জানে।

মন্টেফ্রিও, ২৯শে জুন

বৃষ্টি পড়ছে। আকাশের যা অবস্থা তাতে সহজে মেঘ কাটবে বলে মনে হয় না। ক্রোলের মতে এর চেয়ে শুভলক্ষণ আর কিছু হতে পারে না, কারণ আমাদের গবেষণার একটা প্রধান উপাদান অনায়াসে সংগ্রহ হয়ে যাচ্ছে। সাভেদ্রা কাস্‌লে'র দোতলার একটা খোলা ছাতে একটা প্লাস্টিকের গামলা রেখে দেওয়া হয়েছে। মনে হয় বিকেলের মধ্যেই সেটা ভরে যাবে।

আমরা অবিশ্যি কাস্‌লে উঠিনি ; উঠেছি হোটেলে। আরও দিন দুয়েক হোটেলেই থাকতে হবে। সাভেদ্রা কাস্‌লে কেউ থাকে না, এবং কতকাল যে থাকে না তার কোনও হিসেব নেই। তবে সাভেদ্রা পরিবারের নাম এখানে সকলেই জানে। আমরা মন্টেফ্রিও পৌঁছানোর সঙ্গে সঙ্গে রাস্তায় প্রথম যে লোকটিকে জিজ্ঞেস করলাম সে-ই কেল্লার হদিস দিয়ে দিল। গ্রানাডাতে রাত্রে বিশ্রাম নেবার সুযোগ হওয়াতে আমরা দিব্যি তাজা বোধ করছিলাম, তাই আর সময় নষ্ট না করে সেই লোকের নির্দেশ অনুযায়ী মন্টেফ্রিও পোস্টআপিসের পাশ দিয়ে বাঁ দিকে মোড় নিয়ে পাহাড়ি পথ ধরে চলতে শুরু করলাম।

দ্বিতীয় ল্যান্ডমার্কে পৌঁছাতে লাগল দশ মিনিট। এটা একটা প্রাচীন মূরীয় সরাইখানার ধ্বংসাবশেষ। স্পেনের এ অংশটা অষ্টম শতাব্দী থেকে সাতশো বছর আরব দেশীয় মুসলমানদের বা মূরদের অধীন ছিল। তার চিহ্ন এখনও সর্বত্র ছড়িয়ে আছে। গ্রানাডার আলহামব্রা প্রাসাদ তো জগদ্বিখ্যাত।

বিধ্বস্ত সরাইখানার পাশে গাছতলায় একটি ছেলে গলায় দড়ি বাঁধা একটা পোষা বেজি কাঁধে নিয়ে দাঁড়িয়ে ছিল। সে আমাদের ট্যাক্সি থামতে কৌতূহলভরে এগিয়ে এল। তাকে সাভেদ্রা কাস্‌ল-এর কথা জিজ্ঞেস করতে সে-ই খবর দিল যে সেখানে কেউ থাকে না। আমরা বললাম যে সেখানে কারুর সঙ্গে দেখা করা আমাদের উদ্দেশ্য নয় ; আমরা শুধু একবার কাস্‌লটা দেখতে চাই। তাতে সে বলল যে, তাকে গাড়িতে তুলে নিলে সে খুব সহজেই পথ দেখিয়ে দিতে পারবে। শুধু তাই নয়—সে এখানকার গাইড হিসেবেও কাজ

করতে পারবে। এতে আমাদের আপত্তি নেই, কাজেই তাকে তুলে নিলাম।

ছেলেটা খুব গোপ্‌পে। না জিজ্ঞেস করতেই নিজের সম্বন্ধে এক ঝুড়ি খবর দিয়ে দিল। তার নাম পাবলো, তার আরও পাঁচটি ভাই ও সাতটি বোন আছে। সে নিজে সবচেয়ে ছোট। সে এখন কোনও কাজ করে না। তার বাপের একটা মদের দোকান আছে, তিন ভাই সেখানে কাজে লেগে গেছে। আর দুভাই-এর একজনের ফলের দোকান আছে, আর একজন রেস্টোরান্টে বাজনা বাজায়। বোনেদের সকলেরই বিয়ে হয়ে গেছে। পাবলো মন্টেফ্রিওর ইতিহাস জানে। কোন বাড়ির কত বয়স, কোথায় কে থাকত, কোন রাজা কোন যুদ্ধে মারা গিয়েছিল—সে সবই জানে। মাঝে মাঝে টুরিস্টদের গাইড হিসেবে কাজ করে সে দু' পয়সা কামিয়ে নেয়, যদিও পড়াশুনা বিশেষ করেনি বলে ভাল কাজ পায় না। তার আসল শখ হল জন্তু ধরা এবং পোষা। এই বেজিটাকে ধরেছে মাত্র তিন দিন আগে, কিন্তু এর মধ্যেই দিব্যি পোষ মেনে গেছে।

সামনের সিটে বসে সে আত্মজীবনী শোনাচ্ছিল। আমরা তিনজনে পিছনে বসে পরস্পরের সঙ্গে ফিসফিস করে ঠিক করে নিলাম যে পাবলোকে প্রস্তাব করব আমরা যে কদিন এখানে আছি সে কদিন সে আমাদের ফাইফরমাশ খাটবে, তাকে আমরা পয়সা দেব। অবিশ্যি আমাদের কাজটা আদৌ করা সম্ভব হবে কি না সেটা সাভেদ্রা কাস্‌ল না দেখা পর্যন্ত বোঝা যাচ্ছে না।

জঙ্গলের মধ্যে এঁকাবেঁকা পথ ধরে আরও মিনিট পনেরো গিয়ে একটা জায়গায় এসে পাবলো গাড়ি থামাতে বলল। বাকি পথটা আমাদের হেঁটে যেতে হবে। 'কতদূর ?' জিজ্ঞেস করল ক্রোল। 'বেশি নয়, দুমিনিটের পথ,' আশ্বাস দিয়ে বলল পাবলো।

ঘড়ি ধরে দু মিনিট না হলেও, আগাছা ভেদ করে মিনিটপাঁচেকের মধ্যে আমরা যে বাড়িটার ফটকের সামনে পৌঁছোলাম, সেটা কাস্‌ল বলতে যে বিরাট অট্টালিকার চেহারা আমাদের চোখের সামনে ভেসে ওঠে সেরকম বড় অবশ্যই নয়, কিন্তু শতখানেক লোক একসঙ্গে থাকার পক্ষে যে যথেষ্ট বড় তাতে কোনও সন্দেহ নেই। এই দুর্গের চারদিকে পরিখা নেই, বা কোনওকালে ছিলও না। রাস্তা থেকে সোজা গেটের ভিতর দিয়ে ঢুকে বাঁকা পথ দিয়ে কিছুদূর গেলেই বাড়ির সদর দরজায় পৌঁছানো যায়।

পাবলো বুঝেছে যে আমরা বাড়ির ভিতর ঢুকতে চাই, তাই সে সতর্ক করে দিল—'ও বাড়ি এখন হাজারখানেক বাদুড়ের বাসা। তা ছাড়া ইঁদুর, সাপ এ সবও আছে।'

সন্ডার্স বলল, 'তুমি ও বাড়ির ভিতর সম্বন্ধে এত জানলে কী করে ?'

পাবলো বলল, 'একবার একটা স্যালাম্যান্ডারকে তাড়া করে কাস্‌লের মধ্যে ঢুকেছিলাম। খুব নাজেহাল করেছিল জানোয়ারটা ; একেবারে ছাত পর্যন্ত দৌড় করিয়েছিল।'

স্যালাম্যান্ডার হল গিরগিটি শ্রেণীর জানোয়ার। স্পেনের এ অঞ্চলে পাওয়া যায় এটা জানতাম।

'বাড়ির ভিতর আর কী দেখলে ?' প্রশ্ন করল ক্রোল।

পাবলো বলল, আসবাবপত্র বলতে কয়েকটা ভাঙা কাঠের চেয়ার আর টেবিল ছাড়া কিছু নেই। দেয়ালের গায়ে কিছু মরচে ধরা অস্ত্রশস্ত্র নাকি এখনও টাঙানো আছে। কয়েকটা ঘরে নাকি ছাতের কড়িবরগা আলগা হয়ে নীচে ঝুলে পড়েছে, আরেকটা ঘরে তালা দেওয়া বলে তাতে ঢোকা যায় না। তবে আশ্চর্য এই যে, কাস্‌লে একটা রান্নাঘর রয়েছে তাতে নাকি কিছু পুরনো বাসনপত্র এখনও পড়ে আছে। পাবলো সেখান থেকে একটা মাটির পাত্র নিয়ে গিয়ে তার মাকে উপহার দিয়েছিল।

এই কথাটা শুনে আমাদের তিনজনের কৌতূহল সপ্তমে চড়ে গেল। 'সে রান্নাঘর

আমাদের দেখাতে পারবে ?' চাপা স্বরে প্রশ্ন করল ক্রোল।

'কেন পারব না ?' বলল পাবলো। 'আপনারা চলুন না আমার সঙ্গে।'

আমরা গেলাম, এবং গিয়ে দেখলাম আমাদের অনুমান মিথ্যে হয়নি। সাভেদ্রা কাস্‌লের দক্ষিণপূর্ব কোণে একটা ঘর যে আজ থেকে সাতশো বছর আগে কোনও অ্যালকেমিস্টের গবেষণাগার হিসেবে ব্যবহার হয়েছিল তাতে বিন্দুমাত্র সন্দেহ নেই। চুল্লি, মেঝের মাঝখানে চৌবাচ্চা, মাটির পাত্র, কাচের বোয়াম, রিটর্ট—কোনও জিনিসেরই অভাব নেই, যদিও সব কিছুর উপরেই রয়েছে সাত শতাব্দীর ধুলোর আচ্ছাদন। একটা হাপরও রয়েছে সেই যুগের, যেটা নেড়েচেড়ে ক্রোল বলল তাতে এখনও অনায়াসে কাজ চলবে। আশ্চর্য লাগছিল, কারণ ঠিক এইরকম জিনিসপত্র সমেত এইরকমই ঘরের ছবি বহু প্রাচীন অ্যালকেমির বইয়েতে দেখেছি—কেবল তফাত এই যে যারা এখানে কাজ করতে চলেছে তারা বিংশ শতাব্দীর মানুষ। তবে এও ঠিক যে ক্রোলের সঙ্গে সঙ্গে আমাদের মনও ক্রমে পৌঁছিয়ে যাচ্ছে সেই মধ্যযুগে। নাড়ীর মধ্যে যে চাঞ্চল্য অনুভব করছি, ঠিক সেইরকমই চাঞ্চল্য নিশ্চয় অনুভব করত মধ্যযুগের অ্যালকেমিস্টরা।

পাবলোকে আমরা কাজে বহাল করে নিলাম। দিনে হাজার পেসেটা, অর্থাৎ দশ টাকার মতো নেবে। ল্যাবরেটরিটাকে ও একদিনের মধ্যেই ঝাড়পোঁছ করে রেখে দেবে, যাতে পরশু থেকে আমরা কাজ আরম্ভ করতে পারি। আরও খানদুয়েক ঘর পরিষ্কার করতে হবে, কারণ আমরা তিনজন রাত্রে কাস্‌লেই থাকব। একবার সোনা তৈরির কাজ শুরু হয়ে গেলে কাস্‌ল ছেড়ে আর কোথাও যাওয়া চলবে না। পাবলোকে দিয়ে খাবার আনিয়ে নেব। শোবার ব্যাপারে সমস্যা নেই, কারণ আমাদের তিনজনেরই স্লিপিং ব্যাগ আছে। খাটপালঙ্কের দরকার হবে না, মেঝেতে শুয়ে পড়লেই হল।

সাভেদ্রা কাস্‌ল থেকে হোটেলে ফিরেছি দুপুর দেড়টায়। তার আধ ঘণ্টার মধ্যেই বৃষ্টি শুরু হয়েছে, এবং সঙ্গে সঙ্গে আমরা প্লাস্টিকের গামলা সমেত পাবলোকে কাস্‌লে পাঠিয়ে দিয়েছি জল ধরে রাখবার ব্যবস্থা করতে। এখন রাত সাড়ে আটটা। বৃষ্টিটা একটু ধরেছে। এ অঞ্চলটা শুকনো বলেই জানতাম ; নেহাতই কপালজোরে আমরা এসেই বৃষ্টি পেয়ে গেছি।

ক্রোল আর সন্ডার্স এইমাত্র ফোন করে জানাল যে তারা ডিনারের জন্য তৈরি। একটা কথা লিখতে ভুলে গেছি—রিউফাস ব্ল্যাকমোর যে বলটা দিয়ে গিয়েছিল সেটা আসার আগে যাচাই করিয়ে জেনেছি যে তাতে যে রুপো ব্যবহার করা হয়েছে সেটা হান্ড্রেড পার্সেন্ট বিশুদ্ধ। অর্থাৎ ব্ল্যাকমোরকে আর জাদুকর বলা চলবে না ; অ্যালকেমিস্ট হিসাবেও যে সে কৃতকার্য হয়েছে সেটা আর অস্বীকার করা চলে না। ব্ল্যাকমোরকে টেক্কা দিতে হবে কৃত্রিম উপায়ে হান্ড্রেড পার্সেন্ট খাঁটি সোনা তৈরি করে। এ ব্যাপারে আমরা তিনজনেই দৃঢ়সংকল্প।

৩০শে জুন রাত সাড়ে বারোটা

সবেমাত্র সাভেদ্রা কাস্‌ল থেকে হোটেলে ফিরেছি। গত দুঘণ্টা আমরা কাটিয়েছি আমাদের অ্যালকেমিক ল্যাবরেটরিতে। সোনা তৈরির কাজ শুরু করার আগে সাভেদ্রার ডায়রির নির্দেশ অনুযায়ী একটা জরুরি কাজ আমাদের সেরে নিতে হল। সেটার কথাই এখন লিখে রাখছি। আগেই বলে রাখি, দশম শতাব্দীর জগদ্বিখ্যাত আরবদেশীয় অ্যালকেমিস্টের প্রেতাত্মা আমাদের উদ্দেশে তার আশীর্বাদ জানিয়ে গেছে। কাল ঠিক দুপুর বারোটায় আমাদের হাপর চলতে শুরু করবে। কাজের যাবতীয় উপাদান যথেষ্ট পরিমাণে

ল্যাবরেটরিতে রাখা হয়ে গেছে। ঘরের দরজায় একটা মজবুত নতুন তালা লাগিয়ে দেওয়া হয়েছে। কাল থেকে আমরা কাস্‌লে গিয়ে থাকছি। পাবলোও থাকবে। আমরা কী কাজ করতে যাচ্ছি সেটা আমরা মোটামুটি ওকে বুঝিয়ে দিয়েছি। ছেলেটির মধ্যে এমন একটা সরলতা আছে যে তার উপর বিশ্বাস রাখতে আমাদের কোনও দ্বিধা হয়নি।

জবীর ইব্‌ন হায়ানের প্রেতাত্মা নামানোর ব্যাপারে ক্রোল যে পন্থাটা ব্যবহার করল সেটার মধ্যে নতুনত্ব বলতে ছিল শুরুতে ল্যাটিন ও তিব্বতি মন্ত্র উচ্চারণ। প্রথমটা করল সন্ডার্স ও দ্বিতীয়টা ক্রোল। তারপর ক্রোল তার মানুষের হাড়ের তৈরি বাঁশিতে মিনিট পাঁচেক ধরে একটা মধ্যযুগীয় ইউরোপীয় ধর্মসংগীতের সুর ভাঁজল। এখানে বলে রাখি যে এই প্ল্যানচেটের সময় আমাদের ঘরে আমরা তিনজন বাদে আরও একটি প্রাণী ছিল। সে হল সন্ডার্সের বেড়াল মুস্তাফা। মুস্তাফা এই কাস্‌লে এসে এরই মধ্যে তিনটি ইঁদুর সংহার করেছে। আরও ইঁদুরের আশা আছে বলেই বোধ হয় তার মেজাজ এতটা খোশ।

স্তোত্র ও বাঁশির পর আমরা প্রচলিত কায়দায় একটা টেবিলকে ঘিরে বসে জবীর ইব্‌ন হায়ানের চিন্তায় মগ্ন হলাম। ক্রোল আর আমি দুজনেই আরবি ভাষা জানি, কাজেই প্রেতাত্মার সঙ্গে কথা বলতে কোনও অসুবিধা হবে না। ক্রোলই মিডিয়াম, সুতরাং তার মধ্যে দিয়েই আত্মার আবির্ভাব হবে। সে চোখ বুজে রয়েছে ; আমি আর সন্ডার্স তার দিকে প্রায় নিষ্পলক দৃষ্টিতে চেয়ে আছি। ঘরে আলো বলতে কেবল দুটি মোমবাতি। তার শিখা অল্প অল্প দুলছে, সেইসঙ্গে আমাদের তিনজনের ছায়াও ঘরের দেয়ালে সদা কম্পমান।

মিনিট পনেরো ক্রোলের দিকে চেয়ে থাকার পর খেয়াল হল দেয়ালে হঠাৎ একটা কীসের ছায়া খেলে গেল। ছায়ার গতি অনুসরণ করে উপরে চেয়ে দেখি একটা বাদুড় ঢুকে কড়িকাঠে আশ্রয় নিয়েছে। এ সব বাড়িতে কড়িকাঠ থেকে বাদুড় ঝোলাটা অস্বাভাবিক দৃশ্য নয়, কিন্তু এ বাদুড়ের বিশেষত্ব হল সেটা ঘড়ির পেণ্ডুলামের মতো দুলছে, নিঃশব্দে দুলছে, আর তার চোখদুটো সটান তাগ করে আছে আমাদের তিনজনের দিকে। সন্ডার্সের কোলে মুস্তাফাও দেখলাম একদৃষ্টে চেয়ে রয়েছে ঝুলন্ত বাদুড়ের দিকে।

ক্রোলের চেহারায় একটা পরিবর্তন হতে শুরু করেছে। চেহারায় বলব না, বরং তার বসার ভঙ্গিতে। তার কোমর থেকে মাথা অবধি শরীরটা কেমন যেন আপনা থেকে ভাঁজ হয়ে সামনের দিকে নুয়ে পড়ছে, আর সেইসঙ্গে তলার অংশটা যেন চেয়ার ছেড়ে শূন্যে উঠছে।

মিনিট দু-এক পরে ক্রোলের দেহটা আপনা থেকেই যে ভঙ্গিটা নিল, সেটাকে নমাজ পড়ার একটা অবস্থা বলা চলে। আমি আর সন্ডার্স দুজনেই স্পষ্ট দেখলাম যে তার পা আর মাটিতে ঠেকে নেই। আর সে যে চেয়ারের উপর বসেছিল, তার কোনও অংশের সঙ্গেই তার দেহের কোনও যোগ নেই।

ঘরে কোত্থেকে জানি আতরের গন্ধ এসে ঢুকেছে। এটা বুঝতে পারার সঙ্গে সঙ্গে একটা মৃদু 'ঝুপ্‌' শব্দ হল। দেখলাম টেবিলের উপর ক্রোলের নুইয়ে পড়া মাথাটার সামনে এসে পড়েছে একটা মুক্তোর জপমালা—যাকে মুসলমানরা বলে তসবি।

তারপর আরও বিস্ময়! মুহূর্তের মধ্যে দেখতে দেখতে মালার মুক্তোগুলো আপনা থেকেই আলগা হয়ে টেবিলের উপর ছড়িয়ে পড়ল, পরমুহূর্তেই আবার আপনা থেকেই সাজিয়ে গিয়ে এক লাইন আরবি লেখা হয়ে গেল! এই লেখার মানে হল 'তোমরা সফল হও'।

দশ সেকেন্ড লেখাটা টেবিলের উপর থেকে আবার এলোমেলো হয়ে গিয়ে আবার একটা নতুন লেখায় পরিণত হল। এ লেখার মানে 'সোনার মূল্য'। ভাবছি এই কথাটা দিয়ে প্রেতাত্মা কী বোঝাতে চাইছে। এমন সময় তৃতীয়বার মুক্তোগুলো ম্যাজিকের মতো

আরেকটা বাক্যের সৃষ্টি করল—'জীবনের মূল্য'। আর তারপরেই মুক্তো উধাও!

ক্রোলের দেহ এবার সশব্দে শূন্য থেকে চেয়ারের উপর পড়ল। আমি সন্ডার্সকে লেখাগুলোর মানে বুঝিয়ে দিলাম। সে বলল, 'সফল হওয়া তো বুঝলাম, কিন্তু 'সোনার মূল্য জীবনের মূল্য', আবার কী রকম কথা? দ্য প্রাইস অফ গোল্ড ইজ দ্য প্রাইস অফ লাইফ? এর মানে কী?'

ক্রোল এ প্রশ্নের সন্তোষজনক উত্তর দিতে পারল না। সে বলল সে গভীর তন্দ্রার মধ্যে ছিল, এবং সে অবস্থায় কী করেছে সে নিজেই জানে না।

আমার মতে অবিশ্যি দ্বিতীয় ও তৃতীয় বাক্যটায় বিশেষ আমল দেবার দরকার নেই। সফল হও—এইটুকুই যথেষ্ট।

আমরা প্রেতাত্মা নামানো সেরে যখন ঘর থেকে বেরোচ্ছি তখনও কড়িকাঠের দিকে চেয়ে দেখি বাদুড়টা ঝুলছে। ইনি কি আমাদের গবেষণাগারের চিরস্থায়ী বাসিন্দা হয়ে গেলেন নাকি?

১লা জুলাই

আজ সকালে আমরা হোটেল ছেড়ে সাভেদ্রা কাস্‌লে চলে এসেছি। আসার আগে একটা ঘটনা ঘটে গেছে যেটা আমাদের তিনজনকেই বেশ ভাবিয়ে তুলেছে। এটার জন্য দায়ী প্রধানত হোটেলের কর্তৃপক্ষ, তাই ম্যানেজারমশাইকে আমাদের কথা শুনিয়ে আসতে হয়েছে। ব্যাপারটা খুলে বলি।

যে কোনও সাধারণ হোটেলেও একটা ঘরের চাবি অন্য ঘরে লাগা উচিত না ; কিন্তু এখানে এসে প্রথম দিনেই দেখি যে সন্ডার্সের ঘরের চাবি দিয়ে ক্রোলের ঘরের দরজা দিব্যি খুলে যায়। তা সত্ত্বেও, হোটেলের পরিবেশটা সুন্দর আর নিরিবিলি বলে আমরা সেখানেই থেকে যাই। আজ সকালে ক্রোল আমার ঘরে এসে প্রচণ্ড তম্বি। বলে মাঝরাত্রে নাকি তার ঘরে চোর ঢুকে তার সমস্ত জিনিস তছনছ করেছে। 'কিছু নিয়েছে কি ?' আমি ব্যস্তভাবে জিজ্ঞেস করলাম। 'না, তা নেয়নি' বলল ক্রোল, 'কিন্তু অনায়াসে নিতে পারত। বিশেষত সাভেদ্রার ডায়রিটা যদি আমার সঙ্গে থাকত তা হলে কী হত ভেবে দেখো।'

এটা বলা হয়নি যে লন্ডনে থাকতেই ক্রোল ডায়রি থেকে সোনা বানানোর পদ্ধতিটা সাংকেতিক ভাষায় কপি করে নিয়ে মূল ডায়রিটা তার ব্যাঙ্কের জিম্মায় রেখে এসেছে। এই কপি আবার আমাদের তিনজনের মধ্যে ভাগাভাগি করে রাখা হয়েছে। প্রত্যেকের ভাগে পড়েছে তিনটে করে ফুলস্ক্যাপ কাগজ। এরকম না করলে যে সত্যিই বিপদ হতে পারত সেটা বেশ বুঝতে পারছি। সন্ডার্স তো সোজা ম্যানেজারের ঘরে গিয়ে তাকে এই মারে তো সেই মারে। ভদ্রলোক কাঁদো কাঁদো হয়ে বললেন যে গত ছাব্বিশ বছরে—অর্থাৎ যেদিন থেকে হোটেল খুলেছে সেদিন থেকে—একটিবারও নাকি হোটেলে চোর ঢোকেনি। হোটেলের যে নাইটওয়াচম্যান, সেই পেড্রো লোকটির বয়স ষাটের উপরে। তাকে জেরা করাতে সে বলল যে একজন টুরিস্ট নাকি রাত একটার পরে হোটেলে আসে ঘরের খোঁজ করতে। পেড্রো তাকে বলে ঘর নেই। তখন লোকটি পেড্রোকে একটি সিগারেট অফার করে। ভাল ফরাসি সিগারেট দেখে পেড্রো ধূমপানের লোভ সামলাতে পারে না। এই সিগারেটে টান দেবার সঙ্গে সঙ্গে নাকি তার চোখ ঘুমে জড়িয়ে আসে, সেই ঘুম ভেঙেছে একেবারে সকাল সাড়ে ছটায়। 'কীরকম দেখতে লোকটা ?' প্রশ্ন করল ক্রোল। 'দাড়ি গোঁফে ঢাকা মুখ, চোখে কালো চশমা,' বলল পেড্রো। পেড্রোর বিশ্বাস যে চোর সদর দরজা ব্যবহার করেনি। হোটেলের দক্ষিণ দিকের দেয়ালের পাইপ বেয়ে দোতলার বারান্দায় ওঠা নাকি তেমন কঠিন ব্যাপার নয় ; আর বারান্দায় নেমে প্যাসেজ ধরে এগিয়ে গেলেই সিঁড়ি।

এবার আমি ক্রোলকে জিজ্ঞেস করতে বাধ্য হলাম তার ঘরে এত কাণ্ড হয়ে গেল অথচ তার ঘুম ভাঙল না কেন। তাতে ক্রোল বলল যে সে নাকি গতকাল দুটো ঘুমের বড়ি খেয়েছিল—কাজ শুরু হবার আগে অন্তত একটা রাত ভাল করে ঘুমিয়ে নিতে পারবে বলে। যাই হোক, ক্রোলের যখন টাকাকড়ি বা জিনিসপত্র কিছু মারা যায়নি, এবং আমরা যখন হোটেল ছেড়ে চলেই যাচ্ছি, তখন এই নিয়ে আর মাথা ঘামিয়ে লাভ নেই। ম্যানেজার বললেন, তিনি যথারীতি পুলিশে খবর দেবেন। বিশেষ করে অন্য হোটেলে যদি সম্প্রতি কোনও নতুন টুরিস্ট এসে থাকে, তাদের মধ্যে অনুসন্ধান করে দেখবেন।

এখানে এসে আমরা তিনজনে দিনের আলোয় কাস্‌লটা বেশ ভাল করে ঘুরে দেখেছি। শুধু একবার দেখলে বাড়িটার জটিল প্ল্যান মাথায় ঠিক ভাবে ঢোকে না। সত্যি বলতে কী, পাবলো সঙ্গে না থাকলে আমরা অনেক সময় রাস্তা গুলিয়ে ফেলতাম।

দোতলার পুবদিকের একটা ঘরের দরজায় যে তালা দেওয়া সেটা আগেই শুনেছিলাম ; আজ সেটা নিজের চোখে দেখলাম। একটা বিশাল তালা দরজায় ঝুলছে। সেটা নেড়েচেড়ে বিশেষ সুবিধা করা গেল না। আমাদের কাছে যে সব চাবি আছে সেগুলো দিয়ে এ তালা খোলার চেষ্টা হাস্যকর। ক্রোল বলল, 'আমরা তো এখানেই থাকছি ; এরমধ্যে একদিন হাতুড়ি এনে গায়ের জোর প্রয়োগ করে দেখা যাবে তালা ভাঙে কি না।'

সন্ডার্সকে কাল থেকেই একটু মনমরা বলে মনে হচ্ছে। সেই জিপসি মহিলার ভবিষ্যদ্বাণী, আর কালকের প্রেতাত্মার কথার মধ্যে সে একটা যোগসূত্র খুঁজে পেয়েছে।

বলল, 'ম্যাডাম রেনাটা বলেছে আই সি ডেথ, আর কালকে প্ল্যানচেটে কথা বেরোল দ্য প্রাইস অফ গোল্ড ইজ দ্য প্রাইস অফ লাইফ। সোনার লোভে যদি দেখি প্রাণ নিয়ে টানাটানি, তা হলে আমি কিন্তু সরে পড়ব। আর শুধু আমার নিজের প্রাণ নয়, মুস্তাফার প্রাণের মূল্যও আমার মতে সোনার চেয়ে কিছু কম নয়।'

ক্রোল দেখলাম ষোলো আনা আশাবাদী। বলল, 'ওই বেদেনির কথা নিয়ে মাথা ঘামানোর কোনও দরকার নেই। সোনার সঙ্গে মৃত্যুর কোনও সম্পর্ক থাকতে পারে না। জবীর হায়ানের প্রেতাত্মা যা বলেছে তাতে অ্যালকেমিক সোনা যে একটি অমূল্য ধাতু সেইটাই বোঝায়।'

কাঁটায় কাঁটায় দুপুর বারোটার সময় আমরা চুল্লিতে অগ্নিসংযোগ করে আমাদের কাজ শুরু করে দিলাম। কাজের পন্থায় কোনও জটিলতা নেই—সবই জলের মতো সহজ—কেবল সময় ও ধৈর্যের প্রয়োজন। আজকের দিনটা শুধু গেছে নানারকম গাছগাছড়াকে ভস্মে পরিণত করতে, আর উপাদানগুলোকে (প্রধানত পারা, গন্ধক আর নুন) নিক্তি দিয়ে ওজন করে বিশেষ পরিমাণে বিশেষ বিশেষ পাত্রের মধ্যে রাখতে। বৃষ্টির জলটা ঘরের মাঝখানে ডিম্বাকৃতি চৌবাচ্চাটার মধ্যে রাখা হয়েছে।

এখন রাত দশটা। আমরা তিনজনেই পালা করে ঘুমিয়ে নিয়েছি, কারণ গবেষণাগারে সব সময়ই অন্তত দুজনকে জেগে থাকতে হবে। পাবলো রাত জেগে পাহারা দেবে, তাই সেও দুপুরে ঘণ্টাচারেক ঘুমিয়ে নিয়েছে।

৪ঠা জুলাই

গত তিনদিন উল্লেখযোগ্য কিছু ঘটেনি তাই আর ডায়রি লিখিনি। আজকের কাজ ঠিকমতো এগিয়ে চলেছে। আজ দুপুরে একটা ঘটনা ঘটেছে যেটা লিখে রাখা দরকার।

সাড়ে বারোটার সময় পাশের ঘর থেকে সন্ডার্সের অ্যালার্ম ঘড়িতে ঘণ্টার শব্দ শুনে বুঝলাম এবার ওকে আসতে হবে কাজে, আর আমার ঘুমানোর পালা। এদিকে বেশ বুঝতে পারছি আমার ঘুম আসবে না, কারণ আমার স্নায়ু সম্পূর্ণ সজাগ। যাই হোক, রুটিন রক্ষা না করলে পরে গোলমাল হতে পারে বলে সন্ডার্স আসামাত্র আমি ল্যাবরেটরি থেকে পাশের ঘরে চলে গেলাম। ঠিক করলাম এই তিনটে ঘণ্টা একটু এদিক ওদিক ঘুরে দেখব।

আপনা থেকেই মনটা চলে গেল দোতলার সেই বন্ধ দরজাটার দিকে। সারা দুর্গের ছাব্বিশটা ঘরের মধ্যে কেবলমাত্র একটা ঘরের দরজায় কেন তালা থাকবে এটা আমার কাছে একটা বিরাট খটকা ও কৌতূহলের কারণ হয়ে দাঁড়িয়েছিল।

দোতলায় পৌঁছে অন্ধকার প্যাসেজ দিয়ে দরজাটার দিকে এগিয়ে গেলাম। বিশাল দরজা—দৈর্ঘ্যে অন্তত দশ ফুট আর প্রস্থে সাড়ে চার ফুট তো বটেই। দরজার গায়ে নকশা করা তামার পাত বসানো। লোহার তালাটাও নকশা করা। সঙ্গে টর্চ ছিল। দরজার উপর ফেলে আলোটা এদিক ওদিক ঘোরাতে একটা জায়গায় কাঠে একটা ছোট্ট ফাটল চোখে পড়ল। চশমা খুলে আমার ডান চোখটা প্রায় ফাটলের সঙ্গে লাগিয়ে দিলাম। কিছু যে দেখতে পাব এমন আশা ছিল না। কারণ ঘরের ভিতর নিশ্চয়ই দুর্ভেদ্য অন্ধকার ; আর ফুটো দিয়ে যদি টর্চ ফেলতে হয় তা হলে চোখ লাগাবার আর জায়গা থাকে না।

কিন্তু এই সিকি ইঞ্চি লম্বা সুতোর মতো সরু ফাটল দিয়েও দেখে বুঝলাম যে ঘরের ভিতরটা অন্ধকার নয়। সম্ভবত একটা জানালা বা স্কাইলাইট দিয়ে আলো আসছে, আর স্পষ্ট বুঝতে পারছি যে আলোটার একটা হলদে আভা রয়েছে। হয় ঘরের দেয়ালের রং হলদে, না

হয় জানালায় হলদে কাচ রয়েছে।

আমার পক্ষে এর চেয়ে বেশি অনুসন্ধান সম্ভব নয় ; সেটা পারে আরেকজন। আমি আর অপেক্ষা না করে সেই আরেকজনের সন্ধানে কাস্‌ল থেকে বেরিয়ে এলাম।

পাবলোকে পেতে বেশি সময় লাগল না। কাস্‌লের বাগানে আগাছা আর ঝোপঝাড়ে ঘেরা একটা ওক গাছের নীচে সে একটা ফাঁদ পাতার বন্দোবস্ত করছে। বলল একটা শজারু দেখেছে, সেটাকে ধরবে। আমি বললাম, 'শজারু পরে হবে, আগে আমার একটা কাজ করে দেবে চলো।'

পাবলোকে ঘরটা দেখিয়ে বললাম, 'সিঁড়ি দিয়ে তেতলায় উঠে গিয়ে দেখতে এই ঘরের উপর কোনও ছাত আছে কি না, এবং সেই ছাতে এই ঘরে আলো প্রবেশ করতে পারে এমন কোনও স্কাইলাইট আছে কি না।'

পাবলো দশ মিনিটের মধ্যে হাঁপাতে হাঁপাতে ঘুরে এল। তার চোখদুটো জ্বলজ্বল করছে।—'প্রোফেসর, চলে এসো আমার সঙ্গে!'

তিনতলার ছাত অবধি সারা পথ পাবলো আমার হাত ছাড়েনি। বলতে গেলে একরকম হিড়হিড় করে টেনেই নিয়ে গেল আমাকে। ছাতে পৌঁছে সে অঙ্গুলি নির্দেশ করল।

'ওই যে স্কাইলাইট। একবার চোখ লাগিয়ে দেখো ঘরে কী আশ্চর্য জিনিস রয়েছে!'

শুধু দেখেই সন্তুষ্ট হইনি ; মোটা দড়ি সংগ্রহ করে স্কাইলাইটের কাচ ভেঙে পাবলোকে দড়ির সাহায্যে ঘরের ভিতরে নামিয়ে দিয়েছি। সে যখন আবার দড়ি বেয়ে উপরে উঠে এল, তখন তার সঙ্গে রয়েছে সোনার তৈরি একটা জানোয়ার, একটা পাখি আর একটা ফুল। জানোয়ারটা একটা কাঠবেড়ালি, পাখিটা প্যাঁচা আর ফুলটা গোলাপ। রুমাল দিয়ে মুছতে সোনার যে জৌলুস বেরোল তাতে চোখ ঝলসে যায়। এ সোনা যে শতকরা একশো ভাগ খাঁটি তাতে সন্দেহ নেই।

আর এতেও সন্দেহ নেই যে এ হল ত্রয়োদশ শতাব্দীর স্প্যানিশ অ্যালকেমিস্ট মানুয়েল সাভেদ্রার তৈরি সোনা। আজ বুঝতে পারছি সাভেদ্রা নিজেকে শিল্পী বলেছিল কেন। সে যে শুধু অ্যালকেমিতেই অদ্বিতীয় ছিল তা নয়, সেই সঙ্গে ছিল অপূর্ব স্বর্ণকার যার হাতের কাজের কাছে ষোড়শ শতাব্দীর ইতালির বিখ্যাত স্বর্ণকার বেনভেনুতো চেল্লিনির কাজও ম্লান হয়ে যায়।

৫ই জুলাই

সোনার জিনিসগুলো ভেবেছিলাম আপাতত সন্ডার্স আর ক্রোলকে দেখাব না। শেষপর্যন্ত সন্ডার্সের কথা ভেবেই সে দিনই মূর্তিগুলো ওদের দেখিয়ে দিলাম। কাজ শুরু করার দুদিন পর থেকেই সন্ডার্স যেন একটু নিরুৎসাহ হয়ে পড়েছিল—তার একটা কারণ অবিশ্যি এই যে অ্যালকেমির পদ্ধতিটাকে একজন বৈজ্ঞানিকের পক্ষে সিরিয়াসলি নেওয়া বেশ কঠিন। এটা আমি বুঝতে পারি। আমি নিজে ভারতীয় বলেই হয়তো ভূতপ্রেত মন্ত্রতন্ত্রের ব্যাপারটাকে সব সময়ে উড়িয়ে দিতে পারি না। আমার নিজের জীবনেই এমন অনেক ঘটনা ঘটেছে যার কোনও বৈজ্ঞানিক কারণ খুঁজে পাওয়া শক্ত। কিন্তু সন্ডার্স হল খাঁটি ইংরেজ ; সে 'মাম্বোজাম্বো' বা তুকতাকে মোটেই বিশ্বাস করে না।

আজ অবিশ্যি সন্ডার্সের ভোল পালটে গেছে, আর তার একমাত্র কারণ সাভেদ্রার তৈরি সোনা। জিনিসগুলোকে আমরা গবেষণাগারের তাকে সাজিয়ে রেখেছি। তার ফলে ঘরের শোভা যে কতগুণ বেড়ে গেছে তা বলতে পারি না। অবিশ্যি সেইসঙ্গে চোরের উপদ্রবের

কথাটাও ভাবতে হচ্ছে। আমরা তিন জনেই সঙ্গে অস্ত্র এনেছি। সন্ডার্স দুর্ধর্ষ শিকারি, আর ক্রোলও পিস্তল চালাতে জানে। আমার কোটের পকেটে সব সময়ই থাকে 'অ্যানাইহিলিন গান'। কাজেই ভয়ের কারণ নেই।

পাবলো রাত্রে পাহারা দিচ্ছে। নিয়মিত। তার ফাঁদে শজারু ধরা পড়েছে। বেজি আর শজারু নিয়ে সে দিব্যি আছে।

মনে হচ্ছে আমাদের কাজ শেষ হতে আর দুদিন লাগবে। আজ সেই চিটচিটে পদার্থটা তৈরি হয়েছে। ভারী অদ্ভুত চেহারা জিনিসটার। একেক দিক থেকে একেক রকম রং মনে হয়, আর পারা থাকার ফলেই বোধ হয় সব রঙের মধ্যেই একটা রুপালি আভাস লক্ষ করা যায়।

৬ই জুলাই

আজ একটা দুশ্চিন্তার কারণ ঘটেছে। মনে হচ্ছে চোর এখনও আমাদের পিছু ছাড়েনি। আজ সকালে পাবলো এসে খবর দেওয়াতে বাইরে গিয়ে দেখি বাগানে একটা অচেনা পায়ের ছাপ। ছাপটা নানান জায়গায় পাওয়া যাচ্ছে। আর তার কিছু আবার আমাদের ল্যাবরেটরির জানালার বেশ কাছে পর্যন্ত চলে এসেছে। অথচ পাবলো কিছুই টের পায়নি। সেটা অবিশ্যি তেমন আশ্চর্যের কিছু নয়, কারণ সদর ফটক ছাড়াও কাস্‌লের বাগানে ঢোকার অন্য পথ আছে। সাতশো বছরের পুরনো পাঁচিলের অনেক অংশই ভেঙে পড়েছে। সেই সব ভাঙা অংশের একটা দিয়ে বাইরে থেকে লোক এসে ঝোপঝাড়ের পিছনে আত্মগোপন করে নিঃশব্দে ঘোরাফেরা করতে পারে বই কী। পাবলোকে এবার থেকে আরও সজাগ থাকতে হবে।

এখন সকাল ন'টা। সবেমাত্র কফি খেয়ে ডায়রি লিখতে শুরু করেছি। এবার ক্রোলের ঘুমানোর পালা, কিন্তু আজ আমাদের তিনজনের একজনের পক্ষেও ঘুমোনো সম্ভব হবে কি না জানি না। আজ বৃষ্টির জলে সেই চিটচিটে পদার্থটাকে মিশিয়ে তাকে পিউরিফাই বা বিশুদ্ধ করতে হবে টানা সাত ঘণ্টা ধরে। তারপর দুর্গা বলে আমাদের সঙ্গে আনা তামা পিতল টিন লোহা ইত্যাদি নানারকম ধাতুর তৈরি ঘটি বাটির যে কোনও একটাকে ওই তরল পদার্থের মধ্যে চিমটে দিয়ে চুবিয়ে দেখতে হবে আমাদের অ্যালকেমি সফল হল কি না। না হলে তার পরের রাস্তাটা যে কী হতে পারে তা আমাদের কারুরই জানা নেই। সম্ভবত সুবোধ বালকের মতো ঘরের ছেলে ঘরে ফিরে যেতে হবে। কারণ জিজ্ঞেস করলে বলতে পারব না, কিন্তু আমার মন বলছে আমাদের গবেষণা সফলতার দিকে চলেছে।

আকাশে মেঘের লেশমাত্র নেই। সূর্যদেব হাসিমুখে যেন আমাদের বাহবা দেবার জন্য তৈরি হয়ে আছেন।

৭ই জুলাই

চরম হতাশা। অ্যালকেমিক প্রক্রিয়ায় অসীম ধৈর্য ও অধ্যবসায়ের সাহায্যে তৈরি তরল পদার্থটির সাহায্যে সোনা তৈরির কোনও সম্ভাবনা নেই। আমাদের কাছে ধাতুর তৈরি যা কিছু ছিল তার প্রত্যেকটি চিমটে দিয়ে এই লিকুইডে ডুবিয়ে দেখেছি—কোনওটারই কোনও পরিবর্তন হয়নি। অথচ এটার যে একটা বিশেষ গুণ আছে সেটা বুঝতে পারছি ; জিনিসটা ঠাণ্ডা হবার কথা, কিন্তু হাত কাছে নিলেই মনে হচ্ছে অজস্র ছুঁচের মতো অদৃশ্য কী সব যেন হাতে এসে ফুটছে। অবিশ্যি সাভেদ্রা তার ডায়রিতে বলেই গেছে যে এই লিকুইডে হাত দেওয়া চলবে না। সন্ডার্স মুস্তাফাকে নিয়ে গবেষণাগার থেকে বেরিয়ে বাগানে গিয়ে বসে আছে। ক্রোল একটা টুলে বসে বোকার মতো ফ্যাল ফ্যাল দৃষ্টিতে ডিম্বাকৃতি চৌবাচ্চাটার দিকে চেয়ে আছে। মাথার উপর সেই বাদুড়টা ঝুলছে এখনও। সেই প্রথম দিন ঢোকার পরে এটা ঘর থেকে আর বেরোয়নি। ক্রোলের যে প্রায় উন্মাদ অবস্থা সেটা বুঝলাম, হঠাৎ তাকে বাদুড়টার উপর খেপে উঠতে দেখলাম। জার্মান ভাষায় একটা বিশ্রী গালাগাল সিলিং-এর দিকে ছুড়ে দিয়ে সে পকেট থেকে রিভলভার বার করে এক গুলিতে বাদুড়টাকে মেরে ফেলল। আশ্চর্য বাদুড় !—মরে গিয়েও সেটা সেই একইভাবে সিলিং থেকে ঝুলতে লাগল—কেবল তার গা থেকে টপটপ করে রক্ত মেঝের উপর পড়তে লাগল।

রিভলভারের আওয়াজ শুনে সন্ডার্স হন্তদন্ত ল্যাবরেটরিতে ছুটে এসে ব্যাপারটা বুঝে

ক্রোলের উপর চোটপাট শুরু করে দিল। আমি বেগতিক দেখে ঘর থেকে বেরিয়ে গেলাম। অ্যাদ্দিনের পরিশ্রম আর রাত্রিজাগরণের পর সাফল্যের অভাবে বেশ ক্লান্তি অনুভব করছি। সচরাচর আমার অভিযানগুলো ব্যর্থ হয় না। কিন্তু এবারে বোধ হয় তাই হতে চলেছে।

৭ই জুলাই, রাত এগারোটা

আমার জীবনের সবচেয়ে লোমহর্ষক, সবচেয়ে স্মরণীয় দিন।

ক্রোল-সন্ডার্সের ঝগড়ার শুরু দেখে ল্যাবরেটরি থেকে বেরিয়ে আসার দশ মিনিটের মধ্যেই শ্বাসরোধকারী ঘটনাগুলো ঘটে গেল। কীভাবে হল সেটাই গুছিয়ে বলার চেষ্টা করছি।

ল্যাবরেটরি থেকে বেরিয়ে নিজের ঘরে না গিয়ে বাগানে গেলাম। দুমিনিট আগে রোদ থাকা অবস্থাতেই একপশলা বৃষ্টি হয়ে গেছে। বাইরে এসে পুব দিকে চেয়ে দেখি স্পেনের উচ্চতম পাহাড়ের চুড়ো মুলহাসেন দেখা যাচ্ছে, আর চুড়োর উপরে আকাশ জুড়ে এক আশ্চর্য সুন্দর জোড়া রামধনু। সেই রামধনু দেখতে দেখতে একটা অস্ফুট আর্তনাদের শব্দ কানে গেল।

শব্দ লক্ষ্য করে দৌড়ে এগিয়ে গিয়ে দেখি পাবলো ঘাসের উপর অজ্ঞান হয়ে পড়ে আছে। তার চোয়ালে কালসিটে, তার একটা দাঁত ভেঙে মুখ দিয়ে রক্ত পড়ছে।

তার পরমুহূর্তেই ল্যাবরেটরির ভিতর থেকে নানারকম উদ্বেগজনক শব্দ। উর্ধ্বশ্বাসে দৌড়ে গিয়ে দরজার মুখেই থ হয়ে দাঁড়িয়ে গেলাম। রিউফাস ব্ল্যাকমোর মুখে এক পৈশাচিক হাসি ও হাতে একটা . ৩৮ কোল্ট রিভলভার নিয়ে সন্ডার্স ও ক্রোলের দিকে মুখ করে দাঁড়িয়ে আছে। আমাকে দেখেই বলল, 'চৌকাঠ পেরোলেই মৃত্যু অনিবার্য !'

এই বলে প্রথমেই সে টেবিলের উপর রাখা সোনা তৈরির ফরমুলাটা—অর্থাৎ তিন-তিরিক্ষে ন'খানা ফুলস্ক্যাপ কাগজ—হাত করল। তারপর ডান দিকে দেয়ালের গায়ে তাকে রাখা সোনার জিনিসগুলোর দিকে এগোতে লাগল।

তার পরমুহূর্তেই যে জিনিসটা ঘটল সেটা ভাবতে আতঙ্কে ও বিস্ময়ে এখনও আমার রোমাঞ্চ হচ্ছে।

সন্ডার্সের কোল থেকে হঠাৎ একটা লোমশ পিণ্ড শূন্য দিয়ে তিরবেগে গিয়ে ব্ল্যাকমোরের বুকের উপর ঝাঁপিয়ে পড়ে হিংস্র আঁচড়ে তার মুখ ক্ষতবিক্ষত করে দিল। ব্ল্যাকমোরের হাতের রিভলভার ছুটে গেল, কিন্তু গুলি আমাদের গায়ে না লেগে লাগল একটা কাচের রিটর্টে।

আর সেইসঙ্গে বেসামাল হয়ে ব্ল্যাকমোর হুমড়ি খেয়ে পড়ল ঘরের মাঝখানে চৌবাচ্চাটার ভিতর। মুস্তাফা তার প্রতিহিংসা চরিতার্থ করে আবার তার প্রভুর কাছে ফিরে গেছে। ব্ল্যাকমোরের শরীরটা তরল পদার্থের সংস্পর্শে এসেই বোয়াল মাছের ঘাই মারার মতো করে একবার লাফিয়ে উঠে, তৎক্ষণাৎ অসাড় হয়ে সেই জলেই পড়ে রইল। আমরা তিনজনে বিস্ফারিত চোখে দেখলাম যে তার শরীরের যে অংশগুলো অনাবৃত—অর্থাৎ গলা পর্যন্ত মুখ আর কবজি পর্যন্ত হাত—সেগুলো দেখতে দেখতে চোখ ঝলসানো সোনায় রূপান্তরিত হচ্ছে !

সন্ডার্স অস্ফুটস্বরে বলল, 'দ্য প্রাইস অফ গোল্ড...ইজ দ্য প্রাইস অফ লাইফ...'

অর্থাৎ সাভেদ্রার অ্যালকেমিতে সোনা করতে হলে ধাতুর বদলে জীবন্ত প্রাণীর

প্রয়োজন—যেমন মানুষ, ফুল, জন্তু, পাখি ইত্যাদি।

এই ব্ল্যাকমোর, ওই প্যাঁচা, ওই কাঠবেড়ালি, ওই গোলাপ—সবই এককালে ছিল নশ্বর প্রাকৃতিক জীব।

এখন আর তাদের বিনাশ নেই।

সন্দেশ। বৈশাখ, জ্যৈষ্ঠ, আষাঢ় ১৩৮৪

মানরো দ্বীপের রহস্য

মানরো দ্বীপ, ১২ই মার্চ

এই দ্বীপে পৌঁছানোর আগে গত তিন সপ্তাহের ঘটনা সবই আমার ডায়রিতে বিক্ষিপ্তভাবে লেখা আছে। হাতে যখন সময় পেয়েছি তখন সেগুলোকেই একটু গুছিয়ে লিখে রাখছি।

আমি যে আবার এক অভিযানের দলে ভিড়ে পড়েছি, সেটা বোধ হয় আর বলার দরকার নেই। এই দ্বীপের নাম হয়তো একটা থাকতে পারে, কারণ আজ থেকে তিনশো বছর আগে এখানে মানুষের পা পড়েছিল, কিন্তু সে নাম সভ্য জগতে পৌঁছায়নি। আমরা এটাকে

আপাতত মানরো দ্বীপ বলেই বলছি।

আমরা দলে আছি সবসুদ্ধ পাঁচজন। তারমধ্যে একজন হল আমার পুরনো বন্ধু জেরেমি সন্ডার্স—যার উদ্যোগেই এই অভিযান। এই উদ্যোগের গোড়ার কথা বলতে গেলে বিল ক্যালেনবাখের পরিচয় দিতে হয়। ইনিও আমাদের দলেরই একজন। ক্যালিফর্নিয়ার অধিবাসী, দীর্ঘকায় বেপরোয়া শক্তিমান পুরুষ, পেশা ছবি তোলা। বয়স পঁয়তাল্লিশ হতে চলল, কিন্তু চালচলন তার অর্ধেক বয়সের যুবার মতো। ক্যালেনবাখের সঙ্গে সন্ডার্সের পরিচয় বেশ কয়েক বছরের। গত ডিসেম্বরে ন্যাশনাল জিওগ্রাফিক পত্রিকার তরফ থেকে ক্যালেনবাখ গিয়েছিল উত্তর-পশ্চিম আফ্রিকার কয়েকটি শহরে কিছু স্থানীয় উৎসবের ছবি তুলতে। মোরক্কোর আগাদির শহরে এসে এক আশ্চর্য ঘটনা ঘটে। আগাদির সমুদ্রতীরের শহর, সেখানে অনেক জেলের বাস। ক্যালেনবাখ জেলেপাড়ায় গিয়েছিল সেখানকার বাসিন্দাদের সঙ্গে আলাপ করে তাদের ছবি তুলতে। একটি জেলের বাড়িতে ঢুকে তার চোখ পড়ে মালিকের বছরতিনেকের একটি ছেলের উপর। ছেলেটি হাতে একটা ছিপিআঁটা বোতল নিয়ে খেলা করছে। বোতলের ভিতরে কাগজ দেখতে পেয়ে ক্যালেনবাখের কৌতূহল হয়। সে ছেলেটির হাত থেকে বোতল নিয়ে দেখে তার ছিপি সিল করে বন্ধ করা এবং ভিতরের কাগজটা হল ইংরাজিতে লেখা একটা চিঠি। হাতের লেখার ধাঁচ থেকে মনে হয় সে চিঠি বহুকালের পুরনো। ছেলেটির বাপকে জিজ্ঞেস করে ক্যালেনবাখ জানে যে ওই বোতল নাকি তার ঠাকুরদাদার আমল থেকে তাদের বাড়িতে আছে। জেলেরা জাতে মুসলমান, আরবি ভাষায় কথা বলে, তাই বোতল থেকে চিঠি বার করে পড়ার কোনও প্রশ্ন ওঠেনি।

সেই চিঠি ক্যালেনবাখ বোতল থেকে বার করে পড়ে এবং পড়ার অল্পদিনের মধ্যেই তার কাজ সেরে চলে যায় লন্ডনে। সেখানে সন্ডার্সের সঙ্গে দেখা করে চিঠিটা তাকে দেখায়। পেনসিলে লেখা মাত্র কয়েক লাইনের চিঠি। সেটার বাংলা করলে এই দাঁড়ায়—

> ল্যাটিচিউড ৩৩° ইস্ট— লঙ্গিচিউড ৩৩° নর্থ, ১৩
> ডিসেম্বর ১৬২২
>
> এই অজানা দ্বীপে আমরা এমন এক আশ্চর্য উদ্ভিদের সন্ধান পেয়েছি যার অমৃততুল্য গুণ মানুষের জীবনে বৈপ্লবিক পরিবর্তন আনতে সক্ষম। এই সংবাদ প্রচারের জন্য ব্র্যান্ডনের নিষেধ সত্ত্বেও এ চিঠি আমি বোতলে ভরে সমুদ্রের জলে ভাসিয়ে দিচ্ছি। ব্ল্যাকহোল ব্র্যান্ডন এখন এই দ্বীপের অধীশ্বর। অতএব এই চিঠি পড়ে কোনও দল যদি এই উদ্ভিদ সংগ্রহের উদ্দেশ্যে এখানে আসে, তারা যেন ব্র্যান্ডনের সঙ্গে মোকাবিলার জন্য প্রস্তুত হয়ে আসে। আমি নিজে ব্র্যান্ডনের হাতের শিকার হতে চলেছি।
>
> হেকটর মানরো

সন্ডার্স চিঠিটা পেয়ে প্রথমেই যে কাজটা করে, সেটা হল লন্ডনের নৌবিভাগের আপিসে গিয়ে ১৬২১-২২ সালে আটলান্টিক মহাসাগরে কোনও জাহাজডুবি হয়েছিল কি না সে বিষয়ে অনুসন্ধান করা। সমুদ্রযাত্রা সংক্রান্ত অতি প্রাচীন দলিলও রাখা থাকে নৌবিভাগে। ১৬২২ সালের তিনটি জাহাজডুবির মধ্যে একটির যাত্রী-তালিকায় ডাঃ হেকটর মানরোর নাম পাওয়া যায়। এই জাহাজটি— নাম 'কংকুয়েস্ট'—জিব্রালটার থেকে যাচ্ছিল আটলান্টিক মহাসাগরে অবস্থিত ভার্জিন দ্বীপপুঞ্জে। বারমুডার কাছাকাছি এসে জাহাজডুবি হয়। কারণ

জানা যায়নি। নৌবিভাগের রিপোর্টে বলছে কেউ বাঁচেনি ; কিন্তু হেকটর মানরো যে বেঁচেছিল তার প্রমাণ এখন পাওয়া যাচ্ছে। তবে মানরোর চিঠিতে যে ব্র্যান্ডন ব্যক্তিটির উল্লেখ পাওয়া যাচ্ছে, এই নামে কোনও যাত্রী কংকুয়েস্ট জাহাজে ছিল না। সন্ডার্স অনুসন্ধান করে জানে যে, সপ্তদশ শতাব্দীর গোড়ার দিকে গ্রেগ ব্র্যান্ডন নামে এক দুর্ধর্ষ জলদস্যু ছিল। ব্র্যান্ডনের নাকি একটা চোখ ছিল না ; তার জায়গায় ছিল একটি গহ্বর। সেই কারণে তার নাম হয়ে গিয়েছিল ব্ল্যাকহোল ব্র্যান্ডন। সোনার লোভে এই ব্র্যান্ডন নাকি এক হাজারেরও বেশি মানুষ খুন করেছিল। জামাইকা দ্বীপ সেই সময়ে ছিল ইংরাজ জলদস্যুদের একটা প্রধান আস্তানা। এমন হতে পারে যে, কংকুয়েস্ট জাহাজ ব্র্যান্ডনের দস্যু-জাহাজের কবলে পড়ে এবং তার ফলেই ধ্বংস হয়। মানরো যে বেঁচেছে তার একটা কারণ হয়তো এই যে, ব্র্যান্ডনই তাকে বাঁচিয়েছে। এটা ভুললে চলবে না যে মানরো ছিল ডাক্তার। দস্যু-জাহাজে তখনকার দিনে একজন ভাল ডাক্তারের কদর ছিল খুব বেশি।

সেকালে সমুদ্রযাত্রায় স্কার্ভি, পেল্যাগ্রা, বেরিবেরি ইত্যাদি ব্যারাম জাহাজে একবার দেখা দিলে নাবিকদের বাঁচবার আশা প্রায় থাকত না বললেই চলে। তাই একজন ভাল ডাক্তার— যিনি এইসব ব্যারামের চিকিৎসা করতে পারবেন এবং প্রয়োজনে অস্ত্রোপচার করতে পারবেন— সে যুগে ছিল সমুদ্রযাত্রার একটি অপরিহার্য অঙ্গ। হেক্টর মানরো নিশ্চয়ই এর ব্যতিক্রম ছিলেন না। তবে মানরো আর ব্র্যান্ডন শেষকালে এই অজানা দ্বীপে কীভাবে হাজির হয় তার কোনও উত্তর পাওয়া যায়নি।

মোটকথা, এই সব তথ্য জেনে সন্ডার্সের রোখ চাপে সাড়ে তিনশো বছর পেরিয়ে গেলেও সে একবার এই অজানা দ্বীপে পাড়ি দেবে। আমাকে এ ব্যাপারে লেখামাত্র আমি অভিযানে যোগ দিতে রাজি হয়ে সাতদিনের মধ্যে লন্ডনে চলে আসি। এসে দেখি, যাত্রার আয়োজন প্রায় সম্পূর্ণ। ক্যালেনবাখ অবিশ্যি প্রথমেই জানিয়ে রেখেছিল যে, অভিযান হলে সে তাতে যোগ দেবে। তার সঙ্গে কথা বলে বুঝলাম সে টেলিভিশনের জন্য ছবি তুলে অনেক পয়সা রোজগারের স্বপ্ন দেখছে।

দলের চতুর্থ ব্যক্তি হলেন একজন জাপানি বৈজ্ঞানিক। এঁর নাম হিদেচি সুমা। এনার অনেক গুণের একটির পরিচয় আমার সামনেই সমুদ্রতটে বিরাজমান। এটি একটি জেটচালিত সমুদ্রযান। নাম সুমাক্রাফ্ট। এ যে কী আশ্চর্য জিনিস তা আমরা এই দেড়হাজার মাইল সমুদ্রপথে এসেই বুঝেছি। নানান প্রতিকূল অবস্থার মধ্যে পড়েও এই সুমাক্রাফ্ট আমাদের একটিবারের জন্যও অসুবিধায় ফেলেনি। এই নৌকার ডিমনস্ট্রেশন দিতেই সুমা লন্ডনে এসেছিলেন, আর তখনই সন্ডার্সের সঙ্গে আলাপ হয়। সুমা শুধু এই জেটবোটের জনক নন। তাঁর তৈরি আরও অনেক ছোটখাটো যন্ত্রপাতি তিনি সঙ্গে এনেছেন যা তাঁর মতে আমাদের অভিযানে সাহায্য করবে। তা ছাড়া সুমা একজন প্রথম শ্রেণীর জীব-রাসায়নিক। সব শেষে আরও একটি বিশেষ গুণের কথা না বললে সুমার পরিচয় সম্পূর্ণ হবে না : এনার মতো পরিপাটি ফিটফাট মানুষ আমি আর দ্বিতীয় দেখিনি। এঁকে যে কোনও সময় দেখলেই মনে হবে ইনি বুঝি তাঁর নিজের শহর ওসাকাতেই রয়েছেন, এবং এই মুহূর্তে ব্রিফকেসটি হাতে করে আপিসে রওনা দেবেন।

পঞ্চম ব্যক্তিটির নাম বলার আগে তিনি কীভাবে দলভুক্ত হলেন সেটা বলি।

সন্ডার্স এই অভিযানের সিদ্ধান্ত নিয়েই লন্ডনের সমস্ত কাগজে বিজ্ঞাপন দিয়ে দলে যোগ দেবার জন্য লোক আহ্বান করে। যোগ্যতা হিসেবে পাঁচটি শর্ত দেওয়া হয়েছিল। —এক, সমুদ্রযাত্রার পূর্ব অভিজ্ঞতা ; দুই, অন্তত দুটি বৈজ্ঞানিক অভিযানে অংশগ্রহণের পূর্ব অভিজ্ঞতা ; তিন, বিজ্ঞানের যে কোনও শাখায় একটি উচ্চমানের ডিগ্রি ; চার, সুস্বাস্থ্য ; পাঁচ, অস্ত্রচালনার অভিজ্ঞতা। আমাদের এই পাঁচ নম্বর ব্যক্তিটি শুধু প্রথম শর্তটি ছাড়া আর কোনওটিই পালন করতে পারেননি। ইনি বিজ্ঞানী নন, সাহিত্যিক ; ইনি বৈজ্ঞানিক অবৈজ্ঞানিক কোনও অভিযানেই কখনও অংশগ্রহণ করেননি ; কেবল ইস্কুলে থাকতে একবার দলে পড়ে স্কটল্যান্ডের বেন নেভিস পাহাড়ের গা বেয়ে দেড় হাজার ফুট উঠেছিলেন। বেন নেভিসের উচ্চতা যেখানে প্রায় সাড়ে চার হাজার ফুট, সেখানে এটাকে খুব বড় রকম কৃতিত্ব বলা চলে না। তবে এঁকে দলভুক্ত করার কারণ কী ?

কারণ এই যে ডেভিড মানরো হল হেকটর মানরোর বংশধর। আমরা যে কথাটা প্রায়ই ব্যবহার করি, সেই চৌদ্দ পুরুষ পিছিয়ে গেলেই দেখা যাবে, হেক্টর মানরোর সঙ্গে ডেভিড মানরোর সরাসরি সম্পর্ক। ডেভিড সন্ডার্সের বিজ্ঞাপন দেখে সোজা তার বাড়িতে এসে তাকে অনুরোধ করে এই অভিযানে তাকে সঙ্গে নেবার জন্য। সে বলে যে বাপঠাকুর্দার কাছে সে শুনেছে শেকস্‌পিয়রের সমসাময়িক ডাঃ মানরোর কথা। ব্রিটিশ নৌবাহিনী যখন

স্প্যানিশ আরমাডাকে জলযুদ্ধে পরাজিত করে, তখন ব্রিটিশদের সেনাপতি ডিউক অফ এফিংহ্যামের নিজের জাহাজে ডাক্তার ছিলেন হেক্টর মানরো। তা ছাড়া ব্ল্যাকহোল ব্র্যান্ডন এই ঘটনার সঙ্গে জড়িত জেনে ডেভিডের আরও রোখ চেপে যায়। সে ছেলেবেলা থেকে জলদস্যুদের কাহিনী পড়ে এসেছে; এমনকী, ব্ল্যাকহোল ব্র্যান্ডনকে ঘিরেও অনেক গল্প তার জানা। এই দ্বীপে যদি ব্র্যান্ডনের কোনও সিন্দুক থেকে থাকে, এবং তাতে যদি ধনরত্ন পাওয়া যায়, তা হলে ডেভিডের পক্ষে সেটা হবে এক অবিস্মরণীয় অ্যাডভেঞ্চার। এখানে বলা দরকার যে, ডেভিডের বয়স মাত্র বাইশ।

তরুণ ডেভিড মানরোকে দেখে তার স্বাস্থ্য এবং শ্রমক্ষমতা সম্পর্কে সন্দেহ জাগতে বাধ্য। তার হাত দেখলেই বোঝা যায়, সেহাত কলম ছাড়া আর কোনও হাতিয়ার ধরেনি। তার চোখের উদাস দৃষ্টি, তার মৃদুস্বরে কথা বলার ঢং, তার কাঁধ অবধি নেমে আসা অবিন্যস্ত সোনালি চুল, সবই প্রমাণ করে যে, তার কল্পনার জোর যতই হোক না কেন, তার শারীরিক বল সামান্যই। কিন্তু এই ডেভিডকেই সন্ডার্স শেষপর্যন্ত বেছে নিয়েছে, কারণ তার একটা গুণকে সে অগ্রাহ্য করতে পারেনি—ওই বোতলের চিঠি যার লেখা তার রক্ত বইছে ডেভিড মানরোর ধমনীতে।

এ ছাড়াও আরেকজন আছেন দলে, তিনি হলেন একটি শ্বাপদ; ডেভিডের পোষা গ্রেটডেন কুকুর রকেট। আমাদের সকলের মধ্যে এঁরই স্বাস্থ্য যে সবচেয়ে ভাল তাতে কোনও সন্দেহ নেই।

আমরা আজই সকালে এখানে এসে পৌঁছেছি। দিনে তিনশো মাইল পথ অতিক্রম করেও গত দুদিনে ডাঙার কোনও চিহ্ন দেখতে না পেয়ে সন্দেহ হচ্ছিল, আটলান্টিক মহাসাগরের এ অংশে আদৌ কোনও দ্বীপ আছে কি না। আজ ভোরে যখন দূরবিনে চোখ লাগিয়ে সন্ডার্স বলল কুয়াশার মধ্যে দিয়ে ডাঙা দেখতে পাওয়া যাচ্ছে, ক্যালেনবাখ তৎক্ষণাৎ মুভি ক্যামেরা নিয়ে তৈরি। আমার অবাক লাগছিল এই কারণে যে, সচরাচর ডাঙা আসার অনেক আগেই সীগালের দল উড়ে এসে কর্কশ গলায় জানিয়ে দিয়ে যায় আসন্ন ভূখণ্ডের কথা। এবারে দেখলাম তার ব্যতিক্রম।

এখানে এসে বুঝছি এতে আশ্চর্য হবার কিছু নেই, কারণ আজ সারাদিন প্রায় পাঁচ কিলোমিটার ঘুরেও কয়েকটি পোকা এবং সমুদ্রতটে কিছু কাঁকড়া ছাড়া আর কোনও প্রাণীর সাক্ষাৎ পাইনি। শুধু তাই নয়; নতুন ধরনের কোনও উদ্ভিদও চোখে পড়েনি। এসব অঞ্চলে যেমন গাছপালা ফলমূল আশা করা যায়, তার বাইরে কিছুই দেখিনি। অবিশ্যি আজ আমরা দ্বীপের কেবলমাত্র পশ্চিম অংশের খানিকটা ঘুরে দেখেছি।

আমরা ক্যাম্প ফেলেছি সমুদ্রতটের কাছেই। এটা দ্বীপের দক্ষিণ অংশ। এদিকটায় গাছপালা বিশেষ নেই; কেবল বালি আর পাথর। দ্বীপটা আয়তনে ছোট, এবং মোটামুটি সমতল; কিন্তু মাঝখানের অংশটা— যেটা আমাদের ক্যাম্প থেকে পাঁচ-সাড়ে পাঁচ কিলোমিটার দূরে— অপেক্ষাকৃত উঁচু, আর বেশ বড় বড় টিলায় ভর্তি।

ডেভিড বেশ ফুর্তিতে আছে, সমুদ্রতটে রকেটের সঙ্গে তার ছুটোছুটি দেখতেও ভাল লাগছে। লন্ডনে বা সমুদ্রযাত্রায় তার যা চেহারা দেখেছি, এখানে এসে এই কয়েক ঘণ্টাতেই যে তার কিছুটা পরিবর্তন হয়েছে তাতে সন্দেহ নেই।

গোলমাল করছে এক ক্যালেনবাখ। দ্বীপে পদার্পণমাত্র সে একনাগাড়ে ত্রিশটা হাঁচি দিল, আর তার পরেই এল কম্প দিয়ে জ্বর। বলা বাহুল্য আজ ওকে সঙ্গে নিতে পারিনি। সুমা আর ও ক্যাম্পেই ছিল। সুমা তার যন্ত্রপাতিগুলোকে ব্যবহারের উপযোগী করে রাখছে আর সেইসঙ্গে একটি খুদে ল্যাবরেটরিও খাড়া করছে। নতুন কোনও উদ্ভিদ যদি পাওয়া যায় তা

হলে তার রাসায়নিক বিশ্লেষণ প্রয়োজন হবে।

জ্বর সত্ত্বেও ক্যালেনবাখ ভবিষ্যদ্বাণী করেছে যে, আমরা দু-তিন দিনের মধ্যেই এখান থেকে পাততাড়ি গোটাব। তার মতে এমন দ্বীপ নাকি সারা আটলান্টিক মহাসাগরে ছড়ানো।

আমি কিন্তু হেকটর মানরোর চিঠির কথা ভুলতে পারছি না। ল্যাটিচিউড-লঙ্গিচিউড় যখন মিলেছে তখন এই দ্বীপই সেই চিঠির দ্বীপ। এই দ্বীপেই মানরো সেই আশ্চর্য উদ্ভিদের সন্ধান পেয়েছিল।

১৩ই মার্চ, দুপুর বারোটা

কালেনবাখের ভবিষ্যদ্বাণী ফলল না। দু-একদিনের মধ্যে এ দ্বীপ ছেড়ে যাওয়ার কোনও প্রশ্নই উঠতে পারে না। ব্যাপারটা খুলে বলি।

আজ সকালে ঘুম থেকে উঠে সমুদ্রে স্নান আর ব্রেকফাস্ট সেরে আমরা বেরোনোর আয়োজন করছি, এমন সময় ডেভিড হঠাৎ এসে বলল সে রকেটকে নিয়ে একটু একা ঘুরে আসতে চায়। তার সাহস যে বেড়েছে, সেটা কালকেই বুঝেছিলাম। আসলে সাহিত্যিক মানুষ তো, তার পক্ষে আমাদের মতো বৈজ্ঞানিকদের সঙ্গে ঘুরে বেড়ানো বেশ কষ্টকর। আমরা এসেছি সব কিছু ভাল করে খুঁটিয়ে দেখার জন্য, আর সেটার জন্য চাই সময় আর ধৈর্য। ডেভিড বলল, সে ওই দূরে টিলাগুলোর দিকে গিয়ে দেখতে চায় ওগুলোয় কোনও গুহাটুহা আছে কি না। তার ধারণা তার মধ্যে হয়তো ব্ল্যাকহোল ব্র্যান্ডনের গুপ্তধন থাকতে পারে। 'আমি যাব আর আধ ঘণ্টায় দেখে ঘুরে আসব', বলল ডেভিড।

আমি তাকে বুঝিয়ে বললাম যে, এই সব দ্বীপে বড় জানোয়ার না থাকলেও বিষাক্ত সাপ, বিচ্ছু ইত্যাদি থাকার সম্ভাবনা খুব বেশি। কাজেই তার পক্ষে এ ঝুঁকি নেওয়ার কোনও মানে হয় না। ডেভিড তবুও মানতে চায় না ; বলে, ক্যালেনবাখের পিস্তল আছে, সেটা সে সঙ্গে নিয়ে নেবে ; তা ছাড়া রকেট আছে, সুতরাং ভয়ের কোনও কারণ নেই।

এই নির্বোধ বালকের ছেলেমানুষি গোঁ কীভাবে নিরস্ত করা যায় ভাবছি, এমন সময় শুনি— 'নো—নোনোনোনো !'

সুমা বেরিয়ে এসেছে তার ক্যাম্প থেকে মাথা নাড়তে নাড়তে।

'নো—নোনোনোনো !'

কী ব্যাপার ? হাসি হাসি মুখের সঙ্গে এমন দৃঢ় নিষেধাজ্ঞা বেশ মজার লাগছিল। সুমা হাত থেকে একটা ছোট যন্ত্রজাতীয় জিনিস বালির ওপর নামিয়ে রেখে বলল, 'দেয়ার ইজ সামথিং বিগ হিয়ার। সাম লিভিং থিং। ফাইভ পয়েন্ট সেভেন কিলোমিটারস ফ্রম হিয়ার— ওই দিকে।'

সুমা হাত দিয়ে দূরে টিলাগুলোর দিকে দেখিয়ে দিল। তারপর তার তৈরি আশ্চর্য যন্ত্রটা দেখাল। নাম দিয়েছে টেলিকার্ডিওস্কোপ। এই যন্ত্রের সাহায্যে বহু দূরের প্রাণীর হৃৎস্পন্দন শুনতে পাওয়া যায়। এর দৌড় দশ কিলোমিটার পর্যন্ত। প্রাণী ঠিক কোনদিকে কতদূরে আছে সেটা যন্ত্রের রিসিভারের মুখ আর সেই সঙ্গে একটি নব্ ঘুরিয়ে বোঝা যায়। দিক এবং দূরত্ব মিলে যাওয়ামাত্র যন্ত্রের মধ্যে শুরু হয় হৃৎস্পন্দনের শব্দ, আর তারসঙ্গে তাল রেখে জ্বলতে নিভতে থাকে একটা রঙিন বাতি। দশ কিলোমিটারে বাতির রং হয় গাঢ় বেগুনি। প্রাণী কাছে আসার সঙ্গে সঙ্গে রং রামধনুর নিয়ম মেনে নীল সবুজ কমলা ইত্যাদি অতিক্রম করে, যখন প্রাণী এক কিলোমিটার দূরত্বে এসে পড়ে তখন লাল হয়ে জ্বলতে থাকে।

সেইসঙ্গে অবিশ্যি হৃৎস্পন্দনের শব্দও বেড়ে যায়। প্রাণী এক কিলোমিটারের বেশি কাছে এসে পড়লে আর এ যন্ত্রে কোনও প্রতিক্রিয়া হয় না।

'একই জায়গায় রয়েছে প্রাণীটা', বলল সুমা। 'অ্যান্ড আই থিঙ্ক ইট ইজ কোয়াইট বিগ।'

'বিগ মানে? কত বড়?' আমি জিজ্ঞেস করলাম।

'মানুষের চেয়ে বড় বলেই মনে হয়। প্রাণীর আয়তন যত বড় হয় তার হৃৎস্পন্দন তত ঢিমে হয়। একজন সাধারণ মানুষের হার্টবিট মিনিটে সত্তরের মতো। এর দেখছি পঞ্চাশের একটু ওপরে।'

'কচ্ছপ হতে পারে কি?' আমি জিজ্ঞেস করলাম। এসব অঞ্চলে কচ্ছপ থাকা অস্বাভাবিক নয়। আর অন্য যা বড় জানোয়ার থাকতে পারে, যেমন হরিণ বা বাঁদর, তার হৃৎস্পন্দনের রেট মানুষের চেয়ে অনেক বেশি দ্রুত।

'যেভাবে এক জায়গায় চুপ করে পড়ে আছে, তাতে কচ্ছপ হতে পারে,' বলল সুমা।

'কিন্তু সমুদ্র থেকে এত দূরে দ্বীপের মাঝখানে গিয়ে সে-কচ্ছপ কী করছে সেটা একটা প্রশ্ন বটে।'

সন্ডার্স অবিশ্যি কচ্ছপের কথাটা উড়িয়েই দিল। তার বিশ্বাস এটা অন্য কোনও প্রাণী, এবং হয়তো দ্বীপের একমাত্র বড় প্রাণী। সুতরাং এ অবস্থায় ডেভিডকে কখনই একা বেরোতে দেওয়া চলে না।

আমরা আরও মিনিটখানেক এই শব্দ আর আলোর খেলা দেখার পর সুমা সুইচ টিপে যন্ত্রটা বন্ধ করে দিল। আমি সুমার কৃতিত্বের তারিফ না করে পারলাম না। গ্রেটডেনের মতো কুকুর মানুষের অনেক আগেই বুঝতে পারে কাছাকাছির মধ্যে অন্য কোনও প্রাণী আছে কি না ; কিন্তু এই যন্ত্রের কাছে রকেটও শিশু।

আমরা সকলেই বেরিয়ে পড়ার জন্য তৈরি, সমস্যা কেবল বিল ক্যালেনবাখকে নিয়ে। তার নিজের সঙ্গে আনা নানারকম ওষুধ খেয়েও কোনও ফল হয়নি। ফিরে এসে ওকে একটা মিরাকিউরলের বড়ি খাইয়ে দেব। আমার তৈরি এই ওষুধে এক সর্দি ছাড়া সব অসুখই একদিনের মধ্যে সেরে যায়। এখন বেচারা বিছানায় শুয়ে ছটফট করছে। কারণ দ্বীপে প্রাণী আছে জেনে ওর মনে আশার সঞ্চার হয়েছে হয়তো টেলিভিশন ক্যামেরাটা একেবারে মাঠে মারা যাবে না। সুমা আজও ক্যাম্পেই থাকবে। আর ঘণ্টাখানেক কাজ করলেই নাকি ওর খুদে ল্যাবরেটরিটা তৈরি হয়ে যাবে।

আমরা তিনজন রকেটকে সঙ্গে নিয়ে বেরিয়ে পড়লাম। কাছাকাছির মধ্যে কোনও জানোয়ার এসে পড়লে রকেটই জানান দিয়ে দেবে, আর জানোয়ার যতক্ষণ না কাছে আসছে ততক্ষণ ভয়ের কোনও কারণ নেই।

আমাদের লক্ষ্য কিন্তু দ্বীপের মাঝখানের ওই টিলাগুলো নয়। ও অঞ্চলে গাছপালা বিশেষ আছে বলে মনে হয় না। আজ আমরা দ্বীপের পুব দিকটা ঘুরে দেখব। সমুদ্রের উপকূল ধরে এগিয়ে গিয়ে গাছপালা বাড়তে শুরু করলেই উপকূল ছেড়ে জঙ্গলে ঢুকব। আমাদের তিনজনের সঙ্গেই অস্ত্র রয়েছে। সন্ডার্সের কাঁধে তার জার্মান মান্‌লিখার রাইফল, ডেভিডের পকেটে ক্যালেনবাখের বেরেটা অটোম্যাটিক, আর আমার ভেস্টপকেটে অ্যানাইহিলিন বা নিশ্চিহ্নাস্ত্র। ক্যালেনবাখকে আমার এই যন্ত্রের কথা বলতে সে শাসিয়ে রেখেছে যে, ও সঙ্গে থাকলে যে কোনও জানোয়ারই আসুক না কেন, আমার অস্ত্রটি ব্যবহার করা চলবে না, কারণ যে জিনিস নিশ্চিহ্ন হয়ে যাবে তার ছবি তোলা যাবে না।

হাঁটতে হাঁটতে ঠিক হল যে, কেউ যদি দল ছেড়ে একটু এদিক ওদিক যেতে চায়, তা হলে তাকে ঘন ঘন ডাক ছেড়ে সে কত দূরে আর কোনদিকে আছে সেটা জানিয়ে দিতে হবে। দল ছেড়ে বেশিদূর যাওয়া অবশ্যই চলবে না। নিয়মটা অবিশ্যি ডেভিডের জন্যই, কারণ বেশ বুঝতে পারছি যে তার স্বাভাবিক উদাস, অলস ভাবটা কেটে গিয়ে তার জায়গায় একটা ছটফটে ভাব দেখা দিয়েছে। এখন যেরকম জায়গা দিয়ে চলেছি তাতে কিছুটা দূরে সরে গেলেও চোখের আড়াল হবার উপায় নেই। কারণ বড় টিলা বা বড় গাছ জাতীয় কিছুই নেই কাছাকাছির মধ্যে।

একটা কথা মাঝে মাঝে মনে হচ্ছে— সুমার যন্ত্র কেবল একটিমাত্র প্রাণীর কথা বলল ; আরও প্রাণী আছে কি ? যদি থাকে তারা কি সব দশ কিলোমিটারের বেশি দূরে রয়েছে ? বোধ হয় না, কারণ আমার বিশ্বাস দ্বীপের আয়তন দৈর্ঘ্যে বা প্রস্থে দশ কিলোমিটারও নয়। দিন সাতেক ঘুরলেই এখানে যা কিছু দেখার সবই দেখা হয়ে যাবে।

উপকূল ধরে মাইলখানেক হাঁটার পর দৃশ্য পরিবর্তন হল। এবার সমুদ্রের ধার ছেড়ে দ্বীপের অভ্যন্তরে ঢুকতে হবে। এখানে আমাদের বাঁয়ে— অর্থাৎ সমুদ্রের উলটো দিকে—

প্রথমে বেঁটে পামগাছের জঙ্গল ; তারপর ক্রমে সে জঙ্গল আরও ঘন হয়ে গিয়েছে। সেখানে কলা, পেঁপে, নারকোল ইত্যাদি গাছের পাশাপাশি আরও বড় গাছও রয়েছে। এদিকটায় পাথর আর নেই, আর পায়ের নীচে বালির বদলে রয়েছে ঘাস আর আগাছা।

রকেট সমেত আমরা তিনজনে ঢুকলাম জঙ্গলের ভিতর। যেটা সত্যিই অবাক করে দিচ্ছে সেটা হল পাখির ডাকের অভাব। এমন নিস্তব্ধ বন— বিশেষ করে পৃথিবীর এই অংশে, যেখানে কাকাতুয়াই পাওয়া যায় অন্তত আট-দশ রকমের— আমি আর দেখিনি। তা ছাড়া এসব জঙ্গলে ঘাসের মধ্যে দিয়ে সরীসৃপের চলাফেরারও একটা শব্দ প্রায়ই পাওয়া যায়, যেটা এখানে নেই। এ যেন এক অভিশপ্ত বন। গাছগুলো যে বেঁচে আছে, তাও হয়তো আর বেশিদিন থাকবে না।

আরও মিনিটদশেক হাঁটার পর জঙ্গলটা একটু পাতলা হল, আর তার কিছু পরেই একটা খোলা জায়গায় এসে আমাদের চারজনকেই থমকে থেমে যেতে হল। ডেভিড এগিয়ে ছিল, সে-ই প্রথমে একটা ভয় ও বিস্ময় মেশানো শব্দ করে থেমে গেল। আমরা এগিয়ে গিয়ে যা দেখলাম তা এই—

জঙ্গলের মাঝখানে খোলা অংশটায় বেশ খানিকটা জায়গা জুড়ে ছড়িয়ে পড়ে আছে জানোয়ারের হাড়, খুলি আর পাঁজরার অংশ। তার মধ্যে বেশ কষ্ট করে চিনতে পারা গেল দুটো হরিণ, গোটা চারেক গিরগিটি জাতীয় বড় সরীসৃপ—সম্ভবত ইগুয়ানা—আর বেশ কয়েক রকমের বাঁদর। হাড়গুলো যে বহুকালের পুরনো সেটা তাদের অবস্থা দেখলেই বোঝা যায়।

তার মানে এ দ্বীপে এককালে জানোয়ার ছিল, কিন্তু এখন আর নেই। এরা লোপ পেল কী করে সেটা জানার মতো তথ্য এখনও আমাদের হাতে নেই।

ডেভিড কিছুক্ষণ তটস্থ হয়ে থাকার পর তার মুখ দিয়ে কথা বেরোল।

'দ্যাট মনস্টার !—ওই রাক্ষসই খেয়ে ফেলেছে এই সব জন্তুজানোয়ার।'

বুঝতে পারলাম সুমার যন্ত্রে এই কিছুক্ষণ আগেই যে প্রাণীর হার্টবিট শোনা গেছে, ডেভিডের কল্পনায় এরই মধ্যে সেটা হয়ে গেছে রাক্ষস ! অবিশ্যি এগুলো যে কেউ খেয়েছে সেটা ভাববার সময় এখনও আসেনি ; স্বাভাবিক মৃত্যুও হতে পারে। কিন্তু বিভিন্ন শ্রেণীর জানোয়ার সব এক জায়গায় এসে মরবে কেন ?

আমরা এগিয়ে চললাম।

সামনে একটা মেহগনি গাছের বন, তার মধ্যে কিছু সীডার গাছও রয়েছে, আর আশেপাশে ছড়িয়ে আছে জুঁই আর জবা জাতীয় ফুলগাছ, আর বুগেনভিলিয়া গাছ। মেহগনি গাছ আমি অনেক দেখেছি, কিন্তু এখানে এক একটার গুঁড়িতে একটা উজ্জ্বল নীলের ছোপ দেখছি যেটা আগে কখনও দেখিনি।

আরও কাছে যেতে বুঝলাম রঙের কারণ। রংটা গাছের নয়, গাছের গায়ে মৌমাছির চাকের মতো লেগে থাকা অজস্র ছোট ছোট ফলের মতো জিনিসের। আর সেইসঙ্গে গন্ধের কথাটাও বলা দরকার। এক অনির্বচনীয় সৌরভ ছেয়ে আছে বনের এই অংশটায়। কয়েক মুহূর্তের জন্য এই উদ্ভিদের আশ্চর্য রং ও গন্ধ আমাদের তিনজনকেই অনড় অবস্থায় দাঁড় করিয়ে রেখে দিল। মোহ কাটলে পর ছেলেমানুষ ডেভিড উল্লাসে দৌড়ে গিয়ে ফলে হাত দিতে যাচ্ছিল, আমি আর সন্ডার্স তাকে ধমক দিয়ে নিরস্ত করলাম। তারপর সন্ডার্স রবারের দস্তানা পরে গাছের গায়ে হাত বুলোতেই ফলগুলো ঝুরঝুর করে আলগা হয়ে মাটিতে পড়তে লাগল। আমরা প্লাসটিকের ব্যাগে প্রায় শ' খানেক ফল ভরে নিয়ে ফিরতি পথ ধরলাম। সুমাকে দিয়ে অবিলম্বে এই ফলের রাসায়নিক বিশ্লেষণ করানো দরকার। এ জিনিস এর আগে আমরা কখনও দেখিনি। আমার মন বলছে এই ফলই মানরোর চিঠির সেই আশ্চর্য উদ্ভিদ। পরাশ্রয়ী উদ্ভিদ সেটা বোঝাই যাচ্ছে ; মেহগনির গাছ থেকে রস টেনে নিয়ে এই উদ্ভিদ জীবনধারণ করে।

সুমার মিনিয়েচার ল্যাবরেটরি তৈরি, সে এরমধ্যেই নীল ডুমুরের রাসায়নিক বিশ্লেষণ শুরু করে দিয়েছে। এটা জানতে পেরেছি যে, এই ফল হাতে ধরলে কোনও ক্ষতি নেই। ক্যালেনবাখের তাঁবুতে গিয়ে তাকে একটা ফল দেখিয়ে এসেছি। সে সেটা হাতে নিয়ে কিছুক্ষণ ঘুরিয়েফিরিয়ে দেখে একটা দীর্ঘশ্বাস ফেলে পাশের টেবিলে রেখে দিল। বুঝতে পারছি এই ফল আবিষ্কারের বিশেষ মুহূর্তটি সে টেলিভিশনে তুলে রাখতে পারেনি বলে তার আপশোস। আমি তাকে একটা মিরাকিউরলের বড়ি দিয়ে এসেছি। তাকে যে করে হোক চাঙা করে তুলতেই হবে। নিজের দেশের ওষুধ ছাড়া কিছুই খেতে চায় না ক্যালেনবাখ, কিন্তু এখন বেগতিকে পড়ে রাজি হয়েছে।

১৩ই মার্চ, রাত ন'টা

বিশ্বাস ক্রমেই দৃঢ় হচ্ছে যে আমাদের অভিযান বিফল হবে না। এর পরিণতি কী হবে অনুমান করা অসম্ভব, কিন্তু যেভাবে ঘটনার মোড় ঘুরছে তাতে মনে হয় কিছু চমকপ্রদ অভিজ্ঞতা নিয়ে আমরা দেশে ফিরতে পারব।

আজ লাঞ্চে ক্যালেনবাখকে শুধু একটু চিকেন সুপ খেতে দিলাম। তার নাড়ি বেশ দুর্বল। এই দুদিনের অসুখেই তার চেহারা দেখলে রীতিমতো ভাবনা হয়। অথচ এই অবস্থাতেও সে জানতে চাইল সেই প্রাণীটার কথা। তার দেখা পেয়েছি কি আমরা ? সে প্রাণী কি আরও এগিয়ে এসেছে, না যেখানে ছিল সেখানেই আছে ?

টেলিকার্ডিওস্কোপ যন্ত্র অবিশ্যি আপাতত বন্ধই আছে। সুমা এখন একাগ্রমনে চালিয়ে যাচ্ছে ওই ফলের রাসায়নিক বিশ্লেষণ। তার কাজ যে সুষ্ঠুভাবে এগিয়ে চলেছে সেটা বোঝা যাচ্ছে মাঝে মাঝে তার হুংকার থেকে। আমি আর সন্ডার্স উদগ্রীব হয়ে দেখছি সুমার গবেষণা। যে প্রক্রিয়াটা চোখের সামনে ঘটছে সেটা আমাদের অজানা নয়। এই ফলে যে ক্রমে ক্রমে সমস্তরকম ভিটামিনের অস্তিত্ব প্রকাশ পাচ্ছে সেটা দেখতেই পাচ্ছি। মানরোর যুগে ভিটামিন কথাটাই তৈরি হয়নি। বিজ্ঞান তখন শিশু, আর খাদ্যদ্রব্যের চর্চা শুরু হতে

তখনও আড়াইশো বছর দেরি।

সাড়ে তিনটের সময় চেয়ার ছেড়ে উঠে সুমা কেবল দুটি কথাই বলল। প্রথমে বলল 'অ্যামেজিং', আর তারপরে তার পকেটের রুমালটাকে সিকি ইঞ্চি ভিতরে ঢুকিয়ে দিয়ে বলল 'অ্যান্ড মিসটিরিয়াস'।

ইতিমধ্যে ক্যালেনবাখ যে কখন তার বিছানা ছেড়ে উঠে আমাদের পিছনে এসে দাঁড়িয়েছে সেটা বুঝতেই পারিনি। তার দিকে চোখ পড়তে সে হাত বাড়িয়ে বেশ দৃঢ়তার সঙ্গে আমার হাতটা ধরে ঝাঁকুনি দিয়ে বলল, 'গ্রেট! তোমার ওষুধের কোনও তুলনা নেই। আমি সম্পূর্ণ সুস্থ!'

'সে কী? এই কয়েক ঘণ্টার মধ্যেই?'

'দেখতেই তো পাচ্ছ,' হেসে বলল বিল ক্যালেনবাখ।

আমার ওষুধ যে এমন অসম্ভব দ্রুত গতিতে অসুখ সারাতে পারে সেটা আমি নিজেও জানতাম না।

'আর এই নাও— এটা আমার টেবিলের উপর ছিল।'

'সে কী! এ যে আমারই ওষুধের বড়ি!'

রহস্য সমাধান হতে সময় লাগল না। জ্বরের ঘোরে আমার বড়ি না খেয়ে ক্যালেনবাখ খেয়েছে টেবিলে রাখা সেই নীল ফলটি। আর তাতেই এই আশ্চর্য আরোগ্য লাভ। আর ফলের গুণ যে শুধু আরোগ্যেই প্রকাশ পাচ্ছে তা নয়; ক্যালেনবাখের চাহনিতে এই দীপ্তি এর আগে কখনও দেখিনি। সন্ডার্স সুমাকে বলল, 'তোমার গবেষণার আর কোনও প্রয়োজন নেই; এখন এই ফল যত পারা যায় সঙ্গে নিয়ে চলো দেশে ফিরে যাই। এর চাষ করে আমরা সব ডাক্তারি কোম্পানিকে ফেল করিয়ে দেব!'

কথাটা সন্ডার্স রসিকতা করে বললেও সুমা জবাব দিল অত্যন্ত গম্ভীরভাবে। সে বলল যে তাকে এখনও গবেষণা চালিয়ে যেতে হবে। অন্তত আরও একটা দিন। ভিটামিনের বাইরেও আরও অনেক কিছু রয়েছে এই ফলের মধ্যে, যেগুলোর নাগাল ও এখনও পায়নি।

ক্যালেনবাখের পীড়াপীড়িতেই সুমাকে তার কাজ বন্ধ করে টেলিকার্ডিওস্কোপটা চালু করতে হল। দেখা গেল প্রাণীটা ঠিক যেখানে ছিল সেখানেই আছে। 'বাট হিজ হার্টবিট ইজ স্লোয়ার,' বলল সুমা।

সে তো শব্দ শুনেই বুঝতে পারছি। কাল ছিল পঞ্চাশ, আর আজ চল্লিশের নীচে।

'সর্বনাশ!' বলে উঠল ক্যালেনবাখ। 'এ কি মরে যাবে নাকি? এমন একটা প্রাণী এই দ্বীপে থাকতে তোমরা ওই ফলের পিছনে সময় নষ্ট করছ?'

'ফল তো পেয়েই গেছি, বিল,' বলল সন্ডার্স। 'আমরা কালই দ্বীপের মাঝের অংশটার দিকে যাব। তুমি অসহিষ্ণু হয়ো না।'

ক্যালেনবাখ তাও গজগজ করতে করতে তার ক্যাম্পের দিকে চলে গেল।

১৪ই মার্চ

আজ আর আমাদের বেরোনো হল না। সারাদিন ঝড় বৃষ্টি বজ্রপাত। ক্যালেনবাখ অগত্যা তার ক্যামেরা দিয়ে আমাদেরই ছবি তুলল, আর টেপ রেকর্ডারের সাহায্যে আমাদের সকলের ইন্টারভিউ নিল।

দুপুরে লাঞ্চের পর ডেভিড আমাদের সকলকে জলদস্যুদের গল্প শোনাল। সত্যি, ছেলেটার আশ্চর্য স্টক আছে এই সব গল্পের।

একটা দুঃসংবাদ এই যে, সুমা বলল, ফলে ভিটামিন ছাড়া আর যাই থাক না কেন, সেটা এই খুদে ল্যাবরেটরিতে বিশ্লেষণ করে বার করা সম্ভব না। সে কাজটা দেশে ফিরে গিয়ে বড় ল্যাবরেটরিতে করতে হবে। অবিশ্যি আমাদের এখানে আসার পিছনে যে প্রধান উদ্দেশ্য সে তো সফলই হয়েছে। কাজেই দেশে ফিরে যেতেও আর বেশি দিন বাকি নেই। আপাতত সুমা আমাদের এই ফল খেতে বিশেষ করে বারণ করে দিয়েছে। একটা ফলেই যদি ক্যালেনবাখের কঠিন ব্যারাম এক ঘণ্টার মধ্যে সারতে পারে তা হলে এই ফলের তেজ যে কী রকম সেটা তো বোঝাই যাচ্ছে। সুমার মতে এই ফল খেলে উপকারের সঙ্গে অনিষ্টও হওয়া কিছুই আশ্চর্য না। বিস্ময়কর রকম ক্ষুধাবৃদ্ধিটা অপকার কি না জানি না, কিন্তু ক্যালেনবাখ আজ লাঞ্চে একাই তিন টিন হ্যাম খেয়ে ফেলেছে।

১৫ই মার্চ, সকাল সাতটা

দুঃসংবাদ।

ক্যালেনবাখ একা বেরিয়ে পড়েছে কাউকে কিছু না বলে।

ডেভিড মানরোই খবরটা দিল আমাদের। সে আর ক্যালেনবাখ একই তাঁবুতে রয়েছে, অন্য দুটোর একটাতে আমি আর সন্ডার্স, আরেকটাতে তার যন্ত্রপাতি সমেত সুমা। ডেভিড সাড়ে ছটায় ঘুম ভেঙে দেখে ক্যালেনবাখের বিছানা খালি, এবং টেবিলের উপর তার ক্যামেরার যে সরঞ্জাম ছিল সেগুলোও নেই। তৎক্ষণাৎ তাঁবুর বাইরে এসে ডেভিড বারকয়েক ক্যালেনবাখের নাম ধরে ডাক দেয়। কিন্তু কোনও সাড়া পায় না। অবশেষে তার কুকুর রকেটের সাহায্য নেবার সিদ্ধান্ত নিয়ে ক্যালেনবাখের বালিশের পাশে পড়ে থাকা রুমালটা নিয়ে রকেটকে শোঁকায়। যখন দেখে যে রকেট সেই দূরের টিলাগুলোর দিকে ধাওয়া করেছে, তখন আবার তাকে ডেকে ফিরিয়ে আনে।

সুমা সারারাত কাজ করে সকালের দিকে ঘুমিয়ে পড়েছিল ; তাকে তুলে খবরটা দেওয়া হয়। সে তৎক্ষণাৎ তার টেলিকার্ডিওস্কোপ চালু করে হলদে বাতির স্পন্দন দেখিয়ে প্রমাণ করে দিল যে, ক্যালেনবাখ ক্যাম্প থেকে তিন কিলোমিটার দূরে রয়েছে এবং ওই টিলাগুলোর দিকে অগ্রসর হচ্ছে।

আমরা আর পাঁচ মিনিটের মধ্যেই রওনা দেব। আজ দিন ভাল। আজ চার জনেই যাব। সন্ডার্সের আক্ষেপের শেষ নেই ; বারবার বলছে, 'কী কুক্ষণেই না বেপরোয়া লোকটাকে সঙ্গে এনেছিলাম।'

১৫ই মার্চ, বিকেল সাড়ে পাঁচটা

একসঙ্গে এতগুলো চমকপ্রদ ঘটনার সমাবেশে মাথার মধ্যেটা কেমন যেন সব ওলট পালট হয়ে যায়।

আমরা এখন দ্বীপের মধ্যিখানের সেই প্রস্তরময় টিলা অঞ্চল থেকে পুবে প্রায় দু কিলোমিটার এসে সমুদ্রের ধারে বালির উপর বসেছি। সন্ডার্স তার খাতায় নোট লিখছে। লন্ডনের তিনটে দৈনিক পত্রিকার সঙ্গে সে চুক্তিবদ্ধ আমাদের এই অভিযান সম্পর্কে লেখার জন্য। এখানে এসে এই প্রথম সে খাতা খুলল।

ক্যালেনবাখকে পাওয়া যায়নি ; শুধু পাওয়া গেছে তার ক্যামেরার বাক্স আর টেপ রেকর্ডার। দুটোরই অবস্থা বেশ শোচনীয়। মুভি ক্যামেরাটা তার কোমরে স্ট্র্যাপ দিয়ে বাঁধা

থাকে ; সে যদি সেই অজ্ঞাত প্রাণীর কবলে পড়ে থাকে তা হলে ক্যামেরা সমেতই পড়েছে।

ডেভিড সুমার কাছ থেকে তার জাপানি মিকিকি রিভলভারটা চেয়ে নিয়ে পঞ্চাশ গজ দূরে একটা প্রস্তরখণ্ডের উপর নুড়ি পাথর রেখে তার টিপ পরীক্ষা করে চলেছে। রকম দেখে মনে হচ্ছে আর দিনতিনেক অভ্যাস করলেই তার নিশানা জবরদস্ত চেহারা নেবে।

সুমা সমুদ্রতটে পায়চারি করছে। গুনে গুনে চল্লিশ পা এদিকে, চল্লিশ পা ওদিকে। আট ঘণ্টা ভ্রমণের পরও তার কাপড়ে একটি ভাঁজ পড়েনি, মাথার একটি চুলও এদিক্‌ ওদিক হয়নি।

তার কাঁধ থেকে যে চামড়ার ব্যাগটা ঝুলছে, তাতে রয়েছে তারই তৈরি এক আশ্চর্য অস্ত্র। এর নাম সুমাগান। লম্বায় এক হাত, ঘোড়ার বদলে রয়েছে একটা বোতাম, যেটা টিপলে গুলির বদলে বেরিয়ে আসে ছুঁচ লাগানো একটা ক্যাপসুল, যার ভিতরে রয়েছে সুমারই তৈরি এক মারাত্মক বিষ। এই ক্যাপসুল যে কোনও প্রাণীর যে কোনও অংশে প্রবেশ করলে তিন সেকেন্ডের মধ্যে মৃত্যু।

এবারে আমাদের আশ্চর্য আবিষ্কারগুলোর কথা বলি। প্রথম আবিষ্কার হল এই যে এ দ্বীপে যে ব্র্যান্ডন ও মানরো ছাড়া আরও মানুষ ছিল তার প্রমাণ পেয়েছি একটা গুহার মধ্যে ছড়ানো কিছু কঙ্কাল, আর বেশ কিছু গেলাস, বোতল, ছুরি, কানের মাকড়ি ইত্যাদি ধাতুর ও কাচের জিনিস থেকে। মনে হয় ব্র্যান্ডনের জাহাজের সবাই এখানে এসে আস্তানা গেড়েছিল। জলদস্যুরা যে ধরনের তলোয়ার বা 'কাটল্যাস' ব্যবহার করত, সে রকম কাটল্যাস পেয়েছি বাইশটা। দুঃখের বিষয় কোনও সিন্দুক পাওয়া যায়নি। তবে এ রকম গুহা এ দিকটায় অনেক আছে ; তার কোনটার মধ্যে কী রয়েছে কে জানে ?

আমরা গুহা থেকে বেরিয়ে এসে মিনিটদশেক পরিভ্রমণের পরেই রকেটের গর্জন শুনে এক জায়গায় গিয়ে দেখি ক্যালেনবাখের ক্যামেরার বাক্স আর টেপ রেকর্ডার পড়ে আছে। মনে হয় ও জিনিস দুটোকে ফেলে হালকা হয়ে পালাতে চেষ্টা করেছিল। তারপরে সে রক্ষা পেয়েছে কি না সেটা অবিশ্যি জানা যায়নি। ওখানে থাকতেই সুমাকে বলে টেলিকার্ডিওস্কোপ চালু করেছিলাম। ফলাফল যা পাওয়া গেল তা মোটেই আশাপ্রদ নয়। আমাদের চেনা প্রাণী ছাড়া আর কোনও প্রাণীর হৃৎস্পন্দন পাওয়া যায়নি রিসিভারের মুখ চারিদিকে ঘুরিয়েও। এক যদি ক্যালেনবাখ এক কিলোমিটারের মধ্যে থেকে থাকে তা হলে আলাদা কথা ; কিন্তু সেখানে থেকে সে করছেটা কী ? সে কি জখম হয়ে পড়ে আছে ? তার কাছে পিস্তল আছে ; তার একটা ফাঁকা আওয়াজ করেও তো সে তার অস্তিত্বটা জানিয়ে দিতে পারে। প্রাণীটার হৃৎস্পন্দনের গতি আবার পঞ্চাশে ফিরে গেছে। আলোর রং হলদে আর সবুজের মাঝামাঝি ; অর্থাৎ প্রাণীটা রয়েছে এখান থেকে তিন কিলোমিটারের কিছু বেশি দূরে।

ক্যালেনবাখের জিনিসদুটো নিয়ে আমরা এখানে চলে আসি বিশ্রাম আর কফির জন্য। এখানে এসেই সুমা প্রথমে যে জিনিসটা করল সেটা হল ক্যালেনবাখের তোবড়ানো টেপ রেকর্ডারটাকে বালির উপর রেখে সেটাকে চালু করা। দিব্যি চলল। জাপানি জিনিস বলেই বোধ হয় সুমার মুখে আত্মতৃপ্তির হাসি। আমরা যন্ত্রটাকে ঘিরে দাঁড়িয়ে বিকেলের পড়ন্ত রোদে ক্যালেনবাখের গলা শুনলাম।

'দিস ইজ বিল ক্যালেনবাখ। ১৪ই মার্চ, সকাল আটটা দশ। আমার একক অভিযান সার্থক হয়েছে। আমি এইমাত্র প্রাণীটির দেখা পেয়েছি। আমার সামনে আন্দাজ পঞ্চাশ গজ দূরের গুহাটা থেকে সে বাইরে এসেছিল। মানুষের চেয়ে বড়। মনে হয় চতুষ্পদ। যদিও মাঝে মাঝে দু পায়ে ভর করে দাঁড়িয়ে এদিক ওদিক দেখে। আমি গাছের আড়ালে থাকায়

আমাকে দেখতে পায়নি। ক্যামেরায় টেলিফোটো লেন্‌স লাগানোর আগেই প্রাণীটা আবার গুহায় ফিরে যায়। দূর থেকে দেখে তেমন ভয়াবহ কোনও জানোয়ার বলে মনে হল না। হাঁটার গতি দেখে মনে হচ্ছিল অসুস্থ, কিংবা জরাগ্রস্ত। আমি খুব সন্তর্পণে গুহার দিকে এগোচ্ছি।'

এইখানেই বক্তব্য শেষ।

এবার আমাদের ফেরার সময় হয়েছে। কাল কী আছে কপালে কে জানে!

১৬ই মার্চ, সকাল সাড়ে ছ'টা

ভয়াবহ অভিজ্ঞতা।

কাল রাত আড়াইটায় রকেটের মুহুর্মুহু গর্জন আর সেইসঙ্গে ডেভিডের চিৎকারে ঘুম ভেঙে যায়। বাইরে বেরিয়ে এসে দেখি রকেট উত্তর দিকে মুখ করে গর্জন করে চলেছে এবং সেইসঙ্গে ডেভিডের হাতে ধরা লাগামে প্রচণ্ড টান দিয়ে নিজেকে মুক্ত করার চেষ্টা করছে। অমাবস্যার রাত, তার উপর আকাশে মেঘ, কাজেই রকেটের এই অস্থিরতার কারণ জানা গেল না। সন্ডার্স তাঁবুতে ঢুকেছিল টর্চ আনতে কিন্তু তার আগেই রকেট ডেভিডকে টান মেরে বালির উপর ফেলে দিয়ে অন্ধকারে ছুট লাগাল উত্তর দিক লক্ষ্য করে। সুমা ইতিমধ্যে টেলিকার্ডিওস্কোপ চালু করেছে, কিন্তু তাতে কোনও ফল পাওয়া গেল না। সে প্রাণী যদি এসে থাকে তো এক কিলোমিটারের মধ্যেই রয়েছে।

কিছুক্ষণ সব নিস্তব্ধ, টর্চ ফেলেও কিছু দেখা যাচ্ছে না, কারণ, একটি ছোট টিলার পিছনে রকেট অদৃশ্য হয়ে গেছে। আমাদেরও এগিয়ে গিয়ে অনুসন্ধান করা উচিত কি না ভাবছি এমন সময় রকেটের চিৎকারে আমাদের রক্ত হিম হয়ে গেল। এ চিৎকার আস্ফালন বা আক্রোশ নয়। এ হল আর্তনাদ।

এবার টর্চের আলোয় দেখা গেল রকেট ফিরে আসছে। ডেভিড ছুটে এগিয়ে গেল তার প্রিয় কুকুরের দিকে। আমরাও ছুটলাম তার পিছু পিছু। গিয়ে দেখি আর্তনাদের কারণ স্পষ্ট ; রকেটের পিঠে গভীর ক্ষতচিহ্ন থেকে রক্ত চুঁইয়ে পড়ছে। কিন্তু সেইসঙ্গে এটাও জানা গেল যে, প্রাণীটি শুধু জখম করেননি, নিজেও জখম হয়েছেন ; রকেটের মুখে লেগে রয়েছে তার রক্ত।

রকেটের ক্ষতে যে ওষুধ লাগিয়ে দেওয়া হয়েছে তাতে সে কালকের মধ্যেই সেরে উঠবে।

রকেটের মুখের রক্ত পরীক্ষা করে সুমা জানিয়েছে রক্তের গ্রুপ হল 'এ'। 'এ' গ্রুপের রক্ত যেমন মানুষের হয়, তেমনই অনেক শ্রেণীর বাঁদরেরও হয়। প্রাণীটি যে বানর শ্রেণীর তাতে কোনও সন্দেহ নেই। আধ ঘণ্টা আগে গিয়ে তার পায়ের ছাপ দেখে এসেছি বালির উপর, আমাদের ক্যাম্প থেকে পঞ্চাশ গজ উত্তরে। পায়ের ছাপের সামনে রয়েছে মুঠো করা হাতের ছাপ। পায়ের পাঁচটা আঙুল, সাইজে মানুষের পায়ের চেয়ে সামান্য বড়।

আজকের অভিযানে এই হিংস্র জীবটির সঙ্গে মোকাবিলার জন্য প্রস্তুত হতে হবে। যে দ্বীপে এই অমৃতসদৃশ ফল, সেই একই দ্বীপে এই রাক্ষুসে বানরের বিভীষিকাময় কার্যকলাপ আমাদের সকলেরই মনে বিস্ময় ও আতঙ্কের সঞ্চার করেছে।

১৭ই মার্চ, রাত ন'টা

কাল সকালে আমরা ফিরে যাচ্ছি। মনের অবস্থা বর্ণনা করে লাভ নেই, কারণ এ ধরনের অভিজ্ঞতার পরে সুখদুঃখ বিস্ময় ইত্যাদি মামুলি শব্দ ব্যবহার করে সে বর্ণনা সম্ভব নয়। আসলে এটা আমি লক্ষ করেছি যে আমার কোনও অভিযানই সম্পূর্ণ সফল বা সম্পূর্ণ ব্যর্থ হয় না ; যেমন চমকপ্রদ লাভও হয়, তেমনই আবার অপূরণীয় ক্ষতিও হয়। এবারের অভিযান সম্পর্কে একটাই সত্যি কথা বলা যায় যে, আমার জীবনের অভিজ্ঞতার ভাণ্ডার, জ্ঞানের ভাণ্ডার, বিস্ময়ের ভাণ্ডার—এ সবই আরও পরিপূর্ণ হয়েছে।

কাল যেখানে ক্যালেনবাখের ক্যামেরার ব্যাগ আর টেপ রেকর্ডার পাওয়া গিয়েছিল, আজ সেখানে ফিরে গিয়ে সুমা টেলিকার্ডিওস্কোপ চালু করে দিল। আজও কেবল একটিমাত্র প্রাণীরই হৃৎস্পন্দন পাওয়া গেল যন্ত্রে। স্পন্দনের রেট মিনিটে পঞ্চাশ, আর বাতির রং কমলা। প্রাণী আমাদের পশ্চিমদিকে দুই পয়েন্ট চার কিলোমিটার দূরে রয়েছে। কিন্তু সে এক জায়গায় থেমে নেই, কারণ সুমাকে বার বার রিসিভারের মুখ ঘোরাতে হচ্ছে। প্রাণীটা যে দ্রুতগামী নয়, সেটা ক্যালেনবাখের বর্ণনা থেকেই আমরা জেনেছি, সুতরাং সে যদি আমাদের দিকে আসেও, অন্তত আধ ঘণ্টা সময় আমাদের হাতে আছে আরেকটু ঘুরে দেখার জন্য। ক্যালেনবাখ যে মরে গেছে একথা এখনও কিছুতেই বিশ্বাস করা যাচ্ছে না। হয়তো সে কোথাও গুরুতরভাবে জখম হয়ে পড়ে আছে, এবং এক কিলোমিটারের মধ্যেই আছে বলে যন্ত্রে তার হৃৎস্পন্দন শোনা যাচ্ছে না।

কিন্তু আমাদের এ আশা নির্মমভাবে আঘাত পেল দশ মিনিটের মধ্যেই। একটা পয়েনসেটিয়া ফুলের ঝোপের পেছনে ক্যালেনবাখের মৃতদেহ আবিষ্কার করল জেরেমি সন্ডার্স। দেহ বলতে পুরো দেহ নয় ; নীচের দিকের বেশ কিছুটা অংশ নেই। সেটা যে এই রাক্ষুসে প্রাণীর খাদ্যে পরিণত হয়েছে সেটা সহজেই অনুমান করা যায়।

ক্যালেনবাখের মুভি ক্যামেরা এখনও তার কোমরে স্ট্র্যাপ বাঁধা রয়েছে, তার লেনস ভেঙে চুরমার, তার সর্বাঙ্গ ক্ষতবিক্ষত, কিন্তু তাও সেটা রয়েছে। আশ্চর্য হয়ে গেলাম আমাদের

জাপানি বন্ধুটির প্রতিক্রিয়া দেখে। 'মে বি ইন্টারেস্টিং ফিল্ম' বলে সে ক্যামেরাটা ফিল্মসমেত খুলে নিল মৃতদেহ থেকে। আমরা এই বীভৎস অথচ করুণ দৃশ্য আর দেখতে পারলাম না। ক্যালেনবাখকে গোর দেবার একটা ব্যবস্থা করতে হবে, কিন্তু সেটা এখন নয় ; এখন আমাদের এগিয়ে যেতে হবে।

সামনের ওই গুহাটার কথাই কি বলেছিল ক্যালেনবাখ ? একটা বেশ বড় টিলার গায়ে অন্ধকার গহ্বরটা আমাদের সকলেরই চোখে পড়েছে।

আমরা এগিয়ে গেলাম। আমাদের ক্যাম্প থেকে এই অংশটাকে দেখে মনে হয় যে এখানে পাথর ছাড়া আর কিছু নেই, কিন্তু কাছে এসে বুঝেছি যে, ফাঁকে ফাঁকে গাছও আছে। তবে এটাও আমরা বুঝেছি যে, সেই আশ্চর্য ফল সম্ভবত দ্বীপের ওই একটি বিশেষ জায়গায় ছাড়া আর কোথাও নেই।

গুহাটার কাছাকাছি পৌঁছে ডেভিড আমাদের ছেড়ে দ্রুতপদে এগিয়ে গিয়ে আগেই তার ভিতরে প্রবেশ করল। গুহার লোভ ডেভিড সামলাতে পারে না। এ কদিনে যতগুলো ছোট বড় গুহা আমাদের পথে পড়েছে, তার প্রত্যেকটিতে ডেভিড হাতে টর্চ নিয়ে ঢুকে তার ভিতরটা একবার বেশ ভাল করে দেখে এসেছে। এটা অবিশ্যি সে করে চলেছে গুপ্তধনের আশায়। অবশেষে আজকে যে তার আশা পূরণ হবে সেটা কি সে নিজেও ভেবেছিল ?

'ইয়ো হো হো !' বলে যে চিৎকারটায় সে তার আবিষ্কারের কথাটা আমাদের জানিয়ে দিল, এটা হল খাঁটি জলদস্যুদের চিৎকার। শুনে মনে হল বুঝি বা ডেভিডের দেহে মানরোর নয়, ব্র্যান্ডনের রক্ত বইছে।

চিৎকারের কারণটা অবিশ্যি একেবারে খাঁটি। পাইরেটের সিন্দুকের চেহারা আমাদের সকলেরই চেনা। ঠিক তেমনই একটি সুপ্রাচীন সিন্দুক রাখা রয়েছে গুহার এক কোণে। বাইরে থেকে বোঝা যায়নি এ গুহার ভিতরটা এত বড়। এতে অন্তত একশোজন লোকের থাকার জায়গা হয়ে যায়। বোঝাই যাচ্ছে ব্র্যান্ডনের দস্যুরা যে সব গুহা ব্যবহার করেছে, তার মধ্যে এটাই প্রধান।

ডেভিড সিন্দুকের সামনে দাঁড়িয়ে আছে বন্ধ ডালাটার দিকে একদৃষ্টে চেয়ে। সে এগিয়ে গেছে ডালা খোলার জন্য, কিন্তু কোনও অদৃশ্য শক্তি যেন তার হাতদুটোকে পাথর করে রেখেছে।

শেষে সন্ডার্স এগিয়ে গিয়ে ডালাটা খুলল, আর খোলামাত্র ডেভিড আরেকটা অমানুষিক চিৎকার দিয়ে অজ্ঞান হয়ে গেল। সুমা অবিশ্যি তৎক্ষণাৎ তার ডান হাতের তর্জনীর ডগাটা দিয়ে ডেভিডের কপালের ঠিক মাঝখানে তিনটে টোকা মেরে তৎক্ষণাৎ তার জ্ঞান ফিরিয়ে দিল। কিন্তু এটা স্বীকার করতেই হবে যে ডেভিডের মূর্ছা যাবার যথেষ্ট কারণ ছিল। তার ছেলেবেলার সাধ আজ পূর্ণ হয়েছে ; সিন্দুক বোঝাই হয়ে রয়েছে সপ্তদশ শতাব্দীর স্প্যানিশ স্বর্ণমুদ্রা ; ব্ল্যাকহোল ব্র্যান্ডনের লুণ্ঠিত ধন।

ইতিমধ্যে আরেকটি আবিষ্কার আমাদের মধ্যে নতুন করে চাঞ্চল্যের সৃষ্টি করেছে। এটিও একটি তোরঙ্গ— যদিও আগেরটার চেয়ে ছোট। এর গায়ে তামার পাতের অক্ষরে এখনও লেখা স্পষ্ট পড়া যাচ্ছে— ডাঃ এইচ মানরো।

এই তোরঙ্গ খুলে তার ভিতর থেকে জীর্ণ জামাকাপড় আর কিছু ডাক্তারির জিনিসপত্র ছাড়া একটি আশ্চর্য মূল্যবান জিনিস পাওয়া গেল— হেকটর মানরোর ডায়রি। ডায়রি শুরু হয়েছে এই দ্বীপে এসে নামার পরদিন থেকে। মানরো কীভাবে এখানে এলেন সে খবরও এই ডায়রিতে আছে। আমাদের অনুমান একেবারে ভুল হয়নি। কংকুয়েস্ট জাহাজ জলদস্যুদের হাতে পড়ে জলমগ্ন হয়। মানরোকে ব্র্যান্ডনই উদ্ধার করে তার নিজের জাহাজে

তোলে। তারপর তারা রওনা দেয় জামাইকা। পথে প্রচণ্ড ঝড়ে পড়তে হয় জাহাজকে। দিগ্‌ভ্রম হয়ে জাহাজ ভুল পথে চলতে শুরু করে। এই সময় নাবিকদের মধ্যে ব্যারাম দেখা দেয়। সাতদিন পরে এই অজানা দ্বীপের কাছে এসে জাহাজডুবি হয়। ব্র্যান্ডন আর মানরো ছাড়া আরও তেত্রিশজন লোক কোনওমতে ডাঙার নাগাল পেয়ে আত্মরক্ষা করে। র‍্যাগল্যান্ড নামে একজন নাবিক ঘটনাচক্রে ওই নীল ফলের সন্ধান পায়। র‍্যাগল্যান্ড তখন অসুস্থ। এই ফল খেয়ে সে এক ঘণ্টার মধ্যে আরোগ্যলাভ করে। তারপর এই ফল খেয়ে দলের সকলেরই ব্যারাম ম্যাজিকের মতো সেরে যায়। মানরো এই ফলের নাম দিয়েছিল অ্যামব্রোজিয়া অর্থাৎ অমৃত। এই দ্বীপের জানোয়ার আর পাখিও এই ফল খায় কি না সে প্রশ্ন মানরোর মনে জেগেছিল। সে লিখছে—

> 'আর কোনও জানোয়ার না হোক, বাঁদর যে খায় সেটা আমি বুঝেছি তাদের স্বাস্থ্য ও ক্ষিপ্রতা দেখে। শুধু তাই না ; এখানকার বাঁদরগুলো উদ্ভিদজীবী নয়, এরা মাংস খায়। আমি এদের গিরগিটি আর ব্যাঙ ধরে খেতে দেখেছি।'

মানরোর এ কথা বলার কারণ তার নিজের পরের কথাতেই পরিষ্কার হচ্ছে। সে সুস্থ অবস্থাতেই এ ফল খেয়ে দেখে লিখছে—

> 'আমি আজ অমৃতের স্বাদ পেলাম। অবিশ্বাস্য এই ফলের ক্ষুধাবৃদ্ধিশক্তি। আজ সকালে আমরা অত্যন্ত তৃপ্তির সঙ্গে হরিণের মাংস খেলাম। ফলমূলের অভাব নেই এখানে, কিন্তু তাতে ক্ষুধা মেটে না। এই আশ্চর্য ফল কি এই অজানা দ্বীপেই থেকে যাবে ? পৃথিবীর লোক কি এর কথা জানতে পারবে না ?'

এর পরে ইঙ্গিত আছে, ডাক্তারের আর প্রয়োজন নেই দেখে ব্র্যান্ডন মানরোকে সরাবার চেষ্টা করছে। আত্মরক্ষার জন্য মানরো পালিয়ে পালিয়ে বেড়াচ্ছে, কিন্তু সে বুঝতে পারছে ব্র্যান্ডনের হাত থেকে তার নিস্তার নেই। এদিকে খাদ্যসমস্যা দেখা দিতে শুরু করেছে। দ্বীপের হরিণ মারা শেষ করে ব্র্যান্ডনের দস্যুদল পাখি বাঁদর ইত্যাদি শিকার করে খাচ্ছে। ফলমূল শাকসবজিতে আর কারুর রুচি নেই।

সব শেষে মানরো যে কথাটা বলেছে সেটা পড়ে আমাদের মনে এক অদ্ভুত ভাব হল। সে লিখছে :

> 'আমি বোতলে চিঠি পাঠিয়ে ঠিক করলাম কি না জানি না। এই ফলকে অমৃত বলা উচিত কি না সে বিষয়েও আমার মনে সংশয় উপস্থিত হয়েছে। আমি চোখের সামনে দেখতে পাচ্ছি এই তিন মাসের মধ্যে মানুষগুলো সব পশুতে পরিণত হতে চলেছে। আমিও কি পশুর স্তরে নেমে যাচ্ছি ? এই যে চিরকালের জন্য রোগমুক্তি, আর তার সঙ্গে এই যে অদম্য ক্ষুধা, এটা কি মানুষের পক্ষে মঙ্গলকর ?'

মানরোর ডায়রিটা শেষ করে আমরা সকলেই মন ভার করে গুহার মধ্যে বসে আছি এমন সময় খেয়াল হল যে একবার টেলিকার্ডিওস্কোপটা চালিয়ে দেখা উচিত।

সিদ্ধান্ত নেবার সঙ্গে সঙ্গেই যন্ত্র চালু করা হল, কিন্তু কোনও ফল পাওয়া গেল না। তার মানে প্রাণীটা এক কিলোমিটারের মধ্যে চলে এসেছে।

ঠিক এই সময় আমিই প্রথম অনুভব করলাম গুহার ভিতরে একটা গন্ধ যেটা এতক্ষণ পাইনি। আমরা গুহার মুখটাতেই বসেছিলাম বাইরের আলোতে মানরোর ডায়রিটা পড়ার সুবিধা হবে বলে। গন্ধটা কিন্তু আসছে গুহার ভিতর থেকেই, আর সেটা ক্রমেই বেড়ে চলেছে। তার মানে গুহার ভিতরে পিছন দিকেও একটা ঢোকার রাস্তা আছে। অতি সন্তর্পণে এগিয়ে আসছে প্রাণীটা, কারণ পায়ের শব্দ পাচ্ছি না এখনও।

এবারে একটা মৃদু শব্দ। একটা প্রস্তরখণ্ড স্থানচ্যুত হল। পরমুহূর্তে একটা রক্ত হিম করা হুংকারের সঙ্গে অন্ধকার থেকে নিক্ষিপ্ত হয়ে একটা পাথরের খণ্ড এসে পড়ল সন্ডার্সের মাথায়। সন্ডার্স একটা গোঙানির শব্দ করে সংজ্ঞা হারিয়ে গুহার মেঝেতে লুটিয়ে পড়ল, আর আমাদের অবাক করে দিয়ে ডেভিড মানরো সন্ডার্সের হাত থেকে পড়ে যাওয়া দোনলা বন্দুকটা তুলে নিয়ে সেই অন্ধকারের দিক লক্ষ্য করেই পর পর দুটো গুলি চালিয়ে দিল।

এবারে বাইরে থেকে আসা ফিকে আলোতে দেখলাম প্রাণীটাকে, আর শুনলাম তার মর্মভেদী আর্তনাদ। সে চার পা থেকে দুপায়ে উঠে দাঁড়িয়ে দুটো লোমশ হাত বাড়িয়ে আমাদের দিকে ধাওয়া করে আসছে। আমি আমার অ্যানাইহিলিনটা বার করার আগেই একটা তীক্ষ্ণ শিসের মতো শব্দ করে সুমাগানের একটা বিষাক্ত ক্যাপসুল প্রাণীটির বুকে গিয়ে বিঁধল, আর মুহূর্তের মধ্যে সেটা নির্জীব অবস্থায় চিত হয়ে পড়ল গুহার মেঝেতে।

এই প্রথম সুমাকে উত্তেজিত হতে দেখলাম। সে চিৎকার করে বলে উঠল, 'ওই ফলের বিশেষ গুণটা কী এবার বুঝে দেখো শঙ্কু। আমি বুঝেছিলাম, আর তাই তোমাদের খেতে নিষেধ করেছিলাম। এই ফল যে একবার খাবে এক অনাহার বা অপঘাত মৃত্যু ছাড়া তার আর মরণ নেই। এই প্রাণী একা এই দ্বীপের অন্য সমস্ত প্রাণীকে ভক্ষণ করে অবশেষে খাদ্যের অভাবে মরতে বসেছিল, ক্যালেনবাখকে খাদ্য হিসেবে পেয়ে তার মধ্যে আবার প্রাণের সঞ্চার হয়েছিল। এখন তার খিদে চিরকালের জন্য মিটে গেছে!'

এই বলে সুমা তার বাঁ হাতের কবজিটা প্রাণীটার দিকে ঘুরিয়ে হাতঘড়ির বোতামটা টিপতেই ঘড়ির কেন্দ্রস্থল থেকে একটা তীব্র রশ্মি বেরিয়ে প্রাণীটার মুখের উপর পড়ল।

'যাকে মৃত অবস্থায় দেখছ তোমরা,' বলল সুমা, 'তার বয়স ছিল চারশোরও বেশি।'

'ব্ল্যাকহোল ব্র্যান্ডন!' —গুহা কাঁপিয়ে চিৎকার করে উঠল ডেভিড মানরো।

সন্ডার্সের জ্ঞান হয়েছে। আমরা চারজন চেয়ে আছি মৃত প্রাণীটির দিকে। এই দীর্ঘকায় লোমশ জানোয়ারকে আর মানুষ বলে চেনার উপায় নেই, কিন্তু এর ডান চোখের জায়গায় যে গভীর গর্তটা সুমার টর্চের আলোতে আরও গভীর বলে মনে হচ্ছে, সেটাই এর পূর্বপরিচয় ঘোষণা করছে।

ডেভিড মানরোর গুলিই একে প্রথম জখম করেছে, আর সুমার বিষাক্ত ক্যাপসুল এর হৃৎস্পন্দন বন্ধ করেছে।

এবারে আমার অস্ত্র শেক্সপিয়রের সমসাময়িক এই নৃশংস জলদস্যুকে পৃথিবীর বুক থেকে চিরকালের মতো নিশ্চিহ্ন করে দিল।

আনন্দমেলা। পূজাবার্ষিকী ১৩৮৪

কম্পু

১২ই মার্চ, ওসাকা

আজ সারা পৃথিবী থেকে আসা তিনশোর উপর বৈজ্ঞানিক ও শ'খানেক সাংবাদিকের সামনে কম্পুর ডিমনস্ট্রেশন হয়ে গেল। ওসাকার নামুরা টেকনলজিক্যাল ইনস্টিটিউটের হলঘরের একপ্রান্তে মঞ্চের উপর একটা তিন ফুট উঁচু পেলুসিডাইটের তৈরি স্বচ্ছ স্ফটিকের মতো স্তম্ভ বা স্ট্যান্ডের উপর কম্পুকে বসানো হয়েছিল। দর্শক বসেছিল মখমলে মোড়া প্রায় সোফার মতো আরামদায়ক সিটে। এখানকার দুজন জাপানি কর্মচারী যখন কম্পুকে নিয়ে মঞ্চে প্রবেশ করল, তখন এই প্ল্যাটিনামে আচ্ছাদিত আশ্চর্য সুন্দর মসৃণ গোলকটিকে দেখে দর্শকদের মধ্যে একটা বিস্ময়মিশ্রিত তারিফের কোরাসে ঘরটা গমগম করে উঠেছিল। যে কম্পিউটার যন্ত্র পঞ্চাশ কোটি প্রশ্নের উত্তর দিতে পারে, তার আয়তন হবে একটা ফুটবলের দেড়া, তার ওজন হবে মাত্র বেয়াল্লিশ কিলো, আর তাকে দেখে যন্ত্র বলে মনেই হবে না, এটা কেউ ভাবতে পারেনি। আসলে এই ট্রানজিসটার আর মাইক্রো-মিনিয়েচারাইজেশন বা অতিক্ষুদ্রকরণের যুগে খুব জটিল যন্ত্রও আর সাইজে বড় হবার দরকার নেই। পঞ্চাশ বছর আগে বেঢপ বাক্স-রেডিওর যুগে কি আর কেউ ভাবতে পেরেছিল যে ভবিষ্যতে একটা রিস্টওয়াচের ভিতরে একটা রেডিওর সমস্ত যন্ত্রপাতি পুরে দেওয়া যাবে?

কম্পু যে মানুষের এক আশ্চর্য সৃষ্টি তাতে কোনও সন্দেহ নেই। কিন্তু এও সত্যি যে, জটিল যন্ত্র তৈরির ব্যাপারে এখনও প্রকৃতির ধারেকাছেও পৌঁছাতে পারেনি মানুষ। আমাদের তৈরি যান্ত্রিক মস্তিষ্কের ভিতর পোরা আছে দশ কোটি সার্কিট, যার সাহায্যে যন্ত্র কাজ করে। মানুষের মস্তিষ্কের আয়তন হল কম্পুর পাঁচ ভাগের এক ভাগ। এই মস্তিষ্ক যার সাহায্যে অবিরাম তার অসংখ্য কাজগুলো করে যাচ্ছে তার নাম নিউরন। এই নিউরনের সংখ্যা হল দশ হাজার কোটি। এ থেকে বোঝা যাবে মস্তিষ্কের কারিগরিটা কী ভয়ানক রকম জটিল।

এখানে বলে রাখি, আমাদের কম্পিউটার অঙ্ক কষে না। এর কাজ হল যে সব প্রশ্নের উত্তর জানতে মানুষ বিশ্বকোষ বা এনসাইক্লোপিডিয়ার শরণাপন্ন হয়, সেই সব প্রশ্নের উত্তর দেওয়া। আরও একটা বিশেষত্ব এই যে, এই উত্তর অন্য কম্পিউটারের মতো লিখিত উত্তর নয়; কম্পু উত্তর দেয় কথা বলে। মানুষের গলা আর বিলিতি রুপোর বাঁশির মাঝামাঝি একটা তীক্ষ্ণ স্পষ্ট স্বরে কম্পু প্রশ্নের জবাব দেয়। প্রশ্ন করার আগে 'ওয়ান থ্রি ওয়ান থ্রি ওয়ান থ্রি সেভ্‌ন'—এই সংখ্যাটি বলে নিতে হয়, তার ফলে কম্পুর ভিতরের যন্ত্র চালু হয়ে যায়। তারপর প্রশ্নটা করলেই তৎক্ষণাৎ উত্তর পাওয়া যায়। গোলকের একটা অংশে এক বর্গ ইঞ্চি জায়গা জুড়ে দুশোটা অতি ক্ষুদ্র ছিদ্র আছে। এই ছিদ্র দিয়েই প্রশ্ন ঢোকে, এবং এই ছিদ্র দিয়েই উত্তর বেরোয়। অবিশ্যি প্রশ্নগুলো এমনই হওয়া দরকার যার উত্তর মোটামুটি সংক্ষেপে হয়। যেমন, আজকের ডিমনস্ট্রেশনে এই কথাটা অভ্যাগতদের বলে দেওয়া সত্ত্বেও ফিলিপিনবাসী এক সাংবাদিক কম্পুকে অনুরোধ করে বসলেন—'প্রাচীন চিন সভ্যতা সম্পর্কে কিছু বলো।' স্বভাবতই কম্পু কোনও উত্তর দিল না। কিন্তু সেই একই সাংবাদিক যখন

তাকে তাং, মিং, হান, সুং ইত্যাদি সভ্যতার বিশেষ বিশেষ দিক সম্বন্ধে আলাদা আলাদা করে প্রশ্ন করলেন, তখন কম্পু মুহূর্তের মধ্যে ঠিক ঠিক জবাব দিয়ে সকলকে অবাক করে দিল।

শুধু তথ্য পরিবেশন নয়, কম্পুর বিবেচনার ক্ষমতাও আছে। নাইজেরিয়ার প্রাণিতত্ত্ববিদ ডঃ সলোমন প্রশ্ন করলেন—'একটি বেবুনশাবককে কার সামনে ফেলে রাখা বেশি নিরাপদ—একটি ক্ষুধার্ত হরিণ, না একটি ক্ষুধার্ত শিম্পাঞ্জি?' কম্পু বিদ্যুদ্বেগে উত্তর দিল—'ক্ষুধার্ত হরিণ।' 'হোয়াই?' প্রশ্ন করলেন ডঃ সলোমন। রিনরিনে গলায় উত্তর এল—'শিম্পাঞ্জি মাংসাশী।' এ তথ্যটা অবিশ্যি অতি সম্প্রতি জানা গেছে। দশ বছর আগেও মানুষ জানত বানর শ্রেণীর সব জানোয়ারই নিরামিষাশী।

এ ছাড়া কম্পু ব্রিজ ও দাবা খেলায় যোগ দিতে পারে, গান শুনে সুর বেসুর তাল বেতাল বিচার করতে পারে, রাগরাগিণী বলে দিতে পারে, কোনও বিখ্যাত পেন্টিংয়ের কেবল চাক্ষুষ বর্ণনা শুনে চিত্রকরের নাম বলে দিতে পারে, কোনও বিশেষ ব্যারামে কী ওষুধ কী পথ্য চলতে পারে সেটা বলে দিতে পারে, এমনকী রুগির অবস্থার বর্ণনা শুনে আরোগ্যের সম্ভাবনা শতকরা কত ভাগ সেটাও বলে দিতে পারে।

কম্পুর যেটা ক্ষমতার বাইরে সেটা হল চিন্তাশক্তি, অনুভবশক্তি আর অলৌকিক শক্তি। তাকে যখন আজ সিডনি বিশ্ববিদ্যালয়ের অধ্যাপক ম্যাক্সওয়েল জিজ্ঞেস করলেন আজ থেকে একশো বছর পরে মানুষ বই পড়বে কি না, তখনও কম্পু নিরুত্তর, কারণ ভবিষ্যদ্বাণী তার ক্ষমতার বাইরে। এই অভাব সত্ত্বেও একটা কারণে কম্পু মানুষকে টেক্কা দেয়, সেটা হল এই যে, তার মস্তিষ্কে যে তথ্য ঠাসা রয়েছে তার ক্ষয় নেই। বয়স হলে অতি বিজ্ঞ মানুষেরও মাঝে মাঝে স্মৃতিভ্রম হয়। যেমন আমি এই কিছুদিন আগে গিরিডিতে আমার চাকরকে প্রহ্লাদ বলে না ডেকে প্রয়াগ বলে ডাকলাম। এ ভুল কম্পু কখনও করবে না, করতে পারে না। তাই মানুষের তৈরি হয়েও সে একদিক দিয়ে মানুষের চেয়ে বেশি কর্মক্ষম।

এখানে বলে রাখি যে কম্পু নামটা আমারই দেওয়া, আর সকলেই নামটা পছন্দ করেছে। যন্ত্রের পরিকল্পনার জন্য দায়ী জাপানের বিখ্যাত বৈজ্ঞানিক মাৎসুয়ে—যাঁকে ইলেকট্রনিক্সের একজন দিকপাল বলা চলে। এই পরিকল্পনা জাপান সরকার অনুমোদন করে, এবং সরকারই এই যন্ত্র নির্মাণের খরচ বহন করে। নামুরা ইনস্টিটিউটের জাপানি কর্মীরা যন্ত্রটা তৈরি করেন প্রায় সাত বছরের অক্লান্ত পরিশ্রমে। চতুর্থ বছরে প্রাথমিক কাজ শেষ হবার কিছু আগে মাৎসুয়ে পৃথিবীর পাঁচটি মহাদেশের সাতজন পণ্ডিত ব্যক্তিকে আমন্ত্রণ জানান এই যান্ত্রিক মগজে তথ্য ঠাসার ব্যাপারে সাহায্য করতে। বলা বাহুল্য, আমি ছিলাম এই সাতজনের একজন। বাকি ছ'জন হলেন—ইংলন্ডের ডঃ জন কেন্‌সলি, যুক্তরাষ্ট্রের ম্যাসাচুসেটস ইনস্টিটিউট অফ টেকনলজির ডঃ স্টিফেন মেরিভেল, সোভিয়েত রাশিয়ার ডঃ স্টাসফ, অস্ট্রেলিয়ার প্রোফেসর স্ট্র্যাটন, পশ্চিম আফ্রিকার ডঃ উগাটি ও হাঙ্গেরির প্রোফেসর কুট্‌না। এর মধ্যে মেরিভেল জাপানে রওনা হবার তিনদিন আগে হৃদরোগে মারা যান ; তাঁর জায়গায় আসেন ওই একই ইনস্টিটিউটের প্রোফেসর মার্কাস উইঙ্গফিল্ড। এঁদের কেউ কেউ টানা তিন বছর থেকেছেন ওসাকায় জাপানসরকারের অতিথি হয়ে ; আবার কেউ কেউ, যেমন আমি, কিছুকাল এখানে কাটিয়ে দেশে ফিরে গিয়ে কিছু কাজ সেরে আবার এখানে চলে এসেছে। আমি এইভাবে যাতায়াত করেছি গত তিন বছরে এগারোবার।

এখানে একটা আশ্চর্য ঘটনার কথা বলি। গত পরশু অর্থাৎ ১০ই মার্চ ছিল সূর্যগ্রহণ। এবার যেসব জায়গা থেকে পূর্ণগ্রাস দেখা গেছে, তারমধ্যে জাপানও পড়েছিল। এটা একটা বিশেষ দিন বলে আমরা গত বছর থেকেই ঠিক করে রেখেছিলাম যে, যেভাবে হোক গ্রহণের আগেই আমাদের কাজ শেষ করে ফেলতে হবে। ৮ই মার্চ কাজ শেষ হয়েছে মনে করে

যন্ত্রটাকে পরীক্ষা করে দেখা গেল কথা বেরোচ্ছে না। গোলকটা দু'টো সমান ভাগে ভাগ হয়ে খুলে যায়। সার্কিটে গণ্ডগোল আছে মনে করে সেটাকে খুলে ফেলা হল। দশ কোটি কম্পোনেন্টের মধ্যে কোথায় কোনটাতে গণ্ডগোল হয়েছে খুঁজে বার করা এক দুরূহ ব্যাপার।

দু'দিন দু'রাত অনুসন্ধানের পর ১০ই ঠিক যে মুহূর্তে গ্রহণ লাগবে—অর্থাৎ দুপুর একটা সাঁইত্রিশে—ঠিক সেই মুহূর্তে কম্পুর স্পিকারের ভিতর দিয়ে একটা তীক্ষ্ণ শিসের মতো শব্দ বেরোল। এটাই কম্পুর আরোগ্যের সিগন্যাল জেনে আমরা হাঁফ ছেড়ে গ্রহণ দেখতে চলে গেলাম। অর্থাৎ গ্রহণ লাগার মুহূর্ত আর কম্পুর সক্রিয় হবার মুহূর্ত এক। এর কোনও গূঢ় মানে আছে কি ? জানি না।

কম্পু ইনস্টিটিউটেই রয়েছে। তার জন্য একটা শীততাপনিয়ন্ত্রিত আলাদা কামরা তৈরি হয়েছে। ভারী সুদৃশ্য ছিমছাম এই কামরা। ঘরের একপাশে দেয়ালের ঠিক মাঝখানে তার স্ফটিকের বেদির ওপর যন্ত্রটা বসানো থাকবে। বেদির ওপরে একটা বৃত্তাকার গর্ত ঠিক এমন মাপে তৈরি হয়েছে যে, কম্পু সেখানে দিব্যি আরামে বসে থাকতে পারে। কামরার উপরে সিলিংয়ে একটি লুকোনো আলো রয়েছে, সেটা এমনভাবে রাখা যাতে আলোকরশ্মি সটান গিয়ে পড়ে কম্পুর ওপর। এই আলো সর্বক্ষণ জ্বলবে। কামরায় পাহারার বন্দোবস্ত আছে, কারণ কম্পু একটি মহামূল্য জাতীয় সম্পত্তি। এইসব ব্যাপারে আন্তর্জাতিক ঈর্ষার কথাটা ভুললে চলবে না। উইঙ্গফিল্ডকে এর মধ্যেই দু-একবার গজগজ করতে শুনেছি; তার আক্ষেপ, এমন একটা জিনিস আগেভাগে জাপান তৈরি করে ফেলল, যুক্তরাষ্ট্র পারল না। এখানে উইঙ্গফিল্ড সম্বন্ধে একটা কথা বলে নিই: লোকটি যে গুণী তাতে সন্দেহ নেই, কিন্তু তাকে কারুরই বিশেষ পছন্দ নয়। তার একটা কারণ অবিশ্যি এই যে, উইঙ্গফিল্ড হাসতে জানে না। অন্তত গত তিন বছরে ওসাকাতে তাকে কেউ হাসতে দেখেনি।

বাইরে থেকে আসা সাতজন মনীষীর মধ্যে তিনজন আজ দেশে ফিরে যাচ্ছে। যারা আরও কয়েকদিন থেকে যাচ্ছে তারা হল উইঙ্গফিল্ড, কেন্‌সলি, কুট্‌না আর আমি। উইঙ্গফিল্ড বাতের রুগি, সে ওসাকার একজন বিশেষজ্ঞকে দিয়ে চিকিৎসা করাচ্ছে। আমার ইচ্ছা জাপানটা একটু ঘুরে দেখব। কাল কিয়োটো যাচ্ছি কেন্‌সলির সঙ্গে। কেন্‌সলি পদার্থবিজ্ঞানী হলেও তার নানান ব্যাপারে উৎসাহ। বিশেষ করে জাপানি আর্ট সম্বন্ধে তো তাকে একজন বিশেষজ্ঞই বলা চলে। সে কিয়োটো যাবার জন্য ছটফট করছে; ওখানকার বৌদ্ধমন্দির আর বাগান না দেখা অবধি তার সোয়াস্তি নেই।

হাঙ্গেরির জীববিজ্ঞানী ক্রিস্টফ কুট্‌নার আর্টে বিশেষ উৎসাহ নেই, তবে তার মধ্যে একটা দিক আছে যেটা সম্বন্ধে অন্যে না জানলেও আমি জানি, কারণ আমার সঙ্গেই কুট্‌না এ বিষয়ে কথা বলে। বিষয়টাকে ঠিক বিজ্ঞানের অন্তর্গত বলা চলে না। উদাহরণ দিলে ব্যাপারটা পরিষ্কার হবে। আজ সকালে ব্রেকফাস্টের সময় আমরা একই টেবিলে বসেছিলাম; আমার মতো কুট্‌নারও ভোরে ওঠা অভ্যাস। কফির পেয়ালায় চুমুক দিয়ে সে হঠাৎ বলল, 'আমি সেদিন সূর্যগ্রহণ দেখিনি।'

এটা অবিশ্যি আমি খেয়াল করিনি। আমি নিজে ঘটনাটাকে এত বেশি গুরুত্ব দিই, পূর্ণগ্রাসের পর সূর্যের করোনা বা জ্যোতির্বলয় দেখে এতই মুগ্ধ হই যে, আমার পাশে কে আছে না আছে সে খেয়াল থাকে না। কুট্‌না কী করে এমন একটা ঘটনা দেখার লোভ সামলাতে পারল জানি না। বললাম, 'তোমার কি সূর্যগ্রহণ সম্বন্ধে কোনও সংস্কার আছে ?'

কুট্‌না আমার প্রশ্নের উত্তর না দিয়ে একটা পালটা প্রশ্ন করে বসল।

'সূর্যগ্রহণ কি প্ল্যাটিনামের উপর কোনও প্রভাব বিস্তার করে ?'

'করে বলে তো জানি না,' আমি বললাম। 'কেন বলো তো ?'

'তা হলে আমাদের যন্ত্রটা পূর্ণগ্রহণের ওই সাড়ে চার মিনিট এত নিষ্প্রভ হয়ে রইল কেন ? আমি স্পষ্ট দেখলাম পূর্ণগ্রহণ শুরু হতেই গোলকটার উপর যেন একটা কালসিটে পড়ে গেল। সেটা ছাড়ল গ্রহণ ছাড়ার সঙ্গে সঙ্গে।'

'তোমার নিজের কী মনে হয় ?' অগত্যা জিজ্ঞেস করলাম আমি। মনে মনে ভাবছিলাম কুট্‌নার বয়স কত, আর তার ভীমরতি ধরল কি না।

'আমার কিছুই মনে হয় না,' বলল কুট্‌না, 'কারণ অভিজ্ঞতাটা আমার কাছে একেবারেই নতুন। শুধু এইটুকুই বলতে পারি যে, ব্যাপারটা যদি আমার দেখার ভুল হয় তা হলে আমি খুশিই হব। সূর্যগ্রহণ সম্বন্ধে আমার কোনও সংস্কার নেই, কিন্তু যান্ত্রিক মস্তিষ্ক সম্বন্ধে আছে। মাৎসুয়ে যখন আমাকে আমন্ত্রণ জানিয়ে চিঠি লেখে তখন আমি এ সংস্কারের কথা তাকে জানিয়েছিলাম। বলেছিলাম, যন্ত্রের উপর যদি খুব বেশি করে মানুষের কাজের ভার দেওয়া যায়, তা হলে ক্রমে একদিন যন্ত্র আর মানুষের দাস থাকবে না, মানুষই যন্ত্রের দাসত্ব করবে।'

ঠিক এই সময় উইঙ্গফিল্ড ও কেন্‌সলি এসে পড়াতে প্রসঙ্গটা চাপা পড়ে গেল। যন্ত্র সম্বন্ধে কুট্‌নার ধারণাটা নতুন নয়। ভবিষ্যতে মানুষ যে যন্ত্রের দাসে পরিণত হতে পারে তার লক্ষণ অনেকদিন থেকেই পাওয়া যাচ্ছে। খুব সহজ একটা উদাহরণ দিই। মানুষ যে ভাবে যানবাহনের উপর নির্ভরশীল হয়ে পড়ছে সেটা আগে ছিল না। শহরের মানুষও আগে অক্লেশে পাঁচ-সাত মাইল হাঁটত প্রতিদিন ; এখন তাদের ট্রাম বাস রিকশা না হলে চলে না। কিন্তু তাই বলে কি আর বিজ্ঞান তার কাজ করে যাবে না ? মানুষের কাজ সহজ করার জন্য যন্ত্র তৈরি হবে না ? মানুষ আবার সেই আদিম যুগে ফিরে যাবে ?

১৪ই মার্চ, কিয়োটো

কিয়োটো সম্বন্ধে প্রশংসাসূচক যা কিছু শুনেছি এবং পড়েছি, তার একটাও মিথ্যে বা বাড়ানো নয়। একটা জাতের সৌন্দর্যজ্ঞান আর রুচিবোধ যে একটা শহরের সর্বত্র এরকমভাবে ছড়িয়ে থাকতে পারে সেটা না দেখলে বিশ্বাস হত না। আজ দুপুরে কিয়োটোর এক বিখ্যাত বৌদ্ধমন্দির আর তার সংলগ্ন বাগান দেখতে গিয়েছিলাম। এমন শান্ত পরিবেশ এর আগে কোথাও দেখেছি বলে মনে পড়ে না। মন্দিরে জাপানের বিখ্যাত মনীষী তানাকার সঙ্গে আলাপ হল। ঋষিতুল্য মানুষ। পরিবেশের সঙ্গে আশ্চর্য খাপ খায় এঁর সৌম্য স্বভাব। আমাদের দিগ্‌গজ যন্ত্রটির কথা শুনে স্মিতহাস্য করে বললেন, 'চাঁদটা সূর্যের সামনে এলে দুইয়ে মিলে এক হয়ে যায় কার খেয়ালে সেটা বলতে পারে তোমাদের যন্ত্র ?'

দার্শনিকের মতোই প্রশ্ন বটে। সূর্যের তুলনায় চাঁদ এত ছোট, অথচ এই দুইয়ের দূরত্ব পৃথিবী থেকে এমনই হিসেবের যে, চাঁদটা সূর্যের উপর এলে আমাদের চোখে ঠিক তার পুরোটাই ঢেকে ফেলে—এক চুল বেশিও না, কমও না। এই আশ্চর্য ব্যাপারটা যেদিন আমি বুঝতে পারি আমার ছেলেবেলায়, সেদিন থেকেই সূর্যগ্রহণ সম্বন্ধে আমার মনে একটা গভীর বিস্ময়ের ভাব রয়ে গেছে। আমরাই জানি না এই প্রশ্নের উত্তর, তো কম্পু জানবে কী করে ?

আরও একটা দিন কিয়োটোয় থেকে আমরা কামাকুরা যাব। কেন্‌সলি সঙ্গে থাকাতে খুব ভাল হয়েছে। ভাল জিনিস আরও বেশি ভাল লাগে একজন সমঝদার পাশে থাকলে।

১৫ই মার্চ

কিয়োটো স্টেশনে ট্রেনের কামরায় বসে ডায়রি লিখছি। কাল রাত দেড়টার সময় প্রচণ্ড ভূমিকম্প। জাপানে এ জিনিসটা প্রায়ই ঘটে, কিন্তু এবারের কাঁপুনিটা রীতিমতো বেশি, আর স্থায়িত্ব প্রায় ন' সেকেন্ড। শুধু এটাই যে ফিরে যাবার কারণ তা নয়। ভূমিকম্পের দরুন একটা ঘটনা ঘটেছে যেটার কিনারা করতে হলে ওসাকায় ফিরতেই হবে। আজ ভোর পাঁচটায় মাৎসুয়ে ফোনে খবরটা দিল।

কম্পু উধাও।

টেলিফোনে বিস্তারিতভাবে কিছু বলা সম্ভব হয়নি। মাৎসুয়ে এমনিতেও ভাঙা ভাঙা

ইংরিজি বলে, তার উপরে উত্তেজনায় তার কথা জড়িয়ে যাচ্ছিল। এটা জানলাম যে, ভূমিকম্পের পরেই দেখা যায় যে, কম্পু আর তার জায়গায় নেই, আর পেলুসিডাইটের স্ট্যান্ডটা মাটিতে গড়াগড়ি যাচ্ছে। প্রহরী দুজনকেই নাকি অজ্ঞান অবস্থায় পাওয়া যায়, আর দু'জনেরই পা ভাঙা, ফলে দু'জনেই এখন হাসপাতালে। তাদের এখনও জ্ঞান হয়নি, কাজেই তাদের এ অবস্থা কেন হল সেটা জানা যায়নি।

কিয়োটোতে বাড়ি ভেঙে পড়ে নব্বইজন মেয়ে পুরুষ আহত হয়েছে। স্টেশনে লোকের মুখে আর কোনও কথা নেই। সত্যি বলতে কী কাল যখন ঝাঁকুনিটা শুরু হয় তখন আমারও রীতিমতো অস্থির ও অসহায় মনে হচ্ছিল। কেন্‌সলি সমেত আমি হোটেলের বাইরে বেরিয়ে এসেছিলাম, এবং বাইরে ভিড় দেখে বুঝেছিলাম যে কেউই আর ভিতরে নেই। জাপানে নাকি গড়ে প্রতিদিন চারবার ভূমিকম্প হয়, যদিও তার বেশির ভাগই এত মৃদু কম্পন যে, সিজমোগ্রাফ যন্ত্র আর কিছু পশুপক্ষী ছাড়া কেউই সেটা টের পায় না।

এ কী অদ্ভুত অবস্থার মধ্যে পড়া গেল! এত অর্থ, এত শ্রম, এত বুদ্ধি খরচ করে পৃথিবীর সেরা কম্পিউটার তৈরি হল, আর হবার তিন দিনের মধ্যে সেটা উধাও?

১৫ই মার্চ, ওসাকা, রাত এগারোটা

আমাদের বাসস্থান ইন্টারন্যাশনাল গেস্ট হাউসে আমার ঘরে বসে ডায়রি লিখছি। নামুরা ইনস্টিটিউটের দক্ষিণে একটা পার্কের উলটোদিকে এই গেস্ট হাউস। আমার জানলা থেকে ইনস্টিটিউটের টাওয়ার দেখা যেত, আজ আর যাচ্ছে না, কারণ সেটা কালকের ভূমিকম্পে পড়ে গেছে।

আজ মাৎসুয়ে স্টেশনে এসেছিল তার গাড়ি নিয়ে। সেই গাড়িতে আমরা সোজা চলে গেলাম ইনস্টিটিউটে। ইতিমধ্যে দুজন প্রহরীর একজনের জ্ঞান হয়েছে। সে যা বলছে তা হল এই—ভূমিকম্পের সময় সে আর তার সঙ্গী দুজনেই পাহারা দিচ্ছিল। কম্পন খুব জোরে হওয়াতে তারা একবার ভেবেছিল ছুটে বাইরে চলে যাবে, কিন্তু কম্পুর ঘর থেকে একটা শব্দ শুনে তারা অনুসন্ধান করতে চাবি খুলে ঘরে ঢোকে।

এর পরের ঘটনাটা প্রহরী যেভাবে বলছে সেটা সম্পূর্ণ অবিশ্বাস্য। ঘর খুলেই নাকি দুজনে দেখে যে, কম্পুর স্ট্যান্ডটা মাটিতে পড়ে আছে, আর কম্পু নিজে ঘরের এ মাথা থেকে ও মাথা গড়িয়ে বেড়াচ্ছে। ভূমিকম্পের জের ততক্ষণে কিছুটা কমেছে। প্রহরী দুজনেই কম্পুর দিকে এগিয়ে যায় তাকে ধরতে। সেই সময় কম্পু নাকি গড়িয়ে এসে তাদের সজোরে আঘাত করে, ফলে দুজনেরই পা ভেঙে যায় এবং দুজনেই অজ্ঞান হয়ে পড়ে।

এই আপনা থেকে গড়িয়ে পালিয়ে যাবার বিবরণটা যদি মিথ্যে হয় তা হলে অন্য সম্ভাবনাটা হচ্ছে চুরি। প্রহরী দুজনই যে নেশা করেছিল সেটা মিনিমোতো—অর্থাৎ যার জ্ঞান হয়েছে—স্বীকার করেছে। এই অবস্থায় যদি ভূমিকম্প শুরু হয় তা হলে তারা জান বাঁচাতে বাইরে পালাবে সেটা অত্যন্ত স্বাভাবিক। ইনস্টিটিউটের ল্যাবরেটরিতে নাকি কাজ হচ্ছিল সেই রাত্রে, এবং গবেষকরা প্রত্যেকেই নাকি ঝাঁকুনির তেজ দেখে বাইরে মাঠে বেরিয়ে আসে। অর্থাৎ ইনস্টিটিউটের দরজাগুলো সেই সময় বন্ধ ছিল না। কাজেই বাইরে থেকে ভিতরে লোক ঢুকতেও কোনও অসুবিধা ছিল না। দক্ষ চোর এই ভূমিকম্পের সুযোগে একটি বেয়াল্লিশ কিলো ওজনের গোলক বগলদাবা করে সকলের চোখে ধুলো দিয়ে ইনস্টিটিউট থেকে বেরিয়ে যেতে পারে অনায়াসে।

মোটকথা, চুরি হোক আর না হোক, কম্পু আর তার জায়গায় নেই। কে নিয়েছে,

কোথায় রয়েছে, তাকে আর ফিরে পাওয়া যাবে কি না, এর কোনওটারই উত্তর এখনও পর্যন্ত পাওয়া যায়নি। জাপানসরকার এরমধ্যে রেডিও ও টেলিভিশন মারফত জানিয়ে দিয়েছে যে, যে ব্যক্তি যন্ত্রটা উদ্ধার করতে পারবে তাকে পাঁচ লক্ষ ইয়েন—অর্থাৎ প্রায় দশ হাজার টাকা—পুরস্কার দেওয়া হবে। পুলিশ তদন্ত শুরু করে দিয়েছে, যদিও ইতিমধ্যে দ্বিতীয় প্রহরীরও জ্ঞান হয়েছে, এবং সে-ও অত্যন্ত জোরের সঙ্গে বলেছে যে, যন্ত্রটা চুরি হয়নি, সেটা নিজেই কোনও আশ্চর্য শক্তির জোরে চালিত হয়ে দুই প্রহরীকেই জখম করে কামরা থেকে বেরিয়ে গেছে।

প্রহরীদের কাহিনী আমাদের মধ্যে একমাত্র কুট্‌নাই বিশ্বাস করেছে, যদিও তার সপক্ষে কোনও যুক্তি দেখাতে পারেনি। কেন্‌সলি ও উইঙ্গফিল্ড সরাসরি বলেছে চুরি ছাড়া আর কিছুই হতে পারে না। প্ল্যাটিনাম অতি মূল্যবান ধাতু। দামের দিক দিয়ে সোনার পরেই প্ল্যাটিনাম। আজকাল জাপানি ছেলেছোকরাদের মধ্যে অনেকেই নেশার ঝোঁকে বেপরোয়া কাজ করে থাকে। বিশেষ করে সরকারকে অপদস্থ করতে পারলে তারা আর কিছু চায় না। এমন কোনও দল যদি কম্পুকে চুরি করে থাকে তা হলে মোটা টাকা আদায় না করে তাকে ফেরত দেবে না। তাই যদি হয় তা হলে এটা হবে যন্ত্র কিডন্যাপিংয়ের প্রথম নজির।

অনুসন্ধানের কাজটা খুব সহজ হবে বলে মনে হয় না, কারণ ভূমিকম্পের জের এখনও চলেছে। ওসাকায় দেড়শোর ওপর লোক মারা গেছে, আর অল্পবিস্তর জখম হয়েছে প্রায় হাজার লোক। দু-একদিনের মধ্যেই যে আবার কম্পন হবে না তার কোনও স্থিরতা নেই।

এখন রাত এগারোটা। কুট্‌না এই কিছুক্ষণ আগে পর্যন্ত আমার ঘরে ছিল। কম্পুর স্বেচ্ছায় পালানোর কাহিনী সে বিশ্বাস করলেও কেন পালিয়েছে সেটা অনেক ভেবেও বার করতে পারেনি। তার ধারণা, ভূমিকম্পে মাটিতে আছড়ে পড়ে তার যন্ত্রের কোনও গোলমাল হয়ে গেছে। অর্থাৎ তার মতে কম্পুর মাথাটা বিগড়ে গেছে।

আমি নিজে একদম বোকা বনে গেছি। এরকম অভিজ্ঞতা এর আগে কখনও হয়নি।

১৬ই মার্চ, রাত সাড়ে এগারোটা

আজকের শ্বাসরোধকারী ঘটনাগুলো এইবেলা লিখে রাখি। আমরা চার বৈজ্ঞানিকের মধ্যে একমাত্র কুট্‌নাই এখন মাথা উঁচু করে চলে ফিরে বেড়াচ্ছে, কারণ তার অনুমান যে অনেকাংশে সত্যি সেটা আজ প্রমাণ হয়ে গেছে। এই ঘটনার পরে ভবিষ্যতে আর কেউ যান্ত্রিক মস্তিষ্ক তৈরি করার ব্যাপারে সাহস পাবে বলে মনে হয় না।

কাল রাত্রে ডায়রি লিখে বিছানায় শুয়ে বেশ কিছুক্ষণ ঘুমোতে পারিনি। শেষটায় আমার তৈরি ঘুমের বড়ি সম্‌নোলিন খাব বলে বিছানা ছেড়ে উঠতেই উত্তরের জানলাটার দিকে চোখ পড়ল। এই দিকেই সেই পার্ক—যার পিছনে নামুরা ইনস্টিটিউট। এই পার্ক হচ্ছে সেই ধরনের জাপানি পার্ক যাতে মানুষের কারিগরির ছাপ খুঁজে পাওয়া মুশকিল। গাছপালা ফুলফল ঝোপঝাড়ের মধ্যে দিয়ে পায়ে হাঁটা পথ, এখানে ওখানে বিক্ষিপ্ত ছোট বড় পাথরের টুকরো, হঠাৎ এক জায়গায় একটা জলাশয়—যাতে কুলকুলিয়ে জল এসে পড়ছে নালা থেকে—সব মিলিয়ে পরিবেশটা স্বচ্ছন্দ, স্বাভাবিক, অথচ সবই হিসেব করে বসানো, সবটাই মানুষের পরিকল্পনা। এক বর্গমাইল জুড়ে এইরকম একটা বন বা বাগান বা পার্ক রয়েছে অতিথিশালা আর ইনস্টিটিউটের মাঝখানে।

বিছানা ছেড়ে উঠে আমার চোখ গেল এই পার্কের দিকে, কারণ তার মধ্যে একটা টর্চের আলো ঘোরাফেরা করছে। আমার ঘর থেকে দূরত্ব অনেক, কিন্তু জাপানি টর্চের আলোর

তেজ খুব বেশি বলে স্পষ্ট দেখা যাচ্ছে। মাঝে মাঝে জ্বলছে মাঝে মাঝে নিভছে, এবং বেশ খানিকটা জায়গা জুড়ে ঘোরাফেরা করছে আলোটা।

প্রায় মিনিটপনেরো ধরে এই আলোর খেলা চলল, তারপর টর্চের মালিক যেন বেশ হতাশ হয়েই পার্ক ছেড়ে বেরিয়ে চলে গেলেন।

সকালে নীচে ডাইনিংরুমে গিয়ে বাকি তিনজনকে বললাম ঘটনাটা এবং স্থির করলাম যে, ব্রেকফাস্ট সেরে পার্কে গিয়ে একবার অনুসন্ধান করব।

আটটা নাগাত আমরা চারজন বেরিয়ে পড়লাম। ওসাকা জাপানের অধিকাংশ শহরের মতোই অসমতল। সারা শহরে ছড়িয়ে আছে সরু সরু নালা আর খাল, আর সেগুলো পেরোবার জন্য সুদৃশ্য সব সাঁকো। রাস্তা থেকে বেশ খানিকটা খাড়াই উঠে তারপর পার্কের গাছপালা শুরু হয়। তারই মধ্যে একটা হাঁটাপথ দিয়ে আমরা এগিয়ে চললাম। মেপল, বার্চ, ওক, চেস্টনাট ইত্যাদি বিলিতি গাছে পার্কটা ভর্তি। অবিশ্যি জাপানের বিখ্যাত চেরিগাছও রয়েছে। জাপানিরা অনেককাল আগে থেকেই তাদের দেশের নিজস্ব গাছ তুলে ফেলে তার জায়গায় বিলিতি গাছের চারা পুঁততে শুরু করেছে, তাই এরকম একটা পার্কে এলে জাপানে আছি সে কথাটা মাঝে মাঝে ভুলে যেতে হয়।

মিনিটপনেরো চলার পরে প্রথম একজন অন্য মানুষকে দেখতে পেলাম পার্কের মধ্যে। একটি জাপানি ছেলে, বছর দশ-বারো বয়স, মাথার চুল কদমছাঁটে ছাঁটা, কাঁধে স্ট্র্যাপ থেকে ঝুলছে ইস্কুলের ব্যাগ। ছেলেটি আমাদের দেখে থমকে দাঁড়িয়ে ফ্যালফ্যাল দৃষ্টিতে চেয়ে আছে আমাদেরই দিকে। কুট্‌না জাপানি জানে, সে জিজ্ঞেস করল, 'তোমার নাম কী ?'

'সেইজি,' বলল ছেলেটা।

'এখানে কেন এসেছ ?'

'ইস্কুল যাচ্ছি।'

কুট্‌না ছাড়বার পাত্র নয়। বলল, 'তা হলে রাস্তা ছেড়ে ঝোপের দিকে যাচ্ছিলে কেন ?'

ছেলেটি চুপ।

ইতিমধ্যে কেন্‌সলি ডানদিকে একটু এগিয়ে গিয়েছিল, সে কী জানি দেখে ডাক দিল, 'কাম হিয়ার, শঙ্কু।'

কেন্‌সলি তার পায়ের কাছে ঘাসের দিকে চেয়ে আছে। আমি আর উইঙ্গফিল্ড এগিয়ে দেখি, জমির খানিকটা অংশের ঘাস এবং সেইসঙ্গে একটা বুনো ফুলের গাছ চাপ লেগে মাটির সঙ্গে সিঁটিয়ে গেছে। দু'পা এগোতেই চোখে পড়ল একটা চ্যাপটানো প্রাণী—এক বিঘত লম্বা একটি গিরগিটি। গাড়ির চাকা বা অন্য কোনও ভারী জিনিস ওপর দিয়ে গড়িয়ে গেলে এরকমভাবে পিষে যাওয়া স্বাভাবিক।

এবার কেন্‌সলি কুট্‌নার দিকে ফিরে বলল, 'আস্ক হিম ইফ হি ওয়াজ লুকিং ফর এ বল।'

ছেলেটি এবার আর জবাব এড়াতে পারল না। সে বলল, গতকাল ইস্কুল থেকে ফেরার পথে সে একটা ধাতুর বল দেখেছিল এই পার্কে একটা ঝোপের পিছনে। কাছে যেতেই বলটা গড়িয়ে দূরে চলে যায়। অনেক ছোটাছুটি করেও সে বলটার নাগাল পায়নি। বিকেলে বাড়ি ফিরে টেলিভিশনে জানতে পারে যে, ঠিক ওইরকম একটা বলের সন্ধান দিতে পারলে পাঁচ লক্ষ ইয়েন পুরস্কার পাওয়া যাবে। তাই সে গতকাল রাত্রেও টর্চ নিয়ে বলটা খুঁজেছে, কিন্তু পায়নি।

আমরা ছেলেটিকে বোঝালাম যে, এই পার্কেই যদি বলটা পাওয়া যায় তা হলে আমরা তাকে পুরস্কার পাইয়ে দেব, সে নিশ্চিন্তে ইস্কুল যেতে পারে। ছেলেটি আশ্বস্ত হয়ে তার ঠিকানা জানিয়ে দিয়ে দৌড় দিল ইস্কুলের দিকে, আর আমরা চারজনে চারদিকে ছড়িয়ে গিয়ে

আবার খোঁজা শুরু করলাম। যে যন্ত্রটা পাবে, সে অন্যদের হাঁক দিয়ে জানিয়ে দেবে।

পায়েহাঁটা পথ ছেড়ে গাছপালা ঝোপঝাড়ের দিকে এগিয়ে গেলাম আমি। কম্পু যদি সত্যিই সচল হয়ে থাকে তা হলে তাকে পেলেও সে ধরা দেবে কি না জানি না। তার উপরে তার যদি মানুষের উপর আক্রোশ থেকে থাকে তা হলে যে সে কী করতে পারে তা আমার অনুমানের বাইরে।

চতুর্দিকে দৃষ্টি রেখে মিনিটপাঁচেক চলার পর এক জায়গায় দেখলাম দুটো প্রজাপতি মাটিতে পড়ে আছে ; তারমধ্যে একটা মৃত, অন্যটার ডানায় এখনও মৃদু স্পন্দন লক্ষ করা যাচ্ছে। গত কয়েক মিনিটের মধ্যে কোনও একটা ভারী জিনিস তাদের উপর দিয়ে চলে গেছে সেটা বোঝাই যাচ্ছে।

আমি এক পা এক পা করে অতি সন্তর্পণে এগোতে শুরু করেছি, এমন সময় একটা তীক্ষ্ণ শব্দ শুনে আমাকে থমকে যেতে হল।

শব্দটা শিসের মতো এবং সেটাকে লিখে বোঝাতে গেলে তার বানান হবে ক-য়ে দীর্ঘ ঊ।

আমি শব্দের উৎস সন্ধানে এদিক ওদিক চাইতে আবার শোনা গেল—

'কূ— !'

এবারে আন্দাজ পেয়ে শব্দ লক্ষ্য করে বাঁ দিকে এগিয়ে গেলাম। এ যে কম্পুর গলা তাতে কোনও সন্দেহ নেই। আর ওই 'কূ' শব্দের একটাই মানে হতে পারে : সে আমার সঙ্গে লুকোচুরি খেলছে।

বেশি দূর যাবার দরকার হল না। একটা জেরেনিয়াম গাছের পিছনে সূর্যের আলো এসে পড়েছে কম্পুর দেহে। সে এখন অনড়। আমি কাছে গিয়ে দাঁড়ালাম। ওই কূ শব্দই বোধহয় অন্য তিনজনকেও জানিয়ে দিয়েছে কম্পুর অস্তিত্ব। তিনজনেই তিনদিক থেকে ব্যস্তভাবে এগিয়ে এল আমার দিকে। এই গাছপালার পরিবেশে মসৃণ ধাতব গোলকটিকে

ভারী অস্বাভাবিক লাগছিল দেখতে। কম্পুর চেহারায় সামান্য পরিবর্তন হয়েছে কি ? সেটা তার গা থেকে ধুলো মাটি আর ঘাসের টুকরো ঝেড়ে না ফেলা পর্যন্ত বোঝা যাবে না।

'ওয়ান থ্রি ওয়ান থ্রি ওয়ান থ্রি সেভন।'

কেন্‌সলি মাটিতে হাঁটু গেড়ে বসে কম্পুকে সক্রিয় করার মন্ত্রটা আওড়াল। কম্পু বিকল হয়েছে কি না জানার জন্য আমরা সকলেই উদগ্রীব।

'সম্রাট নেপোলিয়ন কোন কোন যুদ্ধে জয়লাভ করেছিলেন ?'

প্রশ্নটা করল উইঙ্গফিল্ড। ঠিক এই প্রশ্নটাই সেদিন ডিমনস্ট্রেশনে এক সাংবাদিক করেছিল কম্পুকে, আর মুহূর্তের মধ্যে নির্ভুল জবাব দিয়েছিল আমাদের যন্ত্র।

কিন্তু আজ কোনও উত্তর নেই। আমরা পরস্পরের মুখ চাওয়াচাওয়ি করছি, বুকের ভিতরে একটা গভীর অসোয়াস্তির ভাব দানা বাঁধছে। উইঙ্গফিল্ড গোলকের আরও কাছে মুখ এনে আবার প্রশ্নটা করল।

'কম্পু, সম্রাট নেপোলিয়ন কোন কোন যুদ্ধে জয়লাভ করেছিলেন ?'

এবারে উত্তর এল। উত্তর নয়, পালটা প্রশ্ন—'তুমি জান না ?'

উইঙ্গফিল্ড হতভম্ব। কুট্‌নার মুখ হাঁ হয়ে গেছে। তার চাহনিতে বিস্ময়ের সঙ্গে যে আতঙ্কের ভাবটা রয়েছে সেটা কোনও অলৌকিক ঘটনার সামনে পড়লেই মানুষের হয়।

যে কারণেই হোক, কম্পু আর সে কম্পু নেই। মানুষের দেওয়া ক্ষমতাকে সে কোনও অজ্ঞাত উপায়ে অতিক্রম করে গেছে। আমার ধারণা, তার সঙ্গে এখন কথোপকথন সম্ভব। আমি প্রশ্ন করলাম—

'তোমাকে কেউ নিয়ে এসেছে, না তুমি নিজে এসেছ ?'

'নিজে।'

এবারে কুট্‌না প্রশ্ন করল। তার হাত পা কাঁপছে, কপালে বিন্দু বিন্দু ঘাম।

'কেন এলে ?'

উত্তর এল তৎক্ষণাৎ—

'টু প্লে।'

'খেলতে ?' অবাক হয়ে প্রশ্ন করলাম আমি।

উইঙ্গফিল্ড আর কেন্‌সলি মাটিতে বসে পড়েছে।

'এ চাইল্ড মাস্ট প্লে।'

এসব কী বলছে আমাদের যন্ত্র ? আমরা চারজনে প্রায় একসঙ্গে বলে উঠলাম—'শিশু ? তুমি শিশু ?'

'তোমরা শিশু, তাই আমি শিশু।'

অন্যেরা এই উত্তরে কী ভাবল জানি না, কিন্তু আমি বুঝতে পারলাম কম্পু কী বলতে চাইছে। বিংশ শতাব্দীর শেষ ভাগেও স্বীকার করতেই হবে যে, মানুষ যত না জানে, তার চেয়ে জানে না অনেক বেশি। এই যে গ্র্যাভিটি বা অভিকর্ষ, যেটার প্রভাব সারা বিশ্বব্রহ্মাণ্ডে ছড়িয়ে আছে, যেটার উপস্থিতি আমরা প্রতি মুহূর্তে অনুভব করছি, সেটাও আজ পর্যন্ত মানুষের কাছে রহস্যই রয়ে গেছে। সেই হিসেবে আমরাও শিশু বই কী!

এখন কথা হচ্ছে কম্পুকে নিয়ে কী করা যায়। যখন দেখা যাচ্ছে তার মন বলে একটা পদার্থ আছে, তখন তাকেই জিজ্ঞেস করা উচিত। বললাম, 'তোমার খেলা শেষ ?'

'শেষ। বয়স বাড়ছে।'

'এখন কী করবে ?'

'ভাবব।'

'এখানেই থাকবে, না আমাদের সঙ্গে যাবে?'
'যাব।'

গেস্টহাউসে পৌঁছেই মাৎসুয়েকে ডেকে পাঠালাম। তাকে বোঝালাম যে, এই অবস্থায় আর কম্পুকে ইনস্টিটিউটে রাখা যায় না, কারণ সর্বক্ষণ তার দিকে নজর রাখা দরকার। অথচ কম্পুর এই অবস্থাটা প্রচার করাও চলে না।

শেষ পর্যন্ত মাৎসুয়েই স্থির করল পন্থা। কম্পুকে তৈরি করার আগে পরীক্ষা করার জন্য ওরই সাইজে দুটো অ্যালুমিনিয়ামের গোলক তৈরি করা হয়েছিল, তারই একটা ইনস্টিটিউটে রেখে দিয়ে জানিয়ে দেওয়া হবে যে যন্ত্রটা উদ্ধার হয়েছে, আর আসল যন্ত্র থাকবে আমাদের কাছে এই গেস্টহাউসেই। এখানে বলে রাখি যে আমরা চার বৈজ্ঞানিক ছাড়া এখন আর কেউ এখানে নেই। দোতলা বাড়িতে ঘর আছে সবসুদ্ধ ষোলোটা। আমরা চারজনে দোতলার চারটে ঘরে রয়েছি, টেলিফোনে পরস্পরের সঙ্গে যোগাযোগের বন্দোবস্ত রয়েছে।

ঘণ্টাখানেকের মধ্যেই মাৎসুয়ে একটি কাচের বাক্স পাঠিয়ে দিল আমার ঘরে। তারই মধ্যে তুলোর বিছানায় কম্পুকে রাখা হয়েছে। অতি সাবধানে তার গা থেকে ধুলো মুছিয়ে দেবার সময় লক্ষ করলাম যে, তার দেহটা আর আগের মতো মসৃণ নেই। প্ল্যাটিনাম অত্যন্ত কঠিন ধাতু, কাজেই যন্ত্র যতই গড়াগড়ি করুক না কেন, এত সহজে তার মসৃণতা চলে যাওয়া উচিত না। শেষমেষ কম্পুকেই কারণ জিজ্ঞেস করলাম। কয়েক মুহূর্ত চুপ থেকে সে উত্তর দিল—

'জানি না। ভাবছি।'

বিকেলের দিকে মাৎসুয়ে আবার এল, সঙ্গে একটি টেপ রেকর্ডার। এই রেকর্ডারের বিশেষত্ব এই যে, মাইক্রোফোনে শব্দতরঙ্গ প্রবেশ করামাত্র আপনা থেকে রেকর্ডার চালু হয়ে যায়, আর শব্দ থামলেই বন্ধ হয়। রেকর্ডার কম্পুর সামনে রাখা রইল, ওটা আপনা থেকেই কাজ করবে।

মাৎসুয়ে বেচারি বড় অসহায় বোধ করছে। ইলেকট্রনিকসের কোনও বিদ্যাই তাকে এই পরিস্থিতিতে সাহায্য করছে না। তার ইচ্ছা ছিল গোলকটাকে খুলে ফেলে তার ভিতরের সার্কিটগুলো একবার পরীক্ষা করে দেখে, কিন্তু আমি তাকে নিরস্ত করলাম। বললাম, ভিতরে গণ্ডগোল যাই হয়ে থাক না কেন, তার ফলে এখন যেটা হচ্ছে সেটাকে হতে দেওয়া উচিত। কম্পিউটার তৈরি করার ক্ষমতা মানুষের আছে, এবং ভবিষ্যতেও থাকবে, কিন্তু কম্পু এখন যে চেহারা নিয়েছে, সেরকম যন্ত্র মানুষ কোনওদিনও তৈরি করতে পারবে কি না সন্দেহ। তাই এখন আমাদের কাজ হবে শুধু কম্পুকে পর্যবেক্ষণ করা, এবং সুযোগ বুঝে তার সঙ্গে কথোপকথন চালানো।

সন্ধেবেলা আমার ঘরে বসে চারজনে কফি খাচ্ছি, এমন সময় কাচের বাক্সটা থেকে একটা শব্দ পেলাম। অতি পরিচিত রিনরিনে কণ্ঠস্বর। আমি উঠে গিয়ে জিজ্ঞেস করলাম, 'কিছু বললে?'

উত্তর এল—'জানি। বয়সের ছাপ।'

অর্থাৎ সকালে তাকে যে প্রশ্ন করেছিলাম সেটার উত্তর এতক্ষণে ভেবে বার করেছে কম্পু। প্ল্যাটিনামের রুক্ষতা হল বয়সের ছাপ।

'তুমি কি বৃদ্ধ?' আমি জিজ্ঞেস করলাম।

'না,' বলল কম্পু, 'আই অ্যাম নাউ ইন মাই ইউথ।'

অর্থাৎ এখন আমার জোয়ান বয়স।

আমাদের মধ্যে এক উইঙ্গফিল্ডের হাবভাবে কেমন যেন খটকা লাগছে আমার। মাৎসুয়ে

যখন যন্ত্রটাকে খুলে পরীক্ষা করার প্রস্তাব করেছিল, তখন একমাত্র উইঙ্গফিল্ডই তাতে সায় দিয়েছিল। তার আপশোস যে, যে উদ্দেশ্য নিয়ে কম্পিউটারটাকে তৈরি করা হয়েছিল সে উদ্দেশ্য ব্যর্থ হয়ে গেল। কম্পু নিজে থেকে কথা বলতে আরম্ভ করলেই উইঙ্গফিল্ড কেন জানি উশখুশ করতে থাকে। কম্পুর এ হেন আচরণের মধ্যে যে একটা ভৌতিক ব্যাপার রয়েছে সেটা অস্বীকার করা যায় না ; কিন্তু তাই বলে একজন বৈজ্ঞানিকের এরকম প্রতিক্রিয়া হবে কেন ? আজ তো এই নিয়ে একটা কেলেঙ্কারিই হয়ে গেল। কম্পু আমার সঙ্গে কথা বলার মিনিটখানেকের মধ্যেই উইঙ্গফিল্ড চেয়ার ছেড়ে গটগট করে কম্পুর দিকে এগিয়ে গিয়ে আবার সেই একই প্রশ্ন করে বসল—'সম্রাট নেপোলিয়ন কোন কোন যুদ্ধে জয়লাভ করেছিলেন ?' ভাবটা যেন যন্ত্রের কাছ থেকে যান্ত্রিক উত্তরটা পেলেই সে আশ্বস্ত হবে।

কিন্তু উত্তর যেটা এল সেটা একেবারে চাবুক। কম্পু বলল, 'যা জানো তা জানতে চাওয়াটা মূর্খের কাজ।'

এই উত্তরে উইঙ্গফিল্ডের যা অবস্থা হল সে আর বলবার নয়। আর সেইসঙ্গে তার মুখ থেকে যে কথাটা বেরোল তেমন কথা যে একজন প্রবীণ বৈজ্ঞানিকের পক্ষে উচ্চারণ করা সম্ভব এটা আমি ভাবতে পারিনি। অথচ দোষটা উইঙ্গফিল্ডেরই ; সে যে কম্পুর নতুন অবস্থাটা কিছুতেই মানতে পারছে না সেটা তার ছেলেমানুষি ও একগুঁয়েমিরই লক্ষণ।

আশ্চর্য এই যে, কম্পুও যেন উইঙ্গফিল্ডের এই অভদ্রতা বরদাস্ত করতে পারল না। পরিষ্কার কণ্ঠে তাকে বলতে শুনলাম, 'উইঙ্গফিল্ড, সাবধান !'

এর পরে আর উইঙ্গফিল্ডের এঘরে থাকা সম্ভব নয়। সে সশব্দে দরজা বন্ধ করে ঘর থেকে বেরিয়ে গেল।

কেন্‌সলি আর কুট্‌না এর পরেও অনেকক্ষণ ছিল। কেন্‌সলির ধারণা উইঙ্গফিল্ডের মাথার ব্যামো আছে, তার জাপানে আসা উচিত হয়নি। সত্যি বলতে কী, আমাদের মধ্যে কাজ সবচেয়ে কম করেছে উইঙ্গফিল্ড। মেরিভেল জীবিত থাকলে এটা হত না, কারণ ইলেকট্রনিকসে সেও ছিল একজন দিকপাল।

আমরা তিনজনে আমারই ঘরে ডিনার সারলাম। কারুরই মুখে কথা নেই, কম্পুও

নির্বাক। তিনজনেই লক্ষ করছিলাম যে, কম্পুর দেহের রুক্ষতা যেন ঘণ্টায় ঘণ্টায় বেড়ে চলেছে।

দুই বিজ্ঞানী চলে যাবার পর আমি দরজা বন্ধ করে বিছানায় এসে বসেছি, এমন সময় কম্পুর কণ্ঠস্বরে টেপ রেকর্ডারটা আবার চলতে শুরু করল। আমি কাচের বাক্সটার কাছে গিয়ে দাঁড়ালাম। কম্পুর গলার স্বর আর তেমন তীক্ষ্ণ নেই ; তাতে একটা নতুন গাম্ভীর্য লক্ষ করা যাচ্ছে।

'তুমি ঘুমোবে ?' প্রশ্ন করল কম্পু।

আমি বললাম, 'কেন জিজ্ঞেস করছ ?'

'স্বপ্ন দেখ তুমি ?'—আবার প্রশ্ন।

'তা দেখি মাঝে মাঝে। সব মানুষই দেখে।'

'কেন ঘুম ? কেন স্বপ্ন ?'

দুরূহ প্রশ্ন করেছে কম্পু। বললাম, 'সেটা এখনও সঠিক জানা যায়নি। ঘুমের ব্যাপারে একটা মত আছে। আদিম মানুষ সারাদিন খাদ্যের সন্ধানে পরিশ্রম করে রাত্রে কিছু দেখতে না পেয়ে চুপচাপ তার গুহায় বসে থাকতে থাকতে ঘুমিয়ে পড়ত, তারপর দিনের আলো চোখে লাগলে তার ঘুম ভেঙে যেত। মানুষের সেই আদিম অভ্যেসটা হয়তো আজও রয়ে গেছে।'

'আর স্বপ্ন ?'

'জানি না। কেউই জানে না।'

'আমি জানি।'

'জান ?'

'আরও জানি। স্মৃতির রহস্য জানি। মানুষ কবে এল জানি। মাধ্যাকর্ষণ জানি। সৃষ্টির গোড়ার কথা জানি।'

আমি তটস্থ হয়ে চেয়ে আছি কম্পুর দিকে। টেপ রেকর্ডার চলছে। বিজ্ঞানের কাছে যা রহস্য, তার সন্ধান কি কম্পু দিতে চলেছে ?

না, তা নয়।

কয়েক মুহূর্ত নীরব থেকে কম্পু বলল, 'মানুষ অনেক জেনেছে। এগুলোও জানবে। সময় লাগবে। সহজ রাস্তা নেই।'

তারপর আবার কয়েক মুহূর্ত নীরবতার পর—'কেবল একটা জিনিস মানুষ জানবে না। আমার জানতে হবে। আমি মানুষ নই। আমি যন্ত্র।'

'কী জিনিস ?'—আমি উদগ্রীব হয়ে প্ল্যাটিনাম গোলকটার দিকে চেয়ে প্রশ্ন করলাম।

কিন্তু কম্পু নির্বাক। টেপ রেকর্ডার থেমে আছে। মিনিটতিনেক এইভাবে থাকার পর সেটা আবার বলে উঠল—শুধু দুটো শব্দ রেকর্ড করার জন্য—

'গুড নাইট।'

১৮ই মার্চ

আমি হাসপাতালে বসে ডায়রি লিখছি। এখন অনেকটা সুস্থ। আজই বিকেলে ছাড়া পাব। এই বয়সে এমন একটা বিভীষিকাময় অভিজ্ঞতা হতে পারে সেটা ভাবতে পারিনি। কম্পুর কথা না শুনে যে কী ভুল করেছি, সেটা এখন বুঝতে পারছি।

পরশু রাত্রে কম্পু গুড নাইট করার পর বিছানায় শুয়ে কয়েকমিনিটের মধ্যেই আমার ঘুম

এসে গিয়েছিল। এমনিতে আমার খুব গাঢ় ঘুম হয়, তবে কোনও শব্দ হলে ঘুমটা ভাঙেও চট করে। কাজেই টেলিফোনটা যখন বেজে উঠল, তখন মুহূর্তের মধ্যেই আমি সম্পূর্ণ সজাগ। পাশে টেবিলে লুমিনাস ডায়ালওয়ালা ট্র্যাভলিং ক্লকে দেখলাম আড়াইটে।

টেলিফোনটা তুলে হ্যালো বলতে শুনলাম উইঙ্গফিল্ডের গলা।

'শঙ্কু, তোমার ঘুমের বড়ি একটা পাওয়া যাবে ? আমার স্টক শেষ।'

স্বভাবতই এতে আমার আপত্তির কোনও কারণ থাকতে পারে না। আমি বললাম এক মিনিটের মধ্যে তার ঘরে গিয়ে আমি বড়ি দিয়ে আসব। উইঙ্গফিল্ড বলল সে নিজেই আসছে।

আমি বড়ি বার করতে সঙ্গে সঙ্গেই দরজার সুরেলা ঘণ্টাটা বেজে উঠল। উঠে গিয়ে খুলতে যাব এমন সময় কম্পুর গলা পেলাম—

'খুলো না।'

আমি অবাক। বললাম, 'কেন ?'

'উইঙ্গফিল্ড অসৎ।'

এসব কী বলছে কম্পু !

এদিকে দরজার ঘণ্টা আবার বেজে উঠেছে, আর তার সঙ্গে উইঙ্গফিল্ডের ব্যস্ত কণ্ঠস্বর—'তুমি ঘুমিয়ে পড়লে নাকি, শঙ্কু ? আমি স্লিপিং পিলের জন্য এসেছি।'

কম্পু তার নিষেধাজ্ঞা জানিয়ে চুপ করে গেছে।

আমি দেখলাম দরজা না খোলায় অনেক মুশকিল। কী কৈফিয়ত দেব তাকে ? যদি এই যন্ত্রের কথা সত্যি না হয় ?

দরজা খুললাম, এবং খোলার সঙ্গে সঙ্গে মাথায় একটা প্রচণ্ড আঘাতে আমি সংজ্ঞা হারালাম।

যখন জ্ঞান হল তখন আমি হাসপাতালে। আমার খাটের পাশে দাঁড়িয়ে আছে তিন বৈজ্ঞানিক—কুট্না, কেন্সলি আর মাৎসুয়ে। তারাই দিল আমাকে বাকি ঘটনার বিবরণ।

আমাকে অজ্ঞান করে উইঙ্গফিল্ড কম্পুকে দুভাগে ভাগ করে বগলদাবা করে নিজের ঘরে চলে যায়। তারপর সুটকেসের মধ্যে কম্পুর দু অংশ পুরে ভোর পর্যন্ত অপেক্ষা করে নীচে গিয়ে ম্যানেজারকে জানায় যে তাকে প্লেন ধরতে এয়ারপোর্টে যেতে হবে, তার জন্য যেন গাড়ির ব্যবস্থা করা হয়। এদিকে গেস্টহাউসের এক ভৃত্য উইঙ্গফিল্ডের তিনটে সুটকেস নীচে নিয়ে আসার সময় তার একটা অস্বাভাবিক ভারী মনে হওয়ায় তার সন্দেহের উদ্রেক হয়, সে পাহারার জন্য মোতায়েন পুলিশের লোককে গিয়ে সেটা জানায়। পুলিশের লোক উইঙ্গফিল্ডকে চ্যালেঞ্জ করলে উইঙ্গফিল্ড মরিয়া হয়ে রিভলভার বার করে। কিন্তু পুলিশের তৎপরতার ফলে উইঙ্গফিল্ডকে হার মানতে হয়। সে এখন হাজতে আছে—সন্দেহ হচ্ছে ম্যাসাচুসেটসে তার সহকর্মী মেরিভেলের মৃত্যুর জন্য সে দায়ী হতে পারে। কম্পু তার আশ্চর্য ক্ষমতার বলে তার স্বরূপ প্রকাশ করে দিতে পারে এই ভয়ে সে কম্পুকে নিয়ে সরে পড়ার চেষ্টা করেছিল, হয়তো এয়ারপোর্টে যাবার পথে কোথাও তাকে ফেলে দিত।

আমি সব শুনে বললাম, 'কম্পু এখন কোথায় ?'

মাৎসুয়ে একটু হেসে বলল, 'তাকে আবার ইনস্টিটিউটে ফিরিয়ে নিয়ে গেছি। গেস্টহাউসে রাখাটা নিরাপদ নয় সে তো বুঝতেই পারছ। সে তার কামরাতেই আছে। তাকে আবার জোড়া লাগিয়েছি।'

'সে কথা বলছে কি ?'

'শুধু বলছে না, আশ্চর্য কথা বলছে। জাপানে ভূমিকম্প থেকে রক্ষা পাবার জন্য

একরকম বাড়ির পরিকল্পনা দিয়েছে, যেগুলো জমি থেকে পাঁচ মিটার উপরে শূন্যে ভাসমান অবস্থায় থাকবে। বিজ্ঞান আজকাল যেভাবে এগিয়ে চলেছে, তাতে এটা দশ বছরের মধ্যেই জাপান সরকার কার্যকরী করতে পারবে।'

'আর কিছু বলেছে?'

'তোমাকে দেখতে চায়,' বলল মাৎসুয়ে।

আমি আর থাকতে পারলাম না। মাথার যন্ত্রণা চুলোয় যাক, আমাকে ইনস্টিটিউটে যেতেই হবে।

'পারবে তো?' একসঙ্গে প্রশ্ন করল কুট্না ও কেন্সলি।

'নিশ্চয়ই পারব।'

আধঘণ্টার মধ্যে আবার সেই সুদৃশ্য কামরায় গিয়ে হাজির হলাম। আবার সেই স্ফটিকের স্তম্ভের উপর বসে আছে কম্পু। সিলিং থেকে তীব্র আলোকরশ্মি গিয়ে পড়েছে তার উপর, আর সেই আলোয় বেশ বুঝতে পারছি কম্পুর দেহের মসৃণতা চলে গিয়ে এখন তার সর্বাঙ্গে ফাটল ধরেছে। এই চারদিনে তার বয়স অনেক বেড়েছে তাতে কোনও সন্দেহ নেই।

আমি কম্পুর কাছে গিয়ে দাঁড়ালাম। কোনও প্রশ্ন করার আগেই তার শান্ত, গম্ভীর কণ্ঠস্বর শুনতে পেলাম।

'ঠিক সময়ে এসেছ। আর সাড়ে তিন মিনিটে ভূমিকম্প হবে। মৃদু কম্পন। টের পাবে, তাতে কারুর ক্ষতি হবে না। আর তখনই আমার শেষ প্রশ্নের উত্তর আমি পাব। সে উত্তর কোনও মানুষে পাবে না কোনওদিন।'

এরপর আর কী বলা যায়। আমরা রুদ্ধশ্বাসে অপেক্ষা করে রইলাম। কম্পুর কয়েক হাত উপরেই ইলেকট্রিক ঘড়ির সেকেন্ডের কাঁটা এগিয়ে চলেছে টকটক করে।

এক মিনিট...দু মিনিট...তিন মিনিট...। অবাক চোখে দেখছি কম্পুর দেহের ফাটল বাড়ার সঙ্গে সঙ্গে তার দেহের জ্যোতিও বাড়ছে। শুধু বাড়ছে কি? তা তো নয়—তার সঙ্গে রঙের পরিবর্তন হচ্ছে যে!—এ তো প্ল্যাটিনামের রং নয়, এ যে সোনার রং!

পনেরো সেকেন্ড...বিশ সেকেন্ড...পঁচিশ সেকেন্ড...

ঠিক ত্রিশ সেকেন্ডের মাথায় পায়ের তলার মেঝেটা কেঁপে উঠল, আর সঙ্গে সঙ্গে এক অপার্থিব বর্ণচ্ছটা বিকীর্ণ করে কম্পুর দেহ সশব্দে খণ্ড খণ্ড হয়ে স্ফটিকস্তম্ভের উপর থেকে শ্বেতপাথরের মেঝেতে পড়ল, তার ভিতরের কলকবজা চূর্ণ বিচূর্ণ হয়ে ধুলোর মতো চারদিকে ছড়িয়ে পড়ল, আর সেই ভগ্নস্তূপ থেকে একটা রক্ত হিম করা অশরীরী কণ্ঠস্বর বলে উঠল—

'মৃত্যুর পরের অবস্থা আমি জানি!'

আনন্দমেলা। পূজাবার্ষিকী ১৩৮৫

মহাকাশের দূত

২২শে অক্টোবর

ব্রেন্টউড, ১৫ই অক্টোবর

প্রিয় শঙ্কু,

মনে হচ্ছে আমার বারো বছরের পরিশ্রম ও অধ্যবসায়ের ফল পেতে চলেছি। খবরটা এখনও প্রচার করার সময় আসেনি, শুধু তোমাকেই জানাচ্ছি।

কাল রাত একটা সাঁইত্রিশে এপসাইলন ইন্ডি নক্ষত্রপুঞ্জের কোনও একটা অংশ থেকে আমার সংকেতের উত্তর পেয়েছি। মৌলিক সংখ্যার সংকেতের উত্তর মৌলিক সংখ্যাতেই এসেছে; সুতরাং এ বিষয়ে কোনও সন্দেহ নেই যে ছায়াপথের ওই অংশে কোনও একটি গ্রহ বা উপগ্রহে এমন প্রাণী আছে যারা আমাদের গণিতের ভাষা বোঝে এবং যারা পৃথিবীর মানুষের সঙ্গে যোগস্থাপন করতে সক্ষম ও ইচ্ছুক।

তবে আশ্চর্য এই যে, পৃথিবী থেকে এই বিশেষ নক্ষত্রমণ্ডলের যে দূরত্ব তাতে বেতার তরঙ্গে সংকেত পৌঁছাতে লাগা উচিত দশ বছর। আমি প্রথম সংকেত পাঠাই আজ থেকে বারো বছর আগে; নিয়মমতো উত্তর আসতে লাগা উচিত ছিল আরও আট বছর। সেখানে মাত্র দু' বছর লাগল কেন? তা হলে কি এই প্রাণী বেতারতরঙ্গের গতির চেয়েও অনেক বেশি দ্রুতগতিতে সংকেত পাঠানোর উপায় আবিষ্কার করেছে? এরা কি তা হলে মানুষের চেয়েও অনেক বেশি উন্নত?

যাই হোক, এই নিয়ে এখন আর মাথা ঘামিয়ে লাভ নেই। তোমাকে খবরটা দিলাম কারণ আমার মতো তোমারও নিশ্চয়ই মিশরের প্যাপাইরাসের দৈববাণীর কথাটা মনে পড়ছে।

আশা করি ভাল আছ। নতুন খবর পেলেই তোমাকে জানাব। শুভেচ্ছা নিও।

ফ্রানসিস

ইংলন্ডের বিখ্যাত জ্যোতির্বিদ ফ্রানসিস ফীল্ডিং হল আমার বাইশ বছরের বন্ধু। অন্য গ্রহে প্রাণী আছে কি না, বহু চেষ্টায় তার কোনও ইঙ্গিত না পেয়ে বিশ্বের অধিকাংশ বৈজ্ঞানিক যখন প্রায় হাল ছাড়তে বসেছে, ফীল্ডিং তখনও একা তার নিজের তৈরি ৯৫ ফুট ডায়ামিটারের রিসিভার তার নিজের বাড়ির পিছনের জমিতে বসিয়ে এক নাগাড়ে বছরের পর বছর ছায়াপথের একটি বিশেষ অংশে ২১ সেন্টিমিটারে বেতার তরঙ্গে গাণিতিক সংকেত পাঠিয়ে চলেছে। আজ তার সফলতার ইঙ্গিত পেয়ে আমার মনটা আনন্দে ভরে উঠেছে।

ফ্রানসিস যে প্যাপাইরাসের দৈববাণীর কথা তার চিঠিতে উল্লেখ করেছে, সে বিষয়ে কিছু বলা দরকার।

প্রাচীন মিশরের একটানা সাড়ে তিন হাজার বছরের সভ্যতার ইতিহাসে অনেক রাজার উল্লেখ আছে এবং এদের সমাধি খুঁড়ে প্রত্নতত্ত্ববিদরা অনেক আশ্চর্য জিনিস পেয়েছেন। মৃত্যুর পরে রাজার আত্মা যাতে সন্তুষ্ট থাকে তার জন্য কফিনবদ্ধ শবদেহের সঙ্গে ধনরত্ন পুঁথিপত্র

পোশাকপরিচ্ছদ বাসনকোসন ইত্যাদি বহু সামগ্রী পুরে দেওয়া হত সমাধির মধ্যে। এই সমাধির প্রবেশদ্বার বাইরে থেকে বন্ধ করে দিলেও, ভিতরের জিনিসপত্র অনেক সময়ই লুট হয়ে যেত। ১৯২২ সালে বালক-রাজা তুতানখামেনের সমাধি আবিষ্কার হবার পরে যখন দেখা গেল যে প্রবেশদ্বারের সিলমোহরটি অক্ষত রয়েছে, তখন প্রত্নতত্ত্ববিদদের মধ্যে হইচই পড়ে গিয়েছিল। আজ কায়রো মিউজিয়মে গেলে দেখা যায় কী আশ্চর্য সব জিনিস ছিল এই সমাধিতে।

গত মার্চ মাসে আমেরিকান ধনকুবের ও শখের প্রত্নতত্ত্ববিদ গিডিয়ন মর্গেনস্টার্ন কায়রোতে বেড়াতে এসে খবর পান যে সেই দিনই সকালে স্থানীয় পুলিশ দুটি চোর ধরেছে, যাদের কাছে প্রাচীন মিশরের কিছু মূল্যবান জিনিস পাওয়া গেছে। তারা স্বীকার করেছে যে জিনিসগুলো এসেছে একটি মাস্তাবা বা সমাধি থেকে। নাইলের পুব পারে বেনি হাসানে একটি চুনা পাথরের টিলার গায়ে লুকোনো ছিল এই মাস্তাবার প্রবেশপথ।

মর্গেনস্টার্ন তৎক্ষণাৎ মিশরসরকারের অনুমতি নিয়ে নিজের খরচে একটি প্রত্নতাত্ত্বিক দল খাড়া করে এই মাস্তাবার ভিতরে খোঁড়ার কাজ শুরু করে দেয়। ধনরত্ন বিশেষ অবশিষ্ট না থাকলেও, একটি জিনিস পাওয়া যায় যেটা খুবই অদ্ভুত এবং মূল্যবান। সেটা হল একটা প্যাপাইরাসের দলিল।

প্যাপাইরাস গাছের আঁশ চিরে নিয়ে তাকে পানের তবকের মতো করে পিটিয়ে পাতলা করে কাগজের মতো ব্যবহার করত মিশরীয়রা। এতদিন যে সব প্যাপাইরাস পাওয়া গেছে তার বেশির ভাগই রাজপ্রশস্তি, বা ঐতিহাসিক ঘটনার বর্ণনা বা স্থানীয় উপকথা। কিন্তু এবারের এই প্যাপাইরাসটির পাঠোদ্ধার করে জানা যায় সেটা কতকগুলি দৈববাণী, যাকে ইংরাজিতে বলে ওর‍্যাক্‌ল্‌স। ফ্রান্সের দৈবজ্ঞ নস্ট্রাডামুসের ওর‍্যাক্‌ল্‌সের কথা অনেকেই জানে। আজ থেকে প্রায় পাঁচশো বছর আগে পদ্যে লেখা এক হাজার ভবিষ্যদ্বাণীর অনেকগুলোই পরবর্তী কালে আশ্চর্য ভাবে ফলে গেছে। লন্ডনের প্লেগ ও অগ্নিকাণ্ড, ফরাসি বিপ্লবে ষোড়শ লুই-এর গিলোটিনে মুণ্ডপাত, নেপোলিয়ন হিটলারের উত্থান পতন, এমনকী হিরোশিমা ধ্বংসের কথা পর্যন্ত নস্ট্রাডামুস বলে গিয়েছিলেন।

মিশরের এই প্যাপাইরাসেও এই ধরনের ভবিষ্যদ্বাণী রয়েছে, কিন্তু সবগুলোই বিজ্ঞান সংক্রান্ত। হয়তো যাঁর সমাধি, তিনিই করেছেন এইসব ভবিষ্যদ্বাণী। যিনিই করে থাকুন, তাঁর গণনায় স্তম্ভিত হতে হয়। আজ থেকে পাঁচ হাজার বছর আগে বলা হয়েছে বাষ্পযান আকাশযান টেলিফোন টেলিভিশন আবিষ্কারের কথা; যান্ত্রিক মানুষের কথা বলা আছে; কম্পিউটারের বর্ণনা আছে, এক্স-রে ইনফ্রারেড রে আলট্রা ভায়োলেট-রে'র কথা বলা আছে। সবচেয়ে আশ্চর্য যা বলা হয়েছে—এবং যেটা সবে বৈজ্ঞানিকমহল মেনে নিতে বাধ্য হয়েছে—সেটা হল এই যে সৌরজগতে একমাত্র পৃথিবী ছাড়া অন্য কোনও গ্রহে প্রাণী নেই। আমাদের সৌরজগতের বাইরে মহাকাশে আরও অসংখ্য সৌরজগৎ আছে যেখানে নাকি নানান গ্রহে নানারকম প্রাণী আছে, কিন্তু মানুষের মতো প্রাণী আছে কেবল আর একটিমাত্র গ্রহে। এই গ্রহের মানুষ পৃথিবীর মানুষের চেয়ে নাকি অনেক বেশি উন্নত। শুধু তাই নয়, বহুকাল থেকে নাকি পাঁচ হাজার বছরে একবার করে এই গ্রহের মানুষ পৃথিবীতে এসেছে, এবং পৃথিবীর মানুষকে সভ্যতার পথে বেশ খানিকটা এগিয়ে দিয়ে গেছে। প্যাপাইরাসের লেখক নিজেই নাকি এমন একটি গ্রহান্তরের মানুষের সামনে পড়েছিলেন, এবং তাঁর ভবিষ্যদ্বাণীর ক্ষমতার জন্য নাকি এই ভিনগ্রহের মানুষই দায়ী।

এই আশ্চর্য প্যাপাইরাসটি মর্গেনস্টার্ন কায়রোর সংগ্রহশালার অধ্যক্ষকে বলেকয়ে আদায় করেছিলেন তাঁর ব্যক্তিগত সংগ্রহের জন্য। গত মে মাসে লন্ডনে একটি বিশেষ বৈঠকে

পৃথিবীর কয়েকজন বাছাইকরা বৈজ্ঞানিকের সামনে মর্গেনস্টার্ন এই প্যাপাইরাসটি উপস্থিত করেন, এবং সে সম্বন্ধে একটি বক্তৃতা দেন। প্যাপাইরাসটির পাঠোদ্ধার করেন বিখ্যাত মিশর-বিশেষজ্ঞ ডা. এডওয়ার্ড থর্নিক্রফ্‌ট। জীর্ণ প্যাপাইরাসের তলার খানিকটা অংশ নেই। হয়তো সেখানে লেখকের নাম ছিল; কিন্তু সেটা এখন আর জানার উপায় নেই। তবু যেটুকু জানা গেছে তাও খুবই চমকপ্রদ। সন তারিখের যা উল্লেখ পাওয়া যায়, তা থেকে বোঝা যাচ্ছে যে লেখকের সঙ্গে ভিনগ্রহের প্রাণীর সাক্ষাৎ হয়েছিল আজ থেকে পাঁচ হাজার বছর আগে। ঠিক কবে এবং কোথায় আবার সেই গ্রহের প্রাণীর আবির্ভাব ঘটবে সে খবরটা মনে হয় পুঁথির লুপ্ত অংশে ছিল, এবং তাই নিয়ে মর্গেনস্টার্ন গভীর আক্ষেপ প্রকাশ করেন।

আমার সঙ্গে আমার জার্মান বৈজ্ঞানিক বন্ধু উইল্‌হেল্‌ম ক্রোলও উপস্থিত ছিল এই সভায়। এমন সন্দেহবাতিকগ্রস্ত লোক আমি কমই দেখেছি। বক্তৃতার সময় আমার কানের কাছে মুখ এনে সে যে কতবার ‘হামবাগ, ফ্রড, ধাপ্পাবাজ’ ইত্যাকার মন্তব্য করেছে তার হিসেব নেই।

বক্তৃতার শেষে সে সরাসরি বলে বসল যে প্যাপাইরাসটা সে একবার হাতে নিয়ে দেখতে চায়। ক্রোলের যথেষ্ট খ্যাতি আছে বলেই বোধ হয় মর্গেনস্টার্ন অপমান হজম করে তার অনুরোধ রক্ষা করে। আমিও দেখলাম প্যাপাইরাসটাকে খুব মন দিয়ে, কিন্তু সেটা জাল বলে মনে হল না।

এখন প্রশ্ন হচ্ছে—ফীল্ডিং যে গ্রহ থেকে তার বেতার সংকেতের উত্তর পেয়েছে, প্যাপাইরাসে কি সেই গ্রহের প্রাণীর কথাই বলা হয়েছে?

ব্যাপারটা আরও কিছু দূর না এগোলে বোঝার উপায় নেই।

২৬শে অক্টোবর

কাগজে আশ্চর্য খবর।

গিডিয়ন মর্গেনস্টার্ন আত্মহত্যা করেছে।

সে ইতিমধ্যে আবার কায়রোয় ফিরে গিয়েছিল; কেন তা খবরে বলেনি। যেটা বলেছে সেটা হল এই—

কায়রোতে পৌঁছানোর দুদিন পরেই সে হোটেলের ম্যানেজারের কাছে গিয়ে অভিযোগ জানায় যে তার রাত্রে ঘুমের ব্যাঘাত হচ্ছে, কারণ ঘুম ভাঙলেই সে দেখতে পায় তার জানালায় একটা শকুনি বসে স্থির দৃষ্টিতে তার দিকে চেয়ে আছে। ম্যানেজার নাকি প্রথমে ব্যাপারটা হেসে উড়িয়ে দিতে চেষ্টা করেছিল, কিন্তু তাতে ফল ভাল হয়নি। মর্গেনস্টার্ন রেগে তার টুঁটি টিপে ধরেছিল। এদিকে সম্ভ্রান্ত অতিথি হিসেবে এহেন অবিশ্বাস্য অভিযোগ সত্ত্বেও মর্গেনস্টার্নের বিরুদ্ধে কোনও স্টেপ নিতে পারেনি ম্যানেজার। জানালাটা বন্ধ রাখার প্রস্তাব করাতে মর্গেনস্টার্ন বলেন যে হাঁপানির জন্য তিনি বন্ধ ঘরে শুতে পারেন না।

দুদিন অভিযোগ করার পর তৃতীয় দিন সকালে কফি নিয়ে রুমবয় মর্গেনস্টার্নের ঘরের বেল বারবার টিপে কোনও জবাব না পেয়ে শেষে মাস্টার কী দিয়ে দরজা খুলে দেখে ঘর খালি। ভদ্রলোকের স্যুটকেস রয়েছে, স্নানের ঘরে প্রসাধনের জিনিসপত্র রয়েছে, আর বেডসাইড টেবিলের উপর রয়েছে টিকিট লাগানো একটা ছোট্ট পার্সেল, আর একটা খোলা চিঠি। চিঠিতে লেখা শুধু একটি লাইন—'নেখবেৎ আমায় বাঁচতে দিল না।'

মিশরীয়রা সেই প্রাচীন যুগ থেকে নানারকম জন্তু জানোয়ার পাখি সরীসৃপকে দেবদেবীরূপে কল্পনা করে পূজা করে এসেছে। শেয়াল কুকুর সিংহ প্যাঁচা সাপ বাজপাখি বেড়াল ইত্যাদি সবই এর মধ্যে পড়ে। শকুনি ছিল তাদের কাছে নেখবেৎ দেবী।

খোঁজ নিয়ে জানা যায় মর্গেনস্টার্ন ভোররাত্তিরে হোটেল থেকে বেরিয়ে যায় দ্বাররক্ষককে বেশ ভাল রকম বকশিশ দিয়ে। পুলিশ প্যাকেটটা খুলে দেখে তাতে কোনও ক্লু পাওয়া যায় কি না। সেটা থেকে বেরোয় মর্গেনস্টার্নের মহামূল্য রিস্টওয়াচ, যেটা সে পাঠাতে চেয়েছিল নিউ ইয়র্কে তার এক ভাইপোর কাছে।

এখানে বলা দরকার যে মিশরের প্রাচীন সমাধি খোঁড়ার শোচনীয় পরিণামের নজির এটাই প্রথম নয়। তুতানখামেনের সমাধি খননের ব্যাপারে যিনি প্রধান পৃষ্ঠপোষক ছিলেন, সেই লর্ড কারনারভনকেও কিছুদিনের মধ্যেই ভারী অদ্ভুতভাবে মরতে হয়েছিল। কায়রোর এক হোটেলেই তাঁর গালে এক মশা কামড়ায়। সেই কামড় থেকে সেপটিক ঘা, তার ফলে রক্তদৌর্বল্য থেকে নিউমোনিয়া এবং মৃত্যু।

কারনারভনের মৃত্যু যে সময়ে ঘটে, ঠিক সেই একই সময়ে ইংল্যান্ডে হ্যাম্পশায়ারে কারনারভনের পোষা কুকুরটি বিনা রোগে অকস্মাৎ মারা যায়। এই দুই মৃত্যুর কয়েক মাসের

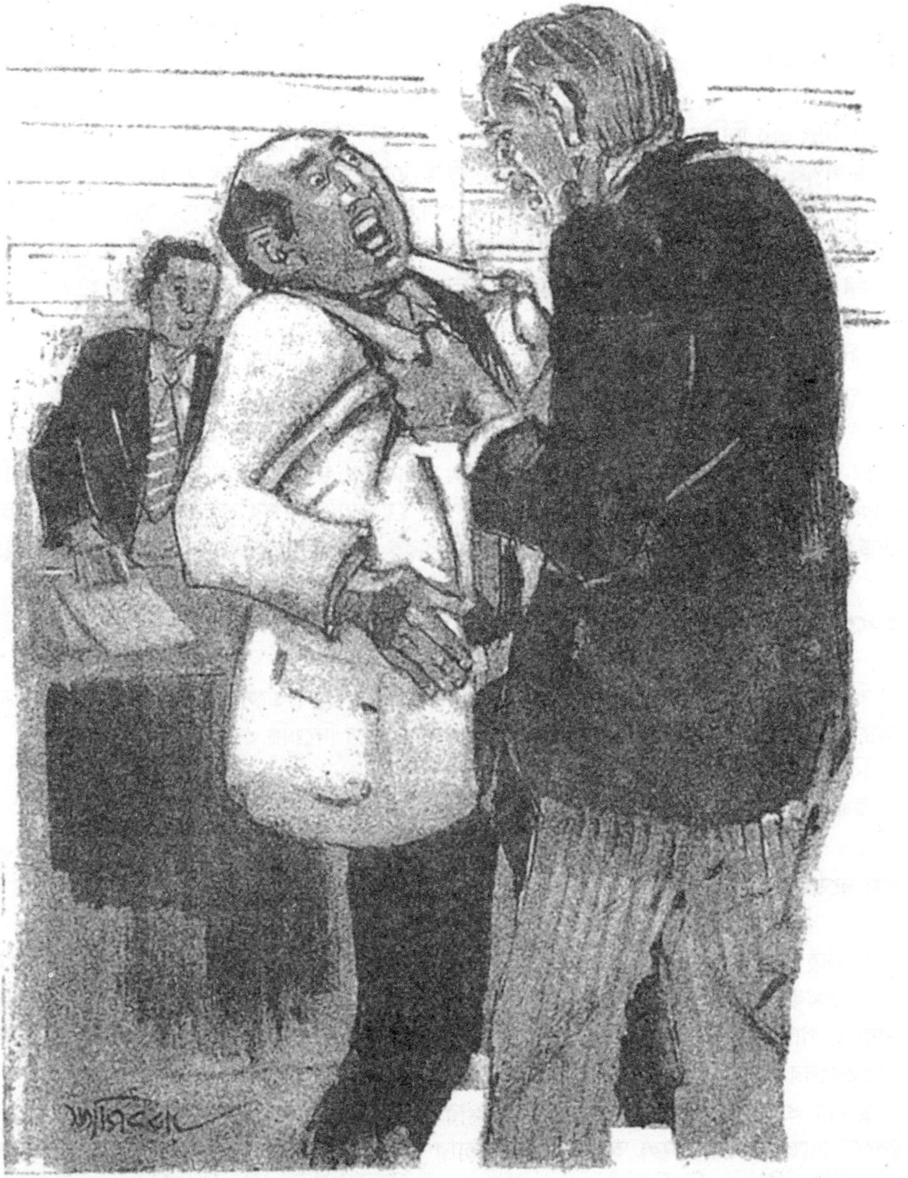

মধ্যে এই সমাধির কাজের সঙ্গে জড়িত আরও আটজন পর পর মারা যায় এবং কারুর মৃত্যুই ঠিক স্বাভাবিক ছিল না।

আমার জানতে ইচ্ছে করছে ব্রায়ান ডেক্সটার এখন কোথায় আছে। ডেক্সটার একজন তরুণ ব্রিটিশ প্রত্নতত্ত্ববিদ ও ফোটোগ্রাফার। সে মর্গেনস্টার্নের সঙ্গে ছিল এই সমাধি খননের ব্যাপারে। কথা ছিল কায়রোর কাজ শেষ হলে ও ভারতবর্ষে চলে আসবে। বছরতিনেক আগে একবার এসে আমার সঙ্গে যোগাযোগ করে; আমার চিঠিতেই ভারতসরকারের প্রত্নতাত্ত্বিক বিভাগ ডেক্সটারকে কালিবঙ্গনে গিয়ে হারাপ্পা সভ্যতার নিদর্শনের কিছু ছবি তোলার অনুমতি

দেয়। ও বলে রেখেছে এবার এলে গিরিডিতে এসে আমার সঙ্গে দেখা করবে।

২৮শে অক্টোবর

ফীল্ডিং-এর চিঠিতে চাঞ্চল্যকর খবর।

ছায়াপথ থেকে সংকেত এখন রীতিমতো স্পষ্ট, এবং তা শুধু মৌলিক সংখ্যায় নয়।

ফীল্ডিং-এর দৃঢ় বিশ্বাস এই গ্রহই হচ্ছে প্যাপাইরাসের গ্রহ। যেভাবে ঘন ঘন সংকেত আসছে, তাতে বোঝাই যাচ্ছে যে পৃথিবীর সঙ্গে যোগস্থাপন করতে পেরে এই নাম-না-জানা গ্রহের প্রাণী উল্লসিত হয়ে উঠেছে, অনেক দিনের পুরনো বন্ধুর সঙ্গে হঠাৎ দেখা হলে যেমন হয়।

ফীল্ডিং-এর উত্তেজনা আমিও আমার শিরায় অনুভব করছি। গভীর আপশোস হচ্ছে প্যাপাইরাসের ওই হারানো শেষাংশের জন্য। আমার দৃঢ় বিশ্বাস এই গ্রহের প্রাণী আবার কবে পৃথিবীতে আসবে এবং কোথায় এসে নামবে, তার ইঙ্গিত এই হারানো অংশে ছিল। কালই রাত্রে আমার বাগানে ডেকচেয়ারে বসে ছিলাম অন্ধকারে, নিউটন আমার কোলে, আমার দৃষ্টি আকাশের দিকে। এমনিতেই অক্টোবরে উল্কাপাত হয় অন্য সময়ের তুলনায় একটু বেশি; কাল দেড় ঘণ্টায় সতেরোটা উল্কা দেখেছি, আর প্রতিবারই প্যাপাইরাসের গ্রহের কথা মনে হয়েছে।

৩০শে অক্টোবর

ফীল্ডিং-এর কাছ থেকে জরুরি টেলিগ্রাম—'পত্রপাঠ চলে এসো কায়রো—তোমার জন্য হোটেল কার্ণাকে ঘর বুক করা হয়ে গেছে।' আমি জানিয়ে দিয়েছি ৩রা নভেম্বর পৌঁছোচ্ছি।

কিন্তু হঠাৎ কায়রো কেন?

ঈশ্বর জানেন।

৪ঠা নভেম্বর

আমিই কালই পৌঁছেছি, যদিও প্লেন ছিল তিন ঘণ্টা লেট। আমার মন বলছিল এয়ারপোর্টে এসে দেখব শুধু ফীল্ডিং নয়, ক্রোলও এসেছে; কিন্তু সেইসঙ্গে যে আরেকজন থাকবে, সেটা ভাবতে পারিনি। ইনি হলেন ব্রায়ান ডেক্সটার। ব্রায়ানকে দেখেই বুঝলাম যে তার ওপর ভারতবর্ষের সূর্যের প্রভাব পড়েছে, কারণ তার এত তামাটে রং আগে কখনও দেখিনি।

ব্রায়ান এবারও কালিবঙ্গন গিয়েছিল, আর সেখানে থাকতেই মর্গেনস্টার্নের মৃত্যুসংবাদ পেয়ে সোজা লন্ডনে চলে আসে। আত্মহত্যার বিবরণ শুনে সে নাকি খুবই বিচলিত হয়ে পড়েছিল, যদিও আমি জিজ্ঞেস করাতে বলল, অভিশাপ টভিশাপে তার বিশ্বাস নেই। তার ধারণা মর্গেনস্টার্নের সানস্ট্রোক জাতীয় কোনও ব্যারামের সূত্রপাত হয়, এবং তার ফলে মাথাটা বিগড়ে যায়। ব্রায়ান নাকি বেনি হাসানের সমাধি খননের সময়ই লক্ষ করেছিল যে মর্গেনস্টার্ন রোদের তাপ একদম সহ্য করতে পারে না।

আমি জিজ্ঞেস করলাম, 'প্রত্নতত্ত্ব সম্পর্কে কি সে সত্যিই উৎসাহী ছিল?' ব্রায়ান বলল, 'অগাধ টাকা থাকলে অনেক লোক নানারকম শখকে প্রশ্রয় দিয়ে থাকে। তা ছাড়া খ্যাতির প্রতিও মর্গেনস্টার্নের একটা লোভ ছিল। শুধু বড়লোক হয়ে আর আজকাল আমেরিকায় বিশেষ কেউ নাম করতে পারে না। সবাই চায় একটা কোনও কীর্তি রেখে যেতে। হয়তো

মর্গেনস্টার্ন চেয়েছিল এই প্রত্নতাত্ত্বিক অভিযান ফিনান্স করে সে বেশ কিছুটা খ্যাতি লাভ করবে।'

আমি আরও কয়েকটা প্রশ্ন করতে চেয়েছিলাম, কিন্তু ফীল্ডিং বাধা দিয়ে বলল বাকি কথা হোটেলে গিয়ে হবে।

লাঞ্চের পর কার্ণাক হোটেলের দোতলার খোলা বারান্দায় বসে কফি খেতে খেতে বাকি কথা হল। সামনে নীল নদ বয়ে চলেছে, টুরিস্টদের জন্য নানারকম বোট সাজানো রয়েছে জেটিতে, রাস্তায় দেশবিদেশের বিচিত্র লোকের ভিড়।

প্রথমেই ব্রায়ান তার ক্যামেরার ব্যাগ থেকে একটা বড় খাম বার করে আমার দিকে এগিয়ে দিল।

'দেখো তো জিনিসটা তোমার চেনা কি না।'

খুলে দেখি, আরে, এ যে সেই প্যাপাইরাসটার ফোটোগ্রাফ!

'জিনিসটা পাওয়ামাত্র এটার ছবি তুলে রেখেছিলাম,' বলল ব্রায়ান।—'তুমি যে প্যাপাইরাসটা লন্ডনে দেখেছিলে সেটার সঙ্গে কোনও তফাত দেখছ কি?'

দেখছি বই কী!—ছবিটা হাতে নিতেই তো তফাতটা লক্ষ করেছি। এটা সম্পূর্ণ প্যাপাইরাসটার ছবি, তলার অংশটুকুও বাদ নেই।

ব্রায়ানকে জিজ্ঞেস করাতে সে ব্যাপারটা বলল।—

'আসলে প্যাপাইরাসটার অবস্থা এমনিতেও ছিল বেশ জীর্ণ। পাঁচ হাজার বছর পাকানো অবস্থায় সমাধিকক্ষের এক কোণে পড়ে ছিল। এটা আমিই প্রথম পাই। আর পেয়ে প্রথমেই সাবধানে পাক খুলে মাটিতে ফেলে চার কোণে চারটে পাথর চাপা দিয়ে কয়েকটা ফ্ল্যাশলাইট ফোটো তুলে নিই। মর্গেনস্টার্ন এটা দেখেই বগলদাবা করে। আমি ওকে বলি সে যেন খুব সাবধানে জিনিসটা হ্যান্ডল করে। মুখে হ্যাঁ বললেও বেশ বুঝতে পারি ও এসব জিনিসের মূল্য ঠিক বোঝে না।

'ও প্রথমেই যায় থর্নিক্রফ্‌টের কাছে। থর্নিক্রফ্‌ট লেখাটা পড়ে দেবার পর মর্গেনস্টার্ন সোজা চলে যায় কায়রো মিউজিয়ামের কিউরেটর মি. এব্রাহিমের কাছে। আমার মনে আছে সেদিন খুব ঝড় ছিল; বালিতে শহর অন্ধকার হয়ে গিয়েছিল। আমার বিশ্বাস তখনই প্যাপাইরাসের শেষ অংশটা খোয়া গেছে।'

'ওয়েল, শঙ্কু?'

ক্রোল এতক্ষণ চুপচাপ ছিল, যদিও তার মধ্যে একটা চাপা উত্তেজনার ভাব প্রথম থেকেই লক্ষ করছি। ক্রোল হায়রোগ্লিফিক্সের ভাষা ভালভাবেই জানে, এবং বুঝতেই পারছি সে ইতিমধ্যে শেষ অংশটির মানে বার করে ফেলেছে, আর তাই এই উত্তেজনা।

আমি বললাম, 'এই অংশতে তো দেখছি দৈবজ্ঞের নাম রয়েছে—মেনেফ্রু। আর অন্য গ্রহ থেকে যারা আসবে, তারা কবে আসবে এবং কোথায় এসে নামবে, তাও দেওয়া রয়েছে।'

ফীল্ডিং বলল, 'সেই জন্যেই তোমাকে টেলিগ্রাম করে আনালাম। অমাবস্যা তো আর দুদিন পরেই, আর দৈবজ্ঞ যদি সনে ভুল না করে থাকেন—'

আমি বাধা দিয়ে বললাম, 'এতে যে ধূমকেতুর উল্লেখ আছে তার থেকেই তো ব্যাপারটা পরিষ্কার হয়ে যাচ্ছে। আমি একবার হিসাব করে দেখেছিলাম, ছিয়াত্তর বছর পর পর যদি হ্যালির ধূমকেতু আসে, তা হলে আজ থেকে ঠিক পাঁচহাজার বছর আগে একবার সেই ধূমকেতুর আবির্ভাব ঘটেছিল—অর্থাৎ ৩০২২ বি সি-তে।'

ক্রোল প্রচণ্ড উৎসাহের সঙ্গে সায় দিয়ে বলল, 'আমারও হিসেব তোমার সঙ্গে মিলছে। প্যাপাইরাসে বলছে দৈবজ্ঞের যখন অন্য গ্রহের মানুষের সঙ্গে সাক্ষাৎ হয় তখন আকাশে

ধূমকেতু ছিল। সেটা ৩০২২ হওয়া এই জন্যই সম্ভব কারণ তখন ঈজিপ্টে মেনিসের রাজত্বকাল, আর সেটাকেই বলা হয় ঈজিপ্টের স্বর্ণযুগের শুরু। সব মিলে যাচ্ছে, শঙ্কু!'

ডেক্সটার বলল, 'কিন্তু এর উপর সম্পূর্ণ নির্ভর করা চলে কি? এক-আধ বছরও কি এদিক ওদিক হতে পারে না?'

ফীল্ডিং তার চুরুটে একটা লম্বা টান দিয়ে বলল, 'আমার ধারণা, এতে কোনও ভুল নেই, কারণ আমি এখানে আসার আগের দিনই এপসাইলন ইন্ডি থেকে সংকেত পেয়েছি। তাতে বলা হয়েছে যে আগামী অমাবস্যায় তাদের দুত পৃথিবীতে এসে পৌঁছাচ্ছে, এবং তারা যেখানে নামবে সে জায়গাটা হল এখান থেকে আন্দাজ দুশো কিলোমিটার পশ্চিমে।'

'তার মানে মরুভূমিতে?' ডেক্সটার প্রশ্ন করল।

'সেটাই স্বাভাবিক নয় কি?'

'কিন্তু কী ভাষায় পেলে এই সংকেত?' আমি জিজ্ঞেস করলাম।

'টেলিগ্রাফের ভাষা', বলল ফীল্ডিং, 'মর্স।'

'তার মানে পৃথিবীর সঙ্গে তারা যোগ রেখে চলেছে এই গত পাঁচ হাজার বছর?'

'সেটা আর আশ্চর্য কী, শঙ্কু। ভুলে যেও না তাদের সভ্যতা আমাদের চেয়ে অনেক বেশি অগ্রসর।'

'তা হলে তো তারা ইংরেজিও জানতে পারে।'

'কিছুই আশ্চর্য নয়। তবে আমি ইংরেজ কি না সেটা হয়তো তাদের পক্ষে জানা সম্ভব ছিল না, তাই তারা মর্স কোড ব্যবহার করেছে।'

'তা হলে আমাদের গন্তব্যস্থল হল কোথায়?' আমি প্রশ্ন করলাম।—'তারা তো আর এই হোটেলে এসে আমাদের সঙ্গে সাক্ষাৎ করবে না!'

ফীল্ডিং হেসে বলল, 'না, সেটা একটু বাড়াবাড়ি হয়ে যাবে। আমরা যাব বাওয়িতি—এখান থেকে দুশো ত্রিশ কিলোমিটার দক্ষিণ-পশ্চিমে। রাস্তা আছে, তবে তাকে হাইওয়ে বলা চলে না। অবিশ্যি তাতে কোনও অসুবিধা হবে না। ক্রোলের গাড়িটা তো তুমি দেখেছ।'

তা দেখেছি। এয়ারপোর্ট থেকে ক্রোলের গাড়িতেই এসেছি। বিচিত্র গাড়ি—যেন একটি ছোটখাটো চলন্ত হোটেল। সেইসঙ্গে মজবুতও বটে। 'অটোমোটেল' নামটা ক্রোলেরই দেওয়া।

'ডা. থর্নিক্রফ্‌টও আসছেন কাল সকালে,' বলল ফীল্ডিং, 'তিনিও হবেন আমাদের দলের একজন।'

এ খবরটা জানা ছিল না। তবে থর্নিক্রফ্‌টের আগ্রহের কারণটা স্পষ্ট। হাজার হোক তিনিই তো প্যাপাইরাসের পাঠোদ্ধার করেছেন।

'তোমার অ্যানাইহিলিনটা সঙ্গে এনেছ তো?' ক্রোল জিজ্ঞেস করল।

আমি জানিয়ে দিলাম যে এই ধরনের অভিযানে সেটা সব সময়ই সঙ্গে থাকে। আমার তৈরি এই আশ্চর্য পিস্তলের কথা এরা সকলেই জানে। যত বড় এবং যত শক্তিশালী প্রাণীই হোক না কেন, তার দিকে তাগ করে এই পিস্তলের ঘোড়া টিপলেই সে প্রাণী নিশ্চিহ্ন হয়ে যায়। সবসুদ্ধ বার দশেক চরম সংকটের সামনে পড়ে আমাকে এই অস্ত্র ব্যবহার করতে হয়েছে। প্যাপাইরাসের বিবরণ থেকে এই ভিনগ্রহের প্রাণীকে হিংস্র বলে মনে হয় না, কিন্তু এবার যারা আসবে তাদের অভিপ্রায় যখন জানা নেই, তখন আত্মরক্ষার জন্য প্রস্তুত হয়ে থাকলে ক্ষতি কী?

আমরা চার জনে পরস্পরের প্রতি প্রতিজ্ঞাবদ্ধ হয়ে রইলাম যেন আমাদের এই আসন্ন অভিযানের কথা ঘুণাক্ষরেও কেউ না জানে।

আমরা উঠে যে যার ঘরে যাবার তোড়জোড় করছি, এমন সময় দেখি হোটেলের ম্যানেজার

মি. নাহুম আমাদের দিকে এগিয়ে আসছেন। এখানে বলে রাখি যে এই কার্ণাক হোটেল থেকেই মর্গেনস্টার্ন উধাও হয়েছেন, এবং এই মি. নাহুমকেই মর্গেনস্টার্নের হাতে লাঞ্ছনা ভোগ করতে হয়েছিল।

নাহুম জানালেন যে মর্গেনস্টার্নের আর কোনও খোঁজ পাওয়া যায়নি। কাজেই ধরে নিতে হয় মর্গেনস্টার্ন শহর থেকে বেরিয়ে গিয়ে নাইলের জলে ঝাঁপিয়ে পড়ে আত্মহত্যা করেছেন।

'আর কোনও শকুনটকুনি এসে কোনও ঘরের জানলায় বসছে না তো?' ব্যঙ্গের সুরে প্রশ্ন করল ক্রোল।

জিভ কাটার অভ্যাস ঈজিপ্সীয়দের থাকলে অবশ্যই মি. নাহুম জিহ্বা দংশন করতেন। তার বদলে তিনি আমাদের কাছে এগিয়ে এসে ফিসফিস করে বললেন, 'আপনাদের বলতে দ্বিধা নেই—আমাদের হোটেলের ত্রিসীমানার মধ্যে কেউ কোনওদিন শকুনি দেখেছে বলে শুনিনি। তবে বেড়াল কুকুর যে এক আধটা দেখা যাবে না তার ভরসা দিতে পারছি না, হে হে।'

আমরা ঠিক করেছি কাল লাঞ্চের পরেই রওনা দেব। কী আছে কপালে জানি না, তবে আমি মনে করি ঈজিপ্টে আসার মধ্যেই একটা সার্থকতা আছে। এখানে এসে দু মিনিট চুপ করে থাকলেই চারপাশের আধুনিক শহরের সব চিহ্ন মুছে গিয়ে চোখের সামনে ভেসে ওঠে সেই প্রাচীন যুগের মিশর। ইমহোটেপ, আখেনাতন, খুফু, তুতানখামেনের দেশে এসে নামবে ছায়াপথের কোন এক অজ্ঞাত সৌরজগতের প্রাণী? ভাবতেও অবাক লাগে।

৫ই নভেম্বর

আজ মাত্র কয়েক ঘণ্টার ব্যবধানে দুটো ঘটনা আমাদের সকলকে গভীরভাবে উদ্বিগ্ন করে তুলেছে। এখনও তার জের সম্পূর্ণ কাটিয়ে উঠতে পারিনি।

আমি ঠিক করেছিলাম আজ ভোর পাঁচটায় উঠে হোটেল থেকে বেরিয়ে নাইলের ধারে একটু ঘুরে আসব। গিরিডিতে রোজ ভোরে উশ্রীর ধারে বেড়ানোর অভ্যাসটা আমার বহুকালের।

ঘুম আমার আপনা থেকেই সাড়ে চারটেয় ভেঙে যায়। আজ কিন্তু ভাঙল স্বাভাবিক ভাবে নয়। আমার ঘরের দরজায় প্রচণ্ড ধাক্কাই এই নিদ্রাভঙ্গের কারণ।

ব্যস্তভাবে উঠে জাপানে উপহার পাওয়া বেগুনি কিমোনোটা চাপিয়ে নিয়ে দরজাটা খুলে দেখি ডেক্সটার—তার চোখ ঠিকরে বেরিয়ে আসছে, দম ফেলছে যেন ম্যারাথন দৌড়ে এল!

'কী ব্যাপার?'

'এ স্নেক—এ স্নেক ইন মাই রুম!'

কথাটা শেষ করে টলায়মান অবস্থায় ঘরে ঢুকে সে ধপ করে আমার খাটে বসে পড়ল।

আমি জানি ডেক্সটারের ঘর আমার তিনটে ঘর পরে। বাকি দুজন রয়েছে আমাদের উপরের তলায়, তাই সে আমার কাছেই এসেছে।

ডেক্সটারকে আশ্বাস দিয়ে দৌড়ে প্যাসেজে গিয়ে হাজির হলাম।

মেঝেতে মিশরীয় নকশা করা কার্পেট বিছানো সুদীর্ঘ প্যাসেজের এমাথা থেকে ওমাথায় একটি প্রাণীও নেই। থাকার কথাও নয়, কারণ ঘড়ি বলছে আড়াইটে। যা করার আমাকেই করতে হবে।

সুটকেস থেকে অ্যানাইহিলিন পিস্তলটা বার করে ছুট দিলাম একশো ছিয়াত্তর নম্বর ঘরের দিকে। ডেক্সটারের কথায় যে পুরোপুরি বিশ্বাস হয়েছিল তা বলব না, তবে জরুরি অবস্থার জন্য তৈরি থাকা দরকার।

ঘরের দরজা হাট হয়ে আছে, ভিতরে ঢুকে বুঝলাম এ ঘর আর আমার ঘরের মধ্যে তফাত শুধু দেয়ালের ছবিতে।

বাঁয়ে চোখ ঘোরাতেই দেখলাম সাপটাকে। গোখুরো। খাটের পায়া বেয়ে মেঝেয় কার্পেটের দিকে অগ্রসর হচ্ছে, অর্ধেক দেহ খাটের উপর। ভারতীয় গোখুরোর মতো অত মারাত্মক না হলেও, বিষধর তো বটেই। প্রাচীন যুগে এই সাপকেও মিশরীয়রা পুজো করত দেবী হিসেবে।

আমার পিস্তলের সাহায্যে নিঃশব্দে নাগদেবীকে নিশ্চিহ্ন করে ফিরে এলাম আমার ঘরে।

ডেক্সটার এখনও কাবু। মেনেফ্রুর রুষ্ট আত্মার অভিশাপে যে বিন্দুমাত্র বিশ্বাস করেনি এই গোখুরো তার মনের রন্ধ্রে রন্ধ্রে সে বিশ্বাস ঢুকিয়ে দিয়েছে।

আমার মন অন্য কথা বলছে, তাই তরুণ ত্রস্ত প্রত্নতত্ত্ববিদকে আমার তৈরি নার্ভিগারের এক ফোঁটা জলে মিশিয়ে খাইয়ে দিয়ে তার পিঠ চাপড়ে দিলাম।

তাতেও অবিশ্যি পুরোপুরি কাজ হল না। তাকে সঙ্গে করে নিয়ে গিয়ে, তার ঘরের আর কোথাও কোনও সাপ নেই সেটা দেখিয়ে দিয়ে তবে নিশ্চিন্তি।

ম্যানেজারের সঙ্গে একটা তুলকালাম হয়ে যেত, কিন্তু সাপটা কোথায় গেল জিজ্ঞেস করলে উত্তর দেওয়া মুশকিল হত বলে সেটা আর হল না। যেহেতু আজই আমরা হোটেল ছেড়ে চলে যাচ্ছি, তাই আর ব্যাপারটা নিয়ে ঘাঁটালাম না।

দ্বিতীয় ঘটনাটা ঘটল হোটেলের পিরামিড রুমে, ব্রেকফাস্টের সময়। থর্নিক্রফ্টের প্লেন এসে পৌঁছাবে ভোর ছটায়, সুতরাং তার হোটেলে পৌঁছে যাওয়া উচিত সাড়ে সাতটার মধ্যে। আটটায়, তখনও আমাদের প্রাতরাশ শেষ হয়নি, ম্যানেজার স্বয়ং এসে খবর দিলেন যে থর্নিক্রফ্ট এসে পৌঁছেছেন ঠিকই, কিন্তু অ্যাম্বুল্যান্সে।

এয়ারপোর্ট থেকে বেরোবার সঙ্গে সঙ্গে মাথায় একটি আঘাত পেয়ে থর্নিক্রফ্ট সংজ্ঞা হারান। দুজন সুইস টুরিস্ট পুলিশের সাহায্যে অ্যাম্বুলেন্সের ব্যবস্থা করে। ব্যাপারটা রাহাজানি তাতে সন্দেহ নেই। কারণ তিনশো পাউন্ড সমেত থর্নিক্রফ্টের ওয়লেটটি লোপ পেয়েছে।

সৌভাগ্যক্রমে আঘাত গুরুতর হয়নি। ভয় ছিল থর্নিক্রফ্টকে হয়তো দল থেকে বাদ দিতে হবে, কিন্তু প্রস্তাবটা উনি কানেই নিলেন না। বললেন ওঁর যে কোনও রকম দুর্ঘটনা ঘটতে পারে, তার জন্য উনি একরকম প্রস্তুতই ছিলেন। কারণ জিজ্ঞেস করাতে বললেন, 'জানি তোমাদের যুক্তিবাদী মন এসব মানতে চায় না, আমি কিন্তু অভিশাপে সম্পূর্ণ বিশ্বাসী। প্রাচীন মিশর সম্বন্ধে তোমাদের যদি আমার মতো পড়াশুনা থাকত, তা হলে তোমরাও আমার সঙ্গে একমত হতে।'

৫ই নভেম্বর, বিকেল পৌনে তিনটে

আমরা আর আধ ঘণ্টার মধ্যেই বেরিয়ে পড়ব। ইতিমধ্যে একটা ঘটনা ঘটে গেছে সেটা লিখে রাখছি।

মিনিট পনেরো আগে মি. নাহুম একটি আজব জিনিস এনে দেখালেন আমাকে।

জিনিসটা একটা ছোট্ট পকেট ডায়েরি। বোঝাই যায় সেটা বেশ কিছুকাল জলমগ্ন অবস্থায় ছিল। ভিতরে লেখা যা ছিল তা সব ধুয়ে মুছে গেছে; ছাপা অংশগুলোও আর পড়া যায় না। শুধু একটা কারণে জিনিসটার মালিকানা সম্বন্ধে কোনও সন্দেহ থাকে না; সেটা হল ডায়েরির ভিতরে পাতার সঙ্গে জেমক্লিপ দিয়ে আটকানো একটা ফোটোগ্রাফ। বিবর্ণ হওয়া সত্ত্বেও, যার ফোটো তাকে চিনতে অসুবিধা হয় না। লন্ডনের সেই সভায় এনার সঙ্গে পরিচয় হয়েছিল।

ইনি মর্গেনস্টার্নের স্ত্রী মিরিয়াম। কায়রো থেকে প্রায় এগারো কিলোমিটার দূরে নাইলের ধারে একটি জেলের বাড়ি থেকে পুলিশ এই ডায়েরিটা উদ্ধার করেছে। জেলের একটি সাত বছরের ছেলে নদীর ধারে কাদার মধ্যে এটাকে পায়।

মর্গেনস্টার্ন যতই বেআক্কেলি করে থাকুক না কেন, এই ডায়েরিটা দেখে তার জন্য কিছুটা অনুকম্পা বোধ না করে পারলাম না।

ঘরের দরজায় টোকা পড়ল। নিশ্চয়ই ফীল্ডিং।

৫ই নভেম্বর, সন্ধ্যা সাড়ে ছ'টা

বাওয়িতি যাবার পথে কায়রো থেকে তিরাশি কিলোমিটার দক্ষিণে অল্‌ ফাইয়ুমের একটা সরাইখানায় বসে কফি আর আখরোট খাচ্ছি আমরা পাঁচজনে।

থর্নিক্রফ্‌ট অনেকটা সুস্থ। ডেক্সটার চুপ মেরে গেছে। তার দিকে দৃষ্টি রাখতে হচ্ছে, এবং তাকে বলা হয়েছে সে যেন আমাদের ছেড়ে কোথাও না যায়। ক্রোল তার ক্যামেরার সরঞ্জাম সাফ করছে। তিনটে মতুন মডেলের লাইকা। তার একটায় বিরাট টেলিফোটো লেন্‌স। মহাকাশযানের প্রথম আবির্ভাব থেকে শুরু করে সমস্ত ঘটনা সে ক্যামেরায় তুলে রাখবে। কয়েক বছর থেকে 'আনআইডেনটিফাইড ফ্লাইং অবজেক্ট' বা 'অনির্দিষ্ট উড়ন্ত বস্তু' নিয়ে যে পৃথিবীর বেশ কিছু লোক মাতামাতি করছে, তাদের সম্বন্ধে ক্রোলের অবজ্ঞার শেষ নেই। বলল, 'এইসব লোকের তোলা বহু ছবি পত্রপত্রিকায় বেরিয়েছে, কিন্তু ধাপ্পাটা ধরা পড়ে এতেই যে, সব ছবিতেই উড়ন্ত বস্তুটিকে দেখানো হয় একটি চাকতির মতো। এটা কি বিশ্বাসযোগ্য? অন্য গ্রহের মহাকাশযান হলেই কি তার চেহারা চাকতির মতো হবে?'

ফীল্ডিং আমাদের দিকে চোখ টিপে প্রশ্ন করল, 'ধরো যদি আমাদের এই মহাকাশযানটিও চাকতির মতো দেখতে হয়?'

'তা হলে সমস্ত সরঞ্জাম সমেত আমার এই তিনটে ক্যামেরাই নাইলের জলে ছুড়ে ফেলে দেব', বলল ক্রোল, 'চাকতি দেখার প্রত্যাশায় আসিনি এই বালি আর পাথরের দেশে।'

একটা চিন্তা কাল থেকেই আমার মাথায় ঘুরছে, সেটা আর না বলে পারলাম না।

'তোমরা ভেবে দেখেছ কি, যে এই পাঁচ হাজার বছরের হিসেবে ক্রমশ পিছিয়ে গেলে বেশ কয়েকটা আশ্চর্য তথ্য বেরিয়ে পড়ে? পাঁচ হাজার বছর আগে ঈজিপ্টের স্বর্ণযুগের শুরু সে তো দেখেইছি। আরও পাঁচ হাজার পিছোলে দেখছি মানুষ প্রথম কৃষিকার্য শুরু করেছে, নিজের চেষ্টায় ফসল উৎপাদন করছে। আরও পাঁচ হাজার পিছিয়ে গেলে দেখছি মানুষ প্রথম হাড় ও হাতির দাঁতের হাতিয়ার, বর্শার ফলক, মাছের বঁড়শি ইত্যাদি তৈরি করছে, আবার সেইসঙ্গে গুহার দেয়ালে ছবি আঁকছে। ত্রিশ হাজার বছর আগে দেখছি মানুষের মস্তিষ্কের আকৃতি বদলে গিয়ে আজকের মানুষের মতো হচ্ছে।...পৃথিবীর প্রাচীন ইতিহাসের অনেক অধ্যায় আজও আমাদের কাছে অস্পষ্ট, কিন্তু এই পাঁচের হিসেবে যতটুকু ধরা পড়ছে সেটা আশ্চর্য নয় কি?'

আমার কথায় সবাই সায় দিল।

ক্রোল বলল,'হয়তো এদের কাছে পৃথিবীর ইতিহাসের একটা ধারাবাহিক বিবরণ আছে—একেবারে মানুষের আবির্ভাব থেকে শুরু করে ঈজিপ্টের স্বর্ণযুগের শুরু অবধি।'

'তা তো থাকতেই পারে,' বলল ফীল্ডিং।—'এরা যদি জিজ্ঞেস করে আমরা কী চাই, তা হলে ওই দলিলের কথাটাই বলব। ওটা বাগাতে পারলে আর কোনও কিছুর দরকার আছে কি?'

কফি আর আখরোটের দাম চুকিয়ে দিয়ে আমরা উঠে পড়লাম।

আজ অমাবস্যা।

বাকি পথটা আকাশের দিকে চোখ রেখে চলতে হবে।

৬ই নভেম্বর, সকাল সাড়ে ছ'টা

বিজ্ঞানের সব শাখা প্রশাখায় আমার অবাধ গতি বলে আমি নিজেকে সব সময় বৈজ্ঞানিক বলেই বলে এসেছি, কোনও একটা বিষয়ে বিশেষজ্ঞতার দাবি করিনি। আমাদের দলের বাকি চারজনেই বিশেষজ্ঞের পর্যায়ে পড়ে, যদিও বয়স, অভিজ্ঞতা, কীর্তি বা খ্যাতিতে সকলে সমান নয়। কিন্তু কথা হচ্ছে কী, ফীল্ডিং, ক্রোল, থর্নিক্রফ্‌ট, ডেক্সটার, আমি—এদের কারুর মধ্যেই এখন আর কোনও তারতম্য ধরা পড়ছে না। মহাসাগরের তুলনায় টলির নালা আর গঙ্গার মধ্যে খুব একটা তফাত আছে কি?

কালকের অবিস্মরণীয় ঘটনাগুলো পর পর গুছিয়ে বলার চেষ্টা করছি।

অল্‌ ফাইয়ুমের সরাইখানা থেকে বেরিয়ে গাড়িতে উঠে রুক্ষ মরুপ্রান্তরের মধ্যে দিয়ে মিনিটদশেক চলার পরেই একটা বিশ্রী ঘটনা ঘটে, যেটার বিষয় বলার আগে ক্রোলের অটোমোটেলের ভিতরটা কীরকম সেটা একটু বলা দরকার।

সামনে ড্রাইভারের পাশে দুজনের বসার জায়গা। তার ঠিক পিছনেই একটা সরু প্যাসেজের একদিকে একটা বাথরুম ও একটা স্টোররুম, আর অন্যদিকে একটা কিচেন ও একটা প্যানট্রি। প্যাসেজ থেকে বেরিয়েই দুদিকে দুটো করে বাঙ্ক—আপার ও লোয়ার। একজন অতিরিক্ত লোক থাকলে সে অনায়াসে দুদিকের বাঙ্কের মাঝখানে মেঝেতে বিছানা পেতে শুতে পারে।

গাড়ি চালাচ্ছিল ক্রোল, আর আমি বসে ছিলাম তার পাশে। পিছনে, লোয়ার বাঙ্কের একটায় বসে ছিল থর্নিক্রফ্‌ট, আরেকটায় ফীল্ডিং আর ডেক্সটার।

আমরা যখন বেরিয়েছি, তখন পৌনে সাতটা। আকাশে তখনও আলো রয়েছে। পথের দুধারে বালি আর পাথর। জায়গাটা মোটামুটি সমতল হলেও মাঝে মাঝে চুনা পাথরের টিলা বা টিলার সমষ্টি চোখে পড়ছে, তার মধ্যে এক একটা বেশ উঁচু।

প্রচণ্ড উৎকণ্ঠার মধ্যেও মাঝে মাঝে আমাদের হোটেলের ম্যানেজার মি. নাহুমের মুখটা মনে পড়ছে, আর মনটা খচ খচ করে উঠছে। ভদ্রলোকের অতি অমায়িক আচরণটা আমার কাছে সন্দেহজনক বলে মনে হয়েছে—যেন তিনি কোনও একটা ষড়যন্ত্রে লিপ্ত।

আকাশে সবে দু-একটা তারা দেখা দিতে শুরু করেছে, এমন সময় একটা আর্তনাদ, আর তার পরমুহূর্তেই একটা বিস্ফোরণের শব্দে স্টিয়ারিং-এ ক্রোলের হাতটা কেঁপে গিয়ে গাড়িটা প্রায় রাস্তার ধারে একটা খানায় পড়ছিল।

দুটো শব্দই এসেছে আমাদের গাড়ির পিছন দিক থেকে।

জায়গা ছেড়ে রুদ্ধশ্বাসে প্যাসেজ দিয়ে পিছনে এসে দেখি থর্নিক্রফ্‌টের হাতে রিভলভার, ডেক্সটার দরজায় ঠেস দিয়ে দাঁড়িয়ে ফ্যাকাশে মুখ করে মেঝের দিকে চেয়ে আছে, আর ফীল্ডিং যন্ত্রণায় মুখ বিকৃত করে হতভম্বের মতো বসে আছে, তার চশমার কাচে কোনও তরল পদার্থের ছিটে লেগে তাকে যেন সাময়িকভাবে ধাঁধিয়ে দিয়েছে।

ডেক্সটারের দৃষ্টি যেখানে, সেখানে মাথা থেঁতলানো অবস্থায় পড়ে আছে আরেকটি গোখুরো। এর জাত কালকের গোখুরোর থেকে আলাদা। ইনিও মিশরের অধিবাসী। এঁর নাম স্পিটিং কোবরা। ইনি ছোবল না মেরে শিকারের চোখের দিকে তাগ করে বিষের থুথু দাগেন। এতে মৃত্যু না হলেও অন্ধত্ব অবধারিত। ফীল্ডিং বেঁচে গেছে তার চশমার জন্য। আর

সাপবাবাজি মরেছেন থর্নিক্রফ্‌টের সঙ্গে হাতিয়ার ছিল বলে।

অটোমোটেল থামিয়ে ফীল্ডিং-এর পিছনে কিছুটা সময় দিতে হল। বিষের ছিটে চশমার কাচের তলা দিয়ে বাঁ চোখের কোলে লেগেছিল, সেখানে আমার মিরাকিউরল অয়েন্টমেন্ট লাগিয়ে দিলাম।

ব্যাপারটা সহ্যের সীমা ছাড়িয়ে গেছে। অফিশাপ টভিশাপ নয়; কেউ আমাদের পিছনে লেগেছে। আমরা যখন সরাইখানায় বসে কফি খাচ্ছিলাম সেই সময় গাড়ির জানালা দিয়ে সাপটাকে ভিতরে ঢুকিয়ে দেওয়া হয়েছে। যে এই কাজটা করেছে, সে নিশ্চয়ই কায়রো থেকেই এসেছে।

আবার যখন রওনা দিলাম তখন অন্ধকার নেমে এসেছে। বাওয়িতি এখান থেকে আরও একশো কিলোমিটার। ম্যাপে তারপরে আর কোনও রাস্তার ইঙ্গিত নেই, তবে মোটামুটি সমতল জমি পেলে বালি পাথর অগ্রাহ্য করে এ গাড়ি এগিয়ে চলবে যদি সেটার প্রয়োজন হয়।

মিনিটদশেক চলার পর পথে একই সঙ্গে মানুষ ও জানোয়ারের সাক্ষাৎ মিলল।

একটি বছর পনেরোর ছেলে, হাতে লাঠি, এগিয়ে আসছে রাস্তা ধরে আমাদেরই দিকে, তার পিছনে একপাল গাধা।

আমাদের গাড়িটা দেখে হাঁটার গতি কমিয়ে হাতদুটোকে মাথার উপরে তুলে ঝাঁকাতে শুরু করল ছেলেটা।

'এস্‌টাপ্‌, এস্‌টাপ্‌, সাহিব! এস্‌টাপ!'

ক্রোল বাধ্য হয়েই গাড়ি থামাল, কারণ পথ বন্ধ।

ব্যাপারটা কী? হেডলাইটের আলোতে ছেলেটির চোখদুটো জ্বলজ্বল করছে, গাধাগুলোও যেন কেমন অস্থির।

হাতছানি দিয়ে আমাদের বাইরে বেরোবার ইঙ্গিত করাতে আমি থামলাম। ছেলেটি দৌড়ে এল আমার দিকে।

'পিরমিট, সাহিব, পিরমিট!'

ছেলেটি যে প্রচণ্ড রকম উত্তেজিত সেটা তার ঘন ঘন নিশ্বাস আর চোখের চাহনি থেকেই বুঝতে পারছি। কিন্তু এখানে পিরামিড কোথায়?

জিজ্ঞেস করাতে সে সামনে বাঁয়ে দেখিয়ে দিল।

'ওগুলো তো পাহাড়—চুনোপাথরের পাহাড়। ওখানে পিরামিড কোথায়?'

ছেলেটি তবুও বার বার ওই দিকেই দেখায়।

'তার মানে ওগুলোর পিছনে?' ক্রোল জিজ্ঞেস করল। ছেলেটি মাথা নেড়ে জানিয়ে দিল—হ্যাঁ, ওই পাহাড়গুলোর পিছনে।

আমি ক্রোলের দিকে জিজ্ঞাসু দৃষ্টিতে চাইলাম। ইতিমধ্যে বাকি তিনজনও এসে জুটেছে। তাদের বললাম ব্যাপারটা। ফীল্ডিং বলল, 'আস্ক হিম হাউ ফার।'

জিজ্ঞেস করাতে ছেলেটি আবার বলল, টিলাগুলোর পিছনে। কত দূর সেটা জিজ্ঞেস করে লাভ নেই, কারণ আমি দেখেছি পৃথিবীর সব দেশেই অশিক্ষিত চাষাভুষোদের দূরত্ব সম্বন্ধে কোনও ধারণা থাকে না। অর্থাৎ পিরামিড এখান থেকে দু' কিলোমিটারও হতে পারে, আবার বিশ কিলোমিটারও হতে পারে।

'হিয়ার'—থর্নিক্রফ্‌ট পকেট থেকে কিছু খুচরো পয়সা বার করে ছেলেটার হাতে দিয়ে তার পিঠে একটা চাপড় মেরে বুঝিয়ে দিল—এবার তুমি প্রস্থান করো।

ছেলেটি মহা উল্লাসে পিরমিট পিরমিট করতে করতে গর্দভবাহিনী সমেত যে পথে যাচ্ছিল

সে পথেই চলে গেল।

আমরা আবার রওনা দিলাম। আকাশে আলোকবিন্দুর সংখ্যা বাড়ছে, তবে চলমান বিন্দু এখনও কোনও চোখে পড়েনি। আমি জানি পিছনের কামরার তিনজনই জানালায় চোখ লাগিয়ে বসে আছে, বেচারা ক্রোলই শুধু রাস্তা থেকে চোখ তুলতে পারছে না।

মিনিটতিনেক যাবার পরই বাঁয়ে চোখ পড়তে দেখলাম, ছেলেটা খুব ভুল বলেনি।

টিলার আড়াল সরে যাওয়াতে সত্যিই একটা পিরামিড বেরিয়ে পড়েছে। সেটা কত দূর বা কত বড় তা বোঝার উপায় নেই, কিন্তু আকৃতি সম্বন্ধে কোনও সন্দেহ নেই। লাইমস্টোনের রুক্ষ স্তূপগুলোর পাশে ওটা একটা পিরামিডই বটে।

ঈজিপ্টের সব জায়গা দেখা না থাকলেও এটুকু জানি যে এখানে পিরামিড থাকার কথা নয়, আর ভুঁইফোঁড়ের মতো হঠাৎ গজিয়ে ওঠাটাও ধর্তব্যের মধ্যে নয়।

ক্রোলই বলল যে রাস্তা খারাপ হোক না কেন, একবার কাছে গিয়ে জিনিসটা দেখে আসা দরকার। মহাকাশযান সত্যিই যদি আজ রাত্রেই এসে নামে, তা হলে তার সময় আছে এখনও প্রায় আট ঘণ্টা। আর, আকাশযান এলে আকাশে তার আলো তো দেখা যাবেই, কাজেই কোনও চিন্তা নেই।

অতি সন্তর্পণে বালি আর এবড়োখেবড়ো পাথরের উপর দিয়ে অটোমোটেল এগিয়ে চলল পিরামিডের দিকে।

শ'খানেক মিটার যাবার পরই বুঝতে পারলাম যে মিশরের বিখ্যাত সমাধিসৌধগুলির তুলনায় এ পিরামিড খুবই ছোট। এর উচ্চতা ত্রিশ ফুটের বেশি নয়।

আরও খানিকটা কাছে যেতে বুঝলাম পিরামিডটা পাথরের তৈরি নয়, কোনও ধাতুর তৈরি। ক্রোলের গাড়ির হেডলাইট পড়ে পিরামিডের গা থেকে একটা তামাটে আলো প্রতিফলিত হয়ে বাঁয়ের টিলাগুলোর উপর পড়ছে।

ক্রোল গাড়ি থামিয়ে হেডলাইট নিভিয়ে দিল। আমরা পাঁচজন নামলাম।

ফীল্ডিং এগোতে শুরু করেছে পিরামিডটার দিকে।

আমরা তাকে অনুসরণ করলাম।

ক্রোল আমার কানে ফিসফিস করে বলল, 'কিপ ইওর হ্যান্ড অন ইওর গান। দিস মে বি আওয়ার স্পেসশিপ।'

আমারও অবিশ্যি সেই কথাই মনে হয়েছে। গাড়ির ভিতর ছিলাম, তাই আকাশের সব অংশে চোখ রাখতে পারিনি। এই ফাঁকে কখন ল্যান্ড করে বসে আছে কে জানে।

সামনে ফীল্ডিং থেমে হাত তুলেছে। বুঝতে পারলাম কেন। শরীরের একটা উত্তাপ অনুভব করছি। সেটা স্পেসশিপটা থেকেই বেরোচ্ছে তাতে কোনও সন্দেহ নেই।

কিন্তু এই নৈঃশব্দ্য কেন?

আলো নেই কেন?

নামবার কোনও শব্দ পাইনি কেন?

আর উত্তাপের কারণ কি এই যে এরা আমাদের কাছে আসতে দিতে চায় না?

কিন্তু না, তা তো নয়। উত্তাপ কমে আসছে দ্রুত বেগে।

আমরা আবার পা টিপে টিপে এগিয়ে চললাম পিরামিডের দিকে। মাথার উপরে আকাশ জুড়ে ছায়াপথ দেখা দিয়েছে। মরু অঞ্চলের রাতের আকাশ আমার চিরকালের বিস্ময়ের বস্তু।

'ওয়ান—থ্রি—সেভেন্—ইলেভেন্—সেভ্নটিন—টোয়েন্টি থ্রি...'

ফীল্ডিং মৌলিক সংখ্যা আওড়াতে শুরু করেছে। অবাক হয়ে দেখলাম পিরামিডের গায়ে অসংখ্য আলোকবিন্দুর আবির্ভাব হচ্ছে। ওগুলো আসলে ছিদ্র—স্পেসশিপের ভিতরে আলো

জ্বলে উঠেছে, আর সেই আলো দেখা যাচ্ছে পিরামিডের গায়ে ছিদ্রগুলির ভিতর দিয়ে।

'ফর্টি ওয়ান—ফর্টি সেভ্‌ন—ফিফ্‌টি থ্রি—ফিফ্‌টি নাইন...'

এটা মানুষেরই কণ্ঠস্বর, তবে আমাদের পাঁচজনের মধ্যে কারুর নয়। এর উৎস ওই পিরামিড।

আমরা রুদ্ধশ্বাসে ব্যাপারটা দেখছি, শুনছি, আর উপলব্ধি করার চেষ্টা করছি।

এবার কথা শুরু হল।—

'পাঁচ হাজার বছর পরে আবার আমরা তোমাদের গ্রহে এসেছি। তোমরা আমাদের অভিনন্দন গ্রহণ করো।'

ফীল্ডিং তার ক্যাসেট রেকর্ডার চালু করে দিয়েছে। ডেক্সটার ও ক্রোলের হাতে ক্যামেরা। কিন্তু এখনও ছবি তোলার মতো কিছু ঘটেনি।

আবার কথা। নিখুঁত ইংরিজি, নিখাদ উচ্চারণ, নিটোল কণ্ঠস্বর।

'তোমাদের গ্রহের অস্তিত্ব আমরা জেনেছি পঁয়ষট্টি হাজার বছর আগে। আমরা তখনই জানতে পারি যে তোমাদের গ্রহ ও আমাদের গ্রহের মধ্যে কোনও প্রাকৃতিক প্রভেদ নেই। এই তথ্য আবিষ্কার করার পর তখনই আমরা প্রথম তোমাদের গ্রহে আসি, এবং সেই থেকে প্রতি পাঁচ হাজার বছর এসেছি। প্রত্যেকবারই এসেছি একই উদ্দেশ্য নিয়ে। সেটা হল পৃথিবীর মানুষকে সভ্যতার পথে কিছুদূর এগিয়ে দিতে সাহায্য করা। পৃথিবীর বায়ুমণ্ডলের বাইরে মহাকাশে আমাদের একটি পর্যবেক্ষণপোত এই পঁয়ষট্টি হাজার বছর ধরে পৃথিবীর অবস্থার প্রতি দৃষ্টি রেখে আসছে। আমরা যখনই এখানে আসি, তখন পৃথিবীর অবস্থা জেনেই আসি। আমরা অনিষ্ট করতে আসি না। আমাদের কোনও স্বার্থ নেই। সাম্রাজ্যবিস্তার আমাদের উদ্দেশ্য নয়। আমরা কেবল মানুষের সমস্যার সমাধানের উপায় বাতলে দিয়ে আবার ফিরে যাই। আজকের মানুষ বলতে যা বোঝো, সেই মানুষ আমাদেরই সৃষ্টি, সেই মানুষের মস্তিষ্কের বিশেষ গড়নও আমাদেরই সৃষ্টি। মানুষকে কৃষিকার্য আমরাই শেখাই, যাযাবর মানুষকে ঘর বাঁধতে শেখাই। গণিত, জ্যোতির্বিদ্যা, চিকিৎসাবিজ্ঞান—পৃথিবীতে এসবের গোড়াপত্তন আমরাই করেছি, স্থাপত্যের অনেক সূত্র আমরাই দিয়েছি।

'এই শিক্ষা মানুষ কীভাবে কাজে লাগিয়েছে তার উপর আমাদের কোনও হাত নেই। অগ্রগতির কিছু সূত্র নির্দেশ করার বেশি কিছু করা আমরা আমাদের কর্তব্য বলে মনে করিনি। মানুষকে আমরা যুদ্ধ শেখাইনি, স্বার্থের জন্য সাম্রাজ্যবিস্তার শেখাইনি, শ্রেণীভেদ শেখাইনি, কুসংস্কার শেখাইনি। এসবই তোমাদের মানুষের সৃষ্টি। আজ যে মানুষ ধ্বংসের পথে চলেছে, তার কারণই হল মানুষ নিঃস্বার্থ হতে শেখেনি। যদি শিখত, তা হলে মানুষ নিজের সমস্যার সমাধান নিজেই করতে পারত। আজ আমরা তোমাদের হাতে যা তুলে দিতে এসেছি, তার সাহায্যে মানবজাতির আয়ু কিছুটা বাড়তে পারে। সেটা কী সেটা বলার আগে আমরা জানতে চাই তোমাদের কিছু জিজ্ঞাস্য আছে কি না।'

'আছে।'—চেঁচিয়ে উঠল ক্রোল।

'করো প্রশ্ন।'

'তোমরা মানুষেরই মতো দেখতে কি না সেটা জানার কৌতূহল হচ্ছে,' বলল ক্রোল।—'তোমাদের গ্রহের আবহাওয়া যদি পৃথিবীর মতোই হয়, তা হলে তোমাদের একজনের বাইরে বেরিয়ে আসতে কোনও বাধা নেই নিশ্চয়ই।'

ক্রোল তার ক্যামেরা নিয়ে রেডি।

উত্তর এল—

'সেটা সম্ভব নয়।'

'কেন?'—ক্রোলের অবাক প্রশ্ন।

'কারণ এই মহাকাশযানে কোনও প্রাণী নেই।'

আমরা পাঁচজনেই স্তম্ভিত।

'প্রাণী নেই?' ফীল্ডিং প্রশ্ন করল, 'তার মানে কি—?'

'কারণ বলছি। একই বছরের মধ্যে একটি প্রলয়ংকর ভূমিকম্প ও একটি বিশাল উল্কাখণ্ডের সঙ্গে সংঘর্ষের ফলে আমাদের গ্রহ থেকে প্রাণী লোপ পায়। অবশিষ্ট আছে কয়েকটি গবেষণাগার ও কয়েকটি যন্ত্র—যার মধ্যে একটি হল এই মহাকাশযান। দুর্যোগের দশ বছর আগে, দুর্যোগের পূর্বাভাস পেয়ে আমাদের বিজ্ঞানীরা পূর্বপরিকল্পিত পৃথিবী-অভিযানের সব ব্যবস্থা করে রেখে গিয়েছিলেন। এই অভিযান সম্ভব হয়েছে যন্ত্রের নির্দেশে। আমি নিজে যন্ত্র। এই আমাদের শেষ অভিযান।'

এবার আমি প্রশ্ন করলাম।

'তোমাদের এই শেষ অভিযানের উদ্দেশ্য কী জানতে পারি?'

'বলছি শোনো,' উত্তর এল পিরামিডের ভিতর থেকে।—'তোমাদের চারটি সমস্যার সমাধান দিয়ে যাচ্ছি আমরা। এক—ইচ্ছা মতো আবহাওয়া বদলানো—যাতে খরা বা বন্যা কোনওটাই মানুষের ক্ষতি না করতে পারে। দুই—শহরের দূষিত বায়ুকে শুদ্ধ করার উপায়। তিন—বৈদ্যুতিক শক্তির বদলে সূর্যের রশ্মিকে যৎসামান্য ব্যয়ে মানুষের ব্যাপক কাজে লাগানোর উপায়; এবং চার—সমুদ্রগর্ভে মানুষের বসবাস ও খাদ্যোৎপাদনের উপায়। যে হারে পৃথিবীর লোকসংখ্যা বৃদ্ধি পাচ্ছে, আর পাঁচশো বছর পরে শুকনো ডাঙায় আর মানুষ বসবাস করতে পারবে না।...এই চারটি সূত্র ছাড়াও, শুধু মানুষের জ্ঞানবৃদ্ধির জন্য, পৃথিবীর গত পঁয়ষট্টি হাজার বছরের বিবরণ আমরা দিয়ে যাচ্ছি তোমাদের।'

'সূত্র এবং বিবরণ কি লিখিতভাবে রয়েছে?' প্রশ্ন করল ফীল্ডিং।

'হ্যাঁ। তবে লেখার ব্যাপারে মিনিয়েচারাইজেশনের সাহায্য নেওয়া হয়েছে। সাত বছর আগে আমাদের গ্রহে দুর্ঘটনার পর থেকে পৃথিবীর সঙ্গে আমাদের যোগসূত্র ক্ষীণ হয়ে এসেছিল। আশা করি এই ক' বছরে মিনিয়েচারাইজেশনে তোমরা অনেক দূর অগ্রসর হয়েছ?'

'হয়েছি বই কী!' বলে উঠল ক্রোল। 'গণিতের জটিল অঙ্কের জন্য আমরা এখন যে ক্যালকুলেটর ব্যবহার করি, তা একটা মানুষের হাতের তেলোর চেয়ে বড় নয়।'

'বেশ। এবার লক্ষ করো, মহাকাশযানের গায়ে একটি দরজা খুলে যাচ্ছে।'

দেখলাম, জমি থেকে মিটারখানেক উপরে পিরামিডের দেয়ালে একটা ত্রিকোণ প্রবেশদ্বারের আবির্ভাব হল।

যান্ত্রিক কণ্ঠস্বর বলে চলল—

'মহাকাশযানের ভিতরে একটি টেবিল ছাড়া আর কোনও আসবাব নেই। সেই টেবিলের উপর একটি স্বচ্ছ আচ্ছাদনের নীচে যে বস্তুটি রয়েছে, তাতেই পাওয়া যাবে চারটি সমস্যার সমাধান ও পৃথিবীর গত পঁয়ষট্টি হাজার বছরের ইতিহাস। তোমাদের মধ্যে থেকে যে কোনও একজন প্রবেশদ্বার দিয়ে ঢুকে আচ্ছাদন তুলে বস্তুটিকে নিয়ে বেরিয়ে আসামাত্র মহাকাশযান ফিরতি পথে রওনা দেবে। তবে মনে রেখো, সমাধানগুলি সমগ্র মানবজাতির মঙ্গলের জন্য; এই বস্তুটি যদি কোনও স্বার্থপর ব্যক্তির হাতে পড়ে, তা হলে—'

কণ্ঠস্বর থেমে গেল।

কারণ কথার মাঝখানেই চোখের পলকে আমাদের সকলের অজান্তে অন্ধকার থেকে একটি মানুষ বেরিয়ে এসে তিরবেগে মহাকাশযানে প্রবেশ করে, আবার তৎক্ষণাৎ বেরিয়ে এসে অন্ধকারে মিলিয়ে গেছে।

পরমুহূর্তে দেখলাম, ত্রিকোণ প্রবেশদ্বারটি বন্ধ হবার সঙ্গে সঙ্গে একটা গগনভেদী হাহাকারের মতো শব্দ করে পিরামিড মিশরের মাটি ছেড়ে শূন্যে উত্থিত হল।

আমরা পাঁচ হতভম্ব অভিযাত্রী অপরিসীম বিস্ময়ের সঙ্গে দেখলাম একটি চতুষ্কোণ জ্যোতি ছায়াপথের অগণিত নক্ষত্রের ভিড়ে মিলিয়ে যাচ্ছে।

একটা গাড়ি স্টার্ট দেবার শব্দে আমরা সকলে আবার সংবিৎ ফিরে পেলাম।

গাড়িটা আমাদের না। শুনে মনে হচ্ছে জিপ, এবং সেটা রওনা দিয়ে দিয়েছে।

'কাম অ্যালং!'—চাবুকের মতো আদেশ এল ক্রোলের কাছ থেকে। সে তার অটোমোটেলের দিকে ছুটেছে।

এক মিনিটের মধ্যে আমাদের গাড়িও ছুটে চলল রুক্ষ মরুভূমির উপর দিয়ে।

কোন দিকে গেল জিপ? রাস্তায় গিয়ে তো উঠতেই হবে তাকে।

শেষপর্যন্ত একটা কানফাটা সংঘর্ষের শব্দ, ও ক্রোলের গাড়ির তীব্র হেডলাইট জিপটার হদিস দিয়ে দিল। হেডলাইট না জ্বালিয়েই মরিয়া হয়ে ছুটে চলেছিল সেটা, আর তার ফলেই জমিতে পড়ে থাকা প্রস্তরখণ্ডের সঙ্গে সজোর সশব্দ সংঘাত।

আর তাড়া নেই, তাই সাবধানে চালিয়ে নিয়ে গিয়ে ক্রোল তার গাড়িটাকে জিপের দশ হাত দূরে দাঁড় করাল। আমরা পাঁচজনে নেমে এগিয়ে গেলাম।

জিপের দফা শেষ। সেটা উলটে কাত হয়ে পড়ে আছে বালি ও পাথরের মধ্যে, আর তার পাশে রক্তাক্ত দেহে পড়ে আছে দুজন লোক। একজন স্থানীয়, সম্ভবত গাড়ির চালক, আর অন্যজন—থর্নিক্রফ্‌টের টর্চের আলোয় চেনা গেল তাকে—হলেন মার্কিন ধনকুবের ও শখের প্রত্নতত্ত্ববিদ গিডিয়ন মর্গেনস্টার্ন।

সাপ ও শকুনের রহস্য মিটে গেল। কার্ণাক হোটেলের ম্যানেজার নাহুমের সঙ্গে এনার ষড় ছিল নিঃসন্দেহে। স্বার্থান্বেষণের পথে যাতে কোনও বাধা না আসে, তাই আমাদের হটাবার জন্য এত তোড়জোড়। এটা বেশ বুঝতে পারছি যে মর্গেনস্টার্নের মৃত্যু হয়েছে প্রাচীন মিশরের কোনও দেবতার অভিশাপে নয়; তার উপর অভিশাপ বর্ষণ করেছে ছায়াপথের একটি বিশেষ নক্ষত্রমণ্ডলে অবস্থিত একটি বিশেষ গ্রহ।

'লোকটার পকেটে ওটা কী?'

ক্রোল এগিয়ে গিয়ে মর্গেনস্টার্নের পকেট থেকে একটি জীর্ণ কাগজের টুকরো টেনে বার করল। সেটা যে মেনেফ্রুর প্যাপাইরাসের ছেঁড়া অংশ সেটা আর বলে দিতে হয় না।

কিন্তু এ ছাড়াও আরেকটা জিনিস আমি লক্ষ করেছি।

মর্গেনস্টার্নের মুঠো করা ডান হাতটা বালির উপর পড়ে আছে, আর সেই মুষ্টিবদ্ধ হাতের আঙুলের ফাঁক দিয়ে একটা নীল আভা বেরিয়ে পাশের বালির উপর পড়েছে।

ফীল্ডিং এগিয়ে গিয়ে মুঠোটা খুলল।

এই কি সেই বস্তু, যার মধ্যে ধরা রয়েছে মানবজাতির চারটি প্রধান সংকটের সমাধান, আর পৃথিবীর পঁয়ষট্টি হাজার বছরের ইতিহাস?

ফীল্ডিং তার ডান হাতের তর্জনী আর বুড়োআঙুলের মধ্যে ধরে আছে একটি দেদীপ্যমান প্রস্তরখণ্ড, যার আয়তন একটি মটরদানার অর্ধেক।

২৭শে নভেম্বর, গিরিডি

এই আশ্চর্য পাথরের টুকরোর মধ্যে কী করে এত তথ্য লুকিয়ে থাকতে পারে, সেটা যদি কেউ বের করতে পারে তো আমিই পারব, এই বিশ্বাসে আমার চার বন্ধু সেটা আমাকেই দিয়ে দিয়েছে। আমি গত দু' সপ্তাহ ধরে আমার গবেষণাগারে অজস্র পরীক্ষা করেও এটার রহস্য উদ্‌ঘাটন করতে পারিনি। আমি বুঝেছি আরও সময় লাগবে, কারণ আমাদের বিজ্ঞান এখনও এতদূর অগ্রসর হয়নি।

পাথরটা আপাতত আমার ডান হাতের অনামিকায় একটি আংটির উপর বসানো রয়েছে। রাতের অন্ধকারে যখন বিছানায় শুয়ে এটার দিকে দেখি, তখন এই অপার্থিব রত্নখণ্ড থেকে বিচ্ছুরিত নীলাভ আলো আমাকে আজীবন অক্লান্ত গবেষণার সাহায্যে মানুষের মনের অন্ধকার দূর করার প্রেরণা জোগায়।

আনন্দমেলা। পূজাবার্ষিকী ১৩৮৬

নকুড়বাবু ও এল ডোরাডো

১৩ই জুন

আজ সকালের ঘটনাটা আমার কাজের রুটিন একেবারে তছনছ করে দিল। কাজটা অবিশ্যি আর কিছুই না : আমার যাবতীয় আবিষ্কার বা ইনভেশনগুলো সম্বন্ধে একটা প্রবন্ধ লিখছিলাম সুইডেনের বিখ্যাত 'কসমস' পত্রিকার জন্য। এ কাজটা এর আগে কখনও করিনি, যদিও নানান দেশের নানা পত্রিকা থেকে অনুরোধ এসেছে অনেকবার। সময়ের অভাবে প্রতিবারই প্রত্যাখ্যান করতে হয়েছে। ইদানীং আমার গবেষণার কাজ ইচ্ছে করেই অনেক কমিয়ে দিয়েছি। এটা ক্রমেই বুঝতে পারছি যে, গিরিডির মতো জায়গায় বসে আমার গবেষণাগারের সামান্য উপকরণ নিয়ে আজকের যুগে শুধু যে আর বিশেষ কিছু করা যায় না তা নয়, করার প্রয়োজনও নেই। দেশে বিদেশে বহু তরুণ বৈজ্ঞানিক আশ্চর্য সব আধুনিক যন্ত্রপাতি হাতে পেয়ে, এবং সেই সঙ্গে নানান বিজ্ঞান প্রতিষ্ঠান ও বিশ্ববিদ্যালয়ের পৃষ্ঠপোষকতায় যে সব কাজ করছে তা সত্যিই প্রশংসনীয়।

অবিশ্যি আমি নিজে সামান্য ব্যয়ে সামান্য মালমশলা নিয়ে যা করেছি তার স্বীকৃতি দিতে বৈজ্ঞানিক মহল কার্পণ্য করেনি। সেই সঙ্গে বৈজ্ঞানিকদের মধ্যেই আবার এমন লোকও আছে, যারা আমাকে বৈজ্ঞানিক বলে মানতেই চায়নি। তাদের ধারণা, আমি একজন জাদুকর বা প্রেতসিদ্ধ গোছের কিছু ; বৈজ্ঞানিকের চোখে ধুলো দেবার নানারকম মন্ত্রতন্ত্র আমার জানা আছে, আর তার জোরেই আমার প্রতিষ্ঠা। আমি অবশ্য এটা নিয়ে কোনও দিনই নিজেকে উত্তেজিত হতে দিইনি। আমার মধ্যে যে একটা ঋষিসুলভ স্থৈর্য ও সংযম আছে, সেটা আমি জানি। এক কথায় আমি মাথাঠাণ্ডা মানুষ। পশ্চিমে এমন অনেক জ্ঞানীগুণী গবেষকের সঙ্গে আলাপ হয়েছে, যাঁরা কথায় কথায় টেবিল চাপড়ান, বা টেবিলের অভাবে নিজেদের হাঁটু। জার্মানির এক জীব রাসায়নিক ডঃ হেলব্রোনার একবার তাঁর এক নতুন আবিষ্কারের কথা বলতে গিয়ে উত্তেজিত হয়ে আমার কাঁধে এমন এক চপেটাঘাত করেছিলেন যে, যন্ত্রণায় আমাকে আর্তনাদ করে উঠতে হয়েছিল।

যাই হোক, এই প্রবন্ধে একটা জিনিস বুঝিয়ে বলার সুযোগ পাচ্ছি ; সেটা হল—আমার আবিষ্কারগুলো কেন আমি সারা পৃথিবীর ব্যবহারার্থে ছড়িয়ে দিইনি। তার কারণ আর কিছুই না—আমার তৈরি জিনিসগুলোর মধ্যে যেগুলো সবচেয়ে শক্তিশালী বা হিতসাধক—যেমন অ্যানাইহিলিন পিস্তল বা মিরাকিউরল ওষুধ বা অমনিস্কোপ বা মাইক্রোসোনোগ্রাফ, বা স্মৃতি উদ্‌ঘাটক যন্ত্র রিমেমব্রেন—এর কোনওটাই কারখানায় তৈরি করা যায় না। এগুলো সবই মানুষের হাতের কাজ, এবং সে মানুষও একটি বই আর দ্বিতীয় নেই। তিনি হলেন ত্রিলোকেশ্বর শঙ্কু।

আজ ভোরে যথারীতি উশ্রীর ধারে বেড়িয়ে বাড়ি ফিরে কফি খেয়ে, আমার লেখাপড়ার ঘরে বসে আমার পঞ্চাশ বছর ব্যবহার করা 'ওয়াট্যারম্যান' ফাউনটেন পেনটাতে কালি ভরে লেখা শুরু করতে যাব, এমন সময় আমার চাকর প্রহ্লাদ এসে বলল, একজন ভদ্রলোক আমার

সঙ্গে দেখা করতে এসেছেন।

'কোন দেশীয় ?' প্রশ্ন করলাম আমি। স্বাভাবিক প্রশ্ন, কারণ পৃথিবীর খুব কম দেশই আছে, যেখানকার গুণী জ্ঞানীর কেউ না কেউ কোনও দিন না কোনও দিন এই গিরিডিতে আমার বাড়িতে এসে আমার সঙ্গে দেখা করেননি। তিন সপ্তাহ আগে লিথুয়ানিয়া থেকে এসেছিলেন বিশ্ববিখ্যাত পতঙ্গবিজ্ঞানী প্রোফেসর জাবলনস্কিস।

'তা তো জিজ্ঞেস করিনি,' বলল প্রহ্লাদ, 'তবে ধুতি দেখলাম, আর খদ্দরের পাঞ্জাবি, আর কথা তো বললেন বাংলাতেই।'

'কী বললেন ?' কথাটা অপ্রীতিকর শোনালেও স্বীকার করতেই হবে যে, মামুলি লোকের সঙ্গে মামুলি খেজুরে আলাপের সময় নেই আমার।

'বললেন কী, তোমার বাবুকে বলো, কিসমিসের জন্য লেখাটা একটু বন্ধ করে যদি দশ মিনিট সময় দেন। কী যেন বলার আছে।'

কিসমিস ? তার মানে কি কসমস ? কিন্তু তা কী করে হয় ? আমি যে কসমস পত্রিকার জন্য লিখছি, সে কথা তো এখানে কেউ জানে না !

উঠে পড়লাম লেখা ছেড়ে। কিসমিস রহস্য ভেদ না করে শান্তি নেই।

বসবার ঘরে ঢুকে যাঁকে দু' হাতের মুঠোয় ধুতির কোঁচা ধরে সোফার এক পাশে জবুথবু হয়ে বসে থাকতে দেখলাম, তেমন নিরীহ মানুষ আর দেখেছি বলে মনে পড়ে না। যদিও প্রথম চাহনির পর দ্বিতীয়তে লক্ষ করা যায় এঁর চোখের মণির বিশেষত্বটা : এঁর মধ্যে যেটুকু প্রাণশক্তি আছে, তার সবটুকুই যেন ওই মণিতে গিয়ে কেন্দ্রীভূত হয়েছে।

'নমস্কার তিলুবাবু !' কোঁচার ডগা সমেত হাত দুটো মুঠো অবস্থায় চলে এল ভদ্রলোকের থুতনির কাছে,—'কসমসের লেখাটা বন্ধ করলাম বলে মার্জনা চাইছি। আপনার সঙ্গে সামান্য কয়েকটা কথা বলার প্রবল বাসনা নিয়ে এসেছি আমি। আমি জানি, আপনি আমার মনোবাঞ্ছা পূর্ণ করবেন।'

শুধু কসমস নয়, তিলু নামটা ব্যবহার করাটাও একটা প্রচণ্ড বিস্ময় উদ্রেককারী ব্যাপার। ষাট বছর আগে আমার বাবা শেষ আমায় ডেকেছেন ওই নামে। তার পরে ডাকনামটার আর কোনও প্রয়োজন হয়নি।

'অধমের নাম শ্রীনকুড়চন্দ্র বিশ্বাস।'

আমার বিস্ময় কাটেনি, তাই ভদ্রলোকই কথা বলে চলেছেন।

'মাকড়দায় থাকি ; ক' দিন থেকেই আপনাকে দেখতে পাচ্ছি চোখের সামনে। অবিশ্যি সে দেখা আর এ দেখা এক জিনিস নয়।'

'আমাকে দেখতে পাচ্ছেন মানে ?' আমি প্রশ্ন করতে বাধ্য হলাম।

'এটা মাস দেড়েক হল আরম্ভ হয়েছে। অন্য জায়গার লোক, অন্য জায়গার ঘটনা, এই সব হঠাৎ চোখের সামনে দেখি। সব সময় খুব স্পষ্ট নয়, তাও দেখি। আপনার নাম শুনেছি, ছবিও দেখেছি কাগজে। সে দিন আপনার চেহারাটা মনে করতেই দেখি আপনি এসে হাজির।'

'এ জিনিস দেড় মাস থেকে হচ্ছে আপনার ?'

'হ্যাঁ। তা দেড় মাসই হবে। খুব জল হচ্ছিল সে দিন, আর তার সঙ্গে মেঘের ডাক। দুপুর বেলা। দাওয়ায় বসে গোলা তেঁতুলের আচার খাচ্ছি, হঠাৎ দেখি সামনে বিশ হাত দূরে মিত্তিরদের বাড়ির ভেরেণ্ডা গাছের পিছন দিকে একটা আগুনের গোলার মতো কী যেন শূন্যে ঘোরাফেরা করছে। বললে বিশ্বাস করবেন না, তিলুবাবু, গোলাটা এল ঠিক আমারই দিকে। যেন একটি জ্যোতির্ময় ফুটবল। উঠোনে তুলসীর কাছ অবধি আসতে দেখেছি এটা মনে

আছে, তারপর আর মনে নেই। জ্ঞান হল যখন তখন জল থেমে গেছে। আমি ছিলাম তক্তপোশে ; তিনটে বেড়ালছানা খেলা করছিল উঠোনে, দাওয়ার ঠিক সামনেই। সে তিনটে মরে গেছে। অথচ আমার গায়ে আঁচড়টি নেই। আমাদের বাড়ির পিছনে একটা মাদার গাছ আর একটা কতবেল গাছ ছিল, দুটোই পুড়ে ঝামা।'

'আর বাড়ির অন্য লোক ?'

'ঠাকুমা ছাড়া আর কেউ ছিলেন না। ছোট ভাই ছিল ইস্কুলে ; সে মাকড়দা প্রাইমারি ইস্কুলের মাস্টার। মা নেই ; বাবা ছিলেন ননী ঘোষের বাড়ি, দাবার আড্ডায়। ঠাকুমার অসুখ। খাটে শুয়ে ছিলেন পিছন দিকের ঘরে, তাঁর কিচ্ছু হয়নি।'

বর্ণনা শুনে মনে হল, 'বল লাইটনিং'-এর কথা বলছেন ভদ্রলোক। ক্বচিৎ কদাচিৎ এ ধরনের বিদ্যুতের কথা শোনা যায়, যেটা ঠিক বলেরই আকার ধরে কিছুক্ষণ শূন্য দিয়ে ভেসে বেড়িয়ে হঠাৎ এক্সপ্লোড করে। সে বিদ্যুৎ একটা মানুষের কাছ দিয়ে যাবার ফলে যদি দেখা যায় যে, সে মানুষের মধ্যে একটা বিশেষ কোনও পরিবর্তন ঘটে গেছে, তা হলে বলার কিছু নেই। কাছাকাছি বাজ পড়ে কালা কানে শুনেছে, অন্ধ দৃষ্টি ফিরে পেয়েছে, এমন খবরও কাগজে পড়েছি। প্রশ্ন হচ্ছে, এই ভদ্রলোকের শক্তির দৌড় কত দূর।

প্রশ্নটা করার আগেই উত্তরের খানিকটা আভাস পেয়ে গেলাম।

নকুড়বাবু হঠাৎ বিড়বিড় করে বলে উঠলেন, 'থ্রি এইট এইট এইট নাইন ওয়ান সেভেন ওয়ান।' দেখলাম, তিনি চেয়ে রয়েছেন সামনে টেবিলের উপর রাখা আমেরিকান সাপ্তাহিক 'টাইম'-এর মলাটের দিকে। মলাটে যাঁর ছবি রয়েছে, তিনি হলেন মার্কিন ক্রোড়পতি পেট্রস সারকিসিয়ান। ছবির দিকে চেয়েই নকুড়বাবু বলে চলেছেন, 'সাহেবের ঘরে একটা সিন্দুক দেখতে পাচ্ছি—খাটের ডান পাশে—ক্রস্কলি কোম্পানির তৈরি—ভিতরে টাকা—বান্ডিল বান্ডিল একশো ডলারের নোট...'

'আর আপনি যে নম্বরটা বললেন, সেটা কী ?'

'ওটা সিন্দুকটা খোলার নম্বর। ডালার গায়ে একটা দাঁতকাটা চাকার মতো জিনিস, আর সেটাকে ঘিরে খোদাই করা এক থেকে নয় অবধি নম্বর। চাকাটা এদিকে, ওদিকে ঘোরে। নম্বর মিলিয়ে ঘোরালেই খুলে যাবে সিন্দুক।'

কথাটা বলে হঠাৎ একটা ভীষণ কুণ্ঠার ভাব করে ভদ্রলোক বললেন, 'অপরাধ নেবেন না তিলুবাবু। এ সব কথা আপনার মতো ব্যস্ত মানুষের কাছে বলতে আসা মানেই আপনার মূল্যবান সময়—'

'মোটেই না,' আমি বাধা দিয়ে বললাম। 'আপনার মতো ক্ষমতা একটা দুর্লভ ব্যাপার আপনার সাক্ষাৎ পাওয়াটা একজন বৈজ্ঞানিকের পক্ষে খুবই সৌভাগ্যের কথা। আমি শুধু জানতে চাই—'

'আমি বলছি আপনাকে। আপনি জানতে চাইছেন, 'বল লাইটনিং'-এর সংস্পর্শে এসে আমার মধ্যে আর কী কী বিশেষ ক্ষমতা দেখা দিয়েছে, এই তো ?'

নির্ভুল অনুমান। বললাম, 'ঠিক তাই।'

নকুড়বাবু বললেন, 'মুশকিল হচ্ছে কী জানেন ? এগুলোকে তো আর 'বিশেষ ক্ষমতা' বলে ভাবতে পারি না আমি! মানুষ যে হাসে বা কাঁদে বা হাই তোলে বা নাক ডাকায়—এগুলোকে কি আর মানুষ বিশেষ ক্ষমতা বলে মনে করে ? এ তো নিশ্বাস প্রশ্বাসের মতোই স্বাভাবিক। আমিও যা করছি, সেগুলো বিশেষ ক্ষমতা ভেবে করছি না। যেমন ধরুন আপনার ওই টেবিলটা। ওটার ওপর কী রয়েছে বলুন তো ?'

আমি ভদ্রলোকের ইঙ্গিত অনুসরণ করে আমার ঘরের কোণে রাখা কাশ্মীরি টেবিলটার

দিকে দেখলাম।

টেবিলের উপর একটা জিনিস রয়েছে, যেটা এর আগে কোনও দিন দেখিনি। সেটা একটা পিতলের মূর্তি—যদিও খুব স্পষ্ট নয়। যেন একটা স্পন্দনের ভাব, একটা স্বচ্ছতা রয়েছে মূর্তিটার মধ্যে। দেখতে দেখতেই মূর্তিটা মিলিয়ে গেল।

'কী দেখলেন ?'

'একটা পিতলের ধ্যানী বুদ্ধমূর্তি। তবে ঠিক নিরেট নয়।'

'ওই তো বললুম। এখনও ঠিক রপ্ত হয়নি ব্যাপারটা। মূর্তিটা রয়েছে আমাদের উকিল শিবরতন মল্লিকের বাড়ির বৈঠকখানায়। একবার দেখেছিলুম। এখনকার মতো আপনার ওই টেবিলে আছে বলে কল্পনা করলুম, কিন্তু পুরোপুরি এল না।'

আমি মনে মনে বলছিলাম, আজ পর্যন্ত পৃথিবীর কোনও জাদুকর (একমাত্র চিনে জাদুকর চী চিং ছাড়া) আমাকে হিপ্নোটাইজ করতে পারেনি। ইনি কিন্তু অনেকটা সমর্থ হয়েছেন। এও একরকম সম্মোহন বইকী! নকুড় বিশ্বাসের একাধিক ক্ষমতার মধ্যে এটাও একটা। হিপ্নোটিজম, টেলিপ্যাথি, ক্লেয়ারভয়েন্স বা অলোকদৃষ্টি—এ সব ক'টা ক্ষমতাই দেখছি একসঙ্গে পেয়ে গেছেন ভদ্রলোক।

'শিবরতনবাবুর কাছেই আপনার কথা প্রথম শুনি,' বললেন নকুড়বাবু। 'তাই ভাবলুম, একবার গিরিডিটা হয়ে আসি। আপনার দর্শনটাও হয়ে যাবে, আর সেই সঙ্গে একটা ব্যাপারে আপনাকে একটু সাবধানও করে দিতে পারব।'

'সাবধান ?'

'আজ্ঞে কিছু মনে করবেন না, তিলুবাবু, ধৃষ্টতা মাপ করবেন। আমি জানি, আপনি তো শুধু আমাদের দেশের লোক নন ; সারা বিশ্বে আপনার সম্মান। পৃথিবীর সব জায়গা থেকেই আপনার ডাক পড়ে, আর আপনাকে সে সব ডাকে সাড়াও দিতে হয়। কিন্তু সাও পাউলোর ব্যাপারটাতে গেলে, আপনাকে বিশেষভাবে সতর্ক থাকতে অনুরোধ করি।'

সাও পাউলো হল ব্রেজিলের সবচেয়ে বড় শহর। সেখান থেকে এখনও পর্যন্ত কোনও

ডাক আসেনি আমার। বললাম, 'সাও পাউলোতে কী ব্যাপার ?'

'আজ্ঞে সেটা এখনও ঠিক বলতে পারলাম না। ব্যাপারটা এখনও ঠিক স্পষ্ট নয় আমার কাছে। সত্যি বলতে কী, সাও পাউলো যে কোথায় তাও আমি জানি না। হঠাৎ চোখের সামনে দেখতে পেলুম একটা লম্বা সাদা খাম, তার উপর টাইপ করা আপনার নাম ও ঠিকানা, খামের এক কোণে একটা নতুন ডাকটিকিট, তার উপর একটা ছাপ পড়ল—'সাও পাউলো'—আর সঙ্গে সঙ্গে আমার বুকটা কেঁপে উঠল। আর তার পরমুহূর্তেই দেখলুম একটা সুদৃশ্য কামরা, তাতে এক বিশালবপু বিদেশি ভদ্রলোক আপনার দিকে চেয়ে বসে আছেন। লোকটিকে দেখে মোটেই ভাল লাগল না।'

দশ মিনিট হয়ে গেছে দেখেই বোধহয় ভদ্রলোক উঠে পড়েছিলেন, আমি বসতে বললাম। অন্তত এক কাপ কফি না খাইয়ে ছাড়া যায় না ভদ্রলোককে। তা ছাড়া ভবিষ্যতে এঁর সঙ্গে যোগাযোগ করার কী উপায়, সেটাও জানা দরকার।

ভদ্রলোক রীতিমতো সংকোচের সঙ্গে আধা ওঠা অবস্থা থেকে বসে পড়লেন। বললাম, 'আপনি উঠেছেন কোথায় ?'

'আজ্ঞে, উঠেছি মনোরমা হোটেলে।'

'থাকবেন ক' দিন ?'

'যে কাজের জন্য আসা, সে কাজ তো হয়ে গেল। কাজেই...'

'কিন্তু আপনার ঠিকানাটা যে জানা দরকার।'

লজ্জায় ভদ্রলোকের ঘাড় বেঁকে গেল। সেই অবস্থাতেই বললেন, 'আমার ঠিকানা আপনি চাইছেন, এ তো বিশ্বাসই করতে পারছি না।'

এবার ভদ্রলোককে একটু কড়া করেই বলতে হল যে, তাঁর বিনয়টা একটু আদিখ্যেতার মতো হয়ে যাচ্ছে। বললাম, 'আপনি জেনে রাখুন যে, আপনার সঙ্গে মাত্র দশ মিনিটের পরিচয়ের পর একেবারে যোগাযোগ বিচ্ছিন্ন হয়ে যাওয়াটা যে কোনও বৈজ্ঞানিকের পক্ষেই একটা আপশোসের কারণ হতে পারে।'

'আপনি 'কেয়ার অফ হরগোপাল বিশ্বাস, মাকড়দা' দিলেই আমি চিঠি পেয়ে যাব। আমার বাবাকে ওখানে সবাই চেনে।'

'আপনি বিদেশ যাবার সুযোগ পেলে, যাবেন ?'

প্রশ্নটা কিছুক্ষণ থেকেই মাথায় ঘুরছিল। সেটার কারণ আর কিছুই না—অতি প্রাকৃত ক্ষমতা বা ঘটনা সম্পর্কে পশ্চিমে অনেক বৈজ্ঞানিকদের মধ্যে একটা হেসে উড়িয়ে দেবার ভাব লক্ষ করেছি। শ্রীমান নকুড় বিশ্বাসকে একবার তাদের সামনে নিয়ে ফেলতে পারলে মন্দ হত না। আমি নিজে অবিশ্যি এই সন্দেহবাদীদের দলে নেই। নকুড়বাবুর এই ক্ষমতা আমি মোটেই অবজ্ঞা বা অবিশ্বাসের চোখে দেখি না। মানুষের মস্তিষ্ক সম্বন্ধে আমরা এখনও স্পষ্টভাবে কিছুই জানি না। আমার ঠাকুরদা বটুকেশ্বর ছিলেন শ্রুতিধর। একবার শুনলে বা পড়লেই একটা গোটা কাব্য তাঁর মুখস্থ হয়ে যেত। অথচ তিনি পুরোদস্তুর সংসারী লোক ছিলেন ; এমন না যে, দিনরাত কেবল পড়াশুনা বা ধর্মকর্ম নিয়ে থাকতেন। এটা কী করে সম্ভব হয় সেটা কি পশ্চিমের কোনও বৈজ্ঞানিক সঠিক বলতে পারে ? পারে না, কারণ তারা এখনও মস্তিষ্কের অর্ধেক রহস্যই উদ্‌ঘাটন করতে পারেনি।

কিন্তু আমার প্রশ্ন শুনে নকুড়বাবু এমন ভাব করলেন, যেন আমি উন্মাদের মতো কিছু বলে ফেলেছি।

'আমি বিদেশ যাব ?' চোখ কপালে তুলে বললেন নকুড়বাবু। 'কী বলছেন আপনি তিলুবাবু ? আর যদি বা ইচ্ছেই থাকত, আমার মতো লোকের পক্ষে সেটা সম্ভবই বা হত কী

করে ?’

আমি বললাম, ‘বাইরের অনেক বিজ্ঞানপ্রতিষ্ঠানই কোনও বিজ্ঞানী সম্মেলনে কাউকে আমন্ত্রণ জানালে, তাঁকে দুটো প্লেনের টিকিট দিয়ে থাকেন, এবং সেখানে দুজনের থাকার খরচ বহন করে থাকেন। কেউ কেউ নিয়ে যান স্ত্রীকে, কেউ বা সেক্রেটারিকে। আমি অবশ্য একাই গিয়ে থাকি, কিন্তু আপনি যেতে সম্মত হলে—’

নকুড়বাবু একসঙ্গে মাথা নেড়ে, জিভ কেটে আমার প্রস্তাবে ঘোর আপত্তি জানিয়ে উঠে পড়লেন।

‘আপনি যে আমার কথাটা ভেবেছেন, সেইটেই আমার অনেক পাওয়া। এর বেশি আর আমি কিছু চাই না।’

আমি কিছুটা ঠাট্টার সুরে বললাম, ‘যাই হোক, যদি আপনার দিব্যদৃষ্টিতে কোনওদিন আপনার বিদেশ যাবার সম্ভাবনা দেখতে পান, তা হলে আমাকে জানাবেন।’

নকুড়বাবু যেন আমার রসিকতাটা উপভোগ করেই মৃদু হেসে দু হাতে কোঁচার গোছটা তুলে নিয়ে নমস্কার করে বললেন, ‘আমার প্রণাম রইল। নিউটনকে আমার আশীর্বাদ দেবেন।’

২১শে জুন

কসমস পত্রিকার জন্য প্রবন্ধটা কাল পাঠিয়ে দিলাম।

শ্রীমান নকুড়চন্দ্রের আর কোনও খবর পাইনি। সে নিজে না দিলে আর কে দেবে খবর। আমার দিক থেকে খুব বেশি আগ্রহ দেখানোটাও ঠিক নয়, তাই ঠিকানা জানা সত্ত্বেও আমি তাকে চিঠি লিখিনি। অবিশ্যি ইতিমধ্যে আমার দুই বন্ধু সন্ডার্স ও ক্রোলকে ব্যাপারটা জানিয়ে দিয়েছি। তারা দু'জনেই গভীর কৌতূহল প্রকাশ করেছে। ক্রোল বলছে, নকুড় বিশ্বাসকে ইউরোপে নিয়ে গিয়ে ডেমনস্ট্রেশনের জন্য খরচ সংগ্রহ করতে কোনও অসুবিধা হবে না। এমন কী, টেলিভিশন প্রোগ্রাম ইত্যাদির জোরে নকুড় বিশ্বাস বেশ কিছু টাকা হাতে নিয়ে দেশে ফিরতে পারবে। আমি জানিয়ে দিয়েছি, মাকড়দাবাসীর কাছ থেকে উৎসাহের কোনও ইঙ্গিত পেলেই জানাব।

২৪শে জুলাই

গত একমাসে আমার প্রবন্ধটা সম্পর্কে একশো সাতাত্তরটা চিঠি পেয়েছি পৃথিবীর বিভিন্ন দেশের বৈজ্ঞানিকদের কাছ থেকে। সবই অভিনন্দনসূচক। তার মধ্যে একটি চিঠি হল এক বিরাট মার্কিন কেমিক্যাল কর্পোরেশনের মালিক সলোমন ব্লুমগার্টেনের কাছ থেকে। তিনি জানিয়েছেন যে, আমার অন্তত তিনটি আবিষ্কারের পেটেন্টস্বত্ব তিনি কিনতে রাজি আছেন। তার জন্য তিনি আমাকে পঁচাত্তর হাজার ডলার দিতে প্রস্তুত। আবিষ্কার তিনটি হল অ্যানাইহিলিন পিস্তল, মিরাকিউরল বড়ি ও অমনিস্কোপ যন্ত্র। যদিও আমি প্রবন্ধে লিখেছিলাম যে, এ সব জিনিস কারখানায় তৈরি করা যায় না, সে কথাটা ব্লুমগার্টেন মানতে রাজি নন। তাঁর ধারণা, একজন মানুষ নিজে হাতে যেটা তৈরি করতে পারে, যন্ত্রের সাহায্যে সেটা তৈরি না করতে পারার কোনও যুক্তি থাকতে পারে না। এ সব ব্যাপারে চিঠি মারফত তর্ক করা বৃথা ; তাই আমি জানিয়ে দিয়েছি যে, ব্যক্তিগত কারণে আমি পেটেন্ট রাইটস বিক্রি করতে রাজি নই।

পঁচাত্তর হাজার ডলারেও আমার লোভ লাগল না দেখে সাহেবের না জানি কী প্রতিক্রিয়া হয়েছে।

১৭ই আগস্ট

আজ এক অপ্রত্যাশিত চিঠি। লিখছেন শ্রীনকুড়চন্দ্র বিশ্বাস। চিঠির ভাব ও ভাষা দুই-ই অপ্রত্যাশিত। তাই সেটা তুলে দিচ্ছি—

শ্রীত্রিলোকেশ্বর শঙ্কু মহাশয়ের শ্রীচরণে শতকোটি প্রণামপূর্বক নিবেদনমিদং—

মহাশয়,

অধমকে যে আপনি স্মরণে রাখিয়াছেন সে বিষয়ে অবগত আছি। অবিলম্বে সাও পাউলো হইতে আমন্ত্রণ আপনার হস্তগত হইবে। আপনি সঙ্গত কারণেই উক্ত আমন্ত্রণ প্রত্যাখান করিতে পারিবেন না। আপনার স্মরণে থাকিবে যে, আপনি আমাকে অনুরোধ করিয়াছিলেন, আপনার দাসানুদাস সেক্রেটারিরূপে আপনার সহিত বিদেশ গমনের জন্য। তৎকালে সম্মত হই নাই, কিন্তু স্বগৃহে প্রত্যাবর্তনের পর ক্রমে উপলব্ধি করিয়াছি যে, সাও পাউলোতে আপনার পার্শ্বে উপস্থিত না থাকিলে আপনার সমূহ বিপদ। আমি গত কয়েক মাস অক্লান্ত পরিশ্রমে পিটম্যান পদ্ধতিতে শর্টহ্যান্ড বিদ্যায় পারদর্শিতা লাভ করিয়াছি। উপরন্তু এটিকেট সম্পর্কে কতিপয় পুস্তক পাঠ করিয়া পাশ্চাত্ত্য আদব কায়দা কিছুটা আয়ত্ত করিয়াছি। অতএব আপনি আমাকে আপনার অনুচর রূপে সঙ্গে লইবার ব্যাপারে কী স্থির করেন তাহা পত্রপাঠ জানাইলে বাধিত হইব। আপনি ভারতের তথা বিশ্বের গৌরব। সর্বোপরি আপনি বঙ্গসন্তান। আপনার দীর্ঘ, রোগমুক্ত, নিঃসঙ্কট জীবন আমাদের সকলেরই কাম্য। ইতি।

সেবক শ্রীনকুড়চন্দ্র বিশ্বাস

এখানে প্রশ্ন হচ্ছে—আমার সঙ্গে বাইরে যাবার ব্যাপারে হঠাৎ মত পরিবর্তনের কারণ যেটা বলেছেন নকুড়বাবু, সেটা কি সত্যি ? নাকি এর মধ্যে কোনও গূঢ় অভিসন্ধি আছে ? ভদ্রলোক কি আসলে গভীর জলের মাছ ? চিঠির ভাব ও ভাষা কি আসলে আদিখ্যেতা ?

লোকটার মধ্যে সত্যিই কতকগুলো আশ্চর্য ক্ষমতা আছে বলে এই প্রশ্নগুলো আসছে। অবিশ্যি এখন এ বিষয়ে ভেবে লাভ নেই। আগে নেমন্তন্নটা আসে কি না দেখা যাক, তারপর অবস্থা বুঝে ব্যবস্থা।

৩রা সেপ্টেম্বর

নকুড়বাবু আবার অবাক করলেন। আমন্ত্রণ এসে গেছে। আরও অবাক হয়েছি এই কারণে যে, এ আমন্ত্রণ সত্যিই ঠেলা যাবে না। সাও পাউলোর বিখ্যাত রাটানটান ইনস্টিটিউট একটা তিনদিন ব্যাপী বিজ্ঞান সম্মেলনের আয়োজন করেছেন, যেখানে বক্তৃতা, আলোচনাসভা ইত্যাদি তো হবেই, তা ছাড়া সম্মেলনের শেষ দিনে ইনস্টিটিউট আমাকে ডক্টরেট উপাধি দিয়ে সম্মানিত করবে। কসমসের প্রবন্ধই আসলে নতুন করে আমার খ্যাতি ছড়িয়ে দিয়েছে বিজ্ঞানের জগতে। সম্মেলনের কর্তৃপক্ষ যে শুধু আমার উপস্থিতি প্রার্থনা করেছেন তা নয়, আমার সব ক'টি ইনভেনশন এবং সেই সঙ্গে সেই সংক্রান্ত আমার গবেষণার কাগজপত্রের একটি প্রদর্শনী করবেন বলে প্রস্তাব করেছেন। এ ব্যাপারে দিল্লির ব্রেজিলীয় এমব্যাসির সঙ্গে ভারত সরকার সব রকম সহায়তা করতে প্রস্তুত আছেন বলে জানিয়েছেন।

ইনস্টিটিউট জানিয়েছেন যে, তাঁদের আতিথেয়তা তিন দিনেই ফুরিয়ে যাচ্ছে না, অন্তত আরও সাতদিন থেকে যাতে আমি ব্রেজিল ঘুরে দেখতে পারি সে ব্যবস্থাও কর্তৃপক্ষ করবেন। দু'জনের জন্য থাকার এবং যাতায়াতের খরচ তাঁরা বহন করবেন।

আমি যাব বলে টেলিগ্রাম করে দিয়েছি, আর এও জানিয়ে দিয়েছি যে আমার সঙ্গে থাকবেন আমার সেক্রেটারি মিঃ এন সি বিসওয়াস।

মাকড়দাতেও অবিশ্যি চিঠি চলে গেছে। কনফারেন্স শুরু হচ্ছে ১০ই অক্টোবর। এই এক মাসের মধ্যে সব ব্যবস্থা করে ফেলতে পারব বলে মনে হয়।

সন্ডার্স ও ক্রোলকে খবরটা দিয়ে দিয়েছি। লব্ধপ্রতিষ্ঠিত বৈজ্ঞানিক হিসাবে দু'জনেই সাও পাউলোতে আমন্ত্রিত হবেন বলে আমার বিশ্বাস, তবে নকুড়বাবুর খবরটা জানিয়ে দেওয়া দরকার ছিল। তাকে নিয়ে এ যাত্রা বিশেষ মাতামাতি করা যাবে না সেটাও জানিয়ে দিয়েছি। ক্রোল নিজে অতিপ্রাকৃত ব্যাপার নিয়ে যথেষ্ট কৌতূহলী ও ওয়াকিবহাল। হোটেলের ঘরে বসে বিশেষ করে তাঁর জন্য সামান্য ডেমনস্ট্রেশন দিতে নকুড়বাবুর নিশ্চয়ই আপত্তি হবে না।

আমার আসন্ন বিপদের কথাটা সত্যি কি মিথ্যে জানি না। আমার মনে মনে একটা সন্দেহ হচ্ছে যে, নকুড়বাবু নিখরচায় বিদেশ দেখার লোভটা সামলাতে পারেননি। আমি লিখেছি তিনি যেন রওনা হবার অন্তত তিনদিন আগে আমার কাছে চলে আসেন। তাঁর আদবকায়দার দৌড় কতটা সেটা একবার দেখে নেওয়া দরকার। ভাষা নিয়ে কোনও সমস্যা নেই। ইংরিজিটা মনে হয় ভদ্রলোক একরকম নিজেই চালিয়ে নিতে পারবেন ; আর, কোনও বিশেষ অবস্থায় যদি ব্রেজিলের ভাষা পর্তুগিজ বলার প্রয়োজন হয়, তার জন্য তো আমিই আছি। ভারতবর্ষের ইতিহাসে পর্তুগিজদের ভূমিকার কথা মনে করে আমি এগারো বছর বয়সে গিরিডির পর্তুগিজ পাদরি ফাদার রেবেলোর কাছ থেকে ভাষাটা শিখে নিয়েছিলাম।

২রা অক্টোবর

আজ নকুড়বাবু এসেছেন। এই ক'মাসে ভদ্রলোকের চেহারায় বেশ একটা উন্নতি লক্ষ করছি। বললেন, যোগব্যায়ামের ফল। ইতিমধ্যে কলকাতায় গিয়ে ভদ্রলোক দুটো স্যুট করিয়ে এনেছেন, সেই সঙ্গে শার্ট টাই জুতো মোজা ইত্যাদিও জোগাড় হয়েছে। দাঁতনের অভ্যাস বলে নতুন টুথপেস্ট টুথব্রাশ কিনতে হয়েছে। স্যুটকেস যেটা এনেছেন, সেটা নাকি আসলে উকিল শিবরতন মল্লিকের। সেটি যে এনার কাছে কী করে এল, সেটা আর জিজ্ঞেস করলাম না।

'ব্রেজিলের জঙ্গল দেখতে যাবেন না?' আজ দুপুরে খাবার সময়ে প্রশ্ন করলেন ভদ্রলোক। আমি বললাম, 'সাতদিন তো ঘুরিয়ে দেখাবে বলেছে ; তার মধ্যে অরণ্য কি আর একেবারে বাদ পড়বে?'

নকুড়বাবু বললেন, 'আমাদের শ্রীগুরু লাইব্রেরিতে খোঁজ করে বরদা বাঁড়ুজ্যের লেখা ছবি টবি দেওয়া একটা পুরনো বই পেলাম ব্রেজিল সম্বন্ধে। তাতে লিখেছে ওখানকার জঙ্গলের কথা, আর লিখেছে সেই জঙ্গলে এক রকম সাপ আছে, যা নাকি লম্বায় আমাদের অজগরের ডবল।'

মোট কথা ভদ্রলোক খোশমেজাজে আছেন। এখনও পর্যন্ত কোনও নতুন ক্ষমতার পরিচয় দেননি। সত্যি বলতে কী, সে প্রসঙ্গ আর উত্থাপনই করেননি।

ক্রোল ও সন্ডার্স দুজনেই সাও পাউলো যাচ্ছে বলে লিখেছে। বলা বাহুল্য, দুজনেই নকুড়বাবুকে দেখার জন্য উদ্‌গ্রীব হয়ে আছে।

১০ই অক্টোবর, সাও পাউলো, রাত সাড়ে এগারোটা

সম্মেলনের প্রথম অধিবেশনে অংশগ্রহণ করে, কনফারেন্সের কর্ণধার প্রোফেসর রডরিগেজের বাড়িতে ডিনার খেয়ে আধ ঘণ্টা হল ফিরেছি হোটেলে। শহরের প্রান্তে সমুদ্রের ধারে পৃথিবীর বহু বিখ্যাত হোটেলকে হার মানানো এই গ্র্যান্ড হোটেল। আমন্ত্রিতরা সকলেই এখানে উঠেছেন। আমাকে দেওয়া হয়েছে একটি বিশাল সুসজ্জিত 'সুইট'—নম্বর ৭৭৭। আমার সেক্রেটারি নকুড় বিশ্বাস একই তলায় আছেন ৭১২ নং সিঙ্গল রুমে।

এখানকার কর্তৃপক্ষদের সঙ্গে ক্রোল ও সন্ডার্সও গিয়েছিল এয়ারপোর্টে আমাকে রিসিভ করতে। সেখানেই নকুড়বাবুর সঙ্গে ওদের আলাপ করিয়ে দিই। ক্রোলের সঙ্গে পরিচয় হতেই নকুড়বাবু জার্মান ভদ্রলোকটির দিকে কয়েক মুহূর্ত চেয়ে থেকে বললেন, 'আলপস—বাভারিয়ান আলপস—নাইনটিন থার্টি টু—ইউ অ্যান্ড টু ইয়ং মেন ক্লাইমবিং, ক্লাইমবিং—দেন স্লিপিং, স্লিপিং, স্লিপিং—দেন—উফ্‌ফ্—ভেরি ব্যাড!'

ক্রোল দেখি মুখ হাঁ করে সম্মোহিতের মতো চেয়ে আছে নকুড়বাবুর দিকে। তারপর আর থাকতে না পেরে জার্মান ভাষাতেই চেঁচিয়ে উঠল—'আমার পা হড়কে গিয়েছিল। আমাকে বাঁচাতে গিয়ে হারম্যান ও কার্ল দুজনেরই প্রাণ যায়!'

কথাটা বাংলায় অনুবাদ করে দিতে নকুড়বাবুও বাংলায় বললেন, 'দৃশ্যটা ভেসে উঠল চোখের সামনে। বলতে চাইনি। বড় মর্মান্তিক ঘটনা ওঁর জীবনের।'

বলা বাহুল্য, ক্রোলকে আমার আর নিজের মুখে কিছু বলতে হয়নি। আমি জানি, সন্ডার্স এ ধরনের ক্ষমতা সম্পর্কে বেশ খানিকটা সন্দেহ পোষণ করে। সে প্রথমে কোনও মন্তব্য করেনি ; এয়ারপোর্ট থেকে ফেরার পথে গাড়িতে আমার পাশে বসে একবার শুধু জিজ্ঞেস করল, 'ক্রোলের যুবা বয়সের এ ঘটনাটা তুমি জানতে ?'

আমি মাথা নেড়ে 'না' বললাম।

এর পরে আর এ নিয়ে কোনও কথা হয়নি।

আজ ডিনারে প্রোঃ রডরিগেজের সেক্রেটারি মিঃ লোবোর সঙ্গে আলাপ হল। এখানকার অনেকেরই গায়ের রং যাকে বলে উজ্জ্বল শ্যামবর্ণ, আর চোখের মণি এবং মাথার চুল কালো। মিঃ লোবোও এর ব্যতিক্রম নন। বেশ চালাকচতুর ভদ্রলোক। ইংরিজিটাও মোটামুটি ভাল জানেন, ঘণ্টাখানেক আলাপেই আমাদের সঙ্গে বেশ মিশে গেছেন। তাঁকে বললাম যে, আমাদের খুব ইচ্ছে কনফারেন্সের পর ব্রেজিলের জঙ্গলের কিছুটা অংশ ঘুরে দেখা। 'নিশ্চয়, নিশ্চয় !' বললেন মিঃ লোবো, যদিও বলার ঢঙে কোথায় যেন একটা কৃত্রিমতার আভাস পেলাম। আসলে এঁরা হয়তো চাইছেন, অতিথিদের ব্রেজিলের আধুনিক সভ্যতার নিদর্শনগুলি দেখাতে।

আজ আলোচনাসভায় আমি ইংরাজিতে বক্তৃতা করেছিলাম। আমার সেক্রেটারি সে বক্তৃতার সম্পূর্ণটাই শর্টহ্যান্ডে লিখে রেখেছেন। আমি জানি, আজকের দিনে টেপ রেকর্ডারের সাহায্যে বক্তৃতা তুলে রাখাটাই সবচেয়ে সহজ ও নির্ভরযোগ্য উপায় ; কিন্তু নকুড়বাবু এত কষ্ট করে পিটম্যান শিখে এসেছেন, তাই মনে হল তাঁকে সেটার সদ্ব্যবহার করতে দেওয়াটাই ভাল।

আমার আবিষ্কার ও সেই সংক্রান্ত গবেষণার কাগজপত্রের প্রদর্শনীও আজই খুলল। যে সব জিনিস এতকাল গিরিডিতে লোকচক্ষুর অন্তরালে আমার আলমারির মধ্যে পড়ে ছিল, সেগুলো হঠাৎ আজ পৃথিবীর বিপরীত গোলার্ধে ব্রেজিলের শহরে প্রকাশ্য প্রদর্শনীতে দেখতে কেমন যেন অদ্ভুত লাগছিল। সত্যি বলতে কী, একটু যে ভয়ও করছিল না, তা নয়, যদিও ব্রেজিল সরকার সংরক্ষণের ব্যবস্থা করেছেন ভালই। প্রদর্শনীর দরজার বাইরে এবং রাটানটান ইনস্টিটিউটের ফটকে সশস্ত্র পুলিশ। কাজেই ভয়ের কারণ নেই।

১২ই অক্টোবর, সকাল সাড়ে ছ'টা

গতকাল বেশ কয়েকটা উল্লেখযোগ্য ঘটনা ঘটে গেল।

কাল লাঞ্চের পর আমি আমার দুই বিদেশি বন্ধু ও সেক্রেটারি সমেত শহর দেখতে বেরিয়েছিলাম। কিছু কেনাকাটা সেরে বিকেলে হোটেলে ফিরে নকুড়বাবু তাঁর ঘরে চলে গেলেন। এটা লক্ষ করছি যে, ঠিক যতটুকু সময় আমার সঙ্গে না থাকলে নয়, তার এক মিনিটও বেশি থাকেন না ভদ্রলোক। ক্রোল আর সন্ডার্সও আমার ঘরে বসে কফি খেয়ে যে যার ঘরে চলে গেল ; কথা হল, স্নান করে এক ঘণ্টার মধ্যে হোটেলের লবিতে জমায়েত হয়ে একসঙ্গে যাব এখানকার এক সংগীতানুষ্ঠানে।

ব্রেজিলের কফির তুলনা নেই, তাই আমি নিজের জন্যে সবে আরেক পেয়ালা ঢেলেছি, এমন সময় টেলিফোনটা বেজে উঠল। 'হ্যালো' বলাতে উলটো দিক থেকেই বাজখাঁই গলায় প্রশ্ন এল—

'ইজ দ্যাট প্রোফেসর শ্যাঙ্কু ?'

আমি জানালাম আমিই সেই ব্যক্তি।

'দিস ইজ সলোমন ব্লুমগার্টেন।'

নামটা মনে পড়ে গেল। ইনিই গিরিডিতে চিঠি লিখে আমার তিনটে আবিষ্কারের পেটেন্ট স্বত্ব কেনার প্রস্তাব দিয়েছিলেন।

'চিনতে পেরেছ আমাকে ?' প্রশ্ন করলেন ভদ্রলোক।

'বিলক্ষণ।'

'একবার আসতে পারি কি ? আমি এই হোটেলের লবি থেকেই ফোন করছি।'

আমার মুশকিল হচ্ছে কী, এ সব অবস্থায় সরাসরি কিছুতেই 'না' বলতে পারি না, যদিও জানি, এঁর সঙ্গে কথা বলে কোনও লাভ নেই। অগত্যা ভদ্রলোককে আসতেই বলতে হল।

মিনিটতিনেক পরে যিনি আমার ঘরে প্রবেশ করলেন, ঠিক তেমন একজন মানুষকে আর কখনও দেখেছি বলে মনে পড়ে না। ভাগ্যে তৃতীয় ব্যক্তি কেউ নেই ঘরে ; থাকলে সব দিক দিয়েই প্রমাণ সাইজের প্রায় দেড়া এই মানুষটির পাশে আমার মতো একজন মিনি মানুষকে দেখে তিনি কখনওই হাসি সংবরণ করতে পারতেন না।

দাঁড়ানো অবস্থায় এনার মুখের দিকে চেয়ে কথা বলা আমার পক্ষে অসম্ভব, তাই করমর্দনের ঠেলা কোনওমতে সামলে বললাম, 'বসুন, মিঃ ব্লুমগার্টেন।'

'কল মি সল।'

চোখের সামনে থেকে পাহাড় সরে গেল। ভদ্রলোক আসন গ্রহণ করেছেন।

'কল মি সল,' আবার বললেন ভদ্রলোক, 'অ্যান্ড আই'ল কল ইউ শ্যাঙ্ক, ইফ ইউ ডোন্ট মাইন্ড।'

সল অ্যান্ড শ্যাঙ্ক। সলোমন ও শঙ্কু। এত চট সৌহার্দ্যের প্রয়োজন কী জানি না, তবে এটা জানি যে, এ ধরনের প্রস্তাবে 'হ্যাঁ' বলা ছাড়া গতি নেই। বললাম, 'বলো, সল, কী করতে পারি তোমার জন্য।'

'তোমাকে তো বলেইছি চিঠিতে। সেই একই প্রস্তাব আবার করতে এসেছি আমি। আজ তোমার প্রদর্শনী দেখতে গিয়েছিলাম। কিছু মনে করো না,—তোমার এইসব আশ্চর্য আবিষ্কার বিশ্বের কাছে গোপন রেখে তুমি অত্যন্ত স্বার্থপর কাজ করেছ।'

দানবাকৃতি মানুষটি বসে পড়াতে আমার স্বাভাবিক মনের জোর অনেকটা ফিরে এসেছে। বললাম, 'তুমি কি মানবকল্যাণের জন্য এতই ব্যগ্র ? আমার তো মনে হয়, তুমি আবিষ্কারগুলোর ব্যবসার দিকটাই দেখছ, তাই নয় কি ?'

মুহূর্তের জন্য সলোমন ব্লুমগার্টেনের লোমশ ভুরু দুটো নীচে নেমে এসে চোখ দুটোকে প্রায় ঢেকে ফেলে আবার তখনই যথাস্থানে ফিরে গেল।

'আমি ব্যবসায়ী, শ্যাঙ্ক, তাই ব্যবসার দিকটা দেখব—তাতে আশ্চর্যের কী ? কিন্তু তোমাকে বঞ্চিত করে তো নয় ! তোমাকে আমি এক লাখ ডলার দিতে প্রস্তুত আছি ওই তিনটি আবিষ্কারের স্বত্বের জন্য। চেকবই আমার সঙ্গে আছে। নগদ টাকা চাও, তাও দিতে পারি—তবে এতগুলো টাকা সঙ্গে নিয়ে তোমারই অসুবিধা হবে।'

আমি মাথা নাড়লাম। চিঠিতে যে কথা বলেছিলাম, সেটাই আবার বললাম যে, আমার এই জিনিসগুলো কোনওটাই মেশিনের সাহায্যে কারখানায় তৈরি করা সম্ভব নয়।

গভীর সন্দেহের দৃষ্টিতে ব্লুমগার্টেন বেশ কিছুক্ষণ সটান আমার দিকে চেয়ে রইলেন। তারপর গুরুগম্ভীর স্বরে বললেন চারটি ইংরিজি শব্দ।

'আই ডোন্ট বিলিভ ইউ।'

'তা হলে আর কী করা যায় বলো !'

'আই ক্যান ডাবল মাই প্রাইস, শ্যাঙ্ক !'

কী মুশকিল ! লোকটাকে কী করে বোঝাই যে, আমি দিব্যি আছি, আমার আর টাকার দরকার নেই, এক লক্ষের জায়গায় বিশ লাখ পেলেও আমি স্বত্ব বিক্রি করব না ।

ভদ্রলোক কী যেন বলতে যাচ্ছিলেন, এমন সময় কলিংবেল বেজে উঠল ।

উঠে গিয়ে দরজা খুলে দেখি, আমার সেক্রেটারি ।

'ইয়ে—' ভারী কিন্তু কিন্তু ভাব করে ভদ্রলোক ঘরে ঢুকে এলেন । —'কাল সকালের প্রোগ্রামটা— ?'

এইটুকু বলে ব্লুমগার্টেনের দিকে চোখ পড়াতে নকুড়বাবু হঠাৎ কথার খেই হারিয়ে ফেললেন ।

ভারী অস্বস্তিকর পরিস্থিতি । ব্লুমগার্টেনকে হঠাৎ দেখলে অনেকেরই কথার খেই হারিয়ে

যেতে পারে। কিন্তু নকুড়বাবু যেন শুধু হারাননি ; সেই সঙ্গে কিছু যেন পেয়েছেনও তিনি।

'কালকের প্রোগ্রামের কথা জানতে চাইছিলেন কি ?'

পরিস্থিতিটাকে একটু সহজ করার জন্য প্রশ্নটা করলাম আমি।

প্রশ্নের উত্তরে যে কথাটা নকুড়বাবুর মুখ দিয়ে বেরোল, সেটা বর্তমান ক্ষেত্রে সম্পূর্ণ অপ্রাসঙ্গিক। ব্লুমগার্টেনের দিক থেকে চোখ না সরিয়েই ভদ্রলোক মৃদু স্বরে দুবার 'এল ডোরাডো' কথাটা উচ্চারণ করে কেমন যেন হতভম্ব ভাবে ঘর থেকে বেরিয়ে গেলেন।

'হু ওয়াজ দ্যাট ম্যান ?'

আমি দরজা বন্ধ করার সঙ্গে সঙ্গেই প্রশ্নটা করলেন সলোমন ব্লুমগার্টেন।

আমি বললাম, 'আমার সেক্রেটারি।'

'এল ডোরাডো কথাটা বলল কেন হঠাৎ ?'

ব্লুমগার্টেনের ধাঁধালো ভাবটা আমার কাছে অস্বাভাবিক বলে মনে হচ্ছে। বললাম, 'দক্ষিণ আমেরিকা সম্বন্ধে পড়াশুনা করছেন ভদ্রলোক, কাজেই 'এল ডোরাডো' নামটা জানা কিছুই আশ্চর্য নয়।'

সোনার শহর এল ডোরাডোর কিংবদন্তির কথা কে না জানে ? ষোড়শ শতাব্দীতে স্পেন থেকে কোর্টেজের সৈন্য দক্ষিণ আমেরিকায় এসে স্থানীয় অধিবাসীদের যুদ্ধে হারিয়ে এ দেশে স্পেনের আধিপত্য বিস্তার করে। তখনই এখানকার উপজাতিদের মুখে এল ডোরাডোর কথা শোনে স্পেনীয়রা, আর তখন থেকেই এ নাম চুম্বকের মতো আকর্ষণ করে ধনলিপ্সু পর্যটকদের। ইংল্যান্ডের স্যার ওয়লটর র‍্যালে পর্যন্ত এল ডোরাডোর টানে নৌবহর নিয়ে হাজির হয়েছিলেন এই দেশে। কিন্তু এল ডোরাডো চিরকালই অন্বেষণকারীদের ফাঁকি দিয়ে এসেছে। পেরু, বোলিভিয়া, কলোম্বিয়া, ব্রেজিল, আর্জেন্টিনা—দক্ষিণ আমেরিকার কোনও দেশেই এল ডোরাডোর কোনও সন্ধান মেলেনি।

ব্লুমগার্টেন হতবাক্ হয়ে টেবিলল্যাম্পের দিকে চেয়ে রয়েছে দেখে আমি বাধ্য হয়েই বললাম, 'আমাকে বেরোতে হবে একটু পরেই ; কাজেই তোমার যদি আর কিছু বলার না থাকে তা হলে—'

'ভারতীয়রা তো জাদু জানে।' আমার কথা চাপা দিয়ে প্রশ্ন করল ব্লুমগার্টেন।

আমি হেসে বললাম, 'তাই যদি হত, তা হলে ভারতে এত দারিদ্র্য থাকত কি ? জাদু জানলেও নিজেদের অবস্থার উন্নতি করার জাদু তারা নিশ্চয়ই জানে না।'

'সে তো তোমাকে দিয়েই বুঝতে পারছি,' ব্যঙ্গের সুরে বলল ব্লুমগার্টেন, 'যে দেশের লোক টাকা হাতে তুলে দিলেও সে টাকা নেয় না, সে দেশ গরিব থাকতে বাধ্য। কিন্তু...'

ব্লুমগার্টেন আবার চুপ, আবার অন্যমনস্ক। আমার আবার অসহায় ভাব ; এ লোকটাকে তাড়ানোর রাস্তা খুঁজে পাচ্ছি না।

'জাদুর কথা বলছি এই কারণে,' বলল ব্লুমগার্টেন, 'আমার যে মুহূর্তে এল ডোরাডোর কথাটা মনে হয়েছে, সেই মুহূর্তে নামটা কানে এল ওই ভদ্রলোকের মুখ থেকে। আজ থেকে দুশো বছর আগে আমার পূর্বপুরুষরা পরপর তিন পুরুষ ধরে উত্তর আমেরিকা থেকে এদেশে পাড়ি দিয়েছে এল ডোরাডোর সন্ধানে। আমি নিজে দু'বার এসেছি যুবা বয়সে। পেরু, বোলিভিয়া, গুইয়ানা, ইকুয়েডর, ভেনিজুয়েলা—কোনও দেশে খোঁজা বাদ দিইনি। শেষে ব্রেজিলে এসে জঙ্গলে ঘুরে ব্যারাম বাধিয়ে বাধ্য হয়ে এল ডোরাডোর মায়া ত্যাগ করে দেশে ফিরে যাই। আজ এতদিন পরে আবার ব্রেজিলে এসে কাল থেকে মাঝে মাঝে এল ডোরাডোর কথাটা মনে পড়ে যাচ্ছে, আর আজ...'

আমি কোনও মন্তব্য করলাম না। ব্লুমগার্টেনও উঠে পড়ল। বলল, 'আমি ম্যারিনা

হোটেলে আছি। যদি মত পরিবর্তন কর তো আমাকে জানিও।'

ক্রোল আর সন্ডার্সকে ঘটনাটা বলতে তারা দুজনেই রেগে আগুন। সন্ডার্স বলল, 'তুমি অতিরিক্ত রকম ভদ্র, তাই এই সব লোকের ঔদ্ধত্য হজম কর। এবার এলে আমাদের একটা ফোন করে দিয়ো, আমরা এসে যা করার করব।'

এর পরের ঘটনাটা ঘটল মাঝরাত্তিরে। পরে ঘড়ি দেখে জেনেছিলাম, তখন সোয়া দুটো। ঘুম ভাঙল কলিং বেলের শব্দে। বিদেশবিভুঁইয়ে এত রাত্তিরে আমার ঘরে কে আসতে পারে ?

দরজা খুলে দেখি শ্রীমান নকুড় বিশ্বাস। ফ্যাকাশে মুখ, ত্রস্ত ভাব।

'অপরাধ নেবেন না তিলুবাবু, কিন্তু না এসে পারলাম না।'

ভদ্রলোকের চেহারাটা ভাল লাগছিল না, তাই বললাম, 'আগে বসুন, তারপর কথা হবে।'

সোফায় বসেই নকুড়বাবু বললেন, 'কপি হয়ে গেল।'

কপি ? কীসের কপি ? এত রাত্তিরে এ সব কী বলতে এসেছেন ভদ্রলোক ?

'যন্ত্রটার নাম জানি না,' বলে চললেন নকুড়বাবু, 'তবে চোখের সামনে দেখতে পেলাম। একটা বাক্সর মতো জিনিস, ভিতরে আলো জ্বলছে, ওপরে একটা কাচ। একটা কাগজ পুরে দেওয়া হল যন্ত্রে ; তারপর একটা হাতল ঘোরাতেই কাগজের লেখা অন্য একটা কাগজে হুবহু নকল হয়ে বেরিয়ে এল।'

শুনে মনে হল, ভদ্রলোক জেরক্স ডুপলিকেটিং যন্ত্রের কথা বলছেন।

'কী কাগজ ছাপা হল ?' প্রশ্ন করলাম আমি।

নকুড়বাবুর দ্রুত নিশ্বাস পড়ছে। একটা আতঙ্কের ভাব দেখা দিয়েছে মুখে।

'কী ছাপা হল ?' আবার জিজ্ঞেস করলাম।

নকুড়বাবু এবার মুখ তুলে চাইলেন আমার দিকে। সংশয়াকুল দৃষ্টি।

'আপনার আবিষ্কারের সব ফরমুলা,' চাপা গলায় দৃষ্টি বিস্ফারিত করে বললেন নকুড়বাবু।

আমি না হেসে পারলাম না।

'আপনি এই বলতে এসেছেন এত রাত্তিরে ? আমার ফরমুলা প্রদর্শনীর ঘর থেকে বেরোবে কী করে ? সে তো—'

'ব্যাঙ্ক থেকে টাকা চুরি হয় না ? দলিল চুরি হয় না ?' প্রায় ধমকের সুরে বললেন নকুড়বাবু। 'আর ইনি যে ঘরের লোক। ঘরের লোককে পুলিশই বা আটকাবে কেন ?'

'ঘরের লোক ?'

'ঘরের লোক, তিলুবাবু। মিস্টার লোবো !'

আমার মনে হল ভয়ংকর আবোল তাবোল বকছেন নকুড়বাবু। বললাম, 'এ সব কি আপনি স্বপ্নে দেখলেন ?'

'স্বপ্ন নয় !' গলার স্বর তিন ধাপ চড়িয়ে বললেন নকুড়বাবু। 'চোখের সামনে জলজ্যান্ত দেখতে পেলাম এই দশ মিনিট আগে। হাতে টর্চ নিয়ে ঢুকলেন মিঃ লোবো—নিজে চাবি দিয়ে প্রদর্শনীর ঘরের দরজা খুলে। প্রহরী চুপ করে দাঁড়িয়ে দেখছে। লোবো সোজা চলে গেলেন একটা বিশেষ টেবিলের দিকে—যেটার কাচের ঢাকনার তলায় আপনার খাতাপত্তর রয়েছে। ঢাকনা তুলে দুটো খাতা বার করলেন মিঃ লোবো। তারপর অন্য দরজা দিয়ে বেরিয়ে একটা প্যাসেজের মধ্যে দিয়ে গিয়ে, সিঁড়ি দিয়ে উঠে উপরের তলার একটা আপিসঘরে গিয়ে ঢুকলেন। সেইখানে রয়েছে এই যন্ত্র। কী নাম এই যন্ত্রের তিলুবাবু ?'

'জেরক্স', যথাসম্ভব শান্ত স্বরে বললাম আমি। কেন যেন নকুড়বাবুর কথাটা আর অবিশ্বাস করতে পারছি না। কিন্তু মিঃ লোবো !

'আপনার ঘুমের ব্যাঘাত করার জন্য আমি অত্যন্ত লজ্জিত তিলুবাবু,' আবার সেই খুব চেনা কুণ্ঠার ভাব করে বললেন নকুড় বিশ্বাস, 'কিন্তু খবরটা আপনাকে না দিয়ে পারলাম না। অবিশ্যি আমি যখন রয়েছি, তখন আপনার যাতে ক্ষতি না হয় তার জন্য যথাসাধ্য চেষ্টা করব। যেটা ঘটতে যাচ্ছে, সেটা আগে থাকতে জানতে পারলে একটা মস্ত সুবিধে তো! আসলে নতুন জায়গায় এসে মনটাকে ঠিক সংহত করতে পারছিলাম না, তাই লোবোবাবুর ঘটনাটা আগে থেকে জানতে পারিনি—কেবল বুঝেছিলাম, আপনার একটা বিপদ হবে সাও পাউলোতে।'

নকুড়বাবু আবার ক্ষমা চেয়ে বিদায় নিয়ে চলে গেলেন, আর আমিও চিন্তিতভাবে এসে বিছানায় শুলাম।

আমার মধ্যে নকুড়বাবুর মতো অতি প্রাকৃত ক্ষমতা না থাকলেও এটা বেশ বুঝতে পারছি যে, লোবোর মতো লোকের পক্ষে নিজে থেকে এ জিনিস করা সম্ভব নয়। তার পিছনে অন্য লোক আছে। পয়সাওয়ালা লোক।

ভাবলে একজনের কথাই মনে হয়।

সলোমন ব্লুমগার্টেন।

১২ই অক্টোবর, রাত পৌনে বারোটা

আজ রাটানটান ইনস্টিটিউট থেকে আমাকে ডক্টরেট দেওয়া হল। মনোজ্ঞ অনুষ্ঠান, প্রোঃ রডরিগেজ-কে নিয়ে চারজন বিভিন্ন দেশের বৈজ্ঞানিকের আন্তরিকতাপূর্ণ ভাষণ, ও সবশেষে আমার ধন্যবাদজ্ঞাপন। সব মিলিয়ে মনটা ভারী প্রসন্ন হয়ে উঠেছিল। আজ ডিনারে আমার দুই বন্ধু ও প্রোঃ রডগিরেজের উপরোধে জীবনে প্রথম এক চুমুক শ্যাম্পেন পান করলাম। এটাও একটা ঘটনা বটে।

কাল নকুড়বাবুর মুখে মিঃ লোবোর বিষয় শুনে মনটা বিষিয়ে গিয়েছিল, আজ ভদ্রলোকের অমায়িক ব্যবহারে মনে হচ্ছে, নকুড়বাবু হয়তো এবার একটু ভুল করেছেন। প্রদর্শনীতে ঢুঁ মেরে দেখে এসেছি যে, আমার কাগজপত্র ঠিক যেমন ছিল তেমনই আছে।

হোটেলে ফিরতে ফিরতে হল এগারোটা। ঢুকেই একটা দৃশ্য দেখে একেবারে হকচকিয়ে যেতে হল।

হোটেলের লবিতে চতুর্দিকেই বসার জন্য সোফা ছড়ানো রয়েছে; তারই একটায় দেখি একপাশে বিশালবপু সলোমন ব্লুমগার্টেন ও অন্যপাশে একটি অচেনা বিদেশি ভদ্রলোককে নিয়ে বসে আছেন আমার সেক্রেটারি শ্রীনকুড়চন্দ্র বিশ্বাস।

আমার সঙ্গে চোখাচোখি হতেই নকুড়বাবু একগাল হেসে উঠে এলেন।

'এনাদের সঙ্গে একটু বাক্যালাপ করছিলাম।'

ব্লুমগার্টেনও উঠে এলেন।

'কনগ্র্যাচুলেশনস!'

করমর্দনে যথারীতি হাতব্যথা করিয়ে দিয়ে ব্লুমগার্টেন চোখ কপালে তুলে বললেন, 'তুমি কাকে সেক্রেটারি করে নিয়ে এসেছ? ইনি তো অসাধারণ ক্ষমতাসম্পন্ন ব্যক্তি! আমার চোখের দিকে চেয়ে আমার নাড়িনক্ষত্র বলে দিলেন!'

দু'জনের মধ্যে মোলাকাতটা কীভাবে হল সেটা ভাবছি, তার উত্তর নকুড়বাবুই দিয়ে দিলেন।

'আমার বন্ধু যোগেন বকশীর ছেলে কানাইলালকে একটা পোস্টকার্ড লিখে পোস্ট করার

জন্য এই কাউন্টারে দিতে গিয়ে দেখি, এনারা পাশেই দাঁড়িয়ে আছেন। আমায় দেখে ব্লুমগার্টেনসাহেবই এগিয়ে এসে আলাপ করলেন। বললেন, কাল আমার মুখে এল ডোরাডোর নাম শুনে ওঁর কৌতূহল হচ্ছে, আমি এল ডোরাডো সম্পর্কে কত দূর জানি। আমি বললুম—আই অ্যাম মুখ্যুসুখ্যু ম্যান—নো এডুকেশন—কাল একটা বেঙ্গলি বইয়ে পড়ছিলাম এল ডোরাডোর কথা। তা, পড়তে পড়তে যেন সোনার শহরটাকে চোখের সামনে দেখতে পেলাম। তা ইনি—'

নকুড়বাবুর বাক্যস্রোত বন্ধ করতে হল। ক্রোল ও সন্ডার্সের মুখের ভাব দেখেই বুঝছিলাম তাদের প্রচণ্ড কৌতূহল হচ্ছে ব্যাপারটা জানার জন্য। নকুড়বাবু এ পর্যন্ত যা বলেছেন সেটার ইংরেজি তর্জমা করে সংক্ষেপে বুঝিয়ে দিলাম আমি। ততক্ষণে অবিশ্যি আমরা তিনজনেই একটা পাশের সোফায় বসে পড়েছি, এবং আমি আমার দুই বন্ধুর সঙ্গে ব্লুমগার্টেনের আলাপ করিয়ে দিয়েছি। অন্য বিদেশি ভদ্রলোকটির নাম নাকি মাইক হ্যাচেট। হাবভাবে বুঝলাম, ইনি ব্লুমগার্টেনের বডিগার্ড বা ধামাধারী গোছের কেউ।

এবার ব্লুমগার্টেনই কথা বলল—

'ইওর ম্যান বিসওয়াস ইজ এ রিয়্যাল উইজার্ড। ওকে মাইরনের হাতে তুলে দিলে সে রাতারাতি সোনা ফলিয়ে দেবে, অ্যান্ড ইওর ম্যান উইল বি ওনিং এ ক্যাডিল্যাক ইন থ্রি মানথস টাইম!'

মাইরন লোকটি 'কে' জিজ্ঞেস করাতে ব্লুমগার্টেন চোখ কপালে তুলে বললেন, 'হোলি স্মোক!—মাইরনের নাম শোনোনি? মাইরন এন্টারপ্রাইজেস! অত বড় ইমপ্রেসারিও আর নেই। কত গাইয়ে, বাজিয়ে, নাচিয়ে জাদুকর মাইরনের ম্যানেজমেন্টের জোরে দাঁড়িয়ে গেল, আর ইনি তো প্রতিভাধর ব্যক্তি।'

আমার মাথা ভোঁ ভোঁ করছে। নকুড়বাবু শেষটায় রঙ্গমঞ্চে তাঁর অলৌকিক ক্ষমতা দেখিয়ে নাম কিনবেন ? কই, এমন তো কথা ছিল না !

'অ্যান্ড হি নোজ হোয়্যার এল ডোরাডো ইজ !'

আমি নকুড়বাবুর দিকে দৃষ্টি দিলাম। ব্যাপারটা একটু তলিয়ে দেখা দরকার। বললাম, 'কী মশাই, আপনি কি সাহেবকে বলেছেন, এল ডোরাডো কোথায় তা আপনি জানেন ?'

'যেটুকু আমি জানি, সেটুকুই বলেছি,' কাঠগড়ার আসামির মতো হাত জোড় করে বললেন নকুড় বিশ্বাস—'বলেছি, এই ব্রেজিলেই আছে এল ডোরাডো। আমরা যেখানে আছি, তার উত্তর পশ্চিমে। একটি পাহাড়ে ঘেরা উপত্যকার ঠিক মধ্যিখানে এক গভীর জঙ্গল, সেই জঙ্গলের মধ্যে এই শহর। কেউ জানে না এই শহরের কথা। মানুষজন বলতে আর কেউ নেই সেখানে। পোড়ো শহর, তবে রোদ পড়লে এখনও সোনা ঝলমল করে। সোনার তোরণ, সোনার পিরামিড, যেখানে সেখানে সোনার স্তম্ভ, বাড়ির দরজা জানালা সব সোনার। সোনা তো আর নষ্ট হয় না, তাই সে সোনা এখনও আছে। লোকজন যা ছিল, হাজার বছর আগে সব লোপ পেয়ে যায়। একবার খুব বর্ষা হয় ; তারপরেই জঙ্গলে এক মারাত্মক পোকা দেখা দেয় ; সেই পোকা থেকেই মড়ক। বিশ্বাস করুন তিলুবাবু, এ সবই আমি পর পর চোখের সামনে বায়োস্কোপের ছবির মতো দেখতে পেলুম।'

ক্রোল ও সন্ডার্সের জন্য এই অংশটুকু ইংরিজিতে অনুবাদ করে দিয়ে ব্লুমগার্টেনকে বললাম, 'তুমি তো তা হলে এল ডোরাডোর হদিস পেয়ে গেলে ; এবার অভিযানের তোড়াজোড় করো। আমরা আপাতত ক্লান্ত, কাজেই আমাদের মাপ করো।—আসুন নকুড়বাবু।'

আমার কথায় ব্লুমগার্টেনের মুখে যে থমথমে ভাবটা দেখা দিল, সেটা যে কোনও লোকের মনে ত্রাসের সঞ্চার করত। আমি সেটা যেন দেখেও দেখলাম না। নকুড়বাবু উঠে এলেন ভদ্রলোকের পাশ ছেড়ে।

আমরা চারজনে গিয়ে বসলাম আমার ঘরে। নকুড়বাবুর ইচ্ছে ছিল সোজা নিজের ঘরে চলে যান, কিন্তু আমি বললাম যে, তাঁর সঙ্গে আমার একটু কথা আছে। দুই সাহেব বন্ধুর কাছে বাংলা বলার জন্য ক্ষমা চেয়ে নিয়ে নকুড়বাবুকে বললাম, 'দেখুন মশাই, আমি আপনার ভালর জন্যই বলছি—আপনার মধ্যে যে ক্ষমতাটা আছে, সেটা যার তার কাছে এভাবে প্রকাশ করবেন না। আপনার অভিজ্ঞতা কম, আপনি হয়তো লোক চেনেন না, কিন্তু এটা বলে দিচ্ছি যে, এই ব্লুমগার্টেনের খপ্পরে পড়লে আপনার সর্বনাশ হবে। আপনাকে অনুরোধ করছি—আমাকে না জানিয়ে ফস করে কিছু একটা করে বসবেন না।'

নকুড়বাবু লজ্জায় প্রায় কার্পেটের সঙ্গে মিশে গেলেন। বললেন, 'আমায় মাপ করবেন তিলুবাবু ; আমার সত্যিই অপরাধ হয়েছে। আসলে বিদেশে তো আসিনি কখনও ! মফস্বলের মানুষ, তাই হয়তো মাথাটা একটু ঘুরে গিয়ে থাকবে। আমাকে সাবধান করে দিয়ে আপনি সত্যিই খুব উপকার করলেন।'

নকুড়বাবু উঠে পড়লেন।

ভদ্রলোক চলে যাবার পর ক্রোল তার পাইপে টান দিয়ে এক ঘর ধোঁয়া ছেড়ে বলল, 'এল ডোরাডো যদি সত্যিই থেকে থাকে, তা হলে সেটা আমাদের একবার দেখে আসা উচিত নয় কি ?'

আগেই বলেছি, সন্ডার্স এ সব ব্যাপারে ঘোর সন্দেহবাদী। সে ধমকের সুরে বলল, 'দেখো হে জার্মান পণ্ডিত, তিন শো বছর ধরে সোনার স্বপ্ন দেখা অজস্র লোক দক্ষিণ আমেরিকা চষে বেড়িয়েও এল ডোরাডোর সন্ধান পায়নি, আর এই ভদ্রলোকের এই ক'টা কথায় তুমি মেতে

উঠলে ? ওই অতিকায় ইহুদি যদি এ সব কথায় বিশ্বাস করে জঙ্গলে গিয়ে জাগুয়ারের শিকার হতে চান, তাতে আমার কোনও আপত্তি নেই। কিন্তু আমি এর মধ্যে নেই। আমাদের যা প্ল্যান হয়েছে তার একচুল এদিক ওদিক হয় এটা আমি চাই না। আমার বিশ্বাস শঙ্কুও এ বিষয়ে আমার সঙ্গে একমত।'

আমি মাথা নেড়ে সন্ডার্সের কথায় সায় দিলাম। আমাদের প্ল্যান হল, আমরা কাল সকালে ব্রেকফাস্টের পর প্লেনে করে চলে যাব উত্তরে, ব্রেজিলের রাজধানী ব্রাসিলিয়া শহরে। সেখানে একদিন থেকে ছোট প্লেন ধরে আমরা চলে যাব জিঙ্গু ন্যাশনাল পার্কের উত্তর প্রান্তে পোস্টো ডিয়াউয়ারুম শহরে। তারপর বাকি অংশ নদীপথে। জিঙ্গু নদী ধরে নৌকা করে আমরা যাব পোরোরি গ্রামে। পোরোরিতে ব্রেজিলের এক আদিম উপজাতি চুকাহামাইদের কিছু লোক এখনও রয়েছে, যারা এই সে দিন পর্যন্ত ছিল প্রস্তরযুগের মানুষ। ব্রাসিলিয়া থেকেই আমাদের সঙ্গে থাকবেন একজন বিশেষজ্ঞ, যাকে এখানকার ভাষায় বলা হয় সেরটানিস্টা। কথাটার মানে হল অরণ্য অভিজ্ঞ। সেরটানিস্টারা উপজাতিদের সঙ্গে বন্ধুত্ব স্থাপনে অগ্রণী ; তাদের ভাষা থেকে আরম্ভ করে সব কিছুই এরা খুব ভালভাবে জানে।

পোরোরি ছেড়ে আরও খানিকটা পথ উত্তরে গিয়ে ভন মার্টিয়ুস জলপ্রপাত দেখে আবার ব্রাসিলিয়া ফিরে এসে সেখান থেকে প্লেন ধরে যে যার দেশে ফিরব। দিন সাতেকের মধ্যে পুরো সফর হয়ে যাওয়া উচিত, তবে ব্রেজিল সরকার বলেছেন, প্রয়োজনে আতিথেয়তার মেয়াদ তিনদিন পর্যন্ত বাড়িয়ে দিতে প্রস্তুত আছেন তাঁরা।

সাড়ে এগারোটা বাজে, তাই ক্রোল ও সন্ডার্স উঠে পড়ল। ক্রোল যে আমাদের দু'জনের সঙ্গে একমত নয়, সেটা সে যাবার আগে জানিয়ে দিয়ে গেল দরজার মুখটাতে দাঁড়িয়ে—

'আমার অবাক লাগছে শঙ্কু ! যে তুমি তোমার এত কাছের লোককে চিনতে পারছ না ! তোমার এই সেক্রেটারিটির চোখের দৃষ্টিই আলাদা। হোটেলের লবিতে বসে যখন সে এল ডোরাডোর বর্ণনা দিচ্ছিল, তখন আমি ওর চোখ থেকে চোখ ফেরাতে পারছিলাম না।'

সন্ডার্স কথাটা শুনে আমার দিকে চেয়ে চোখ টিপে হাতে গেলাস ধরার মুদ্রা করে বুঝিয়ে দিল যে, ক্রোল আজ পার্টিতে শ্যাম্পেনটা একটু বেশি খেয়েছে।

বারোটা বেজে গেছে। শহর নিস্তব্ধ। শুয়ে পড়ি।

১৩ই অক্টোবর, হোটেল ক্যাপিটল, ব্রাসিলিয়া, দুপুর আড়াইটা

আমরা ঘণ্টাখানেক হল এখানে পৌঁছেছি। আমরা মানে আমরা তিন বন্ধু ও মিঃ লোবো। লোবো পুরো সফরটাই আমাদের সঙ্গে থাকবেন। আমি অন্তত এক মুহূর্তের জন্যও সৌজন্যের কোনও অভাব লক্ষ করিনি ভদ্রলোকের ব্যবহারে।

এখানে নকুড়বাবুর কথাটা স্বভাবতই এসে পড়ে, যদিও কোনও প্রসঙ্গের দরকার ছিল না। সোজা বাংলায় বলতে গেলে ভদ্রলোক আমাকে লেঙ্গি মেরেছেন, এবং সেটা যে টাকার লোভেও সে বিষয়ে আমি নিঃসন্দেহ।

আজ সাও পাউলোতে আমার রুম বয় সকালের কফির সঙ্গে একটা চিঠি এনে দিল। বাংলা চিঠি, আর হস্তাক্ষর আমার চেনা। আগেরটার তুলনায় বলতেই হয়, এটার ভাষা অপেক্ষাকৃত সহজ। এই হল চিঠি—

প্রিয় তিলুবাবু,

অধমের অপরাধ লইবেন না। নগদ পাঁচ হাজার ডলারের লোভ সংবরণ করা সম্ভবপর

হইল না। আমার পিতামহী আজ চারি বৎসর যাবৎ এক দুরারোগ্য ব্যাধিতে শয্যাশায়ী। আমি সাড়ে আট বৎসর বয়সে আমার মাতৃদেবীকে হারাই। তখন হইতে আমি আমার পিতামহীর দ্বারাই লালিত। শুনিয়াছি, এ দেশে এই রোগের এক আশ্চর্য নূতন ঔষধ বাহির হইয়াছে। ঔষধের মূল্য অনেক। ব্লুমগার্টেনসাহেবের বদান্যতায় এই মহার্ঘ ঔষধ কিনিয়া দেশে ফিরিবার সৌভাগ্য হইবে আমার।

আজ সকালেই আমরা ব্লুমগার্টেনমহাশয়ের ব্যক্তিগত হেলিকপ্টার বিমানে রওনা হইতেছি। আমাদের লক্ষ্য সাও পাউলোর সাড়ে তিনশো মাইল উত্তর পশ্চিমে একটি অরণ্য অঞ্চল। এই অরণ্যের মধ্যেই এল ডোরাডো অবস্থিত। আমার সাহায্য ব্যতীত ব্লুমগার্টেনমহোদয় কোনওক্রমেই এল ডোরাডো পহুঁছিতে পারিতেন না। তাঁহার প্রতি অনুকম্পাবশত আমি নির্দেশ দিতে সম্মত হইয়াছি। আমার কার্য সমাধা হইলেই আমি আপনাদের সহিত মিলিত হইব। আপনাদের যাত্রাপথ আমার জানা আছে।

ঈশ্বর আপনাদিগের মঙ্গল করুন। আমি যদি ঈশ্বরের কৃপায় আপনার কোনওরূপ সাহায্য করিতে পারি, তবে নিজেকে কৃতার্থ জ্ঞান করিব। ইতি

দাসানুদাস সেবক
শ্রীনকুড়চন্দ্র বিশ্বাস

হোটেলের রিসেপশনে খোঁজ নিয়ে জেনেছিলাম, নকুড়বাবু সত্যিই বেরিয়ে গেছেন ভোর ছ'টায়।

'জনৈক বিশালবপু ভদ্রলোক তাঁর সঙ্গে ছিলেন কি ?'

'আজ্ঞে হ্যাঁ, ছিলেন।'

আমার চেয়েও বেশি বিরক্ত হয়েছে সন্ডার্স, এবং সেটা শুধু নকুড়বাবুর উপর নয় ; আমার উপরেও। বলল, 'তোমার আমার মতো লোকের এই ভৌতিক অলৌকিক প্রেতলৌকিক ব্যাপারগুলো থেকে যত দূরে থাকা যায় ততই ভাল।'

ক্রোল কিন্তু ব্যাপারটা শুনে বেশ মুষড়ে পড়েছে ; এবং সেটা অন্য কারণে। সে বলল, 'তোমার লোক যখন বলছে আমাদের আবার মিট করবে, তখন বোঝাই যাচ্ছে যে, এল ডোরাডো আমাদের গন্তব্যস্থল থেকে খুব বেশি দূরে নয়। সেক্ষেত্রে আমরাও যে কেন সেখানে যেতে পারি না, সেটা আমার বোধগম্য হচ্ছে না।'

আমি আর সন্ডার্স ক্রোলের এই অভিযোগ কানে তুললাম না।

ব্রাসিলিয়া ব্রেজিলের রাজধানী হলেও সাও পাউলোর সঙ্গে কোনও তুলনা চলে না। আমরা হোটেলে পৌঁছোনোর প্রায় সঙ্গে সঙ্গেই আমাদের দলে যে সেরটানিস্টা বা অরণ্যঅভিজ্ঞ ভদ্রলোকটি যাবেন—নাম হাইটর—তাঁর সঙ্গে আলাপ হল। বয়স বেশি না হলেও, চেহারায় একটা অভিজ্ঞতার ছাপ রয়েছে। তার উপরে ঠাণ্ডা মেজাজ ও স্নিগ্ধ ব্যবহার দেখে মনে হয়, উপজাতিদের সঙ্গে যোগস্থাপনের জন্য ইনিই আদর্শ ব্যক্তি। তাঁকে আজ ক্রোল জিজ্ঞেস করেছিল, এল ডোরাডোর সম্পর্কে তাঁর কী ধারণা। প্রশ্ন শুনে ভদ্রলোক চোখ কপালে তুলে বললেন, 'আজকের দিনে আবার এল ডোরাডোর প্রশ্ন তুলছেন কেন ? সে তো কোনকালে মিথ্যে বলে প্রমাণ হয়ে গেছে। এল ডোরাডো তো শহরই নয় ; আসলে ওটা একজন ব্যক্তি। ডোরাডো কথাটা সোনার শহর বা সোনার মানুষ দুইই বোঝায় পর্তুগিজ ভাষায়। সূর্যের প্রতীক হিসেবে কোনও এক বিশেষ ব্যক্তিকে পুরাকালে এখানকার অধিবাসীরা পুজো করত, আর তাকেই বলত এল ডোরাডো।'

চোখের পলকে একজন মানুষকে কখনও এমন হতাশ হতে দেখিনি, যেমন দেখলাম

ক্রোলকে।

কাল সকালে আমাদের আবার যাত্রা শুরু। নকুড়বাবু অন্যায় কাজ করেছেন সেটা ঠিকই, কিন্তু তার জন্য আমি যে বেশ খানিকটা দায়ী, সেটাও ভুলতে পারছি না। আমিই তো প্রথমে তাঁকে আমার সঙ্গে নিয়ে আসার প্রস্তাবটা করি।

১৬ই অক্টোবর, বিকেল সাড়ে চারটে

বাহারের নকশা করা ক্যানু নৌকাতে জিঙ্গু নদী ধরে আমরা চলে এসেছি প্রায় তেত্রিশ মাইল। আমরা পাঁচজন—অর্থাৎ আমি, ক্রোল, সন্ডার্স, লোবো আর হাইটর—ছাড়া রয়েছে দু'জন নৌকাবাহী দক্ষিণ আমেরিকান ইন্ডিয়ান। আরও দু'জন নৌকাবাহী সহ আর একটি ক্যানুতে চলেছে আমাদের মালপত্র রসদ ইত্যাদি। এখন আমরা নদীর ধারে একটা অপেক্ষাকৃত পরিষ্কার জায়গা বেছে সেখানে তাঁবু ফেলেছি। তাঁবুর কাছেই তিনটি গাছে দুটি হ্যামক বাঁধা রয়েছে ; সন্ডার্স ও ক্রোল তার এক একটি দখল করে তাতে শুয়ে তর্ক জুড়ে দিয়েছে ব্রেজিলের বিখ্যাত অ্যানাকোন্ডা সাপ নিয়ে। এই অ্যানাকোন্ডা যে সময় সময় বিশাল আকার ধারণ করে, সেটা অনেক পর্যটকের বিবরণ থেকেই জানা যায়। ক্রোলের মতে ত্রিশ হাত পর্যন্ত লম্বা হওয়া কিছুই আশ্চর্য না। সন্ডার্স সেটা বিশ্বাস করতে রাজি নয়। এখানে বলে রাখি যে, আমাদের তিনজনের কেউই চিড়িয়াখানার বাইরে অ্যানাকোন্ডা দেখিনি। এ যাত্রায় আমাদের ভাগ্যে অ্যানাকোন্ডার সাক্ষাৎ পাওয়া আছে কি না জানি না। না থাকলেও আমার অন্তত তাতে আপশোস নেই। লতাগুল্ম ফলমূল কীটপতঙ্গ পশুপাখিতে ভরা ব্রেজিলের জঙ্গলের যে রূপ আমরা এখন পর্যন্ত দেখেছি, তার কোনও তুলনা নেই। বন গভীর ও অন্ধকার হলেও তাতে রঙের অভাব নেই। প্রায়ই চোখে পড়ে লানটানা ফুলের ঝোপ, হরেক রঙের প্রজাপতি আর চোখ ঝলসানো সব কাকাতুয়া শ্রেণীর পাখি। নৌকা চলার সময় জলে হাত দেওয়া বারণ, কারণ নদীতে রাক্ষুসে পিরানহা মাছের ছড়াছড়ি। কালই নদীর ধারে একটা কেইম্যান কুমিরের মৃতদেহ পড়ে থাকতে দেখলাম ; তার মাথার দিকের খানিকটা অংশ ছাড়া আর কোথাও মাংস নেই, শুধু হাড়। মাংস গেছে পিরানহার পেটে।

ব্রেজিলের অনেক অংশেই বহুদিন পর্যন্ত বাইরের মানুষের পা পড়েনি। গত বছর দশেকের মধ্যে বেশ কিছু জঙ্গল কেটে চাষের জমি বাড়ানো হয়েছে। সেই সঙ্গে ব্রেজিল সরকারের হাইওয়ে বানানোর কাজও চলেছে জঙ্গল কেটে, আর ডিনামাইটের সাহায্যে পাহাড় উড়িয়ে। আমরা আসার পথেও বেশ কয়েক বার ডিনামাইট বিস্ফোরণ বা ব্লাস্টিং-এর শব্দ পেয়েছি। কাল মাঝরাত্রে একটা গুরুগম্ভীর বিস্ফোরণের শব্দে আমাদের ক্যাম্পের সকলেরই ঘুম ভেঙে যায়। শব্দতরঙ্গের চাপ এত প্রবল ছিল যে, ক্রোলের বিয়ার গ্লাসটা তার ফলে ফেটে চৌচির হয়ে গেল। আমার কেমন যেন সন্দেহ হচ্ছিল, তাই আজ সকালে হাইটরকে জিজ্ঞেস করলাম, কাছাকাছি কোনও আগ্নেয়গিরি আছে কি না। হাইটর মুখে কিছু না বলে কেবল গম্ভীর মুখে মাথা নাড়ল।

১৭ই অক্টোবর, ভোর ছ'টা

কাল রাত্রে এক বিচিত্র ঘটনা।

রাত্রে মশা, আর দিনে জ্বালাতুনে ব্যারাকুডা মাছির উপদ্রব থেকে রক্ষা পাবার জন্য আমি

গিরিডি থেকেই একরকম মলম তৈরি করে এনেছিলাম। তিন বন্ধুতে সেই মলম মেখে সাড়ে ন'টার মধ্যেই যে যার ক্যাম্পে শুয়ে পড়েছিলাম। যদিও এখানে রাত্রে নিস্তব্ধতা বলে কিছু নেই, ঝিঁঝি থেকে শুরু করে জাগুয়ার পর্যন্ত সব কিছুরই ডাক শোনা যায়, তবু দিনের ক্লান্তির জন্য ঘুমটা এসে যায় বেশ তাড়াতাড়ি। সেই ঘুম হঠাৎ ভেঙে গেল এক বিকট চিৎকারে।

আমি ও সন্ডার্স হন্তদন্ত হয়ে আমাদের তাঁবু থেকে বেরিয়ে এসে দেখি, ক্রোলও তার তাঁবু থেকে বেরিয়ে এসেছে, এবং তৃতীয় তাঁবু থেকে হাইটর।

কিন্তু মিঃ লোবো কোথায়?

ক্রোল টর্চটা জ্বালিয়ে এদিক ওদিক ফেলতেই দেখা গেল ভদ্রলোককে। মুখ বিকৃত করে বিশ হাত দূরে একটা ঝোপের পাশ থেকে খোঁড়াতে খোঁড়াতে এগিয়ে এসেছেন আমাদের দিকে। আর সেই সঙ্গে পর্তুগিজ ভাষায় পরিত্রাহি ডেকে চলেছেন ভগবান যিশুকে।

'আমার পায়ে দিয়েছে কামড়, আমি আর নেই'—সন্ডার্সের বুকের উপর ঝাঁপিয়ে পড়ে বললেন মিঃ লোবো।

কামড়টা মাকড়সার, এবং সেটা ডান পায়ের পাতার ঠিক উপরে। লোবো গিয়েছিলেন একটি ঝোপের ধারে ছোট কাজ সারতে। হাতের সোনার ঘড়ির ব্যান্ডটা নাকি এমনিতেই একটু আলগা ছিল ; সেটা খুলে পড়ে যায় মাটিতে। টর্চ জ্বালিয়ে এ দিক, ও দিক খুঁজতে গিয়ে মাকড়সার গর্তে পা পড়ে। কামড়ে বিষ আছে ঠিকই, তবে মারাত্মক নয়। কিন্তু লোবোর ভাব দেখে সেটা বোঝে কার সাধ্যি।

ওষুধ ছিল আমার সঙ্গে ; সেটা সন্ডার্সের টর্চের আলোতে লাগিয়ে দিচ্ছি ক্ষতের জায়গায়, এমন সময় লোবোর মুখের দিকে চোখ পড়তে একটা অদ্ভুত ভাব লক্ষ করলাম। তাতে আতঙ্ক ও অনুশোচনার এক বিচিত্র সংমিশ্রণ। তাঁর দৃষ্টি আমারই দিকে।

'কী হয়েছে তোমার?' আমি জিজ্ঞেস করলাম।

'আমি পাপ করেছি, আমায় ক্ষমা করো।' কাতর কণ্ঠে প্রায় কান্নার সুরে বলে উঠলেন মিঃ লোবো।

'কী পাপের কথা বলছ তুমি?'

মিঃ লোবো দু'হাত দিয়ে আমার পা জড়িয়ে ধরলেন। তাঁর ঠোঁট কাঁপছে, চোখে জল। সন্ডার্স ও ক্রোল বিস্ফারিত চোখে চেয়ে রয়েছে তাঁর দিকে।

'সেদিন রাত্রে,' বললেন মিঃ লোবো, 'সেদিন রাত্রে প্রহরীকে ঘুষ দিয়ে প্রদর্শনীতে ঢুকে আমি তোমার গবেষণার নোটসের খাতা বার করে নিয়েছিলাম। তারপর...'

রীতিমতো কষ্ট হচ্ছে কথা বলতে, কিন্তু তাও বলার জন্য মরিয়া হয়ে উঠেছে লোকটা।

'তারপর...সেগুলোকে জেরক্স করে আবার যথাস্থানে রেখে দিই।'

এবার আমি প্রশ্ন করলাম। 'তারপর?'

'তারপর—কপিগুলো—দিয়ে দিই মিঃ ব্লুমগার্টেনকে। তিনি আমায়...টাকা...অনেক টাকা...'

'ঠিক আছে। আর বলতে হবে না।'

মিঃ লোবো একটা দীর্ঘশ্বাস ত্যাগ করলেন। 'কথাটা বলে হালকা লাগছে...অনেকটা—এবার নিশ্চিন্তে মরতে পারব।'

'আপনি মরবেন না, মিঃ লোবো,' শুকনো গলায় বলল সন্ডার্স। 'এ মাকড়সার কামড়ে ঘা হয়, মৃত্যু হয় না।'

মিঃ লোবোর ঘা আমার ওষুধে শুকোবে ঠিকই, কিন্তু তিনি আমার যে ক্ষতিটা করলেন, সেটা অপূরণীয়।

শ্রীমান নকুড়চন্দ্র এক বর্ণও ভুল বলেননি।

তার মানে কি এল ডোরাডো সত্যিই আছে?

১৮ই অক্টোবর, রাত দশটা, হোটেল ক্যাপিটল, ব্রাসিলিয়া

আমাদের ব্রেজিল সফরের অপ্রত্যাশিত, অবিস্মরণীয় পরিসমাপ্তির কথাটা এই বেলা লিখে ফেলি, কারণ, কাল সকালেই আমরা যে যার দেশে ফিরছি। এটুকু বলতে পারি যে, সন্ডার্সের যুক্তিবাদী বৈজ্ঞানিক মনের ভিত এই প্রথম দেখলাম একটা বড় রকম ধাক্কা খেল। সে মানতে বাধ্য হয়েছে যে, সব ঘটনার বৈজ্ঞানিক ব্যাখ্যা সম্ভব নয়। আমার বিশ্বাস, আখেরে এর ফল ভালই হবে।

এইবার ঘটনায় আসি।

গতকাল সকালে ব্যান্ডেজ বাঁধা লোবোকে সঙ্গে নিয়ে আমরা ক্যানু করে বেরিয়ে পড়লাম চুকাহামাই উপজাতিদের বাসস্থান পোরোরির উদ্দেশে। আমাদের যেতে হবে পঞ্চাশ কিলোমিটার। যত এগোচ্ছি, ততই যেন গাছপালা ফুল পাখি, প্রজাপতির সম্ভার বেড়ে চলেছে। এই স্বপ্নরাজ্যের মনোমুগ্ধকারিতার মধ্যে আতঙ্কের খাদ মিশে আছে বলে এটা যেন আমার কাছে আরও আকর্ষণীয় হয়ে উঠেছে। আমি জানি, এ ব্যাপারে সন্ডার্স ও ক্রোল আমার সঙ্গে একমত। তারা যে খরস্রোতা নদীর উপকূলের দিকে সজাগ দৃষ্টি রেখেছে, তার একটা কারণ বোধ হয় অ্যানাকোন্ডা দর্শনের প্রত্যাশা। এখনও পর্যন্ত সে আশা পূরণ হবার কোনও লক্ষণ দেখছি না। মাইলখানেক যাবার পর আমাদের নৌকা থামাতে হল।

নদীর ধারে তিনজন লোক এসে দাঁড়িয়েছে; তারা হাইটরের দিকে হাত তুলে তার দৃষ্টি আকর্ষণ করে অচেনা ভাষায় কী যেন বলছে। আমি জানি, এখানকার উপজাতিদের মধ্যে 'গে' নামে একটা ভাষা প্রচলিত আছে, যেটা হাইটর খুব ভালভাবেই জানে।

হাইটর লোকগুলোর সঙ্গে কথা বলে আমাদের তিনজনকে উদ্দেশ করে বলল, 'এরা স্থানীয় ইন্ডিয়ান। এরা আমাদের পোরোরি যেতে বারণ করছে।'

'কেন?'—আমরা তিনজনেই একসঙ্গে প্রশ্ন করলাম।

'এরা বলছে চুকাহামাইরা কী কারণে নাকি ভয়ানক উত্তেজিত হয়ে রয়েছে। কালই নাকি একটা জাপানি দল পোরোরি গিয়েছিল; তাদের দু'জনকে এরা বিষাক্ত তির দিয়ে মেরে ফেলেছে।'

আমি জানি, কুরারি নামে এক সাংঘাতিক বিষ ব্রেজিলের আদিম জাতিরা তাদের তিরের ফলায় মাখিয়ে শিকার করে।

'তা হলে এখন কী করা যায়?' আমি প্রশ্ন করলাম।

হাইটর বলল, 'আপাতত এখানেই ক্যাম্প ফেলা যাক। আপনারা অপেক্ষা করুন, আমি বরং একটা ক্যানু নিয়ে একটু এগিয়ে গিয়ে ব্যাপারটা আঁচ করে আসি।'

'কিন্তু এই হঠাৎ উত্তেজনার কারণটা কিছু আন্দাজ করতে পারছেন?' সন্ডার্স প্রশ্ন করল।

হাইটর বলল, 'আমার একটা ধারণা হচ্ছে, পরশু রাত্রের বিস্ফোরণের সঙ্গে এটা যুক্ত। বড় রকম একটা প্রাকৃতিক দুর্যোগ হলে এরা এখনও সেটাকে দেবতার অভিশাপ মনে করে বিচলিত হয়ে পড়ে।'

অগত্যা নামলাম আমরা ক্যানু থেকে।

জায়গাটা যে ক্যাম্প ফেলার পক্ষে আদর্শ নয়, সেটা বেশ বুঝতে পেরেছি। এখানে সাধারণত নদীর পাশে খানিকটা দূর অবধি জঙ্গল গভীর থাকে। ভিতরে কিছুটা অগ্রসর হলে দেখা যায়, বন পাতলা হয়ে এসেছে। এই জায়গাটায় কিন্তু যত দূর অবধি দৃষ্টি যায়, তাতে

অরণ্যের ঘনত্ব হ্রাস পাবার কোনও লক্ষণ দেখা যায় না।

নদীর দশ-পনেরো গজের মধ্যে একটা অপেক্ষাকৃত খোলা জায়গা পেয়ে আমরা সেখানেই বিশ্রামের আয়োজন করলাম। কতক্ষণের অপেক্ষা জানা নেই, তাই তাঁবুও খাটিয়ে ফেলা হল—বিশেষ করে লোবোর জন্য। সে ভালর দিকে যাচ্ছে জেনেও মিনিটে মিনিটে যিশু ও মেরি মাতাকে স্মরণ করছে। হয়তো সেটা এই কারণেই যে, সে অনুমান করছে আমরা শহরে ফিরে গিয়েই তার বিরুদ্ধে অভিযোগ পেশ করব। এ আশঙ্কা যদি সে সত্যিই করে থাকে, তবে সেটা ভুল নয়, কারণ আমি তাকে ক্ষমা করতে প্রস্তুত থাকলেও, ক্রোল ও সন্ডার্স দু'জনেই লোবোর গর্দান নিতে বদ্ধপরিকর। আর ব্লুমগার্টেনকে পেলে তারা নাকি তার মাংস সিদ্ধ করে ব্রেজিলের নরমাংসভুক উপজাতির সন্ধান করে তাদের নেমন্তন্ন করে খাওয়াবে। তাদের বিশ্বাস, ব্লুমগার্টেনের মাংসে অন্তত বারো জনের ভূরিভোজ হবে।

আমরা তিনজনেই বেশ ক্লান্ত। পর পর চারটি বড় গাছের গুঁড়িতে তিনটি হ্যামক টাঙিয়ে তিনজনে শুয়ে মৃদু দোল খাচ্ছি, কাছেই বনের ভিতর থেকে মাঝে মাঝে শুনতে পাচ্ছি চুরিয়াঙ্গি পাখির কর্কশ ডাক, এমন সময় সন্ডার্স হঠাৎ একটা গোঙানির মতো শব্দ করে উঠল। আর সেই সঙ্গে আমাদের নৌকার দু'জন মাঝি একসঙ্গে তারস্বরে চিৎকার করে উঠল।

এই গোঙানি ও চিৎকারের কারণ যে একই, সেটা বুঝতে আমার ও ক্রোলের তিন সেকেন্ডের বেশি সময় লাগেনি।

আমাদের থেকে দশ-বারো গজ দূরে একটা দীর্ঘাকার গাছের উপর দিকের একটা ডাল বেয়ে যেন আমাদেরই লক্ষ্য করে নেমে আসছে একটা সাপ, যেমন সাপের বর্ণনা পুরাণ বা রূপকথার বাইরে কোথাও পড়েছি বলে মনে পড়ে না।

এ সাপের নাম জানি, হয়তো স্বাভাবিক অবস্থায় থাকলে বিস্ময়ের তাড়নায় নামটা আপনা থেকেই মুখ থেকে বেরিয়ে আসত, কিন্তু এখন দেখলাম গলা দিয়ে আওয়াজ বেরোনোর কোনও প্রশ্নই ওঠে না। আতঙ্কের সঙ্গে একটা ঝিমধরা ভাব, যেটা পরে ক্রোল ও সন্ডার্সকে জিজ্ঞেস করে জেনেছিলাম, তাদেরও হয়েছিল।

ব্রেজিলের এই অতিকায় ময়াল মাটি থেকে প্রায় বিশ হাত উঁচু ডাল থেকে যখন মাটি ছুঁই ছুঁই অবস্থাতে পৌঁছেছে, তখনও তার আরও অর্ধেক নামতে বাকি। তার মানে এর দৈর্ঘ্য ষাট ফুটের কম নয়, আর প্রস্থ এমনই যে, মানুষ দু'হাতে বেড় পাবে না।

আমি এই অবস্থাতেও বুঝতে চেষ্টা করছি আমার মনের ভাবের মধ্যে কতটা বিস্ময় আর কতটা আতঙ্ক, এমন সময় পিছন দিক থেকে একটা পরিচিত কণ্ঠস্বর পাবার সঙ্গে সঙ্গে আমাদের তিনজনকে বেকুব বানিয়ে দিয়ে চোখের সামনে থেকে অ্যানাকোন্ডা প্রবর বেমালুম উধাও।

'আপনাদের আশ মিটেছে তো?'

আমাদের পিছনে কখন যে একটি ক্যানু এসে দাঁড়িয়েছে এবং কখন যে তার থেকে শ্রীমান নকুড়চন্দ্র অবতীর্ণ হয়েছেন, তা জানি না।

'আপনার সঙ্গে পরিচয় করিয়ে দিই,' এগিয়ে এসে পাশে দাঁড়ানো একটি সাহেবের দিকে নির্দেশ করে বললেন নকুড়বাবু,—'ইনি হলেন ব্লুমগার্টেন সাহেবের বিমানচালক মিস্টার জো হপগুড। ইনিই সাহেবের হেলিকপ্টারে করে আমাকে নিয়ে এলেন। শুধু শেষের দেড় মাইল পথ আমাদের ডিঙিতে আসতে হয়েছে।'

ক্রোল আর থাকতে না পেরে বলে উঠল—'হি মেড আস সি দ্যাট স্নেক!'

আমি বললাম, 'তোমাকে তো বলেইছিলাম, ওঁর মধ্যে এই ক্ষমতারও একটা আভাস

পেয়েছিলাম দেশে থাকতেই।'

'বাট দিস ইজ ইনক্রেডিবল্ !'

নকুড়বাবু লজ্জায় লাল। বললেন, 'তিলুবাবু, আপনি দয়া করে এঁদের বুঝিয়ে দিন যে, এতে আমার নিজের কৃতিত্ব কিছুই নেই। এ সবই হল—যিনি আমায় চালাচ্ছেন, তাঁরই খেলা।'

'কিন্তু এল ডোরাডো ?'

'সে তো দেখিয়ে দিয়েছি সাহেবকে হেলিকপ্টার থেকেই। যেমন সাপ দেখালুম, সেইভাবেই দেখিয়েছি। বরদা বাঁড়ুজ্যের বইয়েতে কিছু ছবি ছিল, মদন পালের আঁকা। সাপের ছবি, এল ডোরাডোর ছবি, সবই ছিল। বাজে ছবি মশাই। সোনার শহরের বাড়িগুলো দেখতে করেছে টোল খাওয়া টোপরের মতো—তাও সিধে নয়, ট্যারচা। সাহেবও সেই ছবির মতো শহরই দেখলে, আর দেখে বললে, 'এল ডোরাডো ইজ ব্রেথ টেকিং।'

'তারপর ?'

আমরা মন্ত্রমুগ্ধের মতো শুনছি নকুড়বাবুর কথা।

'তারপর আর কী ?—জঙ্গলের মধ্যে শহর। সেখানে হেলিকপ্টার নামবে কী করে ? নামলুম জঙ্গলের এ দিকটায়। সাহেব দুই বন্দুকধারীকে নিয়ে ঢুকে পড়লেন, আর আমি চলে এলুম আমার কথামতো আপনাদের মিট করব বলে। আমি জানি, আপনারা কী ভাবছেন—হুপগুডসাহেব আমাকে আনতে রাজি হলেন কেন। এই তো ? ব্লুমগার্টেনসাহেবের সঙ্গে চুক্তি ছিল, উনি এল ডোরাডো চাক্ষুষ দেখলেই আমার হাতে তুলে দেবেন নগদ পাঁচ হাজার ডলার। হুপগুডকে বলে রেখেছিলুম, ওকে আড়াই দেব যদি ও আমাকে পৌঁছে দেয় আপনাদের কাছে। দেখুন কীরকম কথা রেখেছেন সাহেব—মনটা কীরকম দরাজ, ভেবে দেখুন ! আর, ও হ্যাঁ—এল ডোরাডো দেখা গেলে ব্লুমগার্টেনসাহেব এটাও কথা দিয়েছিলেন যে, তিনি আপনার গবেষণার কাগজপত্তরের কপি ফেরত দেবেন। এই নিন সেই কাগজ।'

নকুড়বাবু তাঁর কোটের পকেট থেকে রাবার ব্যান্ডে বাঁধা এক তাড়া কাগজ বার করে আমার হাতে তুলে দিলেন। আমি এত মুহ্যমান যে, মুখ দিয়ে কোনও কথাই বেরোল না। এর পরের প্রশ্নটা ক্রোলই করল—

'কিন্তু ব্লুমগার্টেন যখন দেখবে এল ডোরাডো নেই, তখন কী হবে ?'

প্রশ্নটা শুনে নকুড়বাবুর অট্টহাসিতে আশেপাশের গাছ থেকে খানতিনেক ম্যাকাও উড়ে পালিয়ে গেল।

'ব্লুমগার্টেন কোথায় ?' কোনওমতে হাসি থামিয়ে বললেন নকুড় বিশ্বাস।—'তিনি কি আর ইহজগতে আছেন ? তিনি জঙ্গলে ঢোকেন বিকেল সাড়ে পাঁচটায়। তার ছ' ঘণ্টা পরে, রাত এগারোটা তেত্রিশ মিনিটে, এল ডোরাডোয় উল্কাপাতের ফলে সাড়ে তিন মাইল জুড়ে একটি গোটা জঙ্গল একেবারে নিশ্চিহ্ন হয়ে গেছে। এ ঘটনাও যে আপনাদের আশীর্বাদে আগে থেকেই জানা ছিল, তিলুবাবু ! আপনার মতো এমন একজন লোক, যাঁর সঙ্গ পেয়ে আজ আমি তিনশো টাকা দামের একটি বিলিতি ওষুধ কিনে নিয়ে যেতে পারছি আমার ঠাকুমার জন্য, তাঁর শত্রুর কি আর শেষ রাখতে পারি আমি ?'

ব্রাসিলিয়ায় এসেই দেখেছি, খবরের কাগজের প্রথম পৃষ্ঠার অর্ধেকটা জুড়ে রয়েছে কুইয়াবা—সান্তেরাম হাইওয়ের ত্রিশ কিলোমিটার পশ্চিমে একটি গভীর অরণ্যে আনুমানিক কুড়ি লক্ষ টন ওজনের একটি উল্কাপাতের খবর।

সৌভাগ্যক্রমে এই অঞ্চলে কোনও মানুষের বাস ছিল না। জীবজন্তু গাছপালা ইত্যাদি যা ছিল, তা সবই নিশ্চিহ্ন হয়ে গেছে।

আনন্দমেলা। পূজাবার্ষিকী ১৩৮৭

শঙ্কুর কঙ্গো অভিযান

প্রিয় শঙ্কু,

আমার দলের একটি লোকের কালাজ্বর হয়েছে তাই তাকে নাইরোবি পাঠিয়ে দিচ্ছি। তার হাতেই চিঠি যাচ্ছে, সে ডাকে ফেলে দেবার ব্যবস্থা করবে। এই চিঠি কেন লিখছি সেটা পড়েই বুঝতে পারবে। খবরটা তোমাকে না দিয়ে পারলাম না। সবাই কথাটা বিশ্বাস করবে না ; বিজ্ঞানীরা তো নয়ই। তোমার মনটা খোলা, নানা বিস্ময়কর অভিজ্ঞতা তোমার হয়েছে, তাই তোমাকেই বলছি।

মোকেলে-ম্‌বেম্বে কথাটা তোমার চেনা কি ? বোধ হয় না, কারণ আমি কঙ্গো এসেই কথাটা প্রথম শুনছি। স্থানীয় লোকেরা বলে মোকেলে-ম্‌বেম্বে নাকি একরকম অতিকায় জানোয়ার। বর্ণনা শুনে প্রাগৈতিহাসিক জানোয়ারের কথাই মনে হয়। কঙ্গোর অরণ্যে নাকি এ জানোয়ারকে দেখা গেছে। কথাটা প্রথমে যখন শুনি তখন স্বভাবতই আমার কৌতূহল উদ্রেক করে। কিন্তু মাসখানেক থাকার পরও যখন সে প্রাণীর দেখা পেলাম না, তখন সে নিয়ে আর চিন্তা করিনি। তিনদিন আগে একটি অতিকায় প্রাণীর পায়ের ছাপ আমি দেখেছি লিপু নদীর ধারে। এ পা আমাদের কোনও চেনা জানোয়ারের নয়। ছাপের আয়তন দেখে প্রাণীটিকে বিশাল বলেই মনে হয়—অন্তত হাতির সমান তো বটেই। তবে আসল জানোয়ারের সাক্ষাৎ এখনও পাইনি। আশা আছে, কিছুদিনের মধ্যেই পাব। সম্ভব হলে তোমায় জানাব।

আমি এখন রয়েছি ভিরুঙ্গা পর্বতশ্রেণীর পাদদেশে কঙ্গোর অরণ্যের উত্তর-পূর্ব প্রান্তে। আমার বিশ্বাস এখানে এর আগে সভ্য জগতের কোনও প্রাণীর পা পড়েনি। তোমার অভাব তীব্রভাবে বোধ করছি। পারলে একবার এ অঞ্চলটায় এসো। এই আদিম অরণ্যের সৌন্দর্য বর্ণনা করার ক্ষমতা আমার নেই। তোমাদের কবি ট্যাগোর হয়তো পারতেন। গীতাঞ্জলি এখনও আমার চিরসঙ্গী।

সেই ইটালিয়ান দলের কোনও হদিস পাইনি এ পর্যন্ত। স্থানীয় লোকে বলছে, সে দল নাকি মোকেলে-ম্‌বেম্বের শিকারে পরিণত হয়েছে।

আশা করি ভাল আছ। ঈশ্বর তোমার মঙ্গল করুন।

ক্রিস ম্যাকফারসন

ভূতাত্ত্বিক ও খনিবিশারদ ক্রিস্টোফার ম্যাকফারসনের সঙ্গে আমার আলাপ হয় ইংল্যান্ডে বছরতিনেক আগে। আমি তখন আমার বন্ধু জেরেমি সন্ডার্সের অতিথি হয়ে সাসেক্সে বিশ্রাম করছি। টেলিফোনে অ্যাপয়েন্টমেন্ট করে ম্যাকফারসন আমার সঙ্গে দেখা করতে আসে। তার হাতে ছিল এক কপি ইংরাজি গীতাঞ্জলির প্রথম সংস্করণ। ভিতরে স্বয়ং রবীন্দ্রনাথেরই সই। ম্যাকফারসনের বাবা ছিলেন ইস্কুল মাস্টার। তিনি নিজে কবিকে দিয়ে এই বইয়ে সই করিয়ে নিয়েছিলেন। ট্যাগোরের প্রতি বাপের ভক্তি এখন ছেলের মধ্যে সঞ্চারিত হয়েছে। আমি তাকে আরও তিনখানা রবীন্দ্রনাথের বই কিনে দিই।

তারপর দেশে ফিরেও ম্যাকফারসনের কাছ থেকে মাঝে মাঝে চিঠি পেয়েছি। সে যে কঙ্গো যাচ্ছে সে খবরও সে দিয়েছিল। এখন ভয় হচ্ছে, গত বছর প্রোফেসর সানতিনির নেতৃত্বে যে ইটালিয়ান দলটি কঙ্গোর জঙ্গলে নিখোঁজ হয়ে যায়, ম্যাকফারসনের দলেরও হয়তো সেই দশাই হয়েছে। কারণ চার মাস আগে এই চিঠি পাবার পর আজ অবধি ম্যাকফারসনের আর কোনও খোঁজ পাওয়া যায়নি। যে আন্তর্জাতিক ভৌগোলিক সংস্থার পৃষ্ঠপোষকতায় ম্যাকফারসনের দল কঙ্গো গিয়েছিল, তারাও কোনও খবর পায়নি। অথচ রেডিয়ো মারফত এদের পরস্পরের সঙ্গে যোগাযোগ ছিল।

এই নিয়ে পর পর তিনটি দল উধাও হল কঙ্গোর জঙ্গলে। দু' বছর আগে একটি জার্মান দলেরও এই দশা হয়। এদের কয়েকজনকে আমি চিনি। দলপতি প্রোফেসর কার্ল হাইমেনডর্ফের সঙ্গে আমার আলাপ হয় বছরসাতেক আগে। বহুমুখী প্রতিভা এই বিজ্ঞানীর। একাধারে ভূতাত্ত্বিক, পদার্থবিদ, ভাষাবিদ ও দুঃসাহসী পর্যটক। পঁয়ষট্টি বছর বয়সেও দৈহিক শক্তি প্রচণ্ড। একবার এক বিজ্ঞানী সম্মেলনে এক সতীর্থের সঙ্গে মতভেদ হওয়ায় হাইমেনডর্ফ এক ঘুষিতে তাঁর চোয়াল ভেঙে দিয়েছিলেন।

এই দলে ছিলেন আরও তিনজন। তার মধ্যে ইলেকট্রনিকসে দিকপাল প্রোফেসর এরলিখ ও ইনভেন্টর পদার্থবিদ রুডলফ গাউস আমার পরিচিত। চতুর্থ ব্যক্তি এনজিনিয়র গটফ্রীড হাল্‌সমানকে আমি দেখিনি কখনও।

এই দলটিও নিখোঁজ হয়ে যায় চার মাসের মধ্যেই।

ম্যাকফারসনের চিঠিটা পাবার পর থেকেই কঙ্গোর আদিম অরণ্য আমার মনকে বিশেষভাবে টানছে। কী রহস্য লুকিয়ে আছে ওই অরণ্যে কে জানে! মোকেলে-ম্‌বেম্বের ব্যাপারটাই বা কতটা সত্যি? প্রায় দেড়শো কোটি বছর ধরে জীবজগতে রাজত্ব করার পর আজ থেকে ৭০ কোটি বছর আগে ডাইনোসর শ্রেণীর জানোয়ার হঠাৎ পৃথিবী থেকে লোপ পেয়ে যায়। এই ঘটনার কোনও কারণ আজ পর্যন্ত বিজ্ঞানীরা খুঁজে পাননি। উদ্ভিদভোজী ও মাংসাশী, দুই রকম জানোয়ারই ছিল এদের মধ্যে। পৃথিবীর কোনও অজ্ঞাত অংশে কি তারা এখনও বেঁচে আছে? যদি কঙ্গোর অরণ্যে থেকে থাকে, তা হলে তাদের উদ্দেশে ধাওয়া করাটা কি খুব অন্যায় হবে?

দিন পনেরো আগে কঙ্গো যাবার প্রস্তাব দিয়ে আমার দুই বন্ধু সন্ডার্স ও ক্রোলকে চিঠি লিখি। উদ্দেশ্য ম্যাকফারসনের দলের খোঁজ করা। সন্ডার্স জানায় যে, আন্তর্জাতিক ভৌগোলিক সংস্থার কর্তা লর্ড কানিংহ্যামের সঙ্গে তার যথেষ্ট আলাপ আছে। কঙ্গো অভিযান সম্পর্কে সন্ডার্স সবিশেষ আগ্রহী; শুধু খরচটা যদি সংস্থা জোগায়, তা হলে আর কোনও ভাবনা থাকে না।

ক্রোলের যে উৎসাহ হবে, সেটা আগে থেকেই জানতাম। যেমন জীবজন্তু, তেমনই খনিজ সম্পদে কঙ্গোর তুলনা মেলা ভার। একদিকে হাতি সিংহ হিপো লেপার্ড গোরিলা শিম্পাঞ্জি; অন্যদিকে সোনা হিরে ইউরেনিয়াম রেডিয়াম কোবল্ট প্ল্যাটিনাম তামা।

কিন্তু ক্রোলের লক্ষ্য সেদিকে নয়। সে বেশ কয়েক বছর থেকেই ঝুঁকেছে অতিপ্রাকৃতের দিকে। তা ছাড়া নানান দেশের মন্ত্রতন্ত্র ভেলকি ভোজবাজির সঙ্গে সে পরিচিত। এ সবের সন্ধানে সে আমার সঙ্গে তিব্বত পর্যন্ত গিয়েছে। নিজে গত বছরে হিপ্নোটিজম অভ্যাস করে সে ব্যাপারে রীতিমতো পারদর্শী হয়ে উঠেছে। আফ্রিকাতে এসব জিনিসের অভাব নেই, কাজেই ক্রোলের আগ্রহ স্বাভাবিক।

অর্থাৎ আমরা তিনজনেই কোমর বেঁধে তৈরি আছি। এখন ভৌগোলিক সংস্থার সিদ্ধান্তের অপেক্ষা। এই সংস্থাই ম্যাকফারসনের দলের খরচ জুগিয়েছিল। আমাদের একটা

প্রধান উদ্দেশ্য হবে, সেই দলের অনুসন্ধান করা। সুতরাং সে কাজে সংস্থার খরচ না দেবার কোনও সঙ্গত কারণ নেই।

২১শে এপ্রিল

সুখবর। আজ টেলিগ্রাম পেয়েছি। ইন্টারন্যাশনাল জিওগ্রাফিক ফাউন্ডেশন আমাদের অভিযানের সমস্ত খরচ বহন করতে রাজি। সন্ডার্স কাজের কাজ করেছে। আমরা ঠিক করেছি, মে মাসের প্রথম সপ্তাহে বেরিয়ে পড়ব।

২৯শে এপ্রিল

আমাদের দলে আরেকজন যোগ দিচ্ছে। একজন নয়, দুজন। ডেভিড মানরো ও তার গ্রেট ডেন কুকুর রকেট।

যার নামে মানরো দ্বীপ, যেখানে আমাদের লোমহর্ষক অ্যাডভেঞ্চারের কথা আমি আগেই বলেছি, সেই হেকটর মানরোর বংশধর তরুণ ডেভিড মানরো তার কুকুর সমেত আমাদের অভিযানে অংশগ্রহণ করেছিল। কবিভাবাপন্ন এই যুবকটি অ্যাডভেঞ্চারের নেশায় পাগল। পড়াশুনা আছে বিস্তর, এবং বাইরে থেকে বোঝা না গেলেও, যথেষ্ট সাহস ও দৈহিক শক্তি রাখে সে। সন্ডার্সের কাছে খবরটা পেয়ে সে তৎক্ষণাৎ অভিযানে যোগ দেবার ইচ্ছা প্রকাশ করে। আফ্রিকার জঙ্গল—বিশেষ করে কঙ্গোর ট্রপিক্যাল রেইন ফরেস্ট সম্বন্ধে সে নাকি প্রচুর পড়াশুনা করেছে। তাকে সঙ্গে না নিলে নাকি তার জীবনই বৃথা হবে। এ ক্ষেত্রে না করার কোনও কারণ দেখিনি।

আমরা সকলে নাইরোবিতে জমায়েত হচ্ছি। সেখানেই স্থির হবে কীভাবে কোথায় যাওয়া।

৭ই মে

আজ সকালে আমরা নাইরোবিতে এসে পৌঁছেছি।

আমাদের হোটেলটা যেখানে, তার চারিপাশে আদিম আফ্রিকার কোনও চিহ্ন নেই। ছিমছাম সমৃদ্ধ আধুনিক শহর, ঘরবাড়ি রাস্তাঘাট দোকানপাট সব কিছুতেই পশ্চিমি আধুনিকতার ছাপ। অথচ জানি যে, পাঁচ মাইলের মধ্যেই রয়েছে খোলা প্রান্তর—যাকে এখানে বলে সাভানা—যেখানে অবাধে চরে বেড়াচ্ছে নানান জাতের জন্তু জানোয়ার। এই সাভানার দক্ষিণে রয়েছে তুষারাবৃত মাউন্ট কিলিমানজারো।

এখানে জিম ম্যাহোনির পরিচয় দেওয়া দরকার। বছর পঁয়তাল্লিশ বয়সের আয়ারল্যান্ডের এই সন্তানটির রোদে-পোড়া গায়ের রং আর পাকানো চেহারা থেকে অনুমান করা যায় যে, এ হচ্ছে যাকে বলে একজন হোয়াইট হান্টার। শিকার হল এর পেশা। আফ্রিকার জঙ্গলে অভিযান চালাতে গেলে একজন হোয়াইট হান্টার ছাড়া চলে না। স্থানীয় ভাষাগুলি এঁদের সড়গড়, অরণ্যের মেজাজ ও জলহাওয়া সম্বন্ধে এঁরা ওয়াকিবহাল, আর হিংস্র জন্তু জানোয়ার থেকে আত্মরক্ষার উপায় এঁদের জানা। ম্যাহোনিই আমাদের জিনিসপত্র বইবার জন্য কিকুউয়ু উপজাতীয় ছ'জন কুলির ব্যবস্থা করে দিয়েছে।

হোটেলের কফি-শপে বসে আমাদের কথাবার্তা হচ্ছিল। তিন-তিনটে অভিযাত্রীদল পর

পর উধাও হয়ে গেল, এ সম্বন্ধে প্রশ্ন করতে ম্যাহোনি তার পাইপে টান দিয়ে ধোঁয়া ছেড়ে বলল, 'কঙ্গোর জঙ্গলে যে কত রকম বিপদ লুকিয়ে আছে, তার ফিরিস্তি আর কী দেব তোমাদের। জঙ্গলের গা ঘেঁষে পুব দিকে রয়েছে পর পর সব আগ্নেয়গিরি। মুকেঙ্কু, মুকুবু, কানাগোরাউই। রোয়ান্ডা ছাড়িয়ে কিভু হ্রদ পেরোলেই এই সব আগ্নেয়গিরির গা দিয়ে জঙ্গল শুরু। বড় রকম অগ্ন্যুৎপাতের কথা সম্প্রতি শোনা যায়নি বটে, কিন্তু হঠাৎ কখন এগুলো জেগে উঠবে, তা কে বলতে পারে ? তা ছাড়া ওই সব অঞ্চলে নরখাদক ক্যানিবলসের অভাব নেই। তার উপর অরণ্যের স্বাভাবিক বিপদগুলোর কথাও তো ভাবতে হবে। শুধু হিংস্র জানোয়ার নয়, মারাত্মক ব্যারামও হতে পারে কঙ্গোর জঙ্গলে। কথা হচ্ছে, তোমরা কোথায় যেতে চাও তার ওপর কিছুটা নির্ভর করছে।'

উত্তরটা সন্ডার্স দিল।

'আমরা যে হারানো দলটার খোঁজ করতে যাচ্ছি, তাদের একজন মাস চারেক আগে কালাজ্বর হয়ে এখানে হাসপাতালে চলে আসে। সে অবিশ্যি কিছুদিনের মধ্যেই ভাল হয়ে ফিরে যায় ; কিন্তু আমরা হাসপাতাল থেকে খবর নিয়েছি যে, দলটা মুকেঙ্কু আগ্নেয়গিরির গা দিয়ে উত্তর-পূর্ব দিকে যাচ্ছিল।'

'তোমরাও সেই দিকেই যেতে চাও ?'

'সেটাই স্বাভাবিক নয় কি ?'

'বেশ। তবে সেখানে পৌঁছতে হলে তোমাদের পায়ে হাঁটতে হবে প্রায় দেড়শো মাইল, কারণ হেলিকপ্টার শেষ অবধি যাবে না। ল্যান্ডিং-এর জন্য খোলা সমতল জায়গা পাবে না।'

ভৌগোলিক সংস্থা আমাদের জন্য দুটো বড় হেলিকপ্টারের ব্যবস্থা করে দিয়েছে। একটাতে আমরা যাব, আরেকটায় কুলি আর মাল।

মানরো কিছুক্ষণ থেকেই উশখুশ করছিল, এবারে তার প্রশ্নটা করে ফেলল।

'মোকেলে-ম্‌বেম্বের কথা জান তুমি ?'

ম্যাহোনি আমাদের চমকে দিয়ে সশব্দে হেসে উঠল।

'এ সব গল্প কোথায় শোনা ?'

আমি বলতে বাধ্য হলাম যে, সম্প্রতি একাধিক পত্রিকায় কঙ্গো সম্বন্ধে প্রবন্ধে আমি এই অতিকায় জানোয়ারের কথা পড়েছি।

'ও সব আষাঢ়ে গল্পে কান দিয়ো না,' বলল ম্যাহোনি। 'এদের কিংবদন্তিগুলির বয়স যে ক' হাজার বছর, তার কোনও হিসেব নেই। আমি আজ সাতাশ বছর ধরে আফ্রিকার জঙ্গলে ঘুরছি, চেনা জানোয়ারের বাইরে একটি জানোয়ারও কখনও দেখিনি।'

মানরো বলল, 'কিন্তু আমি যে অষ্টাদশ শতাব্দীর ফরাসি পাদরিদের লেখা বিবরণ নিজে পড়েছি ব্রিটিশ মিউজিয়ামে। তারা আফ্রিকার জঙ্গলে অতিকায় জানোয়ারের পায়ের ছাপ দেখেছে। হাতির পায়ের মতো বড়, কিন্তু হাতি না।'

'সেরকম আরও জানোয়ারের কথা শুনবে,' বলল ম্যাহোনি। 'কাকুন্ডাকারির নাম শুনেছ ? হিমালয়ে যেমন ইয়েতি বা তুষারমানব, আফ্রিকার জঙ্গলে তেমনই কাকুন্ডাকারি। দু'পায়ে হাঁটা লোমশ জানোয়ার, গোরিলার চেয়েও বেশি লম্বা। এও সাতাশ বছর ধরে শুনে আসছি, কিন্তু কেউ চোখে দেখেছে বলে শুনিনি। তবে হ্যাঁ—যেটা এই সব অঞ্চলে আছে, কিন্তু কোথায় আছে তা জানা যায়নি, তেমন একটা জিনিস আমার কাছেই আছে।'

ম্যাহোনি তার প্যান্টের পকেটে হাত ঢুকিয়ে একটি জিনিস বার করে সামনের টেবিলে কফির পেয়ালার পাশে রাখল। মুঠো ভরে যায় এমন সাইজের একটি স্বচ্ছ পাথর।

‘নীল শিরাগুলি লক্ষ করো।’ বলল ম্যাহোনি।

‘এটা কি ব্লু ডায়মন্ড ?’ আমি জিজ্ঞেস করলাম।

‘হ্যাঁ,’ বলল ম্যাহোনি, ‘প্রায় সাতশো ক্যারেট। এটাও এই কঙ্গোর জঙ্গলেই পাওয়া যায়। সম্ভবত যেদিকে আমরা যাব, মোটামুটি সেই দিকেই। এক পিগমি পরিবারের সঙ্গে বসে ভোজ করছিলাম। তাদেরই একজন এটা আমাকে দেখায়। দু' প্যাকেট সিগারেটের বদলে সে এটা আমাকে দিয়ে দেয়।’

‘এর তো আকাশ ছোঁয়া দাম হওয়া উচিত।’ পাথরটা হাতে নিয়ে সসম্ভ্রমে বলল ডেভিড মানরো।

আমি বললাম, ‘ঠিক তা নয়। রত্ন হিসেবে ব্লু ডায়মন্ডের দাম বেশি নয়। তবে কোথায় যেন পড়েছি, ইলেকট্রনিকসের ব্যাপারে এর চাহিদা হঠাৎ খুব বেড়ে গেছে।’

আমরা সকলে পালা করে হীরকখণ্ডটা দেখে আবার ম্যাহোনিকে ফেরত দিয়ে দিলাম।

৮ই মে, রাত সাড়ে দশটা

কঙ্গোর আদিম অরণ্যের ঠিক বাইরে একটা অপেক্ষাকৃত খোলা জায়গায় ক্যাম্প ফেলেছি আমরা। আমারই আবিষ্কার শ্যাঙ্কলন প্লাস্টিকের তাঁবু, হালকা অথচ মজবুত। সবসুদ্ধ পাঁচটা তাঁবু। তার তিনটেতে আমরা পাঁচজন ভাগাভাগি করে রয়েছি ; আমি আর ডেভিড একটায়, ক্রোল ও সন্ডার্স আরেকটায় আর তৃতীয়টায় জিম ম্যাহোনি। বাকি দুটোয় রয়েছে কুলির দল। মশারির ভিতরে বসে লিখছি। মশার উপদ্রব সব সময়ই। তবে আমার কাছে আমারই তৈরি সর্বরোগনাশক মিরাকিউরল বড়ি আছে, তাই ব্যারামের ভয় করি না। আসল জঙ্গলে কাল প্রবেশ করব। তার আগে আজকের ঘটনাগুলো লিখে রাখি।

সকাল আটটায় নাইরোবি থেকে হেলিকপ্টারে রওনা দিয়ে কেনিয়া ছেড়ে রোয়ান্ডায় এসে রাওয়ামাগেমা এয়ারফিল্ডে নেমে আমাদের তেল নিতে হল। তারপর কিভু হ্রদ পেরিয়ে আধ ঘণ্টা চলার পর একটা খোলা জায়গায় নেমে আমরা উত্তরমুখী হাঁটতে শুরু করলাম। আকাশ থেকেই দেখেছিলাম, গভীর অরণ্য সবুজ পশমের গালিচার মতো ছড়িয়ে রয়েছে

আমাদের পশ্চিমে আর উত্তরে। যত দূর দৃষ্টি যায় সবুজের মধ্যে কোনও ফাঁক নেই। এই ট্রপিক্যাল রেইন ফরেস্টের বিস্তৃতি দু' হাজার মাইল। তার অনেক অংশেই সভ্য মানুষের পা পড়েনি কখনও।

হেলিকপ্টার আমাদের নামিয়ে দিয়ে আবার ফিরে গেল। নাইরোবির সঙ্গে রেডিয়োর যোগাযোগ থাকবে আমাদের। অভিযানের শেষে আবার হেলিকপ্টার এসে আমাদের নিয়ে যাবে। এক মাসের মতো খাবারদাবার আছে আমাদের সঙ্গে।

যেখানে নামলাম, সেখান থেকে উত্তরে চাইলেই দেখতে পাচ্ছি, আগ্নেয়গিরির শৃঙ্গগুলো গাছপালার উপর দিয়ে মাথা উঁচিয়ে রয়েছে। এইসব পাহাড়ের গায়ে পার্বত্য গোরিলার বাস। আমরা রয়েছি উপত্যকায়। এর উচ্চতা হাজার ফুটের উপর। এ অঞ্চলে হাতি, হিপো, লেপার্ড, বানর শ্রেণীর নানান জানোয়ার, ওকাপি, প্যাঙ্গোলিন, কুমির ও অন্যান্য সরীসৃপ—সবই পাওয়া যায়। এই জঙ্গলের মধ্য দিয়েই অনেক অপরিসর নদী বয়ে গেছে, কিন্তু সেগুলো এতই খরস্রোতা যে, নদীপথে যাতায়াত খুবই দুরূহ ব্যাপার। আমাদের তাই পায়ে হাঁটা ছাড়া গতি নেই।

সাড়ে দশটায় চা-বিস্কুট খেয়ে আমরা রওনা দিলাম। আমাদের যেতে হবে উত্তরে, খানিকটা পথ উঠতে হবে পাহাড়ের গা দিয়ে, তারপর নেমে প্রবেশ করব আসল গভীর জঙ্গলে। এখানে জঙ্গল তেমন গভীর নয়, উপরে চাইলে আকাশ দেখা যায়। গাছের মধ্যে মেহগনি, টিক আর আবলুশই প্রধান, মাঝে মধ্যে এক-আধটা বাঁশঝাড়, আর সর্বত্রই রয়েছে লতা জাতীয় গাছ। হিংস্র জানোয়ারের অতর্কিত আবির্ভাবের জন্য আমরা প্রস্তুত আছি। ম্যাহোনির হাতে একটা দোনলা বন্দুক, ক্রোল ও কুলিসর্দার কাহিন্দির হাতে একটা করে রাইফেল। কাহিন্দি লোকটি বেশ। ভাঙা ভাঙা ইংরিজি বলে, নিজের ভাষা সোয়াহিলি। আমিও যে সোয়াহিলি জানি, সেটা কাহিন্দির কাছে একটা পরম বিস্ময়ের ব্যাপার। বেশ মজার এই সোয়াহিলি ভাষাটা। এরা বলে 'চায় তৈয়ারি'—অর্থাৎ চা প্রস্তুত। আসলে যেমন বাংলায়, তেমনি সোয়াহিলিতে, বেশ কিছু আরবি, ফারসি, হিন্দি, পোর্তুগিজ কথা মিশে গেছে।

সিঙ্গল ফাইলে চলেছি আমরা সকলে, সবার আগে জিম ম্যাহোনি। আমাদের চারজনের মধ্যেই একটা চাপা উত্তেজনার ভাব। যে ইটালিয়ান দলটি হারিয়ে গেছে, তাদের কাউকেই আমরা চিনতাম না, কিন্তু হাইমেনডর্ফকে ক্রোল বেশ ভাল ভাবেই চিনত, আর ক্রিস ম্যাকফারসনের সঙ্গে তো সন্ডার্সের অনেক দিনের পরিচয়। একমাত্র ডেভিড মানরো আমাদের ছাড়া কাউকেই চেনে না, কিন্তু তার উৎসাহ আমাদের সকলের চেয়ে বেশি। লিভিংস্টোন যে পথে গেছে, স্ট্যানলি, মাঙ্গো পার্ক যে পথে গেছে, সে পথে সেও চলেছে—এটা ভাবতেই যে তার রোমাঞ্চ হচ্ছে, সে কথা সে একাধিকবার বলেছে আমাদের। রকেটকে আগে যখন দেখেছি তখনও সে আশ্চর্য শিক্ষিত কুকুর ছিল। কিন্তু এবার যেন দেখছি আরও বেড়েছে তার বুদ্ধি আর আনুগত্য। জন্তু জানোয়ার যে এক-আধটা চোখে পড়ছে না তা নয়—গাছের ডালে বাঁদর তো প্রায়ই দেখা যাচ্ছে,—কিন্তু সে সম্বন্ধে রকেট সম্পূর্ণ উদাসীন। দৃষ্টি যদি বা একবার সেদিকে যায়, হাঁটা থামানোর কোনও প্রশ্নই উঠতে পারে না।

ঘণ্টাখানেক চলার পর হঠাৎ দেখলাম ম্যাহোনি হাঁটা বন্ধ করে তার ডান হাতটা উপরে তুলে আমাদেরও থামতে বলল। কুলি সমেত সকলেই থামল, কেবল কাহিন্দি এগিয়ে গিয়ে ম্যাহোনির পাশে দাঁড়াল।

আমাদের সামনে খানিকটা খোলা জায়গা, তারপর প্রায় পঞ্চাশ গজ দূরে ঝোপ আর

গাছের পিছনে দেখতে পাচ্ছি, একটা ধোঁয়ার কুণ্ডলী আকাশের দিকে উঠছে। গাছের ফাঁক দিয়ে কয়েকটি প্রাণীর চলাফেরাও যেন দেখা যাচ্ছে। জানোয়ার নয়, মানুষ।

'কিগানি ক্যানিবলস,' চাপা ফিসফিসে গলায় বলল ম্যাহোনি। 'টেক কাভার বিহাইন্ড দ্য ট্রিজ।'

ম্যাহোনি তার বন্দুকের সেফটি-ক্যাচটা নামিয়ে নিয়েছে, সেটা একটা 'খুট' শব্দ থেকেই বুঝেছি। কাহিন্দির হাতের বন্দুকও তৈরি। ক্রোল কী করছে সেটা আর পিছন ফিরে দেখলাম না। আমরা চারজনে এবং ছ'জন কুলি, ছড়িয়ে পড়ে এক-একটা গাছের গুঁড়ির আড়ালে দাঁড়িয়ে পড়লাম। বনে ঝিঁঝির ডাক ছাড়া আর কোনও শব্দ নেই।

প্রায় দশ মিনিট এইভাবে দাঁড়িয়ে রইলাম। ধোঁয়ার কুণ্ডলী ক্রমে অদৃশ্য হল। এবারে কিছু ঘটবে কি ?

হ্যাঁ, ঘটল। ঝোপ আর গাছের পিছন থেকে একদল কৃষ্ণাঙ্গ বেরিয়ে এল। তাদের হাতে তির ধনুক, গায়ে সাদা রঙের ডোরা, চোখের কোটর আর ঠোঁট বাদ দিয়ে সারা মুখ জুড়ে ধবধবে সাদা রঙের প্রলেপ। দেখলে মনে হয়, ধড়ের উপর একটা মড়ার খুলি বসানো। নরখাদক। কথাটা ভাবতেই আমার শিরদাঁড়া দিয়ে একটা শিহরন খেলে গেল। আড়চোখে ডাইনে চেয়ে দেখলাম, ডেভিড থরথর করে কাঁপছে, তার বিস্ফারিত দৃষ্টি দলটার দিকে নিবদ্ধ। বেশ বুঝলাম কাঁপুনি আতঙ্কের নয়, উত্তেজনার।

নরখাদকের দল এগিয়ে এসেছে আমাদের দিকে। লক্ষ করলাম ম্যাহোনির বন্দুক এখনও নামানো রয়েছে। কাহিন্দিরও।

লোকগুলো এই দুজনকে দেখল, এবং দেখে থামল।

তারপর তাদের দৃষ্টি ঘুরল এদিক ওদিক। আমাদেরও দেখেছে। এ গাছের গুঁড়ি তেমন প্রশস্ত নয় যে, আমাদের সম্পূর্ণ আড়াল করবে।

সমস্ত বনটা যেন শ্বাসরোধ করে রয়েছে। আমি নিজের হৃৎস্পন্দন শুনতে পাচ্ছি।

প্রায় এক মিনিট এইভাবে থাকার পর নরখাদকের দল মৃদুমন্দ গতিতে আমাদের পাশ কাটিয়ে জঙ্গলের মধ্যে অদৃশ্য হয়ে গেল।

মুখ খুলল প্রথমে ডেভিড মানরো।

'বাট দে ডিড্‌ন্‌ট ইট আস !'

ম্যাহোনি হেসে উঠল। 'খাবে কেন ? তোমার যদি পেট ভরা থাকে, তা হলে তোমার সামনে এক প্লেট মাংস এনে রাখলে খাবে কি ?'

'ওরা খেয়ে এল বুঝি ?'

'আমার তো তাই বিশ্বাস।'

'মানুষের মাংস ?'

'সেটা আর একটু এগিয়ে গেলেই বুঝতে পারব।'

আমরা আবার রওনা দিলাম। ঝোপঝাড় গাছপালা পেরোতেই আরেকটা খোলা জায়গায় পৌঁছোলাম। বাঁয়ে একটা পাতার ছাউনি দেওয়া ঘর। ম্যাহোনি বলল, সেটা চাষির কুটির। এ অঞ্চলে চাষ হয়, সেটা আসার সময় ভুট্টার ক্ষেত দেখে জেনেছি। কুটিরে জনমানব নেই সেটা বোঝাই যাচ্ছে।

'ওই দ্যাখো,' অঙ্গুলি নির্দেশ করল ম্যাহোনি।

ডাইনে কিছু দূরে একটা নিভে যাওয়া অগ্নিকুণ্ডের আশেপাশে ছড়ানো রয়েছে রক্তমাখা হাড়। সেগুলো যে মানুষের সেটা আর বলে দিতে হয় না।

'কিগানিদের বাসস্থান আমরা পিছনে ফেলে এসেছি,' বলল ম্যাহোনি। 'এরা আহার সংগ্রহ

করতেই বেরিয়েছিল।'

'কিন্তু এই ধরনের অসভ্যতা এখনও রয়েছে আফ্রিকায় ?' প্রশ্ন করল সন্ডার্স।

ম্যাহোনি বলল, 'সরকার এদের অভ্যেস পরিবর্তন করানোর চেষ্টা করেছিল, কিন্তু সম্পূর্ণ সফল হয়নি। অবিশ্যি আমি নিজে এদের অসভ্য বলতে রাজি নই। এইটেই বলা যায় যে, এদের খাদ্যের রুচিটা সাধারণ মানুষের চেয়ে একটু অন্য রকম। ক্যানিবলিজম বহু জানোয়ারের মধ্যে দেখা যায়। আর মানুষের মাংস শুনেছি অতি সুস্বাদু এবং পুষ্টিকর। এরা রংটং মেখে ওইরকম চেহারা করে বেড়ায়, তাই ; আসলে এদের সম্বন্ধে যে 'পৈশাচিক' কথাটা ব্যবহার করা হয়, সেটা সম্পূর্ণ ভুল। এরা হাসতে জানে, ফুর্তি করতে জানে, পরোপকার করতে জানে।'

সন্ধ্যা নাগাদ আমরা একটা ক্যাম্পের উপযোগী জায়গায় পৌঁছোলাম। পরে আর কোনও উল্লেখযোগ্য ঘটনা ঘটেনি। কাল আমরা মুকেঙ্কু আগ্নেয়গিরির পাদদেশ দিয়ে এগিয়ে যাব আসল অরণ্যের দিকে।

৯ই মে, রাত ন'টা

আজকের দিনটা ক্যাম্পেই কাটাতে হল, কারণ সারাদিন বৃষ্টি। বিকেলের দিকে একবার বৃষ্টিটা একটু ধরেছিল, তখন ক্যাম্পের কাছে একদল বান্টুর আগমন হয়। এই বিশেষ উপজাতিটি সারা কঙ্গোর অরণ্যে ছড়িয়ে আছে। এদের সঙ্গে একটি ওঝা বা উইচ ডক্টর ছিল। ম্যাহোনির সাহায্যে ক্রোল তার সঙ্গে কিছুক্ষণ কথাবার্তা বলে। আফ্রিকার উইচ ডক্টররা অনেক সময় ভবিষ্যদ্‌বাণী করে। ওঝামশাই আমাদের সাবধান করে দিয়ে গেছেন যে, আমাদের নাকি চরম বিপদের মধ্যে পড়তে হবে। লাল মানুষকে যেন আমরা বিশ্বাস না করি। এই বিপদ থেকে নাকি আমরা মুক্তি পাব একটি নতুন-ওঠা চাঁদের রঙের গোলকের সাহায্যে। আমাদের মঙ্গলের জন্য ওঝা পাঁচটি হাতির ল্যাজের চুল রেখে গেছে। সেগুলো আমাদের কবজিতে পেঁচিয়ে পরতে হবে।

ক্রোল সারা সন্ধে ওঝার কথার মানে বার করার চেষ্টায় কাটিয়েছে।

১০ই মে, রাত দশটা

আজ মনটা ভারাক্রান্ত হয়ে আছে।

ক্রিস ম্যাকফারসন যে আর ইহজগতে নেই, তার প্রমাণ আজ পেয়েছি। আজকের দিনটা ঘটনাবহুল ও বিভীষিকাময়, তাই সব গুছিয়ে লেখার চেষ্টা করতে হবে। কী অদ্ভুত এক রাজ্যে যে এসে পড়েছি, সেটা এখনও স্পষ্টভাবে উপলব্ধি করতে পারছি না। আমাদের কিকুইয়ু কুলিদের মধ্যে একটা চাঞ্চল্য লক্ষ করছি। ভয় হয়, তারা বুঝি আমাদের পরিত্যাগ করে চলে যাবে। কাহিন্দি তাদের অনেক করে বুঝিয়েছে। তাতে ফল হলেই রক্ষে।

আজ দিনটা ভাল ছিল, তাই ভোর থাকতে রওনা হয়ে আটটার মধ্যে আমরা মুকেঙ্কুর পাদদেশে পৌঁছে গেলাম। এখানকার মাটিতে ভলক্যানিক অ্যাশ অতীতের অগ্ন্যুৎপাতের সাক্ষ্য দিচ্ছে। লক্ষ লক্ষ বছর ধরে অনেকবার অগ্ন্যুৎপাত হয়েছে এ সব আগ্নেয়গিরিতে, সেটা বেশ বোঝা যায়।

পাহাড়ের গা বেয়ে প্রায় সাড়ে ছ' হাজার ফুট উঠে তিনটে নাগাদ আমরা টিনের মাংস, মাছ, চিজ, রুটি ও কফি দিয়ে মধ্যাহ্নভোজন সারলাম।

আমাদের নীচেই পশ্চিমে বিছানো রয়েছে কঙ্গোর আদিম অরণ্য। ঘন সবুজের এমন সমারোহ এর আগে কখনও দেখিনি। এই উচ্চতায় গরম নেই, কিন্তু জানি, যত নীচে নামব ততই গরম বাড়বে, আর তার সঙ্গে একটা ভ্যাপসা ভাব। মেঘ করে আছে, পথে অল্পস্বল্প বৃষ্টিও পেয়েছি কয়েক বার।

হাজার খানেক ফুট নীচে নামার পর আমরা প্রথম গোরিলার সাক্ষাৎ পেলাম। আমাদের পথ থেকে দশ-পঁচিশ গজ ডাইনে গাছপালা-লতাগুল্মে ঘেরা জায়গায় ছড়িয়ে রয়েছে খানদশেক ছোট-বড় গোরিলা। স্বাভাবিক পরিবেশে গোরিলা দেখার অভিজ্ঞতা আমার আগেও হয়েছে, তবু অন্যদের সঙ্গে সঙ্গে আমিও না থেমে পারলাম না।

ক্রোলের হাতে বন্দুক আপনিই উঠতে শুরু করেছে দেখে ম্যাহোনি তাকে চাপা গলায় ধমক দিল—

'তোমার কি মাথা খারাপ হয়েছে? একটা বন্দুক দিয়ে তুমি অতগুলো গোরিলাকে মারবে? নামাও ওটা!'

ক্রোলের হাত নেমে এল।

গোরিলাগুলো আমাদের দেখেছে। তাদের মধ্যে একটি—বোধ হয় পালের গোদা—দল ছেড়ে আমাদের দিকে খানিকদূর এগিয়ে এসে সোজা হয়ে দাঁড়িয়ে দু' হাত দিয়ে বুকের উপর অত্যন্ত দ্রুত চাপড় মেরে দামামার মতো শব্দ করল। এর মানে আর কিছুই না—এটা আমাদের এলাকা, তোমরা এ দিকে এসো না। গোরিলা যে অযথা মানুষকে আক্রমণ করে না, সেটা আমাদের সকলেরই জানা।

কিন্তু আমরা জানলে কী হবে, কুকুর তো জানে না! রকেটের রোখ চেপে গেছে। সে এক হুংকার ছেড়ে এক লাফে এগিয়ে গেছে গোরিলার দিকে। ডেভিডের হাতে চেন, কিন্তু কুকুরের দাপানিতে সে প্রায় ভারসাম্য হারিয়ে মাটিতে পরে আর কী! আর সেই মুহূর্তে ঘটল এক অপ্রত্যাশিত ভয়ংকর ব্যাপার।

গোরিলাটা হঠাৎ দাঁত খিঁচিয়ে কর্কশ হুংকার ছেড়ে ধেয়ে এল আমাদের দিকে।

সংকটের মুহূর্তে চিরকালই আমার অঙ্গপ্রত্যঙ্গগুলো কাজ করে অত্যন্ত সুষ্ঠুভাবে। আমাদের দলের তিনটি বন্দুকের একটিও উঁচিয়ে ওঠবার আগেই আমি বিদ্যুদ্বেগে আমার কোটের পকেট থেকে অ্যানাইহিলিনটা বার করে গোরিলার দিকে তাগ করে ঘোড়া টিপে দিয়েছি। পরমুহূর্তেই গোরিলা উধাও।

ম্যাহোনি বা কাহিন্দি কেউই আমার এই ব্রহ্মাস্ত্রের কথাটা জানত না; কাজেই তারা যে একেবারে হকচকিয়ে যাবে, তাতে আর আশ্চর্য কী?

'হোয়া—হোয়াট ডিড ইউ ডু?' হতভম্বের মতো জিজ্ঞেস করে উঠল ম্যাহোনি।

জবাবটা দিল ক্রোল।

'ওটা প্রোফেসর শঙ্কুর অনেক আশ্চর্য আবিষ্কারের একটা। আত্মরক্ষার জন্য সামান্য একটি অস্ত্র।'

কাহিন্দির মুখও হাঁ হয়ে গেছে। ম্যাহোনি ফ্যালফ্যাল করে আমার দিকে চেয়ে মাথা নাড়ছে। আমি বললাম, 'অন্য গোরিলারা আর কোনও উৎপাত করবে বলে মনে হয় না। চলো, আমরা এগোই।'

ম্যাহোনি আর কথা না বলে তার দু' হাত দিয়ে আমার হাতটা ধরে গভীর সম্ভ্রমের সঙ্গে ঝাঁকিয়ে দিল। আমরা আবার এগোতে শুরু করলাম।

বলাবাহুল্য, ওঠার চেয়ে নামার পর্বটা আরও দ্রুত হল। আমরা যখন উপত্যকায় পৌঁছে গভীর অরণ্যে প্রবেশ করছি, তখন ঘড়িতে সাড়ে চারটে।

কঙ্গোর এই আদিম অরণ্য যে এক আশ্চর্য নতুন জগৎ, সেটা এসেই বুঝতে পারছি। এ পরিবেশ ভোলবার নয়। এক একটা গাছের বেড় পঞ্চাশ-ষাট ফুট, মাথায় একশো-দেড়শো ফুট। উপরে চাইলে আকাশ দেখা যায় না। মনে আপনা থেকেই একটা ভক্তিভাব আসে, যেমন আসে মধ্যযুগীয় কোনও গির্জায় ঢুকলে। অথচ আশ্চর্য এই যে, এখানে লতাপাতার প্রাচুর্য হলেও, আগাছা প্রায় নেই বললেই চলে। জমি পরিষ্কার, কাজেই হাঁটার কোনও অসুবিধা নেই। ম্যাহোনি বলল, 'আমাদের নির্দিষ্ট গন্তব্য বলে যখন কিছু নেই, তখন যে কোনও একটা দিক ধরে গেলেই হল। তবে হারানো দলের চিহ্নের জন্য দৃষ্টি সজাগ রাখতে হবে।'

জমি ঠিক সমতল নয়, একদিকে সামান্য ঢালু। কারণ এখনও আমরা চলেছি আগ্নেয়গিরির গা দিয়ে। এই অন্ধকারেও রঙের অভাব নেই ; নানা রকম প্রজাপতি চারিদিকে উড়ে বেড়াচ্ছে, ফুলও অপর্যাপ্ত, আর মাঝে মাঝে কর্কশ ডাক ছেড়ে এ গাছ থেকে ও গাছে যাচ্ছে কাকাতুয়া শ্রেণীর বিচিত্র সব পাখি।

এর মধ্যে রকেট হঠাৎ আবার সরব হয়ে উঠল। সেই সঙ্গে ডেভিডের হাতে টান

পড়েছে। কুকুর একটা বিশেষ দিকে যাবার জন্য উৎসুক।

আমরা থামলাম। ডেভিডের 'স্টপ ইট, রকেট'-এ কোনও ফল হল না। কুকুর তাকে টেনে নিয়ে গেল লিয়ানা লতায় ঘেরা বিশাল এক গুঁড়ির পিছনে।

আমরাও তার পিছনে গিয়ে কুকুরের উত্তেজনার কারণটা বুঝলাম।

একটি অচেনা মানুষের মৃতদেহ পড়ে রয়েছে গাছের ছড়ানো শিকড়ের উপরে। গায়ের মাংসের অনেকখানি খেয়ে গেছে কোনও জানোয়ার, তবে জানোয়ারই তার মৃত্যুর কারণ কি না, সেটা বোঝার কোনও উপায় নেই। এটা যে স্থানীয় কোনও উপজাতির লাশ নয়, সেটা পায়ের জুতো আর বাঁ হাতের কবজিতে ঘড়ি দেখেই বোঝা যায়।

'হাতির কীর্তি,' বলল ম্যাহোনি। তার কারণ বোধ হয় এই যে, লাশের পাঁজরার হাড় ভেঙে চুরমার হয়ে আছে।

কাহিন্দি দেখি মাথা নাড়ছে।

'নো টেম্বু, বোয়ানা। নো টেম্বু, নো কিবোকো।'

অর্থাৎ হাতিও না, হিপোও না।

'তবে কী বলতে চাও তুমি ?' বিরক্ত ভাবে জিজ্ঞেস করল ম্যাহোনি।

'মোকেলে-ম্‌বেম্বে, বোয়ানা ! বায়া সানা, বায়া সানা !'

বায়া সানা—অর্থাৎ ভেরি ব্যাড।

ম্যাহোনি তো রেগে টং।—'আবোল তাবোল বকবে তো ঘাড় ধরে বের করে দেব তোমাকে।'

'কিন্তু আমি তো জানি ! আমি তো শুনেছি তার গর্জন !'

'এ সব কী বলছ কাহিন্দি ? কী বলতে চাও খুলে বলো তো ? কী শুনেছ তুমি ?'

'আমি তো বোয়ানা সান্তিনির দলেও কুলির সর্দার ছিলাম।'

এ খবরটা অ্যাদ্দিন চেপে রেখেছে কাহিন্দি। সে নিরুদ্দিষ্ট ইটালিয়ান দলটার সঙ্গেও ছিল।

কাহিন্দি এবার খুলে বলল ব্যাপারটা। মুকেঙ্কুর পাদদেশে একটা খোলা জায়গায় রাত্তিরে ক্যাম্প ফেলে সান্তিনির দল। আমরা যেখানে আছি, তার আরও কিছুটা উত্তরে। মাঝরাত্তিরে একটা গর্জন শুনে কাহিন্দির ঘুম ভেঙে যায়। সে তাঁবু ছেড়ে বাইরে এসেই কিছু দূরে মাটি থেকে প্রায় আট-দশ হাত উপরে অন্ধকারে এক জোড়া জ্বলন্ত চোখ দেখতে পায়। তারপর কাহিন্দি আর সেখানে থাকেনি। মাইলখানেক দৌড়ে তারপর হেঁটে ফিরে আসে সভ্য জগতে। তার অভিজ্ঞতার কথা সে অনেককে বলেছে, কিন্তু সাহেবরা কেউ বিশ্বাস করেনি। কাহিন্দির নিজের ধারণা, ইটালিয়ান দলের সকলেই এই দানবের কবলে পড়ে প্রাণ হারিয়েছে।

'তা হলে তুমি আমাদের সঙ্গে এলে কেন ?' প্রশ্ন করল ম্যাহোনি। 'নাকি আমাদের দল থেকে পালাবার মতলব করছিলে ?'

কাহিন্দি মুখ কাঁচুমাচু করে বলল, 'এসেছি রুটির জন্য, বোয়ানা। আবার সে দানবকে দেখলে আবার পালাতাম—তবে এখন বোয়ানা শঙ্কুর অস্ত্র দেখে ভরসা পেয়েছি। আর পালাব না।'

'তা হলে তোমার কুলিদেরও সে কথা বলে দেবে। যারা একবার এসেছে, তারা আর দল ছেড়ে যেতে পারবে না, এই তোমায় বলে দিলাম।'

চাঞ্চল্যকর ঘটনার শেষ এখানেই নয়। শ্বেতাঙ্গের লাশ আবিষ্কার আর কাহিন্দির স্বীকারোক্তির পর আবার রওনা দিয়ে দশ মিনিটের মধ্যে এক পিগমির দলের সামনে আমাদের পড়তে হল।

চার ফুট থেকে সাড়ে চার ফুট লম্বা এই পিগমিরা যে এত নিঃশব্দে চলাফেরা করে, সেটা আমার ধারণা ছিল না। দলটার সামনে পড়ার আগের মুহূর্ত পর্যন্ত তাদের অস্তিত্ব টের পাইনি। আর সামনে পড়া মাত্র তারা আমাদের ঘিরে ফেলল। ম্যাহোনি গলা তুলে বলল, 'ভয় নেই, এরা নিরীহ। তবে এদের কৌতূহলের শেষ নেই।'

প্রত্যেকের হাতে তিরধনুক, আর তূণের সঙ্গে বাঁধা একটি করে চামড়ার থলি। তিরের ডগায় যে খয়েরি রং—সেটা যে বিষ, তা আমি জানি। বইয়ে পড়েছি, এরা কেবল ক্ষুধা নিবৃত্তির জন্য শিকার করে, এদের মধ্যে হিংস্রভাব এতটুকু নেই। এদের দেখেও সেটাই মনে হয়।

ম্যাহোনি এগিয়ে গিয়ে এদের সঙ্গে বান্টু ভাষায় কথা বলতে আরম্ভ করেছে। কয়েকজন এগিয়ে এসেছে রকেটের দিকে। আফ্রিকায় দুর্ধর্ষ শিকারি, বুনো কুকুরের অভাব নেই, কিন্তু এ জাতের কুকুর এরা কেউ কখনও দেখেনি।

ম্যাহোনির কথা তখনও চলেছে, এমন সময় দেখলাম পিগমিরা তাদের থলি থেকে

নানারকম জিনিসপত্র বার করতে শুরু করেছে।

আশ্চর্য! এ যে সবই আমাদের সভ্য জগতের জিনিস! বাইনোকুলার, কম্পাস, ক্যামেরা, ঘড়ি, ফাউনটেন পেন, জুতো, ফ্লাস্ক—এ সব এরা পেল কোথায়?

কথা শেষ করে ম্যাহোনি আমাদের দিকে ফিরে বলল, 'বেশ কিছু শ্বেতাঙ্গের মৃতদেহ এরা গত কয়েক মাসের মধ্যে এ অঞ্চলে দেখেছে। এ সব জিনিস কোত্থেকে পাওয়া, বুঝতেই পারছ।'

তিনটি দলই যে প্রাণে মারা পড়েছে, সে বিষয়ে আর কোনও সন্দেহ নেই।

ইতিমধ্যে আরেকটি পিগমি তার থলি থেকে আর একটি জিনিস বার করেছে, যেটা দেখে আমার রক্ত হিম হয়ে গেল।

একটা বই—এবং সেটা আমার খুবই চেনা।

আমি এগিয়ে গিয়ে হাত বাড়াতে বিনা বাক্যব্যয়ে পিগমিটি সেটা আমার হাতে তুলে দিল।

আমি ম্যাহোনিকে বললাম, 'জিজ্ঞেস করো তো এ বইটা আমি নিতে পারি কি না?'

পিগমি এক কথায় রাজি হয়ে গেল। আমি আমার পকেটে ভরে নিলাম ইংরেজি গীতাঞ্জলির প্রথম সংস্করণ। ঘটনাটা এতই বিস্ময়কর যে, কিছুক্ষণ আমার মুখ দিয়ে কথা বেরোল না। ম্যাকফারসনও যে মৃত, সেটার এর চেয়ে বড় প্রমাণ আর কী হতে পারে ?

'অতিকায় জানোয়ার সম্বন্ধে এরা কোনও খবর দিতে পারে কি ?'

ম্যাহোনি বলল, 'না। সে বিষয়ে জিজ্ঞেস করেছি আমি। তবে এরা বলছে, আকাশে একটা অদ্ভুত জিনিস উড়তে দেখেছে।'

'পাখি ?' সন্ডার্স প্রশ্ন করল।

'না, পাখি না। কোনও যান্ত্রিক যানও নয়, কারণ ওড়ার কোনও শব্দ ছিল না।'

পিগমিরা চলে গেল। আমরা গভীর উৎকণ্ঠা নিয়ে আবার এগোতে শুরু করলাম।

সন্ধ্যা সাতটায় আমরা ক্যাম্প ফেললাম। কাছেই একটা খরস্রোতা নদীর শব্দ পাচ্ছি ; কাল সেটা পেরোতে হবে আমাদের।

রহস্য ক্রমেই ঘনীভূত হচ্ছে। কী আছে আমাদের কপালে, কে জানে।

বাইরে বিদ্যুতের চমক আর মেঘের গর্জন। সেই সঙ্গে হাওয়াও দিচ্ছে। এই বোধ হয় বৃষ্টি শুরু হল।

১০ই মে, রাত পৌনে বারোটা

সাংঘাতিক ঘটনা। আমার হাতে কলম স্থির থাকছে না এখনও।

গতবার ডায়রি লিখে মশারি তুলে বিছানায় উঠব, এমন সময় বাইরে থেকে চিৎকার।

ডেভিড আর রকেট ঘুমোচ্ছিল, দুজনেই এক মুহূর্তে সজাগ। তিনজনে তৎক্ষণাৎ বেরিয়ে এলাম তাঁবুর বাইরে। ক্রোল, সন্ডার্স, ম্যাহোনি, সকলেই তাঁবুর বাইরে হাজির। আমাদের দৃষ্টি কুলিদের তাঁবুর দিকে, কারণ সেদিক থেকেই চিৎকারটা এসেছে। বাইরে দুর্ভেদ্য অন্ধকার। অন্যদিন তাঁবুর বাইরে আগুন জ্বলে, আজ বৃষ্টিতে সে আগুন নিবে গেছে।

চিৎকার এখন আর্তনাদে পরিণত হয়েছে, আর সেই সঙ্গে শুনতে পাচ্ছি একটা দুম দুম শব্দ—যেন বিশাল একটা দুরমুশ পেটা হচ্ছে জমিতে।

সন্ডার্স আর আমি দুজনেই টর্চ নিয়ে বেরিয়েছিলাম, শব্দ লক্ষ্য করে টর্চ ফেলতেই বর্ষণের বক্ররেখা ভেদ করে এক ভয়ংকর দৃশ্য আমাদের চোখের সামনে ভেসে উঠল।

কুলিদের পর পর দুটো তাঁবু তছনছ হয়ে মাটির সঙ্গে মিশে গেছে—যেন তাদের উপর দিয়ে স্টিমরোলার চলে গেছে। তৃতীয় তাঁবুরও সেই অবস্থা হতে চলেছে, কারণ জ্বলন্ত চোখবিশিষ্ট একটি অতিকায় প্রাণী সেটার দিকে এগিয়ে আসছে দুই পা ফেলে।

প্রাগৈতিহাসিক ডাইনোসর যুগের সবচেয়ে হিংস্র মাংসাশী জানোয়ার টির‍্যানোসরাস রেক্স।

'ইয়োর গান, শঙ্কু, ইয়োর গান !'—চিৎকার করে উঠল ক্রোল ও সন্ডার্স একসঙ্গে। ইতিমধ্যে ম্যাহোনি দুটো গুলি চালিয়ে দিয়েছে, কিন্তু তাতে কোনও ফল হয়নি।

আমি কোট ছেড়ে ফেলেছিলাম, তাই অ্যানাইহিলিনের জন্য তাঁবুতে ফিরে যেতে হল। কয়েক সেকেন্ডের কাজ, কিন্তু তারই মধ্যে দেখলাম, ডেভিডের জাঁদরেল গ্রেট ডেন তাঁবুর ভিতর ফিরে এসে ল্যাজ গুটিয়ে থরথর করে কাঁপছে।

বাইরে বেরোতেই এক চোখ ধাঁধানো নীল আলো, আর তার সঙ্গে এক কর্ণভেদী বজ্রনিনাদ আমার দৃষ্টি ও শ্রবণশক্তি দুটোকেই যেন সাময়িকভাবে পঙ্গু করে দিল। আমার আর অ্যানাইহিলিনের ঘোড়া টেপা হল না।

তারপরেই আরেকটা বিদ্যুতের ঝলকে দেখলাম টির‍্যানোসরাস তার পথ পরিবর্তন করে আমাদের দিক থেকে দূরে চলে যাচ্ছে।

'ইট্‌স বিন স্ট্রাক বাই লাইটনিং!'—চেঁচিয়ে উঠল ম্যাহোনি।

'কিন্তু তাতেও ওকে তেমন কাবু করতে পারেনি,' আমি বললাম।' কী সাংঘাতিক শক্তিশালী জানোয়ার!'

বিধ্বস্ত তাঁবুগুলোর দিকে এগিয়ে গিয়ে দেখলাম আমাদের তিনজন কুলি জানোয়ারের পায়ের চাপে পিষে গেছে। কাহিন্দি এবং অন্য তিনজন কুলি চিৎকার শুনে বেরিয়ে এসেছিল, তাই তারা বেঁচে গেছে।

যে যার তাঁবুতে ফিরে এলাম। তবু ভাল যে, যত গর্জন, তত বর্ষণ হল না। এই বিভীষিকার পর প্রকৃতির অঝোর ক্রন্দন বরদাস্ত করা যেত না।

সকলকেই একটা করে আমার তৈরি সমনোলিন ঘুমের বড়ি দিয়ে দিয়েছি। রাত্রে ঘুম না হলে কালকের ধকল সইবে না।

মোকেলে-ম্‌বেম্বে তা হলে মিথ্যে নয়!

১৩ই মে, নাইরোবি

কঙ্গোর এই অভিযান আমার জীবনের সবচেয়ে ভয়ংকর অভিজ্ঞতার কোঠায় পড়ে, তাতে কোনও সন্দেহ নেই। এমন সব অপ্রত্যাশিত, শ্বাসরোধকারী ঘটনার সমাবেশ একমাত্র গল্পেই পাওয়া যায়—তাও বেশি গল্পে নয়। সভ্যজগতে যে আর কোনওদিন ফিরতে পারব, তা ভাবিনি। সেটা যে সম্ভব হয়েছে, সেটা আমাদের পরম সৌভাগ্য। অবিশ্যি সেই সঙ্গে আমাদের দলের প্রত্যেকের আশ্চর্য সাহস ও প্রত্যুৎপন্নমতিত্বের প্রশংসা করতে হয়।

১০ই মে সকালে উঠেই যেটা দেখলাম, সেটা হল ভিজে মাটিতে টির‍্যানোসরাসের পায়ের ছাপ।

ছাপ সোজা উত্তর দিকে চলে গেছে। এখন কথা হচ্ছে—আমরা যাব কোন দিকে?

কথাটা ম্যাহোনিকে জিজ্ঞেস করাতে সে বলল, 'আমরা এমনিও উত্তরেই যাচ্ছিলাম, কাজেই এখন দিক পরিবর্তন করার কোনও মানে হয় না। পিছোতে তো আর পারি না; গেলে সামনেই যেতে হবে। আর জানোয়ারের কথা ভেবেও লাভ নেই। তার যদি আমাদের উপর আক্রোশ থাকে, তো সে আমাদের ধাওয়া করবেই—আমরা যেদিকেই যাই না কেন। আমার বিশ্বাস, তার গায়ে বাজ পড়ার ফলে সে খানিকটা কাবু হয়েছে; তার তাগদ ফিরে পেতে কিছুটা সময় লাগবে।'

ডেভিড মানরো সব শুনে অত্যন্ত জোরের সঙ্গে বলল, 'আমরা পায়ের ছাপই অনুসরণ করব। বিংশ শতাব্দীতে দিনের আলোয় টির‍্যানোসরাসকে দেখতে পেলে, সারা জীবন আর কিছু না করলেও চলবে।'

আমরা সাতটার মধ্যেই রওনা হয়ে পড়লাম। আমার মন বলছে, এখনও অনেক রহস্যের সমাধান হতে বাকি আছে। কুলি তিনজন কম, কাজেই কিছু হালকা মাল আমরা নিজেরাই ভাগাভাগি করে বইছি। কাহিন্দি যে এখনও রয়েছে সেটা শুধু ম্যাহোনির ধমকানির জন্য। তবে কতদিন থাকবে, সে বিষয়ে সন্দেহ আছে।

আজ দিনটা পরিষ্কার, যদিও বনের দুর্ভেদ্য অন্ধকার তাতে বিশেষ কমছে না। আমরা পায়ের ছাপ ধরে এগোচ্ছি। অসমান দূরত্বে পড়েছে ছাপগুলো; দেখে মনে হয় জানোয়ারটা একটু খুঁড়িয়ে চলছিল।

মিনিট দশেক চলার পর যে নদীটার শব্দ পাচ্ছিলাম, সেটা সামনে এসে পড়ল। হাত পনেরোর বেশি চওড়া নয়। জলও হাঁটুর বেশি গভীর নয়, তাই হেঁটে পার হতে অসুবিধা হল না। জানোয়ারও নদী পেরিয়েছে, কারণ উলটো দিকে তার পায়ের ছাপ রয়েছে।

আরও সিকি মাইল গিয়ে দেখি, জমির জাত বদলে গেছে। এখানে আবার সেই ভলক্যানিক অ্যাশ আর পাথরের কুচি। আবার আগ্নেয়গিরির কাছাকাছি এসে পড়েছি আমরা। এখানে বনের ঘনত্ব যেন কিছুটা কম, মাথার উপর পাতার অভেদ্য ছাউনিটা

খানিকটা পাতলা হয়ে আকাশকে উঁকি দিতে দিচ্ছে।

এই জমিতে একটা জায়গার পরে পায়ের ছাপ ক্ষীণ হয়ে ক্রমে মিলিয়ে গেছে। জানোয়ার কোনদিকে গেছে তা বোঝার আর উপায় নেই।

'সোজা এগিয়ে চলো,' বলল ম্যাহোনি।

কিন্তু এগোনো আর হল না।

ভেলকির মতো গাছপালা ঝোপঝাড়ের পিছন থেকে বেরিয়ে একদল খাকি পোশাক পরিহিত কাফ্রি আমাদের ঘিরে ফেলেছে। তাদের হাতে তিরধনুক, এবং সেগুলো সবই আমাদের দিকে তাগ করা।

ম্যাহোনির হাতের বন্দুকটা মুহূর্তের মধ্যে উঁচিয়ে উঠেছিল, কিন্তু চোখের পলকে তার বাঁ পাশ থেকে একটা তির এসে বন্দুকের নলটায় আঘাত করে সেটাকে ম্যাহোনির হাত থেকে ছিটকে মাটিতে ফেলে দিল।

তারপর তিরন্দাজ নিজেই এসে বন্দুকটা ম্যাহোনির হাতে তুলে দিয়ে, বাণ্টু ভাষায় তাকে কী যেন বলল। ম্যাহোনি আমাদের দিকে ফিরে বলল, 'এরা এদের সঙ্গে যেতে বলছে।'

'কোথায় ?' আমি প্রশ্ন করলাম।

'যেখানে নিয়ে যাবে।'

'এরা কারা ?'

'এরা বাণ্টু, তবে পুরোপুরি অরণ্যবাসী নয়, সেটা দেখেই বুঝতে পারছ। বোঝাই যাচ্ছে এরা কারুর আদেশ পালন করছে। সে ব্যক্তিটি কে, সেটা এদের সঙ্গে না গেলে বোঝা যাবে না।'

অগত্যা যেতেই হল। কমপক্ষে পঞ্চাশটি লোক যেখানে ধনুক উঁচিয়ে রয়েছে, সেখানে না যাওয়ার কোনও প্রশ্নই ওঠে না।

পাহাড়ের গা দিয়ে মিনিটপাঁচেক গিয়ে যেখানে পৌঁছোলাম, সেখানে প্রকৃতির উপর মানুষের হাতের ছাপ সুস্পষ্ট। চারিদিকের গাছ কেটে ফেলে একটা খোলা জায়গা তৈরি করা হয়েছে, তার এক পাশে কাঠের খুঁটির উপর দাঁড়িয়ে আছে একটা সুদৃশ্য কাঠের ক্যাবিন। সেটাকে ফরেস্ট বাংলো বললে ভুল হবে না।

আমরা আমাদের গ্রেপ্তারকারীদের নির্দেশে এগিয়ে গেলাম ক্যাবিনের দিকে। মানুষ আছে কি ওই ক্যাবিনে ?

হ্যাঁ, আছে।

আগে কণ্ঠস্বর, তারপর সেই কণ্ঠস্বরের অধিকারী বেরিয়ে এলেন ক্যাবিনের বারান্দায়।

'গুড মর্নিং, গুড মর্নিং !'

লাল চুল আর মুখ ভর্তি লাল গোঁফদাড়ি দেখে চিনতে মোটেই কষ্ট হল না লোকটিকে। ইনি জার্মানির বহুমুখী প্রতিভাধর বিজ্ঞানী প্রোফেসর কার্ল হাইমেনডর্ফ।

'ওয়েলকম, প্রোফেসর শঙ্কু ! ওয়েলকম, হের ক্রোল !'

হাইমেনডর্ফ এবার হাতে তালি দিয়ে বাণ্টু দলটাকে ডিসমিস করে দিলেন।

'আসুন সবাই, ওপরে আসুন।'

আমরা পাঁচজন কাঠের সিঁড়ি দিয়ে উপরে উঠে ভদ্রলোকের পিছন পিছন বৈঠকখানায় গিয়ে ঢুকলাম।

ঘরে আরও দুজন শ্বেতাঙ্গ ভদ্রলোক রয়েছেন, দুজনেই আমার চেনা—ডক্টর গাউস ও প্রোফেসর এরলিখ। পরিচয়পর্ব শেষ হবার পর হাইমেনডর্ফ বলল, 'আমাদের দলের আরেকজন, এঞ্জিনিয়ার হাল্‌সমান, একটু কাজে ব্যস্ত আছেন। তাঁর সঙ্গে পরে আলাপ হবে।' তারপর আমার দিকে ফিরে বললেন, 'আমি খবর পেয়েছি, আপনারা এখানে এসেছেন। নাইরোবির সঙ্গে রেডিয়ো কনট্যাক্ট আছে আমাদের। শুধু নাইরোবি কেন, পুবে নাইরোবি আর পশ্চিমে কিসাঙ্গানি, দুয়ের সঙ্গেই আছে। আবার কিসাঙ্গানি মারফত যোগ আছে দেশের সঙ্গে, কাজেই দুনিয়ায় কোথায় কী ঘটছে, সব খবরই আমরা পাই।'

আমি বললাম, 'কিন্তু আপনারা যে বেঁচে আছেন, সে খবর তো বাইরের লোক জানে না।'

হাইমেনডর্ফ হো হো করে হেসে উঠল।

'সে খবর তাদের জানতে দিলে, তারা নিশ্চয়ই জানবে। হয়তো আমরা জানতে দিতে চাই

না।'

'কেন ?'

'কাজের অসুবিধা হবে বলে।'

আমি আর কিছু বললাম না। কাজ যে চলছে এখানে, সে তো বুঝতেই পারছি, যদিও কী কাজ সেটা এখনও জানি না।

এবার সন্ডার্স প্রশ্ন করল।

'বাইরের সঙ্গে যোগাযোগ থেকে থাকলে আপনি ইটালিয়ান এবং ব্রিটিশ অভিযানের দলটি আসার কথাও শুনেছিলেন নিশ্চয়ই।'

'শুনেছিলাম বইকী ; কিন্তু তারপর তাদের কী হল সে খবর তো পাইনি।'

ক্রোল বলল, 'তোমাদের এ অঞ্চলে যে একটি প্রাগৈতিহাসিক প্রাণী বাস করে সে খবর রাখ কি ?'

হাইমেনডর্ফের মুখ হাঁ হয়ে গেল।

'প্রাগৈতিহাসিক প্রাণী ?'

'টির‍্যানোসরাস রেক্স, টু বি এগজ্যাক্ট।'

'তোমরা তাকে দেখেছ ?'

'শুধু দেখেছি না, প্রাণীটা আমাদের ক্যাম্পে হামলা করেছিল। তার পায়ের চাপে আমাদের তিনটি কুলি মারা গেছে।'

'কী আশ্চর্য,' বলল হাইমেনডর্ফ, 'কিন্তু কই, আমাদের এ তল্লাটে তো সে প্রাণী আসেনি।'

একটি কৃষ্ণাঙ্গ বেয়ারা আমরা আসার প্রায় সঙ্গে সঙ্গেই কফি এনেছিল, সেটা খাওয়া শেষ হলে পর হাইমেনডর্ফ উঠে দাঁড়িয়ে বলল, 'তোমাদের এইভাবে ধরে আনানোর জন্য আমি অত্যন্ত দুঃখিত, কিন্তু তোমাদের সঙ্গে দেখা হওয়াটা বিশেষ দরকার ছিল। যখন খবর পেলাম তোমরা কাছাকাছির মধ্যে এসে গেছ, তখন সুযোগটা ছাড়তে পারলাম না। এবার চলো, তোমাদের একটু ঘুরিয়ে দেখাই। আমার মনে হয়, তোমাদের ইন্টারেস্টিং লাগবে।'

হাইমেনডর্ফ, গাউস ও এরলিখ রওনা দিল ; আমরা তাদের পিছনে সার বেঁধে কাঠের সিঁড়ি দিয়ে নীচে নামলাম।

বাংলোর চারপাশটা গাছ আর ঝোপঝাড় কেটে পরিষ্কার করা হলেও, মাটিতে ভলক্যানিক অ্যাশ এখনও রয়েছে। অগ্ন্যুৎপাতের সময় ভলক্যানো থেকে গলিত লাভার স্রোত বেরোয় সেটা ঠিকই, কিন্তু মানুষের পক্ষে আসল ভয়ের কারণ হয় এই ছাই ও বিষাক্ত গ্যাস। লাভার স্রোতের গতি খুবই মন্থর ; মানুষ অনায়াসে দৌড়ে সেই স্রোতের আক্রমণ থেকে রক্ষা পেতে পারে।

আমরা সুপ্ত আগ্নেয়গিরির গা দিয়ে এগিয়ে চলেছি। পুবে পাহাড়ের প্রাচীর উঠে গেছে উপর দিকে, তারই গায়ে এক জায়গায় দেখি একটা বিশাল কাঠের ভেজানো দরজা।

'একটা স্বাভাবিক গুহাকে আমরা ব্যবহার করছি কাজের ঘর হিসেবে,' বলল হাইমেনডর্ফ। 'গুহাটা প্রায় চল্লিশ গজ গভীর। এ রকম আরও দুটো গুহা আছে, দুটোই আমাদের কাজে লাগে। প্রকৃতি আশ্চর্য ভাবে সাহায্য করেছে আমাদের কাজে।'

'কিন্তু প্রকৃতি যদি উৎপাত শুরু করেন ?' প্রশ্ন করল ক্রোল।

'মানে ?'

'এই সব আগ্নেয়গিরিতে যে বিস্ফোরণ হবে না, তার কী স্থিরতা ?'

'তার উপক্রম দেখলে আমাদের দ্রুত পালাবার ব্যবস্থা আছে,' রহস্য করে বলল হাইমেনডর্ফ।

আরও কিছু দূর গিয়ে একটা টানেলের মুখে পৌঁছোলাম আমরা। তিন জার্মান সমেত আমরা সেটায় প্রবেশ করলাম।

ভিতরে ঢুকেই আমার মনে একটা সন্দেহের উদয় হল, আর সেটা যে সত্যি, সেটা হাইমেনডর্ফের কথায় প্রমাণ হয়ে গেল।

'এটা হল একটা কিম্বারলাইট পাইপ,' বলল হাইমেনডর্ফ, 'দেওয়ালে যে পাথর দেখছ, তাতে হিরে লেগে আছে।'

হিরের উৎপত্তি সম্বন্ধে বিজ্ঞানে একাধিক থিওরি আছে। একটা থিওরি বলে, ভূগর্ভে প্রায় হাজার মাইল নীচে প্রচণ্ড চাপ ও উত্তাপের ফলে কার্বন ক্রিস্ট্যালাইজড হয়ে হিরেয় পরিণত হয়। সেই হিরে অগ্ন্যুৎপাতের সময় গলিত খনিজ পদার্থের স্রোতের সঙ্গে উপরে উঠে আসে। সেই হিরেই লেগে থাকে পাথরের গায়ে এই সব সুড়ঙ্গের মধ্যে।

হাইমেনডর্ফ বলে চলল, 'একটা সাধারণ কিম্বারলাইট পাইপে ১০০ টন পাথর কেটে তার থেকে মাত্র ৩২ ক্যারাট হিরে পাওয়া যায়। অর্থাৎ এক আউন্সের পাঁচ ভাগের এক ভাগ। এই সুড়ঙ্গে শাবলের এক আঘাতে ৫০০ ক্যারাট হিরে পেলেও আশ্চর্য হবার কিছু নেই।'

সুড়ঙ্গে যে খনন কাজ চলছে, সেটা দেখেই বোঝা যায়। শাবল পড়ে আছে মাটিতে, সারা সুড়ঙ্গের গায়ে আলো বসানো রয়েছে, মাটিতে লাইনের উপর ট্রলি রয়েছে—মাল বাইরে বার করার জন্য।

'এটা কি ব্লু ডায়মন্ড ?' আমি প্রশ্ন করলাম।

'তুমি তো খবরটবর রাখ দেখছি', বাঁকা হাসি হেসে বলল হাইমেনডর্ফ। 'হ্যাঁ, এটা ব্লু ডায়মন্ড। একটা বিশেষ শ্রেণীর ব্লু ডায়মন্ড—টাইপ টু-বি। রত্ন হিসেবে এর দাম কিছুই নয়। কিন্তু এই বিশেষ টাইপের হিরে ইলেকট্রনিকসে বিপ্লব এনে দিয়েছে। ব্লু ডায়মন্ডের এমন অফুরন্ত ভাণ্ডার পৃথিবীতে আর কোথাও নেই বলেই আমার বিশ্বাস। এই রকম পাইপ আরও আছে এখানে, সেগুলোতেও কাজ চলছে। কাফ্রিদের বাগে আনতে পারলে কাজ ভালই করে। আমার খনিতে শ্রমিক এবং পুলিশ দুই-ই কৃষ্ণাঙ্গ।'

আমরা সুড়ঙ্গ থেকে বেরিয়ে এলাম। দুপুর গড়িয়ে গেছে। যে পথে গিয়েছি, সেই পথেই আবার ফেরা শুরু করলাম। এবার সেই বন্ধ দরজাটার সামনে এসে হাইমেনডর্ফ সেটাকে খুলে দিয়ে আমাদের ভিতরে ঢুকতে বলল।

এ যেন আলিবাবার গুহা। ভিতরে আসবাবপত্র যন্ত্রপাতির এমন সমারোহ যে, একবার ঢুকলে সেটাকে আর গুহা বলে মনেই হয় না। গবেষণাগার, বিশ্রামকক্ষ, কনফারেন্স রুম—সব কিছুই বলা চলে এটাকে।

'এত সব জিনিসপত্র দেখে অবাক হচ্ছ বোধ হয়,' বলল হাইমেনডর্ফ। 'শহরের সঙ্গে যোগাযোগ থাকলে সরবরাহের ব্যাপারটা আজকের যুগে কোনও সমস্যাই নয়।'

চারজন অস্ত্রধারী দরজার মুখে এসে দাঁড়িয়েছে, বোঝাই যাচ্ছে তারা পুলিশ।

ক্রোল ছাড়া আমরা সবাই সোফায় বসলাম। ক্রোলের একটা ছটফটে ভাব, সে ঘুরে ঘুরে দেখছে। একটা যন্ত্রের সামনে দাঁড়িয়ে বলল, 'তোমরা কি রিমোট কনট্রোলে কোনও কিছুকে চালনা করছ নাকি ? এতে নানারকম নির্দেশ লেখা সুইচ দেখছি।'

হাইমেনডর্ফ শুকনো গলায় বলল, 'হাল্‌সমান একজন অতি দক্ষ এঞ্জিনিয়ার। আর ইনভেনটর হিসেবে প্রোফেসর শঙ্কুর সমকক্ষ না হলেও, গাউসের যথেষ্ট খ্যাতি আছে। মানুষের পরিশ্রম লাঘব করা যখন ইলেকট্রনিকসের একটা প্রধান কাজ, তখন নানারকম বাইরের কাজ যাতে ঘরে বসেই করা যায়, তার চেষ্টা আমরা করি বইকী। তোমরা যে এদিকে আসছ, সেটা তো আমি গুহায় বসেই জেনেছি।'

গুহার একদিকে পাশাপাশি চারটে টেলিভিশন স্ক্রিন দেখছিলাম ; হাইমেনডর্ফ উঠে গিয়ে পর পর চারটে বোতাম টিপতেই জঙ্গলের চারটে অংশের ছবি তাতে দেখা গেল।

'ভিডিও ক্যামেরা লাগানো আছে গাছের গায়ে, বনের চার জায়গায়', বলল হাইমেনডর্ফ।

ক্রোল অগত্যা সোফায় এসে বসল।

এবার হাইমেনডর্ফের চেহারায় একটা পরিবর্তন দেখা দিল। হালকা ভাবটা চলে গিয়ে তার জায়গায় এল এক থমথমে গাম্ভীর্য। সে উঠে দাঁড়িয়ে দু'-একবার পায়চারি করে গলা খাঁকরে নিয়ে বলল, 'বুঝতেই পারছ, আমরা যে কাজটা এখানে করছি, তাতে গোপনীয়তা রক্ষা করাটা অত্যন্ত প্রয়োজনীয়। আমরা চার কর্মী, কিসাঙ্গানি আর নাইরোবিতে আমাদের নিজেদের লোক, আমার বেতনভোগী কাফ্রি কর্মীরা, জার্মানিতে আমাদের এই অভিযানের পৃষ্ঠপোষক, আর তোমরা ক'জন ছাড়া আর কেউ এই ব্লু ডায়মন্ড মাইন্‌সের কথা জানে না। তোমরা জেনেছ, কারণ তোমরা কাছাকাছি এসে পড়েছিলে বলে তোমাদের আমি বলতে বাধ্য হয়েছি। কিন্তু বুঝতেই পারছ যে, তোমাদের মারফত খবরটা বাইরে পাচার হয়, সেটা আমি কোনও মতেই ঘটতে দিতে পারি না।'

হাইমেনডর্ফ কথা থামাল। গুহার মধ্যে চূড়ান্ত নৈঃশব্দ্য। ম্যাহোনি দাঁতে দাঁত চেপে কোনওমতে নিজেকে সামলে রেখেছে। বাকি তিনজন পাথরের মতো অনড়, তাদের দৃষ্টি হাইমেনডর্ফের দিকে। গাউস ও এরলিখকে দেখে তাদের মনের ভাব বোঝার উপায় নেই। নিঃশব্দতা ভেঙে ক্রোলই হঠাৎ কথা বলে উঠল হাইমেনডর্ফকে উদ্দেশ করে।

'কার্ল, হিটলারের আমলে তোমার কী ভূমিকা ছিল, সেটা এদের বলবে কি? বুখেনওয়াল্ড কনসেনট্রেশন ক্যাম্পে ইহুদি বন্দিদের উপর এক তরুণ পদার্থবিদ কী ধরনের অত্যাচার—'

'উইলহেল্‌ম !'

হাইমেনডর্ফ গর্জিয়ে উঠেছে। ক্রোলের যা বলার, তা বলা হয়ে গেছে, তাই সে চুপ করল। আমি অবাক হয়ে দেখছি হাইমেনডর্ফের দিকে। চোখে ওই ক্রূর দৃষ্টি, ওই ইস্পাত শীতল কণ্ঠস্বর—একজন প্রাক্তন নাৎসির পক্ষে মানানসই বটে।

আর একটি শ্বেতাঙ্গ ব্যক্তি গুহায় এসে ঢুকলেন। ছ' ফুটের উপর লম্বা, ঘন কালো ভুরু, এক মাথা অবিন্যস্ত কালো চুল, চোখে পুরু চশমা। ইনিই নিশ্চয়ই হাল্‌সমান। হাইমেনডর্ফের দিকে চেয়ে অল্প মাথা নেড়ে ভদ্রলোক যেন বুঝিয়ে দিলেন তাঁর কাজটা হয়ে গেছে।

'সাঙ্গা ! মোবুটু !'

হাইমেনডর্ফের ডাকে দুটি কাফ্রি এগিয়ে এল। তারপর বাণ্টু ভাষায় হাইমেনডর্ফ তাদের যে আদেশটা করলেন, তার ফল হল এই যে, ম্যাহোনি আর ক্রোলের হাত থেকে বন্দুক দুটো তাদের হাতে চলে গেল। প্রতিবাদে লাভ নেই, কারণ অন্য দুজন প্রহরী তাদের তিরধনুক উঁচিয়ে রয়েছে।

এইবার হাইমেনডর্ফ আমার দিকে চেয়ে আবার কথা শুরু করল।

'প্রোফেসর শঙ্কু, তোমার কাছে আমার একটি অনুরোধ আছে।'

'বলো।'

'তোমাকে আমার দলে চাই।'

এই অসম্ভব প্রস্তাবের জুতসই জবাব চট করে আমার মাথায় এল না। হাইমেনডর্ফ সামান্য বিরতির পর আবার কথা শুরু করল—

'গাউসের কাছে শুনেছি তোমার দুটি আশ্চর্য আবিষ্কারের কথা। একটি পিস্তল ও একটি

ওষুধ। টোটা জিনিসটা শুধু যে অনেক খরচ, তা-ই নয়—লক্ষ্য অব্যর্থ না হলে জানোয়ার মারা সম্ভব নয়। আমাদের মধ্যে প্রথম শ্রেণীর শিকারি কেউ নেই। অথচ এই সে দিনই এক হাতির পাল এসে আমাদের অনেক ক্ষতি করে গেছে। তোমার পিস্তলে শুনেছি মোটামুটি তাগ করে ঘোড়া টিপলেই কাজ হয়। সে রকম তোমার ওষুধেও শুনেছি ম্যাজিকের মতো কাজ হয়। অ্যাফ্রিকার ব্যারামগুলো বিদঘুটে। এরলিখের এসেই ম্যালেরিয়া হয়েছিল, আর হাল্‌সমানের হয়েছিল স্লিপিং সিকনেস। জার্মান ওষুধ নেহাত ফেলনা নয়, কিন্তু তোমার ওষুধের মতো অমন অব্যর্থভাবে কার্যকরী নয়। প্রধানত এই দুটি জিনিস চাই বলেই তোমাকে চাই। তা ছাড়া, তোমার পরামর্শেরও দরকার হতে পারে মাঝে মাঝে। ভয় নেই, তুমি আরামেই থাকবে। গুণী লোকের সমাদর আমরা সব সময়ই করি। আর একজনের ক্ষেত্রেও সেটা করেছি।'

একটা অদম্য ইচ্ছে হচ্ছিল পকেট থেকে পিস্তলটা বার করে এই জঘন্য মানুষটাকে নিশ্চিহ্ন করে দিই, কিন্তু জানি তার পরমুহূর্তেই ওই তিরন্দাজরা আমাদের সকলকে খতম করে দেবে।

বললাম, 'আমার দল ছেড়ে যাবার কোনও প্রশ্নই উঠতে পারে না।'

হাইমেনডর্ফ যেন আমার কথাটা মানল না। সে বলল, 'তোমার মতো বহুমুখী প্রতিভা আমারও নেই, সেটা আমি স্বীকার করি। টাইপ টু-বি ব্লু ডায়মন্ডের দৌড় কতটা, এর সাহায্যে ইলেকট্রনিক মারণাস্ত্রের কী উন্নতি সম্ভব, সেটা হয়তো তুমি যতটা চট করে বার করতে পারবে, তেমন আর কেউ পারবে না। বলা বাহুল্য, তোমাকে আমরা উপযুক্ত পারিশ্রমিক দেব।'

'মাপ করো, তোমাকে কোনওরকম ভাবে সাহায্য করার ইচ্ছা আমার নেই।'

'এই তোমার শেষ কথা?'

'হ্যাঁ।'

কিছুক্ষণ একদৃষ্টে আমার দিকে চেয়ে থেকে তারপর মুখ খুলল হাইমেনডর্ফ।

'ভেরি ওয়েল।'

রকেটের হঠাৎ ছটফটানি আর গোঙানির কারণ কী? বাইরে থেকে যে তীক্ষ্ণ চিৎকার

শুনছি, সেটা কি বাঁদরের ? আসার সময় গাছে কিছু 'কলোবাস মাঙ্কি' দেখেছিলাম।

'জেন্টলমেন,' বলল হাইমেনডর্ফ, 'এবার তোমাদের কাছ থেকে বিদায় নেবার সময় এসেছে। আমাদের অনেক কাজ। কথা বলে সময় নষ্ট করতে পারব না, বিশেষ করে সে কথায় যখন কাজ হবে না। আমাদের লোক তোমাদের আবার পৌঁছে দিয়ে আসবে যথাস্থানে।'

যে যন্ত্রটা ক্রোল দেখছিল, এখন সেটার সামনে গিয়ে হাল্‌সমান দাঁড়িয়েছে।

'তা হলে এসো তোমরা,' বলল হাইমেনডর্ফ।

হাল্‌সমান ছাড়া সবাই বাইরে বেরিয়ে এলাম। সূর্য পাহাড়ের পিছনে নেমে গিয়ে চারিদিক অন্ধকার হয়ে এসেছে।

'গুডবাই, জেন্টলমেন।' হাইমেনডর্ফ তার দুই সঙ্গীকে নিয়ে বাংলোর দিকে চলে গেল।

চারজন কাফ্রি আমাদের দিকে তির উঁচিয়ে রয়েছে। বুঝতে পারছি, আমাদের সময় ঘনিয়ে এল। একটা কিছু করা দরকার। রাস্তাও একটাই।

আমার পিস্তলের সুবিধা হচ্ছে তাকে দেখলে মারণাস্ত্র বলে মনে হয় না। মরিয়া হয়ে পকেট থেকে অ্যানাইহিলিন বার করে তিরন্দাজদের দিকে তাগ করে ঘোড়া টিপে দিলাম। তিনজন তৎক্ষণাৎ উধাও। চতুর্থজনের জন্য পিস্তল ঘুরিয়ে আর একবার ঘোড়া টেপার সময়ে দেখলাম, জ্যামুক্ত তির আমারই দিকে ধেয়ে আসছে। তিরন্দাজ উধাওয়ের সঙ্গে সঙ্গে তিরটা আমার ডান কানের পাশের খানিকটা চুল উপড়ে নিয়ে সশব্দে গুহার কাঠের দরজায় গিয়ে বিঁধল।

রকেট অসম্ভব ছটফট করছে। কলোবাস মাঙ্কিগুলো গাছের উপর চিৎকার করে লাফালাফি করছে।

'মাইন গট্‌।' চেঁচিয়ে উঠল ক্রোল—'লুক অ্যাট দ্যাট !'

পুবে বিশ গজ দূরে গাছের সারির মধ্য দিয়ে আমাদেরই দিকে ধেয়ে আসছে টির‍্যানোসরাস রেক্স ! সন্ধ্যার আবছা অন্ধকারে তার চোখদুটো জ্বলছে আগুনের ভাঁটার মতো, তার আকর্ণবিস্তৃত হাঁ-এর ভিতর দু' পাটি ক্ষুরধার দন্তের সারি যেন চাইছে আমাদের চিবিয়ে গুঁড়িয়ে ফেলতে।

আমি পকেট থেকে অ্যানাইহিলিনটা বার করে পরমুহূর্তে বুঝতে পারলাম, আমার পিস্তল এই দানবের ক্ষেত্রে কাজ করবে না।

ওটা যে প্রাণী নয় ! ওটা রোবট ! হাইমেনডর্ফ অ্যান্ড কোম্পানির তৈরি যান্ত্রিক প্রাগৈতিহাসিক জানোয়ার !

আর তাকে চালাচ্ছে ওই গুহায় বসে এঞ্জিনিয়ার হালস্‌মান।

ক্রোলও ব্যাপারটা বুঝেছে, কারণ ও ঊর্ধ্বশ্বাসে গিয়ে ঢুকেছে গুহার ভিতর।

যান্ত্রিক দানব দ্রুত পদক্ষেপে এগিয়ে আসছে আমাদের দিকে। অস্ত্রে কোনও কাজ হবে না, তাই কতকটা আত্মরক্ষার জন্যই আমরা আবার গিয়ে ঢুকলাম গুহার ভিতর।

গিয়ে দেখি এক আশ্চর্য নাটকীয় দৃশ্য।

হাল্‌সমানের বাঁ হাত যন্ত্রের কনট্রোলের উপর, ডান হাতে ধরা রিভলভার সোজা তাগ করা ক্রোলের দিকে। ক্রোলের আচরণ কিন্তু ভারী অদ্ভুত। সে মৃদুস্বরে হাল্‌সমানের নাম ধরে ডেকে যাচ্ছে, আর এক-পা এক-পা করে এগিয়ে যাচ্ছে তার দিকে।

'হাল্‌সমান ! হাল্‌সমান ! হাল্‌সমান ! রিভলভারটা নামাও হাল্‌সমান ! রিভলভারটা নামাও !'

আশ্চর্য ! হাল্‌সমানের ডান হাত নেমে এল ধীরে ধীরে।

সত্যজিৎ রায়

'এবার তোমার জানোয়ারের গতি বন্ধ করো হাল্‌সমান, জানোয়ারকে থামাও, আর আসতে দিয়ো না।'

হাল্‌সমানের বাঁ হাত আর একটা বোতামের দিকে এগিয়ে গেল।

ব্যাপারটা এতক্ষণে আমাদের সকলের কাছেই পরিষ্কার।

ক্রোল হাল্‌সমানকে হিপ্নোটাইজ করেছে। বাইরে জানোয়ারের পদশব্দ থেমে গেল, কিন্তু আমাদের পা হঠাৎ টলায়মান।

মাটি নড়ছে। সমস্ত গুহার জিনিসপত্র থরথর করে কাঁপছে। রকেট প্রচণ্ড ঘেউ ঘেউ করছে।

ভূমিকম্প—এবং এর পরে যদি অগ্ন্যুৎপাত শুরু হয়, তা হলে আশ্চর্য হবার কিছু নেই। অনেক পশুপাখি ভূমিকম্পের পূর্বাভাস পায় তাদের ইন্দ্রিয়ের সাহায্যে। রকেটের চাঞ্চল্যের কারণ এখন বুঝতে পারছি। বানরদের চেঁচামেচিও একই কারণে।

আমরা গুহা থেকে বেরিয়ে এলাম।

দশ হাত দূরে টির‍্যানোসরাস অনড়, তার দেহ ভূকম্পে আন্দোলিত হচ্ছে। চতুর্দিকে মানুষের আর্তনাদ শুরু হয়ে গেছে। আমরা দৌড় দেব, এমন সময় একটা পরিচিত কণ্ঠস্বর কানে এল।

'শঙ্কু! শঙ্কু! দিস ওয়ে—শঙ্কু!'

ঘুরে দেখি—তাজ্জব ব্যাপার! ওই দূরে ক্রিস ম্যাকফারসন মরিয়া হয়ে আমাদের দিকে হাতছানি দিয়ে ডাকছে। তার পিছনেই একটা হলুদ গোলক আকাশে মাথা উঁচিয়ে রয়েছে।

রহস্যের সমাধান পরে হবে—এখন প্রথম কাজ হল পলায়ন।

দৌড় দিলাম ম্যাকফারসনের উদ্দেশে।

'ডোন্ট লেট দেম কাম!'—ম্যাকফারসন আমাদের পিছনে অঙ্গুলি নির্দেশ করেছে।

ঘুরে দেখি, হাইমেনডর্ফ, এরলিখ ও গাউসও ছুটেছে ম্যাকফারসনের দিকে।

চোখের পলকে ম্যাহোনি দুই ঘুষিতে প্রথম দুটিকে ধরাশায়ী করল। গাউস জব্দ হল সন্ডার্সের ঘুষিতে। কাহিন্দি নির্ঘাত কুলির দল সমেত পালিয়েছে; তাদের কথা ভাবার সময় নেই।

এক মিনিটের মধ্যে রকেট সমেত আমরা পাঁচজন ও ম্যাকফারসন প্রোপেন গ্যাসচালিত বেলুনে উড্ডীয়মান। মুকেঙ্কু তখন প্রচণ্ড গর্জনে অগ্ন্যুদ্গার শুরু করে দিয়েছে, লাভার স্রোত বেরিয়ে আসছে তার মুখ থেকে, আকাশ বাতাস ধোঁয়ায় আচ্ছন্ন, প্রতিটি বিস্ফোরণের ফলে অগণিত প্রস্তরখণ্ড জ্বালামুখ থেকে উৎক্ষিপ্ত হয়ে ছড়িয়ে পড়ছে পৃথিবীর বুকে। গাছের পাতার ফাঁক দিয়ে দেখতে পাচ্ছি, ছোট বড় সবরকম বন্য প্রাণী পরিত্রাহি ছুটে পালাচ্ছে প্রকৃতির এই দুর্যোগ থেকে রক্ষা পাবার জন্য।

দেখতে দেখতে সব কিছু দূরে সরে গেল। বিস্ফোরণের শব্দ মিলিয়ে আসছে। যে সূর্য অস্ত গিয়েছিল, তাকে আবার ক্ষণকালের জন্য দেখা যাচ্ছে, কঙ্গোর আদিম অরণ্যের আদিগন্ত সবুজের এক পাশে এক টুকরো কমলার দীপ্তি জানিয়ে দিচ্ছে সহসা সুপ্তোত্থিত মুকেঙ্কুর অস্তিত্ব।

এতক্ষণে ম্যাকফারসন কথা বলল।

'তোমাদের দূর থেকে দেখেছিলাম, কিন্তু কীভাবে যোগাযোগ করব সেটা বুঝতে পারছিলাম না। শেষটায় সুযোগ জুটে গেল দুর্যোগের মধ্যে দিয়ে।'

আমি আমাদের দলের সকলের সঙ্গে ম্যাকফারসনের পরিচয় করিয়ে বললাম, 'কিন্তু তোমাকে এরা ধরে রাখল কেন?'

ম্যাকফারসন বলল, 'এই যে গ্যাসবেলুনটা দেখছ, এটা তো আমাদের, হাইমেনডর্ফের নয়। আগ্নেয়গিরি অঞ্চলে কাজ করতে হবে বলে এটা আমরা সঙ্গে নিয়েছিলাম। দ্রুত পালানোর পক্ষে এর চেয়ে ভাল উপায় নেই। অবশ্যি এ ছাড়া আরও একটা কারণ আছে।'

'সেটা কী?'

'খনিজবিদ্যায় আমি যে ডক্টরেট পেয়েছি, তার বিষয়টা ছিল 'ব্লু ডায়মন্ড'। এ সম্বন্ধে আমার চেয়ে বেশি জানা লোক বড় একটা নেই। এ কথাটা জানার পর হাইমেনডর্ফ আমাকে রেখে দেয়। না হলে আমাকে আমার দলের আর সকলের মতো ওই যান্ত্রিক দানবের পায়ের তলায় পিষে মরতে হত। অবিশ্যি এই দাসত্বের চেয়ে মৃত্যুই হয়তো শ্রেয় ছিল।'

ডেভিড প্রশ্ন করল, 'ওই আশ্চর্য দানব তৈরি করল কে?'

'পরিকল্পনা হাইমেনডর্ফের। রূপ দিয়েছে গাউস, এরলিখ, হাল্‌সমান আর পঞ্চাশজন বাণ্টু কারিগর। কারিগরিতে বাণ্টুদের সমকক্ষ পৃথিবীতে খুব কমই আছে। অনুসন্ধিৎসুদের বিনাশের জন্যই ওই দানবের সৃষ্টি।'

আকাশে মেঘ কেটে গেছে। আমরা চলেছি পুব দিকে। নীচে শহর দেখলেই গ্যাস কমিয়ে নেমে পড়ব।

আর একটা কথা বলতে বাকি আছে ম্যাকফারসনকে।

'আমাদের সবই গেছে, তবে সৌভাগ্যক্রমে একটা জিনিস আমার পকেটেই রয়ে গেছে। এই নাও।'

কবিগুরুর স্বাক্ষর সমেত ইংরিজি গীতাঞ্জলির প্রথম সংস্করণ আবার তার মালিকের কাছে ফিরে গেল।

আনন্দমেলা। পূজাবার্ষিকী ১৩৮৮
এই গল্পের কিছু তথ্য Michael Chrichton-এর Congo উপন্যাস থেকে নেওয়া।

প্রোফেসর শঙ্কু ও ইউ.এফ.ও.

১২ই সেপ্টেম্বর

ইউ. এফ.ও. অর্থাৎ আনআইডেনটিফাইড ফ্লাইং অবজেক্ট অর্থাৎ অজ্ঞাত উড়ন্ত বস্তু। এই ইউ.এফ.ও. নিয়ে যে কী মাতামাতি চলছে গত বিশ-পঁচিশ বছর ধরে! সারা বিশ্বে বহু সমিতি গড়ে উঠেছে, যাদের কাজই হল এই ইউ.এফ. ও.-এর চর্চা। কতরকম ছবি যে সংগ্রহ হয়েছে এবং কাগজে ছাপানো হয়েছে এই উড়ন্ত বস্তুর, তার হিসেব নেই। এই সব সমিতির সভ্যরা মনেপ্রাণে বিশ্বাস করেন যে, ভিন্‌গ্রহের প্রাণীরা হরদম রকেটে করে উড়ে এসে পৃথিবীতে হানা দিয়ে আবার অদৃশ্য হয়ে যাচ্ছে। ছবি যা বেরোয়, তার শতকরা নব্বই ভাগে দেখা যায়—এই রকেটের চেহারা হল একটা উলটানো মালসার মতো—যার জন্য এর নাম হয়েছে ফ্লাইং সসার। এই একটা কারণেই আমার কাছে সমস্ত ব্যাপারটা বুজরুকি বলে মনে হয়। এতরকম গড়ন থাকতে বার বার ওই একই রকম গড়ন হবে কেন? পৃথিবী থেকে মহাকাশে যে সব যান পাঠানো হয়েছে, তার একটার চেহারাও তো এরকম নয়! আমি নিজে একবার মিশরে একটা ইউ.এফ.ও-এর সামনে পড়েছিলাম, সে ঘটনা আমি আগেই বলেছি। সেটার আকার ছিল পিরামিডের মতো। তাই উড়ন্ত পিরিচের কথা শুনলেই আমার হাসি পায়।

এত কথা বলার কারণ এই যে, সম্প্রতি দুটি ইউ.এফ.ও.-র ছবি কাগজে বেরিয়েছে—একটি সুইডেনের অসটারমন্ড শহর থেকে তোলা, আর আর একটি তোলা খাস লেনিনগ্রাড থেকে। বোঝাই যায় দুটি একই রকেটের ছবি (যদি সেটা রকেট হয়ে থাকে), এবং কোনওটাই দেখতে মালসার মতো নয়। এই বিশেষ বস্তুটির আকৃতি মোটেই সরল নয়, কাজেই তাদের বর্ণনা দেওয়াও সহজ নয়। সেই কারণেই এটাকে মহাকাশযান বলে বিশ্বাস করা কঠিন নয়। সুইডেনের আকাশে বস্তুটি দেখা যায় দোসরা সেপ্টেম্বর, আর লেনিনগ্রাড়ে তেসরা। ইউরোপের অন্য জায়গা থেকেও দেখা গেছে বলে খবর এসেছে, তবে আর কোথাও থেকে এর ছবি তোলা সম্ভব হয়নি। বলাবাহুল্য, এই দুটি ছবি বেরোবার ফলে যারা ইউ.এফ.ও.-য় বিশ্বাসী, তাদের মধ্যে গভীর চাঞ্চল্যের সৃষ্টি হয়েছে।

আমি বছর দশেক আগে পর্যন্ত রেডিয়ো তরঙ্গের সাহায্যে অন্য গ্রহের প্রাণীর সঙ্গে যোগস্থাপনের একটা চেষ্টা চালিয়েছিলাম, এবং কিছুটা সফলও হয়েছিলাম। একটা বিশেষ কারণে এই কাজ আমাকে বন্ধ করতে হয়। সেই কারণটা বলি।

দশ বছর আগে জেনিভাতে একটা বৈজ্ঞানিক সম্মেলন হয়, যেখানে আলোচনার প্রধান বিষয় ছিল অন্য গ্রহের সঙ্গে যোগস্থাপন। আমি সেখানে আমার গবেষণার কথাটা একটা

লিখিত বক্তৃতা প্রকাশ করি। জ্ঞানী গুণী যাঁরা উপস্থিত ছিলেন, তাঁরা সকলেই আমার লেখাটার খুব প্রশংসা করেন। গিরিডিতে বসে আমার সামান্য যন্ত্রপাতি নিয়ে আমি যে এই দুরূহ কাজে এতদূর অগ্রসর হতে পেরেছি, এতে সকলেই বিস্ময় প্রকাশ করেন। বক্তৃতার পরের দিন সম্মেলনের অতিথিদের জন্য জিনিভা হ্রদে নৌবিহারের বন্দোবস্ত হয়েছিল। স্টিমারের ডেকে লাঞ্চের জন্য টেবিল পাতা হয়েছে, আমার টেবিলে আমার অনুমতি নিয়ে বসলেন এক ভদ্রলোক। বয়স আন্দাজ পঞ্চান্ন, লম্বা একহারা চেহারা, শীর্ণ বিবর্ণ মুখের সঙ্গে মাথার একরাশ মিশকালো চুলে বৈসাদৃশ্যটা বিশেষ করে চোখে পড়ার মতো। জিজ্ঞেস করাতে বললেন, তাঁর নাম রোডোল্‌ফো কারবোনি, তিনি একজন পদার্থবিজ্ঞানী, বাড়ি ইটালির মিলান শহরে। পরিচয় দিয়ে ওভারকোটের পকেট থেকে এক তাড়া ফুলস্ক্যাপ কাগজ বার করে তিনি বেশ দাপটের সঙ্গে আমার টেবিলের উপর রাখলেন।

'কী ব্যাপার?' আমি একটু অবাক হয়েই জিজ্ঞেস করলাম।

'প্রথম পাতায় শিরোনামটা পড়লে বুঝতে পারবে,' বললেন ডঃ কারবোনি।

পড়ে তাজ্জব বনে গেলাম। আমার বক্তৃতার যা শিরোনাম, এঁরও ঠিক তাই।

'আপনিও এই একই কাজ করছেন ?' বিস্ময়ে প্রশ্ন করলাম।

'হ্যাঁ। একই কাজ,' বললেন ডঃ কারবোনি। 'আল্‌ফা সেনটরিকে ঘিরে যে সৌরজগৎ, তারই একটি গ্রহের সঙ্গে রেডিয়ো তরঙ্গ মারফত আমি যোগস্থাপন করেছি। তোমার ও আমার সাফল্যে কোনও তফাত নেই। এই লেখা আমার পড়ার কথা ছিল। তুমি আগে পড়লে, দেখলাম আমি পড়লে তোমার কথারই পুনরাবৃত্তি হয়ে যাচ্ছে। তাই আর পড়িনি।'

'কিন্তু কেন ? তাতে কি তোমার কৃতিত্ব কিছু কম বলে প্রতিপন্ন হত ? বরং আমাদের বক্তব্য আরও জোরদার হত। অন্য গ্রহে প্রাণীর অস্তিত্ব আরও দৃঢ়ভাবে প্রমাণিত হত।'

'না। তা হত না। লোকে বলত, আমি অসদুপায়ে তোমার কৃতিত্বে ভাগ বসানোর চেষ্টা করছি। তোমার বিশ্বজোড়া খ্যাতি, তোমার কপালের জোর আছে, তা ছাড়া তোমার দেশ বিজ্ঞানে পিছিয়ে আছে, তাই সে দেশের মানুষ হয়ে তোমার কৃতিত্ব পশ্চিমে আরও বেশি দৃষ্টি আকর্ষণ করে। আমাকে তো বিশেষ কেউ চেনে না। আমার কথা লোকে শুনবে কেন ?'

কথাগুলো বলে তার কাগজ নিয়ে কারবোনি উঠে চলে গেল। আমার মনটা খারাপ হয়ে গেল। বেশ বুঝতে পারছিলাম যে, আমার আগে বক্তৃতা দেওয়ার সুযোগ পেলে কারবোনির আর অভিযোগের কোনও কারণ থাকত না। আমি জানি, এই ধরনের ঈর্ষায় মানুষের শক্তির অপচয় ছাড়া আর কিছুই হয় না ; অথচ দুঃখের কথা এই যে, অনেক বাঘা বাঘা বৈজ্ঞানিকও এই রিপুর বশবর্তী হয়ে অনেক রকম দুষ্কর্ম করে ফেলেন। আমার নিজের অভিজ্ঞতাতেই আমি অন্তত চারজনের নাম করতে পারি, যাঁদের মাৎসর্যের ঠেলা আমাকে ভোগ করতে হয়েছে।

কারবোনি সম্বন্ধে আমি কিছুই জানতাম না। সে দিনই সন্ধ্যায় আমার বন্ধু জেরেমি সন্ডার্সের কাছে তার কথা শুনলাম, এবং সেটা শোনার পরেই স্থির করলাম যে, অন্য গ্রহের প্রাণীর সঙ্গে যোগস্থাপনের চেষ্টা আমি বন্ধ করব।

রোডোল্‌ফো কারবোনি যুবাবয়সে ছিল আর্কিটেক্ট। টুরিন শহরে ইটালিয়ান সরকার একবার একটি স্টেডিয়াম তৈরি করার পরিকল্পনা নেন। দেশের সেরা আর্কিটেক্টদের কাছ থেকে নকশা চাওয়া হয়। কারবোনিও একটি নকশা তৈরি করে। তার এক কাকা ছিলেন সরকারের মন্ত্রীমণ্ডলীর একজন। এই খুঁটির জোরে কারবোনি কাজটা পেয়ে যায়। তার নকশা অনুযায়ী স্টেডিয়ামের কাজ খানিক দূর অগ্রসর হওয়ার পরই তাতে ফাটল ধরে। তখন কারবোনিকে বাতিল করে অন্য একজন আর্কিটেক্টকে সে কাজে লাগানো হয়। এর ফলে কারবোনির হয় চরম বদনাম। তাকে স্থাপত্যের পেশা ছাড়তে হয়। দুবার সে আত্মহত্যার চেষ্টা করে, কিন্তু সফল হয়নি। তারপর বছর আষ্টেক তার আর কোনও খবর পাওয়া যায় না। অবশেষে একদিন সে পদার্থবিজ্ঞানী হিসাবে আত্মপ্রকাশ করে।

সব শুনেটুনে ভদ্রলোকের প্রতি আমার একটা অনুকম্পার ভাব জেগে ওঠে। গবেষণার বিষয়ের অভাব নেই। ওই একটি বিষয় বাদ দিলে আমি দেউলে হয়ে যাব না। আমি কারবোনিকে চিঠি লিখে আমার এই বিশেষ গবেষণাটি বন্ধ করার সিদ্ধান্ত জানিয়ে দিই। তার কাজ সে চালিয়ে যেতে পারে, এবং আমাকে তার প্রতিদ্বন্দ্বী হিসেবে ভাববার আর কোনও কারণ নেই।

এই চিঠির কোনও জবাব কারবোনি দেয়নি। স্বভাবতই এই ইউ.এফ.ও.-র আবির্ভাবের পর তার কথা আবার নতুন করে মনে পড়ল। সে কি এখনও তার গবেষণা চালিয়ে যাচ্ছে ? এই রকেটটির সঙ্গে কি সে যোগস্থাপন করতে সক্ষম হয়েছে ?

১৭ই সেপ্টেম্বর

আজ এক পুরনো বন্ধু এসে হাজির। শ্রীমান নকুড়চন্দ্র বিশ্বাস। এঁর অকস্মাৎ লব্ধ আশ্চর্য ক্ষমতার কথা আগেই বলেছি। ইনি মাকড়দায় থাকেন, মাস তিনেক অন্তর অন্তর একবার আমার সঙ্গে এসে দেখা করে যান। টেলিপ্যাথি, থটরিডিং, ক্লেয়ারভয়েন্স, অতীত দর্শন, ভবিষ্যৎ দর্শন ইত্যাদি অনেক গুণ আছে এঁর। এমনকী, মনগড়া ঘটনাও ইনি অনেক সময় চোখের সামনে দেখতে পান, এবং মনের জোরে অন্য লোককে দেখিয়ে দিতে পারেন। দুর্লভ ক্ষমতা, বলাই বাহুল্য। বিজ্ঞানের সাহায্যে এর ব্যাখ্যা এখনও সম্ভব হয়নি, যদিও ভবিষ্যতে হবে বলেই আমার বিশ্বাস। ব্রেজিলে আমাদের চরম বিপদের হাত থেকে রক্ষা করেছিলেন নকুড়বাবু, তাই এঁর প্রতি আমার কৃতজ্ঞতার শেষ নেই। তা ছাড়া বয়স আমার অর্ধেক হলেও, এমন ক্ষমতার জন্য এঁকে সমীহ না করে পারি না। অত্যন্ত অমায়িক মানুষ, দেখে মনে হয় ভাজা মাছটি উলটে খেতে জানেন না, তবে আসলে যে যথেষ্ট উপস্থিতবুদ্ধি রাখেন, তার পরিচয় আমি পেয়েছি।

সকাল সাড়ে সাতটায় এসে পরম ভক্তিভরে পায়ে হাত দিয়ে প্রণাম করে ভদ্রলোক বসলেন আমার সামনের সোফাতে। প্রহ্লাদকে আরেক পেয়ালা কফি আনতে দিয়ে হাত থেকে খবরের কাগজটা রেখে বললাম, 'কেমন আছেন বলুন।'

ভদ্রলোক জিভ কেটে বললেন, 'আমাকে তুমি করে বললে কিন্তু আমি অনেক বেশি খুশি হব স্যার। আপনি আমার বাপের বয়সী!'

'বেশ তো, তাই হবে'খন। কেমন আছ বলো। কী করছ আজকাল?'

'আছি ভালই স্যার। আজকাল একটু পড়াশুনো করার চেষ্টা করছি। বই কিনে যে পড়ব, সে সামর্থ্য তো নেই, তবে উকিল চিন্তাহরণ ঘোষালমশাই অনুগ্রহ করে তাঁর লাইব্রেরিটা ব্যবহার করতে দিয়েছেন। বাবা হোমিওপ্যাথি করেন তো?—চিন্তাহরণবাবুর গেঁটেবাত বাবার ওষুধে সেরে গেসল। তাই ভদ্রলোক খুশি হয়ে আমাকে দুপুরবেলাটা ওঁর বাড়িতে গিয়ে বসে বই পড়ার অনুমতি দিয়েছেন। সাত হাজার বই, স্যার। এমন কোনও বিষয় পাবেন না, যার বই নেই ওঁর সংগ্রহে।'

'কী বিষয় পড়ছ?'

'ইতিহাস, ভূগোল, ভ্রমণকাহিনী—এই সবই মেইনলি। হয় কী, মাঝে মাঝে সব ঘটনা দেখতে পাই চোখের সামনে, বুঝতে পারি পুরনো যুগের ঘটনা। ইতিহাস পড়া থাকলে, বা দেশ বিদেশ সম্বন্ধে জানা থাকলে হয়তো ঘটনাগুলো চিনতে পারতুম। তাই একটু ওই সব পড়ার চেষ্টা করছি। অবিশ্যি আপনার কাছে এসে বললে হয়তো আপনিও বলে দিতে পারতেন, কিন্তু আপনি তো ব্যস্ত মানুষ, তাই আপনাকে এই সব ছোটখাটো ব্যাপারে ত্যক্ত করতে মন চায় না।'

'বই পড়ে সুবিধে হচ্ছে?'

'আজ্ঞে খানিকটা হচ্ছে স্যার। দু'মাস আগে ৪ঠা শ্রাবণ একটা দৃশ্য দেখলুম। বীভৎস দৃশ্য; একজন দাড়িওয়ালা জোব্বা পরা লোক বসে আছে, তার গায়ে অনেক গয়নাগাটি, তার সামনে এনে রাখা হল একটা থালা। থালার উপর একটা নকশা করা কাপড়ের ছাউনি, সেটা তুলে দেখানো হল, তাতে রাখা আছে একটা মানুষের মুণ্ডু—এই সবেমাত্র কোপ মেরে ধড় থেকে আলগা করা হয়েছে সেটাকে।'

'আওরঙ্গজেবের ঘটনা কি?'

'আজ্ঞে হ্যাঁ স্যার। বই পড়ে তাই তো মনে হয়। আর মুণ্ডুটা তাঁর দাদা দারা শিকোর।'

‘হুঁ, আমিও জানি ঘটনাটা।’

‘কিন্তু স্যার, সব ঘটনা তো চিনতে পারি না। পরশু যেমন দেখলুম একটা ঘড়ি।’

‘ঘড়ি?’

‘হ্যাঁ স্যার। তবে যেমন তেমন ঘড়ি নয়। এমন ঘড়ির কোনও ছবিও দেখিনি কোনও বইয়ে।’

আমি বললাম, ‘আমাকে একবার দেখাতে পারবে দৃশ্যটা?’

‘কেন পারব না স্যার? তবে মিনিটতিনেক সময় দিতে হবে।’

‘তা বেশ তো, নাও না সময়।’

‘আপনি ওই ফুলের টবটার দিকে চেয়ে থাকুন। আমাকে অবিশ্যি একটু চোখ বন্ধ করতে হবে।’

তিন মিনিটও লাগল না। ঘর জুড়ে চোখের সামনে মসলিনের পর্দার ভিতর দিয়ে দেখার মতো ফুটে উঠল যে ছবি, সেটা একাদশ শতাব্দীর চিনের কাইফেং শহরে সু সুং-এর তৈরি ওয়াটর ক্লক বা জল ঘড়ি ছাড়া আর কিছুই হতে পারে না। সম্রাট শেন জুং-এর স্মৃতির উদ্দেশে এই আশ্চর্য ঘড়ি তৈরি করেছিল সু সুং।

মিনিটখানেকের মধ্যেই দৃশ্য আবার মিলিয়ে গেল। নকুড়বাবুকে বলাতে ভদ্রলোকের দৃষ্টি উদ্ভাসিত হয়ে উঠল। —‘দেখুন! আপনার কাছে কি সাধে আসি? আপনার এত জ্ঞান, এত ইয়ে!’

এসব কথা অন্যের মুখে আদিখ্যেতা মনে হলেও নকুড়বাবুর মুখে মনে হয় না।

এবার কৌতূহলবশত ভদ্রলোককে একটা প্রশ্ন না করে পারলাম না। বললাম, 'তুমি কাগজ পড় ?'

নকুড়বাবু জিভ কেটে সলজ্জ হেসে মাথা নেড়ে 'না' বোঝালেন। আমি বললাম, 'তা হলে তো ইউ.এফ.ও-র ব্যাপারটা জানবে না তুমি।'

'কীসের ব্যাপার স্যার ?'

আমি ঘরের কোণে টেবিলের উপর রাখা কাগজের স্তূপ থেকে ৩রা সেপ্টেম্বরের কাগজটা বার করে ভদ্রলোককে ইউ.এফ.ও-র ছবিটা দেখালাম। তাতে প্রতিক্রিয়া হল অদ্ভুত। ভদ্রলোক চোখ কপালে তুলে বললেন, 'আরে, ঠিক এই জিনিসটাই যে দেখলুম সেদিন !'

'কোথায় দেখলে ?'

'দুপুরে ভাত খেয়ে দাওয়ায় বসে একটু জিরোচ্ছি, সামনে একটা সজনে গাছের ডালে একটা কাঠবিড়ালির দিকে চোখ গেছে, এমন সময় সব কেমন ধোঁয়াটে হয়ে এল। দৃশ্য বদলে গেছে কি না বুঝতে পারছি না। তারপর ক্রমে বুঝতে পারলুম যে, বালিতে ছেয়ে গেছে চারদিক। তাই ওরকম ধোঁয়াটে ভাব। ক্রমে বালি সরে গেলে পর দেখলুম ওই জিনিসটাকে—পেল্লায় বড়—বালির ওপর দাঁড়িয়ে আছে, দুপুরের রোদে ধাতুর তৈরি দেহ থেকে ঝিলিক বেরুচ্ছে।'

'লোকজন কাউকে দেখলে ?'

'আজ্ঞে না, কাউকে না। দেখে মনে হল না কেউ যেন আছে তাতে। অবিশ্যি থাকতেও পারে। আর জায়গাটা মরুভূমি বলে মনে হল। পিছনে পাহাড়, তার চুড়োয় বরফ। এ আমার পষ্ট দেখা।'

নকুড়বাবু আরও মিনিটদশেক ছিলেন। যাবার সময় বললেন, তাঁর মন বলছে তাঁকে আবার আসতে হবে—'কিছু মনে করবেন না তিলুবাবু, আপনার বিপদের আশঙ্কা দেখলেই আমার মনটা উতলা হয়ে ওঠে।'

'সেরকম আশঙ্কা দেখছ নাকি এখন ?'

'এখন না—তবে ঘরে ঢুকেই আপনাকে দেখে আমার বুকের ভেতরটা ছ্যাঁত করে উঠেছিল। এক পলকের জন্য যেন দেখলুম আপনি একটা ঘরে বন্দি হয়ে আছেন।'

'তোমার নিজের শরীরের যত্ন নিচ্ছ তো ? আমার মতো বৈজ্ঞানিক পৃথিবীতে অনেক আছে, কিন্তু তোমার যে বিশেষ ক্ষমতা, সেটা খুব কম লোকের মধ্যেই থাকে। এই ক্ষমতাটাকে কোনওমতেই নষ্ট হতে দেওয়া উচিত নয়।'

'আজ্ঞে সে তো আমিও বুঝতে পারি। তাই নিয়মিত ব্রাহ্মীশাকটা খেয়ে যাচ্ছি।'

'বেশ, কিন্তু যদি কখনও মনে হয়, কোনও কারণে ক্ষমতা কমে আসছে, তা হলে আমাকে জানিও। আমার একটা ওষুধে তোমার কাজ দিতে পারে।'

'কী ওষুধ ?'

'নাম সেরিব্রিলান্ট। মাথাটা পরিষ্কার ও অনুভূতিগুলোকে সজাগ রাখে।'

নকুড়বাবু যাবার সময়ও বলে গেলেন যে, কোনও প্রয়োজনে তাঁকে একটা পোস্টকার্ড লিখে দিলেই তিনি চলে আসবেন।

২৫শে সেপ্টেম্বর

এক হৃদয়বিদারক সংবাদ আমার মন থেকে ইউ.এফ.ও.-র সমস্ত চিন্তা দূর করে দিয়েছে।

গ্রিক সভ্যতার অন্যতম শ্রেষ্ঠ নিদর্শন পার্থেনন ধ্বংস হয়ে গেছে। কথাটা নিজেই লিখে নিজেই বিশ্বাস করতে পারছি না। পার্থেনন আর নেই? অ্যাথেনস শহরের মধ্যে অ্যাক্রোপোলিস পাহাড়ের উপর দু'হাজার বছর আগের তৈরি এই মর্মরপ্রাসাদ, পুরাকালে যা ছিল দেবী অ্যাথিনার মন্দির—ফিডিয়াস, ইকটিনাস, ক্যালিক্রেটিস ইত্যাদি মহান গ্রিক ভাস্কর ও স্থপতির নাম যার সঙ্গে জড়িত, যার অতুল সৌন্দর্যের সামনে পড়ে মানুষের মন আপনা থেকেই শ্রদ্ধায় ভরে আসে, সেই পার্থেনন আর নেই, এটা যেন মন কিছুতেই মানতে চায় না।

অথচ খবরটা সত্যি। রেডিয়ো টেলিভিশন ও খবরের কাগজ মারফত খবরটা সারা পৃথিবীতে ছড়িয়ে পড়ে সবার মনে হাহাকার তুলেছে। এই মর্মান্তিক দুর্ঘটনার সঠিক কারণ এখনও পর্যন্ত জানা যায়নি। ঘটনাটা ঘটে মাঝরাত্রে। এক প্রচণ্ড সংঘর্ষের শব্দে অ্যাথেনবাসীর ঘুম ভেঙে যায়। স্বভাবতই প্রায় সকলেই তাদের ঘরের বাইরে চলে আসে। সেদিন ছিল কৃষ্ণপক্ষের দ্বিতীয়া। যারা অ্যাক্রোপোলিসের কাছে থাকে, তারা চাঁদের আলোয় দেখে পাহাড়ের উপর তাদের প্রাচীন সভ্যতার প্রতীকটি আর নেই। তার জায়গায় পড়ে আছে লক্ষ লক্ষ চূর্ণবিচূর্ণ শ্বেতপাথরের টুকরো। কোনও সন্ত্রাসবাদী দলের পক্ষে শক্তিশালী বিস্ফোরকের সাহায্যে কাজটা সম্ভব কি না সে নিয়ে প্রশ্ন উঠেছে, তবে কোনও উত্তর পাওয়া যায়নি।

আজ আর কলম সরছে না। লেখা শেষ করি।

২৭শে সেপ্টেম্বর

আজ এক অদ্ভুত চিঠিতে মনটা আবার ইউ.এফ.ও.-র দিকে চলে গেছে।

আমার জার্মান বন্ধু উইলহেল্‌ম ক্রোল সম্প্রতি সরকারি আমন্ত্রণ পেয়ে চিন সফরে গিয়েছিল। সে খবর সে আমাকে আগেই দিয়েছে। সিংকিয়াং অঞ্চলে বৌদ্ধ সভ্যতার প্রাচীন নিদর্শনগুলো ঘুরে দেখা ছিল এই সফরের একটা প্রধান উদ্দেশ্য। পিকিং থেকে ক্রোল একটি চিন প্রত্নতাত্ত্বিক দলের সঙ্গে চলে যায় সিংকিয়াং। বিংশ শতাব্দীর গোড়ার দিকে ভারতবর্ষের প্রত্নতাত্ত্বিক বিভাগের পক্ষ থেকে বিখ্যাত পর্যটক স্যর অরেল স্টাইন-ও গিয়েছিলেন সিংকিয়াং-এ। তখন এই অঞ্চলকে বলা হত চিন-তুর্কিস্তান। তাকলা-মাকান মরুভূমির দক্ষিণ পূর্ব প্রান্তে টুন হুয়াং শহরের কাছে মাটি খুঁড়ে অরেল স্টাইন এক আশ্চর্য বৌদ্ধবিহার আবিষ্কার করেন। সম্প্রতি একটা প্রাচীন পুঁথি থেকে চিন প্রত্নতাত্ত্বিকরা অষ্টম শতাব্দীর আর একটি প্রাচীন বৌদ্ধবিহারের কথা জেনেছেন, যেটা সম্ভবত এই তাকলা মাকানের মধ্যে বালির তলায় কোথাও লুকিয়ে আছে। প্রত্নতাত্ত্বিক দল সিংকিয়াং-এর খোটান শহরকে কেন্দ্র করে তাকলা-মাকানে খননের কাজ চালিয়ে যাচ্ছেন। ক্রোল আছে এই দলের সঙ্গে। ক্রোলের এই চিঠিতে অবিশ্যি প্রত্নতত্ত্বের কোনও উল্লেখ নেই। সে লিখেছে—

প্রিয় শঙ্কু,

সম্প্রতি একটি ইউ.এফ.ও.-এর কথা তুমি হয়তো কাগজে পড়েছ। এই বিশেষ মহাকাশযানটি এখন আমি যে অঞ্চলে রয়েছি, তারই কাছাকাছি কোথাও অবস্থান করছে বলে আমার বিশ্বাস। গত তিন দিনে দু' বার আমি এটিকে আকাশে দেখেছি। শুধু আমি

নয়, আমার দলের সকলেই দেখেছে। প্রথমবার পশ্চিম দিকে উড়ে যেতে দেখি। তার পরের দিন পশ্চিম থেকে এসে পুবে তিয়েন শান পাহাড়ের দিকে গিয়ে নীচে নেমে অদৃশ্য হয়ে যায়। আমার মনে হয় এটার অনুসন্ধান করা আমাদের কর্তব্য। চিন সরকার আমাদের হেলিকপ্টারের বন্দোবস্ত করে দিতে রাজি হয়েছে। কিন্তু আমি একা যেতে চাই না। এই ধরনের অভিযানে আমাদের তিনজনেরই একসঙ্গে থাকা দরকার, যেমন আগেও থেকেছি। তুমি যদি কোনও বিশেষ কাজে ব্যস্ত না থাক, তা হলে আমাকে টেলিগ্রাম করে জানাও। আমি সন্ডার্সকে লিখছি। যত শীঘ্র সম্ভব যাওয়া যায়, ততই ভাল। এখানে তোমার নাম শিক্ষিত মহলে অনেকেই জানে। সন্ডার্সের নাম হয়তো জানে না, কিন্তু তাতে ক্ষতি নেই।

তোমার টেলিগ্রামের অপেক্ষায় রইলাম।

ইতি—উইলহেল্‌ম ক্রোল

নকুড়বাবুর বর্ণনার কথা মনে পড়ছে। মরুভূমির মধ্যে রকেট, তার পিছনে তুষারাবৃত পর্বতশ্রেণী। মরুভূমি যদি তাকলা-মাকান হয়, তা হলে তার উত্তরে তিয়েন শান পাহাড়ের মাথায় বরফ থাকা স্বাভাবিক।

অভিযানের সম্ভাবনায় নাড়ি চঞ্চল হয়ে উঠেছে এর মধ্যেই। নকুড়বাবু বলেছিলেন তাঁকে খবর দিতে। আমার মন বলছে তাঁকে আমাদের প্রয়োজন। ক্রোল ব্রেজিলে নকুড়বাবুর আশ্চর্য ক্ষমতার পরিচয় পেয়েছিল, সুতরাং তার আপত্তির কোনও কারণ নেই। সন্ডার্সকে একটা টেলিগ্রাম ও নকুড় বিশ্বাসকে একখানা পোস্টকার্ড আজই ছেড়ে দেওয়া দরকার।

১লা অক্টোবর

সন্ডার্স যেতে রাজি হয়েছে। সে সোজা লন্ডন থেকে যাবার ব্যবস্থা করবে। নকুড়বাবুও অবশ্যই যেতে রাজি, কিন্তু আমার উত্তরে তার চিঠিটা একটু বিশেষ রকমের বলে সেটা এখানে উদ্ধৃত করছি। সে লিখছে—

শ্রীত্রিলোকেশ্বর শঙ্কু মহাশয়ের শ্রীচরণে সহস্র প্রণামান্তে নিবেদন—

চিন সফরের প্রাক্কালে আপনি আমাকে স্মরণ করিয়াছেন জানিয়া যার পর নাই আহ্লাদিত হইলাম। অজ্ঞাত উড়ন্ত বস্তুটি যে উদ্দেশ্যে আমাদের পৃথিবীর আকাশে বিচরণ করিতেছে, জানিবেন তাহা আদৌ শুভ নহে। বিশেষত আপনার ন্যায় সহৃদয় ব্যক্তির মনে উহা সবিশেষ পীড়ার উদ্রেক করিবে বলিয়া আমার বিশ্বাস। আমি আপনাদের কীভাবে সাহায্য করিতে পারি তাহা এখনও জানি না। তবে গতবারের ন্যায় এইবারও যদি সহযাত্রীরূপে আপনাদের সঙ্গলাভ করিতে পারি, তবে নিজেকে পরম ভাগ্যবান জ্ঞান করিব। আপনার আহ্বানে সাড়া না দিবার কোনও প্রশ্ন উঠে না। কবে গিরিডি পঁহুছিতে হইবে জানাইলে সেইরূপ ব্যবস্থা করিব। ইতি সেবক—

শ্রীনকুড়চন্দ্র বিশ্বাস

পৃথিবীর অনেক জায়গাই দেখার সুযোগ হয়েছে, কিন্তু চিন-তুর্কিস্তানে যাওয়া হয়নি। অরেল স্টাইন ও স্বেন হেদিনের বর্ণনা পড়া অবধি জায়গাটা সম্বন্ধে একটা গভীর কৌতূহল রয়েছে। মার্কো পোলোর ভ্রমণকাহিনীতেও ত্রয়োদশ শতাব্দীর চিন-তুর্কিস্তানের বর্ণনা রয়েছে। তখন সেখানে চেঙ্গিস খাঁর বংশধর কুবলা খাঁর রাজত্ব। তাকলা-মাকানের মরুভূমির যে বর্ণনা মার্কো পোলোর লেখায় পাওয়া যায়, সে বড় সাংঘাতিক। ইউ.এফ.ও.-র

অধিবাসীদের যদি গা ঢাকা দেওয়ার মতলব থেকে থাকে, তা হলে এই মরুভূমির চেয়ে ভাল জায়গা তারা আর পাবে না।

নকুড়বাবুকে বলতে হবে ভালরকম গরম কাপড় সঙ্গে নিতে, কারণ অক্টোবরে এই অঞ্চলে দারুণ শীত।

৯ই অক্টোবর, খোটান

এখানে পৌঁছোনোমাত্র সন্ডার্সের কাছ থেকে শোনা দুটো খবর আমাকে একেবারে মুহ্যমান করে দিয়েছে। সব সময়েই দেখেছি, নতুন জায়গায় এলে আমার দেহমন দ্বিগুণ তাজা হয়ে যায়। এবারে এই খবরের জন্য আমার মন ভেঙে গেছে, হাত পা অবশ হয়ে গেছে।

গত চারদিনের মধ্যে মানুষের আরও দুটি কীর্তি ধ্বংস হয়ে গেছে। এক হল প্যারিসের এইফেল টাওয়ার, আর আরেক হল ক্যামবোডিয়ায় অবস্থিত আংকোর ভাটের সুবিশাল বৌদ্ধস্তূপ। আজ থেকে তেত্রিশ বছর আগে এই বৌদ্ধস্তূপের সামনে দাঁড়িয়ে আমি বিস্ময়ে হতবাক হয়ে গিয়েছিলাম।

প্যারিসের ঘটনাটা ঘটে অমাবস্যার মাঝরাত্রে। এইফেল টাওয়ার মাঝখান থেকে ভেঙে পড়ার শব্দে সারা প্যারিস শহরের ঘুম ভেঙে যায়। টাওয়ারের আশেপাশে কোনও বসতি না থাকার ফলে লোক মারা গিয়েছিল শুধু তিনজন রাত জাগা মাতাল। কিন্তু তাদের প্রিয় লৌহস্তম্ভের এই দশা দেখে পরদিন সারা প্যারিস শহর নাকি কান্নায় ভেঙে পড়ে। যেখান থেকে টাওয়ারটি ভেঙেছে, সেই অংশের লোহার অবস্থা দেখে নাকি মনে হয় কোনও প্রচণ্ড শক্তিশালী রশ্মিই এই ধ্বংসের কারণ। অনেকেই অবিশ্যি এই মর্মান্তিক দুর্ঘটনার জন্য দায়ী করছে ওই অজ্ঞাত উড়ন্ত বস্তুটিকে, যদিও সেদিন আকাশে মেঘ থাকার ফলে ওই বস্তুটিকে দেখা যায়নি।

আংকোর ভাট ধ্বংস হয়েছে লোকচক্ষুর অন্তরালে। স্তূপটি জঙ্গলের মধ্যে অবস্থিত। ঘটনা ঘটেছে বিকেলে। বিশদ বিবরণ এখনও পাওয়া যায়নি ; শুধু এইটুকু জানা গেছে যে, স্তূপ এখন ভগ্নস্তূপে পরিণত। সমস্ত সৌধটি মাটির সঙ্গে মিশে গেছে।

চিন প্রত্নতাত্ত্বিক বিভাগের ডঃ শেং অতি চমৎকার লোক। বয়স চল্লিশ, তবে দেখে আরও কম মনে হয়। খোটানে থাকার ব্যবস্থা তিনিই করে দিয়েছেন, এবং রকেট অনুসন্ধানের ব্যাপারে তিনিও আমাদের সঙ্গে যাবেন বলেছেন। কিন্তু ক্রোল ও সন্ডার্সকে দেখে মনে হচ্ছে, দুজনেই যেন বেশ ভয় পেয়েছে। ডিনারের সময় সন্ডার্স বলল, 'এই ধ্বংসের জন্য যদি ওই রকেট দায়ী থাকে, তা হলে বুঝতে হবে অসাধারণ শক্তিশালী কোনও বিস্ফোরক যন্ত্র রয়েছে ওদের হাতে। সেখানে আমরা কী করতে পারি বলো ? আমাদের দিক থেকে কোনও আণবিক অস্ত্র প্রয়োগ করার ব্যবস্থা তো সহজ ব্যাপার নয় ! রকেটটা কোথায় রয়েছে, সেটাই এখনও জানি না আমরা। অথচ আরও কত কী যে ক্ষতি করতে পারে এরা, তাও জানা নেই। সুতরাং...'

ক্রোলও সায় দিচ্ছে দেখে আমি আমার মনের ভাবটা প্রকাশ না করে পারলাম না।

'যে সব জিনিস নিয়ে সভ্য মানুষ গর্ব করে, একটির পর একটি করে সে জিনিস নিশ্চিহ্ন হয়ে যাবে, আর আমরা হাত পা গুটিয়ে বসে থাকব, এটাই যদি তোমরা ভেবে থাক, তা হলে আমি তোমাদের দলে নেই। আমি তা হলে একাই যাব তাকলা-মাকানে এই শয়তানদের সন্ধানে। আমি জানি না ডঃ শেং কী বলেন, কিন্তু—'

আশ্চর্য এই যে শেং আমার কথায় তাঁর ডান হাতটা বাড়িয়ে আমার সঙ্গে করমর্দন

করলেন। বললেন, 'ফিউড্যাল যুগে শ্রমিকদের খাটিয়ে এই সব সৌধের সৃষ্টি হয়েছে, তা আমি জানি, কিন্তু তাই বলে তাদের মাহাত্ম্য আমরা অস্বীকার করি না। চিনের সমস্ত প্রাচীন শিল্পের নির্দশন আমরা সযত্নে রক্ষা করেছি। প্রত্নতাত্ত্বিক অভিযান আমরা চালিয়ে যাচ্ছি, যাতে আরও প্রাচীন শিল্প আমরা আবিষ্কার করতে পারি। এই নৃশংস ধ্বংসকার্য প্রতিরোধ করা আমাদের কর্তব্য।'

গলায় কম্ফর্টার ও গায়ে তুলোর কোটে জবুথবু নকুড়বাবু এবার মুখ খুললেন।

'তিলুবাবু, আপনি কাইন্ডলি এঁদের ইংরিজি করে বলে দিন যে, আমার মন বলছে, আমাদের জয় অনিবার্য। অতএব পিছিয়ে থাকার কোনও মানে হয় না।'

মাকড়দা থেকে আসার পথে স্টেশনের প্ল্যাটফর্মে এক কুলির মাথায় চাপানো স্টিল ট্রাঙ্কের ধাক্কা খেয়ে নকুড়বাবুর মাথার বাঁ দিকে একটা জখম হয়েছে। ক্ষতস্থানে এখন স্টিকিং প্লাস্টার। ভয় ছিল এতে ভদ্রলোকের বিশেষ ক্ষমতা না ক্ষতিগ্রস্ত হয়। এখন তার জোর দিয়ে বলা কথাগুলো শুনে কিঞ্চিৎ ভরসা পেলাম। কিন্তু তার কথা ইংরিজি করে বলাতে দেখলাম, ক্রোল ও সন্ডার্স দুজনেই নকুড়বাবুর দিকে সন্দিগ্ধ দৃষ্টি দিল। বুঝলাম, তারা মানতে চাইছে না ভদ্রলোকের কথা।

কিন্তু শেষ পর্যন্ত ভোটে হার হল, দুই সাহেবের। ঠিক হল কাল সকালেই আমরা হেলিকপ্টারে রওনা দেব উত্তর মুখে তাকলা-মাকান পেরিয়ে তিয়েন শান পর্বতশ্রেণীর উদ্দেশে।

১০ই অক্টোবর, সকাল সাড়ে আটটা

তাকলা-মাকানের অন্তহীন বালুতরঙ্গের উপর দিয়ে আমাদের ছয়জন যাত্রিবাহী হেলিকপ্টার উড়ে চলেছে। আমি তারই মধ্যে বসে ডায়েরি লিখছি। মার্কো পোলো লিখেছিলেন, লম্বালম্বিভাবে এই মরুভূমি পেরোতে লাগে এক বছর ; আর যেখানে মরুভূমি সবচেয়ে অপ্রশস্ত, সেখানেও পেরোতে লাগে এক মাস। আড়াই হাজার ফুট উপর থেকে দেখে মনে হচ্ছে, ভেনিশীয় পর্যটক খুব ভুল বলেননি। এই মরুভূমিরই স্থানে স্থানে একেকটি ওয়েসিস বা জলাশয়কে কেন্দ্র করে গড়ে উঠেছে সব শহর—খোটান, কাশগার, ইয়ারকন্দ, চেনচের, আক্‌সু। সিংকিয়াং-এর অধিবাসীরা অধিকাংশই উইগুর শ্রেণীর মুসলমান, তাদের ভাষা তুর্কি। সিংকিয়াং-এর দক্ষিণ পশ্চিম প্রান্তে হল কাশ্মীর, তারপর আরও পশ্চিমে আফগানিস্তান, তারপর সোভিয়েত রাশিয়া, আর তারপর একেবারে পুবে মোঙ্গোলিয়া।

ডঃ শেং আমাদের হেলিকপ্টারের জানলা দিয়ে দেখা দৃশ্যের বর্ণনা দিয়ে চলেছেন, আর সেই সঙ্গে চিন-তুর্কিস্তানের প্রাচীন ইতিহাস সম্বন্ধেও তথ্য পরিবেশন করে চলেছেন।

ক্রোল আর সন্ডার্স যেন আজ অনেকটা স্বাভাবিক। আমি জানতাম দিনের আলোতে এদের মনের সংশয় ও শঙ্কার ভাব অনেকটা কমে যাবে। এরা দুজনেই যে সাহসী ও অ্যাডভেঞ্চার-প্রিয় সেটা তো আমি খুব ভাল করেই জানি। তবে বর্তমান অভিযানের একটা বিশেষ দিক আছে, যেটা মনে খানিকটা ভীতির সঞ্চার করতে পারে, এবং সেটার মূলে হল আমাদের জ্ঞানের অভাব। অন্য গ্রহের প্রাণী সম্পর্কে আমাদের অজ্ঞতা অপরিসীম। এরা কেমন লোক, এদের আদৌ 'লোক' বলা চলে কি না, সাম্প্রতিক দুর্ঘটনাগুলোর জন্য যদি এরাই দায়ী হয়, তা হলে এদ্দের আক্রোশের কারণ কী, মানুষের কীর্তির উপর আক্রোশ মানে কি মানবজাতির উপরেই আক্রোশ—এ সব তো কিছুই জানা নেই! তাই একটা দুশ্চিন্তা যে আমার মনেও নেই তা বলব না। সংগ্রামটা কি সত্যিই একেবারে একপেশে হতে চলেছে?

আমরা কি জেনেশুনে মৃত্যুর দিকে পা বাড়ালাম ?

নকুড়বাবুকে আজ কিঞ্চিৎ নিস্তেজ বলে মনে হচ্ছে। জিজ্ঞেস করাতে বললেন ভালই আছেন, মাথার জখমটাও আর কোনও কষ্ট দিচ্ছে না, কিন্তু আমার যেন পুরোপুরি বিশ্বাস হল না। সবচেয়ে চিন্তিত হলাম যখন ভদ্রলোক হঠাৎ একবার প্রশ্ন করলেন, 'আমরা কোথায় চলেছি, তিলুবাবু ?'

কিন্তু আমি ভদ্রলোকের দিকে অবাক হয়ে মিনিটখানেক চেয়ে থাকাতে হঠাৎ যেন সংবিৎ ফিরে পেয়ে বললেন, 'ও হো হো—সেই অজ্ঞাত উড়ন্ত বস্তু—তাই তো ?'

ভদ্রলোককে এক ডোজ সেরিব্রিলান্ট খাইয়ে দিলে বোধ হয় ভাল হবে।

উত্তরে পর্বতশ্রেণী দেখা যাচ্ছে। কিন্তু তার এদিকে দেখা যাচ্ছে একটা বিস্তীর্ণ জলাশয়। শেং বললেন, ওটা বাঘশার নোল—অর্থাৎ বাঘশার লেক।

আমরা এই ফাঁকে কফি আর বিস্কুট খেয়ে নিয়েছি। আমাদের পাইলটটি চৈনিক—নাম সু শি। সে ইংরাজি জানে না, তার হয়ে শেং-কে দোভাষীর কাজ করতে হয়। মাঝে মাঝে উদাত্ত কণ্ঠে গাওয়া চিনা গান শুনতে পাচ্ছি পাইলটের গদি থেকে, হেলিকপ্টারের পাখার শব্দ ছাপিয়ে সে গান পৌঁছাচ্ছে আমাদের কানে।

ক্রোল সবে পকেট থেকে একটি খুদে চেসবোর্ড বার করেছে সন্ডার্সের সঙ্গে খেলার মতলবে, এমন সময় শেং উত্তেজিত হয়ে জানলার দিকে হাত বাড়াল।

বিকেল সাড়ে চারটা

আমরা মাটিতে নেমেছি। আমাদের তিনদিকে ঘিরে আছে অনুচ্চ পাথরের ঢিবি। উত্তরে ঢিবির উচ্চতা কোনওখানেই ৬০-৭০ ফুটের বেশি নয়। তারই পিছনে শেং-এর নির্দেশে হেলিকপ্টার থেকে মাটিতে চারটে গভীর গর্ত দেখতে পেয়ে আমরা নামার সিদ্ধান্ত নিলাম। কাছ থেকে দেখে বুঝেছি, এই চারটে গর্ত যে ইউ.এফ.ও.-র চারটে পায়ার চাপে হয়েছে তাতে কোনও সন্দেহ নেই। পায়ার পরস্পর দূরত্ব থেকে রকেটটিকে বেশ বড় বলেই মনে হয়—একটা বেশ বড়সড় বাড়ির মতো। তবে সেটা যে এখন কোথায় সেটা জানার কোনও উপায় নেই। সু শি একাই হেলিকপ্টার নিয়ে গিয়েছিল আশপাশের অঞ্চলটা একটু ঘুরে দেখতে, কিন্তু প্রায় দুশো মাইল পরিক্রমা করেও কিচ্ছু দেখতে পায়নি।

আমরা এখন একটা ফুট পঞ্চাশেক উঁচু পাথুরে ঢিবির পিছনে আশ্রয় নিয়েছি। জমি এখানে মোটামুটি সমতল, এবং বালি থাকা সত্ত্বেও বেশ শক্ত। চারিদিকে ছড়ানো রয়েছে ছোট বড় পাথরের খণ্ড। প্লাস্টিকের তাঁবু রয়েছে আমাদের সঙ্গে ; তিনটি তাঁবু হবে ছ'জনের বাসস্থান। কতক্ষণ অপেক্ষা করতে হবে জানি না, কিন্তু এটা জানি যে, ধৈর্যের প্রয়োজন হবে, আর এটাও জানি যে, সহজে হাল ছাড়া চলবে না।

সবচেয়ে বড় প্রশ্ন হল—যদি সেই রকেট এখানে এসে নামে, তা হলে তার বাসিন্দাদের সঙ্গে কীরকম ব্যবহার করব আমরা, বা তাদের কাছ থেকে কীরকম ব্যবহার আমরা প্রত্যাশা করতে পারি। ক্রোল বলল, 'যারা পার্থেনন ধ্বংস করতে পারে, তাদের সঙ্গে কথা বলার আগেই তোমার উচিত তাদের অ্যানাইহিলিন দিয়ে নিশ্চিহ্ন করে ফেলা।'

আমার অ্যানাইহিলিন অস্ত্রে যে কোনও গ্রহের প্রাণীই যে নিমেষের মধ্যে নিশ্চিহ্ন হবে, তাতে সন্দেহ নেই। কিন্তু এমনও তো হতে পারে যে, এই ভিন্‌গ্রহবাসীরা মানুষের প্রতি কোনও বৈরিভাব পোষণ করে না, এবং এই ধ্বংসের কাজগুলো আসলে তারা করছে না, তার জন্য দায়ী অন্য কেউ। ভারী আশ্চর্য লাগে এই ধ্বংসের ব্যাপারটা। অন্য গ্রহ থেকে

কোনও প্রাণী যে ঠিক এমন একটা উদ্দেশ্য নিয়ে পৃথিবীতে আসতে পারে, মন সেটা মানতে চায় না কিছুতেই।

সন্ডার্সকে কথাটা বলতে সে বলল, 'যে কোনও উদ্দেশ্য নিয়েই তারা এসে থাকুক, তাদের সঙ্গে যখন কথা বলা সম্ভব নয়, তখন তাদের উদ্দেশ্যটা যে কী সেটা আমরা জানতেও পারব না। সুতরাং রিস্‌ক নিয়ে কাজ কী ? তারা কিছু বলার আগে তাদের শেষ করে দেওয়াই বুদ্ধিমানের কাজ হবে। এ ব্যাপারে আমি ক্রোলের সঙ্গে একমত।'

সবই বুঝতে পারছি, কিন্তু সত্যি করেই যদি অন্য গ্রহের প্রাণী থেকে থাকে এই রকেটে, তা হলে তাদের দর্শন পাওয়ার এই সুযোগের সদ্ব্যবহার না করাটা একজন বৈজ্ঞানিক হিসেবে আমার পক্ষে অসম্ভব। বিশ্বের ইতিহাসে এই প্রথম এমন একটা সুযোগ এসেছে। ঈজিপ্টে যে মহাকাশযান এসে নেমেছিল তাতে কোনও প্রাণী ছিল না। এটাতেও থাকবে না এটা বিশ্বাস করা কঠিন। সুতরাং প্রাণের ভয়ে পিছিয়ে যাওয়া চলতে পারে না কোনওমতেই।

শেং-ও দেখলাম আমার সঙ্গে একমত। রকেট চিনের মাটিতে এসে নেমেছে বলে হয়তো তার আগ্রহটা একটু বেশি। সে ও বলল যে, এরা যদি সত্যিই হিংসাত্মক ভাব নিয়ে আসত, তা হলে এরা মানুষের কীর্তি নষ্ট করার আগে মানুষের উপরেই আক্রমণ চালাত।

নকুড়বাবু এতক্ষণ চুপ করে থেকে হঠাৎ বলে উঠলেন, 'এরা তো নেই!'

'কারা নেই ?' অবাক হয়ে প্রশ্ন করলাম আমি।

'অন্য গ্রহের প্রাণী', বললেন নকুড়বাবু।

'তারা নেই মানে ? তারা ছিল না কোনও সময়ই ?'

'ছিল। ইউ.এফ.ও.-তে ছিল।'

'তা হলে গেল কোথায় ?'

নকুড়বাবু একটু ভ্রূকুঞ্চিত করে চুপ থেকে বললেন, 'মাটির তলায়।'

'মাটির তলায় ?' ক্রোল ও সন্ডার্স একসঙ্গে বলে উঠল।

'হ্যাঁ, মাটির তলায়।'

'তবে রকেটে কে আছে ? নাকি রকেটই নেই ?'

'না না—রকেট আছে বইকী,' বললেন নকুড়বাবু। 'তবে তাতে অন্য গ্রহের কোনও প্রাণী নেই।'

'তবে কী আছে ?'

'যন্ত্র আছে।'

'কম্পিউটার ?' শেং জিজ্ঞাসা করল।

'হ্যাঁ, কম্পিউটার। আর—'

'আর কী ?'

আমরা চারজনেই উদ্‌গ্রীব।

কিন্তু নকুড়বাবু মাথা নেড়ে বললেন, 'হারিয়ে গেল।'

'কী হারিয়ে গেল ?' আমি প্রশ্ন করলাম।

'চোখের সামনে ফুটে উঠছিল। হারিয়ে গেল। মাথাটা এখনও ঠিক...'

আমি ভদ্রলোককে এক ডোজ সেরিব্রিলান্ট খাইয়েছি আজ দুপুরেই। বুঝলাম, সেটা এখনও পুরোপুরি কাজ দেয়নি।

নকুড়বাবু চুপ করে গেলেন।

সূর্য ডুবে গেছে বেশ কিছুক্ষণ হল। সন্ধ্যার অন্ধকার ঘনিয়ে আসার সঙ্গে সঙ্গে শীতও বেড়েছে।

একটা শব্দ আসছে কোথা থেকে ?

সকলেই শুনেছে সেই শব্দ। আর লেখা চলবে না।

১১ই অক্টোবর, রাত ন'টা

রকেটে বন্দি অবস্থা। আমরা পাঁচজনে। সু শি হেলিকপ্টারের ভিতরেই ঘুমোচ্ছিল ; সে বাইরেই রয়ে গেছে। তার পক্ষে আমাদের মুক্তির কোনও ব্যবস্থা করা সম্ভব হবে কি না জানি না। আমাদেরও কতক্ষণ এইভাবে থাকতে হবে জানি না। এখন একটা বোকা বনে যাওয়ার অবস্থা ; যাকে বলে কিংকর্তব্যবিমূঢ়। ঘটনাটা খুলেই বলি।

কাল সন্ধ্যায় হাজার ভিমরুলের সমবেত গুঞ্জনের মতো শব্দটা পাবার মিনিটখানেকের মধ্যেই মেঘের ভিতর থেকে ইউ.এফ.ও.-র আবির্ভাব হল। যেমন ছবি দেখেছিলাম, আকারে ঠিক তেমনই তবে সর্বাঙ্গ থেকে যে স্নিগ্ধ কমলা আভা বিচ্ছুরিত হচ্ছে, সেটা আর খবরের কাগজের সাদা কালো ছবিতে কী করে ধরা পড়বে ? সামনে থেকে দেখে বুঝতে পারছি, চেহারাটা একটা অতিকায় শিরস্ত্রাণের মতো। সর্বাঙ্গে গবাক্ষ বা পোর্টহোলের বুটি, এখান সেখান থেকে শিং-এর মতো জিনিস বেরিয়ে আছে—যেগুলোর নিশ্চয়ই কোনও ব্যবহার আছে। রকেটটা মনে হয় আমাদের দিকেই আসছে ; সম্ভবত যেখানে পায়ের ছাপ রয়েছে সেখানেই নামবে। আমরা জিনিসটাকে দেখছি পাথরের প্রাচীরের উপর দিয়ে সাবধানে মুখ বাড়িয়ে, যতটা সম্ভব নিজেদের অস্তিত্ব জানান না দিয়ে। তবে এটা জানি যে, রকেটের

অধিবাসীরা আমাদের দেখতে না পেলেও, হেলিকপ্টারটা তাদের দৃষ্টি আকর্ষণ করবেই। তার ফলে তারা কী করতে পারে সেটা জানা নেই।

কিন্তু শেষ পর্যন্ত আমাদের অস্তিত্ব সম্পূর্ণ অগ্রাহ্য করেই রকেটটা যথাস্থানে নামল।

আমরা ক'জন নিশ্বাস বন্ধ করে প্রায় দশ মিনিট ধরে রকেটটার দিকে চেয়ে থাকলেও ভিনগ্রহের প্রাণীদের দিক থেকে কোনও সাড়া শব্দ পাওয়া গেল না। এবার তা হলে কী করা ?

শেং-ই প্রথম প্রস্তাব করল রকেটটার দিকে এগিয়ে যাবার। কাঁহাতক অনন্তকাল ধরে এইভাবে চুপচাপ বসে থাকা যায় ? আমার পকেটে অ্যানাইহিলিন আছে, সন্ডার্স ক্রোল দু'জনের কাছেই রিভলভার রয়েছে। কেবল নকুড়বাবু আর শেং-এর কাছে কোনও অস্ত্র নেই। কিন্তু তাতে কিছু এসে যায় না। দু'জন সাহেবই ইতিমধ্যে স্নায়ু মজবুত করার জন্য বড়ি খেয়ে নিয়েছে, তাই বোধ হয় তারা আমাদের প্রস্তাবে রাজি হয়ে গেল।

আমরা পাঁচজনে পাথরের গা বেয়ে নেমে সমতল ভূমি দিয়ে চার পায়ে দাঁড়ানো রকেটটার দিকে অগ্রসর হলাম। কারিগরিতে এই ছিমছাম সুদৃশ্য রকেটের তুলনা নেই, সেটা এখন ভাল করে দেখে বেশ বুঝতে পারছি। টেকনলজির সঙ্গে শিল্পবোধের সমন্বয় না হলে এমন মহাকাশযানের সৃষ্টি হতে পারে না।

নকুড়বাবু হঠাৎ বললেন, 'অদ্ভুত জায়গা বেছেছে ইউ.এফ.ও.।'

আমি বললাম, 'তা তো বটেই ; তাকলা-মাকানের এক প্রান্তে তিয়েন শান পাহাড়ের ধারে—আত্মগোপন করার প্রশস্ত জায়গা।'

'আমি তার জন্য বলছিলাম না।'

'তবে ?'

কিন্তু নকুড়বাবু আর কিছু বলার আগেই ক্রোল চাপা গলায় একটা মন্তব্য করল—

'দ্য ডোর ইজ ওপ্‌ন।'

সত্যিই তো ! রকেটের এক পাশে একটা প্রবেশদ্বার খোলা রয়েছে, এবং তার থেকে অ্যালুমিনিয়াম জাতীয় কোনও ধাতুর তৈরি একটা সিঁড়ি নেমে এসেছে মাটি পর্যন্ত।

'চলুন, যাবেন না ?'

এবার কথাটা বললেন নকুড়চন্দ্র বিশ্বাস। তার দিকে চেয়ে উৎকণ্ঠা বা ভয় কোনওটারই লক্ষণ দেখলাম না।

'ভেতরে যাওয়া নিরাপদ কি ?'

ভদ্রলোককে প্রশ্নটা না করে পারলাম না।

'আপদ নিরাপদের কথা কি আসছে, স্যার ?' পালটা প্রশ্ন করলেন ভদ্রলোক। 'আমাদের আসার কারণই তো হল ইউ.এফ.ও.-র অনুসন্ধান। সেই ইউ.এফ.ও.-র সামনে দাঁড়িয়ে দরজা খোলা পেয়েও ভেতরে ঢুকব না ?'

এবার শেং বলল 'লেটস গো ইন।'

সন্ডার্স ও ক্রোল মাথা নেড়ে সায় দেওয়াতে পাঁচজনে এগিয়ে গেলাম—আমার হাতে অ্যানাইহিলিন, দুই সাহেবের হাতে দুটি রিভলভার।

পথপ্রদর্শক হয়ে আমিই প্রথম সিঁড়ি দিয়ে উঠলাম।

একে একে পাঁচজন সিঁড়ি দিয়ে উঠে রকেটের ভিতর একটা গোল কামরায় প্রবেশ করলাম।

ঘরের বাইরে রাত হয়ে এসেছে। কিন্তু ঘরের ভিতরে একটা মোলায়েম নীল আলো, যদিও সেটার উৎস কোথায় বুঝতে পারলাম না। যেদিক দিয়ে ঢুকেছি, তার বিপরীত দিকে

একটা গোল জানালা রয়েছে, যেটা কাচ বা প্লাস্টিক জাতীয় কোনও পদার্থ দিয়ে তৈরি। এ ছাড়া ঘরের বাঁয়ে ও ডাইনে দুটো গোল দরজা রয়েছে; দুটোই বন্ধ। আসবাব বলতে মেঝেতে খানদশেক টুল জাতীয় জিনিস, যেগুলো বেশ মজবুত অথচ স্বচ্ছ কোনও পদার্থের তৈরি। এ ছাড়া ঘরে আর কিছুই নেই। এ রকেটে কোনও ব্যক্তি বা প্রাণী আছে কি না সেটা এ ঘর থেকে বোঝার কোনও উপায় নেই।

রকেট কি তা হলে রোবট বা কম্পিউটার দ্বারা চালিত ? যন্ত্রপাতি নিশ্চয়ই দু পাশের দুটো ঘরে রয়েছে, কারণ এ ঘরে কিছুই নেই।

আমরা অবাক হয়ে এদিক, ওদিক দেখছি, এমন সময় একটা শব্দ পেয়ে ঘুরে দেখি প্রবেশদ্বার বন্ধ হয়ে গেছে।

ক্রোল তৎক্ষণাৎ এক লাফে দরজাটার কাছে গিয়ে সেটার হাতল ধরে প্রাণপণে টানাটানি করলেও কোনও ফল হল না। ও দরজা ওইভাবে খোলা যাবে না। ওর জন্য নিশ্চয়ই একটা সুইচ বা বোতামের বন্দোবস্ত আছে, এবং সে জিনিস এ ঘরে নেই। যিনি টিপেছেন সে বোতাম, তিনি আমাদের বন্দি করার উদ্দেশ্যেই টিপেছেন।

'ওয়েলকাম, জেন্টলমেন !'

হঠাৎ মানুষের গলায় ইংরেজি ভাষা শুনে আমরা বিদ্যুৎস্পৃষ্টের মতো চমকে উঠলাম। শেং বাঁ দিকের দেওয়ালের উপর দিকে অঙ্গুলি নির্দেশ করেছে।

সেখানে একটা গোল গর্ত, তার মধ্য দিয়েই এসেছে কণ্ঠস্বর। আমার বুকের ভিতর হৃৎস্পন্দনের মাত্রা বেড়ে গেছে এক ধাক্কায় অনেকখানি।

হঠাৎ চেনা লাগল কেন গলার স্বরটা ?

আবার কথা এল পাশের ঘর থেকে।

'অল্পক্ষণের মধ্যেই আমি তোমাদের সঙ্গে দেখা করব। তোমরা একটু অপেক্ষা করো। তোমাদের ঘরে খোলা জানলা না থাকলেও নিশ্বাস প্রশ্বাসের কোনও কষ্ট হবে না, অক্সিজেনের অভাব ঘটবে না। তবে ধূমপান নিষিদ্ধ। ক্ষুধাতৃষ্ণাও তোমরা অনুভব করবে না ওই ঘরে। অতএব তোমরা নিশ্চিন্ত থাকতে পারো।'

কথা বন্ধ হল। কই, এঁকে তো শত্রু বলে মনে হচ্ছে না মোটেই ! আর ইনি যদি মানুষ হন, তার মানে কি অন্য গ্রহ থেকে আসছে না এই রকেট ?

আর ভাবতে পারলাম না। সন্ডার্স ও ক্রোল টুলে বসে কপালের ঘাম মুছছে। তাদের দেখাদেখি আমরা বাকি তিনজনও বসে পড়লাম।

আবার নৈঃশব্দ্য। আমরা যে যার পকেটে পুরে ফেলেছি আমাদের আগ্নেয়াস্ত্র।

আমি ডায়রি লেখা শুরু করলাম।

কতক্ষণ বসে থাকতে হবে এইভাবে ? কী আছে আমাদের কপালে ?

১২ই অক্টোবর, সন্ধ্যা ছ'টা

পৃথিবীর সবচেয়ে নিকটবর্তী নক্ষত্র আলফা সেনটরির একটি গ্রহ থেকে আসা এই ইউ.এফ.ও.-কে (এখন আর আমাদের অজ্ঞাত নয়) ঘিরে আমাদের যে লোমহর্ষক অভিজ্ঞতা হল, সেটা গুছিয়ে বলার চেষ্টা করি।

প্রায় দেড় ঘণ্টা গোল ঘরে বসে থাকার পর আবার শুনতে পেলাম পরিচিত কণ্ঠস্বর।

'লিস্‌ন, জেন্টলমেন। তোমরা আমাকে না দেখতে পেলেও, আমি তোমাদের দেখতে পাচ্ছি। এই দৃষ্টি সাধারণ চোখের দৃষ্টি নয়। এই রকেটে বিশেষ বিশেষ পর্যবেক্ষণের জন্য বিশেষ বিশেষ যন্ত্র রয়েছে। সেই যন্ত্রের সাহায্যে দেখছি তোমাদের তিনজনের পকেটে আগ্নেয়াস্ত্র রয়েছে। সেই তিনটি অস্ত্র পকেট থেকে বার করে তোমাদের সামনে দেয়ালের উপর দিকে যে গোল গর্তটি রয়েছে তার মধ্যে ফেলে দাও। তারপর বাকি কথা হবে।'

আমি কথা শুনেই অ্যানাইহিলিনটা বার করেছি পকেট থেকে, কিন্তু ক্রোল ও সন্ডার্স দেখছি চুপচাপ বসেই আছে। আমি আজ্ঞা পালনের জন্য ইশারা করলাম তাদের দিকে, তবুও

তারা নড়ে না।

'আই অ্যাম ওয়েটিং,' বলে উঠল গমগমে কণ্ঠস্বর।

আমি আবার ইশারা করলাম। তাতে সন্ডার্স চাপা গলায় অসহিষ্ণুভাবে বলল, 'একটা বুজরুককে অত ভয় পাবার কী আছে? দিস ইজ নো ইউ.এফ.ও.!'

ঘরের আবহাওয়ায় হঠাৎ একটা পরিবর্তন লক্ষ করছি। নিশ্বাস নিতে কষ্ট হচ্ছে। এরকম হল কেন? সন্ডার্স ও ক্রোলের হাত চলে গেছে তাদের বুকের ওপর। কোমর থেকে দুমড়ে গেছে শরীর। নকুড়বাবু হাঁসফাঁস করছেন। শেং-এর জিভ বেরিয়ে গেছে, মুখ বেঁকে গেছে শ্বাসকষ্টে। সর্বনাশ! শেষে কি এইভাবে—?

'ফেলে দাও আগ্নেয়াস্ত্র! মূর্খের মতো জিদ কোরো না! তোমাদের মরণবাঁচন এখন আমার হাতে!'

'দিয়ে দিন! দিয়ে দিন!' রুদ্ধকণ্ঠে চেঁচিয়ে উঠলেন নকুড়বাবু।

আমি আগেই উঠে অ্যানাইহিলিনটা পকেট থেকে বার করে এগিয়ে গেছি। এবার সাহেব দুটিও কোনওরকমে উঠে এগিয়ে গিয়ে পকেট থেকে রিভলভার বার করে গর্তে ফেলে দিলেন। তারপর আমি ফেললাম আমার অ্যানাইহিলিন।

ঘরের আবহাওয়া তৎক্ষণাৎ আবার স্বাভাবিক হয়ে এল।

'থ্যাঙ্ক ইউ।'

কিছুক্ষণ কথা নেই। আমরা আবার দম ফেলতে পারছি, আবার যে যার জায়গায় এসে বসেছি।

এবার যেদিকে গোল গর্ত, সেদিকেরই গোল দরজাটা দু'ভাগ হয়ে দু' পাশে সরে গেল, আর তার ফলে যে গোল গহ্বরের সৃষ্টি হল তার মধ্যে দিয়ে ঘরে এসে যিনি ঢুকলেন, তাঁকে দেখেছি দশ বছর আগে জেনিভার সেই স্টিমারে।

ইটালির পদার্থবিজ্ঞানী ডঃ রোডোল্‌ফো কারবোনি।

সন্ডার্স ও ক্রোল দু'জনেই এঁকে এককালে চিনত, দু'জনের মুখ দিয়ে বেরিয়ে পড়ল বিস্ময়সূচক শব্দ।

কারবোনি এখন আরও বিবর্ণ, আরও কৃশ। তার মিশকালো চুলে পাক ধরেছে। কিন্তু তার দৃষ্টিতে তখন যে নৈরাশ্যের ভাব দেখেছিলাম, তার বদলে এখন দেখছি এক আশ্চর্য দীপ্তি—যেন সে এক অতুল শক্তি ও আত্মপ্রত্যয়ের অধিকারী, কাউকে সে তোয়াক্কা করে না।

'ওয়েল, জেন্টলমেন,' দরজার মুখে দাঁড়িয়ে শুরু করল কারবোনি, 'প্রথমেই বলে রাখি যে আমার সঙ্গে অস্ত্র আছে, কাজেই আমার গায়ে হাত তুলতে এসো না।'

আমি সন্ডার্সের দিকে দেখছিলাম, কারণ আমি জানি সে রগচটা মানুষ ; এর আগে বার কয়েক তার মাথা গরম হতে দেখেছি। এখন সে দাঁতে দাঁত চেপে রয়েছে। হাত তোলার নিষেধটা মানতে তার খুব কষ্ট হচ্ছে।

এবার আমি কারবোনিকে একটা প্রশ্ন না করে পারলাম না।

'এই রকেটের মালিক কি তুমি ?'

'আপাতত আমি।'

'আপাতত মানে ? আগে কে ছিল ?'

'যাদের সঙ্গে আমি আজ পনেরো বছর ধরে যোগাযোগ করে আসছি, তারা। এককালে তুমিও করেছিলে। আলফা সেনটরির একটি গ্রহের প্রাণী। তারা যে আসছে, সেকথা তারা আমায় জানিয়েছিল। আমি তাদের জন্য প্রস্তুত ছিলাম।'

'কী ভাষায় ভাবের আদান প্রদান হচ্ছিল তোমাদের মধ্যে ?'

'প্রথমে গাণিতিক ভাষায়, পরে মুদ্রার সাহায্যে। ইচ্ছা ছিল ইংরাজি অথবা ইটালিয়ানটা শিখিয়ে নেব, কিন্তু সেটা আর হয়ে উঠল না।'

'কেন ?'

'এখানে আসার ক' দিন পরেই তারা অসুখে পড়ে।'

'অসুখ ?'

'হ্যাঁ। ফ্লু। পৃথিবীর ভাইরাসের হাত থেকে তারা রেহাই পায়নি। তিনজন ছিল, তিনজনই মারা যায়। অবিশ্যি আমার কাছে ওযুধ ছিল, কিন্তু সে ওযুধ আমি কাজে লাগাইনি।'

'কেন ?' আমি অবাক হয়ে প্রশ্ন করলাম।

'কারণ তাদের বাঁচতে দেবার কোনও কারণ খুঁজে পাইনি। তারা ছিল মূর্খ।'

'মূর্খ ?'

'টেকনলজির দিক দিয়ে নয়। সেদিক দিয়ে তারা পৃথিবীর মানুষের চেয়ে অনেক বেশি অগ্রসর। কিন্তু তারা এসেছিল মানুষের বন্ধু হিসেবে, মানুষের উপকার করতে। আমি

তাদের মনোভাবের সমর্থন করতে পারিনি। অবিশ্যি তারা কিছু করতে পারার আগেই তাদের মৃত্যু হয়। তাকলা-মাকানের বালির নীচে তিনজনেরই সমাধির ব্যবস্থা করি আমি। মৃত্যুর আগে এই রকেটটা চালানোর প্রক্রিয়া তারা আমাকে শিখিয়ে দিয়েছিল। জলের মতো সোজা। সমস্তই কম্পিউটারের সাহায্যে চলে। শুধু বোতাম টেপার ব্যাপার। একটা রোবটও আছে, তবে সেটা এখন নিষ্ক্রিয়। তাকে কী করে চালাতে হয় জানি না, আর সেটার প্রয়োজনও নেই, কারণ আমিই এখন সর্বেসর্বা।'

'রকেটের যন্ত্রপাতিগুলো একবার দেখতে পারি কি ?' আমি প্রশ্ন করলাম। 'বুঝতেই পারছ, বৈজ্ঞানিক হিসেবে আমাদের একটা স্বাভাবিক কৌতূহল রয়েছে।'

'এসো আমার সঙ্গে।'

আমরা পাঁচজনেই গোল দরজা দিয়ে পাশের ঘরে ঢুকলাম।

ঘরটা প্রকাণ্ড। তালে তালে আঘাতের একটা শব্দ পাশের ঘর থেকেই পাচ্ছিলাম, এ ঘরে এসে সেটা আরও স্পষ্ট হল। দূর থেকে জয়ঢাক প্টোর শব্দ যে রকম শোনায়, কতকটা সেই রকম। যেদিক দিয়ে ঢুকলাম তার বিপরীত দিকে একটা বেশ বড় স্বচ্ছ জানালা রয়েছে ; বুঝলাম, এটাই সামনের দিক।

জানালার দু'দিকে রয়েছে ইনস্ট্রুমেন্ট প্যানেল। তাতে সারি সারি সুইচ বা বোতাম রয়েছে, যার পাশে পাশে বিভিন্ন রকম জ্যামিতিক নকশা থেকে বোঝা যায় কোনটার কী ব্যবহার। ঘরের ডান কোণে স্বচ্ছ উপাদানে তৈরি একটা মস্তকহীন মূর্তি রয়েছে, সেটাই যে রোবট তাতে সন্দেহ নেই। রোবটের দু' পাশে ঝোলা দুটি হাতে ছ'টা করে আঙুল, চোখের বদলে বুকের কাছে রয়েছে একটা হলুদ লেন্স। এ ছাড়া ঘরে আর বিশেষ কিছু নেই। সমস্ত রকেটটার মধ্যেই একটা অনাড়ম্বর সাদাসিধে ভাব বিশেষভাবে লক্ষণীয়।

কিন্তু প্রশ্ন হচ্ছে—এই রকেট কারবোনি কীভাবে ব্যবহার করতে চায় ?

ঘরে ফিরে এসে প্রশ্নটা করলাম তাকে।

কারবোনি কথাটার উত্তর দিল একটা ক্রূর হাসি হেসে।

'আপাতত পৃথিবীতে কিছু কাজ আছে। সেগুলো সেরে পাড়ি দেব মহাকাশে। পৃথিবীর মাধ্যাকর্ষণের গণ্ডি পেরিয়ে গেলে রকেট চলবে আলোক তরঙ্গের গতিতে—অর্থাৎ সেকেন্ডে এক লক্ষ ছিয়াশি হাজার মাইল। যে গ্রহ থেকে এই রকেট এসেছে, সেখানে পৌঁছোতে লাগবে দশ বছর।'

'তারপর ?'

'তারপর আর কী ! পৃথিবীর উপর তো কোনও আকর্ষণ নেই আমার, মৃত্যুভয়ও নেই। দু'বার এর আগে আত্মহত্যার চেষ্টা করেছি। পৃথিবীর মায়া অনেকদিন আগেই কাটিয়েছি। কাজেই যাত্রাপথেও যদি আমার মৃত্যু ঘটে, তা হলে কোনও খেদ নেই।'

'পৃথিবীতে যে কাজের কথা বলছ, সেটা কী ?'

'তার একটা কাজ তোমাদের আজকেই করে দেখিয়ে দিচ্ছি। তোমরা জায়গায় বসো, আমি রকেটটাকে চালু করে দিই।'

আমরা বসলাম। কারবোনি পাশের ঘরে গিয়ে আবার গোল দরজাটা বন্ধ করে দিল।

আধ মিনিটের মধ্যে আমরা শূন্যে উঠতে শুরু করলাম। চাঁদের আলোয় দেখলাম হুহু করে তাকলা-মাকান মরুভূমি ও তিয়েন শান পর্বতশ্রেণীর ব্যাপ্তি বেড়ে গেল, আর তারপর তাদের পিছনে ফেলে দিয়ে আমরা চললাম পশ্চিম দিকে।

রকেটের গতি আন্দাজ করা সহজ নয়, কিন্তু এত উপর থেকে যখন দেখছি পৃথিবীর মাটি দ্রুত সরে যাচ্ছে নীচ দিয়ে, তখন গতি যে সাধারণ জেট প্লেনের চেয়ে অনেক বেশি তাতে

সন্দেহ নেই।

ঘড়িতে বেজেছে সাড়ে ন'টা। পৌনে দশটার মধ্যে রকেট এত উঁচুতে উঠে পড়ল যে, পৃথিবীর কোন অংশ দিয়ে চলেছি আমরা, সেটা বোঝার আর কোনও উপায় রইল না।

অন্যদের কথা জানি না, একভাবে একটানা উড়ে চলার জন্য আমার একটা তন্দ্রার ভাব এসে গিয়েছিল ; হঠাৎ কানে তালা লাগার সঙ্গে সঙ্গে বুঝতে পারলাম, আমরা নামতে শুরু করেছি।

মিনিটখানেকের মধ্যেই মেঘের আবরণ ভেদ করে দেখতে পেলাম, আমরা বরফের পাহাড়ের উপর দিয়ে উড়ে চলেছি। কোথাকার পর্বতশ্রেণী এটা ?

আমার মনের প্রশ্নের জবাব এল দেওয়ালের গোল গর্তটার ভিতর দিয়ে।

'নীচে যে বরফ দেখছ, সেটা আল্‌পসের।'

'কোথায় যাচ্ছ আমাদের নিয়ে ?' অসহিষ্ণুভাবে প্রশ্ন করল ক্রোল।

উত্তর এল—'আমার দেশে।'

'ইটালি ?'

আর কোনও কথা নেই।

পাহাড় পেরিয়ে রকেট ধীরে ধীরে নীচে নামতে শুরু করেছে। শহরের আলো দেখা যাচ্ছে নীচে। ইতস্তত ছড়িয়ে দেওয়া আলোকবিন্দুর সমষ্টিই জানিয়ে দিচ্ছে শহরের অবস্থিতি। একটা আলোর ঝাঁক মিলিয়ে গিয়ে মুহূর্তের মধ্যেই আর একটা আলোর ঝাঁক এসে পড়ছে।

এবার রকেটের গতি কমল, আর সেই সঙ্গে মাটির দূরত্বও কমে এল। একটা প্রকাণ্ড শহরের দিকে এগিয়ে চলেছি আমরা। শহরের পশ্চিমে জলাশয়। ভূমধ্যসাগর কি ?

'রোম !' চেঁচিয়ে উঠল সন্ডার্স। 'ওই যে কলিসিয়াম !'

হ্যাঁ। এখন স্পষ্টই চিনতে পারছি রোম শহরকে। আমরা পাঁচজনেই এখন জানালার ধারে গিয়ে দাঁড়িয়েছি।

এবার শোনা গেল কারবোনির উদাত্ত কণ্ঠস্বর।

'শোনো। পৃথিবীর তথাকথিত সভ্য মানুষ আমার কী সর্বনাশ করেছিল, শোনো। আমার নকশায় তৈরি টুরিনের স্টেডিয়াম কয়েকজন ঈর্ষাপরায়ণ আর্কিটেক্টের ষড়যন্ত্রের ফলে ধ্বংস হয়ে যায়। দোষটা পড়েছিল আমার ঘাড়ে। আমার মানসম্মান ধূলিসাৎ হয়ে গিয়েছিল তার ফলে। সেই অপমানের প্রতিশোধ নেবার সুযোগ আমাকে করে দিয়েছে এই ভিনগ্রহের রকেট। কীভাবে সেই সুযোগের সদ্ব্যবহার করছি, সেটা তোমরা আজ চোখের সামনে দেখতে পাবে।'

আমার হাত পা ঠাণ্ডা হয়ে গেছে। পার্থেনন, এইফেল টাওয়ার, আংকোর ভাট—এই সব ধ্বংসের জন্য তা হলে কারবোনিই দায়ী ! কিন্তু আজ কী ধ্বংস করতে চলেছে সে ?

সেটার উত্তর পেয়ে গেলাম কয়েক সেকেন্ডের মধ্যেই।

রকেট এসে পড়েছে বিশ্ববিখ্যাত সেন্ট পিটার্স গির্জার উপরে। স্থপতি মাইকেল এঞ্জেলোর জীবনের শ্রেষ্ঠ কীর্তি।

'মাই গড ! ডু সামথিং !' চেঁচিয়ে উঠল সন্ডার্স। ক্রোল জার্মান ভাষায় গাল দিতে শুরু করেছে এই উন্মাদের উদ্দেশে। শেং মুহ্যমান। নকুড়বাবুর অলৌকিক ক্ষমতা আজ স্তব্ধ।

আমি শেষ চেষ্টায় চেঁচিয়ে প্রশ্ন করলাম—

'মানুষের শ্রেষ্ঠ কীর্তিগুলোকে সম্মান করতে জানো না তুমি ? তুমি এতই নীচ, এত হীন ?'

‘কোন কীর্তির কথা বলছ তুমি ? বিজ্ঞানের কীর্তি ছাড়া আর কোনও কীর্তিতে বিশ্বাস করি না আমি।’

‘কিন্তু তুমি যে বললে মানুষের বন্ধু হিসেবে এসেছিল এই ভিনগ্রহের প্রাণীরা—তবে তাদের রকেটে এমন ভয়ংকর অস্ত্র থাকবে কেন ?’

একটা অট্টহাস্য শোনা গেল পাশের ঘর থেকে।

‘এরা কি আর সেই উদ্দেশ্যে এই অস্ত্র লাগিয়েছিল রকেটে ? মহাকাশে অ্যাস্টারয়েডের সামনে পড়লে যাতে সেগুলিকে চূর্ণ করে রকেট পথ করে নিতে পারে তাই এই অস্ত্র। আমি শুধু এটাকে একটু অন্যভাবে কাজে লাগাচ্ছি।’

রকেটের মুখ ঘুরল সেন্ট পিটার্স গির্জার দিকে। রশ্মি আমরা চোখেও দেখতে পেলাম না ; শুধু দেখলাম জ্যোৎস্নাধৌত গির্জা হঠাৎ শতসহস্র খণ্ডে ভেঙে ছড়িয়ে পড়ল সেন্ট পিটার্সের চাতালের উপর।

ক্রোল রাগে কাঁপছে, তাই তার কথাগুলো বেরোল একটু অসংলগ্নভাবে।

‘তু-তুমি কি জানো যে, এই রকেটকে ঠিক ওইভাবে চূর্ণ করার মতো অস্ত্র আছে মানুষের হাতে ?’

উত্তরে আবার সেই উন্মাদ হাসি।

‘সে রকম অস্ত্র এই রকেটে প্রয়োগ করলে কী হবে, তুমি জানো না ? তোমাদের কেন এখানে আসতে দিয়েছি, জানো না ? তোমার সঙ্গের ওই চিন আর ভারতীয় ভদ্রলোকটির কথা জানি না। কিন্তু পৃথিবীর তিনজন সেরা বৈজ্ঞানিক এখানে আছে জানলে কি আর এই

রকেট ধ্বংস করার কোনও প্রশ্ন ওঠে ? তা হলে যে তোমরাও শেষ হয়ে যাবে !'

কারবোনি যে মোক্ষম শয়তানি চাল চেলেছে সেটা স্বীকার না করে উপায় নেই। ক্রোল সন্ডার্স দু'জনেরই যে শিরদাঁড়া ভেঙে দিয়েছে কারবোনির কথা, সেটা তাদের দেখেই বুঝতে পারছি।

ইতিমধ্যে রকেট তার ধ্বংসের কাজ শেষ করে আবার উপরে উঠতে শুরু করেছে। তার মুখ ঘুরে গেছে উলটো দিকে।

'এবার শঙ্কুকে একটা কথা বলতে চাই', বলল কারবোনি। 'এবারে তোমারই দেশের দিকে যাবে আমার রকেট। ভারতের সবচেয়ে গর্বের বস্তু কোনটি জিজ্ঞেস করলে তোমাদের শতকরা আশি ভাগ লোকই এক উত্তর দেবে। সেটা যে কী, সেটা আশা করি তোমাকে বলে দিতে হবে না। প্রতি বছর সারা পৃথিবী থেকে হাজার হাজার লোক সেই জিনিসটি দেখতে আসে তোমাদের দেশে।'

তাজমহল ? কারবোনি কি তাজমহলের কথা বলছে ? সে কি শাজাহানের অতুল কীর্তি ধ্বংস করতে চলেছে ?

আমি আর নিজেকে সামলাতে পারলাম না। গলা তোলার অভ্যাস আমার নেই, কিন্তু এবারে তুলতেই হল।

'তোমার ধ্বংসের কি শেষ নেই, কারবোনি ? যে পৃথিবীর মাটিতে মানুষ হয়েছ, তার শ্রেষ্ঠ কীর্তিগুলোর প্রতি কি তোমার একটুও মমতা নেই ? শিল্পের কি কোনও মূল্য নেই তোমার কাছে ?'

'শুধু আমার কাছে কেন শঙ্কু ? শিল্পের কোনও মূল্যই নেই। কারুর কাছেই থাকার কথা নয়। মানুষের কোন উপকারে আসে শিল্প ? তাজমহল রইল কি গেল তাতে কার কী এসে যায় ? সেন্ট পিটার্সের কী মূল্য ? পার্থেননের কী মূল্য ? অতীতকে আঁকড়ে ধরে থাকার কী মূল্য ?'

এই অমানুষের সঙ্গে কী তর্ক করব ? অথচ লোকটা না বুঝলেও যে কী সাংঘাতিক ব্যাপার হতে চলেছে, সে তো বুঝতেই পারছি।

'তিলুবাবু—'

নকুড়চন্দ্রের দিকে এতক্ষণ দৃষ্টি দিইনি, কারণ মনের সে অবস্থা ছিল না। এবার চেয়ে দেখি তাঁকে ভারী নিস্তেজ মনে হচ্ছে।

'কী হল ?' জিজ্ঞেস করলাম ভদ্রলোককে।

'ওই ওযুধটা আর এক ডোজ দেবেন কি ?'

'জ্বর জ্বর লাগছে না কি ?'

'না।'

'তবে ?'

'মাথা খেলছে না।'

ওযুধ আমার সঙ্গেই ছিল। দিয়ে দিলাম ভদ্রলোককে আর এক ডোজ সেরিব্রিলান্ট। কিন্তু এই অবস্থায় ইনি আর কী করতে পারেন ? ভদ্রলোক ঢোক গিলে একটা 'আঃ' শব্দ করে চোখ বুজলেন।

রকেট চলেছে পুবে। দ্বাদশীর চাঁদ এখন ঠিক মাথার উপর। ঘড়িতে বলছে পৌনে একটা। ক্রোল ও সন্ডার্স দু'জনেই নির্বাক। চোখের সামনে সেন্ট পিটার্স ধ্বংস হতে দেখে তাদের মনের যে কী অবস্থা হয়েছে সে তো বুঝতেই পারছি। শেং বিড়বিড় করে চলেছে—'পিকিং-এর ইম্পিরিয়াল প্যালেসকে আমরা এতদিন যত্ন করে জিইয়ে রেখেছি।

তার মধ্যে যে চিনের কত শিল্পকীর্তি রয়েছে তার হিসেব নেই। সেটাও যদি যায়...'

আড়াইটে পর্যন্ত মাথা হেঁট করে বসে কেটে গেল। চোখের সামনে নৃশংস ব্যাপার ঘটে চলেছে, অথচ আমরা পাঁচজন পুরুষ শক্তিহীন ; মুখ বুজে সব সহ্য করতে হচ্ছে। এটা যে কত পীড়াদায়ক, সেটা আমি লিখে বোঝাতে পারব না।

রকেট আবার নামতে শুরু করেছে।

ক্রমে চাঁদের আলোয় ভারতবর্ষের গাছপালা নদী পাহাড় চোখে এল জানলার মধ্যে দিয়ে। জানি, এক মর্মান্তিক দৃশ্য দেখতে হবে—তাও কেন জানি চোখ সরছে না। হয়তো তাজমহলকে শেষ দেখা দেখার ইচ্ছেতেই।

ওদিকের ঘর থেকে গুনগুন করে গানের শব্দ পাচ্ছি। কী অমানুষ ! কী অমানুষ !

এবার গান থেমে গিয়ে কথা এল।

'তাজমহল দেখিনি কখনও, জানো শঙ্কু। শুধু জানি আগ্রার ল্যাটিচিউড ও লঙ্গিচিউড। ওটুকু জানলেই হল। বাকি কাজ করবে কম্পিউটার। ঠিক জায়গায় এনে ফেলবে রকেটকে। বিজ্ঞানের কী মহিমা, ভেবে দেখো !'

আবার গান।

এবার রকেট দ্রুত নামতে শুরু করেছে। নীচের দৃশ্য স্পষ্ট হয়ে আসছে। ক্রোল সন্ডার্স শেং সকলেই জানালার কাছে এসে দাঁড়িয়েছে। আমার বুকের ভিতর থেকে একটা আবেগ উঠে এসে গলার কাছটায় জমা হয়েছে। আমি জানি, তাজমহলকে চোখের সামনে নিশ্চিহ্ন হতে দেখলে আমি চোখের জল রাখতে পারব না। এর চেয়ে বোধহয় মৃত্যুই ভাল ছিল।

ওই যে শহরের আলো ; তবে ইটালির শহরের আলোর মতো অত উজ্জ্বল নয়।

ওই যে যমুনা—চাঁদের আলোয় খাপ খোলা তলোয়ারের মতো চিকচিক করছে।

আর ওই যে তাজমহল। এখনও দূরে, তবে রকেট দ্রুত নেমে যাচ্ছে তার দিকে। শেং এসে দাঁড়িয়েছে আমার পাশে। সে অস্ফুট স্বরে দুবার বলল—'বিউটিফুল !' সে বইয়েই পড়েছে তাজের কথা, ছবি দেখেছে, সামনে থেকে দেখেনি কখনও।

কিন্তু কী রকম হল ?

পাশের ঘরে গান থেমে গেছে। আমাদের বুকের ভিতরটা কেঁপে উঠেছে।

কোথায় গেল তাজমহল ? এই ছিল, এই নেই—এ কি ভেলকি ?

আর কোথায়ই বা গেল শহরের আলো ?

একমাত্র যমুনাই ঠিক রয়েছে। চাঁদের আলোও আছে, আর সব বদলে গেছে চোখের সামনে। তাজমহলের জায়গায় দেখা যাচ্ছে হাজার কম্পমান অগ্নিশিখা।

রকেট নেমে চলেছে সেই দিকে। এখন স্পষ্ট দেখতে পাচ্ছি—চাঁদের আলোয় আর মশালের আলোয় পিঁপড়ের মতো হাজার হাজার লোক কী যেন করছে, তাদের আশেপাশে ছড়িয়ে আছে অজস্র সাদা পাথরের খণ্ড।

এবার হঠাৎ গোল দরজাটা খুলে গেল, আর দৃষ্টি বিস্ফারিত করে হুমড়ি খেয়ে আমাদের ঘরে এসে ঢুকল রোডোল্‌ফো কারবোনি।

'কী হল ! কোথায় গেল তাজমহল ! চোখের সামনে দেখলাম চাঁদের আলোয়, তারপর হঠাৎ কোথায় গেল ?'

আমি আড়চোখে নকুড়চন্দ্রের দিকে দেখলাম। তিনি এখন ধ্যানস্থ। তারপর কারবোনির দিকে ফিরে বললাম, 'তোমার আশ্চর্য রকেট আমাদের এক বিগত যুগে নিয়ে এসেছে, কারবোনি ! তাজমহল থাকবে কোথায় ? তাজমহল তো সবে তৈরি শুরু হয়েছে ! দেখছ না, হাজার হাজার লোক মশালের আলোয় শ্বেতপাথর নিয়ে কাজ করছে ? যে জিনিস নেই,

তাকে ধ্বংস কী করে করবে তুমি কারবোনি ?'

'ননসেন্স !' চেঁচিয়ে উঠল কারবোনি। 'ননসেন্স ! নিশ্চয় আমার রকেটের যন্ত্রপাতিতে কোনও গণ্ডগোল হয়েছে !'

সে পাগলের মতো আবার গিয়ে ঢুকল কনট্রোল রুমে। দেখলাম, এবার তার পিছনে দরজাটা বন্ধ হল না।

আমি এগিয়ে গেলাম খোলা দরজাটার দিকে। কারবোনিকে আর বিশ্বাস নেই। সে যে এই অবস্থায় কী করতে কী করে বসবে, তার ঠিক নেই।

আমার পিছন পিছন ক্রোল আর সন্ডার্সও এসে ঘরে ঢুকল।

কারবোনি প্যানেলের বোতামগুলো একটার পর একটা টিপে চলেছে, আর সেই সঙ্গে রকেট অত্যন্ত বিপজ্জনক ভাবে টলতে আরম্ভ করেছে।

আমি ক্রোল ও সন্ডার্সের দিকে ইশারা করতেই তারা দুজনে একসঙ্গে কারবোনির উপর ঝাঁপিয়ে পড়ে দু'দিক থেকে তার দু' হাত ধরে টেনে তাকে প্যানেল থেকে পিছিয়ে আনল।

আমি প্যানেলটা খুব মন দিয়ে দেখে বুঝতে পারলাম, সাংকেতিক ছবিগুলো চেনা মোটেই কঠিন নয়। আমরাও ওই জাতীয় জ্যামিতিক সংকেত ব্যবহার করে থাকি। একটা বোতামের পাশে ওপর দিকে মুখ করা তীরচিহ্ন দেখে বুঝলাম, ওটা টিপলে রকেট উপরে দিকে উঠবে। সেটা টিপতেই রকেট এক ঝটকায় উপরে উঠতে শুরু করল।

এদিকে কারবোনি রোগা হলে কী হবে, উন্মাদ অবস্থা তার শরীরে প্রচণ্ড শক্তি সঞ্চার করেছে। ক্রোল ও সন্ডার্সকে এক মোক্ষম ঝটকায় দু'দিকে সরিয়ে দিয়ে সে টাল সামলাতে না পেরে কনট্রোল প্যানেলের উপর হুমড়ি খেয়ে পড়ল। তার ফলে তার ডান হাতটা গিয়ে পড়ল বিশেষ একটা হলদে সুইচের উপর।

ক্রোল ও সন্ডার্স মেঝে থেকে উঠে আবার এগিয়ে গিয়েছিল কারবোনির দিকে, কিন্তু আমি তাদের ইশারা করে বারণ করলাম।

কারণ হলদে সুইচে হাত পড়ার ফলে রোবট সক্রিয় হয়ে এগিয়ে গেছে কারবোনির দিকে, তার বুকের হলদে আলো জ্বলে ওঠায় সমস্ত ঘর এখন আলোকিত।

রোবটের দুটো হাত একসঙ্গে এগিয়ে গিয়ে জাপটে ধরে ফেলল কারবোনিকে। তারপর সেই আলিঙ্গন দেখতে দেখতে এমন ভয়ংকর হয়ে উঠল যে, কারবোনির অবস্থা ধৃতরাষ্ট্রের আলিঙ্গনে লৌহ ভীমের মতো।

আধ মিনিটের মধ্যেই কারবোনির চোখ ঠিকরে বেরিয়ে আসা নিষ্প্রাণ দেহ আলিঙ্গনমুক্ত হয়ে কনট্রোল রুমের মেঝেতে লুটিয়ে পড়ল। বুঝলাম এই রোবটের শেখা বিদ্যের মধ্যে একটা হল রকেটকে যে বিপন্ন করে—এমন প্রাণীর সংহারসাধন।

কারবোনিকে ছেড়ে রোবট এখন গেছে কনট্রোল প্যানেলের দিকে। তার স্বচ্ছ আঙুলগুলো এখন সে স্বচ্ছন্দে চালনা করছে বোতামগুলোর ওপর। রকেটের দোলানি থেমে গেছে, আমি নিজে সরে এসেছি প্যানেলের সামনে থেকে। জানালা দিয়ে দৃশ্য দেখে বুঝলাম, রকেট এখন উড়ে চলেছে তুষারাবৃত হিমালয়ের উত্তর দিকে।

আমরা তিনজনেই আমাদের আগ্নেয়াস্ত্রগুলো মেঝে থেকে তুলে নিয়ে গোল ঘরে ফিরে এলাম। নকুড়চন্দ্র এখন প্রসন্নভাবে ও সুস্থ শরীরে টুলের উপর বসা। আমি তাকে জিজ্ঞেস করলাম, 'কোথায় পেয়েছিলে তাজমহল তৈরির বর্ণনা ? তাভেরনিয়েরের বইয়ে কি ?'

'ঠিক বলেছেন স্যার। ঘোষাল সাহেবের বাড়িতে ছিল ওই ফরাসি সাহেবের লেখা দু' ভল্যুম বই।'

দু' ঘণ্টার মধ্যে আমরা হিমালয় অতিক্রম করে সিংকিয়াং-এ এসে পড়লাম।

তারপর ঠিক ভোর পাঁচটায় তাকলা-মাকানের উত্তর প্রান্তে যেখান থেকে উড়েছিল রকেট, ঠিক সেখানেই এসে নামল। নিঁখুতভাবে রকেট চালনার কাজ শেষ করে রোবট কনট্রোল রুম থেকে বেরিয়ে এসে দাঁড়াল আমাদের গোল ঘরে। ততক্ষণে সামনের দরজা খুলে গিয়ে সিঁড়ি নেমে গেছে নীচে। রোবট দরজা থেকে কিছুটা পিছনে দাঁড়িয়ে তার ডান হাতটা বাড়িয়ে দিল সেই দিকে। অর্থাৎ—তোমরা এবার এসো।

আমরা পাঁচজনে শীততাপনিয়ন্ত্রিত ঘর থেকে বেরিয়ে এলাম বাইরের ভোরের শীতে।

ক্যাম্পের দিকে এগিয়ে যেতে যেতে পিছন ফিরে দেখলাম সিঁড়ি উপরে উঠে গিয়ে রকেটের দরজা বন্ধ হয়ে গেছে। পুবের আকাশে তখন গোলাপির আভা দেখা দিয়েছে। রকেটের বাইরে থেকেও সেই দপ দপ শব্দটা কেন শুনতে পাচ্ছি, সেটা বুঝতে পারছিলাম না। এবার সেই শব্দটা হঠাৎ বেড়ে গেল।

'চলে আসুন ! চলে আসুন ! রকেট উড়বে !'

নকুড়চন্দ্রের সতর্কবাণী শুনে আমরা সবাই দৌড়ে গিয়ে পাথরের ঢিবির পিছনে আশ্রয় নিলাম, আর সেখান থেকেই দেখলাম, রকেট তার নীচের মাটি তোলপাড় করে দিয়ে ধুলো বালিতে সবেমাত্র ওঠা সূর্যকে ঢেকে দিয়ে প্রচণ্ড বেগে উপর দিকে উঠে পাঁচ সেকেন্ডের মধ্যে অদৃশ্য হয়ে গেল ।

আমরা ঢিবির পিছন থেকে বেরিয়ে এগিয়ে গেলাম যেখানে রকেট ছিল, সেই দিকে । একটা জিনিস দেখে মনে একটা সন্দেহ জেগেছিল, শেং-এর উল্লাসে সেটা বিশ্বাসে পরিণত হল ।

এগিয়ে গিয়ে দেখি, ইউ.এফ.ও.-র দাপটে তাকলা-মাকানের মাটিতে একটা প্রকাণ্ড গর্তের সৃষ্টি হয়েছে, আর সেই গর্তের মধ্যে দেখা যাচ্ছে পাথরের গায়ে কারুকাজ করা এক সুপ্রাচীন সৌধের উপরের অংশ ।

এটাই যে অষ্টম শতাব্দীর সেই বৌদ্ধ বিহার, সে সম্বন্ধে শেং-এরও মনে বোধ হয় কোনও সন্দেহ নেই ।

আনন্দমেলা । পূজাবার্ষিকী ১৩৮৯

আশ্চর্জন্তু

আগস্ট ৭

আজ এক আশ্চর্য দিন।

সকালে প্রহ্লাদ যখন বাজার থেকে ফিরল, তখন দেখি ওর হাতে একটার জায়গায় দুটো থলি। জিজ্ঞেস করাতে বলল, 'দাঁড়ান বাবু, আগে বাজারের থলিটা রেখে আসি। আপনার জন্য একটা জিনিস আছে, দেখে চমক লাগবে।'

আমার তেত্রিশ বছরের পুরনো প্রৌঢ় চাকর আমাকে চমক দেবার মতো কিছু আনতে পারে ভেবে আমার হাসি পেল। কী এনেছে সে থলিতে করে?

মিনিটখানেকের মধ্যে প্রশ্নের জবাব পেলাম, আর চমক যেটা লাগল সেটা যেমন তেমন নয়, এবং তার মাত্রা অনুমান করা প্রহ্লাদের কর্ম নয়।

থলি থেকে বার করে যে জিনিসটা প্রহ্লাদ আমার হাতে তুলে দিল সেটা একটা জানোয়ার। সাইজে বেড়ালছানার মতো। চেহারার বর্ণনা আমার মতো বৈজ্ঞানিকের পক্ষে এক কথায় দেওয়া সম্ভব নয়। প্রাণিবিদ্যাবিশারদদের মতে পৃথিবীতে আন্দাজ দু'লক্ষ বিভিন্ন শ্রেণীর জানোয়ার আছে। আমি তার বেশ কিছু চোখে দেখেছি, কিছুর ছবি দেখেছি, আর বাকি অধিকাংশেরই বর্ণনা পড়ে জেনেছি তাদের জাত ও চেহারা কীরকম। প্রহ্লাদ আমাকে যে জন্তুটা দিল সেরকম জন্তুর বর্ণনা আমি কখনও পড়িনি। মুখ দেখে বানর শ্রেণীর জানোয়ার বলেই মনে হয়। নাকটা সাধারণ বাঁদরের চেয়ে লম্বা, কপাল বাঁদরের তুলনায় চওড়া, মাথাটা বড় আর মুখের নীচের দিকটা সরু। কান দুটো বেশ বড়, চাপা, এবং উপর দিকটা শেয়াল

কুকুরের কানের মতো ছুঁচোলো। চোখ দুটো মুখের অনুপাতে বড়ই বলতে হবে—যদিও লরিস বাঁদরের মতো বিশাল নয়। পায়ের প্রান্তভাগে থাবার বদলে পাঁচটা করে আঙুল দেখেও বাঁদরের কথাই মনে পড়ে। লেজের একটা আভাসমাত্র আছে। এ ছাড়া, গোঁফ নেই, সারা গায়ে ছোট ছোট লোম, গায়ের রং তামাটে। মোটামুটি চেহারার বর্ণনা হল এই। মাথাটা যে বড় লাগছে, সেটা শৈশব অবস্থা বলে হতে পারে—যদিও শৈশব কথাটা ব্যবহার করলাম আন্দাজে। এমনও হতে পারে যে, এটা একটা পরিণতবয়স্ক জানোয়ার, এবং এর জাতই ছোট।

মোটকথা এ এক বিচিত্র জীব। প্রহ্লাদ বলল, এটা তাকে দিয়েছে জগন্নাথ। জগন্নাথ থাকে উশ্রীর ওপারে ঝল্‌সি গ্রামে। সে নানারকম শিকড় বাকল সংগ্রহ করে গিরিডির বাজারে বেচতে আসে সপ্তাহে দু-তিনবার। আমিও জগন্নাথের কাছ থেকে গাছগাছড়া কিনে আমার ওষুধ তৈরির কাজে লাগিয়েছি। জগন্নাথ জন্তুটাকে পায় জঙ্গলে। সে জানে প্রহ্লাদের মনিবের নানারকম উদ্ভট জিনিসের শখ, তাই সে জানোয়ারটা আমার নাম করেই তাকে দিয়েছে।

'কী খায় জানোয়ার, সে বিষয়ে বলেছে কিছু?'

'বলেছে।'

'কী বলেছে?'

'বলেছে শাকসবজি ফলমূল ডালভাত সবই খায়।'

'যাক, তা হলে তো কোনও চিন্তাই নেই।'

চিন্তা নেই বললাম, কিন্তু এত বড় একটা ঘটনা নিয়ে চিন্তা হবে না সে কী করে হয়? একটা সম্পূর্ণ নতুন জাতের প্রাণী, যার নামধাম স্বভাবচরিত্র কিছুই জানা নেই, যার কোনও উল্লেখ কোনও জন্তু জানোয়ারের বইয়েতে কখনও পাইনি, সেটা এইভাবে আমার হাতে এসে পড়ল, আর তাই নিয়ে চিন্তা হবে না? কেমনতরো জানোয়ার এটা? শান্ত না মিচ্‌কে? কোথায় রাখব একে? খাঁচায়? বাক্সে? বন্দি অবস্থায় না ছাড়া অবস্থায়? একে দেখে আমার বেড়াল নিউটনের প্রতিক্রিয়া কী হবে? অন্য লোকে এমন জানোয়ার দেখলে কী বলবে?...

একে নিয়ে কী করা হবে সেটা ভাবার আগে আমি জন্তুটাকে বেশ কিছুক্ষণ ধরে পর্যবেক্ষণ করলাম। আমার কোল থেকে তুলে নিয়ে টেবিলের উপর রাখলাম ওটাকে। সে দিব্যি চুপচাপ বসে রইল, তার দৃষ্টি সটান আমার দিকে। ভারী অদ্ভুত এ চাহনি। এর আগে কোনও জানোয়ারের মধ্যে দেখেছি বলে মনে পড়ে না। এ চাহনিতে ভয় বা সংশয়ের কোনও চিহ্ন নেই, হিংস্র বা বুনোভাবের লেশমাত্র নেই। এ চাহনি যেন বুঝিয়ে দিচ্ছে যে, আমার উপর তার গভীর বিশ্বাস; আমি যে তার কোনও অনিষ্ট করব না, সেটা সে জানে। এ ছাড়াও চাহনিতে যেটা আছে, সেটাকে বুদ্ধি ছাড়া আর কিছু বলা যায় না। সত্যি করেই জন্তুটা বুদ্ধিমান কি না, তার পরিচয় না পেলেও, তার চোখের মনির দীপ্তিতে স্পষ্ট বোঝা যায় যে, তার মস্তিষ্ক সজাগ। সেই কারণেই সন্দেহ হচ্ছে যে, এ জন্তু হয়তো শাবক নয়। অবিশ্যি এর বয়সের হদিস হয়তো কোনওদিনও পাওয়া যাবে না। যদি দেখি এর আয়তন দিনে দিনে বাড়ছে, তা হলে অবিশ্যি বুঝতে হবে এর বয়স বেশি হতে পারে না।

আজ সকাল সাতটায় এসেছে জন্তুটা আমার কাছে; এখন রাত পৌনে এগারোটা। ইতিমধ্যে পশুসংক্রান্ত যত বই, এনসাইক্লোপিডিয়া ইত্যাদি আছে আমার কাছে, সবগুলো ঘেঁটে দেখেছি। কোনও জন্তুর বর্ণনার সঙ্গে এর সম্পূর্ণ মিল নেই।

সকালেই নিউটনের সঙ্গে জন্তুটার মোলাকাত হয়ে গেছে। আমার কফি খাবার সময় নিউটন আমার কাছে এসে বিস্কুট খায়। আজও এল। জন্তুটা তখনও টেবিলের উপরেই রাখা ছিল। নিউটন সেটাকে দেখেই দরজার মুখে থমকে দাঁড়াল। আমি দেখলাম তার লোম খাড়া হচ্ছে। জন্তুটার মধ্যে কিন্তু কোনও চাঞ্চল্য লক্ষ করলাম না। সে কেবল আমার দিক থেকে

বিড়ালের দিকে দৃষ্টি ফিরিয়েছে। অবিশ্যি এই দৃষ্টির মধ্যে একটা পার্থক্য আছে। খুব অল্পক্ষণের জন্য হলেও, তার মধ্যে একটা সতর্কতার আভাস ফুটে উঠেছে। প্রায় সঙ্গে সঙ্গেই নিউটনের পিঠের লোমগুলো আবার বসে গেল। সে জানোয়ারের দিক থেকে দৃষ্টি ফিরিয়ে নিয়ে একটা ছোট্ট লাফে আমার কোলে উঠে বিস্কুট খেতে লাগল।

জন্তুটাকে মেপে রেখেছি। নাকের ডগা থেকে লেজের ডগা অবধি সাড়ে ন' ইঞ্চি। এটার ছবিও তুলে রেখেছি বিভিন্ন দৃষ্টিকোণ থেকে। রঙিন ছবি, কাজেই পরে রং পরিবর্তন হলে বুঝতে পারব। খাওয়ার ব্যাপারে আজ আমি যা খেয়েছি তাই খেয়েছে, এবং সেটা বেশ তৃপ্তি সহকারে। আজ বিকেলে একবার আমি ওটাকে সঙ্গে নিয়ে বাগানে বেড়াতে বেরিয়ে ছিলাম। একবার মনে হয়েছিল গলায় একটা বকলস পরিয়ে নিই, কিন্তু শেষপর্যন্ত হাতে করে তুলে নিয়ে গিয়ে ঘাসের উপর ছেড়ে দিলাম। সে আমার পাশেপাশেই হাঁটল। মনে হয় সে এর মধ্যেই বেশ পোষ মেনে গেছে। জন্তুজানোয়ারের সঙ্গে বন্ধুত্ব স্থাপন করতে আমার বেশি সময় লাগে না এটা আমি দেখেছি। এর বেলাও সেটা বিশেষভাবে লক্ষ করলাম।

এখন আমি শোবার ঘরে বসে ডায়রি লিখছি। জন্তুটার জন্য একটা প্যাকিংকেসের মধ্যে বিছানা করে দিয়েছি। মিনিটপাঁচেক হল নিজে থেকেই সে বাক্সের মধ্যে ঢুকেছে।

অকস্মাৎ আমার জীবনে এই নতুন সঙ্গীর আবির্ভাবে আমার মন আজ সত্যিই প্রসন্ন।

আগস্ট ২৩

আজ আমার কতকগুলো জরুরি চিঠি এসেছে; সে বিষয় বলার আগে জানিয়ে রাখছি যে, এই ষোলো দিনে আমার জন্তু আয়তনে নিউটনকে ছাড়িয়ে গেছে। সে এখন লম্বায় ষোলো ইঞ্চি। তার স্বভাবচরিত্রেরও কতকগুলো আশ্চর্য দিক প্রকাশ পেয়েছে, সে বিষয় পরে বলছি।

জন্তুটিকে পাবার দু'দিন পরেই তার ছবি সমেত পৃথিবীর তিনজন প্রাণিবিদ্যাবিশারদকে চিঠি লিখে পাঠিয়ে ছিলাম। কীভাবে এটাকে পাওয়া গেল, এবং এর স্বভাবের যেটুকু জানি সেটা লিখে পাঠিয়ে ছিলাম। এই তিনজন হলেন ক্যালিফর্নিয়া বিশ্ববিদ্যালয়ের জন ড্যাভেনপোর্ট, ইংলন্ডের স্যার রিচার্ড ম্যাক্সওয়েল, ও জার্মানির ড. ফ্রিডরিশ এক্‌হার্ট। তিনজনেরই উত্তর আজ একসঙ্গে পেয়েছি। ড্যাভেনপোর্ট লিখছেন—বোঝাই যাচ্ছে পুরো ব্যাপারটা একটা ধাপ্পাবাজি; এই নিয়ে তাঁকে যেন আমি আর পত্রাঘাত না করি। ম্যাক্সওয়েল বলছেন, জন্তুটা যে একটা হাইব্রিড তাতে কোনও সন্দেহ নেই। হাইব্রিড হল, দুটি বিভিন্ন জানোয়ারের সংমিশ্রণে উদ্ভূত একটি নতুন জানোয়ার। যেমন ঘোড়া আর গাধা মিলে খচ্চর। ম্যাক্সওয়েল চিঠি শেষ করেছেন এই বলে—'পৃথিবীতে আনকোরা নতুন জানোয়ার আবিষ্কারের সম্ভাবনা নেই বললেই চলে। সমুদ্রগর্ভে কী আছে না আছে তার সব খবর হয়তো আমরা জানি না, কিন্তু ডাঙার প্রাণী সবই আমাদের জানা। তোমার এই জন্তুকে অনেকদিন স্টাডি করা দরকার। এর স্বভাবে তেমন কোনও চমকপ্রদ বৈশিষ্ট্য ধরা পড়লে আমাকে জানাতে পারো।'

ড. এক্‌হার্ট হচ্ছেন এই তিনজনের মধ্যে সবচেয়ে খ্যাতিসম্পন্ন। তাঁর চিঠিটা একটু বিশেষ ধরনের বলে সেটা সম্পূর্ণ তুলে দিচ্ছি।

এক্‌হার্ট লিখছেন—

প্রিয় প্রোফেসর শঙ্কু,

তোমার চিঠিটা কাল সকালে পেয়ে আমি সারারাত ঘুমোতে পারিনি। তুমি ছাড়া

অন্য কেউ লিখলে আমি সমস্ত ব্যাপারটা প্রতারণা বলে উড়িয়ে দিতাম। কিন্তু তোমার ক্ষেত্রে এ প্রশ্নই ওঠে না। কী আশ্চর্য এক জানোয়ার যে তোমার হাতে এসে পড়েছে সেটা আমি পঞ্চান্ন বছর পশু সম্বন্ধে চর্চা করে বুঝতে পারছি। তোমার তোলা ছবিই এই জানোয়ারের অনন্যসাধারণতা প্রমাণ করে। আমি বৃদ্ধ হয়েছি, তাই তোমার দেশে গিয়ে জানোয়ারটা দেখে আসা সম্ভব হচ্ছে না। কিন্তু একটি বিকল্প ব্যবস্থায় তোমার আপত্তি হবে কি না পত্রপাঠ লিখে জানাও। তুমি যদি এখানে আস তবে তার খরচ বহন করতে আমি রাজি আছি। আমার অতিথি হয়েই থাকবে তুমি। তোমার জানোয়ারের জন্য যথোপযুক্ত ব্যবস্থা আমি করব। আমি আপাতত অসুস্থ, ডাক্তার আমাকে দু'মাস বিশ্রাম নিতে বলেছে। যদি নভেম্বর মাসে আসতে পার তা হলে খুব ভাল হয়। আমি তোমার সঙ্গে যথাসময়ে যোগাযোগ করব—অবিশ্যি যদি জানি যে, তোমার পক্ষে আসা সম্ভব হচ্ছে।

আমার আন্তরিক শুভেচ্ছা গ্রহণ করো।

ইতি

ফ্রিডরিশ একহার্ট

আমি এঁকে জানিয়ে দেব যে, আমার যাবার ইচ্ছে আছে—অবিশ্যি যদি আমার জন্তু বহাল তবিয়তে থাকে।

এবার জন্তুটার বিষয় বলি।

ক'দিন থেকেই লক্ষ করছি জন্তুটা আর আমার সামনে চুপচাপ বসে থাকে না। আমার সঙ্গ সে পরিত্যাগ করে না ঠিকই, কিন্তু তার মধ্যে যেন একটা স্বাধীন মনোভাব এসেছে। আমি যখন পড়ি বা লিখি তখন সে সারা ঘরময় নিঃশব্দে ঘোরাফেরা করে। মনে হয় ঘরের জিনিসপত্র সম্বন্ধে তার বিশেষ কৌতূহল। আলমারির বই, ফুলদানির ফুল, টেবিলের উপর কাগজকলম দোয়াত টেলিফোন—সব কিছু সম্পর্কে তার অনুসন্ধিৎসা। এতদিন সে ঘুরে ঘুরে বেড়িয়ে দেখেই সন্তুষ্ট ছিল, আজ হঠাৎ দেখি চেয়ার থেকে টেবিলে উঠে সে আমার ফাউনটেনপেনটা হাতে নিয়ে নেড়েচেড়ে দেখছে। এই নাড়াচাড়ার মধ্যে একটা বিশেষত্ব লক্ষ করলাম। তার বুড়োআঙুল কাজ করে মানুষ বা বাঁদরের মতোই। ডাল আঁকড়ে ধরে গাছে চড়ে খাদ্য সংগ্রহ করতে হবে বলে বানরশ্রেণীর জানোয়ারের এই কেজো বুড়ো আঙুলের উদ্ভব হয়েছিল। একেও জঙ্গলে থেকে গাছে চড়তে হয়েছে সেটা বুঝতে পারলাম।

এ ছাড়া আরেকটা লক্ষ করার জিনিস হল—সে কলমটা দেখছে দু'পায়ে দাঁড়িয়ে। বানরশ্রেণীর মধ্যে এক ওরাংওটাং, ও সময় সময় শিম্পাঞ্জিকে, কিছুক্ষণের জন্য দাঁড়িয়ে হাঁটতে দেখা যায়। গোরিলা দু'পায়ে দাঁড়িয়ে বুকে চাপড় মারে বটে, কিন্তু সেই পর্যন্তই। আমার জন্তু কিন্তু দাঁড়িয়ে রইল বেশ কিছুক্ষণ ধরে।

তারপর দাঁড়ানো অবস্থাতেই হাত বাড়িয়ে একটা কাগজ টেনে নিয়ে কলমটা দিয়ে তার উপর হিজিবিজি কাটতে শুরু করল। আমার চল্লিশ বছরের পুরনো অতি প্রিয় ওয়াটারম্যান কলম; পাছে তার নিবটা এই জন্তুর হাতে পড়ে নষ্ট হয়ে যায় তাই বাধ্য হয়ে সেটাকে উদ্ধার করার উদ্দেশ্যে সোফা ছেড়ে উঠে এগিয়ে গেলাম। জন্তু যেন আমার উদ্দেশ্য অনুমান করেই হাত বাড়িয়ে কলমটা আমার হাতে দিয়ে দিল।

এই ঘটনা থেকে তিনটে নতুন কথা জানতে পারলাম জন্তুটা সম্পর্কে।

১) তার বুড়ো আঙুল মানুষ বা বাঁদরের মতো কাজ করে।

২) সে দু'পায়ে দাঁড়িয়ে থাকতে পারে বাঁদরের চেয়ে বেশিক্ষণ।

৩) তার বুদ্ধি বানরশ্রেণীর বুদ্ধিকে অনেকদূর অতিক্রম করে যায়।

আরও কত কী যে শিখব এই বিচিত্র জানোয়ারটিকে স্টাডি করে তা কে জানে?

সেপ্টেম্বর ২

জন্তুটা এ কদিনে আরও তিন ইঞ্চি বেড়েছে। এখন এর আয়তন মোটামুটি একটা মাঝারি সাইজের কুকুরের মতো। অথবা বছর চারেকের মানুষের বাচ্চার মতো। এটা বলছি, কারণ জন্তুটা এখন প্রায়ই দু'পায়ে হাঁটে, হাতে করে খাবার তুলে মুখে পোরে, দু'হাতে গেলাস ধরে দুধ খায়। শুধু তাই নয়, ওকে আর মাঠে নিয়ে যেতে হয় না। ও আমার বাথরুম ব্যবহার করে। গত সপ্তাহে ওর জন্যে কয়েকটা রঙিন পেন্টুলুন করিয়েছি। সেগুলো পরতে ও কোনও আপত্তি করেনি। আজ তো দেখলাম নিজেই পা গলিয়ে পরার চেষ্টা করছে।

আরও একটা বিশেষত্ব লক্ষ করছি। সেটা হল, ঘরে কথাবার্তা হলে ও অতি মনোযোগ দিয়ে শোনে। শোনার সময় তার ভুরু কুঁচকে যায়—সেটা কনসেনট্রেশনের লক্ষণ। আমি জানি এটা অন্য কোনও জানোয়ারের মধ্যে দেখা যায় না। এটা বিশেষ করে লক্ষ করছিলাম যখন কাল অবিনাশবাবুর সঙ্গে কথা বলছিলাম।

অবিনাশবাবু আমার প্রতিবেশী এবং বহুকালের আলাপী। এই একটি ভদ্রলোককে দেখলাম যিনি আমাকে কোনওরকম আমল দেন না। বা আমার কাজ সম্বন্ধে কোনও কৌতূহল প্রকাশ করেন না। জন্তুটাকে দেখে তিনি ভুরু ঈষৎ কপালে তুলে কেবল বললেন, 'এটা আবার কী বস্তু?'

আমি বললাম, 'এটি একটি আনকোরা নতুন শ্রেণীর জানোয়ার। এর নাম ইয়ে।'

অবিনাশবাবু চুপ করে চেয়ে আছেন আমার দিকে। তারপর বললেন, 'কী হল—মনে পড়ছে না নামটা?'

'বললাম তো—ইয়ে।'

'ইয়ে?'

'ইয়ে। সেটা বাংলা ইয়েও হতে পারে, আবার ইংরিজি E.A. অর্থাৎ একস্ট্রর্ডিনারি অ্যানিম্যালও হতে পারে।

ইয়ে নামটা আমি গতকালই স্থির করেছি। ইয়ে বলে দু-একবার ডেকেও দেখেছি। সঙ্গে সঙ্গে মাথা ঘোরানো থেকে মনে হয় সে ডাকে সাড়া দিচ্ছে।

'বাঃ, বেশ নাম হয়েছে,' বললেন অবিনাশবাবু, 'কিন্তু এ কিছু করবে টরবে না তো?'

জন্তুটা অবিনাশবাবুর দিকে এগিয়ে গিয়ে ভদ্রলোকের বাঁ হাতের কবজিটা ধরে ঘুরিয়ে ফিরিয়ে রিস্টওয়াচটা দেখছিল। আমি বললাম, 'আপনি কিছু না করলে নিশ্চয়ই করবে না।'

'হুঁ...তা এটাকে কি এখানেই রাখবেন, না জু গার্ডেনে দিয়ে দেবেন?'

'আপাতত এখানেই রাখব। এবং আপনাকে একটা অনুরোধ করব।'

'কী?'

'আমার এই নতুন সম্পত্তিটি সম্বন্ধে দয়া করে কাউকে কিছু বলবেন না।'

'কেন?'—অবিনাশবাবুর দৃষ্টিতে কৌতুকের আভাস—'যদি বলি আপনি একটি ইয়ে সংগ্রহ করেছেন তাতে দোষটা কী? ইয়েটা যে কী সেটা না বললেই হল!'

'এটা চলতে পারে।'

প্রহ্লাদ কফি এনে দিয়েছে, ইয়ে সোফায় ঠেস দিয়ে বসে ঠিক আমাদেরই মতো কাপের হাতলে ডান হাতের তর্জনী গলিয়ে দিয়ে সেটা মুখের সামনে ধরে চুমুক দিয়ে কফি খাচ্ছে।

এই অবাক দৃশ্য দেখেও অবিনাশবাবুর একমাত্র মন্তব্য হল, 'বোঝো!'
একটা মানুষের বিস্ময়বোধ বলে কোনও বস্তু নেই, এটা ভাবতে অবাক লাগে।

সেপ্টেম্বর ৪

আজ এক আশ্চর্য ঘটনা ইয়ে সম্পর্কে আমার এতদিনের ধারণা তছনছ করে দিয়েছে।

দুপুরে আমার পড়ার ঘরে বসে সদ্য ডাকে আসা 'নেচার' পত্রিকার পাতা উলটে দেখছিলাম। ইয়ে আমার পাশের সোফাতে বসে একটা কাচের পেপারওয়েটে চোখ লাগিয়ে সেটা ঘুরিয়ে ফিরিয়ে দেখছিল। এরই মধ্যে সে যে কখন ঘর থেকে বেরিয়ে গেছে টের পাইনি। হঠাৎ আমার ল্যাবরেটরি থেকে একটা বাক্স উলটে পড়ার শব্দ পেয়ে ব্যস্তভাবে উঠে গিয়ে এক ভয়াবহ দৃশ্য দেখে কিছুক্ষণের জন্য চিন্তাশক্তি হারিয়ে ফেললাম।

বর্ষার সময় আমার বাগানে মাঝে মাঝে সাপ বেরোয়, সেটা আমি জানি। তারই একটা বোধ হয় বারান্দা দিয়ে আমার ল্যাবরেটরিতে ঢুকেছিল। যে সে সাপ নয়, একেবারে গোখরো। সেই সাপ দেখি এখন ইয়ের কবলে পড়েছে। সাপের গলায় দাঁত বসিয়ে আমার জন্তু তাকে ধরেছে মরণকামড়ে। আর সেইসঙ্গে সাপের লেজের আছড়ানি সে রোধ করেছে সামনের দু'পা দিয়ে।

ঘটনাটা চলল এক মিনিটের বেশি নয়। কারণ এই আসুরিক আক্রমণ যে সাপকে সহজেই পরাস্ত করবে, তাতে আশ্চর্যের কিছু নেই।

থেঁতলানো, মরা সাপটাকে ছেড়ে দিয়ে এবার ইয়ে পিছিয়ে এল। বিজয়গর্বে তার দ্রুত নিশ্বাস পড়ছে, সেটা আমি ঘরের বিপরীত দিক থেকে শুনতে পাচ্ছি।

কিন্তু আশ্চর্য এই যে, ইয়ের দাঁত আমি আগে পরীক্ষা করেছি; সে দাঁত দিয়ে এ-কাজটা অসম্ভব। কারণ মাংসাশী জানোয়ারের তীক্ষ্ণ শ্ব-দন্ত বা কুকুরে-দাঁত ইয়ের ছিল না।

আর সাপের দেহ যেরকম ক্ষতবিক্ষত হয়েছে, সে কাজটা করার মতো তীক্ষ্ণ নখ—যাকে ইংরেজিতে বলে 'ক্ল'—সেও এ জন্তুর ছিল না।

প্রহ্লাদকে ডেকে সাপটা ফেলে দিতে বলে আমি ইয়ের দিকে এগিয়ে গেলাম।

'ইয়ে, তোমার মুখটা হাঁ করো তো দেখি।'

বাধ্য ছেলের মতো এই আশ্চর্য জন্তু এককথায় আমার আদেশ পালন করল।

না। এমন দাঁত তো আগে ছিল না, হঠাৎ এর আবির্ভাব হল কী করে?

চার পায়ের বিশটা আঙুলে যে তীক্ষ্ণ নখ এখন দেখলাম, সে নখও আগে ছিল না।

কিন্তু বিস্ময়ের শেষ এখানেই নয়।

দশ মিনিটের মধ্যে নখ ও দাঁত আবার স্বাভাবিক অবস্থায় ফিরে এল।

পশুবিজ্ঞান এই রহস্যের কোনও কিনারা করতে পারে কি? মনে তো হয় না।

নভেম্বর ১

কাল জার্মানি রওনা হব। আমাকে যেতে হবে ফ্রাঙ্কফুর্ট থেকে আন্দাজ সত্তর কিলোমিটার উত্তর-পশ্চিমে কোবলেনৎস শহরে। এক্হার্টকে গত ক'মাসের ঘটনাবলি জানিয়ে চিঠি লিখেছিলাম। সে দ্বিগুণ উৎসাহে আমাকে আমন্ত্রণ জানিয়েছে। যাতায়াতের সব বন্দোবস্ত হয়ে গেছে। সাতদিন আমি এক্হার্টের অতিথি হয়েই থাকব।

ইয়ের আয়তন গত দেড়মাসে আর বাড়েনি, যদিও তার বুদ্ধি উত্তরোত্তর বেড়েই চলেছে। আজকাল মাঝে মাঝে সে বই হাতে নিয়ে নাড়াচাড়া করে। তাকে চতুষ্পদ বলতেও দ্বিধা হয়।

কারণ অধিকাংশ সময়ই সে দু'পায়ে হাঁটে।

পর্যবেক্ষণের ফলে আরও যে কয়েকটি তথ্য ইয়ে সম্বন্ধে জানা গেছে সেগুলি লিপিবদ্ধ করছি—

১) বদলে যাওয়া পরিবেশের সঙ্গে দ্রুত খাপ খাইয়ে নেবার আশ্চর্য স্বাভাবিক ক্ষমতা আছে এ জন্তুর। সে জঙ্গল থেকে এলেও, মানুষের মধ্যে বাস করে তার স্বভাব দিনে দিনে মানুষের মতো হয়ে যাচ্ছে।

২) গোখরোর ঘটনা থেকে এটাই প্রমাণ হচ্ছে যে, শত্রুকে পরাস্ত করার অদ্ভুত ক্ষমতা প্রকৃতি এই জানোয়ারকে দিয়েছে। বেজির স্বাভাবিক ক্ষমতা আছে সাপকে বেকায়দায় ফেলার। এ ব্যাপারে বেজির নখ ও দাঁত তাকে সাহায্য করে। ব্যাঙের সে ক্ষমতা নেই, তাই ব্যাঙ সহজেই সাপের শিকারে পরিণত হয়। একদিন হঠাৎ যদি সাপের বিরুদ্ধে লড়ার জন্য ব্যাঙের নখ ও দাঁত গজায় তা হলে সেটা যত আশ্চর্য ঘটনা হবে, আমার জন্তুর সহসা নখ দন্ত উদ্‌গমও সেইরকমই আশ্চর্য ঘটনা। আমি জানি, আবার যদি তাকে সাপের সামনে পড়তে হয়, তা হলে আবার তার নখ ও দাঁত গজাবে।

৩) এই জানোয়ারের জাতটাই হয়তো বোবা, কারণ এই ক'মাসে একটিবারের জন্য সে কোনওরকম শব্দ করেনি।

নভেম্বর ৪

ইয়ে আরেকবার চমকে দিয়েছে আমাকে।

আমি ওর জন্য একটা বাক্স তৈরি করিয়ে নিয়েছিলাম, যেটা এয়ারওয়েজের কর্তৃপক্ষদের সঙ্গে বিশেষ ব্যবস্থা করে প্লেনের লেজের দিকে ক্যাবিনের মধ্যেই রাখা হয়েছিল। ফ্রাঙ্কফুর্ট পৌঁছোনোর দশ মিনিট আগে আমি ইয়ের কাছে গিয়েছিলাম তাকে একটা গরম কোট পরিয়ে দেব বলে। গিয়ে দেখি ইয়ের চেহারা বদলে গেছে; তার সর্বাঙ্গে প্রায় তিন ইঞ্চি লম্বা লোম গজিয়ে তাকে বরফের দেশে বাসের উপযুক্ত করে দিয়েছে। অবস্থা বুঝে ব্যবস্থার আরেকটা জলজ্যান্ত প্রমাণ।

ফ্রাঙ্কফুর্টে নেমে দেখি আশি বছরের বৃদ্ধ ড. এক্‌হার্ট নিজেই এসেছেন আমাকে রিসিভ করতে। এয়ারপোর্টে আর ইয়েকে বাক্স থেকে বার করলাম না, কারণ ওরকম সৃষ্টিছাড়া জানোয়ারকে দেখতে যাত্রীদের মধ্যে হইচই পড়ে যেত। এক্‌হার্ট অবিশ্যি পুলিশের বন্দোবস্ত করেছিলেন। তা ছাড়া কোনও সাংবাদিক বা ফোটোগ্রাফারকে আমার আসার খবরটা দেননি।

এক্‌হার্টকে দেখে বলতে বাধ্য হলাম যে, তাঁর বয়স যে আশি সেটা বোঝার কোনও উপায় নেই। সত্যি বলতে কী, পঞ্চাশ-বাহান্নর বেশি মনে হয় না। এক্‌হার্ট হেসে বললেন যে, সেটা জার্মানির আবহাওয়ার গুণ।

পথে গাড়িতে ভদ্রলোককে ইয়ের লোম গজানোর খবরটা দিলাম। এক্‌হার্ট বললেন, 'তোমার জানোয়ারের বিষয় যতই শুনছি ততই আমার বিস্ময় বাড়ছে। আমি ইচ্ছা করেই অন্য কোনও প্রাণিবিদ বা বৈজ্ঞানিককে তোমার আসার খবরটা দিইনি, কারণ তাদের সঙ্গে কথা বলে বুঝেছি যে, তারা ভারতে পাশ্চাত্য বিজ্ঞানচর্চার ব্যাপারটা বিশেষ শ্রদ্ধার চোখে দেখে না। তাদের কাছে ইন্ডিয়া এখনও রোপ-ট্রিক আর স্নেক-চার্মারের দেশ।'

এক ঘণ্টার মধ্যেই আমরা কোবলেনৎস পৌঁছে গেলাম। শহরের বাইরে অত্যন্ত মনোরম পরিবেশে এক্‌হার্টের বাসস্থান। আমি জানতাম যে, এক্‌হার্টের পরিবার জার্মানির সবচেয়ে সম্ভ্রান্ত পরিবারের অন্যতম। বাড়ির ফটকে 'শ্লস এক্‌হার্ট' অর্থাৎ এক্‌হার্ট কাস্‌ল ফলক তার

সাক্ষ্য বহন করছে। কাস্‌লের চারিদিক ঘিরে নানান গাছে ভরা বিস্তীর্ণ বাগান, তাতে গোলাপের ছড়াছড়ি। বাড়িতে প্রবেশ করার আগেই এক্‌হার্ট জানিয়ে দিলেন যে, তাঁর স্ত্রী বছরচারেক হল মারা গেছেন, এখন বাড়িতে থাকেন চাকরবাকর ছাড়া এক্‌হার্ট নিজে এবং তাঁর মহিলা সেক্রেটারি। সদর দরজা দিয়ে ঢুকেই মহিলাটির সঙ্গে আলাপ হল। নাম এরিকা ওয়াইস। চেহারায় ব্যক্তিত্বের প্রকাশ পেলেও, তার সঙ্গে একটা উদাস ভাব লক্ষ করলাম।

বাড়িতে ঢুকে প্রথমেই বাক্স থেকে ইয়েকে বার করলাম। সে তৎক্ষণাৎ করমর্দনের ভঙ্গিতে এক্‌হার্টের দিকে হাত বাড়িয়ে দিল। ব্যাপারটা সম্পূর্ণ অপ্রত্যাশিত বলেই হয়তো এক্‌হার্টের হাতটা তৎক্ষণাৎ প্রসারিত হল না। সেই অবসরে ইয়ে হাত বাড়িয়ে এগিয়ে গেল সেক্রেটারির দিকে। শ্রীমতী ওয়াইসের চোখে বিস্ময় ও পুলকের দৃষ্টি আমি ভুলব না। জানোয়ারের প্রতি

প্রকৃত মমত্ববোধ না থাকলে এ জিনিস হয় না।

একহার্ট বললেন, 'আমার কুকুরদুটোকে আপাতত বন্দি করে রেখেছি। কারণ তোমার এ জানোয়ারকে দেখে তাদের কী প্রতিক্রিয়া হবে বলা মুশকিল।'

আমি বললাম, 'আমার বিশ্বাস তোমার কুকুর যদি সভ্যভব্য হয় তা হলে কোনও দুর্ঘটনা ঘটবে না, কারণ আমার বেড়াল আমার জন্তুকে খুব সহজভাবে গ্রহণ করেছে।'

হাঁটতে হাঁটতে বৈঠকখানায় গিয়ে ঢুকতেই একটা দৃশ্য দেখে কেমন যেন থমকে গেলাম।

এ কি প্রাণিতত্ত্ববিদের বাড়ি, না প্রাণিহত্যাকারীর? ঘরের চারিদিকে এত জন্তুজানোয়ারের স্টাফ করা মাথা আর দেহ শোভা পাচ্ছে কেন?

একহার্ট হয়তো আমার মনের ভাবটা আন্দাজ করেই বললেন, 'আমার বাবা ছিলেন নামকরা শিকারি। এসব তাঁরই কীর্তি। এই নিয়ে বাপের সঙ্গে আমার বিস্তর কথা কাটাকাটি হয়েছে।'

ইয়ে ঘুরে ঘুরে জন্তুগুলো দেখছিল। চা আসার পর সে-ও আমাদের সঙ্গে সোফায় বসে পেয়ালা হাতে নিয়ে চুমুক দিতে লাগল। একহার্টের দৃষ্টি বারবার তার দিকে চলে যাচ্ছে সেটা আমি লক্ষ করছিলাম। ইয়ে যে ভারতীয় ভেলকি বা ধাপ্পাবাজি নয় সেটা আশা করি ও বুঝেছে। কিন্তু আশি বছর বয়সে সে এমন স্বাস্থ্য কী করে রেখেছে সেটা এখনও আমার কাছে দুর্বোধ্য। আলাপ আরেকটু জমলে পর এর রহস্যটা কী সেটা জিজ্ঞেস করতে হবে।

চা-পান শেষ হলে পর একহার্ট সোফা থেকে উঠে পড়ে বললেন, 'আজকের দিনটা তুমি বিশ্রাম করো। তোমাদের ঘর দেখিয়ে দেবে এরিকা। কাল সকালে ব্রেকফাস্টের সময় আমার একটি পশুপ্রেমিক বন্ধুর সঙ্গে তোমার আলাপ হবে। আমার বিশ্বাস তাকে তোমার পছন্দ হবে।'

আমার দুটো সুটকেস একহার্ট-ভৃত্য আগেই আমার ঘরে নিয়ে গিয়েছিল, এবার কার্পেটে মোড়া বাহারের সিঁড়ি দিয়ে এরিকার সঙ্গে আমি গেলাম দোতলায়। থাকার ব্যবস্থা উত্তম। দুটি পাশাপাশি ঘর, একটিতে আমি, একটিতে ইয়ে। জানোয়ার কী খাবে জিজ্ঞেস করাতে এরিকাকে বললাম, 'আমরা যা খাই তাই খাবে। ওকে নিয়ে কোনও চিন্তা নেই।'

এরিকা শুনে একটা নিশ্চিন্তভাব করার পরমুহূর্তেই তাঁর চাহনির উপর যেন একটা সংশয়ের পর্দা নেমে এল। তিনি যেন কিছু বলতে চান, কিন্তু ইতস্তত করছেন।

'আর কিছু বলার আছে কি?' আমি আশ্বাসের সুরে প্রশ্ন করলাম।

'মানে ভাবছিলাম...তোমার কাছে কোনও অস্ত্র আছে কি?'

'কেন, এখানে কি চোরডাকাতের উপদ্রব হয় নাকি?'

'না, তা নয়, কিন্তু...ভাবছিলাম...তোমার জন্তুর তো একটা প্রোটেকশন দরকার। এমন আশ্চর্য প্রাণী...'

'ভয় নেই, আমার পিস্তল আছে।'

'পিস্তল?'

পিস্তল শুনে এরিকা ভরসা পেলেন না। বোধ হয় বন্দুক কি স্টেনগান বললে আরও আশ্বস্ত হতেন।

আমি আমার অ্যানাইহিলিন পিস্তলের মহিমা আর এঁর কাছে প্রকাশ করলাম না। শুধু বললাম, 'ভয় নেই। পিস্তলই যথেষ্ট।'

ভদ্রমহিলা চাপাকণ্ঠে বিদায় জানিয়ে চলে গেলেন। মনে একটা সামান্য খটকার অনুপ্রবেশ রোধ করতে পারলাম না। যদিও জানি যে আমার পিস্তলের মতো ব্রহ্মাস্ত্র আর দ্বিতীয় নেই।

ইয়ে ইতিমধ্যে নিজে থেকেই তার ঘরে চলে গেছে। গিয়ে দেখি সে জানালা দিয়ে বাইরের

দৃশ্য দেখছে। আশা করি তার মনে কোনও উদ্বেগ নেই। এই অবোলা জীবের মন বোঝা সব সময় আমার পক্ষে সম্ভব হয় না। তার যদি কোনও অনিষ্ট হয় তা হলে আমার অবস্থা হবে শোচনীয়। এই ক'মাসে তার উপর গভীর মায়া পড়ে গেছে।

নভেম্বর ৬

আজ কতকগুলো গুরুত্বপূর্ণ ঘটনা আমাকে রীতিমতো ভাবিয়ে তুলেছে। তার সঙ্গে কিছু চমক লাগাবার মতো ঘটনাও ঘটেছে, এবং সেটা, বলা বাহুল্য, ইয়েকে কেন্দ্র করে।

কাস্‌পার মাক্সিমিলিয়ান হেলব্রোনার—এই গালভরা নামের অধিকারী হলেন এক্‌হার্টের বন্ধু। তবে এঁকে আমি কাস্‌পার বলেই উল্লেখ করব। কারণ এক্‌হার্টও তাঁকে ওই নামেই ডাকেন। একহারা, ঢ্যাঙা চেহারা, মাংসের অভাবে চোয়াল ও চিবুকের হাড় বেরিয়ে মুখে একটা পাথুরে ভাব এনেছে, তার সঙ্গে রয়েছে একজোড়া ঘন ভুরু আর একমাথা কদমছাঁট চুল। চেহারা দেখলে সম্ভ্রমের চেয়ে শঙ্কাই হয় বেশি; ইনি যে কখন কী করে বসবেন বলা যায় না।

এক্‌হার্ট ভদ্রলোকের সঙ্গে আলাপ করিয়ে দিয়ে বললেন, 'কাস্‌পার আমার অনেককালের বন্ধু। জন্তুজানোয়ার সম্পর্কে ইনি বিশেষ উৎসাহী ও ওয়াকিবহাল।'

ইয়ে অবশ্য আমার সঙ্গেই ছিল। কাস্‌পার তার দিকে বেশ কিছুক্ষণ চেয়ে থেকে কেবল একটি মন্তব্যই করলেন—'হোয়াট এক্সকুইজিট ফার!'

ইয়ের গায়ের লোম যে অতি মসৃণ এবং সুদৃশ্য সেটা সকলেই স্বীকার করবে। বিশেষ করে গোলাপির মধ্যে এমন হলুদের আভা আর কোনও জানোয়ারের লোমে আমি দেখিনি।

কিন্তু লোমের প্রতি কাস্‌পার সাহেবের এই লোলুপ দৃষ্টি আমার মোটেই ভাল লাগল না। এই লোমের জন্য কত নিরীহ প্রাণীকে যে হত্যা করা হয়ে থাকে—বিশেষত পশ্চিমে—তার হিসেব নেই। চিঞ্চিলা নামে একটি ইঁদুরজাতীয় জানোয়ার আছে, তার লোম অভিজাত মেমসাহেবদের এত প্রিয় যে, একটি জানোয়ারের লোমের জন্য তাঁরা দশ-বিশ হাজার টাকা দিতে প্রস্তুত। মনে মনে বললাম, হে ঈশ্বর, লোমব্যবসায়ীর দৃষ্টি যেন আমার এই জন্তুটির উপর না পড়ে।

ব্রেকফাস্ট খেতে খেতে বাকি কথা হল। ইয়েকে টেবিলে বসে খেতে দেখে কাস্‌পার বললেন, 'আশ্চর্য ট্রেনিং দিয়েছ তো তোমার জানোয়ারকে! এ যে দেখছি শিম্পাঞ্জিকেও হার মানায়।'

আমি বলতে বাধ্য হলাম যে, ইয়ে যা করছে তার কোনওটাই আমি তাকে শেখাইনি। আসলে ওর পর্যবেক্ষণ ও অনুকরণের ক্ষমতা অসাধারণ।

'পরিবর্তিত পরিবেশের সঙ্গে তৎক্ষণাৎ খাপ খাইয়ে নেবার যে কথাটা তুমি বলছিলে, তার কোনও নমুনা দেখাতে পার কি?'

আমি মৃদু হেসে বললাম, 'আমি তো ওকে ডিমনস্ট্রেশন দেবার জন্য আনিনি। সেটা যদি তোমার সামনে আপনা থেকেই ঘটে তা হলেই দেখতে পাবে। আসলে সব প্রাণীকেই প্রকৃতি আত্মরক্ষার কতকগুলো উপায় সমেত সৃষ্টি করে। বাঘের গায়ের ডোরা আর বুটি তাদের জঙ্গলের গাছপালার মধ্যে প্রায় অদৃশ্য হয়ে মিশে থাকতে সাহায্য করে। তা ছাড়া এক জানোয়ার যাতে সহজে অন্য জানোয়ারের শিকার না হয়ে পড়ে তারও ব্যবস্থা থাকে। শজারুর কাঁটা অনেক জাঁদরেল জানোয়ারকেও বেকায়দায় ফেলে দেয়। অনেক জানোয়ারের গায়ের উগ্র গন্ধ তাদের শত্রুদের হাত থেকে বাঁচিয়ে রাখে। যারা অপেক্ষাকৃত নিরীহ জানোয়ার—

যেমন হরিণ বা খরগোশ—প্রকৃতি তাদের দিয়েছেন দ্রুতবেগে পলায়নের ক্ষমতা। অবিশ্যি এই নিয়মেরও ব্যতিক্রম আছে। সব জানোয়ার শত্রুর হাত থেকে সমান নিরাপদ নয়।'

'তুমি বলছ তোমার এই জন্তু আত্মরক্ষার উপায় জানে?' প্রশ্ন করলেন কাস্‌পার।

আমি বললাম, 'তার দুটো পরিচয় আমি পেয়েছি। গোখরো সাপের আক্রমণ থেকে সে যে শুধু নিজেকে বাঁচিয়েছে তা নয়, সাপকে সে যুদ্ধে পরাজিত করেছে। আর শীতের প্রকোপ থেকে সে কীভাবে নিজেকে বাঁচিয়েছে সে তো চোখের সামনেই দেখতে পাচ্ছ। আত্মরক্ষার তাগিদেই ক্রমবিবর্তনের ফলে যে পৃথিবীর প্রাণীর রূপ পালটেছে সে তো জানোই। আদিম জলচর প্রাণীই জলের যখন অভাব হল তখন প্রথমে হল উভচর। তারপর স্থলচর। সরীসৃপের ডানা গজিয়েই হল প্রথম উড়ন্ত জানোয়ার—সেও তো পরিবেশ বদলের জন্যই। এসব পরিবর্তন হতে কোটি কোটি বছর লেগেছিল। পরিবর্তিত অবস্থার সঙ্গে খাপ খাওয়ানোটা তো চোখের নিমেষে হয় না!'

'কিন্তু তোমার জানোয়ারের ক্ষেত্রে সেটাই হয়েছে?' বললেন কাস্‌পার।

'তাই তো দেখলাম চোখের সামনে।'

কথাটা কাস্‌পার বিশ্বাস করলেন বলে মনে হল না। আমি ভেবেছিলাম এক্‌হার্ট আমাকে সাপোর্ট করবেন, কিন্তু তাঁকেও ভ্রূকুঞ্চিত দেখে কিঞ্চিৎ বিস্মিত হলাম।

প্রাতরাশের পর এক্‌হার্ট প্রস্তাব করলেন তাঁর বিস্তীর্ণ বাগানটা একটু ঘুরে দেখে আসার জন্য। রাত্রে তুষারপাতের ফলে সেই বাগানে এখন বরফের গালিচা বিছানো রয়েছে, সেটা সকালে উঠে জানালা দিয়ে দেখেছি।

আমি প্রস্তাবে আপত্তি করলাম না।

বাগানটা যে কতখানি জায়গা জুড়ে তা আমার ধারণা ছিল না। অবিশ্যি সবটাকেই বাগান বললে ভুল হবে। ফুলগাছের পাট কিছুদূর গিয়েই শেষ হয়ে গেছে, তারপর সবই বড় বড় গাছ, তার মধ্যে অধিকাংশই পাইন জাতীয়। এটাকে বন বললেই ঠিক বলা হবে।

আমি এক্‌হার্টকে প্রাণিতত্ত্ব বিষয়ে একটা প্রশ্ন করতে যাচ্ছিলাম, এমন সময় জানোয়ারের কণ্ঠস্বর শুনে সেটা আর করা হল না।

হাউন্ডের ডাক। অ্যালসেশিয়ান।

'হানসেল আর গ্রেটেলও দেখছি বেড়াতে বেরিয়েছে,' বললেন এক্‌হার্ট।

আমি প্রথমে ইয়ের হাত ধরে হাঁটছিলাম, তারপর নিজেই হাতটা ছেড়ে দিয়েছিলাম। এখন তার দিকে আড়চোখে চেয়ে দেখি তার ভুরু কুঁচকে গেছে।

এবার প্রায় একশো গজ দূরে কুকুরদুটোকে দেখতে পেলাম। দুটোর গলাতেই বকলস, চামড়ার দড়ি এক্‌হার্টের চাকরের হাতে ধরা।

কুকুর আর আমরা পরস্পরের দিকে এগিয়ে চলেছি। দূরত্ব যখন আন্দাজ ত্রিশ গজ, তখন অ্যালসেশিয়ান দুটো থেমে গেল, তাদের দৃষ্টি সটান ইয়ের দিকে। আমরা চারজনেও থেমে গেছি। আমি ইয়ের দিকে এগিয়ে গিয়ে তার হাতটা ধরে নিলাম। কাস্‌পার ও এক্‌হার্ট বুঝতেই পারছি, ঘটনা কোন দিকে যায় তাই দেখার জন্য অপেক্ষা করছেন।

দুটো কুকুরের দড়িতেই যে টান পড়ছে সেটা আমি লক্ষ করছিলাম, আর সেইসঙ্গে মৃদু হুংকারও শুনতে পাচ্ছিলাম মাঝে মাঝে।

হঠাৎ প্রচণ্ড হ্যাঁচকা টানে এক্‌হার্ট-ভৃত্যকে বরফের উপর ফেলে দিয়ে হানসেল আর গ্রেটেল ছুটে এল আমাদের দিকে, আর ঠিক সেই মুহূর্তে আমার হাতে একটা টান অনুভব করাতে দেখলাম ইয়ে বিদ্যুদ্বেগে বাঁ দিকে ছুটে গিয়ে একটা তুষারাবৃত ঝোপের পিছনে অদৃশ্য হয়ে গেল।

সে ভয় পেয়েছে। এই জোড়া প্রতিদ্বন্দ্বীকে পরাস্ত করার ক্ষমতা প্রকৃতি তাকে দেয়নি।

প্রায় যন্ত্রের মতোই আমিও ছুটে গেলাম ইয়ের পিছনে, আর আমার পিছনে এক্‌হার্ট ও কাস্‌পার।

কুকুর দুটোর হিংস্র চাহনি আগেই লক্ষ করেছিলাম; এবার দেখলাম শিকারের লোভে তাদের পাগলের মতো ছোটাছুটি। তারা হন্যে হয়ে খুঁজছে আমার জন্তুকে।

আমি প্রমাদ গুনলাম। বাধ্য হয়ে চেঁচিয়ে বলতে হল, 'দোহাই ড. এক্‌হার্ট, আপনার কুকুরদুটোকে থামান।'

'ইম্‌পসিবল,' রুদ্ধস্বরে বললেন এক্‌হার্ট, 'এ অবস্থায় ওদের থামানো ভগবানের অসাধ্য।'

কিন্তু আশ্চর্য ব্যাপার—যেদিকে ইয়ে গিয়েছিল সেইদিকেই গিয়েছে কুকুরদুটো, কিন্তু আমার সেই পোষা অনুগত জানোয়ারের কোনও চিহ্ন নেই।

প্রায় পাঁচ মিনিট উদ্দাম দাপাদাপির পর হানসেল আর গ্রেটেল হাল ছেড়ে দিয়ে জিভ বার করে হাঁপাতে লাগল, আর তাদের পরিচালক এগিয়ে গিয়ে কুকুরের গলার দড়ি হাতে তুলে

নিল।

'ওদের বাড়িতে নিয়ে যাও', হুকুম করলেন এক্‌হার্ট।

'কিন্তু তোমার জানোয়ার কোথায় উধাও হল?' প্রশ্ন করলেন কাস্‌পার।

আমিও অবিশ্যি সেই কথাই ভাবছিলাম। অথচ আশেপাশে মাটিতে গর্ত বা গাছের গায়ে ফোকরও নেই যাতে তার ভিতর লুকোনো যায়।

কুকুরদুটো প্রায় বাড়ির কাছাকাছি পৌঁছোনোর পর আত্মপ্রকাশ করলেন আমার আশ্চর্য জানোয়ার।

কিন্তু এ কী হয়েছে তার চেহারা? সে কি এতক্ষণ বরফে গড়াগড়ি করেছে?

না, তা নয়। তার গায়ের রং, তার চোখের মণি, তার মাথা থেকে পা পর্যন্ত সর্বাঙ্গ হয়ে গেছে ধবধবে সাদা। সে এখন একটা তুষারপিণ্ডের সামিল। এই অবস্থায় এই পরিবেশে তাকে খুঁজে পাওয়া অসম্ভব।

'গট ইন হিমেল!' চেঁচিয়ে উঠলেন কাস্‌পার। হ্যাঁ, ঈশ্বরের নাম উচ্চারণ এই অবস্থায় স্বাভাবিক। এমন আশ্চর্য ঘটনা দুই জার্মান নিশ্চয়ই কোনওদিন দেখেননি।

আমরা চারজন আবার এক্‌হার্ট কাস্‌লে ফিরে এলাম। সবাই মিলে সোফায় বসতে কাস্‌পারই প্রথম মুখ খুললেন।

'তোমার এই মহামূল্য সম্পত্তির ভবিষ্যৎ কী তা তুমি স্থির করেছ?'

সহজ উত্তর। বললাম, 'আমি যতদিন বেঁচে আছি ততদিন ওকে আমার কাছে রাখব। ও আমার সঙ্গী। এই ক'মাস আমিই ওকে প্রতিপালন করেছি।'

'কিন্তু বৈজ্ঞানিক হিসেবে বিশ্বের প্রাণিবিদদের প্রতি তোমার কোনও দায়িত্ব নেই? তাদের কাছ থেকে লুকিয়ে রাখতে চাও তোমার এই জন্তুকে?'

'লুকিয়ে রাখতে চাইলে আমি তাকে এখানে এনেছি কেন? ভবিষ্যতে তাকে কেউ দেখতে চাইলে আমার দেশে আমার বাড়িতে আসতে পারেন। আমার দরজা খোলাই থাকবে। জন্তু আমার কাছে নিরাপদে থাকবে। এখানে এনে কী হল তা তো দেখলেন। এরকম ঘটনা যে আরও ঘটবে না তার কী বিশ্বাস?'

'কোনও পশুশালায় রাখতে আপত্তি কী?'

'সেটা রাখলে আমার নিজের দেশের পশুশালাতেই রাখব। কলকাতার চিড়িয়াখানা নেহাত নিন্দের নয়।'

'হুঁ...'

কাস্‌পার উঠে পড়লেন।

'ঠিক আছে। আমি তা হলে আসি। আমার একটা প্রস্তাব ছিল, সেটা বোধ হয় তুমি গ্রহণ করবে না। আমি আর এক্‌হার্ট মিলে তোমাকে বিশ হাজার মার্ক দিতে রাজি আছি তোমার ওই জন্তুর জন্য। আমাদের দিলে সারা পৃথিবী ওর অস্তিত্ব জানতে পারবে। তার ফলে তোমার নামটাও অমর হয়ে থাকত। কারণ তুমিই যে ওটা দিয়েছ আমাদের, সেকথা আমরা গোপন রাখতাম না।'

'তুমি ঠিকই অনুমান করেছ। এ প্রস্তাব আমি গ্রহণ করতে পারব না।'

কাস্‌পারের সঙ্গে এক্‌হার্টও বেরিয়ে গেলেন, বোধ হয় বন্ধুকে গাড়িতে তুলে দিতে। সঙ্গে সঙ্গে ঘরে তৃতীয় ব্যক্তির আবির্ভাব হল।

শ্রীমতী এরিকা ওয়াইস! চোখেমুখে গভীর উদ্বেগের চিহ্ন।

'তুমি একা আছ,' বললেন শ্রীমতী ওয়াইস, 'তাই তোমাকে একটা কথা বলে যাই। প্রাণিবিদ একহার্টের মৃত্যু হয়েছে এক মাস আগে। তিনিই তোমাকে প্রথম চিঠিটা লিখেছিলেন। ইনি

তাঁর ছেলে। এঁরও নাম ফ্রিডরিশ। ইনি শিকারি। জন্তুজানোয়ারের প্রতি বিন্দুমাত্র মমতা নেই। তুমি কালই চলে যাও এখান থেকে। আমি তোমার টিকিটের বন্দোবস্ত করে দেব। এখানে থাকা নিরাপদ নয়।'

'কিন্তু তুমি তা হলে কার সেক্রেটারি?'

'এঁর নয়, এঁর বাবার। আমি কতকগুলো কাজ শেষ করে এক সপ্তাহের মধ্যেই চলে যাব।'

'আর কাস্‌পার ভদ্রলোকটি কে?'

'ওডিয়ন সার্কাসের মালিক। সার্কাসের সঙ্গে একটা পশুশালা আছে, তাতে নানারকম উদ্ভট জানোয়ার—'

বাইরে জুতোর শব্দ। এরিকা পাশের দরজা দিয়ে নিঃশব্দে প্রস্থান করলেন।

'তোমাকে আজ আর বিরক্ত করব না,' ঘরে এসে বললেন এক্‌হার্ট। 'আমাদের প্রস্তাবের কথাটা ঠাণ্ডা মাথায় ভেবে দেখো। কাল সকালে আবার তোমার সঙ্গে বসব।'

এক্‌হার্ট চলে গেলেন। এতক্ষণ ইয়ের দিকে দৃষ্টি দিইনি, এবার চেয়ে দেখি সে আবার পূর্ব

অবস্থায় ফিরে এসেছে।

এখন রাত এগারোটা বাজে। ইয়ের ঘরে গিয়ে দেখে এসেছি সে ঘুমোচ্ছে। আজকের অভিজ্ঞতাটা কি তার কাছে একটা বিভীষিকা, নাকি সে এজাতীয় ঘটনা উপভোগ করে? যে কোনও প্রাণীই জন্মগ্রহণ করে দুটি প্রধান উদ্দেশ্য নিয়ে—এক হল আত্মরক্ষা, আর দুই, খাদ্য আহরণ করে দেহের পুষ্টিসাধন করা। দ্বিতীয়টার ব্যাপারে ইয়ের আপাতত কোনও সমস্যা নেই—অন্তত আমার কাছে সে যতদিন আছে; আর প্রথমটি যে সে অনায়াসেই করতে সক্ষম, তার প্রমাণ তো পাওয়াই গেছে। কিন্তু প্রশ্ন হল, আজ এরিকা যে বিপদের কথা বললেন, সেটা কী ধরনের বিপদ? জানোয়ারের সঙ্গে ইয়ে যুঝতে পারে, কিন্তু মানুষের চক্রান্তের বিরুদ্ধে তার শক্তি কতটুকু তা তো জানা নেই!

এ বিষয়ে কাল ভাবা যাবে। দেখি কোথাকার জল কোথায় গিয়ে দাঁড়ায়।

নভেম্বর ৭

কাল রাতের চরম শিহরন জাগানো ঘটনা আর তার অদ্ভুত পরিসমাপ্তির কথা কোনওদিন ভুলব না।

কাল এগারোটায় শুয়ে পড়লেও ঘুম আসতে দেরি হয়েছিল। এক্‌হার্টের প্রতারণার ব্যাপারটা বারবার মনের মধ্যে মোচড় দিচ্ছিল। বোঝাই যাচ্ছে তার বাপের মৃত্যুর সুযোগ নিয়ে সে আমার জন্তুটিকে হাত করার লোভে আমাকে এখানে আনিয়েছে। সে আমাকে যাতায়াতের খরচ দেবে বলেছিল, এখনও দেয়নি। হয়তো ভেবেছিল জন্তুর জন্য বিশ হাজার মার্ক দিলে

সেটা পুষিয়ে যাবে। সে টাকা যে আমি নেব না, সেটা কি এক্‌হার্ট ভেবেছিল?

ঘুমটা এল একেবারে ম্যাজিকের মতো। বাইরে সিঁড়ির নীচে গ্র্যান্ডফাদার ক্লকে বারোটা বাজতে আরম্ভ করল সেটা শুনেছি, কিন্তু শেষ হওয়াটা আর শুনিনি। অর্থাৎ তারমধ্যেই ঘুমিয়ে পড়েছি।

ঘুমটা ভাঙল মাঝরাতে। প্রথমে মনে হল ভূমিকম্প হচ্ছে; তারপর বুঝলাম আমার শরীরটাকে নিয়ে নাড়াচাড়া করা হচ্ছে; আর তারপরেই দেখলাম আমি বন্দি, অনড়। আমাকে দড়ি দিয়ে বেঁধে ফেলা হয়েছে। আমার অ্যানাইহিলিন পিস্তল বালিশের তলায়, সেটারও নাগাল পাবার জো নেই। ঘরের দেয়ালঘড়িতে চোখ পড়াতে দেখলাম সাড়ে তিনটে। বাইরে পূর্ণিমার আলো, তাই হঠাৎ মনে হয়েছিল বুঝি ভোর হয়ে গেছে।

ঘরে অন্তত চার-পাঁচজন লোক সেটা দেখতে পাচ্ছি। একজনের হাতে টর্চ, সেটা আমার দিকে ঘোরানো রয়েছে। পাশের ঘরেও পায়ের আওয়াজ পাচ্ছি। ইয়ে কি তা হলে—?

'প্রোফেসর শঙ্কু, তোমার আশ্চর্য জন্তু না মুহূর্তের মধ্যে পরিবেশের সঙ্গে খাপ খাইয়ে নিতে পারে? আত্মরক্ষার অদ্ভুত সব উপায় নাকি চোখের পলকে উদ্ভব করতে পারে? এবারে বোঝা যাবে তার ক্ষমতার দৌড়।'

এক্‌হার্টের গলা। দরজার মুখটাতে দাঁড়িয়ে আছে সে।

'শাইনার, শুল্‌ট্‌স—ওকে ওই পাশের ঘরের দরজার সামনে দাঁড় করাও।'

দু'জন লোক আমাকে এক হ্যাঁচকায় বিছানা থেকে তুলে নিয়ে টেনেহিঁচড়ে ইয়ের ঘরের দরজার সামনে নিয়ে গেল।

এই ঘরেও ফিকে চাঁদের আলো, অন্তত্পক্ষে ছ'সাতজন লোক, এখানেও টর্চের আলো ঘোরাফেরা করছে। তিনজন লোকের হাতে দড়ি, থলি, জাল—অর্থাৎ জানোয়ার ধরার যাবতীয় সরঞ্জাম। অন্য দু'জন লোকের হাতে ধাতব বস্তুর ঝলকানি দেখে বুঝলাম আগ্নেয়াস্ত্রেরও অভাব নেই।

কিন্তু বিছানা যে খালি সে তো দেখতেই পাচ্ছি।

দুটো লোক উপুড় হয়ে খাটের তলায় টর্চ ফেলল, আর সেই মুহূর্তে ঘটল এক তুলকালাম কাণ্ড।

একটা তীব্র ঝাঁঝালো গন্ধ দমকা হাওয়ার মতো আমার নাকে প্রবেশ করে আমার চোখ থেকে জল বার করে দিল। ল্যাবরেটরিতে নানান কেমিক্যাল নিয়ে এক্সপেরিমেন্ট করার ফলে কোনও গন্ধই আমাকে কাবু করতে পারে না; কিন্তু এই বীভৎস গন্ধের যে একটা বিশেষ ক্ষমতা আছে মানুষকে ঘায়েল করার, সেটা বুঝতে পারছিলাম।

যারা এসেছিল তারা কেউ এ গন্ধ সহ্য করতে না পেরে নাকে রুমাল দিয়ে প্রায় ছটফট করতে করতে ঘর থেকে বেরিয়ে গেল। এক্‌হার্টও অবশ্য এই দলে পড়েন।

এরপরেই শুনতে পেলাম এক্‌হার্টের চিৎকার। তিনি বাইরের কোনও একটা জানলা দিয়ে মুখ বার করে বাগানে জমায়েত দলকে উদ্দেশ করে বলছেন, 'তোমরা অস্ত্র নিয়ে প্রস্তুত থেকো—জন্তুটা জানালা দিয়ে পালাতে পারে!'

আমার দৃষ্টি ইয়ের ঘর থেকে একচুল নড়েনি।

এবার খাটের তলা থেকে আমার প্রিয় আশ্চর্য জন্তু বার হয়ে হল। তারপরে এক লাফে বাগানের জানালার সামনে পৌঁছে আরেক লাফে জানালার বাইরে ঝাঁপিয়ে পড়ল। সে কি ওই অস্ত্রধারীদের শিকার হতে চলেছে?

না, তা নয়। কারণ এই সংকট মুহূর্তে পালাবার একমাত্র উপায় এই জন্তু উদ্ভব করেছে তার স্বাভাবিক ক্ষমতাবলে। ক্রমবিবর্তনের অমোঘ নিয়ম লঙ্ঘন করে চোখের নিমেষে এই স্থলচর

চতুষ্পদের ডানা গজিয়েছে।

জানালা দিয়ে বেরিয়ে সে নীচের দিকে না গিয়ে বিস্তৃত ডানার সাহায্যে তিরবেগে উঠল উপর দিকে। আমি দৌড়ে গিয়ে জানালা দিয়ে মুখ বাড়িয়ে দেখলাম জ্যোৎস্নাধৌত ম্লান আকাশে তার দ্রুত সঞ্চালমান পক্ষবিশিষ্ট দেহ ক্রমে বিন্দুতে পরিণত হচ্ছে। বাগান থেকে পর পর দুটো গুলির শব্দ পাওয়া গেল, কিন্তু এই অবস্থায় বন্দুকের নিশানা ঠিক রাখা কোনও মানুষের পক্ষেই সম্ভব নয়।

নভেম্বর ১৭

শ্রীমতী এরিকার দৌলতে যুগপৎ আমার মুক্তি, ও বন্ধুসমেত এক্‌হার্টকে পুলিশের হাতে সমর্পণ—এই দুটোই সম্ভব হয়েছিল।

গিরিডি ফেরার সাতদিন পরে খবরের কাগজে পড়লাম নিকারাগুয়ার গভীর অরণ্যে এক পশুসংগ্রহকারী দল একটি আশ্চর্য নতুন জানোয়ারের সাক্ষাৎ পেয়েছে। এই জানোয়ার নাকি দূর থেকে দাঁড়িয়ে দলের লোকেদের দিকে বারবার সেল্যুটের ভঙ্গিতে ডান হাতটা তুলে কপালে ঠেকাচ্ছিল। কিন্তু তাকে যখন জাল দিয়ে ধরতে যাওয়া হয়, তখন সে চোখের নিমেষে একটা একশো ফুট উঁচু গাছের মাথায় চড়ে ডালপালার মধ্যে অদৃশ্য হয়ে যায়। পশু সংগ্রহকারী দল নাকি এই জানোয়ারের লোভে তাদের অভিযানের মেয়াদ বাড়িয়ে দিয়েছে।

জানোয়ারের বর্ণনা থেকে তাকে আমারই ইয়ে বলে চিনতে কোনও অসুবিধা হয় না। এতদিন মানুষের মধ্যে থেকে সে মানুষের স্বভাব আয়ত্ত করেছিল, এখন আবার জঙ্গলের পরিবেশের সঙ্গে নিজেকে খাপ খাইয়ে নিয়েছে। কিছুদিন খোঁজার পরই যে এ অভিযাত্রী দল হাল ছাড়তে বাধ্য হবে, তাতে কোনও সন্দেহ নেই।

কিন্তু ইয়ে কি তা হলে আর ফিরে আসবে না আমার কাছে?

না এলেই ভাল। যতদিন তার আয়ু, ততদিন তার আশ্চর্য ক্ষমতা নিয়ে সে বেঁচে থাকুক। আমার বৈজ্ঞানিক মনের একটা অংশ আক্ষেপ করছে যে, তাকে ভাল করে স্টাডি করা গেল না, তার বিষয়ে অনেক কিছুই জানা গেল না। সেইসঙ্গে আরেকটা অংশ বলছে যে, মানুষের সব জেনে ফেলার লোভের একটা সীমা থাকা উচিত। এমন কিছু থাকুক, যা মানুষের মনে প্রশ্নের উদ্রেক করতে পারে, বিস্ময় জাগিয়ে তুলতে পারে।

আনন্দমেলা। পূজাবার্ষিকী ১৩৯০

প্রোফেসর রন্ডির টাইম মেশিন

নভেম্বর ৭

পৃথিবীর তিনটি বিভিন্ন অংশে তিনজন বৈজ্ঞানিক একই সময় একই যন্ত্র নিয়ে গবেষণা চালাচ্ছে, এরকম সচরাচর ঘটে না। কিন্তু সম্প্রতি এটাই ঘটেছে। এই তিনজনের মধ্যে একজন অবিশ্যি আমি, আর যন্ত্রটা হল টাইম মেশিন। কলেজে থাকতে এইচ. জি. ওয়েলসের আশ্চর্য কাহিনী 'টাইম মেশিন' পড়ার পর থেকেই আমার মনে ওইরকম একটা যন্ত্র তৈরি করার ইচ্ছা পোষণ করে আসছি। শুধু ইচ্ছা নয়, গত বছর এ নিয়ে কাজও করেছি কিছুটা। তবে সে কাজ থিওরির পর্যায়ে পড়ে। আমার ধারণা থিওরিটা বেশ মজবুত চেহারা নিয়েছিল, আর সে ধারণা যে ভুল নয়, সেটা প্রমাণ হয়েছিল গত ফেব্রুয়ারিতে যখন ম্যাড্রিডে একটা বিজ্ঞানী সম্মেলনে এই নিয়ে একটা প্রবন্ধ পড়ি। সকলেই সেটা খুব তারিফ করে। কিন্তু উপযুক্ত যন্ত্রপাতি এবং টাকার অভাবে কাজটা আর এগোয়নি। ইতিমধ্যে জার্মানির কোলোন শহরে প্রোফেসর ক্লাইবার টাইম মেশিন তৈরির ব্যাপারে বেশ কিছুদূর অগ্রসর হয়েছিলেন, সে খবর আমি পাই আমার জার্মান বন্ধু উইলহেল্‌ম্ ক্রোলের কাছ থেকে। ক্লাইবার ম্যাড্রিডে আমার বক্তৃতায় উপস্থিত ছিলেন; সেইখানেই তাঁর সঙ্গে আলাপ হয়। দুঃখের বিষয়, এই কাজ শেষ হবার আগেই ক্লাইবারের মৃত্যু হয় অজ্ঞাত আততায়ীর হাতে। এটা হল পনেরো দিন আগের খবর। পদার্থবিজ্ঞানী ক্লাইবার ছিলেন ধনী ব্যক্তি; বিজ্ঞানের বাইরেও তাঁর নানারকম শখ ছিল। তার একটা হল দুষ্প্রাপ্য শিল্পদ্রব্য সংগ্রহ করা। খুনটা ডাকাতেই করেছে বলে অনুমান করা হয়, কারণ যে ঘরে খুন হয়—ক্লাইবারের কাজের ঘর বা স্টাডি—সে ঘর থেকে তিনটি মহামূল্য শিল্পদ্রব্য লোপ পেয়েছে। ক্লাইবারকে কোনও ভোঁতা অস্ত্র দিয়ে মাথায় বাড়ি মেরে হত্যা করা হয়েছিল। সে অস্ত্র পুলিশ বহু অনুসন্ধান করেও খুঁজে পায়নি, খুনিও আজ পর্যন্ত ধরা পড়েনি।

তৃতীয় যে বিজ্ঞানী এই একই মেশিন নিয়ে কাজ করছিলেন, তিনি হলেন ইতালির মিলান শহরের পদার্থবিজ্ঞানী প্রোফেসর লুইজি রন্ডি। রন্ডির মেশিন তৈরি হয়ে গেছে, এবং তার ডিমনস্ট্রেশনও হয়ে গেছে। রন্ডি ম্যাড্রিডে উপস্থিত ছিলেন না, এবং আমি আগে কিছুই জানতে পারিনি যে তিনিও একই গবেষণায় লিপ্ত। গত মাসে রন্ডির নিজের লেখা চিঠিতে জানি তার টাইম মেশিন তৈরি হয়ে গেছে। সে আমাদের সাদর আমন্ত্রণ জানিয়েছে মিলানে গিয়ে তার যন্ত্র দেখে আসতে। আমি যে এই প্রতিযোগিতায় হেরে যাব এটা আমি আগেই আশঙ্কা করেছিলাম; তবে এই ফাঁকে যে রন্ডি কেল্লা ফতে করবে, সেটা অনুমান করতে পারিনি। আমি ভাবছি এ মাসের মধ্যেই একবার মিলান ঘুরে আসব। রন্ডি শুধু যে আমার আতিথেয়তার ভার নিচ্ছে তা নয়; প্লেনে যাতায়াতের ভাড়াও সেই দেবে। আসলে রন্ডিও রীতিমতো ধনী। তার পরিচয় শুধু বৈজ্ঞানিক প্রোফেসর রন্ডি হিসেবে নয়, সে হল কাউন্ট লুইজি রন্ডি। অতএব অনুমান করা যায় সে বিশাল সম্পত্তির মালিক। অবিশ্যি আমি ব্যাপারটা বুঝি; এত বড় একটা আবিষ্কারের প্রকৃতি বিচার বিজ্ঞানীর দ্বারাই সম্ভব। বিশেষ করে আমি যখন ওই একই ব্যাপার নিয়ে কাজ করে এখনও সফল হতে পারিনি, তখন যন্ত্রটা আমাকে না দেখানো পর্যন্ত রন্ডির

সোয়াস্তি হতে পারে না। এর জন্য দশ বিশ হাজার টাকা খরচ করা একজন ধনী বৈজ্ঞানিকের পক্ষে কিছুই না।

যারা টাইম মেশিনের ব্যাপারটা জানে না, তাদের জন্য এই যন্ত্রের একটা বর্ণনা দেওয়া দরকার। এই যন্ত্রের সাহায্যে অতীতে ও ভবিষ্যতে সফর করা সম্ভব। মিশরের পিরামিড কী ভাবে তৈরি হয়েছিল তাই নিয়ে বৈজ্ঞানিকদের মধ্যে এখনও মতভেদ রয়েছে। টাইম মেশিনের সাহায্যে একজন মানুষ পাঁচ হাজার বছর আগের মিশরে গিয়ে নিজের চোখে পিরামিড তৈরির ব্যাপারটা দেখে আসতে পারে। পাঁচ হাজার কেন, পঁচাত্তর লক্ষ বছর আগে গিয়ে দেখে আসতে পারে ডাইনোসর কেমন জীব ছিল। যাওয়া মানে সশরীরে যাওয়া কি না, সেটা রন্ডির যন্ত্র না দেখা অবধি বলতে পারব না। হয়তো এমন হতে পারে যে, দেহটা যেখানে ছিল সেখানেই থাকবে, শুধু চোখের সামনে সিনেমার মতো ভেসে উঠবে অতীতের দৃশ্য। তাই বা মন্দ কী? আজকের মানুষ যদি চোখের সামনে আদিম গুহাবাসী মানুষকে দেখতে পায়, অথবা আলেকজান্ডার বা নেপোলিয়নের যুদ্ধ দেখতে পায়, বা আজ থেকে বিশ হাজার পরে পৃথিবীর চেহারা কেমন হবে তা দেখতে পায়, তা হলে সে তো আশাতীত লাভ!

আমি স্থির করেছি রন্ডির আমন্ত্রণ গ্রহণ করব। এই যন্ত্রের ব্যাপারে আমি ছেলেমানুষের মতো কৌতূহল অনুভব করছি। এ সুযোগ ছাড়া যায় না।

নভেম্বর ১২

আজ রন্ডির আরেকটা চিঠি। ইতিমধ্যে আর তার চিঠির জবাব দিয়ে দিয়েছি; কিন্তু সে সেটা পাবার আগেই আরেকবার লিখেছে। বোঝাই যাচ্ছে ভদ্রলোক একজন আন্তর্জাতিক খ্যাতিসম্পন্ন বৈজ্ঞানিকের তারিফ পাবার জন্য মুখিয়ে আছেন। আমি আজই তাঁকে টেলিগ্রামে জানিয়ে দিয়েছি আমার আসার তারিখ ও সময়।

এর মধ্যে আরেক গণ্ডগোল।

আজ সকালে হঠাৎ নকুড়বাবু এসে হাজির। এঁর কথা আমি আগে বলেছি। অতি অমায়িক, শান্তশিষ্ট ভদ্রলোক। যেন ভাজা মাছটি উলটে খেতে জানেন না, কিন্তু এঁরই মধ্যে মাঝে মাঝে একটা অলৌকিক শক্তি প্রকাশ পায়, যার ফলে ইনি সাময়িকভাবে অনেক কিছুই বুঝতে এবং করতে পারেন, যা সাধারণ মানুষে পারে না। তার মধ্যে একটা হল ভবিষ্যতের কোনও ঘটনা জানতে পারা—যেন ভদ্রলোক নিজেই একটি জীবন্ত টাইম মেশিন।

নকুড়বাবু যথারীতি আমায় প্রণাম করে আমার সামনের সোফায় বসে আমার কাজের ব্যাঘাত করার জন্য ক্ষমা চেয়ে আমাকে জানালেন যে, অদূর ভবিষ্যতে আমায় একটা বড় বিপদের সামনে পড়তে হবে, এবং সেই ব্যাপারে তিনি আমাকে সাবধান করতে এসেছেন। আমি বললাম, 'বিপদ মানে? কী রকম বিপদ?'

ভদ্রলোক এখনও হাত দুটো জোড় করে আছেন; সেইভাবেই বললেন, 'সঠিক তো বলতে পারব না স্যার, তবে দেখলুম যেন আপনার ঘোর সংকট উপস্থিত—প্রায় প্রাণ নিয়ে টানাটানির ব্যাপার। তাই ভাবলুম আপনাকে জানিয়ে দিই।'

'বিপদ থেকে উদ্ধার পাব কি?

'তা তো জানি না স্যার।'

'ব্যাপারটা ঘটবে কবে সেটা বলতে পারেন?'

'আজ্ঞে হ্যাঁ, তা পারি', নকুড়বাবু বেশ প্রত্যয়ের সঙ্গে বললেন, 'ঘটনাটা ঘটবে একুশে নভেম্বর রাত ন'টায়। এর বেশি আর কিছু বলতে পারব না স্যার।'

আমি মিলানে পৌঁছোব আঠারোই। অনুমান করা যায় যে মিলানে থাকাকালীন ঘটবে যা ঘটার। আমি যতদূর জানি, রন্ডি সদাশয় ব্যক্তি। তার সম্বন্ধে কোনও বদনাম শুনিনি কখনও। তা হলে কি বিপদটা আসবে রন্ডির যন্ত্র থেকে?

যা হোক, যা কপালে আছে তা হবে। তবে মরার আগে যদি একবার অতীত ও ভবিষ্যতে ঘুরে আসতে পারি তা হলে মন্দ কী?

নভেম্বর ১৮, মিলান

আমি আজই সকালে এখানে পৌঁছেছি। গমগমে, আধুনিক, ব্যস্ত শহর, ইতালির ব্যবসা-বাণিজ্যের অন্যতম কেন্দ্র। শহরের একটু বাইরে অপেক্ষাকৃত নিরিবিলি অঞ্চলে রন্ডির প্রাসাদোপম প্রাচীন বাসস্থান। রন্ডি নিজেই গাড়ি চালিয়ে আমাকে এয়ারপোর্ট থেকে নিয়ে এল। বয়স বাহান্ন হলেও মাজাঘষা ঝকঝকে চেহারার জন্য সেটা বোঝার উপায় নেই। মাথার চুল এখনও পাকেনি। ফ্রেঞ্চকাট দাড়ি আর গোঁফটাও কুচকুচে কালো।

এয়ারপোর্ট থেকে আসার পথে মুখ থেকে ক্লে পাইপ নামিয়ে রন্ডি বলল, 'তোমার বক্তৃতা আমি নিজে না শুনলেও, ইতালিয়ান পত্রিকা 'ইল টেম্পো'তে ছাপা হবার পর সেটা আমি পড়ি। তুমি তোমার মেশিন তৈরি করতে পারোনি জেনে আমি দুঃখিত।'

এর পর রন্ডি যা বলল, তাতে আমি অবাক না হয়ে পারলাম না।

'তোমাকে এখানে আসতে বলার পিছনে আসল কারণটা আমি চিঠিতে জানাইনি। সেটা এখন তোমাকে বলি। আমার যন্ত্র কাজ করছে ভালই; অতীত ও ভবিষ্যৎ দু'দিকেই যাওয়া যায়, এবং ভৌগোলিক অবস্থান জানা থাকলে নির্দিষ্ট জায়গাতেও যাওয়া যায়। যেমন কালই আমি খ্রিস্টপূর্ব যুগে গ্রিসে দার্শনিকদের এক বিতর্কসভায় উপস্থিত হয়ে গ্রিক ভাষায় বাকবিতণ্ডা শুনলাম কিছুক্ষণ ধরে। সময়টা ছিল দুপুর। আমি যদি সকাল দশটা, বা অন্য কোনও নির্দিষ্ট সময়ে গিয়ে পৌঁছোতে চাইতাম, তা হলে পারতাম না, কারণ আমার যন্ত্রে সেটা আগে থেকে স্থির করার কোনও উপায় আমি ভেবে পাইনি। এ ব্যাপারে আমার সব চেষ্টা ব্যর্থ হয়েছে। তুমি যদি এর একটা উপায় বাতলে দিতে পার, তা হলে তোমাকে আমি আমার কোম্পানির একজন অংশীদার করে নেব।'

'কোম্পানি?' আমি একটু অবাক হয়েই জিজ্ঞেস করলাম।

'হ্যাঁ। কোম্পানি,' মৃদু হেসে বলল রন্ডি। 'টাইম ট্রাভেলস ইনকরপোরেটেড। যে পয়সা দেবে, সেই ঘুরে আসতে পারবে তার ইচ্ছামতো অতীতে বা ভবিষ্যতে। নিউ ইয়র্কের একটা কাগজে একটি মাত্র বিজ্ঞাপন দিয়েছিলাম। তিন সপ্তাহে সাড়ে তিন হাজার এনকোয়ারি এসেছে। আমি অবিশ্যি জানুয়ারির আগে কোম্পানি চালু করছি না, কিন্তু এর মধ্যেই আঁচ পেয়ে গেছি এ ব্যবসায়ে মার নেই।'

'কত মূল্য দিলে তবে এই সফর সম্ভব হবে?'

'সেটা নির্ভর করে কতক্ষণের জন্য এবং কতদূর অতীতে বা ভবিষ্যতে সফর তার উপর। অতীতের চেয়ে ভবিষ্যতের রেট বেশি। অতীতে ঐতিহাসিক যুগে দশ মিনিট ভ্রমণের রেট দশ হাজার ডলার। প্রাগৈতিহাসিক হলে রেট দ্বিগুণ হয়ে যাবে, আর দশ মিনিটের চেয়ে বেশি সময় হলে রেট প্রতি মিনিটে বাড়বে হাজার ডলার করে।'

'আর ভবিষ্যৎ?'

'ভবিষ্যতে সফরের রেটে তারতম্য নেই। তুমি নিকট ভবিষ্যতে যেতে চাও বা সুদূর ভবিষ্যতে যেতে চাও, তোমার খরচ লাগবে পঁচিশ হাজার ডলার।'

মনে মনে রন্ডির ব্যবসাবুদ্ধির তারিফ না করে পারলাম না। এক হুজুগে আমেরিকান লাখপতি-ক্রোড়পতির জোরেই ব্যবসা লাল হয়ে যাবে সেটা বেশ বুঝতে পারছিলাম।

এবার আমি একটা জরুরি প্রশ্ন করলাম।

'তোমার এই টাইম মেশিনের দর্শকের ভূমিকাটি কী? সে কি সশরীরে গিয়ে হাজির হবে অতীতে বা ভবিষ্যতে?'

রন্ডি মাথা নাড়ল।

'না, সশরীরে নয়। সে উপস্থিত থাকবে ঠিকই, কিন্তু অদৃশ্য, অশরীরী অবস্থায়। তাকে কেউ দেখতে পাবে না। কিন্তু সে নিজে সবই দেখবে। পৃথিবীর কোন অংশে যাওয়া হবে সেটা আগে থেকে ল্যাটিটিচিউড-লঙ্গিচিউডের বোতাম টিপে স্থির করা থাকবে। কত বছর অতীতে বা ভবিষ্যতে যাওয়া হবে তার জন্যেও আলাদা বোতামের ব্যবস্থা আছে। এই সব বোতাম টেপার পর দশ সেকেন্ড সময় লাগবে নির্দিষ্ট স্থান ও কালে পৌঁছোতে। একবার পৌঁছে গেলে পর বাকি কাজটা স্বপ্নে চলাফেরার মতো সহজ হয়ে যাবে। ধরো, তুমি কায়রোতে গিয়ে হাজির হয়েছ তোমার যন্ত্রের সাহায্যে; সেখান থেকে যদি গিজার পিরামিডের কাছে যেতে চাও তো

সেটা ইচ্ছা করলেই তৎক্ষণাৎ হয়ে যাবে। অর্থাৎ স্থান পরিবর্তনটা যাত্রীর ইচ্ছা অনুযায়ী হবে, কিন্তু কালটা থাকবে অপরিবর্তিত।'

'তার মানে একবার অতীত বা ভবিষ্যতে গিয়ে পৌঁছাতে পারলে তারপর যেখানে খুশি যাওয়া চলতে পারে?'

'হ্যাঁ; কিন্তু ওই যে বললাম, দিন বা রাতের ঠিক কোন সময়ে পৌঁছাচ্ছ সেটার উপর আমার যন্ত্রের কোনও দখল নেই। আমি কালই খ্রিস্টপূর্ব ত্রিশ হাজার বছর আগের আলতামিরায় যাব বলে বোতাম টিপেছিলাম—ইচ্ছা ছিল প্রস্তর যুগের মানুষেরা গুহার দেয়ালে কেমন করে ছবি আঁকে সেটা দেখব—কিন্তু গিয়ে পড়লাম এমন এক অমাবস্যার মাঝরাত্তিরে যখন চোখে প্রায় কিছুই দেখা যায় না। তখন স্থান পরিবর্তন করে চলে গেলাম সেই একই যুগের মোঙ্গোলিয়ায়, যেখানে তখন সকাল হয়েছে। কিন্তু তাতে তো আমার উদ্দেশ্য সফল হল না। তাই আমার অনুরোধ তুমি আমার যন্ত্রটা একবার দ্যাখো।'

আমি বললাম, 'দেখব বলেই তো এসেছি। তবে ওটা শোধরাবার ব্যাপারে কতদূর কী করতে পারব সেটা এখনও বলতে পারছি না। আর তুমি যে তোমার ব্যবসায়ে আমাকে অংশীদার করে নেবার কথা বলছ তার জন্য অশেষ ধন্যবাদ; কিন্তু সেটার কোনও প্রয়োজন নেই। আমি যা করব তাতে যদি আমার বৈজ্ঞানিক ক্ষমতার কোনও পরিচয় পাওয়া যায় তাতেই আমি কৃতার্থ বোধ করব।'

আমার কথায় রন্ডি কিঞ্চিৎ বিস্মিত ভাবে আমার দিকে চাইল, ভাবটা যেন—আমি কীরকম মানুষ যে রোজগারের এত বড় একটা সুযোগ পেয়েও ছেড়ে দিচ্ছি।

রন্ডির বাসস্থানে যখন পৌঁছোলাম তখন প্রায় দুপুর বারোটা। আমার ঘর দেখিয়ে দিল রন্ডি নিজে। চমৎকার ব্যবস্থা, আতিথেয়তার কোনও ত্রুটি হবে বলে মনে হয় না।

এত বড় বাড়িতে সে একা থাকে কি না সেটা জিজ্ঞেস করাতে রন্ডি বলল যে তার আরেকটা আধুনিক বাড়ি আছে রোম শহরে, সেখানে তার স্ত্রী এবং মেয়ে থাকে। রন্ডি প্রতি দু'মাসে একবার এক সপ্তাহের জন্য রোমে গিয়ে তাদের সঙ্গে কাটিয়ে আসে। 'তবে এই বাড়িটা বড় হওয়াতে কাজের সুবিধা এতে অনেক বেশি,' বলল রন্ডি। 'আমার যন্ত্রপাতি, ল্যাবরেটরি ইত্যাদি সব এখানেই আছে, আর আমার অ্যাসিস্ট্যান্ট এনরিকোও এখানে আমার সঙ্গেই থাকে। তা ছাড়া এখন তো প্রায়ই এখান সেখান থেকে বৈজ্ঞানিকেরা আসছেন আমার মেশিন দেখতে। এক দিন থেকে তাঁরা আবার যে যার জায়গায় ফিরে যান। আজ অবধি অন্তত ত্রিশ জন বৈজ্ঞানিক এসেছেন এবং সকলেই স্বীকার করেছেন যে, আমি অসাধ্য সাধন করেছি।'

কথা হল স্নানাহারের পর আমি যন্ত্রটা দেখব, তারপর রন্ডির অনুরোধ রক্ষা করতে পারব কি না সেটা স্থির করব। আমি যে টাইম মেশিনটা পরিকল্পনা করেছিলাম তাতে অবিশ্যি নির্দিষ্ট সময়ে অতীতে বা ভবিষ্যতে পৌঁছোনো যেত। আমার পরিকল্পনার সঙ্গে যদি রন্ডির যন্ত্রের কোনও মিল না থাকে তা হলে কতদূর সফল হব তা বলতে পারি না।

এইবার লেখা বন্ধ করে স্নানে যাওয়া যাক। একটার সময় লাঞ্চ, সেটা রন্ডি আগেই জানিয়ে দিয়েছে।

নভেম্বর ১৮, বিকেল চারটা

আমার মনের অবস্থা বর্ণনা করার সাধ্য আমার নেই।

আজ সম্রাট অশোকের রাজ্যে গিয়ে তাঁর পশু চিকিৎসালয় দেখে এলাম রন্ডির মেশিনের

সাহায্যে। দৃশ্য যে ষোলো আনা স্পষ্ট তা নয়। একটা মশারির ভেতর থেকে বাইরেটা যেমন দেখা যায়, এ অনেকটা সেইরকম; কিন্তু তাও রোমাঞ্চ হয়, উত্তেজনায় দম প্রায় বন্ধ হয়ে আসে। অশোক যে তার রাজ্যে আইন করে পশুহত্যা বন্ধ করে অসুস্থ পশুদের চিকিৎসার জন্য হাসপাতাল তৈরি করিয়েছিলেন সেটা ইতিহাসে পড়েছি, কিন্তু কোনওদিন সে হাসপাতাল চোখের সামনে দেখব, দেখব একটা বিশাল ছাউনির তলায় একসঙ্গে শতাধিক গোরু ঘোড়া ছাগল কুকুরের চিকিৎসা চলেছে, এটা কি স্বপ্নেও ভেবেছিলাম? লোকজন কথা বলছে, সেটাও যেন কানে তুলো গোঁজা অবস্থায় শুনতে পাচ্ছি। সব শব্দই চাপা। হয় এটা যন্ত্রের দোষ, না হয় এর চেয়ে স্পষ্ট দৃশ্য আর শব্দ সম্ভব নয়। সেটা মেশিন পরীক্ষা করে দেখলেই বুঝতে পারব। আজকে আমি শুধু যাত্রীর ভূমিকা গ্রহণ করেছিলাম; কাল মেশিনটা ভাল করে খুঁটিয়ে দেখব। এটা বলতে পারি যে আমার পরিকল্পিত মেশিনের সঙ্গে এটার যথেষ্ট মিল আছে, তাই ভরসা হয় যে আমি হয়তো রন্ডির অনুরোধ রক্ষা করতে পারব।

মেশিনটা বসানো হয়েছে একটা মাঝারি আকারের ঘরের প্রায় পুরোটা জুড়ে। নীচে একটা দু' ফুট উঁচু প্ল্যাটফর্ম, তার মাঝখানে রয়েছে একটা দরজাওয়ালা স্বচ্ছ প্লাস্টিকের কক্ষ বা চেম্বার। এই চেম্বারের মধ্যে ঢুকে দাঁড়াতে হয় যিনি সফরে যাবেন তাঁকে। কতদূর অতীত বা ভবিষ্যতে যাওয়া হবে সেটা রন্ডিকে আগে থেকে বলে দিতে হয়, তারপর যাত্রী চেম্বারে ঢুকলে পর রন্ডি প্রয়োজনমতো বোতাম টিপে মেশিন চালু করে দেয়। আচ্ছাদনের ভিতর থেকেও যাত্রাটা কন্ট্রোল করা যায়, কিন্তু রন্ডি দেখলাম কাজটা যাত্রীর উপর না ছেড়ে নিজেই করতে পছন্দ করে। অতীত বা ভবিষ্যৎ থেকে বর্তমানে ফিরে আসার ব্যাপারটা অবিশ্যি নির্দিষ্ট সময় পেরিয়ে গেলে আপনিই হয়ে যায়। যে সফরে যাচ্ছে, সে যদি দশ মিনিটের জন্য যায়, তা হলে তাকে পুরো দশ মিনিট কাটিয়ে ফিরতে হবে, যদি না তার আগে অন্য কোনও ব্যক্তি বোতাম টিপে তাকে ফিরিয়ে আনে।

প্লাস্টিকের চেম্বারে ঢুকে প্রয়োজনীয় বোতামগুলো টেপামাত্র যাত্রী একটা মৃদু বৈদ্যুতিক শক্ অনুভব করে। সঙ্গে সঙ্গে তার চোখের সামনে যেন একটা কালো পর্দা নেমে আসে। তার কয়েক সেকেন্ড পরেই সেই কালো পর্দা ভেদ করে নতুন দৃশ্য ফুটে বেরোয়। আমি দেখলাম একটা প্রশস্ত রাজপথে দাঁড়িয়ে আছি, সময়টা দুপুর, রাস্তার দু'পাশে সারি বাঁধা স্তম্ভের উপর মশাল জ্বালানোর ব্যবস্থা, রাস্তা দিয়ে পথচারী, গোরুর গাড়ি আর মাঝে মাঝে ঘোড়ায় টানা রথ চলেছে। পথের দু'পাশে কারুকার্য করা কাঠের দোতলা তিনতলা বাড়ি—সব কিছু মিলিয়ে একটা চমৎকার সুশৃঙ্খলার ছবি। আমার অশোকের পশু চিকিৎসালয় সম্বন্ধে কৌতূহল ছিল বেশি, তাই মনে মনে সেখানে যাবার ইচ্ছা প্রকাশ করতেই দৃশ্য বদলে গিয়ে দেখি হাসপাতালে এসে গেছি।

সময় যে কোথা গিয়ে কেটে গেল জানি না। দশ মিনিটের শেষে রন্ডি বোতাম টেপাতে আরেকটা মৃদু বৈদ্যুতিক শকের সঙ্গে সঙ্গে সব কিছু অন্ধকার হবার পরমুহূর্তে দেখি মেশিনের ঘরে ফিরে এসেছি। রন্ডি আমার অভিজ্ঞতা কেমন হল জিজ্ঞেস করাতে মুক্তকণ্ঠে তার যন্ত্রের সুখ্যাতি করে আমার সাধ্যমতো তার অনুরোধ রক্ষা করার চেষ্টা করব সেটাও বলে দিলাম।

আজ রন্ডির সহকারী এনরিকোর সঙ্গে আলাপ হল। বছর ত্রিশেক বয়স, সুপুরুষ, বুদ্ধিদীপ্ত চেহারা। তার মধ্যে একটা ম্রিয়মাণ ভাব লক্ষ করলাম যেটার কোনও কারণ খুঁজে পেলাম না। এত অল্প আলাপে মানুষ চেনা মুশকিল। তবে কথা বলে এটা বুঝলাম যে, ছেলেটি ভারতবর্ষ সম্বন্ধে অনেক কিছু জানে। বলল, ওর ঠাকুরদা নাকি একজন ভারত-বিশেষজ্ঞ বা ইন্ডোলজিস্ট ছিলেন, সংস্কৃত জানতেন। শুনে কৌতূহল হল। জিজ্ঞেস করলাম, 'তোমার পদবি কী?' এনরিকো বলল, 'পেত্রি।' 'তার মানে কি তুমি রিকার্ডো পেত্রির নাতি নাকি?' এনরিকো হেসে

মাথা নেড়ে জানিয়ে দিল যে আমি ঠিকই অনুমান করেছি। পেত্রির লেখা ভারতবর্ষের উপর বেশ কিছু বই আমি পড়েছি। স্বভাবতই এনরিকোকে বেশ কাছের লোক বলে মনে হল। সুযোগ পেলে ওর সঙ্গে আরও কথাবার্তা বলা যাবে।

কাল সকালে আমি মেশিনটা নিয়ে কাজে লাগব। রন্ডি বলেছে যদি আরও কাজের লোক দরকার হয় তো ব্যবস্থা করবে।

নভেম্বর ১৯

ভারতীয় বিজ্ঞানের প্রতিভূ হিসেবে আজ আমি আমার দেশের মুখ উজ্জ্বল করেছি। মাত্র তিনঘণ্টায় শুধু এনরিকোর সাহায্য নিয়ে আমি রন্ডির মেশিনে এমন একটি নতুন জিনিস যোগ করেছি, যার ফলে রন্ডির মনোবাঞ্ছা পূর্ণ হয়েছে।

নেবুক্যাডনেজারের ব্যাবিলনে আজ থেকে আড়াই হাজার বছর আগে পেট্রোলিয়াম বাতির ব্যবহারের ফলে রাত্রে শহরের চেহারা হত ঝলমলে। টাইম মেশিনে একটি বোতাম টিপে ব্যাবিলনে ঠিক রাত সাড়ে আটটায় পৌঁছে সে দৃশ্য আমি নিজের চোখে দেখে এসেছি। এ যে কী আশ্চর্য অভিজ্ঞতা সেটা লিখে বোঝানো যায় না। অতীতের বর্ণনায় ঐতিহাসিকদের আর কল্পনার সাহায্য নিতে হবে না। তারা এবার সব কিছু নিজের চোখে দেখে তারপর বই লিখবে। অবিশ্যি রন্ডির চড়া রেট কোনও ঐতিহাসিক দিতে পারবে কি না সে বিষয়ে সন্দেহ আছে। এ নিয়ে আমি ওর সঙ্গে কথা বলেছি, এবং বলে বুঝেছি যে, ঐতিহাসিকদের কথা রন্ডি ভাবছে না; সে এখন চাইছে তার যন্ত্রের সাহায্যে যতটা সম্ভব পয়সা কামিয়ে নিতে। এখানে তার মূল্যবোধের সঙ্গে আমার আকাশ পাতাল তফাত। এই খোশমেজাজে ব্যক্তিটির এমন অর্থলিপ্সা হয় কী করে সেটাই ভাবি।

তবে এটা স্বীকার করতেই হয় যে সে একজন প্রতিভাধর বৈজ্ঞানিক ও আবিষ্কারক। এই টাইম মেশিনের জন্য সে যে বিজ্ঞানের জগতে অমর হয়ে থাকবে তাতে কোনও সন্দেহ নেই।

আজ রন্ডি আমাকে এখানে আরও কয়েক দিন কাটিয়ে টাইম ট্র্যাভেলের আরও কিছু অভিজ্ঞতা সঞ্চয় করে দেশে ফিরতে বলল। আমার তাতে আপত্তি নেই। টাইম ট্র্যাভেল জিনিসটা একটা নেশার মতো; আর দেখবার জিনিসেরও তো অন্ত নেই। কাল একবার ভবিষ্যতে পাড়ি দেবার ইচ্ছা আছে। বিজ্ঞানভিত্তিক গল্প যাঁরা লেখেন তাঁরা ভবিষ্যৎকে নানানভাবে কল্পনা করেছেন। তাঁদের কল্পনার সঙ্গে আসল ব্যাপারটা মেলে কি না সেটা জানতে ইচ্ছা করে। মানুষ কি সত্যিই শেষ পর্যন্ত যন্ত্রের দাস হয়ে দাঁড়াবে? আমার নিজের তো তাই বিশ্বাস।

নভেম্বর ১৯, রাত ১১টা

জার্মানির ম্যুনিখ শহর থেকে আজ সন্ধ্যায় আমার বন্ধু উইল্‌হেল্‌ম্ ক্রোল ফোন করেছিল। তাকে চিঠিতে জানিয়েছিলাম যে আমি মিলানে রন্ডির বাড়িতে আসছি। ক্রোল ঠাট্টা করে বলল, 'টাইম মেশিনের সঙ্গে জড়িত একজন বৈজ্ঞানিক তো খুন হয়ে গেল; দেখো, তোমাদের যেন আবার কিছু না হয়।'

ক্রোলই বলল যে, ক্লাইবারের খুনের রহস্যের সমাধান এখনও হয়নি। মেশিন তৈরির ব্যাপারে সে আমার চেয়ে অনেক বেশি এগিয়ে গিয়েছিল; আর একমাস বেঁচে থাকলেই তার মেশিন তৈরি হয়ে যেত।

আজ ডিনারের পর থেকেই শরীরটা কেন জানি একটু বেসামাল লাগছে। মাথাটা ভার, মাঝে মাঝে যেন ঘুরে উঠছে, দেহমনে একটা অবসন্ন ভাব। আমার সর্বরোগ-নিরাময়ক ওষুধ মিরাকিউরলের বড়ি সব সময় আমার সঙ্গে থাকে, কিন্তু সেটা কোনওদিন আমাকে খেতে হয়নি। আজ একটা খেয়ে নেব। দেশের বাইরে অসুস্থ হয়ে পড়া কোনও কাজের কথা নয়।

নভেম্বর ২০, দুপুর ১টা

আজ অদ্ভুত ঘটনা। নকুড়বাবুর কথা কি শেষ পর্যন্ত ফলে যাবে নাকি? প্রথমেই বলি যে আমার ওষুধে কাজ দিয়েছে। আজ ভাল আছি। সেটা ঘুম থেকে উঠেই বুঝতে পারছিলাম। অবসন্ন ভাবটা সম্পূর্ণ চলে গেছে। কিন্তু তাও সাবধানে থাকার জন্য ব্রেকফাস্টে শুধু কফি আর একটা টোস্ট ছাড়া আর কিছু খেলাম না। রন্ডি কারণ জিজ্ঞেস করাতে গতকাল শরীর খারাপের কথাটা তাকে বললাম, এবং আমার জীবনে প্রথম আমার নিজের তৈরি ওষুধ খেতে হয়েছে সেটাও বললাম। রন্ডি কথাটা মন দিয়ে শুনল। এনরিকোর দিকে চোখ পড়াতে দেখলাম তার কপালে ভাঁজ, দৃষ্টি অন্যমনস্ক।

রন্ডি প্রশ্ন করল, 'আজ কোন সেঞ্চুরিতে যেতে চাও?'

আমি বললাম, 'আজ থেকে এক হাজার বছর ভবিষ্যতে।'

'কোন দেশে যাবে?'

'জাপান। আমার ধারণা ভবিষ্যতে জাপান টেকনলজিতে আর সব দেশকে ছাড়িয়ে যাবে। সুতরাং বিজ্ঞানের প্রগতির চেহারাটা তাদের দেশেই সবচেয়ে পরিষ্কার ভাবে ধরা পড়বে।'

রন্ডি বলল সকালে তাকে একটু বেরোতে হবে; সে এগারোটা নাগাদ ফিরে তারপর মেশিনের ঘর খুলবে।

এখানে একটা কথা বলা দরকার; যে ঘরে টাইম মেশিনটা থাকে, সে ঘরটা সব সময় চাবি দিয়ে বন্ধ করা থাকে এবং সে চাবি থাকে রন্ডির কাছে। অর্থাৎ সে নিজে দরজা না খুলে দিলে মেশিনের নাগাল পাওয়ার কোনও উপায় নেই। কাল যতক্ষণ ধরে মেশিনে কাজ করেছি ততক্ষণ রন্ডি আমার পাশে ছিল। যতবারই আমি মেশিনে চড়ে সফর করেছি, ততবারই রন্ডি আমার পাশে দাঁড়িয়ে থেকে বোতাম ঘুরিয়ে দিয়েছে। অর্থাৎ রন্ডি যে মেশিনটাকে বিশেষভাবে আগলে রাখছে, তাতে কোনও সন্দেহ নেই। অথচ চোর-ডাকাতের উপদ্রব থেকে রক্ষা পাবার জন্য বাড়িতে বার্গলার অ্যালার্মের বন্দোবস্ত আছে। সদর দরজা সব সময় বন্ধ থাকে। জানলা খোলা থাকলেও, প্রাসাদের ফটকে সশস্ত্র প্রহরী থাকে। রন্ডি কি তা হলে মেশিনটা আমার কাছ থেকে আগলে রাখছে, না এনরিকোর উপর তার সন্দেহ?

রন্ডি বেরিয়ে যাবার পর আমি তার লাইব্রেরি থেকে কয়েকটা বিজ্ঞান সংক্রান্ত পত্রিকা নিয়ে আমার ঘরে চলে এলাম। আধ ঘণ্টা পর দরজায় একটা টোকা পড়াতে খুলে দেখি ফ্যাকাশে মুখে এনরিকো দাঁড়িয়ে।

তাকে ঘরে ঢুকিয়ে দরজা বন্ধ করে প্রশ্ন করলাম, 'কী ব্যাপার বলো তো?'

'বিপদ', ধরা গলায় বলল এনরিকো।

'কার বিপদ?'

'তোমার। এবং আমি তোমায় সাবধান করেছি জানলে আমারও।'

'কী বিপদের কথা বলছ তুমি?'

'আমার বিশ্বাস কাল রাত্রে তোমার ফলের রসে বিষ মেশানো হয়েছিল।'

আমি তো অবাক। বললাম, 'এ কথা কেন বলছ?'

'কারণ আর সব কিছুই আমরা সকলেই খেয়েছি, ফলের রসটা ছিল শুধু তোমার জন্য। একমাত্র তোমারই শরীর খারাপ হয়েছিল।'

'কিন্তু আমাকে বিষ খাইয়ে মারার প্রশ্ন উঠছে কেন?'

'আমার মনে হয় টাইম মেশিনের ব্যাপারে ও কোনওরকম প্রতিদ্বন্দ্বিতা সহ্য করবে না, কারণ ওর ভয় ব্যবসাতে ওর ক্ষতি হতে পারে। ও চায় একাধিপত্য। একটা ঘটনার কথা বললেই ব্যাপারটা তোমার কাছে পরিষ্কার হবে। যেদিন মেশিনটা তৈরি হয় সেদিন প্রোফেসর আনন্দের আতিশয্যে একটু বেশি মদ খেয়ে ফেলেছিলেন। তারপর ওঁর মাতলামি আমি ওঁর অজান্তে দেখে ফেলেছিলাম। উনি ওঁর দুই প্রতিদ্বন্দ্বী ক্লাইবার ও তোমার উদ্দেশে যে কী কুৎসিত ভাষায় গালমন্দ করছিলেন, তা বলতে পারি না। ক্লাইবার অবিশ্যি তার আগেই খুন হয়েছে, কিন্তু তোমাকে উনি একচোট দেখে নেবেন সে কথা বারবার বলছিলেন নেশার ঝোঁকে। ওঁর দৃঢ় বিশ্বাস তুমি ওঁর ব্যাপারে ব্যাগড়া দেবে। উনি যে কীরকম লোক তুমি ধারণা করতে পারো না। ওঁকে মাতাল অবস্থায় না দেখলে ওঁর আসল রূপ জানা যায় না। উনি মেশিনটাকে কেমন ভাবে আগলে রেখেছেন সেটা তো তুমি দেখেছ। তোমাকে ব্যবহার করতে দিচ্ছেন, কারণ তোমাকে শেষ করে ফেলার মতলব করেছেন তাই। আর যে সব বৈজ্ঞানিক এখানে এসেছেন তাঁদের কাউকে একবারের বেশি মেশিনটা ব্যবহার করতে দেননি উনি। আমি ওঁর সহকর্মী, তিন বছর ওঁর পাশে থেকে কাজ করেছি, কিন্তু মেশিন তৈরি হয়ে যাবার পর উনি ওটা আমাকে ছুঁতে দেননি।

আমি তো অবাক। বললাম, ' তুমি টাইম মেশিনে সফর করে দেখনি এখনও?'

'সেটা করেছি,' বলল এনরিকো, 'কিন্তু প্রোফেসরের অজান্তে। উনি গতমাসে একবার রোমে গিয়েছিলেন। সেই সময় লোহার তার দিয়ে চোরের মতো করে মেশিনের ঘরের তালা খুলি আমি। সেই ভাবেই এখনও রোজই রাত্রে গিয়ে আমি টাইম মেশিনের মজা উপভোগ করি। আমার নেশা ধরে গেছে; কিন্তু প্রোফেসর জানতে পারলে আমার কী দশা হবে জানি না।'

'তুমি কি তা হলে বলছ আমি এখান থেকে চলে যাই?'

'যদি থাক, তা হলে অন্তত এমন কোনও জিনিস খেয়ো না যেটা আমরা খাচ্ছি না। বিষ প্রয়োগ করে খুন করাটা ওঁর পক্ষে মোটেই অসম্ভব নয়।'

আমার আবার নকুড়বাবুর সতর্কবাণী মনে পড়ল। আমি বললাম, 'আমার ওযুধের জন্য বিষ আমার কোনও ক্ষতি করতে পারবে না।'

'কিন্তু সেটা উনি বুঝতে পারলে তো অন্য রাস্তা নেবেন।'

'অন্য রাস্তা ওকে নিতে দেব না। আমি বুঝিয়ে দেব যে আমার ওযুধ যথেষ্ট কাজ দিচ্ছে না। সেটুকু অভিনয় করার ক্ষমতা আমার আছে। যাই হোক, আমাকে সাবধান করে দেবার জন্য অশেষ ধন্যবাদ।'

এনরিকো চলে গেল। আমি খাটে বসে মাথায় হাত দিয়ে আকাশ পাতাল ভাবতে লাগলাম। তারপর একটা কথা মনে হওয়াতে ম্যুনিখে আমার বন্ধু ক্রোলকে আরেকটা টেলিফোন করলাম। এক মিনিটের মধ্যেই তার সঙ্গে যোগাযোগ হয়ে গেল।

'কী ব্যাপার শঙ্কু? কোনও বিপদ হয়েছে নাকি?'

আমি ক্রোলকে সংক্ষেপে ঘটনাটা বললাম। ক্রোল সব শুনেটুনে বলল, 'এনরিকো ছেলেটি একটু বেশি কল্পনাপ্রবণ নয় তো?'

আমি বললাম, 'না। আমার ধারণা এনরিকো যা বলছে তাতে কোনও ভুল নেই। কিন্তু সে ব্যাপারটা আমি সামলাতে পারব মনে হয়। তোমাকে ফোন করছি এ ব্যাপারে সাহায্যের জন্য

নয়। তোমার কাছে একটা ইনফরমেশন চাই।'

'কী?'

'প্রথমে বলো—ক্লাইবারের খুনি কি ধরা পড়েছে?'

'কেন জিজ্ঞেস করছ?'

'কারণ আছে।'

'ধরা পড়েনি, তবে খুনের অস্ত্রটা পাওয়া গেছে বাড়ির বাগানের একটা অংশে মাটির নীচে। তাতে অবিশ্যি আঙুলের ছাপ নেই। কাজেই রহস্য এখনও রহস্যই রয়ে গেছে।'

'খুনটা হয় কোন তারিখে?'

'তেইশে অক্টোবর। সময়টাও জানার দরকার আছে নাকি?'

'বললে ভাল হয়।'

'কী মতলব করছ বলো তো?'

'বলতে পারো এটা আমার অদম্য অনুসন্ধিৎসা।'

'তা হলে জেনে রাখো, ক্লাইবারের কাছে একটি সাংবাদিক আসে অ্যাপয়েন্টমেন্ট করে ঠিক সন্ধ্যা সাড়ে সাতটার সময়। সে চলে যায় আটটার মধ্যে। তার কিছু পরেই ক্লাইবারের মৃতদেহ আবিষ্কার করে তার চাকর। পুলিশের ডাক্তার অনুযায়ীও খুনটা হয়েছিল সাতটা থেকে আটটার মধ্যে।'

'অনেক ধন্যবাদ।'

'তুমি সাবধানে থেকো, এবং অযথা গোলমালের মধ্যে নিজেকে জড়িয়ে ফেলো না। পারলে একবার ম্যুনিখে ঘুরে যেয়ো।'

'যদি বেঁচে থাকি!'

ফোন রাখার পর বেশ কিছুক্ষণ ধরে বসে চিন্তা করলাম।

এখন বেজেছে পৌনে দশটা। রন্ডি এগারোটায় আসবে বলেছে। আমার মাথায় একটা ফন্দি এসেছে, এই ফাঁকে সেটা সেরে নিতে পারলে ভাল। কিন্তু এটা আমার একার কাজ নয়; এনরিকোর সাহায্য চাই। এনরিকো থাকে একতলায়। তার ঘর আমার চেনা।

আমি সোজা নীচে চলে গেলাম। এনরিকো তার ঘরেই ছিল। বললাম, 'তোমাকে একবার মেশিনের ঘরটা খুলতে হবে। একটু সফরে যাওয়ার দরকার পড়েছে। এক্ষুনি।'

যেমন কথা, তেমনি কাজ। এনরিকোর তারের ম্যাজিক সত্যিই বিস্ময়কর। প্রায় চাবির মতোই সহজে খুলে গেল দরজা। এনরিকোকে আমার সঙ্গে রাখা দরকার, কারণ মেশিন চালু অবস্থায় বিপদ দেখলে সেই আবার আমাকে বর্তমানে ফিরিয়ে আনবে।

'তুমি কি অতীতে যাবে, না ভবিষ্যতে?' জিজ্ঞেস করল এনরিকো।

আমি বললাম, 'অতীতে। তেইশে অক্টোবর সন্ধ্যা সাতটা পঁচিশে। ভৌগোলিক অবস্থান ম্যাপ দেখে বলছি।'

দেয়ালে টাঙানো পৃথিবীর এক বিশাল মানচিত্র দেখে কোলোনের ল্যাটিচিউড-লঙ্গিচিউড বলে দিলাম এনরিকোকে। তারপর প্লাস্টিকের ঘরে গিয়ে ঢুকতে এনরিকো বোতাম টিপে দিল।

কোলোনের একটা ব্যস্ত চৌমাথায় পৌঁছে ইচ্ছামতো গিয়ে হাজির হলাম ক্লাইবারের বাড়ির সদর দরজার সামনে। এইখানেই অপেক্ষা করা ভাল। পাঁচ মিনিটের মধ্যেই সেই সাংবাদিকের এসে যাওয়া উচিত। আকাশে এখনও ফিকে আলো রয়েছে। ক্লাইবারের বাড়ির সামনে একটি মাঝারি আকারের বাগান; বাড়িটি দোতলা এবং ছিমছাম। বাড়ির ভিতর থেকে একবার একটা মহিলাকণ্ঠ পেলাম—কারুর নাম ধরে একটা ডাক। ক্লাইবারের বয়স চল্লিশের কিছু উপরে;

তার স্ত্রী এবং দুটি সন্তান রেখে সে গত হয়েছে এ খবর কাগজে পড়েছিলাম।

ঠিক পাঁচ মিনিট পরে একটা গাড়ির আওয়াজ পেলাম। একটা মার্সেডিজ ট্যাক্সি এসে সদর দরজার সামনে থামল। তার থেকে বেরোলেন একটি মাঝারি হাইটের ভদ্রলোক, তাঁর এক গাল দাড়ি, পরনে গাঢ় নীল সুটের উপর ওভারকোট, মাথায় ফেল্ট হ্যাট, ডান হাতে ব্রিফকেস।

ট্যাক্সির ভাড়া চুকিয়ে দিয়ে ভদ্রলোক সদর দরজার দিকে এগিয়ে কলিং বেল টিপলেন। প্রায় সঙ্গে সঙ্গে দরজা খুলে দিল একটি চাকর।

'প্রোফেসর বাড়িতে আছেন কি?' আগন্তুক জিজ্ঞেস করলেন। তারপর পকেট থেকে একটা

কার্ড বার করে এগিয়ে দিয়ে বললেন, 'আমি টেলিফোনে অ্যাপয়েন্টমেন্ট করেছিলাম।'

আগন্তুক গলার স্বর খানিকটা বিকৃত করার চেষ্টা করলেও আমার চেনা চেনা লাগছিল।

চাকরটি কার্ড নিয়ে ভিতরে গিয়ে প্রায় সঙ্গে সঙ্গেই ফিরে এসে আগন্তুককে ভিতরে ডাকল। তার পিছন পিছন আমিও ঢুকলাম।

দরজা দিয়ে ঢুকেই ল্যান্ডিং, তার একপাশে দোতলায় যাবার সিঁড়ি, সিঁড়ির ধারে একটা হ্যাটস্ট্যান্ড। আগন্তুক ওভারকোট খুলে চাকরকে দিয়ে হ্যাটটা স্ট্যান্ডে রেখে আয়নায় একবার নিজের চেহারাটা দেখে নিলেন। তারপর চাকরের নির্দেশ অনুযায়ী পিছন দিকে একটা দরজা দিয়ে একটা ঘরে প্রবেশ করলেন, সেই সঙ্গে আমিও। নিজে অদৃশ্য হয়ে সব কিছু দেখতে পাচ্ছি বলে একটা অদ্ভুত উত্তেজনা অনুভব করছি।

ঘরটা ক্লাইবারের স্টাডি বা কাজের ঘর। একটা বড় টেবিলের পিছনে ক্লাইবার একটা চামড়ায় মোড়া চেয়ারে বসে ছিল, আগন্তুক ঢুকতেই উঠে দাঁড়িয়ে এগিয়ে এসে করমর্দন করল। লম্বা, সৌম্য চেহারা, মাথায় সোনালি চুল, ঠোঁটের উপর সরু সোনালি গোঁফ, চোখে সোনার চশমা। ক্লাইবার আগন্তুককে টেবিলের উলটোদিকে একটা চেয়ার দেখিয়ে দিল। আমি দাঁড়িয়ে রইলাম বন্ধ দরজার সামনে। আমার চোখের সামনে যেন একটা ফিনফিনে পর্দা, তার মধ্যে দিয়ে দেখছি আগন্তুক পকেট থেকে সিগারেটের প্যাকেট বার করে ক্লাইবারকে অফার করলেন, ক্লাইবার প্রত্যাখ্যান করলে পর আগন্তুক নিজেই একটা সিগারেট ঠোঁটে পুরে ক্লাইবারের সামনে থেকে রুপোর লাইটারটা তুলে সেটা দিয়ে সিগারেটটা ধরিয়ে প্যাকেটটা আবার পকেটে রেখে দিলেন। তারপর জার্মান ভাষায় প্রশ্নোত্তর, সব প্রশ্নই ক্লাইবারের টাইম মেশিন সংক্রান্ত। আমার নিজের শীতগ্রীষ্ম বোধ নেই, কিন্তু এদের হাত কচলানো দেখে বুঝতে পারছি দু'জনেরই বেশ ঠাণ্ডা লাগছে। ঘরে একপাশে ফায়ারপ্লেসে আগুন জ্বলছে, সে আগুন একটু উসকে দেবার জন্য ক্লাইবার উঠে ফায়ারপ্লেসের দিকে এগিয়ে গেল, তার পিঠ তখন আগন্তুকের দিকে। এই সুযোগে আগন্তুক কোটের আস্তিনের ভিতর থেকে ভোঁতা লোহার রড বার করে ক্লাইবারের হেঁট হওয়া মাথায় সজোরে আঘাত করলেন, এবং ক্লাইবারের নিস্পন্দ দেহ হুমড়ি খেয়ে পড়ল মেঝেতে। তারপর আগন্তুক চোখের নিমেষে ম্যান্টল্‌পিসের উপর থেকে তিনটি ছোট সাইজের মূর্তি তুলে নিয়ে ব্রিফকেসে ভরলেন।

ঠিক এই সময় ঘরের বাইরে পায়ের শব্দ, আগন্তুকের সচকিত দৃষ্টি বন্ধ দরজার দিকে, মুখ ফ্যাকাশে। কিন্তু পায়ের শব্দ মিলিয়ে গেল। এবার সুযোগ বুঝে আগন্তুক ঘর থেকে বেরোলেন, খুনের অস্ত্র আবার তাঁর আস্তিনের ভিতর লুকোনো।

আমিও বেরোলাম খুনির পিছন পিছন।

বাইরে ল্যান্ডিং-এ ওভারকোট হাতে চাকরের আবির্ভাব হল, আগন্তুক সেটা পরে নিয়ে সদর দরজার দিকে এগিয়ে গেলেন।

বাইরে এখন সম্পূর্ণ অন্ধকার; তারই মধ্যে খুনি সন্তর্পণে এগিয়ে গিয়ে বাগানের এক কোণে লোহার ডাণ্ডাটা মাটিতে পুঁতে গেট দিয়ে বাইরে বেরিয়ে যাবার সঙ্গে সঙ্গে বুঝলাম আমার সফর শেষ।

'প্রোফেসরের গাড়ির শব্দ পেয়েছি,' চাপা গলায় বলল এনরিকো।

দুজনে মেশিনের ঘর থেকে দ্রুত বেরিয়ে এলাম। লোহার তার দিয়ে অত্যন্ত কৌশলের সঙ্গে এনরিকো দরজাটা বন্ধ করে দিল। বাইরে গাড়ির দরজা খোলা এবং বন্ধ করার শব্দ। আমি এক মিনিটের মধ্যেই আবার আমার ঘরে ফিরে এলাম।

আমি জানি ক্লাইবারের হত্যাকারী আর কেউ নয়—স্বয়ং রন্ডি। কিন্তু জেনে লাভ কী? সেই যে খুনি তার প্রমাণ আমি দেব কী করে? বিশেষ করে ঘটনার এতদিন পরে!

অনেক ভেবেও আমি এর কোনও কিনারা করতে পারলাম না।

যাই নীচে। রন্ডির চাকর কার্লো এসে খবর দিয়ে গেল যে তার মনিব মেশিনের ঘরে আমার জন্য অপেক্ষা করছে।

নভেম্বর ২২

আজ দেশে ফিরছি। আদৌ যে ফিরতে পারছি সেটা যে কত বড় সৌভাগ্যের কথা, সেটা সম্পূর্ণ ঘটনা বললে পরিষ্কার হবে। গত দু'দিন উত্তেজনা, দুশ্চিন্তা ও অসুস্থতার জন্য ডায়রি লেখার কোনও প্রশ্নই ওঠেনি।

সেদিন রন্ডি ডেকে পাঠালে পর অত্যন্ত অনিচ্ছা সত্ত্বেও আমি নীচে গেলাম। রন্ডির দৃষ্টি প্রখর, তাই সে বুঝে ফেলল যে, আমার অসোয়াস্তি হচ্ছে। কারণ জিজ্ঞেস করাতে মিথ্যে

কথার আশ্রয় নিতে হল। বললাম, 'আমার ওষুধে পুরো কাজ দেয়নি, তাই শরীরটা দুর্বল লাগছে।' আমার দেখার ভুল হতে পারে, কিন্তু মনে হল যেন রন্ডির চোখ চকচক করে উঠল। তারপর সে বলল, 'আমার একটা ইটালিয়ান ওষুধ খেয়ে দেখবে?'

যাতে রন্ডি কিছু সন্দেহ না করে তাই বললাম, 'তা দেখতে পারি।' আমি তো জানি যে ওষুধ যদি বড়ি হয় তা হলে সেটা জল দিয়ে খেতে হবে, আর জলে রন্ডি নির্ঘাত বিষ মিশিয়ে দেবে। কিন্তু যদ্দিন মিরাকিউরাল খাচ্ছি তদ্দিন বিষ আমার কোনও ক্ষতি করতে পারবে না। এও জানি যে, এনরিকো থাকার দরুন রন্ডি আমাকে সরাসরি খুন করতে পারবে না, অল্প অল্প করে বিষ খাইয়েই মারবে। সে তা-ই করুক, এবং সেই সঙ্গে তার ফন্দি কাজ দিচ্ছে এটা বোঝানোর জন্য আমাকেও অসুস্থতার ভান করে যেতে হবে।

অসুস্থতার অজুহাতে আজ টাইম মেশিনের ব্যাপারটা স্থগিত রাখা হল। রন্ডি ওষুধ এনে দিল। বড়িই বটে। রন্ডিরই আনা জল দিয়ে সে-বড়ি খেয়ে আধ ঘণ্টার মধ্যেই আমি মিরাকিউরল খেয়ে নিলাম।

কিন্তু এ ভাবে আর কতদিন চলবে? এদিকে জলজ্যান্ত প্রমাণ যখন পেয়েছি যে রন্ডিই ক্লাইবারের আততায়ী, তখন তার একটা শাস্তির ব্যবস্থা না করে দেশেই বা ফিরি কী করে?

কিন্তু অনেক ভেবেও কোনও রাস্তা খুঁজে পেলাম না।

লাঞ্চের সময় রন্ডি জিজ্ঞেস করল কেমন আছি। আমি বললাম, 'খানিকটা জোর পাচ্ছি বলে মনে হচ্ছে, কিন্তু আমি অল্প করে খাব।'

এনরিকোর সঙ্গে দৃষ্টি বিনিময় হল। সে আমার পাশেই বসেছিল। অত্যন্ত কৌশলের সঙ্গে সে খাবার এক ফাঁকে আমার ডান হাতে একটা ভাঁজ করা ছোট্ট কাগজ গুঁজে দিল। খেয়েদেয়ে ঘরে এসে কাগজ খুলে দেখি তাতে লেখা, 'আজ দুপুরে তোমার সঙ্গে দেখা করব।'

আড়াইটে নাগাদ তার কথামতো এনরিকো এসে হাজির। সে বলল, 'তখন হঠাৎ প্রোফেসর এসে পড়ায় তোমার কাছে জানতে পারিনি তোমার কোলোন সফরের ফলাফল।'

আমি বললাম, 'তুমি যে এলে, যদি তোমার প্রোফেসর টের পান?'

এনরিকো বলল, 'প্রোফেসরের অনেকদিনের অভ্যাস দুপুরে লাঞ্চের পর এক ঘণ্টা ঘুমোনো। ইটালির 'সিয়েস্তা'র ব্যাপারটা জান তো, এখানকার লোকেরা দুপুরে একটু না ঘুমিয়ে পারে না।'

আমি এনরিকোকে আমার সফরের পুঙ্খানুপুঙ্খ বিবরণ দিয়ে বললাম, 'প্রোফেসর রন্ডিই যে ক্লাইবারের আততায়ী, সে বিষয়ে আমার কোনও সন্দেহ নেই। তিনি ছদ্মবেশ নিলেও তাঁর গলার স্বরে আমি তাঁকে চিনে ফেলেছি। কিন্তু কথা হচ্ছে, তাঁকে কী ভাবে দোষী সাব্যস্ত করা যায়। প্রমাণ কোথায়?'

এনরিকো বলল, 'প্রোফেসর গত মাসে রোমে যাচ্ছেন বলে যাননি, সে খবর আমি আমার এক রোমের বন্ধুর কাছে পেয়েছি। সুতরাং অনুমান করা যায় যে তিনি কোলোন গিয়েছিলেন। কিন্তু আমার মনে হয় না যে এটাকে চূড়ান্ত প্রমাণ বলে ধরা যায়।'

আমি মাথা নাড়লাম। রোম না গেলেই যে কোলোন যেতে হবে, এমন কোনও প্রমাণ নেই।

এবার এনরিকোকে একটা কথা না বলে পারলাম না।

'আমার এক অলৌকিক শক্তিসম্পন্ন বন্ধু আমায় বলেছেন যে একুশে রাত ন'টায় আমার একটা বিপদ আসবে। সে বিপদ থেকে রক্ষা পাব কি না সেটা সে বলতে পারেনি। আমার জানতে ইচ্ছা করছে বিপদটা কী ভাবে আসবে।'

'এ ব্যাপারে তুমি টাইম মেশিনের সাহায্য নিতে চাইছ কি?'

'হ্যাঁ।'

এনরিকো ঘড়ি দেখে বলল, 'তা হলে এক্ষুনি চলো। এখনও পঁয়ত্রিশ মিনিট সময় আছে। আর দেরি করা চলে না।'

আমরা দু'জনে মেশিনের ঘরে গিয়ে হাজির হলাম। এনরিকো বলল, 'দশ মিনিটের বেশি কিন্তু সময় দিতে পারব না তোমাকে।'

আমি বললাম, 'তাতেই হবে।'

প্লাস্টিকের খাঁচার মধ্যে দাঁড়ালাম। এবার আমি নিজেই বোতাম টিপলাম। দশ সেকেন্ড পরে দেখলাম যে আমি মিলানের বিখ্যাত ক্যাথিড্রালের পাশে দাঁড়িয়ে আছি। তারপর আমার ইচ্ছার জোরে রন্ডির প্রাসাদে আমার শোবার ঘরে পৌঁছে এক অদ্ভুত দৃশ্য দেখে স্তম্ভিত হয়ে গেলাম।

আমি দেখলাম আমি, অর্থাৎ ত্রিলোকেশ্বর শঙ্কু, অবসন্ন দেহে আমার ঘরে খাটের উপর শুয়ে আছি। দেখেই বুঝতে পারলাম, আমি বেশ গুরুতর ভাবে অসুস্থ। ঘরময় আমার জিনিসপত্র ছড়ানো, সেখানে কেউ যেন তাণ্ডব নৃত্য করেছে, যদিও কেন, সেটা বুঝতে পারলাম না।

আমার চেহারা দেখে মায়া হলেও কিছু করার উপায় নেই। এ পাশ ও পাশ ঘুরে ছটফট করছি; একবার উঠে বসেই তৎক্ষণাৎ শুয়ে পড়লাম, তারপর মাথা চাপড়ালাম। গভীর আক্ষেপে যেন আমার বুক ফেটে যাচ্ছে।

হঠাৎ ঘরের দরজায় একটা টোকা পড়ল। খাটে শোয়া মানুষটা দরজার দিকে চাইল, আর পরক্ষণেই ঘরে প্রবেশ করল রন্ডি। তার চোখের নির্মম চাহনি দেখে আমার রক্ত জল হয়ে গেল।

'আজ ডিনারে তোমার খাবার জলে একটু বেশি করে বিষ মিশিয়ে দিয়েছিলাম,' বলল রন্ডি, 'যাতে এবার আর মাথা তুলতে না পার। বুঝতেই পারছ, তুমি বেঁচে থেকে আরেকটা টাইম মেশিন তৈরি করে আমার ব্যবসায় ব্যাগড়া দাও, সেটা আমি চাই না। আমি চাই মিলানেই তোমার ইহলীলা সাঙ্গ হোক। কোনও কোনও ভাইরাস ইনফেকশনে এখন লোক মরছে, কারণ তার সঠিক ওষুধ ডাক্তারে এখনও জানে না। তুমিও তাতেই মরবে। চব্বিশ ঘণ্টার মধ্যে—'

দৃশ্য শেষ হয়ে দ্রুত অন্ধকার পর্দা নেমে এল।

আমি আবার মেশিনের ঘরে।

'সরি, প্রোফেসর,' বলল এনরিকো। 'দশ মিনিট হয়ে গেছে; এবার পালাতে হয়।'

বিপদ থেকে রক্ষা পাব কি না সেটা জানতে না পারলেও, বিদ্যুৎ ঝলকের মতো একটা চিন্তা আমার মাথায় এসেছে এইমাত্র, সেটা এতই চাঞ্চল্যকর যে, আমার হাত কাঁপতে শুরু করে দিয়েছে।

'কী হল, প্রোফেসর শঙ্কু?' জিজ্ঞেস করল এনরিকো।

আমি কোনওরকমে নিজেকে সংযত করে বললাম, 'একটা বুদ্ধি আমার মাথায় এসেছে। দুটো কাজ করা দরকার। একটা হল আমার বন্ধু ক্রোলকে ম্যুনিখে ফোন করা।'

'আর দ্বিতীয়?'

'দ্বিতীয় কাজটা তোমাকেই করতে হবে। এতে একটু সাহসের প্রয়োজন হবে—যেটা তোমার আছে বলে আমি বিশ্বাস করি।'

'কী কাজ?'

'আমি রন্ডির স্টাডিতে দেখেছি তার পাইপের বিরাট সংগ্রহ। কম করে কুড়ি-বাইশখানা পাইপ বাইরেই রাখা আছে। তার থেকে একটা নিয়ে পুলিশে দিতে হবে আঙুলের ছাপের জন্য। পারবে?'

'অতি সহজ কাজ,' বলল এনরিকো। 'পুলিশে আমার চেনা লোক আছে। এ বাড়িতে পুলিশের পাহারার বন্দোবস্ত সব আমাকেই করতে হয়েছিল।'

'ব্যস, তা হলে আর চিন্তা নেই।'

আমরা দু'জনে যে যার ঘরে চলে গেলাম। এনরিকো প্রতিশ্রুতি দিল যে, বিকেলের মধ্যে রন্ডির পাইপ তার হাতে চলে আসবে, এবং সে তৎক্ষণাৎ চলে যাবে পুলিশ স্টেশনে।

আমি ঘরে চলে এসে ক্রোলকে ফোন করে যা বলার তা বলে দিলাম। তার সাহায্য বিশেষ ভাবে দরকার, তা না হলে আমার উদ্দেশ্য-সিদ্ধি হবে না। বলা বাহুল্য ক্রোলও কথা দিল যে তার দিক থেকে কোনও ত্রুটি হবে না।

এই সব ঘটনা ঘটেছে গত পরশু, অর্থাৎ কুড়ি তারিখে।

গতকাল একুশে সকালে কোনও উল্লেখযোগ্য ঘটনা ঘটেনি। তবে একটা ব্যাপারের উল্লেখ করতেই হয়। রন্ডি আমার শারীরিক অবস্থা সম্পর্কে ক্রমাগত প্রশ্ন করে চলেছে। আমি অনুমান করছি যে সে আমাকে বিষ খাইয়েই চলেছে, কিন্তু আমিও সমানে আমার ওষুধ খেয়ে বিষের প্রতিক্রিয়াকে নাকচ করে দিয়ে শরীরটাকে দিব্যি মজবুত রেখে দুর্বলতার অভিনয় করে চলেছি।

এর ফলে রন্ডির মনে কোনও সন্দেহের উদ্রেক হচ্ছে কি না সে চিন্তা আমার মনে

এসেছিল, কিন্তু রন্ডিও চালাক বলে সেটা সে আমায় বুঝতে দেয়নি। গতকাল লাঞ্চের পর জানতে পারলাম তার শয়তানির দৌড়।

খাওয়া সেরে ঘরে এসে মিরাকিউরল খেতে গিয়ে দেখি বোতলটা যেখানে থাকার কথা—অর্থাৎ আমার হাতব্যাগে—সেখানে নেই।

আমি চোখে অন্ধকার দেখলাম। বিষের প্রভাবকে ঠেকিয়ে রাখতে না পারলে আমার চরম বিপদ।

পাগলের মতো সারা ঘরময় ওষুধ খুঁজে বেড়াচ্ছি, যদিও জানি যে, ওটা ব্যাগে ছাড়া আর কোথাও থাকতে পারে না।

শেষটায় অসহায় বোধে এনরিকোর ঘরে ফোন করলাম, কিন্তু সেও ঘরে নেই। বেশ বুঝতে পারছি এবার শরীর সত্যি করেই অবসন্ন হয়ে আসছে। হয়তো বিষের মাত্রা আজ থেকে বাড়িয়ে দিয়েছে রন্ডি, যাতে অল্পদিনের মধ্যে সে ল্যাঠা চুকিয়ে ফেলতে পারে।

অবশেষে শয্যা নিতে বাধ্য হলাম। সমস্ত গায়ে ব্যথা করছে, হাত-পা অবশ, মাথা ঝিম ঝিম।

এই অবস্থায় কখন যে ঘুমিয়ে পড়েছি জানি না। যখন ঘুম ভাঙল তখন সন্ধ্যা হয়ে গেছে।

আবার এনরিকোকে ফোন করলাম। সে এখনও ঘরে ফেরেনি।

সোজা হয়ে দাঁড়াতে পারছি না, পা টলছে। তাই আবার বিছানায় শুয়ে পড়লাম। দৃষ্টি যেন একটু ঘোলাটে। মৃত্যু কি এর মধ্যেই ঘনিয়ে এল? টেবিলের ওপর ট্র্যাভেলিং ক্লকটার দিকে

চাইলাম। ন'টা। তার মানে তো এখন—

হ্যাঁ, ঠিকই দেখেছিলাম টাইম মেশিনে। দরজায় টোকা মেরে ঘরে ঢুকে রন্ডি তার শাসানি শুরু করল। এ-সব কথা আমি কালই শুনেছি, আজ আরেকবার শুনতে হল।

'কোনও কোনও ভাইরাস ইনফেকশনে এখন লোক মরছে, কারণ তার সঠিক ওষুধ ডাক্তারেরা এখনও জানে না। তুমিও তাতেই মরবে। চব্বিশ ঘণ্টার মধ্যেই সব শেষ হয়ে যাবে বলে আমার বিশ্বাস। তারপর লুইজি রন্ডি টাইম মেশিনের একচ্ছত্র সম্রাট। টাকার আমার অভাব নেই, কিন্তু টাকার নেশা বড়—'

খট খট খট!—

রন্ডি চমকে উঠল। সে দরজাটা ভিতর থেকে বন্ধ করে দিয়েছে।

খট খট খট!—

রন্ডি নড়ছে না তার জায়গা থেকে। তার মুখ ফ্যাকাশে, দৃষ্টি বিস্ফারিত।

আমি সমস্ত শক্তি প্রয়োগ করে বিছানা থেকে উঠে টলতে টলতে গিয়ে রন্ডিকে এক ধাক্কায় সরিয়ে দরজাটা খুলে নিস্তেজ ভাবে মেঝেতে লুটিয়ে পড়লাম।

ঘরে ঢুকে এল সশস্ত্র পুলিশ।

ক্রোল ও এনরিকো সত্যিই আমার বন্ধুর কাজ করেছে। সেদিন টাইম মেশিনের সাহায্যে যখন ক্লাইবারের ঘরে যাই, তখন দেখেছিলাম ক্লাইবারের লাইটার দিয়ে রন্ডি নিজের সিগারেট ধরাচ্ছে। হয়তো সে ভেবেছিল যে, লাইটারটা সঙ্গে করে নিয়ে যাবে, কিন্তু তাড়াহুড়োতে সেটা তার মনে পড়েনি। আর আমি নিজের চোখে ব্যাপারটা দেখেও খেয়াল করিনি। খেয়াল হওয়ামাত্র ক্রোলকে সেটা জানিয়ে দিয়ে বলি যে লাইটারে খুনির আঙুলের ছাপ পাওয়া যাবে, এবং সে ছাপ রন্ডির পাইপের ছাপের সঙ্গে মিলে যাবে।

শেষপর্যন্ত তাই হল।

আর আমার মিরাকিউরল পাওয়া গেল রন্ডির ঘরে, এবং সেটা খেয়ে শরীর সম্পূর্ণ সারিয়ে নিতে লাগল চার ঘণ্টা।

আনন্দমেলা। পূজাবার্ষিকী ১৩৯২

শঙ্কু ও আদিম মানুষ

এপ্রিল ৭

নৃতত্ত্ববিদ ডা. ক্লাইনের আশ্চর্য কীর্তি সম্বন্ধে কাগজে আগেই বেরিয়েছে। ইনি দক্ষিণ আমেরিকায় আমাজনের জঙ্গলে ভ্রমণকালে এক উপজাতির সন্ধান পান, যারা নাকি ত্রিশ লক্ষ বছর আগে মানুষ যে অবস্থায় ছিল আজও সেই অবস্থাতেই রয়েছে। এটা একটা যুগান্তকারী আবিষ্কার। শুধু তাই নয়; সার্কাস বা চিড়িয়াখানার জন্য যে ভাবে জানোয়ার ধরা হয়, সেইভাবেই এই উপজাতির একটি নমুনাকে ধরে খাঁচায় পুরে ক্লাইন নিয়ে আসেন তাঁর

বাসস্থান পশ্চিম জার্মানির হামবুর্গ শহরে। খবরের কাগজে এই মানুষের ছবি আমি দেখেছি। বানরের সঙ্গে তফাত করা খুব কঠিন, যদিও দুই পায়ে হাঁটে। তারপর থেকে ক্লাইনের বিশ্বজোড়া খ্যাতি। এই আদিম মানুষটি এখনও ক্লাইনের বাড়িতে খাঁচার মধ্যেই রয়েছে। কাঁচা মাংস খায়, মুখ দিয়ে জান্তব শব্দ করে, স্বভাবতই কোনও ভাষা ব্যবহার করে না, আর অধিকাংশ সময় ঘুমোয়। আমার ভীষণ ইচ্ছা হচ্ছিল একবার এই আদিমতম মানবের নমুনাটিকে দেখার; সে ইচ্ছা যে পূরণ হবার সম্ভাবনা আছে তা ভাবিনি। কিন্তু সে সম্ভাবনা দেখা দিয়েছে। কাল ক্লাইনের কাছ থেকে একটা চিঠি পেয়েছি। ক্লাইন লিখছে—

প্রিয় প্রোফেসর শঙ্কু,

ইনভেন্টর হিসেবে তোমার খ্যাতি আজ বিশ্বজোড়া। সব দেশের বিজ্ঞানীরাই তোমাকে সম্মান করে। আমি যে আদিমতম মানুষের—যাকে বলা হয় হোমো অ্যাফারেনসিস—একটি নমুনা সংগ্রহ করেছি সে খবর হয়তো তুমি কাগজে পড়েছ। আমি চাই তুমি একবার আশ্চর্য মানুষটিকে এসে দেখে যাও। আমি জানি তুমি বছরে অন্তত একবার ইউরোপে আসো। এ বছর কি তোমার আসার সম্ভাবনা আছে? যদি থাকে তো আমাকে জানিয়ো। যেখানেই থাক না কেন, সেখান থেকে তোমাকে আমি হামবুর্গ আসার আমন্ত্রণ জানাচ্ছি। সব খরচ আমার। যে সময় তুমি আসবে, সে সময় আমি আরও কয়েকজন বৈজ্ঞানিককে ডাকতে চাই। এমন আশ্চর্য আদিম প্রাণী দেখার সুযোগ তোমাদের আর হবে না। আমরা যখন যাই, তখন এই প্রাণীর আর মাত্র বারোজন অবশিষ্ট ছিল। তারাও আর বেশিদিন বাঁচবে না। আর অন্য কোনও দলও যে সেখানে গিয়ে তাদের দেখা পাবে, এ সম্ভাবনাও কম, কারণ পথ অত্যন্ত দুর্গম আর নানারকম হিংস্র প্রাণীতে ভর্তি। আমার তরুণ বন্ধু বিশিষ্ট বৈজ্ঞানিক হেরমান বুশ তো নৌকো থেকে নদীর জলে পড়ে কুমিরের খাদ্যে পরিণত হয়। আমাদের নেহাত ভাগ্য যে আমরা প্রাণ নিয়ে ফিরেছি।

যাই হোক, তুমি কী স্থির কর আমাকে অবিলম্বে জানিও।

হাইনরিখ ক্লাইন

আগামী সেপ্টেম্বর আমার জিনিভাতে একটা কনফারেন্সে নেমন্তন্ন আছে। যাওয়া নিয়ে দ্বিধা করেছিলাম—বয়স হয়ে গেছে—জেটে ঘোরাঘুরির ধকল আর সয় না—কিন্তু ক্লাইনের এই আমন্ত্রণের জন্য জিনিভাতে যাব বলে স্থির করেছি। এ সুযোগ ছাড়া যায় না। অ্যাদ্দিন যে সমস্ত মানুষের শুধু হাড়গোড়ের জীবাশ্ম বা ফসিল পাওয়া গিয়েছিল, সেই মানুষ জ্যান্ত দেখতে পাব এ কি কম সৌভাগ্য!

এখানে বলে রাখি ক্লাইনের তরুণ সহকর্মী হেরমান বুশের সঙ্গে আমার বছরপাঁচেক আগে ব্রেমেন শহরে আলাপ হয়। ছেলেটি ছিল এক অসাধারণ মেধাবী জীবতাত্ত্বিক। তার এ হেন মৃত্যু আমাকে মর্মাহত করেছিল। ক্লাইনের সঙ্গে আমার আলাপ হবার সুযোগ হয়নি। শুনেছি সে অতি সজ্জন ব্যক্তি। নৃতত্ত্ব নিয়ে তার অনেক মৌলিক গবেষণা আছে।

মুশকিল হচ্ছে আমাকে সেপ্টেম্বরে বাইরে যেতে হলে আমার একটা কাজ হয়তো আমি শেষ করে যেতে পারব না। অবিশ্যি এলিক্সিরামের অভাবে এমনিও আমি আর খুব বেশি দূর অগ্রসর হতে পারব বলে মনে হয় না। আসলে আমি একটা ড্রাগ প্রস্তুতের ব্যাপারে একটা পরীক্ষা চালাচ্ছিলাম। এই ড্রাগ তৈরি হলে চতুর্দিকে সাড়া পড়ে যেত। এর সাহায্যে একজন মানুষের ক্রমবিবর্তনের মাত্রা লক্ষগুণ বাড়িয়ে দেওয়া যায়। অর্থাৎ একজন মানুষকে এই ড্রাগ ইনজেক্ট করলে পাঁচ মিনিটের ভিতর তার মধ্যে দশ হাজার বছর বিবর্তনের চেহারা দেখা

যেত। ওষুধ আমি তৈরি করেছি। প্রথমবার আমার চাকর প্রহ্লাদের উপর প্রয়োগ করে কোনও ফল পাইনি। তারপর এলিক্সিরামের মাত্রা একটু বাড়িয়ে দিয়ে আবার ইনজেক্ট করাতে দেখি প্রহ্লাদ অত্যন্ত জটিল গাণিতিক বিষয় নিয়ে বক্তৃতা দিতে আরম্ভ করেছে।

কিন্তু এই অবস্থা বেশিক্ষণ টেঁকেনি। দশ মিনিটের মধ্যে প্রহ্লাদ ঘুমিয়ে পড়ে। তারপর ঘুম যখন ভাঙে তখন দেখি সে আবার যেই কে সেই অবস্থায় ফিরে এসেছে। বলল, 'আপনি সুই দেবার পর মাথাটা ভোঁভোঁ করছিল। আমি বোধ হয় ভুল বকছিলাম, তাই না?'

আমার কাছে এলিক্সিরাম আর নেই। গত বছর জাপান থেকে এক শিশি এনেছিলাম। এই ড্রাগটিও মাত্র বছরতিনেক আবিষ্কার হয়েছে। অত্যন্ত শক্তিশালী ড্রাগ এবং দামও অনেক। তবে প্রহ্লাদের উপর প্রয়োগের ফলে যেটুকু ফল পেয়েছিলাম তাতেই যথেষ্ট উৎসাহিত বোধ করেছিলাম। ভবিষ্যতের মানুষের মস্তিষ্কের আয়তন বাড়বে তাতে আমার সন্দেহ নেই। তার পরের অবস্থায় হয়তো দীর্ঘকাল যন্ত্রের উপর নির্ভরের ফলে অঙ্গপ্রত্যঙ্গ দুর্বল হয়ে আসবে, কিন্তু নতুন নতুন যন্ত্র উদ্ভাবনের তাগিদে মস্তিষ্ক বেড়েই চলবে। অবিশ্যি এসব ঘটতে সময় লাগবে অনেক। বিবর্তনের ফলে রূপান্তরের চেহারা ধরা পড়তে পড়তে বিশ-পঁচিশ হাজার বছর পেরিয়ে যায়।

আমার ওযুধটা তৈরি হলে ভবিষ্যৎ মানুষ সম্বন্ধে আর অনুমান করতে হবে না; চোখের সামনে দেখতে পাব মানুষ কী ভাবে বদলাবে।

ক্লাইনের চিঠির জবাব আমি দিয়ে দিয়েছে। তাতে এও লিখেছি যে, আমার দুই বন্ধু ক্রোল আর সন্ডার্সকে সে যদি আমন্ত্রণ জানায় তা হলে খুব ভাল হয়, কারণ এদের দু'জনই স্ব স্ব ক্ষেত্রে অপ্রতিদ্বন্দ্বী। ক্রোল হল নৃতাত্ত্বিক আর সন্ডার্স জীববিদ্যা বিশারদ। আমার যাওয়া সেপ্টেম্বরের দ্বিতীয় সপ্তাহে। প্রথমে জিনিভা, তারপর হামবুর্গ।

সেপ্টেম্বর ১০

আজ আমি জিনিভা রওনা দিচ্ছি। ক্রোল আর সন্ডার্স দু'জনেরই চিঠি বেশ কিছুদিন হল পেয়েছি। দু'জনকেই ক্লাইন আমন্ত্রণ জানিয়েছে। ক্রোলকে আমার-ড্রাগের কথা লিখেছিলাম। সে উত্তরে লিখেছে,

'তোমার ওযুধ যে অবস্থায় রয়েছে সে অবস্থায়ই সঙ্গে করে নিয়ে এসো। ইউরোপের যে কোনও বড় শহরে এলিক্সিরাম পাওয়া যায়। হয়তো ক্লাইনের কাছেই থাকতে পারে। একই সঙ্গে অতীত ও ভবিষ্যতের মানুষকে দেখতে পারলে একটা দারুণ ব্যাপার হবে। ক্লাইন লোকটাকে আমার বেশ ভাল লাগে। আমার বিশ্বাস, সে নিশ্চয়ই তোমাকে তার ল্যাবরেটরিটা ব্যবহার করতে দেবে।'

আমি তাই সঙ্গে করে আমার ওযুধ এভলিউটিন-এর শিশিটা নিয়ে যাচ্ছি। সুযোগ পেলে প্রস্তাবটা ক্লাইনকে দেব।

সেপ্টেম্বর ১৬, হামবুর্গ

জিনিভার কাজ শেষ করে কাল হামবুর্গ পৌঁছেছি। অন্য অতিথিরাও একই দিনে এসেছে। ক্রোল আর সন্ডার্স ছাড়া আছে ফরাসি ভূতাত্ত্বিক মিশেল রামো, ইটালিয়ান পদার্থবিজ্ঞানী মার্কো বার্তেল্লি আর রুশ স্নায়ুবিশেষজ্ঞ ডা. ইলিয়া পেট্রফ।

আমি পৌঁছেছি রাত্রে। ক্লাইন আমাকে অভিবাদন জানিয়ে বলল, 'আমার সে মানুষ সন্ধ্যা থেকেই ঘুমোয়। ত্রিশ লক্ষ বছর আগে আদিম মানুষও তা-ই করত বলে আমার বিশ্বাস। আমি তাই কাল সকালে তোমাদের সকলকে তার কাছে নিয়ে যাব।'

আমি আর ল্যাবরেটরির কথাটা তুললাম না। দু'-একদিন এখানে থাকি, তারপর বলব। তবে তার সহকর্মীর মৃত্যুতে সমবেদনা জানানোর কথাটা ভুলিনি। তাকে যে আমি ব্যক্তিগতভাবে চিনতাম, সে কথাও বললাম। ক্লাইন বলল যে, অষ্টাদশ শতাব্দীর এক স্প্যানিশ পর্যটকের লেখা একটা অত্যন্ত দুষ্প্রাপ্য ভ্রমণকাহিনীতে নাকি ব্রেজিলের এই উপজাতির উল্লেখ আছে। লেখক বলেছেন, তারা বাঁদর ও মানুষের ঠিক মাঝের অবস্থায় রয়েছে। এতদিন আগের এই আশ্চর্য সিদ্ধান্ত ক্লাইনকে বিশেষভাবে আকর্ষণ করেছিল। এই বিবরণই ক্লাইনকে টেনে নিয়ে যায় আমাজনের গভীর জঙ্গলে। সেটা যে সফল হবে তা সে কল্পনাও করতে পারেনি।

নৈশভোজের কোনও ত্রুটি হল না। পুরনো বন্ধুদের সঙ্গে দেখা হওয়া ছাড়াও তিনজন অচেনা বৈজ্ঞানিকের সঙ্গে আলাপ করেও খুব ভাল লাগল। বার্তেল্লি, রামো আর পেট্রফ তিনজনেই আদিমতম মানুষটিকে দেখার জন্য উদ্‌গ্রীব হয়ে আছে। সকলেই স্বীকার করল যে,

এ একটি আশ্চর্য আবিষ্কার, আর আমাজনের জঙ্গল এক অতি আশ্চর্য জায়গা।

পেট্রফ ক্লাইনকে প্রশ্ন করল, 'তুমি কি এই মানুষটিকে সভ্যতার পথে খানিকটা এগিয়ে নিয়ে যাবার কোনও চেষ্টা করছ?'

ক্লাইন বলল, 'যে মানুষ প্রায় ত্রিশ লক্ষ বছর আগের অবস্থায় রয়েছে, তাকে কিছু শেখানো যাবে বলে মনে হয় না। সবচেয়ে আশ্চর্য এই যে, এতদিন এসব মানুষের ফসিল পাওয়া গিয়েছিল দক্ষিণ আফ্রিকায়, আর আসল মানুষটি পাওয়া গেল দক্ষিণ আমেরিকায়।'

'ওকে রেখেছ কীভাবে?' বার্তেল্লি জিজ্ঞেস করল।

'আমারই কম্পাউন্ডে একশো গজ ব্যাসের একটি শিক দিয়ে ঘেরা জায়গা করে তার মধ্যে রেখেছি। ঘরের মধ্যে খাঁচার ভিতর রাখার ইচ্ছে আমার আদৌ ছিল না। প্রাকৃতিক পরিবেশে ও দিব্যি আছে। ওর দলের লোকের অভাব বোধ করার কোনও লক্ষণ এখনও দেখিনি। ওর রক্ষণাবেক্ষণের জন্য একটি সশস্ত্র লোক রাখতে হয়েছে। এমনিতে ও কোনও হিংস্র ভাব দেখায় না, কিন্তু আমি জানি ওর শারীরিক শক্তি প্রচণ্ড। একটা গাছের মোটা ডাল সে হাত দিয়ে মট করে ভেঙে দিয়েছিল।'

'ওর মধ্যে সুখদুঃখ জাতীয় অভিব্যক্তির কোনও লক্ষণ দেখেছ?' আমি প্রশ্ন করলাম।

'না,' বলল ক্লাইন। 'ও শুধু মাঝে মাঝে মুখ দিয়ে একরকম শব্দ করে যার সঙ্গে গোরিলার হুংকারের কিছুটা মিল আছে।'

'চার পায়ে আদৌ হাঁটে কি?'

'না। এ যে মানুষ তাতে কোনও সন্দেহ নেই। সব সময় দু' পায়েই হাঁটে। ফলমূল খায়, মাংসও খায়। তবে মাংসটা খায় কাঁচা, ঝলসে নয়। এ মানুষ এখনও আগুনের ব্যবহার শেখেনি। একদিন ওর সামনে আগুন জ্বালিয়ে দেখেছি, ও চিৎকার করে দূরে পালিয়ে যায়।'

সাড়ে দশটা নাগাদ আমরা যে যার ঘরে চলে গেলাম। অতিথিসৎকারের কোনও ত্রুটি করেনি ক্লাইন, এটা স্বীকার করতেই হবে।

সেপ্টেম্বর ১৭, রাত ১১টা

আজ বিচিত্র অভিজ্ঞতা। আমরা ছয়জন বৈজ্ঞানিক আজ একটি জ্যান্ত 'হোমো অ্যাপারেনিসস'-কে দেখলাম। দু' পায়ে না হাঁটলে ওকে বাঁদর বলেই মনে হত। সর্বাঙ্গ খয়েরি লোমে ঢাকা। ক্লাইন মানুষটাকে একটা হাফপ্যান্ট পরিয়ে তার মধ্যে খানিকটা সভ্য ভাব আনবার চেষ্টা করেছে, আর কাছেই ফেলে রেখেছে একটা ভাল্লুকের লোম—শীত লাগলে গায়ে জড়াবার জন্য। সেটা নাকি এখনও পর্যন্ত ব্যবহার করার কোনও দরকার হয়নি। মাটিতে একটা সিমেন্ট করা গর্তে জল রাখা রয়েছে, সেটা তৃষ্ণা নিবারণের জন্য। আমাদের সামনেই প্রাণীটা তার থেকে জল খেল জানোয়ারের মতো করে। তারপর আমাদের এতজনকে একসঙ্গে দেখেই বোধ হয় একটা চেস্টনাট গাছের পিছনে গিয়ে কিছুক্ষণ লুকিয়ে থেকে তারপর অতি সন্তর্পণে আবার বেরিয়ে এল।

ক্লাইন বোধ হয় ইচ্ছা করেই চারিদিকে ছোটবড় পাথরের টুকরো ছড়িয়ে রেখেছে। মানুষটা এবার তারই একটা হাতে নিয়ে এদিকে ওদিকে ছুড়ে যেন খেলা করতে লাগল।

সত্যি, এমন দৃশ্য কোনওদিন দেখব তা স্বপ্নেও ভাবিনি। পেট্রফ তার ক্যামেরা দিয়ে কিছু ছবি তুলল। যদিও লোকটা বিশ গজের বেশি কাছে আসছে না।

আমরা থাকতে থাকতেই সশস্ত্র প্রহরী একটা প্লাস্টিকের বালতিতে কাঁচা গোরুর মাংস নিয়ে গিয়ে মানুষটাকে খেতে দিল। তার চোয়ালের জোর সাংঘাতিক, সেটা চোখের সামনেই

দেখতে পেলাম।

দুপুরে লাঞ্চ খেতে খেতে ক্রোল একটা কথা বলল ক্লাইনকে।

'তোমার এই মানুষটি যে নেটা বা লেফ্‌ট-হ্যান্ডেড, সেটা লক্ষ করেছ বোধহয়।

সেটা আমিও লক্ষ করেছিলাম। সে পাথরগুলো বাঁ হাত দিয়ে তুলছিল। ক্লাইন বলল, 'জানি। ওটা আমি প্রথম দিনই লক্ষ করেছি।'

রামো বলল, 'তোমার এই আদিম মানুষের চাহনিতে কিন্তু একটা বুদ্ধির আভাস আছে; যেভাবে সে আমাদের দিকে চেয়ে চেয়ে দেখছিল—'

ক্লাইন কথার পিঠে কথা চাপিয়ে বলল, 'তার মানেই বুঝতে হবে হোমো অ্যাফারেনসিসকে আমরা যত বোকা ভাবতাম, আসলে সে তত বোকা নয়। চার পা থেকে দু'পায়ে হাঁটবার সঙ্গে সঙ্গেই তার মস্তিষ্কের আয়তনও নিশ্চয়ই বেড়ে গিয়েছিল।'

আমি এইবার ক্লাইনকে অনুরোধ করলাম তার ল্যাবরেটরিটা দেখবার জন্য। ক্লাইন খুশি হয়েই সম্মত হল। বলল, 'বেশ তো, খাবার পরেই না হয় যাওয়া যাবে।'

লাঞ্চের শেষে চমৎকার ব্রেজিলিয়ান কফি খাইয়ে ক্লাইন আমাদের নিয়ে গেল তার গবেষণাগার দেখাতে। যন্ত্রপাতি ওষুধপত্রে পরিপূর্ণ ল্যাবরেটরি, দেখে মনে হল সেখানে যে কোনওরকম এক্সপেরিমেন্ট চালানো যায়। সবচেয়ে ভাল লাগল দেখে যে, ল্যাবরেটরির একপাশে একটা সেলফে অনেকগুলি শিশি বোতলের মধ্যে তিনটে পাশাপাশি শিশিতে এলিক্সিরাম রয়েছে। অবিশ্যি আমার ড্রাগের কথা এখনও ক্লাইনকে বলিনি।

রাত্রে ডিনার খেয়ে কিছুক্ষণ গল্প করে পরস্পরকে গুড নাইট জানিয়ে যে যার ঘরে চলে গেলাম। আমার মনে কীসের জন্য জানি একটা খটকা লাগছে, অনেক ভেবেও তার কোনও কারণ খুঁজে পাচ্ছি না। এমন সময় দরজায় টোকা পড়ল। ঘড়িতে দেখি পৌনে এগারোটা। এত রাত্রে কে?

দরজা খুলে দেখি ক্রোল আর সন্ডার্স। ব্যাপার কী?

ক্রোল বলল, 'আমি যে ঘরে রয়েছি সে ঘরে নিশ্চয়ই কোনওসময় হেরমান বুশ ছিল। কারণ তার একটা খাতা একটা দেরাজের মধ্যে পেলাম।'

'কী আছে সে খাতায়?'

'যা আছে তা পড়লে মন খারাপ হয়ে যায়। আমাজনের জঙ্গলে নদীপথে সাড়ে তিনশো মাইল যাবার পরেও আদিম মানুষের দেখা না পেয়ে ক্লাইন নাকি হাল ছেড়ে দিয়েছিল। বুশই তাকে উৎসাহ দিয়ে নিয়ে যায়। সে বলে যে, স্প্যানিশ পর্যটকের বিবরণ কখনও ভুল হতে পারে না। কিন্তু—'

'কিন্তু কী?'

'বুশের মনে একটা সংশয় দেখা দিয়েছিল। তার মন বলছিল যে, সে এই অভিযানের শেষ দেখে যেতে পারবে না। সে বলছে যে, তার মধ্যে যে একটা ভবিষ্যৎ দর্শনের অলৌকিক ক্ষমতা আছে সেটা সে অনেক সময় লক্ষ করেছে। ক্লাইনের মধ্যে কোনও সংশয় ছিল না; প্রাণের ভয় সে কখনই করেনি। সে অত্যন্ত সাহসী ছিল। জাহাজে যেতে যেতেও সে একাগ্রমনে একটা এক্সপেরিমেন্ট চালিয়ে যাচ্ছিল।'

'কী এক্সপেরিমেন্ট?'

'সেটা বুশ বলেনি। বুশ নিজেও জানত বলে মনে হয় না।'

'বেচারি বুশ!'

বুশের মৃত্যুতে এমনিই আমি আঘাত পেয়েছিলাম, এ খবরে মনটা আরও বেশি খারাপ হয়ে গেল।

'শুধু তাই নয়,' বলল ক্রোল। 'ক্লাইন যে একটা যুগান্তকারী আবিষ্কার করে বিশ্ববিখ্যাত হয়ে যাবে সেটাও বুশ বুঝতে পেরেছিল। তাই সে আরও চাইছিল যাতে ক্লাইন না পিছু হটে।'

সন্ডার্স কিছুক্ষণ থেকে একটু অন্যমনস্ক ছিল। আমি তাকে জিজ্ঞেস করলাম সে কী ভাবছে। সে বলল, 'কিছুই না। একটা সামান্য খটকা। আমার ধারণা ছিল আদিম মানুষ বুঝি বেঁটে হয়, কিন্তু এ দেখছি প্রায় পাঁচ ফুট ন' ইঞ্চির কাছাকাছি।'

আমি বললাম, 'তার কারণ আর কিছুই নয়; এ মানুষ আদিম হলেও আসলে সে বিংশ শতাব্দীর প্রাণী। এর সব লক্ষণ হোমো অ্যাফারেনসিসের সঙ্গে মিলবে এটা মনে করা ভুল।'

'তা বটে।'

রাত হয়েছিল। তাই আমাদের কথা বেশিদূর এগোল না। ক্রোল বিদায় নেবার সময় বলে গেল, 'এবার তোমার ড্রাগের কথাটা ক্লাইনকে বলো। ওর এলিক্সিরাম তো তোমার লাগবে।

সে ব্যাপারে আশা করি ও কোনও আপত্তি করবে না।'

পরিণামে কী আছে জানি না, কিন্তু কাল সকালেই ক্লাইনকে আমার ড্রাগটা সম্বন্ধে বলতে হবে।

সেপ্টেম্বর ১৮

আজ সকালে ব্রেকফাস্টের টেবিলে সকলের সামনে আমার এভিলিউটিন-এর কথাটা বললাম। আমার চাকরের উপর পরীক্ষা করে কী ফল হয়েছে সেটাও জানালাম, আর সব শেষে ক্লাইনের কাছে আমার আর্জি পেশ করলাম।—'তোমার এলিক্সিরামের এক চামচ পেলেই মনে হয় আমার কাজটা সফল হবে। তার জন্য যা দাম লাগে, আমি দিতে রাজি।'

ক্লাইন দেখলাম রীতিমতো অবাক হল আমার ওষুধটার কথা শুনে। বলল, 'এক চামচ এলিক্সিরামের জন্য দাম দেবার কথা বলছ? কীরকম মানুষ তুমি? কিন্তু এই ওষুধ তৈরি হলে তুমি কার উপর পরীক্ষা করবে? সে লোক কোথায়?'

আমি হেসে বললাম, 'কেন, তোমার হোমো অ্যাফারেনসিস তো রয়েছে। তার উপর পরীক্ষা করলে সে আধ ঘণ্টার মধ্যে আধুনিক মানুষ হোমো স্যাপিয়েনসে পরিণত হবে।'

আমি ঠিক জানি না, কিন্তু মনে হল আমার কথাটা শুনে ক্লাইনের চোখে একটা ঝিলিক

খেলে গেল। সে বলল, 'এর অ্যান্টিডোট তুমি তৈরি করেছ, যাতে সেটা খাইয়ে মানুষকে আবার পূর্বাবস্থায় ফিরিয়ে আনা যায়?'

আমি মাথা নেড়ে বললাম, 'সে ব্যবস্থাও আছে।'

'তুমি দেখছি খুব থরো,' বলল ক্লাইন। 'যাই হোক, আমার একটা ব্যাপার আছে, সেটা আমি বলিনি—আমি জ্যোতিষে বিশ্বাস করি। আজকের দিনটা এই জাতীয় পরীক্ষার পক্ষে ভাল নয়। তোমাকে আমি এলিক্সিরাম দেব কাল। কাল সকালে।'

ব্রেকফাস্টের পর আমরা আবার আদিম মানুষটিকে দেখতে গেলাম। আজ দেখলাম তার ভয় অনেকটা কমে গেছে। সে আমাদের দশ হাতের মধ্যে এগিয়ে এসে আমাদের দিকে চেয়ে দেখতে লাগল। আমার উপর দৃষ্টি রাখল প্রায় দু'মিনিট। তারপর মুখ দিয়ে একটা রুক্ষ শব্দ করল, যদিও তার মধ্যে রাগের কোনও চিহ্ন ছিল না।

আমার মন থেকে কিন্তু খটকা যাচ্ছে না। অ্যাফারেনসিসের এই বিশেষ নমুনাটিকে দেখলেই আমি কেমন যেন অন্যমনস্ক হয়ে পড়ি। কেন তা বলতে পারব না। হয়তো বয়সের সঙ্গে আমার চিন্তাশক্তিও কিছুটা হ্রাস পেয়েছে।

সেপ্টেম্বর ১৮, রাত দশটা

আজ ডিনার খাবার পর থেকে গা-টা কেমন গুলোচ্ছিল। শুধু গা গুলোচ্ছিল বললে ভুল হবে, সেইসঙ্গে মাথাটাও কেমন জানি গোলমাল লাগছিল, চিন্তা ওলটপালট হয়ে যাচ্ছিল। আমার সঙ্গে আমারই তৈরি আশ্চর্য ওষুধ মিরাকিউরল ছিল। তার এক ডোজ খেয়ে কিছুক্ষণের মধ্যে আবার স্বাভাবিক অবস্থায় ফিরে এলাম। এরকম আমার কখনও হয় না। আজ কেন হল?

দশ মিনিটের মধ্যে দরজায় টোকা পড়ল। খুলে দেখি সন্ডার্স আর ক্রোল। ক্রোল বলল, 'আজ ডিনারে আমাদের পানীয়তে বোধ হয় কিছু মেশানো ছিল। মাথাটা ঘুরছে, চিন্তা সব গোলমাল হয়ে যাচ্ছে।'

সন্ডার্স বলল, 'আমারও সেই অবস্থা।'

আমি দু'জনকেই মিরাকিউরল খাইয়ে সুস্থ করলাম।

কিন্তু অন্য তিনজনের কী হবে?

আমরা তিনজন ওষুধ নিয়ে ছুটলাম। ওদের ঘর জানা ছিল, দরজা ধাক্কা দিয়ে খুলিয়ে সকলকেই ওষুধ দিলাম। সকলেরই একই অবস্থা। পেট্রফ ভাল ইংরিজি জানে, আমাদের সঙ্গে ইংরিজিতেই কথা বলে, কিন্তু এখন সে রাশিয়ান ছাড়া কিছুই বলছে না—তাও আবার ব্যাকরণে ভুল। বার্তেল্লি তার ভাষায় কেবল 'মাম্মা মিয়া, মাম্মা মিয়া' অর্থাৎ 'মাগো, মাগো' বলছে, আর আমাদের ফরাসি বন্ধু কোনও কথাই বলছে না, কেবল ঘোলাটে দৃষ্টি নিয়ে ফ্যালফ্যাল করে সামনের দিকে চেয়ে আছে। যাই হোক, আমার আশ্চর্য ওষুধের গুণে সকলেই সুস্থ ও স্বাভাবিক অবস্থায় ফিরে এল।

প্রশ্ন হল—এখন কী কর্তব্য। ক্লাইন কি কোনও কারণে আমাদের পিছনে লেগেছে? কিন্তু কেন? আমায় বাধা দেওয়ায় তার আগ্রহ হবে কেন, আর সেইসঙ্গে অন্য সকলের উপরেও আক্রোশ কেন?

এ নিয়ে এখন ভেবে লাভ নেই। আমরা পরস্পরের কাছে বিদায় নিয়ে যে যার ঘরে ফিরে এলাম।

আর তার পরেই আমার মনের খটকার কারণটা বুঝতে পারলাম, আর সেইসঙ্গে বুঝলাম যে, আমার এভলিউটিন ওষুধ যথাশীঘ্র সম্ভব তৈরি করা দরকার।

কিন্তু ক্লাইনের সঙ্গে আমাদের যা সম্পর্ক, সে কি আমাদের কোনওরকম সাহায্য করবে?

সেটা কাল সকালের আগে জানা যাবে না।

সেপ্টেম্বর ১৯

আজ সকালে ব্রেকফাস্টে নামতেই ক্লাইন জিজ্ঞেস করল, 'কাল তোমরা সুস্থ ছিলে? আমার শরীরটা কিন্তু খুব খারাপ হয়েছিল। মনে হয় কোনও খাবারে কোনও গোলমাল ছিল।'

আমরা অবিশ্যি সকলেই স্বীকার করলাম যে, আমাদেরও শরীরটা খারাপ হয়েছিল এবং ওষুধ খেয়ে তবে সুস্থ হয়েছি।

'কী ওষুধ খেলে?' জিজ্ঞেস করল ক্লাইন।

'প্রোফেসর শঙ্কুর তৈরি একটা ওযুধ', বলল সন্ডার্স।

'আহা, আমি জানলে তো আমিও খেতাম,' বলল ক্লাইন। 'আমাকে সারা রাত ছটফট করতে হয়েছে। আজ সকালে ছ'টার পরে অনুভব করলাম উদ্বেগটা কেটে গেছে।'

আমি বললাম, 'ভাল কথা, আজ যদি এলিক্সিরামটা পাই তা হলে খুব কাজ হয়।'

'বেশ তো, ব্রেকফাস্টের পরই দেব তোমায়।'

ব্রেকফাস্টের পর ক্রোল, সন্ডার্স আর পেট্রফ একটু বেড়াতে বেরোল। বার্তেল্লি আর রামো বলল যে, তারা আজ আদিম মানুষের কয়েকটা ছবি তুলবে। মানুষটা যখন ভয় কাটিয়ে উঠে কাছে আসতে শুরু করেছে, তখন ভাল ছবি উঠবে।

ক্লাইনের সঙ্গে আমি গেলাম ল্যাবরেটরিতে। ক্লাইন তাক থেকে একটা এলিক্সিরামের শিশি নামাতেই দেখলাম ওযুধ পালটানো হয়েছে। এর চেহারা এবং গন্ধ এলিক্সিরামের নয়। এলিক্সিরামে একটা খুব হালকা নীলের আভাস পাওয়া যায়; এটা একেবারে জলের মতো দেখতে। আমার চোখে ধুলো দেওয়া অত সহজ নয়।

তবে বাইরে আমি কিছু প্রকাশ করলাম না। একটা ঢাকনাওয়ালা পাত্রে তরল পদার্থটার এক চামচ নিয়ে ঢাকনা বন্ধ করে দিলাম।

ব্যর্থমনোরথ হওয়াতে মনটা খারাপ হয়ে গিয়েছিল, তাই নিজের ঘরে চলে এলাম। আজ আর আদিম প্রাণীটাকে দেখতে ইচ্ছা করছিল না। আমার গবেষণা সার্থক হতে হতে হল না। এর চেয়ে আপশোসের আর কী হতে পারে? অবিশ্যি শহরে খোঁজ করলে ড্রাগিস্টের দোকানে নিশ্চয়ই এলিক্সিরাম পাওয়া যাবে, কিন্তু সে ব্যাপারে যে ক্লাইন ব্যাগড়া দেবে না তার কী স্থিরতা?

সাড়ে দশটায় দরজায় টোকা পড়ল। খুলে দেখি সন্ডার্স আর ক্রোল।

'ড্রাগ নিয়েছ?' প্রশ্ন করল ক্রোল।

বললাম, 'নিয়েছি, কিন্তু সেটা আসল জিনিস নয়। ভেজাল।'

'সেটা আমি আন্দাজ করেছিলাম। এই নাও তোমার এলিক্সিরাম।'

ক্রোল পকেট থেকে একটা শিশি বার করে আমাকে দিল।

আমার ধড়ে প্রাণ এল। আমি তৎক্ষণাৎ আমার ওযুধের সঙ্গে এক চামচ এলিক্সিরাম মিশিয়ে দিলাম।

'কিন্তু এটা তুমি কার উপর প্রয়োগ করতে চাও?' জিজ্ঞেস করল সন্ডার্স।

আমি বললাম, 'যার উপর করলে একটা বিরাট রহস্য উদ্ঘাটিত হবে। কিন্তু এখন নয়। রাত্রে।'

ক্রোল আর সন্ডার্সের অনেক পীড়াপীড়ি সত্ত্বেও আমি কী করতে যাচ্ছি সেটা বললাম না।

দুপুরে লাঞ্চের সময় ক্লাইন বলে পাঠাল যে, তার শরীরটা আবার খারাপ হয়েছে, তাকে যেন আমরা ক্ষমা করি এবং তাকে ছাড়াই খেয়ে নিই।

বিকেলে আমরা সকলে হামবুর্গ শহর দেখতে বেরোলাম। সন্ধ্যা সাতটায় ফিরে এসে জানলাম যে, ক্লাইন সুস্থ, একটু বেরিয়েছেন এবং ডিনারের আগেই ফিরবেন।

আমার কেন জানি বুকের ভিতরটা কেঁপে উঠল। ক্লাইন বেরিয়েছে? সে একা, না তার সঙ্গে আর কেউ গেছে?

আমি বাকি পাঁচজনের দিকে চেয়ে বললাম, 'আমি একটা গোলমালের আশঙ্কা করছি। আমাদের একবার দেখা দরকার আদিম মানুষটা তার খাঁচায় আছে কি না। তোমরা এক মিনিট অপেক্ষা করো, আমি আমার অস্ত্রটা নিয়ে নিই, কারণ কী ঘটবে কিছুই বলা যায় না।'

আমার অ্যানাইহিলিন পিস্তলটা যে আমি সব সময় সঙ্গে নিয়ে সফরে যাই তা নয়, কিন্তু

এবার কেন জানি নিয়ে এসেছিলাম। বাক্স থেকে সেটা বার করে নিয়ে বাকি পাঁচজনকে নিয়ে ছুটলাম বাড়ির উত্তর দিকে লোহার শিকে ঘেরা অ্যাফারেনসিসের খাঁচার উদ্দেশে।

শিকের এক জায়গায় একটা লোহার গেট, সেখান দিয়েই ভিতরে ঢুকতে হয়। গেটের সামনে সশস্ত্র প্রহরী দাঁড়িয়ে রয়েছে—ক্লাইনের বিশ্বস্ত রুডলফ। আমাদের দেখে সে রিভলভার বার করল। কী আর করি—আমার অ্যানাইহিলিনের সাহায্যে তাকে অস্ত্রসমেত নিশ্চিহ্ন করে দিতে হল।

এখন পথ খোলা। আমরা ছয়জন ঢুকলাম খাঁচার মধ্যে। কিন্তু মিনিটখানেক এদিক ওদিক দেখেই বুঝলাম যে, আদিম মানুষ নেই। অর্থাৎ ক্লাইন তাকে নিয়েই বেরিয়েছে।

এবারে ক্রোল তার তৎপরতা দেখাল। সে বাড়ির ভিতরে গিয়ে সোজা পুলিশ স্টেশনে ফোন করল। ক্লাইনের ডেমলার গাড়ির নম্বরটা আমার মনে ছিল। সেটা ক্রোল পুলিশকে জানিয়ে দিয়ে বলল, এ গাড়ির জন্য এক্ষুনি যেন অনুসন্ধান করা হয়।

বিশ মিনিট লাগল পুলিশের কাছ থেকে উত্তর আসতে। কোনিগস্ট্রাসে আর গ্রুনবার্গস্ট্রাসের সঙ্গমস্থলে গাড়িটা ধরা পড়েছে, ক্লাইন রিভলভার দিয়ে একটি পুলিশকে জখমও করেছে। ক্লাইনের সঙ্গে একটি বুনো লোক রয়েছে, দু'জনকেই পুলিশ স্টেশনে নিয়ে আসা হয়েছে, আমরা যেন সেখানে যাই।

ফোন করে দুটো ট্যাক্সি আনিয়ে আমরা ক'জন পুলিশ স্টেশনে গিয়ে হাজির হলাম। ক্লাইনকে জেরা করা হচ্ছে, আমরা দেখতে চাইলাম বুনো মানুষটিকে। একটি কনস্টেবল আমাদের একটা ভিতরের ঘরে নিয়ে গেল। ঘরে আসবাব বলতে একটিমাত্র টেবিল আর একটি চেয়ার। মেঝের এক কোণে কুণ্ডলী পাকিয়ে আমাদের পরিচিত হোমো অ্যাফারেনসিস ঘুমোচ্ছে।

আমি আমার পকেট থেকে একটা বাক্স বার করে ঘুমন্ত মানুষটির দিকে এগিয়ে গেলাম। বাক্সে ইনজেকশনের সব সরঞ্জাম আর আমার এভলিউটিন ড্রাগ ছিল। ড্রাগটা সিরিঞ্জে ভরে ঘুমন্ত মানুষটির লোমশ হাতে একটা ইনজেকশন দিয়ে দিলাম।

তারপর গভীর উৎকণ্ঠায় আমরা ছয়জন বৈজ্ঞানিক ইনজেকশনের প্রতিক্রিয়ার জন্য অপেক্ষা করতে লাগলাম।

পাঁচ মিনিটের মধ্যেই রূপান্তর শুরু হল। গায়ের লোম মিলিয়ে এল, কপাল প্রশস্ত হল, চোয়াল বসে গেল, চোখ কোটর থেকে বেরিয়ে এল, শরীরের মাংসপেশী কমে এল।

পনেরো মিনিটের মাথায় বোঝা গেল, আমরা যাকে দেখছি সে ব্রেজিলের কোনও উপজাতির অন্তর্গত নয়; সে ইউরোপের অধিবাসী, তার গায়ের রং আমার বন্ধুদেরই মতো। তার মাথার চুল সোনালি, তার শরীর দেখলে মনে হয় না তার বয়স ত্রিশের বেশি, তার নাক চোখে বোঝা যায় সে সুপুরুষ।

'মাইন গট!' বলে উঠল ক্রোল। 'এ যে হেরমান বুশ!'

আমি এবার আরেকটা ইনজেকশন দিয়ে বিবর্তন বন্ধ করে দিলাম। তারপর হাত দিয়ে ঠেলা দিতেই বুশ ধড়মড়িয়ে উঠে বসে চোখ কচলে জার্মান ভাষায় প্রশ্ন করল, 'তোমরা কে? আমি কোথায়?'

আমি বললাম, 'আমরা তোমার বন্ধু। তোমার যে শত্রু সে এখন পুলিশের জিম্মায়। এবার বলো তো ক্লাইন কী এক্সপেরিমেন্ট করছিল?'

'ওঃ!' বুশ কপাল চাপড়াল। 'হি ওয়াজ প্রিপেয়ারিং দ্য ড্রাগ অব সেটান।' অর্থাৎ সে শয়তানের দাওয়াই তৈরি করছিল। ওটা ইনজেক্ট করলে মানুষ বিবর্তনের পথে পিছিয়ে যেত। ক্লাইন সম্পূর্ণ মিথ্যা কথা বলে আমাকে ব্রেজিলে নিয়ে যায়; তারপর একদিন সুযোগ পেয়ে

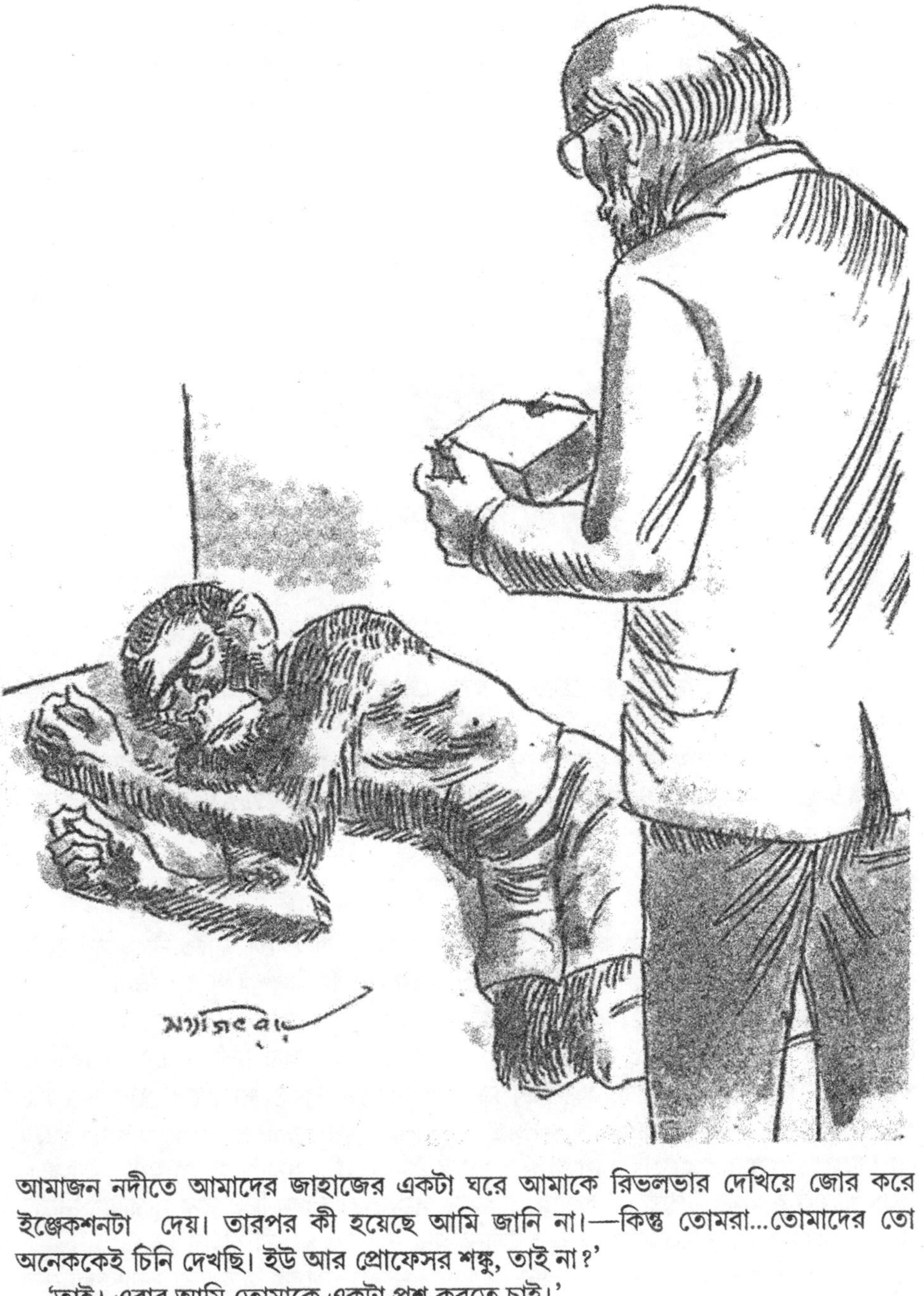

আমাজন নদীতে আমাদের জাহাজের একটা ঘরে আমাকে রিভলভার দেখিয়ে জোর করে ইঞ্জেকশনটা দেয়। তারপর কী হয়েছে আমি জানি না।—কিন্তু তোমরা...তোমাদের তো অনেককেই চিনি দেখছি। ইউ আর প্রোফেসর শঙ্কু, তাই না?'

'তাই। এবার আমি তোমাকে একটা প্রশ্ন করতে চাই।'

'কী?'

'তুমি তো লেফ্‌ট হ্যান্ডেড—তাই না? আমার ডায়রিতে তুমি তো তোমার নামঠিকানা লিখে দিয়েছিলে। তখন থেকেই আমার মনে আছে।'

'ইয়েস—আই অ্যাম লেফ্‌ট হ্যান্ডেড।'

আমার খটকার কারণ ছিল এটাই। আশ্চর্য এই যে, আমরা দু'জন বৈজ্ঞানিক প্রায় একই গবেষণায় লিপ্ত ছিলাম, ও যাচ্ছিল পিছন দিকে, আমি যাচ্ছিলাম ভবিষ্যতের দিকে। এখন দেখছি যে, বিবর্তন নিয়ে বেশি কৌতূহল প্রকাশ না করাই ভাল। যা হচ্ছে তা আপনা থেকেই হোক। আমার এভলিউটিনের শিশি আমার গিরিডির তাকেই শোভা পাবে—ওটা আর ব্যবহার করার কোনও প্রশ্ন ওঠে না। তবে এটা স্বীকার করতেই হবে যে বর্তমান ক্ষেত্রে এটা কাজ দিয়েছে আশ্চর্যভাবে।

ক্লাইনের নিস্তার নেই, কারণ তার গুলিতে যে পুলিশটি জখম হয়েছিল, সে এইমাত্র মারা গেছে।

আনন্দমেলা। পূজাবার্ষিকী ১৩৯৩

নেফ্রুদেৎ-এর সমাধি

ডিসেম্বর ৭

এইমাত্র আমার জার্মান বন্ধু ক্রোলের কাছ থেকে একটা টেলিগ্রাম পেলাম। ক্রোল লিখছে—

সব কাজ ফেলে কায়রোতে চলে এসো। তুতানখামেনের সমাধির মতো আরেকটি সমাধি আবিষ্কৃত হতে চলেছে। সাকারার দু মাইল দক্ষিণে সমাধির অবস্থান। কায়রোতে কার্নাক হোটেলে তোমার জন্য ঘরের ব্যবস্থা করে রাখছি।

উইলহেল্‌ম ক্রোল

প্রাচীন মিশরের কোনও রাজা বা উচ্চপদস্থ কর্মচারী মারা গেলে মাটির নীচে ঘর তৈরি করে কফিনে তাদের মমি রেখে তার সঙ্গে আরও বেশ কিছু জিনিসপত্র পুরে দেওয়া হত, এটা সকলেই জানে। মিশরীয়রা বিশ্বাস করত মৃত্যুতেও মানুষের জীবন শেষ হয় না, কাজেই দৈনন্দিন ব্যবহারের জিনিসের প্রয়োজনও ফুরায় না। তাই খাবার জিনিস, খেলার জিনিস, প্রসাধনের জিনিস, গয়নাগাটি, আসবাবপত্র, জামাকাপড় সবই সমাধিতে স্থান পেত। এরমধ্যে অনেক জিনিসই থাকত যা অত্যন্ত মূল্যবান ; যেমন সোনার উপর পাথর বসানো অলংকার। সোনার তৈরি সিংহাসন পর্যন্ত মিশরের সমাধিতে পাওয়া গেছে। তুতানখামেনের মমির উপরে যে রাজার প্রতিকৃতি সমেত আচ্ছাদন ছিল তার পুরোটাই নিরেট সোনার তৈরি। পৃথিবীতে একসঙ্গে এত সোনা আর কোথাও পাওয়া যায়নি।

এই সব মূল্যবান জিনিস থাকার দরুন সেই প্রাচীনকাল থেকেই ডাকাতরা সমাধি লুণ্ঠনের কাজ শুরু করে দিয়েছে। বর্তমানকালে খুব কম সমাধিতেই মূল্যবান কিছু পাওয়া গেছে। এর ব্যতিক্রম হল তুতানখামেনের সমাধি। আশ্চর্যভাবে এই তরুণ সম্রাটের সমাধির উপর ডাকাতের হাত পড়েনি। ১৯২২ খ্রিস্টাব্দে হাওয়ার্ড কার্টার যখন এই সমাধি আবিষ্কার করেন,

তখন সারা বিশ্বে সাড়া পড়ে গিয়েছিল এই কারণে যে, এই প্রথম একটি সমাধি পাওয়া গেল যার একটি জিনিসও খোয়া যায়নি।

ক্রোল যে সমাধিটার কথা লিখেছে সেটা সম্বন্ধে ইতিমধ্যে কাগজে পড়েছি। এটা হল আজ থেকে সাড়ে তিন হাজার বছর আগের এক পুরোহিত ও জাদুকর নেফ্রুদেৎ-এর সমাধি। ইংলন্ডের লর্ড ক্যাভেনডিশ মিশরসরকারের অনুমতি নিয়ে এই সমাধি খননের যাবতীয় খরচ বহন করছেন। ভিন দেশের লোক খননের কাজ চালালেও, খুঁড়ে যা পাওয়া যাবে তার একটা ভাগ মিশরসরকারকে দিতে হবে এই হল নিয়ম। এইভাবেই কায়রোর আশ্চর্য মিউজিয়ম গড়ে উঠেছে। খোঁড়ার কাজ চালাচ্ছেন তরুণ প্রত্নতাত্ত্বিক জোসেফ ব্যানিস্টার। সবেমাত্র একটা ঘর খুঁড়ে বার করার খবর কাগজে বেরিয়েছিল এবং তাতেই মনে হয়েছিল যে, এ সমাধিতে ডাকাতরা কোনও উপদ্রব করেনি। এ খবর তিনদিন আগে কাগজে পড়ি। এর মধ্যে কাজ নিশ্চয়ই আরও অগ্রসর হয়েছে, যদিও এ ধরনের কাজ অত্যন্ত সময়সাপেক্ষ! আমার দিক দিয়ে এ এক সুবর্ণ সুযোগ। প্রত্নতাত্ত্বিক মহলে ক্রোলের যথেষ্ট খাতির আছে। সে যখন এই খোঁড়ার কাজে জড়িয়ে পড়েছে, তখন আমারও কোনও অসুবিধা হবার কথা নয়।

এই লর্ড ক্যাভেনডিশ ভদ্রলোকটি যে মিশর সম্বন্ধে বিশেষ উৎসাহী, তা নন। তাঁর নানারকম শখ। ইনি ইংলন্ডে বিশাল সম্পত্তির অধিকারী। বিভিন্ন সময়ে নানান ব্যাপারে ইনি পৃষ্ঠপোষকতা করেছেন, তারমধ্যে ব্রেজিলে ও নিউগিনিতে দুটি অভিযানের কথা উল্লেখ করা যেতে পারে।

জোসেফ ব্যানিস্টার সম্বন্ধে আমি শুধু এইটুকুই জানি যে তার বয়স পঁয়ত্রিশ এবং সে মিশর সম্বন্ধে একজন বিশেষজ্ঞ।

আমি তিনদিনের মধ্যেই রওনা হচ্ছি। মিশর সম্বন্ধে আমার চিরকালের কৌতূহল। এই বৃদ্ধ বয়সে ছেলেমানুষের মতো উত্তেজিত বোধ করছি।

ডিসেম্বর ১২, কায়রো

এখন রাত সাড়ে এগারোটা। আমি কার্নাক হোটেলের ৩৫২ নম্বর ঘরে বসে আমার ডায়রি লিখছি। গতকাল সকালে আমি কায়রো পৌঁছেছি। ক্রোল গিয়েছিল এয়ারপোর্টে। এয়ারপোর্ট থেকে শহরে ফেরার পথেই এই তিন দিনের খবর পেয়ে গিয়েছিলাম। এই সমাধিতে যে চোরের হাত পড়েনি তাতে কোনও সন্দেহ নেই। আসলে সমাধির প্রবেশপথটা কয়েকটা বড় পাথরের নীচে চাপা পড়েছিল। জোসেফ ব্যানিস্টার নেফ্রুদেৎ-এর কথা জানত এবং বিশ্বাস করত তার একটা সমাধি নিশ্চয়ই কোথাও লুকিয়ে রয়েছে। সে অনেক খোঁজার পর প্রায় হাল ছেড়ে দেবার মুখে একটা শেষ চেষ্টা দেবার জন্য ওই পাথরগুলো সরাতে বলে। পাথর সরাতেই বোঝা যায় সেখানে একটা কিছু রয়েছে। একটু খোঁড়াখুঁড়ি করেই দেখা যায় যে সেটা একটা প্রবেশদ্বার। প্রবেশদ্বার মানেই যে সমাধির প্রবেশদ্বার, এ বিষয়ে ব্যানিস্টারের মনে কোনও সন্দেহ ছিল না, কারণ প্রবেশদ্বারের চৌকাঠের উপরে প্রাচীন মিশরীয় লিপিতে নেফ্রুদেৎ-এর নাম লেখা ছিল।

ব্যানিস্টার এটা দেখামাত্র ইংলন্ডে লর্ড ক্যাভেনডিশকে টেলিফোন করে। ক্যাভেনডিশ তাকে খননের কাজ চালিয়ে যেতে বলেন, এবং আশ্বাস দেন যে টাকার কোনও অভাব হবে না।

কাল দুপুরে ক্রোলের সঙ্গে আমি গিয়েছিলাম খোঁড়ার জায়গায়। ব্যানিস্টারের সঙ্গে

আলাপ হল। বেশ চালাকচতুর, এবং খুব উৎসাহী। সে এখন চরম উত্তেজনা বোধ করছে। তার বিশ্বাস সে তুতানখামেনের মতোই এক সমাধি আবিষ্কার করতে চলেছে, যদিও তুতানখামেন ছিল সম্রাট আর নেফ্রুদেৎ পুরোহিত ও জাদুকর।

প্রথম যে ঘরটা খোলা হয়েছে তাতে বিস্তর জিনিস পাওয়া গেছে, তারমধ্যে আসবাব আর দেবদেবীর মূর্তিই বেশি। কারুকার্য অতি উঁচু দরের। এরমধ্যেই নানান দেশ থেকে সাংবাদিকরা আসতে শুরু করে দিয়েছে। তাদের অবশ্য সমাধিকক্ষের ভিতর ঢুকতে দেওয়া হচ্ছে না, এবং হবেও না। তারা যা খবর নেবার বাইরে থেকেই নিচ্ছে।

ক্রোল একটা কাজের কাজ করেছে। তার সঙ্গে ব্যানিস্টারের পরিচয় বেশ কিছুদিন থেকেই। সে ব্যানিস্টারকে বলে অনুমতি জোগাড় করে নিয়েছে যাতে খোঁড়ার সময় আমি আর ক্রোল দুজনেই কক্ষের মধ্যে থাকতে পারি। প্রথম কক্ষের জিনিসপত্রে নম্বর লাগিয়ে, তাদের ছবি তুলে অতি সন্তর্পণে তাদের পাঠানো হচ্ছে ল্যাবরেটরিতে পরিষ্কার করার জন্য।

প্রথম কক্ষের পিছন দিকে একটা সিলমোহর দিয়ে বন্ধ করা দরজা রয়েছে। সেটা যে আরেকটা ঘর তাতে সন্দেহ নেই। তাতে আবার কী আশ্চর্য সম্ভার লুকিয়ে আছে কে জানে!

ডিসেম্বর ১৫

আজ দ্বিতীয় ঘরটা খোলা হল। ব্যানিস্টার প্রথমে একা কিছুক্ষণ টর্চ নিয়ে ঘরটা ঘুরে দেখল। আমরা দুজন বাইরে অপেক্ষা করলাম। কদিনের মধ্যেই এইসব ঘরে ইলেকট্রিক কানেকশন বসে যাবে, তখন আর সবসময় টর্চের দরকার হবে না। একটু পরেই আমাদের ডাক পড়ল। ব্যানিস্টার উত্তেজিত স্বরে বলল, 'এ ঘরেও প্রচুর জিনিস। কাস্কেটের সংখ্যাই এগারোটা—তারমধ্যে ছোট বড় সব রকমই আছে। আর কাস্কেট মানেই সেগুলো জিনিসে ভরা।'

তুতানখামেনের সমাধির কাস্কেট বা বাক্স দেখেছি। কাঠ, হাতির দাঁত আর অ্যালাব্যাস্টারের তৈরি। বাক্সগুলোর বাইরে সর্বাঙ্গে অপূর্ব কারুকার্য। এগুলোও দেখলাম সেরকমই ব্যাপার। কিন্তু এ ছাড়াও কিছু জিনিস দেখা যাচ্ছে যেগুলো তুতানখামেনের সমাধিতে দেখা যায়নি। সেগুলো বেশির ভাগই কাঠ বা হাড়ের তৈরি। ক্রোল বলল, 'আমাদের ভুললে চলবে না যে আমরা কোনও সম্রাটের সমাধি দেখছি না। নেফ্রুদেৎ ছিলেন পুরোহিত ও জাদুকর। জাদুসংক্রান্ত অনেক কিছু জিনিসই এখানে পাবার কথা।'

আমাদের দৃষ্টি গিয়েছিল একটা বড় বাক্সের দিকে, অ্যালাব্যাস্টারের তৈরি। ব্যানিস্টার বলল, 'এবার এটাকে খুলব, কিন্তু কাজটা অত্যন্ত সাবধানতার সঙ্গে করতে হবে। দেখতেই পাচ্ছ, বাক্সটার চারপাশে হাতে আঁকা ছবি রয়েছে। তাড়াহুড়ো করলে সেগুলোর রং খসে আসতে পারে।'

এইবার ব্যানিস্টারের ধৈর্যের নমুনা দেখলাম। ছেলেটিকে যত দেখছি ততই ভাল লাগছে। আধ ঘণ্টা ধরে পরিশ্রম করে একটিও নকশা স্থানচ্যুত না করে সে বাক্সের ডালাটা খুলল। তারপর তারমধ্যে টর্চ ফেলতেই দেখা গেল সেটা নানারকম গয়না, ভাঁজ করা কাপড়, ছোট মূর্তি ইত্যাদি জিনিসে ভর্তি।

টর্চের আলোয় একটা ব্যাপার দেখে একটু অবাক হলাম। বাক্সের ভিতরে কী একটা জিনিস যেন অস্বাভাবিক রকম ঝলমল করছে। সেটা সোনা নয়; সেটা যে একটা পাথর তাতে কোনও সন্দেহ নেই, এবং সেটা একটা গয়নার মধ্যে বসানো।

আমি ব্যানিস্টারকে প্রশ্ন করলাম, 'ঝলমলে জিনিসটা কী বুঝতে পারছ?'

ব্যানিস্টার বলল, 'মিশরে প্রাচীনকালে গয়নায় সোনার সঙ্গে যে সব পাথর ব্যবহার হত সেগুলো সেমি প্রেশাস স্টোনস। অর্থাৎ সেগুলো মহামূল্য রত্ন নয়। কারনেলিয়ান, অ্যামেথিস্ট, অবসিডিয়ান—এইসব জাতীয় পাথর। তার থেকে তো এত দ্যুতি বেরোয় না।'

'তা হলে ?'

'একটু ধৈর্য ধরতে হবে,' বলল ব্যানিস্টার। 'তোমরা বরং বাইরে অপেক্ষা করো। আমি এই বাক্সের জিনিসগুলো একে একে বার করি। আর, ভাল কথা, এই পাথর সম্বন্ধে যেন বাইরের কেউ না জানে। বিশেষ করে সাংবাদিকরা।'

আমরা দুজন বাইরে চলে এলাম। লাঞ্চের সময় হয়েছিল, কাজেই সে কাজটাও সেরে নেওয়া হল। সাংবাদিকরা আমাদের কাছ থেকে খবর বার করার বহু চেষ্টা করেছিল, আমরা মুখে কুলুপ এঁটে বসে রইলাম। ব্যানিস্টার না বলা পর্যন্ত আমরা কোনও কথা ফাঁস করছি না।

আজ মনে হয় আর কোনও ঘটনা ঘটবে না, কারণ কাস্কেটের জিনিস বার করতে ব্যানিস্টারের সময় লাগবে। এই সাবধানতার ব্যাপারটা এখানে না এলে বুঝতে পারতাম না। শুকনো বালির দেশ বলেই এসব জিনিস এখনও রয়েছে। পৃথিবীর অন্য কোথাও হলে এতদিনে সব ধুলো হয়ে যেত।

মিশরসরকার থেকে ডাঃ আবদুল সিদ্দিকি বলে এক প্রত্নতাত্ত্বিকও আজ থেকে ব্যানিস্টারকে সাহায্য করছেন। লর্ড ক্যাভেনডিশ এখনও ইংলন্ডে ; তবে উনি বলেছেন খবর দিলেই চলে আসবেন।

ডিসেম্বর ১৬

এর চেয়ে আশ্চর্য খবর আর হতে পারে না। কাল যে জিনিসটাকে কাস্কেটের মধ্যে চকচক করতে দেখেছিলাম, সেটা হল হিরে। হ্যাঁ, হিরে—যার সঙ্গে মিশরের সম্পর্ক ছিল না কোনওদিন। ঈজিপ্টে হিরে পাওয়া আর আফ্রিকার জঙ্গলে রয়েল বেঙ্গল টাইগার পাওয়া একই জিনিস। ইতিহাসের গোড়ার দিকে হিরে ছিল ভারতবর্ষের একচেটিয়া সম্পত্তি। বহুকাল থেকে ভারতবর্ষে হিরের খনিতে কাজ হয়ে আসছে। পশ্চিমে তখন যে হিরে গেছে, সবই ভারতবর্ষ থেকে। বহু পরে, অষ্টাদশ ও ঊনবিংশ শতাব্দীতে হিরে আবিষ্কার হয় দক্ষিণ আমেরিকায় আর দক্ষিণ আফ্রিকাতে। আজকাল ভারতবর্ষে হিরের উৎপাদন কমে গেলেও

কোহিনূর থেকে আরম্ভ করে যে সব বিখ্যাত হিরের নাম ইতিহাসে পাওয়া যায়, তার অধিকাংশেরই উৎপত্তি স্থান ভারতবর্ষ।

কিন্তু ঈজিপ্টে হিরে! এ যে তাক লাগানো ব্যাপার! কাস্কেটের গয়নার মধ্যে যে হিরে পাওয়া গেছে তার অধিকাংশই মটরদানার সাইজের, দু একটা একটু বড়। সেগুলো সবই প্রায় সোনার মধ্যে বসানো। ল্যাবরেটরিতে এই হিরে পরীক্ষা করে দেখা গেছে এতে কোনও খুঁত নেই। পৃথিবীর শ্রেষ্ঠ হিরের সঙ্গে এর তুলনা চলে। কাঠিন্যে আর ঔজ্জ্বল্যে এ হিরে প্রথম শ্রেণীতে পড়ে।

বলা বাহুল্য খবরটা দাবানলের মতো চতুর্দিকে ছড়িয়ে পড়েছে। মিশরে প্রত্নতাত্ত্বিক খননকার্যে এমন তাজ্জব ঘটনা আর কখনও ঘটেনি। কোত্থেকে এ হিরে এল, কী করে এল, সেটা কেউই অনুমান করতে পারছে না। ভারতবর্ষের সঙ্গে বাণিজ্যিক সম্পর্কের কথাও উঠেছে, কিন্তু সাড়ে তিন হাজার বছর আগে ভারতবর্ষে সোনা ছিল, এমন কোনও নজির ইতিহাসে নেই।

লর্ড ক্যাভেনডিশ খবর পাওয়ামাত্র কায়রোতে চলে এসেছেন। আজ আমাদের সঙ্গে আলাপ হল। বছর পঞ্চাশ বয়সের সুপুরুষ ভদ্রলোক, এখন মহা ফুর্তিতে আছেন। এসেই আজ রাত্রেই একটা বড় পার্টি দিলেন কার্নাক হোটেলে এই যুগান্তকারী ঘটনা সেলিব্রেট করার জন্য। মিশরে এখন টুরিস্ট সিজন, তাই লোক হয়েছিল অনেক।

এখন পর্যন্ত হিরে সমেত সাতটা গলার হার আর তিন জোড়া কানের গয়না পাওয়া গেছে। আরও অনেক কিছু পাওয়া যাবে বলে আমার ধারণা। এখনও আসল সমাধি কক্ষ—যাতে নেফ্রুদেৎ-এর মমি থাকার কথা—সেটাই খোলা হয়নি। আমি পার্টিতে ব্যানিস্টারের সঙ্গে এই ঘটনা নিয়ে কথা বললাম। সে একেবারে হতভম্ব। এই হিরে আবিষ্কারের ফলে মিশর সম্পর্কে এমন একটা নতুন দিক খুলে গেছে, যেটা সম্পর্কে আগে কেউ ভাবতেও পারেনি। অথচ ব্যাপারটা রহস্যময়। ব্যানিস্টার বলল, 'ঈজিপ্টের সঙ্গে কার্বনের কোনও সম্পর্ক ইতিহাসে পাওয়া যায়নি। কয়লা এদেশে কোনওদিন ছিল না। অথচ হিরের মূলে হল কার্বন। আমি এর কোনও কূলকিনারা খুঁজে পাচ্ছি না।'

আগামী কাল একটা নতুন ঘর খোলা হবে। আশা করছি এটাই হবে প্রধান সমাধিকক্ষ—এবং নেফ্রুদেৎ-এর কফিনও এখানেই পাওয়া যাবে। ইতিমধ্যে হিরের খবরটা অবিশ্যি পৃথিবীর সব কাগজেরই প্রথম পাতায় বেরিয়ে গেছে। খোঁড়ার জায়গায় ভিজিটরের সংখ্যাও ভয়াবহ রকম বেড়ে গেছে। তবে হিরে পাওয়ার পর থেকেই মিশর সরকার খোঁড়ার জায়গায় পুলিশের সংখ্যা অনেক বাড়িয়ে দিয়েছেন। এখন কেবল লর্ড ক্যাভেনডিশ, তাঁর কয়েকজন অন্তরঙ্গ বন্ধু আর আমাদের দুজনকে ছাড়া বাইরের লোক আর কাউকে ঢুকতে দেওয়া হচ্ছে না।

ডিসেম্বর ১৭

আজ সকালে একটা ঘটনার কথা শুনলাম যার সঙ্গে এই প্রত্নতাত্ত্বিক খননের কোনও সম্পর্ক না থাকলেও, এটাও হিরে সংক্রান্ত।

তিন মাস আগে হোটেল কার্নাকে লর্ড ও লেডি এইন্‌সওয়র্থ নামে ইংলন্ডের বিশেষ সম্ভ্রান্ত পরিবারের এক দম্পতি এসেছিলেন কিছুদিনের জন্য। লেডি এইন্‌সওয়র্থের একটি বহুমূল্য হিরের হার ছিল, যার প্রধান হিরেটি একটি আঙুরের মতো বড়। এই হোটেল থেকেই সেই হারটি চুরি যায়, এবং সেইসঙ্গে লর্ড এইন্‌সওয়র্থের ভৃত্য ফ্রানসিসকেও আর পাওয়া যায়

না।

পুলিশ অনুমান করে এটা বিখ্যাত গ্রিক হিরে চোর ডিমিট্রি ম্যাক্রোপুলসের কীর্তি। তাকে নাকি এই ঘটনার তিনদিন আগে কায়রোতে দেখা গিয়েছিল। ম্যাক্রোপুলস দুবার জেল খেটেছে। কিন্তু তাতেও তার সংস্কার হয়নি। ম্যাক্রোপুলস এইন্‌সওয়র্থের চাকর ফ্রানসিসকে মোটা ঘুষ দিয়ে হিরের হারটি আদায় করে। তার ফলে ফ্রানসিসকেও পালাতে হয়। এখন হিরেই হচ্ছে একমাত্র আলোচ্য বস্তু। তাই আমাদের হোটেলে এক ফরাসি ভদ্রলোক আমাদের এই কাহিনীটা শোনালেন। মনে মনে বললাম, ভাগ্যিস নেফ্রুদেৎ-এর সমাধিতে ডাকাত পড়েনি, তা হলে তারা দাঁও মারত ভালই।

আজ দুপুরে দুটোর সময় তৃতীয় ঘরের দরজার সিল ভাঙা হল। যা অনুমান করা হয়েছিল, তাই। এটাই হল প্রধান কক্ষ, আর এখানেই রয়েছে নেফ্রুদেৎ-এর শবাধার।

শবাধারটি বিশাল। তার চার পাশে নানারকম ছোটখাটো কাঠের আসবাব ইত্যাদি জমে ছিল; প্রথমে সেগুলোকে ঘর থেকে বার করা হল। এতে উল্লেখযোগ্য তেমন কিছুই নেই।

স্থির হল কাল সকালে নেফ্রুদেৎ-এর শবাধার খোলা হবে। সচরাচর এই কফিনগুলোতে প্রথমে থাকে একটা বাইরের কাঠের আবরণ। সেটাকে খুললে পরে বেরোয় কারুকার্য করা মামির আবরণ, যেটার উপরের দিকে থাকে মৃত ব্যক্তির প্রতিকৃতি। তার নীচে থাকে বুকের উপর জড়ো করা হাত, আর তার নীচে শরীরের নীচের অংশ আর পা। এই মূর্তির সর্বাঙ্গে থাকে কারুকার্য এবং এতে সোনার অংশ থাকার সম্ভাবনাও বেশি।

কাল দুপুরের মধ্যে নেফ্রুদেৎ-এর কফিন খোলা হয়ে যাবে বলে আমার ধারণা।

ডিসেম্বর ১৮

আজ আরেক চমক।

নেফ্রুদেৎ-এর মামির আবরণে তার প্রতিকৃতির গলায় একটি হার পাওয়া গেছে যাতে একটি অসামান্য দ্যুতিসম্পন্ন হিরে রয়েছে। ব্যানিস্টার আমাদের প্রায় ঘণ্টাখানেক আগেই ঢুকেছিল এই কক্ষে। তারপর সে ডাকায় প্রথম গেলেন লর্ড ক্যাভেনডিশ ও তাঁর দুই বন্ধু, তারপর আমরা দুজন। ক্যাভেনডিশ একটি মন্তব্য করলেন যেটা আমার মোটেই ভাল লাগল না। তিনি কিছুক্ষণ কফিনের গলার হিরেটার দিকে চেয়ে বললেন, 'আই মাস্ট সে ইট লুক্‌স এগজ্যাক্টলি লাইক লেডি এইন্‌সওয়র্থস ডায়ামন্ড।'

এটা বলার অবিশ্যি একটা কারণ আছে। মিশরীয়রা সেই যুগেই হিরেতে পল কাটতে শিখেছিল—যেটা ভারতবর্ষ কোনওদিনও রপ্ত করতে পারেনি। এই হিরেটাও তাই দেখে আজকালকার হিরে বলেই মনে হয়। ক্রোল আমার কানের কাছে মুখ এনে বলল, 'ম্যাজিক, ম্যাজিক—এ সবই ম্যাজিক।' ম্যাজিক, ভোজবাজি ইত্যাদিতে বিশ্বাসী ক্রোলের মতো ইউরোপে আর দ্বিতীয় কেউ আছে বলে আমার মনে হয় না। এই হিরে তৈরির ব্যাপারে জাদুর যে একটা ভূমিকা আছে, সে বিষয় ক্রোল নিঃসন্দেহ। শুধু রাসায়নিক ব্যাপারে এটা সম্ভব হয়েছে সেটা ক্রোল মানতে চায় না।

মোটকথা এই সাড়ে তিন হাজার বছর আগের হিরে আমাকে যে চমক দিয়েছে, তেমন আর কিছু দিয়েছে বলে মনে পড়ে না।

ডিসেম্বর ১৯

আজ তুমুল কাণ্ড। এরকম যে হবে তা ভাবতে পারিনি।

নেফ্রুদেৎ-এর কণ্ঠহারের হিরে দেখে কায়রো পুলিশ বলেছে সেটা নাকি লেডি এইন্‌সওয়র্থের নেকলেসের হিরে। এই হিরের একটা ছবি তুলে তৎক্ষণাৎ নাকি লেডি এইন্‌সওয়র্থের কাছে পাঠানো হয়েছিল, এবং তিনিও সেটাকে তাঁর নিজের হিরে বলে চিনতে পেরেছেন। সাড়ে তিন হাজার বছর আগে মিশরে হিরে তৈরির ব্যাপারটা নাকি সম্পূর্ণ ধাপ্পা।

সমস্ত ব্যাপারটা কী করে সম্ভব হয় সেটারও একটা বিবৃতি পুলিশ দিয়েছে। যেদিন লেডি এইন্‌সওয়র্থের গলার হার চুরি হয় সেদিন নাকি ম্যাক্রোপুলস কায়রোতে ছিলই না। সে ছিল অ্যাথেনসে। এ ব্যাপারে তার অকাট্য অ্যালিবাই রয়েছে। অর্থাৎ এই বিশেষ হিরে চুরির সঙ্গে তার কোনও সম্পর্কই নেই। পুলিশ তাই একটা নতুন সিদ্ধান্তে পৌঁছেছে। চুরির সময় ব্যানিস্টার কায়রোতে ছিল এবং কার্নাক হোটেলেই ছিল। সে-ই এইন্‌সওয়র্থের চাকরকে ঘুষ দিয়ে নেকলেসটা চুরি করে তাই দিয়ে ঈজিপ্‌সিয়ান ধাঁচের গয়না বানিয়ে নেফ্রুদেৎ-এর সমাধিতে পুরেছে। উদ্দেশ্য হল একটা বিশ্বব্যাপী আলোড়নের সৃষ্টি করা। হাওয়ার্ড কার্টার খ্যাতি অর্জন করেছিলেন তুতানখামেনের সমাধি খুঁড়ে বার করে। ব্যানিস্টার চেয়েছিল কার্টারকেও টেক্কা দিতে।

এদিকে আরেকটা ব্যাপার হয়েছে। আমেরিকার ডি বিয়ারস কোম্পানি সারা বিশ্বের হিরে বেচাকেনা কনট্রোল করে! সেই কোম্পানি থেকে লোক এসেছে ব্যাপারটা সম্বন্ধে অনুসন্ধান করার জন্য। কৃত্রিম উপায়ে সহজে হিরে তৈরি করতে পারলে হিরের ব্যবসা লাটে উঠত। অবিশ্যি তারা যখন শুনল নেফ্রুদেৎ-এর হিরে আসলে লেডি এইন্‌সওয়র্থের হিরে, তখন তারা আশ্বস্ত হল।

ব্যানিস্টারকে পুলিশ প্রচণ্ডভাবে জেরা করছে। কায়রো পুলিশ নাকি এ ব্যাপারে একেবারে নির্মম। লর্ড ক্যাভেনডিশ একদম ভেঙে পড়েছেন। তাঁর মন বিশ্বাস অবিশ্বাসের মধ্যে দোলায়িত হচ্ছে। তিনি আমাকে বললেন যে, ব্যানিস্টার নাকি ভীষণ উচ্চাভিলাষী ছিল, যদিও কাজের দিক দিয়ে তার ওপর কোনও সন্দেহ করা চলতে পারে না। আমি আর ক্রোল দুজনেই বিশ্বাস করি যে ব্যানিস্টার নির্দোষ, কিন্তু সেটা আমরা প্রমাণ করছি কী করে? সে যদি সত্যিই লেডি এইন্‌সওয়র্থের হিরে চুরি করে থাকে এবং তাই দিয়ে ঈজিপ্‌সিয়ান ধাঁচের গয়না তৈরি করে থাকে, তা হলে সেগুলো কাস্কেট ইত্যাদির মধ্যে রাখবার সুযোগ তার ছিল, কারণ রোজই সে প্রথমে একাই সমাধিকক্ষে প্রবেশ করেছে। তারপর আমরা দুজন গেছি। পরিস্থিতি খুব অস্বস্তিকর। এ অবস্থায় কী করা উচিত তা ভেবে স্থির করা খুব মুশকিল।

এদিক খোঁড়ার কাজ তো বন্ধ রাখা যায় না, তাই সে কাজটা এখন চলছে ডাঃ সিদ্দিকির তত্ত্বাবধানে। লর্ড ক্যাভেনডিশও এ ব্যাপারে রাজি হয়ে গেছেন। সিদ্দিকির সঙ্গে আমাদের যথেষ্ট পরিচয় হয়ে গিয়েছিল, কাজেই আমাদের পথ খোলাই আছে। এখন কথা হচ্ছে—আরও হিরে যদি বেরোয়, তা হলে সেটা কার বলে প্রতিপন্ন হবে? তখন কি ব্যানিস্টারকে একটি পাকা হিরে চোর হিসেবে দাঁড় করানো হবে?

কিন্তু আমার মন বলছে আর হিরে বেরোবে না! সেখানেই মুশকিল। এ কদিনে গয়না যা বেরিয়েছে তার পরিমাণ কিছু কম নয়। এদিকে আর হিরে না বেরোলে ব্যানিস্টারকে বাঁচানো আমাদের পক্ষে সত্যিই মুশকিল হবে।

ডিসেম্বর ২০

আজ আর ডায়রি লিখতেও মন চাইছে না।

পুলিশের নির্মম জেরায় ব্যানিস্টার তার অপরাধ মেনে নিয়েছে। এবারে তার যা শাস্তি হবার তা হবে। আমার আর এখানে এক দিনও থাকতে ইচ্ছে করছে না। ক্রোলেরও প্রায় একই অবস্থা, তবে আজ একটা চতুর্থ ঘর—এটা ছোট—খোলা হয়েছে, তাতে ম্যাজিক সংক্রান্ত অনেক রকম জিনিস রয়েছে। ক্রোল বলছে, সে ঘরটা একবার দেখেই চলে যাবে। আমিও তার প্রস্তাবে রাজি হয়েছি।

ডিসেম্বর ২২

আমাদের এই ঘটনার পরিসমাপ্তি যে এইভাবে হবে তা স্বপ্নেও ভাবতে পারিনি।

আগেই বলেছি যে চতুর্থ ঘরে ম্যাজিক সংক্রান্ত জিনিসই ছিল বেশি, তার মধ্যে প্রধান হল মড়ার মাথার খুলি আর জন্তুজানোয়ারের হাড়। সে সমস্ত বাইরে পাঠিয়ে দেবার পর ঘর যখন অপেক্ষাকৃত খালি হয়ে এল, তখন আমাদের তিন জনেরই চোখে পড়ল একটা মাঝারি সাইজের অ্যালাব্যাস্টারের কাস্কেট।

যথারীতি সন্তর্পণে কাস্কেটটা খুলে সিদ্দিকি বললেন, 'এতে একটা প্যাপাইরাসের স্ক্রোল দেখছি।'

প্যাপাইরাস গাছের পাতা শুকিয়ে প্রাচীন মিশরীয়রা সেটাকে কাগজের মতো করে ব্যবহার করত। প্যাপাইরাস থেকেই ইংরিজিতে পেপার কথাটা এসেছে। এই প্যাপাইরাস পর পর জুড়ে তা দিয়ে একটা লম্বা কাগজের মতো তৈরি করে তাতে কলম দিয়ে লিখে সেটাকে পাকিয়ে রাখা হত। সেইরকম পাকানো কাগজকেই বলে স্ক্রোল। এই স্ক্রোল অতি সাবধানে খুলে টেবিলের উপর পেতে তার উপর একটা কাচের শিট চাপা দিয়ে প্যাপাইরাসের লেখা পড়া হত। বলা বাহুল্য এই লেখা হল সেই প্রাচীন মিশরীয় লিপি হিয়েরোগ্লিফিক্স। এই ভাষা সিদ্দিকি, ক্রোল এবং আমি তিনজনেই পড়তে পারি।

তিন ঘণ্টা লাগল এই প্যাপাইরাসকে সমান করে বিছোতে।

তারপর তিনজনে মিলে ধীরে ধীরে তার লেখা পড়লাম।

পড়তে পড়তে উত্তেজনায় আমাদের দম বন্ধ হয়ে আসছিল। শেষ যখন হল, তখন আমাদের সকলেরই কপালে বিন্দু বিন্দু ঘাম, আর হৃৎস্পন্দন বেড়ে হয়েছে দ্বিগুণ।

প্যাপাইরাসের নীচে নাম রয়েছে নেফ্রুদেৎ-এর। অর্থাৎ তিনিই এটার লেখক।

লেখার বিষয় হল হিরে প্রস্তুত করার উপায়।

ছত্রিশ রকম উপাদান লাগে হিরে তৈরি করতে, এবং তার সব কটিই এই আধুনিক কায়রো শহরেই পাওয়া যায়।

আমরা তিনজনে পরস্পরের মুখ চাওয়াচাওয়ি করলাম।

সিদ্দিকি বললেন, 'তার মানে ব্যানিস্টার নির্দোষ?'

আমি বললাম, 'সেকথা এখনও বলা চলে না; কারণ এটাও তো জাল হতে পারে।'

'তা হলে?'

'তা হলে একটাই রাস্তা আছে।'

'কী?'

'এইসব উপাদান সংগ্রহ করে নির্দেশ অনুযায়ী আপনাদের গবেষণাগারে হিরে তৈরি

করা।'

'আপনি ঠিক বলেছেন।'

গবেষণাগারে উনিশ ঘণ্টা কাজ করে যে হিরেটি তৈরি হল, তার আয়তন প্রথম অবস্থায় কোহিনূরের সমান। পল কাটার সময় হল না যদিও, কিন্তু সব রকম পরীক্ষাতেই এ হিরে সসম্মানে উত্তীর্ণ হল। পুলিশ দেখল সে হিরে, লর্ড ক্যাভেনডিশ দেখলেন, এবং সব শেষে দেখল ব্যানিস্টার। তার আনন্দাশ্রু দেখে আমারও চোখে জল এসে গিয়েছিল।

ব্যানিস্টার মুক্তি পেল, পুলিশ আবার লর্ড এইন্‌সওয়র্থের চাকর ফ্রানসিসের খোঁজ করতে শুরু করল।

এই সবের পর আমি আনুষ্ঠানিকভাবে নেফ্রুদেৎ-এর প্যাপাইরাসটা নিয়ে সেটাকে টুকরো টুকরো করে ছিঁড়ে নীলনদের জলে ফেলে দিলাম।

এই ফরমুলা আর কেউ ব্যবহার করতে পারবে না, কারণ এটা জানি শুধু আমরা তিনজন, এবং আমরা তিনজনেই জানি যে হিরের দুষ্প্রাপ্যতাই তার মূল্যের ও তার অসামান্য কদরের কারণ। কোনও কোনও ব্যাপারে এই দুষ্প্রাপ্যতা বজায় রাখা ভাল এবং দরকার। হিরে যে তার মধ্যে একটি, তাতে কোনও সন্দেহ নেই!

সন্দেশ। শারদীয়া ১৩৯৩

শঙ্কুর পরলোকচর্চা

সেপ্টেম্বর ১২

আজ বড় আনন্দের দিন। দেড় বছর অক্লান্ত পরিশ্রমের পর আজ আমাদের যন্ত্র তৈরির কাজ শেষ হল। 'আমাদের' বলছি এই কারণে যে, যদিও যন্ত্রের পরিকল্পনাটা আমার, এটা তৈরি করা আমার একার পক্ষে সম্ভব ছিল না। গিরিডিতে আমার ল্যাবরেটরিতেও এই যন্ত্র তৈরি করার উপযুক্ত মালমশলা নেই। এ ব্যাপারে আমি প্রথমেই চিঠি লিখি আমার জার্মান বন্ধু উইল্‌হেল্‌ম্‌ ক্রোলকে। জার্মানির ম্যুনিখ শহরে একটি বিখ্যাত পরলোকতত্ত্ব অনুশীলন সংস্থা বা সাইকিক রিসার্চ ইনস্টিটিউট আছে। ক্রোলেরই সুপারিশে এই সংস্থা থেকে আমরা অর্থসাহায্য পেয়েছি, এবং এই টাকাতেই দুই জার্মান ও এক ভারতীয় বৈজ্ঞানিক মিলে সম্ভব হয়েছে এই যন্ত্রটি তৈরি করা। দ্বিতীয় জার্মানটি হলেন এক যুবক—নাম রুডল্‌ফ হাইনে। প্রেততত্ত্ব সম্পর্কে এই যুবকেরও অপরিসীম উৎসাহ।

যন্ত্রটি সম্বন্ধে এবার কিছু বলি। এর নাম আমরা দিয়েছি কম্পিউডিয়াম। অর্থাৎ কম্পিউটারাইজ্‌ড্‌ মিডিয়াম। যারা প্ল্যানচেটের সাহায্যে পরলোকগত আত্মার সঙ্গে যোগ স্থাপন করে, তারা অনেক সময়ই একজন মিডিয়ামের সাহায্য নেয়। এই মিডিয়াম হলেন এমন একজন ব্যক্তি, যার মাধ্যমে প্রেতাত্মা সহজেই আবির্ভূত হয়। মিডিয়ামের এই হল বিশেষ গুণ। আমি দেশে অনেক মিডিয়ামের সংস্পর্শে এসেছি, এবং এদের স্টাডি করেছি। এদের স্বভাব হয় একটু বিশেষ ধরনের। অনুভূতি রীতিমতো সূক্ষ্ম, আর তার সঙ্গে একটু ভাবুক, তদ্গত ভাব। স্বাস্থ্য অনেকেরই দুর্বল, আয়ুও অনেক ক্ষেত্রেই কম। আমাদের যন্ত্রটা তৈরি করার আগে ইউরোপে ক্রোল আর ভারতবর্ষে আমি অন্তত সাড়ে তিনশো মিডিয়ামকে পুঙ্খানুপুঙ্খভাবে পরীক্ষা করে দেখি। আমাদের উদ্দেশ্যই ছিল আত্মার সঙ্গে যোগস্থাপনের কাজে জ্যান্ত মিডিয়ামের জায়গায় যান্ত্রিক মিডিয়াম ব্যবহার করা। এই কাজে ম্যুনিখের সাইকিক রিসার্চ ইনস্টিটিউট আমাদের প্রস্তাবে পৃষ্ঠপোষকতা করতে এককথায় রাজি হয়ে যায়। টাকাও তারা ঢেলেছে অঢেল। এরমধ্যেই কম্পিউডিয়ামের ক্ষমতার যা পরিচয় পেয়েছি তাতে আমাদের তিনজনের পরিশ্রম আর ইনস্টিটিউটের অর্থব্যয় সার্থক হয়েছে বলে মনে হয়।

যন্তরটা দেখতে মানুষের মতো হবার কোনও প্রয়োজন ছিল না, কিন্তু আমরা ইচ্ছা করেই এটার একটা ধড় এবং মুণ্ডু দিয়ে দিয়েছি। সেইসঙ্গে দাঁড় করাবার জন্য পায়েরও ব্যবস্থা হয়েছে। যন্ত্রটা ঠিক এক মিটার উঁচু। মাথার উপর একটা চেরা ফাঁক রয়েছে, সেখান দিয়ে আমরা যে আত্মার সঙ্গে যোগস্থাপন করতে চাইছি তার সম্বন্ধে তথ্য একটা কার্ডে লিখে পুরে দেওয়া হয়। যন্ত্রটাকে ঘরের এক পাশে বসিয়ে রেখে যারা এই প্ল্যানচেটে অংশ নিচ্ছে, তাদের বসানো হবে হাতদশেক দূরে এটার মুখোমুখি। যন্ত্রে কার্ড পোরা হলে পর ঘরের বাতি নিবিয়ে দেওয়া হয়। এই সম্পূর্ণ অন্ধকার ঘরে ক্রমে যন্ত্রের বুকে বসানো একটা লাল বাতি জ্বলে ওঠে। তার মানে আত্মা উপস্থিত। এইবার আমরা আত্মাকে প্রশ্ন করতে থাকি, আর তার উত্তর যন্ত্রের মুখ দিয়ে বেরোতে থাকে। আত্মা ক্লান্ত হলে পর লাল বাতিটা ধীরে ধীরে নিবে যায়, আর প্ল্যানচেটও শেষ হয়ে যায়।

আমরা তিন বৈজ্ঞানিক মিলে যন্ত্রটাকে এরমধ্যেই পরীক্ষা করে দেখেছি। অ্যাডল্‌ফ হিটলারের

আত্মাকে আনানো হয়েছিল। তথ্য যন্ত্রে পুরে দেওয়ার এক মিনিটের মধ্যেই লাল বাতি জ্বলে ওঠে। আমি জার্মান ভাষায় প্রশ্ন করি, 'তুমি কি অ্যাডলফ হিটলার?' উত্তর আসে 'ইয়া', অর্থাৎ হ্যাঁ। ক্রোল দ্বিতীয় প্রশ্ন করে, 'তুমি ইহুদিদের এমন নৃশংসভাবে নির্যাতন করেছ তোমার জীবদ্দশায়, তার জন্য এখন তোমার অনুশোচনা হয় না?' তৎক্ষণাৎ যন্ত্রের মুখ থেকে তীক্ষ্নস্বরে উত্তর বেরোয়—'নাইন! নাইন! নাইন!'—অর্থাৎ না, না, না। প্রায় পাঁচ মিনিট চলেছিল এই আত্মার সঙ্গে সাক্ষাৎকার; এটা বেশ বুঝেছিলাম যে, হিটলার বেঁচে থাকতে সে নিজের সম্বন্ধে যে ধারণা পোষণ করত, মৃত্যুর এতদিন পরেও তার কোনও পরিবর্তন হয়নি।

দু'দিন বিশ্রাম নিয়ে আবার যন্ত্রটাকে নিয়ে কাজ শুরু করব। হাইনের আকাঙ্ক্ষা একেবারে আকাশচুম্বী। সে মনে করে যে, যন্ত্রের আরেকটু সংস্কার করলে আমরা আত্মার চেহারা দেখতে পাব। অর্থাৎ মৃত ব্যক্তি সশরীরে আমাদের সামনে এসে দাঁড়াবে।

সেটা হলে মন্দ হয় না, কিন্তু এখনও যন্ত্রটা যে অবস্থায় রয়েছে এবং যে কাজ করছে, সেটাকেও বিজ্ঞানের একটা অক্ষয় কীর্তি বললে বাড়িয়ে বলা হবে না।

এবার একদিন কিছু বাছাই করা বৈজ্ঞানিকদের ডেকে আমাদের যন্ত্রের একটা ডিমনস্ট্রেশন দিতে হবে। এখনও পর্যন্ত ব্যাপারটা ধামাচাপা রয়েছে।

আমি ক্রোলের অনুরোধে আরও একমাস ম্যুনিখে থাকব।

সেপ্টেম্বর ১৫

আমাদের যন্ত্রের সাহায্যে দু'জন বিখ্যাত ব্যাক্তির আত্মার সঙ্গে যোগস্থাপন করেছি। একটি ভারতীয়—নবাব সিরাজ-উদ্-দৌলা। এটা আমার একটা ব্যক্তিগত কৌতূহল মেটানোর জন্য। সিরাজকে জিজ্ঞেস করলাম অন্ধকূপ হত্যার কথা। সিরাজ হেসে বলল, সে এ সম্বন্ধে কিছুই জানত না। ব্রিটিশরা তাকে হেয় করার জন্য এই জঘন্য অপবাদ রটিয়েছিল। আত্মা মিথ্যা বলে না, তাই কলঙ্কমোচনটা বেশ ভালভাবেই হল।

দ্বিতীয় আত্মাটি ছিল শেক্সপিয়রের। এখানে আমার প্রশ্ন ছিল, 'তোমার সম্বন্ধে কেউ কেউ বলেন যে, তুমি যা লেখাপড়া শিখেছিলে এবং যে সাধারণ পরিবারে তোমার জন্ম, তাতে করে মনে হয় না যে, তোমার নাটক আর কাব্য তুমি নিজেই লিখেছ। অনেকের ধারণা লেখক আসলে হলেন ফ্রান্সিস বেকন। এ বিষয়ে তুমি কী বলো?'

শেক্সপিয়রের আত্মা প্রশ্ন শুনে প্রথমে অট্টহাস্য করে ওঠে। তারপর মানুষের অপজ্ঞান সম্বন্ধে একটা চমৎকার চার লাইনের পদ্য শুনিয়ে প্রশ্ন করল, 'আমার ভাষায় বেকন মানে কী জান?' আমি বললাম, 'কী?' উত্তর এল, 'বেকন মানে গেঁয়ো ভূত। তোমাদের অভিধান খুলে দেখো—এই মানে দেওয়া আছে। এই গেঁয়ো ভূত রচনা করবে আমার নাটক? তোমাদের যুগের মানুষের কি মতিভ্রম হয়েছে?'

এই দুটি আত্মা নামানোর সময়ও কেবল আমরা তিনজনই উপস্থিত ছিলাম। গতকাল সন্ধ্যায় এখানকার এগারো জন বৈজ্ঞানিককে ডেকে আমাদের যন্ত্রের একটা ডিমনস্ট্রেশন দেওয়া হল। ক্রোল আমাকে আগে থেকেই সাবধান করে দিয়েছিল যে, এঁদের মধ্যে দু'একজন আছেন যাঁরা প্ল্যানচেটে আদৌ বিশ্বাস করেন না। বিশেষ করে প্রোফেসর শুল্ৎস। লোক হিসেবেও নাকি ইনি বিশেষ সুবিধের নন, যদিও একটি পদার্থবিজ্ঞান সংস্থার শীর্ষে বসে আছেন। তিন বছর আগে এই সংস্থার ডিরেক্টর প্রোফেসর হুবারমানের অকস্মাৎ মৃত্যুতে শুল্ৎস এই পদটি পান।

আমি বললাম, 'কিছু সন্দেহবাতিকগ্রস্ত লোক থাকবেই, যাদের মনে বিশ্বাস উৎপাদন করা কঠিন হবে। কিন্তু তাতে কিছু এসে যায় না। শুল্ৎস যা-ই বলুন না কেন, আমরা আমাদের ডিমনস্ট্রেশন

চালিয়ে যাব।'

হাইনে বলল, 'এঁদের মনে বিশ্বাস উৎপাদন করার সবচেয়ে ভাল উপায় হবে হুবারমানের আত্মাকে আহ্বান করা। তাঁর কথা বলার ভঙ্গি এঁদের সকলেরই জানা আছে। আমাদের যন্ত্র যদি সেইভাবে কথা বলে, তাহলে এঁদের মনে সহজেই বিশ্বাস আসবে।'

আমি আর ক্রোল এ প্রস্তাবে সায় দিলাম।

সাইকিক ইনস্টিটিউটের একটি হলঘরেই সব ব্যবস্থা হল। সন্ধ্যা সাতটায় সময় দেওয়া হয়েছিল, সকলেই ঘড়ির কাঁটায় এসে হাজির।'

সামনের সারিতে একটি চেয়ার দখল করে বসবার আগেই শুলৎস বলল, 'আমি আগে একবার যন্ত্রটাকে দেখতে চাই।'

ক্রোল বলল, 'স্বচ্ছন্দে।'

শুল্ৎস প্রায় পাঁচ মিনিট ধরে খুঁটিয়ে খুঁটিয়ে যন্ত্রটাকে দেখল। তারপর নিজের জায়গায় ফিরে এসে বসে বলল, 'ঠিক আছে; এবার শুরু হোক তোমাদের তামাশা।'

এবার ক্রোল ঘোষণা করল যে, প্রথমে প্রোফেসর হুবারমানের আত্মার সঙ্গে যোগস্থাপন করা হবে। আমি ভেবেছিলাম, শুল্ৎস হয়তো আপত্তি করবে, কিন্তু সে কিছুই বলল না। অন্য সকলে অবশ্যই রাজি।

যন্ত্রের মধ্যে তথ্য পুরে দিয়ে ক্রোল ঘরের বাতি নিভিয়ে সন্তর্পণে এসে আমার পাশে নিজের চেয়ারে বসল।

সবাই তটস্থ, ঘরে চোদ্দোজন বৈজ্ঞানিকের নিশ্বাস ফেলার শব্দ পর্যন্ত শোনা যাচ্ছে না।

দু' মিনিটের মাথায় ধীরে ধীরে লাল বাতিটা জ্বলে উঠল। বাতিটা থেকে খানিকটা প্রতিফলিত আলো ঘরের মানুষদের উপরেও এসে পড়েছিল, তাই আবছা আবছা সকলকেই চেনা যাচ্ছিল। অবিশ্যি যন্ত্রের পিছন দিকটায় দুর্ভেদ্য অন্ধকার।

'আপনি কি প্রোফেসর হুবারমান?' প্রশ্ন করল ক্রোল।

উত্তর এল, 'হ্যাঁ, কিন্তু আমাকে ডাকা হয়েছে কেন? এই মিথ্যার জগৎ আমার কাছে একেবারে মূল্যহীন।'

'একথা কেন বলছেন?' ক্রোল প্রশ্ন করল।

উত্তর এল, 'যে জগতে নৃশংস হত্যাকারীও আইনের হাত থেকে নিস্তার পেয়ে যায়, তার কী মূল্য থাকতে পারে?'

আমি অন্যদের দিকে চেয়ে দেখলাম, তাদের মধ্যে একটা চাঞ্চল্যের ভাব। শুল্ৎস চেঁচিয়ে উঠল, 'এসব বুজরুকির অর্থ কী? ক্রোল, আমার বিশ্বাস, তুমি হুবারমানের হয়ে কথা বলছ। তুমি তো ভেন্ট্রিলোকুইজ্‌ম জান!'

ক্রোল যে ভেন্ট্রিলোকুইজ্‌ম জানে, সেটা আমিও জানতাম, কিন্তু এ গলা যে আমাদের যন্ত্র থেকেই আসছে, সে বিষয়ে কোনও সন্দেহ নেই। ক্রোলের মুখ বন্ধ; সে অবস্থায় শব্দ উচ্চারণ করা মোটেই সম্ভব নয়।

এদিকে যন্ত্রের মধ্যে থেকে আবার কথা শুরু হয়ে গেছে।

'আমি ছিলাম পদার্থবিজ্ঞান সংস্থার ডিরেক্টর। আমার পদটি দখল করার জন্য আমার কফির সঙ্গে পটাশিয়াম সায়ানাইড মিশিয়ে আমাকে খুন করেন ইয়োহান শুল্ৎস। কিন্তু শুধু প্রমাণের অভাবে তিনি পার পেয়ে যান। এর চেয়ে বড় অন্যায় আর কিছু থাকতে পারে না। আমি...'

হঠাৎ একটা কাচ ভাঙার শব্দের সঙ্গে সঙ্গে লাল বাতি উধাও হয়ে গেল। আমার দৃষ্টি প্রোফেসর শুল্ৎসের উপর ছিল, তাই আমি দেখলাম যে, সে পকেট থেকে তার পাইপটা বার করে যন্ত্রের দিকে ছুড়ছে, আর অব্যর্থ লক্ষ্যে বাল্‌বটা ভেঙে চুরমার হয়ে গেছে।

সেইসঙ্গে অবিশ্যি আত্মার কথাও বন্ধ হয়ে গেল।

ক্রোল উঠে গিয়ে ঘরের বাতি জ্বালিয়ে দিল।

আমাদের সকলেরই দৃষ্টি শুল্ৎসের দিকে। কিন্তু শুল্ৎসের স্নায়ু যে অত্যন্ত মজবুত, তাতে কোনও সন্দেহ নেই। সে শুধু ইস্পাতশীতল কণ্ঠে ক্রোলকে উদ্দেশ করে বলল, 'আজকের এই ঘটনার ফলে আমি কিন্তু তোমার বিরুদ্ধে মানহানির অভিযোগ আনতে পারি। যন্ত্রের দোহাই দিয়ে তুমি আমাকে হত্যাকারী বলে প্রতিপন্ন করতে চাইছ? তোমার আস্পর্ধা তো কম না!'

এই কথা বলে শুল্ৎস তার পাইপটা না নিয়েই গটগট করে ঘর থেকে বেরিয়ে গেল।

বাকি দশজনের মধ্যে একজন—পদার্থবিদ প্রোফেসর এরলিখ—শুধু একটি মন্তব্য করলেন তাঁর গম্ভীর গলায়।

'আমাদের অনেকেরই মনের সন্দেহ আজ সত্যি বলে প্রমাণ করেছেন হুবারমানের আত্মা। এই যন্ত্রের কোনও তুলনা নেই।'

সেপ্টেম্বর ১৮

এই একদিনের ঘটনার ফলেই আমাদের কম্পিউডিয়ামের খ্যাতি বহুদূর ছড়িয়ে পড়েছে। আমাদের আরেকটা ডিমনস্ট্রেশনের ব্যবস্থা করতে হবে। ইতিমধ্যে বাল্‌বটা আমরা নতুন করে লাগিয়ে নিয়েছি। আমাদের তরুণ বন্ধু হাইনে যন্ত্রটার পিছনে অনেকটা করে সময় দিচ্ছে, যাতে ওর আরও কিছু ক্ষমতা আরোপ করা যায়। আগামী শনিবার ২২ সেপ্টেম্বর প্রায় পঞ্চাশজন গণ্যমান্য

ব্যক্তিকে বলা হয়েছে কম্পিউডিয়ামের একটা ডিমনস্ট্রেশনের জন্য। ইনস্টিটিউটেই হবে ব্যাপারটা। নিমন্ত্রিতদের মধ্যে বিজ্ঞানী, সাহিত্যিক, ডাক্তার, সংগীতশিল্পী, চিত্রকর, ব্যবসাদার, সাংবাদিক—সব রকমই লোক আছে। দেখা যাক কী হয়।

সেপ্টেম্বর ২৩

কাল হইহই কাণ্ড। কিন্তু সাংবাদিকদের নিয়ে কী করা যায় সেটা ভেবে পাচ্ছি না। এত প্রমাণের পরেও তারা বলছে, ব্যাপারটাতে বুজরুকি আছে। অন্ধকারের মধ্যে আমরা নাকি নিজেরাই যা করার করে যন্ত্রের উপর দায়িত্ব চাপাচ্ছি। 'তিন বৈজ্ঞানিকের কারচুপি', 'বিজ্ঞানের মুখে কালি' ইত্যাদি হেডলাইন কাগজে বেরিয়েছে। হাইনে বারবার বলছে, 'আত্মাকে চোখের সামনে উপস্থিত করতে পারলে তবেই এরা ব্যাপারটা বিশ্বাস করবে।' আমরা ওকে এক মাস সময় দিয়েছি যন্ত্রটার উপর কাজ চালাতে। তাতে ও যদি সফল হয় তাহলে তো কথাই নেই।

এবার ২২ তারিখের বৈঠকে কী হল সেটা বলি।

তবে তারও আগে একটা কথা বলা দরকার।

আমি কিছুদিন থেকেই ভাবছিলাম যে, ঐতিহাসিক যুগে সভ্য জগৎ থেকে আত্মা নামানো তো হল; এবার আরেকটু পিছনে গেলে কেমন হয়। সম্প্রতি এখানকার খবরের কাগজে একটা প্রবন্ধ বেরিয়েছে, সেইটে পড়েই এই চিন্তাটা প্রথম মাথায় আসে। বাউমগার্টেন বলে একজন ইতিহাসের অধ্যাপক প্রস্তরযুগের মানুষ সম্বন্ধে বলতে গিয়ে লিখেছেন যে, স্পেন ও ফ্রান্সের কিছু গুহায় যেসব জানোয়ারের আশ্চর্য রঙিন ছবি রয়েছে—তেমন আঁকা আজকের দিনের শিল্পীর পক্ষেও প্রায় অসম্ভব—সেগুলো প্রস্তরযুগের মানুষের কীর্তি হতেই পারে না। লেখাটা পড়ে আমার মনে পড়ল যে, গুহাগুলো যখন আবিষ্কার হয়েছিল, তখনও সভ্য সমাজের অনেকেই এই একই কথা বলে যে,

ছবিগুলো আসলে আজকের দিনের কোনও শিল্পীর আঁকা, সেগুলোকে বিশ হাজার বছরের পুরনো বলে চালানো হচ্ছে।

আমি ঠিক করলাম, এবার কম্পিউডিয়ামের সাহায্যে সেই প্রস্তরযুগের একজন মানুষের আত্মাকে আনাব। তার সঙ্গে অবিশ্যি কথা বলা চলবে না। কারণ সম্ভবত অতদিন আগে কোনও ভাষার উদ্ভব হয়নি। কিন্তু এই আত্মা কী রকম আচরণ করে, মুখ দিয়ে কোনও শব্দ করে কি না, সেগুলোও তো জানবার জিনিস। হয়তো সে একটা অজানা কোনও ভাষায় কথা বলতে আরম্ভ করবে। সেটা অবশ্যই একটা অতি মূল্যবান আবিষ্কার হবে।

ক্রোল শুনে আমার প্রস্তাবে সায় দিয়ে বলল, 'তাহলে প্রবন্ধের লেখক বাউমগার্টেনকেও ডাকা যাক—সেও উপস্থিত থাকুক।'

আমি বললাম, 'উত্তম প্রস্তাব।'

বাউমগার্টেনের সঙ্গে যোগাযোগ করে দেখলাম, সে যে শুধু প্রস্তরযুগের প্রাচীর-চিত্রকেই উড়িয়ে দেয় তা নয়, পরলোকচর্চা সম্পর্কেও তার প্রচণ্ড অবিশ্বাস। দস্তুরমতো সাধাসাধি করে তবে তাকে শেষপর্যন্ত রাজি করানো গেল।

বাইশে সন্ধ্যা সাতটায় সকলে হাজির হল ইনস্টিটিউটের মাঝারি হলটায়। একটা জানলাহীন বড় দেয়ালের সামনে কিছু দূরে যন্ত্রটাকে রাখা হল, আমরা এবং আমন্ত্রিত সকলে অর্ধচন্দ্রাকৃতি আকারে তার সামনে পনেরো হাত দূরে চেয়ার পেতে বসলাম। সভা শুরু হবার আগে আমি উঠে দাঁড়িয়ে ঘোষণা করলাম যে, আজ আমরা প্রস্তরযুগের একজন মানুষের আত্মাকে আহ্বান করছি। যদি দেখি, তাতে কোনও ফল হল না, তাহলে ঐতিহাসিক যুগের কাউকে ডাকব।

এবার আমি যন্ত্রের মাথায় তথ্যের কার্ড গুঁজে দিয়ে বোতাম টিপে দিলাম। বলা বাহুল্য, যন্ত্রটা বৈদ্যুতিক শক্তিতে কাজ করে।

এরপর ঘর অন্ধকার হয়ে গেল। আমরা স্তব্ধ হয়ে বসে কী ঘটে দেখার জন্য অপেক্ষা করতে লাগলাম।

তিন মিনিট পেরিয়ে গেল, বাতি আর জ্বলে না। তা হলে কি...?

না—ওই যে ক্ষীণ আলো দেখা দিয়েছে।

ক্রমে লাল বাতি উজ্জ্বলতর হল। তারপর একটা সময় এসে স্থির হয়ে গেল।

কোনও শব্দ নেই। কিন্তু ঘরে একটা বুনো গন্ধ পাচ্ছি। এটা বোধ হয় হাইনের কারসাজি, কারণ গন্ধ এতদিন পাইনি।

মিনিটখানেক অপেক্ষা করে আমি স্পেনীয় ভাষায় জিজ্ঞেস করলাম, 'এ ঘরে কোনও আত্মা এসেছে কি?'

উত্তরের বদলে একটা যেন ঘড়ঘড়ে জান্তব শব্দ হল। তারপর আরও কয়েকটা শব্দ হল, যার কোনও মানে আমাদের জানা নেই।

বুঝলাম, এই আত্মার সঙ্গে কথা বলে কোনও লাভ নেই।

কিন্তু তা হলে কী করা হবে? লাল আলো দেখে বুঝতে পারছি, আত্মা এখনও উপস্থিত।

প্রায় মিনিটদশেক এইভাবে জ্বলে আলোটা ক্রমে মিলিয়ে গেল।

আর তার পরেই ঘরের বাতি জ্বলতে এক অত্যাশ্চর্য দৃশ্য দেখে আমাদের সকলের মুখ থেকেই নানারকম বিস্ময়সূচক শব্দ বেরিয়ে পড়ল।

যন্ত্রের পিছনের সাদা দেয়ালে একটা শিং বাগিয়ে তেড়ে আসা বাইসনের প্রকাণ্ড রঙিন ছবি আঁকা রয়েছে। এ ছবি যদি পিকাসোও আঁকতেন, তা হলেও তিনি গর্বই বোধ করতেন।

এই ছবি আমাদের জন্য এঁকে গেছেন বিশ হাজার বছর আগের প্রস্তরযুগের অজ্ঞাত মানুষের আত্মা।

সেপ্টেম্বর ২৮

সেদিনের আশ্চর্য ঘটনা সম্পর্কে আমাদের একজন দর্শক—পুরাতত্ত্ববিদ প্রোফেসর ওয়াইগেল—যন্ত্রটার উচ্ছ্বসিত প্রশংসা করে সংবাদপত্রে একটা সাক্ষাৎকার দিয়েছিলেন। কিন্তু সেইসঙ্গে বাউমগার্টেন আবার আমাদের বুজরুক বলে ঘোষণা করেছেন অন্য আর একটা কাগজে। আমাদের তিনজনের মধ্যে নাকি একজন শিল্পী, আর তিনিই নাকি অন্ধকারের সুযোগ নিয়ে দেয়ালে ছবি এঁকে এসেছিলেন। এর ফলে গত তিনদিন ধরে কাগজে তুমুল তর্কবিতর্ক চলছে। বেশিরভাগ কাগজই আমাদের বিরুদ্ধে। আমি সাংবাদিক জাতটার প্রতি বীতশ্রদ্ধ হয়ে সব ছেড়েছুড়ে দেশে ফেরার কথা ভাবছি। এমন সময় আজ সকালে হঠাৎ হাইনে এসে সোল্লাসে ঘোষণা করল যে, তার পরিশ্রম সার্থক হয়েছে, যন্ত্রের পাশে আত্মা সশরীরে আবির্ভূত হচ্ছে। আমি তো অবাক। ক্রোলকে বলতে সে বলল, 'অবিলম্বে পরীক্ষা করে দেখা যাক। তুমি নিজে কি পরীক্ষা করেছ?'

'না করে আর বলছি!' বলল হাইনে। 'আমি আমারই নামধারী অষ্টাদশ শতাব্দীর কবি হাইনরিখ হাইনের সঙ্গে এইমাত্র কথা বলে আসছি। তিনি কী পোশাক পরেছিলেন, তারও বর্ণনা আমি দিতে পারি।'

আমরা তিনজনে তখনই যন্ত্রটাকে নিয়ে বসে গেলাম। দশ মিনিটের মধ্যে দেখি বিশ্ববিখ্যাত জার্মান সুরকার বেটোফেন কালো কোট পরে আমাদের সামনে অস্থিরভাবে পায়চারি করছেন। আমরা তাঁকে কিছু প্রশ্ন করার আগেই বেটোফেন গভীর আক্ষেপের সঙ্গে চেঁচিয়ে উঠলেন, 'উঃ—

আমার এই বধিরতাই হবে আমার কাল! হে ভগবান, আমারই কানদুটোকে শেষটায় তুমি নিষ্ক্রিয় করে দিলে!'

মনে পড়ে গেল, বেটোফেন মাঝবয়স থেকেই কালা হয়ে গিয়েছিলেন।

হাইনের এই কীর্তিতে আমরা বাকি দুজনও খুব গর্ব বোধ করছি। আমার মন বলছে, এবার হয়তো সাংবাদিকদের স্থূল মস্তিষ্কে প্রবেশ করানো যাবে আমাদের এই যন্ত্রের অনন্যতা।

আমরা তিনজনেই স্থির করলাম যে, ইনস্টিটিউটের সাহায্যে জার্মানির যত নামকরা সাংবাদিক আছে—বিশেষ করে যারা আমাদের নিন্দা করেছে—তাদের সকলকে আরেকটা বৈঠকে ডাকব। এবার ইনস্টিটিউটের বড় লেকচার-হলটাকে নেওয়া হবে এবং মঞ্চের মাঝখানে বসবে আমাদের যন্ত্র।

আমরা সেই মর্মে আমন্ত্রণ পাঠিয়ে দিয়েছি। অবিশ্যি এবারও আমরা বৈজ্ঞানিকদের বাদ দিইনি। শুল্‌ৎসকেও বলা হয়েছে। সে কার্ড পেয়ে আমাকে ফোন করেছিল। বলল, 'এবার কী নতুন বুজরুকি দেখাবে তোমরা?'

আমি বললাম, 'সেটা আপনি সশরীরে বর্তমান থেকে দেখুন না। এইটুকু বলতে পারি যে, এবার শুধু শোনার নয়, দেখার জিনিসও থাকবে।'

শুল্‌ৎস হেসে বলল, 'তা ম্যাজিক দেখতে আর কে না ভালবাসে! আর সে ম্যাজিক যদি সর্বসমক্ষে ফাঁস করে দেওয়া যায়, তার থেকে বেশি মজা আর কিছুতেই নেই।'

আমি বললাম, 'আপনার মতলব তাই হলেও আপনি দয়া করে আসুন।'

'দেখি', বলল শুল্‌ৎস।

আমার মন বলছে, শুল্‌ৎস না এসে পারবে না।

সবসুদ্ধ সাড়ে সাতশো লোককে বলা হয়েছে। ইনস্টিটিউটের হলে ধরে আটশো।

৩ অক্টোবর আমাদের বৈঠক।

অক্টোবর ৩, রাত সাড়ে বারোটা

আজ সন্ধ্যার ঘটনা ভাবতে এখনও শিউরে শিউরে উঠছি। তবে আমাদের যে জয় হয়েছে, তাতে কোনও সন্দেহ নেই। বৈঠকের শেষে শিহরন সত্ত্বেও হলের কোনও লোক হাততালি দিতে ছাড়েনি। আমাদের তৈরি এই কম্পিউডিয়াম আমাদের মান রেখেছে আশ্চর্যভাবে।

আমন্ত্রিতদের প্রত্যেকেই এসেছিল। বিনাপয়সায় তামাশা দেখার লোভ কে সামলাতে পারে? শেষপর্যন্ত টেলিফোনে বহু অনুরোধের ফলে লেকচার-হল ভরেই গেল।

আজ সভা আরম্ভ হবার আগে একটা ছোট বক্তৃতায় ক্রোল জানিয়ে দিল আমাদের মনোভাবটা। বিজ্ঞানের কোনও যুগান্তকারী আবিষ্কারই প্রথমে সকলে মেনে নেয়নি। টেলিফোন, টেলিগ্রাফ, টেলিভিশন থেকে শুরু করে আণবিক বিস্ফোরণ, চাঁদে অবতরণ, মহাকাশে স্যাটিলাইট প্রেরণ, এই সবকিছু সম্বন্ধেই বহু লোকে মনে সন্দেহ পোষণ করেছে। আমাদের ক্ষেত্রেও তাই হবে, এবং আজকে যা ঘটতে চলেছে, তা এই যন্ত্র সম্পর্কে মানুষের মনে বিশ্বাস জাগাবে, এটাই আমাদের ধারণা।

আজ কথা ছিল যে, যন্ত্রটার মাথায় তথ্য পুরবে হাইনে, এবং সে যে কার প্রেতাত্মাকে নামাতে চায়, সেটা আমাদের দু'জনকেও বলবে না। এটা হবে একটা সারপ্রাইজ। ক্রোল আমি তাতে রাজি হয়ে যাই, কারণ, হাইনের বয়স কম হলেও সে অতি বিচক্ষণ বৈজ্ঞানিক। তা ছাড়া, তার তরুণ মস্তিষ্কে যে ধরনের বুদ্ধি খেলে, সেটা বর্তমান পরিস্থিতিতে কাজে লাগতে পারে।

ক্রোল বক্তৃতা দিয়ে বসার পর হাইনে উঠে দাঁড়িয়ে সভার সকলকে অভিবাদন জানিয়ে বলল, 'আজ আমরা আপনাদের জানিয়েছি যে, আমাদের কম্পিউডিয়ামের সাহায্যে একটি প্রেতাত্মা উপস্থিত করা হবে। আমি শুধু এইটুকু বলতে চাই যে, সেটা কীসের আত্মা সেটা আগে থেকে বলা হবে না। আত্মা এলে পর আপনারা নিজের চোখেই দেখতে পাবেন।'

হাইনে তার কথা শেষ করে পকেট থেকে একটা কার্ড বার করে মঞ্চের মাঝখানে রাখা যন্ত্রটার মাথায় গুঁজে দিল। তারপর একজন কর্মচারীর দিকে ইঙ্গিত করাতে সে হলের সব বাতি নিবিয়ে দিল।

আমি সহজে নার্ভাস বা বিচলিত হই না। কিন্তু আজ কেন জানি আমি বুকের ভিতর একটা দুরুদুরু অনুভব করছিলাম। কার আত্মা আসছে হাইনের আহ্বানে?

পাঁচ মিনিট কোনও ঘটনা নেই। ঘরে মিশকালো অন্ধকার। জানালাগুলো কালো পর্দা দিয়ে ঢাকা। কে যেন একজন কাশতে গিয়ে কাশি চেপে নিল। তারপরেই আবার নিস্তব্ধতা। বুঝতে পারছি, সকলে দম বন্ধ করে অপেক্ষা করছে।

আমার দৃষ্টি মঞ্চের মাঝখান থেকে এক চুলও নড়ছে না।

ওই যে—একটা যেন লাল বিন্দু দেখতে পাচ্ছি।

হ্যাঁ, কোনও ভুল নেই। যন্ত্রের বুকে লাল আলো জ্বলে উঠেছে। তার মানে...

হঠাৎ একটা শব্দ পেলাম নিস্তব্ধ ঘরের মধ্যে।

ঝড়ের শব্দ।

না, ঝড় নয়; উড়ন্ত পাখির ডানার শব্দ।

ওই যে পাখি। পাখি কি? হলের এ মাথা থেকে ও মাথা উড়ে বেড়াচ্ছে ওটা কী?

এবার বুঝতে পারলাম—কারণ প্রাণীটার গা থেকে ফসফরাসের আলো বিচ্ছুরিত হচ্ছে। বাদুড় পাখি আর সরীসৃপ মেশানো একটা প্রাণী, মঞ্চের মাঝখান থেকে উঠে চক্রাকারে ঘুরতে লেগেছে সমস্ত হল জুড়ে, দর্শকদের মাথার উপর দিয়ে। সেইসঙ্গে মাঝে মাঝে তার দাঁতালো মুখটা হাঁ করে চিৎকার করে উঠছে।

টেরোড্যাকটিল!

দাঁত ও ডানা বিশিষ্ট ভীষণ হিংস্র প্রাণী—আজ থেকে দেড় কোটি বছর আগে ছিল পৃথিবীতে। হাইনে সেই প্রাণীর বর্ণনা দিয়েছে তার কার্ডে। প্রাণীর চোখদুটো জ্বলজ্বলে সবুজ, দেখলেই মনে হয় যেন হিংস্রতার প্রতীক। তার উপরে তার শরীর থেকে বিচ্ছুরিত জ্যোতি তাকে আরও ভয়ানক করে তুলেছে।

হলে তুমুল চাঞ্চল্য, আর সেটা যে চরম আতঙ্কের অভিব্যক্তি, তাতে কোনও সন্দেহ নেই।

সব গোলমাল ছাপিয়ে হাইনে চেঁচিয়ে উঠল মাইকে—'এইবার বিশ্বাস হয়েছে তো?'

সমস্বরে উত্তর এল—'হ্যাঁ, হ্যাঁ! এই জীবকে সরাও, অবিলম্বে সরাও।'

হাইনেই বোধ হয় যন্ত্রের সুইচটা বন্ধ করে দিল, আর সঙ্গে সঙ্গেই ঘরের বাতি জ্বলে উঠল।

দর্শকদের মধ্যে সাতজন লোক ভয়ে অজ্ঞান হয়ে গিয়েছিল। সামনের সারির একজন কালো সুট পরা ভদ্রলোক চেয়ার থেকে মেঝেতে পড়ে গেছেন।

কাছে গিয়ে দেখলাম, লোকটি প্রোফেসর শুল্‌ৎস।

ক্রোল শুল্‌ৎসের কবজি ধরে নাড়ি দেখে গম্ভীরভাবে বলল, 'ইনি আর বেঁচে নেই।'

এদিকে এই মৃত্যুর পশ্চাৎপটে চলেছে তুমুল করধ্বনি।

মনে মনে বললাম, 'কম্পিউডিয়ামের জয়, বিজ্ঞানের জয়।'

আনন্দমেলা। পূজাবার্ষিকী ১৩৯৪

শঙ্কু ও ফ্র্যাঙ্কেনস্টাইন

৭ মে

কাল জার্মানি থেকে আমার ইংরেজবন্ধু জেরেমি সন্ডার্সের একটা চিঠি পেয়েছি। তাতে একটা আশ্চর্য খবর রয়েছে। চিঠিটা এখানে তুলে দিচ্ছি।

প্রিয় শঙ্কু,

জার্মানিতে আউগ্‌সবুর্গে এসেছি ক্রোলের সঙ্গে ছুটি কাটাতে। এখানে এসে এক আশ্চর্য খবর শুনলাম। অষ্টাদশ শতাব্দীর বিখ্যাত বৈজ্ঞানিক ব্যারন ভিক্টর ফ্র্যাঙ্কেনস্টাইনের কথা তুমি নিশ্চয়ই জান। মেরি শেলি ফ্র্যাঙ্কেনস্টাইন নামে একটা উপন্যাস লিখেছিলেন, তাই লোকের ধারণা হয়েছিল যে, ফ্র্যাঙ্কেনস্টাইন বুঝি কাল্পনিক চরিত্র। কিন্তু কিছুকাল আগে জানা গেছে যে, ফ্র্যাঙ্কেনস্টাইন নামে অষ্টাদশ শতাব্দীতে সত্যিই একজন বৈজ্ঞানিক ছিলেন যিনি মেরি শেলির ফ্র্যাঙ্কেনস্টাইনের মতোই মরা মানুষকে বাঁচিয়ে তোলার উপায় আবিষ্কার করেছিলেন। অবিশ্যি ফ্র্যাঙ্কেনস্টাইন যে একটা সামান্য ভুলের জন্য মানবের জায়গায় দানবের সৃষ্টি করেছিলেন, সে খবরও নিশ্চয়ই তুমি জান। যাই হোক, সেই ব্যারন ভিক্টর ফ্র্যাঙ্কেনস্টাইনের একজন বংশধর এখান থেকে কাছেই ইনগোলস্টাট নামে একটি শহরে নাকি এখনও বর্তমান। আমরা ভেবেছি, তাঁর সঙ্গে একবার দেখা করতে যাব। যদি তাঁর কাছে তাঁর পূর্বপুরুষ ব্যারন ভিক্টর ফ্র্যাঙ্কেনস্টাইনের কাগজপত্র এখনও কিছু থেকে থাকে, তা হলে অদ্ভুত ব্যাপার হবে। আমাদের দুজনেরই ইচ্ছা যে তুমিও আমাদের সঙ্গে চলো। আউগ্‌সবুর্গে একটা বিজ্ঞানী সম্মেলন হচ্ছে, সেখান থেকে তোমায় যাতে নেমন্তন্ন করা হয় তার ব্যবস্থা আমরা করে দিতে পারি। তারাই তোমার যাতায়াতের খরচ বহন করবে। কী স্থির কর অবিলম্বে জানিও। আশা করি ভাল আছ।

শুভেচ্ছান্তে

জেরেমি সন্ডার্স

আমি পত্রপাঠ ইচ্ছা প্রকাশ করে উত্তর দিয়ে দিয়েছি। প্রতি বছর আমি একবার করে ইউরোপ গিয়ে থাকি। এ বছর এখনও যাওয়া হয়নি। তা ছাড়া ভিক্টর ফ্র্যাঙ্কেনস্টাইনের আশ্চর্য গবেষণা আর তার শোচনীয় পরিণামের কথা কে না জানে। তিনি মৃতের দেহে প্রাণসঞ্চার করতে সক্ষম হয়েছিলেন বটে, কিন্তু মৃত ব্যক্তির মাথায় ভুল করে একটি খুনির মগজ পুরে দেওয়ার ফলে পুনর্জীবনপ্রাপ্ত প্রাণীটি একটি অসম শক্তিশালী নৃশংস দানবের রূপ নেয়। শেষটায় আগুনে পুড়ে এই দানবের মৃত্যু হয়। অষ্টাদশ শতাব্দীর শেষভাগে ভিক্টর ফ্র্যাঙ্কেনস্টাইনের মতো বৈজ্ঞানিক প্রতিভার সাক্ষাৎ মেলে না বললেই চলে। তাঁর কাগজপত্র দেখতে পেলে সত্যিই কাজের কাজ হবে। কিন্তু এতদিন পরে সে সব কাগজ আছে কি ? সন্দেহ হয়।

২১ মে

আউগ্‌সবুর্গ থেকে নেমন্তন্ন এসে গেছে। আমি আগামী শনিবার পঁচিশে মে রওনা হচ্ছি। জানি না কপালে কী আছে। তবে ফ্র্যাঙ্কেনস্টাইনের কাগজপত্র না পেলেও, আমার দুই অন্তরঙ্গ বন্ধু ক্রোল আর সন্ডার্সের সঙ্গে আবার দেখা হবে মনে হলেও ভাল লাগছে।

২৭ মে

কাল আউগ্‌সবুর্গে পৌঁছেছি। আমার দুই বন্ধুই আমি আসাতে যারপরনাই আনন্দিত। কাল এখানে বিজ্ঞানী সম্মেলন আছে। তিন দিন চলবে। তারপর ৩১ তারিখে আমরা ইনগোলস্টাট যাব। ইতিমধ্যে ব্যারন জুলিয়াস ফ্র্যাঙ্কেনস্টাইনের ঠিকানা জোগাড় করা হয়েছে। শ্লস্‌ ফ্র্যাঙ্কেনস্টাইন অর্থাৎ ফ্র্যাঙ্কেনস্টাইন কাস্‌ল হল তাঁর বাড়ির নাম। জুলিয়াস নাকি চিত্রশিল্পবিশারদ। তাঁর পেন্টিং-এর সংগ্রহ নাকি দেখবার মতো। তাঁর সঙ্গে আলাপের ইচ্ছেটা প্রবল হয়ে উঠছে।

২ জুন

কাল ইনগোলস্টাট এসেছি আউগ্‌সবুর্গ থেকে মোটরে করে। সকালে ব্রেকফাস্ট খেয়ে রওনা হয়ে লাঞ্চের আগেই গন্তব্যস্থলে পৌঁছে গেলাম। প্রাচীন শহর, ছবির মতো সুন্দর। ড্যানিউব এবং শুটার নদীর সঙ্গমস্থলের পাশেই এর অবস্থান। অনেকগুলো প্রাচীন কেল্লা রয়েছে শহরের মধ্যে। আর একটা বিশ্ববিদ্যালয়ও রয়েছে।

আমরা একটা ছোট হোটেলে তিনটে ঘর নিলাম। লাঞ্চ খেয়ে টেলিফোন ডিরেক্টরি দেখে, ফ্র্যাঙ্কেনস্টাইনের নম্বর বার করলাম। ক্রোল তখনই ফোন করল। সৌভাগ্যক্রমে ভদ্রলোককে ফোনে পাওয়াও গেল। তিনিও সবেমাত্র লাঞ্চ সেরে উঠেছেন। ক্রোল তার নিজের পরিচয় দিয়ে বলল, 'আমি এবং আমার দুই বন্ধু একবার তোমার সঙ্গে দেখা করতে চাই। সম্ভব হবে কি?'

ফ্র্যাঙ্কেনস্টাইন তৎক্ষণাৎ সম্মত হলেন। বললেন, বিকেল সাড়ে চারটেয় তাঁর বাড়িতে গিয়ে চা খেতে।

আমরা যথাসময়ে ট্যাক্সিতে গিয়ে হাজির হলাম। প্রকাণ্ড ফটকের গায়ে বাড়ির নাম শ্বেতপাথরের ফলকে জার্মান ভাষায় লেখা। তারপর দীর্ঘ নুড়ি ঢালা প্যাঁচানো পথ দিয়ে আমরা আসল কাস্‌লের দরজার সামনে পৌঁছোলাম। কড়া নাড়তে একটি উর্দিপরা প্রবীণ ভৃত্য এসে দরজা খুলে আমাদের অভিবাদন জানিয়ে ভিতরে ঢুকতে বলল। আমরা ঢুকে দেখি একটা প্রকাণ্ড হলে এসেছি। তার একপাশ দিয়ে কাঠের ঘোরানো সিঁড়ি দোতলায় উঠে গেছে। আমরা মখমলে মোড়া সোফায় বসতে না বসতে একটি সৌম্যদর্শন মাঝবয়সি ভদ্রলোক সিঁড়ি দিয়ে নেমে এসে আমাদের অভ্যর্থনা করে বললেন, তিনিই জুলিয়াস ফ্র্যাঙ্কেনস্টাইন। আমরা নিজেদের পরিচয় দিলাম। আমি ভারতীয় দেখে ভদ্রলোকের দৃষ্টি উদ্ভাসিত হয়ে উঠল। বললেন, 'আমার কাছে ভারতীয় শিল্প সম্বন্ধে অনেক বই এবং ভারতীয় শিল্পের অনেক নিদর্শন রয়েছে। আশা করি সেগুলো তোমাকে দেখানোর সুযোগ হবে।'

এরপর ভদ্রলোক আমাদের ভিতরের বৈঠকখানায় নিয়ে গেলেন। এটা সুসজ্জিত

বিশ্রামঘর, দেয়ালে বিখ্যাত ইউরোপীয় শিল্পীদের আঁকা ছবি টাঙানো, আর তার ফাঁকে ফাঁকে মনে হল ফ্র্যাঙ্কেনস্টাইন পরিবারের পূর্বপুরুষদের প্রতিকৃতি।

আমরা সোফাতে বসলাম। প্রায় সঙ্গে সঙ্গেই আরেকটি ভৃত্য ট্রলিতে করে চা ও পেস্ট্রি নিয়ে এল।

ক্রোলই প্রথম কথা শুরু করল। ফ্র্যাঙ্কেনস্টাইন দেখলাম ইংরিজি ভালই জানেন, তাই ইংরিজিতেই কথা হল। ক্রোল বলল, 'আমরা তিনজনেই বৈজ্ঞানিক। আমি ভূতাত্ত্বিক, সন্ডার্স নৃতত্ত্ববিদ আর শঙ্কু আবিষ্কারক বা ইনভেনটার। আমরা তিনজনেই তোমার পূর্বপুরুষ ব্যারন ভিক্টর ফ্র্যাঙ্কেনস্টাইনের কথা জানি। তাঁর বিষয় পড়েছি এবং তাঁর গবেষণা ও তার ফলাফলের কথা জানি। আমাদের প্রশ্ন হচ্ছে— তাঁর কাগজপত্র, নোটস, ফরমুলা ইত্যাদি কি কিছু অবশিষ্ট আছে?'

জুলিয়াস ফ্র্যাঙ্কেনস্টাইন কিছুক্ষণ নির্বাক থেকে স্মিতহাস্য করে বললেন, 'তাঁর এক টুকরো কাগজও আমি নষ্ট হতে দিইনি। শুধু তাই না— তাঁর ল্যাবরেটরিও অপরিবর্তিত অবস্থায় রয়েছে। তাঁর পুরো ডায়রিটা চামড়ায় বাঁধানো অবস্থায় অতি সযত্নে রক্ষিত আছে। অবিশ্যি বুঝতেই পারছ— দেড়শো বছরের উপর হয়ে গেল। সে ডায়রি খুব সাবধানে দেখতে হয়, না হলে পাতা ছিঁড়ে যাবার ভয় আছে। ভিক্টর ফ্র্যাঙ্কেনস্টাইন ছিলেন আমার প্রপিতামহ। আমার বাবা ও ঠাকুরদাদা দুজনেই বৈজ্ঞানিক ছিলেন, একমাত্র আমিই বিজ্ঞানের দিকে যাইনি।'

সন্ডার্স বলল, 'সে ডায়রি কি দেখা যায় ?'

'তোমরা চা খেয়ে নাও,' বললেন জুলিয়াস, 'তারপর আমি দেখাচ্ছি ডায়রিটা।'

কথাটা শুনে আমার বুকটা কেঁপে উঠল।

চা খেতে খেতে আরও কথা হল। তার মধ্যে একটা প্রসঙ্গ মনটাকে বিষিয়ে দিল। জুলিয়াস বললেন, 'গভীর আক্ষেপের বিষয় যে, জার্মানির অতীতের একটি ঘটনা এই ইনগোলস্টাটে আবার মাথা চাড়া দিয়ে উঠছে। তোমরা হান্স রেডেলের নাম শুনেছ ?'

ক্রোল বলল, 'শুনেছি, কিন্তু রেডেল কি এখানে থাকে ?'

'হ্যাঁ, এখানেই থাকে', বললেন জুলিয়াস।

'সে তো হিটলারপন্থী বলে শুনেছি। হিটলারের চিন্তাধারা আবার জনসাধারণের মধ্যে প্রচার করতে চেষ্টা করছে। একটি দলও গড়েছে বলে শুনেছি।'

'সবই ঠিক,' বললেন জুলিয়াস। 'সবচেয়ে আক্ষেপের বিষয় যে, সে আবার ইহুদি বিদ্বেষের বীজ বপন করার চেষ্টা করছে।'

হিটলার ও তার নেতাদের চক্রান্তে লক্ষ লক্ষ ইহুদিকে কন্‌সেনট্রেশন ক্যাম্পে পুরে ফেলা হয়েছিল ত্রিশ ও চল্লিশ দশকে। দ্বিতীয় মহাযুদ্ধের শেষদিকে হিটলারের পতন ও ইহুদি নির্যাতনের পরিসমাপ্তি ঘটে।

'তুমি তো ইহুদি ?' সন্ডার্স বলল। নামের সঙ্গে 'স্টাইন' থাকলেই ইহুদি বোঝায়, সেটা আমিও জানতাম।

'তা তো বটেই', বললেন জুলিয়াস। 'রেডেলের দলের লোকেরা নিয়মিত মারণাস্ত্র সঙ্গে করে নিয়ে এসে আমাকে প্রাণের ভয় দেখিয়ে তাদের পার্টির জন্য টাকা নিয়ে যায় আমার কাছ থেকে। অবিশ্যি আমিই তাদের একমাত্র লক্ষ্য নই, ইনগোলস্টাটের অনেক অবস্থাপন্ন ইহুদিরই এই অবস্থা। রেডেলের মতো হীন ব্যক্তি আর দুটি হয় না। সেই হল এই দলের পাণ্ডা। দলের বাকি লোকগুলো সব গুণ্ডা প্রকৃতির, কিন্তু রেডেল শিক্ষিত, এবং বুদ্ধি রাখে। ইহুদিবিদ্বেষ তার রক্তের সঙ্গে মিশে গেছে।'

কথাটা শুনে আমাদের খুব খারাপ লাগল। জার্মানিতে আবার দুর্দিন আসবে ভাবতেও ভয় করে।

আমাদের চা খাওয়া হয়ে গিয়েছিল। জুলিয়াস বললেন, 'চলো, তোমাদের ডায়রিটা দেখাই।'

এবার আমরা এলাম লাইব্রেরিতে। চতুর্দিকে আলমারি বোঝাই নানান পুরনো বইয়ের মধ্যে নতুন বড় বড় আর্টের বইগুলি বিশেষভাবে দৃষ্টি আকর্ষণ করে।

জুলিয়াস একটা দেরাজ থেকে চাবি বার করে একটা সিন্দুক খুললেন। তারপর তার ভিতর থেকে অতি সন্তর্পণে সিল্কে মোড়া একটি মোটা বই বার করলেন।

সিল্কের আবরণটা খুলতে দেখা গেল, চামড়ায় বাঁধানো মলাটে সোনার জলে নকশা করা একটা বই। বই মানে ডায়রি।

'এই হল আমার প্রপিতামহের নোটস। মরা মানুষ বাঁচাবার উপায় এতেই বর্ণনা করা আছে, এবং তাঁর প্রথম এক্সপেরিমেন্ট ও তার শোচনীয় পরিণামের কথাও এতেই আছে।'

পাতাগুলো ঈষৎ বিবর্ণ হয়ে গেলেও কালো কালিতে অতি সুন্দর হস্তাক্ষরে লেখা নোটস এখনও পরিষ্কার পড়া যায়।

'এই ফরমুলা কি আপনার বাবা বা ঠাকুরদাদা আর কখনও ব্যবহার করেছিলেন ?' আমি প্রশ্ন করলাম।

'না,' বললেন, জুলিয়াস, 'সেই দুর্ঘটনার পর এই বইয়ে আর কেউ হাত দেয়নি।'

‘আশ্চর্য !’

আমরা তিনজনেই মুগ্ধ, বিস্মিত। আমার মনের ভাব অদ্ভুত। এতকাল আগে একজন বৈজ্ঞানিকের দ্বারা এই কীর্তি সম্ভব হয়েছিল। ভাবতেও অবাক লাগে।

‘এই খাতার কথা ক’জন জানে ?’ আমি জিজ্ঞেস করলাম।

‘খাতার কথা আর কেউ জানে না,’ বললেন জুলিয়াস, ‘তবে আমার প্রপিতামহের গবেষণা আর তার ফলাফলের কথা তো বিশ্ববিদিত।’

আমাদের শুধু আরেকটা কাজ বাকি ছিল, সেটা হল ভিক্টর ফ্র্যাঙ্কেনস্টাইনের ল্যাবরেটরিটা দেখা।

ভদ্রলোক একটা লম্বা ঘোরালো প্যাসেজ দিয়ে নিয়ে গিয়ে একটা ঘরের দরজা খুলে তাতে ঢোকালেন।

তাজ্জব ব্যাপার। বিশাল গবেষণাগারে দেড়শো বছরের পুরনো যন্ত্রপাতি সবই রয়েছে। কতরকম যন্ত্রই না বানিয়েছিলেন ভিক্টর ফ্র্যাঙ্কেনস্টাইন সেই আদ্যিকালে।

আমরা আর জুলিয়াস ফ্র্যাঙ্কেনস্টাইনের সময় নষ্ট করলাম না। বড় ইচ্ছা করছিল ডায়রিটাকে পড়ে ফেলতে, কিন্তু তার কোনও উপায় নেই। আমরা তিনজনে জুলিয়াসকে বিশেষভাবে ধন্যবাদ জানিয়ে হোটেলে ফিরে এলাম।

১২ জুন

আমি কাল আউগ্‌সবুর্গ থেকে দেশে ফিরেছি। ফ্র্যাঙ্কেনস্টাইনের ডায়রির কথাটা এখন স্বপ্নের মতো মনে হচ্ছে। তবে একটা কথা ভুলতে পারছি না, আর সেটা মোটেই স্বপ্ন নয়, সেটা নির্মম বাস্তব। সেটা হল হিটলারপন্থী হান্‌স রেডেলের কথা। আশা করি, রেডেলকে শায়েস্তা করার একটা উপায় বার করা যাবে। না হলে চরম বিপদ। জার্মানির পক্ষেও, এবং সমস্ত সভ্য সমাজের পক্ষেও।

১৭ জুন

আজ সন্ডার্সের আরেকটা চিঠি। অত্যন্ত জরুরি খবর। চিঠিটা এই—

প্রিয় শঙ্কু,

ডাঃ টমাস গিলেটের নাম শুনেছ নিশ্চয়ই। অত বড় ক্যানসারবিশেষজ্ঞ পৃথিবীর আর কেউ ছিল না। ছিল না বলছি এই কারণে যে, আজ সকাল সাতটায় হার্ট অ্যাটাকে গিলেটের মৃত্যু হয়েছে। সে ক্যানসারের একটি অব্যর্থ ওষুধ তৈরি করতে চলেছিল। আমায় গত মাসেই বলেছিল, ‘আরেকটা মাস— তারপরে আর ক্যানসারের ভয় থাকবে না।’ কিন্তু সেই ওষুধ তৈরি করার আগেই সে চলে গেল। এর চেয়ে বড় দুর্ঘটনা আর হতে পারে না। আমি ক্রোলকেও লিখেছি। আমার ইচ্ছা : ইনগোলস্টাট গিয়ে জুলিয়াস ফ্রাঙ্কেনস্টাইনকে বলে তাঁর প্রপিতামহের ডায়রির সাহায্যে গিলেটকে আবার বাঁচিয়ে তোলা। তুমি কী মনে কর পত্রপাঠ জানাও। গিলেটের মৃতদেহ আমি কোল্ড স্টোরেজে রাখতে বলে দিয়েছি। এখানে ডাক্তারিমহলকে আমার পরিকল্পনার কথা জানিয়েছি। তারা সকলেই রাজি আছে।

ইতি জেরেমি সন্ডার্স

আমি সন্ডার্সকে ইনগোলস্টাট যাচ্ছি বলে জানিয়ে দিয়েছি। পরশুই রওনা। এবারে

নিজের খরচেই যেতে হবে। কিন্তু কাজটা সফল হলে খরচের দিকটা সম্পূর্ণ অগ্রাহ্য করা চলবে।

২০ জুন, ইনগোলস্টাট

জুলিয়াসকে রাজি করিয়েছি। তাঁর প্রপিতামহের নোটস এতকাল পরে আবার কাজে আসবে শুনে তিনি খুশিই হলেন। আমি বললাম, 'কিন্তু তার আগে আমি একবার খাতাটা আদ্যোপান্ত পড়ে দেখতে চাই। প্রক্রিয়াটা আমাকে ভাল করে বুঝতে হবে তো।'

জুলিয়াস খাতাটা আমাকে দিয়ে বললেন, 'তোমার উপর আমার সম্পূর্ণ আস্থা আছে। তুমি এটাকে অক্ষত অবস্থায় ফেরত দেবে, সেটা আমি জানি।'

আমি একাই এসেছি এখন ইনগোলস্টাট। আজ সন্ডার্স আর ক্রোলকে টেলিফোন করব। তারা কাল এসে পৌঁছোবে। সন্ডার্সকে অবশ্য গিলেটের মৃতদেহ আনার ব্যবস্থা করতে হবে।

একটা জিনিস আমার প্রথম থেকেই মনে হচ্ছিল। ভিক্টর ফ্র্যাঙ্কেনস্টাইনের ফরমুলাতে মৃতদেহের মাথায় অন্যের মগজ পোরার প্রয়োজন হত। এটা একটা গোলমেলে ব্যাপার। গিলেটের মাথায় অন্যের মগজ পুরলে তাকে বাঁচালে আর সে গিলেট থাকবে না। সে কাজ করবে নতুন মগজ অনুযায়ী— যে কারণে ভিক্টর ফ্র্যাঙ্কেনস্টাইনের মানুষ হয়ে গিয়েছিল নৃশংস হত্যাকারী। আমার মনে হয়, ফরমুলার কিছু রদবদল করতে হবে। সেটা সম্ভব কি না সেটা ডায়রিটা পড়ে দেখলে বুঝতে পারব।

২১ জুন

কাল রাত্রেই ডায়রিটা পড়ে ফেলেছি। শুধু তাই নয়— সারা রাত জেগে ফরমুলায় যা পরিবর্তন করার দরকার ছিল, তা করে ফেলেছি। এখন গিলেট বেঁচে উঠলে তার কাজ চালিয়ে যেতে পারবে, কারণ তার নিজের মগজই ব্যবহার করা হবে। ফরমুলায় আরও একটা পরিবর্তন করেছি ; ভিক্টর ফ্র্যাঙ্কেনস্টাইনের ফরমুলায় প্রাকৃতিক বৈদ্যুতিক শক্তির প্রয়োজন হচ্ছিল। স্বাভাবিক বজ্রপাতের জন্য অপেক্ষা করতে হলে দেরি হয়ে যাবে। তাই কৃত্রিমভাবে মৃতদেহে হাই ভোল্টেজ বিদ্যুৎ সঞ্চারের উপায় আবিষ্কার করেছি। এখন ফরমুলাটাকে শুধু ফ্র্যাঙ্কেনস্টাইন ফরমুলা না বলে ফ্র্যাঙ্কেনস্টাইন-শঙ্কু ফরমুলা বলা চলে। দেখি এতে কাজ হয় কি না।

২৩ জুন

গিলেটের মৃতদেহ সমেত সন্ডার্স ও চারজন লোক লন্ডন থেকে এসেছে কাল রাত্রে। ক্রোল আজ সকালে এসেছে। আজই আমাদের কাজ হবে। ইতিমধ্যে জুলিয়াস ল্যাবরেটরি থেকে ধুলোর শেষ কণাটুকু পর্যন্ত সরিয়ে দিয়েছেন তাঁর লোক দিয়ে। যন্ত্রপাতিগুলোকে ঝকঝকে নতুন বলে মনে হচ্ছে।

এবার এসে অবধি জুলিয়াসকে একটু মনমরা দেখছি। আজ কারণটা জিজ্ঞেস করাতে বললেন হান্স রেডেলের দল জুলিয়াসের এক বিশিষ্ট ইহুদি বন্ধু বোরিস অ্যারনসনকে হত্যা করেছে। অ্যারনসন ছিলেন দর্শনের অধ্যাপক এবং অত্যন্ত সজ্জন ব্যক্তি। অ্যারনসনকে

রেডেল নানাভাবে উত্ত্যক্ত করত। তাই আর না পেরে অ্যারনসন খবরের কাগজে রেডেল এবং তার হিটলারপন্থী কার্যকলাপের তীব্র সমালোচনা করে। এর বদলা হিসাবে রেডেল অ্যারনসনের প্রাণ নেয়। ব্যাপারটা সে এমন কৌশলে করে যে, পুলিশে এ নিয়ে কিছু করতে পারেনি। অজ্ঞাত আততায়ীর হস্তে মৃত্যু— এই বলা হয় রিপোর্টে। অথচ জুলিয়াস এবং ইনগোলস্টাটের সব ইহুদিই জানে এটা কার কীর্তি।

কিন্তু এই দুর্ঘটনা সত্ত্বেও জুলিয়াস আমাদের সব রকমে সাহায্য করে চলেছেন। তাঁকে বলা হয়েছে, আজই সন্ধ্যায় গিলেটের মৃতদেহের উপর কাজ শুরু হবে। রাসায়নিক মালমশলা যা দরকার, সবই আজকের মধ্যে জোগাড় হয়ে যাচ্ছে। দুষ্প্রাপ্য কোনও জিনিসই নেই। ভিক্টর ফ্র্যাঙ্কেনস্টাইনের ফরমুলার সবচেয়ে বড় গুণই ছিল এর সরলতা। সন্ডার্স ও ক্রোল তো আমাকে সাহায্য করবেই, তা ছাড়া আরও দুজন স্থানীয় সহকর্মীকে কাজে বহাল করা হয়েছে। দশজন লোক অরাজি হবার পর দুজনকে পাওয়া গেল, যারা কাজটা করতে রাজি হল। সকলেই জানে ব্যারন ফ্র্যাঙ্কেনস্টাইনের দানবের কথা, এবং তাদের ধারণা আমরা এবারও একটি দানব সৃষ্টি করতে চলেছি।

২৪ জুন

এক্সপেরিমেন্ট সাকসেসফুল।

কাল সাড়ে সাত ঘণ্টা অক্লান্ত পরিশ্রমের পর আজ ভোর পাঁচটায় প্রথম গিলেটের দেহে প্রাণের লক্ষণ দেখা গেল। ডান হাতে মৃদু কম্পন, ঠোঁটের কোনায় কম্পন, চোখের পাতায় কম্পন। আমাদের সকলের উৎকণ্ঠায় প্রায় শ্বাসরোধ হবার উপক্রম।

আধ ঘণ্টা পরে গিলেট চোখ খুলল। তারপর সে চোখের মণি এদিক ওদিক ঘোরাল। তারপর ঠোঁট খুলে প্রথম কথা বেরোল, 'হোয়্যার অ্যাম আই ?'

আমি গিলেটের হাত থেকে স্ট্র্যাপ খুলে নিলাম। গিলেট ধীরে ধীরে উঠে বসল। তারপর প্রশ্ন এল, 'আমি কত দিন ঘুমিয়েছি ?'

সন্ডার্স বলল, 'সেভেন ডে'জ, টমাস।'

গিলেট বলল, 'আশ্চর্য! এদিকে আমার কাজ অসমাপ্ত পড়ে রয়েছে। আর দু দিন পেলেই ওষুধটা তৈরি হয়ে যায়।'

'তুমি কালই আবার কাজ শুরু করতে পারবে,' বলল সন্ডার্স। 'এখন তুমি রয়েছ জার্মানিতে। তোমার ঘুম ভাঙানো হয়েছে এখানকার গবেষণাগারে। এই জায়গার নাম ইনগোলস্টাট।'

আমি বললাম, 'আপাতত তুমি একটু বিশ্রাম করো বিছানায় শুয়ে, তারপর তোমাকে খেতে দেওয়া হবে।'

আমার যে কী আরাম লাগছিল তা বলতে পারি না। আমার পাশেই দাঁড়িয়ে ছিল জুলিয়াস, আমার ডান হাতটা তার দু' হাতে চেপে। আমি বললাম, 'তোমার প্রপিতামহ যে কত এগিয়ে ছিলেন বৈজ্ঞানিক হিসাবে, তা আজকে বুঝতে পারছি।'

২৬ জুন

আজ ভয়াবহ অভিজ্ঞতা।

গিলেটকে কালই বিলেত পাঠিয়ে দেওয়া হয়েছে সম্পূর্ণ সুস্থ অবস্থায়। তার সঙ্গে যে

চারজন লোক সন্ডার্সের সঙ্গে এসেছিল, তারাও ফিরে গেছে। আমাদের তিন জনকে জুলিয়াস আরও তিন-চার দিন থেকে যেতে বললেন। 'আমার আর্টের সংগ্রহ তোমাদের দেখানো হয়নি', বললেন জুলিয়াস। 'তোমরা হোটেল থেকে আমার বাড়িতে চলে এসো। এখানে ঘরের অভাব নেই।'

আমরা তাই করলাম। কাল জুলিয়াস তাঁর ভারতীর ছবি ও ভাস্কর্যের সংগ্রহ আমাদের দেখালেন। আশ্চর্য সব মোগল ও রাজপুত ছবি সংগ্রহ করেছেন জুলিয়াস। বললেন, 'এগুলো আমার গত বাইশ বছরের সংগ্রহ।'

অতিথিসেবক হিসেবে জুলিয়াসের তুলনা নেই। আমরা সবরকম সুখস্বাচ্ছন্দ্য ভোগ করছি, চমৎকার খাচ্ছি, কাস্‌লের তিন দিকে ঘেরা ফুলের বাগানে বেড়াচ্ছি।

ঘটনাটা ঘটল আজ সকাল সাড়ে দশটার সময়। আমরা চারজন জুলিয়াসের বৈঠকখানায় বসে গল্প করছি, এমন সময় জুলিয়াসের চাকর ফ্রিৎস ফ্যাকাশে মুখ করে মাথার উপর দুটো হাত তুলে আমাদের ঘরে ঢুকল। তার পিছন পিছন ঢুকল চারজন গুণ্ডা জাতীয় লোক, তাদের প্রত্যেকের হাতেই একটা করে মোক্ষম মারণাস্ত্র।

'হাত তোলো!' হুংকার দিয়ে আদেশ করলেন বোধ হয় দলের যিনি নেতা— তিনি। আমরা তিন জনেই অগত্যা হাত তুললাম।

'শোনো', বললেন নেতা, 'আমরা শুনেছি লন্ডনের একজন মৃত ডাক্তারকে এখানে পুনর্জীবন দান করা হয়েছে। ব্যারন ফ্র্যাঙ্কেনস্টাইনের কীর্তিকলাপের কথা আমরা জানি, কিন্তু তার যন্ত্রপাতি যে এখনও ব্যবহারযোগ্য রয়েছে, এবং এখনও যে ইচ্ছে করলে সেই কাস্‌লের গবেষণাগারে মরা মানুষকে বাঁচিয়ে তোলা যায়, তা আমাদের ধারণা ছিল না। সেটা আমরা সবে জানতে পেরেছি। আমরা যে কারণে আজ এসেছি, সেটা এবার বলি। আমাদের দলের নেতা হান্‌স রেডেল আজ ভোর সাড়ে পাঁচটায় থ্রম্বোসিসে মারা গেছেন। আমরা চাই তাঁকে আবার বাঁচিয়ে তোলা হোক। এটা আমাদের আদেশ। এটা না মানলে তোমাদের

একজনকেও আর বাঁচতে দেওয়া হবে না। ব্যারন ফ্র্যাঙ্কেনস্টাইনের যন্ত্রও আর তোমাদের উদ্ধার করতে পারবে না, কারণ তোমাদের মৃতদেহের গলায় পাথর বেঁধে ড্যানিউবে ডোবানো হবে। এ বিষয়ে তোমাদের কী বলার আছে, বলো।'

'আমাদের ক্ষতি করলে তোমরাও পুলিশের হাত থেকে নিস্তার পাবে না এটা জেনে রেখো,' রুক্ষ স্বরে বলে উঠলেন জুলিয়াস।

সাপের মতো ফোঁসফোসিয়ে উঠল সামনের গুণ্ডাটি, 'আর একটা কথা বলেছ কি গুলি চালাব আমরা। এখন বলো, হের রেডেলের মৃতদেহ কখন এনে দেব এখানে। জেনে রাখো— আমাদের এ অনুরোধ না রাখলে তোমাদের একজনকেও আর দেশে ফিরতে হবে না, ব্যারন ফ্র্যাঙ্কেনস্টাইনকেও আর রক্ষা পেতে হবে না।'

কী আর করি। আমাদের হাত পা বাঁধা। আমি বললাম, 'রেডেলের মৃতদেহ আজ বিকেলে এখানে নিয়ে এসো। তার আগে আমাদের তৈরি হতে হবে। তবে পরশু সকালের আগে রেডেল বেঁচে উঠবে না, কারণ প্রক্রিয়াটা জটিল।'

গুণ্ডার দল আরেকবার আমাদের শাসিয়ে চলে গেল। জুলিয়াস বললেন, 'গিলেটের খবরটা সাংবাদিকদের দেওয়া যে কী ভুল হয়েছে। খবরটা প্রচার না হলে এরা জানতে পারত না। আর রেডেলের মৃত্যুতে হিটলারপন্থীরা ছত্রভঙ্গ হয়ে যেত। ইনগোলস্টাটে ইহুদি বিদ্বেষের শেষ হত।'

২৬ জুন, রাত বারোটা

ঘুম আসছে না। এমনভাবে এই নৃশংস দলের কাছে আমাদের পরাজয় স্বীকার করতে হবে এটা ভাবতেও মনমেজাজ বিষিয়ে যাচ্ছে। অথচ কী করা যায়? একটা উপায় আমি ভেবে বার করেছি, কিন্তু তাতে কী ফল হবে সেটা আগে থেকে বলা সম্ভব নয়। কিন্তু এ ছাড়া বোধ হয় রাস্তা নেই। এতে জুলিয়াসের সাহায্য দরকার হবে। যদি এটা সফল হয় তা হলে সব দিক দিয়েই মঙ্গল হবে, এবং আমারও কপালে জয়তিলক আঁকা হবে। এর আগে নানান সংকটপূর্ণ অবস্থা থেকে বেরিয়ে আসতে সক্ষম হয়েছি ; এবার হবে চরম পরীক্ষা।

২৮ জুন

আগে রেডেলের পুনর্জীবনপ্রাপ্তির ঘটনাটা বলি।

আমাদের নির্দেশমতো রেডেলের দলের পাঁচজন লোক তার মৃতদেহ গত পরশু বিকেলে ফ্র্যাঙ্কেনস্টাইন কাস্‌লে নিয়ে আসে। লোকটার চেহারা দেখে বোঝবার উপায় নেই যে, সে এত নিষ্ঠুর। মোটামুটি সাধারণ চেহারা, বয়স চল্লিশের বেশি না। আমি রেডেলের লোকদের বললাম, মৃতদেহটা ল্যাবরেটরিতে ইস্পাতের খাটের উপর শুইয়ে দিতে। তারপর বললাম, 'খাটে শুইয়ে দিয়ে তোমরা এখন চলে যাও, পরশু ভোরে এসো। রেডেল যে বেঁচে যাবে এটা আমাদের দৃঢ় বিশ্বাস, কিন্তু তোমরা যদি রিভলভার নিয়ে আমাদের চব্বিশ ঘণ্টা ঘিরে থাক, তা হলে আমাদের পক্ষে কাজ করা সম্ভব হবে না। আমাদের উপর তোমাদের কিছুটা বিশ্বাস রাখতে হবে। পরশু সকালে এসে যদি দেখ রেডেল তখনও মৃত, তা হলে তোমাদের যা করবার কোরো। একটা মৃতদেহ যখন বেঁচে উঠেছে, তখন এটাও না বাঁচার কোনও কারণ নেই।'

সৌভাগ্যক্রমে রেডেলের দলের লোকেরা আমাদের কথার উপর ভরসা করে চলে গেল।

এখানে বলে রাখি যে, আমার মারাত্মক অ্যানাইহিলিন পিস্তলটা আমি সঙ্গে আনিনি, কারণ আমার কোনও ধারণা ছিল না যে আমাদের এমন বিপদে পড়তে হতে পারে। অ্যানাইহিলিন থাকলে রেডেলের পুরো দলকে নিশ্চিহ্ন করে দেওয়া ছিল এক মুহূর্তের কাজ।

রেডেলের লোকেরা চলে গেলে পর আমি জুলিয়াস ফ্র্যাঙ্কেনস্টাইনকে একটা প্রশ্ন করলাম।

'এখানে মস্তিষ্কে অস্ত্রোপচার করতে পারে এমন সার্জন আছে? খুব ভাল লোক হওয়া চাই।'

জুলিয়াস বললেন, 'আছে বই কী। হাইনরিখ কুমেল জার্মানির একজন বিখ্যাত ব্রেন সার্জন। তাঁর সঙ্গে আমার যথেষ্ট পরিচয় আছে।'

এবার আমি বললাম, কেন আমি এই প্রশ্নটা করছি।

'রেডেলের মৃতদেহকে আমি ভিক্টর ফ্র্যাঙ্কেনস্টাইন যে পদ্ধতিতে মরা মানুষ বাঁচিয়ে ছিলেন, সেই পদ্ধতিতে বাঁচাতে চাই। অর্থাৎ, এতে আমার একটি মস্তিষ্কের প্রয়োজন হবে, যা রেডেলের মস্তিষ্কের জায়গায় তার মাথায় পুরতে হবে। এ ব্যাপারে তোমার সঙ্গে আমার কিছু গোপনীয় আলোচনা আছে।'

আমি ক্রোল আর সন্ডার্সকে ব্যাপারটা জানতে দিতে চাচ্ছিলাম না, তাই জুলিয়াসকে পাশের ঘরে নিয়ে গিয়ে তাকে আমার পরিকল্পনাটা বললাম। জুলিয়াস বলল আমাকে সবরকমে সাহায্য করবে। জুলিয়াসের উপর নির্ভর করতে হচ্ছিল, কারণ আমরা তো এখানে বিশেষ কাউকেই চিনি না। আর প্রাচীন পরিবারের বংশধর হিসেবে জুলিয়াসের এখানে যথেষ্ট প্রতিপত্তি আছে।

আমাদের আর রাত্রে ডিনার খাওয়া হল না। সন্ডার্স আর ক্রোল দুজনেই ছেলেমানুষের মতো উত্তেজিত। বলছে, 'তুমি কী উপায় স্থির করেছ, সেটা আমাদের বলছ না কেন?'

আমি বললাম, 'আমি নিজেই জানি না আমার পরীক্ষার ফলাফল কী হবে। কিছুটা অন্ধকারে ঢিল ছুড়ছি। তবে যা হবার সে তো তোমরা পরশু সকালেই দেখতে পাবে।'

পরদিন দশটার সময় ডাঃ কুমেল এলেন তাঁর সহকর্মীদের সঙ্গে, একটা কাচের বয়ামে স্পিরিটে চোবানো একটা মস্তিষ্ক নিয়ে। সাড়ে এগারোটার মধ্যে রেডেলের মস্তিষ্ক বার করে নিয়ে তার জায়গায় নতুন মস্তিষ্কটা ঢোকানো হল। এত নিপুণ ও দ্রুত অস্ত্রোপচার আমি কমই দেখেছি। কুমেল শুধু বললেন যে, তাঁর কাজের বিনিময়ে তিনি আমাদের পুরো এক্সপেরিমেন্টটা দেখতে চান, পয়সায় তাঁর দরকার নেই। আমরা অবশ্য এককথায় রাজি হয়ে গেলাম।

বারোটার সময় ভিক্টর ফ্র্যাঙ্কেনস্টাইনের গবেষণাগারে আমাদের কাজ শুরু হল। আমি মনে মনে ইষ্টনাম জপ করছি। যদি মানবের জায়গায় দানবের সৃষ্টি হয়, তা হলে যে কী হবে জানি না।

সারারাত কাজ করার পর সকাল সাতটায় রেডেলের দেহে প্রাণের লক্ষণ দেখা গেল। গিলেটের ক্ষেত্রে যেমন হয়েছিল, এর বেলায়ও সেই একই ব্যাপার। এবং প্রথম যে প্রশ্ন করল রেডেল জার্মান ভাষায়—তাও ঠিক গিলেটেরই প্রশ্ন, 'আমি কোথায় রয়েছি?'

আমি এগিয়ে গিয়ে জার্মান ভাষায় বললাম, 'তুমি চারদিন ঘুমিয়েছিলে। আজ তোমার ঘুম ভেঙেছে। তুমি রয়েছ ব্যারন জুলিয়াস ফ্র্যাঙ্কেনস্টাইনের ল্যাবরেটরিতে।'

'জুলিয়াস ফ্র্যাঙ্কেনস্টাইন?'

'হ্যাঁ।'

আমি এতক্ষণ লক্ষ করিনি, এবার হঠাৎ দেখলাম ঘরে আরও লোক রয়েছে। আমাদের

পিছনেই হাতে রিভলভার নিয়ে দাঁড়িয়ে রয়েছে রেডেলের দলের দুজন গুণ্ডা। রেডেলকে জীবিত দেখে তাদের দৃষ্টি বিস্ফারিত।

এবার রেডেলের চোখ গেল এই গুণ্ডাদের দিকে। সে বলল, 'এ কী, এরা কী করছে এখানে ?'

এর ফল হল অদ্ভুত। গুণ্ডাদের একজন বোকার মতো মুখ করে বলল, 'আমি এমিল, হের রেডেল— তোমার দলের লোক !'

অন্য লোকটিও তার দেখাদেখি বলল, 'আমি পিটার, হের রেডেল— তোমার অনুচর !'

পুনর্জীবনপ্রাপ্ত রেডেল গর্জিয়ে উঠল, 'দূর হয়ে যাও আমার সামনে থেকে ! তোমরা সব শয়তানের দল। তোমাদের জন্যই জার্মানি আবার জাহান্নমে যেতে চলেছে। এক্ষুনি চলে যাও আমার সামনে থেকে !'

পিটার ও এমিল নামক দুই গুণ্ডা হতভম্বের মতো ঘর থেকে বেরিয়ে গেল।

এবার সন্ডার্স ও ক্রোল আমাকে এসে চেপে ধরল, 'কী ব্যাপার, আমাদের খুলে বলো।'

আমি বললাম, 'আগে রেডেলের বিশ্রামের একটা ব্যবস্থা করে নিই।'

আমি রেডেলকে কমলালেবুর রস খাইয়ে আবার শুইয়ে দিলাম। তারপর ক্রোল আর সন্ডার্সের দিকে ফিরে বললাম, 'জুলিয়াস ফ্র্যাঙ্কেনস্টাইন সাহায্য না করলে আমার এই এক্সপেরিমেন্ট সম্ভব হত না।'

‘কিন্তু কার মগজ পোরা হয়েছিল রেডেলের মাথায় ?’ প্রশ্ন করল ক্রোল ।

আমি বললাম, ‘বোরিস অ্যারনসন, যাঁকে রেডেলের দল হত্যা করেছিল। জুলিয়াস ফ্র্যাঙ্কেনস্টাইন অ্যারনসনের ছেলের কাছ থেকে অনুমতি নিয়ে পুলিশকে জানিয়ে অ্যারনসনের কবর খুঁড়ে তাঁর মৃতদেহ বার করে ডাঃ কুমেলকে দিয়ে অস্ত্রোপচার করিয়ে তাঁর মগজ বার করেন। সেই মগজই রেডেলকে নতুন মানুষে পরিণত করেছে। সে আর আগের রেডেল নেই। যতদূর মনে হয়, হিটলারপন্থী দল এবার নিশ্চিহ্ন হবে।’

জুলিয়াসের দিকে চেয়ে দেখি তাঁর চোখে জল। তিনি আবার এসে আমার হাত দুটো চেপে ধরে বললেন, ‘জার্মানি তোমার উপর চিরকৃতজ্ঞ থাকবে।’

আমি বললাম, ‘সবই তোমার পূর্বপুরুষের কীর্তি। এর জন্যে যদি কারও ধন্যবাদ প্রাপ্য হয়ে থাকে, তা হলে তিনি হলেন ব্যারন ভিক্টর ফ্র্যাঙ্কেনস্টাইন।’

১৩ জুলাই

দেশে ফিরে এসে কালই জুলিয়াস ফ্র্যাঙ্কেনস্টাইনের কাছ থেকে একটা চিঠি পেলাম। তিনি জানিয়েছেন, রেডেল এখন নিজেকে ইহুদি বলে পরিচয় দেয়। তার দল ভেঙে গেছে, ইনগোলস্টাটের ইহুদিরা এখন নির্ভয়ে নিশ্চিন্তে বাস করছে।

আনন্দমেলা। পূজাবার্ষিকী ১৩৯৫

ডাঃ দানিয়েলির আবিষ্কার

১৫ এপ্রিল, রোম

কাল এক আশ্চর্য ঘটনা। এখানে আমি এসেছি একটা বিজ্ঞানী সম্মেলনে। কাল স্থানীয় বায়োকেমিস্ট ডাঃ দানিয়েলির বক্তৃতা ছিল। তিনি তাঁর ভাষণে সকলকে চমৎকৃত করে দিয়েছেন। অবিশ্যি আমি যে অন্যদের মতো অতটা অবাক হয়েছি তা নয়, কিন্তু তার কারণটা পরে বলছি।

দানিয়েলির আশ্চর্য ভাষণের কথা বলার আগে একটা কথা বলা দরকার। বিখ্যাত ইংরাজ লেখক রবার্ট লুই স্টিভেনসনের উপন্যাস 'ডাঃ জেকিল অ্যান্ড মিঃ হাইড'-এর কথা অনেকেই জানে। যারা জানে না তাদের জন্য বলছি যে, ডাঃ জেকিল বিশ্বাস করতেন প্রত্যেক মানুষের মধ্যেই একটা ভাল আর একটা মন্দ দিক থাকে। এই মন্দ প্রবৃত্তিগুলো মানুষ দমন করে রাখে, কারণ তাকে সমাজে বাস করতে হলে সমাজের কতকগুলো নিয়ম মানতে হয়। কিন্তু ডাঃ জেকিল দাবি করেছিলেন তিনি এমন ওষুধ বার করতে পারেন, যে ওষুধ কেউ খেলে তার ভিতরের হীন প্রবৃত্তিগুলো বাইরে বেরিয়ে এসে তাকে একটা নৃশংস জীবে পরিণত করবে। ডাঃ জেকিলের এ কথা কেউ বিশ্বাস করেনি, তাই তিনি তাঁর গবেষণাগারে ঠিক এইরকমই একটা ওষুধ তৈরি করে নিজের উপর প্রয়োগ করে এক ভয়ংকর মানুষ মিঃ হাইডে পরিণত হয়েছিলেন। সেই অবস্থায় তিনি খুনও করেছিলেন, যদিও ডাঃ জেকিল এমনিতে ছিলেন অতি সজ্জন ব্যক্তি।

স্টিভেনসনের এই উপন্যাস যথেষ্ট আলোড়নের সৃষ্টি করেছিল, কিন্তু এমন ওষুধ বাস্তবে আজ পর্যন্ত কেউ তৈরি করতে পারেনি। দানিয়েলি দাবি করছেন তিনি করতে চলেছেন, এবং দানিয়েলির আগেই গিরিডিতে আমার ল্যাবরেটরিতে আমি করেছি। আমার ওষুধ আমি নিজে খাইনি, কিন্তু আমার পোষা বেড়াল নিউটনকে এক ফোঁটা খাইয়েছিলাম। খাওয়ানোর তিন মিনিটের মধ্যে সে আমাকে অত্যন্ত হিংস্রভাবে আক্রমণ করে আমার ডান হাতে আঁচড় দিয়ে আমাকে জখম করে। আমি আমার ওষুধের নাম দিয়েছিলাম 'এক্স'। একই সঙ্গে 'অ্যান্টি-এক্স' নামে আরেকটা ওষুধ বার করি যেটা 'এক্স'-এর অ্যান্টিডোট ; অর্থাৎ যেটা খেলে মানুষ আবার স্বাভাবিক অবস্থায় ফিরে আসতে পারে। নিউটনকে 'অ্যান্টি-এক্স' খাইয়ে শান্ত করতে হয়েছিল।

দানিয়েলির বক্তৃতার সময় তাঁর অবস্থা জেকিলের মতোই হয়েছিল। অন্তত তিনজন বৈজ্ঞানিক—ইংলন্ডের ডাঃ স্টেবিং, জার্মানির প্রোফেসর ক্রুগার ও স্পেনের ডাঃ গোমেজ—দানিয়েলির কথার তীব্র প্রতিবাদ করেন। ফলে মিটিং-এ একটা তুমুল বিশৃঙ্খলার সৃষ্টি হয়। দানিয়েলির পক্ষে তাঁর মেজাজ ঠিক রাখা কঠিন হয়ে পড়ে। এমনিতে দানিয়েলির সঙ্গে আমার এখানে এসেই আলাপ হয়েছে। অত্যন্ত বিনয়ী, নম্র স্বভাবের লোক বলে মনে হয়েছিল। অনেক দিন পরে একটা বিজ্ঞানী সম্মেলনে আজকের মতো একটা গোলযোগ হতে দেখলাম। আমি অবিশ্যি আমার নিজের ওষুধের কথা দানিয়েলি বা অন্য

কাউকে বলিনি। দানিয়েলি বললেন, তাঁর ওষুধ দু-একদিনের মধ্যেই তৈরি হয়ে যাবে। তারপর সেটা তিনি নিজের উপর পরীক্ষা করে দেখবেন, যেমন স্টিভেনসনের গল্পে ডঃ জেকিল করেছিলেন। ব্যাপারটা আমার ভাল লাগল না, কারণ এক্সপেরিমেন্ট যদি সফল হয়, তা হলে ওষুধখাওয়া দানিয়েলি কীরকম ব্যবহার করবে তা বলা কঠিন। নিউটনের যা হিংস্র ভাব দেখেছি তাতে আমার রীতিমতো ভয় ঢুকে গেছে।

আজ আর আধ ঘণ্টার মধ্যেই ডেলিগেটদের লাঞ্চ আছে। আমরা আছি হোটেল সুপার্বাতে। এইখানেই একতলায় ডাইনিংরুমে লাঞ্চ। সম্মেলন চলবে আর দু দিন। তারপর আরও দিন দু-তিন রোমে থেকে দেশে ফিরব।

১৭ এপ্রিল

আজ সম্মেলনের পর দানিয়েলির সঙ্গে দেখা করলাম। বললাম, তাঁর বক্তৃতায় তিনি যা বলেছেন তা আমি বিশ্বাস করি। আমারও একই মত। তাতে ভদ্রলোক যারপরনাই খুশি হলেন।

আমি বললাম, 'তুমি যে ওষুধ বানাচ্ছ, সেইসঙ্গে তার প্রভাব দূর করার জন্যও ওষুধ তৈরি করছ আশা করি।'

'তা তো বটেই,' বললেন দানিয়েলি। 'এ ব্যাপারে আমি স্টিভেনসনের উপন্যাসের দ্বারা প্রভাবিত হয়েছি। এতদিন কেন যে কেউ এরকম একটা ওষুধ তৈরি করতে চেষ্টা করেনি, তা জানি না।'

আমি বললাম, 'তার কারণ স্টিভেনসনের গল্পেই পাওয়া যাবে। যদি সেই ওষুধ মিঃ হাইডের মতো এমন মানুষ তৈরি করতে পারে, তা হলে সে ওষুধ খাওয়ার কী বিপদ সে তো

বুঝতেই পারছ।'

'কিন্তু তা বলে তো বিজ্ঞানকে থেমে থাকতে দেওয়া যায় না,' বলল দানিয়েলি। 'পরীক্ষানিরীক্ষা চালাতেই হবে। এবং আমার পরীক্ষা যদি সফল হয় তা হলে তার পরিণাম যাই হোক না কেন, এটা মানতেই হবে যে সেটা হবে বিজ্ঞানের অগ্রগতির একটা নিদর্শন।'

'তবে তুমি যদি একটা হাইডে পরিণত হও, তা হলে ব্যক্তিগতভাবে আমার সেটা মোটেই ভাল লাগবে না।'

'দেখা যাক কী হয়।'

'তুমি কী কী উপাদান দিয়ে ওষুধটা তৈরি করেছ, সেটা জানতে পারি কি ?'

ভদ্রলোক যা উত্তর দিলেন তা শুনে আমি একটা অদ্ভুত রোমাঞ্চ অনুভব করলাম।

আমিও ঠিক একই উপাদান দিয়ে আমার ওষুধটা তৈরি করেছি।

সেটা অবিশ্যি আর দানিয়েলিকে বললাম না, এবং দানিয়েলিও তাঁর উপাদানের পরিমাণ আমাকে বললেন না।

১৮ এপ্রিল

আজ কাগজে সাংঘাতিক খবর।

ডাঃ স্টেবিংকে পাওয়া যাচ্ছে না।

আমাদের হোটেলটা টাইবার নদীর উপর। স্টেবিং নাকি রোজ ডিনারের আগে টাইবারের ধারে হাঁটতে যেতেন। আজও গিয়েছিলেন, কিন্তু আর ফেরেননি। পুলিশ সন্দেহ করছে তিনি কোনও গুণ্ডার দ্বারা নিহত হয়েছেন, এবং গুণ্ডারা তাঁর মৃতদেহ টাইবারের জলে ফেলে দিয়েছে।

আমার কিন্তু ধারণা অন্যরকম। স্টেবিং দানিয়েলির বক্তৃতার পর তার তীব্র প্রতিবাদ করেন এবং দানিয়েলিকে অবৈজ্ঞানিক আখ্যা দেন। দানিয়েলিও বলেছিলেন, তাঁর ওষুধ দু দিনের মধ্যে তৈরি হয়ে যাবে।

আমি টেলিফোন ডিরেক্টরি খুলে দেখলাম যে দানিয়েলির বাড়ির ঠিকানা হচ্ছে ২৭ নং ভিয়া সাক্রামেন্টো। আমি আর দেরি না করে একটা ট্যাক্সি নিয়ে সোজা তার বাড়িতে চলে গেলাম।

বাড়ি খুঁজে পেতে কোনও অসুবিধা হল না, কিন্তু গিয়ে শুনি দানিয়েলি বাড়ি নেই। দানিয়েলির চাকর দরজা খুলেছিল ; আমাকে জিজ্ঞেস করল, 'সিনিয়র আলবের্তির সঙ্গে কথা বলবেন ?'

'তিনি কে ?'

'তিনি প্রোফেসর দানিয়েলির সহকর্মী।'

আমি বললাম, 'বেশ, তাঁকেই ডাকো।'

চাকর চলে গেল। দু মিনিটের মধ্যেই একটি বছর ত্রিশের যুবক বৈঠকখানায় এসে ঢুকল। কালো চুল, কালো চোখ, বুদ্ধিদীপ্ত চেহারা।

'তুমি কি দানিয়েলির সহকর্মী ?'

'সহকর্মীর চেয়ে সহকারী বললেই ঠিক হবে। আমি মাত্র তিন বছর দানিয়েলির সঙ্গে আছি। আপনি কি ভারতীয় বৈজ্ঞানিক প্রোফেসর শঙ্কু ?'

আমি বললাম, 'হ্যাঁ।'

যুবকের চোখ জ্বলজ্বল করে উঠল। বলল, 'আমি আপনার বিষয়ে অনেক শুনেছি।

আপনার আবিষ্কার সম্বন্ধে অনেক পড়েছি। আপনার দেখা পেয়ে অত্যন্ত গর্ব বোধ করছি।'

আমি বললাম, 'সে কথা শুনে আমারও খুব ভাল লাগছে। কিন্তু আমি ডাঃ দানিয়েলির সঙ্গে দেখা করতে চেয়েছিলাম। তিনি কখন আসবেন?'

'যে কোনও মুহূর্তে,' বলল আলবের্তি। 'তিনি বাজারে গেছেন কিছু কেনাকাটা করতে। আপনি একটু বসে যান।'

আমি অপেক্ষা করাই স্থির করলাম। সময় কাটানোর জন্য আলবের্তিকে প্রশ্ন করলাম, 'প্রোফেসরের ওষুধ কি তৈরি হয়ে গেছে?'

'হ্যাঁ, সে তো পরশুই হয়ে গেছে।' বলল আলবের্তি, 'তারপর থেকেই প্রোফেসর কেমন যেন একটু অন্যমনস্ক হয়ে পড়েছেন। সামান্য একটা পরিবর্তন লক্ষ করছি তাঁর মধ্যে। সেটা যে কী সেটা স্পষ্টভাবে বলতে পারব না।'

'তিনি কি ওষুধটা খেয়েছেন?'

'তা তো বলতে পারছি না। ওষুধটা উনি সম্পূর্ণ নিজে তৈরি করেছেন। আমি ওঁকে কোনওরকমভাবে সাহায্য করিনি। ওষুধের ফরমুলাও আমি জানি না। তবে ওষুধটা যে হয়ে গেছে সেটা উনি আমাকে বলেছেন। অবিশ্যি না বললেও আমি বুঝতাম, কারণ গত এক মাস উনি সারাদিন ল্যাবরেটরিতে কাজ করেছেন দরজা বন্ধ করে। দু দিন থেকে ওঁকে আর কাজ করতে দেখছি না।'

দরজার ঘণ্টা বেজে উঠল। চাকর এসে দরজা খুলে দিতে দানিয়েলি হাতে একটা প্যাকেট নিয়ে ঢুকলেন।

'গুড মর্নিং প্রোফেসর শঙ্কু। দিস ইজ এ ভেরি প্লেজেন্ট সারপ্রাইজ!'

আমিও ভদ্রলোককে প্রত্যাভিবাদন জানালাম। বললাম, 'খবর না দিয়ে এসে পড়েছি বলে আশা করি কিছু মনে করছ না।'

'মোটেই না, মোটেই না। ইউ আর মোস্ট ওয়েলকাম। তারপর কী খবর বলো।'

'খবর তো তোমার—তোমার ওষুধের খবর। ওটা তৈরি হল?'

'হয়েছে বই কী। পরশুই রাত্রে হয়েছে তৈরি।'

'পরীক্ষা করে দেখেছ?'

'আমি চায়ের চামচের এক চামচ খেয়ে দেখেছি।'

'তারপর?'

'তারপর কী হল জানি না।'

'তার মানে?'

'মাথা ঘুরে অজ্ঞান হয়ে পড়ে গেলাম। সকালে উঠে দেখি আমার বিছানায় শুয়ে আছি। শরীরে কোনও গ্লানি নেই। রাত্রে কী ঘটেছে কিচ্ছু জানি না।'

'আজ কাগজে স্টেবিং-এর মৃত্যুসংবাদ পড়েছ?'

'পড়েছি বই কী—আর পড়ে অত্যন্ত দুঃখ পেয়েছি। যদিও সে আমার বক্তৃতার প্রতিবাদ করেছিল, কিন্তু সে অত্যন্ত উচ্চস্তরের বিজ্ঞানী ছিল।'

'স্টেবিং-এর মৃত্যু সম্বন্ধে তুমি কোনও সিদ্ধান্তে পৌঁছেছ?'

'এ তো বোঝাই যাচ্ছে স্থানীয় গুণ্ডাদের কীর্তি। তাকে মেরে শুনলাম টাইবারের জলে লাশ ফেলে দিয়েছে। দু-এক দিনের মধ্যেই অবিশ্যি সে লাশ আবার ভেসে উঠবে।'

আমি আর দানিয়েলির সময় নষ্ট করলাম না। তাঁকে ধন্যবাদ জানিয়ে ট্যাক্সি নিয়ে হোটেলে ফিরে এলাম। দানিয়েলির ওষুধ খাওয়ার কথাটা এখনও মাথায় ঘুরছে। সে যে কিছুই টের পেল না, এটা খুব আশ্চর্য ব্যাপার। আমার ওষুধেও কি এই একই প্রতিক্রিয়া

হবে ? নিউটন যে আমাকে আক্রমণ করে, সেটা কি সে অজান্তে করে ?

১৯ এপ্রিল

কাল রাত্রে সাড়ে এগারোটার সময় জার্মানির প্রোফেসর ক্রুগার আর স্পেনের ডাঃ গোমেজ খুন হয়েছেন তাঁদের ঘরে। সেইসঙ্গে টাইবার নদীতে স্টেবিং-এর লাশও পাওয়া গেছে। লাশের গলায় আঙুলের গভীর দাগ। অর্থাৎ তাকে গলা টিপে মারা হয়েছিল।

এবার আর আমার মনে কোনও সন্দেহ নেই। তিনটে খুনই দানিয়েলির কীর্তি। পুলিশ অবশ্য তদন্ত করছে। ক্রুগার বা গোমেজের কোনও টাকাপয়সা চুরি যায়নি। কাজেই এটা চোরডাকাতের কীর্তি নয়।

পুলিশ আমাদের হোটেলের রিসেপশনিস্টকে জেরা করে জানতে পারে যে, কাল রাত্রে এগারোটার সময় একটি কুৎসিত লোক নাকি হোটেলে এসে ক্রুগার আর গোমেজের ঘরের

নম্বর জানতে চায়। তারপর সে দুজনকেই টেলিফোন করে।

'কী কথা বলেছিল সেটা শুনেছিলে ?' পুলিশ জিজ্ঞেস করে।

'আজ্ঞে না, তা শুনিনি।'

ক্রুগার আর গোমেজ দুজনকেই স্টেবিং-এর মতোই গলা টিপে মারা হয়েছে। আততায়ী যে অত্যন্ত শক্তিশালী সে বিষয়ে সন্দেহ নেই। অথচ দানিয়েলিকে দেখলে তার মধ্যে শারীরিক শক্তির কোনও লক্ষণ পাওয়া যায় না। ওর বয়সও হয়েছে অন্তত ষাট।

আমি এবার দানিয়েলির বাড়িতে একটা ফোন করলাম। সে নিজেই ফোন ধরল। শান্ত কণ্ঠস্বর। কোনও উত্তেজনার লেশমাত্র নেই। আমি ফোন করছি শুনে অত্যন্ত হৃদ্যতার সঙ্গে আমাকে অভিবাদন জানাল। আমি বললাম, 'আমি একবার তোমার বাড়িতে আসতে চাই।'

'এক্ষুনি চলে এসো', বলল দানিয়েলি। 'আমি সারা সকাল বাড়িতে আছি।'

দশ মিনিটে দানিয়েলির বাড়িতে হাজির হলাম। অত্যন্ত আন্তরিকভাবে আমার সঙ্গে করমর্দন করে আমায় সোফায় বসতে বলে বলল, 'বলো কী খবর।'

আমি বসে বললাম, 'তুমি কি কাল রাত্রে আবার ওষুধটা খেয়েছিলে ?'

'হ্যাঁ, এবং সেই একই প্রতিক্রিয়া,' বলল দানিয়েলি। 'ওষুধ খাবার পরে কী করেছি, কোথায় ছিলাম, কখন ফিরলাম—কিছুই মনে নেই।'

'এক চামচই খেয়েছিলে ?'

'হ্যাঁ।'

'তুমি বোধ হয় জান যে কাল ক্রুগার আর গোমেজ খুন হয়েছে, এবং স্টেবিং-এর লাশ পাওয়া গেছে।'

'জানি।'

'এরা তিন জনেই কিন্তু তোমার বক্তৃতায় ঘোর আপত্তি তুলেছিল।'

'তাও জানি।'

'আমার একটা কথা শুনবে ?'

'কী ?'

'ওষুধটা আর খেও না। তুমি যখন নিজে কিছুই অনুভব করছ না, তখন খেয়ে লাভ কী ? বিজ্ঞানের দিক দিয়ে তো তুমি কোনও জ্ঞান আহরণ করছ না। সত্যি বলতে কী, তুমি তো কিছুই জানতে পারছ না।'

'তা পারছি না, কিন্তু একটা যে কিছু হচ্ছে তাতে কোনও সন্দেহ নেই।'

'কিছু মনে করো না, কিন্তু আমার ধারণা এই তিনটে খুনের জন্যই তুমি দায়ী ; অর্থাৎ তোমার ওষুধই দায়ী।'

'ননসেন্স।'

'ননসেন্স নয়। কেন সেটা আমি বলছি। আমি নিজে একই ওষুধ আবিষ্কার করেছি ভারতবর্ষে আমার ল্যাবরেটরিতে। আমি সেটা আমার পোষা বেড়ালের উপর পরীক্ষা করেছিলাম। ড্রপার দিয়ে এক ফোঁটা ওষুধ তার মুখে ঢেলে দিয়েছিলাম। তিন মিনিটের মধ্যে সে আমাকে আক্রমণ করে জখম করে। তার আধ ঘণ্টার মধ্যেই অবিশ্যি সে আমারই তৈরি একটা অ্যান্টিডোট খেয়ে আবার স্বাভাবিক অবস্থায় ফিরে আসে।'

দানিয়েলি একটুক্ষণ চুপ করে রইল। আমি লক্ষ করলাম, তার জোরে জোরে নিশ্বাস পড়ছে। তারপর চাপা স্বরে সে বলল, 'তুমি আমার আগে এই ওষুধ আবিষ্কার করেছ ?'

'হ্যাঁ।'

'আই ডোন্ট বিলিভ ইট।'

দানিয়েলির কণ্ঠস্বরে এই প্রথম একটা তিক্ততার আভাস পেলাম। সে আবার বলল, 'আই ডোন্ট বিলিভ ইট।'

আমি বললাম, 'তুমি বিশ্বাস না করতে পারো। কথাটা কিন্তু সত্যি। তুমি তোমার ওষুধের উপাদানের কথা আমাকে বলেছ, কিন্তু পরিমাণ বলনি। আমিও এই একই উপাদান দিয়ে ওষুধ তৈরি করেছি, এবং আমার পরিমাণ মুখস্থ আছে। সেটা আমি তোমাকে বলছি। দেখ তোমার সঙ্গে মেলে কি না।'

আমার পুরো ফরমুলাটা কণ্ঠস্থ ছিল। আমি সেটা দানিয়েলিকে বললাম। তার দৃষ্টি বিস্ফারিত হয়ে উঠল। তারপর সে ফিসফিস করে বলল, 'আই কান্ট বিলিভ ইট ; পরিমাণ দুজনের হুবহু এক।'

'তা হলেই বুঝতে পারছ।'

'তুমি নিজে খাওনি তোমার ওষুধ ?'

'না, এবং কোনওদিনও খাব না।'

'কিন্তু আমাকে খেতেই হবে। যতদিন না জানতে পারছি ওষুধ খেয়ে আমার কী হচ্ছে, আমি কী করছি, ততদিন আমাকে এ ওষুধ খেয়ে যেতে হবে। দরকার হলে পরিমাণ বাড়াতে হবে ; এক চামচের জায়গায় দু চামচ।'

'তুমি কি সত্যিই কিছু বুঝতে পারছ না, ওষুধ খেয়ে তুমি কী কর ?'

'প্রথম দিন কিছুই বুঝিনি। কালকের সামান্য স্মৃতি আছে। আমি জানি, আমি বাড়ি থেকে বেরিয়ে গিয়ে আমার গাড়িতে উঠেছিলাম।'

'তোমার কি ড্রাইভার আছে ?'

'না। আমি নিজেই গাড়ি চালাই।'

'তারপর কী হয় কিছুই মনে নেই ?'

'না। কিন্তু এইভাবেই আমি আস্তে আস্তে জানতে পারব আমি কী করছি, আমার কী পরিবর্তন হচ্ছে।'

'এর ফল ভাল হবে না, দানিয়েলি।'

'তা না হলেও, বিজ্ঞানের খাতিরে এটা আমাকে করতেই হবে। তুমি আর আমি এক লোক নই। আমার কৌতূহল তোমার চেয়ে অনেক বেশি।'

আমি বুঝলাম দানিয়েলিকে অনুরোধ করে কোনও ফল হবে না। ওর মাথায় ভূত চেপেছে।

আমি বিদায় নিয়ে হোটেলে ফিরে এলাম।

আমায় একটা কিছু ভেবে বার করতে হবে। এ দু দিনে দানিয়েলির তিনটি শত্রু খুন হয়েছে। আরও কত শত্রু আছে তার কে জানে ?

২০ এপ্রিল

আজ চতুর্থ খুনের খবর কাগজে বেরিয়েছে। রোমের বিখ্যাত পদার্থবিজ্ঞানী ডাঃ বার্নিনিকে কেউ কাল রাত্রে তার বাড়িতে গিয়ে গলা টিপে মেরে এসেছে। পুলিশ গলায় আঙুলের ছাপ পেয়েছে, সেই অনুসারে তারা অনুসন্ধান চালাচ্ছে।

আমি তো অবাক। এ আবার কে খুন হল ? কেন ?

আমি দশটা পর্যন্ত অপেক্ষা করে দানিয়েলির বাড়িতে আলবের্তিকে ফোন করলাম। আলবের্তি ফোন ধরার পর বললাম, 'তুমি একবার আমার হোটেলে আসতে পারবে ? আমার ঘরের নম্বর হচ্ছে ৭১৩। বিশেষ দরকার আছে তোমার সঙ্গে।'

পনেরো মিনিটের মধ্যে আলবের্তি আমার ঘরে চলে এল।

আমি তাকে প্রথমেই বললাম, 'আমার একটা বিশ্রী সন্দেহ হচ্ছে যে, এ ক'দিন যে খুনগুলো হয়েছে সেগুলো দানিয়েলির কীর্তি। সে ওষুধ খেয়ে এই কাণ্ডটি করছে। তোমার কী মনে হয় ?'

আলবের্তি গম্ভীর হয়ে বলল, 'আমারও কাল থেকে সেই ধারণা হয়েছে, কারণ যারা খুন হয়েছে তারা প্রত্যেকেই কোনও না কোনও সময় দানিয়েলির বিরুদ্ধে কিছু বলেছে, তার কথা বিশ্বাস করেনি বা তার কথার প্রতিবাদ করেছে।'

'কিন্তু কাল রাত্রে যিনি খুন হলেন—এই বার্নিনি ভদ্রলোকটি কে ?'

'ইনি এখানকার একজন বিখ্যাত পদার্থবিজ্ঞানী। দানিয়েলির একটা প্রবন্ধের তীব্র প্রতিবাদ করে তিনি তিন বছর আগে একটা প্রবন্ধ লেখেন। সেটা একটা পত্রিকায় বেরিয়েছিল।'

'সেই রাগ দানিয়েলি এখনও ভোলেনি ?'

'তাই তো দেখছি। এবং দানিয়েলিকে কোনও না কোনও সময় আক্রমণ করেছেন, এরকম বিজ্ঞানী রোমে অনেক আছে। প্রোফেসর তুচ্চি, ডাঃ আমাটি, ডাঃ মাৎসিনি—আর কত নাম করব ? আমার এখন ধারণা হয়েছে এঁদের প্রত্যেকের উপরই দানিয়েলি রাগ পুষে রেখেছেন। এতদিন কিছু করেননি, কারণ দানিয়েলি এমনিতে খুবই ভদ্র এবং অমায়িক ব্যক্তি। কিন্তু এই ওষুধই হয়েছে ওঁর কাল। আর একটা কথা আমি আপনাকে বলতে চাই।'

'কী ?'

'আপনি বোধ হয় প্রোফেসরের আগে এই ওষুধ তৈরি করেছেন, তাই না ?'

'সেটা তুমি কী করে জানলে।'

'আমি কাল প্রোফেসরের সঙ্গে লাঞ্চ খাচ্ছিলাম। উনিই বললেন, এবং যেভাবে বললেন তাতে মনে হয় না যে, উনি আপনার উপর খুব প্রসন্ন।'

'তাই কি ?'

'তাই—এবং আমি বলি আপনি সাবধানতা অবলম্বন করুন। রাত্রে আপনার ঘরে কাউকে ঢুকতে দেবেন না।'

'কিন্তু শুধু তা হলেই তো হবে না। এখানে হত্যাকাণ্ড যে চলতেই থাকবে। এরপর নিরীহ লোককেও দানিয়েলি খুন করতে আরম্ভ করবে সামান্য ছুতো পেলেই।'

'তা হলে কী করা যায় ?'

'সেটাই ভাবছি।'

আমি কিছুক্ষণ ভেবে একটা ফন্দি বার করলাম। বললাম, 'তুমি প্রোফেসরের ল্যাবরেটরিতে যাও ?'

'হ্যাঁ, যাব না কেন ? দিনেরবেলাতে যাই।'

'ওই ওষুধ কি তোমার নাগালের মধ্যে থাকে ?'

'না। ওটা উনি আলমারিতে বন্ধ করে রাখেন। চাবি ওঁর কাছে থাকে।'

আমি আরেকটু ভাবলাম। তারপর বললাম, 'তুমি কি ওর বাড়িতেই থাক ?'

'না। আমি সকাল দশটার সময় আসি, আবার সন্ধ্যা ছটায় বাড়ি চলে যাই।'

'ওর ল্যাবরেটরির চাবি তোমার কাছে আছে ?'

'তা আছে।'

'তা হলে রাত্রে আমাদের দুজনকে ওর ল্যাবরেটরিতে ঢুকতে হবে। ও যাতে ওষুধ আর না খায় তার ব্যবস্থা করতে হবে।'

'কাল আমি একটু মিলান যাচ্ছি। পরশু সন্ধ্যাবেলা আপনার কাছে চলে আসব।'

'বেশ, তাই কথা রইল।'

আলবের্তি চলে গেল। ঘটনাটা আজকে ঘটলেই ভাল হত, কিন্তু উপায় নেই। আলবের্তিকে প্রয়োজন।

২১ এপ্রিল

আজ দুটো খুনের খবর বেরিয়েছে কাগজে। তারমধ্যে একজনের নাম আলবের্তি কালকে করেছিল। আরেকজন প্রোফেসর বেলিনি—জীববিদ্যাবিশারদ। দুজনকেই রাত্তিরে গলা টিপে মারা হয়েছে। আঙুলের ছাপ আগের খুনের সঙ্গে মিলে গেছে। পুলিশ এটা বুঝেছে

যে, সব খুন একই লোক করেছে। বেলিনির চাকর পুলিশকে বলেছে যে, রাত এগারোটার সময় সে দরজার ঘণ্টা শুনে দরজা খুলে দেখে যে, একজন বীভৎস দেখতে লোক দরজার বাইরে দাঁড়িয়ে আছে। জিজ্ঞেস করতে সে বলে তার নাম আরতুরো ক্রোচে। ক্রোচে বেলিনির সঙ্গে দেখা করতে চায়। বেলিনি তখনও ঘুমোতে যাননি। ক্রোচের নাম শুনে তিনি চাকরকে বলেন লোকটিকে ভিতরে আসতে বলতে। পনেরো মিনিট পরে এই ক্রোচে লোকটি চলে যায়। বেলিনির চাকরই তার হ্যাট আর কোট তাকে এনে দেয়। তারপর মনিব ঘুমোতে যাচ্ছেন না দেখে চাকরটি তাঁর ঘরে উঁকি মেরে দেখে বেলিনি মেঝেতে পড়ে আছেন—মৃত অবস্থায়। সে তৎক্ষণাৎ পুলিশে খবর দেয়। পুলিশ বেলিনির গলাতে আততায়ীর আঙুলের ছাপ পায়, কিন্তু এখনও পর্যন্ত আততায়ীর সন্ধান পায়নি।

২৩ এপ্রিল

কাল রাত্রের সাংঘাতিক ঘটনার বর্ণনা দেবার ক্ষমতা আমার নেই, কিন্তু তাও যথাসাধ্য চেষ্টা করছি।

কাল সকালে রোমের কিছু দ্রষ্টব্য দেখতে বেরিয়েছিলাম একটা টুরিস্ট দলের সঙ্গে। ফিরেছি বিকেল সাড়ে চারটায়। তারপর কফি খেয়ে টাইবারের ধারে হাঁটলাম আধ ঘণ্টা।

রাত সাড়ে আটটা নাগাত আলবের্তি আমার হোটেলে এল। আমরা দুজনে একসঙ্গেই ডিনার খেলাম। তারপর স্থির করলাম সাড়ে দশটা নাগাত দানিয়েলির বাড়ি যাব। বাড়ি যাব মানে বাড়ির বাইরে ওত পেতে থাকব। ল্যাবরেটরিটা বাইরে থেকে দেখা যায়, তাতে আলো জ্বললেই বুঝব দানিয়েলি ঢুকেছে। তখন আমরা বাড়িতে গিয়ে ঢুকব।

দানিয়েলির পাড়াটা এমনিতেই নির্জন—তার উপরে রাত্রে তো বটেই। বাড়ির সামনেই একটা পার্ক আছে ; আমরা দুজনে সেই পার্কের রেলিঙের ধারে অপেক্ষা করতে লাগলাম। ল্যাবরেটরি অন্ধকার, অথচ বাড়ির অন্য ঘরে আলো জ্বলছে।

বাড়ির দুশো গজের মধ্যেই একটা গির্জা, তাতে সাড়ে দশটার ঘণ্টা বাজার পাঁচ মিনিটের মধ্যেই ল্যাবরেটরির আলো জ্বলে উঠল।

আমি আর আলবের্তি দানিয়েলির বাড়ির দরজায় গিয়ে ঘণ্টা টিপলাম। চাকর এসে দরজা খুলে আমাদের দেখেই বলল, 'এখন সিনিয়র দানিয়েলির সঙ্গে দেখা হবে না। তাঁর বারণ আছে।'

তার কথা শেষ হবার সঙ্গে সঙ্গে আলবের্তি তাকে একটা মোক্ষম ঘুঁষি মেরে অজ্ঞান করে দিল। আমরা চাকরকে টপকে ভিতরে প্রবেশ করলাম। আলবের্তি বলল, 'ফলো মি।'

সিঁড়ির পাশে একটা ঘর পেরিয়ে একটা প্যাসেজ, সেটা দিয়ে বাঁ দিকে হাতদশেক গেলেই ল্যাবরেটরির দরজা। দরজা অল্প ফাঁক, তা দিয়ে আলো এসে বাইরে পড়েছে, প্যাসেজে কোনও আলো জ্বলছে না।

আমি আলবের্তিকে ফিসফিস করে বললাম, 'আমি ঢুকছি ভিতরে। তুমি দরজার বাইরে থেকো, দরকার হলে তোমাকে ডাকব।'

তারপর ল্যাবরেটরির ভিতরে ঢুকেই দেখলাম দানিয়েলি আমার দিকে পিঠ করে একটা খোলা আলমারির সামনে দাঁড়িয়ে একটা বোতল থেকে চামচে ওষুধ ঢালছে।

'দানিয়েলি !'

আমার গলা শুনে সে চরকিবাজির মতো ঘুরে আমাকে দেখে চোখ কপালে তুলে বলল, 'সে কী, তুমি নিজেই এসে গেছ ? আমি তো তোমার হোটেলেই যাচ্ছিলাম।'

এই বলার সঙ্গে সঙ্গে সে ওষুধটা খেয়ে ফেলল, আর তারপরে অবাক হয়ে চোখের সামনে দেখলাম, মুহূর্তের মধ্যে তার চেহারার পরিবর্তন হতে।

সে এখন আর সৌম্যদর্শন বৈজ্ঞানিক নয়, সে হিংস্র চেহারার আধা মানুষ আধা জানোয়ার।

এর পরেই সে আর এক মুহূর্ত সময় না দিয়ে আমার উপর ঝাঁপিয়ে পড়ল। আমি বিদ্যুদ্বেগে পাশ কাটাবার সঙ্গে সঙ্গে আমার মাথায় চরম ফন্দিটা এসে গেল। দানিয়েলি হাতদুটো বাড়িয়ে আবার আমার দিকে লাফ দেবে, ঠিক সেই মুহূর্তে আমি আলমারির তাকে রাখা ওষুধের বোতলটা হাতে নিয়ে এক ঢোক ওষুধ মুখে পুরে দিলাম।

তারপর এইটুকু শুধু মনে আছে যে আমি ভীমবিক্রমে দানিয়েলির উপর ঝাঁপিয়ে পড়ছি, এবং দুজনে একসঙ্গে মেঝেতে পড়ছি জড়াজড়ি অবস্থায়। এও মনে আছে যে, আমার দেহে তখন অসুরের শক্তি। এ ছাড়া আর কিছু মনে নেই।

যখন জ্ঞান হল, তখন দেখি আমি আমার হোটেলের বিছানায় শুয়ে আছি, আমার সর্বাঙ্গে বেদনা। প্রায় সঙ্গে সঙ্গেই দরজা খুলে আলবের্তি ঘরে ঢুকল।

‘আপনি নিজে বিছানা ছেড়ে উঠতে পারবেন না বলে রুমবয়ের কাছ থেকে চাবি নিয়ে

দরজা খুলেছি—আশা করি কিছু মনে করবেন না।'

'গুড মর্নিং,' বললাম আমি।

'আপনি আছেন কেমন?'

'শরীরে কোনও জখম নেই, কেবল বেদনা।'

'আমি ডাক্তারকে খবর দিয়েছি, সে এসে আপনার ব্যবস্থা করবে।'

'কিন্তু কাল কী হল?'

'কাল দুই হিংস্র পিশাচকে মরণপণে লড়াই করতে দেখলাম। আমি এসে আপনার পক্ষ না নিলে কী হত বলা যায় না। আমি এককালে বক্সিং করেছি। দানিয়েলিকে একটা আপারকাট মেরে নক আউট করে দিই। তার আগে অবশ্য আপনিও ওকে যথেষ্ট কাবু করেছিলেন। ও অজ্ঞান হলে আমি আপনাকে নিয়ে হোটেলে চলে আসি। যখন আপনাকে বিছানায় শুইয়ে দিই তখনও আপনার স্বাভাবিক অবস্থা ফিরে আসেনি। যতক্ষণ না আমার চেনা প্রোফেসর শঙ্কুকে আমার সামনে দেখতে পাই, ততক্ষণ আমি আপনার ঘরে ছিলাম। তারপর বাড়ি ফিরে আসি। তখন রাত সাড়ে বারোটা।'

'আর দানিয়েলি?'

এই প্রশ্ন করার সঙ্গে সঙ্গেই ডাক্তার চলে এলেন। তিনি আমাকে পরীক্ষা করে প্রশ্ন করলেন, 'তোমার কি কাল কারুর সঙ্গে হাতাহাতি হয়েছিল?'

আমি বললাম, 'হ্যাঁ। তাঁর বাড়ি এই যুবকটি জানে। তিনি থাকেন সাতাশ নম্বর ভিয়া সাক্রামেন্টোতে। তাঁর নাম ডাঃ এনরিকো দানিয়েলি। তিনি তাঁর আবিষ্কৃত একটি ওষুধের প্রভাবে এই দশা করেছেন আমার। গত চার-পাঁচ দিনে যে কজন বৈজ্ঞানিক খুন হয়েছেন, তাঁদের গলার আঙুলের ছাপের সঙ্গে এই দানিয়েলির আঙুলের ছাপ মিলিয়ে দেখলে দেখা যাবে তাতে কোনও পার্থক্য নেই।'

'এটা তা হলে পুলিশের কেস?'

'তা তো বটেই।'

'আমি এক্ষুনি পুলিশে খবর দিচ্ছি।'

ডাক্তার আমাকে ওষুধ দিয়ে চলে গেলেন।

এবার আলবের্তি তার পকেট থেকে একটা বোতল বার করে টেবিলের উপর রেখে বলল, 'এই হল বাকি ওষুধ। এটা আপনার কাছেই থাক; আপনার গবেষণাগারে যে বোতলটা রয়েছে সেটার পাশে রেখে দেবেন। আশা করি এখন খানিকটা সুস্থ বোধ করবেন।'

'ওষুধ পড়েছে, আর চিন্তা কী। আমার মনে হয় পরশুর মধ্যেই দেশে ফিরতে পারব। তোমার সাহায্যের জন্য অজস্র ধন্যবাদ। তোমার কথা ভুলব না কখনও।'

সন্দেশ। শারদীয়া ১৩৯৫

ডন ক্রিস্টোবাল্ডির ভবিষ্যদ্বাণী

সেপ্টেম্বর ৬

আজ আমার বন্ধু জেরেমি সন্ডার্সের কাছ থেকে একটা আশ্চর্য চিঠি পেয়েছি। সেটা হল এই—

প্রিয় শঙ্কু,

তোমাকে একটা অদ্ভুত খবর দেবার জন্য এই চিঠির অবতারণা। আমাদের দেশের কাগজে খবরটা বেরিয়েছে, কিন্তু ভারতবর্ষে হয়তো বেরোয়নি। ম্যাড্রিডের এক লাইব্রেরিতে একটি অতি প্রাচীন পাণ্ডুলিপি পাওয়া গিয়েছিল তিন মাস আগে। স্পেনের বিখ্যাত ভাষাবিদ প্রোফেসর আলফোনসো বেরেটা তিন মাসে এই পাণ্ডুলিপির পাঠোদ্ধার করেছেন এবং একটি সাংবাদিক সম্মেলনে সেটা সম্বন্ধে বলেছেন। এই পাণ্ডুলিপির লেখকের নাম হল ডন ক্রিস্টোবাল্ডি এবং এর রচনাকাল হল ১৪৮৩ থেকে ১৪৯০। অর্থাৎ আজ থেকে পাঁচশো বছর আগে। বেরেটা বলেছেন, এই পাণ্ডুলিপিতে ক্রিস্টোবাল্ডি অজস্র ভবিষ্যদ্বাণী করে গেছেন, যার অধিকাংশই ফলে গেছে। তুমি তো ফরাসি গণৎকার নস্ট্রাডামুসের কথা জানো। নস্ট্রাডামুস জন্মেছিলেন ১৫০৩ খ্রিস্টাব্দে, এবং তিনিও পদ্যে বহু ভবিষ্যদ্বাণী করে গেছেন, যার অনেকগুলোই ফলে গেছে। লন্ডনের প্লেগ ও অগ্নিকাণ্ড, ফরাসি বিপ্লবে সম্রাট ষোড়শ লুইয়ের লাঞ্ছনা, নেপোলিয়নের উত্থান ও পতন, লুই পাস্তুরের যুগান্তকারী আবিষ্কার, এমনকী আমাদের যুগে হিরোশিমা ও নাগাসাকির উপর আণবিক বোমা বর্ষণ, অষ্টম এডওয়ার্ডের সিংহাসনত্যাগ, হিটলারের অভ্যুত্থান ইত্যাদি অনেক কিছুই নস্ট্রাডামুস সঠিকভাবে বর্ণনা করে গিয়েছিলেন। কিন্তু এই স্প্যানিশ পাণ্ডুলিপিতে যা ভবিষ্যদ্বাণী আছে, তা নস্ট্রাডামুসের কীর্তিকে ম্লান করে দেয়। গত পাঁচশো বছরে এমন কোনও বিখ্যাত ঐতিহাসিক ঘটনা নেই যা ক্রিস্টোবাল্ডি তাঁর দিব্যদৃষ্টি দিয়ে প্রত্যক্ষ করেননি। আমার তো বিশ্বাস, তোমার কথাও তিনি বলে গেছেন : বিংশ শতাব্দীতে এক অসাধারণ প্রতিভাশালী বিজ্ঞানীর আবির্ভাব হবে যাঁর নামের আদ্যক্ষর 'এস'—এ তুমি ছাড়া আর কে হতে পারে ?

আমি ম্যাড্রিডে গিয়ে বেরেটার সঙ্গে দেখা করি এবং এই পাণ্ডুলিপি নিয়ে আলোচনা করি। আমার এই চিঠি লেখার প্রধান কারণ হল ক্রিস্টোবাল্ডির একটি বিশেষ ভবিষ্যদ্বাণী। তিনি এক জায়গায় লিখেছেন, 'সপ্তদশ শতাব্দীর মধ্যভাগে প্রশান্ত মহাসাগরের একটি দ্বীপে এক প্রাণীর আবির্ভাব হবে, যারা বিজ্ঞানের ক্ষেত্রে মাত্র তিনশো বছরে মানুষের কীর্তিকে অনেক গুণে অতিক্রম করে যাবে। মানুষ এই প্রাণীর সন্ধান পাবে বিংশ শতাব্দীর দ্বিতীয়ার্ধে, এবং এই প্রাণী নিশ্চিহ্ন হয়ে যাবার আশঙ্কা মানুষই দূর করবে।'

প্রশ্ন হচ্ছে—এই প্রাণী কি সত্যিই আছে ? যদি থাকে তবে তারা কোত্থেকে এল, এবং একটি দ্বীপে বাস করে তারা এত অল্প সময়ে বিজ্ঞানে কী করে এতদূর অগ্রসর হল ?

সপ্তদশ ও অষ্টাদশ শতাব্দীতে অনেক বিখ্যাত পর্যটক প্রশান্ত মহাসাগর পরিভ্রমণ করে অনেক কিছু আবিষ্কার করেন। আমি গত এক মাস ধরে ব্রিটিশ মিউজিয়মে গিয়ে এইসব

পর্যটকের ভ্রমণবৃত্তান্ত পড়ে দেখেছি। অষ্টাদশ শতাব্দীর শেষ দিকে ফরাসি পর্যটক জঁ-ফ্রাঁসোয়া লা পেরুজ প্রশান্ত মহাসাগরে পাড়ি দেন। তার বিবরণ তিনি লিখে গেছেন। সেটা পড়তে পড়তে এক আশ্চর্য ঘটনার বর্ণনা পেলাম। লা পেরুজের জাহাজ একবার ঝড়ে পড়ে কক্ষভ্রষ্ট হয়ে একটা অজানা দ্বীপের কাছে এসে পড়ে। তখন সন্ধ্যা। সেই সময় লা পেরুজ এক আশ্চর্য দৃশ্য দেখেন। দ্বীপের একটা অংশ থেকে একটি আলোকস্তম্ভ উঠে আকাশে বহুদূরে চলে গেছে। এর কারণ জানার চেষ্টা লা পেরুজ করেননি, কারণ ঝড় থেমে যাওয়ায় তাঁরা আবার কক্ষে ফিরে আসেন।

আলোকস্তম্ভের বর্ণনা পড়লে লেসার রশ্মির কথাই মনে পড়ে। অন্য কোনও আলো এই ধরনের সমান্তরাল স্তম্ভ রচনা করতে পারে না। ভেবে দেখো—এই ঘটনা একশো বছর আগে দেখা, আর মানুষের লেসার রশ্মি আবিষ্কার হল সাম্প্রতিক ঘটনা!

আমার প্রবল আগ্রহ হচ্ছে এই দ্বীপে গিয়ে অনুসন্ধান করার। আমার কেন জানি মনে হচ্ছে, এই প্রাণী সম্পর্কেও ক্রিস্টোবাল্ডির গণনা নির্ভুল। আমাদের মানরো দ্বীপ অভিযানে, আমরা যে যান ব্যবহার করেছিলাম—আমাদের জাপানি বন্ধু হিদেচি সুমা-র তৈরি জেটচালিত সুমাক্রাফ্‌ট—সেই একই যান আমরা এবারও ব্যবহার করতে পারি। সুমাকে বললে ও রাজি হবে না এটা আমার বিশ্বাস হয় না। আর ক্রোল তো পা বাড়িয়েই আছে; এখন বাকি শুধু তোমার সম্মতি। তোমাকে তো চিনি আমি সতেরো বছর ধরে; আমার দৃঢ় বিশ্বাস তুমি রাজি হবে।

কী স্থির কর অবিলম্বে জানাও, কারণ অনেকরকম তোড়জোড় আছে। শুভেচ্ছা নিও।

ইতি। জেরেমি

এ ব্যাপারে যে আমার উৎসাহ না হয়ে যায় না, সেটা সন্ডার্স ঠিকই বলেছে। সত্যিই কি এই উন্নতস্তরের প্রাণী, যারা মানুষ নয়, তারা পৃথিবীতে বাস করছে এতদিন ধরে? ডন ক্রিস্টোবাল্ডির এই গণনাও কি নির্ভুল?

আমি এই অভিযানে যোগ দিতে অবশ্যই প্রস্তুত, সে খবর আমি সন্ডার্সকে আজই জানিয়ে দিচ্ছি।

সেপ্টেম্বর ১৩

অভিযানের সমস্ত আয়োজন হয়ে গেছে। সুমা এককথায় রাজি। তার যানই আমরা ব্যবহার করছি, তবে এটা আগেরটার চেয়ে আরও উন্নত ধরনের যান—সুমাক্রাফ্‌ট ২।

আমরা চার জন ছাড়া আরেকজন আমাদের সঙ্গে যোগ দিচ্ছেন। ইনি হলেন বার্সেলোনার বিখ্যাত প্রত্নতাত্ত্বিক প্রোফেসর সালভাডর সাবাটিনি। এঁর সঙ্গে আমার একবারই দেখা হয়েছিল ব্রাসেল্‌সের এক বিজ্ঞানী সম্মেলনে। বয়স ষাটের বেশি নয়, পণ্ডিত ব্যক্তি তাতে সন্দেহ নেই, তবে কিঞ্চিৎ দাম্ভিক আর একগুঁয়ে। ইনি অভিজাত বংশের সন্তান, তবে এখন অবস্থা অনেক পড়ে গেছে। ক্রিস্টোবাল্ডির পুঁথি ইনি পড়েছেন, এবং মজার ব্যাপার হচ্ছে যে এঁর ধারণা 'এস' নামধারী যে বিজ্ঞানীপ্রবরের কথা ক্রিস্টোবাল্ডি বলে গেছেন, তিনি হলেন উনি নিজে।

আমরা সকলে সিঙ্গাপুরে একত্র হব, তারপর সেখান থেকে রওনা। লা পেরুজের সঙ্গে ক্রোনোমিটার ইত্যাদি নানারকম যন্ত্র ছিল, তাই তিনি এই রহস্যময় দ্বীপের অবস্থান দিয়ে গেছেন। সেটা হল ৪১·২৪ নর্থ বাই ১৬১·৫ ওয়েস্ট। ম্যাপে দেখা যাবে ওখানে কোনও দ্বীপের চিহ্ন নেই। সেটাই অবশ্য স্বাভাবিক।

আমরা ২৫শে সেপ্টেম্বর রওনা হচ্ছি।

সেপ্টেম্বর ২৪, সিঙ্গাপুর

আমরা এখানে জমায়েত হয়েছি গতকাল। সাবাটিনির কাছে ক্রিস্টোবাল্ডির পুঁথির কথা শুনছিলাম। পুঁথির গোড়াতে ক্রিস্টোবাল্ডি তার নিজের সম্বন্ধে বেশ কিছুটা বলেছে। মেষপালকের ছেলে ছিল সে। তেরো বছর বয়সে সে প্রথম ভবিষ্যতের ঘটনার ইঙ্গিত পায়। তার কথা অবশ্য সকলেই হেসে উড়িয়ে দিয়েছিল। তারপর একের পর এক অজস্র ভবিষ্যতের ঘটনা তার চোখের সামনে ভেসে উঠতে থাকে। সে নিজের চেষ্টায় লিখতে পড়তে শেখে শুধু এইসব ঘটনা লিখে রাখার জন্য। নস্ট্রাডামুসের মতোই সে নিজের মৃত্যুর সন তারিখও আগে থেকে জানিয়ে গিয়েছিল। ১৯৪৩-এর বাংলার মন্বন্তরের কথা ক্রিস্টোবাল্ডি লিখে গেছে। বাংলার নাম অবশ্য করেনি ; প্রাচ্যের একটা প্রদেশ বলে বলেছে। সেই সময় যে দ্বিতীয় বিশ্বযুদ্ধ চলেছে, তার সম্বন্ধেও অবিশ্যি অনেক তথ্য আছে। হিটলারের কনসেনট্রেশন ক্যাম্পও বাদ যায়নি।

সুমা জিজ্ঞেস করল জাপান সম্বন্ধে কোনও ভবিষ্যদ্বাণী আছে কি না। তাতে সাবাটিনি বলল, 'তোমাদের রাজা হিরোহিতো সম্বন্ধে একেবারে নাম উল্লেখ করে বলা আছে। তিনি যে দীর্ঘকাল জীবিত থাকবেন সে কথাও বলা আছে। তা ছাড়া হিরোশিমা নাগাসাকির কথা তো আছেই। যেমন নস্ট্রাডামুসে ছিল।'

সুমা দেখলাম, এই নতুন প্রাণীর ব্যাপারে একটু সন্দিহান। বলল, 'মানুষ এই বিংশ শতাব্দীতে যা করেছে, এই পৃথিবীতেই কোনও প্রাণী তার চেয়ে বেশি উন্নত কিছু করতে পারবে এটা আমার বিশ্বাস হয় না।' সন্ডার্স আর ক্রোল দুজনেই এ ব্যাপারে যাকে বলে 'ওপ্‌ন-মাইন্ডেড'। ক্রোল বলছে, 'এই প্রাণী যদি থেকেও থাকে, তা হলে আমি প্রথমেই অনুসন্ধান করব এরা অলৌকিককে বিজ্ঞানের আওতায় এনে ফেলতে পেরেছে কি না। আমাদের অনেক বিজ্ঞানীই অলৌকিক ঘটনাকে হেসে উড়িয়ে দেন, অথচ সেগুলো যে কী করে ঘটছে তার কোনও সন্তোষজনক জবাব দিতে পারেন না।'

সন্ডার্সের উৎসাহের অন্ত নেই। ও বারবার বলছে, 'লা পেরুজ যা লিখে গেছে, তা তো মিথ্যা হতে পারে না। সে ছিল অতি বিখ্যাত পর্যটক। কথা হচ্ছে—সেই প্রাণী এখনও আছে কি না। একটা জিনিস আমি কিছুতেই বুঝতে পারছি না—শুধু একটা দ্বীপে নিজেদের আবদ্ধ রেখে পৃথিবীর অন্য কোনও অংশের সঙ্গে যোগস্থাপন না করে একটা জাত কী করে উন্নত অবস্থায় বেঁচে থাকে। টেকনলজিতে উন্নতি করতে গেলে তো যন্ত্রপাতি লাগে। সেই যন্ত্রপাতি তৈরি করার মালমশলা ওই একটা দ্বীপেই রয়েছে?'

এইসব প্রশ্নের কোনও উত্তরই অবশ্য সিঙ্গাপুরে বসে পাওয়া যাবে না। তবে আমার মনেও যে একটা অবিশ্বাস দানা বাঁধেনি তা নয়। এসব ব্যাপারে ধাপ্পাবাজির উদাহরণের অভাব নেই। আমাদের দিনেরই একজন লোক, যে প্রাচীনকালের হাতের লেখা অনুকরণ করতে পারে, সে মাসখানেক পরিশ্রম করলেই একটা পাঁচশো বছরের পুরনো পাণ্ডুলিপি তৈরি করে ফেলতে পারে। যিনি এই পুঁথি আবিষ্কার করেছেন, তিনি কীরকম লোক সেটা জানা দরকার।

সেপ্টেম্বর ২৭, প্রশান্ত মহাসাগর

আমরা পঁচিশেই রওনা হয়েছি। সুমার এই যানটির কোনও তুলনা নেই। ম্যাপে দেখে আন্দাজ হয়, আমাদের সাড়ে সাত হাজার মাইলের মতো যেতে হবে। আমরা এখন পর্যন্ত দিনে গড়ে পাঁচশো মাইলের মতো চলেছি। দরকার হলে এর চেয়েও বেশি যাওয়া যায়, কিন্তু এখন অবধি সেটার কোনও প্রয়োজন বোধ করিনি। সন্ডার্স একটা খেলা নিয়ে এসেছে, নাম 'লোগোস'। যেটা পাঁচ জনে খেলতে পারে। ইংরাজি শব্দ রচনার খেলা, ভেবেছিলাম সুমা আর সাবাটিনির অসুবিধা হবে, কিন্তু দেখছি এরা ভাষাটা ভাল বলতে না পারলেও, পড়াশুনা করেছে অনেক, ফলে শব্দের স্টক রীতিমতো ভাল। খেলাটা খেলে আমাদের অনেকটা সময় কেটে যায়।

সুমা সঙ্গে করে একেবারে হালের ইলেকট্রনিক আবিষ্কারের কিছু নমুনা নিয়ে এসেছে। তারমধ্যে একটা খুবই চমকপ্রদ। তুমি হয়তো প্যারিসে গেছ বাজার করতে, অথচ ফরাসি ভাষা জান না। তুমি ইংরাজিতে তোমার চাহিদা জানালে। এই যন্ত্র তৎক্ষণাৎ সেটা ফরাসি ভাষায় অনুবাদ করে জানিয়ে দেবে।

আমাদের ওখানে কতদিন থাকতে হবে জানি না। নিজেদের মধ্যে আলোচনা করে দশ দিনের মতো জামাকাপড় নিয়ে এসেছি। থাকব প্লাস্টিকের তাঁবুতে আর খাব টিনের খাবার।

অক্টোবর ৩, প্রশান্ত মহাসাগর
৪০·১ নর্থ বাই ১৬১·৫ ওয়েস্ট

আজ আধ ঘণ্টা আগে আমরা এই দ্বীপে পৌঁছেছি। আদৌ যে একটা দ্বীপ রয়েছে এই ল্যাটিচিউড, লঙ্গিচিউডে, তাতেই আমরা উৎফুল্ল। বিচিত্র দ্বীপ। কোনও গাছপালা নেই, সবুজ বলতে কিছুই নেই, কেবল বালি, পাথর আর শুকনো মাটি। মশা ছাড়া কোনও প্রাণীর সাক্ষাৎ পাইনি এখন পর্যন্ত। কোনওরকম সরীসৃপও চোখে পড়েনি, পাখি বা জানোয়ার তো নয়ই।

দ্বীপটা কত বড় সেটা এখনও আন্দাজ করতে পারিনি। তবে এটা প্রায় জোর দিয়েই বলা যায় যে, এখানে যদি কোনও প্রাণী থেকেও থাকে, তা হলে সভ্যতার স্তরে তারা বেশ নীচেই স্থান পাবে। সভ্য মানুষ হলে বাসস্থানের চিহ্ন থাকবে তো! এখানে যতদূর দেখা যায়, একটা বাড়িও চোখে পড়ছে না।

আমাদের সকলেরই মনে একটা আশঙ্কা রয়েছে যে এতদূর এসে হয়তো ব্যর্থ হয়ে ফিরে যেতে হবে। এখন দুপুর দুটো। আজকের দিনটা যে এখানে থাকা উচিত সেটা সকলেই বোধ করছি। দ্বীপটা একটু ঘুরেও দেখা উচিত। দূরের দিকে চাইলে মনে হয় সে অংশটা, আমরা যেখানে দাঁড়িয়ে আছি তার চেয়ে বেশ খানিকটা উঁচু। এবং মোটামুটি মসৃণও বটে।

এখনও লাঞ্চ হয়নি। ক্রোল আর সন্ডার্স মিলে খাবার আয়োজন করছে ; আমারও বোধ হয় হাত লাগানো উচিত। লেখা বন্ধ করি।

অক্টোবর ৫

কথাটা লিখেও আনন্দ : আমাদের অভিযান সফল হয়েছে!

এই দুদিনের ঘটনা নিয়ে একটা বই লেখা যায় ; আমি ডায়রিতে যতটা পারি লিখছি।

প্রথম দিন লাঞ্চের পর আমরা পাঁচজন বেরোলাম দ্বীপের মাঝের অংশ লক্ষ্য করে। যত হাঁটছি তত বুঝছি যে জমিটা ধীরে ধীরে উঁচু হচ্ছে এবং মসৃণ হচ্ছে। নুড়ি, পাথর ইত্যাদিও ক্রমশ কমে আসছে। এই মসৃণতা কিন্তু এমন দ্বীপের এমন জমিতে স্বাভাবিক নয়। সুমা একবার হাঁটা থামিয়ে মাটিতে উপুড় হয়ে বসে জমিটার উপর হাত বুলিয়ে পরীক্ষা করল। ওর মন্তব্য হল, 'ভেরি স্ট্রেঞ্জ।'

প্রায় পঁয়তাল্লিশ মিনিট হাঁটার পর একটা জায়গায় এসে পড়লাম, যেটাকে মনে হল দ্বীপের উচ্চতম অংশ। বিশেষ দ্রষ্টব্য হল মাটিতে একটা গোল গর্ত যার ব্যাস আন্দাজ দেড় মিটার। সেটার দিকে এগিয়ে ভাল করে দেখেও বোঝা গেল না তার ভিতর কী আছে। সেটা যে গভীর তাতে সন্দেহ নেই, কারণ চোখে যা দেখা যাচ্ছে তা হল দুর্ভেদ্য অন্ধকার। ক্রোল আধপাগলা লোক, সে গর্তটার কাছে মুখ নিয়ে তারস্বরে চিৎকার করল, 'হোয়েহো!'

কোনও উত্তর নেই, অথচ বেশ বোঝা যাচ্ছে গর্তটা প্রাকৃতিক নয়; এমন নিখুঁত বৃত্ত মানুষ বা মানুষজাতীয় কোনও প্রাণীর কাজ হতে বাধ্য।

আমরা আরও কিছুদুর এগিয়ে গেলাম। এদিকে জমিটা ক্রমে ঢালু হয়ে নীচে নামছে। আমরা এসেছি প্রায় চার মাইল। এই গর্ত যদি এই দ্বীপের কেন্দ্রস্থল হয়, তা হলে ওদিকেও আন্দাজ চার মাইল জমি তো রয়েইছে।

ঢালুর ওপাশেও আমরা বাসস্থানের কোনও চিহ্ন দেখতে পেলাম না।

কিছুদূর গিয়ে আমরা ফেরার পথ ধরলাম। গর্তটা দেখে সকলেই উত্তেজিত, কিন্তু তার

মানে কেউই বুঝতে পারছে না।

ক্যাম্পে ফিরতে ফিরতে পাঁচটা বেজে গেল। এতটা পথ হেঁটে সকলেরই বেশ ক্লান্ত লাগছিল। আমাদের তাঁবুগুলো খাটানো হয়ে গিয়েছিল। তিনটে তাঁবু—একটায় ক্রোল আর সন্ডার্স, একটায় আমি আর সুমা, আর একটায় সাবাটিনি। আমরা যে যার ক্যাম্পে ঢুকে প্লাস্টিকের চাদরে শুয়ে একটু জিরিয়ে নিলাম। সাড়ে পাঁচটায় ক্রোল সকলকে কফি এনে দিল। সাবাটিনির একটা অসুবিধা হচ্ছে, আমাদের মধ্যে একমাত্র ওকেই মশা কামড়াচ্ছে। সে বারবার শরীরের অনাবৃত অংশে চাপড় মেরে মশা মারার চেষ্টা করছে। বলল, 'আমার রক্তের জাতই এইরকম। আমার দেশেও মশারা আমার রক্ত খেতে খুব ভালবাসে।'

সাড়ে ছটায় প্রশান্ত মহাসাগরের দিগন্তে সারা আকাশে রং ছড়িয়ে সূর্যদেব অস্ত গেলেন। এবার অন্ধকার হয়ে যাবে দেখতে দেখতে। আমি তিনটে ক্যাম্পের জন্য আমার তৈরি তিনটে লুমিনিম্যাক্স ল্যাম্প এনেছি—অন্ধকার হলেই সেগুলো জ্বলবে।

কিন্তু সেই প্রাণীরা যদি থেকেও থাকে, তা হলে কখন তাদের দেখা পাওয়া যাবে? তারা কি আমাদের দেখাই দেবে না? মানুষের প্রতি কি তারা বিরূপ ভাব পোষণ করে?

ক্রোলের তাঁবু থেকে ভেসে আসছে হেঁড়ে গলায় টুকরো টুকরো ভাবে গাওয়া একটা জার্মান গান। সুমা পাশ্চাত্য ক্ল্যাসিক্যাল সংগীতের ভক্ত। সে একটা বেটোফেনের সিমফনির ক্যাসেট বার করে তার যন্ত্রে চাপাতে যাবে এমন সময় একটা চিৎকার শোনা গেল।

'কাম আউট অ্যান্ড সী, কাম আউট অ্যান্ড সী!'

সাবাটিনির গলা।

আমরা হন্তদন্ত হয়ে ক্যাম্প থেকে বেরিয়ে এক শ্বাসরোধ করা দৃশ্য দেখে বিস্ময়ে অভিভূত হয়ে গেলাম।

দ্বীপের যেটাকে আমরা মাঝের অংশ বলে মনে করেছিলাম, সেখানকার জমি থেকে একটা সবুজ আলোকস্তম্ভ বেরিয়ে আকাশের দিকে বহুদূর উঠে গেছে। এটা যে লেসার রশ্মি তাতে কোনও সন্দেহ নেই। এই আলোকস্তম্ভই একশো বছর আগে দেখেছিল লা পেরুজ।

সন্ডার্স বলে উঠল, 'ইট মাস্ট বি কামিং আউট অব দ্যাট হোল।'

আমিও তাই সন্দেহ করছিলাম। ওই গর্ত থেকেই এই আলোকস্তম্ভ বেরিয়েছে।

আমার মনে একটা সন্দেহের উদয় হয়েছিল, সেটা এবার বলে ফেললাম।

'আমার মনে হয় এই প্রাণী মাটির নীচে থাকে। তাই বাইরে এদের অস্তিত্বের কোনও চিহ্ন নেই।'

'কিন্তু এদের সঙ্গে যোগাযোগ করব কীভাবে?' অসহিষ্ণু ভাবে বলে উঠল সন্ডার্স।

'অ্যান্ড ইন হোয়াট ল্যাঙ্গুয়েজ?' প্রশ্ন করল সুমা।

ঠিক কথা। এদের তো ইংরিজি জানার কোনও সম্ভাবনা নেই, তা হলে যোগাযোগ হবে কীভাবে?'

এবার সুমা ক্যাম্প থেকে একটা যন্ত্র নিয়ে এল। একেবারে হালের জাপানি কীর্তি, তাতে সন্দেহ নেই। ছোট ক্যামেরার মতো দেখতে, তবে লেনসের জায়গায় একটা ছোট্ট চোঙা রয়েছে।

চোঙার উলটো দিকটা মুখের কাছে এনে সুমা স্বাভাবিক স্বরে কথা বলল, আর সেই কথার তেজ শতগুণ বেড়ে আকাশ কাঁপিয়ে দিল।

'তোমরা যদি ইংরিজি জান তো আমাদের সঙ্গে যোগাযোগ করো। আমরা মানুষ। তোমাদের বিষয় পড়ে তোমাদের সন্ধানে এসেছি।'

পাঁচ সেকেন্ডের মধ্যে গুরুগম্ভীর তেজস্বী কণ্ঠস্বরে উত্তর এল। এমন যান্ত্রিক কণ্ঠস্বর মানুষের হয় না।

'আমরা জানি তোমরা এসেছ। তোমরা কী ভাষায় কথা বলো সেটা জানার অপেক্ষায় ছিলাম।'

'আমরা তোমাদের বন্ধু,' বলল সুমা। 'আমরা তোমাদের কাছে আসতে চাই। কীভাবে আসব?'

উত্তর এল, 'তোমরা রশ্মির উৎসের কাছে এসো। ততক্ষণে আমরা ব্যবস্থা করছি।'

আমরা মনে প্রবল উত্তেজনা আর কৌতূহল নিয়ে আলোকস্তম্ভের দিকে এগিয়ে গেলাম।

কাছাকাছি যেতে আলো ক্রমশ ম্লান হয়ে মিলিয়ে এল। কিন্তু তার পরিবর্তে সমস্ত জায়গাই একটা সাদা আলোয় আলোকিত হয়ে উঠল। আমরা অবাক হয়ে দেখলাম এই আলোটাও সেই গর্তের ভিতর থেকেই আসছে।

আবার উদাত্ত যান্ত্রিক কণ্ঠস্বর শোনা গেল।

'প্রবেশপথ দিয়ে চলন্ত সিঁড়ি নেমে এসেছে নীচে। তোমরা একে একে নেমে এসো। নীচে তোমাদের বসার ব্যবস্থা হয়েছে।'

সবাই আমার দিকে চাইল। অর্থাৎ আমাকে দলপতি হতে হবে। আমি গর্তের দিকে এগিয়ে এলাম। নীচ থেকে আলো আসছে, তাতে স্পষ্ট দেখা যাচ্ছে চলন্ত সিঁড়ি। আমি সিঁড়িতে পা দিতেই নীচে রওনা দিলাম, আমার পিছনে চারজন।

অন্তত পঞ্চাশ গজ নামার পর সিঁড়ির নীচে পৌঁছোলাম। সামনে বিশ হাত দূরেই দেখা যাচ্ছে একটা আলোকিত প্যাসেজ। এই প্যাসেজ ধরে মিনিটখানেক গিয়েই দেখি আমরা একটা গোল ঘরে পৌঁছেছি। এ ঘরও আলোকিত, কিন্তু কোত্থেকে আলো আসছে সেটা বোঝা যায় না। ঘরে ল্যাম্প জাতীয় কিছু নেই। ঘরের মাঝখানে একটা অজানা ধাতুর তৈরি সোনালি টেবিল, আর তাকে ঘিরে পাঁচটা সোনালি চেয়ার। আদেশ শোনা গেল: 'তোমরা বোসো। এই ঘর, এই আসবাব, তোমাদের জন্যই তৈরি করে রেখেছিলাম।'

আমরা পাঁচজনে বসলাম। আবার কথা এল: 'মানুষ আমরা এই প্রথম দেখলাম। যেমন ভেবেছিলাম তার সঙ্গে কোনও পার্থক্য নেই। এতদিন যন্ত্রে তোমাদের কথা, তোমাদের গান,

তোমাদের বাজনা শুনে এসেছি। এইবারে আসল মানুষকে দেখলাম।'

'কিন্তু তোমাকে দেখতে পাচ্ছি না কেন ?' অসহিষ্ণুভাবে প্রশ্ন করল সাবাটিনি। 'আমরা তোমাদের দেখতে চাই, তোমাদের কাছে আসতে চাই।'

'তা হবে না ।'

'কেন ?'

'আমাদের আকৃতি তোমরা সহ্য করতে পারবে না। আমরা দেখা দেব না। তোমরা কী জানতে চাও বলো।'

'তোমরা কি অন্য কোনও গ্রহ বা উপগ্রহ থেকে এসেছ ?'

'না।'

'তবে ?'

'পৃথিবীতে প্রাণীর সৃষ্টি হয়েছিল আকস্মিকভাবে—রাসায়নিক প্রক্রিয়ায়। আমাদেরও উৎপত্তি হয়েছে সেরকম আকস্মিকভাবেই। আজ থেকে তিনশো বছর আগে।'

'কিন্তু তোমরা এত অগ্রসর হলে কী করে—মানুষের সংস্পর্শে না এসেও ?'

'আমরা অগ্রসর হয়েই জন্মেছি। এই তিনশো বছরে অবশ্য আমরা নিজেদের চেষ্টায় আরও উন্নত হয়েছি।'

'তোমরা মানে তোমরা সকলে ?'

'হ্যাঁ। আমাদের পরস্পরে কোনও প্রভেদ নেই।'

'কতজন আছ তোমরা ?'

'পনেরো হাজার। তবে রাসায়নিক প্রক্রিয়ায় সংখ্যা ক্রমে বাড়ছে। ত্রিশ হাজার থাকতে পারে এই ভূগর্ভস্থিত শহরে।'

'তোমরা এই শহর তৈরি করলে কী করে ? উপাদান কোথায় পেলে ? তোমাদের বৈজ্ঞানিক পরীক্ষানিরীক্ষার উপাদান কোথা থেকে পাও ?'

'আমরা আমাদের ইচ্ছাশক্তির সাহায্যে অনেক কিছু করতে পারি। কোনও কিছুর প্রয়োজন হলে আমরা সকলে মিলে একসঙ্গে সেটা পাবার ইচ্ছা করি। তার ফলে সেটা আমরা পেয়ে যাই। যেসব জিনিসের প্রয়োজন অল্পকালের জন্য, তার স্থায়িত্বও হয় অল্পকাল। যেমন এই চলন্ত সিঁড়ি। সিঁড়ির কোনও প্রয়োজন আমাদের হয় না। ওটা আমরা ইচ্ছাশক্তির সাহায্যে শুধু তোমাদের প্রয়োজনের জন্য তৈরি করেছি। প্রয়োজন ফুরিয়ে গেলে ওটা আর থাকবে না। তা ছাড়া রসায়ন আমাদের সব ব্যাপারে সাহায্য করে।'

'প্রকৃতির সঙ্গে তোমাদের কী সম্পর্ক ?' ক্রোল জিজ্ঞেস করল।

'কোনও সম্পর্ক নেই। আমরা জানি প্রকৃতির উপর নির্ভর করা বিপজ্জনক। পৃথিবীতে বহু জায়গায় বহুবার দুর্ভিক্ষ হয়েছে, তার কারণ অনাবৃষ্টির ফলে ফসলের অভাব। সেইরকম অতিবৃষ্টিতে বন্যা হয়েছে, মানুষের ঘর ভেসে গেছে, বহু মানুষ মরেছে। অর্থাৎ প্রকৃতি মানুষকে হতাশ করেছে, মানুষ তার জন্য কষ্ট পেয়েছে। আমাদের সে সমস্যা নেই।'

'তোমরা অবসর সময়ে কী কর ? তোমাদের সংগীত নেই, খেলা নেই, সাহিত্য নেই ?'

'আমাদের কোনও অবসরই নেই। আমরা সব সময়ই নিজেদের আরও অগ্রসর করতে চেষ্টা করি। আমরা যে স্তরে আছি, মানুষের সেখানে পৌঁছোতে আরও দু'হাজার বছর লাগবে।'

সন্ডার্স জিজ্ঞেস করল, 'হোয়াট অ্যাবাউট অ্যানিম্যালস, বার্ডস, ইনসেক্টস অ্যান্ড আদার ফর্মস অব লাইফ ?'

উত্তর এল : 'সেসব কিচ্ছু নেই। শুধু আমরা আছি আমাদের উন্নত জ্ঞান নিয়ে।'

‘কিন্তু মশা তো রয়েছে তোমাদের দ্বীপে,’ বলল সন্ডার্স।

‘মশা ?’

‘হ্যাঁ। একরকম ইনসেক্ট। জান না ?’

‘এই প্রথম নাম শুনলাম।’

আমি মনে মনে ভাবলাম—তা হলে এখানে চেয়ারে বসেও সাবাটিনি হাত চুলকোচ্ছে কেন ? এখন মনে হচ্ছে যেন আসবার পথেও মাঝ সমুদ্রে সাবাটিনিকে মশা মারার চেষ্টা করতে দেখেছি। আমরা আসার পথে একটা দ্বীপে থেমেছিলাম এঞ্জিনটাকে একটু বিশ্রাম দেবার জন্য। সেখান থেকেই মশার আমদানি হয়নি তো ?

‘আমরা যাতে বসেছি, সেটা কী ধাতুর তৈরি ?’ প্রশ্ন করল সুমা।

উত্তর এল : ‘সোনা।’

আশ্চর্য ! পৃথিবীর সবচেয়ে বড় স্বর্ণখণ্ড হল তুতানখামেনের শবাধার। কিন্তু এই টেবিল তো তার চেয়ে অনেক বড়।

‘এখানে স্বর্ণখনি আছে ?’ জিজ্ঞেস করল ক্রোল।

‘না। সোনা আমরা রাসায়নিক প্রক্রিয়ায় তৈরি করি। আমাদের সব যন্ত্রপাতিই সোনার তৈরি। এখানে সোনার কোনও মূল্য নেই। আমরা জানি মানুষের মধ্যে আছে।’

সাবাটিনি ধরা গলায় বলল, ‘সোনা তৈরির ফরমুলা আছে তোমাদের কাছে ?’

‘নিশ্চয়ই। না হলে তৈরি হয় কী করে ?’

ক্রোল বলল, ‘আমাদের তো একদিন না একদিন দেশে ফিরে যেতে হবে ; তখন তো আমাদের এই অভিজ্ঞতার কথা কেউ বিশ্বাস করবে না। তোমাদের অন্তত একজন প্রাণীকে কি আমরা সঙ্গে নিয়ে যেতে পারব না ? অল্প কয়েক দিনের জন্য ? তারপর আবার তাকে ফেরত দিয়ে যাব।’

এবারে একটা হাসির শব্দ পাওয়া গেল। তারপর কথা এল—

‘সে যদি তোমাদের সঙ্গে যায়, তা হলে ফেরার কোনও সমস্যা নেই। যানবাহন ছাড়া চলাফেরা করার উপায় আমরা প্রথম থেকেই জানি।’

‘তা হলে তোমাদের একজনকে দেবে আমাদের সঙ্গে ?’

‘বললাম তো—তার আকৃতি তোমরা সহ্য করতে পারবে না।’

‘সে আকৃতি তোমরা বদলাতে পারবে না ? এত কিছু পার, এটা পারবে না ?’

কিছুক্ষণের নিস্তব্ধতা। তারপর কথা এল—

‘আমাদের দুদিন সময় দাও। আজ বিদায়। যেভাবে এসেছ তোমরা সেভাবেই ফিরে যেতে পারবে।’

ক্রোল বলল, ‘কিন্তু একটা কথা তো জানা হয়নি।’

‘কী ?’

‘আমরা যেমন মানুষ, তেমনি তোমাদের নাম কী ?’

‘সে নাম তোমাদের জিভে উচ্চারণ হবে না।’

‘তা হলে ফিরে গিয়ে তোমাদের কী নামে উল্লেখ করব ?’

দু সেকেন্ড পরে উত্তর এল : ‘অটোপ্লাজ্‌ম।’

‘আর এই শহরের নাম ?’

‘নোভোপলিস বলতে পার।’

এবারে আমার একটা বলার ছিল, সেটা বলে নিলাম। প্রথমে জিজ্ঞেস করলাম, ‘তোমাদের এখানে ব্যারাম নেই ?’

'না।'

'তার মানে কোনও ওষুধও নেই?'

'না।'

'কিন্তু ব্যারামের সম্ভাবনা নেই সেটা কী করে বলছ? এর পরে যখন আসব তখন আমার তৈরি ওষুধ মিরাকিউরলের বেশ কিছু বড়ি সঙ্গে করে এনে এই টেবিলের উপর রেখে দেব। যদি ব্যারাম হয়, তা হলে সেটা খেলে সেরে যেতে বাধ্য।'

আমি অবশ্য ক্রিস্টোবাল্ডির ভবিষ্যদ্বাণীর কথাটা ভেবেই এটা বললাম।

এরপরে আমরা গোলঘর ছেড়ে বেরিয়ে এলাম। এরা এয়ারকন্ডিশনিংটা ভালই রপ্ত করেছে, কারণ মাটির নীচে হলেও আমরা অতি আরামদায়ক ঠাণ্ডা উপভোগ করেছি।

সিঁড়ির কাছে এসে দেখি, সেটা এখন নীচ থেকে উপর দিকে যাচ্ছে।

বিচিত্র মনোভাব নিয়ে আমরা ক্যাম্পে ফিরলাম।

সাবাটিনি বলল, 'এখনও কিন্তু প্রমাণ পাওয়া যায়নি যে, এরা মানুষ নয়।'

'সেটা অবশ্য ঠিক,' বলল ক্রোল।

'এরা সবটাই মিথ্যে বলে থাকতে পারে। খাদ্যের সমস্যা এরা কীভাবে সমাধান করেছে সেটা অবিশ্যি বোঝা গেল না। কিন্তু কৃত্রিম উপায়ে মাটির নীচে গাছপালা ফুল ফল সবই গজানো যায়।'

'আর সোনার ব্যাপারটা?' সুমা জিজ্ঞেস করল।

সাবাটিনি একটা বিদ্রূপের হাসি হেসে উঠল।

'তুমি কি বিশ্বাস করলে ওই চেয়ার টেবিল সোনার তৈরি?'

'গোল্ড হ্যাজ এ স্পেশাল কাইন্ড অব স্মেল,' বলল সুমা। 'আমি চেয়ার টেবিল থেকে সে গন্ধ পেয়েছি।'

'হোয়াট! সোনার গন্ধ! আমি এমন কথা কস্মিনকালেও শুনিনি।'

'আমি জানি। আমি জেনেশুনেই বলছি,' ঈষৎ রাগতভাবে বলল সুমা।

আমি দুজনকে ঠাণ্ডা করলাম। তারপর বললাম, 'এরা মানুষই হোক আর নতুন প্রাণীই হোক, এরা যখন একশো বছর আগে লেসার রশ্মি আবিষ্কার করেছে, তখন এদের বিজ্ঞান যে অন্য মানুষের চেয়ে অনেক বেশি অগ্রসর সেটা স্বীকার করতেই হবে।'

অক্টোবর ৬

আজ আমাদের অটোপ্লাজ্‌মদের ব্যাপারে কিছু করার নেই। আগামীকাল ওরা কী স্থির করল সেটা জানতে পারব। আমরা পাঁচজনে লোগোস খেলে আর সমুদ্রে স্নান করে সময় কাটালাম। আমার মন কিন্তু বলছে এরা মানুষ নয়, এবং এরা যা বলছে তা সবই সত্যি।

সন্ধ্যায় যথারীতি লেসারস্তম্ভ জ্বলে উঠল। আমরা এদের কাছ থেকে কোনওরকম খবর বা বিবৃতি আশা করছিলাম না, কিন্তু আলোকস্তম্ভ জ্বলার একটু পরেই পরিচিত কণ্ঠে ঘোষণা শুনলাম।

'কাল আলো জ্বলার আধঘণ্টার মধ্যে তোমরা চলে এসো। যেমনভাবে এসেছিলে তেমনভাবেই আসবে, যে ঘরে বসেছিলে সে ঘরেই বসবে। কী সিদ্ধান্ত নিয়েছি সেটা তখনই বলব।'

ঘোষণা বন্ধ হবার পর ক্রোল বলল, 'এমনও তো হতে পারে যে আমাদের দেশের কিছু বিজ্ঞানী দেশে আমল না পেয়ে জেদের বশে এখানে এসে ডেরা বেঁধেছে?'

'কিন্তু দেখলে তো এসক্যালেটর ?' বলল সন্ডার্স। 'এইসব জিনিস তৈরি করার জন্য তো নানারকম ধাতু, লোকজন, যন্ত্রপাতি ইত্যাদির প্রয়োজন। এসব এরা পেল কী করে ?'

'ইচ্ছাশক্তির কথাটা ভুলো না সন্ডার্স,' আমি মনে করিয়ে দিলাম। 'সত্যিই যদি এদের তেমন উইলপাওয়ার থাকে, তা হলে তার জোরে অনেক কিছুই সম্ভব।'

'দেখা যাক এরা কাল কী বলে,' বলল সুমা।

অক্টোবর ৭

সন্ধ্যাবেলা লেসার রশ্মিটা কখন জ্বলে তার একটা আন্দাজ হয়ে গিয়েছিল আমাদের। আজ তার আধঘণ্টা আগে রওনা হয়ে পৌঁছোবার ঠিক আগেই আলোকস্তম্ভটা জ্বলে উঠল। তারপর কণ্ঠস্বর শোনা গেল : 'তোমরা চলে এসো।'

আমরা চলন্ত সিঁড়ি দিয়ে নেমে আবার সেই গোলঘরে গিয়ে হাজির হলাম।

'কী স্থির করলে ?' প্রশ্ন করল ক্রোল।

'আমাদের একজন লোক তোমাদের সঙ্গে দেব। তার আকৃতি হবে মানুষের মতো। পোশাকেও তোমাদের সঙ্গে কোনও তফাত করা যাবে না। কেবল বুদ্ধি হবে ওর অটোপ্লাজ্‌মের মতো।'

'ও কি ইচ্ছাশক্তি প্রয়োগ করতে পারবে ?'

'না ; কারণ একজনের ইচ্ছাশক্তিতে কোনও ফল হয় না। তোমাদের জন্য চলন্ত সিঁড়িটা তৈরি করতে আমাদের পঞ্চাশজনের উইলপাওয়ার দরকার হয়েছিল।'

'তা হলে তো আর বেশিদিন এখানে থেকে লাভ নেই,' বলল সন্ডার্স। 'আমরা পরশুই সকালে বেরিয়ে পড়তে পারি।'

'কাল তোমরা তা হলে এই সময়েই এসো।'

'ঠিক আছে।'

অক্টোবর ৯

আমরা আজ সকাল সাড়ে আটটায় রওনা হচ্ছি। চটপট কালকের ঘটনাটা বলে নিই।

কাল সন্ধ্যায় আবার সেই গোলঘরে গিয়ে পৌঁছোতে কথা শোনা গেল।

'তোমরা যেই পথ দিয়ে এলে, সেই পথ দিয়েই আমাদের প্রতিভূ তোমাদের কাছে যাচ্ছে। একে তোমরা অ্যাডাম বলে ডেকো। কারণ এ আমাদের তৈরি প্রথম মানুষ। আরেকটা জরুরি কথা তোমাদের মনে রাখতে হবে।'

'কী ?'

'তোমাদের এখান থেকে দেশে ফিরতে কত দিন লাগবে ?'

'তিন সপ্তাহ পরে আমরা লন্ডনে পৌঁছোব।'

'যেদিন পৌঁছোবে, সেদিন থেকে ধরে সাত দিনের জন্য অ্যাডাম মানুষের আকৃতি নিয়ে থাকতে পারে। সাত দিন শেষ হলেই সে আপনিই আমাদের এখানে ফিরে আসবে। আমার বিশ্বাস তারমধ্যে তোমাদের কাজ হয়ে যাবে। ওকে তোমরা আসতে বাধা দিও না। মনে রেখো—ও বলপ্রয়োগ করে কিছু করতে পারবে না। অটোপ্লাজ্‌ম অহিংস প্রাণী। অ্যাডাম নিরস্ত্র অবস্থায় যাচ্ছে তোমাদের সঙ্গে।'

'যদি দেরি হয়ে যায় তা হলে কী হবে ?'

'তার ফল ভাল হবে না। এর বেশি আমি আর কিছু বলব না। আমি লক্ষ করছি তোমরা কেউ কেউ হাতে আংটি পর। আমি অ্যাডামের হাতে পাঁচটা সোনার আংটি পাঠিয়ে দিচ্ছি—পিওর গোল্ড ; টুয়েন্টি-ফোর ক্যারাট। তোমরা সেগুলি গ্রহণ করলে খুশি হব।'

জুতোর শব্দ পেয়ে পিছনে ফিরে দেখি, আমরা যে পথ দিয়ে এসেছি সে পথ দিয়ে একজন সুদর্শন শ্বেতাঙ্গ যুবক প্রবেশ করল।

'গুড ইভনিং জেন্টলমেন, মাই নেম ইজ অ্যাডাম।'

ক্রোল যেন বেশ অবাক হয়েই বলল, 'কিন্তু তুমি আসলে এখানকার প্রাণী তো?'

'ইয়েস। আই অ্যাম অ্যান অটোপ্লাজ্‌ম।'

'তোমাকে কিন্তু আমাদের দেশের বিজ্ঞানীরা নানারকম প্রশ্ন করবে। তুমি তার জবাব দিতে পারবে তো?'

'আমার বিশ্বাস আমি পারব।'

'তা হলে কাল সকালে আমরা আমাদের দেশে ফিরে যাচ্ছি। আজ রাতটা তুমি প্রোফেসর সাবাটিনির ক্যাম্পে ঘুমোবে।'

'আমরা ঘুমোই না।'

'যাই হোক, কাল সকালে আমরা রওনা দেব। লন্ডন শহরে সাত দিন থেকে তুমি আবার তোমার দেশে ফিরে আসবে।'

সবশেষে আমি পকেট থেকে একটা বড় বোতলে রাখা এক হাজার মিরাকিউরলের বড়ি টেবিলের উপর রেখে বললাম, 'এই রইল ওষুধ। আশা করি তোমাদের কোনও ব্যারাম হবে না। কিন্তু যদি হয়, তা হলে এই ওষুধ খেলে বুঝতে পারবে যে মানুষও একেবারে পিছিয়ে নেই।'

সন্ডার্স ডাকছে। সুমাক্রাফ্‌ট রেডি।

অক্টোবর ১১

এই দুদিন দেখে বুঝেছি অ্যাডাম ছেলেটি অত্যন্ত ভদ্র। আমাদের সকলকে সমীহ করে চলে। সেইসঙ্গে এটাও দেখছি যে 'লোগোস' খেলায় তার মতো অসাধারণ ক্ষমতা আমাদের আর কারুর মধ্যে নেই। ও আমাদের চেয়ে এত বেশি ভাল যে, শেষে খেলা বন্ধ করে দিতে হল। এখন আমরা গল্পগুজব করে আর সুমার ক্যাসেটে বাজনা শুনে সময় কাটিয়ে দিচ্ছি।

সুমার ভিডিও ক্যামেরা ছিল, কিন্তু সেটা সে বারই করেনি। যদিও আমাদের সঙ্গে একটি অটোপ্লাজ্‌ম চলেছে, তার সঙ্গে মানুষের কোনও তফাত নেই দেখে সুমা ছবি তোলার উৎসাহ হারিয়ে ফেলেছে।

আমি অনেক ভেবে একটা সিদ্ধান্তে এসে পৌঁছেছি। সেটা হল—এরা যদি সত্যিই মানুষ না হয়, তা হলে এরা যতই উন্নত প্রাণী হোক না কেন, সুখ দুঃখ সকাল সন্ধ্যা চন্দ্র সূর্য ফুল ফল রং রস খেলাধুলা পশু পাখি নিয়ে মানুষই ভাল।

নভেম্বর ২, লন্ডন

আমরা কাল এখানে এসে পৌঁছেছি। আজ অ্যালবার্ট হলে পঞ্চাশ জন বিশিষ্ট বিজ্ঞানী আর দু'হাজার দর্শকের সামনে অ্যাডাম তার পরীক্ষা দিল।

প্রথমেই সুইডেনের বিখ্যাত গণিতজ্ঞ হান্‌স রুডেলবার্গকে অ্যাডাম ধরাশায়ী করল। রুডেলবার্গের সদ্যপ্রকাশিত কিছু গাণিতিক তথ্য অ্যাডাম প্রমাণ করে দিল যে, তাদের দেশে সত্তর বছর আগে থেকে সকলেই জানে। তারপর সে কতকগুলো তথ্যের উদাহরণ দিল, যেগুলো আমাদের গাণিতিকরা এখনও উদ্ভবই করেননি।

এবার লন্ডনের জীবতত্ত্ববিদ ডক্টর কিংকেড মঞ্চে উঠে অ্যাডামকে উদ্দেশ করে বললেন, 'বুঝতেই পারছি আপনাদের বিজ্ঞান খুবই উন্নত, কিন্তু আপনারা নিজেদের মানুষ নয় বলে প্রতিপন্ন করার চেষ্টা করছেন কেন ? আকৃতিতে তো আপনার সঙ্গে আমাদের একটি যুবকের কোনও পার্থক্য দেখতে পাচ্ছি না। আপনি বলছেন, আপনাদের দ্বীপে আপনা থেকেই প্রাণীর উদ্ভব হয়েছিল ; কিন্তু তার চেহারা মানুষের মতো কী করে হয় ?'

অ্যাডাম অত্যন্ত নম্রভাবে জানাল যে এটা তার আসল চেহারা নয়। 'আমাদের চেহারায় মানুষ অভ্যস্ত নয় বলে আমি মানুষের আকৃতি নিয়ে এসেছি।'

দেড় ঘণ্টা চলল ব্যাপারটা। প্রোফেসর ম্যাংকিভিচ, প্রোফেসর ব্রুনিয়াস, জন ডাকওয়র্থ, ডক্টর ভ্যাসিলিয়েফ, রিখ্‌টার শুল্‌ৎস ইত্যাদি ইত্যাদি বাঘা বাঘা পদার্থবিজ্ঞানী, প্রত্নতাত্ত্বিক, জীববিজ্ঞানী, গণিতজ্ঞ, উদ্ভিদবিজ্ঞানী সকলেই অ্যাডামের কাছে হার স্বীকার করলেন। অ্যাডাম যথারীতি ভদ্র ও বিনীতভাবে তাঁদের প্রশ্নের উত্তর দিয়ে দিল। অবশেষে যিনি আজকের অনুষ্ঠানের সভাপতি—প্রোফেসর কার্টওয়েল—তিনি বললেন, 'আমরা একজন অসাধারণ ধীশক্তিসম্পন্ন ও পাশ্চাত্যের বিজ্ঞানীর চেয়ে অনেক বেশি অগ্রসর ব্যক্তির পরিচয় পেয়ে চমৎকৃত হয়েছি। এবং নিজেদের ভাগ্যবান মনে করছি। আজকের দিনটি যে বিজ্ঞানের ইতিহাসে একটি স্মরণীয় দিন তাতে সন্দেহ নেই। কিন্তু মিস্টার অ্যাডাম তাঁর আসল আকৃতি আমাদের কাছে প্রকাশ করলেন না, ফলে একটা সন্দেহ রয়ে গেল যে তিনি আসলে মানুষ, এবং মানুষ হয়েই বিজ্ঞানের চূড়ান্ত সীমানায় পৌঁছেছেন।'

করধ্বনিতে অ্যালবার্ট হল ফেটে পড়ল।

আমরা অ্যাডামকে নিয়ে হোটেলে ফিরে এলাম। সামনের তিন দিন ওকে ব্যস্ত থাকতে

হবে : সাংবাদিক সম্মেলন আছে, গোটাতিনেক টেলিভিশনে সাক্ষাৎকার আছে। আমি বারবার সকলকে মনে করিয়ে দিচ্ছি যে, ৭ই সন্ধ্যার মধ্যে ওকে ছেড়ে দিতে হবে।

সাবাটিনি অন্য হোটেলে রয়েছে, সে একদিন অ্যাডামকে খাওয়াতে চায়। খাওয়ার ব্যাপারে অ্যাডামকে নিয়ে কোনও সমস্যা নেই। তাকে এমনভাবে তৈরি করে দেওয়া হয়েছে যে, সে দিব্যি মানুষের খাদ্য খেয়ে হজম করছে।

ঠিক হল পরশু, অর্থাৎ ৪ঠা নভেম্বর, সকালে টেলিভিশন ইন্টারভিউ-এর পর সাবাটিনি অ্যাডামকে তার হোটেলে নিয়ে যাবে খাওয়ানোর জন্য। সাবাটিনি বলল যে তার দু-তিনটে সিটিং লাগবে অ্যাডামের সঙ্গে, কারণ ম্যাড্রিড ফিরে গিয়ে সে ওখানকার স্প্যানিশ কাগজে অটোপ্লাজ্‌ম সম্বন্ধে বড় করে লিখতে চায়।

নভেম্বর ৪

কাল সাংবাদিক সম্মেলনের ফলে আজ সব খবরের কাগজে বিস্তারিতভাবে অ্যাডামের খবর বেরিয়েছে। তার চেহারা যে হুবহু মানুষের মতো, তাতে 'অটোপ্লাজ্‌ম' সম্বন্ধে অনেকেই সন্দেহ প্রকাশ করেছে। তবে এটা সকলেই বলেছে যে, এমন একটি অসাধারণ মেধাবী যুবকের এইভাবে আত্মপ্রকাশ একটি যুগান্তকারী ঘটনা।

আমরা অ্যাডামকে যথাসম্ভব আগলে রাখছি। সাবাটিনি ওকে নিয়ে যেতে চাইলেও আমরা সে ব্যাপারে খুব উৎসাহ প্রকাশ করছি না। আরেকটা সিটিং সাবাটিনিকে দিতেই হবে, ও হোটেলে ডিনারের পর। সাক্ষাৎকারের পর সাবাটিনি বলেছে, সে নিজেই অ্যাডামকে আমাদের হোটেলে পৌঁছে দিয়ে যাবে।

নভেম্বর ৬

ক্রোল, সন্ডার্স এবং আমি—তিনজনেই গভীর উদ্বেগের মধ্যে রয়েছি।

কাল রাত্রে ডিনারের পর সাবাটিনির কাছ থেকে অ্যাডাম আমাদের হোটেলে ফেরেনি। সাবাটিনি যে এতটা দায়িত্বজ্ঞানহীন সেটা আমি বুঝিনি। আজ সকালে ওর হোটেলে ফোন করে জানলাম যে, সাবাটিনি আজ ভোরে হোটেল ত্যাগ করে অন্যত্র চলে গেছে। আমরা তিন জন বহু হোটেলে টেলিফোন করেও সাবাটিনির সন্ধান পাইনি। অথচ কাল সাত তারিখ। কাল সন্ধ্যায় অ্যাডামকে ছেড়ে দিতে হবে। আজ একটা খবরের কাগজ থেকে একটা বিশেষ সাক্ষাৎকারের জন্য ফোন করেছিল ; তাকেও না করে দিতে হয়েছে।

আজকে আশা করি কোনও সময় সাবাটিনি না হোক, অন্তত অ্যাডাম ফিরে আসবে।

নভেম্বর ৭

ভয়ংকর ঘটনা। এখনও তার জের কাটিয়ে উঠতে পারিনি। সন্ডার্স অনেক অনুসন্ধানের পর জানতে পারে যে, লন্ডনের বাইরে সাসেক্সে সাবাটিনির এক বন্ধু থাকেন। তিনিও স্প্যানিশ, লন্ডন বিশ্ববিদ্যালয়ে স্প্যানিশ শেখান। সন্ডার্সের বিশ্বাস : সেখানে সাবাটিনি এবং অ্যাডাম—দুজনেরই খোঁজ পাওয়া যাবে।

আমি বললাম, 'তা হলে এক্ষুনি চলো। এখন সোয়া তিনটে। আজ সাড়ে ছটার মধ্যে অ্যাডামকে নোভোপলিস ফিরতে হবে।'

ঠিকানা অবশ্যই সন্ডার্স জোগাড় করে এনেছিল। আমরা যখন যথাস্থানে হাজির হলাম, তখন প্রায় সন্ধে। দোতলা বাড়ি, সামনে একটা ছোট্ট বাগান। সামনের দরজায় বেল টিপতে একজন চাকর এসে দরজা খুলেই বলল, 'প্রোফেসর আলভারেজ শহরে নেই, প্যারিসে গেছেন।'

'আমরা প্রোফেসর সাবাটিনির খোঁজ করতে এসেছি।' বলল ক্রোল।

'উনি ব্যস্ত আছেন।'

'তা হোক। আমাদের ওঁর সঙ্গে বিশেষ দরকার।'

কথাটা বলতে বলতেই ক্রোল গায়ের জোরে চাকরকে পাশ কাটিয়ে এগিয়ে গেল।

চাকর আমাদের সামনে এসে দাঁড়িয়ে বলল, 'ওপরে যাবার হুকুম নেই।'

'নিশ্চয়ই আছে,' ক্রোল তার রিভলভার বার করে চাকরের দিকে তাগ করে বলল।

'কিন্তু... কিন্তু ওনার ঘরের দরজা বন্ধ।'

'কোথায় ঘর ?'

'দোতলায়,' কাঁপতে কাঁপতে বলল চাকর।

আমরা দোতলায় উঠে গিয়ে ডানদিকে একটা বন্ধ দরজা দেখলাম। ক্রোল তাতে ধাক্কা দিল। একবার, দুবার। কোনও ফল হল না। 'সাবাটিনি ! সাবাটিনি !' গলা চড়িয়ে বলল ক্রোল।

কোনও উত্তর নেই।

এবার ক্রোল দরজার কাছে মুখ এনে বলল, 'সাবাটিনি, শেষবারের মতো বলছি দরজা খোলো, না হলে আমরা দরজা ভেঙে ঢুকব।'

তাতেও যখন কোনও ফল হল না তখন ক্রোল দরজার অর্গলের দিকে তাগ করে রিভলভারের ঘোড়া টিপে দিল। প্রচণ্ড শব্দের সঙ্গে দরজা ফাঁক হয়ে গেল, আর আমরা তিন জন হুড়মুড়িয়ে ঘরের ভিতর ঢুকলাম।

আশ্চর্য দৃশ্য। দুটো মুখোমুখি চেয়ার—একটাতে আমাদের দিকে পিঠ করে বসে আছে সাবাটিনি, অন্যটায় হাত পা দড়ি দিয়ে বাঁধা অবস্থায় অ্যাডাম।

আমাদের ঢুকতে দেখে সাবাটিনি অত্যন্ত বিরক্ত হয়ে মুখ বিকৃত করে বলল, 'আর দু মিনিটের মধ্যে আমি জেনে ফেলতে পারতাম, আর তোমরা সব ভণ্ডুল করে দিলে!'

'কী জেনে ফেলতে?' জিজ্ঞাসা করল সন্ডার্স।

'দ্য ফরমুলা ফর মেকিং গোল্ড!' ঘর কাঁপিয়ে বলল সাবাটিনি।

'আমি কোনওদিনও বলতাম না,' দৃঢ়স্বরে বলল অ্যাডাম। 'নেভার, নেভার, নেভার—'

এই তৃতীয় 'নেভার'-এর সঙ্গে একটা অদ্ভুত ব্যাপার হল। অ্যাডামের সুপুরুষ আকৃতি কয়েক সেকেন্ডের মধ্যে বদলে গিয়ে তার বদলে সেখানে এক বিকটদর্শন চোখসর্বস্ব দাঁতসর্বস্ব, নখসর্বস্ব প্রাণীর আবির্ভাব হল। এমন ভয়ংকর কোনও আকৃতি কল্পনাও করা কঠিন। সাবাটিনি সেটা দেখেই অজ্ঞান হয়ে চেয়ার থেকে মেঝেতে পড়ে গেল। ক্রোল 'মাইন গট!'—বলে আর্তনাদ করে ঘর থেকে বেরিয়ে গেল। এক সন্ডার্সেরই দেখলাম আশ্চর্য সাহস। সে ঘরে থেকে গিয়ে বলল, 'বাঁধনগুলো খুলে দাও, শঙ্কু।'

আমি এগিয়ে গিয়ে প্রাণীর হাত আর পায়ের বাঁধন খুলে দিলাম। প্রাণীটা রক্তবর্ণ বিশাল চোখ আমাদের দিকে ঘুরিয়ে বলল, 'থ্যাঙ্ক ইউ।'

তারপর প্রাণীটা তার লোমশ সরু সরু পায়ে দাঁড়িয়ে উঠে বলল, 'টেলিপ্যাথিতে আমার সঙ্গে যোগাযোগ হয়েছিল আমাদের দেশের প্রাণীর সঙ্গে। মশা থেকে আমাদের দেশে ব্যারাম দেখা দিয়েছে। মনে হয় তোমার ওষুধ না হলে কেউই বাঁচত না।—আমি তা হলে আসি।'

শেষ কথাটার সঙ্গে সঙ্গে প্রাণীটা অদৃশ্য হয়ে গেল।

আমি মনে মনে বললাম, 'ক্রিস্টোবাল্ডির ভবিষ্যদ্বাণী নির্ভুল প্রমাণিত হল।'

আনন্দমেলা। পূজাবার্ষিকী ১৩৯৬

স্বর্ণপর্ণী

১৬ জুন

আজ আমার জন্মদিন। হাতে বিশেষ কাজ নেই, সকাল থেকে টিপটিপ করে বৃষ্টি পড়ছে, আমি বৈঠকখানায় আমার প্রিয় আরামকেদারাটায় বসে কড়িকাঠের দিকে চেয়ে আকাশপাতাল ভাবছি। বৃদ্ধ নিউটন আমার পায়ের পাশে কুণ্ডলী পাকিয়ে বসে ঘুমোচ্ছে। ওর বয়স হল চব্বিশ। বেড়াল সাধারণত চোদ্দো-পনেরো বছর বাঁচে ; যদিও কোনও কোনও ক্ষেত্রে বিশ বছর বেঁচেছে এমনও শোনা গেছে। নিউটন যে এত বছর বেঁচে আছে, তার কারণ হল আমার তৈরি ওষুধ মার্জারিন। নিউটনকে ছাড়া আমি যে কত একা হয়ে পড়ব সেটা ভেবেই আমি অনেক গবেষণার পর আজ থেকে দশ বছর আগে এই ওষুধটা তৈরি করি।

আমি বললাম আকাশপাতাল ভাবছি, কিন্তু আসলে ভাবছি পুরনো দিনের কথা—এই বয়সে যেটা স্বাভাবিক। পঞ্চাশ-বাহান্ন বছর আগে আমাকে লেখা বাবার চিঠিগুলো আমি কালই পড়ছিলাম। সেগুলোর কথা ভেবেই মনটা অতীতের দিকে চলে যাচ্ছে। নানা কারণে বেশ প্রসন্ন বোধ করছি। সাফল্যের স্বাদ আমি পেয়েছি আমার জীবনে তাতে সন্দেহ নেই। কোনও ভারতীয় বিজ্ঞানী দেশেবিদেশে এত সম্মান পেয়েছে বলে তো মনে হয় না। আমার খ্যাতি প্রধানত ইনভেন্টর বা আবিষ্কারক হিসাবে। এ ব্যাপারে টমাস অ্যালভা এডিসনের পরেই যে আমার স্থান, সেটা পাঁচটি মহাদেশেই স্বীকৃত হয়েছে। আমার ইনভেনশনের একটা তালিকা মনে মনে তৈরি করছিলাম। প্রথম হল মিরাকিউরল, বা সর্বরোগনাশক বড়ি (এটা আবিষ্কারের কৃতিত্ব কেন আমি একা দাবি করতে পারি না, সেটা যথাস্থানে বলব)।

মিরাকিউরলের পরে এল অ্যানাইহিলিন পিস্তল। আমার অ্যাডভেঞ্চারপূর্ণ জীবনে আমাকে অনেকবারই চরম সংকটে পড়তে হয়েছে। আত্মরক্ষার জন্য একটা অস্ত্রের প্রয়োজন, অথচ আমি রক্তপাত সহ্য করতে পারি না। তাই এই পিস্তল, যা শত্রুকে নিহত না করে নিশ্চিহ্ন করে।

এরপরে এল এয়ারকন্ডিশনিং পিল—যা জিভের তলায় রাখলে শরীর শীতকালে গরম আর গ্রীষ্মকালে ঠাণ্ডা রাখে। তারপর লুপ্ত স্মৃতি ফিরিয়ে আনার জন্য রিমেমব্রেন ; ঘুমের অব্যর্থ বড়ি সমনোলিন ; অতি সস্তায় উজ্জ্বল আলো দেবার জন্য লুমিনিম্যাক্স ; অচেনা ভাষা ইংরেজিতে অনুবাদ করার জন্য লিঙ্গুয়াগ্রাফ ; পাখিকে শিক্ষা দেবার জন্য অর্নিথন...আর কত বলব ?

মিরাকিউরল আবিষ্কার হয় আমার যৌবনে। এই ওষুধকে ঘিরে বেশ কিছু আশ্চর্য ঘটনা ঘটে, যার কোনও সম্পূর্ণ লিখিত বিবরণ নেই, কারণ তখন আমি ডায়রি লিখতে শুরু করিনি। আমার স্ফটিকস্বচ্ছ স্মৃতির উপর নির্ভর করে আজ সেইসব ঘটনার বিষয়ে লিখব ; তবে সেটা করার আগে আমার বাবার বিষয়ে কিছু বলা দরকার।

বাবার নাম ছিল ত্রিপুরেশ্বর শঙ্কু। গিরিডির অপ্রতিদ্বন্দ্বী চিকিৎসক ছিলেন তিনি। আয়ুর্বেদিক মতে চিকিৎসা করতেন, লোকে বলত ধন্বন্তরি। বাবা স্বভাবতই রোজগার করেছিলেন অনেক, কিন্তু যতটা করতে পারতেন ততটা নয় ; কারণ পেশাদারি প্র্যাকটিস ছাড়াও উনি সারাজীবন বিনা পয়সায় বহু দরিদ্র রোগীর চিকিৎসা করেছেন। আমাকে বলতেন, 'ক্ষমতা আছে বলেই যে অঢেল উপার্জন করতে হবে তার কোনও মানে নেই। সচ্ছল জীবনযাপনের জন্য অর্থের প্রয়োজন ঠিকই, আর তাতে মানসিক শান্তির পথ সহজ হয়ে যায় ; কিন্তু যাদের সে সংস্থান নেই, সুখে থাকা কাকে বলে যারা জানে না, সারা জীবন যারা দু'বেলা দু'মুঠো ভাতের জন্য মাথার ঘাম পায়ে ফেলে, বা যারা দৈবদুর্বিপাকে উপার্জনে অক্ষম—তাদের দুঃখ যদি কিছুটা লাঘব করতে পারিস, তার চেয়ে বড় সার্থকতা, তার চেয়ে বড় আনন্দ, আর কিছুতে নেই।'

বাবার এই কথাগুলো আমার মনে গভীরভাবে রেখাপাত করেছিল।

আমি গিরিডির ইস্কুল থেকে ম্যাট্রিক পাশ করে কলকাতায় যাই কলেজে পড়তে। আমি নিজেই বলছি, ছাত্র হিসাবে আমি ছিলাম যাকে বলে ব্রিলিয়ান্ট। শুধু যে জীবনে কোনওদিন সেকেন্ড হইনি তা নয়, এত কম বয়সে বিদ্যায় বুদ্ধিতে এতটা অগ্রসর হবার উদাহরণও বিরল। বারো বছর বয়সে ম্যাট্রিক পাশ করি ; চোদ্দোয় আই. এস-সি, আর ষোলোয় ফিজিক্স কেমিস্ট্রিতে ভাল অনার্স নিয়ে বি. এস-সি।

পরীক্ষার পাট শেষ করে গিরিডিতে ফিরে এলে বাবা বলেন, 'এত কচি বয়সে তুই আর চাকরির কথা ভাবিস না। অ্যাদ্দিন তো বিজ্ঞান পড়লি। এবার বছরচারেক অন্য বিষয় নিয়ে পড়। শিল্প, সাহিত্য, ইতিহাস, দর্শন—বিষয়ের কি অভাব আছে ? বই এখানে না পাওয়া গেলে, কী চাই বললেই আমি কলকাতা থেকে আনিয়ে দেব।' তারপর একটু ভেবে বললেন, 'তুই যদি চাকরিবাকরি না করে বাকি জীবনটা শুধু রিসার্চেই কাটিয়ে দিতে চাস, তাতেও আমার আপত্তি নেই। তুই আমার একমাত্র সন্তান। আমি চলে গেলে আমি যা সঞ্চয় করেছি তার একটা অংশ ব্যয় হবে লোকহিতকর কাজে ; বাকি সবটাই তুই পাবি। কাজেই—।' আমি বাধা দিয়ে বললাম, 'না, বাবা। তোমার কথামতো আমি চার বছর নানা বিষয় নিয়ে পড়াশুনো করব ঠিকই, কিন্তু তারপরে আমাকে রোজগারের পথ দেখতেই হবে। নিজের পায়ে দাঁড়াতে না পারলে আমি শান্তি পাব না।' বাবা বললেন, 'বেশ, ভাল কথা। কিন্তু রোজগার যেভাবেই করিস না কেন, যারা দরিদ্র, যারা নিরক্ষর, যারা মাথা উঁচু করে চলতে পারে না, তাদের কথা ভুলিস না।'

বিশ বছর বয়সে কলকাতার স্কটিশচার্চ কলেজে আমি পদার্থবিজ্ঞানের অধ্যাপকের কাজ পাই। যাদের পড়াতাম তাদের বেশ কয়েকজন আমারই বয়সি। এমনকী, দু-একজনের বয়স আমার চেয়ে বেশি। কিন্তু সেজন্য আমাকে কোনওদিন ছাত্রদের টিটকিরি ভোগ করতে

হয়নি। তার কারণ, এত কম বয়সেও আমার মধ্যে একটা স্বাভাবিক গাম্ভীর্য এসে গিয়েছিল।

গ্রীষ্ম এবং পুজোর ছুটিতে আমি বাড়ি আসতাম। চাকরি নেবার ঠিক আড়াই বছর পরে একদিন গ্রীষ্মের ছুটিতে বাড়ি এসে চাকরের হাতে মাল তুলে দিয়ে বাবার ঘরে গিয়ে এক অদ্ভুত দৃশ্য দেখে মুহূর্তের জন্য আমার নিশ্বাস বন্ধ হয়ে গেল।

বাবা তাঁর কাজের টেবিলের পাশে মেঝেতে চিত হয়ে পড়ে আছেন।

আমি এক লাফে এগিয়ে গিয়ে ঝুঁকে পড়ে বাবার নাড়ী টিপে বুঝলাম তিনি সংজ্ঞা হারিয়েছেন, তার বেশি কিছু নয়। আমি তৎক্ষণাৎ চাকরকে ডাঃ সর্বাধিকারীকে ডাকার জন্য পাঠিয়ে দিলাম।

ডাক্তার আসার আগেই বাবার জ্ঞান ফিরে এল। আমি বাবাকে ধরে ধরে নিয়ে তক্তপোশে শুইয়ে দিলাম। অদ্ভুত লাগছিল, কারণ বাবাকে এর আগে কোনওদিন অসুস্থ দেখিনি। বাবা আমার দিকে চেয়ে ম্লান হাসি হেসে বললেন, 'এই প্রথম না রে তিলু, এর আগে আরও দু'বার এ জিনিস হয়েছে, তোকে বলিনি।'

'এটা কেন হয়, বাবা?'

'অকস্মাৎ হৃদযন্ত্রের ক্রিয়া বন্ধ হয়ে যায়। এর কোনও চিকিৎসা নেই। এ রোগেই একদিন ফস করে চলে যাব।'

পরে জেনেছিলাম বাবার এই রোগকে বলে হার্টব্লক। হার্টব্লকে যাতে মানুষ না মরে, তার ব্যবস্থা আজকাল হয়েছে। পেসমেকার বলে ব্যাটারিচালিত একটা ছোট্ট চতুষ্কোণ যন্ত্র রোগীর বুকে অস্ত্রোপচার করে শরীরের মধ্যে ঢুকিয়ে দেওয়া হয়। হার্টের স্পন্দন যাতে স্বাভাবিকভাবে চলতে থাকে সে কাজটা এই যন্ত্রই করে।

দেড় বছর পরে আমি পুজোর ছুটিতে বাড়ি আসার তিন দিন পরে হার্টব্লকেই পঞ্চাশ বছর বয়সে বাবা মারা যান। আমি যেদিন এলাম, সেদিনই রাত্রে বাবা আমাকে একটা আশ্চর্য ঘটনা বলেন।

রাত্রে খাবার পরে দু'জনে একসঙ্গে বৈঠকখানায় বসে আছি এমন সময় বাবা বললেন, 'টিক্‌ড়ীবাবার নাম শুনেছিস?'

'যিনি উশ্রীর ওপারে একটা গ্রামে গাছতলায় বসে ধ্যান করেন?'

'হ্যাঁ। বেশ নামডাক এ অঞ্চলে। বহুলোক দর্শনের জন্য যায়। সেই টিক্‌ড়ীবাবাকে তাঁর কয়েকজন শিষ্য গত পরশু আমার কাছে এনে হাজির করে। যা বোঝা গেল, বাবা শ্বাসকষ্টে ভুগছেন, তার জন্য আমি যদি কোনও ওষুধ দিতে পারি, তা হলে বাবা অত্যন্ত তুষ্ট হবেন।

'আমি শিষ্যদের ওষুধ বাতলে দিচ্ছি, এমন সময় বাবা হঠাৎ বাংলা হিন্দি মিশিয়ে বললেন, 'তুই হামার চিকিৎসা করছিস, লেকিন তোর পীড়ার কী হবে?' বাবা কী করে টের পেলেন জানি না। যাই হোক—আমি বাবাকে বুঝিয়ে বললাম যে, আমার পীড়ার কোনও চিকিৎসা হয় না। 'জরুর হোতা!' হাঁপের মধ্যে চেঁচিয়ে বললেন বাবাজি। —'সোনেপত্তীর নাম শুনেছিস?'

'আমি বুঝলাম বাবা স্বর্ণপর্ণীর কথা বলছেন। গাছ নয়, গাছড়া। চরকসংহিতায় নাম পেয়েছি, কিন্তু আধুনিক যুগে এই গাছড়ার হদিস কেউ পায়নি। সে কথা বাবাজিকে বলতে তিনি বললেন, "আমি জানি সে গাছ কোথায় আছে। যুবা বয়সে আমি যখন কাশীতে থাকতাম, তখন আমার একবার খুব কঠিন পাণ্ডুরোগ হয়। আমার গুরুর কাছে সোনেপত্তীর পাতা ছিল। দুটো শুকনো পাতা গুঁড়িয়ে দুধের সঙ্গে মিশিয়ে আমাকে খাইয়ে দেন। রাতমে সোনে কা পহলে গটগট পী লিয়া, আউর সুবহ্—রোগ গায়ব! উপ্‌শম! —যদি এই গাছ

পেতে চাস, তা হলে চলে যা কসৌলি। সেখান থেকে তিন কোশ উত্তরে আছে একটা চামুণ্ডার মন্দিরের ভগ্নাবশেষ। সেই মন্দিরের পিছনে জঙ্গল, সেই জঙ্গলে এক ঝরনা, সেই ঝরনার পাশে গজায় সোনেপত্তীর গাছ। তোর পীড়ায় ওই এক দাওয়াই কাজ দেবে, আর কোনও দাওয়াই দেবে না।”

‘এককালে কত জায়গায় না গেছি গাছগাছড়ার অনুসন্ধানে। কিন্তু নাউ ইট্‌স টু লেট।’

আমি টিক্‌ড়ীবাবার এই আশ্চর্য কাহিনী শুনেই মনস্থির করে ফেলেছিলাম। বললাম, ‘তুমি যাবে না বলে কি আমিও যেতে পারি না? আমি কালই কসৌলির উদ্দেশে রওনা দেব। কী বলা যায়—বাবাজির কথা তো সত্যিও হতে পারে। আর তুমি যখন বলছ চরকসংহিতায় এই স্বর্ণপর্ণীর উল্লেখ রয়েছে...’

বাবা একটা শুকনো হাসি হেসে মাথা নেড়ে বললেন, ‘না রে তিলু, এখন যাস না। কালকা থেকে যেতে হয় কসৌলি—সে কি কম দূর? যেতে আসতে পাঁচ-সাতদিন তো লাগবেই। ফিরে এসে হয়তো দেখবি আমি আর নেই। এখন যাস না।’

দু’ দিন পরে সেই হার্টব্লকেই বাবার মৃত্যু প্রমাণ করে দিল যে, তাঁর আশঙ্কা অমূলক ছিল না।

বাবার অসুখে প্রয়োগ না করতে পারলেও, আমি স্থির করেছিলাম যে স্বর্ণপর্ণীর খোঁজে আমাকে কসৌলি যেতেই হবে। বাবার শ্রাদ্ধের পরেও আমার কলেজ খুলতে আরও দু’ সপ্তাহ বাকি ছিল। আমি আর সময় নষ্ট না করে কসৌলির উদ্দেশে রওনা হলাম। কালকা

থেকে ছেচল্লিশ কিলোমিটার দূরে সাড়ে ছ' হাজার ফুট উঁচুতে ছোট্ট শহর কসৌলি। কালকা থেকে ট্যাক্সি করে যেতে হয়। শুনেছি খুব স্বাস্থ্যকর স্থান।

আড়াই দিন লাগল গিরিডি থেকে কালকা পৌঁছোতে।

বাবার অকালমৃত্যুতে মনটা ভারী হয়ে ছিল, পাহাড়ের গায়ে নিরিবিলি সুদৃশ্য শহরটায় পৌঁছে খানিকটা হালকা বোধ করলাম।

একটা সস্তা হোটেলে উঠে আর সময় নষ্ট না করে সোজা ম্যানেজার নন্দকিশোর রাওয়ালকে জিজ্ঞেস করলাম চামুণ্ডার মন্দিরের কথা জানেন কি না। 'জানি বই কী', বললেন ভদ্রলোক, 'তবে সেখানে যেতে হলে ঘোড়ায় চড়ে যেতে হবে, কারণ ঘোড়ায় চলা পথের ধারেই পড়ে মন্দিরটা।'

আমি জিজ্ঞেস করলাম মন্দিরের পিছনে কোনও জঙ্গল আছে কি না। 'আছে,' বললেন ভদ্রলোক, 'বেশ গভীর জঙ্গল।'

ঘোড়ার ব্যবস্থা নন্দকিশোরই করে দিলেন। এই প্রথম অশ্বারোহণের অভিজ্ঞতা, তবে দেখলাম আমার কোনও অসুবিধা হচ্ছে না, বরং বেশ মজাই লাগছে। আমার সঙ্গে ঘোড়ার মালিক ছোটেলালও চলছিল আরেকটা ঘোড়ায়; গন্তব্যস্থলে পৌঁছোতে আমি তাকে বললাম, 'তোমাকে হয়তো ঘণ্টাখানেক অপেক্ষা করতে হবে; আমার এই জঙ্গলে একটু কাজ আছে।'

'একেলা মৎ যাইয়ে, বাবুজি', বলল ছোটেলাল, 'শের-উর হ্যায় জঙ্গলমে।'

'তুমি কি আমার সঙ্গে আসতে চাও?'

'হাঁ, বাবুজি।'

ঘোড়া দুটোকে একটা গাছের সঙ্গে বেঁধে আমরা দু'জন জঙ্গলে ঢুকলাম। আমি কী খুঁজছি জিজ্ঞেস করাতে আমি সোনেপত্তীর নাম বললাম। ছোটেলাল বলল ও নাম সে কস্মিনকালেও শোনেনি।

মিনিট পনেরো যেতে না যেতেই একটা কুলকুল শব্দ পেলাম। শব্দ অনুসরণ করে পা চালিয়ে এগিয়ে যেতে তিন মিনিটের মধ্যেই ঝরনাটা দেখতে পেলাম। চারিদিক ঘন পাতাওয়ালা গাছের ছায়ায় অন্ধকার, কেবল একটা জায়গায় পাতার ফাঁক দিয়ে সূর্যের আলো এসে মাটিতে পড়েছে থিয়েটারের স্পটলাইটের মতো, আর সেই স্পটলাইটে ঝলমল করছে এককোমর উঁচু হলদে পাতায় ভরা একটা গাছড়া। এটাই যে স্বর্ণপর্ণী তাতে কোনও সন্দেহ নেই।

আমার মনটা নেচে উঠল। এত অল্প সময়ে আমার অভিযান সফল হবে সেটা ভাবতে পারিনি। কিন্তু এখানে তো দেখছি মাত্র একটা গাছ। খুঁজলে আরও বেরোবে কি?

প্রায় পনেরো মিনিট ধরে খুঁজেও আর কোনও স্বর্ণপর্ণীর সন্ধান না পেয়ে আমরা ঝরনার ধারে ফিরে এলাম। গাছ পেলে কী করব সেটা আগে থেকেই স্থির করে রেখেছিলাম। সঙ্গে চটের থলিতে কসৌলির বাজার থেকে কেনা একটা কোদাল ছিল। সেটা থলি থেকে বার করে কাজে লেগে গেলাম। উদ্দেশ্য—গাছড়াটাকে শিকড়সুদ্ধ তুলে আমার সঙ্গে গিরিডিতে নিয়ে আসব।

আমাকে কোদাল চালাতে দেখে ছোটেলাল 'আরে রাম রাম!'—বলে আমার অপটু হাত থেকে কোদালটা ছিনিয়ে নিয়ে পাঁচ মিনিটের মধ্যে শিকড়সুদ্ধ গাছড়াটা আমার হাতে তুলে দিল।

তিন দিন পরে গিরিডিতে ফিরে এসে প্রথমেই আমার মালি হরকিষণকে ডেকে পাঠালাম। সে এলে পর তার সামনে গাছড়াটা তুলে ধরে বললাম, 'এ জিনিস দেখেছ কখনও?'

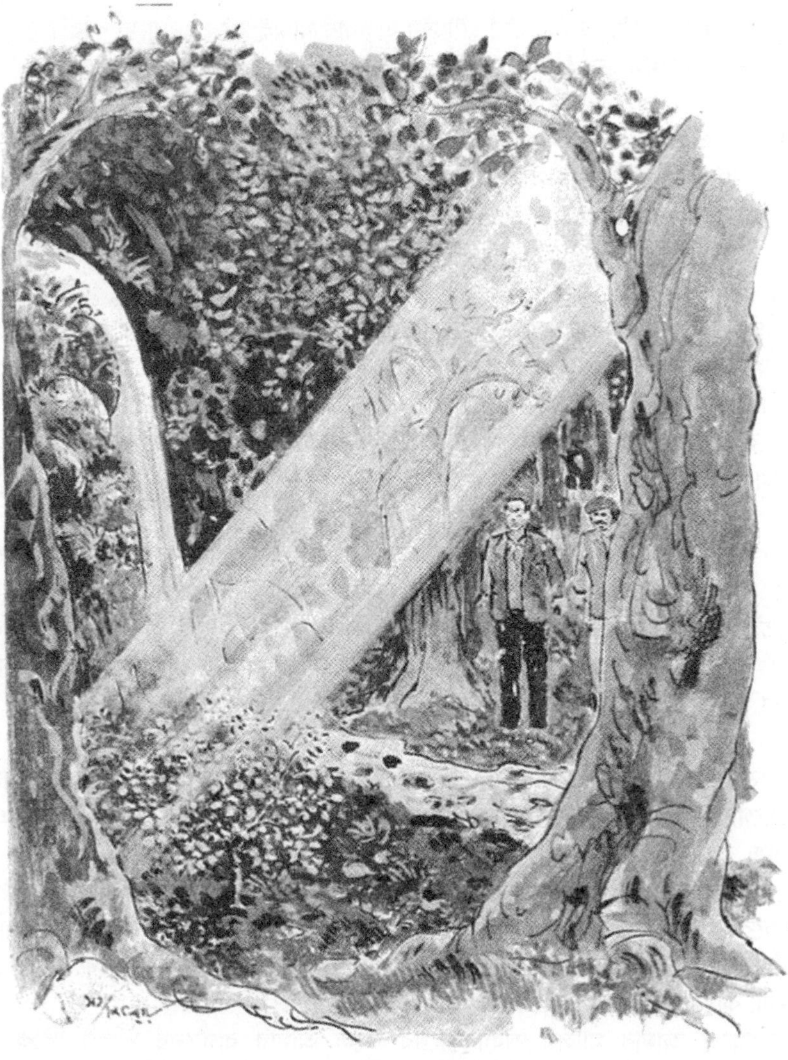

'কভি নেহি,' ভ্রূকুটি করে মাথা নেড়ে বলল হরকিষণ।

আমি বললাম, 'তুমি এক্ষুনি এটাকে বাগানের একপাশে পুঁতে ফেলে এর পরিচর্যা শুরু করো।'

হরকিষণ স্বর্ণপর্ণীটাকে হাতে নিয়ে ঘুরিয়ে ফিরিয়ে জিজ্ঞেস করল এ থেকে দাওয়াই হয় কি না। আমি বললাম, 'বঢ়িয়া দাওয়াই।'

'তব তো এক পেড় সে নেহি হোগা, বাবুজি।'

'এ থেকে আরও গাছ গজায় এমন ব্যবস্থা তুমি করতে পার?'

মালি বলল, 'এ গাছের ডালের একটা বিশেষ অংশে সেটাকে ভেঙে নিয়ে টুকরোটা মাটিতে পুঁতে তাকে তোয়াজ করলে তা থেকে নিশ্চয়ই আরেকটা গাছ গজাবে।'

'তুমি তাই করো,' বললাম আমি।

ওষুধ যখন এনেছি, তখন তার দৌড়টা একবার যাচাই করে দেখা দরকার। টিক্‌ড়ীবাবার গাছের সন্ধানে যখন ভুল ছিল না, তখন অনুমান করা যেতে পারে পাণ্ডুরোগ সারার ঘটনাটাও সত্যি।

যাবার আগে শুনে গিয়েছিলাম যে, আজন্ম গিরিডিবাসী উকিল জয়গোপাল মিত্র গুরুতরভাবে অসুস্থ। উনি বাবার পেশেন্ট ছিলেন ; ওঁর স্ত্রীকে আমি মাসিমা বলি। ফোন করে জানলাম মিত্রমশাইয়ের উদরি হয়েছে, যাকে ইংরিজিতে বলে অ্যাসাইটিস। 'আমি চোখে অন্ধকার দেখছি রে, তিলু!' বললেন জয়ন্তীমাসিমা। 'ডাক্তারেরা সবাই জবাব দিয়ে গেছে।'

আমি স্বর্ণপর্ণীর কথা বলতে উনি দীর্ঘশ্বাস ফেলে বললেন, 'এত ওষুধই তো পড়ল, আরেকটা পড়লে আর ক্ষতি কী ?' বুঝলাম তিনি খুব একটা আশ্বস্ত হয়েছেন তা নয়।

তাও আমি সেদিনই সন্ধ্যাবেলা গেলাম মিত্রমশাইয়ের বাড়িতে, সঙ্গে একটা কাগজের মোড়কে গুঁড়ো করা দুটো স্বর্ণপর্ণীর পাতা। 'আধ কাপ দুধের সঙ্গে মিশিয়ে খাইয়ে দিন, মাসিমা। আমি কাল সকালে এসে খোঁজ নেব।'

উৎকণ্ঠায় রাত্রে ভাল ঘুম হল না।

সকালে বৈঠকখানায় এসে বসেছি, চাকর দুখি চা এনে সামনের টেবিলে রেখেছে, এমন সময় টেলিফোনটা বেজে উঠল। আমি এক লাফে উঠে গিয়ে ফোনটা তুলে 'হ্যালো' বলতেই জয়ন্তীমাসিমার 'তিলু!' চিৎকারে ফোনটা কান থেকে ইঞ্চিখানেক সরিয়ে নিতে হল। 'তিলু, বাবা তিলু! এসে দেখে যাও—যমের দোর থেকে ফিরে এসেছেন তোমার মেসো!'

তাড়াহুড়ো করে কিছু করব না এটা আমি আগেই ঠিক করেছিলাম। তবে মিত্রমশাইয়ের আরোগ্যের পরে যে আমার ওষুধের খবর গিরিডির চারিদিকে ছড়িয়ে পড়বে, এটা আমি আন্দাজ করেছিলাম। ফলে, চাই বা না চাই, আমাকে কিছু দুরারোগ্য ব্যারামের চিকিৎসা করতে হয়েছিল। বলা বাহুল্য, সব ক্ষেত্রেই আমার ওষুধ কাজ করেছিল। এই আশ্চর্য ওষুধ কী করে পেলাম সে প্রশ্ন অবিশ্যি আমাকে বহুবার শুনতে হয়েছে। উত্তরে প্রতিবারই আমি একই মিথ্যার আশ্রয় নিয়েছি : বাবা মারা যাবার আগে এ ওষুধ আমাকে দিয়ে যান ; কোথায় পাওয়া, কী নাম, তা জানি না।

ইতিমধ্যে আমার মালির অধ্যাবসায়ের ফলে আমার বাগানের দক্ষিণ দিকে দেয়ালের সামনে মাটিতে এগারোটা স্বর্ণপর্ণী শোভা পাচ্ছে। প্রত্যেকটিতেই প্রতি বছর নতুন করে পাতা গজাবে, তাই সাপ্লাইয়ের অভাব হবে বলে মনে হয় না।

এমন যদি ধারণা দিয়ে থাকি যে, আমি এখন কলকাতার কলেজে অধ্যাপনা ছেড়ে পুরোপুরি ডাক্তারিতে লেগে গেছি, তা হলে সেটা শুধরোনো দরকার। অধ্যাপনা পুরোদস্তুর চলছে। কলকাতায় এখনও কেউ স্বর্ণপর্ণীর কথা জানে না, কারণ আমি কাউকে কিছু বলিনি। তবে হঠাৎ যদি চেনাশোনার মধ্যে শুনি কেউ কঠিন ব্যারামে মরণাপন্ন, তা হলে যাতে তাকে দিতে পারি সেজন্য আমার সঙ্গে সব সময়ই গোটা বারো পাতা থাকে।

একটা ব্যাপারে আমার একটু খুঁতখুঁতেমি ছিল ; শুকনো পাতা গুঁড়িয়ে দুধে মিশিয়ে খাওয়ানোর প্রাচীন পন্থাটা আমার ভাল লাগছিল না। আমি ঠিক করলাম স্বর্ণপর্ণীর বড়ি তৈরি করব।

এক মাসের মধ্যেই আমার পরিকল্পনা বাস্তবে পরিণত হল। আমার পঁচিশ বছরের জন্মদিনে গ্রীষ্মের ছুটিতে বাড়িতে বসে কলের হাতল ঘোরাচ্ছি, আর কলের নীচের দিকে নল

দিয়ে বড়ির পর বড়ি বেরিয়ে টপ টপ করে একটা বাটিতে পড়ছে, এমন সময় বিদ্যুৎঝলকের মতো এই ওষুধের একটা নাম আমার মাথায় এসে গেল—মিরাকিউরল ! অর্থাৎ মিরাক্‌ল কিওর ফর অল কমপ্লেন্টস । সর্বরোগনাশক বড়ি ।

এইসময় একটা ঘটনা ঘটল, যেটা বলা যেতে পারে আমার জীবনের মোড় ঘুরিয়ে দিল ।

আমি তখন কলকাতায় । প্রোফেসরির কাজ নেবার মাসখানেকের মধ্যেই আমি ইংরেজি ভাষায় বিজ্ঞানবিষয়ক সর্বশ্রেষ্ঠ পত্রিকা 'নেচার'-এর গ্রাহক হয়েছিলাম । এই পত্রিকায় জীবতত্ত্ব সম্বন্ধে একটা চমৎকার প্রবন্ধ পড়ে আমি লেখক জেরেমি সন্ডার্সকে তার বাসস্থান লন্ডনে একটা চিঠি লিখি । নেচার-এ লেখক পরিচিতিতে বলা হয়েছিল সন্ডার্স দু' বছর হল কেমব্রিজ থেকে বায়োলজি পাশ করে বেরিয়েছে । আন্দাজে মনে হয় সে আমারই বয়সি হবে ।

তখন বিলেতে চিঠি যেতে জাহাজে লাগত আঠারো দিন, আর প্লেনে আট দিন । আমি এয়ারমেলেই লিখেছিলাম । সন্ডার্সের উত্তর এল উনিশ দিন পরে । অর্থাৎ সেও এয়ারমেলেই লিখেছে । সে যে আমার চিঠি পেয়ে শুধু খুশি হয়েছে তাই নয়, সে নাকি চিঠিতে এক বিরল বিদগ্ধ বৈজ্ঞানিক মনের পরিচয় পেয়েছে । শেষ ক' লাইনে সে জানিয়েছে যে, তার জন্ম হয় ভারতবর্ষের পুণা শহরে ।—'আমার ঠাকুরদাদা বত্রিশ বছর ইন্ডিয়ান আর্মিতে ছিলেন । আমি অবিশ্যি সাত বছর বয়সে বাবামার সঙ্গে ইংলন্ডে চলে আসি, কিন্তু সেই সাত বছরের স্মৃতি, আর ভারতবর্ষ ও ভারতবাসীর উপর টান আমার এখনও অম্লান রয়েছে ।'

চিঠি লেখালেখি চলল । তৃতীয় চিঠিতে সন্ডার্স লিখল, 'যদিও আমাদের দু' জনেরই বয়স পঁচিশ, আমি বিশ্বাস করি না যে এই বয়সে পত্রবন্ধু হওয়া যায় না । তুমি আমার মতে সায় দাও কি না সেটা জানার অপেক্ষায় রইলাম ।'

আমি স্বভাবতই সন্ডার্সের প্রস্তাবে রাজি হলাম । পরস্পরকে ছবি পাঠানো হল, অপ্রতিহতভাবে চলতে লাগল এয়ারমেলে চিঠি যাওয়া আসা ।

মাসআষ্টেক চলার পর হঠাৎ আমার একটা চিঠির পর এক মাস পেরিয়ে গেলেও সন্ডার্সের উত্তর এল না ।

ঠিক করলাম আরও দু' সপ্তাহ দেখে একটা টেলিগ্রাম করব । সন্ডার্স চাকরি করে না সেটা জানি ; সে এখনও জীববিদ্যা নিয়ে রিসার্চ করছে ।

সাত দিনের মাথায় হঠাৎ বিলেত থেকে চিঠি । খামের উপর হাতের লেখা সন্ডার্সের নয় ; কোনও এক মহিলার । চিঠি খুলতে খুলতে মনে পড়ল সন্ডার্স লিখেছিল সে গতবছর বিয়ে করেছে, তার স্ত্রীর নাম ডরথি ।

চিঠি খুলে দেখি—হ্যাঁ, লেখিকা ডরথিই বটে ।

কিন্তু এ যে নিদারুণ দুঃসংবাদ !—'তোমাকে খবরটা জানাতে আমার কী মনের অবস্থা হচ্ছে বোঝাতে পারব না,' লিখেছে ডরথি । 'তুমি জেরির এত বন্ধু বলেই এ কর্তব্যটা আমার কাছে আরও কঠিন' ...এই ভণিতার পরেই বজ্রাঘাত—'জেরির যকৃতে ক্যানসার ধরা পড়েছে । ডাক্তারের মতে তার মেয়াদ আর মাত্র দু' মাস ।'

পড়ার সঙ্গে সঙ্গেই আমার কী করণীয় আমি স্থির করে ফেলেছি । দশটা মিরাকিউরলের বড়ি সেদিনই এয়ারমেলে পাঠিয়ে দিলাম ডরথির নামে, সঙ্গে চিঠিতে কাতর অনুরোধ—'এই পার্সেল পাওয়ামাত্র তুমি তোমার স্বামীকে দুটো বড়ি খাইয়ে দেবে । দু' দিনে যদি কাজ না হয়, তা হলে আরও দুটো । এইভাবে দশটা বড়িই তুমি শেষ করে ফেলতে পারো । যেই মুহূর্তে মনে হবে বড়িতে কাজ দিয়েছে, তক্ষুনি আমাকে টেলিগ্রাম করে জানাবে ।'

দেড় মাস কেটে গেল—কোনও খবর নেই। ক্যানসারে কি তা হলে মিরাকিউরল কাজ করে না ? তা হলে তো ওষুধের নাম পালটাতে হবে !

আমি ততদিনে গিরিডি ফিরে এসেছি পুজোর ছুটিতে। সন্ডার্সের কাছে আমার দুটো ঠিকানাই ছিল, এখন কখন আমি গিরিডিতে থাকি আর কখন কলকাতায় থাকি, সেটাও ও জানত।

কালীপুজোর আগের দিন ডরথিকে একটা টেলিগ্রামের খসড়া করে অত্যন্ত বিষণ্ণ মনে সেটায় চোখ বুলোচ্ছি, এমন সময় দুখি ব্যস্ত হয়ে এসে বলল, 'একজন সাহেব এক্ষুনি ট্যাক্সি থেকে নামলেন।'

বলার প্রায় সঙ্গে সঙ্গেই দরজায় কড়া নাড়ার শব্দ। আমার বাড়িতে ঢুকে প্রথমেই বৈঠকখানা পড়ে। দরজা খুলে দেখি, একটি স্বর্ণকেশ শ্বেতাঙ্গ সুপুরুষ যুবক ঠোঁটের কোণে হাসি নিয়ে দাঁড়িয়ে আছে। ফোটো বিনিময় হবার দরুন আমরা পরস্পরের মুখ চিনতাম, তাই আমি আর থাকতে না পেরে সন্ডার্সকে জড়িয়ে ধরে রুদ্ধকণ্ঠে বললাম, 'তুমি বেঁচে আছ !'

ততক্ষণে আমরা দু'জনেই ঘরে ঢুকে এসেছি, দুখি সন্ডার্সের হাত থেকে তার সুটকেস নিয়ে নিয়েছে। এবার সন্ডার্স আমার পিঠে দুটো চাপড় মেরে ধপ করে একটা সোফায় বসে পড়ে বলল, 'তা যে আছি, সে তো দেখতেই পাচ্ছ। কিন্তু সত্যি করে বলো তো—এটা কি কোনও ভারতীয় ভেলকি ? লন্ডনের ডাক্তারি মহলে তো হইচই পড়ে গেছে। কী ট্যাবলেট পাঠিয়েছিলে তুমি আমাকে ?'

আমি দুখিকে কফি করতে বলে স্বর্ণপর্ণীর ঘটনাটা আদ্যোপান্ত সন্ডার্সকে বললাম। সন্ডার্স সবটুকু শুনে কিঞ্চিৎ অভিমানের সুরে বলল, 'এমন একটা ঘটনা তুমি অ্যাদ্দিন তোমার পত্রবন্ধুর কাছে লুকিয়ে রেখেছ ?'

আমি সত্যি কথাটাই বললাম।

'আমার ভয় হয়েছিল তুমি আমার কথা বিশ্বাস করবে না ; ফলে আমাদের দু'জনের মধ্যে একটা ব্যবধান এসে পড়বে।'

'ননসেন্স ! তোমার চিঠিতে যেটা সবচেয়ে বেশি প্রকাশ পায়, সেটা হল তোমার চিন্তাধারার স্বচ্ছতা ও গভীরতা। আমি তোমার কথা বিশ্বাস করব না এ কি হতে পারে ? কী নাম তোমার এই আশ্চর্য ওষুধের ?'

'সংস্কৃত নামটা তো তোমায় বলেইছি ; আমার দেওয়া নাম হল মিরাকিউরল।'

'ব্রাভো !' বলে উঠল সন্ডার্স। 'এর চেয়ে ভাল নাম আর হতে পারে না। ...কিন্তু, আশা করি তুমি এই ওষুধের পেটেন্ট নিয়েছ ?'

আমি 'না' বলাতে সন্ডার্স সোফা ছেড়ে প্রায় তিন ইঞ্চি লাফিয়ে উঠে বলল, 'আর ইউ ম্যাড ? তুমি কি বুঝতে পারছ না যে, এ ওষুধ তোমাকে ক্রোড়পতি করে দেবে ?'

আমি একটু হেসে বললাম, 'সেটাই আমি চাই না, সন্ডার্স। বৈভবের প্রতি আমার কোনও আকর্ষণ নেই। আমি মোটামুটি স্বচ্ছন্দে সাধারণ জীবনযাপন করতে পারলেই খুশি।'

সন্ডার্স সোফার হাতলে চাপড় মেরে বলল, 'ড্যামিট, শঙ্কু ! তুমি এর জন্য নোবেল প্রাইজ পেতে পার, তা জান ?'

'না, সন্ডার্স ; তা পারি না। তুমি তো শুনলে, এই ওষুধের ব্যাপারে আমি যদি কিছু করে থাকি, সেটা হল এই গাছটাকে খুঁজে বার করা। সেটাও সম্ভব হয়েছে কারণ আরেকজন নির্দেশ দিয়েছিল বলে। আর এর যে গুণ, সে তো প্রকৃতির অবদান। তুমি প্রাইজ দেবে কাকে ?'

'বেশ তো, প্রাইজের কথা ছেড়ে দিলাম ; কিন্তু খ্যাতি বলে তো একটা জিনিস

আছে !—তুমি কি সে সম্বন্ধেও উদাসীন ? মিরাকিউরল যে একমাত্র তোমার কাছেই আছে, আর কারুর কাছে নেই, সেটা তো তুমি অস্বীকার করবে না ? ক্যানসার পর্যন্ত যখন সেরে গেছে, তাতেই বোঝা যায় এ ওষুধের ক্ষমতার দৌড় । পৃথিবীর সবচেয়ে শক্তিমান ওষুধের স্বত্বাধিকারী তুমি । তোমাকে দেশবিদেশের লোকে চিনবে না ?'

'তার জন্য তুমি কী করতে বলো আমাকে ?'

'আমার প্রস্তাব হচ্ছে এই—তুমি আমার সঙ্গে লন্ডন চলো । আমার মিরাক্‌ল কিওরের কথা শুনে শুধু ডাক্তারি মহলে নয়, বৈজ্ঞানিকদের মধ্যেও তুমুল আলোড়ন চলছে । তারা তোমাকে দেখতে চায়, তোমার মুখ থেকে এ ওষুধের কথা শুনতে চায়, আর আরও যেটা জানতে চায় সেটা হল এই ওষুধের উপাদানের মধ্যে এমন কী থাকতে পারে যার ফলে এর এত তেজ, রোগজীবাণুনাশক এত শক্তি । এর কেমিক্যাল অ্যানালিসিস করিয়েছ তুমি ?'

'না ।'

'তা হলে সে কাজটা লন্ডনে করাতে হবে । উপাদানগুলি জানতে পারলে কৃত্রিম উপায়ে ল্যাবরেটরিতে এই ওষধি তৈরি করে বাজারে ছাড়া যেতে পারে । ভেবে দেখো, সেটা মানুষের মনে কতটা ভরসা আনবে । তাই বলছি তুমি চলো আমার সঙ্গে । আধুনিক বিজ্ঞানের ঘাঁটি যে এখন পশ্চিমে, সেটা তো তুমি স্বীকার কর ? বৈজ্ঞানিক হিসাবেও তো তোমার একবার বিলেত যাওয়া দরকার ।'

অগত্যা সন্ডার্সের প্রস্তাবে সায় দিতে হল । সত্যি বলতে কী, বিদেশ যাবার বাসনা আমি অনেক দিন থেকে পোষণ করছি, সেটা যে এত তাড়াতাড়ি ঘটে যাবে তা ভাবিনি ।

কলকাতায় গিয়ে সাত দিনের মধ্যে যাবার সব ব্যবস্থা হয়ে গেল ।

২৫ অক্টোবর ১৯৩৭ আমরা বোম্বাই থেকে পি. অ্যান্ড ও. কোম্পানির জাহাজ 'এস্ এস্ এথিনা'-তে ইংলন্ড রওনা দিলাম । ১৬ নভেম্বর পোর্টসমাউথ বন্দরে জাহাজ থেকে নেমে ট্রেনে এলাম লন্ডনের ভিক্টোরিয়া স্টেশনে । সেখান থেকে টিউব অর্থাৎ পাতালরেলে চড়ে গেলাম হ্যাম্পস্টেড । এই হ্যাম্পস্টেডেই উইলোবি রোডে সন্ডার্সের বাড়ি ।

সন্ডার্সের চিঠিতে আগেই জেনেছিলাম, তার বাড়িতে স্ত্রী ছাড়া থাকেন তার মা ও বাবা । বাবা জনাথ্যান সন্ডার্স লন্ডন বিশ্ববিদ্যালয়ের ইতিহাসের অধ্যাপক ।

আমাদের দেখে সকলেরই মুখে হাসি ফুটে উঠল। সন্ডার্সের মা আমাকে বুকে জড়িয়ে ধরে বললেন, 'তুমি জেরিকে মৃত্যুর কবল থেকে উদ্ধার করেছ ; এ ঋণ আমরা কোনওদিন শোধ করতে পারব না।'

দোতলা বাড়ি। তার একতলাতেই গেস্টরুমে আমার জায়গা হল। আমরা পৌঁছেছিলাম সন্ধ্যা ছ'টায়। সাড়ে আটটায় ডিনার (এরা দেখলাম বলে 'সাপার') টেবিলে সন্ডার্স তার প্ল্যান বলল।

'কাল সকালে তোমার বড়ির কেমিক্যাল অ্যানালিসিসের বন্দোবস্ত করব। তারপর তোমার বক্তৃতার জন্য জায়গা ঠিক করে খবরের কাগজে বিজ্ঞাপন দেব জনসাধারণকে জানানোর জন্য। অবিশ্যি আমার কিছু চেনা ডাক্তার ও বৈজ্ঞানিকদের আমি আলাদা করে টেলিফোন করে খবরটা জানিয়ে দেব।'

'বিজ্ঞপ্তিতে কী বলবে ?' আমি জিজ্ঞেস করলাম। 'নামে তো কেউই চিনবে না আমাকে।'

সন্ডার্স নির্দ্বিধায় বলল, 'বলব সর্বরোগনাশক যুগান্তকারী ড্রাগ মিরাকিউরলের আবিষ্কর্তা ভারতীয় বিজ্ঞানী প্রোফেসর টি. শঙ্কু তাঁর আবিষ্কার সম্বন্ধে বক্তৃতা দেবেন।'

আমি বললাম, 'সর্বনাশ ! আমি যে কোনওদিনই নিজেকে আবিষ্কারক বলে প্রচার করতে পারব না। সে যে মিথ্যা বলা হবে।'

সন্ডার্স ধমকের সুরে বলল, 'আবিষ্কারক নয় কেন বলছ শঙ্কু ? যে গাছের উল্লেখ শুধু প্রাচীন সংস্কৃত ডাক্তারিশাস্ত্রে পাওয়া যায়, কাশীর এক সাধু ছাড়া যে গাছ কেউ কোনওদিন চোখে দেখেনি, সেই গাছের সন্ধানে ঘোড়ার পিঠে চড়ে সাড়ে ছ' হাজার ফুট উঁচুতে পাহাড়ের গায়ে গভীর জঙ্গলে নিজের জীবন বিপন্ন করে কে গিয়েছিল ? তুমি, না আর কেউ ? তুমি এত বিদ্বান, এত বুদ্ধিমান, এটুকু বুঝতে পারছ না যে, এই গাছ "ডিসকাভার" করে ব্যাপকভাবে কাজে লাগানো একমাত্র তুমি ছাড়া আর কেউ করেনি ?'

এরপর আর আমি কী বলব ? প্রোফেসর সন্ডার্স বললেন, 'খাও, শঙ্কু, খাও। মাথা হেঁট করে বসে থেকো না। জেরি যা বলেছে তা ষোলো আনা সত্যি। নিজের যেটুকু প্রাপ্য, সেটা আদায় করে নেওয়াটাই বিচক্ষণ ব্যক্তির কাজ। এ ব্যাপারে বিনয় প্রকাশ আমি মোটেই সমর্থন করি না।'

পরদিন সকালে সন্ডার্স বলল, 'তোমাকে আর আমার সঙ্গে টানব না ; তুমি বরং ডরথির সঙ্গে গিয়ে হ্যাম্পস্টেড হিথে হাওয়া খেয়ে এসো। আর এখান থেকে দশ মিনিটের হাঁটা পথে কবি কিট্‌সের বাড়িটা দেখে এসো।'

হ্যাম্পস্টেড হিথের কথা আগেই শুনেছিলাম। এটা একটা বিস্তীর্ণ ঘাসে ঢাকা অসমতল ময়দান। তার উপর দিয়ে হেঁটে চলেছি ডরথি আর আমি। নভেম্বর মাস, তাই ঠাণ্ডা বেশ জবরদস্ত।

ডরথি যে অতি বুদ্ধিমতী মেয়ে, সেটা ওর সঙ্গে পাঁচ মিনিট কথা বলেই বুঝেছি। সেও কেমব্রিজের ছাত্রী, অর্থনীতিতে গ্র্যাজুয়েট। কেমব্রিজেই জেরেমির সঙ্গে ওর আলাপ হয়।

ডরথির কথা শুনে এটা বুঝলাম যে ভারতবর্ষে বসে শুধু খবরের কাগজ পড়ে ইউরোপে কী ঘটছে না ঘটছে সে সম্বন্ধে স্পষ্ট ধারণা করা যায় না। গত কয়েক বছরে জার্মানিতে হিটলারের অভ্যুত্থান ও নাৎসি পার্টি সংগঠনের কথা অবিশ্যি জানতাম, কিন্তু সেটা যে কী ভয়ংকর চেহারা নিয়েছে এবং হিটলারের আত্মম্ভরিতা ও তার শাসনতন্ত্রের যথেচ্ছাচারিতা যে কোন স্তরে পৌঁছেছে, সেটা দেশে বসে ধারণা করতে পারিনি। ডরথি বলল, 'ইংরাজিতে পাওয়ার-ম্যাড বলে একটা কথা আছে জান তো ? হিটলার সেই অর্থে উন্মাদ। সমস্ত

ইউরোপকে গ্রাস করে সে একটা বিশাল জার্মান রাজ্য প্রতিষ্ঠা করার স্বপ্ন দেখছে। তাতে ইন্ধন জোগাচ্ছে ওর সাঙ্গোপাঙ্গরা—গোয়রিং, গোয়বেল্‌স, হিমলার, রিবেনট্রপ... । এ বলে আমায় দেখ, ও বলে আমায় দেখ।'

আমি গম্ভীর হয়ে গেছি দেখে ডরথি বলল, 'দেখো তো আমার কী আক্কেল ! তুমি এই প্রথমবার লন্ডনে এলে, আর আমি তোমাকে যত সব অলক্ষুণে কথা বলে ভাবিয়ে তুলছি। ভেরি স্যরি, শঙ্কু ! চলো কিট্‌সের বাড়ি দেখলে তোমার মন খুশি হয়ে যাবে নিশ্চয়ই।'

ডরথি ভুল বলেনি। আমি ভাবতে পারি না যে আমাদের দেশের অতীতের কোনও কৃতকর্মার স্মৃতি এত যত্ন নিয়ে জিইয়ে রাখা হচ্ছে। ডরথি বলল, 'এটা শুধু ব্রিটেনের বিশেষত্ব নয় ; ইউরোপের যেখানেই যাও সেখানেই এ জিনিস দেখতে পাবে।'

সন্ডার্স ফিরল সন্ধ্যা সাড়ে ছ'টায়। প্রথমেই বলল, 'তোমার বক্তৃতার ব্যবস্থা হয়ে গেছে পরশু সন্ধ্যা সাতটায় ক্যাক্সটন হলে। টাইম্‌স আর ম্যানচেস্টার গার্ডিয়ানে কাল বিজ্ঞপ্তি বেরোবে। ফোন করে যাঁদের খবর দিয়েছি তার মধ্যে যিনি আমার ক্যানসারের চিকিৎসা করছিলেন— ডাঃ কানিংহ্যাম— তিনিও আছেন। সকলেই উন্মুখ হয়ে আছেন তোমার বক্তৃতা শোনার জন্য।'

'কিন্তু আমার বড়ির অ্যানালিসিসের কী খবর ?'

সন্ডার্স পকেট থেকে একটা খাম বার করে আমাকে দিল। খাম থেকে যেটা বেরোল, সেটাই হল অ্যানালিসিসের রিপোর্ট। আমি তাতে কিছুক্ষণ চোখ বুলিয়ে বললাম, 'এ তো দেখছি সবরকম ভিটামিনই রয়েছে। তা ছাড়া পোট্যাসিয়াম, ক্যালসিয়াম, ফসফরাস, আয়রন, আয়োডিন ...দেখে অনেকটা মনে হয় যেন রসুনের উপাদানের তালিকা দেখছি।'

সন্ডার্স বলল, 'অ্যালিল সালফাইড রয়েছে বলেই এতরকম রোগের জীবাণু এর কাছে পরাস্ত হয়।'

'কিন্তু রিপোর্টের শেষে যে কথাটা বলা হয়েছে, সেটা তো অত্যন্ত অর্থপূর্ণ। বলছে, একটি উপাদান রয়েছে এই বড়িতে, রসায়নে যার কোনও পরিচিতি নেই।'

'এগজ্যাক্টলি,' বলল সন্ডার্স। 'এবং সেই কারণেই ল্যাবরেটরিতে কৃত্রিম উপায়ে এই ওষুধ তৈরি করা যাবে না। অর্থাৎ পৃথিবীতে একমাত্র তুমিই এই ওষুধের সোল প্রোপ্রাইটার। তোমার জায়গা কেউ কোনওদিন নিতে পারবে না।'

কথাটা শুনে আমার মনে একটা মিশ্র ভাব দেখা দিল। মিরাকিউরল আমার একার সম্পত্তি এটা ভাবতে খারাপ লাগছে না ; কিন্তু এও তো ঠিক যে, যেহেতু ওষুধটা বাজারে ছাড়া যাবে না, পৃথিবীর কোটি কোটি মুমূর্ষু ব্যক্তি এর রোগনাশক ক্ষমতা থেকে বঞ্চিত হবে।

এর পরের দিন সন্ডার্সের সঙ্গে বেরিয়ে লন্ডনের অনেক কিছু দ্রষ্টব্য—ব্রিটিশ মিউজিয়াম, ন্যাশনাল গ্যালারি, মাদাম ত্যুসোর মিউজিয়াম—দেখে সন্ধ্যায় মারমেড থিয়েটারে বার্নার্ড শ'র 'পিগম্যালিয়ন' নাটক দেখলাম। সব মিলিয়ে এটা বলতে পারি যে লন্ডন আমাকে হতাশ করেনি।

আমার বক্তৃতায় এত লোক হবে সেটা স্বপ্নেও ভাবিনি। সন্ডার্স আমার সঙ্গে মঞ্চে উঠে মাইক্রোফোনের সামনে দাঁড়িয়ে আমার পরিচয় করিয়ে দিল। সন্ডার্সেরই অধ্যাপক রেমন্ড ক্যারুথার্স মিটিং-এর চেয়ারম্যান ছিলেন। সন্ডার্স তাঁকে আগেই তালিম দিয়ে রেখেছিল। তিনি 'ব্রিলিয়ান্ট ইয়াং ইন্ডিয়ান সায়ান্টিস্ট প্রোফেসর শ্যাঙ্কু' সম্বন্ধে দু-চার কথা বলার পর আমার বলার পালা এল।

বিশ বছর বয়স থেকে ছাত্র পড়াচ্ছি বলে বক্তৃতার ব্যাপারে আমার কোনও অস্বস্তিবোধ ছিল না। তাই আমি বেশ সহজভাবেই বলে চললাম, ভারতে আয়ুর্বেদ চর্চার কথা, চরক-সুশ্রুতের সংহিতার কথা, আমার বাবার কথা, এবং টিক্‌ড়ীবাবার কাছে শুনে কীভাবে কসৌলির জঙ্গল থেকে স্বর্ণপর্ণী সংগ্রহ করি তার কথা। যতক্ষণ বললাম, ততক্ষণ হলে কেউ টুঁ শব্দটি করেনি। বলা শেষ হলে পর করধ্বনির বহর থেকে বুঝলাম আমি উতরে গেছি।

বক্তৃতার পর প্রশ্নোত্তরের জন্য কিছুটা সময় রাখা হয়েছিল, কিন্তু যে দুটো সবচেয়ে স্বাভাবিক প্রশ্ন—এক, আমি ওষুধটা মার্কেট করব কি না, এবং দুই, আমি কিছুকাল লন্ডনে থেকে চিকিৎসা চালাব কি না—এই দুটোর উত্তরই আমার বক্তৃতার মধ্যে আমি দিয়ে দিয়েছিলাম। তাই বক্তৃতার শেষে দু' মিনিট অপেক্ষা করে সন্ডার্স আমাকে নিয়ে মঞ্চ থেকে নীচে নেমে এল। বহু লোকের সঙ্গে করমর্দন করে এবং অন্তত পঞ্চাশজনের কনগ্র্যাচুলেশন্‌স-এ 'থ্যাঙ্ক ইউ' বলে তবে আমি রেহাই পেলাম।

পরদিন দেখলাম লন্ডনের সব কাগজেই আমার ছবি সমেত খবরটা বেরিয়েছে। বিকেলের দিকে সন্ডার্স বেরিয়ে কাছেই একটা বইয়ের দোকান থেকে জার্মান, ফ্রেঞ্চ, ইটালিয়ান, সুইডিশ ইত্যাদি যাবতীয় ইউরোপীয় ভাষায় ডজনখানেক খবরের কাগজ নিয়ে এল। সেইদিনেরই কাগজ, কিছুক্ষণ আগে এয়ারমেলে এসেছে।

উলটেপালটে দেখা গেল প্রত্যেকটি কাগজেই খবরটা বেরিয়েছে এবং তার সঙ্গে প্রত্যেকটি কাগজেই আমার ছবি।

আমি হকচকিয়ে গেছি দেখে সন্ডার্স বলল, 'এতে অবাক হবার কিছু নেই শঙ্কু। ক্যাক্সটন হলে বহু কাগজের রিপোর্টার উপস্থিত ছিল। তুমি ভুলে যাচ্ছ হে, মিরাকিউরল আবিষ্কারের মতো এমন চাঞ্চল্যকর ঘটনা সম্প্রতি আর ঘটেনি। তুমি এবং তোমার স্বর্ণপর্ণীকে কোনও কাগজ অগ্রাহ্য করতে পারে না।'

এখানে শনি রবি হল উইক-এন্ড। এই দুটো দিন খুব কমই লোক লন্ডনে থাকে ; ইংলন্ডেই কোথাও না কোথাও চলে যায় নির্ঝঞ্ঝাটে দু' দিন কাটিয়ে আসতে। সন্ডার্স আগেই বলে রেখেছিল যে এই উইক-এণ্ডে সে আমাকে কেমব্রিজ ও অক্সফোর্ড দেখিয়ে আনবে। শনিবার কেমব্রিজ, সেখানে কোনও হোটেলে থেকে রবিবারে অক্সফোর্ড দেখে বাড়ি ফেরা।

এ ব্যাপারে ডরথিও আমাদের সঙ্গে এল। সুপ্রাচীন বিশ্ববিদ্যালয় দুটো দেখে মুগ্ধ হয়ে গেলাম। কোনটা যে বেশি ভাল বলা খুব কঠিন, যদিও শহর হিসেবে কেমব্রিজের শান্ত সৌন্দর্য অক্সফোর্ডকে ছাপিয়ে যায়। সন্ডার্স ও ডরথি দুজনেই কিংস কলেজ থেকে পাশ করেছে। দেখে মনে হল পড়াশুনার পক্ষে এর চেয়ে ভাল পরিবেশ আর হতে পারে না।

রবিবার বিকেলে সাড়ে চারটায় বাড়ি ফিরে সদর দরজা দিয়ে ঢুকতেই ডরথির মা ব্যস্তভাবে আমাদের দিকে এগিয়ে এলেন।

'শঙ্কুর সঙ্গে দেখা করার জন্য একটি বিদেশি যুবক প্রায় আধ ঘণ্টা হল বসে আছে।'

'বিদেশি মানে ?' সন্ডার্স জিজ্ঞেস করল।

'সেটা তোমরা বুঝবে। আমাদের মতো ইংরেজি বলে না এটা বলতে পারি।'

বৈঠকখানায় ঢুকতে সোফা থেকে উঠে দাঁড়াল একটি যুবক, তার চোখে চশমা, মাথা ভর্তি সোনালি চুল।

'গুটেন—গুড ইভনিং ;' বলল ছেলেটি। বুঝতে পারলাম ছেলেটি জার্মান কিংবা অস্ট্রিয়ান, 'গুটেন আবেন্ড' বলতে গিয়ে মাঝপথে সামলে নিয়ে ইংরেজি বলছে। এখানে বলে রাখি যে, বি. এস.সি পাশ করার পর যে চার বছর বসে ছিলাম, সেই অবসরে আমি লিঙ্গুয়াফোন রেকর্ড গ্রামোফোনে বাজিয়ে বাজিয়ে ফরাসি আর জার্মান শিখে নিয়েছিলাম।

ডরথি আর আমাদের সঙ্গে আসেনি ; আমরা তিন জন সোফায় বসার পর কথা আরম্ভ হল। ছেলেটি প্রথমেই ইংরেজি ভাষায় সড়গড় না হবার জন্য মার্জনা চেয়ে নিল।

'আমার নাম নরবার্ট স্টাইনার,' বলল ছেলেটি, 'আমি বার্লিনে থাকি ; সেখান থেকেই আসছি।' তারপর সটান আমার দিকে তাকিয়ে বলল, 'মিরাকিউরলের খবর আমাদের কাগজে বেরিয়েছে এবং এটা নিয়ে সকলেই আলোচনা করছে। এই আশ্চর্য ড্রাগের ব্যাপারেই আমি তোমার কাছে এসেছি। তুমি যেখানে বক্তৃতা দিয়েছিলে সেই ক্যাক্সটন হলে ফোন করে আমি জানি যে তুমি হ্যাম্পস্টেডে আছ। এখানে এসে হাই স্ট্রিটে একটা ওযুধের দোকানে জিজ্ঞেস করে জানলাম, মিঃ সন্ডার্স উইলোবি রোডে থাকেন।'

'তোমার আসার কারণটা জানতে পারি কি ?' সন্ডার্স প্রশ্ন করল।

'তার আগে আমি দুটো প্রশ্ন করতে চাই।'

'কী ?'

'নাৎসিরা যে ইহুদিদের উপর অমানুষিক অত্যাচার চালাচ্ছে সেটা জান ?'

এ খবর আমি দেশে থাকতে পেয়েছি। হিটলারের ধারণা ইহুদিরা বহুদিন থেকে জার্মানির নানারকম ক্ষতি করে আসছে ; সুতরাং তাদের উৎখাত না করলে জার্মানি তার পূর্ব গৌরব ফিরে পাবে না। হিটলারের মতে ইহুদিরা মানুষই নয় : আসল মানুষ হচ্ছে সেইসব জার্মান, যাদের শিরায় এক ফোঁটা ইহুদি রক্ত নেই। এই অজুহাতে তারা ইহুদিদের উপর নৃশংস অত্যাচার চালিয়েছে। অথচ জার্মানির জ্ঞানীগুণীদের মধ্যে যাদের স্থান সবচেয়ে উপরে, তাদের অনেকেই ইহুদি।

সন্ডার্স বলল, 'আমরা এ অত্যাচারের কথা জানি। তোমার দ্বিতীয় প্রশ্ন কী ?'

'তোমরা হাইনরিখ স্টাইনারের নাম শুনেছ ?'

হাইনরিখ স্টাইনার ? এ নাম যে আমার চেনা। বললাম, 'যিনি সংস্কৃতের অধ্যাপনা করেন ? যিনি বেদ উপনিষদ নতুন করে জার্মান ভাষায় অনুবাদ করেছেন ?'

'হ্যাঁ,' বলল নরবার্ট স্টাইনার। 'আমি তাঁর কথাই বলছি।'

'তিনি তোমার কে হন ?'

'বাবা। বার্লিন বিশ্ববিদ্যালয়ে সংস্কৃতের অধ্যাপক ছিলেন। নাৎসিরা জার্মানির সব বিশ্ববিদ্যালয় থেকে ইহুদিদের তাড়িয়ে দিয়েছে। গেস্টাপোর নাম শুনেছ ?'

এ নামও আমার জানা। বললাম, 'জার্মানির গুপ্ত পুলিশ ?'

'হ্যাঁ। নাৎসি পার্টিতে হিটলারের পরেই যার স্থান, সেই হেরমান গোয়রিং-এর সৃষ্টি এই গেস্টাপো। এই পুলিশবাহিনীর প্রতিটি লোক এক একটি মূর্তিমান শয়তান। কোনও কুকার্যে এরা পেছপা হয় না।'

'তোমার বাবা কি— ?'

'হ্যাঁ। এদের শিকার। বাবা বেশ কিছুদিন থেকেই জার্মানি ছেড়ে চলে যাওয়ার কথা ভাবছিলেন, কিন্তু বার্লিন ওঁর জন্মস্থান, আর ওঁর ছাত্ররা ওঁকে যেরকম ভালবাসে আর ভক্তি করে—উনি দোটানার মধ্যে পড়ে গিয়েছিলেন। দু' দিন আগে গেস্টাপোর সশস্ত্র পুলিশ আমাদের বাড়িতে এসে হাজির হয়। তখন দুপুর, আমরা খেতে বসেছি। একজন পুলিশ খাবার ঘরে এসে বাবার দিকে পিস্তল উঁচিয়ে বলে, "বলো—হাইল হিটলার।"

আমি জানতাম যারা হিটলারের আনুগত্য স্বীকার করে, তারা পরস্পরের সঙ্গে দেখা হলে ডান হাত সামনের দিকে উঁচিয়ে 'হাইল হিটলার' বলে। এর মানে যদি করা যায় 'হিটলার জিন্দাবাদ', তা হলে খুব ভুল হবে না।

নরবার্ট বলে চলল, 'বাবা বারবার আদেশ সত্ত্বেও হাইল হিটলার বলতে রাজি হননি। তখন পুলিশ তাঁকে আক্রমণ করে। বেপরোয়াভাবে প্রহার করে পুলিশ যখন চলে যায়, তখন বাবা অর্ধমৃত। তাঁর সর্বাঙ্গ রক্তাক্ত, মাথা ফেটে গেছে। বার্লিনের কোনও হাসপাতালে

ইহুদিদের ঢুকতে দেয় না। আমাদের বাড়ির ডাক্তার হুবারমানও ইহুদি—তিনি বাড়ি থেকে বেরোন না। পরিচর্যা যেটুকু করার সেটা করেছি আমার বোন আর আমি। কিন্তু বাবা যে অবস্থায় রয়েছেন, ভুল বকছেন, গা জ্বরে পুড়ে যাচ্ছে—তাতে মনে হয় না তিনি আর দুএক দিনের বেশি বাঁচবেন। গতকাল কাগজে আমি প্রোফেসর শঙ্কু আর মিরাকিউরলের কথা পড়লাম।'

নরবার্টের কাতর দৃষ্টি এবার আমার দিকে ঘুরল।

'এক, যদি আপনি বাবাকে বাঁচান...'

সন্ডার্স বলল, 'তুমি কি প্রোফেসরকে বার্লিন নিয়ে যেতে চাইছ ?'

'না হলে বাবা বাঁচবেন না, মিঃ সন্ডার্স ! আর বাবা হলেন সত্যিকার ভারতপ্রেমিক। সাতবার ভারতবর্ষে গেছেন। বলেন, সংস্কৃত ভাষায় যে ঐশ্বর্য আছে তেমন আর কোনও ভাষায় নেই। ...আমি টাকা নিয়ে এসেছি। কাল দুপুরে হেস্টন থেকে বার্লিনের প্লেন ছাড়বে সাড়ে এগারোটায়, বিকেল সাড়ে চারটায় বার্লিন পৌঁছোবে। আমাদের বাড়িতেই থাকবেন প্রোফেসর। আমিই আবার দুদিন পরে ওঁকে প্লেনে তুলে দেব। ওঁর এক পয়সা খরচ লাগবে না।'

'কিন্তু ওঁর নিরাপত্তার কী ব্যবস্থা হবে ?'

'ভারতবাসীদের উপর তো নাৎসিদের কোনও আক্রোশ নেই,' বলল নরবার্ট। 'ওঁর কোনও ক্ষতি হবে না এ আমি জোর দিয়ে বলতে পারি।'

সন্ডার্স কয়েক মুহূর্ত চুপ থেকে বলল, 'তোমার বাবাকে কি দেখলে ইহুদি বলে বোঝা যায় ?'

'তা যায়।'

'ওঁর চুল কি কালো ?'

'হ্যাঁ।'

'তা হলে তোমার চুল সোনালি হল কী করে ? তোমার মা-র চুল কি তোমার মতো ?'

'না, মা-র চুলও কালো ছিল। উনি মারা গেছেন পাঁচ বছর আগে।'

এই বলে নরবার্ট তার চুলের একটা অংশ ধরে টান দিতে সোনালি পরচুলা খুলে গিয়ে কালো চুল বেরিয়ে পড়ল।

'এবার বুঝতে পারছ কেন আমি স্বচ্ছন্দে ঘুরে বেড়াতে পারি ? আর তা ছাড়া স্টাইনার নাম শুধু ইহুদিদের হয় না, অন্যদেরও হয়। আমি বলছি ওঁর কোনও বিপদ হবে না।'

আমি মনে মনে ভাবছিলাম বাবা বেঁচে থাকলে বলতেন, 'তুই যা রে তিলু। একজন মনীষীর ত্রাণকর্তা হতে পারলে তোর জীবন ধন্য হবে।'

সন্ডার্সকে দেখেই বুঝতে পারছিলাম ও সবিশেষ চিন্তিত। এবার ও আমার দিকে ফিরে বলল, 'তোমার কী মত, শঙ্কু ?'

আমি বললাম, 'এত বড় একজন ভারততাত্ত্বিককে মৃত্যুর কবল থেকে উদ্ধার করতে পারলে আমার আত্মা শান্তি পাবে।'

'তবে যাও,' বলল সন্ডার্স, 'কিন্তু দু' দিনের বেশি কোনওমতেই থাকবে না। তোমাকেও বলছি, নরবার্ট—যদি ঈশ্বরের কৃপায় এবং মিরাকিউরলের গুণে তোমার বাবা পুনর্জীবন লাভ করেন, সে খবরটা তুমি ঢাক পিটিয়ে লোককে বলতে যেও না। তা হলে প্রোফেসরকে আরও ডজনখানেক মুমূর্ষু ব্যক্তির চিকিৎসার জন্য অনির্দিষ্টকাল বার্লিনে থেকে যেতে হবে।'

'আমি কথা দিচ্ছি সেটা হবে না।'

নরবার্ট উঠে পড়ে বলল, 'আমি কাল সকাল দশটায় ট্যাক্সি নিয়ে এখানে এসে হাজির

হব।'

নরবার্ট চলে গেলে সন্ডার্স আমাকে জিজ্ঞেস করল, 'তুমি মিরাকিউরলের ক'টা বড়ি এনেছ ?'

'চব্বিশটা।'

'সেগুলো কোথায় থাকে ?'

'আমার সুটকেসে একটা শিশির মধ্যে। কারুর চিকিৎসা করতে যাবার সময় আমি চারটে বড়ি সঙ্গে নিয়ে নিই। তবে বার্লিনে অবিশ্যি আমার সঙ্গে সব বড়িই থাকবে ; চারটে থাকবে পকেটে, আর বাকি ব্যাগে।'

'যে ব্যাপারে আমার সবচেয়ে বেশি ভয় করছে সেটা হল এই—জার্মানিতে তোমার খবর পৌঁছে গেছে সে তো তুমি দেখলেই ; ধরো যদি বার্লিন গিয়ে তুমি নাৎসিদের খপ্পরে পড় ? তাদের মধ্যে তো অনেকেরই দুরারোগ্য ব্যাধি থাকতে পারে। তাদের কেউ তোমার ওষুধের উপকারিতা ভোগ করছে এটা ভাবতে আমার আপাদমস্তক জ্বলে যায়।'

'তুমি কোনও চিন্তা করো না, সন্ডার্স। খবরের কাগজের ছবি থেকে মানুষ চেনা অত সহজ নয়। তা ছাড়া বার্লিনে আমার বয়সি আরও অনেক ভারতীয় আছে, যারা সেখানে পড়াশুনো করছে। আমাকে কেউ মিরাকিউরলের শঙ্কু বলে চিনবে না, দেখে নিও।'

সন্ডার্স একটা দীর্ঘশ্বাস ফেলে বলল, 'ঠিক আছে, তবে এটা জেনো যে তুমি ফিরে না আসা পর্যন্ত আমার সোয়াস্তি নেই।'

সন্ডার্স একটা জীবতত্ত্ববিষয়ক পত্রিকার জন্য একটা প্রবন্ধ লিখছিল, বলল, 'যাও, তুমি আর ডরথি একটু ঘুরে এসো।'

কোনও বিশেষ জায়গায় যাবার ছিল না। তাই ডরথি আর আমি হ্যাম্পস্টেডেই এদিক ওদিক একটু ঘুরে দেখলাম। একটা রেস্টোরান্টে বসে কফি খেতে খেতে ডরথি বলল, 'আমার জার্মানি আর জার্মান জাতটার উপর এমন ঘৃণা ধরে গেছে যে কেউ ওখানে যাচ্ছে শুনলেই আমি বাধা না দিয়ে পারি না। অবিশ্যি তোমার ব্যাপারটা আমি বুঝতে পারছি। হাইনরিখ স্টাইনারের প্রতি তোমার শ্রদ্ধার ভাব থাকাটা স্বাভাবিক।'

আমি বললাম, 'ভারতবর্ষের শিল্প সাহিত্য সম্পর্কে অনেক জার্মানই শ্রদ্ধাশীল। আর সেটা আজ থেকে নয়। দুশো বছর থেকে। আমাদের বিখ্যাত প্রাচীন সংস্কৃত নাটক শকুন্তলা জার্মানে অনুবাদ হয়েছে ঊনবিংশ শতাব্দীর গোড়ায়।'

'তখন মধ্যাহ্নের সূর্য জার্মানির মাথার উপরে, শঙ্কু। এখন সে দেশে অন্ধকার, লোকেরা সব অন্ধ, তাই তো হিটলারের স্বরূপ তারা দেখতে পায় না।'

ডিনারের পর বৈঠকখানায় বসে কফি পান ও গল্পগুজব করে আমার ঘরে চলে গেলাম জিনিসপত্র গুছিয়ে নিতে। সুটকেসটা সবে বিছানার উপর তুলেছি, এমন সময় দরজায় টোকা পড়ল। খুলে দেখি সন্ডার্স।

'আসতে পারি ?'

'নিশ্চয়ই।'

সন্ডার্স ঘরে ঢুকে দরজাটা বন্ধ করে দিয়ে একটা অপ্রত্যাশিত প্রশ্ন করল।

'আগ্নেয়াস্ত্র ব্যবহারের অভ্যাস আছে তোমার ?'

'পিস্তল বন্দুকের কথা বলছ ?'

'হ্যাঁ।'

আমাকে বলতেই হল সে অভ্যাস আমার নেই। 'সত্যি বলতে কী, আট-দশ বছর বয়সে আমার গুলতিতে খুব ভাল টিপ ছিল। সাধারণত ওই বয়সে ছেলেরা গুলতি দিয়ে পাখিটাখি

মেরে আস্ফালন করে। আমি কিন্তু কোনওদিন কিছু মারিনি। ছেলেবেলা থেকেই রক্তপাত জিনিসটাকে আমি সহ্য করতে পারি না।'

'আমিও তাই, শঙ্কু,' বলল সন্ডার্স, 'কিন্তু নিরীহ মানুষের উপর যারা অমানুষিক অত্যাচার করে, তাদের উপর গুলি চালাতে আমি বিন্দুমাত্র দ্বিধা করব না। বাইব্‌লে যে বলে : এক গালে চড় খেলে অন্য গাল এগিয়ে দাও—এতে আমি মোটেই বিশ্বাস করি না।'

'কিন্তু এসব কথা তুমি আমায় বলছ কেন?'

সন্ডার্স কোনও জবাব না দিয়ে কোটের পকেটে হাত ঢুকিয়ে একটা রিভলভার বার করল।—'এটা জার্মানিতে তৈরি। এর নাম লুগার অটোম্যাটিক। এতে আমি ছ'টা গুলি ভরেছি। তুমি এটা সঙ্গে নেবে। একটু দেখে নাও। এই হল সেফ্‌টি ক্যাচ। এটা এইভাবে টিপলে আলগা হয়, আর তখনই গুলি চালানো সম্ভব। গুলতিতে টিপ ভাল হলে রিভলভারেও হবে, এটা আশা করা ঠিক না। সত্যি বলতে কী, রিভলভারের চেয়ে রাইফ্‌লের সাহায্যে লক্ষ্যভেদ করা অনেক সহজ। কিন্তু কেউ যদি তোমার কাছে—অর্থাৎ পয়েন্ট-ব্ল্যাঙ্ক রেঞ্জে—দাঁড়ায়, তা হলে তার দিকে তাগ করে রিভলভার চালালে তাকে কিছুটা ঘায়েল করবে নিশ্চয়ই। অতএব—হাত বাড়াও।'

অগত্যা রিভলভারটা নিয়ে নিলাম। আমি রোগাপটকা পাঁচ ফুট সাত ইঞ্চি মানুষ হলেও—শরীরে আমার শক্তির অভাব ছিল না। এর কারণ আমার বাবা। পুষ্টিকর খাবার খাওয়া আর নিয়মিত ব্যায়াম করা—এই দুটোর জন্যই দায়ী ছিলেন বাবা।

আজকাল বড় বড় জেট প্লেন ওড়ে পৃথিবী থেকে ত্রিশ-পঁয়ত্রিশ হাজার ফুট উপরে। ফলে জানালা দিয়ে নীচের দিকে চাইলে প্রায় কিছুই দেখা যায় না। যে প্লেনে নরবার্টের সঙ্গে বার্লিন যাচ্ছিলাম, তাতে চারটে প্রপেলার রয়েছে, আর সেটা অনেক নীচ দিয়ে ওড়ার ফলে ঘরবাড়ি রাস্তাঘাট খেতখামার সবই দিব্যি দেখতে পাচ্ছিলাম। ভারী মনোরম, পরিচ্ছন্ন এই দৃশ্য। শীতকাল বলে সবুজের একটু অভাব, এক এক জায়গায় দেখছি বরফও জমে রয়েছে।

বিকেলে যথাসময়ে আমরা বার্লিন এয়ারপোর্টে এসে নামলাম। তখন অবিশ্যি এয়ারপোর্ট কথাটা চালু হয়নি ; বলা হত এয়ারোড্রোম। আজকের তুলনায় অনেক ছোট, তবে আজকের মতোই নানান নিয়মকানুনের মধ্যে দিয়ে চলতে হয়।

একটা কাউন্টারের পিছনে হৃষ্টপুষ্ট এক জার্মান বসে যাত্রীদের পাস্‌পোর্ট চেক করছে। নরবার্ট আর আমি লাইনে দাঁড়িয়েছিলাম। দশ মিনিটের মধ্যে কাউন্টারের সামনে পৌঁছে গেলাম। নরবার্ট আমার পিছনে, কাজেই আমাকেই আগে পাস্‌পোর্টটা দিতে হল। সেই সঙ্গে একটা হলদে কার্ডও দেবার ছিল, যাতে কতগুলো নির্দিষ্ট জায়গায় নামধাম, কোন দেশের লোক, বার্লিনে ক' দিন থাকব, কোথায় থাকব, কেন এসেছি, সব লিখতে হয়েছিল প্লেনে বসেই।

ইনস্পেক্টর কার্ডটায় চোখ বুলোতে বুলোতে একবার চশমার উপর দিয়ে আমার দিকে দেখলেন ; তারপর মৃদুস্বরে বার তিনেক 'শাঙ্কু' বলে প্রশ্ন করার সুরে বললেন, 'আর্টস্ট্ ?' অর্থাৎ আমি ডাক্তার কিনা প্রশ্ন করা হচ্ছে। আমি বললাম, 'নাইন। ভিজেনশাফ্‌টলের। প্রোফেসর।' অর্থাৎ, 'না, আমি বৈজ্ঞানিক। অধ্যাপক।'

লোকটা এবার পাস্‌পোর্টটা ভাল করে দেখল। তারপর তার পিছনে দাঁড়ানো একজন ইউনিফর্মধারী পুলিশের দিকে ফিরে বলল, 'ফ্রিৎস, আনেরকেনেন সী ডাস হের ?' অর্থাৎ, তুমি এই ভদ্রলোককে চিনতে পারছ ?

উত্তর এল, 'নাইন, নাইন।'—না, না।

'এখানে ক'দিন থাকবে ? আমার দিকে ফিরে জিজ্ঞেস করল ইনস্পেক্টর। বললাম, 'দিন তিনেক।'

'আসার উদ্দেশ্য ?'

'ভ্রমণ। কার্ডেই লেখা আছে।'

'ঠিক আছে। এগিয়ে যাও।'

যাক। একটা বাধা অতিক্রম করা গেছে। ভদ্রলোক যে কাগজে আমার ছবি দেখেছেন, এবং আমার চেহারার সঙ্গে ছবির সাদৃশ্য লক্ষ করেছেন তাতে সন্দেহ নেই।

আমাদের মাল সংগ্রহ করে যখন বেরোচ্ছি, তখন এটা লক্ষ করলাম যে কিছু লোক আমার দিকে কৌতূহলী দৃষ্টি নিয়ে দেখছে। এর ফলে যে কিছুটা অস্বস্তি ভোগ করছিলাম সেটা অস্বীকার করব না।

ট্যাক্সিতে উঠে নরবার্ট ড্রাইভারকে গন্তব্যস্থল বাতলে দিল—সতেরো নম্বর ফ্রীডরিখস্ট্রাসে।

বার্লিন যে পৃথিবীর তৃতীয় বৃহত্তম শহর সেটা বুঝতে বেশি সময় লাগল না। এও বুঝলাম যে শহরটা ঘড়ির কলের মতো চলে ; এর চরিত্রের সঙ্গে লন্ডনের কোনও মিল নেই।

লন্ডনের রাস্তাঘাটে যে সংখ্যায় ভারতীয় দেখা যায়, এখানে ততটা দেখা যায় না, যদিও জানি যে বেশ কিছু ভারতীয় এখানে হয় পড়াশুনো করছে না হয় চাকরি করছে।

আধ ঘণ্টাখানেক চলার পর নরবার্ট ট্যাক্সিওয়ালাকে ডাইনে থামাতে বলল। ট্যাক্সি একটা দোতলা বাড়ির সামনে থামল।

নরবার্ট ভাড়া চুকিয়ে দিয়ে বাঁ হাতে নিজের সুটকেস আর ডান হাতে আমারটা নিয়ে সদর দরজায় গিয়ে বেল টিপল। অল্পক্ষণের মধ্যেই একটা চাকর এসে দরজা খুলতে নরবার্ট তার হাতে ব্যাগগুলো চালান দিয়ে আমাকে সঙ্গে করে সিঁড়ি দিয়ে পা চালিয়ে দোতলায় উঠে গেল।

'আগে বাবাকে দেখবে তো?'

'এক্ষুনি, এক্ষুনি।'

একটা বইয়ে ঠাসা ঘরের ভিতর দিয়ে যে ঘরে গিয়ে ঢুকলাম, সেটা শোবার ঘর। একপাশে একটা খাটে লেপের তলায় একজন প্রৌঢ় শুয়ে আছেন আধবোজা চোখে। তাঁর হাঁ করা মুখ দিয়ে দমকে দমকে নিশ্বাস বেরোচ্ছে। ভদ্রলোকের পাতলা হয়ে আসা কালো চুলের সঙ্গে অল্প পাকা চুল মিশেছে, আন্দাজে মনে হয় বছর পঞ্চান্ন বয়স। তাঁর মাথায় আর ডান কনুইয়ে ব্যান্ডেজ যে অপটু হাতের কাজ, সেটা দেখলেই বোঝা যায়। ইনিই যে হাইনরিখ স্টাইনার সেটা আর বলে দিতে হয় না।

খাটের পাশে দাঁড়িয়ে চোখের জল মুছছে একটি ষোলো-সতেরো বছর বয়সের মেয়ে। নরবার্ট তাকে দেখিয়ে বলল, 'আমার বোন লেনি।'

আমি এগিয়ে গিয়ে ভদ্রলোকের নাড়ী দেখলাম। স্পন্দন প্রায় নেই বললেই চলে। আমার বাবার মৃত্যুর সময় আমি পাশেই ছিলাম। তাঁর মুখে যে মৃত্যুর ছায়া দেখেছিলাম, এখানেও তাই দেখছি।

আর দেরি করা চলে না।

আমি জানতাম এই অবস্থায় বড়ি গেলানো চলবে না, তাই একটা কাগজের মোড়কে দুটো বড়ি গুঁড়িয়ে নিয়ে গিয়েছিলাম। লেনিকে বললাম, 'তোমার পাশেই টেবিলে ফ্লাস্ক আর গেলাস দেখছি; আমাকে এক গেলাস জল দাও।'

লেনি যখন জল ঢালছে, তখন একটা শব্দ শুনে আমার দৃষ্টি প্রোফেসর স্টাইনারের দিকে চলে গেল। তাঁর ঠোঁট কাঁপছে। একটা শব্দ বেরোল—'আ-হা'। আমি নরবার্টের দিকে চাইলাম।

'আমার মা-র নাম ছিল হানা।'

প্রোফেসরের মুখ এখনও হাঁ। আমি মোড়ক খুলে জলের গেলাস হাতে নিয়ে রুগির পাশে গিয়ে তাঁর হাঁ করা মুখের ভিতর জল আর পাউডার ঢেলে দিলাম।

'আর কিছু করতে হবে কি?' নরবার্ট প্রশ্ন করল। বললাম, 'হ্যাঁ, আমি একটু কফি খাব—ব্ল্যাক কফি।'

লেনি ঘর থেকে বেরিয়ে গেল।

ঘড়িতে বার্লিনের টাইম করে নিয়েছিলাম, দেখলাম পৌনে ছটা। জানলা দিয়ে দেখছি রাস্তার আলো জ্বলে গেছে, আকাশে তারা দেখা যাচ্ছে। এটা জানি যে, কাল সকালের আগে ওষুধের ফলাফল জানা যাবে না, তাই কফি খেয়ে নরবার্টকে বললাম, 'বার্লিনের একটা বিখ্যাত রাস্তার নাম আমি শুনেছি—কুরফ্যুরস্টেনডাম। সেটা একবার দেখে আসা যায় কি?'

'হাঁটতে রাজি আছ?'

'নিশ্চয়ই। দেশে আমি সকালে রোজ চার মাইল করে হাঁটি।'

'অবিশ্যি ক্লান্ত লাগলে সব সময়ই ট্যাক্সি নেওয়া যায়।'

আশ্চর্য!—পুলিশশাসিত দেশ, কর্ণধার হলেন দুর্নীতির পরাকাষ্ঠা, অথচ বাইরে থেকে রাজধানীর চেহারা দেখে কিছুই বোঝার উপায় নেই। পুলিশ চোখে পড়ে ঠিকই, কিন্তু সেই সঙ্গে রয়েছে নিরুদ্বিগ্ন জনস্রোত, ঝলমলে দোকানপাট, সিনেমা থিয়েটারের বাইরে সুসজ্জিত নারী পুরুষের ভিড়। নরবার্টকে কথাটা বলাতে ও বলল, 'সেই জন্যেই তো যারা অল্পদিনের জন্য এখানে আসে, তারা বাইরে থেকে হিটলারের শাসনতন্ত্র সম্বন্ধে যা শুনেছে সে বিষয়ে সন্দেহ প্রকাশ করতে শুরু করে।'

কুরফ্যুরস্টেনডামের একটা পোশাকের দোকানে কোট প্যান্ট শার্ট পুলোভার দেখছি, এমন সময় আমার ডান হাতের কনুইয়ে একটা মৃদু চাপ অনুভব করলাম। ঘুরে দেখি, একজন মাঝবয়সি মহিলা আমার দিকে একদৃষ্টে চেয়ে আছেন।

'প্রোফেসর শাঙ্কু?' ইতস্তত ভাব করে জিজ্ঞেস করলেন মহিলা। আমি মাথা নেড়ে হ্যাঁ বলাতে দ্বিতীয় প্রশ্ন এল, 'কোয়নেন সী ডয়েচ?' অর্থাৎ, তুমি জার্মান বলো?

এ প্রশ্নের উত্তরেও হ্যাঁ বলাতে ভদ্রমহিলার মুখ প্রথমে আনন্দে উদ্ভাসিত, আর পরমুহূর্তে

বিষাদে আচ্ছন্ন হয়ে গেল। আমার হাতদুটো ধরে কাতরকণ্ঠে মহিলা বললেন, 'হেলফেন মিখ, বিটে, হেলফেন মিখ, হের প্রোফেসর!' অর্থাৎ, দোহাই প্রোফেসর, আমাকে সাহায্য করো। তাঁর কী হয়েছে জিজ্ঞেস করাতে ভদ্রমহিলা বললেন ত্রিশ বছর থেকে তাঁর "কাটার" বা সর্দির ধাত, আর সেই সঙ্গে মাথার যন্ত্রণা। 'তুমি তো জানো সর্দির ওষুধ আজ পর্যন্ত কেউ বার করতে পারেনি। তোমার "আলহাইলমিটেল" বড়ি মিরাকুরল একটা দাও আমাকে দয়া করে!"

'আলহাইলমিটেল' হল সর্বরোগনাশক। এখনও যে ভদ্রমহিলার নাক বন্ধ হয়ে রয়েছে সেটা তাঁর কথা শুনেই বুঝতে পারছিলাম।

'তোমার নাম কী?' নরবার্ট জিজ্ঞেস করল।

'ফ্রয়লাইন ফিৎস্‌নার',—অর্থাৎ মিসেস ফিৎস্‌নার।

আমি বললাম, 'আমি দিতে পারি, কিন্তু একটা শর্তে। আমি যে তোমাকে ওষুধ দিয়েছি সেটা কাউকে বলবে না।'

ভদ্রমহিলা ঘন ঘন মাথা নেড়ে প্রতিজ্ঞা করলেন যে তিনি কাউকে বলবেন না।

আমার পকেটে চারটে বড়ি ছিল, তার দুটো প্রোফেসর স্টাইনারকে দিয়েছি, বাকি দুটো মহিলাকে দিয়ে দিলাম।

'তোমার কাছে কাগজ পেনসিল আছে?' নরবার্ট প্রশ্ন করল।

'ইয়া, ইয়া,' বলে ভদ্রমহিলা তাঁর হ্যান্ডব্যাগ থেকে একটা ছোট্ট নোটবুক আর পেনসিল

বার করলেন। নরবার্ট তাতে তার বাড়ির ফোন নম্বরটা লিখে দিয়ে বলল, 'কাল যে কোনও একটা সময় ফোন করে প্রোফেসরকে জানাবে তুমি কেমন আছো।'

ভদ্রমহিলা 'ডাঙ্কেশোয়েন, ডাঙ্কেশোয়েন' বলে ধন্যবাদ দিতে দিতে ভিড়ের মধ্যে মিলিয়ে গেলেন।

আমরা কুরফ্যুরস্টেনডামেরই একটা রেস্টোরান্টে ডিনার সেরে নিলাম।

ন'টায় বাড়ি ফিরে প্রোফেসর স্টাইনারের ঘরে গিয়ে দেখলাম তিনি ঘুমোচ্ছেন। লেনিকে জিজ্ঞেস করলাম, 'তোমার বাবা কি এর মধ্যে কোনও কথা বলেছেন?'

লেনি বলল, 'আরেকবার মা-র নাম করেছিলেন। আর বললেন—আমি আসছি।'

আমি দীর্ঘশ্বাস ফেলে আমার ঘরে চলে এলাম। হে প্রভু—মিরাকিউরল যেন ব্যর্থ না হয়।

খাটের পাশে একটা টেবিলের উপর চকোলেট আর একটা ছোট্ট কার্ডে মেয়েলি হাতে লেখা 'গুটে নাট্‌ট'—অর্থাৎ গুড নাইট—দেখে বুঝলাম মায়ের অভাবে লেনি এই বয়সেই পাকা গৃহিণী হয়ে উঠেছে।

দিনে ধকল গেছে বলে রাত্রে ঘুমটা ভালই হল। গিরিডিতে উঠি পাঁচটায়, এখানে ঘুম ভাঙতে ঘড়ির দিকে চেয়ে দেখি ছ'টা বাজতে পাঁচ। আসলে পালকের বালিশে শুয়ে আরামটা হয়েছে একটু বেশি।

আমি চটপট লেপের তলা থেকে বেরিয়ে মাটিতে পা দিতেই কণ্ঠস্বর কানে এল—উদাত্ত, সুরেলা কণ্ঠ। কিন্তু এ কী! এ যে সংস্কৃত, আর কথাগুলো আমার চেনা!—

'বেদাহমেতং পুরুষংমহান্তমাদিত্যবর্ণং তমসঃ পরস্তাৎ...'— আমি এই তিমিরাতীত জ্যোতির্ময় মহাপুরুষকে চিনিয়াছি...এ যে উপনিষদের কথা! ছেলেবেলায় বাবাকে আবৃত্তি করতে শুনেছি, আর আজও মনে আছে।

আমি গায়ে একটা কোট চাপিয়ে নিয়ে কণ্ঠস্বর লক্ষ্য করে দ্রুত ঘর থেকে বেরিয়ে গেলাম।

গলা আসছে প্রোফেসরের ঘরের দিক থেকে।

'ত্বমেব বিদিত্বাতিমৃত্যুমেতি নান্য পন্থা বিদ্যতে হয়নায়।'

সাধক কেবল তাঁহাকে জানিয়াই মৃত্যুকে অতিক্রম করেন...তদ্ভিন্ন মুক্তিপ্রাপ্তির আর অন্য পথ নাই।...

প্রোফেসরের ঘর খালি। ওই যে ওদিকে দরজা। তার ওদিকে ব্যালকনি!

রুদ্ধশ্বাসে দরজা দিয়ে বেরিয়ে গিয়ে দেখি, প্রোফেসর স্টাইনার ব্যালকনির অপর প্রান্তে আমার দিকে পিঠ করে দাঁড়িয়ে ভোরের আকাশের দিকে চেয়ে উপনিষদ আবৃত্তি করছেন।

হয়তো আমার পায়ের আওয়াজ পেয়েই মাঝপথে থেমে গিয়ে আমার দিকে ঘুরে কয়েক মুহূর্ত চেয়ে থেকে যেন একটু অবাক হয়েই প্রশ্ন করলেন, 'কস্তম্‌?' অর্থাৎ সংস্কৃতে 'তুমি কে?'

আমি জার্মানেই উত্তর দিলাম।

'আমার নাম ত্রিলোকেশ্বর শঙ্কু।'

'ত্রিলোকেশ্বর? বিষ্ণু, শিব না সূর্য?'

আমি জানতাম আমার নাম তিনটেকেই বোঝায়। আমি মৃদু হেসে বললাম, 'কোনওটাই না। আমি ভারতবর্ষের বিজ্ঞানের অধ্যাপনা করি। আমি একটা আশ্চর্য আয়ুর্বেদিক ওষুধ পেয়েছি, যেটা সবরকম ব্যারামেই কাজ করে। লন্ডনে—'

'মিরাকুরল ?' ভদ্রলোক আমাকে বাধা দিয়ে বললেন। 'আমি তোমার ওষুধে ভাল হয়ে উঠেছি ? আমি তাই ভাবছিলাম—এই চার বছর তো দুর্যোগ ছাড়া আর কিছু জোটেনি আমার কপালে, হঠাৎ ঈশ্বর আমার উপর এত সদয় হলেন কেন ?... কিন্তু, ত্রিলোকেশ্বর—আমি তো মৃত্যুকে বরণ করে নিয়েছিলাম ; কারণ, বেঁচে থেকে তো আমার কোনও লাভ নেই !'

'লাভ আছে, প্রোফেসর স্টাইনার। কাল আপনার ছেলে বলছিল, আপনি ভাল হয়ে উঠলে আপনাকে জার্মানি থেকে সরিয়ে নিয়ে যাবার উপায় সে নিশ্চয়ই বার করবে। তাতে যদি প্রতারণার আশ্রয় নিতে হয় তাতেও ক্ষতি নেই। শঠে শাঠ্যম্ কথাটা তো আপনি জানেন। এই রাজ্যে এই অন্ধকার যুগে নীতির কথা ভাবলে চলবে না। আপনি বাইরে কোথাও চলে গিয়ে আপনার কাজ আবার শুরু করুন।'

সৌম্যদর্শন পণ্ডিত যেন আপন মনেই বলে উঠলেন, 'প্যারিস !... আঁদ্রে... আঁদ্রে ভের্সোয়া... আমার বন্ধু... সেও ভারততাত্ত্বিক... কতবার বলেছে এখানে চলে এসো, এখানে চলে এসো...'

'বেশ তো, তাই যাবেন আপনি !'

স্টাইনার উদাস দৃষ্টিতে সবে ওঠা সূর্যের দিকে চেয়ে বললেন, 'কত কাজ বাকি ! কত কাজ বাকি ! এরা কিছুই করতে দেয়নি আমাকে। ভাগ্যের কী পরিহাস ! নাৎসি পার্টি—যাদের

নাম উচ্চারণ করতে মন বিষিয়ে ওঠে—তারা স্বস্তিককে করেছে তাদের প্রতীক, সিম্বল, এমব্লেম ! সু—অর্থাৎ ভাল, অস্তি—অর্থাৎ আছে ; এই হল স্বস্তি, আর তার থেকে স্বস্তিক। এরা বলে স্‌ভাসটিকা ! এর চেয়ে—'

প্রোফেসরকে কথা থামাতে হল। আর সেইসঙ্গে আমিও তটস্থ।

বাড়ির সদর দরজায় ধাক্কা পড়েছে সজোরে। একবার নয়, তিনবার।

'আবার তারা !' গভীর উৎকণ্ঠার সুরে বললেন স্টাইনার।

বাইরে একটা পায়ের শব্দের সঙ্গে সঙ্গে নরবার্ট আর লেনি ব্যালকনিতে ছুটে এল।

বাবাকে সুস্থ অবস্থায় দাঁড়িয়ে থাকতে দেখে প্রথমে দু'জনেরই মুখ হাঁ হয়ে গেল। পরমুহূর্তে বিস্ময় কাটিয়ে উঠে নরবার্ট তার বাবাকে হাত ধরে টেনে ঘরে নিয়ে গিয়ে বলল, 'বিছানাতে শুয়ে পড়ো—এক্ষুনি। মুমূর্ষুর অভিনয় করতে হবে। গেস্টাপো আবার এসেছে।'

এর মধ্যে আরও তিনবার দরজায় ধাক্কা পড়েছে। স্টাইনার বিছানায় শোয়া মাত্র লেনি একটানে লেপটা তাঁর উপরে টেনে তাঁর চোখ বুজিয়ে মুখ হাঁ করিয়ে দিল।

'কয়খেন সী, পাপা !' অর্থাৎ হাঁপ ধরার মতো করে নিশ্বাস নাও, বাবা।

নরবার্ট ঘর থেকে বেরিয়ে গেল, আমি তার পিছনে।

দরজায় আবার তিনগুণ জোরে ধাক্কা পড়েছে।

সিঁড়ি দিয়ে নেমে দরজা খুলতে সশস্ত্র পুলিশ ভিতরে ঢুকে এল। পরমুহূর্তে নরবার্টের দিক থেকে তার দৃষ্টি আমার দিকে ঘুরে এল। তারপর ডান হাত প্রসারিত করে উপরদিকে তুলে বলল, 'হাইল হিটলার !'

আমাকে নির্বাক দেখে পুলিশের গলা সপ্তমে চড়ে গেল।

'হাইল হিটলার !'

সর্বনাশে সমুৎপন্নে অর্ধং ত্যজতি পণ্ডিতঃ।

অর্ধেক কেন, আমি গোটা আত্মসম্মান ত্যাগ করে ঝামেলা বাঁচানোর জন্য ডান হাত তুলে দিব্যি বাজখাঁই গলায় বললাম, 'হাইল হিটলার'। প্রোফেসর স্টাইনারই যখন অভিনয় করছেন, তখন আমারই বা করতে আপত্তি কী ?

পরে জেনেছিলাম ইনি গেস্টাপো নন। গেস্টাপোর কোনও ইউনিফর্ম নেই। ইনি হলেন গেস্টাপোর মাসতুতো ভাই 'ব্ল্যাক্‌শার্ট'।

এবার হাত নামিয়ে ব্ল্যাক্‌শার্ট বললেন—আমার সঙ্গে চলো, জল্‌দি।—'কম মিট মীর—শ্নেল্ !'

লোকটা বলে কী ? জিজ্ঞেস করলাম, 'কোথায় ?'

'সে পরে জানতে পারবে। ভদ্র পোশাক পরে নাও, আর সঙ্গে তোমার যা কিছু আছে সব নিয়ে নাও।'

বুঝতে পারলাম আমি নিরুপায়, এদের আদেশ মানতেই হবে। বললাম, 'পাঁচ মিনিট সময় দাও। আমি তৈরি হয়ে আসছি।'

পোশাক বদলে সুটকেসটার দিকে দৃষ্টি দিতে মনে হল, সন্ডার্সের দেওয়া লুগার অটোম্যাটিকটা তাতে রয়েছে। জানি এরা আমাকে সার্চ করতে পারে, তাও পিস্তলটা প্যান্টের পকেটে নিয়ে নিলাম।

ঘর থেকে যখন বেরোব, তখন নরবার্ট এসে হাজির—তার মুখ ফ্যাকাশে, চোখের কোলে জল চিকচিক করছে।

'আমায় ক্ষমা করো, প্রোফেসর !'

আমি নরবার্টের পিঠে দুটো চাপড় মেরে বললাম, 'ছেলেমানুষি কোরো না। আমার মনে হয় না এখন এরা তোমার বাবার উপর আর অত্যাচার করবে। এইবেলা ভেবে স্থির করো তোমরা কী করে পালাবে। আমার সম্বন্ধে একদম ভেবো না। আমার মন মিথ্যে বলে না, এটা আমি আগেও দেখেছি। মন বলছে আমার মৃত্যুর সময় এখনও আসেনি। কাজেই তোমার কর্তব্য তুমি করে যাও। এ দেশে তোমাদের কোনও ভবিষ্যৎ নেই। তোমার বাবা প্যারিস যেতে চান। তুমি তার ব্যবস্থা করো। মনে রেখো, এ অবস্থায় জাল, জুয়াচুরি, মিথ্যার আশ্রয় নেওয়া—কোনওটাই অন্যায় নয়।'

নরবার্ট রুমাল দিয়ে চোখ মুছে বলল, 'একটা কথা...'

'কী?'

'মিসেস ফিৎস্‌নার এক্ষুনি ফোন করেছিলেন। তাঁর সর্দি সেরে গেছে।'

'গুড।'

নরবার্ট ও লেনিকে গুডবাই করে পুলিশের সঙ্গে বেরিয়ে পড়লাম। বাইরে এসে দেখি বাড়ির সামনে এক বিশাল কালো গাড়ি দাঁড়িয়ে আছে। এমন গাড়ি আমি এর আগে দেখিনি,

তাই নামটা জিজ্ঞেস না করে পারলাম না। উত্তর এল, 'ডাইমলার'।

গাড়ির দরজা খুলে আমাকে ঠেলে ঢুকিয়ে দিয়ে আমার পাশেই বসলেন পুলিশ। গাড়ি রওনা দিল। আর একটিমাত্র প্রশ্ন করেছিলাম, আর তার জবাবও পেয়েছিলাম।

'আমরা কোথায় যাচ্ছি সেটা জানতে পারি কি ?'

'কারিনহল।'

এটা বুঝতে পারছিলাম যে, আমরা উত্তর দিকে চলেছি। প্রশস্ত, আরামদায়ক গাড়ি, মসৃণ রাস্তা, গাড়ি যে চলেছে তা প্রায় টেরই পাওয়া যায় না। মিনিট পনেরো চলার পরেই তন্দ্রা এসে গেল।

যখন আবার সজাগ হলাম তখন দেখলাম বাইরের দৃশ্য একেবারে বদলে গেছে। আমরা শহর ছেড়ে গ্রামাঞ্চলে চলে এসেছি। গাছপালা খেতখামার, কৃষকদের ছোট ছোট কটেজ বাড়ি মিলিয়ে মনোরম দৃশ্য, যার সঙ্গে আমাদের দেশের পল্লীগ্রামের দৃশ্যের কোনও সাদৃশ্য নেই।

এতক্ষণ কথা না বলে অস্বস্তি লাগছিল, তাই আমার পার্শ্ববর্তী ভদ্রলোককে আরেকটা প্রশ্ন করলাম।

'আমার নাম তো তুমি নিশ্চয় জানো ; তোমারটা কী জানতে পারি ?'

উত্তরে এল, 'এরিখ ফ্রোম।'

এবারে বাইরের দৃশ্য বদলে গেল। এখানে গাছপালা অনেক বেশি, খোলা প্রান্তরের বদলে দু' পাশে ফলের বাগান, যদিও শীতকাল বলে গাছের পাতা সব ঝরে গেছে।

এবারে বাঁয়ে একটা দীর্ঘ পাঁচিল পড়ল। কিছুদূর গিয়েই পাঁচিলের গায়ে একটা প্রকাণ্ড ফটকের মধ্যে দিয়ে আমাদের গাড়িটা ঢুকে গেল।

প্রায় আধ মিনিট ধরে আমরা এগিয়ে চললাম প্রশস্ত নুড়ি ঢালা পথ দিয়ে। এ কোথায় এলাম ? কোনও বাসস্থানের চিহ্ন তো দেখতে পাচ্ছি না এখনও পর্যন্ত ?

এবার একটা মোড় ঘুরেই আমাদের গন্তব্যস্থল চোখে পড়ল। এটা যে একটা প্রাসাদ তাতে সন্দেহ নেই, তবে প্রাচীন নয়। অথবা প্রাচীন হলেও, সম্প্রতি যে অনেক সংস্কার হয়েছে সেটা বোঝা যায়। একটা বিস্তীর্ণ বাগান—তাতে ফুলের কেয়ারি, লিলিপুল, শ্বেতপাথরের মূর্তি, সবই আছে—সেই বাগানের তিন দিক ঘিরে প্রাসাদ। তারই একটার বিশাল সদর দরজার সামনে আমাদের গাড়িটা থামল। আমরা দু'জন গাড়ি থেকে নেমে প্রহরীকে পেরিয়ে সেই দরজা দিয়ে প্রাসাদের ভিতরে ঢুকলাম।

প্রথমেই পড়ল একটা ঘর, যেটা লম্বায় অন্তত পঞ্চাশ গজ তো হবেই। ঐশ্বর্যের এমন জলজ্যান্ত নমুনা আমি আর দেখিনি। মাথার উপর বিশাল বিশাল ঝাড়লণ্ঠন, দেয়ালে গিল্টি করা ফ্রেমে বাঁধানো জগদ্বিখ্যাত শিল্পীদের আঁকা তেলরঙের ছবি, ঘরের এ প্রান্তে দোতলায় যাবার জন্য প্রশস্ত ঘোরানো সিঁড়ি।

এই ঘর পেরিয়ে আমরা আরেকটা ঘরে পৌঁছোলাম, যেটাকে বলা যেতে পারে রিসেপশন রুম। এখানে বসার জন্য বড় বড় সোফা, কাউচ, বাহারের চেয়ার ছাড়া একপাশে একটা প্রকাণ্ড টেবিল, যার উপর রয়েছে কাগজপত্র, টেলিফোন, ফুলদানি, জলের ফ্লাস্ক ইত্যাদি।

এরিখ একটা সোফার দিকে নির্দেশ করে নিজে এক কোণে একটা সুদৃশ্য চেয়ারে বসল।

পুরু পারস্য দেশীয় কার্পেটের উপর দিয়ে নিঃশব্দে এগিয়ে গিয়ে সোফায় বসে নরম গদিতে প্রায় চার ইঞ্চি ডুবে গেলাম। এখনও জানি না কী কারণে আমাকে এখানে আনা হয়েছে। তবে এটা দেখেছি যে, একটি ভৃত্যস্থানীয় লোক আমাকে প্রাসাদে ঢুকতে দেখেই সিঁড়ি দিয়ে দোতলায় উঠে গেছে।

মিনিট পাঁচেক বসার পর প্রাসাদের চতুর্দিক থেকে নানান ঘড়িতে ঢং ঢং করে আটটা বাজছে, এমন সময় এরিখ হঠাৎ তড়াক করে উঠে দাঁড়িয়ে ডান হাত তুলে 'হাইল হিটলার' বলল। আর সঙ্গে সঙ্গে ঘরে প্রবেশ করলেন ছাই রঙের ডাব্‌ল-ব্রেস্টেড সুট পরা বিশালবপু এক ব্যক্তি।

তিনি আমার দিকে এগিয়ে এসে 'স্প্রেখেন সী ডয়েচ ?' প্রশ্ন করতেই আমি বুঝলাম এঁর ছবি আমি দেখেছি। আমি 'হ্যাঁ' বলতে ভদ্রলোক আরও দু' পা এগিয়ে এসে আমার সামনে দাঁড়িয়ে তাঁর দ্বিতীয় প্রশ্ন করলেন।

'কেনেন সী মীর ?'

অর্থাৎ তুমি আমাকে চেন ?

আমি বললাম, 'ভারতবর্ষে যারা খবরের কাগজ পড়ে, তাদের অধিকাংশই তোমার চেহারার সঙ্গে পরিচিত, হের্ গোয়রিং।'

'হিটলারের পরেই আমার স্থান', পায়চারি শুরু করে বললেন গোয়রিং। 'জার্মানির সামরিক শক্তির প্রধান কারণ আমি। জলে-স্থলে-অন্তরীক্ষে জার্মানির তুল্য শক্তিশালী দেশ আর নেই।'

আমি চুপ করে রইলাম।

'তুমি এখন কোথায় এসেছ, জান ?' পায়চারি থামিয়ে আমার দিকে ফিরে প্রশ্ন করলেন গোয়রিং।

আমি বললাম, 'কারিনহল।'

'কারিনহল কী জান ?'

'মনে হচ্ছে তোমার বাসস্থান।'

'কারিন ছিল আমার প্রথম স্ত্রীর নাম। কারিন ফন কাট্‌সফ্। ১৯৩১-এ তার মৃত্যু হয়। কারিনহল আগে ছিল একটা হান্টিং লজ। এটাকে আমি কিনে নিয়ে একটি প্রাসাদে পরিণত করি। এটা একাধারে কারিনের স্মৃতিসৌধ এবং আমার কান্ট্রি হাউস। অদূর ভবিষ্যতে কারিনহল হবে পৃথিবীর শ্রেষ্ঠ সৌধের মধ্যে একটি।'

আপাতত কথা শেষ। কিন্তু এটা বুঝতে পারছি যে, গোয়রিং একদৃষ্টে আমার দিকে চেয়ে রয়েছে।

এবার যে প্রশ্নটার জন্য আমি অপেক্ষা করছিলাম, সেটা গোয়রিং-এর গম্ভীর গলায় উচ্চারিত হল।

'সতেরো নম্বর ফ্রীডরিখস্ট্রাসের ওই বর্বর ইহুদি স্টাইনারের বাড়িতে তুমি কী করছিলে ?'

আমায় কয়েক মুহূর্ত ভাবতে হল। সত্যি বলব, না বানিয়ে বলব ? তারপর মনে হল, বানিয়ে বলে হয়তো এখনকার মতো রেহাই পেতে পারি, কিন্তু আসলে কী ঘটেছে সেটা বার করতে এদের দুর্ধর্ষ গুপ্ত পুলিশের সময় লাগবে না। তাই যতটা পারি সাহস সঞ্চয় করে বললাম, 'পুলিশি অত্যাচারে প্রোফেসর স্টাইনারের প্রাণ সংশয় হওয়াতে আমাকে লন্ডন থেকে নিয়ে আসা হয় ওঁর চিকিৎসার জন্য।'

'মিরাকুরলে কাজ দিয়েছে ?'

'দিয়েছে।'

গোয়রিং-এর চোখ জ্বলজ্বল করে উঠল।

'যে জাতকে আমরা নির্বংশ করতে চলেছি, তারই একজনকে তুমি অনুকম্পা দেখাচ্ছ ? ইহুদিরা কী জান ?'

আমি কিছু বলার আগেই গোয়রিং ইহুদিদের সম্পর্কে পাঁচটা বিশেষণ প্রয়োগ

করল—গ্রাউসাম, নীডের, গাইৎসিগ, লিস্টিগ, বেডেনকেনলস। অর্থাৎ—অসভ্য, হীন, লোভী, ধূর্ত, বিবেকহীন।

লোকটার প্রতি আমার অশ্রদ্ধা ক্রমেই বাড়ছিল। এই শেষ কথাগুলোতে হঠাৎ আমার মাথা গরম হয়ে গেল। আমি বললাম, 'আমি জাত মানি না। আমি বিজ্ঞানী। একজন ইহুদি বৈজ্ঞানিক আমার আরাধ্য দেবতা। তাঁর নাম অ্যালবার্ট আইনস্টাইন।'

চোখের সামনে গোয়রিং-এর মুখ দেখতে দেখতে লাল হয়ে গেল।

'তুমি কি ভাবছ স্টাইনার রেহাই পাবে ?'

'ভাবছি না, আশা করছি।'

'তোমার আশা আমি পায়ের তলায় গুঁড়িয়ে দিলাম। স্টাইনারের মেয়াদ শুধু আজকের দিনটা। একটি ইহুদিকেও আমরা পার পেতে দেব না। তারাই আমাদের দেশকে সর্বনাশের পথে নিয়ে যাচ্ছিল। আগাছার মতো তাদের একেকটাকে ধরে ধরে উপড়ে ফেলতে হবে।'

ইহুদিদের বিরুদ্ধে এ জাতীয় বিদ্বেষ-বর্ষণ শুনতে আমার মোটেই ভাল লাগছিল না। আমি একটু কড়া সুরেই বললাম, 'হের্ গোয়রিং, আমাকে এখানে আনার উদ্দেশ্যটা কী, সেটা জানতে পারি ?'

গোয়রিং যেন কিঞ্চিৎ অপ্রতিভ হয়ে বলল, 'বিনা কারণে আনিনি। একটা উদ্দেশ্য ছিল একজন ভারতীয়কে আমার এই কান্ট্রি হাউসটা দেখানো—এর আগে কোনও ভারতীয় দেখেনি—কিন্তু আসল উদ্দেশ্য সেটা নয়।'

'তা হলে ?'

গোয়রিং আমার দিকে কিছুক্ষণ একদৃষ্টে চেয়ে থেকে বলল—

'আমাকে দেখে আমার স্বাস্থ্য সম্বন্ধে তোমার কী ধারণা হয় ?'

'তোমার মতো মোটা লোককে স্বাস্থ্যবান বলা চলে না নিশ্চয়ই, আর তোমার মতো ঘামতে আমি আর কাউকে দেখিনি। এই দশ মিনিটের মধ্যে পাঁচবার তুমি রুমাল বার করে মুখ মুছেছ। অবিশ্যি আমি তো ডাক্তার নই, কাজেই তোমার ব্যারামটা কী, তা আমি আন্দাজ করতে পারছি না।'

গোয়রিং হঠাৎ উত্তেজিত হয়ে গলা সপ্তমে চড়িয়ে বলল, 'তুমি কি জান যে, এই ঘামের জন্য আমাকে দিনে আটবার শার্ট বদল করতে হয় ? তুমি কি জান যে, আমার ওজন একশো সত্তর কিলো ? ড্র্যুসে কাকে বলে জান ?'

'জানি।'

ড্র্যুসে হচ্ছে ইংরেজিতে যাকে বলে গ্ল্যান্ড, বাংলায় গ্রন্থি।

'এই ড্র্যুসেই হল যত নষ্টের গোড়া,' বলল গোয়রিং। 'সেটা আমার ডাক্তার জানে। কিন্তু নানারকম চিকিৎসাতেও কোনও ফল দেয়নি। অথচ আমি যে শারীরিক পরিশ্রম করি না, তা নয় ; আমি হাঁটি, আমি টেনিস খেলি—যদিও যার সঙ্গে খেলি তাকে বলে দিতে হয় যে, বল যেন আমার হাতের নাগালে পড়ে, কারণ আমি দৌড়োতে পারি না। এ ছাড়া আমি নিয়মিত শিকার করি। অথচ—'

'খাওয়া ? অতিরিক্ত আহার কিন্তু মোটা হবার একটা বড় কারণ।'

গোয়রিং একটুক্ষণ চুপ থেকে বলল, 'খেতে আমি অত্যন্ত ভালবাসি। দিনে চারবার খাওয়ায় আমার হয় না। ঘণ্টায় ঘণ্টায় স্যান্ডউইচ, সসেজ, বিয়ার আনিয়ে খেতে হয়। কিন্তু আমি তো আরও অনেক খাইয়েকে জানি ; তারা তো আমার মতো মোটা নয়, আর আমার মতো অনবরত ঘামে না। এই অতিরিক্ত চর্বির জন্য কাজের কী অসুবিধা হয়, তা তুমি জান ?'

আমি কোনও মন্তব্য করলাম না দেখে গোয়রিং আবার মুখ খুলল।

'তোমার ওষুধে কী কী অসুখ সারিয়েছ ?'

'ক্যানসার, যক্ষ্মা, উদরি, হাঁপানি, ডায়াবেটিস...'

'তা যদি হয়, তা হলে তোমার ওষুধে আমার গ্ল্যান্ডের গোলমাল নিশ্চয়ই সারবে। কটা বড়ি খেতে হয় রুগিকে ?'

'সাধারণত দুটো, এবং একবারই খেতে হয়।'

'ক' দিনে ফল পাওয়া যায় ?'

'আমার অভিজ্ঞতায় চব্বিশ ঘণ্টার বেশি লাগে না।'

'ওষুধ আছে তোমার সঙ্গে ?'

'আমার সব কিছুই তো সঙ্গে নিয়ে আসতে বলা হয়েছিল।'

'তা হলে দুটো আমাকে দাও। আমি এখনই খাব।'

'ওষুধ আমি দেব, হের্ গোয়রিং—কিন্তু একটা শর্তে।'

'কী ?'

'কাল প্রোফেসর স্টাইনার তাঁর ছেলে মেয়েকে নিয়ে প্যারিস যাবেন। তুমি যথাস্থানে আদেশ দাও যে, তাঁদের যেন কেউ বাধা না দেয়।'

এবার গোয়রিং-এর মুখ শুধু লাল হল না, সেই সঙ্গে তার সর্বাঙ্গে কাঁপুনি ধরল। তারপর রুমাল দিয়ে মুখ মুছতে মুছতে সে ঘর কাঁপিয়ে বলে উঠল, 'দু'শো বছর ধরে যে জাত পরাধীন হয়ে আছে, তাদেরই একজনের এত বড় আস্পর্ধা !—এরিখ, আমি এই ব্যক্তিকে এবং এর ব্যাগ সার্চ করতে চাই ; তুমি এর দিকে রিভলভার তাগ করে থাকো।'

এরিখের অস্তিত্ব প্রায় ভুলেই গিয়েছিলাম। এবার সে দ্রুতপদে এগিয়ে এসে কোমরের খাপ থেকে রিভলভার বার করে আমার দিকে উঁচিয়ে দাঁড়াল। এবার গোয়রিং আমার দিকে এগিয়ে আসতে আমি হাত তুললাম।

'হাল্ট, হের্ গোয়রিং !'

গোয়রিং থতমত খেয়ে বলল, 'মানে ?'

আমি মনে মনে স্থির করে নিয়েছিলাম, এ অবস্থায় যা বললে কাজ হবে, সেটাই বলব।

'এ ওষুধ স্বপ্নে পাওয়া ওষুধ, হের্ গোয়রিং,' অকম্পিত কণ্ঠে বললাম আমি। 'যে গাছ থেকে এ ওষুধ তৈরি হয় সেটা কোথায় পাওয়া যায়, তা আমি স্বপ্নে জেনেছি। এও জেনেছি যে, অনিচ্ছা সত্ত্বেও এ ওষুধ প্রয়োগ করলে এতে ফল তো হয়ই না, বরং অনিষ্ট হতে পারে। তুমি কি চাও যে তোমাকে আটের জায়গায় বারো বার করে শার্ট বদল করতে হয় ? তুমি কি চাও যে, তোমার ওজন একশো সত্তরের জায়গায় দুশো কিলো হয় ? কাজেই রিভলভার দেখিয়ে কোনও ফল হবে না, হের্ গোয়রিং। তুমি এরিখকে যেতে বলো। তারপর আমি বাক্স থেকে ওষুধের শিশি বার করব, তারপর তুমি ফোন করে স্টাইনারের পথে বাধা অপসারণ করবে, তারপর আমি তোমাকে ওষুধ দেব।'

আমার কথাগুলো গোয়রিং-এর মগজে ঢুকতে খানিকটা সময় নিল। তারপর এরিখকে রিভলভার নামাবার জন্য ইশারা করে টেবিল থেকে টেলিফোনটা তুলে বলল, 'আন্টনকে দাও।'

এর পরে টেলিফোনে যা কথা হল তা থেকে বুঝলাম যে, আন্টন নামধারী ব্যক্তিটিকে বলা হয়েছে স্টাইনারদের পলায়নের পথে বাধার সৃষ্টি না করতে।

টেলিফোন নামিয়ে রেখে গোয়রিং টেবিলেই রাখা ফ্লাস্ক থেকে গেলাসে জল ঢেলে সেটা হাতে করে আমার সামনে এসে দাঁড়াল।

'দাও, তোমার ট্যাবলেট দাও। তবে দুটো নয়, চারটে।'

আমি ব্যাগ খুলে শিশি থেকে চারটে বড়ি বার করে গোয়রিং-এর হাতে দিলাম। গোয়রিং সেগুলো একবারেই গিলে ফেলল।

আমি বললাম, 'এবার আমার ছুটি তো?'

'মোটেই না!' জলদ্গম্ভীর কণ্ঠে বলল গোয়রিং।

'মানে?'

'অত সহজে ছুটি পাবে না তুমি। দু' দিনের মধ্যে যদি দেখি, আমি আর ঘামছি না, তা হলে বুঝব তোমার ওষুধে কাজ দিয়েছে। দু' দিনের পর তোমার বড়ির কেমিক্যাল অ্যানালিসিস করা হবে। যদি—'

আমি বাধা দিয়ে বললাম, 'অ্যানালিসিস লন্ডনেই হয়ে গেছে; তাতে জানা গেছে যে, বড়িতে একটা বিশেষ উপাদান রয়েছে, যেটাকে আইডেনটিফাই করা যাচ্ছে না। অতএব—'

এবার গোয়রিং বাধা দিল আমাকে।

'ব্রিটিশরা নিপাত যাক! আমাদের ল্যাবরেটরির সঙ্গে লন্ডনের ল্যাবরেটরির তুলনা করছ তুমি?'

'যদি সেই অচেনা উপাদানকে তোমাদের ল্যাবরেটরি চিনতে পারে, তা হলে কী করবে তুমি?'

'কৃত্রিম উপায়ে এই বড়ি তৈরি করাব।'

'তারপর বাজারে ছাড়বে?'

'মোটেই না! এ ওষুধ ব্যবহার করবে শুধু আমাদের পার্টির লোক। যারা পার্টির মাথায় রয়েছে তারাও নানান রোগে ভুগছে। প্রত্যেক বক্তৃতার পর হিটলারের রক্তের চাপ মারাত্মকভাবে বেড়ে যায়। গোয়বেল্সের ছেলেবেলায় প্যারালিসিস হয়েছিল, তাই সে খুঁড়িয়ে চলে। পার্টির প্রচারসচিবের পক্ষে সেটা অশোভন; ওকে সোজা হাঁটতে হবে। হিমলারের হিস্টিরিয়া আছে, আর সে মাথার যন্ত্রণায় ভোগে।... কাজেই ল্যাবরেটরির রিপোর্ট যদ্দিন না আসে, তদ্দিন তোমাকে এখানে থাকতে হবে। ইয়ে—তুমি ব্রেকফাস্ট করে এসেছ?'

'না।'

'আমি শার্ট বদল করতে একটু ওপরে যাচ্ছি; আমার লোককে বলে দিচ্ছি তোমায় ব্রেকফাস্ট এনে দেবে।'

গোয়রিং ঘর থেকে বেরিয়ে গেল। কে জানত, বার্লিনে এসে এদের খপ্পরে পড়তে হবে? সন্ডার্সকে যে খবর দেব তারও উপায় নেই। কবে যে ফিরতে পারব তাও জানি না। সবচেয়ে খারাপ লাগছিল এটা ভাবতে যে, যদি এরা সেই অজ্ঞাত উপাদানকে চিনে ফেলতে পারে, তা হলে আমার সাধের স্বর্ণপর্ণী দুর্বৃত্ত নাৎসি নেতাদের রোগ সারানোর কাজে ব্যবহার হবে।

এইসব ভাবতে ভাবতে হঠাৎ এরিখের দিকে চোখ পড়তে দেখি, সে ভারী অদ্ভুতভাবে আমার দিকে চেয়ে আছে—ভাবটা যেন, সে একটা কিছু বলতে চায়। এবং তার জন্য সাহস সঞ্চয় করছে।

দুজনে চোখাচোখি হবার কয়েক মুহূর্তের মধ্যেই এরিখ চেয়ার থেকে উঠে কেমন যেন অনুনয়ের দৃষ্টি নিয়ে আমার কাছে এসে দাঁড়াল।

'কী ব্যাপার, এরিখ?'

'হের্ প্রোফেসর,' কাতরকণ্ঠে বলল এরিখ, 'আজ একমাস হল আমার এক ব্যারাম দেখা

দিয়েছে, যার ফলে হয়তো আমার চাকরি আর থাকবে না।'

'কী ব্যারাম ?'

'এপিলেপ্‌সি।'

মৃগী রোগ। বিশ্রী ব্যারাম। আচমকা আক্রমণ করে। আর তার ফলে মানুষ দাঁত মুখ খিঁচিয়ে অজ্ঞান হয়ে পড়ে।

'তিনবার এটা হয়েছে আমার', বলল এরিখ।

'কিন্তু কপালজোরে কাজের সময় হয়নি। ডাক্তার দেখিয়েছি, ওষুধ খাচ্ছি। কিন্তু সারতে নাকি সময় লাগবে। দুশ্চিন্তায় রাত্রে আমার ঘুম হচ্ছে না। দোহাই প্রোফেসর, তুমি ছাড়া আমার গতি নেই।'

ব্ল্যাক্‌শার্টের এই দশা দেখে আমার হাসিও পেল, মায়াও হল। শিশি আমার পকেটেই ছিল, দুটো বড়ি বার করে এরিখকে দিলাম।

'ফিয়ের, বিটে, ফিয়ের !'

এও চারটে চাইছে !

দিলাম দিয়ে আরও দুটো। এরিখ সেগুলো গিলে আন্তরিকভাবে আমাকে ধন্যবাদ জানিয়ে আবার নিজের জায়গায় গিয়ে বসল।

গোয়রিং শার্ট বদলাতে গেছে। কতই বা সময় লাগবে ? দশ মিনিট ? আমি সোফায় হেলান দিয়ে বসে বাঁ পাটা ডান পায়ের উপর তুলে দিয়ে প্লাস্টারের নকশা করা সিলিং-এর দিকে চেয়ে গত চব্বিশ ঘণ্টার কথা ভাবতে লাগলাম। কী অদ্ভুত অভিজ্ঞতা ! অ্যাদ্দিন যা খবরের কাগজের পাতায় পড়েছি, এখন তার সবই দেখছি চোখের সামনে।

সময় আছে দেখে সুটকেস থেকে আমার নোটবইটা বার করে বার্লিনের ঘটনা লিখতে শুরু করলাম। বোম্বাই থেকে জাহাজে ওঠার সময় থেকেই আমি ডায়রি লিখতে শুরু করেছি।

খানিকটা লিখে একটা অদ্ভুত শব্দ পেয়ে থেমে গেলাম।

আমার দৃষ্টি এরিখের দিকে ঘুরে গেল। তার মাথা নুইয়ে পড়েছে বুকের উপর। শব্দটা হচ্ছে তার নাক ডাকার। বোঝো! এমন কর্তব্যনিষ্ঠ সদা তৎপর পুলিশ, সে কিনা আমাকে পাহারা দিতে দিতে ঘুমিয়ে পড়ল! গোয়রিং এসে দেখলে তো তুলকালাম কাণ্ড হবে!

কিন্তু গোয়রিং আসবে কি? আমার কেমন যেন সন্দেহ হচ্ছে যে, চারটে বড়ি ওভার ডোজ হয়ে গেছে, এবং প্রয়োজনের বেশি খাওয়ার একটা ফল হচ্ছে প্রথম অবস্থায় ঘুমে ঢলে পড়া। আমি যে এতদিন দুটো দিয়ে এসেছি সেটা তো আন্দাজে, আর প্রথম ব্যারামে দুটোতেই কাজ দেওয়াতে প্রতিবারই দুটো দিয়েছি।

আরও পাঁচ মিনিটে আমার দিনলিপি শেষ করে আমি উঠে পড়লাম। এরিখের নাসিকা গর্জন এখন আগের চেয়েও বেড়েছে। গোয়রিং যখন এখনও এল না, তখন আমার ধারণা বদ্ধমূল হল যে, সেও ঘুমিয়ে পড়েছে।

আমি নিঃশব্দে ঘর থেকে বেরোলাম। বড় হলটায় পা দিতেই দেখলাম একটি চাকর ব্রেকফাস্টের ট্রে হাতে করে আমারই দিকে এগিয়ে আসছে। আমাকে ঘরের বাইরে দেখে একটু অবাক হয়েই সে বলল, 'ইর ফ্র্যুস্টুক, হের প্রোফেসর।'—ফ্রুস্টুক হল ব্রেকফাস্ট।'

আমি বললাম, 'তা তো দেখতেই পাচ্ছি, কিন্তু তোমার মনিবের কেন এত দেরি হচ্ছে বলতে পার?'

'ইয়া, ইয়া।'

'কেন?'

'এর শ্লেফ্‌ট।'—অর্থাৎ তিনি ঘুমোচ্ছেন। অর্থাৎ আমার ধারণা নির্ভুল।

আমি চাকরকে বললাম ব্রেকফাস্ট টেবিলের উপর রেখে দিতে। চাকর ট্রে সমেত রিসেপশন রুমে ঢুকে গেল।

কপালজোরে এই সুযোগ জুটেছে। এটার সদ্ব্যবহার না করলেই নয়।

আমি হল থেকে বেরিয়ে বাইরে এলাম।

ওই যে ডাইমলার দাঁড়িয়ে আছে, গাড়ির চালক পকেটে হাত দিয়ে তার পাশে পায়চারি করছে।

আমি এগিয়ে গেলাম। কী করব তা স্থির করে ফেলেছি।

আমায় আসতে দেখে ড্রাইভার দাঁড়িয়ে পড়ল। পকেট থেকে তার হাত দুটো বেরিয়ে এল। সে অবাক হয়েছে। আমার আসাটা তার হিসেবের বাইরে।

আমি এগিয়ে গিয়ে ওর সামনে দাঁড়িয়ে বললাম, 'আমাকে বার্লিন নিয়ে চলো। যেখান থেকে এসেছি সেখানে।'

ড্রাইভার হাঁ- হাঁ করে উঠল।

'নাইন! ইখ্ কান এস্ নিখ্‌ট!'—না, আমি তা করতে পারি না।

'এবার পার?'

আমি পকেট থেকে সন্ডার্সের দেওয়া লুগার অটোম্যাটিকটা বার করে ড্রাইভারের দিকে উঁচিয়ে ধরেছি।

ড্রাইভারের মুখ মুহূর্তে ফ্যাকাশে হয়ে গেল।

'ইয়া, ইয়া, ইয়া!'

ড্রাইভার নিজেই দরজা খুলে দিল। আধ ঘণ্টার মধ্যে সতেরো নম্বর ফ্রীডরিখস্ট্রাসেতে

পৌঁছে গেলাম।

স্টাইনার পরিবারের তিনজনই আমার জন্য গভীর উৎকণ্ঠায় সময় কাটাচ্ছিল। প্রোফেসর স্টাইনার আমাকে জড়িয়ে ধরলেন। নরবার্ট বলল, 'কী ব্যাপার? কোথায় নিয়ে গিয়েছিল তোমাকে?'

আমি সংক্ষেপে ঘটনাটা বলে বললাম, 'তোমরা এক্ষুনি তোড়জোড় শুরু করো। কালই প্যারিস চলে যাও। কেউ তোমাদের বাধা দেবে না। আমি আজই বিকেলের প্লেনে লন্ডনে ফিরে যাব। নরবার্ট, তুমি দয়া করে বুকিং-এর ব্যবস্থাটা করে দাও।'

বিকেলে চারটের ফ্লাইটে উড়ন্ত প্লেনে বসে বুঝলাম, মনের মধ্যে দুটো বিপরীত ভাবের দ্বন্দ্ব চলেছে। অন্তত একটা ইহুদি পরিবারকে নাৎসি নির্যাতনের হাত থেকে রক্ষা করতে পেরেছি বলে যেমনই আনন্দ হচ্ছে, তেমনই অভক্তি হচ্ছে ভেবে যে, আমার ওষুধের ফলে দুটি নরপিশাচ ব্যারামের হাত থেকে রেহাই পেল।

সন্ডার্স ভাবতে পারেনি আমি এত তাড়াতাড়ি ফিরব। বার্লিনে কী হল জানবার জন্য সকলেই উৎসুক। 'তোমার যাত্রা সফল কি না সেটা আগে বলো।'

আমি বললাম, 'একদিক দিয়ে অভাবনীয়ভাবে সফল। স্টাইনার সুস্থ এবং তাদের সমস্ত সমস্যা দূর।'

'ব্রাভো!'

'কিন্তু সেইসঙ্গে আরেকটা ব্যাপার আছে, যেটা শুনে তুমি মোটেই খুশি হবে না।'

'কী?'

'তোমার অনুমানে ভুল ছিল না, সন্ডার্স!'

'তোমাকে নাৎসিদের খপ্পরে পড়তে হয়েছিল?'

'হ্যাঁ।'

আমি ব্ল্যাকশার্ট-গোয়রিং সংক্রান্ত ঘটনার একটা রুদ্ধশ্বাস বর্ণনা দিয়ে বললাম, 'চারটে করে মিরাকিউরলের বড়ি যদি শুধু ওদের ঘুম পাড়িয়ে আমাকে পালাবার সুযোগ করে দিত তা হলে কথা ছিল না। কিন্তু সেইসঙ্গে ওই দুই পাষণ্ডের দুই বিশ্রী ব্যারাম সারিয়ে দিল ভাবতে আমার মনটা বিষিয়ে উঠছে। তুমি বিশ্বাস করো, সন্ডার্স!'

কিন্তু এ কী! সন্ডার্সের ঠোঁটের কোণে হাসি কেন?

এবার সে তার প্যান্টের পকেটে হাত ঢুকিয়ে আমার অচেনা একটা শিশি বার করল, তাতে সাদা বড়ি।

'এই নাও তোমার মিরাকিউরল।'

'মানে?'

'খুব সহজ। সেদিন তুমি আর ডরথি বেরোলে, আমি প্রবন্ধ লেখার জন্য রয়ে গেলাম। সেই ফাঁকে আমি তোমার বাক্স খুলে তোমার শিশি থেকে মিরাকিউরল বার করে তার জায়গায় অব্যর্থ ঘুমের ওষুধ সেকোন্যালের বড়ি ভরে দিয়েছিলাম। একসঙ্গে চারটে সেকোন্যালের বড়ি যে মারাত্মক ব্যাপার—দশ মিনিটের মধ্যে নিদ্রা অবধারিত!... মাই ডিয়ার শঙ্কু—তোমার মহৌষধ বিশ্বের হীনতম প্রাণীর উপকারে আসবে এটা আমি চাইনি, চাইনি, চাইনি!'

আমার মন থেকে সব অন্ধকার দূর হয়ে গেল। সন্ডার্সের হাতটা মুঠো করে ধরলাম—মুখে কিছু বলতে পারলাম না।

ইনটেলেকট্রন

এপ্রিল ৩

অনেকদিন পরে একটা নতুন জিনিস তৈরি করলাম। একটা যন্ত্র, যাতে মানুষের বুদ্ধি মাপা যায়। বুদ্ধি বলতে অবশ্য অনেক কিছুই বোঝায়। জ্ঞান, পাণ্ডিত্য, সাধারণ বুদ্ধি বা কমনসেন্‌স, ভাল মন্দ বিচার করার ক্ষমতা ইত্যাদি সবই এরমধ্যে পড়ে। আমার অন্যান্য যন্ত্রের মতো এটাও খুবই সরল। যার বুদ্ধির পরিমাপ হবে তাকে একটা চেয়ারে বসিয়ে মাথার দুপাশে হেডফোনের মতো দুটো ইলেকট্রোড লাগিয়ে দিতে হয়। সেই ইলেকট্রোডের তার একটা বাক্স জাতীয় জিনিসের গায়ে লাগানো হয়। সেই বাক্সের সামনেটা কাচে ঢাকা, সেই কাচের পিছনে দাগ কাটা আছে একশো থেকে এক হাজার পর্যন্ত। যন্ত্রটা মস্তিষ্কের সঙ্গে লাগিয়ে একটা বোতামে চাপ দিলেই একটা কাঁটা একটা বিশেষ নম্বরে গিয়ে দাঁড়ায়। সেই নম্বরটাই হল বুদ্ধির পরিমাপ। রীতিমতো বুদ্ধিমান লোকেদের সাতশো থেকে হাজারের মধ্যে নম্বর ওঠা উচিত, পাঁচশো থেকে সাতশো হল চলনসই বুদ্ধি, আর পাঁচশোর নীচে হলে আর সে লোককে বুদ্ধিমান বলা চলে না। আমি যন্ত্রটা স্বভাবতই প্রথমে নিজের উপর পরীক্ষা করে দেখি। নম্বর উঠল ৯১৭। তারপর বিকেলের দিকে অবিনাশবাবু এলেন। তাঁকে চেয়ারে বসিয়ে ইলেকট্রোড লাগিয়ে বোতাম টিপতে নম্বর উঠল ৩৭৭। ভদ্রলোক জিজ্ঞেস করলেন, 'ওতে কী হিসেব পেলেন ?' বললাম, 'আপনার বুদ্ধির হিসেব।'

'কেমন বুঝলেন ?'

'মোটামুটি যেমন ভেবেছিলাম তেমনই।'

'তার মানে বোকা ?'

'না না, বোকা হতে যাবেন কেন ? আপনার বইপড়া পাণ্ডিত্য যে নেই, সেটা নিশ্চয়ই আপনিও স্বীকার করবেন। তবে আপনার সাধারণ বুদ্ধি মোটামুটি আছে। আর সবচেয়ে যেটা বড় কথা, সেটা হল আপনি সৎ লোক। সেটা কম গুণ নয়।'

'এই সৎ লোকের হিসেবগুলি ওই যন্ত্রে পাওয়া যাচ্ছে ?'

'না। ওটা আমার সঙ্গে আপনার বিশ বছর পরিচয়ের অভিজ্ঞতা থেকে বলছি।'

যন্ত্রটার নাম দিয়েছি ইনটেলেকট্রন। জুন মাসে হামবুর্গে আবিষ্কারক সম্মেলন বা ইনভেনটরস কনফারেন্স আছে, তাতে যন্ত্রটা নিয়ে যাব। তবে মুশকিল হবে এই যে অনেকেই নিজের বুদ্ধির পরিমাপ জানতে দ্বিধা করবে। একেবারে অঙ্কের সাহায্যে বুঝিয়ে দেওয়া কার কতটা বুদ্ধি আছে, এটা সকলে খুব ভাল চোখে দেখবে না। আর আমার যন্ত্র ঠিকমতো কাজ করে কি না সেই নিয়েও অনেকে নিশ্চয়ই সন্দেহ প্রকাশ করবে। কিন্তু আমি জানি, এ যন্ত্রে কোনও ভুল নেই। আমার সব আবিষ্কারই এ পর্যন্ত ঠিকমতো কাজ করে এসেছে ; এটাও না করার কোনও কারণ নেই।

বিকেলে হঠাৎ নকুড়বাবু—নকুড়চন্দ্র বিশ্বাস—এসে হাজির। ভদ্রলোকের সঙ্গ আমার

বেশ ভালই লাগে। আর মাঝে মাঝে সব অলৌকিক ক্ষমতার প্রকাশ এখনও বিস্ময়ের উদ্রেক করে। যেমন বসবার ঘরের সোফাতে বসেই বললেন, 'আপনি তো জুন মাসে আবার বাইরে চললেন।'

'তা যাচ্ছি বটে, আপনার গণনায় ভুল নেই।'

'এবার কিন্তু আমাকেও সঙ্গে নিতে হবে।'

'কেন বলুন তো ?'

'না হলে আপনার বিপদ আছে।'

ভদ্রলোকের কথায় কখনও ভুল হতে দেখিনি, তাই চিন্তায় পড়ে গেলাম। অবিশ্যি ওঁকে সঙ্গে নিয়ে যেতে আমার আপত্তি নেই, অসুবিধাও নেই—কারণ কনফারেন্সের তরফ থেকে সেক্রেটারির একটি করে টিকিট পাঠায়। সেটা আমার আর ব্যবহার করা হয় না—কিন্তু এবার নাহয় করব।

'আপনার বুদ্ধিনির্ধারণ যন্ত্রটা একবার দেখতে পারি কি ?'

এই প্রশ্নও ভদ্রলোকের ক্ষমতার একটা পরিচয়, কারণ ওঁকে আমি যন্ত্রটা সম্বন্ধে কিছুই বলিনি। বললাম, 'নিশ্চয়ই—তবে সেটা আমি না এনে আপনি সেটার কাছে গেলে আরও সুবিধে হয়।'

নকুড়বাবু অবশ্যই রাজি। তাঁকে নিয়ে আমার ল্যাবরেটরিতে গেলাম। যন্ত্রটা নানা দিক থেকে দেখে ভদ্রলোক বললেন, 'আমি একবার চেয়ারে বসব নাকি ?'

'বসুন না—তবে আপনার অলৌকিক বুদ্ধির পরিমাপ এতে পাওয়া যাবে কি না সন্দেহ।'

নকুড়বাবু বসলেন। কাঁটা উঠে ৫৫৭-তে থেমে গেল। বললাম, 'আপনি মোটামুটি বুদ্ধিমানদের দলেই পড়েন।'

ভদ্রলোক একপেয়ালা কফি খেয়ে উঠে পড়লেন।

'আমার ঠিকানা তো আপনার জানাই আছে। হামবুর্গ যাবার আগে খবরটা দেবেন। আমি সঙ্গে গেলে আপনার মঙ্গল হবে।'

—১৯৮৯

উপরে মুদ্রিত অসমাপ্ত গল্পের নামকরণ বাবা করেছিলেন—'ইনটেলেকট্রন'। একটি বাঁধানো রুলটানা কাগজের খাতায় (১১ ইঞ্চি × ৮ ½ ইঞ্চি) খসড়াটি পাওয়া গেছে। এটি সম্ভবত ১৯৮৯-এর জুন মাসে লেখা। ওই একই মাসে তিনি শেষ করেছিলেন 'ডাক্তার নন্দীর [মুন্সীর] ডায়রি' ও 'গোলাপি মুক্তা রহস্য'। 'ইনটেলেকট্রন' পরে সম্পূর্ণ করার পরিকল্পনা ছিল, কিন্তু হয়ে ওঠেনি।

সন্দীপ রায়
৩০/৬/৯২

আনন্দমেলা। পূজাবার্ষিকী, ১৩৯৯

ড্রেক্সেল আইল্যান্ডের ঘটনা

১৬ই অক্টোবর

আজ আমার পঁচাত্তর বছর পূর্ণ হল। সকালে অবিনাশবাবু এসেছিলেন, আমার হাত দুটো ধরে ঝাঁকুনি দিয়ে বললেন, 'মেনি হ্যাপি ডেজ অফ দ্য রিটার্ন।' ভদ্রলোকের হাবভাব এতই আন্তরিকতাপূর্ণ ছিল যে আমি আর ইংরিজিটা সংশোধন করলাম না।

দেশবিদেশ থেকে বহু বিজ্ঞানী বন্ধুরা আমায় অভিনন্দন জানিয়েছে। আমার সামনেই টেবিলে রাখা রয়েছে অন্তত খানপঞ্চাশেক চিঠি, টেলিগ্রাম আর গ্রিটিংস কার্ড। এখনও কাজ করতে পারছি—সেটাই বড় কথা। তার একটা কারণ অবশ্য মিরাকিউরল, আর আরেকটা আমার চাকর প্রহ্লাদের একনিষ্ঠ পরিচর্যা। সেও অবিশ্যি আমার মিরাকিউরলের সুফল ভোগ করেছে, যেমন করেছে আমার বেড়াল নিউটন। গত পঞ্চাশ বছরে মিরাকিউরল থেকে শুরু করে কত কী যে আবিষ্কার করেছি, সেই কথাই ভাবছিলাম। অ্যানাইহিলিন পিস্তল, ঘুমের বড়ি সমনোলিন, লুপ্ত স্মৃতি ফিরিয়ে আনার জন্য রিমেমব্রেন, ল্যাম্পের জোরালো আলো ল্যুমিনিম্যাক্স, শ্যাঙ্কোপ্লাস্ট, শ্যাঙ্কোপ্লেন, কানে শোনা যায় না এমন শব্দ শোনার জন্য মাইক্রোসোনোগ্রাফ—আরও কত কী!

এইসব ভাবছি এমন সময় প্রহ্লাদ এসে খবর দিল, একজন সাহেব দেখা করতে এসেছেন।

আমি আসতে বলাতে যিনি প্রবেশ করলেন তার বয়স পঁচিশের বেশি নয়। আমার সঙ্গে করমর্দন করে ছেলেটি বলল, 'আমার নাম চার্লস ড্রেক্সেল। আমার বাবার নাম হয়তো তুমি—'

'জন ড্রেক্সেল কি? বায়োকেমিস্ট?'

'হ্যাঁ। আমি বাবার ব্যাপারেই তোমার কাছে সাহায্যপ্রার্থী হয়ে এসেছি।'

'তোমার বাবা এখন কোথায়?'

'প্রশান্ত মহাসাগরের একটা দ্বীপে একটা এক্সপেরিমেন্ট করছিলেন। তিন দিন হল তাঁর মৃত্যু হয়।'

'সে কী! এ যে ভয়ংকর সংবাদ। ব্যাপারটা শুনি।'

'বলছি। পুরো ব্যাপারটাই বলছি, একটু ধৈর্য লাগবে।'

'ধৈর্যের কোনও অভাব নেই আমার।'

'বাবা শুধু বিজ্ঞানীই ছিলেন না—তিনি পর্যটকও ছিলেন। দু বছর আগে মধ্যপ্রাচ্যে ভ্রমণ করতে গিয়ে তিনি ত্রয়োদশ শতাব্দীর একটি আরবি পুঁথির সন্ধান পান। বাবা আরবি জানতেন। অত্যন্ত দুষ্প্রাপ্য পুঁথি। সেটা পড়ে তিনি প্রচণ্ডভাবে উৎসাহিত হয়ে পড়েন। বলেন, এই পুঁথিতে পৃথিবীর সুন্দরতম জিনিস আবিষ্কারের পদ্ধতির বর্ণনা আছে।'

'সেটা কী জিনিস?' আমি জিজ্ঞেস করলাম।

'তাও বাবা বলেননি। বললেন, এক্সপেরিমেন্ট সফল হলে লোকে এমনিই জানতে

পারবে।'

'তারপর ?'

'তারপর বাবা এক্সপেরিমেন্টের তোড়জোড় শুরু করেন। ব্যয়সাপেক্ষ এক্সপেরিমেন্ট—শহরে করা চলবে না—প্রাকৃতিক পরিবেশ চাই। বাবা ব্যাপারটাকে গোপন রাখার জন্য প্রশান্ত মহাসাগরে অবস্থিত একটি দ্বীপ বেছে নেন। কোনও সংস্থা বাবাকে টাকা দিতে রাজি হয়নি। অবশেষে জোসেফ গ্রিমাল্ডি নামে বাবার এক পরিচিত ধনী বায়োকেমিস্ট, বাবাকে টাকা দিয়ে সাহায্য করতে এবং এক্সপেরিমেন্টে অংশগ্রহণ করতে রাজি হন। গ্রিমাল্ডির শর্ত ছিল, পরীক্ষা সফল হলে তার জন্য অর্ধেক কৃতিত্ব সে দাবি করবে। বাবা তখন এমনই মেতে উঠেছেন যে, এই শর্তে তিনি রাজি হয়ে যান। তিন মাস আগে এই এক্সপেরিমেন্ট শুরু হয়। চিঠিতে জানতে পারতাম বাবা দ্রুত সফলতার দিকে এগিয়ে চলেছেন। এমন সময় বিনা মেঘে বজ্রাঘাত। গ্রিমাল্ডির চিঠি এল যে, মাত্র চার দিনের অসুখে কোনও অজ্ঞাত ট্রপিক্যাল ব্যারামে বাবার মৃত্যু হয়েছে। বিজ্ঞানীর দল যে যার দেশে ফিরে গেছে অথচ বাবার শেষ চিঠিতে স্পষ্ট ইঙ্গিত ছিল যে, এক্সপেরিমেন্ট সফল হতে চলেছে।'

'তোমার বাবার মৃত্যু সম্বন্ধে তোমার নিজের কোনও ধারণা আছে ?'

'আছে।'

'কী ?'

'গ্রিমাল্ডি এক্সপেরিমেন্টের পুরো ক্রেডিট নেবার জন্য বাবাকে খুন করেছে।'

'বুঝলাম। কিন্তু তুমি আমার কাছে এসেছ কেন ?'

'আমি চাই, তুমি ওই দ্বীপে গিয়ে ব্যাপারটা অনুসন্ধান করো। এই ধরনের অভিযান তো তোমার কাছে নতুন কিছু নয়। তোমার দল নিয়ে তুমি চলে যাও। বাবার কাজটা অসম্পূর্ণ থাকলে বিজ্ঞানের পরম ক্ষতি হবে। দ্বীপের অবস্থান আমার জানা আছে, আমি তোমাকে জানিয়ে দেব।'

—১৯৯১

একই আকারের অপর একটি বাঁধানো খাতায় ১৯৯১-এর জুন মাসে লেখা 'ড্রেক্সেল আইল্যান্ডের ঘটনা'-র অসমাপ্ত খসড়াটি পাওয়া গেছে। বাবা গল্পটি পর পর মোট তিন বার লেখার চেষ্টা করেছিলেন, কিন্তু প্রতিবারই তা অসম্পূর্ণ থেকে যায়। তৃতীয় অর্থাৎ সর্বশেষ খসড়াটি এখানে প্রকাশ করা হল।

সন্দীপ রায়
৩০/৬/৯২

আনন্দমেলা। পূজাবার্ষিকী ১৩৯৯